宋玉及其辞赋研究

第二届宋玉国际学术研讨会论文集

主编
李 鳌

副主编
程本兴　胡小林　秦军荣

学苑出版社

图书在版编目（CIP）数据

宋玉及其辞赋研究：第二届宋玉国际学术研讨会论文集 / 李骛主编. — 北京：学苑出版社，2016.1
ISBN 978-7-5077-4956-4

Ⅰ.①宋… Ⅱ.①程… Ⅲ.①宋玉（前298～前222）－人物研究－文集②宋玉（前298～前222）－楚辞研究－文集 Ⅳ.①K825.6-53②I207.22-53

中国版本图书馆CIP数据核字（2016）第005155号

责任编辑：战葆红
装帧设计：徐道会
出版发行：学苑出版社
社　　址：北京市丰台区南方庄2号院1号楼
邮政编码：100079
网　　址：www.book001.com
电子信箱：xueyuanpress@163.com
联系电话：010-67601101（销售部）　67603091（总编室）
经　　销：新华书店
印　刷　厂：保定彩虹艺雅印刷有限公司
开本尺寸：787×1092　1/16
印　　张：36
字　　数：600千字
版　　次：2016年2月北京第1版
印　　次：2016年2月第1次印刷
定　　价：120.00元

序言:关于宋玉研究会及宋玉研究

中国屈原学会会长 方铭

在座的各位都是屈原和宋玉研究的专家。我虽然写过一些与屈原和宋玉研究相关的著作和文章,但我的研究领域比较驳杂,算不上是屈原和宋玉研究的专家。机缘凑巧,让我担任屈原学会的执事,现在又被推举为中国屈原学会宋玉研究会的负责人,我既感到非常惭愧,也非常感谢各位。会议到了最后,经过了两天热烈的讨论,马上就结束了,现在我把有关事情向各位朋友汇报一下。

首先,我说一下中国屈原学会宋玉研究会成立的问题。实际上很多年前宋玉研究的一些专家,特别是程本兴教授、刘刚教授多次提到过成立宋玉研究会的问题。要单独成立一个国家一级学会,难度比较大。20世纪90年代以前,各个一级学会有权利自主设立二级学会,但是到了90年代以后,不允许各个学会自主设立二级学会。今年,作为新一届中央政府简政放权的重要举措,民政部又把二级学会的批准权限还给了一级学会,就是一级学会可以按照国家的有关政策自主设立二级学会,所以给我们提供了这么一个机会。

民政部关于自主设立二级学会的文件大概是今年五六月份发到我们学会的,我们接到文件后,积极响应国家的改革举措,马上请设立在湖北文理学院的中国屈原学会宋玉研究中心启动了宋玉研究会的筹备活动。这次,我们借召开第二届宋玉国际学术研讨会的机会,召开中国屈原学会宋玉研究会的成立大会。

近些年来,我们不断提到"中国文化"和"中国传统文化"的概念,在我看来,我们应该对"中国文化"和"中国传统文化"进行区别。"中国文化"内容可能涉及各个方面,有道有器,有粗有精,有伪有真,但是,"中国传统文化"应该是那些传自轴心时代而体现人类文明方向的核心价值,是"载道"的文化。

如果把"中国传统文化"严格限制在"载道"的区域,中国传统文化的核心价值,来源于孔子,其中心思想,就是"忠恕""均平""仁惠"。这三个概念完全包容法国大革命以来西方近代的文明成果——"自由""平等""博爱"思想,而内涵则更为丰富和深刻。

孔子所倡导的忠恕、均平、仁惠的思想,具有五个明显特征:一是萌芽和生长在中国的文化,这是主体性特征;二是被中国人长期坚守的文化,这是传承性特征;三是符合人道主义原则的文化,这是普遍性特征;四是符合人类文明方向的文化,这是世界性特征;五是可以作为建构未来的文化,这是永恒性特征。这五个特征,既保证了中国特色,又保证了与人类文明的同一性。在此基础上建设社会主义核心价值观,才是可以带领我们走向世界、走向文明的核心价值观。

我讲这个问题，实际要表达的意思是我们需要在中国传统文化的框架中定位屈原和宋玉。孔子和屈原不尽相同，屈原和宋玉也不尽相同，但屈原和宋玉都是孔子思想的继承人，是中国传统文化的建设者和传承者。

2011年或者2012年的时候，光明日报国学版开过一个有关墨子的对话会，对话会上我的发言后来登载在光明日报国学版上。对话会上有人说墨子比孔子高尚，因为墨子讲"兼爱"，孔子讲"泛爱众"。20世纪的学者讲孔子的时候，常说孔子主张"爱有等差"。我说孔子从来没有说过爱自己要多一点，爱别人要少一点，他是根据"义"来行动的。一个人首先要爱护自己的父母亲，爱护自己的孩子，这是当然的义务。当你兄弟在的时候，你爱自己的孩子多一点，爱你兄弟的孩子可以少一点，你不能超越你的兄弟去爱他的孩子，你不能让你兄弟的孩子觉得你比他的父亲还好，这就是你的角色决定的。但当你的兄弟不在了，他的孩子没人爱护的时候，你就要爱你兄弟的孩子多一点，爱你自己的孩子少一点，这就是"义"。所以从这个意义上来讲，不能把孔子的"泛爱众"与"兼爱"对立起来。墨子虽然很了不起，但是他讲兼爱，没有讲如何去爱。孔子讲要以爱自己父母亲和孩子的方式去爱别人的父母亲和孩子，这就解决了什么是爱的行为，以及怎样做才是爱的问题。孔子高尚的地方还不仅仅在此，孔子讲鳏、寡、孤、独、废、疾者皆有所养，就是一个人没有能力或者懒惰的人，你也要给他饭吃，你不能说他懒惰就让他饿死。郭店楚简《唐虞之道》说"治之至，养不肖"，说的就是这个意思。坏人就不让他吃饭，你说行不行？这是不行的。所以这就是为什么我们说孔子是圣人的原因。

我到山东高密去参加晏子的学术研讨会，山东高密的人就说晏子很高尚。为什么呢？因为晏子很有才能，当过宰相，孔子赞扬过晏子，晏子从来没有赞扬过孔子，所以孔子不如晏子。晏子当然有他过硬的地方。但是古代把孔子定义为"圣人"，把晏子定义为"贤人"，这个说法是历史文化的结晶，也体现了中国古代人的智慧。那么圣人和贤人的区分在什么地方呢？晏子看见鲁国比较重用孔子，鲁国人日子过得比较好，他就天天想着怎么样使个离间计，给鲁国送几个美女，鲁国领导人沉迷女色，孔子就只好离开鲁国了。晏子希望齐国好，但他却不希望鲁国好。孔子见晏婴把齐国搞好了，孔子很高兴，觉得齐国人从此过上幸福生活了。孔子没有从我自身的利益考虑，而是希望别的国家也要过得好。哪个国家过得好，他都高兴。孔子关怀的是一切人，而晏子他的境界达不到这一点。这就是圣人和贤人的区别。

同样，对于我们这些研究屈原的人来说，孔子是圣人，屈原是贤人，这个定位符合中国传统智慧，有人认为屈原比孔子更伟大，显然是把问题简单化了。我自己在文章中也讲过，屈原是战国时期忠实地继承孔子思想的人，因为他是一个坚守理想的人。在春秋的时候，孔子是一个有坚守的人，就是他知道什么可以做，什么不可以做，宁肯困顿终身，也不做不正确的事情。孔子是一个有底线的人，而战国时的屈原也是一个有底线的人。

商鞅到秦国去，先给秦国领导人游说帝道，讲大同世界。其次游说王道，王道就是德治。再其次讲霸道。帝道就是天下为公，有衣大家穿，有饭大家吃。王道就是群众不吃饭，领导不吃饭；群众不喝水，领导不喝水，但是前提就是群众必须服从领导，而领导之所以要担任领导，就是为了为人民服务。霸道就是仁政，领导吃肉，给群众喝一点汤。我们今天是社会主义制度，从道理上说，应该是天下为公，天下大同，可是做不到，所以退而求其次，号召领导吃苦在前，享受在后。如果能做到这一点，就是"德治"了。当然，实际的情况可能是领导有小轿车坐，给群众每个人发五块钱的交通补贴，这就体现了仁政的思想。如果碰到贪腐的领导，就可能如《战国策》说战国时代的"亡国与役处"，就是顺之则昌，逆之则亡。

商鞅这样一个有智慧的人，他明明知道帝道好，领导不愿意听帝道，他就给领导说王道；领导不喜欢王道，他就给领导说霸道；秦国的领导人对霸道有一点兴趣，那我就干脆来个更差的，叫富国强兵之术。但是商君明白富国强兵之术可以有用一时，但是不能与殷周的德治文化相提并论。商鞅明明知道这个东西不好，但是他因为想做事，想有成就，就投降了。商鞅是市场需要什么，我给市场提供什么；领导需要什么，我给他提供什么。而孔子和屈原是无论领导需要什么，我也只提供正确的，如果你不听我正确的，我宁肯不跟你合作，我宁肯无所成就。所以春秋战国时期，很多人忙于做事，而孔子和屈原都是一定要做正确的事。这是一个非常大的区别。

程本兴先生专门写过《宋玉人品本高洁》一文，指出宋玉是一个有高洁人品的人，这个观点我完全同意。当然，虽然宋玉和屈原并称，但屈原是英雄。宋玉可能比我们有才能，比我们要漂亮一些。但是，他仍然是和我们一样的普通人。我们讲屈宋并称，不是说宋玉也是英雄，当然也不是说屈原是英雄宋玉不是英雄。司马迁说宋玉不敢"直谏"也不是说他人品不高洁。我们普通人也可以有高洁的人品，也可以是高尚的人，脱离了低级趣味的人，但是，你可能不是英雄。我们没有必要一定要比较屈原和宋玉的人品高低。每一个人都有他的特点，你不能说这个人水平高，那个人水平一定低，他也有他高的地方。

宋玉的成就，既表现在对楚辞文体的贡献方面，更体现在赋体文学及杂文的贡献方面。刘勰《文心雕龙》强调宋玉对赋的首创之功，也认为宋玉是"对问"这种杂文文体的创始人。我曾在光明日报的文学遗产版写文章谈赋的内涵和外延问题，我认为应该把赋体文学专门限制在以赋名篇的界限内，比如说《高唐赋》《神女赋》这些是赋，那么《高唐对》它就不是赋，虽然《高唐对》和赋有类似的地方。如果把《高唐对》看作赋，就对宋玉的认识打了折扣。我们要区分什么是赋体文学，什么是受赋体影响的文学形式，什么是影响了赋体的文学形式。我看到何新文先生写的文章里面专门批评到我主编的《中国文学史》在宋玉一章中有"屈原赋"和"屈原辞"的提法，在这个问题上定位不科学，以后修改的时候我们一定会注意这个问题。

随着宋玉作品的真伪问题变成一个伪问题，宋玉在中国赋体文学发展史上的重要地位得到拨乱反正。但是在某些学者的著作中，甚至是文学史教材中，我们找到介绍宋玉赋的成就的章节有时候还有困难。我们在研究或者介绍中国文学史的时候，并不是一定要把屈原和宋玉并列,而是希望学术界对宋玉的成就有一个客观的介绍。赋体文学是中国历史上一个独特的而且延续时间很长的文学形式,不能因为赋体文学不能归入近代西方文论的"三分法",或者在中国人根据西方中心主义的思维提出的"四分法"中找不到位置,就把赋体文学的价值低估了。我们知道,中国古代的文学之士的写作都是文学,其内容编入《四库全书》的时候,可能分布在经史子集四部中。20世纪以后,受西方19世纪文论的影响,文学主要定义在集部的少部分内容中。在集部文集中,文学之士总是把赋体文学排在最前面,这就说明中国古代文人真正推重的,实际上是赋文体。而宋玉就是这个文体的创始人。

这些年,宋玉研究取得了非常巨大的成绩。昨天我参观了中国屈原学会宋玉研究中心,观看了他们建设的网站,非常佩服,也很受鼓舞。刘刚教授一直在仔细收集有关宋玉的文献和文物及传说,这个工作很有意义。我们还应该在这方面继续投入精力。我非常高兴地看到这次会议代表中有钟祥、临澧、宜城等地的领导和学者,我希望这些学者们回去以后,把你们有关宋玉的一些历史文献或者传说好好整理一下。正史里面记载宋玉的文献很少,我们要复原宋玉,就要参考口传历史或者民俗遗存。传说虽然可能荒诞,但是里面肯定有历史的真实存在。所以,要尽可能全面地把有关宋玉的历史传说和遗迹都收集起来,不要有排他性。

宋玉研究虽然取得了很大成就,但是,还有许多问题我们并没有搞清楚,或者没有取得统一的认识,这就说明我们的研究还有继续深入下去的必要。

这次会议中,有学者提到了如何对宋玉在楚国的角色进行定位的问题。我们今天提到的"文学侍从之臣",是不是就一定等于弄臣或者滑稽家,我觉得未必。从春秋一直到清代,中国人所讲的文学,都是涵盖了文人的一切写作,和我们今天所讲的写小说的、写诗歌的这些人还是有区别的。宋玉作为一个言语侍从之臣,实际上他更多地可能就是一个言谏官。他和楚王的关系非常密切,和楚王之间的君臣关系还是很融洽的,宋玉言论自由是得到保障的。我们如果仅仅把宋玉理解为一个陪君主消遣解闷的弄臣,虽然不影响宋玉的文学成就,但肯定是有偏差的。

在研究宋玉的时候,我们还需要注意梳理宋玉的影响。这次会议的论文中,有学者研究这个问题,过去,包括"宋玉悲"的问题等等,都是非常受大家关注的一个问题。很多人都提到我们应该系统地去做一做这方面的研究,对此我是完全赞同的。

中国屈原学会宋玉研究中心成立以来取得了非常显著的成绩,今天,中国屈原学会宋玉研究会正式成立,以后要在这些方面多做工作:一是加强与宋玉研究学者的联系。我希望宋玉研究中心的网站上可以给所有的学者每人建立一个网页,请他们及时把自己的文章放在宋玉研究中心的网上去,宋玉研究中心也可以定期给学会的成员发送通讯。二是要加强与地方学者的联系。一定要调动起与宋玉相关地区的学者对宋玉研究的积极性。三是要定期举行宋玉专题研讨会。我们四年前开过一个会,这是第二次,隔的时间太久了。宋玉研究会成立以后,我希望可以两年开一次会议,会议规模可大可小,我建议小一点,最好开圆桌会议,讨论起来方便。四是要促进宋玉研究成果的公布。湖北文理学院宋玉研究中心可以牵头出版一套研究丛书,作者可以不局限于宋玉研究中心。

现在,这次会议正式结束了。我要感谢在座的各位会议代表,无论是境外还是境内的,辛苦你们了!也感谢湖北文理学院的各位领导和湖北文理学院宋玉研究中心的各位老师,感谢我们的会务人员,你们太辛苦了。

(本文是宋玉研究会成立大会闭幕式上的发言,根据会议录音整理)

目　录

第一编　文献研究

再论《惜往日》《悲回风》的作者问题 …………………………………… 赵逵夫 2

宋玉《九辨》校理 ……………………………………………………………… 赵逵夫 12

五十九部宋玉研究著述解题 …………………………………………………… 吴广平 17

小说家《宋玉子》试探 ………………………………………………………… 王齐洲 43

《招魂》，屈原而非宋玉营构的奇诡世界 …………………………………… 常　森 53

从《楚辞》的对话结构看宋玉作品的真伪问题 …………………………… 魏　宁 70

高唐神女传说和宋玉作品辨伪 ……………………………………………… 黄震云 76

《大言赋》编年考 ……………………………………………………………… 李　鹜 87

宋玉《神女赋》三家英译本的比较研究 …………………………………… 王　慧 95

关于宋玉作品真伪问题的共识与分歧 ……………………………………… 金荣权 107

《笛赋》伪作性质的几点思考 ……………………………………………… 尚永亮 116

从《白雪初唱集》看宋玉对后世的影响 …………………………………… 颜家庆 120

《〈招魂〉"些"字的来源》商榷 ………………………………………………… 熊人宽 127

第二编　文学研究

宋玉赋与倡优话语体系及赋的创始 ………………………………………… 赵　辉 136

关于宋玉《高唐》、《神女》赋的两个问题 ………………………………… 金荣权 146

文学与学术分离之终结
——论宋玉辞赋对先秦文学意象的重构 ………………………… 胡小林 152

论宋玉《风赋》及后人的拟作 ………………………………… 詹杭伦　沈时蓉 161

宋赋三昧，主文而谲谏
——《对楚王问》、《风赋》、《登徒子好色赋》的曲谏之风 ……… 苏慧霜 172

古代宋玉文学批评的三种视点及其评析 ………………………… 胡吉星　白晶玉 184

中国文学史著作宋玉书写的新收获
——读方铭主编《中国文学史》之《宋玉及战国赋体文学》 ………………………………………………………………… 何新文　黄爱武 189

空间叙事：宋玉辞赋与汉代散体大赋关联的新角度

——兼论汉赋空间叙事的类型及其特征 …………… 彭安湘 197
取娱君主,非关微言:宋玉赋作主旨新探
——以《高唐赋》、《神女赋》为核心 …………… 马世年 208
明代《招魂》研究述评 ………………………………… 陈炜舜 218
宋玉赋与古代早期文学叙事 …………………………… 阳 清 232
融史与阙史
——《离骚》、《九辩》比较论 …………………… 张德恒 241
误读的传播与影响
——析郭沫若对宋玉形象的塑造 ………………… 金 鑫 252
论宋玉作品中的自我形象 ……………………………… 刘渐娥 257
"咽咽学楚吟"而"得《骚》之骨"
——李贺的屈宋接受 ……………………………… 祁国宏 265
论李杜对宋玉辞赋的接受 ……………………………… 唐 婷 275
探索宋玉生平 …………………………………………… 熊人宽 282
浅谈宋玉对中国文学的影响 …………………………… 余建东 291
宋玉的高洁人品和文学贡献 …………………………… 杨斌庆 297
宋玉"情"赋及其影响略论 …………………………… 龙文玲 300

第三编 文化研究

高唐神女传说的炎帝部落文化属性 ………… 李炳海 刘 洋 305
《庄子》的思想资源与宋玉的文化接力 ……………… 罗 漫 320
鲜明的今文经学特色
——论王闿运对宋玉《高唐赋》的阐释 ……… 肖友芳 吴广平 330
清代经学与宋玉研究 …………………………………… 毛 庆 338
道家道术派与兰台作家 ………………………………… 徐文武 348
论宋玉《登徒子好色赋》与《高唐、神女赋》中的情欲问题 …… 鲁瑞菁 354
看花人已矣,花落自成蹊
——湖南临澧宋玉传说的文化意蕴管窥 ………… 何桂芬 368
宋玉作品与文士主体性的成长 ………………………… 陈詠红 383
宋玉对中华文化基因的贡献 …………………………… 江 柳 388
宋玉其人考 ……………………………………………… 蔡崇友 398
《高唐赋》和《神女赋》的女神形象 ………………… 马 婷 402
宋玉《登徒子好色赋》"东邻女"意象研究 ………… 唐旭东 405
高唐梦非白日梦

——关于昼寝、昼梦与白日梦文化解读的思考 …………… 程地宇 411

第四编 其他研究

宋玉遗迹传说田野调查报告
——宋玉所赋"巫山"之地望调查报告 ………… 刘刚 王梦 关杰 422
宋玉作品入选语文教材的可行性分析 ……………… 姚守亮 程本兴 450
姜嫄与后稷文化的碑刻民俗志
——以岐山县周公庙的碑刻文献为研究对象 ……… 王志清 陈曲 456
宋玉形象考 ………………………………………………………… 彭德 463
不宜把《九辩》定为宋玉的唯一代表作 ……………… 程本兴 张法祥 474
浅析宋玉辞赋修辞手法的妙用 ………………………………… 姚守亮 482
宋玉的审美理想与艺术创造 …………………………… 张法祥 程本兴 488
位卑未敢忘忧国 ………………………………………………… 江从镐 506
人间万事皆可变唯独里居难更变 ……………………………… 陈子成 511
宋玉生年初探 …………………………………………………… 李伶甫 515
宋玉作品中的美女形象来龙去脉 ……………………………… 张端彬 520
略议宋玉及其与辞和赋的关系 …………………………………… 于试 524
为宋玉故里"钟祥说"的编纂者说两句话
——兼谈我们对宋玉研究的治学态度 ………………………… 刘永贵 533
从《高唐赋》中巫山地望探析宋玉辞赋创作地 ……… 史新林 杨绪穆 538
楚辞新议
——兼论《惜往日》《悲回风》的归属问题 ………………… 覃柏林 544
用通俗弘扬宋玉文化 …………………………………………… 何志汉 553
扬雄之宋玉批评语境探微 ……………………………………… 陈丽平 557
愿见君而不得的阻隔感之抒写
——《九辩》的抒情结构略探 ………………………………… 侯文学 559
宋玉生平事迹发微（摘要）…………………………………… 罗运环 560
唐勒和宋玉论御残简新论 ……………………………………… 吴广平 561
后记 ………………………………………………………………………… 562

第一编 文献研究

再论《惜往日》《悲回风》的作者问题

赵逵夫

(西北师范大学 甘肃兰州 730070)

一

《惜往日》《悲回风》两篇中所咏叹的伍子胥、介之推，其思想与屈原大相径庭。在可以确定为屈原的作品中没有写到这两个人物的，更没有称赞他们的地方。《离骚》和《惜往日》中都提到伊尹、吕望、宁戚，但《离骚》中是借以说明只要"中情好修"，就会被明君所重用（"苟中情其好修兮，又何必用夫行媒"），《惜往日》中却用以表示生不逢时，怀才不遇的思想（"不逢汤武与桓缪兮，世孰云而知之"），也明显地表现出思想上的差异。班固批评屈原"露才扬己"、"数责怀王"，刘勰批评屈原"从子胥以自适，狷狭之志也"，也正是基于《惜往日》中说"吴信谗而弗味兮，子胥死而后忧"，以伍子胥为"忠信死节"之臣，说吴王"弗省察而按实兮，听谗人之虚辞"，形成伍子胥的悲剧；基于《惜往日》中自称为"贞臣"，而称楚王为"壅君"；基于《悲回风》中说要"浮江淮而入海兮，从子胥而自适"。因为屈原是不可能赞扬为报父兄之仇而协助敌国攻克楚都，造成楚国宗庙尽圮毁、君臣离散之灾，又掘楚王之墓而鞭尸的伍子胥的[①]。《离骚》中虽对怀王的昏聩不明十分气愤，但形诸文字仍然说"哲王又不寤"，没有不顾礼数、完全打破君臣关系的情况。

事实上，只从《惜往日》《悲回风》两篇中的措辞上已可以断定非屈原所作。今举出五例：

（一）《惜往日》："不毕辞而赴渊兮，惜壅君之不识。"《悲回风》云："骤谏君而不听兮，重任石之何益？"这显然是旁人、后人所说的话，而非跳江者的夫子自道语。《惜往日》的作者遗憾屈原结束了自己的写作，该说的话没有说完，便投江而死，然而他的死也并未唤醒糊涂的楚王醒悟；《悲回风》的作者说屈原屡次谏君，君王不听，自己背负着石头投江而死，但并无益于情形的转变。这难道是屈原自己说的吗？

（二）《惜往日》中说："情冤见之日明兮，如列宿之错置。"这完全表现了楚国在屈原

---

① 参拙文《〈楚辞〉中提到的几个人物与班固、刘勰对屈原的批评》，刊《西北师院学报》1983年第2期，人大复印资料《中国古代近代文学研究》，1983年第5期；收入拙著《屈原与他的时代》，人民文学出版社，1996年第1版，2002年第2版。

死后国势日衰,屈原的话被验证,屈原政治主张的正确性越来越被人们认识的情况下一些人的看法。

(三)《惜往日》云:"临沅湘之玄渊兮,遂自忍而沈流。卒没身而绝名兮,惜壅君之不昭。"曹道衡先生的《评〈关于屈原作品的真伪问题〉》一文中说:"在这段文字中,屈原已经遂自沉而'卒没身',哪里还能赋诗?如非相信有鬼,恐怕没法子叫已死的屈原来写这篇《惜往日》了吧!'遂'和'卒'分明是已经完成了的话。……再说这里的'贞臣'、'壅君'等辞和文句本身,都显然是第三者追述之口气。"①

(四)"芳与泽其杂糅兮"一句,《楚辞》中出现三次,在对"泽"字的理解使用上,《惜往日》同《离骚》《思美人》完全不同。《离骚》中说:"芳与泽其杂糅兮,唯昭质其犹未亏。"《思美人》中说:"芳与泽其杂糅兮,羌芳华自中出。"从下句可以看出,这两处中的"泽"与"芳"都是指好的性质。王逸注:"芳,德之臭也。泽,质之润也。糅,杂也。"朱熹《集注》:"芳,谓以香物为衣裳。泽,谓玉佩有润泽也。"此后各家大体依违于以上二说之间。闻一多《离骚解诂》云:"泽所以沐发者也。""草取其芬芳,膏取其光泽,即此所谓芳与泽也。……馨香为草之质,光耀为泽之质。纳芳草于膏泽中糅而合之,膏之光泽与草之芬芳,俱无亏损。《思美人》曰:'芳与泽其杂糅兮,羌芳华自中出'。芳谓馨香,华谓光泽,二者俱能秀出,即此昭质未亏之义。"其说虽与王、朱二说不同,然而也以"泽"为美好之物。但《惜往日》中说:"芳与泽其杂糅兮,孰申旦而别之?"言无人对"芳"与"泽"加以明白分辨。显然这里"泽"是作为"芳"的对立面来说的。也正由于这一句对屈原这两个"泽"字理解上的偏差,王夫之以来,一些学者并上两例也从"芳"的反义方面去寻找答案,或解作"垢"(王夫之),或解作"垢泽,指小人污秽者"(鲁笔),或解作"汗气"(陈远新),或解作"瀑",或解作"褻衣"(郭沫若),不一而足。其实,只是《惜往日》的作者误解了《离骚》与《思美人》中有关句子而已,当分别诠释。

(五)"申旦"一词,《惜往日》中的用法也同屈原作品用法不同。《思美人》云:"申旦以舒中情兮,志沈菀而莫达。"王逸未注,则是视为常见义。"申"在《楚辞》中多用为"重"之义,"旦"在楚辞中多用为"晨旦"之义。朱熹注:"申,重也。今日已暮,明日复旦也。"汪瑗注:"旦,天将晓也。申旦,犹言累日也。"说并是。然而《惜往日》云:"孰申旦而别之。"是以"申旦"作"明白"、"明明白白"解,也显然是误解了屈原的文意,因而也用错了意思。

由以上五点来看,《惜往日》《悲回风》非屈原所作,可以肯定。一些学者陈陈相因,维护旧说,以此两篇为屈原所作,既对屈原生平有关问题与屈原思想的研究造成混乱与障碍,也对楚辞作家与作品其他问题的解决造成了障碍。不能因为王逸以来都如此说,便一定要维护。正如鲁迅《狂人日记》中所说:"从来如此,便对吗?"为了楚辞学的发展,为了靠近真理,我们必须纠正这类"从来如此"的误说。其实,科学所要纠正的正是"从来如此"的各种误说和错误观念。

---

① 《光明日报·文学遗产》专栏1956年4月1日。

南宋李壁(1159—1222)的《王荆公诗注》在《闻吕望之解舟》注附《诗后漫记》附诗云：

> 《回风》、《惜往日》，音韵何凄其！追吊属后来，文类玉与差。

李壁推测这两篇是宋玉、景瑳（《史记》中作"景差"，"差"为"瑳"之借）所作，真是卓见！近代以来疑《惜往日》《悲回风》非屈原所作的学者更是不少，近人如曾国藩在戊午年（1858）日记中写道："《九章·惜往日》似伪作，当著论辨之。"后在其《经史百家杂钞》中"宁溘死而流亡兮，恐祸殃之有再"二句下云："此不似屈子之词，疑后人伪托也。"吴汝纶《古文辞类纂评点》也从词气方面对《惜往日》、《悲回风》二篇提出疑问。此后陈钟凡《楚辞各篇作者考》，陆侃如《楚辞·引论》，陆侃如、冯沅君《中国诗史》，刘永济《屈赋通笺》及《笺屈馀义·〈惜往日〉、〈悲回风〉非屈作之证》，闻一多《论九章》、林庚《说橘颂》附《说九章》，谭戒甫《屈赋新编》，胡念贻《屈原作品的真伪问题及写作年代》等都对《惜往日》《悲回风》的作者提出怀疑，理由也越来越充分。但一语破的，不仅疑其非屈原所作，而且准确地指出作者的，是李壁。李壁的可贵处在于，他不像有的学者一样把它们看作"作伪"、"拟托"的结果，而只是指出从文字本身看，与宋玉、景瑳相近，疑为宋玉、景瑳所作。又明许学夷云：

> 《惜往日》："不毕辞而赴渊兮，惜壅君之不识。"《悲回风》云："骤谏君而不听兮，任重石之何益？"是岂屈子口语耶？盖必唐勒、景差之徒为原而作，一时失其名，遂附入屈原耳。

说这两篇非屈原作品，但并非后人有意作伪，必为"唐勒、景瑳之徒"所作，混入屈原作品中，因而与李壁之说相近。

这里必须谈一谈的是，有个别主张《惜往日》《悲回风》非屈原作的学者认为这两篇是汉代人所作。关于这，我们先引闻一多先生《论九章》中的一段话：

> 对于先秦文籍之可疑者，世人动辄斥为汉人赝作。一部分或许真是如此。但大部分恐怕是经过汉人窜乱而已。至于今本《九章》中《思美人》《惜往日》《悲回风》三篇，我们认为时代较晚于前五篇，但恐怕晚也晚不到汉朝。最具体的证据是在属意和造句上，《九叹》剿袭《思美人》者两处，《七谏》剿袭《惜往日》者四处，剿袭《悲回风》者六处，可见《思美人》至迟在刘向时，《惜往日》《悲回风》至迟在东方朔时，已经是脍炙人口的古代名著了。贾谊《吊屈原赋》云："袭九渊之神龙兮，沕深潜以自珍，弥（猕）融爚以隐处兮，夫岂从蝦与蛭螾。"这与《惜往日》中"惭光景之诚信兮，身幽隐而避（原误备）之，临沅湘之玄渊兮，遂自忍而沉流"四句语言相似。贾谊（前一六九年卒）去东方朔（前一三八为大中大夫给事中）不远。这里与其说被东方朔所剿袭的《惜往日》曾抄袭过贾谊，倒不如说东方朔抄袭的《惜往日》在前一二十年也被贾谊剿袭过。总之，《思美人》《惜往日》《悲回风》三篇，虽非屈原所作，却也离屈原的时代不远。《惜往日》性质与贾谊《吊屈原赋》相近，大概是屈原死后，一位好打抱不平的无名作家作来凭吊他的文字。

论述十分精到。唯其中提到《思美人》，不过只是同《惜往日》《悲回风》一样都以篇首三字为题，因而也置于被怀疑的范围之中。但取篇名的情形比较复杂，原有题已失去，后人以首三字为题的可能性有；屈原以为"思美人"三字正好可以概括本篇之意因而作为篇名，后来之作《惜往日》、《悲回风》者加以效法的可能性也有。因之，这不能作为《思美人》非屈作之理由。抛开这一点不说，以闻一多的精辟论述同李壁的卓见结合起来，《惜往日》、《悲回风》两篇的作者问题，也便可以解决。

我以为《惜往日》为景瑳的作品，《悲回风》为宋玉的作品。下面在李壁、闻一多的基础上再加以论证。

二

先说《悲回风》。

首先，《悲回风》不是楚怀王和顷襄王前期的作品，而是楚都迁陈之后的作品。诗中说："浮江淮而入海兮，从子胥而自适。"前一句显然是楚都迁于淮河流域以后人的口吻。伍子胥投江而死，尸入于海，但只有淮河流域才言由淮入海。楚都迁陈（今淮阳）以前作家的作品多言"江汉"、"江夏"，而没有以淮河为喻的。所以，是宋玉、唐勒、景瑳之徒所作没有疑问。

其次，所反映思想不像《远游》、《惜誓》那样具有明显的道家思想，而在很多方面同宋玉的《九辩》相同或相近。

陆侃如、冯沅君《中国诗史》中说："篇中'吸湛露之浮凉兮，漱凝霜之雰雰'一段，全为方士口吻，与《远游》'餐六气而饮沆瀣兮，漱正阳而含朝霞'一段相近，所以是同样的不可靠。"陆、冯二氏认为《悲回风》非屈原作是对的，但认为这一段文字全为方士口吻则欠妥。因为"吸湛露"、"漱凝霜"同《离骚》的"朝饮木兰之坠露"之类，并无大的不同。受《中国诗史》影响以为《悲回风》表现了道家思想的还有胡念贻。他说：

> 《悲回风》"上高岩之峭岸兮"以下就是写的凌空飞渡的事，所以东方朔《七谏·自悲》有"乘回风而远游"一句。东方朔可能是因为见到《悲回风》与《远游》题意相近，因而把"回风"与"远游"两个词儿连在一起的。《悲回风》的意境大部分是萧索、寂寞、枯槁，和《远游》的意境很相像，虽然它的道家方士化的思想和《远游》有某种程度上的差别。这种意境和屈原作品所反映的完全不同。屈原的作品都是表现他是热爱生活的，他写得有生趣，有情感，哪怕是写鬼神如《九歌》，绝笔如《怀沙》，都是如此。①

《悲回风》同《远游》在意境上相像，乃是因为作者处于同一时代，反映了同样的社会气息，尚不能说明就是同一作者的作品。胡氏所说"这种意境和屈原作品所反映的

---

① 胡念贻《屈原作品的真伪问题及其写作年代》，见其《先秦文学论集》，中国社会科学出版社，1981年12月第1版，第326页。

完全不同",是正确的。其所指出的东方朔《七谏》有取于《悲回风》,指出《悲回风》同《远游》在思想上有差别,也是真知灼见。唯胡念贻受陆、冯《中国诗史》的影响,仍认为《悲回风》有一点道家思想,是其小眚。

《悲回风》同《远游》反映的思想,完全不同,其中并不存在道家、神仙家思想。这只要作具体、深入、细致的分析,而不是人云亦云地承袭前人之说,问题本来是很清楚的。请看:

(一)从两篇中提到的人物进行比较,《远游》中提到赤松子、韩众、王乔、王子(王子晋),全是传说中的仙人;也提到傅说,却是从其"托星辰"言之。《悲回风》中则只提到彭咸、申徒狄和介子(介之推)、伯夷,全是楚先贤或古代贤人。①

(二)从提到的类型人物而言,《远游》中提到的"真人"、"羽人"是庄周、杨朱以来道家向宗教转变过程中产生的理想人物,而《悲回风》中只说到"佳人"、"孤子"、"放子",全为现实社会所有。

(三)从人生理想言,《远游》中提到"登仙"、"得一"、"化去"、"气变"、"绝氛埃"、"餐六气"、"漱正阳"、"含朝霞"、"丹丘"、"不死之旧乡"、"遐举",全是神仙和方仙道的一套。《悲回风》中则只有"远志"、"抗迹"、"赋诗"、"谏君"之类,上面那些道家和原始道教的东西全然不见。

(四)从思想范畴言,《远游》中提到"神倏忽而不反兮,形枯槁而独留",已为后来道教尸解说之滥觞;提到"虚静"、"澹无为"、"精"、"壹息"、"审壹气"、"道"、"太仪"、"玄武",也全是道家和早期道教理论的产物。而《悲回风》中则只有"情"、"志"、"远志"、"眇志"、"性"、"愁"、"文章"、"统世"、"从容"、"老"、"思心"、"省想"、"想感"等,完全属于不同的两种思想类型。

由以上四点看《悲回风》中毫无道家因素,思想上与《远游》泾渭分明,相去悬绝。陆侃如以来皆曰"有道家思想",实皮相之论,殊不足取。

我已有文考证《远游》《惜誓》同山东银雀山出土《论义御》皆为唐勒所作,并钩稽有关唐勒的史料,证明其任太史之官,主天官、掌星占,则其有道家、神仙家思想,也是自然的(至西汉时掌天官的司马谈、司马迁父子尚重道家,其道理相同)。先秦至汉天官为世职,则唐勒应为唐昧之后。计其年,应为唐昧之孙。②《悲回风》非唐勒所作,可以肯定。

从各方面看《悲回风》实与宋玉的《九辩》相近,应为宋玉之作。理由有九:

---

① 彭咸为楚远祖陆终之后。春秋时楚有名臣彭仲爽(《左传·襄公七年》)。《离骚》中说:"愿依彭咸之遗则",即"法夫前修"之意。前人言彭咸为投水而死者,乃是臆说。申徒狄,"申徒"为楚官名,即见于《随县曾侯乙墓楚简中的"陞徒"。《史记·留侯世家》言"项梁使良求韩成,立以为韩王,以良为韩申徒"。韩国以前无申徒之官,此楚项梁以楚官制所立。又申徒狄最早见于《庄子·大宗师》与《盗跖》,"申徒狄谏而不听,负石自投于河",亦南方楚地习水者自杀方式。联系各方面记述看,申徒狄为战国初年楚人。

② 参拙文《唐勒〈论义御〉与楚辞向汉赋的转变——兼论〈远游〉的作者问题》,刊《西北师大学报》1994年第5期;收入拙著《屈原与他的时代》,人民文学出版社,2002年第2版,第528—542页。

（一）《悲回风》同《九辩》一样都表现出一个受打击、排挤而离开朝廷的文人或曰下级官吏的经历与思想。《九辩》云："去故而就新"，"贫士失职而志不平"，"羁旅而无友生"，"去乡离家兮徕远客"。《悲回风》云："超惘惘而遂行"，"孤子吟而抆泪兮，放子出而不还"，"求介子之所存兮，见伯夷之放迹"等，所反映作者的经历与思想情绪完全一样。

（二）《悲回风》同《九辩》反映了同样的政治环境。《九辩》云："世雷同而炫曜兮，何毁誉之昧昧。""纷纯纯之愿忠兮，妒被离而鄣之。"《悲回风》云："万变其情岂可盖兮，孰虚伪之可长。"这些都反映了当时朝廷中结党营私、颠倒黑白、虚伪欺诈的状况与作者对此的看法。

（三）都表现了极大的个人哀愁。《九辩》云："中憯恻之凄怆兮，长太息而增欷。""心怵惕而震荡兮，何所忧之多方。""独悲愁之伤人兮，冯郁郁其何极。"《悲回风》云："终长夜之曼曼兮，掩此哀而不去。""愁悄悄之常悲兮，翩冥冥之不可娱。"情绪、心情，毫无差别。

（四）都表现出仕途无望隐居自保的思想。《九辩》云："闵奇思之不通兮，将去君而高翔。""与其无义而有名兮，宁穷处而守高。""愿赐不肖之躯而别离兮，放游志乎云中"（按"云"为地名，亦作"邧"）。《悲回风》云："蛟龙隐其文章兮"，"独隐伏而思虑"。

（五）都表现出多个人品质、情怀的自重自赏。《九辩》云："有美一人兮心不绎。""私自怜兮何及，心怦怦兮谅直。"《悲回风》云："惟佳人之永都兮，更统世以自贶。""照彭咸之所闻"。

（六）表现了同世俗决绝而不与小人同流合污的态度。《九辩》云："骥不骤进而求服兮，凤亦不贪喂而妄食。""与其无义而有名兮，守穷处而守高。""食不偷而为饱兮，衣不苟而为温。"《悲回风》云："故荼荠不同亩兮，兰茝幽而独芳。""宁溘死以流亡兮，不忍为此之常愁。"正是出于一人之口。

（七）都表现出惜时叹老的情绪。《九辩》云："时亹亹而过中兮"，"岁忽忽而遒尽兮，恐余寿之弗将"。"岁忽忽而遒尽兮，老冉冉而愈弛。"《悲回风》云："岁曶曶其若颓兮，时亦冉冉而将至。"

（八）《九辩》中提到的人物如尧、舜、宁戚、申包胥、齐桓公、伯乐等历史人物，类型化人物如贫士、美人、诗人，思想范畴如"思"、"谅直"、"德"、"耿介"、"志"、"忠"、"美"、"武"、"性"、"诵"等，也同《悲回风》大体属于同一思想体系（见上部分《悲回风》同《远游》比较所列举四点）。

从以上八点即可以肯定《悲回风》从思想各个方面说与《九辩》一致，为宋玉之作，可以肯定。另外补充一条：

（九）《悲回风》所表现思想确实与宋玉思想性格一致。"骥谏君而不听兮，任重石之何益"二句，旧说皆以为是说屈原，误。这是承接着上文"悲申徒之抗迹"一句言之。原文云：

  浮江淮而入海兮，从子胥而自适。望大河之洲渚兮，悲申徒之抗迹。骥谏君而不听兮,任重石之何益?

是作者见到申徒狄投水之处,因生此感慨。学者们解释为是说屈原,实属牵强附会。然而近两千年来几至众口一词,也可见学术研究中因循习惯之严重。我们从这两句中,可以看出作者的人生态度同屈原是有些差别的。郭沫若在《屈原》一剧中把宋玉"写成一个没有骨气的文人"(《今昔蒲剑·写完五幕剧〈屈原〉之后》),自然是小说家言,可以不论,然而他确实也认为宋玉"实在是没有骨气"(给丁力的信,《文艺报》1979年第5期),责之过严,有失分寸。但是从《九辩》中一味诉说哀愁而缺乏刚强之性的情调来看,郭沫若产生这种看法也不能说毫无依据。

下面再从艺术方面看看《悲回风》同《九辩》的相近之处:

(一)都表现出对自然现象变化的敏感与观察的细致。可以说,都完全表现了一个很注重自然变化的诗人的眼光、感受和情怀。这一点随处可见,不详论,今只举两诗的开头:《九辩》是:"悲哉秋之为气也,草木摇落而变衰。"《悲回风》是:"悲回风之摇蕙兮,心冤结而内伤。"不仅是都以"悲"字起句,所表现情绪、心境也是相同的。

(二)两篇都写到漫漫长夜,不能入眠。《九辩》云:"去白日之昭昭兮,袭长夜之悠悠。""仰明月而太息兮,步列星之极明。"《悲回风》云:"涕泣交而凄凄兮,思不眠以至曙。"看来作者有失眠症,极度的神精衰弱。这自然不仅同创作环境、诗人遭遇有关,也同作者的心理素质有关。

(三)都反映出对辞赋创作的痴心。《九辩》云:"窃慕诗人之遗风兮。""自压桉而学诵。"《悲回风》云:"窃赋诗之所明。"

(四)两篇有些句子很相近,反映了同一作者铸词造句的习惯,应是其知识与行文习惯的潜意识反映。如《九辩》"虽重介之何益。"《悲回风》:"任重石之何益。"两句的意思和语言环境不同,不属于模仿的范围,显然是同一作者语言特征的反映。

(五)《九辩》中"窃夫蕙华之曾敷兮,纷旖旎之都房。何曾华之无实兮,从风雨而飞飓"。这也正是《悲回风》全篇意象的概括表现。

由从以上创作背景和思想内容各方面(与《远游》不同者四点,与宋玉《九辩》相同相近者九点),及艺术表现语言运用方面五点,我们完全可以肯定《悲回风》与《九辩》是同一位作者所作,它们的作者便是宋玉。

三

下面谈《惜往日》。

首先,《惜往日》中没有道家、神仙家思想,非唐勒所作,可以肯定。

其次,本篇在有些词语的运用上,其理解同宋玉不同。如《九辩》中"独申旦而不寐兮",这同屈原《思美人》中"申旦以舒中情兮"一句的用法是相同的。但《惜往日》中"孰申旦而别之"以"申旦"作"明白"解,则完全不一样。所以,《惜往日》也可以肯定不是宋玉所作。

《史记·屈原列传》中说:"屈原既死之后,楚有宋玉、唐勒、景差(《索隐》:扬子《法言》及《汉书·古今人表》皆作'景瑳',今作'差'是字省耳)之徒皆好辞而以赋见称。然皆祖屈原之从容辞令,终莫敢直谏。"可见,屈原之后出名的"好辞而以赋见称"者,宋玉,唐勒之外,只有景瑳,而且景瑳也是尊爱屈原,在思想上与屈原有相近的地方。《惜往日》既不是屈原作,也不是唐勒、宋玉作,则已知的楚辞作家,只有景瑳。因之,可以初步确定为景瑳所作。

最后,《惜往日》在内容上有四点十分突出。

(一)它完全是为悼念屈原而作的。以往被认为也是悼屈之作的《悲回风》及写屈原的《九辩》,其实都是夫子自道,不关他人,把它们看作写屈原或悼屈之作是以往的《楚辞》学者将《离骚》看作"经",而将《楚辞》中其他各篇都看作"传",而形成的误解(传统的"传"都是解经的)。一经点破,人们会觉得过去这种推断十分可笑,但其说行之既久,学者便不以为非。《楚辞》中真正的悼屈之作,实只有这一篇。

(二)全篇表现出突出的法家思想,对屈原的称赞,也多着眼于这一点。如开头六句:

> 惜往日之曾信兮,受命诏以昭时。奉先功以照下兮,明法度之嫌疑。国富强而法立兮,属贞臣而日娭。

明确提出"明法度之嫌疑",主张"国富强而法立"。再如其中责备奸佞之臣说:

> 蔽晦君之聪明兮,虚惑误又以欺。
> 独障壅而蔽隐兮,使贞臣为无由。
> 谅聪不明而蔽壅兮,使谗谀而日得。

这里既在总结楚国走向衰亡的教训,同时也是对屈原遭遇佞臣壅君的惋惜与同情,也表现出作者强烈的反蔽壅的思想。诗中两处称楚王为"壅君",实际是将造成亡国局面的责任追到了楚王身上。反对蔽壅,这是法家思想的一个重要方面。《管子·明法》云:

> 夫国有四亡:令求不出谓之灭,出而道留谓之拥(壅),下求不上通谓之塞,下情上而道止谓之侵。

同书《明法解》中说:

> 有不蔽之术,故无壅遏之患。乱主则不然,法令不得至于民,疏远鬲(隔)闭而不得闻。如此者,壅遏之道也。

《韩非子·主道》云:

> 是故人主有五壅:臣蔽其主曰壅,臣擅行令曰壅,臣制财利曰壅,臣得行义曰壅,臣得树人曰壅。

《申子》云:

> 蔽君之明,塞君之听,夺之政而专其令,有其民而取其国。(《群书治要》卷一引)

这些法家著作都指出蔽壅的危害。又《荀子·成相》云:

　　　　上壅蔽,失辅势,任用谗夫不能制。

　　这正是说的六国末年楚国的状况。从这些法家人物和具有法家思想的人物的言论中,可以看出《惜往日》的作者看问题的角度,可以看出他对社会矛盾、政治病根的观察。

　　(三)明确表示反对"心治"。《惜往日》云:

　　　　乘骐骥而驰骋兮,无辔衔而自载。乘氾泭以下流兮,无舟楫而自备。背法度而心治兮,辟与此其无异。

　　作者反对"背法度而心治",认为这同乘骏马而不用辔衔、乘木筏而不用舟楫,都是自取灭亡之道。

　　(四)对屈原的悲剧也多从法治的眼光分析之,而不是像《悲回风》《九辩》和《惜誓》等宋玉、唐勒之作的只是一般地感叹生不逢时和对小人得志的怨愤。① 如:

　　　　君含怒而待臣兮,不清澄其然否。……弗参验以考实兮,远迁臣而弗思。

　　何贞臣之无罪兮,被离谤而见尤。弗省察而按实兮,听谗人之虚辞。

　　作者认为即使国君,也不能因一时喜怒而随意奖赏或处罚官员、百姓,应依法定罪,依法衡量是对是错。他认为造成屈原悲剧的关键是国君的"无度(准则)而弗察"(察,细致地看)。作者认为,在确定是非中应"参验"(据事实比较、验证)、"省察"(细心考察)。

　　由以上四点可以看出,作者是一位法治观念极强的人。

　　在这里,有一点线索,可以大体确定景瑳是屈原之后同屈原的政治主张比较一致的人。

　　怀王之时,楚上柱国景翠同昭阳一样是主张联齐抗秦的,是屈原的支持者。楚怀王十五年楚国和中原各国都因齐国破燕而打破了山东六国的平衡,因而皆采取救燕攻齐之策。秦国则趁机攻克魏国的焦、曲沃,败韩于岸门。于是韩、魏投靠于秦,助秦以自保。楚怀王十七年(前312)楚上柱国景翠领兵围韩之雍氏,以遏制秦东进中所向披靡之势。《史记》载:"我助秦攻楚,围景翠。"②

　　又楚怀王二十一年(前308)秦攻韩之宜阳,"景翠以楚之众,临山而救之。"③

　　怀王二十八年,因楚太子质于秦时参与私斗而杀秦大夫,秦与齐、韩、魏共攻楚。次年秦复攻楚,大破楚,楚军死者二万,杀楚将军景缺。(《史记·楚世家》)"楚令景翠以六臣赂齐,太子为质。"④

---

① 《悲回风》中如"吾怨往昔之所冀兮,悼来者之逖逖",是怨以往所希望实现之事均未能如愿而将来的希望也十分遥远,令人悲伤。《九辩》中说:"恨失时而无当","悼余生不时兮,逢此世之俇攘";《惜誓》云:"夫黄鹄神龙犹如此兮,况贤者之逢乱世哉。"都明显表现出生不逢时的意思。至于写小人得志之文字以上各篇中至为突出,不俱引。

② 《史记·六国年表》韩国一栏,韩宣惠王十一年。

③ 《战国策·东周·秦攻宜阳》。

④ 《战国策·楚策二·齐秦约攻楚》。

由以上几事可以看出景翠在当时的对外策略上主张联齐抗秦，同屈原是一致的。景翠于怀王二十一年已为上柱国，有执法之爵，故得以在怀王二十九年接景鲤任令尹之职。他的掌权与否同屈原在政治上之浮沉也大体相合。看来他同昭阳一样是屈原的支持者之一。因为先秦时楚国卿大夫仍基本保持世袭的方式（有一部分客卿，仍是外姓），景瑳对怀王以来朝廷之事甚熟，有透彻的认识，所以我以为他可能是景翠之子孙，就其生活年代言之，似为其孙。从这一点说，景瑳对屈原怀有深厚的感情，也具有鲜明的法家的思想，就可以理解了。

综上所述，我以为《惜往日》为景瑳所作，《悲回风》为宋玉所作。这无论从作品的内容，作品所反映的思想、创作风格、语言特征，及楚国历史有关问题的哪一个方面来说，都可以肯定。

宋玉《九辩》校理

赵逵夫

（西北师范大学　甘肃兰州　730070）

（一）

悲哉秋之为气也！萧瑟兮，草木摇落而变衰。憭慄兮，若在远行，登山临水兮，送将归。泬寥兮，天高而气清①；寂寥兮②，收潦而水清。憯凄增欷兮，薄寒之中人。怆怳懭悢兮，去故而就新；坎廪兮③，贫士失职而志不平。廓落兮，羁旅而无友生④；惆怅兮，而私自怜。燕翩翩其辞归兮，蝉寂寞而无声⑤。雁廱廱而南游兮⑥，鹍鸡啁哳而悲鸣。独申旦而不寐兮，哀蟋蟀之宵征。时亹亹而过中兮，蹇淹留而无成⑦。

（二）

皇天平分四时兮，窃独悲此廪秋⑧。白露既下百草兮，奄离披此梧楸。去白日之昭昭兮，袭长夜之悠悠。离芳蔼之方壮兮，余萎约而悲愁。秋既先戒以白露兮，冬又申

---

① 洪兴祖《考异》：寥，《释文》作廫。清，原作清，洪兴祖引一本作气平。古本作"瀞"。赵校：刘永济《屈赋通笺》云："瀞当是瀞之或体。瀞，《说文》：'冷寒也。楚人谓冷曰瀞。'义与清近。今本作清者，清之通借。《吕览·有度篇》：'清有馀也。'注：'寒也。'《庄子·人间世》：'爨无欲清之人。'《释文》：'凉也。'皆应作'清'。一本作平，王本作品，则嫌与下清复而妄改也。闻一多《校补》云："刘说是也。《唐韵》'清，七正切。瀞，七定切，音同'。是清瀞一字。诸书清字训凉训寒者，均当为瀞之省。……曹植《秋思赋》云：'云高气静兮露凝衣。'疑所见即作瀞之本，而读瀞为静也。"刘、闻之说并是。今据洪兴祖引古本改。

② 寂，原作"宗"，据朱熹引一本改。寥，一作"廫"，同"寂寥"。今据洪兴祖、朱熹引一本改。

③ 洪兴祖《考异》：廪，一作壈。

④ 洪兴祖《考异》：羁，一作羇。

⑤ 寂寞，原作"宗漠"，同"寂寞"，今据洪兴祖、朱熹引一本改。

⑥ 洪兴祖《考异》：廱，一作噰。

⑦ 此下原有"悲忧穷戚兮独处廓"至"心怦怦兮谅直"18句。一般看作第二章。然而上章及下章皆写秋景，此处插入个人抒怀文字，使得文意隔离。且此18句"兮"字在句中，显系乱辞。其开头"悲忧穷戚兮独处廓，有美一人兮心不绎"，也是学习屈原《抽思》"倡曰：有鸟自南兮，来集汉北"的手法，先借景以抒情，然后另起以直陈。从结构来说，当属结尾部分，今移为第九章。

⑧ 洪兴祖《考异》：廪，一作凛。

之以严霜。收恢台之孟夏兮,然欲傺而沈藏。叶菸邑而无色兮,枝烦挐而交横;颜淫溢而将罢兮,柯彷佛而萎黄;萷櫹椮之可哀兮,形销铄而瘀伤。惟其纷糅而将落兮①,恨其失时而无当。擥骓辔而下节兮,聊逍遥以相佯。岁忽忽而遒尽兮②,恐余寿之弗将。悼余生之不时兮,逢此世之俇攘。澹容与而独倚兮,蟋蟀鸣此西堂。心怵惕而震荡兮,何所忧之多方!仰明月而太息兮③,步列星而极明。

(三)

窃悲夫蕙华之曾敷兮,纷旖旎乎都房。何曾华之无实兮,从风雨而飞扬。以为君独服此蕙兮,羌无以异于众芳。闵奇思之不通兮,将去君而高翔。心闵怜之惨凄兮,愿一见而有明。重无怨而生离兮,中结轸而增伤。岂不郁陶而思君兮,君之门以九重。猛犬狺狺而迎吠兮,关梁闭而不通。皇天淫溢而秋霖兮,后土何时而得漧④!块独守此芜泽兮⑤,仰浮云而永叹。

(四)

何时俗之工巧兮,背绳墨而改错!却骐骥而不乘兮,策驽骀而取路。当世岂无骐骥兮,诚莫之能善御。见执辔者非其人兮,故騑跳而远去。凫雁皆唼夫梁藻兮,凤愈飘翔而高举。圜凿而方枘兮,吾固知其鉏铻而难入。众鸟皆有所登栖兮,凤独遑遑而无所集⑥。愿衔枚而无言兮,尝被君之渥洽。太公九十乃显荣兮,诚未遇其匹合⑦。骐骥伏匿而不见兮,凤皇高飞而不下。鸟兽犹知怀德兮,何云贤士之不处?骥不骤进而求服兮,凤亦不贪喂而妄食。君弃远而不察兮,虽愿忠其焉得?欲寂寞而绝端兮⑧,窃不

---

① 洪兴祖《考异》:糅,一作糅。
② 洪兴祖《考异》:遒,一作逝。
③ 仰,原作"卬",同"仰"。今据洪兴祖、朱熹引一本改。
④ 洪兴祖《考异》:漧,一作乾。
⑤ 芜,原作"无"。闻一多《校补》云:"上文云:'皇天淫溢而秋霖兮,后土何时而得漧',方恨积雨难霁,道途泥泞,无时得漧,则下文不得又有'无泽'之叹。疑无当为芜之省借,或误字。《风俗通义·山泽篇》曰:'水草交错,名之为泽。'久雨则百草怒生,潢潦渟瀯而成斥卤,'芜泽'正言其水多也。王注曰:'不蒙恩施,独枯槁也。'殊失其义。(此意何君善周所发。)"按本篇末云:"放游志乎云中。""云"即"邔",地在云梦泽旁。楚人名草泽曰"梦",则"邔"与"云梦"得名之义同,一言邑,一言泽。"芜泽"指云梦泽的沼泽地。今据以改作"芜"。
⑥ 洪兴祖《考异》:遑遑,一作惶惶。
⑦ 此下原有4句:"谓骐骥兮安归?谓凤皇兮安栖?变古易俗兮世衰,今之相者兮举肥!"其句式为"兮"字在句中,与全文主体部分句式不一致。又这四句实具有对全篇意旨进行总结之言,后二句体现出强烈的对当时楚国执政者的批判意识。从形式和内容两方面看,应属礼辞。今移全文之末。
⑧ 寞,原作"漠",据洪兴祖、朱熹引一本改。

敢忘初之厚德。独悲愁其伤人兮,冯郁郁其何极①!

(五)

霜露惨凄而交下兮,心尚幸其弗济②。霰雪雰糅其增加兮,乃知遭命之将至。愿徼幸而有待兮,泊莽莽与野草同死。愿自直而径往兮③,路壅绝而不通。欲循道而平驱兮,又未知其所从。然中路而迷惑兮,自压按而学诵④。性愚陋以褊浅兮,信未达乎从容。窃美申包胥之气盛兮,恐时世之不固⑤。独耿介而不随兮,愿慕先圣之遗教。处浊世而显荣兮,非余心之所乐。与其无义而有名兮,宁穷处而守高。食不媮而为饱兮,衣不苟而为温。窃慕诗人之遗风兮,愿托志乎素餐。蹇充倔而无端兮,泊莽莽而无垠。无衣裘以御冬兮,恐溘死不得见乎阳春。

(六)

靓杪秋之遥夜兮,心缭悷而有哀。春秋逴逴而日高兮,然惆怅而自悲。四时递来而卒岁兮⑥,阴阳不可与俪偕。白日晼晚其将入兮,明月销铄而减毁。岁忽忽而遒尽兮,老冉冉而愈弛。心摇悦而日幸兮⑦,然怊怅而无冀。中憯恻之凄怆兮⑧,长太息而增欷。年洋洋以日往兮⑨,老嵺廓而无处⑩。事亹亹而觊进兮,蹇淹留而踌躇。

(七)

何泛滥之浮云兮,猋壅蔽此明月!忠昭昭而愿见兮,然霠曀而莫达⑪。愿皓日之显

---

① 洪兴祖《考异》:冯,一作凭。
② 幸,一作㚔,"㚔""幸"字古体。今据洪兴祖、朱熹引一本改。
③ 此句原作"愿自往而径游兮",据洪兴祖引一本及朱熹《集注》本改。
④ 按,原作"桉",据洪兴祖、朱熹引一本改。
⑤ 此下原有"何时俗之工巧兮,灭规矩而改凿"二句,与上章开头二句重。此下"慕先圣之遗教"云云应直承赞申包胥之句,则此二句使上下文意隔阂。且此二句本由《离骚》"固时俗之工巧兮,偭规矩而改错"而来。套用一次尚可,套用两次,与《九辩》全篇表现出的作者的才情很不一致,作者不至于如此之拙劣。可以肯定是窜入之句,今删。"固"字先秦古韵在鱼部,即段玉裁《六书音韵表》之第五部,其下"教"字在宵部。属《六书音韵表》之第六部,二字为旁对转。朱熹《集注》以"固"字与"凿"不同韵,改为"同"以属上,江永《古韵标准》亦言"固"当作"同",其说均无据,不可从。
⑥ 递,原作"遰"。洪兴祖《补注》:"遰,本作递。"今据改。
⑦ 幸,原作"㚔",同"幸",据洪兴祖、朱熹引一本改。
⑧ 洪兴祖《考异》:之,一作而。
⑨ 洪兴祖《考异》:以,一作而。
⑩ 洪兴祖《考异》:嵺,一作廖。
⑪ 霠,原作"霿",霿字之误。霠,同"阴"。

行兮,云蒙蒙而蔽之。窃不自料而愿忠兮①,或黕点而污之②。彼日月之照明兮,尚黤黮而有瑕。何况一国之事兮,亦多端而胶加。被荷裯之晏晏兮,然潢洋而不可带。既骄美而伐武兮,负左右之耿介③。农夫辍耕而容与兮,恐田野之芜秽。事绵绵而多私兮,窃悼后(後)之危败。世雷同而炫曜兮,何毁誉之昧昧!今修饰而窥镜兮,后(後)尚可以窜藏。愿寄言夫流星兮,羌倏忽而难当。卒壅蔽此浮云兮,下暗漠而无光。

（八）

尧舜皆有所举任兮,故高枕而自适。谅无怨于天下兮,心焉取此怵惕?乘骐骥之浏浏兮,驭安用夫强策?谅城郭之不足恃兮,虽重介之何益?遭翼翼而无终兮,忳惛惛而愁约。生天地之若过兮,功不成而无效。愿沈滞而不见兮,尚欲布名乎天下。然潢洋而不遇兮,直怐愁而自苦④。莽洋洋而无极兮,忽翱翔之焉薄?国有骥而不知乘兮,焉皇皇而更索?宁戚讴于车下兮,桓公闻而知之。无伯乐之善相兮,今谁使乎誉之⑤。罔流涕以聊虑兮,惟著意而将之⑥。纷纯纯之愿忠兮⑦,妒被离而鄣之。愿赐不肖之躯而别离兮,放游志乎云中⑧。计专专之不可化兮,愿遂推而为臧。赖皇天之厚德兮,还及君之无恙。

---

① 料,原作"聊",据洪兴祖、朱熹引一本改。

② 以下原有"尧舜之抗行兮,瞭冥冥而薄天。何险巇之嫉妒兮,被以不慈之伪名"四句,是由屈原《哀郢》中窜入,第三句文字有变动,《哀郢》原作"众谗人之嫉妒兮",余皆同。今删去。

③ 以下原有"憎愠惀之修美兮,好夫人之慷慨。众踥蹀而日进兮,美超远而逾迈"四句,是由屈原《哀郢》中窜入。今删去。

④ 洪兴祖《考异》:《释文》作怉愁。

⑤ 誉,原作誉。洪兴祖、朱熹皆引一本作"誉"。朱熹《楚辞辩证》云:"当作誉为是。"闻一多《校补》云:"朱子谓誉训相度,于义为长,又与知叶,作誉者是。继又见下文'得之'、'彰之'相叶,理不可晓遂不得不谓二'之'字为韵,因以彼例此又谓此文二'之'字亦自成韵,故誉亦无烦改作誉。按朱子后说非也。之字非韵,理无可易。下文'得之''彰之'为韵者,得乃将之讹,将与彰韵也。此文本自作誉,知之与誉之,支脂合韵。誉训相,见《吕氏春秋·知度篇》高注。'无伯乐之善相兮,今谁使乎誉之','相'与'誉'为互文也。王注曰'后世叹誉,称其德也'者,誉又训叹(《汉书·礼乐志》注曰:'誉,嗟叹之词也。')注乃以叹誉释誉字,非谓正文本有誉字。后人不察,或援注中'誉'字以改正文,过矣。王鏊本,朱燮元本,吉藩本,大小雅堂本并作誉,与一本合。"刘永济也主改作誉。今据各家之说改。

⑥ 将,原作"得",与下"鄣"不韵。闻一多《校补》云:"得字于义难通,又与鄣不叶。疑得当为将,字之误也。(草书将作㓞,得作㝵,形近。)将读为奖。(《汉书·衡山王赐传》'皆将养劝之',注曰:'将读为奖。')'惟著意而奖之',愿君留意而有以奖励己之忠行也。"由音、形、义三方面看,为"将"字之误无疑。今据改。

⑦ 纷纯纯:洪兴祖《考异》:"一作纯怉怉。"朱熹《集注》本亦作"纷怉怉"。

⑧ 洪兴祖《考异》:志,一作意。赵校:此下原有12句:"乘精气之抟抟兮,骛诸神之湛湛。骖白霓之习习兮,历群灵之丰丰。左朱雀之茇茇兮,右苍龙之躍躍。属雷师之阗阗兮,道飞廉之衙衙。前轻辌之锵锵兮,后辎乘之从从。载云旗之委蛇兮,扈屯骑之容容。"其思想与全篇不合,也与上下文意不衔接,乃是《远游》中文字。因此处有"放游志乎云中"一句而误置于此。今删。

（九）

悲忧穷戚兮独处廓①，有美一人兮心不绎。去乡离家兮徕远客②，超逍遥兮今焉薄？专思君兮不可化，君不知兮可柰何！蓄怨兮积思，心烦憺兮忘食事。愿一见兮道余意，君之心兮与余异。车既驾兮朅而归，不得见兮心伤悲。倚结軨兮长太息，涕潺湲兮下沾轼。忼慨绝兮不得③，中瞀乱兮迷惑。私自怜兮何极，心怦怦兮谅直。谓骐骥兮安归？谓凤皇兮安栖？变古易俗兮世衰，今之相者兮举肥④。

---

① 从"悲忧穷戚兮独处廓"至"心怦怦兮谅直"18句，原作为第二章，在"塞淹留而无成"一句下，然而第一章和原第三章都是借写秋色以抒情，此章直接写自己经历，其句式亦与上下不一致，显系乱辞。今移于末尾。

② 洪兴祖《考异》：徕，一作来。

③ 洪兴祖《考异》：忼，一作慷。

④ 从"谓骐骥兮安归"至此四句，"兮"字在句中，属"乱辞"部分，看文意，有总结全文的作用。原在旧第四章"诚未遇其匹合"下。今移于此。

五十九部宋玉研究著述解题

吴广平

(湖南科技大学人文学院中文系　湖南湘潭　411201)

【摘要】 据不完全统计,截止到2015年4月底,古今中外学者已撰写出版研究战国时期伟大辞赋作家宋玉的著述五十九部,可分作辑注类、音义类、论评类、考证类、资料类、创作类六类。古今中外学者运用文献学、训诂学、文艺学、神话学、民俗学、人类学等众多学科的理论与方法对宋玉及其辞赋进行了广泛而深入的研究,取得了丰硕的成果。

【关键词】 宋玉;研究著述;文献综述;学术史

三十余年来我一直致力于宋玉研究资料的挖掘、搜集与整理。大部分宋玉研究资料,是我购买、扫描、复印的,也有一部分是著作者本人赠送的。截止到2015年4月底,我已收集了古今中外宋玉研究著述五十九部,现分作辑注类、音义类、论评类、考证类、资料类、创作类六类进行介绍,希望能为有志于从事宋玉研究者提供文献信息上的便利。

一、辑注类

1.《宋玉集》,正文二卷、附录一卷,战国宋玉撰,明代佚名辑,清抄本,赵氏培荫堂藏书,系"武陵赵氏培荫堂同治甲子(1864)后所得书",今藏南京图书馆古籍部善本书室。此书封面下方居右盖"八千卷楼珍藏善本"朱红楷书印章。封面黄色,外有今人加的深蓝色封皮。目录首端盖有"善本书室"、"八千卷楼藏书印"等印章。正文卷首盖有如下章:"武陵赵氏培荫堂同治甲子后所得书"。清代丁丙《善本书室藏书志》卷二十三《集部一》对此种版本的《宋玉集》有记载与考证,曰:"《宋玉集》二卷,精写本,赵氏培荫堂藏书,后有《宋集篇目考》。《隋书·经籍志》作三卷。《旧唐书·艺文志》作二卷,《新

---

① 基金项目:本文属于湖南省高等学校科学研究重点项目"骚体文学研究"(课题编号11A038)、湖南省普通高等学校哲学社会科学重点研究基地"中国古代文学与社会文化研究基地"的研究成果之一。

唐书》同。郑樵《通志》作二卷。马端临《文献通考》作一卷。焦氏《经籍志》作二卷,陈第《世善堂书目》作一卷。右上卷:《笛赋》《大言赋》《小言赋》《讽赋》《钓赋》《舞赋》《风赋》《高唐赋》《神女赋》《登徒子好色赋》《微咏赋》;下卷:《九辩》十首、《对楚王问》《高唐对》《郢中对》。观其考目至陈第而止,当出于明人所辑也。有'武陵赵氏培荫堂所得书'一印。赵氏者乃楚南赵淡如太守笃恩,尝为仁和县令,多善政,储藏精本甚夥,殁后以书箧过重,艰于返乡,半付坊肆,此其一也。"①

2.《宋玉集》,正文二卷、附录一卷,战国宋玉撰,明代佚名辑,清抄本,"道光甲申年(1824)五月二十七日研六居士手校正",南宫邢氏珍藏善本,今藏国家图书馆分馆普通古籍阅览室。上卷收录"赋"十一篇,包括《笛赋》《大言赋》《小言赋》《讽赋》《钓赋》《舞赋》《风赋》《高唐赋并序》《神女赋并序》《登徒子好色赋》《微咏赋》。下卷收录"骚"二篇,包括《九辩并序》十首、《招魂并序》;"对问"五篇,包括《对楚王问》《对友人问》《对或人问》《高唐对》《郢中对》。附录一卷,包括《宋玉传》《篇目考》。书末附《采辑古书考》。《采辑古书考》注明此书所录宋玉作品的出处:"笛赋(《古文苑》一),大言赋(《古文苑》一、《渚宫旧事》三),小言赋(《古文苑》一、《渚宫旧事》三),讽赋(《古文苑》一),钓赋(《古文苑》一、《渚宫旧事》三),舞赋(《古文苑》一、《文选》十七),风赋(《文选》十三),高唐赋并序(《文选》十九),神女赋并序(《文选》十九),登徒子好色赋(《文选》十九),微咏赋(《续文选》九),九辩并序(《楚辞》八、《文选》三十三),招魂并序(《楚辞》九、《文选》三十三),对楚王问(《新序》一、《文选》四十五),对友人问(《新序》五、《渚宫旧事》三),对或人问(《新序》五、《渚宫旧事》三),高唐对(《太平御览》三百九十九引《襄阳耆旧记》)(广平案:实录自余知古《渚宫旧事》卷三《周代下》引《襄阳耆旧传》),郢中对(《事类·乐部·歌赋》注)。"并说明附录《宋玉传》录自习凿齿《襄阳耆旧记》卷一)。此书凡"玄"均改为"元",大约是抄写者避清圣祖爱新觉罗·玄烨讳。

3.《宋大夫集》,正文三卷、附录一卷,战国宋玉撰,明代张燮辑,《七十二家集》本,明天启(1621—1627)、崇祯(1628—1644)间刻本,国家图书馆善本书库藏。张燮(1574—1640),明代作家、学者。《宋大夫集》为张燮辑《七十二家集》第一种,题"楚郢中宋玉撰、明闽漳张燮纂"。《宋大夫集序》云:"周之季也,人以道术争鸣,故诸子独著而文苑阙焉。迨骚以屈平浚源,赋以荀卿导基,遂开万祀词人之始。顾集家诸体犹未备也。宋玉为三闾高弟,所为骚能衍其师绪而弘播徽音,赋则鉽槻益充,欲苞荀之概而殷瞋其上,虬川翡林於焉具体。然则先民有集,盖首于宋大夫。彼并世濡翰如景差辈,竟不能片简残篇与公竞传布也。《隋书·艺文志》载《宋玉集》三卷,今考所属缀亦复散见人间,顾未有衷合以行者。余乃编次,爰成斯集。三十六甲,龟为之长,百羽所宗,其在若箫若干乎?独怪公之《招魂》《九辩》悲悼填膺,如远刺心血,洒作红雨喷人。迨《高唐》《好色》等篇,又若破涕成欢,排愁成媚,忽而蒿目,忽而解颐,似乎彼此两截地界。岂悼

---

① (清)丁丙《善本书室藏书志》(清人书目题跋丛刊二),中华书局1990年3月第1版,第670页。

其师之芳草化萧,必餔糟啜醨别为玩世耶？慷慨热肠、风流冷眼,一身饶兼之。上世奇人,岂得傲以先鸣之道术哉？"序末题曰："甲子元日绍和张燮识于霏云居"。此书正文三卷,附录一卷。卷一收录"赋"十篇,包括《风赋》《高唐赋》《神女赋》《登徒子好色赋》《讽赋》《舞赋》《钓赋》《大言赋》《小言赋》《笛赋》。卷二收录"骚"一篇,即《九辩》。卷三收录"骚"一篇,即《招魂》；"书"一篇,即《报友人书》；"对问"一篇,即《对楚王问》。《宋大夫集》卷一无注、卷二录王逸注、卷三《招魂》录王逸注。附录一卷收录晋习凿齿《宋玉传》、唐杜甫《怀古》诗一首、唐李白《感遇》诗一首,另有《遗事》(四条)、《集评》(十条)、《纠谬·〈微咏赋〉》。在附录《纠谬·〈微咏赋〉》中,张燮说："按此(广平按：指《微咏赋》)南宋时王微所为《咏赋》也。刘节《广文选》不识有王微姓名,遂以王字加点为玉,读曰宋玉,而署赋为'微咏赋'。不知'微咏'二字原无所本,而赋多俳语,必非周秦以上人,其出微笔无疑耳。按《宋书》：'王微,字景文。'即与江湛辞吏部郎书者。弟僧谦遇疾,微躬自处治。僧谦既以不救微深自咎,发疾不治,裁书告灵,后四旬而终。今阅篇中有'楹华开表,夛坛横芜。''闷阴梻兮空长居。'及'致命遂志,宝中阿兮。'等语,想亦病困自遣之辞,博古者当自得之。近世杨用修已驳宋玉之讹,第世儒守旧,尚疑赋属王微未必有据,故为详论若此。"

4.《宋大夫集》,正文三卷、附录一卷,战国宋玉撰,明代张燮辑,《历代卅四家文集》本,中州古籍出版社1997年影印河南省唐河县图书馆藏赏雨轩藏版刻本。此版本的《宋大夫集》内容、体例与代张燮辑《七十二家集》本相同。

5.《宋玉文钞》一卷,战国宋玉撰,明代李宾辑,收入李宾辑《八代文钞》,明末刻本,天津图书馆善本书库藏。李宾,明末学者。《宋玉文钞》只有原文,无注,有注逗。收录的作品有：《神女赋》《高唐赋》《登徒子好色赋》《风赋》《钓赋》《笛赋》《讽赋》《舞赋》《大言赋》《小言赋》《对楚王问》《九辩》《招魂》。

6.《巫山神女梦》,题战国宋玉撰,见明代冰华居士辑《合刻三志·志梦类》,明刻本,一册,国家图书馆藏。冰华居士,即潘之恒(约1536—1621),号冰华生,明代戏曲评论家、诗人。《巫山神女梦》是据宋玉《神女赋》改写而成,只有原文,无注。

7.《〈风赋〉及其他》,战国宋玉著,萧平编注,中华书局1959年10月第1版,0.7万字。萧平,生平不详。全书首为"小引"(即前言),然后简单注释了宋玉《风赋》《登徒子好色赋》《对楚王问》三篇作品。"小引"中说："《风赋》中把风分为雄风和雌风,说雄风只有像楚王那样的最高统治者才能享受,雌风才属于一般的老百姓。作者大胆地赋予了自然界的风以阶级性,显示出当时社会中存在着两个对立的阶级。我们知道,在有阶级的社会中,对于社会生活的认识,首先要从阶级分析出发,从这一点来说,两千多年前写成的这篇古老的辞赋,对我们是有着启发意义的。而且这篇赋非常形象地描写出风最初是怎样地'起于青萍之末',后来又怎样地渐渐大起来,又怎样地小下去。社会生活和自然界的其他现象也是这样,都有它们发生、发展的过程。我们要善于看出事物发生的最早萌芽,把握事物发展的趋向,也就是通常所说的'辨风向',这在《风赋》中,有着生动而细致的描绘。"

8.《读〈风赋〉及其它》,上海师范大学中文系七三级师生编写,上海人民出版社1976年7月第1版,全书3.8万字。扉页印了两条"毛主席语录",一是:"社会主义革命革到自己头上了,合作化时党内就有人反对,批资产阶级法权他们有反感。搞社会主义革命,不知道资产阶级在哪里,就在共产党内,党内走资本主义道路的当权派。走资派还在走。"二是:"中国如果发生反共的右倾政变,我断定他们也是不得安宁的,很可能是短命的,因为代表百分之九十以上人民利益的一切革命者是不会容忍的。"书的正文包括六篇评论短文并附六篇古文,分别是《读〈风赋〉》(附宋玉《风赋》)、《"清君侧"小议》(附节选自《汉书》的《晁错传》)、《一份复辟派的自供状》(附节选自《宋史纪事本末》的《元祐更化》)、《想起孙悟空》(附节选自《西游记》的《孙悟空三打白骨精》)、《正名·停年·台阶》(附龚自珍政论文《明良论三》的节选)、《〈画皮〉今析》(附《聊斋志异》中的《画皮》节选)。

9.《宋玉辞赋今读》,袁梅译注,齐鲁书社1986年8月第1版,10万字。袁梅(1924—),济南大学文学院中文系教授。此书认为现存的宋玉赋只有《九辩》一篇为宋玉所作,故全书以《九辩》为重点,集中作了注译、评介,附带注译了"虽无定论,但千载流传,影响深广"的《风赋》《高唐赋》《神女赋》《登徒子好色赋》4篇,附录了《对楚王问》《笛赋》《大言赋》《小言赋》《讽赋》《钓赋》《舞赋》《高唐对》8篇的原文。后作者将其《屈原辞赋译注》与《宋玉辞赋译注》合为一书,名曰《屈原宋玉辞赋译注》,由齐鲁书社于2008年5月出版。袁华认为:"袁梅译注《宋玉辞赋今读》,是研究宋玉辞赋的集大成之作。"①容有过誉之嫌。如果说,此书是否定宋玉著作权的集大成之作,则非常中肯了。尽管如此,但此书改变了明代以后无人整理宋玉作品的状况,并促使人们进一步思考和研究宋玉作品的真伪问题。

10.《宋玉辞赋译解》,朱碧莲编注,中国社会科学出版社1987年2月第1版,10万字。朱碧莲(1932—2013),华东师范大学中文系教授。此书认为真正是宋玉的作品有《九辩》《风赋》《高唐赋》《神女赋》《登徒子好色赋》《对楚王问》《钓赋》7篇②,《笛赋》《大言赋》《小言赋》《讽赋》《舞赋》5篇为伪作。此书首为《前言》,表明作者撰写此书的目的是:"本书试图通过对宋玉全部辞赋的译解,帮助读者比较客观而全面地评价、认识宋玉其人及其作品;同时,也为广大文学爱好者阅读宋玉的作品提供一点方便。"接着为《论宋玉及其〈九辩〉》《宋玉辞赋真伪辨》两篇论文;中间主体部分为对12篇作品所作的注释、翻译、赏析;末附《有关宋玉的传记资料》(共10条资料)、《宋玉及其作品

---

① 见霍松林主编:《辞赋大辞典》,江苏古籍出版社1996年5月第1版,第348—349页,袁华撰写的"宋玉集"辞条。

② 按:朱碧莲《宋玉辞赋译解》一书只认为《九辩》、《风赋》、《高唐赋》、《神女赋》、《登徒子好色赋》、《对楚王问》和《钓赋》七篇作品为宋玉所作,其余均有伪托之嫌。《唐勒》赋残简出土以后,朱碧莲改变了看法。1993年上海三联书店出版的朱碧莲学术专著《楚辞论稿》,里面也收了一篇题为《宋玉辞赋真伪辨》的文章,观点就和她原来的同题文章大不相同,而认为《楚辞章句》、《文选》和《古文苑》所收署名宋玉的作品,除《招魂》、《舞赋》外,其余十一篇均为宋玉所作。加上银雀山出土的《御赋》,朱碧莲认为现存的宋玉辞赋实有十二篇。

的研究专著和文章索引》(共介绍了 34 篇文章)。后作者将此书收入其《还芝斋读楚辞》的下卷"楚辞讲读"部分,由上海古籍出版社于 2008 年 6 月出版。此书撰写出版的时候,学术界通常的观点是传世的宋玉作品只有《九辩》一篇是可靠的,其他的都是伪作。尽管 1954 年胡念贻曾考定《楚辞章句》中所收的《九辩》《招魂》和《文选》中所收的《高唐赋》《神女赋》《风赋》《登徒子好色赋》共 6 篇作品全都是宋玉所作①,但 20 世纪五六十年代基本上没有赞同者。朱碧莲在胡念贻的基础上进而论定出自《古文苑》的《钓赋》也是宋玉所作,这是极有眼光的。此书首次对传世的宋玉作品进行了全面的注释、翻译与赏析,开创了全面深入研究宋玉作品的先河。

11.《宋玉辞赋笺评》,金荣权著,中州古籍出版社 1991 年 1 月第 1 版,20 万字。金荣权(1964—),信阳师范学院中文系教授。此书认为传世的宋玉作品,《九辩》《招魂》《风赋》《高唐赋》《神女赋》《登徒子好色赋》《对楚王问》《讽赋》《钓赋》9 篇确为宋玉所作,而《笛赋》《大言赋》《小言赋》《舞赋》《高唐对》《微咏赋》6 篇则确为伪作。全书分上、下两编。上编为"宋玉辞赋笺评",对作者认定的 9 篇作品予以"题解"、"注释"、"翻译"、"赏析"。下编是"宋玉辞赋研究",分"宋玉传略"、"宋玉作品考辨"、"宋玉辞赋托物抒情的表现手法"、"宋玉奠定了汉大赋的基本构成形式"、"后人对宋玉的评价及宋玉形象的历史变迁"、"宋玉其人评品"六章,对宋玉其人及其作品进行了全面探讨。最后的"附录"有三部分,一是"词、曲、小说及民间传说中的宋玉形象",二是"关于宋玉的研究资料"(共 77 条资料),三是"宋玉研究论文索引"(介绍了 54 篇文章)。此书资料收集比较全面,研究视野比较开阔,将注释、翻译、赏析、资料、研究几方面结合在一起,体例新颖,便于人们全面地认识宋玉其人及其作品。尤其是对宋玉辞赋艺术特色与宋玉形象历史变迁的探讨,极为深入细腻,进入到了一个新的层次,有助于人们客观公允地评价宋玉及其创作。

12.《宋玉赋》,战国宋玉撰,收入夏于全、齐豫生主编《四库禁书精华》第二十四卷,集部,古林摄影出版社 2001 年版。此书《宋玉赋》收录了《九辩》《招魂》《风赋》《高唐赋》《神女赋》《登徒子好色赋》《对楚王问》《笛赋》《讽赋》《钓赋》《大言赋》《小言赋》《舞赋》共 13 篇作品,均只录原文,无校注。

13.《宋玉集》,吴广平编注,岳麓书社 2001 年 8 月第 1 版,42 万字。吴广平(1962—),湖南科技大学人文学院中文系教授。此书首为一篇 2 万余字的《前言》,分"宋玉的生平"、"宋玉作品的真伪"、"宋玉作品的艺术成就"、"宋玉在文学史上的地位和影响"、"宋玉研究概况"、"本书的体例说明"六个部分。作者将传世的 16 篇宋玉作品,加上银雀山出土的一篇《御赋》,分为两组:第一组即宋玉所作,包括《九辩》《招魂》《风赋》《高唐赋》《神女赋》《登徒子好色赋》《对楚王问》《笛赋》《大言赋》《小言赋》《讽赋》《钓赋》《御赋》,共 13 篇作品;第二组为伪作或属尚有争议的作品,包括《舞赋》《微咏赋》《高唐对》《郢中对》4 篇,另附《宋玉集序》。每篇作品包括解题、原文、注释、翻译。书中还收录了中外 11 位学者的 14 篇宋玉

---

① 见胡念贻:《宋玉作品的真伪问题》,载《文学遗产增刊》第一辑,1955 年 4 月出版。

研究论文,包括游国恩的《〈楚辞·九辩〉的作者问题》、胡念贻的《〈招魂〉系宋玉为招顷襄王生魂而作》、潘啸龙的《〈招魂〉研究商榷》、胡念贻的《宋玉作品的真伪问题》、汤漳平的《宋玉作品真伪辨》、朱碧莲的《宋玉辞赋真伪辨》、高秋凤的《宋玉作品真伪考》、谭家健的《〈唐勒〉赋残篇考释及其他》、李学勤的《〈唐勒〉、〈小言赋〉和〈易传〉》、朱碧莲的《唐勒残简作者考》、郑良树的《论〈宋玉集〉》、稻畑耕一郎的《〈宋玉集〉佚存钩沉》、闻一多的《高唐神女传说之分析》、游国恩的《宋玉〈大、小言赋〉考》。书末另附:一、"宋玉及其作品的评论资料",辑录历代评论宋玉及其作品的资料 243 条;二、"参考、引用文献举要",介绍书籍 55 部(其中 10 部为宋玉专集或研究宋玉的专著)、20 世纪中外学者发表的宋玉及其作品的研究论文 227 篇。"此书是目前为止我们能见到的收录宋玉作品最多的一部著作①,其题解与注释最大的长处是:充分融入了现当代楚辞界的研究成果和个人的研究所得,在学术的信息量、考证的精细度、注解的详尽度等方面,都超过以前的著作。"②"作者以其严谨、细致、认真的态度,在当代的宋玉研究中,提供了一个可信度极高的版本,我们甚至可以说它是具'里程碑'意义的成果(此书 2004 年出版了增订修改本)。"③

14.《宋玉辞赋》,曹文心著,安徽大学出版社 2006 年 11 月第 1 版,19.6 万字。曹文心(1940—),淮北煤炭师范学院中文系教授。此书首为《前记》,正文分为上编、下编、附录,上编"宋玉辞赋考论",包括"(壹)宋玉生平事迹考"、"(贰)宋玉辞赋真伪考"、"(叁)屈宋辞赋之比较";下编"宋玉辞赋译注",包括"(壹)宋玉骚体诗译注"(译注了《九辩》《招魂》)、"(贰)宋玉散体赋译注"(译注了《风赋》《登徒子好色赋》《高唐赋》《神女赋》《大言赋》《小言赋》)、"(叁)宋玉散文赋译注"(译注了《对楚王问》《钓赋》《讽赋》);附录"宋赋真伪难明及伪托之作",注译了《笛赋》《舞赋》,录了《微咏赋》《对或人问》《对友人问》《报友人书》《高唐对》《郢中对》《唐勒、宋玉论御赋》的原文。最后为"参考文献"。

15.《宋玉作品译注》,汤漳平译注,见其所译注的《楚辞》,中州古籍出版社 2005 年 10 月第 1 版,2007 年 4 月第 2 版。汤漳平(1946—),闽南师范大学中文系教授。汤漳平译注《楚辞》,分为"屈原作品"和"宋玉作品"两大部分,中州古籍出版社 2005 年 10 月第 1 版译注了宋玉作品《九辩》《对楚王问》《登徒子好色赋》《风赋》《高唐赋》《神女赋》《钓赋》七篇,作为"智慧之门"丛书之一出版。此书中州古籍出版社 2007 年 4 月第 2 版"宋玉作品"部分译注了《九辩》《对楚王问》《登徒子好色赋》《风赋》《高唐赋》《神女赋》《钓赋》《讽赋》《大言赋》《小言赋》《笛赋》《舞赋》十二篇,作为"国学经典丛书"之一出版。作者认为《招魂》是屈原作品,对《笛赋》和《舞赋》是否为宋玉作品持存疑的观点。此书译注这十二篇作品由解题、原文、注释、翻译、赏析五部分组成。作者研究宋

---

① 按:岳麓书社 2008 年出版的吴广平《楚辞全解》收录的宋玉作品(包括伪作)有 20 篇,比吴广平编注的《宋玉集》收录的作品更多。
② 金荣权:《百年宋玉研究综论》,《江汉论坛》2009 年第 2 期。
③ 汤漳平:《出土文献对宋玉研究的影响》,《中州学刊》2012 年第 2 期。

玉积累多年，题解、注释、翻译、赏析均平易通达，稳妥可靠，很见功底。

16.《宋玉集全解》，吴广平撰，见其所撰《楚辞全解》。吴广平撰《楚辞全解》，是一部屈原、宋玉两人全集校注汇评本，"古典名著标准读本"丛书之一，岳麓书社2008年1月第1版。全书由题解、原文、注释、韵部、译文、集评六大板块组成，书中对《九辩》《招魂》《风赋》《高唐赋》《神女赋》《登徒子好色赋》《笛赋》《大言赋》《小言赋》《讽赋》《钓赋》《舞赋》《微咏赋》《御赋》《对楚王问》《对友人问》《对或人问》《高唐对》《郢中对》《报友人书》这20篇宋玉作品及其伪作作了全面解析（作者认为《舞赋》《对友人问》《对或人问》《高唐对》《郢中对》《报友人书》六篇为伪作或宋玉作品异文），另附晋代习凿齿《宋玉传》、唐代佚名《宋玉说》、清代甘鹏云《楚大夫宋玉》、先唐佚名《宋玉集序》、明代张燮《宋大夫集序》、清代丁丙《宋玉集题跋》。此书收录宋玉作品最全，解释最为详尽，对进一步深化宋玉作品的诠释有推动意义。

17.《宋玉集译注》，吴广平译注，见吴广平译注《楚辞》，"古典名著阅读无障碍本"丛书之一，岳麓书社2011年8月第1版。吴广平译注《楚辞》，是一部屈原、宋玉两人全集注译本，全书由题解、原文、注释、译文四部分组成，书中注译了宋玉的《九辩》《招魂》《风赋》《高唐赋》《神女赋》《登徒子好色赋》《笛赋》《大言赋》《小言赋》《讽赋》《钓赋》《微咏赋》《御赋》《对楚王问》共14篇作品。

18.《宋玉辞赋注译析》，姚守亮、程本兴编注，湖北科学技术出版社2014年9月第1版，27万字，系"襄阳文库·名人文集"第一辑丛书之一种。姚守亮（1963—），湖北省宜城市板桥店镇中心学校文科教研员；程本兴（1942—），湖北文理学院宋玉研究中心兼职教授。全书除"前言"和"后记"外，正文部分收录《大言赋》《小言赋》《高唐赋》《神女赋》《舞赋》《风赋》《钓赋》《对楚王问》《讽赋》《御赋》《登徒子好色赋》《微咏赋》《笛赋》《招魂》《九辩》15篇编注者认定的宋玉作品，每篇作品包括题解、原文、注释、译文、简析、赏析等六个部分，简析是对各个层次的内容所作的扼要提示，赏析则是对全篇的鉴赏和分析；另外附录了"宋玉赋作的4篇异文"《对友人问》《对或人问》《高唐对》《郢中对》，每篇异文包括题解、原文、注释、译文四个部分。附录还附有"由宋玉及其辞赋产生的成语典故举要"和"本书主要参考文献"。此书充分吸收了学术界的研究成果[1]，对于普及与推广宋玉辞赋有意义与价值。

二、音义类

19.《屈宋古音义》，明代陈第撰。此书版本有明万历四十二年焦竑校刊《一斋著

---

[1] 《宋玉辞赋注译析》的执笔者姚守亮2014年11月17日写给吴广平的信中说："以前，承蒙吴教授多次惠赠大作，在下研读后茅塞顿开，获益多多，不胜感激！这次，受恩师程本兴先生之托，为其代笔撰写《宋玉辞赋注译析》一书，由于学养不足，时间仓促诸多因素，书中谬误、不足之处定是不少；加之对包括吴教授大作（如《楚辞全解》等）在内的相关著述多有照搬，而自己的部分译文又相当蹩脚，故在方家面前羞于示人。好在只是以'编注'名之，于心稍安。"稍稍对照，发现书中"照搬"吴广平撰《楚辞全解》中20篇宋玉作品及其伪作的题解、注释、译文的地方确实较多。

书》本、清乾隆三十二年徐时作重订本、清嘉庆十年(1805)虞山张海鹏辑刊《学津讨原》本、清道光二十八年刊《明儒陈一斋先生全集》本、清同治二年长沙余氏刊《明辨斋丛书》本(仅录《屈宋古音考》一卷)、清光绪六年武昌张氏刻本、民国二十四年上海商务印书馆《丛书集成初编》本(影印《学津讨原》本)、1985年中华书局重印《丛书集成初编》本。近有康瑞琮点校本,中华书局2008年6月第1版。康瑞琮后又对此点校者本进行了校订、调整,作为"音韵学丛书"之一种于2011年10月由中华书局再版。陈第(1540—1617),明代音韵学家。他反对宋人叶韵说,认为《诗经》《楚辞》反映的是古音,不能以唐宋今音为标准随音改读来求韵脚的谐合。他明确提出"时有古今,地有南北,字有更革,音有转移"(《毛诗古音考·自序》)的观点。他考证古音,以《诗经》《楚辞》韵例作为本证,以周秦汉魏韵文、谐声、读若、直音、异文、又读等材料作为旁证,二者交相考辨,证实古音本读。条分缕析,主次分明。他还对《诗经》韵例做了分析,指出《说文》谐声与《诗经》韵的统一关系。陈第既撰《毛诗古音考》,复以《楚辞》去风人未远,亦古音之遗,乃取屈原所著《离骚》等二十五篇,除其《天问》一篇,得二十四篇。又取宋玉《九辩》九篇、《招魂》一篇,益以《文选》所载《高唐赋》《神女赋》《风赋》《登徒子好色赋》四篇,得十四篇。总共三十八篇。全书除卷首"凡例四则"和卷末"跋"外,正文分为三卷。第一卷取屈宋辞赋三十八篇中之韵,其中韵与今殊者二百三十四字,各推其本音,与《毛诗古音考》互相发明。第二卷收录屈原赋二十四篇,包括《离骚》《九歌》(11篇)、《九章》(9篇)、《远游》《卜居》《渔父》(未收录《天问》);第三卷收录宋玉赋十四篇,包括《九辩》(9篇)、《招魂》《高唐赋》《神女赋》《风赋》《登徒子好色赋》。各篇作品用王逸《楚辞章句》、朱熹《楚辞集注》参校,主要依据《集注》。每篇作品末有"题辞",对作品进行解说。屈宋原文以韵分章,于各韵脚下注明古音,注释则综采前人旧注,并申以己见。

20.《屈宋方言考》,李翘著,有民国十四年(1925)季夏芬熏馆刊本,民国十九年(1930)瑞安陈氏《湫漻斋丛刊》本。李翘(1896—1970),字梦楚,一作孟楚,浙江瑞安云江人,浙南名流李笳长子。幼承家学,就读瑞中,初出任瑞安中学、温州中学执教国文,后相继出任中山大学、安徽大学、河南大学文学系教授。1950年被推举为瑞安县政协委员,旋被聘为浙江省文编纂国史机构馆员,一生致力于楚辞研究。作者在此书《叙》中说:"屈宋文辞,非唯惊采绝艳,为词赋之宗已也。览其辨物敷词,多属楚语。"《屈宋方言考》共列出楚语凡68条,其考释的范围超过《楚辞》一书,将宋玉赋中的楚语也包括其中,如《小言赋》中的"蝇"、"蚊",《风赋》中的"堁"、"楗",《神女赋》中的"嫷"、"嫕",《登徒子好色赋》中的"窥",《高唐赋》中的"掩"等,这是前人未曾做过的工作,颇有开拓意义[①]。

21.《宋玉辞赋语法修辞研究》,姚守亮著,湖北人民出版社2015年3月第1版,25

[①] 参汤漳平:《〈楚辞〉中之楚语研究述略》,《漳州师范学院学报》(哲学社会科学版)2010年第3期。

万字。姚守亮(1963—),湖北省宜城市板桥店镇中心学校文科教研员。全书首为"绪论",包括四方面的内容:一、宋玉其人其作;二、宋玉研究的内容、成果及广阔空间;三、宋玉辞赋语法与修辞研究的现状;四、宋玉辞赋语法、修辞研究的主要内容。书的正文共分上下两编,上编为"宋玉辞赋语法分析"部分,下编为"宋玉辞赋修辞初探"部分。上编共五章,第一章"宋玉辞赋的词类与句类";第二章"宋玉辞赋叠音词研究";第三章"宋玉辞赋联绵词浅说";第四章"宋玉辞赋特殊虚词及相关句法";第五章"宋玉辞赋复句研究"。下编共六章,第一章"宋玉辞赋修辞举要";第二章"宋玉辞赋的辞格运用(上)";第三章"宋玉辞赋的辞格运用(中)";第四章"宋玉辞赋的辞格运用(下)";第五章"宋玉辞赋的选词与炼句";第六章"宋玉辞赋的审美思考"。接着是"本书主要参考文献",然后是三个附录:附录一:宋玉作品入选语文教材的可行性分析;附录二:毛泽东笔下的宋玉典故探微;附录三:试论宋玉的平民意识及其思想渊源。最后是"后记"。该书是作者主持的2013年湖北省社科基金项目成果,是在程本兴教授的支持和指导下完成的,是目前国内第一部对宋玉辞赋语法、修辞进行专题研究的论著。

三、论评类

22.《鹿溪子》,战国宋玉撰,旧题归有光辑,见旧题归有光所辑《诸子汇函》卷九,明天启五年(1625)刻本,上海图书馆善本书室藏。归有光(1507—1571),明代散文家。《鹿溪子》录宋玉作品两篇,即《九辩》《对楚王问》。书名"鹿溪子"下有小序,云鹿溪子:"姓宋,名玉,字子渊,楚大夫屈原弟子也。闵其师忠而放逐,故作《九辩》以述其志。世传云伤秋宋玉,盖因《九辩》云。"书中先录宋玉作品正文,每节用夹注双行小字为之注解,多节朱熹《楚辞集注》与洪兴祖《楚辞补注》为之,亦偶有增益。两篇均辑录各家论评作为眉批和尾批。《九辩》分为九章,每章后亦均有尾批。眉批为点评,尾批为总评。《九辩》的眉批辑录了陶主敬、王凤洲、顾东江、陈明卿、魏庄渠、李石麓、解大绅、沈君典、陆贞山、沈霓川、孙季泉、李西厓、罗念庵、杨碧川、陶兰亭、宋潜溪、王槐野十七人的评语二十三则,尾批辑录了陈明卿、方初庵、杨升庵、罗念庵、王凤洲、唐荆川等六人的评语九则;《对楚王问》的眉批辑录了真西山、何燕泉、董浔阳、康砺峰、沈几轩五人的评语五则,尾批辑录了邹东郭、唐荆川两人的评语两则。据陈炜舜博士、罗剑波博士考证,旧题归有光所编《玉虚子》和《鹿溪子》均为伪作。参陈炜舜《归有光编〈玉虚子〉辨伪》,《汉学研究》第24卷第2期,2006年12月,第449—482页;罗剑波《关于〈诸子汇函〉所收〈楚辞〉作品的评点问题》,《齐鲁学刊》2008年第2期第114—118页。

23.《宋玉》,陆侃如著,上海亚东图书馆,民国十八年(1929)8月出版。陆侃如(1903—1978),作家,学者。全书首为"序例"。正文由三部分组成,第一部分为《宋玉评传》,包括:(一)引论,(二)宋玉的生平,(三)宋玉的作品,(四)余论,附录"宋玉年表"、"参考书目";第二部分为"宋玉集",包括:(一)宋玉集序,(二)九辩,(三)招魂;第三部分为"附录",包括:(一)校勘记,(二)古音录,(三)著者可疑的作品:1.风赋,2.高唐赋,3.神女赋,4.登徒子好色赋,5.对楚王问,6.笛赋,7.大言赋,8.小言赋,9.讽赋,10.钓赋,11.舞赋,12.高唐对。书中的《宋玉评传》,1923 年发表于《努力周报》十七期。这是第一篇宋玉传记,也是第一篇具有现代色彩的宋玉研究论文。这篇评传考证宋玉的生平,得出如下八点结论:(1)他生年与屈原卒年相近。(2)他与威、怀、襄三王无君臣关系。(3)他与屈原无师生关系。(4)他做过小臣,与荀卿仕楚时相近。(5)他不久失职,作《九辩》。(6)他作《招魂》当在楚徙都寿春以后。(7)他穷得很。(8)他卒年与楚亡时相近。对传世的宋玉作品,陆侃如认为只有《九辩》《招魂》两篇真是宋玉所作,其余均有伪托的嫌疑。此篇评传论述宋玉的文学成就就只依据这两篇作品。根据历史文献记载,结合宋玉在作品中的自述,陆侃如推定:宋玉生于顷襄王九年(前290);考烈王八年(前 255)为小臣,不久失职,作《九辩》;考烈王二十二年(前 241)作《招魂》;卒于负刍五年(前 222),享年 69 岁。此评传对宋玉生平的考证成果,至今仍常为学界所引用。

24.《屈原与宋玉》,陆侃如著,收入王云五主编"万有文库"丛书本,上海商务印书馆,民国十九年(1930)10 月第 1 版。后又收入"百科小丛书"本,上海商务印书馆,民国二十四年(1935)1 月第 1 版。上海古籍出版社 1987 年出版的《陆侃如古典文学论文集》收录了本书。陆侃如(1903—1978),作家,学者。全书凡六章:第一章"引论",第二章"屈原的生平",第三章"屈原的作品",第四章"宋玉的生平",第五章"宋玉的作品",第六章"余论",后附"参考书目"。陆侃如认为宋玉的作品只有《九辩》《招魂》两篇是可信的,其余都是伪作。作者认为:"谁是中国文学之祖? 我毫不迟疑的说:屈原与宋玉。他们不但给予楚民族文学以永久的生命,并且奠定了中国文学稳固的基础。""古代若无屈、宋,则文学史决没有那样灿烂;而楚民族若无屈、宋,则楚文学也决占不到重要的地位。所以,凡研究中国文学的人——尤其研究古代文学的人——都不可不从屈、宋下手。"

25.《楚国大诗人宋玉》,张端彬著,海峡文艺出版社 1990 年 11 月第 1 版,10.9 万字。张端彬(1948—),福建省长乐市人。此书除"引言"和"后记"外,正文共四章,第一章"宋玉的生平",下分四节,第一节"穷困潦倒的一生",第二节"屈原与宋玉",第三节"一副傲骨",第四节"不朽的爱国诗人";第二章"楚辞——巫史文化的产物",此章章下没有分节;第三章"宋玉的作品",下分三节,第一节"《九辩》",第二节"《招魂》",第三节"赋"(此节分六点,分别论述了赋之生成、《高唐赋》《神女赋》《风赋》《登徒子好色赋》《对楚王问》);第四章"宋玉作品对后世文学的影响",下分两节,第一节"遗爱人间",第二节"永恒的怀念"。作者认为《楚辞章句》中所录的《九辩》《招魂》,《文选》中所录的《高唐赋》《神女赋》《风赋》《登徒子好色赋》《对楚王问》,这七篇作品确是宋玉所作;认为郭沫若说"宋玉是一个没有骨气的文人"的说法是不能成立的,"屈宋并称,并不单单指文章,也指他们的品德与节操";宋玉"一副傲骨",是有节操的文人,是"不朽的爱国诗人"。此书是较早对郭沫若贬宋观点进行全面驳斥的学术著作,也是较早全面探讨分析宋玉辞赋的学术著作。作者是一位卖花的个体户,自学成才,刻苦钻研宋玉辞赋,精神可嘉。

26.《宋玉风采录》，余建东、何全国编著，中共宜城市委宣传部、宜城市文学艺术界联合会，2002年内部铅印本。"楚都文化通俗丛书"之一。全书由四个部分组成：一、图片，共有18张与宋玉有关的图片；二、宋玉小传，由五部分组成；三、宋玉作品，包括《九辩》《招魂》《风赋》《高唐赋》《神女赋》《登徒子好色赋》《对楚王问》《笛赋》《大言赋》《小言赋》《讽赋》《钓赋》《御赋》十三篇作品的原文和译文（译文采自吴广平《楚辞全解》）和《舞赋》《微咏赋》《高唐对》《郢中对》《宋玉集序》五篇作品的原文（没有译文）；四、宋玉及其作品的评论资料，系摘自吴广平编注《宋玉集》之"宋玉及其作品的评论资料"。书末附录余建东的《宋玉故里缅宋玉》和余建东与何全国的《宋玉浅议（代后记）》两篇文章。

27.《宋玉研究》，吴广平著，岳麓书社2004年9月第1版，29.3万字。本书首为"内容提要"，对宋玉的生平、作品真伪、思想与艺术渊源、文学成就与地位以及本书的研究方法作了简要说明。末为"附录一：宋玉研究论著索引"（收录1900年至2004年6月中国大陆、香港、澳门、台湾以及日本、美国、英国、法国、德国、前苏联等国家和地区的学者撰写出版的宋玉研究论著35部、撰写发表的宋玉研究论文619篇）、"附录二：参考、引用文献举要"和"后记"，"后记"指出本书是与作者校注的《宋玉集》配套的学术著作。正文包括：上编"生平与著述"，分为"姓名与字号"、"诞生与死亡"、"故宅与坟墓"、"行止与交游"、"著述的真伪"五章，并附录《宋玉集序》与《报友人书》综考；中编"继承与融会"，又分为"宋玉与儒家文化"、"宋玉与道家文化"、"宋玉与纵横家文化"、"宋玉与神巫文化"、"从屈原到宋玉"五章；下编"成就与地位"，分为"赋祖与赋圣"、"伤春与悲秋"、"性梦与艳情"、"美女与丑妇"、"巫山与巫峡"、"大言与小言"六章；结语为"宋玉研究的反思与前瞻"。本书认为：宋玉是中国赋体文学的开山祖师和创作圣手，驳斥传统的荀况是"赋祖"、司马相如是"赋圣"的看法；宋玉通过对自然与人生之双重感伤，最早明确提出和成功实践了"伤春"和"悲秋"的主题，从而奠定了中国文学的感伤主义传统；宋玉是中国艳情文学和梦幻文学的开山祖师，《高唐赋》中高唐神女的原型就是性爱女神的瑶姬——其身份就是献身的神妓或圣娼，而《神女赋》写的是襄王梦神女而不是宋玉梦神女；宋玉是我国第一位全方位地描写女性形象的作家，既有理想化的高唐神女和东家之子，又有妖魔化的登徒子之妻；《高唐赋》堪称中国山水文学之祖，宋玉则堪称中国第一位山水文学作家；宋玉以游戏之笔创作了《大言赋》和《小言赋》，成为中国游戏文学之祖。"本书在其《宋玉集》的基础上对宋玉及其作品做了进一步研究，但思辨更为严密、材料更为翔实、结论更为圆融，是目前宋玉研究的必读书和入门书。"① "引证详密，视野开阔，对宋玉研究领域中的诸多悬而未决的问题提出了令人信服的见解。"②

---

① 遗珠网：《探骊格》，见 yizhuone.blog.hexun.com/36539301_d.html 125K 2009-9-17。
② 方铭、牟颖、余霞：《2008—2009年屈原及楚辞研究综述》，《云梦学刊》2011年第3期。

28.《走近宋玉》,程本兴著,中国年鉴社2004年9月第1版,13.7万字。此书系"宋玉研究会丛书"之一。程本兴(1942—),湖北文理学院宋玉研究中心兼职教授。首为"自序",称"这是一本宣传宋玉及相关楚文化知识的、带有'学术论著普及本'性质的通俗读物"。此书的正文部分是一篇长文,即《宋玉立身本高洁、风流儒雅善讽谏——质疑郭沫若先生的〈关于宋玉〉》,这是此书的主体部分,包括六个部分:一、问题的提起;二、关于司马迁论及宋玉的几句话;三、关于宋玉的作品;四、关于宋玉的故事;五、民间关于宋玉的传说;六、问题的实质及解决问题的主要办法。作者认为:"郭老《关于宋玉》一文中论及宋玉'人品'和'文品'的论点、论据和论证都是大有疑问、站不住脚的。"书末附录郭沫若的《关于屈原》和《谈〈屈原〉剧本中的宋玉》两篇文章和丁力给《人民日报》转郭沫若的信。本书针对郭沫若的宋玉是"没有骨气的文人"和"轻薄的风流才子"的观点,作了最细致、最彻底、最有说服力的反驳。

29.《屈宋论考》,金荣权著,中国文史出版社2005年9月第1版,20万字。金荣权(1964—),信阳师范学院中文系教授。此书首为潘啸龙的"序",正文由六章与附录组成,末为"后记",收录屈原与宋玉研究论文25篇,其中宋玉研究论文9篇:《宋玉生平论考》《关于〈九辩〉》《〈招魂〉论考》《〈文选〉所载题名"宋玉"的五篇赋作是真实可靠的》《〈古文苑〉六篇宋玉赋真伪辨》《〈御赋〉及其他》《宋玉对屈作继承与发展》《宋玉辞赋的表现手法论》《宋玉历史地位的沉与浮》。潘啸龙在"序"说:"最精彩的是本书对'宋玉历史地位的沉与浮'的论断。这篇文字深入考察了'从西汉至今两千多年',不同历史时代人们对宋玉的评价,如何受到当时社会心理、文人心态和思想主潮以及道德标准变化之影响,由'屈宋并称'、'文学宗师',滑向'云雨圣手'、'风流才子',甚至被斥为'封建帮闲'、'无耻文人',而终于又确立为'文坛圭臬'的历史过程。荣权师弟撰写此文是在上世纪80年代末,其时西方的文学阐释学、接受美学等新说才传入不久,他即能运用得毫无形迹,以对各朝各代评价宋玉文献资料之充分把握,提供了一部简明扼要的'宋玉接受史',并对其'接受'状况作出精当的'阐释',这正是荣权不断拓展自身学养的体现,亦即其研究中富有创造灵气的显示。"

30.《珠联璧合说宋玉》,纪连海、丁华明著,农村读物出版社2007年7月第1版,35万字。纪连海(1965—),北京师范大学第二附属中学高级教师,中央电视台《百家讲坛》主讲人之一;丁华明(1967—),中央电视台《聚焦三农》策划、编导。此书首为纪连海的"我和丁华明先生不得不说的故事(代序)",末为丁华明的"我写宋玉的前前后后"。书的正文为纪连海撰写的二十则有关宋玉的文化随笔和丁华明创作的二十集电视文学剧本《宋玉传奇》。纪连海撰写的二十则有关宋玉的文化随笔篇目如下:《宋玉生平之谜》《宋玉与屈原的关系之谜》《屈原两次被逐放之谜》《屈原被逐放后宋玉的命运之谜》《宋玉〈风赋〉之谜》《阳春白雪、下里巴人等典故的由来之谜》《阳春白雪的词典作者和歌者之谜》《楚乐楚舞流芳千古之谜》《楚文化(巫风文化、凤文化)之谜》《楚国饮食文化之谜》《宋玉学钓之谜》《巫山神女客于高唐之谜》《白起拔鄢之谜》《宋玉与登徒子好色之谜》《宋玉五月十五祭屈原之谜》《春申君受宠发迹之谜》《宋玉得罪春申君之谜》《宋玉被逐放之谜》《宋玉悲秋之谜》《宋玉死之谜》。丁华明创作的二十集电视文学剧本《宋玉传奇》各集的名称为：第一集"汉水孕育了宋玉"，第二集"少年宋玉师屈原"，第三集"屈原逐放沅湘间"，第四集"一篇《高唐赋》 宋玉事襄王"，第五集"宋玉给风分雌雄"，第六集"阳春歌白雪 流水遇知音"，第七集"莫愁进宫展才艺"，第八集"人道楚宫好 楚宫多险境"，第九集"子兰设计害宋玉"，第十集"楚彩盘鳝惊秦使"，第十一集"宋玉和登徒子论钓技"，第十二集"巫山神女客于高唐"，第十三集"白起拔鄢郢 屈原跳汨罗"，第十四集"登徒子说宋玉好色"，第十五集"五月十五宋玉祭屈原"，第十六集"春申君用计 太子完回国"，第十七集"宋玉受重用 黄歇使阴招"，第十八集"黄歇执大权 宋玉被逐放"，第十九集"宋玉悲秋心啼血"，第二十集"鄢都迁寿春 宋玉去招魂"。此书在排版方面颇有新意：每页均分为双栏，左栏是丁华明创作的二十集电视文学剧本《宋玉传奇》，右栏是纪连海撰写的二十则有关宋玉的文化随笔。左栏占版面三分之二的篇幅，右栏占版面三分之一的篇幅。

31.《徜徉宋玉城》，吴广平、史新林主编，"安福临澧文化丛书"之一种，湖南人民出版社于2011年11月第1版，50万字。吴广平（1962—），湖南科技大学人文学院中文系教授；史新林（1946—），湖南省临澧县图书馆副研究员。据史载，宋玉曾贬谪到今湖南省常德市临澧县望城乡宋玉村，当地有"宋玉城"、"宋玉村"、"宋玉墓"等与宋玉有关的遗迹。书首为名家题词、临澧宋玉遗迹照片、涂绪德的"序"和吴广平的"前言"，书末为编者的"后记"。全书正文由"宋玉赋今译"、"先贤评宋玉"、"名家咏宋玉"、"宋玉新探索"、"宋玉与临澧"、"宋玉城怀古"、"宋玉城开发"七个部分组成。"宋玉赋今译"收录了《九辩》《招魂》《风赋》《高唐赋》《神女赋》《登徒子好色赋》《笛赋》《大言赋》《小言赋》《讽赋》《钓赋》《微咏赋》《御赋》《对楚王问》十四篇宋玉赋的译文；"先贤评宋玉"辑录了历代学者、作家评宋玉的39则资料；"名家咏宋玉"辑录了历代诗人吟咏宋玉的诗歌47题54首（有的一题两首或多首）；"宋玉新探索"收录了12篇论文，包括金荣权的《百年宋玉研究综论》、彭隆治的《关于宋玉一些问题的考析》、杨绪穆的《赋圣宋玉研究三题》、江从镐的《宋玉：我国文学史上第一位职业文学家》、吴广平的《宋玉著述真伪续辨》、程本兴和张法祥的《不宜把〈九辩〉定为宋玉的唯一代表作》、覃柏林的《宋玉〈九辩〉〈招魂〉结构新议》、侯文学的《宋玉赋的山水描写在中国文学史上的关掖地位》、刘刚的《宋玉辞赋对春秋战国"引诗""赋诗"的接受与文学化移植》、艾初玲的《论宋玉及其作品的接受在六朝的演变》、苏慧霜的《宋玉〈风赋〉对咏风赋的启示与影响》、陈隆财和颜家庆的《毛泽东与宋玉赋》；"宋玉与临澧"收录了16篇论文，包括王永彪的《宋玉城的考古发现及相关问题探讨》、史新林的《宋玉城周边地名文化蕴涵漫笔》、张荣锦的《从方志、家谱的史学地位来看宋玉遗迹群的可信性》、尹远的《楚襄王流都与宋玉城之我见》、姚长善的《千工坟初探》、冀凡的《关于临澧宋玉城与宋玉墓之思考》、应国斌的《宋玉终于临澧考》、于是的《宋玉卒于临澧考》、张荣锦的《宋玉是临澧人，他的主要辞赋就创作在这里》、史新林和杨绪穆的《临澧：楚襄王之新郢都，宋玉辞赋创作地》、史新林和杨绪穆的《从〈高唐赋〉再考临澧是宋玉作品创作地》、江从镐的《鹿溪子·宋玉·

临澧人》、于是的《论宋玉赋的临澧民间文化情结》、史新林的《从鹿溪子看宋玉人格之完美》、颜家庆的《从〈白雪初唱集〉看宋玉与临澧》、邓绪明、汪新平和邓春风的《黄花鱼儿为什么会朝拜宋玉》;"宋玉城怀古"收录了当代作家、诗人歌颂与怀念宋玉的诗文39篇;"宋玉城开发"收录了4篇文章,包括史新林、陈春生和丁家明的《宋玉城楚风文化主题园建设项目可行性研究报告》、尹德立的《开发宋玉古城 抢占发展高地》、梅轩的《宋玉研究搭台 县域经济唱戏——关于临澧县宋玉研究及人文旅游经济开发的设想》、临澧宋玉学会的《当春乃发生——临澧第四次重修宋玉墓纪略》。该书从文献学、考古学、民俗学、图像学等角度对临澧宋玉城的性质与功能、宋玉与临澧的关系、宋玉城的开发建设进行了探讨,收集整理了几千年来流传于临澧县的有关宋玉民间传说故事,较为集中地展示了研究宋玉与临澧关系的成果。

32.《宋玉研究荟萃》,张荣锦著,华夏文艺出版社2012年7月出版,6.9万字。张荣锦(1932—),湖南省临澧县史志办研究员。这是一部宋玉研究论文集,共收录宋玉研究论文10篇,包括《宋玉初探》《为宋玉正名》《宋玉生平考析》《认识宋玉,还宋玉文学的本来面目》《宋玉作品真伪辩及作品的艺术成就》《从方志、家谱在史学中的地位来看宋玉遗迹群体的可信性》《再论"宋玉辞赋真伪"与"宋玉生平"》《宋玉〈舞赋〉是亲作,傅毅〈舞赋〉乃是衍品》《擅长辞赋、通晓音律的文学巨匠宋玉,岂能丑化成背离屈原的无耻小人?》《宋玉本是临澧籍人,他的主要辞赋就创作在这里》。书末有附录,收录作者创作的歌颂宋玉的诗词6首。《从方志、家谱在史学中的地位来看宋玉遗迹群体的可信性》是此论文集的代表作。作者长期从事地方史志的组织编写工作,熟悉方志、家谱的理论与价值,因而从此角度研究宋玉颇有见地。

33.《宋玉传》,历史人物传记,王瑞国著,湖北科学技术出版社2012年12月版,14.5万字。此书系"襄阳文库·人物传记"第一辑之一种。王瑞国(1951—),湖北省襄阳市艺术研究所国家一级编剧。全书除"自序"和"后记"外,正文分为二十七章。作者在"自序"中介绍了此书的写法:"本书所采用的史料史据,重要的都予以注明。对于有争议话题,根据自我有限的判断的判断能力取舍,无意引起宋玉研究、楚郢都研究新一轮的争论。在文风上尽量顾及当代读者的欣赏阅读,避免大篇幅引用古人诗赋原文,为追求《宋玉传》的完整性、可读性,在忠实史料的前提下,对宋玉的家人和身边人做了部分文学创作。但这部分文学创作是有根有据合情合理的,比如宋玉的东邻之女,再比如宋玉的父母双亲、得意门生。"该书还原了中国赋体文学的开创者、与屈原并称"屈宋"的辞赋家宋玉的真实形象。但此书校对不够细致,如"顷襄王"均误排为"倾襄王"。

34.《宋玉考释》,江从镐著,岳麓书社2014年3月第1版,20万字。江从镐(1938—),湖南省临澧县一中语文特级教师。书前为车攻所作序"当年摇落异代知",书的内容除"前言"和"后记"外,正文分为三个部分,第一部分"宋玉生平点滴",包括:"一、宋玉是临澧籍宋人","二、宋玉不是亲聆屈原教诲的弟子","三、宋玉不是流放";第二部分"宋玉作品浅见",包括:"一、宋玉为复兴楚国而奋斗的一生","二、屈宋并称,共为中国文学之祖","三、《招魂》不是宋玉所作";第三部分"宋玉辞赋译析",译析了《九辩》《大言赋》《小言赋》《钓赋》《御赋》《风赋》《登徒子好色赋》《讽赋》《对楚王问》《高唐赋》《神女赋》《舞赋》《笛赋》13篇作品。

35.《先秦辞赋大家宋玉》,张端彬著,香港文学报社出版公司2014年8月第1版,11.6万字。书前收入潘颂德的《全面地恢复楚国大诗人宋玉的本来面目——简评张端彬学术新著〈楚国大诗人宋玉〉》,正文分为四个部分,第一部分"招魂今绎",包括"招魂绎文"、"招魂原文";第二部分"九辩今绎",包括"九辩绎文"、"九辩原文";第三部分"论文汇编",包括12篇论文:《宋玉作品中的美女形象来龙去脉》《再谈郭沫若〈屈原〉中的宋玉形象——评王金华"关于郭沫若〈屈原〉中的宋玉形象"》《谈〈高唐赋〉与〈神女赋〉的序》《谈〈高唐赋〉》《谈〈神女赋〉》《谈〈招魂〉中的"朕"字》《谈屈宋并称》《谈宋玉的悲秋》《谈〈招魂〉的"序"和"引言"》《要有一杆公平秤——评〈中华活页文选〉合订本(1)关于〈登徒子好色赋〉的说明》《为宋玉说些话——评评〈中华活页文选〉合订本(1)对宋玉的说明》《要有正确的理解——谈司马迁对宋玉的评述》;第四部分"大招今绎",包括"大招绎文"、"大招原文"。此书继续发挥了作者1990年出版的《楚国大诗人宋玉》的观点,但论证得更具体,更细致。

36.《九辩研究》,王家歆著,台北:台湾商务印书馆1986年3月初版,13.5万字。王家歆(1953—),台湾台中商专教师。本书是研究《九辩》之专书。全书分为总论、本论二部分。总论分四章:第一章"《九辩》作者考",第二章"句法研究",第三章"分章问题研究",第四章"《九辩》疑义考"。作者考定《九辩》为宋玉所作。本论为全书重心,就《九辩》本文注解、释义、语译,务求讲明字句,阐发隐晦,使《九辩》易读易解。末复附宋玉参考资料(16则)、主要参考书目(29种)。

37.《生命在西风中骚动——中国古代文人与自然之秋的双向考察》,尚永亮著,陕西人民教育出版社1989年8月第1版,18.7万字,"羊角丛书"之一。尚永亮(1956—),武汉大学文学院教授。全书首为"千古高情诂悲秋",作为"代前言"。正文分为6章。第1章"秋的特质与人的生命",下分5节,分别为"奇妙的共感"、"异质同构"、"秋的特质和力的表现"、"生命的醒觉"、"悲秋与伤春";第2章"从生命悲叹到生命执着——文人悲秋意识论略之一",下分3节,分别为"人生历程与心理苦闷"、"生命悲叹的三个层面"、"悲凉中的执着";第3章"从人生思考到时代感悟——文人悲秋意识论略之二",下分3节,分别为"深沉的思考"、"先进者的敏感"、"悲秋意识与忧患意识";第4章"从社会退避到天人合一——文人悲秋意识论略之三",下分3节,分别为"走出苦难"、"千古高情"、"在天人合一的背后";第5章"悲秋意识与悲秋文学的历史演进",下分5节,分别为"感伤模式与悲壮风范"、"以悲为美的情思"、"夕阳中的悲吟"、"却道天凉好个秋"、"萧萧余韵";第6章"西风中的生命反思",作为"代结语"。最后为"后记"。这是一部运用主题学理论、从主题学角度研究宋玉开创的"悲秋"主题及其影响的专著。1979年,毕业于台湾大学比较文学专业的陈鹏翔(笔名陈慧桦)所撰写的博士学位论文《中英古典诗歌里的秋天:主题学研究》,是最早运用主题学理论与方法来研究"悲秋"主题的著作。陈鹏翔这篇博士论文后改题为《悲秋的传统与衍变》，收入作者所著《主题学理论与实践——抽象与想像力的衍化》，台北万卷楼图书有限公司2001年5月初版，第199-228页。陈鹏翔主要是通过比较中英古典诗歌里的秋天来探讨悲秋的传统与衍变。尚永亮此书则是以宋玉《九辩》开创的"悲秋"主题为考察中心，通过对古代文人与自然之秋关系的双向考察，系统而深刻地论述了人的生命忧恐、生命悲叹、生命执着和生命思考等多种生命本体的存在形态，生动形态地勾勒了古代文人从此岸到彼岸、从道德人格到自由人格、从人生感恨到以悲为美再到悲情沉潜，超越忧患的全过程，从而多角度、多层次地揭示了中国古代悲秋意识和悲秋文学的内在意蕴。这是从主题学角度研究宋玉《九辩》"悲秋"的意蕴及其影响的一部力作。

38.《悲秋：中国古典诗学研究》(Tristes Automnes：poétique de l'identité dans la Chine ancienne)，（法国）郁白(Nicolas Chapuis)著，巴黎：友丰出版社(Libraire-Éditeur You Feng)，2001年1月第1版。郁白(Nicolas Chapuis，1957—)，法国外交家兼汉学家，现为法国驻中国大使馆公使。全书由"引言"与七章组成。第一章"悲秋与圣人的漠然"，第二章"自然的不幸"，第三章"诗学语言"，第四章"从道德到感情"，第五章"由感及情"，第六章"《秋兴》（八首）"，第七章"毒曲"。末附"参考书目"。此书受中国钱钟书、美国宇文所安(Stephen Owen)、法国弗郎索瓦·朱利安(Francois Jullien)的影响，融史学、文献学、哲学、诗学和比较文学为一炉，从主题学角度认为中国古代诗歌几乎永远是以同一季节秋天为背景来表达自我认同，秋天是中国思想中的一个象征形象。郁白进而认为中国人的思想排斥二元论，将自我认同和整体意识混为一谈，在"自我"与"他者"关系上，中国人生哲学是"极权自我论"，不尊重"他者"，患有"恐他症"。《悲秋》是西方学者所著的第一部宋玉研究专著，它以悲秋诗歌作为研究的核心，着重比较了中西哲学思想和伦理道德观念，得出了作者自己的结论。按：此书已由叶潇、全志刚译成中文，书名译作《悲秋：古诗论情》，桂林：广西师范大学出版社，2004年4月第1版。此中译本误译很多，相当糟糕。以人名及书名误译为例：如《楚辞全译》的作者"梅桐生"被误译为"梅东生"（第33页脚注）、《楚辞章句》的作者"王逸"被误译为"王益"（第51页）、《乐记译注》的作者"吉联抗"被误译为"嵇连康"（第59页脚注）、《中国早期的文学批评》的作者"黄兆杰"被误译为"翁休戚"（第66页脚注）、"程章灿《魏晋南北朝赋史》"被误译为"程章闲《魏晋南北朝赋诗》"（第115页脚注）、"王瑶《陶渊明集》"被误译为"王尧《陶渊明文集》"（第138页脚注）、《杜甫评传》的作者"陈贻焮"被误译为"陈贻欣"（第165页脚注）、《李商隐诗集疏注》的作者"叶葱奇"被误译为"叶璁奇"（第179页脚注）、《春秋左传注》与《论语译注》的作者"杨伯峻"被误译为"杨伯骏"（第204页）、《古诗十九首集释》的作者"隋树森"被误译为"随树森"（第207页）。这些人名或书名如果虚心问问中文系任何一位稍微优秀一些的本科生都是知道的，或者认真翻书查阅一下也是不会弄错的。但译者好像不愿为此耽误任何时间，因而常常弄错。不知道北京大学的王瑶、陈贻焮，本来就很荒唐；但译者本身是南京大学的，其中叶潇还是南大中文系的，居然将同事程章灿的人名与书名都译错了，就真有点无语了。另外,作者将书名"Tristes Automnes: poétique de l'identité dans la Chine ancienne"(悲秋:中国古典诗学研究)译作"悲秋:古诗论情",也有点弄巧成拙。

39.《高唐神女与维纳斯——中西文学中的爱与美主题》,叶舒宪著,中国社会科学出版社1997年12月第1版,35万字。叶舒宪(1954—),中国社会科学院文学研究所教授。此书考察了存在于中西文化中爱与美主题的原型形象高唐神女和维纳斯,由此论述和探讨了爱与美主题的原型发生和文化置换。全书由十三章组成,分为上、下两篇。上篇"美神由来——爱与美主题的原型发生史",包括第一至六章,第一章"原母",第二章"地母",第三章"爱神",第四章"爱神及其配偶(上)——维纳斯与阿都尼斯神话考源",第五章"爱神及其配偶(下)——社稷本义发隐",第六章"美神";下篇"美神幻形——爱与美主题的文化置换",包括第七至十三章,第七章"神女——爱神在中国的隐形和置换",第八章"云雨——欲望与幻想的比较神话学",第九章"昼寝——宋玉的幻想心理学",第十章"幻梦",第十一章"补偿——《聊斋》神话解读",第十二章"色与美——《金瓶梅》性爱主题的复调变奏",第十三章"孝与鞋——俄狄浦斯情结与反俄狄浦斯情结"。最后为"后记"。此书陕西人民出版社于2005年5月出版了新版,新版增加了大量插图。此书作者运用语源学、神话学、原型批评、精神分析学说、民俗学、文化学进行跨文化研究,详细考察了存在于中西文化中爱与美主题的原型形象高唐神女和维纳斯,由此论述和探讨了爱与美主题的原型发生和文化置换。全书构思新颖,资料丰富,论证严密,文字清新,给人以多方面的启发。这是运用比较文学、比较神话学来研究宋玉辞赋的第一部学术专著。书中第八章胪列了中国古典文学中运用宋玉《高唐赋》中的"云雨"典故的45种变体表达方式,第十章胪列了中国古典文学中以高唐幻梦为原型、以"梦"字直接显示原型联系的22种典故措辞,几乎囊括了这方面的所有资料,很有参考价值。

40.《巫山神女论·巫山文化论》,程地宇、任桂园著,重庆三峡学院三峡文化研究所内部铅印本,2000年。程地宇(1945—),重庆三峡学院三峡文化研究所教授;任桂园(1945—),重庆三峡学院三峡文化研究所教授。首为王超"序言"。书的正文包括两大部分,第一部分是程地宇的"巫山神女论",第二部分是任桂园的"巫山文化论"。另有附录,收录石一(程地宇笔名)的"阳台下神女 朝云为谁起——半个多世纪来巫山神女研究扫描"。程地宇的"巫山神女论"首为"弁言"。正文分为九个部分:一、《九歌》神谱与巫山神女;二、山林之神与社稷之神;三、祭社尸女与模拟巫术;四、云雨意象与神女之谜;五、神女之变ाति:道教精神与教化作用;六、神女之变异:文化变迁与神话衍化;七、神女原型:"阿尼玛"心象与女性美范式;八、神女原型:补偿心理与追求意识;九、云雨意象与心理模式。末为"附记"。附录"阳台下神女 朝云为谁起——半个多世纪来巫山神女研究扫描"[①],认为巫山神女研究大体上经历了两个阶段。第一个阶

[①] 程地宇:《阳台下神女,朝云为谁起——半个多世纪以来巫山神女研究扫描》,载三峡学院三峡文化研究所编《三峡文化研究》第一集,重庆大学出版社,1997年。

段是从1931年前后到1962年前后的三十多年间,第二个阶段即新时期的十余年(指从1977年后到作者写此文时)。第一个阶段关于巫山神女的讨论,作者认为在以下几个方面取得了令人瞩目的研究成果:一是高禖郊社制度的源流;二是祭社尸女与祈年求雨的关系;三是基本材料的蒐集及订正,包括:1.究竟是谁梦见了神女?2.神女所居之巫山在哪里?3.巫山神女传说的寓意何在?第二个阶段即新时期的十余年,作者认为巫山神女的研究在第一个阶段研究的基础上朝纵横两个向度拓展:一是关于神女神格的新一轮论证,主要围绕如下方面展开:1.楚民族高禖神新证,2.社神及神社尸女说,3.复合型神性论,4.中国式爱神美神论;二是关于神女的心理学视角研究,如程地宇《巫山神女论》认为巫山神女是心理补偿型的爱神,傅绍良《爱神的失落与回归》认为以巫山神女为源头和典型的神恋故事,其基本内核就是神恋所带来的社会效应——忧患与自慰;三是关于巫山神女的文学视角研究,如钟来因的《〈高唐赋〉的源流与影响》、叶舒宪的《中国文学中的美人幻梦原型》、章惠垠的《神女神话与林黛玉——黛玉原型初探》等。作者在"思考与展望"中认为,巫山神女"书证型"的研究已临近终结,这一论题新的一页,将以考古发现和田野调查提供的新资料为依托,由多学科的综合研究来翻开。程地宇的巫山神女研究既重视引进西方理论,又重视证据的拓展,具有理论的自觉与方法的自觉,因而颇多新见。

41.《圣婚与圣宴——〈高唐赋〉的民俗神话底蕴研究》,鲁瑞菁著,曾永义主编"古典文学研究辑刊"丛书第八编第22册,台湾新北市花木兰文化出版社2013年9月第1版,30.6万字。鲁瑞菁(1961—),台湾静宜大学中文系教授。本书初稿是作者1995年毕业台湾大学中国文学研究所的博士论文,原题《〈高唐赋〉的民俗神话底蕴研究》,内容约有四分之一的差异。本书的研究主题集中在高唐巫山神女的神话与文化底蕴。高唐巫山神女的神话与文化研究既为上古神话、宗教、习俗、文化研究的核心课题;高唐巫山神女的典故亦是后世文学作品因藉发挥的重要范式。本书受到英国弗雷泽(James Frazer)大著《金枝》的启发,尝试从上古"圣婚"与"圣宴"两种习俗仪式的角度,结合中国古代的文献典籍资料、新近出土的考古文物文献、中西民俗人类学家的田野调查报告,以及中西方文化人类学家所建构的理论等,广泛运用文献学、神话学、考古学、人类学、民俗学、心理学和社会学等跨学科、多维度、多视角的方法,掘发冥晦难晓的中国上古时代神话、风俗与宗教底蕴。正文共六章。第一章"绪论",下分两节,第一节"论题的提出与研究方法的思考",第二节"前人对《高唐赋》创作时代与创作目的所提意见检讨";第二章"原型与仪式",下分两节,第一节"梦游高唐与香草巫术原型",第二节"追踪神女的仪式——登高望远与临水远望";第三章"圣婚仪典",下分三节,第一节"云、雨、风、气所具有的生殖象征",第二节"高唐与高禖——掌管生殖的大母神",第三节"瑶姬、巫儿——神圣处女与丰产仪式";第四章"圣宴礼典",下分三节,第一节"原始狩猎巫术仪式",第二节"神女与农业的关系——寒食改火起源探究",第三节"图腾宴与人头祭风俗考察";第五章"永恒回归的神话底蕴",下分两节,第一节"神圣且神秘的空间场所",第二节"永恒回归的仪式与神话";第六章"结论"。接着是"主要引用及参考书目",然后是"附录一 圣婚与圣宴:《高唐赋》的文化仪式解析"、"附录二 高唐神女传说之再析——一个冥婚习俗观点的考察",最后是"后记"。

42.《九歌天问二招的成立背景与楚辞文学精神的探讨》,施淑女著,国立台湾大学文史丛刊,1969年。施淑女(1940—),台湾淡江大学中文系教授。此为作者1968年毕业于台湾大学的硕士论文,原名《楚辞探微》,出版时改名为《九歌天问二招的成立背景与楚辞文学的探讨》。全书共分六个部分:(一)《九歌》——从仪式到仪式剧;(二)《天问》——瞽史之歌;(三)《招魂》与《大招》——作者与被招者;(四)楚辞文学技巧的传承;(五)《九歌》对楚辞的影响;(六)神话、历史与个人。前三部分是关于《九歌》《天问》《招魂》《大招》的形成问题,后三部分是直接关于文学技巧、风格、精神、作者的思想与人生观的剖析。著者"希望以一个比较上略为新鲜的视野,探讨战国楚辞的成立条件、内容的来源及艺术上的成就"(《自序》)。例如:此书首次运用西方的神话基型批评(大陆通称为神话原型批评)来研究楚辞。作者尝试用英国詹姆斯·乔治·傅来采(James George Frazer,1854—1941,大陆译为"弗雷泽")《金枝》中的"圣婚"观念来解释《九歌》中的意识形态和神巫关系,并指出屈原作品所表现的"昆仑山向往"正好符合瑞士分析心理学创始人卡尔·古斯塔夫·容格(Carl Gustav Jung,1875—1961,又译作荣格)的"乐园型"基型(archetype,大陆译为"原型")。作者又引用英国汉学家阿瑟·戴维·韦利(Arthur David Waley,1889—1966)《九歌:中国古代巫文化研究》(The Nine Songs: A Study of Shamanism in Ancient China)一书中提及的日本神道教举行祭典时的角色——"一夜嫔妃"(hito-toki-jorō,single-time concubines),来解释《楚辞·九歌》中巫与神的关系。

43.《申论楚辞九歌二招之存疑》,郑坦著,台湾商务印书馆1979年9月第1版。郑坦,生平不详。此书是研究《九歌》与二《招》(《招魂》与《大招》)的专著。作者认为屈原的《九歌》所祀为天、地、日、月、山川之正神,乃顷襄王四至七年间作于沅湘之地。其中《国殇》"不类礼神之歌词,且国殇乃指天亡者,非神属也",《礼魂》则"文字残缺过多,无以决其究竟,俗称之为祭鬼魂之歌,神、鬼异类,岂可供于一堂",二篇"或系九歌之名既定之后,而属缀者"。作者认为东皇太一为天帝,乃创造之神。东君是为日神,其位仅次于东皇太一。云中君是为月神,其位仅次于东君。大司命、少司命皆为星神,"大司命主寿夭生杀,善恶果报之事。少司命有憎恶乖戾之特性及保护婴稚之职司"。湘君、湘夫人同为区域之地祇,社神之属,"湘君为土地之神,湘夫人为水神,俱为民间保护之神也"。湘夫人为女性,主灌溉事。"河伯为一般之河神,与湘夫人俱为水神。"山鬼为山神,其职位最低,故称"鬼"。《国殇》一篇"未及祭祀之语言,显非祭祀之歌词也","为叙述战死之惨烈,用以激发士气,伸扬国威,与哀悼战死者之作",当作于怀王十八年。《礼魂》一篇"为祭祀一般人鬼乐舞之歌词"。或谓"怀王之世,屈原为时君祭祀太庙而作,其说是否,当无确据,惟自篇中仅存之字句观之,当在怀王十一年至十七年间,屈原为左徒时作于郢都"。作者认为《招魂》《大招》乃宋玉、景差所作,"非出屈原之手"。

44.《楚辞招魂与大招研究》,徐泉声著,台湾真义出版社1993年12月出版。徐泉声(1954—),祖籍江苏无锡人,台湾省花莲师范学院第四任通识教育中心主任,教授。全书共四章:(一)招魂习俗的由来与《招魂》《大招》产生的背景;(二)《招魂》的作者及其写作的时地;(三)《大招》的作者及其写作的时地;(四)《招魂》《大招》内容的探讨。著者认为《招魂》是屈原所作,《大招》是屈原作《招魂》时楚国的朝中之士所作,《招魂》和《大招》所招的对象都是楚怀王的亡魂。《招魂》是屈原在梦地(今华容县巴丘湖)听到怀王的死讯,采用民间相沿成习的招魂仪式所创作的招魂词。屈原担任了招楚怀王亡魂仪式的主招人,所有才有《招魂》篇首"巫阳下招"的一番话。《大招》是楚国当时的朝中之士依官方的招魂惯例来撰写的招魂词,所以才有篇末"雄雄赫赫,天德明只。三公穆穆,登降堂只。诸侯毕极,立九卿只"等等极为冠冕堂皇的一套治国平天下的政治理论,由于是出于官方之手的官样文章,所以才称为《大招》。

45.《〈楚辞·招魂〉新解》,金式武著,文汇出版社1999年9月第1版。金式武(1932—),上海吴泾中学退休教师。此书正文前有"作者简历"、作者给父亲的献辞、作者像、洪丕谟"序"、"信件汇编"。正文部分凡七章:第一章"关于《招魂》的作者,王逸的意见同司马迁的话没有矛盾——谈一种三百年来的误解",第二章"招魂研究",第三章"《招魂》三论",第四章"《招魂》头两段文字如何解释?",第五章"《招魂》乱辞中的几个问题",第六章"《招魂》是招楚怀王死魂",第七章"《招魂》究竟是谁著的?"正文后附作者《招魂》注释、杜华林《〈招魂〉试译》、李建毛《也谈马王堆汉墓T形帛画的主题思想——兼质疑"引魂引天"说》。末为作者"跋"。针对金式武此书的一些观点,潘啸龙在《文学遗产》2003年第3期发表《关于〈招魂〉研究的几个问题》一文提出疑问:先秦"复"礼是庶其"复生"还是安其"亡魂"?《招魂》所招是客死于秦的"楚怀王死魂"吗?《招魂》的开头所述,能证明作者是屈原吗?

46.《宋玉辞赋的美学解读》,江柳著,长江出版社2014年9月出版,11万字。江柳(1928—),湖北大学文学院副教授。全书首为邹贤敏的"序"和作者的"自序",末为"跋"。正文部分除"绪言:关于美的知识"外,另分"正编"和"副编","正编"包括八个部分:一、悲愤狂放的自由襟怀,二、神游六合的瑰丽幻想,三、赞扬郑卫的民间歌舞,四、荆楚壮丽山水的赞歌,五、巫史遗风的神人之恋,六、生命之美的永恒赞歌,七、藏理于象的《风赋》美论,八、余论;"副编"包括论文4篇和附图两张,4篇论文为:《〈文选·舞赋〉系宋玉所作》《楚国之美的赞歌——〈招魂〉解读》《解读宋玉辞的历史文化背景》《巫术文化传统与屈宋辞赋》,附图两张为:《东夷三苗楚苗蛮蚩氏族西迁南下示意图》《楚国极盛时期疆域略图(公元前318年)》。这是一位年逾八旬的离休老教授抱病用心血撰写的著作,全书有开阔的视野,有澎湃的激情,有纯粹的思辨,有独到的见解,认为"给宋玉影响最深的是巫术文化与神话;是鄂西北的色彩斑斓的大自然;是庄子散文那种浪漫的自由思想;是郑卫激情的民间歌舞;更有楚人不拘传统敢为天下先的创造精神"。

47.《楚骚赋——屈宋辞赋的抒情精神与生命美学》,苏慧霜著,台北文津出版社有限公司 2015 年 1 月出版，全书 24 万字。苏慧霜(1966—)，台湾"国立"彰化师范大学文学院国文系副教授。全书首为"序"，正文分上、下两编，上编为"屈原诗学"，下编为"宋玉诗心"。下编"宋玉诗心"，首为"前言：赋梦高唐"，下分两个主题："壹、抒情与讽谏的情志叠影"、"贰、虚梦高唐的激情余音"。"壹、抒情与讽谏的情志叠影"主题下分三章：第一章"主文而谲谏：《对楚王问》《风赋》《登徒子好色赋》的曲谏之情"，第二章"言志与尚美：《高唐》《神女》以色相寄精神"，第三章"幻设与奇崛：《招魂》的人文精神"。"贰、虚梦高唐的激情余音"主题下分三章：第四章"作赋以讽谏：士大夫文学情怀"，第五章"高唐以说梦：宋玉赋对诗词赋中纪梦意象的启发与影响"，第六章"抒情与讽谏：宋玉《风赋》对咏风赋的启示与影响"。下编另有"结语：屈宋后语——屈平联藻于日月，宋玉交彩于风云"、"附录：见说兰台宋玉——宋玉生平与著述"、"参考资料"。这是作者出版的第四部楚辞学研究著作。书中的许多章节都在中国大陆、台湾的国际屈原与宋玉学术研讨会上宣读过，在一些学术刊物发表过。作者从抒情精神与生命美学角度来解读屈宋辞赋，与江柳教授的解读有殊途同归的感觉。

48.《楚瓶贡酒文化研讨会暨宜城宋玉研究会 2005 年会论文集》，湖北楚都酒业有限公司、宜城宋玉研究会编，2005 年 10 月内部铅印本。总策划：程本兴；主编：曾庆全、龙彩葆；副主编：余建东、唐国华、王万年。此书共四个部分，其中第一个部分为宋玉研究论文，共收录论文 9 篇：杨斌庆和程本兴的《宋玉立身本高洁——对郭沫若先生〈关于宋玉〉的质疑》、张正明的《问对式散体赋始创者辨析》、吴广平的《宋玉故里考辨》、李伶甫的《宋玉生年考》、何志汉的《且从〈九辩〉看宋玉》、余建东的《宋玉行踪考》、李伶甫的《从宋玉作品中汲取构建和谐社会的营养》、陈子成的《网罗天下资料　精雕细琢文集——漫谈吴广平先生校注的〈宋玉集〉》、何志汉的《诅咒"秋气"　渴盼"阳春"——宋玉代表作〈九辩〉对和谐社会的呼唤》。除张正明、吴广平外，其他宋玉研究论文的作者都是宋玉故里宜城的学者。因此，这些论文展示了宋玉故里学者当时研究宋玉的热情与水平。

49.《宋玉及其辞赋研究——2010 年襄樊宋玉国际学术研讨会论文集》，程本兴、高志明、秦军荣主编，学苑出版社 2010 年 10 月第 1 版，63 万字。程本兴(1942—)，湖北文理学院宋玉研究中心兼职教授；高志明(1972—)，湖北文理学院文学院副教授，文学博士；秦军荣(1973—)，湖北文理学院文学院副教授，文学博士。首为李儒寿"序"，正文分为"宋玉的生平与思想研究"、"宋玉作品研究"、"宋玉的文学成就与地位研究"、"宋玉辞赋与地域文化研究"、"宋玉辞赋的传播与接受研究"、"论点汇编"六个部分，共收录中国大陆、香港、台湾、日本、马来西亚等国家和地区学者的论文 53 篇，论点汇编 12 则。53 篇论文的作者与题名如下：魏平柱的《〈襄阳耆旧记〉及所载宋玉小传考辨》》、吴广平《宋玉故里考辨》、杨斌庆和程本兴的《宋玉立身本高洁——对郭沫若先生〈关于宋玉〉的质疑》、江柳的《魂兮归来反故居——宋玉辞赋中的生命美学思想》、石峥嵘的《宋玉音乐美学思想钩沉》、史新林的《从鹿溪子谈宋玉人格之完美》、陈丽平的《也谈谈宋玉"终莫敢直谏"——从宋玉身份谈起》、李学勤的《〈唐勒〉、〈小言赋〉和

〈易传〉》、谭家健的《〈唐勒〉赋残篇考释及其他》、汤漳平的《出土文献对宋玉研究的影响》、郑良树的《论〈宋玉集〉》、稻畑耕一郎的《〈宋玉集〉佚存钩沉》、朱碧莲的《唐勒残简作者考》、高秋凤的《宋玉作品真伪考》、黄灵庚的《〈九辩〉"悲秋"首章校勘》、林家骊的《宋玉〈九辩〉注译》、力之的《〈招魂〉作者之再探讨》、黄震云的《〈文选〉宋玉赋十一篇语体与真伪考订》、莫道才的《宋玉赋的作者问题及其文学史处理的思考》、金荣权的《宋玉〈微咏赋〉真伪辨》、王洲明的《应该充分认识和评价宋玉的文学成就及其在文学史上的地位》、罗漫的《宋玉的文学与文学的宋玉》、刘玉堂和刘保昌的《开启文学自觉时代——宋玉及其创作综论》、何念龙的《继承、发展、开拓——论宋玉在辞赋发展史上的地位》、周秉高的《〈九辩〉层次研究》、李倩的《宋玉〈九辩〉论略》、高志明的《〈九辩〉"悲秋"认知模式的修辞学略释》、潘啸龙的《论〈高唐赋〉的山水描写艺术》、刘伟生的《宋玉〈高唐赋〉、〈神女赋〉赋首的结构意义》、叶舒宪的《高唐神女的跨文化研究——爱神在中国的隐形和置换》、鲁瑞菁的《高唐神女传说之再分析——一个冥婚习俗观点的考察》、蔡靖泉的《巫山神女与盐水神女的关系浅析》、刘不朽的《宋玉〈神女赋〉解读——巫山神女传说之原型与演变》、程地宇的《一自高唐赋成后 楚天云雨尽堪疑——关于巫山神女文学现象的互文性探讨》、毛庆的《摇落深知宋玉悲——六十年文学史宋玉评介简议：以六本文学史为参照系》、何新文的《"止乎礼义"与"礼法罪人"——从洪迈、朱熹对〈高唐赋〉、〈神女赋〉的评价差异看宋玉赋评论的标准与方法的把握》、徐少舟的《摇落深知宋玉悲——中国传统士人的悲秋母题》、程本兴的《宋玉文化——一笔珍贵的历史遗产》、刘刚的《南宋与明清宋玉作品真伪学案与其对宋玉批评的影响》、张法祥的《宋玉含才 惊采绝艳——〈文心雕龙〉论宋玉》、李立信的《杜诗中的宋玉情结》、曾亚兰的《略说杜甫与宋玉的诗歌承传关系》、彭安湘的《试论李白抒情赋的主题和意象及其与宋玉赋的传承关系》、秦军荣的《论元代戏曲中的宋玉形象》、张祝平的《杨慎、顾炎武考据学对贬宋论的推衍》、胡小林的《堪透赋心——论清初词人对宋玉及其辞赋的体认与反思》、费康亮的《论〈红楼梦〉对〈高唐赋〉〈神女赋〉的接受》、苏慧霜的《高唐说梦——宋玉赋对诗词赋中纪梦意象的启发与影响》、方铭和唐元的《宋玉研究的新高度——读刘刚教授〈宋玉辞赋考论〉》、吴广平的《孙大雨先生英译宋玉〈高唐赋〉〈神女赋〉指瑕》、王慧的《许渊冲、卓振英英译〈九辩〉比较研究》、杜汉华和杨顺适的《为宋玉"辩诬"与〈宋玉悲秋〉》。"论点汇编"部分汇编的论点作者及其标题如下：张崇琛的《风流·牢骚·隽才——也谈宋玉的人格》、刘生良的《宋玉〈九辩〉的继承与创新》、顾久幸的《宋玉赋中所见玉石》、晋宏忠的《略论宋玉文化》、胡小林的《宋玉〈舞赋〉真伪补考》、汪碧涛的《宋玉与楚人的养生观》、梅良勇和林于良的《宋玉的和谐思想研究》、余建东的《宋玉与中国文学审美》、何全国和杨学青的《〈九辩〉——一篇爱国主义诗篇》、何志汉的《宋玉研究中应当形成共识的若干问题》、陈子成的《我是怎样创作长篇历史小说〈宋玉〉的》。

四、考证类

50.《宋玉作品真伪考》，高秋凤著，台北文津出版社有限公司1999年3月第1版，36万字。高秋凤(1951—)，台湾师范大学中文系教授。该书首为"自序"、"绪论"，末为"结论"、"参考书目"。正文部分凡四章：第一章"《楚辞章句》所收宋玉作品真伪考"，下分两节，第一节"《九辩》作者考"，第二节"《招魂》作者考"；第二章"《昭明文选》所收宋玉五赋真伪考"，下分两节，第一节"《风赋》《高唐赋》《神女赋》《登徒子好色赋》真伪考"，第二节"《对楚王问》真伪考"；第三章"《古文苑》所收宋玉六赋真伪考"，下分五节，第一节"《笛赋》真伪考"，第二节"《大言赋》《小言赋》真伪考"，第三节"《讽赋》真伪考"，第四节"《钓赋》真伪考"，第五节"《舞赋》真伪考"；第四章"论御残篇、《招隐士》与《微咏赋》作者考"，下分三节，第一节"论御残篇作者考"，第二节"《招隐士》作者考"，第三节"《微咏赋》作者考"。作者从文体、押韵、称谓、仿托、流传及其他方面论证传世的宋玉作品，《九辩》《风赋》《高唐赋》《神女赋》《登徒子好色赋》《对楚王问》《笛赋》《大言赋》《小言赋》《讽赋》《钓赋》十一篇都确是宋玉的作品；《招魂》《舞赋》《招隐士》三篇都不是宋玉的作品，《招魂》应是屈原的作品，《舞赋》应是傅毅的作品，《招隐士》应是淮南小山的作品，《微咏赋》为刘宋王微的《咏赋》之讹；赞成将银雀山出土的论御残篇定名为《御赋》，其作者定为宋玉。此书充分吸收了汤漳平、谭家健、李学勤、郑良树等学者的考证成果，并补充了大量证据，可以说是考辨宋玉作品真伪的集大成之作。

51.《宋玉辞赋考论》，刘刚著，辽海出版社2006年12月第1版，26万字。刘刚(1951—)，湖北文理学院宋玉研究中心教授。这是一部论文集，共收入22篇论文，分为四个部分，第一部分"作品真伪考论"，包括8篇论文：《宋玉作〈招魂〉说新证》《宋玉赋——〈高唐〉、〈神女〉二三考》《〈笛赋〉为宋玉所作说》《重论宋玉大小言赋之真伪》《宋玉〈讽赋〉〈登徒子好色赋〉与司马相如〈美人赋〉比较研究》《关于宋玉〈舞赋〉的问题》《宋玉〈微咏赋〉辨识》《〈宋玉集序〉考与宋玉对问体散文的真伪》；第二部分"作品主旨考论"，包括5篇论文：《从战国谋臣策士的进谏策略看宋玉〈风赋〉由谀入讽的创作命意》《宋玉〈高唐〉〈神女〉二赋之主旨新论》《宋玉大小言赋寓意探微》《宋玉〈钓赋〉与〈庄子·说剑〉和〈荀子·强国〉》《宋玉〈舞赋〉的语境与其语境下的意蕴》；第三部分"作家生平思想考论"，包括3篇论文：《宋玉年世行迹考》《论宋玉的人格》《论宋玉的思想》；第四部分"作品地理考及其他"，包括6篇论文：《衡山考——宋玉辞赋地名考之一》《庐江考——宋玉辞赋地名考之二》《巫山考——宋玉辞赋地名考之三》《南京图书馆藏〈宋玉集〉综考》《〈宋玉集校注〉序》《鲁迅的宋玉批评实践及其文学史学的思考》。末为《后记》。赵敏俐在为此书所作的《前言》中说："刘刚教授的这本论文集内容十分丰富，共分为四个部分。其中最重要的是第一部分——有关作品的真伪考论。""刘刚教授对宋玉作品真伪问题的研究，在学者们根据《唐勒赋》为参照对宋玉作品的认识所达成共识的基础上，结合历史、地理、语言、文字、典章制度等各个方面的知识，对其中的重要作品进行了更为深入的考证,也取得了新的突破。"

五、资料类

52.《景宋诗抄》,金光定、杨兆明编著,湖北人民出版社2005年10月第1版,15万字。金光定(1947—2009),原湖北省宜城市文化馆馆长,已逝世;杨兆明(1947—),原湖北省宜城市政协秘书长。此书是"楚都宜城文化丛书"之一,"收集了一部分尤其是唐以前的吟赞宋玉、与宋玉有关的诗词",共112题134首(有的一题有两首或多首),每首诗词包括原文、简介、简析、注释四个部分。此书为研究宋玉接受史提供了宝贵的资料。

53.《湖南省级非物质文化遗产代表作"临澧宋玉的传说"申报材料》,湖南省常德市临澧县文化局编,2006年4月10日内部铅印本,6.8万字。此申报材料编号:43072402200017。内容包括:一、省级非物质文化遗产代表作申报项目临澧宋玉的传说简介;二、关于申报"临澧宋玉的传说"为省级非物质文化遗产代表作的申请报告书;三、省级非物质文化遗产代表作"临澧宋玉的传说"申报书(附表一:县级专家论证意见;附表二:市级专家论证意见;附表三:省级专家论证意见);四、关于"临澧宋玉的传说"申报省级非物质文化遗产代表作的授权书与授权书面证明;五、辅助材料(包括:1."临澧宋玉的传说"调查报告;2."临澧宋玉的传说"调查登记表;3."临澧宋玉的传说"分布图;4.有关"临澧宋玉的传说"的史料照片及绘图;5.与"临澧宋玉的传说"相关的文献资料复印件;6."临澧宋玉的传说"九则;7."临澧宋玉的传说"近年保护情况;8."临澧宋玉的传说"专题片制作文案;9."临澧宋玉的传说"专题片;10."临澧宋玉的传说"电子文本);六、其他相关资料(包括:1.常德市人民政府文件;2.中共临澧县委办公室、临澧县人民政府办公室关于成立县非物质文化遗产保护工作领导小组的通知;3.临澧县非物质文化遗产保护工作人员名单;4.临澧县文化局关于做好"临澧宋玉的传说""九澧渔鼓"申报省级非物质文化遗产代表作的通知;5.省级非物质文化遗产代表作"临澧宋玉的传说"整理和保护计划;6.申遗工作简报)。据调查发现,在临澧民间至今仍流传着许多充满传奇色彩的宋玉传说故事,如:《放舟湖的由来》《龙家桥的传说》《泛舟湖里酒飘香》《看花山麓著〈九辩〉,泛舟湖旁编〈楚辞〉》《宋玉托梦劝学,农夫庙中教子》《天葬宋玉》《穷书生募捐修书院、宋玉显灵助"八樵"》《乾隆戏水放舟湖,宋玉魂惩赵美人》《宋玉城的传说》,等等。

54.《宋玉城遗址》,湖南省文物局编,2010年5月10日内部铅印本,系"第七批全国重点文物保护单位推荐材料",2.3万字。内容包括:一、湖南省文物局关于推荐宋玉城遗址为第七批全国重点文物保护单位的报告;二、关于推荐宋玉城遗址为第七批全国重点文物保护单位的评估意见书;三、常德市人民政府关于将澧州古城笔架城等46处文物单位确定为我市第二批文物保护单位的通知;四、"宋玉城遗址"申报第七批全国重点文物保护单位申报登记表,包括:1."宋玉城遗址"简介;2."宋玉城遗址"文物构成清单;3."宋玉城遗址"自然与人文环境;4."宋玉城遗址"文物本体状况;5."宋城遗址"历史沿革;6."宋玉城遗址"价值评估;7."宋玉城遗址"研究情况;8."宋玉城遗址"调查、考古、保护、展示工作;9."宋玉城遗址"保护管理机构、保护范围、保护标志、保护档案情况;10."宋玉城遗址"安全保卫情况;11."宋玉城遗址"下一阶段保护、管理、使用计划;12.图纸,包括《临澧县在湖南省的地理位置图》《宋玉城遗址在临澧县的地理位置图》《宋玉城遗址地貌图》《宋玉城遗址保护范围及建设控制地带图》《宋玉城遗址平面图》;13.照片,包括宋玉城遗址保护标志牌照、宋玉城遗址保护说明牌照、宋玉城遗址全景照、宋玉城遗址近景照、宋玉城遗址内环境照、宋玉城遗址东面城河照、宋玉城遗址南面城河照、宋玉城遗址北面城河照、宋玉城遗址西面城河照、宋玉城遗址西面城堤照、宋玉城遗址南面城堤照、宋玉城遗址内器物残片照。

55.《宋玉研究资料类编》,刘刚、单良、金鑫、胡小林、李䶮编,商务印书馆2015年1月第1版,53万字。刘刚(1951—),湖北文理学院宋玉研究中心教授;单良(1979—),东北财经大学新闻传播学院讲师、文学博士;金鑫(1963—),鞍山师范学院中文系副教授;胡小林(1976—),湖北文理学院文学院副教授,文学博士;李䶮(1973—),湖北文理学院文学院讲师,文学博士。此书系湖北省社会科学基金项目成果和湖北省重点学科建设立项学科成果。首为"凡例",说明:"本编所收起于汉,迄于清,凡于宋玉研究可资参考者,如作家作品批评、接受、传播、人物事迹、遗迹、传说等,均在辑录之列,力求完整全面地反映宋玉研究的历史面貌。"全书将宋玉研究资料分为九类:一、生平事迹,下分四类:(一)史书类,(二)方志类,(三)杂记类,(四)诂训类,(五)类书类;二、遗迹传说,下分二类:(一)与宋玉有关的遗迹传说,(二)与宋玉作品有关的遗迹传说;三、作家批评,下分五类:(一)风格与主旨,(二)传承与语境,(三)成就与地位,(四)影响与接受;四、作品批评,下分十二类:(一)综评,(二)《九辩》,(三)《招魂》,(四)《风赋》,(五)《高唐赋》,(六)《神女赋》,(七)《登徒子好色赋》,(八)《对楚王问》,(九)《笛赋》,(十)《大、小言赋》,(十一)《讽赋》,(十二)《钓赋》;五、作品集与作品辑录,下分四类:(一)佚本《宋玉集》与辑本《宋玉集》,(二)今存全文著录宋玉作品的文献及目录,(三)著录宋玉作品的佚书,(四)作品语句、语段摘引;六、作品考辨,下分四类:(一)综考,(二)作者考,(三)内容考,(四)《宋玉集》考;七、词语释读,下分两类:(一)词语考释,(二)语汇传播;八、拟托宋玉及其作品的文学创作,下分两类:(一)托宋玉口吻,(二)拟宋玉作品;九、涉及宋玉与其作品的文学创作,包括六类:(一)诗,(二)词,(三)曲,(四)赋,(五)小说,(六)戏剧。另有附录两种。附录一,包括:(一)《史记·楚世家》,(二)楚怀、襄二王在位事迹考;附录二,包括:(一)人名索引,(二)书名索引。书末为"后记"。此书是宋玉研究资料汇编的集大成之作。

六、创作类

56.《宋玉》,长篇历史小说,何流著,2004年10月内部铅印本,33.8万字。"宋玉研究会丛书"之一。何流(1949—),本名何志汉,湖北省宜城市文艺创作室国家二级编剧。书首为王宇波的"序"。小说共十八章。这篇长篇历史小说以曾经问鼎中原的强大楚国走向衰落、屈原等贤达离朝、楚国朝野上下言路蔽塞为背景,以出身寒门的宋玉读书、入仕到退隐的人生历程为经线,以宋玉对楚王的曲谏、直谏,对佞臣群小的反击和周旋,对老百姓疾苦的倾心关注,他的诸多不朽著作的创作过程,以及他和恋人春蕙的离合悲欢等故事为纬线,多侧面、多角度地描述了才华横溢、卓尔不群、风流儒雅的辞赋名家宋玉的坎坷人生。小说成功地塑造"立身本高洁"的宋玉形象,从艺术形象上对贬损宋玉人格、品性、道德的言论作了一个有力的反驳。

57.《宋玉》,长篇历史小说,陈子成著,2004年12月内部铅印本,20万字。"宋玉研究会丛书"之一。陈子成(1946—),湖北省宜城市信用联社办公室干部。此书首为"十年心事十年灯(代序)",末为"跋"。小说共八章,第一章"奔楚寻亲",第二章"拜友见王",第三章"潜心音乐",第四章"悦王谏王",第五章"善辩解诬",第六章"谏王兴楚",第七章"郢都沦陷",第八章"殒落千古"。这是一部全方位展示宋玉生平事迹的长篇历史小说。作者以尊崇的心理、饱满的激情、流畅的文字,深刻地描述了赋圣宋玉曲折坎坷和灿烂辉煌的人生经历,展示了一代先贤忧国忧民、善于曲谏和热忱于诗赋、音乐、舞蹈创作事业的丰富多彩的内心世界。作者描述的是文学艺术家的人生,展现的却是一个风云变幻的历史时代。政治舞台上的真善美与现实生活中的真善美在这部作品中达到了完美的统一。

58.《宋玉》,连环画,何流撰稿兼画面构思,胡坤、胡香强绘画,2006年11月内部铅印本,属于"宋玉研究会丛书"和"楚文化普及读物"之一。全书由94幅连环画组成。主要内容为:和屈原齐名的宋玉,出身贫寒,但发奋攻读,打下了扎实的学问功底。入朝后,为了国计民生,他克服重重困难,以佳辞妙赋等独特方式智谏君王,表现了高洁的志向和过人的才华。离朝后他仍致力于赋体文学的研究和创作。后人誉其为"赋圣"。此书构图精美,语言通俗,有利于宣传和普及宋玉知识。

59.《赋圣宋玉》,二十六集电视连续剧剧本,何流编剧,2014年10月内部铅印本。何流(1949—),本名何志汉,湖北省宜城市文艺创作室国家二级编剧。该剧以辞赋大家宋玉坎坷的一生为主体,以宋玉与朝廷佞臣的明争暗斗为主要戏剧冲突,在战国时期楚国波谲云诡的历史背景下,塑造了宋玉这一高大伟岸充满智慧的正义形象,展示了楚文化绵亘千年的不绝魅力。该剧出色地表现了宋玉文质兼美、忧国忧民和敢于进谏的精神风貌,深入挖掘了楚文化的深厚内涵。剧本中既有对当时楚国波谲云诡的国际国内政治形势的鸟瞰,又有对博大精深的楚文化的管窥;既有文人雅士出口成诵的谐趣,又有对不学无术之辈附庸风雅的嘲弄;既有对追情逐恋、铭心刻骨、生死相许的爱情礼赞,又有对声色犬马、贪淫享乐、狎男浪女的讥讽;既有对楚风民俗的展示,又有对宫廷奢华的浏览;既有对正人君子、庶民百姓的同情和讴歌,又有对贪官污吏、龌龊小人的揭露和鞭挞……剧情引人入胜,矛盾起伏跌宕,人物栩栩如生,主题颇具张力,能让人在笑过、愁过、惊过、叹过之后,留下深深的回味和思索,感受艺术的魅力和崇高,避免了时下一些历史题材剧的"戏说"和媚俗倾向。

小说家《宋玉子》试探

王齐洲

(华中师范大学文学院 湖北武汉 430079)

【摘要】《隋志》对小说家的理解源于《汉志》,其在子部小说家《燕丹子》附注提到的《宋玉子》,不应该是在集部著录的《宋玉集》,而是一部在唐初已经亡佚的小说集。宋玉既是著名辞赋家,也是有代表性的小说家,他的赋家和言语侍从之臣的身份与利用俳谐言语娱乐君王的俳优颇为接近。俳优小说是中国古代小说的重要一支,而谐隐、俗赋是俳优小说的主要表现形式。《隋志》编者对宋玉的重视以及对小说的理解,使其对已经亡佚的小说集《宋玉子》给予了特别关注,其所确定的宋玉的小说家地位值得我们重视。

【关键词】 宋玉;《宋玉子》;《宋玉集》;小说家;赋家

宋玉是与屈原齐名的辞赋家,文学史上常常"屈宋"并称,刘勰有"屈宋逸步,莫之能追"(《文心雕龙·辨骚》)的赞美,杜甫有"窃攀屈宋宜方驾,恐与齐梁作后尘"(《戏为六绝句》)的慨叹。尽管自赵宋以来,宋玉的作品不断受到质疑,对宋玉的评价也日渐低落,但其文学影响依然存在。改革开放以来,由于一大批出土文献的面世,宋玉的文学成就得到一致肯定,其作为与屈原齐名的辞赋家的文学地位也逐渐恢复。然而,《隋书·经籍志》子部小说家《燕丹子》附注提到"梁有……《宋玉子》一卷、录一卷,楚大夫宋玉撰",将宋玉列为小说家,程毅中先生对此有过一些讨论,似乎还没有引起宋玉研究者的足够重视,而有些问题至今仍疑莫能明。本文拟就此问题发表浅见,希望引起大家的重视。

一、作为小说集的《宋玉子》

众所周知,自《汉书·艺文志》(简称《汉志》)诸子略著录小说家以来,正史《艺文志》或《经籍志》都沿袭不改,直到《清史稿·艺文志》,仍然在子部著录小说家的小说。虽然两千年来,小说的形态发生了很大变化,但正史《艺文志》或《经籍志》所反映的传统小说观念其实变化很小,这固然说明了中国古代社会大传统的稳定性,同时也提醒我们要从中国历史和文化的实际出发去理解和认识中国古代小说。

据唐魏征(580—643)所编《隋书·经籍志》(简称《隋志》)子部小说家《燕丹子》附注:"梁有《青史子》一卷;又《宋玉子》一卷、录一卷,楚大夫宋玉撰;《群英论》一卷,郭颁撰;《语林》十卷,东晋处士裴启撰,亡。"①注里提到的4部唐初已亡佚的古小说,其实都有迹可寻。《汉书·艺文志》诸子略小说家著录有《青史子》五十七篇,撰者不详,班固(32—92)自注:"古史官记事也。"②可见是一部记事性作品,与史书近似。梁刘勰(465?—520)《文心雕龙·诸子篇》也提到过它,说"《青史》曲缀以街谈"③,证明其叙事多民间色彩,梁时其书尚存。《群英论》作者郭颁(生卒年不详),为西晋襄阳令,撰有《魏晋世语》十卷,东晋干宝(336)、孙盛(生卒年不详)多采以著书,刘宋裴松之(372—451)注《三国志》亦多引之。其《群英论》一卷,梁阮孝绪(479—536)《七录》著录,此书当时或许尚存,唐初即已亡佚。至于东晋裴启(生卒年不详)所撰《语林》十卷,亦当为阮孝绪《七录》著录。程毅中先生认为:"《隋书·经籍志》小说家注文中所说的'梁有'而今无的书,大概就见于《七录》,计有《青史子》、《宋玉子》、《群英论》、《语林》及《俗说》五种。"④不过,梁时是否真有《语林》十卷,大可存疑。南朝刘义庆(403—444)《世说新语·轻诋》载云:"庾道季诧谢公曰:'裴郎云:"谢安谓裴郎乃可不恶,何得为复饮酒!"裴郎又云:"谢安目支道林如九方皋之相马,略其玄黄,取其俊逸。"'谢公云:'都无此二语,裴自为此辞耳!'庾意甚不以为好,因陈东亭《经酒垆下赋》。读毕,都不下赏裁,直云:'君乃复作裴氏学!'于此《语林》遂废。今时有者,皆是先写,无复谢语。"⑤檀道鸾(生卒年不详)《续晋阳秋》也载:"晋隆和中,河东裴启撰汉、魏以来迄于今时言语应对之可称者,谓之《语林》。时人多好其事,文遂流行。后说太傅事不实,而有人于谢座,叙其黄公酒垆,司徒王珣为之赋,谢公加以与王不平,乃云:'君遂复作裴郎学!'自是众咸鄙其事矣。"⑥刘义庆、檀道鸾都是刘宋时人,早于阮孝绪,他们都谈到因谢安(320—385)诋裴启《语林》所记不实而使其书不传的事,应该可信。既然刘宋时《语林》已不传,梁时恐怕也不会有《语林》十卷存世,阮孝绪《七录》即使著录,也当是据前人目录转引,而不一定是据存书实录。《隋志》注"梁有"可能是指梁阮孝绪《七录》等著录有其目,而不一定是说梁时这些书籍都完整地保存着。

有以上三书作为参照,结合传世文献和出土文献,我们可以对《宋玉子》作些推考。

《隋志》注云《宋玉子》为宋玉撰。宋玉作品《汉志》有录,《汉志》诗赋略著录"宋玉赋十六篇",班固自注:"楚人,与唐勒并时,在屈原后也。"⑦并将其归入"屈赋之属"。

---

① 长孙无忌等:《隋书》卷35《经籍志三》,《二十五史》本,上海:上海古籍出版社、上海书店影印,1986年,第3372页。
② 班固撰,颜师古注:《汉书》卷30《艺文志》,《二十五史》本,第530页。
③ 刘勰著,范文澜注:《文心雕龙》卷4《诸子第十七》,北京:中华书局,1958年,第308页。
④ 程毅中:《古代小说与古籍目录学》,北京:中华书局,2006年,第2页。
⑤ 徐震堮:《世说新语校笺》卷下《轻诋》,北京:中华书局,2006年,第451—452页。
⑥ 檀道鸾:《续晋阳秋》,徐震堮《世说新语校笺·轻诋》注引,北京:中华书局,2006年,第452页。
⑦ 班固撰,颜师古注:《汉书》卷30《艺文志》,《二十五史》本,第531页。

至于这16篇赋的篇名,《汉志》无载。西汉刘向(前77?—前6)所编《楚辞》、东汉王逸(生卒年不详)为之《章句》,收录有宋玉的《九辩》和《招魂》。梁昭明太子萧统(501—531)所编《文选》,收录宋玉作品7篇,除《九辩》、《招魂》外,另有《风赋》、《高唐赋》、《神女赋》、《登徒子好色赋》、《对楚王问》5篇。梁刘勰撰《文心雕龙》,提到的宋玉作品包括《九辩》、《招魂》、《风赋》、《钓赋》、《登徒子好色赋》、《神女赋》、《高唐赋》、《对楚王问》等9篇。唐欧阳询(557—641)编《艺文类聚》摘录的宋玉作品有《招魂》、《风赋》、《登徒子好色赋》、《大言赋》、《小言赋》、《讽赋》、《钓赋》、《笛赋》、《高唐赋》、《神女赋》等10篇。佚名所编《古文苑》,收录有《笛赋》、《大言赋》、《小言赋》、《讽赋》、《钓赋》、《舞赋》6篇。以上都是唐及唐前所流传的宋玉作品,综合来看,其中赋作10篇,楚骚2篇,对问1篇,共13篇。显然,《汉志》诗赋略著录的"宋玉赋十六篇"没有能够完整保存下来,且不说这10篇赋(如将收入《楚辞》的《九辩》、《招魂》也算作赋,总计也只有12篇)中尚有个别作品存在争议①。《隋志》集部著录有"楚大夫《宋玉集》三卷"②,此集为何人何时所编,已不可确考。刘向、刘歆(前50—23)父子等在整理西汉秘阁所存图籍时,注重"辨章学术,考镜源流",并没有以作者为单位将其作品集中编定为文集,如荀况,在诸子略儒家著录有"孙卿子三十三篇",在诗赋略著录有"孙卿赋十篇";又如商鞅,在诸子略法家著录有"商君二十九篇",在兵书略著录有"公孙鞅二十七篇"③。正如《隋志》集部小序所云:"别集之名,盖汉东京之所创也。自灵均以降,属文之士众矣,然其志尚不同,风流殊别。后之君子,欲观其体势而见其心灵,故别集焉,名之为集,辞人景慕,并自记载,以成书部。年代迁徙,亦颇遗散,其高唱绝俗者,略皆俱存。"④应该看到,东汉蔡伦(61—121)改良造纸工艺使得纸张成本大降并便于书写之后,文学艺术的发展才突飞猛进,魏晋以后,个人文集的编辑遂成为风气。因此,《隋志》集部著录的《宋玉集》极有可能是这一时期的产物。这一文集唐初仍在流行,最直接的证据是李善(630—689)注《文选》便多次引用《宋玉集》,如他在《文选》卷31江淹《杂体诗·潘黄门》注引《宋玉集·高唐赋》、卷34枚乘《七发》注引《宋玉集·钓赋》、卷18嵇康《琴赋》

---

① 署名宋玉的著作,自南宋章樵怀疑《古文苑》所录《舞赋》、《笛赋》非宋玉所作以降,其作品尤其是赋作的著作权不断遭到怀疑。不过,清以前,《文选》所收署名宋玉的赋作尚无人怀疑,清人崔述率先提出怀疑,近人陆侃如等更提出"赋体发展三阶段"说,以为先秦不应该有散体赋,故《文选》所收署名宋玉的赋作均非宋玉所作,《古文苑》所收则更不可信。1950年代胡念贻等力辨陆说之非,部分恢复了宋玉的著作权。1972年4月山东临沂银雀山西汉初年1号墓出土的竹书中有题为《唐勒》的赋作残篇,李学勤、朱碧莲等考订此赋为宋玉所作,按内容应题为《御赋》。此赋正是散体赋,而《淮南子·览冥训》已有引用,这就从根本上推翻了陆侃如等人的论断。至于《招魂》一篇,近人据《史记·屈原贾生列传》以为作者是屈原,潘啸龙通过详细考证,认为《招魂》有《大招》、《小招》之别,《文选》所收《招魂》是《小招》,为宋玉所作,《楚辞章句》中的《大招》才是屈原所作。此外,《舞赋》、《笛赋》等尚有一些争议。不过,署名宋玉作品的著作权已大部归于宋玉,宋玉的辞赋家地位得到巩固。参见吴广平编注《宋玉集》,湖南:岳麓书社,2001年。
② 长孙无忌等:《隋书》卷35《经籍志四》,《二十五史》本,第3376页。
③ 班固撰,颜师古注:《汉书》卷30《艺文志》,《二十五史》本,第529—532页。
④ 长孙无忌等:《隋书》卷35《经籍志四》,《二十五史》本,第3378页。

和卷 55 陆机《演连珠》注引《宋玉集·对问》等。李善之前，虞世南（558—638）《北堂书钞》卷 30 "赐云梦田"条注引《宋玉集·小言赋》、卷 33 "姜桂因地"条注引《宋玉集·序》等，这些都说明《宋玉集》在隋唐之际是流行的。至于这三卷《宋玉集》包括哪些篇目，可以确定的是上面提到的《高唐赋》、《钓赋》、《小言赋》、《对楚王问》4 篇，其余篇目则无法落实。然而，根据隋唐类书注引和《隋志》集部著录体例推测，是可以知其大概的。日本学者稻畑耕一郎在《〈宋玉集〉佚存钩沉》文中推测："具体地说，首先想到的是《楚辞》、《文选》收入的作品，即《九辩》、《招魂》（以下把它简称为'甲类'）、《风赋》、《高唐赋》、《神女赋》、《登徒子好色赋》、《对楚王问》（称为'乙类'）。此外，从上面提到的《小言赋》、《钓赋》类推，和它们同样屡见于类书和古籍注释中的《大言赋》、《笛赋》、《讽赋》（称为'丙类'），被收进《宋玉集》的可能性也比较大。还有，上列二条提到的《宋玉集·序》，根据《韩诗外传》和《新序》等书所引的乃是为我们今天所知的跟宋玉生平有关的逸事这一点推测，知其编入'序'这一部分的内容乃是传记性的事项（称为'丁类'）。"① 这一推测在现有文献资料的基础上作出，因而是可信的。即是说，唐初仍流行的《宋玉集》应该包括《楚辞》、《文选》、《古文苑》所收宋玉作品。《古文苑》编者不详，据说是北宋孙洙（1031—1079）于佛寺经龛中得唐人旧本，收东周至南齐之诗、赋、杂文 260 余篇，均为史传及《文选》所不载者。从内容上看，此书的编辑应该在齐、梁之际。由于《宋玉集》采纳了《古文苑》资料，它的编辑就应该在梁至隋这段时间内。如果隋唐学者看到的《宋玉集》超出《楚辞》、《文选》和《古文苑》范围，他们不会不予以提及；如果《宋玉集》中没有《楚辞》、《文选》和《古文苑》所收各篇，他们自然也不能接受，魏征也不会将其作为宋玉著作著录于《隋志》集部别集中。

《隋志》集部著录的三卷本《宋玉集》的来历和基本内容已如上述，它和《隋志》子部小说家著录的《宋玉子》是什么关系呢？程毅中先生在《先秦两汉的杂赋与小说〈宋玉子〉》文中认为："这本《宋玉集》可能就是《宋玉子》的异名。"② 笔者认为可能性不大。主要理由是：《隋志》子部小说家《燕丹子》注文提到"《宋玉子》一卷、录一卷"，集部著录有"《宋玉集》三卷"，二者类别不同，卷数不一，一存一亡，不可能是同一部书。正如《隋志》子部儒家著录"《孙卿子》十二卷"，集部著录有"楚兰陵令《荀况集》一卷（原注：残缺，梁二卷）"③，这种同一作者而不同类别不同卷次不同书名的著作不应该是同一部书。如果《宋玉子》就是《宋玉集》，《隋志》撰者魏征大概会在集部著录的三卷本《宋玉集》下注明，而不会在子部小说家《燕丹子》注文里提及。例如，《隋志》子部儒家著录"《孟子》七卷"，注云："刘熙注。梁有《孟子》九卷，綦毋邃撰，亡。""《扬子法言》十五卷、解一卷"，注云："扬雄撰，李凯注。梁有《扬子法言》六卷，侯芭注，亡。"又录"扬子法

---

① 稻畑耕一郎：《〈宋玉集〉佚存钩沉》，原载《楚辞研究》，济南：齐鲁书社，1987 年。转引自吴广平编注《宋玉集》附录，湖南：岳麓书社，2001 年，第 329 页。
② 程毅中：《程毅中文存续编》，北京：中华书局，2010 年，第 89 页。
③ 长孙无忌等：《隋书》卷 35《经籍志四》，《二十五史》本，第 3371—3378 页。

言》十三卷",注云:"宋衷撰。"①子部小说家著录"《小说》十卷",注云:"梁武帝敕安右长史殷芸撰。梁目三十卷。"②这些都是魏征注意到同一部书不同版本或同名书不同作者的著录情况。如果《宋玉子》真是《宋玉集》的异名,只是卷数不一,那么,魏征一定会在集部的《宋玉集》下注明,而不会特意在子部小说《燕丹子》注文里提及,从而自乱体例。况且《宋玉集》当时存世,《隋志》已按集部别集之例著录,其不在子部小说之列已经显明,魏征断不可能将与《宋玉集》同实异名的《宋玉子》在小说《燕丹子》条下注题。因此,《宋玉子》不是《宋玉集》应该是不成问题的。那么,《宋玉子》到底是一部什么性质的书,它又究竟包括哪些内容呢?因为原书久佚,故所有的讨论都只是推测,谁也不敢以为必是。笔者以为,既然《宋玉子》被《隋志》著录入小说家,自当是一部小说集,我们应该相信魏征等人的判断,这样著录与《隋志》对宋玉的认识和对小说家的理解有关,我们可以在讨论作为小说家的宋玉是否可能之后,再来回答这一问题。

二、作为小说家的宋玉

《隋志》对小说家的理解源于《汉志》而略有调整。

《汉志》诸子略小说家序云:"小说家者流,盖出于稗官。街谈巷语,道听涂说者之所造也。孔子曰:'虽小道,必有可观者焉!致远恐泥,是以君子弗为也。'然亦弗灭也。闾里小知者之所及,亦使缀而不忘。如或一言可采,此亦刍荛狂夫之议也。"③明确提出小说家出于稗官。唐颜师古(581—645)注《汉书》"稗官"引魏如淳(生卒年不详)云:"稗音锻家排。《九章》'细米为稗'。街谈巷说,其细碎之言也。王者欲知闾巷风俗,故立稗官,使称说之。今世亦谓偶语为稗。"④笔者曾撰《稗官新诠》全面考察小说家所出"稗官"之义⑤,指出:如淳释"稗"音"排",是汉魏读音,实兼释义。"稗"即"偶语",亦即"排语"、"俳语"、"诽语",也称"偶俗语",其表现为民间谤言、谣谚、赋诵等。"稗官"可释为"小官",但并非指某一实际官职,而是指卿士之属官,或指县乡一级官员之属官。先秦两汉"以偶语为稗",提供"偶语"服务的小官自可称为"排官",亦即"稗官"。而"街谈巷语,道听涂说",今人多理解为民间的琐屑言论,这一理解其实并不准确。《史记·周本纪》载邵公云"百工谏,庶人传语",《集解》引韦昭(204—273)曰:"庶人卑贱,见时得失,不得言,传以语士。"《正义》:"庶人微贱,见时得失,不得上言,乃在街巷相传语。"⑥可见"街谈巷语"是指与朝政得失相关的庶人言论,非指一般的闲言碎语。《国

---

① 长孙无忌等:《隋书》卷34《经籍志三》,《二十五史》本,第3371页。
② 长孙无忌等:《隋书》卷34《经籍志三》,《二十五史》本,第3373页。
③ 班固撰,颜师古注:《汉书》卷30《艺文志》,《二十五史》本,上海:上海古籍出版社、上海书店影印,1986年,第531页。
④ 班固撰,颜师古注:《汉书》卷30《艺文志》,《二十五史》本,第531页。
⑤ 参见拙作《稗官新诠》,《南京大学学报(哲学、人文科学、社会科学)》2013年第3期。
⑥ 司马迁著,裴骃集解,张守节正义:《史记》卷4《周本纪》,《二十五史》本,第19页。

语·晋语六》有"考百事于朝,问谤誉于路"①,《战国策·齐策一》有"能谤议于市朝,闻寡人之耳者,受下赏"②,《诗经·大雅·板》有"先民有言,询于刍荛"③等,都证明"街谈巷语,道听涂说"是指民间对于朝政的谤誉之言。《吕氏春秋·自知》载:"尧有欲谏之鼓,舜有诽谤之木。"④《史记·孝文本纪》云:"古之治天下,朝有进善之旌、诽谤之木,所以通治道而来谏者。"⑤谏鼓和谤木的树立,就是鼓励庶人通过一定渠道来反映他们对朝政得失的意见。王者所立稗官,不是为了让他们转述一些民间的琐屑言论,而是要他们收集民间对社会政治的反映,作为朝廷执政了解民意民情的参考。如淳所释"王者欲知闾巷风俗,故立稗官,使称说之",明确指出了这一点。因此,小说家的所谓琐碎言论,同其他诸子言论一样,也是关于政教的言论,这是毋庸置疑的。

《隋志》编者魏征显然理解《汉志》对于小说家的定义,其小序云:"小说者,街谈巷语之说也。《传》载舆人之诵,《诗》美询于刍荛。古者圣人在上,史为书,瞽为诗,工诵箴谏,大夫规诲,士传言而庶人谤。孟春,徇木铎以求歌谣,巡省观人诗以知风俗,过则正之,失则改之。道听途说,靡不毕纪。《周官》诵训掌道方志以诏观事,道方慝以诏避忌,以知地俗。而职方氏掌道四方之政事,与其上下之志,诵四方之传道而观衣物,是也。"⑥《隋志》把小说与"史为书,瞽为诗,工诵箴谏,大夫规诲,士传言而庶人谤"联系在一起,在制度上和采诗献诗等量齐观,既有历史眼光,也与《汉志》所序若合符节,很好地解释了"街谈巷语,道听涂说"的确切含义。而以小说内容即《周官》诵训、职方氏所掌的四方风俗、政事等,也不为无见。虽然魏征在序中没有再强调小说家出于稗官,但其对小说作品内涵的揭示证明他并未抛弃这一观念,只是他对小说内涵的理解比《汉志》更宽泛一些,因而对小说家的界定更为灵活一些而已。况且,西汉及以前,畴官为学,学有师承,故《汉志》"辨章学术,考镜源流",有深刻的学术传承背景做依据。清章学诚(1738—1801)指出:"其(指《汉志》——引者)叙六艺而后,次及诸子百家,必云某家者流,盖出古者某官之掌,其流而为某氏之学,失而为某氏之弊。其云某官之掌,即法具于官,官守其书之义也。其云流而为某家之学,即官司失职,而师弟传业之义也。其云失而为某氏之弊,即孟子所谓'生心发政,作政害事',辨而别之,盖欲庶几于知言之学者也。由刘氏之旨,以博求古今之载籍,则著录部次,辨章流别,将以折衷六艺,宣明大道,不徒为甲乙纪数之需,亦已明矣。"⑦而东汉以后,学派散乱,师承不明,

---

① 徐元诰:《国语集解·晋语六》,北京:中华书局,2002年,第388页。
② 刘向集录,范祥雍笺证,范邦瑾协校:《战国策笺证》卷8《齐一》,上海:上海古籍出版社,2006年,第522页。
③ 朱熹集注:《诗集传》卷17《板》,上海:上海古籍出版社,1980年,第201页。
④ 高诱注:《吕氏春秋》卷24《自知》,《诸子集成》本,第310页。
⑤ 司马迁著,裴骃集解,张守节正义:《史记》卷10《孝文本纪》,《二十五史》本,第47—48页。
⑥ 长孙无忌等:《隋书》卷34《经籍志三》,《二十五史》本,第3373页。
⑦ 章学诚著,叶瑛校注:《文史通义校注》附《校雠通义》卷1,北京:中华书局,1994年,第952页。

至"梁武帝敦悦诗书,下化其上,四境之内,家有文史"①,在这样的背景下,《隋志》已经不可能采用《汉志》的编辑方法,只能将书籍按类集中编排,采用四部分类,"徒为甲乙纪数之需",成为纯粹的图书目录。即使这样,《隋志》仍然贯彻了以政教为中心、以学术评价为依据的著录原则,所谓"夫仁义礼智所以治国也,方技数术所以治身也,诸子为经籍之鼓吹,文章乃政化之黼黻,皆为治之具也,故列之于此志"②。正因为如此,《隋志》并不刻意强调小说家出于稗官,而更偏重于选择著录小说作品。

理解了《隋志》的著录原则和小说观念,就能够理解《隋志》何以要在小说《燕丹子》条下注记《宋玉子》。在笔者看来,《隋志》在子部小说家著录宋玉小说的主要理据至少包括以下三点:

其一,宋玉是著名辞赋家,其辞赋作品已在《隋志》集部楚辞类和别集类著录,其小说作品理应得到关注,以便全面了解其人,好"知人论世"。因为在魏征眼中,宋玉是一个标志性人物,任何关于他的信息均不应遗漏。《隋志》集部序称:"文者,所以明言也。古者登高能赋、山川能祭、师旅能誓、丧纪能诔、作器能铭,则可以为大夫。言其因物骋辞、情灵无拥者也……宋玉、屈原激清风于南楚,严、邹、枚、马陈盛藻于西京,平子艳发于东都,王粲独步于漳滏。爰逮晋氏,见称潘、陆,并黼藻相辉,宫商渐起,清辞润乎金石,精义薄乎云天。永嘉以后,玄风既扇,辞多平淡,文寡风力。降及江东,不胜其弊。"③我们不讨论魏征在这里的总结是否合理,但可以肯定的是,魏征在这里提到的作者,显然都是他十分关注的人物。他不仅提到宋玉,甚至将宋玉摆在了屈原之前,可见他对宋玉的重视,这便是他不放过著录宋玉任何信息的直接原因。

其二,《隋志》注记宋玉小说作品,以宋玉为小说家,也符合其对小说家的理解。无论是"史为书,瞽为诗,工诵箴谏,大夫规诲,士传言而庶人谤",还是"《周官》诵训掌道方志以诏观事,道方慝以诏避忌,以知地俗。而职方氏掌道四方之政事,与其上下之志,诵四方之传道而观衣物",都意在说明小说具有观察民俗和实行箴谏的政教功能,而宋玉是楚襄王的"言语侍从之臣",同样有讽谏君王之责。虽然《史记·屈原贾生列传》云:"屈原既死之后,楚有宋玉、唐勒、景差之徒者,皆好辞而以赋见称;然皆祖屈原之从容辞令,终莫敢直谏。"④但从宋玉赋作来看,也仍有讽谏存焉。如《风赋》中"大王之雄风"和"庶人之雌风"的对比描写,《高唐赋》结尾所云"王将欲往见,必先斋戒,差时择日,简舆玄服,建云旆,霓为旌,翠为盖;风起雨止,千里而逝;盖发蒙,往自会。思万方,忧国害,开贤圣,辅不逮;九窍通郁,精神察滞,延年益寿千万岁"⑤,都有讽谏之意,只是不像屈原那样"直谏"而已。

其三,宋玉的身份地位也可以归入小说家。关于宋玉的身份地位,一说其为楚襄

---

① 长孙无忌等:《隋书》卷32《经籍志一》,《二十五史》本,第3363页。
② 长孙无忌等:《隋书》卷32《经籍志一》,《二十五史》本,第3364页。
③ 长孙无忌等:《隋书》卷35《经籍志四》,《二十五史》本,第3379页。
④ 司马迁著,裴骃集解,张守节正义:《史记》卷84《屈原贾生列传》,《二十五史》本,第281页。
⑤ 萧统编、李善注:《文选》卷19《高唐赋》,北京:中华书局,1983年,第267页。

王小臣，一说其为楚大夫。宋玉在《九辩》中以"贫士"自称，说自己"羁旅而无友生"、"无衣裘以御冬"①，他在楚国应该不会有太高的社会地位。据西汉韩婴（前200？—前130）《韩诗外传》和刘向《新序》记载，"宋玉因其友见楚襄王，襄王待之无以异，乃让其友"②，"宋玉事楚襄王，而不见察，意气不得，形于颜色"③。因此，东晋习凿齿（？—383）《襄阳耆旧记》云："宋玉……始事屈原，原既放逐，求事楚友景差。景差惧其胜己，言之于王，王以为小臣……"④应该比较可信。最早提到宋玉是楚大夫的是东汉王逸，其《楚辞章句·九辩序》云："《九辩》者，楚大夫宋玉之所作也。"⑤后人称宋玉为楚大夫皆本此。然而，宋本是西周初年所封殷商后裔之国，宋姓乃以国为氏，因此，宋玉很可能是殷商后裔，宋国覆灭后举家迁徙入楚，因其并非楚之旧族，所谓"羁旅而无友生"、"远客寄居，孤单特也"，故他要托朋友引荐才能接近楚王。这也是楚王以之为小臣的原因之一。当然，不管宋玉是小臣还是大夫，他在楚襄王那儿只是一个"言语侍从之臣"，王逸说他"中情怅悯，意不得也；数遭患祸，身困极也；亡财遗物，逢寇贼也；心常愤懑，意未服也；远客寄居，孤单特也；丧妃失耦，块独立也；后党失辈，悯愁独也；窃内念己，自悯伤也"⑥，等等，说的可能是实情。北朝颜之推（531—595？）《颜氏家训》云："自古文人，多陷轻薄……宋玉体貌容冶，见遇俳优。"⑦此言并非无据，宋玉的不少赋作以文为戏，如《大言赋》、《小言赋》、《钓赋》、《登徒子好色赋》等都有游戏之意，与俳优以俳谐言语娱乐君王实无二致。《汉书·枚皋传》云："皋不通经术，诙笑类俳倡，为赋颂好嫚戏，以故得媟黩贵幸，比东方朔、郭舍人等，而不得比严助等得尊官……皋赋辞中自言为赋不如相如，又言为赋乃俳，见视如倡。"⑧其实，赋家与俳优，其身份地位确实颇为接近，以故刘勰《文心雕龙·谐隐》云："谐辞隐言，亦无弃矣……但本体不雅，其流易弊。于是东方、枚皋，餔糟啜醨，无所匡正，而诋嫚媟弄，故其自称为赋，乃亦俳也；见视如倡，亦有悔矣。"⑨20世纪40年代，冯沅君（1900—1974）撰《古优解》和《汉赋与古优》揭橥了他们之间的联系，指出俳优言语多用谐隐和赋体。⑩而俳优小说是中国古代小说的重要一支，多用隐语、谐语和俗赋来表达，直到汉末仍然如此。⑪1993年在江苏连

---

① 洪兴祖：《楚辞补注·九辩第八》，北京：中华书局，1977年，第183—192页。
② 许维遹：《韩诗外传集释》卷7，北京：中华书局，1980年；刘向编著、石瑛校释：《新序校释》卷1《杂事》，北京：中华书局，2001年，第747页。
③ 刘向编著，石瑛校释：《新序校释》卷5《杂事》，第751页。
④ 习凿齿撰、舒焚、张林川校注：《襄阳耆旧记》卷1《人物·周·宋玉》，《湖北地方古籍文献丛书》本，武汉：湖北人民出版社，1999年，第1—2页。
⑤ 洪兴祖：《楚辞补注·九辩第八》，北京：中华书局，1983年，第183—192页。
⑥ 洪兴祖：《楚辞补注·九辩第八》引王逸章句，第183页。
⑦ 颜之推：《颜氏家训·文章第九》，《诸子集成》本，上海：上海书店，1986年，第19页。
⑧ 班固撰、颜师古注：《汉书》卷51《贾邹枚路传》，《二十五史》本，第586页。
⑨ 刘勰著、范文澜注：《文心雕龙》卷3《谐隐十五》，第270页。
⑩ 参见冯沅君《冯沅君古典文学论文集》第一编，济南：山东人民出版社，1980年。
⑪ 参见拙作《稗官新诠》，《南京大学学报（哲学、人文科学、社会科学）》2013年第3期；《曹植诵俳优小说发覆》，《学术研究》2013年第5期。

云港尹湾村西汉墓出土的《神乌傅(赋)》、2009年北京大学收藏的抄写于汉武帝时的竹书《妄稽》就是其孑遗,说它们是俳优小说大概不会有误,说它们是赋体小说也未尝不可。西汉王褒(生卒年不详)的《僮约》、《责须髯奴辞》,扬雄(前53—18)的《逐穷赋》、《都酒赋》,东汉蔡邕(133—192)的《短人赋》,曹植(192—232)的《鹞雀赋》,西晋傅玄(217—278)的《鹰兔赋》,束晳(264?—303?)的《饼赋》等,都是模仿俗赋之作,也都可以列入小说之林。而敦煌写本《韩朋赋》、《燕子赋》、《晏子赋》等则是俳优小说或赋体小说的传留。程毅中先生在《叙事赋与中国小说的发展》文中指出:"宋玉是叙事赋的大作家,他的《高唐赋》等作品在文学史上有很大影响。至晚从宋玉开始,赋就有了虚构故事的功能。这种艺术虚构的手段,就为中国小说的发展开辟了新的道路,叙事赋本身就可以说是小说的一体。《隋书·经籍志》小说类在《燕丹子》条下注中说:'(梁有)《宋玉子》一卷、录一卷,楚大夫宋玉撰。'小说《宋玉子》已经亡佚失传,但从这条信息可以说明宋玉曾有小说类作品,是很早的小说家。其实他的叙事赋大多也可以看作小说家言。小说《宋玉子》可能也是一些虚构的故事,不过不用赋体而用散文写的。"① 这一认识揭示了宋玉作为小说家的原因及其小说的风格特点,十分深刻。至于虚构和故事是否中国古代小说成立的要件,尚有讨论的余地。而像宋玉这样的"言语侍从之臣",如其前的淳于髡(前386?—前310?),其后的东方朔(生卒年不详)、枚皋(前153?—?)等,说他们是与俳优类似的一批中国古代小说家是完全可以成立的,而宋玉以其在文学史上独特地位,当然成为他们中的代表作家。

根据以上分析,宋玉既是先秦辞赋家,也是先秦小说家,他的赋作大多可以作为小说来看待。然而,这并不能说《隋志》著录的《宋玉子》就是《宋玉集》。因为宋玉作为辞赋家早已为世所公认,他的《九辩》、《招魂》等辞作已收入《楚辞》,而《风赋》、《高唐赋》、《神女赋》、《登徒子好色赋》等赋作已收入《宋玉集》,《隋志》也在集部楚辞类和别集类分别著录了它们,因此,《隋志》子部小说《燕丹子》注释中所称《宋玉子》就不应该是宋玉的辞赋作品,而应该是这两部作品集中都没有收入的与宋玉有关的言论和传说。具体篇目当然不能确考,然而,《韩诗外传》和《新序》所收各篇应该收录在其中,因为这些都是与宋玉有关的言论;或者还包括一些民间传说,如敦煌遗书P.3645号《刘家太子变》(一题《前汉刘家太子传》)文后所附《同贤记》中的宋玉故事之类;甚至也不排除其部分内容与《宋玉集》有所交集,就像《宋玉集序》与《韩诗外传》和《新序》等有所交集一样。正如稻畑耕一郎所说:"所谓小说,据《隋志》本身的定义来讲,那就是'街谈巷语之说也'。如果从这一观点来看,《宋玉子》一书自然可以认为是一部收录巷间流传的有关宋玉的逸事和言行的著作。……若是这样,则可以认为该书所载,大抵是一些类似《新序》卷一、卷五和《韩诗外传》卷七所见的有关宋玉的'传说'和'逸事'。这些'传说'和'逸事',如《对楚王问》一例所示,实际上是作为宋玉的作品而被流传下来,其题材与表现方法极近似乎丁类和丙类作品。把它们称为宋玉的'逸事'也可以,称为宋玉的

---

① 程毅中:《程毅中文存续编》,北京:中华书局,2010年,第75页。

'作品'也可以。"①由于《汉志》诸子略小说家已经著录有《宋子》,那是与战国学者宋钘有关的言论与传说,故有人将与宋玉有关的言论和传说编辑在一起形成一部小说集,名为《宋玉子》,以与《宋子》相区别。正如《宋子》并非都是宋钘所作那样,《宋玉子》当然也不都是宋玉所作,但又不排斥其中确有宋玉所作,这也是先秦小说家及其作品命名的普遍特点,没有什么好奇怪的。

---

① 稻畑耕一郎:《〈宋玉集〉佚存钩沉》,转引自吴广平编注《宋玉集》附录,第 330—332 页。

《招魂》,屈原而非宋玉营构的奇诡世界

常森

(北京大学中文系　北京海淀　100000)

【摘要】 关于《招魂》之作者,汉代就有屈原、宋玉两种不同的判定,以后各有分化和推进;加上对所招对象的认知不同,情形愈显得复杂。其间最基本的历史轨迹是,作者问题,宋玉说超出屈原说,所招对象问题,招王说超出招屈说。本文宗旨不在一一评析和回应历史上种种观点,而在着力呈现自己对《招魂》作者、主旨本身的认知:基于文本所叙被招者之行为和特征,确定篇中之招魂术乃"施之生人"者,而被招对象只能是屈原,不可能是怀、襄或其他楚王。基于文本所设定的结局背离其所述招魂目的、代言说迂曲而空洞,并参证《大招》之"为招之术",确认《招魂》之招屈子不可能是宋玉代言。基于文本采取第一人称之叙事视角,证明《招魂》乃屈子自作自招。最后揭橥《招魂》本意——屈子人生抉择的象征,以证成全文主旨。

【关键词】 《招魂》;屈原;宋玉;自招

要准确解读《招魂》,必先弄清其作者以及所招对象。《史记》屈原本传云:"太史公曰:余读《离骚》、《天问》、《招魂》、《哀郢》,悲其志。适长沙,观屈原所自沈渊,未尝不垂涕想见其为人。"很明显,司马迁认为《招魂》、《离骚》、《天问》等辞乃屈子所作。① 此说起初殆无异议,但由现存文献看,至少在东汉王逸在作《楚辞章句》时,已明确将《招魂》判给了宋玉(见其《招魂章句序》)。《招魂》作者问题既有以上两说,其后人们便或从史迁,或从王逸。② 屈子作《招魂》一说又演化出屈子"招王"与"自招"两种观点。特别是自近代以来,屈子招王说呈现出"后来居上"之势。另一方面,宋玉作《招魂》说也有进展和分化。比如,历史悠久的宋玉招屈原说与文本进一步"磨合",明确了该诗序辞与

---

① 学界对《史记》这段文字的解读五花八门,为节省篇幅,本文不加辨析。
② 当然还有少数对两说均不从者。比如廖平讲《大招》、《招魂》云:"或以为屈子作,或以为宋玉作,皆误。此为道家神游说,与屈子全无关系。"又谓:"《招魂》,一博士作;《大招》,又一博士作。"(见所著《楚词讲义》)廖氏此说既无视历史文献,又罔顾文本自身,徒逞私臆,有类说梦,今亦置之不论。

乱辞中从"朕"、"吾"第一人称视角展开的叙述乃采用代言体;宋玉招楚王说亦应时而生,渐趋高涨。近几十年,认同宋玉作《招魂》者有增无减,占据了优势地位。① 日往月来,时移世易,辨明《招魂》作者的必要性不仅没有降低,反倒显著增加了。

本文宗旨不是一一评析和回应历史上的种种观点,而是着力呈现自己对《招魂》作者、主旨本身的认知。其论证策略或逻辑可概括如下:首先,基于文本所叙被招者之行为和特征,确定篇中之招魂术乃"施之生人"者,而被招对象只能是屈原,不可能是怀、襄或其他楚王(第一、第四节)。因此不管主张屈原招王,还是主张宋玉招王,不管主张招怀王,还是主张招顷襄王或其他楚王,均不能成立。其次,基于文本所设定的结局背离其所述招魂目的、代言说迂曲而空洞,并参证以《大招》"为招之术"——特别是它对所招对象富有针对性的设定,确认《招魂》之招屈子又不可能是宋玉代言(第二、第一、第三节)。再次,基于文本采取第一人称之叙事视角,证明《招魂》乃屈子自作自招(第一、第四节)。最后揭橥《招魂》本意——屈子人生抉择之象征,来证成本文之主旨(第五节)。不过具体操作不会刻板地依照这一逻辑顺序展开,大抵是先推翻《招魂》乃宋玉代言以招屈子之说,再确认或强化《招魂》乃屈原自作自招。之所以如此,是因为宋玉代言招屈说最能以假乱真,此说不除,屈原自作自招说终究难以确立。

一、宋玉代言说之空洞

由于文本的设定,若持宋玉作《招魂》以招屈子之说,就必须以"代言体"来消弭其叙述视角、人称等因素传达的不利信息。确确实实,宋玉以降至汉代,不少学者撰写过代言体辞作,悼屈子兼抒己怀,——写他者,却直接从第一人称的角度叙述。这是史上相当独特的一种创作体式,一方面从第一人称视角书写屈原的身世遭遇,另一方面糅合作者自己的情感、评判与价值取向。比如,宋玉作《九辩》,其述屈原之遭际云:"坎廪兮贫士失职而志不平,廓落兮羁旅而无友生,惆怅兮而私自怜。"又说:"悲忧穷戚兮独处廓,有美一人兮心不绎。"这类内容是从第三人称角度叙述的,被书写的对象是作者审视的异己存在("有美一人"语,王逸解为指怀王,朱熹解为指屈原,后说为优)。这是文学创作中最常用的叙事策略。然而该诗云:

愿一见兮道余意,君之心兮与余异。车既驾兮揭而归,不得见兮心伤悲。

皇天平分四时兮,窃独悲此廪秋。白露既下百草兮,奄离披此梧楸。去白日之昭昭兮,袭长夜之悠悠。离芳蔼之方壮兮,余萎约而悲愁。

擥骐骥而下节兮,聊逍遥以相羊。岁忽忽而遒尽兮,恐余寿之弗将。悼余生之不时兮,逢此世之俇攘。

圆凿而方枘兮,吾固知其鉏铻而难入。众鸟皆有所登栖兮,凤独遑遑而

---

① 有论者称:"最近二十年《招魂》聚讼焦点问题研究出现了此消彼长的新变。在著作权争议中,宋玉作说吹响了收复失地的号角;在魂主讨论方面,宋玉招襄王生魂说与宋玉拟屈原自招说影响日渐扩大。"(钟其鹏《关于〈招魂〉著作权与魂主问题》,《云梦学刊》2009 年第 9 期)

无所集。愿衔枚而无言兮,尝被君之渥洽。太公九十乃显荣兮,诚未遇其匹合。

这些内容同样是写屈原,却采用了第一人称的视角,是为"代言"。故朱熹注"余萎约而悲愁"之"余"字,云:"余,宋玉为屈原之自余也。凡言'余'及'我'者,皆放此。"宋玉《九辩》以后,东方朔《七谏》、王褒《九怀》、刘向《九叹》等,都大量采用代言体。

接下来我们看看《招魂》。其开篇云:

朕幼清以廉洁兮,身服义而未沫。主此盛德兮,牵于俗而芜秽。上无所考此盛德兮,长离殃而愁苦。帝告巫阳曰:"有人在下,我欲辅之。魂魄离散,汝筮予之!"巫阳对曰:"掌梦。上帝其难从。若必筮予之,恐后之谢,不能复用巫阳焉。"乃下招曰……

首先,基于语意之内在关联,可以断定该诗招魂一事所施加的对象,是帝说的"在下"之"魂魄离散"者,即其上文所谓"长离殃而愁苦"者("魂魄离散"就是由"长离殃而愁苦"所导致的),亦即开篇所谓"朕"。被招者具备以下特性:持守"盛德",①却因"长离殃而愁苦"导致"魂魄离散"。那么被招的对象只能是屈原,他人岂能契合这种特性?所以诸招王说已基本上可以排除(其详可参本文第四节)。

其次可以确认此招魂乃"施之生人"者。屈复《楚辞新注》谓:"一段,自明其为生招也。"而胡念贻分析说:

《招魂》所写,和……招死人之魂不是一回事。……《招魂》叙词中"帝告巫阳曰:'有人在下,我欲辅之'",就暗示被招者还是要有所作为的。巫阳在反对上帝提出的先占卦再去招魂的办法时说,这样做,将"恐后之谢,不能复用",恐怕魂魄去远了,人也不能再用了。这都说明被招者并没有死。②

胡念贻对文本的这种分析大抵是可取的。其实,招生魂说汉代就已经确立了。王逸《招魂章句序》谓,"屈原忠而斥弃,愁懑山泽,魂魄放佚,厥命将落,故作《招魂》,欲以复其精神,延其年寿"。朱熹诸大家并承用其意。

值得注意的是,《招魂》下文叙巫阳下招,劈头就说:"魂兮归来!去君之恒干,何为乎四方些?"其后来铺陈作为四方上下之对比的故居之乐,则说:"魂兮归来!反故居些。天地四方,多贼奸些。像设君室,静闲安些。""去君之恒干"及"像设君室"二语常被用来证明《招魂》乃招死者之魂。明陈第《屈宋古音义·题〈招魂〉》云:"《招魂》作于屈原既死。……今观其词云'去君之恒干',又曰'像设君室'。夫苟未死,何云去干?又何云设像也?玉闵其师沈于汨罗,其魂必散于天地四方矣,故托巫阳招之,无非欲其魂之反也。其危苦伤悼之情,可想矣!然叙怪诞,侈荒淫,俱非实义,直至'乱曰'数语,

---

① "主此盛德",《文选》刘良注:"主,守也"(《六臣注文选》卷三十三)。《论语·学而》载子曰:"君子不重则不威,学则不固。主忠信。无友不如己者。过则勿惮改。""主此盛德"与"主忠信"二语语法意指均一致。

② 胡念贻《屈原作品的真伪问题及其写作年代》,《先秦文学论集》,中国社会科学出版社1981年版,第337页。

乃写其本色。"其实"恒干"指体,魂去恒干就是序辞所谓"魂魄离散",此语不足以证成招亡魂之说。"像设君室"被用作依据乃是基于误读。朱熹虽主招生魂说,却在集注中称:"像,盖楚俗人死则设其形貌于室而祠之也。"陈第《古音义》说:"像,死者之形貌。"这种理解是断定《招魂》所叙乃招亡魂的重要依据,然而所谓"像设"简单地说就是仿造。王逸章句云:"言乃为君造设第室,法像旧庐,所在之处,清静宽闲而安乐也。"其说良是。从语法上讲,依王逸章句,"静闲安"乃指言"君室",依朱、陈注,"静闲安"则指言"像",显然后者不甚切当。

最后,有上述两点——招屈、招生魂,再加上被招对象呈现为第一人称的叙述视角,则对该辞最直接的理解,是屈原自作以自招。若主张其他观点,便只有仰赖曲说了。更何况《招魂》乱辞亦从第一人称视角叙主体"南征",而"路贯庐江",——隐隐指向顷襄放逐屈子的迁所陵阳。这一视角和经历,同样表明对《招魂》最直接而有效的判断,是屈子自作以自招。

《招魂》这种叙述人称和视角,是否可以理解为宋玉所为代言体呢？显然,在未有确切依据证明宋玉为《招魂》作者的情况下,视之为代言体的合理性,远远要低于将它视为屈原的自作自招。换一角度来说,若该诗确为宋玉为屈原招魂延寿,他没有理由一定要采取这种视角或人称。宋玉如此这般地代言屈原自招需要有充分的理据,但我们找不到这种依据。所以,宋玉代言说在学界虽然常见,却十分空洞,它不能有效回应上述根本问题。

二、《招魂》结局与下招目的之背离

这一点非常重要:《招魂》自身便有充足依据证明宋玉绝非其作者。

在该诗主体部分,巫阳下招,警告所招之魂勿去四方上下,谓四方上下如何可怕云云。如谓:"魂兮归来！南方不可以止些。雕题黑齿,得人肉以祀,以其骨为醢些。蝮蛇蓁蓁,封狐千里些。雄虺九首,往来倏忽,吞人以益其心些。归来归来,不可以久淫些。"这便是南方:雕画额头、墨黑其齿者戕害人命,蝮蛇遍布,大狐健走千里以求食,九首雄虺往来倏忽而吞人。真是阴森可怖,骇目惊心。其他如东、西、北、天上、以及地下之幽都,堪称有过之而无不及,巫阳说均不可去。巫阳劝魂"反故居","入修门",那里山高谷深,川流潺湲,兰蕙播芳,高堂邃宇,层台累榭,冬夏宜人,有无穷之可乐、不尽之荣华。如谓:"室中之观,多珍怪些。兰膏明烛,华容备些。二八侍宿,射递代些。九侯淑女,多迅众些。盛鬋不同制,实满宫些。容态好比,顺弥代些。弱颜固植,謇其有意些。姱容修态,絙洞房些。蛾眉曼睩,目腾光些。靡颜腻理,遗视矊些。离榭修幕,侍君之闲些。"这是说,陪伴侍宿的佳人淑女难以计数,其花容、盛鬋（美盛之鬓发）、弱颜、修态、蛾眉、明眸、靡颜腻理,足以颠倒人的情思。而这只不过是其中一端而已。

然该诗乱辞云:

献岁发春兮汩吾南征,菉苹齐叶兮白芷生。路贯庐江兮左长薄,倚沼畦瀛兮遥望博。青骊结驷兮齐千乘,悬火延起兮玄颜烝。步及骤处兮诱骋先,仰鹜若通兮引车右还。与王趋梦兮课后先,君王亲发兮惮青兕。朱明承夜兮时不可以淹,皋兰被径兮斯路渐。湛湛江水兮上有枫,目极千里兮伤春心。魂兮归来哀江南!

古今学者大都仍将这一乱辞视作招魂辞。王逸解"魂兮归来哀江南",云:"言魂魄当急来归,江南土地僻远,山林崄阻,诚可哀伤,不足处也。"《文选》张铣注、陆时雍《楚辞疏》、李陈玉《楚词笺注》等翕然从之。洪兴祖补注谓,自"青骊结驷"以下,"盛言畋猎之乐,以招之也"。朱熹《楚辞集注》、林兆珂《楚辞述注》等亦翕然从之。黄文焕《楚辞听直》品曰:"其称王之田猎,非以田猎之可乐为招也,谓原被放而王之左右无其人,招之以辅王之忠肠也。"周拱辰《离骚草木史》云:"兕有赤兕青兕,《诗》美宣王殪此大兕,唐叔虞射兕于徒林,殪,以为大甲,以享晋封,其后世之臣相与传颂之以愧其君。此曰'君王亲发兮惮青兕',以服猛归美其君,而臣亦有荣施,庶几可以娱魂而来之云尔。"诸如此类,虽或有别解,却还是视乱辞为招魂之辞。陈子展《〈招魂〉解题》径谓"最后乱辞招以游猎江南"。① 凡此均无视文本之规定。究其实际,从文本构成及文思脉络上看,乱辞已截断了上文的巫阳下招(即巫阳"下招"一事此前已经终了);从主体特征、行为以及乱辞叙述视角上看,它与序篇照应承接,也根本不能仍就招魂作解。

与这种文本构成一致的是《离骚》"乱曰"部分,其主旨和功能,已迥异于前文朝发天津、夕至西极、驱凤凰、麾蛟龙、诏西皇、陟升皇之赫戏等上天下地之周流。故蒋骥《山带阁注楚辞·余论》评《离骚》,曰:"《离骚》下半篇,俱自往观四荒句生出,只是一意,却翻出无限烟波,然至行车已驾,而卒归于为彭咸,则皆如海市蜃楼,自起自灭矣。"《招魂》与《离骚》是同一匠心,至乱辞,而其上文帝命巫阳、巫阳下招种种,亦"皆如海市蜃楼,自起自灭矣"。蒋骥注《招魂》乱辞云:"卒章曰'魂兮归来哀江南',自著沉湘之志,盖继《怀沙》而作者也。学者于此,沉潜反复而知其解,则固有以确然知其非宋玉所作,而巫阳所言,皆如海上神山,风引而去。诸说纷纷,互相诋诃,亦不辨而自明矣。"蒋骥解"江南"、视《招魂》为"继《怀沙》而作者"等均误,然其说颇有可采之处,以篇中招魂为"幻设"尤称卓识。

简单地说,《招魂》乱辞前面之"献岁发春"、"路贯庐江"两句,是主体"吾"自述所为所历;接下来"青骊结驷兮齐千乘"至"君王亲发兮惮青兕",是主体"吾"回忆以往与国君猎于云梦;最后"湛湛江水"句、"魂兮归来哀(依)江南"句,②复自述"吾"及"魂"之所行所历所归。因此,就形式意图而言,《招魂》乱辞之核心亦即全篇之结穴,乃是从第一人称立场上书写魂归依江南,实现魂魄之合一。

---

① 陈子展《楚辞直解》,复旦大学出版社1996年版,第722页。
② 闻一多《楚辞校补》云:"实则此'哀'字读为'依'(《淮南子·说山》篇'鸟飞反乡,兔走归窟,狐死首丘,寒将翔水,各哀其所生',《文子·上德》篇'哀'作'依'。《汉书·天文志》'后聚十五星曰哀乌郎位',《晋书·天文志》作'依乌郎府')。'魂兮归来哀江南',言归来依江南而居也。"(见孙党伯、袁謇正主编《闻一多全集》第五卷,湖北人民出版社1993年版,第217页)

古今学者解"魂兮归来哀江南"句,得其意者甚为寥落。几乎所有学者都未意识到,从地理上说,此处"江南"跟"路贯庐江"是密切相关、互相证明、互相定位的,由不得妄为附会。就是说,"归来哀(依)江南"所指涉之地,由"路贯庐江"一句自可了然,——既在"江南",又须"路贯庐江",则无疑是指长江以南、庐江上游北侧的陵阳。那是楚顷襄王放逐屈子之地。屈子《哀郢》有"当陵阳之焉至兮,淼南渡之焉如"云云,就是追述前往陵阳迁所时不胜茫然的情怀。《招魂》乱辞点明魂所归依在"江南",其归依"江南"须"路贯庐江",这等于说魂归陵阳。其实即便不读"哀"为"依","江南"也应是指屈子被放遣之地。夏大霖《屈骚心印》注"魂兮归来哀江南",云:"……今招我魂于故居,魂归来矣?岂不欲魂魄相附以永年寿?究竟我身安在?依然放去江南!则亦哀江南而已矣,岂有乐处如所招云云者!"

对于把握《招魂》本意而言,这一点是至关重要的:所招之魂并未应招入"修门"、回"故居",而是归依了"江南"之陵阳,——结局跟招魂的目的截然相反。说宋玉作《招魂》说之所以不成立,根本原因就在这里:既然招魂之目的是要魂返故居、入修门,如该诗确为宋玉招屈子,何以设定一个跟目的完全背离的结局呢?而且,屈原此时被放在陵阳一带,宋玉又何以欲招其魂入修门、返故居呢?该诗序辞曾说,被招者因"长离殃而愁苦"导致"魂魄离散",故而为之招魂;若诚为宋玉招屈原之魂,难道宋玉竟欲使其魂魄离散不相守乎?李陈玉《楚词笺注》解《远游》"载营魄而登霞兮,淹浮云而上征",曾说:"盖魄不受魂、魂不载魄,则魂游魄降而人死矣。"魂魄离散向被视为大祸,跟招魂礼俗之本意正好相反。若宋玉如此招屈,实大不可解之事。

主张《招魂》为屈原招楚怀王的陈子展遇到过类似的困境,他试图化解,故在《〈招魂〉解题》中说:"或疑怀王身因在秦,而招他的生魂还楚,还不是依然'魂魄离散',更促其死亡么?这话也像合乎事理。但是必须知道,《招魂》原是虚拟的作品,不是实际应用文字,而作者又未必有此迷信,寓言之类岂可一一当真?倘不结合其他论据来说,单凭了这一点便说这是招亡魂而不是招生魂,其结果必同样在事理上或逻辑上遇到不周密的困难。如此治《骚》,就未免像'固哉高叟之为《诗》'了。"[①]拿这样的解释来消弭《招魂》结局跟行招宗旨的背离,完全不能厌服人心。因为问题的关键并不在《招魂》是"应用文字"还是"虚拟的作品",而在于其文本内部为何设置这样一个巨大的"矛盾":招魂去郢都,魂却去了江南。若该篇诚为宋玉撰作以招屈子,期望解决其"魂魄离散"的问题,他完全没有理由设置这一魂魄离散的结局。

三、"为招之术":《大招》作为关键参证

接下来的一点同样重要:如《招魂》是宋玉为屈原招魂以保其命、延其寿之作,那么他是用什么为屈原招的呢?四方上下无不可怕,归来吧;故居修门宴安无比,极尽衣

---

① 陈子展《楚辞直解》,第726页。

食住行口腹声色之愉,归来吧。前面设言以悚惧之,劝他勿去,此节暂且不论。后面这些东西能够劝诱他回归吗?以此招屈子之魂,可谓全然不知屈子。或谓此乃楚国招魂旧式,不如此,魂不为所动。此又不然,观传世《大招》一诗较然可知。此篇才真是景差、宋玉辈招屈谏君之作,①——当然其所谓招魂仍然只是一种"有意味的形式"。

《大招》前半先铺陈四方上下之种种可怕,继而张扬荆楚衣食住行声色口腹之种种可乐,显示了它与《招魂》巫阳下招部分的相继性(《大招》该部分主要是因袭招魂礼俗的旧式,在文本中,它与《招魂》相对应部分的功能是完全不同的,参见下文所论)。然其后半大变,方凸显本旨。黄文焕《楚辞听直》云:"前饮食声色诸招,非原意中,招之以不应招之物。……然后下文显言正论,爱民、养士、尚三王,以为招之终,章法意脉转换最有次第。"下文便将这一部分划分为若干片段来剖析。

《大招》后半有云:

> 接径千里,出若云只。三圭重侯,听类神只。察笃夭隐,孤寡存只。魂乎归徕!正始昆只。

"察笃夭隐"即察夭隐者而厚之。作为《大招》政教伦理诉求的组成部分,察"夭隐"、存"孤寡"其实也是儒家王制的重要元素。《礼记·王制》篇云:"少而无父者谓之孤,老而无子者谓之独,老而无妻者谓之矜,老而无夫者谓之寡。此四者,天民之穷而无告者也,皆有常饩。"正义引郑玄《目录》云:"名曰《王制》者,以其记先王班爵、授禄、祭祀、养老之法度,此于《别录》属制度。"《王制》虽为汉文帝命博士诸生所作,但其不少内容应当由来已久。

《大招》后半又云:

> 田邑千畛,人阜昌只。美冒众流,德泽章只。先威后文,善美明只。魂乎归徕!赏罚当只。

《楚辞听直》品曰:"先言孤寡存,乃及人阜昌、万民理,是王政必先大本领。"《大招》谓"万民理"一事,下文再论,这里先看看"人阜昌"。春秋战国时期,人口众多是国力强大、政治清明的表征。孔子谈治民之策,以庶之为先,而继之以"富之"、"教之"(见《论语·子路》);《墨子·节用上》曾讨论古圣王使人口增殖的办法。梁惠王尝对孟子感慨,自己尽心于国事,但"邻国之民不加少,寡人之民不加多",孟子为他讲了五十步笑百步的寓言(见《孟子·梁惠王上》)。总之,百姓阜昌在当时是极重要的政教伦理追求。故《大招》谈清明之治,上已言"出若云"(朱熹集注:"言人民众多,其出如云也"),

---

① 王逸《大招章句序》云:"《大招》者,屈原之所作也。或曰景差,疑不能明也。"朱熹《大招集注序》以为"决为差作无疑"。其论世间诸说云:"《大招》,不知何人所作,或曰屈原,或曰景差,自王逸时已不能明矣。其谓原作者,则曰词义高古,非原莫及。其不谓然者,则曰《汉志》定著原赋二十五篇,今自《骚经》以至《渔父》,已充其目矣。其谓景差,则绝无左验。是以读书者往往疑之。"朱子所揭正是世人常态。其实,唯因景差作《大招》一说"绝无左验",才更值得重视,——这种现象说明此说非由牵引比附而生,而自具本源。景差,《汉书·古今人表》作"景瑳",在"唐勒"下。《史记·屈原贾生列传》云:"屈原既死之后,楚有宋玉、唐勒、景差之徒者,皆好辞而以赋见称;然皆祖屈原之从容辞令,终莫敢直谏。"

此又言"人阜昌"。

"田邑千畛"一语谓"每一邑而皆灿然于千畛之亩",意味着"野无不辟"(参阅黄文焕《楚辞听直》)。这在当时也是极重要的政教伦理追求。孟子尝曰:"五霸者,三王之罪人也;今之诸侯,五霸之罪人也;今之大夫,今之诸侯之罪人也。天子适诸侯曰巡狩,诸侯朝于天子曰述职。春省耕而补不足,秋省敛而助不给。入其疆,土地辟,田野治,养老尊贤,俊杰在位,则有庆,庆以地。入其疆,土地荒芜,遗老失贤,掊克在位,则有让。"(《孟子·告子下》)可见《大招》谓"田邑千畛",也非泛泛而设。

其余"德泽章"、"善美明"、"赏罚当"等,含义甚明,要之为屈子一生求之不得之事。屈子视"德"为政教伦理之根本,《离骚》"皇天无私阿兮,览民德焉错辅"一段将德推高至终极关怀,已可证明。屈子反复痛斥"世溷浊而不分"(《离骚》)、"世溷浊而嫉贤"(《离骚》)、"世溷浊而莫余知"(《九章·涉江》)、"世溷浊而莫吾知"(《九章·怀沙》),则均是抨击世俗尤其是上层社会不分善恶美丑。屈子又谓"忠何罪以遇罚兮,亦非余心之所志"(《九章·惜诵》)、"愿陈情以白行兮,得罪过之不意"(《九章·惜往日》)等等,均为指责国君赏罚之不当。屈子在这些方面的遭遇实在是太痛切了。

《大招》后半又云:

> 名声若日,照四海只。德誉配天,万民理只。北至幽陵,南交阯只。西薄羊肠,东穷海只。魂乎归徕!尚贤士只。

所谓"德誉配天,万民理只",再次凸显了以德治民的为政理念。《离骚》谓:"皇天无私阿兮,览民德焉错辅。夫维圣哲以茂行兮,苟得用此下土。瞻前而顾后兮,相观民之计极。夫孰非义而可用兮,孰非善而可服?"这是屈子德治思想的集中表达,与孔子宣扬"为政以德,譬如北辰,居其所而众星共之"(《论语·为政》),有极深的关联。"尚贤士"则又是屈子的核心关注,又是他一生求之不得之事。本文只举一端以明之。屈子在《离骚》诸诗中为国君树立了不少楷模,诸如尧舜、三后等等,清一色为史上"举贤而授能"的明天子;其歌咏三后"纯粹"而聚"众芳",则是这一政教伦理诉求的生动象喻。

《大招》后半又云:

> 发政献行,禁苛暴只。举杰压陛,诛讥罢只。直赢在位,近禹麾只。豪杰执政,流泽施只。魂乎徕归!国家为只。

这一片段仍然贯穿着举贤使能的理念。此外,"直赢在位"是最值得注意的元素。"直赢"即直节而才有余者。屈作中"直"是极重要的道德评价。诗人将婞直而忘身的鲧视为同调,尝感慨:"行婞直而不豫兮,鲧功用而不就"(《九章·惜诵》),"鲧婞直以亡身兮,终然夭乎羽之野"(《离骚》);更曾直截了当地说:"伏清白以死直兮,固前圣之所厚"(《离骚》),表白自己追随往圣,宁死而持守直道。因此,以"直赢在位"招屈子之魂,同样有强烈针对性。

《大招》最后云:

> 雄雄赫赫,天德明只。三公穆穆,登降堂只。诸侯毕极(蒋骥注:皆以楚

为归极而来朝也),立九卿只。昭质既设,大侯张只。执弓挟矢,揖辞让只。
魂乎徕归! 尚三王只。

这一片段中,"尚三王"最值得关注。《离骚》尝云:"昔三后之纯粹兮,固众芳之所在。"此"三后"当同"三王",指禹、汤、文(武),为屈子极重视的人君之楷模。① 可以说,"尚三王"是《离骚》诸诗的核心诉求,是屈子一生追求而不得的政治理想。《九章·抽思》谓,"何独乐斯之謇謇兮? 愿荪美之可完。望三五以为像兮,指彭咸以为仪。"其中责于君的是"望三五以为像"(以"三"、"五"为范式),其中"三"即指"三后"或"三王"。《楚辞听直》品曰:"结末曰'尚三王',而所重在射礼之'揖辞让',直欲升三王于二帝,代征伐为揖让,尤有微意。"这样说有过度解释之嫌,但说"尚三王"对《大招》和屈子极为重要,是毋庸置疑的。

《大招》以上政教伦理举措都是在大一统背景上提出的。从地理上东西南北四方所达之畛域,以及"接径千里"的内部分界(周拱辰《离骚草木史》谓:"接径千里,指众诸侯言,言诸侯壤地相接,各延袤千里"),到政体上"三圭重侯,听类神只"(按,"三圭"指公侯伯,公执桓圭,侯执信圭,伯执躬圭,故曰三圭;"重侯"指子男。"三圭"、"重侯"均为诸侯,前者比后者地位要高),以及"三公"、"九卿"之设立,都显示了大一统的政治追求和国家理想。黄文焕曾评论说:"朱子所许《大招》在颇知政体。观其末段,先孤寡而后及人阜昌,——不首无告,无以惠众民也。先一邑之人阜昌,而后及万民理,——不繇治国,无以及平天下也。阜昌必本之田千畛,——不重农,使可富,无以保昌也。万民理必归之尚贤士,——不仕贤,无与共理也。贤士尚,而后俊者、杰者、直者始皆为吾用,而又亟言诛讥罢,——讥罢之小人不诛,则苛暴不得禁,德泽章者将复晦,贤俊进者将复阻,人阜昌者将复残,万民理者将复隔,流泽何能终施乎? 三公九卿,何得晏然无事修礼射之雍容乎? 又乌在其为能追三王乎? 此真经济先后,灿然心手,岂但颇知而已?"(《楚辞合论·听二〈招〉》)

尤需强调的是,《大招》针对屈子设言之宗旨犖然明白。如黄文焕所论:"因夫傲朕辞而不听、戒六神与向服、命咎繇为听直,故招之曰'听若(原诗作类)神';因夫终不察民心、上无度以察下、莫察余之衷、独鄣壅而蔽隐、身幽隐而蔽之、何寿夭兮在余,故招之曰'察笃夭隐';因夫忠何辜以遇罚、好蔽美而称恶,故招之曰'赏罚当';因夫贤士无名,故招之曰'尚贤士';因夫诽俊疑杰之庸态、伏清白以死直,故招之曰'举杰压陛'、'俊(原诗作豪)杰执政'、'直赢在位';因夫屡言尧舜、屡谈夏商周、追前王之踵武,故招之曰'尚三王'。"(《楚辞合论·听二〈招〉》)黄氏所引固有不在屈作者,如"贤士无名"一语出自《卜居》,但总体尚算可靠,揭明了《大招》设言的高度针对性。② 《大招》以上述事项招屈子之魂,有十足的劝诱力。故黄文焕评曰:"以此为招,而魂之本怀一一恰慰,

---

① 关于"三后"内涵之考证,参阅常森《〈离骚〉三论》,《国学研究》第24卷,北京大学出版社2009年12月版。

② 黄文焕谓,《大招》乃因屈子他篇而生者,《招魂》又因《大招》而变者(见所著《楚辞合论·听二〈招〉》)。其论《招魂》与《大招》之关系,则显然是本末倒置了。

有不蹶然起、勃然来哉！"(《楚辞听直》)

其实《大招》不止关联着屈原辞作，归根结底，它绾合着屈子的政教伦理追求、个人遭遇、情感以及价值取向。招魂只是形式，《大招》根本意图是表达政教伦理上的诉求以及对屈子的关怀。招魂为虚，借招魂表达情志为实，后者蕴含于前者中，形成了委婉的讽谏。所以它在招魂层面上的对象是屈子之魂，在表达情志层面上的对象则是楚国上层。两种取向之绾合产生了一个十分独特的结果，即它表达的政教伦理诉求合乎屈子的期望，而其招屈子者亦正是其所以用来导君者。

此前，人们苦于屈子"美政"学说缺乏具体的表达，实际上，《大招》所述虽不必即是其真，也应该可见其根本。《大招》作者对屈子思想学说、为人处世、人生遭际十分熟稔，故其招屈子之魂，亦深知何者对屈子最有吸引力，它因此对认知屈子有独特的不可替代的价值。《招魂》乱辞忆写从君游猎，有"步及骤处兮诱骋先，抑骛若通兮引车右还"、"朱明承夜兮时不可以淹"等语。方东树曾解释说："古者右为正为贵，左为邪为贱……原自言诱骋先趋，欲抑其邪骛，顺若以通于荡平正直之大道，即所谓'来吾导夫先路'也。……'朱明承夜'，欲其就明去黯，弃秽改度，不可再稍淹滞。……《大招》曰，魂兮归徕，察幽隐，存孤寡，治田宅，阜人民，禁苛暴，流德泽，当赏罚，举贤能，退罢劣，而终之以尚三王。此分明代原补出诱骋先导、朱明承夜之事实。"(《昭昧詹言》卷十三附《解〈招魂〉》)这里也有一些过度诠释，但谓《大招》后半所举各项补出了屈原所以导君于先路者，颇有可取之处。

相比之下，《招魂》竟毫无这种意指。若它诚为宋玉撰制以招屈子之魂，能如此阔于实情乎？前文已经论及，《招魂》之乱辞本非巫阳下招之文，它跟开篇一样为主人公自述所为所历，其间"吾"与开篇之"朕"遥相呼应，非泛然之笔。林云铭《楚辞灯》依这一叙事角度，断定《招魂》作者决非宋玉，又论其"为招之术"云："若系玉作，无论首尾解说难通，即篇中亦当仿古体，自致其招之词，不待借巫阳下招，致涉游戏，且撰出许多可惧可乐之事，茫不知原之立志，九死未悔，不为威惕，不为利疚，其为招之术，毋乃疏乎？"此论据"为招之术"驳宋玉作《招魂》以招屈子之说，堪称独具只眼。

四、序乱辞难点考释：以主体行为及特征为核心

以上三节已可证明《招魂》是屈子而非宋玉所作，而依屈子之遭际和处境来审视《招魂》序辞和乱辞，可发现二者合若符契，可为本文的论证提供进一步的支持。

陆侃如曾举出一个"铁证"，来证明宋玉作《招魂》说：

> 原文乱辞里有这几句："献岁发春兮，汩吾南征。……路贯庐江兮，左长薄。"庐江即今之青弋江，在安徽东南部。……至于"南征"二字，前人大都以屈原放于江南来附会，却是大错的。原文下段里有这几句："与王趋梦兮，课后先；君王亲发兮，惮青兕。"此外还有许多叙打猎的话，可见这实在指国君自国都出行到南方打猎去（我想当时必有一楚君南猎不反，词臣哀之，为作此

篇;惜古代记载存者极少,无从质证耳)。这一点便可证明《招魂》的出世不会在楚考烈王二十二年以前。今把楚都的地点和时期列表于后:

(一)顷襄王二十一年以前——郢都——即今湖北江陵。

(二)顷襄王二十一年至考烈王十年——陈城——即今河南淮阳。

(三)考烈王十年至二十二年——钜阳——即今安徽阜阳。

(四)考烈王二十二年以后——寿春——即今安徽寿县。

江陵恰在青弋江之正西,显然不合于"南征"二字;淮阳与阜阳都在青弋江之西北,方向是合的,但距离太远。寿县也在其西北,方向已经合了,而距离又很近。故我以为《招魂》必作于徙都寿春后,方合于原文里的叙事。照此看来,他(案指《招魂》)的出世必在考烈王二十二年(西前二四一)以后了。此时屈原的身躯早已成了汨罗江底的沙泥,当然不能做这篇的著者了。宋玉是屈原的后辈,此时当然还在,故传说把这篇归于他是很合理的。①

陆侃如的论证犯了大错。南下庐江打猎,从寿春去,的确比从郢都、陈城、钜阳去合理一些,但《招魂》乱辞所写的打猎地点却是在梦,即通常所说的云梦泽(乱辞明云"与王趋梦兮课后先",决无可疑),此地在郢都以东。《招魂》所叙狩猎一事应是起于郢都,行于云梦。从陈城、钜阳、寿春前往云梦打猎,中间须经桐柏山大别山等,路途迢遥,一般情况下恐不易实施。更重要的是,陆侃如还忽视了一点,乱辞"汨吾南征"的"吾"实即被招魂者,亦即开篇的"朕"。此时他正在行程之中,起点殆为庐江汇入长江处,方向上说"南征",行程是"路贯庐江",而根本无关乎"与王趋梦"之事。陈子展认为此次"南征","必须'路贯庐江',而后'与王趋梦'",②其实也是误读。

陵阳是顷襄初年屈原被放时的迁所。《招魂》之被招者在开篇之序、结尾之乱中以第一人称"朕"和"吾"出现,且说因"长离殃而愁苦"致使"魂魄离散",故行招魂之事;所谓"长离殃而愁苦",主要是指被长期放迁于陵阳一带。《哀郢》谓"忽若去不信兮,至今九年而不复",可知他被久闭于这一地域长达九年以上。③由《招魂》乱辞所叙行程、行为主体及其特征,亦可确认该篇必为屈原之自作自招。他这次"南征"当是沿庐江逆行而上回陵阳迁所,故谓"路贯庐江"。《汉书·地理志上》记"庐江出陵阳东南。北入江",则逆庐江而上正是"南征"。屈子《哀郢》追叙当初被放迁时南下庐江,赴陵阳,尝

---

① 陆侃如《屈原·屈原评传》,上海亚东图书馆1923年版,第143—146页。
② 陈子展《〈招魂〉解题》,《楚辞直解》,第719页。
③ 巫阳下招一大段文字中的"君"是对被招者的尊称,与国君无关,而"巫阳"、"工祝"则是行此招魂之事者。陆侃如曾列举这一部分的"君"字,认为可作"自招"说的反证(参见所著《屈原·屈原评传》,第139—140页)。他显然误解了"君"字本意。招魂者与魂作晤谈状,故以第二人称"君"称之。这种用法古代并不罕见。《九歌·山鬼》中,山鬼称心上人"公子"为"君",谓:"……君思我兮不得闲。……君思我兮然疑作。"《卜居》中,郑詹尹称求卜的屈原为"君",谓:"用君之心,行君之意,龟策诚不能知此事。"《招魂》中的"君"字均属这种用法,与国君无涉。其指国君则有十分明确的词,即"王"、"君王"(见乱辞),以及"上"(见序辞)。如谓,"与王趋梦兮课后先,君王亲发兮惮青兕"。诗人似乎有意区分指国君的"君"和作为第二人称的"君",否则此处之"君王"可以径省为"君"。

谓"当陵阳之焉至兮,淼南渡之焉如",其"南渡"也正与《招魂》乱辞之"南征"同。可惜这些重要的关联古今少有知者。

《招魂》乱辞"青骊结驷兮齐千乘"至"君王亲发兮惮青兕"一段,是屈子对过去随王猎于云梦的怀想。其间"惮青兕",黄文焕《楚辞听直》、高秋月曹同春《楚辞约注》、朱亦栋《群书札记》卷三等,均据《吕氏春秋·仲冬纪·至忠》篇所载《故记》解之;《故记》有"射中青兕者死"、"杀随兕者不出三月"之说。① 《至忠》篇系此事于荆庄哀王和申公子培,说是王猎于云梦,"射随兕,中之",申公子培"劫王而夺之",以为王担咎。陈子展承此说,释《招魂》"惮青兕"之"惮"为小心戒慎或者警惕。② 朱亦栋认为《至忠》篇"荆庄哀王"当作"楚庄王"。《渚宫旧事》卷一、《太平御览》卷八百九十引《吕氏春秋》,均作"楚庄王",陈奇猷尝考释证成之。然《说苑·立节》篇记楚庄王、申公子培类似故事,不说被射杀者为"随兕(即随母之兕)",而说是"科雉(即刚出窠之雉)"。何琇感慨:"战国时杂说繁兴,一事而传闻异词、名姓时代互异者,诸子之书,不知凡几。"(《樵香小记》卷上"焚廪浚井"条)小说家言不能一一当真,被各家用来注释"惮青兕"的关键信息恰恰存在最大的疑问。

笔者以为,最值得注意的材料乃《战国策》所记:

> 楚王游于云梦,结驷千乘,旌旗蔽日,野火之起也若云蜺。兕虎嗥之,声若雷霆。有狂兕牂车依轮而至,王亲引弓而射,壹发而殪。王抽旃旄而抑兕首,仰天而笑(《艺文类聚》卷九十五作叹)曰:"乐矣,今日之游也。寡人万岁千秋之后,谁与乐此矣?"安陵君泣数行而进曰:"臣入则编席,出则陪乘。大王万岁千秋之后,愿得以身试黄泉,蓐蝼蚁,又何如得此乐而乐之。"王大说,乃封壇为安陵君。(《战国策·楚策一》"江乙说于安陵君"章)

《说苑·权谋》篇录此事,"壇"字作"缠"。《汉书·古今人表》有"安陵繵"(案,"壇"、"缠"、"繵"三字并音近通用),值楚宣王(前369—前340年在位)时。陈子展谓《战国策》所记楚王出猎的巨大场面,"恰好像《招魂》说及出猎的注脚",且感慨以前《楚辞》注家不能提到。③ 实际上,这一材料的价值不在于它碰巧可拿来注解《招魂》。笔者认为,它是敷衍《招魂》乱辞相关内容而成的,蕴含着对《招魂》乱辞的"解读",这种"解读"甚至比很多专家的注解都准确;其间"有狂兕牂车依轮而至,王亲引弓而射,壹发而殪",大抵就是诠释《招魂》乱辞的"君王亲发兮惮青兕"。郭沫若说"惮"当为"殚"字之误,④颇有见地,但二字可通,《招魂》文本不必有误。《楚策一》所含对《招魂》乱辞的"解读"虽被附会到楚宣王和安陵君身上,但这两个文本尚可见一种极清晰的关联(参见下表):

---

① 陈子展《〈招魂〉解题》将这一做法上溯到《楚辞约注》,不当,《楚辞听直》应该更早。
② 陈子展《楚辞直解》,第716—717页。
③ 陈子展《〈招魂〉解题》,《楚辞直解》,第719页。
④ 郭沫若《屈原赋今译》,上海书店2003年版,第60页注释1。

《招魂》乱辞	《战国策·楚策一》"江乙说于安陵君"章
与王趋梦兮课后先	楚王游于云梦,结驷千乘,旌旗蔽日,野火之起也若云蜺
青骊结驷兮齐千乘,悬火延起兮玄颜烝	
君王亲发兮惮(殚)青兕	有狂兕牂车依轮而至,王亲引弓而射,壹发而殪
与王趋梦兮课后先	臣入则编席,出则陪乘

屈子行文中忽然插入"与王趋梦"这一片段,殆忆念自己得怀王信用时伴王游猎,寓托当初"入则编席,出则陪乘"的君臣遇合之欢。奈何哉其后即被谗、遭疏、见放,而今又为顷襄迁逐!此君臣之相得映照着篇首"上无所考此盛德兮,长离殃而愁苦"一语,映照着被疏被放,尤其是被长期夭阔于陵阳的现实遭际,岂是泛泛之笔呢?乱辞在这一片段后紧跟着感慨"时不可以淹",殆言此一时彼一时也,现今已是时过境迁矣。

《招魂》序辞有云:"主此盛德兮,牵于俗而芜秽。"此语至今尚未得到准确的阐释。较早的王逸章句云:"言己施行常以道德为主,以忠事君,以信结交,而为俗人所推引,德能芜秽,无所用之也。"《文选》刘良注曰:"言己主执仁义忠信之德,为谗佞所牵迫,使荒芜秽污而不得进。"(《六臣注文选》卷三十三)二者都认为此语乃主体指言自己秉持高尚美好之德操,为世俗牵累而生恶行。后人纷纷袭用此说。如李陈玉《楚词笺注》解释道:"为俗所挤,致之污秽。"胡文英《屈骚指掌》注《远游》"遭沉浊而污秽兮,独郁结其谁语",说:"遭沉浊而污秽,即《招魂》'牵于俗而芜秽'之意。盖屈子之心,本欲变俗,不幸莫展其蕴,反为流俗所播迁,虽独立而不移,亦澡雪之宜亟矣。"日本学者藤野岩友甚至评论道,"'牵于俗而芜秽'是失去自信的说法,……'主此盛德'、'上无所考此盛德'等仍然是自尊心的显露";又说,《招魂》序辞中"自我蔑视的观念"占了上风,"与《离骚》特有刚毅的豪气和自尊的口吻是异质的"。① 依上揭种种解释,屈原岂不成了他自己痛斥的兰椒之徒吗?——关于《招魂》序辞的旧说,完全把屈子当成了《离骚》所斥"莫好修"、"萎厥美以从俗"、"干进而务入"、"流从"而变化的兰芷荃蕙椒榝揭车江离之类。其实屈子何尝变心从俗呢?他始终是与蜕变兰芷之属的对立的"佩",其芳难亏,其芬未沫。屈子最晚时期的《涉江》仍然说:"吾不能变心而从俗兮,固将愁苦而终穷。"而且《招魂》于该句之上云,"朕幼清以廉洁兮,身服义而未沫",于该句之下说,"上无所考此盛德兮,长离殃而愁苦"。若"芜秽"确指主体德行衰微或荒芜秽污,跟"身服义而未沫"、"上无所考此盛德"二语便自相矛盾了,——德行若已秽恶,何能谓之"未沫"、谓之"盛德"呢?可见上述常识性的解释实在是荒谬之极。

该序辞先说自己自幼具备"清"、"廉"、"洁"之德,身行"义"而未沫(王逸章句:"不求曰清,不受曰廉,不污曰洁";"沫,已也";未沫,"未曾有懈已之时也"),后又说"上无所考此盛德兮,长离殃而愁苦",中间则说自己守此"盛德"、"牵于俗而芜秽"。首先应

---

① 参阅[日]藤野岩友《巫系文学论:以〈楚辞〉为中心》,重庆出版社2005年版,第231页、第235页。

明确为庸众牵累并未影响主体的"盛德"。那么,"牵于俗而芜秽"必是说受党人谗毁而被弃逐,与"长离殃而愁苦"意思相贯。也就是说,"主此盛德兮,牵于俗而芜秽"、"上无所考此盛德兮,长离殃而愁苦",二语前后紧承,互文见义,一则咎"上(君)",一则责"俗"。此"俗"字,等同于《离骚》"众皆竞进以贪婪兮,凭不猒乎求索"之"众",其象喻则是蜕变之"众芳"、谗佞嫉妒之"众女"等等。屈原被疏被放,一个关键原因便是"牵于俗";从屈子现实遭遇及屈作倾诉的大量事实来看,俗众又是通过君来发挥作用的。"芜秽"为田亩不治之象。古代有识之士无不重视治理田亩,孟子讲古天子巡守,"入其疆,土地辟,田野治,养老尊贤,俊杰在位,则有庆,庆以地",就是典型的例子。田亩被弃则芜秽,故屈子用"芜秽"喻指遭受弃逐。《九章·思美人》作于被怀王放逐汉北时期,其中云:"佩缤纷以缭转兮,遂萎绝而离异。"这里诗人以佩饰繁盛而缭绕比自己德能盛美,以佩饰遭摈弃而枯谢比自己遭受弃逐("离异"犹言摈弃),几乎可作"牵于俗而芜秽"的注脚。同样作于汉北时期的《惜往日》说:"君无度而弗察兮,使芳草为薮幽。"王逸注后语云:"贤人放窜,弃草野也。"诗人以"使芳草为薮幽"喻指被放,取象正同于《招魂》所谓"芜秽"。故据《招魂》序辞"主此盛德兮,牵于俗而芜秽"一语,联系上下文所叙主体际遇和特征,又可确认《招魂》必为屈子所作。

除此之外,序辞将"长离殃而愁苦"之因由归结于"上无所考此盛德",将被弃归结于"牵于俗",还可与屈子其他作品互证。屈子被怀王放逐汉北时作《惜往日》,说:"心纯庞而不泄兮,遭谗人而嫉之。君含怒而待臣兮,不清澄其然否";又说:"弗参验以考实兮,远迁臣而弗思。信谗谀之溷浊兮,盛气志而过之";又说:"君无度而弗察兮,使芳草为薮幽";又说:"或忠信而死节兮,或訑谩而不疑。弗省察而按实兮,听谗人之虚辞"。所有这些都堪称是"牵于俗而芜秽"的同义语。而其间所有指斥国君之语,比如"不清澄其然否"、"弗参验以考实"、"弗省察而按实"、"无度而弗察"等等,基本上又是"上无所考此盛德"的同义语;《招魂》序辞之"考"字就来自《惜往日》,其义则无非"清澄"、"参验"、"省察"之类。《招魂》序辞与《惜往日》这一实证性的关联,以及它们与屈子现实遭际的契合,无疑也可证成《招魂》为屈子所作。

五、《招魂》本义

很多学者判断《招魂》中的被招对象是怀王,一个根本原因,是认定该篇所陈享乐唯国君才能相配,其所陈天地四方之可怕,则在某种程度上契合了怀王被扣在秦的愁苦。这又隐含着另外一个更深刻的原因:完全没有理解《招魂》核心部分在整个文本中的意义。十分有趣的是,持屈原自招说的学者同样没有理解这一关键内容,他们从另一个方向上背离了文本,——倾向于淡化或屏蔽其中的淫荒之乐。

可以说,《招魂》研究的第一大问题,是完全未把握篇中所陈故居荒淫之乐对于所招对象的价值;第二大问题,是完全不能恰当地处置或解释篇中所陈四方上下之可怕。在接受和诠释中,人们试图缩小、压低、转移甚或"删除"其中看起来妨碍自己或对自己不利的部分。而看一看《招魂》的文本构成就可以知道这是多么可怕的事情，——这几乎意味着人们不知道如何面对和接受屈原的作品，这不止是说《招魂》，还有《离骚》、《九歌》等等。

屈原在作品中给自己招魂，只是表现他人生选择的形式。正如屈原并未真正向虞舜陈词，并未真正求灵氛占卜，并未真正求巫咸降神一样，他也并未真正请巫阳或工祝为自己招魂；正如屈原并未真正上扣帝阍、下求宓妃简狄二姚、远逝求女一样，《招魂》所营构的天地四方之可怕以及故居修门之可乐，也同样不是主体经历或者期望经历的实际存在。一切首先只是"有意味的形式"。但对有深度的艺术创造而言，几乎没有什么比这种设定更重要了。陆时雍说："……招魂者，以文不以俗，以心不以事，招之于千世，而非招之于当时也。"(《楚辞疏·楚辞条例》)

屈子平生遭受多次政治打击，一直有做出改变、重新抉择的可能。他被怀王放逐汉北时作《惜诵》，说："故众口其铄金兮，初若是而逢殆。惩于羹而吹齑兮，何不变此志也？"《抽思》云："数惟荪之多怒兮，伤余心之忧忧。愿摇起而横奔兮，览民尤以自镇。"《思美人》称："欲变节以从俗兮，愧易初而屈志。独历年而离愍兮，羌凭心犹未化。宁隐闵而寿考兮，何变易之可为！知前辙之不遂兮，未改此度。车既覆而马颠兮，蹇独怀此异路。"在顷襄初年写成的《离骚》中，女嬃"詈予"一节集中提出了改变的问题；而接下来主人公向重华陈词，则是对这一问题的回应。被放沅湘期间，屈子作《涉江》，云："哀吾生之无乐兮，幽独处乎山中。吾不能变心而从俗兮，固将愁苦而终穷。"《怀沙》则说："刓方以为圜兮，常度未替。易初本迪兮，君子所鄙。章画志墨兮，前图未改。"从遭受上层集团排斥以来，另一条路一直存在，屈子他一次次面对"为何不变"的提问（当然提问常常是隐含的或潜在的），又一次次作出回复，确认或申明自己将坚贞不渝。"变"的叩问和"不变"的回应，就是屈子辞作的主旋律。

《招魂》作于《离骚》之后、屈原被顷襄放逐陵阳期间，在放浪于沅湘以前。它用最奇美的形式提出了"改变"或"重新选择"的问题，并给出了回答。巫阳之卜招摆明了两种境况：往东南西北、上天或者下幽都，都充满了危险，可怕之极，这是一种境况。入修门，回故居，衣食住行有无穷可乐，富贵荣华享之不尽，这是另一种境况。一者极力悚惧，一者极力诱引，从正反两面写足了"招"字之意。总之这两种境况不啻有天壤之别，就看魂（代指诗人）如何选择了。一种选择意味着他将面对前一种境况，无法改变"长离殃而愁苦"的命运（这无疑是高度艺术化的表达，现世的可怕被对象化为奇诡谬悠的想象世界）。另一种选择则意味着他可以重回楚国上层，最不济也能叨陪末座、分一杯羹。前一种选择意味着不为富贵乱己心，不因贫贱变己节，不为权势屈己志。后一种选择意味着改变自己在政教伦理上的持守，"变节以从俗"，"变心而从俗"。最终，魂没有返故居、入修门，而是回到了诗人在庐江上、大江南的迁所。巫阳下招，劈头就说："魂兮归来！去君之恒干，何为四方些？舍君之乐处，而离彼不祥些！"可魂恰恰选择了巫阳劝他不要去的"四方"。

传世《卜居》并非屈原所作，然该篇核心内容同样是关于"选择"、"改变"的提问和回应。篇中先是屈原向太卜郑詹尹求卜,提出一系列问题,如谓:"宁正言不讳以危身乎?将从俗富贵以偷生乎?宁超然高举以保真乎?将哫訾栗斯,喔咿儒兒以事妇人乎?宁廉洁正直以自清乎?将突梯滑稽,如脂如韦,以絜楹乎?宁昂昂若千里之驹乎?将泛泛若水中之凫,与波上下,偷以全吾躯乎?"这些问题极生动地显示了屈子面临的选项。篇末郑詹尹给他的回答是,"用君之心,行君之意,龟策诚不能知此事"。这既是文本构成中对问题的回应,也是屈原在现实生活中的抉择或持守。《招魂》中,这种抉择被高度艺术化地表现为魂的去取,简直是惊采绝艳。还有一点十分有趣,即至少在形式意图上,《卜居》否定了太卜,《招魂》则否定了帝和巫阳。《招魂》给出的回答,其实就是《涉江》所谓"余将董道而不豫兮,固将重昏而终身",但却呈现为更为奇诡的形式。诗人糅合了离奇的想象和素朴的认知,营构了四方上下之凶险,以最后的认同性的选择,表明自己不会为这些凶险改变持守;复极力叙写楚国上层社会享受的饮食、歌舞、宫室、美色,铺采摛文,穷形尽相,以最后的否定性的选择,表明自己不会为这种享乐变节易行。能如此,方为真正的坚贞。

屈子自招时确实铺陈了荒淫之乐,但它无论在能指层面上,还是在所指层面上,都是被主体撇弃的,也就是说,主体否定了它的价值。《招魂》本义便在于这一撇弃和否定中。前人或已意识到诗人的这一抉择。比如蒋骥在《招魂》篇末注云:"魂虽归来,岂能入修门以娱乐哉,亦惟往哀江之南以誓死而已。言此以见巫阳所招,皆虚语也。"可惜蒋骥的看法太过简单,未全面提点"巫阳所招"在文本构成中的价值(其理解"哀江南"也并不准确)。古今不少学者花大气力,追究这种享乐在"礼体"上是跟国君相称,还是跟屈大夫相称,进而论断该诗作者及作意,这完全偏离了根本。

而同样不可忽视的是,对于相反的那一面——"外多崇怪",主体却是接受的。梁启超曾评《招魂》说:"此篇对于厌世主义与现世快乐主义两方面皆极力描写,而两皆拨弃,实全部楚辞中最酣肆、最深刻之作。"[1]这可能是历史上最有见地的论述之一,但它最多只说对了一半——对现世快乐主义的拨弃,与此相反的另一面乃主体现实处境的奇诡象征,并非"厌世主义",而且是主体选择与接受的。屈子非不知变节从俗会带来世俗的享乐,非不知持守德操会遭遇凶险和愁苦,而是明知如此,却无怨无悔地走下去。[2] 从艺术效果上说,用来诱引魂的现实享乐愈被张扬到极致,则魂对它的撇弃和否定就愈见深刻有力;用来惊惧魂的崇怪凶险愈被张扬到极致,则魂对它的接受也愈见深刻有力。这就是为什么这两部分会成为《招魂》最恣肆最宏丽的内容。尤其富有匠心的是,当魂归依了江南,诗篇结束了,其意境却回复到巫阳前面所陈天地四方的凶险与可怕;在接受上,读者先消解了魂往四方天地的危险与恐怖,张大了魂归故居的享受与可乐,不意终篇,魂归故居的享受和可乐突然被消解,魂往四方天地的危险与恐怖

---

[1] 梁启超《要籍解题及其读法》,《饮冰室合集》专集之七十二,中华书局1989年版(据上海中华书局1936年版影印),第76—77页。

[2] 胡念贻说:"《史记》那几句话还值得研究。从《招魂》内容本身看,没有表现屈原之'志',《史记》所说'悲其志'不知何所指。"(见所著《先秦文学论集》,第332页)可见读《招魂》之难。

则再度被张大。

《招魂》是一个无比巨丽的寓言,其本义构成寓言的所指,巫阳陈述"外多崇怪,内有荒淫"则构成了能指的核心部分,它最有力地凸显了屈子艺术的特质。在这里,能指的价值不仅在于传达了所指(比如作者的人生抉择和处境),而且在于它自身呈现的高度独立性。——写作上,能指具有以所指为核心,又不局限于所指而自我展开的特性;接受上,能指具有不局限于所指而独立被接受的可能。

《招魂》营造了一个整体性极强的宏大形式,诗人的去取被对象化为魂的抉择,而这一对象化所关涉之物事各各有一定自主展开的空间,其基于传统招魂套式的榫接可谓天衣无缝,其很多局部都雕刻得异常精细。陆时雍评论道:"余独叹其为奥。所谓奥者,经堂入室,直抉其壶奥者也。其举景而得趣,举貌而得态,举色而得意,举馔而得味,举声而得会,是谓天下之至神。"(《楚辞疏·读楚辞语》)从某种意义上说,能指在叙述中的细腻程度表征着主体对象化的程度,而主体对象化的程度越高,其艺术就越纯粹。跟《离骚》后半以及《九歌》所刻意经营的形式一样,《招魂》是屈子艺术纯美的表征。①

---

① 对《招魂》这种艺术匠心的考论,参阅常森《论屈原诗歌的比体艺术》,《北京大学学报》(哲学社会科学版)2011 年第 5 期。

从《楚辞》的对话结构看宋玉作品的真伪问题

魏宁(Nicholas M. Williams)

(香港浸会大学饶宗颐国学院 中国香港)

宋玉作品真伪问题的讨论由来已久,数十年前出土的文献《唐勒》带来颇多启发,近年中国内地学者也有不少突破性研究。本文无法提出新说,只拟反思此一古老学术问题,将它放在新的诠释语境下加以考察;所谓诠释语境,即《楚辞》文学总体的结构特点,尤其是"对话"一项。通过对话结构的框架反思问题,就能看出宋玉作品被怀疑的其中一个根本性原因。这种对话性在《楚辞》中很普遍,《离骚》就有屈原和女媭或巫咸的对话,如以下介绍巫咸发言:[1]

> 巫咸将夕降兮
> 怀椒糈而要之
> 百神翳其备降兮
> 九疑缤其并迎
> 皇剡剡其扬灵兮
> 告余以吉故
> 曰勉升降以上下兮
> 求矩矱之所同……

屈原通过这样的对话抒发自己的心情,整篇作品的目的是不能用一种声音表达的。宋玉的作品具有类似而更明显的对话性,我们可以用此一特殊形式探讨宋玉文学的深层意义。

怀疑宋玉作品真伪的学者不可胜数。过去被认为是宋玉所写的作品有:《楚辞》中的《九辩》与《招魂》;《文选》中的《风赋》、《高唐赋》、《神女赋》、《登徒子好色赋》、《对楚王问》;《古文苑》中的《笛赋》、《大言赋》、《小言赋》、《讽赋》、《钓赋》、《舞赋》;但此十三篇的真伪都曾受到怀疑。[2]比如明代胡应麟(1551—1602)认为收入《古文苑》的六篇

---

[1] 洪兴祖编《楚辞补注》(北京:中华书局,2014年),卷一,页36—37。
[2] 下列例子主要根据汤漳平《宋玉作品真伪辨》,载吴广平编注《宋玉集》(长沙:岳麓书社,2001年),页220—44,尤其是页220—25。

赋中,只有《大言赋》《小言赋》两篇可以承认为宋玉所作,其他四篇都"不类玉"。①胡应麟的证据主要是具体的创作年代和文献记载不合,比如《笛赋》提到刺秦始皇的荆轲显然后于宋玉的时代,他据此考证此四篇不可能是宋玉所作。这种怀疑宋玉作品而造成的论证可以称为"历史考据怀疑论",是比较科学的,历来用于考据作品所属的时代。

胡应麟可算比较保守,其他明代学者所持的怀疑态度更甚。譬如焦竑(1541—1620)甚至怀疑收入《楚辞》的《九辩》:"《九辩》谓宋玉哀其师而作,熟读之,皆原自为悲愤之言,绝不类哀悼他人之意。"②焦竑提出的原因很值得注意。从内容分析,撰作目的不是哀悼他人而是抒发个人的悲愤,因此《九辩》是"自为"的,属自传性的作品,是以焦氏断定它应该是屈原所作。换言之,作品的自我表达意识很明显,不可能是宋玉为哀悼屈原而写,应该是其恩师屈原自撰的。

其实,这样的看法很普遍,往往导致误解。司马迁《屈原贾生列传》说:"余读《离骚》、《天问》、《招魂》、《哀郢》,悲其志",③历代学者据此以为他定《招魂》的作者为屈原,实未必然。司马迁没有断定作者是谁,他的意思或许是每读宋玉《招魂》时,悲悯它所哀悼的屈原。④但后代学者常引用司马迁此句,解读为断定《招魂》的作者。以为描写屈原生平的文学作品必然是屈原自己所写,实为谬论。其实,《招魂》的"亡魂"该指屈原,断定亡魂谁属对解决作者问题于事无补。如此研究宋玉作品的真伪问题,将有关屈原的作品如《九辩》、《招魂》都定为屈原所作,犹如以为只有屈原本人才能将屈原作为作品的题材去创作,这种谬论可以称为"屈原独创怀疑论"。

另外,现代学术界特别注意到宋玉作品中常直称"宋玉曰",以之写进正文。较早有清人崔述(1740—1816),他指出庾信《枯树赋》、谢惠连《雪赋》等六朝作品都将文辞托给历史人物,如《枯树赋》有一段假托殷仲文、《雪赋》有一段假托司马相如等。崔述总结说:"是知假托成文,乃词人之常事。然则《卜居》、《渔父》亦非屈原之所自作,《神女》、《登徒》亦必非宋玉之自作,明矣。"⑤崔述对比这些不同时代的数据是很有意义,让我们注意到《卜居》、《渔父》与宋玉赋的相似之处,并推及六朝词赋的假托,的确对理解古代文学大进一步,可以证明作者和作品中人物相互的关系并不简单。然而,他的结论未必可从。《神女赋》和《枯树赋》在形式上相似,两篇都有散文部分,先引出一个词赋作家,然后才列出自己的作品;但形式本身不能证明作品的年代,更不能证明是否假托之作。事实上,"以他称写己"的创作方法在古代文学作品,尤其是《楚辞》作品中比比皆是,不能用为判断著作权的证据。⑥

---

① 《诗薮》(上海:上海古籍出版社,1979年),杂篇,卷一,页246。
② 《焦氏笔乘》(上海:上海古籍,1986年)卷三,页101。
③ 《史记》卷八四,页2503。
④ 参看力之《〈招魂〉考辨》,载《〈楚辞〉与中古文献考说》(成都:巴蜀书社,2005年),页144—55。
⑤ 《考古续说》,卷一。转引自汤漳平《宋玉作品真伪辨》,页223。
⑥ 此一观点是作者受到力之先生文章启发后所得,见《论他称写己与自我称扬——兼论屈宋某些作品之真伪问题》,收入《〈楚辞〉与中古文献考说》,页78—87。

无论如何,崔述的分析在后世得到支持。比如游国恩等主编的《中国文学史》,指出宋玉五篇收进《文选》的赋作品"都作第三者叙述口气,又直称'楚王''楚襄王',明为后人假托之词,不是宋玉自作"。①这句话可以代表 20 世纪学者研究古典文学的所得,几成定论,不仅中国内地学者大多同意,西方学者亦然。如著名汉学家兼《红楼梦》的译者戴维·霍克思(David Hawkes,1923—2009)曾表达类似的观点。②这个定论不妨借用崔述的说法,称为"假托成文怀疑论"。

本文至此谈及三类"宋玉著作权怀疑论":"历史考据怀疑论"、"屈原独创怀疑论"及"假托成文怀疑论"。"历史考据怀疑论"当然是每篇作品要个别对待,比如《舞赋》原为东汉时傅毅所作,已收入《文选》,假托为宋玉作品显然错误,透过历史考据能轻易得出结论。"屈原独创怀疑论"和"假托成文怀疑论"则不然,它们是在文学理论和意识形态底下形成的说法。为了判断两者的价值,与其逐一讨论具体作品,不如直接探讨两种持论的思想前提。

"屈原独创怀疑论"需放在中国传统文化的背景下处理。"文如其人"是古代文学思想中的一大命题,③钟嵘在评价李陵的五言诗时说过:"使陵不遭辛苦,其文亦何能至此"。④中国文学批评向来有这样一种观点,即相信一个优秀作家的生平跟他的作品有密切关系,因此能成功写出屈原被放逐后的痛苦,只有屈原本人。我们承认这种观点在中国文论中占有较重要的地位,但话虽如此,《楚辞》中多数作品皆非屈原所作,只是题材多处触及屈原的生平。至少汉代文人乐意接受他人以屈原为题的文学作品,承认文学创作可以含有想象的成分:宋玉《九辩》一方面是"闵惜其师",另一方面是假托屈原的口吻,产生双重声音的效果。⑤

《楚辞》的诗学本来微妙多样,每一篇作品蕴含多个层次,不能因为文中提及某人而断定作者另有其人。其实,将《九辩》读为宋玉所作,比读为屈原所作更有文学价值。如《九辩》最后四句:⑥

> 计专专之不可化兮
> 愿遂推而为臧
> 赖皇天之厚德兮
> 还及君之无恙

假如宋玉是借用屈原的口吻,表明自己的决意不会变,说他希望屈原的国君无恙,

---

① 转引自汤漳平《宋玉作品真伪辨》,页 221。
② David Hawkes《The Songs of the South: An Ancient Chinese Anthology of Poems by Qu Yuan and Other Poets》(New York: Penguin, 1985),页 208。
③ 参看蒋寅著《古典诗学的现代诠释》第十一章,《文如其人——诗歌作者和本文的相关性问题》。
④ 王叔岷编《钟嵘诗品笺证稿》(台北:中研院中国文哲研究所,1992 年),页 140。
⑤ 拙著《Imitations of the Self: Jiang Yan and Chinese Poetics》(自我之模拟:江淹与中国诗学)(Leiden: Brill, 2014)另有论述,在此不赘。
⑥ 《楚辞补注》卷八,页 196。

那么《九辩》已超越"一人一时之作"的传统观念,呈现出一种崭新的戏剧性。如《九辩》是宋玉为屈原而作,它可说成是两位作家之间共有的文学作品。此一现象未有达至对话的结构,但已超越一人一时之作,表现出一种主体间性:如宋玉可以扮演屈原,读者也同样可以,于是作者和读者一起参与作品意义的产生。

最后是"假托成文怀疑论"。正如崔述所说,宋玉作品大多向读者呈现两个或更多人物进行对话。收入《文选》的宋玉赋大多从宋玉和楚王的对话开始:"昔者楚襄王与宋玉游于云梦之台……"①《楚辞》中宋玉作品也有类似的对话结构,虽然没有《高唐赋》那样明确,但熟读《招魂》就能注意到它的形式同为两三人对话,换言之,通过《招魂》可以明白对话结构是宋玉的主要创作手法之一。

不同的是,《招魂》的对话是暗示的,比如第一段:②

  朕幼清以廉洁兮
  身服义而未沫
  主此盛德兮
  牵于俗而芜秽
  上无所考此盛德兮
  长离殃而愁苦

这一段的叙说者实指何人容有争论,但他一定是屈原式的英雄人物,跟屈原一样有君主不曾赏识的美德,因此遭遇灾难,"长离殃而愁苦"。根据力之先生考辨,整篇《招魂》是"代屈原设言之'自招'"。③

这点跟《九辩》贴近,然而《招魂》第二段的叙说者另有其人,是帝和巫阳(一个巫师)的对话:④

  帝告巫阳曰
  有人在下
  我欲辅之
  魂魄离散
  汝筮予之
  巫阳对曰
  掌梦
  上帝其命难从
  若必筮予之
  恐后之谢
  不能复用

---

① 《文选》(上海:上海古籍出版社,1986 年),卷十九,页 875。
② 《楚辞补注》卷九,页 197。
③ 《〈招魂〉考辨》,页 155。
④ 《楚辞补注》卷九,页 197—198。

如第一段是英雄内心的独白,第二段则借他人之口从外继续谈英雄的魂魄何去何从。他的支持者很有力,就连上帝也"欲辅之",但由于"魂魄离散",帮忙可不容易,需请专业的巫师招回魂魄。

《招魂》的正文是巫阳的招唤:"魂兮归来,南方不可以止些"等等,都是巫阳直接向英雄的灵魂说出的话。最后一段是尾声"乱",叙述者又一次转换:①

　　献岁发春兮汩吾南征
　　菉苹齐叶兮白芷生
　　路贯庐江兮左长薄
　　倚沼畦瀛兮遥望博
　　青骊结驷兮齐千乘
　　悬火延起兮玄颜烝
　　步及骤处兮诱骋先
　　抑骛若通兮引车右还
　　与王趋梦兮课后先
　　君王亲发兮惮青兕……

这段好像又是宋玉代屈原设言。虽然宋玉没有直称"宋玉曰",但全文至少有三位不同的叙述者,《招魂》是他们的对话所构成。一旦明白《招魂》的复杂结构,就很难单凭"内部证据"断言作者是谁。它包含几把声音、几个叙述者、几种文学风格,总体上是一部多层次的文学作品。如想知道作者的姓名,我们不得不相信王逸,承认是宋玉的作品,但绝对不能草率地断章取义,断言作者是谁。用这样机械的方式读《招魂》,我们可能会以为作者是上帝!

"假托成文怀疑论"即使不可用来考据作品真伪问题,至少可以提醒我们,古典文学中有虚构人物或假托历史人物而编成的对话结构,这样的结构在宋玉词赋尤其常用。它一方面可以达到滑稽效果,《登徒子好色赋》就是一例;但更多情况下别有深意,《招魂》便是显例。换句话说,宋玉作品真伪问题不是偶然的,而起源于《楚辞》作品的对话结构。

关于对话的深意,20世纪哲学家汉斯-格奥尔格·伽达默尔(1900—2002)有相关论述。伽达默尔特别重视对话和诠释的关系:"这一点正构成对话的特征——相对于那种要求用文字写下来的陈述的强硬形式——即这里语言是在问和答、给予和取得、相互争论和达成一致的过程中实现那样一种意义交往,而在文字流传物里巧妙地作出这种意义交往正是诠释学的任务。因此,把诠释学任务描述为与文本进行的一种对话,这不只是一种比喻的说法——而是对原始东西的一种回忆。"②也就是说,对话是诠释学的良好比喻,读者试解读文本很像人和人之间的对话,但不仅如此,对话也是

---

① 《楚辞补注》卷九,页213—214。
② 汉斯-格奥尔格·伽达默尔著,洪汉鼎译,《真理与方法:第一卷——哲学诠释学的基本特征》(台北:时报文化,1993年),页477。

对古典作品的原始创作情况的一种回忆。我们读宋玉作品时,得特别注意那些"假托"的文字,即是直称宋玉或楚王的文字,因为这些可以教我们如何读整篇作品,如何理解宋玉的创作目的。宋玉的作品大多在君主和臣子、巫师和亡魂、屈原和宋玉等类对话性场合下产生。《楚辞》美学就在这种语境下开花,将作品还到那种背景才能正确解读。

高唐神女传说和宋玉作品辨伪

黄震云

(中国政法大学中文系　北京昌平　102200)

【摘要】 宋玉作品除了《九辩》以外,主要是传说性质的文字,大同小异;又多是模仿司马相如的作品,内容不外乎权力、财富和女人,流传时间约在西汉到晋这一段时间,作者为汉魏时期人,皇甫谧称他们为"宋玉之徒"。之后,传说被历史化,《文选》因此收录了多篇"宋玉的作品"。

【关键词】 宋玉;作品;伪作

《文选》中收录宋玉作品十一篇,其中《招魂》一篇,《九辩》五篇已见刘向《楚辞》和王逸章句,应该可信。但是,《高唐赋》《神女赋》《登徒子好色赋》等,用韵及其规则不合上古、礼制不合规制、结构语体不类战国,因此不可能是宋玉的作品。《答楚王问》《风赋》主要是侍坐作品,类似传说按照礼制以及《论语》侍坐命名方式,不宜认为是宋玉作品。同时,诸篇矛盾异文处较多,应是关于宋玉的言语传闻,或者是借宋玉名义模仿之作,不是原创。所以,我从来都不认为这是一个什么重要问题,但也并不否认,应该用文献的方法梳理一下。这些我在首届宋玉研究会议提交的论文《〈文选〉宋玉赋十一篇语体与真伪考订》中已经发表过看法。现将魏晋前关于宋玉的一些资料略作梳理,以探讨宋玉作品真伪及其原因,以续前作。出于比较的原因,文章不得不引用一些原文,而一些熟知的资料不再一一引证,直接论述。

一、宋玉"让友"和宋玉的传说

班固在《汉书·艺文志》中说宋玉赋十六篇,但没有具体的篇名。萧统编《文选》只选了《风赋》《高唐赋》《神女赋》《登徒子好色赋》《对楚王问》5篇和《九辩》。现在我们看到以宋玉赋名义流传的作品中12篇,加上《九辩》九篇,计21篇。这个数字和班固的记载是不同的,且不言班固记载是否可靠。所以要全面肯定或者全面否定宋玉流传作品的事实,不是学术态度。除此以外,还有一些不叫宋玉赋,但是类似的作品。在1997年由湖南教育出版社出版的《楚辞通论》一书中,有关于宋玉生平作品考证的文字,主要举《韩诗外传》卷七当中的一段话:

宋玉因其友见楚襄王,襄王待之无以异,乃让其友。友曰:"夫姜桂因地而生,不因地而辛;女因媒而嫁,不因媒而亲。子之事王未耳,何怨于我?"宋玉曰:"不然。昔者,齐有狡兔,尽一日走五百里,使之瞻见指注,虽良狗犹不及狡兔之尘,若摄缨而纵绁之,则狡兔不能离也。今子之属臣也,摄缨而纵绁与?瞻见指注与?"其友曰:"仆人有过,仆人有过。"诗曰:"将安将乐,弃予作遗。"①

这段话和宋玉名义流传下来的赋在形式上没有什么区别,因此我们不妨就赋体的形式上说,这些作品其实不是赋,似乎叫宋玉的传说更为恰当。西汉末期刘向《新序》引用了这段话,但是内容少了许多,也有不小的差异,但是到了习凿齿《襄阳耆旧记》中宋玉变成了景差,到了唐代虞世南的《北堂书钞》又将楚襄王改为楚怀王了。这明显不是书写误录,更多应该看作有意为之。

《汉书》卷八十七上《扬雄传上》说:"先是时,蜀有司马相如,作赋甚弘丽温雅,雄心壮之,每作赋,常拟之以为式。又怪屈原文过相如,至不容,作《离骚》,自投江而死,悲其文,读之未尝不流涕也。以为君子得时则大行,不得时则龙蛇,遇不遇命也,何必湛身哉!乃作书,往往摭《离骚》文而反之,自岷山投诸江流以吊屈原,名曰《反离骚》。"② 这里传递出两个信息,一个是汉代人作赋喜欢模拟,即"拟之以为式"。这种风气表现在诗歌上就是拟古;另一个是具有叫板性质的对应写作,就是说别人写什么,他可以用同样的表达对象来说明不同的意见。署名为宋玉的《讽赋》《登徒子好色赋》和《韩诗外传》中的宋玉"让友"文,要么是后人假托宋玉模拟司马相如,要么是汉代以后也有一位叫宋玉的人,不然怎么也是说不过去。

二、宋玉《讽赋》《登徒子好色赋》和司马相如《美人赋》《长门赋》

名为宋玉的《讽赋》见《古文苑》说:

楚襄王时,宋玉休归。唐勒谗之于王曰:"玉为人,身体容冶,口多微词,出爱主人之女,入事大王,愿王疏之。"玉休还。王谓玉曰:"玉为人,身体容冶,口多微词,出爱主人之女,入事寡人,不亦薄乎?"玉曰:"臣身体容冶,受之二亲;口多微词,闻之圣人。臣尝出行,仆饥马疲,正值主人门开,主人翁出,妪又到市,独有主人女在。女欲置臣,堂上太高,堂下太卑,乃更于兰房之室,止臣其中。中有鸣琴焉,臣援而鼓之,为《幽兰》《白雪》之曲。主人之女,翳承日之华,披翠云之袭,更被白縠之单衫,垂珠步摇,来排臣户曰:'上客无乃饥乎?'为臣炊雕胡之饭,烹露葵之羹,来劝臣食。以其翡翠之钗,挂臣冠缨,臣不忍仰视。为臣歌曰:'岁将暮兮日已寒,中心乱兮勿多言。'臣复援琴而鼓

---

① (汉)韩婴:《韩诗外传》,中华书局1980年,259—260页。
② (汉)班固:《汉书》,中华书局1984年,3515页。

之,为《秋竹》《积雪》之曲,主人之女,又为臣歌曰:'内怵惕兮徂玉床,横自陈兮君之傍。君不御兮妾谁怨,日将至兮下黄泉。'玉曰:'吾宁杀人之父,孤人之子,诚不忍爱主人之女。'"王曰:"止止。寡人于此时,亦何能已也!"①

又《文选》录宋玉《登徒子好色赋》说:

> 大夫登徒子侍于楚王,短宋玉曰:"玉为人体貌闲丽,口多微词,又性好色,愿王勿与出入后宫。"王以登徒子之言问宋玉,玉曰:"体貌闲丽,所受于天也;口多微辞,所学于师也。至于好色,臣无有也。"王曰:"子不好色,亦有说乎。有说则止,无说则退。"玉曰:"天下之佳人,莫若楚国。楚国之丽者,莫若臣里。臣里之美者,莫若臣东家之子。东家之子,增之一分则太长,减之一分则太短;著粉则太白,施朱则太赤。眉如翠羽,肌如白雪,腰如束素,齿如含贝。嫣然一笑,惑阳城,迷下蔡。然此女登墙窥臣三年,至今未许也。登徒子则不然,其妻蓬头挛耳,龋唇历齿,旁行踽偻,又疥且痔,登徒子悦之,使有五子。王孰察之,谁为好色者矣?"是时秦章华大夫在侧,因进而称曰:"今夫宋玉盛称邻之女,以为美色,愚乱之邪臣,自以为守德,谓不如彼矣。且夫南楚穷巷之妾,焉足为大王言乎!若臣之陋,目所曾睹者,未敢云也。"王曰:"试为寡人说之。"大夫曰:"唯唯。臣少曾远游,周览九土,足历五都。出咸阳,熙邯郸,从容郑卫溱洧之间。是时向春之末,迎夏之阳,鸧鹒喈喈,群女出桑。此郊之姝,华色含光。体美容冶,不待饰装。臣观其丽者,因称《诗》曰:'遵大路兮揽子祛。'赠以芳华辞甚妙。于是处子怳若有望而不来,忽若有来而不见,意密体疏,俯仰异观,含喜微笑,窃视流眄。复称《诗》曰:'寤春风兮发鲜荣,洁斋俟兮惠音声。赠我如此兮不如无生。'因迁延而辞避。盖徒以微辞相感动,精神相依凭,目欲其颜,心顾其义。扬《诗》守礼,终不过差,故足称也。"于是楚王称善,宋玉遂不退。②

虽然说时间上,《古文苑》晚于《文选》,但从篇幅上却比《文选》要短。这两篇传说应该是同一个版本的两面。主要区别一个是唐勒,一个是登徒子,还有就是后面对好色的描写有些差别。登徒子这个版本,还有秦章华大夫,章华是楚地名,曾建过章华台,既然秦章华大夫,显然章华台已经被秦国人占领,所以这个故事类似于汉初人的作品。但是,这并不是原版,原版的应该是汉初司马相如的《美人赋》③:

> 司马相如美丽闲都,游于梁王,梁王说之。邹阳谮之于王曰:"相如美则美矣,然服色容冶,妖丽不忠,将欲媚辞取说,游王后宫,王不察之乎!"王问相

---

① (清)严可均:《全上古三代秦汉三国六朝文》,《全上古三代文》卷十,页七三,上海古籍出版社,2009年6月。
② (清)严可均:《全上古三代秦汉三国六朝文》,《全上古三代文》卷十,页七五,上海古籍出版社,2009年6月。
③ (清)严可均:《全上古三代秦汉三国六朝文》,《全汉文》卷二十二,页二四一,上海古籍出版社,2009年6月。

如曰："子好色乎？"相如曰："臣不好色也。"王曰："子不好色,何若孔墨乎？"相如曰："古之避色孔墨之徒,闻齐馈女而遐逝,望朝歌而回车,譬犹防火水中,避溺山隅,此乃未见其可欲,何以明不好色乎！若臣者少长西土,鳏处独居,室宇辽廓,莫与为娱。臣之东邻,有一女子,云发丰艳,蛾眉皓齿,颜盛色茂,景曜光起,恒翘翘而西顾,欲留臣而共止,登垣而望臣,三年于兹矣。臣弃而不许。窃慕大王之高义,命驾东来,途出郑卫,道由桑中,朝发溱洧,暮宿上宫。上宫闲馆,寂寥云虚(《文选·石阙铭》注引作'寂寥至虚'),门阁昼掩,暧若神居。臣排其户,而造其堂,芳香芬烈,黼帐高张,有女独处,婉然在床,奇葩逸丽,淑质艳光。睹臣迁延,微笑而言曰：'上客何国之公子,所从来无乃远乎？'遂设旨酒,进鸣琴。臣遂抚弦为幽兰白雪之曲,女乃歌曰：'独处室兮廓无依,思佳人兮情伤悲。有美人兮来何迟,日既暮兮华色衰,敢托身兮长自私。'玉钗挂臣冠,罗袖拂臣衣。时日西夕,玄阴晦冥。流风惨冽,素雪飘零,闲房寂谧,不闻人声。于是寝具既设,服玩珍奇。金锤薰香,黼帐低垂。(《文选·别赋》注作"金炉香薰,黼帐周垂"。《舞赋》注亦作"周垂"),裀褥重陈,角枕横施。女乃弛其上服,表其亵衣。皓体(《文选·洛神赋》注作"质")呈露,弱骨丰肌,时来亲臣,柔滑如脂。臣乃脉定于内,心正于怀,信誓旦旦,秉志不回,翻然高举,与彼长辞。"

《讽赋》和《登徒子好色赋》皆模仿司马相如的《美人赋》应该没有疑问。至于对好色部分的描写,则参考了《长门赋》,所以这些作品只能是西汉中期或者以后的作品。这也是三国时期曹植的《洛神赋》的写作基础。

三、宋玉《大言赋》《小言赋》和傅咸《小语赋》、司马相如《子虚赋》

宋玉《大言赋》见于《古文苑》说：

> 楚襄王与唐勒、景差、宋玉游于阳云之台。王曰："能为寡人大言者上座。"王因唏曰："操是太阿,剥一世,流血冲天,车不可以厉。"至唐勒曰："壮士愤兮绝天维,北斗戾兮太山夷。"至景差曰："校士猛毅皋陶嘻,大笑至兮摧覆思。锯牙云晞甚大,吐舌万里唾一世。"至宋玉曰："方地为车,圆天为盖,长剑耿耿倚天外。"王曰："未也。"玉曰："并吞四夷,饮枯河海；跋越九州,无所容止；身大四塞,愁不可长。据地分天,迫不得仰。"

又《古文苑》引其《小言赋》说：

> 楚襄王既登阳云之台,令诸大夫景差、唐勒、宋玉等并造《大言赋》,赋毕,而宋玉受赏。王曰："此赋之迂诞,则极巨伟矣。抑未备也。且一阴一阳,道之所贵；小往大来,剥复之类也。是故卑高相配,而天地位；三光并照,则大小备。能大而不小,能高而不下,非兼通也；能粗而不能细,非妙工也。然则上座者,未足明赏贤人。有能为《小言赋》者,赐之云梦之田。"景差曰："载氛埃

兮乘剽尘,体轻蚑翼,形微蚤鳞,聿遑浮踊,凌云纵身。经由针孔,出入罗巾,飘妙翩绵,乍见乍泯。"唐勒曰:"析飞糠以为舆,剖秕糟以为舟,泛然投乎杯水中,淡若巨海之洪流。凭蚋背以顾盼,附螺蠓而遨游。准宁隐微,以原存亡而不忧。"又曰:"馆于蝇须,宴于毫端;烹虱胫,切虮肝;会九族而同哜,犹委馀而不殚。"宋玉曰:"无内之中,微物潜生,比之无象,言之无名。蒙蒙灭景,昧昧遗形。超于大虚之域,出于未兆之庭。纤于蠹末之微蔑,陋于茸毛之方生。视之则眇眇,望之则冥冥。离朱为之叹闷,神明不能察其情。二子之言磊磊皆不小,何如此之为精。"王曰:"善"。赐以云梦之田。①

言是我国古代很重要的交流方式,也是作为礼乐的方式之一,《周礼》中作为乐语,但言分大小,见于战国时期。《庄子·齐物论》说:"大言炎炎,小言詹詹。"成玄英疏:"炎炎,猛烈也"。总的意思就是夸大口的言论非常猛烈。比喻过高估计自己,渺视别人。

按《全晋文》②傅咸《小语赋》,二者如出一辙:

楚襄王登阳云之台,景差、唐勒、宋玉侍。王曰:"能为小语者,处上位。"景差曰:"幺蔑之子,形难为象。晨登蚁垤,薄暮不上。朝炊半粒,昼复得酿。亨一小虱,饱于乡党。"唐勒曰:"攀蚊髯,附蚋翼。我自谓重,彼不极邂逅,有急相切逼,窜于针孔以自匿。"宋玉曰:"折薜足以为橶,舫粒糠而为舟;将远游以遐览,越蝉溺以横浮;若涉海之无涯,惧湮汉于洪流;弥数荀而汔济,陟虮蚁之崇丘;未升半而九息,何时远乎杪头?"

两篇文章的渊源关系非常清楚,不仅人物、情节,连物象也是如此,但就一般模拟言之,往往后来者篇幅更长。这几篇赋写作的地点选择阳云或作云阳,出自司马相如的《子虚赋》:"'将息獠者,击灵鼓,起烽燧,车案行,骑就队,纚乎淫淫,般乎裔裔。于是楚王乃登云阳之台,泊乎无为,澹乎自持,勺药之和,具而后御之。不若大王终日驰骋,曾不下舆,脟割轮焠,自以为娱。臣窃观之,齐殆不如。'于是齐王默然无以应仆也。"③《小言赋》提到的云梦,也是出自于此。所以,这几篇作品应该都是模仿司马相如之作。

四、宋玉《笛赋》《对楚王问》和傅毅《舞赋》

宋玉《笛赋》见《古文苑》说:

余尝观于衡山之阳,见奇条异干罕节闲枝之丛生也,其处磅礴唐千仞,绝

---

① (清)严可均:《全上古三代秦汉三国六朝文》,《全上古三代文》卷十,页七三,上海古籍出版社,2009年6月。

② (清)严可均:《全上古三代秦汉三国六朝文》,《全晋文》卷五十一,页三二七,上海古籍出版社,2009年6月。

③ (清)严可均:《全上古三代秦汉三国六朝文》,《全汉文》卷二十一,页二三七,上海古籍出版社,2009年6月。

谿凌阜,隆崛万丈,磐石双起。丹水涌其左,醴泉流其右。其阴则积雪凝霜,雾露生焉;其东则朱天皓日,素朝明焉;其南则盛夏清微,春阳荣焉;其西则凉风游旋,吸逮存焉。干枝洞长,桀出有良。名高师旷,将为《阳春》。其北则鄙《白雪》之曲,假涂南国,至于此山,望其丛生,见其异形,因命陪乘,取其雄焉。宋意将送荆卿于易水之上,得其雌焉。于是乃使王尔、公输之徒,合妙意,角较手,遂以为笛。于是天旋少阴,白日西靡,命严春,使午子,延长颈,奋玉手,摛朱唇,曜皓齿,颊颜臻,玉貌起,吟清商,追流徵,歌《伐檀》,号孤子,发久转,舒积郁。其为幽也,甚乎怀永抱绝,丧夫天,亡稚子,纤悲微痛,毒离肌,伤膝理,激叫入青云,慷慨切穷士。度曲口羊肠,揆狭振奔逸。游泆志,列弦节,武毅发,沈忧结,呵鹰扬,叱太一,声淫淫以黯黮,气旁合而争出;歌壮士之必往,悲猛勇乎飘疾。《麦秀》渐兮,鸟声革翼。招伯奇于源阴,追申子于晋域。夫奇曲雅乐,所以禁淫也;锦绣黼黻,所以御寒也。缛则泰过。是以檀卿刺郑声,周人伤北里也。乱曰:芳林皓干,有奇宝兮;博人通明,乐斯道兮。般衍澜漫,终不老兮;双枝闲丽,貌甚好兮。八音和调,成禀受兮;善善不衰,为世保兮。绝郑之遗,离南楚兮;美风洋洋,而畅茂兮。嘉乐悠长,俟贤士兮;《鹿鸣》萋萋,思我友兮。安心隐志,可长久兮。①

《舞赋》,《古文苑》署名作者为"宋玉《舞赋》",但是《文选》作东汉傅毅《舞赋(并序)》。同一部作品,不当是两人创作。就作品内容看写荆轲刺秦,与宋玉不相干。其对太一无礼,也不是战国、西汉人的做派,而衡山、澧水与丹水相邻,则不是楚国的地方无疑。长沙为郡,是秦人的行为,而衡山命名在长沙之后,所以也扯不上宋玉的关系,所以这个赋应该是东汉傅毅的作品。《舞赋》的序说:

> 楚襄王既游云梦,使宋玉赋高唐之事。将置酒宴饮,谓宋玉曰:"寡人欲觞群臣,何以娱之?"玉曰:"臣闻歌以咏言,舞以尽意,是以论其诗,不如听其声,听其声不如察其形。《激楚》《结风》《阳阿》之舞,材人之穷观,天下之至妙。噫,可以进乎!"王曰:"如其《郑》何?"玉曰:"小大殊用,《郑》《雅》异宜。弛张之度,圣哲所施。是以《乐》记干戚之容,《雅》美蹲蹲之舞,《礼》设三爵之制,《颂》有醉归之歌。夫《咸池》《六英》,所以陈清庙、协神人也。郑、卫之乐,所以娱密坐、接欢欣也。余日怡荡,非以风民也,其何害哉?"王曰:"试为寡人赋之。"玉曰:"唯唯。"②

郑雅区分由来已久,但是,将郑声看成礼乐,和雅齐名,实在是汉代以后的事情,所以这篇作品不可能写在汉代以前。《舞赋》和《笛赋》伯仲之间,写作时间大致应该同时,当为东汉人作。与此相关的是《文选》还选了《对楚王问》:

---

① (清)严可均:《全上古三代秦汉三国六朝文》《全上古三代文》卷十,页七六,上海古籍出版社,2009年6月。
② (清)严可均:《全上古三代秦汉三国六朝文》《全后汉文》卷四十三,页九,上海古籍出版社,2009年6月。

楚襄王问于宋玉曰:"先生其有遗行与?何士民众庶不誉之甚也?"宋玉对曰:"唯,然,有之,愿大王宽其罪,使得毕其辞。客有歌于郢中者,其始曰《下里》《巴人》,国中属而和者数千人;其为《阳阿》《薤露》,国中属而和者数百人;其为《阳春》《白雪》,国中属而和者不过数十人;引商刻羽,杂以流徵,国中属而和者,不过数人而已。是其曲弥高,其和弥寡。故鸟有凤而鱼有鲲,凤皇上击九千里,绝云霓,负苍天,足乱浮云,翱翔乎杳冥之上。夫蕃篱之鷃,岂能与之料天地之高哉?鲲鱼朝发昆仑之墟,暴鬐于碣石,暮宿于孟诸。夫尺泽之鲵,岂能与之量江海之大哉?故非独鸟有凤而鱼有鲲也,士亦有之。夫圣人瑰意琦行,超然独处,世俗之民,又安知臣之所为哉。"①

由雅郑齐名,转而以阳春白雪之喻,很显然这是秦汉时期的表达方式;同时,鲸鲵代表诸侯,以鲸鲵比大夫,更是消失已久的语言现象。按照《左传》惯例,如果以大夫比,不过是鸥鹃,或者枭,方为得当。另外,对与赋内容一致,对当在前,即传说,赋在后,按照传说而赋。还有,宋玉这些所谓的作品,基本上都涉及权力、财富和女人,也符合俗文学的特征。为什么要拿女人说事,因为周代就有女人丧殷一说,而楚怀王、楚襄王时代是楚国走向灭亡的时代,朝臣饮恨,后人讥笑,故引为笑谈。其中,真伪已经很难考证。

五、宋玉《高唐赋》《神女赋》《高唐对》和曹植《洛神赋》

与《舞赋》楚襄王游云梦一致,《高唐赋》见于《文选》,也是写云梦之游:

昔者楚襄王与宋玉游于云梦之台,望高唐之观,其上独有云气,崪兮直上,忽兮改容,须臾之间,变化无穷。王问玉曰:"此何气也?"玉对曰:"所谓朝云者也。"王曰:"何谓朝云?"玉曰:"昔者先王尝游高唐,怠而昼寝,梦见一妇人曰:'妾巫山之女也。为高唐之客,闻君游高唐,愿荐枕席。'王因幸之,去而辞曰:'妾在巫山之阳,高丘之阻,旦为朝云,暮为行雨,朝朝暮暮,阳台之下。'旦朝视之,如言,故为立庙,号曰朝云。"王曰:"朝云始出,状若何也?"玉对曰:"其始出也,对兮若松榯;其少进也,晰兮若姣姬,扬袂鄣日,而望所思。忽兮改容,偈兮若驾驷马。建羽旗,湫兮如风,凄兮如雨,风止雨霁,云无处所。"王曰:"寡人方今可以游乎?"玉曰:"可。"王曰:"其何如矣?"玉曰:"高矣显矣,临望远矣,广矣普矣,万物祖矣。上属于天,下见于渊,珍怪奇伟,不可称论。"王曰:"试为寡人赋之。"玉曰:"唯唯。"②

又《文选》录《神女赋》说:

---

① (清)严可均:《全上古三代秦汉三国六朝文》,《全上古三代文》卷十,页七九,上海古籍出版社,2009年6月。
② (清)严可均:《全上古三代秦汉三国六朝文》,《全上古三代文》卷十,页七三,上海古籍出版社,2009年6月。

> 楚襄王与宋玉游于云梦之浦,使玉赋高唐之事。其夜王寝,果梦与神女遇,其状甚丽。王异之。明日以白玉。玉曰:"其梦若何?"王曰:"晡夕之后,精神怳忽,若有所喜。纷纷扰扰,未知何意。目色仿佛,乍若有记。见一妇人,状甚奇异。寐而梦之,寤不自识。罔兮不乐,怅然失志。于是抚心定气,复见所梦。"玉曰:"状如何也?"王曰:"茂矣美矣! 诸好备矣! 盛矣丽矣! 难测究矣! 上古既无,世所未见。瑰姿玮态,不可胜赞。其始来也,耀乎若白日初出照屋梁;其少进也,皎若明月舒其光。须臾之间,美貌横生。晔兮如华,温乎如莹。五色并驰,不可殚形。详而视之,夺人目精。其盛饰也,则罗纨绮缋盛文章。极服妙采照万方。振绣衣,被袿裳。秾不短,纤不长。步裔裔兮曜殿堂。忽兮改容,婉若游龙乘云翔。嫷被服,侻薄装。沐兰泽,含若芳。性和适,宜侍旁。顺序卑,调心肠。"王曰:"若此盛矣! 试为寡人赋之。"玉曰:"唯唯。"(《文选》)①

这两篇赋,和司马相如的《子虚》《上林》类似,是同一件事的两个方面,白天谈神女,晚上相遇。故事本身荒唐不说,地点、人物也是虚构,而宋玉和楚王之间的对话方式毫无君臣之义,所以必然不是宋玉所作。其整体应该仿作《子虚赋》和《洛神赋》。

《文选》和《太平御览》三百九十九引《襄阳耆旧记》有《高唐对》一篇:

> 楚襄王与宋玉游于云梦之野,将使宋玉赋高唐之事,望朝云之馆,上有云气,崒乎直上,忽而改容,须臾之间,变化无穷。王问宋玉曰:"此何气也?"对曰:"昔者先王游于高唐,怠而昼寝,梦一妇人,暧乎若云,焕乎若星,将行未至,如浮如停;详而视之,西施之形。王悦而问焉,曰:'我帝之季女也。名曰瑶姬,未行而亡。封巫山之台,精魂依草,实为灵芝,媚而服焉,则与梦期,所谓巫山之女,高唐之姬。闻君游于高唐,愿荐枕席。'王因而幸之。"

上面列出的几篇文章如出一辙,《高唐赋》和《神女赋》皆出自《文选》,和《高唐对》一样,是关于楚怀王的风流韵事。地点在云梦,也是借助司马相如的《子虚赋》。云梦泽和云阳台成为后人模仿的两个支点。但整体水平没有超过司马相如。但是,司马相如写女人主要还是概括的,说明数量之多和美丽动人,缺少详细的描绘。历史上对女性描绘最细致和最美丽的是曹植笔下的《洛神赋》:②

> 黄初三年,余朝京师,还济洛川。古人有言:斯水之神,名曰宓妃。感宋玉对楚王神女之事,遂作斯赋,其辞曰:
>
> 余从京域,言归东藩。背伊阙,越轘辕。经通谷,陵景山。日既西倾,车殆马烦。尔乃税驾乎蘅皋,秣驷乎芝田。容与乎阳林,流眄乎洛川。于是精移神骇,忽焉思散。俯则未察,仰以殊观。睹一丽人,于岩之畔。乃援御者而告之曰:"尔有觌于彼者乎? 彼何人斯? 若此之艳也!"御者对曰:"臣闻河洛

---

① (梁)萧统:《文选》,上海古籍出版社 1986 年,887 页。
② (清)严可均:《全上古三代秦汉三国六朝文》《全三国文》卷十三,上海古籍出版社,2009 年 6 月。

之神,名曰宓妃。然则君王所见,无乃是乎?其状若何,臣愿闻之。"

余告之曰:"其形也,翩若惊鸿,婉若游龙。荣曜秋菊,华茂春松。仿佛兮若轻云之蔽月,飘飖兮若流风之回雪。远而望之,皎若太阳升朝霞;迫而察之,灼若芙蕖出渌波。秾纤得衷,修短合度。肩若削成,腰如约素。延颈秀项,皓质呈露。芳泽无加,铅华弗御。云髻峨峨,修眉联娟。丹唇外朗,皓齿内鲜。明眸善睐,靥辅承权。瑰姿艳逸,仪静体闲。柔情绰态,媚于语言。奇服旷世,骨像应图。披罗衣之璀粲兮,珥瑶碧之华琚。戴金翠之首饰,缀明珠以耀躯。践远游之文履,曳雾绡之轻裾。微幽兰之芳蔼兮,步踟蹰于山隅。于是忽焉纵体,以遨以嬉。左倚采旄,右荫桂旗。攘皓腕于神浒兮,采湍濑之玄芝。余情悦其淑美兮,心振荡而不怡。无良媒以接欢兮,托微波而通辞。愿诚素之先达兮,解玉佩以要之。嗟佳人之信修,羌习礼而明诗。抗琼珶以和予兮,指潜渊而为期。执眷眷之款实兮,惧斯灵之我欺。感交甫之弃言兮,怅犹豫而狐疑。收和颜而静志兮,申礼防以自持。"

巫山神女故事来源于《山海经》,时间在黄帝时代,详情不可考,因此有关于荆楚、巫山的神女传说是很正常的事情,加上司马相如和曹植的重创,成为中国文学女性形象塑造的完美经典。宋玉时代的作品,还没有如此的写作技巧和方式。但是,宓妃之说,至汉代皆得不到人们的认可。《全东汉文》卷二十五班固《离骚序》仍然以此为不屑:"贬絜狂狷景行之士。多称昆仑、冥婚、宓妃虚无之语,皆非法度之政。经义所载,谓之兼《诗·风》《雅》,而与日月争光,过矣!然其文弘博丽雅,为辞赋宗,后世莫不斟酌其英华,则象其从容。自宋玉、唐勒、景差之徒,汉兴枚乘、司马相如、刘向、扬雄,骋极文辞。"①

六、宋玉《风赋》和陆机《扇赋》、司马相如《子虚赋》

《风赋》见于《文选》,题为宋玉作。其文曰:

楚襄王游于兰台之宫,宋玉、景差侍。有风飒然而至,王乃披襟而当之曰:"快哉此风!寡人所与庶人共者邪?"宋玉对曰:"此独大王之风耳。庶人安得而共之!"王曰:"夫风者,天地之气,溥畅而至,不择贵贱高下而加焉。今子独以为寡人之风,岂有说乎?"宋玉对曰:"臣闻于师,枳句来巢,空穴来风,其所托者然,则风气殊焉。"王曰:"夫风始安生哉?"宋玉对曰:"夫风生于地,起于青𬞟之末,侵淫谿谷,盛怒于土囊之口,缘泰山之阿,舞于松柏之下,飘忽淜滂,激扬熛怒,耾耾雷声,迴穴错迕,蹶石伐木,梢杀林莽。"②

---

① (清)严可均:《全上古三代秦汉三国六朝文》,《全后汉文》卷二十五,页五九二,上海古籍出版社,2009年6月。
② (清)严可均:《全上古三代秦汉三国六朝文》,《全上古三代文》卷十,页七二,上海古籍出版社,2009年6月。

《风赋》以对话的方式，骋才使气，和《古文苑》中录作宋玉的《钓赋》皆为对等身份对话：

> 宋玉与登徒子，偕受钓于玄洲，止而并见于楚襄王。登徒子曰："夫玄洲，天下之善钓者也，愿王观焉。"王曰："其善奈何？"……宋玉对曰："其钓易见，王不察尔。昔殷汤以七十里，周文以百里，兴利除害，天下归之，其饵可谓芳矣；南面而掌天下，历载数百，到今不废，其纶可谓纫矣；群生浸其泽，民氓畏其罚，其鉤可谓拘矣；功成而不隳，名立而不改，其竿可谓强矣！……王若建尧、舜之洪竿，揽禹、汤之修纶，投之于渎，视之于海，漫漫群生，孰非吾有？其为大王之钓，不亦乐乎！"①

这些作品明显具有散赋特征的抒情小赋，时间应该在东汉以后，多少可以看到《渔父》的影子。彼此以平等的对话方式，毫无君臣之义，显得油嘴滑舌，断然不可能是宋玉对楚王的作品。不仅如此，对礼的踪迹已经全无，所以时间应在汉以后。类似的作品和《全晋文》卷九十七陆机《羽扇赋》性质相同。其赋曰：

> 昔楚襄王会于章台之上，山西与河右诸侯在焉。大夫宋玉、唐勒侍，皆操白鹤之羽以为扇。诸侯掩麈尾而笑，襄王不悦。宋玉趋而进曰："敢问诸侯何笑？"诸侯曰："昔者武王玄览，造扇于前；而五明安众，庶繁于后。各有托于方圆，盖受则于箕甫，舍兹器而不用。顾奚取于鸟羽？"②

如果按照宋玉作品的计算方式，这篇作品当然是宋玉的作品，但是偏偏是陆机，这些毫无二致的表现方式也是当时的一时风气。至于为什么要用宋玉作为表现的对象，与内容的低俗有着密切的关系。司马迁称好辞而以赋称，说明宋玉摆弄文辞成绩突出，因此二者发生关联。

七、宋玉流传的赋的作者究竟是谁？

古代的著作权无权，只有等级宗法的差异，由不记名到署名经历了一个漫长的过程，记或不记，并不是一种必须，而是根据情形确定。孔子主张名不可以假人，但是到了西汉时期人们并不在意作品出自谁手，汉武帝读到司马相如的赋，但是不知道是司马相如写作，而班固的《汉书》直接抄录《史记》也没有什么不当，所以忘记和误记作者应该是普遍的事情。到魏晋时期，著作可能与声名稻粱有关，体现功利，所以纯粹的文学也就没有了。一些不记名的作品，根据作品的内容也就不能肯定地按上了作者的名字。如果《羽扇赋》不署陆机的名字，那就是典型的所谓宋玉的作品了。上引《汉书》扬雄传我们已经看出，班固对宋玉过分使用文辞表示不满。之后的人如晋朝的皇甫谧等

---

① （清）严可均：《全上古三代秦汉三国六朝文》，《全上古三代文》卷十，页七五—页七六，上海古籍出版社，2009年6月。

② （清）严可均：《全上古三代秦汉三国六朝文》，《全晋文》卷九十七，页五八三，上海古籍出版社，2009年6月。

更是义愤填膺。皇甫谧《全晋文》卷七十一《三都赋序》说:

> 至于战国,王道陵迟,风雅浸顿,于是贤人失志,辞赋作焉。是以孙卿屈原之属,遗文炳然,辞义可观。存其所感,咸有古诗之意,皆因文以寄其心,托理以全其制,赋之首也。及宋玉之徒,淫文放发,言过于实,夸竞之兴,体失之渐,风雅之则,于是乎乖。逮汉贾谊,颇节之以礼。自时厥后缀文之士,不率典言,并务恢张,其文博诞空类。大者罩天地之表,细者入毫纤之内,虽充车联驷,不足以载;广厦接榱,不容以居也。其中高者,至如相如《上林》,杨雄《甘泉》,班固《两都》,张衡《二京》,马融《广成》,王生《灵光》,初极宏侈之辞,终以约简之制,焕乎有文,蔚尔鳞集,皆近代辞赋之伟也。若夫土有常产,俗有旧风,方以类聚,物以群分,而长卿之俦,过以非方之物,寄以中域,虚张异类,托有于无。祖构之士,雷同影附,流宕忘反,非一时也。①

我们一般没有细看这段文字,其实这段文字已经对以宋玉的名字命名的赋的风格水准以及作者作出了清楚的交代,即宋玉之徒。亦即宋玉追随者托名宋玉写作的这些作品将赋引向了向下一路:权力、金钱、女人,而具体情况和后果是:淫文放发,言过于实,夸竞之兴,体失之渐,风雅之则,于是乎乖。今天如果我们将这些作品作者强硬朝宋玉那里说,是何居心呢?是不是有辱屈宋的齐名呢?作家的成就和作品数量不少对等或者比值关系,实在是一个常识,不足唠叨。

---

① (清)严可均:《全上古三代秦汉三国六朝文》,《全晋文》卷七十一,页四四六,上海古籍出版社,2009年6月。

《大言赋》编年考

李骜

(湖北文理学院宋玉研究中心 湖北 襄阳 441053)

【摘要】 考证宋玉辞赋的编年,进而推断宋玉的生活年限,是宋玉年世研究的一个重要路径。本文即从考证宋玉《大言赋》的真伪入手,着力分析赋中带有浓厚战争和军事色彩的诸多意象,并认为这种意象的特异性不是偶然的,而是战争胜利之后自矜武功的一种表现,而在宋玉所可能生活的怀、襄以降的楚国末期,最有可能成为此赋创作背景的,是顷襄王二十三年"襄王乃收东地兵,得十余万,复西取秦所拔我江旁十五邑以为郡,距秦"的那次胜利。《大言赋》就应该是在顷襄王二十三年"西取秦所拔我江旁十五邑以为郡"之后创作的,它不仅不是游戏之作,尚且是反映楚国重大历史事件、考证宋玉年世行迹的一篇重要赋作。

【关键词】 大言赋;编年;考证;宋玉

关于宋玉的年世行迹,《史记》、《汉书》只有极为简略的记载。《史记·屈原贾生列传》:"屈原既死之后,楚有宋玉、唐勒、景差之徒者,皆好辞而以赋见称;然皆祖屈原之从容辞令,终莫敢直谏。其后楚日以削,数十年竟为秦所灭。"这是关于宋玉年世的最早也最可信的记载,但据此只能大致确定宋玉的生活时代。其后,《汉书·艺文志》:"宋玉赋十六篇。楚人,与唐勒并时,在屈原后也。"点明了宋玉辞赋的传世篇数,但关于宋玉的年世,并没有提供超出《史记·屈原贾生列传》所载的新内容。因此,研究宋玉传世辞赋的编年,并在此基础上推断宋玉的生活年限,就成为宋玉年世研究的一个重要的学术路径。陆侃如先生推断"《招魂》之作必在徙都寿春以后,即在考烈王二十二年(西历前二四一年)以后"[①],游国恩先生推断《九辩》作于楚幽王三年,刘刚先生推断"《登徒子好色赋》当是楚考烈王初年的作品"[②],都是这一学术路径的典范之作。我们认为,《大言赋》就是这样一篇可以准确编年的作品。本文拟从辨析《大言赋》的真伪入手,分析《大言赋》意象的特异性,从而考证《大言赋》的编年。

---

① 陆侃如《屈原与宋玉》,万有书库1930年版,第38页。
② 刘刚《宋玉年世行迹考》,见《宋玉辞赋考论》,辽海出版社2006年版,第217页。

一、《大言赋》的流传和真伪

从现存文献看,《大言赋》全文最早载于南宋章樵作注的《古文苑》。《古文苑》一书来历可疑,累及其中所载的宋玉《大言赋》等赋作,以至于曾经有人认为《大言赋》是伪托之作。但从其文献来源、拟作历史和流传结集等情况来看,《大言赋》可以确定是出自宋玉手笔。

首先,从其文献来源看,《大言赋》全文虽最早载于《古文苑》,但实际上在《古文苑》的前身《杂文章》中就已经全文收录了,而更早的隋唐类书和唐人笺注更是大量地征引《大言赋》中的辞句。

《古文苑》一书,据韩元吉《古文苑记》,"世传孙巨源于佛寺经龛中得唐人所藏古文章一编,莫知谁氏录也。皆史传所不载,《文选》所未取,而间见于诸集及乐府,好事者因以《古文苑》目之"。韩元吉关于《古文苑》出自"唐人所藏古文章一编"的说法,前面冠以"世传"二字,说明其本人并不确信,后世学者更是直斥其伪。清代学者钱熙祚和顾广圻从《石鼓文》等唐宋时出土碑刻入手,考证"此书乃宋人所录"。郭沫若进一步认为《古文苑》成书于南宋。① 李芳在《〈古文苑〉成书时代考》一文中,将其成书时限定于北宋嘉祐六年(1061)至南宋淳熙六年(1179)之间。② 近年来,王晓鹃博士《〈古文苑〉研究》一书"认为《古文苑》可能是南宋金石学家王厚之在孙洙所编《杂文章》的基础上续编的一部诗文选本","其成书时间大致在南宋高宗绍兴二十一年(1151)至绍兴三十一年(1161)之间"。③ 综合这些研究,现在基本可以考定《古文苑》一书是在《杂文章》的基础上续编而成的一部古诗文选本,其扩编和改编有三次,一编于郑樵《通志》所载的"《古文苑》十卷"本,再编于韩元吉九卷无注本,三编于章樵二十一卷有注本。其中,郑樵《通志》所载的十卷本《古文苑》早已失传,而韩本和章本流传至今。

上述研究中,关于《古文苑》和《杂文章》关系的考证,值得重视。晁公武《郡斋读书志》卷二十别集类下:"《杂文章》一卷。右孙巨源得之于秘阁。载宋玉等赋颂五十八篇。景迂生元丰甲子以李公择本校正,后有刘大经、田为、王云、李端、唐君益题跋。"④ 而今传九卷本《古文苑》列有"杂文"一类,全书收录了宋玉等赋颂五十七篇。由于《杂文章》和《古文苑》二书皆经孙洙之手传出、九卷本《古文苑》"杂文"类与《杂文章》题名基本相同、二者所收录宋玉等赋颂篇数的基本一致,二者之间必然存在密切的关系。清代著名版本目录学家叶德辉在《郎园读书志》卷十五断言:"今《古文苑》,首石鼓文,下即载宋玉赋,凡文二百六十余首,盖即由《杂文章》推广成之。彼托出于秘阁,此托出于佛龛,其隐身之术一也。"在"即由《杂文章》推广成之"之前加以"盖"字,有推测之义。

---

① 郭沫若《石鼓文研究·诅楚文考释》,科学出版社1982年版,第302页。
② 南京大学古典文学研究所《古典文献研究》,凤凰出版社2006年版,第260—270页。
③ 王晓鹃《〈古文苑〉研究》,西北师范大学2008年博士学位论文,第5—40页。
④ 宋晁公武撰,孙猛校证《〈郡斋读书志〉校证》,上海古籍出版社1990年版,第1057页。

今人则进一步落实了这一推测。例如孙猛《〈郡斋读书志〉校证》："(孙)洙辑原书盖无题,姑名《杂文章》;后又有所增益,传至(韩)元吉重加类次,目之《古文苑》。洙实录取唐宋类书成帙,故之托之出秘阁、佛龛云。"①王晓鹃则考证:"孙洙是《古文苑》九卷本所收五十七篇赋,即《杂文章》的编者。王厚之是金石名家,他在《杂文章》的基础上扩展续编,最终编成《古文苑》的目的,是为了保存自己真爱的古代石刻文献。"②我们认为,叶、孙、王等关于《古文苑》九卷本所收五十七篇赋与《杂文章》的关系的推断是可以成立的,但他们对于《杂文章》一书来源的理解,则有明显的偏颇。

《郡斋读书志》对"《杂文章》一卷"的来源说得很明确:"右孙巨源得之于秘阁。"考巨源乃孙洙（1031—1079）的字,广陵人,《宋史》卷三二一有传。自仁宗嘉祐四年（1059）六月至神宗熙宁四年（1071）五月,历任崇文馆编校、馆阁校勘、集贤校理、史馆检讨等职,有充足的机会接触北宋馆阁藏书。"得之于秘阁",即谓此书乃从秘阁中发现、获得。证之同为宋人的陈玉父《跋》"右《玉台新咏集》十卷,幼时至外家李氏,于废书中得之","得之"之义甚明。换句话说,《郡斋读书志》所载的"《杂文章》一卷",至少是北宋嘉祐、熙宁年间秘阁旧藏,其书或为"唐人所藏古文章一编"不是没有可能的。这样,就把包括《大言赋》在内的《杂文章》所"载宋玉等赋颂五十八篇"的文献来源提前到了北宋嘉祐、熙宁年间的秘阁藏书。

而现存隋唐类书和唐人笺注中,已经大量征引《大言赋》中的辞句,表明《大言赋》还有更早的文献来源。据统计,《文选》李善注引用《大言赋》3条,《初学记》引用《大言赋》3条。《艺文类聚》卷十九《人部·言语》载有《大言赋》:"楚襄王与唐勒、景差、宋玉游于阳云之台。王曰:'能为寡人大言者上座。'王因称曰:'操是太阿戮一世,流血冲天,车不可以厉。'至唐勒曰:'壮士愤兮绝天维,北斗戾兮太山夷。'至宋玉曰:'方地为车,圆天为盖,长剑耿介倚天外。'王曰:'未可也。'玉曰:'并吞四夷,饮枯河海,跋越九州,无所容止。'"单就其字数看,已经超过了今传《大言赋》全文的三分之二。《北堂书钞》,一般认为是虞世南仕隋秘书郎时所编,更是四次引用《大言赋》。联系到《隋书·经籍志》所载"楚大夫《宋玉集》三卷",可以断定《北堂书钞》所引的《大言赋》乃出自先唐古集"楚大夫《宋玉集》三卷"。

其次,从历代对于《大言赋》的拟作看,汉魏六朝时期模仿《大言赋》的诗赋作品络绎不绝,基本构成一个完整的序列。

司马相如的《大人赋》,已经存有较明显的模仿《大言赋》的痕迹,尤其是其开篇部分:"世有大人兮,在乎中州。宅弥万里兮,曾不足以少留。悲世俗之迫隘兮,朅轻举而远游。乘绛幡之素蜺兮,载云气而上浮。建格泽之修竿兮,总光耀之采旄。垂旬始以为幓兮,曳慧星而为髾。掉指桥以偃蹇兮,又猗抳以招摇。揽欃枪以为旌兮,靡屈虹而为绸。红杳眇以玄湣兮,猋风涌而云浮。"

---

① 宋·晁公武撰,孙猛校证《〈郡斋读书志〉校证》,上海古籍出版社1990年版,第1057页。
② 王晓鹃《〈古文苑〉研究》,西北师范大学2008年博士学位论文,第40页。

汉武帝命群臣为大言，公孙弘和东方朔的对语，从词汇到句式，都明显地模仿了《大言赋》。南宋曾慥《类说》卷十四引《启颜录》说："汉武帝置酒，命群臣为大言，小者饮酒。公孙丞相曰：'臣弘骄而猛又刚毅，交牙出吻声又大，号呼万里嗷一代。'余四公不能对。东方朔请代四人对，一曰：'臣坐不得起，仰迫于天地之间，愁不得长。'二曰：'臣跋越九州，间不容趾，并吞天下，欲枯四海。'三四曰：'天下不足以受臣坐，四海不足以受臣唾，臣噎不缘食，出居天外卧。'上曰：'大哉！弘言最小，当饮。'"

西晋初年，傅玄作有同名的《大言赋》，虽仅存两个残句："腰佩六气，首戴天文。"但已经可以看出赋作描写的是一个"腰佩六气，首戴天文"的巨人。这和宋玉所言的"身大四塞，愁不可长，据地蹴天，迫不得仰"的巨人是很类似的。

南朝梁代，昭明太子萧统作有《大言诗》："观修鲲其若辙鲋，视沧海之如滥觞。经二仪而踽踽，跨六合以翱翔。"东宫群臣殷钧、王规、王锡、张缵、沈约等人都作有《大言应令诗》。其中，王锡诗句："欲游五岳，迫不得伸。"出自宋玉《大言赋》："身大四塞，愁不可长，据地蹴天，迫不得仰。"沈约诗曰："隘此大泛庭，方知九垓局。穷天岂弥指。尽地不容足。"则化用了宋玉《大言赋》："跋越九州，无所容止。"

最后，从战国末期的楚国到西汉末年刘歆整理"宋玉赋十六篇"，宋玉辞赋的流传结集具有一个连绵不断的谱系。

《汉书·地理志》："寿春、合肥受南北湖皮革、鲍、木之输，亦一都会也。始楚贤臣屈原被谗放流，作《离骚》诸赋以自伤悼。后有宋玉、唐勒之属慕而述之，皆以显名。汉兴，高祖王兄子濞于吴，招致天下之娱游子弟，枚乘、邹阳、严夫子之徒兴于文、景之际。而淮南王安亦都寿春，招宾客著书。而吴有严助、朱买臣，贵显汉朝，文辞并发，故世传《楚辞》。"中华书局点校本《汉书》把这里的"世传楚辞"之"楚辞"加以书名号，这一标点值得商榷。实际上，《楚辞》一书，迟至西汉末刘向典校中书时，才由刘向编纂结集而成，在严助、朱买臣时期根本没有《楚辞》一书。再考察汉初吴之"枚乘、邹阳、严夫子之徒"，梁之公孙乘、路乔如、公孙诡、羊胜，以及淮南群臣，他们现存的作品基本上都是赋，而不是辞。所以，"故世传楚辞"之"楚辞"，不是专指一部特定的书，而是泛指楚国辞赋，其中就包括宋玉的辞赋。也就是说，汉初诸帝时期，由于南方的吴、淮南、梁等诸侯王国，或"招致天下之娱游子"，或"招宾客著书"，而长安也有"严助、朱买臣，贵显汉朝，文辞并发"。这一方面使得楚辞楚赋在汉初得到了较好的保存、整理、传播和模仿，另一方面推动辞赋由楚国一地的地域文学走向全国，并成为汉代最有代表性的一种文学样式。司马迁说"屈原既死之后，楚有宋玉、唐勒、景差之徒者，皆好辞而以赋见称"，是汉武帝时代中书多存宋玉、唐勒、景差之赋的明证。而到刘向、刘歆父子典校中书时，传世宋玉辞赋仍有十六篇之多。

综合上述三个方面来看，包括《大言赋》在内的宋玉辞赋从楚汉到隋唐得到了相当完好的保存，其中的《大言赋》更是被历代文人所不断仿写，这是其作为母本早已存世的有力证据。

二、《大言赋》意象的特异性

无论与后世众多的拟作相比,还是与先秦的"大言"言说相较,宋玉《大言赋》所营造的意象都是非常特异的。为了更好地说明这一点,特抄录《大言赋》全文如下:

> 楚襄王与唐勒、景差、宋玉游于阳云之台。王曰"能为寡人大言者上座。"王因唏曰:"操是太阿,戮剥一世,流血冲天,车不可以厉。"至唐勒,曰:"壮士愤兮绝天维,北斗戾兮太山夷。"至景差,曰:"校士猛毅皋陶嘻,大笑至兮摧覆思,锯牙裾云晫甚大,吐舌万里唾一世。"至宋玉,曰:"方地为车,圆天为盖,长剑耿介乎倚天外。"王曰:"未可也。"玉曰:"并吞四夷,饮枯河海,跋越九州,无所容止;身大四塞,愁不可长,据地蹴天,迫不得仰。若此之大也如何?"楚王曰:"善。"

一般的"大言"言说或拟作,基本都是运用极度夸张的手法,描写一个巨人(大人)或者巨物(多是鲲鹏之类)。例如《晏子春秋·外篇第八》:"景公问晏子曰:'天下有极大乎?'晏子对曰:'有。足游浮云,背凌苍天,尾偃天间,跃啄北海,颈尾咳于天地乎!然而漻漻不知六翮之所在。'"①通过齐景公和晏子的问对,极力描写一只"背凌苍天,尾偃天间"的巨鸟。这只鸟,实际上就是庄子《逍遥游》所言的"鹏之背,不知其几千里也,怒而飞,其翼若垂天之云"的那只鲲鹏。昭明太子萧统《大言诗》:"观修鲲其若辙鲋,视沧海之如滥觞。经二仪而踟蹰,跨六合以翱翔。"所写的也是这只"修鹏"。而司马相如《大人赋》描写的则是一个"宅弥万里兮,曾不足以少留。悲世俗之迫隘兮,揭轻举而远游"的巨人,西晋傅玄《大言赋》残句"腰佩六气,首戴天文",虽然只有两句,但也能看出是写一个昂首天外的巨人。这说明"大言"言说拥有一个源远流长的传统,即都要言说一个形体巨大无比的巨人或巨物。

而宋玉《大言赋》虽然也在言说一个"跋越九州,无所容止;身大四塞,愁不可长,据地蹴天,迫不得仰"的巨人,但赋中所营造的诸多意象却无一不和战争有关,带有浓厚的军事色彩。

首先,楚襄王的言说为这篇赋作的战争意象定下了基调:"操是太阿,戮剥一世,流血冲天,车不可以厉。"太阿,为上古宝剑之一,字又作泰阿。汉袁康《越绝书·外传记宝剑》:"(楚王)令风胡子之吴,见欧冶子、干将,使人作铁剑。欧冶子、干将凿茨山,泄其溪,取铁英,作铁剑三枚:一曰龙渊,二曰泰阿,三曰工布。毕成,风胡子奏之楚王,楚王大悦。曰:'何为龙渊、泰阿、工布?'风胡子对曰:'欲知龙渊,观其状,如登高山,如临深渊;欲知泰阿,观其釽,巍巍翼翼,如流水之波;欲知工布,釽从文起,至脊而止,如珠不可衽,文若流水不绝。'晋、郑王闻而求之,不得,兴师围楚之城,三年不解。仓谷粟索,库无兵革,左右群臣贤士,莫能禁止。于是楚王闻之,引泰阿之剑,登城而麾之,三

---

① 张纯一《晏子春秋校注》,《诸子集成》第四册,中华书局1986年版,第205页。

军破败。士卒迷惑,流血千里,猛兽欧瞻,江水折扬,晋、郑之头毕白。楚王于是大悦。"可见楚国先王曾经"引泰阿之剑,登城而麾之,三军破败",取得了很大的胜利。

既然楚襄王为此次"大言"言说定下了战争的基调,唐勒、景差、宋玉就顺着这个思路继续言说下去。景差曰:"校士猛毅皋陶嘻,大笑至兮摧覆罘,锯牙裾云睎甚大,吐舌万里唾一世。"校,即校猎。校士,即参加校猎的勇士。皋陶,是一种鼓木。《周礼·冬官考工记》:"韗人为皋陶,长六尺有六寸,左右端广六寸,中尺厚三寸。"覆思:一作罘罳,古时宫门外的屏壁和宫城上的阙楼皆名罘罳。景差极力宣扬"校士"的猛毅,其大笑可以摧毁罘罳,甚至能够做到"吐舌万里唾一世。"此处"唾一世",承接楚襄王的"戮剥一世"而来。也带有浓厚的军事色彩。宋玉曰:"方地为车,圆天为盖,长剑耿介乎倚天外。""长剑"是战争的武器,这一佩带"长剑"的巨人形象的描绘,也体现出明显的军事色彩。唐勒曰:"壮士愤兮绝天维,北斗戾兮太山夷。"其实也和战争有关。天维,是指神话传说中维系天地的绳索。《淮南子·天文训》:"昔者共工与颛顼争帝,怒而触不周之山,天维绝,地柱折。"《山海经·大荒西经》:"西北海之外,大荒之隅,有山而不合,名曰不周。"

楚襄王在这里言说:"操是太阿,戮剥一世,流血冲天,车不可以厉。"从其深层意识看,体现出一种对于暴力和杀戮的赤裸裸的赞美的思想。这种思想,产生于被中原诸国视为"南蛮"的楚国,是可以理解的。而儒、道二家皆视兵者为凶器,圣人不得已而为之,尤其在汉武帝罢黜百家独尊儒术之后,就更难以产生这种赞美暴力和杀戮的思想意识了。这可以看成是《大言赋》确为宋玉作品的一个内证。

楚襄王的这种言说,固然出于复仇心理,但更主要的恐怕是在战争胜利之后、自矜武功的一种炫耀。南宋学者章樵在为《古文苑》作注时批评说:"《中庸》曰:'君子语大,天下莫能载焉;语小,天下皆能破焉。'此大言、小言所由起也。楚之诸臣,当君危国削之际,不知戒惧,方且虚词以相角,恢谐以希常,亦可悲矣。"其实,章樵的批评并不准确。战国末期的楚国,虽然"君危国削",在对外、尤其是对秦战争中一再丧军失地,但也曾经取得过一时辉煌式的不小的胜利。我们认为,这种战争的胜利,正是这篇意象特异的《大言赋》的产生背景,从而也是其编年的依据。

三、《大言赋》的编年

在宋玉所可能生活的怀、襄以降的时期,楚国的对外战争非常惨烈。对此,《史记·楚世家》有着详细的记载:

> (怀王)六年,楚使柱国昭阳将兵而攻魏,破之于襄陵,得八邑。……
>
> 十一年,苏秦约从山东六国共攻秦,楚怀王为从长。至函谷关,秦出兵击六国,六国兵皆引而归……十七年春,与秦战丹阳,秦大败我军,斩甲士八万,虏我大将军屈匄、裨将军逢侯丑等七十余人,遂取汉中之郡。楚怀王大怒,乃悉国兵复袭秦,战于蓝田,大败楚军。韩、魏闻楚之困,乃南袭楚,至于邓。楚

闻,乃引兵归……二十六年,齐、韩、魏为楚负其从亲而合于秦,三国共伐楚。楚使太子入质于秦而请救。秦乃遣客卿通将兵救楚,三国引兵去……二十八年,秦乃与齐、韩、魏共攻楚,杀楚将唐眜,取我重丘而去。二十九年,秦复攻楚,大破楚,楚军死者二万,杀我将军景缺。怀王恐,乃使太子为质于齐以求平。三十年,秦复伐楚,取八城……

顷襄王横元年,秦要怀王不可得地,楚立王以应秦,秦昭王怒,发兵出武关攻楚,大败楚军,斩首五万,取析十五城而去。……六年,秦使白起伐韩于伊阙,大胜,斩首二十四万……

十五年,楚王与秦、三晋、燕共伐齐,取淮北……

十九年,秦伐楚,楚军败,割上庸、汉北地予秦。二十一年,秦将白起遂拔我郢,烧先王墓夷陵。楚襄王兵散,遂不复战,东北保于陈城。二十二年,秦复拔我巫、黔中郡。

二十三年,襄王乃收东地兵,得十余万,复西取秦所拔我江旁十五邑以为郡,距秦。

二十七年,使三万人助三晋伐燕。复与秦平,而入太子为质于秦。楚使左徒侍太子于秦。三十六年,顷襄王病,太子亡归。秋,顷襄王卒,太子熊元代立,是为考烈王。

考烈王元年,纳州于秦以平。是时楚益弱。六年,秦围邯郸,赵告急楚,楚遣将军景阳救赵。七年,至新中。秦兵去。……二十二年,与诸侯共伐秦,不利而去。楚东徙都寿春,命曰郢。

二十五年,考烈王卒,子幽王悍立。……幽王三年,秦、魏伐楚。……

十年,幽王卒,同母弟犹代立,是为哀王。哀王立二月余,哀王庶兄负刍之徒袭杀哀王而立负刍为王。是岁,秦虏赵王迁。

王负刍元年,燕太子丹使荆轲刺秦王。二年,秦使将军伐楚,大破楚军,亡十余城……四年,秦将王翦破我军于蕲,而杀将军项燕。五年,秦将王翦、蒙武遂破楚国,虏楚王负刍,灭楚名为郡云。

通过梳理,在从楚怀王、顷襄王、考烈王、幽王、哀王、王负刍的漫长的一百零六年里,楚国不断遭受强秦的征伐,一再丧军失地,有时还要受到齐、韩、魏的侵扰。在这连年的战争里,楚国一百零六年中仅取得三次胜利:一次在怀王六年,"楚使柱国昭阳将兵而攻魏,破之于襄陵,得八邑";一次是在顷襄王十五年,"楚王与秦、三晋、燕共伐齐,取淮北";还有一次是在顷襄王二十三年,"襄王乃收东地兵,得十余万,复西取秦所拔我江旁十五邑以为郡,距秦"。

我们认为,三次战争胜利之中,最有可能成为楚王自矜武功、从而成为宋玉创作《大言赋》的背景的,应该是顷襄王二十三年的那一次。因为,这次战争在战争对手、战争进程、战争规模和战争结果等诸多方面,与《越绝书》所载的楚先王和晋、郑之战最为相似。首先,两次战争楚国都是与当时最强大的对手作战,楚先王是与晋郑联军,而顷襄王是与虎狼之秦。而怀王六年"楚使柱国昭阳将兵而攻魏,破之于襄陵,得八邑",对手是战国七雄中较弱小的魏国,顷襄王十五年"楚王与秦、三晋、燕共伐齐,取淮北",对手是战国后期势力已经严重削弱的齐国,而己方则是六国联军。其次,两次战争楚国都是先败后胜。楚先王与晋郑之战,先是晋郑"兴师围楚之城,三年不解",后是楚王"引泰阿之剑,登城而麾之,三军破败";而在顷襄王二十三年"襄王乃收东地兵,得十余万,复西取秦所拔我江旁十五邑以为郡"之前,楚国也是被秦军攻破郢都,"巫、黔中郡"先后失陷,最后"襄王乃收东地兵",才终于反败为胜。最后,两次战争都是旷日持久、规模巨大。楚先王与晋郑之战是"三年不解""三军破败""流血千里",而顷襄王与秦之战则是从顷襄王二十一年一直打到二十三年,也是"三年不解",在战争中楚国郢都失陷,又丢失了"巫、黔中郡"等大片国土,战况也是异常的惨烈。

总而言之,顷襄王二十三年,"襄王乃收东地兵,得十余万,复西取秦所拔我江旁十五邑以为郡,距秦"。在楚国和强秦的长期战争之中,这是一次辉煌的胜利,顷襄王有理由以"大言"的言说方式来夸耀这次战争的胜利:"操是太阿,戮剥一世,流血冲天,车不可以厉。"而这,既是宋玉创作《大言赋》的时代背景,也是这篇赋作意象带有浓厚战争和军事色彩的最重要原因。所以,宋玉创作《大言赋》的编年就应该在顷襄王二十三年"西取秦所拔我江旁十五邑以为郡"之后。

宋玉《神女赋》三家英译本的比较研究

王 慧

(湖北大学人文学院,湖北 武汉 430062;湖南科技大学外国语学院,
湖南 湘潭 411201)

【摘要】 德国何可思、中国孙大雨和美国康达维三人曾先后将宋玉《神女赋》译成英文。康译从内容和神女形象的把握上要比何译和孙译更为准确,但在个别语句的处理上,由于太注重内容忠实和逻辑性而流于机械,损失了些许文学性;孙译恪守形式上的"忠实",严格区分散文和韵文部分,并用规整的格律体来表现韵文部分,在形式和音韵的传达上优于其他两个译本,只是有时太过追求格律或是为了保持神女形象与《高唐赋》中描述的一致,而在内容的传达上打了折扣。孙大雨以诗人的情怀欲创作富有诗性,能引起浪漫情怀的译文;何可思和康达维都是学者型的翻译家,从他们的译文中可以看出欧美学者对赋体文学和篇章内容的研究在不断深入。

【关键词】 宋玉;《神女赋》;英译;何可思;孙大雨;康达维

战国伟大辞赋家宋玉的《神女赋》已被译成多种外文,在世界各地传播。本文想对其中三家英译本进行比较研究。这三家英译本指的是德国汉学家何可思(Eduard Erkes,1891—1958)、中国翻译家孙大雨(1905—1997)和美国汉学家康达维(David Knechtges,1942—)三家的三个英译本。何可思的译文在1927至1928年度的德国《通报》第25期上发表,题为"Shen-Nü-Fu: The Song of the Goddess"。其译文的底本为清人于光华《评注昭明文选》(石印本)所收的《神女赋》,之前附有明张凤翼的纂注及清何焯的评论,说明"此赋当作玉梦为是",选本将"王"与"玉"字弄颠倒了[2]。孙大雨的译文译于1974年,题为"A Fu on the Divine Lady",收录于1997年出版的《古诗文英译集》。康达维的译文题为"Rhapsody on the Goddess",收录于其《昭明文选英译第三册:物色、鸟兽、情志、哀伤、论文、音乐之辞赋》,1996年由普林斯顿大学出版社

---

[1] 基金项目:湖北省教育厅人文社会科学研究一般项目"康达维与《文选》赋研究";湖北大学中国语言文学省级重点学科大学生科研(创作)创新扶持项目"美国学者康达维辞赋研究探微",课题编号:01。

[2] 胡克家认为"王"与"玉"的互讹始于五臣注《文选》。

出版。

这三位译者都将与神女相遇之梦处理为宋玉之梦。他们的见解，都可以在中国古代的宋玉赋论中找到依据。如唐李善解题《高唐赋》谓"此赋盖假设其事，风谏淫惑也"①，认为宋玉作赋的目的是讽谏襄王的淫欲。《文选集评》引何焯所谓"所以抑流荡之邪心"，也是持相似的看法。于是，何可思依据清人何焯的评论②；康达维以宋人沈括《梦溪笔谈》"人君与其臣语不当称'白'"之语和对话的逻辑做出判断③；孙大雨应该也是受前人的影响，认为宋玉作《高唐赋》和《神女赋》是对襄王的讽谏，是想让襄王相信贞洁的女神守身如玉，会拒绝他与之艳遇的荒唐要求④。

何可思、孙大雨和康达维三家的译文对于《神女赋》内容的解读基本相同，但处理原文的方法和效果各有不同⑤。经过比较，我们发现三家的《神女赋》英译本各有特点，且瑕瑜互见。比较分析《神女赋》这三种译本，对我们理解和翻译辞赋皆有助益。为了行文简捷，下文将何可思的《神女赋》英译文简称为何译文（本），孙大雨的《神女赋》英译文简称为孙译文（本），康达维的《神女赋》英译文简称为康译文（本）。

一、赋体形式

明陈第在《屈宋古音义》中评《高唐赋》和《神女赋》："盖楚辞之变体，汉赋之权舆。"《神女赋》开头是散体的序言部分，"述主客以首引"；中间部分铺述主人公梦遇神女的情形用的韵文；结尾部分自"于是摇珮饰"至最后描写神女离去、主人公怅然若失的结局也是用的韵文。从语言形式上，此赋是典型的韵散结合的散体赋的形式。这是后来汉赋的先声。

何译文未区别赋的散体和韵体部分，他将全篇译成散文的形式⑥。何可思将"赋"译为"song"或"poem"，正文却采用散文的形式。他在正文之前翻译了明张凤翼的纂注和清何焯的评注，在正文之后附有96条注释，其中除引用古注之外还不乏译者自己

---

① （梁）萧统编、（唐）李善注《文选》，上海：上海古籍出版社，1986年版，第875页。
② Ed. Erkes. Shen-Nü-Fu: The Song of the Goddess. T'oung Pao 25(1927—1928):387—388.
③ David Knechtges. Wen xuan or Selections of Refined Literature(Volume Three):Rhapsodies on Natural Phenomena, Birds and Animals, Aspirations and Feelings, Sorrowful Laments, Literature, Music, and Passions. Princeton University Press, pp.411.
④ 孙大雨著《古诗文英译集》，上海：上海外语教育出版社，1997年版，第397—500页。
⑤ 本文对译文的批评依照三位译家对此赋的解读，将内容理解为宋玉对襄王描述梦中遇神女的情形。将李善注《文选》中除了"王曰'其梦若何？'"和"王曰'若此盛矣！试为寡人赋之。'玉曰'唯唯。'"两句之外的其他部分中的"王"和"玉"互换。对此问题的争论可以追溯到宋代，其具体梳理请见吴广平教授《宋玉研究》（岳麓书社，2004年版，第218—232页）中的相关论述。
⑥ 此译文发表于1928年，当时被译成英文的赋篇稀少，只有美国传教士丁韪良（W. A. P. Martin,1827—1917）的《鹏鸟赋》英译文和韦利（Arthur Waley,1889—1966）在1923年出版的《寺庙与其他诗歌：中国早期诗歌介绍》一书中收录的11篇赋作的英译文。

的研究心得。如：

髣髴(fang—fuh)，又作彷彿、仿佛、方弗、放弗、俩佛、放怫（见《字典》"仿"条）。在宋玉《九辩》中解释为"见不审貌"。从其异文判断，这个词可能属于古楚语。此词又见《远游》"时髣髴以遥见兮"，《九章》（引者按：见《九章·悲回风》）"存髣髴而不见"。①

可见何可思对《楚辞》中语言的语义和语用有一定的研究。其译文的主要目的是向西方学界介绍可供研究的中国文学文本和自己的研究成果，关注的是内容的传达，而忽略其形式。

孙译本和康译本都区分了散体和韵体部分。孙译本严格地依照原文的形式，将序言开头的引导部分，序言中间连缀的部分："'……于是抚心定气，复见所梦。'玉曰：'状如何也？'"序言结尾引出正文的部分："王曰：'若此盛矣！试为寡人赋之。'玉曰：'唯唯'。"等原文中散体的部分译为散文的形式。韵体的部分，则译成格律诗的形式，使用三音步、四音步、五音步抑扬格等基调格，有些诗行由于内容的需要也有含两个或三个音节的变格。译文模拟原文的韵体形式，押偶句韵。如：

例1：

My sen/ses were/ confused，　　　×′/ ×′/ ×′
I seemed/ to be /glad whereat，　　×′/ ×′/′ ×′
As if/ perturbed，/perplexed，×′/ ×′/ ×′
I did/ not know /what was that.（页5）　　××/ ′′/ ′×′

例2：

About/ to leave/ but not/ yet gone，×′/ ×′/ ×′/×′
She seem/eth to/ regard/ her white/—hoofed colt；　　×′/ ×′/ ×′/×′/′′
Eyeing/ askance/ a little/ the while，　　′×/ ×′/ ×′/×′
She hath/ her good/ will ple/dged un/derstood. ×′/ ×′/ ×′/ ×′/×′
Diverse/ are her/ expres/sions winsome；　　×′/ ×′/ ×′/×′×
I could/ not de/pict them/ all, so good.（页15）　　××/′×/′×/′×′

在例1中，这部分的格律为三音步抑扬格，偶数行句末押阳韵/æt/。一、三行的韵律工整，二、四行含有变格。粗黑线上的斜体字所示的是抑抑格，双线上的斜体字所示的是扬扬格，虚线上的斜体字所示的是扬抑扬格。在例2中，第一、三、五、六行为四音步抑扬格，第二、四行为五音步抑扬格。其中有7个变格，双线上的斜体字所示是扬扬格，虚线上的斜体字所示的是抑抑抑格，波浪线上斜体字所示的是扬抑格，粗黑线上的斜体字所示的是抑抑格，细黑线上的斜体字所示的是扬抑扬格。其中第四行和第六行押阳韵/ud/。综观全文，韵体部分以三音步抑扬格和五音步抑扬格为主，押偶句韵，换韵频繁。这与原文以三言、四言以及含五音节的实词的骚体句式为主，押偶句

---

① Ed. Erkes. Shen—Nü—Fu: The Song of the Goddess. T'oung Pao 25(1927—1928): 395, note 13.

韵,换韵频繁的句式特点相仿。以格律诗的形式译韵体部分,充分表现了韵体部分的节奏和声韵特点,使韵体部分节奏铿锵、音韵和谐、悦耳动听。在听觉上,就能与散体部分明显区分开来。

翻译家孙大雨不仅是译者,也是诗人。他是新月诗派的重要成员,十分重视新诗的形式,主张"新诗也必须有格律",认为"诗的语言要制约在格律里才成其为诗"。[①]在英译中国古诗时,他也主张用格律韵文来译,从形式和内容上将中国古诗的韵味传达出来,并达到形式和内容的完美结合[②]。因此,对于赋体的英译,他严格按照原文的形式区分散体和韵体,并用较为工整的格律韵文来表现韵体的部分。

康达维的译文只将文章开篇的散体部分译为散文,中间起连接作用的襄王和宋玉的对话则处理成诗体。他用英语自由体诗来表现原文的韵体部分,用缩进的方式区别散体和韵体部分。在此基础上,尽力展现原文的句式特点。他对原文的对偶句就做了精心处理。比如:

例3:

其象无双,

Her appearance is without peer,

其美无极。

Her beauty is beyond description.

毛嫱鄣袂,

Mao Qiang would hide her face in her sleeves,

不足程式;

For she would no longer be a standard of beauty;

西施掩面,

And Xi Shi would cover her visage,

比之无色。

For incomparison she would have no allure.(页343—345)

原文中"其象无双,其美无极"是对仗工稳的对偶句,译文中使用了句式相同的两个相对应的句子,其中"her appearance"与"her beauty"这两个名词词组相对,"without peer"和"beyond description"这两个介词词组相对。"毛嫱鄣袂,不足程式;西施掩面,比之无色"是《文心雕龙·丽辞》中所举的典型的事对,译文中用了两个句式相同的原因状语从句来译,相同位置的词在词性和意思上大致能一一对应。由此可见,康达维在表现诗体形式和内容的特点上,也是下了一番功夫的。他不太赞同用韵文来表现

---

① 孙近仁、孙佳始《古诗文英译集·前言》,载孙大雨著《古诗文英译集》,上海:上海外语教育出版社,1997年版,第5页。

② 孙大雨《关于以格律韵文英译中国古诗的几点具体意见》,载《古诗文英译集》,上海:上海外语教育出版社,1997年版,第673—690页。

中国古诗押尾韵的特点,因为他认为"这类翻译,通常流于打油诗的形式"①。

严格区分散体和韵体部分,能更好地表现赋体形式上的特点,将赋与诗和散文区分开来。在赋体形式的表现上,孙译本和康译本明显优于何译本。孙译本用英文的格律韵文表现了原文音韵的律动,并未像康达维所说流于打油诗的形式,但格律在一定程度上还是束缚了内容的传达。孙大雨的译文有几处与原文的意思疏离较大②,很大程度上是为了照顾到格律和音韵的要求。康译本区分了散体和韵体,但未严格依照原文把中间部分的散体也译成散文的形式。另外,他用自由体诗处理原文的韵体部分,在视觉上区分了韵体和散体,在听觉上却难以明显地将两部分区别开来。

二、内容传达

如果仅从内容的"忠实"程度来评价三家译文的话,康译本明显优于其他两家。何译和孙译都有较明显的失误之处。比如:孙先生将"晡兮之后"译为"After the middle of yester afternoon",意为"昨天下午三四点之后",而原文是黄昏之后的意思。何可思将"寤不自识"译为"in my slumber I did not recognize myself.",意为"熟睡时,我认不出自己",而原文的意思应该是醒来之后,我已记不清神女的模样。这显然是译者误读了原文。限于篇幅,本文不会将两家翻译的不妥之处一一列出来,只举典型的例子,以比较三家译文在内容传达上的优劣。

例4:

　　王(玉)曰:"茂矣美矣,诸好备矣。盛矣丽矣,难测究矣……"③

何译:

　　Yüh said: She was blooming, she was beautiful! All her beauty was perfect. Well-built (she was and) elegant; (it is) difficult to find out (such an one).(页390)

孙译:

　　Yu replied,

　　"Beauteous and excelling,

　　The centre and peak of delight;

　　Splendent and happily rare,

　　Inscrutable graces her dight…"(页7)

---

① [美]康达维《玫瑰还是美玉——中国中古文学翻译中的一些问题》,载赵敏俐、[日]佐藤利行:《中国中古文学研究》,北京:学苑出版社,2005年版,第31页。

② 吴广平教授较全面地指出了孙大雨《神女赋》译文中出现的误译,见《孙大雨先生英译宋玉〈高唐赋〉〈神女赋〉指瑕》,载《职大学报》2011年第1期,第43—49。

③ 此句的原文是"王曰",三家译本都认为是"玉曰",认为是宋玉说的话。

康译：

Song Yu replied:
"She is magnificent, she is gorgeous,
Beautiful in all respects!
She is splendid, she is elegant,
Quite difficult to fathom!"（页 341）

何可思基本是用直译的方式，增译的部分用括号标出。何译本的问题出在，他对"难测究矣"作了错误的解读。"难测究矣"指神女的美貌难以猜想和推究。他将"测究"理解为"推究"，译为"find out"，但"测究"指的是难以想象神女的美貌，而何译"find out"的对象是"such a one"，译文的意思就变成了难以找到这样一个美人。如此理解的话，"难测究矣"与下文的"上古既无，世所未见"语意重复，并非原文的本义。

孙译本是直译和意译的结合，他以诗人的气质，努力传达韵文部分的诗意。他对"诸好备矣"和"难测究矣"进行了灵活的处理。"诸好备矣"指神女从各个方面来说都是美的。孙先生将其译为"The centre and peak of delight"，直译出来就是快乐的中心和顶峰。这与原文的意思相差较远，且语义模糊，到底是指神女极其快乐还是指宋玉因为见到绝世美人而极其快乐？他将"难测究矣"译为"Inscrutable graces her dight"，意思是她的服饰有难以形容的优雅。这两句是写宋玉对女神的总体印象，其下分述神女的姿态、容貌、衣饰、动作和性情。"dight"是古语，有装饰的意思。这一词是指神女的衣饰，似乎过早地出现在总起部分。对于中国古代文学作品颇有研究并多年从事英译，孙先生应该能很好地理解这两处原文的意思。但他为了让"delight"和"dight"与前面的"replied"叶韵，体现原文的音乐性，将译文的意思做了相应的调整，在内容的传达上打了折扣。用格律韵文来译赋的韵体部分，其弊端由此可见一斑。

康教授将"诸好备矣"和"难测究矣"分别译为"Beautiful in all respects！"和"Quite difficult to fathom！"。他将"测究"理解为"测量"，指神女美的程度太深，无法测量出来，能较好地表达原文的意思。他的译文似乎跟随原文亦步亦趋，无特殊亮点，但能准确表达原文的意思，体现出原文直白、简洁的特点。

例 5：

振绣衣，披裎裳。秾不短，纤不长。

何译：

She shook her embroidered clothes, the mantle and the upper garment; they were transparent and neither too short nor too long.（页 390）

孙译：

She shook her broidered clothes,
Of garments upper and nether,
The heavier not too short,
Nor somewhat long the lighter;（页 7—9）

康译：

> She wears an embroidered blouse,
>
> Is garbed in jacket and skirt.
>
> Thick fabric does not make her appear too short,
>
> Thin dress does not make her appear too tall.（页 343）

何译错误地将此句重构为"振绣被袿衣裳，袣纤不短长。"①因此造成了译文中的一连串误解。据刘熙《释名》："妇人上服谓之袿。""袿"指妇女的上衣。据《说文解字》，"裳"指下裙。"袿裳"指妇女的上衣和下裙。何译将与"振"相对的动词"披"，理解成名词"披风"，将"袿裳"理解为"上衣"。因此，将"披袿裳"译为"the mantle and the upper garment"，意指披风和上衣，是错误的。

此外，何译和孙译都错误地理解了"袣不短，纤不长"的意思。吕向注曰："袣服纤细也，言长短和度。"②也许是受此注的影响，何译和孙译都将此句理解为衣服不长不短。且何译将"袣纤"看成一个词，译为"transparent"，既理解错误，又随意调换语序，不合法度。宋玉《登徒子好色赋》中，也用了"长"、"短"二字。赋中云："东家之子，增之一分则太长，减之一分则太短。"这里描写东边邻居的女儿，不高不矮，身材合度。《神女赋》中描写衣饰的目的是衬托人美，且此句的前面一部分集中描写衣饰，下一句"步裔裔兮曜殿堂"则由衣及人，中间一句"袣不短，纤不长"的描写能很好地将视点从衣物转移到人身上。《洛神赋》中化用此句为"袣纤得衷，修短合度"，是说神女的高矮胖瘦和宜。因此，将此句理解为"厚衣服穿在她身上，不使她显得矮；而薄衣服穿在她身上，不使她显得高"更为合理。康教授对词句的翻译"Thick fabric does not make her appear too short, Thin dress does not make her appear too tall."就完整地表达了这个意思。

例 6：

> 视之盈目，孰者克尚。

何译：

> To look at her filled the eyes; who could be nobler!（页 391）

孙译：

> Full to the view of the beholder meek,
>
> That wondereth who could share her marriage bed.（页 11）

康译：

> As I looked upon her, her beauty filled my eyes;
>
> Who could possibly surpass her?（页 345）

---

① Ed. Erkes. *Shen-Nü-Fu*: *The Song of the Goddess*. *T'oung Pao* 25(1927—1928): 397, note 31.

② （梁）萧统选编，（唐）吕延济、刘良、张铣、吕向、李周翰、李善注《日本足利学校藏：宋刊明州本六臣注文选》，北京：人民文学出版社，2008 年版，第 287 页，原汲古阁书院本第 1146 页。

这一句的难点出在"孰者克尚"的理解上。《文选》李善注曰:"克,能也。谁者能尚,言无有也。""孰者克尚"的意思应该是(她的美貌)没有谁比得上。只有康译表达了此意。何译将"克尚"理解为更高尚,犯了望文生义之病。将孙译进行回译,为"想知道谁能共享她的婚床",这个意思与原意相去甚远,不知其依据何在。

总体看来,何译本和孙译本与原文的内容都有或多或少的疏离,只有康译本是最忠实于原文内容的。康先生对原文内容进行了认真钻研,几乎做到了字字考证。比如在"其盛饰也,则罗纨绮缋盛文章,极服妙采照万方"一句中,他将"罗"、"纨"、"绮"、"缋"译为"gauze"(纱布)、"silk"(丝)、"damask"(锦缎)、"fine remnants"(美丽的布头)。大家知道,古汉语中"罗"指稀疏而轻软的丝织品;"纨"指细绢;"绮"指有花纹的丝织品;"缋"指布匹的头尾。显然,康先生仔细研究过这些字的意思,知道这几种布料的特点,并找到与所指布料特点相似的英文对应词。他曾说:"翻译文学对我来说,不仅要先仔细地阅读,而且还要认真地翻译,尽量保持每行中每个字的原意。这是文学阅读的最佳享受,其乐趣就在仔细推敲文本的字词当中。"① 这个例子是对其翻译思想的恰切注解。

在三家译本中,何可思的《神女赋》英译本是英译本中最早的。在他之前,欧美学者对宋玉赋的译文只有韦利英译的《风赋》、《登徒子好色赋》②和《高唐赋》③,以及马古烈(Georges Margouliès)法译的《对楚王问》④,可供其参考借鉴的资料稀少。他只能依靠古注来理解文意,古注并不是每句必注,且有些表述具有模糊性,因此,何可思译文中出现些许误译是可以理解的。而康达维教授的译本发表于1996年。20世纪90年代是文选学、赋学、宋玉研究空前发展的时代,有丰富的研究资料可供其参考。在译《神女赋》时,康教授就参考了何可思的英译文、马古烈的法译文、赞克(Von Zach)的德译文、小尾郊一和花房英树的日译文;他还参考了此文的3种白话文译文或注释本,包括收录于陈宏天等人所著的《昭明文选译注》,以及在台湾出版的李景漤所著的《昭明文选新解》和萧继宗所著的《先秦文学选注》中的《神女赋》译文⑤。康教授从1968年发表专书《汉赋两种研究》开始,对赋的翻译和研究一直未中断过。特别是在20世纪八九十年代达到一个高潮,文章数量多、质量高。从康达维自选集《汉代宫廷文学与文化探微》⑥中收录的文章可以看出,他对自己这一段时期的研究比较满意。他将翻译和学术研究放在同等的地位。他曾在《玫瑰还是美玉:中国中古文学翻译中的一些

---

① [美]康达维著,李冰梅译《玫瑰还是美玉:中国中古文学翻译中的一些问题》,载赵敏俐、[日]佐藤利行主编《中国中古文学论文集》,北京:学苑出版社,2005年版,第40页。
② Arthur Waley. 170 *Chinese Poems*. London:Constable and Co. 1918, pp. 41—42, pp. 43—44.
③ Arthur Waley. *The Temple and Other Poems*. New York:Alfred A. Knopf, 1923, pp. 65—72.
④ Georges Margouliès. Song Yu répond à la question du Roi de Tch'ou. Le Kou—wen chinois. Paris:Paul Geuthner, 1926, pp. 42—43.
⑤ David Knechtges. *Wen xuan or Selections of Refined Literature* (Volume Three) : Rhapsodies on Natural Phenomena, Birds and Animals, Aspirations and Feelings, Sorrowful Laments, Literature, Music, and Passions. Princeton University Press, pp. 341.
⑥ [美]康达维著,苏瑞隆译《汉代宫廷文学与文化之探微》,上海:上海译文出版社,2013年版。

问题》中指出:"翻译本身是一种高水准的学术活动,和其他学术活动具有同等的学术价值。"①康达维教授与孙大雨先生,一位是严谨的学者,一位是浪漫的诗人,他们当然会用不同的视角和方法来看待和处理同一篇文章的英译,而产生出不同的效果。孙译本更注重赋体形式的传达而兼顾内容,康译本则更重视内容的准确而兼顾形式。从内容的传达上,康译本优于孙译本。但结合内容和形式,两篇译文却难分伯仲。

三、形象塑造

宋玉笔下的高唐神女姿容瑰玮、举世无双,是一位超凡脱俗的惊世美人。学者叶舒宪先生将她比作为东方的维纳斯②。《神女赋》其中一句"详而视之,夺人目精",和《高唐赋》中相似的表达"煌煌荧荧,夺人目精",描写神女的美光彩照人,是如此耀眼使人眼花缭乱。现在,流行用语"吸引眼球"、"亮瞎眼"表达的就是"夺人目精"的意思。时代和环境在变,但人对于美的直观感受却是不变的。"夺人目精"的"夺"字让人体会到这种感觉来势迅猛,使人无法避开。

例 7:

　　详而视之,夺人目精。

何译:

When I looked close on and beheld her, she took away the eye's clearness.(页 390)

孙译:

When I looked at her closely,
Dazzled became mine eyesight.(页 7)

康译:

Looking at her closely,
Robs one of his power of vision.(页 343)

孙译文的意思是,当我仔细看她,变得眼花缭乱。此译文用的是意译,"dazzled"一词表现出神女光彩耀眼,让人目眩神迷,将原文的意思完整地传达出来。何译和康译用的是直译的手法。将何译进行回译,为"当我凑近见到她,她带走了眼眸的明亮";将康译进行回译,为"仔细看她,夺走了部分眼力"。康译将"夺"直译为"robs",意为夺走,生动地描述了感觉到来的速度和力量,然而他将"夺"的对象译为"one of his power of vision",意为他的一部分眼力,让人感觉这种翻译是受逻辑思维的支配,缺少了文学语言的浪漫色彩和让人遐想的空间;何译将"夺"处理为"took away",意为带走,在音韵上感觉拖沓,也无法表现出"夺"字传达出的力量和速度以及让人无法闪避的霸气,但句子的余下部分"the eye's clearness",意指眼眸的清澈,可以让人理解为女神

---

① [美]康达维著,李冰梅译《玫瑰还是美玉:中国中古文学翻译中的一些问题》,载赵敏俐、[日]佐藤利行主编《中国中古文学论文集》,北京:学苑出版社,2005 年版,第 27 页。
② 参叶舒宪《高唐神女与维纳斯——中西文化中的爱与美主题》,北京:中国社会科学出版社,1997 年 12 月版。

的光彩耀眼,让人的眼神变得模糊,或是前文所述的"晔兮如华,温乎如莹。五色并驰,不可殚形"的丰富色彩映入观者眼中,使眼眸不再清澈透明。如若将何译和康译合并为"Looking at her closely, robs the eye's clearness",既表述准确简洁,又给人浪漫遐想,能最好地表现神女的美丽带给人的强烈感受。

例8：

> 既姽婳于幽静兮,又婆娑乎人间。

何译：

> Already quiet in hersombre chastity,
> She also danced between men.（页392）

孙译：

> Keeping herself serene in solitude high,
> She hustleth yet amongst our mundane kind.（页11）

康译：

> She maintains a lovely reserve in quiet seclusion,
> But also cavorts and frolics in the human world.（页345）

"既姽婳于幽静兮,又婆娑乎人间",既能安静地处于幽隐的深山险境,又在世俗的人间盘旋徘徊。宋玉如此描写,意在表现神女动静皆宜。但何译和孙译却都让人感觉神女举止较为轻浮、放荡。何译将"人间"理解为"人类（男人）之间",似乎太拘泥于字面意思,"又婆娑乎人间",在他的阐释下变成了"她也在人类（男人）之间舞蹈"。孙译将此行解释为"她在我们世俗的人类中疾行",他用的"hustleth"是古英语的第三人称单数的形式,这个词含有"卖淫"的意思。这两种译文让人觉得神女人尽可夫。

一般认为,《高唐赋》《神女赋》为姊妹篇,《高唐赋》中的神女是"自荐枕席"的"奔女",而《神女赋》中的神女却是"怀贞亮之洁清"的"贞女"。人们对这种矛盾的描述,给出了各种解释。有些人认为这两篇作品本身是爱情文学或是艳情文学,描写男女欢爱,因此神女会有轻浮的举止[1];有些人认为《神女赋》中描绘的是端庄典雅、有礼有节的女神[2];也有人认为这种矛盾不可调和,《高唐赋》、《神女赋》描写神女性情的不同方

---

[1] 姜亮夫、袁珂、傅正谷等认为《高唐赋》《神女赋》是爱情文学,参见姜亮夫《楚辞学论文集》（上海古籍出版社1984年版）、袁珂《宋玉〈神女赋〉的订讹和高唐神女故事的寓意》（袁珂《神话论文集》,上海古籍出版社1982年版）、傅正谷《中国古代梦幻主义文学的名作——论宋玉〈高唐赋〉〈神女赋〉的艺术成就及其影响》（《名作欣赏》1991年第6期）；龚维英、吴广平等力主两篇为性爱文学,见龚维英著《宋玉〈高唐〉〈神女〉创作因由》（《社会科学辑刊》1994年第1期）、《宋玉赋性因子觅踪——〈高唐〉〈神女〉二赋新探》（《吉首大学学报》1993年第3期）和《从性视角审视宋玉〈高唐〉〈神女〉赋》（《长沙水电师院社会科学学报》1994年第1期）,以及吴广平著《宋玉研究》。

[2] 参见毛庆《论宋玉辞赋的女性美及其创作心态》（《山西师大学报》1992年第3期）、褚斌杰《宋玉〈高唐〉〈神女〉二赋的主旨及艺术探微》（《北京大学学报》1995年第1期）、汪渝、郭杰《试论宋玉赋中的女性形象及艺术特色》（《读写杂志》2007年第3期）、马世年、李城瑶《〈高唐〉〈神女〉主旨新探——兼论宋玉赋作中的"娱君"问题》（《甘肃社会科学》2010年第5期）、何新文、徐三桥《论洪迈与朱熹对〈高唐〉〈神女赋〉评价的差异——兼及宋玉辞赋批评标准与方法的把握》（《中国韵文学刊》2011年第4期）。

面、或不同的神女形态,侧重点不同,甚至干脆描写的是不同的女神,应该分开来理解。①

孙大雨先生和康达维教授对这个矛盾给出了自己的阐释,这从《神女赋》开篇的"使玉赋高唐之事"一句中可以看出来。孙译将"高唐之事"译为"the affair of Gaotang"。"affair"一词可译为事件,但它也表示非正当的男女暧昧关系的意思。孙先生以诗人的浪漫情怀想描述一个缠绵幽怨的爱情故事,他笔下的神女就或多或少地展现出魅惑、性感和轻佻的感觉。他将"顺序卑,调心肠"译为"She fared in bearing suave, Any one near, weal betide."。其中"weal"一词有双重含义,既能表达幸福的意思,也有伤痕之意。译文可理解为她举止殷勤,靠近之人会得到幸福,但同时也隐含美女如毒药的意思,为结尾主人公的"徊肠伤气,颠倒失据"埋下伏笔。例6中,他将"孰者克尚"译为"That wondereth who could share her marriage bed",意思是想知道谁能共享她的婚床,也增添了文章艳情的色彩。

康译将"高唐之事"译为"the Gaotang shrine",意思是高唐的祭祀。不知康达维是否知道闻一多先生对《高唐赋》的解读②,或许他是根据其结尾,说到王见神女所要做的准备及所起的作用,认为王与神女的相遇交接实际上描述的是祭祀活动。他笔下的女神端庄持重,没有让人产生淫邪幻想的举动。他将"既姽婳于幽静兮,又婆娑乎人间。"译为"She maintains a lovely reserve in quiet seclusion. But also cavorts and frolics in the human world.",意思是她在清净的隐居之地保持可爱的矜持,但又在人世间狂舞、嬉戏,能较好地展现神女,既能处于幽静的仙境,又能悠游于喧闹的世俗;既沉静安闲,又热烈奔放的样子。

正如有学者所说:"《神女赋》铺写的重点,并不在男女之间的情色欢爱,而是写'意似近而既远、若将来而复旋'的'如即如离、亦迎亦拒之状'。在赋中,美妙飘渺的神女,性情'合适'安闲,举止以礼'自持'而无轻浮、放纵之态。"③像康译文那样,将神女刻画为端庄的女性,似乎更符合原文的意思。

例9:

> 望余帐而延视,若流波之将澜。

何译:

> She looked at my curtains and invited (me) to regard (her), like float-

---

① 参见胡兴华《论〈高唐赋〉〈神女赋〉中的"高唐神女"形象》(《边疆经济与文化》2007年第10期)、李立《后〈九歌〉时代的神女——在继承和背叛中基于理性和道德的文学感知》(吴晓峰主编《〈文选〉学与楚文化》,武汉:武汉出版社,2008年版)、刘刚《论宋玉的女性观》(《鞍山师范学院学报》2008年第5期)、林立坤《"色"的渲染和美的净化——宋玉艳情赋中美人形象的多层面美感探析》(《襄樊学院学报》2011年第7期),以及赵沛霖《〈高唐赋〉〈神女赋〉的神女形象和主题思想》(《社会科学战线》2005年第6期)。

② 闻一多先生认为高唐神女的传说是楚人祭祀先妣高禖神仪式的记录。参见闻一多《高唐神女传说之分析》,载《闻一多全集》第三册,武汉:湖北人民出版社,1993年版,第3—32页。

③ 何新文、徐三桥《论洪迈与朱熹对〈高唐〉〈神女赋〉评价的差异——兼及宋玉辞赋批评标准与方法的把握》,载《中国韵文学刊》2011年第4期。

ing water's great waves. (页 392)

孙译：

  Casting distant glances at my draperies,
  Her look seemeth like a wave raising its crest. (页 13)

康译：

  Toward my curtain she looked with beckoning gaze,
  Her eyes like the surge of rolling waves. (页 345)

  神女飘忽不定，"望余帷而视，若流波之将澜"一句将含情脉脉的女神描画得动人心弦。在何译的阐释中，"望"和"视"有不同的主体，"望"为神女望，"视"为"我"视。对何译本进行回译之后是："她看着我的床帷，让我注视她，像漂流之水的巨大浪花。"而原文中"望"和"视"的主体都是神女，原文的意思是她盯着我的床帷看，眼神像涌起的波浪。何译将"延"解读为"请"的意思，将"望余帷而延视"误解为"望余帷而请余视之"，且他用"floating"来修饰"water"，也似乎不妥。何译较为忠实于原句，何译本的回译文是"远远地瞭着我的帷幔，她的眼神好似波浪掀起波峰"。康译本的回译文是"她用召唤的目光盯着我的床帷，她的眼睛像涌起的波涛"，他用了增译的手法，增加了"beckoning"，意为召唤，突出了"余帷而视"的意图，与下文的"But she held to her chaste purity, And refused to consort with me"（怀贞亮之清洁兮，卒与我相难）一句中的"refused"（拒绝）形成对比，一"召"一"拒"，将神女对"我"欲迎还拒的暧昧态度准确地表达出来。

  总之，康译从内容和神女形象的把握上要比何译和孙译更为准确，但在个别语句的处理上，由于太注重内容忠实和逻辑性而流于机械，损失了些许文学性；孙译恪守形式上的"忠实"，严格区分散文和韵文部分，并用规整的格律体来表现韵文部分，在形式和音韵的传达上优于其他两个译本，只是有时太过追求格律或是为了保持神女形象与《高唐赋》中描述的一致，而在内容的传达上打了折扣。孙大雨以诗人的情怀欲创作富有诗性，能引起浪漫情怀的译文；何可思和康达维都是学者型的翻译家，从他们的译文中可以看出欧美学者对赋体文学和篇章内容的研究在不断深入。康达维曾在山东大学召开的首届《昭明文选》国际学术研讨会发表的文章中说："我的目标乃在：撰写一部能把中国文学的伟大介绍给西方读者的翻译。"[①]从其译文中，可见他为此目标所做的不懈努力。但要让西方读者了解中国文学的伟大，不能仅靠一人之力，需要中外译者以各具特色的知识储备和视角，互相学习切磋，创作出形神兼备，既忠实原文又能体现文学美感的译文。

---

① [美]康达维《〈文选〉英译浅论》，载赵福海主编《文选学论集》，北京：时代文艺出版社，1992年版，第108页。

关于宋玉作品真伪问题的共识与分歧

金荣权

(信阳师范学院　河南信阳 464000)

【摘要】 在后天的文献中,所见署名宋玉的辞赋之作16篇,在出土文献中认为是宋玉的作品1篇,共17篇。从明清以来,学者开始怀疑宋玉作品的真实性,甚至认为除《九辩》之外,宋玉其他作品都是伪作。经过百年来的争论,关于宋玉作品真实性的问题取得了突破性的进展,《九辩》、《风赋》、《高唐赋》、《神女赋》、《登徒子好色赋》、《对楚王问》、《大言赋》、《小言赋》、《讽赋》、《钓赋》等10篇当为宋玉所作,《高唐对》、《郢中对》不能视为宋玉作品。这基本上被学术界大多数学者所认可。而《招魂》、《笛赋》、《舞赋》、《御赋》、《微咏赋》等5篇仍有较大的分歧。

【关键词】 宋玉;宋玉作品;真伪

宋玉作为继屈原之后最有成就的楚辞创作者和赋体文学的开创者,沐浴楚文化的雨露,承受楚文明的恩泽,同时又受先贤屈原的影响,以个人的文学素养与创作天赋,创造出了不愧于时代、不愧于民族的伟大作品。正因他杰出的文学成就,博得了与屈原并称的美誉。但到了宋元以后,宋玉对国运沦落、大厦将倾之悲被说成是无聊的闲愁;他那抒发对时局的不满、对君王的讽谏和个人老而无成的悲怨之作被视为"帮闲"的言论。于是,在人品上,宋玉就从一个充满忧患意识的仁人志士,变成了多情的风流才子、偷香窃玉的能手、狂妄的帮闲和奴颜婢膝、屈节背师的无耻文人;在文学地位方面,宋玉则从一代辞赋大师变成了专做无聊文章的"嗟老叹卑"之徒。

纵观从西汉至今两千多年来,对宋玉的评价走过了由肯定到否定再到肯定的过程,究其原因,既有学术界的失误,也有社会心理的影响和传统道德的要求等方方面面。有一种现象十分引人注目,那就是,宋玉地位的沉浮与其著作权的归属直接相关,绝大多数贬谪甚至否定宋玉文学地位的研究者多会从否定其著作权入手,而维护其文学地位的学者则也先从恢复其著作权入手。

所以,探讨宋玉著作真伪是每个研究宋玉、评价宋玉的学者都不可回避的问题。

一、两千多年来关于宋玉作品真伪问题的争论与共识

《汉书·艺文志·诗赋略》载:"宋玉赋十六篇。"在后天的文献中,所见署名宋玉的辞赋之作16篇,在出土文献中认为是宋玉的作品1篇,共17篇:东汉王逸注《楚辞章句》收录《九辩》、《招魂》2篇;南朝梁萧统编《文选》收录《风赋》、《高唐赋》、《神女赋》、《登徒子好色赋》、《对楚王问》等5篇;唐人所编《古文苑》收《笛赋》、《大言赋》、《小言赋》、《讽赋》、《钓赋》、《舞赋》等6篇;南宋陈仁子《文选补遗》录《微咏赋》1篇;明人所辑《宋玉集》增收《高唐对》、《郢中对》2篇;1972在山东临沂银雀山西汉早期墓中出土一篇232个文字的赋作,学者名之为宋玉《御赋》。

司马迁在《史记·屈原贾生列传》中说:"屈原既死之后,楚有宋玉、唐勒、景差之徒者,皆好辞而以赋见称。"刘勰《文心雕龙》肯定宋玉的《风赋》、《钓赋》、《对楚王问》等作品的真实性及其文学地位。《隋书》、《唐书》、《新唐书》载录《宋玉集》,南宋初郑樵的《通志·艺文略》尚载有"楚大夫宋玉集二卷",而至《宋史》则不见载录。可见在南宋以前,宋玉作品曾以专集形式流传于世。

从明代以来,有众多学者开始怀疑宋玉辞赋创作的真实性,最早怀疑的宋玉作品的竟是其代表作《九辩》。《九辩》的作者应当是宋玉,本来没有什么问题。王逸明言"《九辩》者,楚大夫宋玉之所作也。"萧统《文选》也把它归于宋玉名下,宋人朱熹、洪兴祖和众多的治楚辞者都没有疑问。明代焦竑把《九辩》划归到了屈原的名下,张京元扬其波,吴汝纶助其澜,今人刘永济先生随其后。于是《九辩》作者就成了一个本不是问题的问题。

主张《九辩》是屈原所作的第一个理由是:旧本《楚辞释文》列《九辩》为第二,排在屈原《离骚》之后,在《九歌》、《九章》之前,所以它们应当同为屈原的作品。焦竑在《焦氏笔乘·续集》"九辩"条下说:"近览《直斋书录解题》载《离骚释文》一卷,其篇次与今本不同,首《离骚》,次《九辩》,而后《九歌》、《天问》、《九章》、《远游》、《卜居》、《渔父》、《招隐士》、《招魂》、《九怀》、《七谏》、《九叹》、《哀时命》、《惜誓》、《大招》、《九思》。按王逸《九章》注云:'皆解于《九辩》中。'则《释文》篇第盖旧本也。以此观之,决无宋玉所作掺入之理。"

这个理由既有外证:古本《楚辞释文》,又有内证:王逸的《九章》注文。乍一看似乎十分有理,可是细究起来并不能构成确证。其一,《释文》是古本,我们并不否认,王逸在作《章句》时也可能就采用的是这个本子,但这种古本次序十分混乱,并不是按照作者时代先后顺序来排列的。它把汉人淮南小山所作的《招隐士》放在战国时楚人所作的《招魂》之前,把东方朔的《七谏》排在贾谊的《惜誓》之前,把王褒的《七怀》排在了《七谏》之前。可见古本《释文》的编排者在排序时的随意性。所以其排序情况不能作为定《楚辞》作者的依据。其二,王逸在注《九章·哀郢》"美超远而逾迈"时,确实说:"此皆解于《九辩》之中。"[1]但这并不能说《九辩》一定是屈原所作,只能说王逸所用的底本就

是《九辩》在《九章》之前。但尽管如此,王逸还是根据其内容和他所见的材料,明确标示《九辩》的作者是宋玉而不是屈原。

说者的第二条理由是:生活在汉末的曹植在他的《陈审举表》中说:"屈平曰:'国有骥而不知乘,焉皇皇而更索!'"[2]曹植所引原出于《九辩》,由此可断定,《九辩》当为屈原所作。清人吴汝纶说:

> 曹子建《陈审举表》引屈平曰"国有骥"云云,洪补注亦载此语,则子建固以为《九辩》为屈子所,不用王氏宋玉闵师之说。又说:词为宋玉作,则固宋玉自悲,乃又以为闵屈原,其说进退失据,宜用曹子建说,定为屈子之词。[3]

这也不能作为凭证。曹植所见也当为王逸所用的古本,他见《九辩》排在《离骚》和《九歌》之间,就认为是屈原所作,这是十分正常的事。或者是曹植记忆上的失误,导致了这种说法,也未可知。即便是曹植确认为是屈原所作,也只能算是一家之言。

说者第三条证据是:《离骚》中提到了《九辩》与《九歌》,既然《九歌》是屈原所作,那么《九辩》也应是屈原的作品。焦竑在他的《焦氏笔乘》中说:吴汝纶说:

> 《九辩》、《九歌》两见《离骚》、《天问》,皆取古乐章为题,明是一人之作。[4]

《离骚》说:"济沅湘以南征兮,就重华而陈词。启《九辩》与《九歌》兮,夏康娱以自纵。"这段话说的是夏王朝的历史,《九辩》与《九歌》当是在屈原之前就已存在了,非屈原所始作。故《山海经》说:"夏后开上三嫔于天,得《九辩》、《九歌》以下。"可见屈原所引用的启《九辩》与《九歌》的故事是有所本的。屈原只是借用了原有的古乐曲名来为自己的作品命名而已。屈原可以用《九歌》来命名,宋玉当然也可以仿之,以古乐曲之名《九辩》为题。

说者理由之四是:《九辩》开篇,有一段十分精彩的悲秋内容,而屈原《九章》组诗中的《涉江》与《抽思》也有悲秋的描写,都表现出"沉痛摧抑","三篇所赋,时序物色,大略相似"。由此可见,这3篇都是屈原的作品,《涉江》是由鄂渚入湘时所作,《抽思》是写南居即目之景,《九辩》盖初至迁所,睹物兴怀也。[5]

《九章》非屈原一时一地之作,于此学术界还是有共识的。《九章》诸篇涉及了一年春夏秋冬四季之时与物色,《涉江》有"霰雪纷其无垠兮,云霏霏而承宇",写冬日之景;《哀郢》有"皇天不纯命兮,何百姓之震愆?民离散以相失兮,方仲春而东迁",则写春天之事;《怀沙》说"滔滔孟夏,草木莽莽,伤怀永哀兮,汨徂南土",分明勾画出一幅孟春江南之景:水泽纵横,草木茂盛,极目所见,稀无人烟。如果因为《九章》中写到的景色,后人再写,就认为一定也是屈原所作,这无论如何也不能服人。

综上所论,可以证明,《九辩》绝非屈原所作,王逸之说当是有权威性的。

对《九辩》的怀疑尚不能为学术界所广泛接受,也不能动摇宋玉的文学地位,但接下来对宋玉赋作的全面否定则直接影响的后代对宋玉的整体评价与文学定位。

清人崔述在其《考古续说》卷一《观书余论》中对《文选》等所载宋玉赋首先持全面怀疑态度,至现代,怀疑者从文学发展规律、音韵、风格、用语、人称、结构等各个方面为崔氏的立论寻找证据,最终判定了宋玉的全部赋作都是伪作。其中代表性人物是刘大

白[6]和陆侃如[7]等人,刘大白先生找出 10 条否定宋玉赋真实性的理由,归纳起来可概括为以下 6 个方面:

其一,宋玉赋中多称"楚襄王"、"楚王",并且有"昔日"字样,可见这绝不是楚人宋玉所作,而是后人的伪托;其二,从文学发展史的角度来看,宋玉时代根本就产生不了这种赋体。今天所见的题名为宋玉的赋作只能是汉或者汉以后人所作;其三,因为宋玉赋中多出现"宋玉"字样,显系第三者口吻;其四,《讽赋》跟《登徒子好色赋》二篇,格调词句,颇多相同之处,如果这两篇同出宋玉一个人的手笔,不会如此雷同,所以《讽赋》是对《登徒子好色赋》等作品的模仿,《大言赋》、《小言赋》是对晋代傅咸《小语赋》的模仿;其五,从用韵上来看,宋玉作品中"醒"、"泠"、"人"等 14 条韵例都不合先秦古韵,是后人伪托的明证;其六,从篇数来看,"《汉书·艺文志》列宋玉赋十六篇,是汉时所存的宋玉赋,只有此数。现在《楚辞》中有《九辩》九篇,《招魂》一篇,都是宋玉底作品;如果《风赋》等十篇,真是宋玉所作,那么,宋玉赋便有二十篇;不应该只有十六篇了。"[8]

1986 年袁梅的《宋玉辞赋今读》在总结前人否定宋玉作品诸理由的基础上,罗列出 13 条,认定除《九辩》之外,其他传世的署名宋玉的作品全部为伪作。[9]可谓集否定宋玉作品之大成。

在一片否定声中,也有持不同观点者,以维护宋玉的著作权,如胡念贻 1955 年 4 月在《文学遗产增刊》第一辑发表《宋玉作品的真伪问题》,考定《楚辞章句》中所收的《九辩》、《招魂》和《文选》中所收的《高唐赋》、《神女赋》、《风赋》、《登徒子好色赋》等 6 篇作品全都是宋玉所作。但这种观点不足以撼动否定论者。

考古的发现,为宋玉研究带来巨大的转机。1972 年 4 月,在山东临沂银雀山西汉早期墓中出土了一批竹简,其中有 26 枚残简保存有一篇 232 个文字的赋作。据研究,这一墓的年代上限为汉武帝建元元年(前 140),下限为元狩元年(前 122),墓主人当生活在西汉前期,早于司马相如,更要早于司马迁,距宋玉与唐勒的时代十分相近。对于这篇赋,最早开始整理与研究它的罗福颐先生认为是《唐勒赋》[10],而李学勤[11]、谭家健[12]、朱碧莲[13]和汤漳平等人经过考证,认定此残简当为"宋玉赋",且以《御赋》为名最为合适。

出土的这篇时代与宋玉相近的赋作,主要是唐勒与宋玉在襄王面前谈论"御术",以对话展开,且称赞"尧、舜、禹、汤之御",在体式、结构、语言风格、内容等各方面都与传世的宋玉赋极为相似。无论这篇赋的作者是唐勒还是宋玉,抑或是同时代的其他人的作品,都足以使以前否定宋玉赋的真实性的很多理由不再成立。

随后,汤漳平相继发表了《〈古文苑〉中宋玉作品真伪辨》[14]和《宋玉作品真伪辨》[15]两篇文章,认为:除《招魂》为屈原所作,《舞赋》为傅毅所作,《笛赋》存疑外,其余均是宋玉所作。谭家健的《〈唐勒〉赋残篇考释及其他》[16]一文,认定《文选》和《古文苑》所载宋玉诸赋,除《舞赋》外,其余均是宋玉所作。金荣权在《宋玉辞赋笺评》[17]考定宋玉的作品有 9 篇,在 2005 年出版的《屈宋论考》中修订了以前的观点,认定:"今天传世的基本可以确定的宋玉作品有:《九辩》、《招魂》、《风赋》、《高唐赋》、《神女赋》、《登徒子好色赋》、《对楚王问》、《讽赋》、《大言赋》、《小言赋》、《钓赋》、《御赋》(《唐勒赋残简》)等12篇。《笛赋》、《微咏赋》非宋玉作品,《高唐对》不能独立成篇,《舞赋》存疑。"[18] 吴广平《宋玉著述真伪续辨》断定:"传世的19篇宋玉作品中,《报友人书》、《对友人问》、《对或人问》三篇为伪作,《高唐对》、《郢中对》两篇为《高唐赋》和《对楚王问》的异文,《舞赋》疑为东汉傅毅《舞赋》的摘录;而《楚辞章句》所收的《九辩》、《招魂》两篇,《文选》所收的《风赋》、《高唐赋》、《神女赋》、《登徒子好色赋》、《对楚王问》五篇,《古文苑》所收的《笛赋》、《大言赋》、《小言赋》、《讽赋》、《钓赋》五篇,《文选补遗》所收的《微咏赋》,加上银雀山出土的《御赋》,共14篇作品,则都确是宋玉所作。"[19] 刘刚《宋玉辞赋考论》认为《楚辞章句》中《九辩》、《招魂》2篇,《文选》中的《风赋》、《高唐赋》、《神女赋》、《登徒子好色赋》、《对楚王问》5篇,《古文苑》中《笛赋》、《大言赋》、《小言赋》、《讽赋》、《钓赋》、《舞赋》6篇,《文选补遗》所收《微咏赋》等,都应该是宋玉的作品[20]。

经过百年来的争论与探讨,关于宋玉作品真实性的问题取得了突破性的进展,《九辩》、《风赋》、《高唐赋》、《神女赋》、《登徒子好色赋》、《对楚王问》、《大言赋》、《小言赋》、《讽赋》、《钓赋》等10篇当为宋玉所作。《高唐对》、《郢中对》等2篇不能单独成篇,所以不应当视为宋玉作品。这基本上被学术界大多数学者所认可。

二、关于宋玉作品真伪问题存在的主要分歧与认识

署名宋玉的作品大多数学者所认可之外,学术界对《招魂》、《笛赋》、《舞赋》、《御赋》、《微咏赋》等5篇真伪问题的争论较大。

(1)《招魂》

《招魂》的作者是屈原还是宋玉从汉代以来争论就没有停止过。司马迁《史记·屈原贾生列传》说:"余读《离骚》、《天问》、《招魂》、《哀郢》悲其志。"[21] 因《离骚》、《天问》、《哀郢》3篇都是屈原作品,司马迁将《招魂》一篇置于其间,并说读之悲屈原之志。后人便以此认为《招魂》也是屈原的作品。而王逸《楚辞章句》说:"招魂者,宋玉之所作也。"[22]

后世学者疑《招魂》非屈原之作而为宋玉之作主要理由是:从《招魂》本身来看,它都与屈原作品相去甚远,在形式上,用虚词"些"字,这是屈原作品中从未出现过的,与屈作一贯行文方式、特点不同;在内容上,与屈原作品所表现出来的沉郁愁苦的基调、忧国忧民的情感、不屈不挠的精神、高风跨俗的品格等大相径庭;在文风上,不似屈作的沉郁顿挫,相反倒显得轻柔飘逸,这与宋玉作品的风格倒是相近的,特别是在《招魂》中,作者力陈天地四方,夸耀宫室之豪华,饮食之丰盛,仆御之众多,歌舞之欢乐,都在宋玉《风赋》、《高唐赋》、《神女赋》等找到影子。

(2)《笛赋》

现当代学者从多方面证明《笛赋》是宋玉的作品,如谭家健、朱碧莲、成绩、吴广平、

刘刚等,特别是台湾学者高秋凤,她的《宋玉作品真伪考》从《笛赋》体制、音韵、用词、句式、内容、后人的引用情况等各方面,认定"《笛赋》启示《七发》论乐一段,而《笛赋》、《七发》又影响《洞箫赋》,《长笛赋》则又承《洞箫赋》而作。……可知《笛赋》绝对可能是宋玉的作品"。[23]

然而,学者们如果认定它为宋玉所作,必须要面对以下几个问题:其一,今存的宋玉赋作,在创作方式上,都采用的是对话与问答式展开的,并且没有例外,而《笛赋》则没有采用这种体式,它不符合宋玉赋作的一贯特色。其二,赋中有"宋意将送荆卿于易水之上"句,如果从宋玉年龄上来看,他确实可以活到这个时候,并且也可能听到这个故事。但问题是,如果宋玉把这一典故写进作品,一定是用很悲壮的语气,不会像文中所表现的那样淡泊,一笔带过。其三,东汉马融博学多闻,如果宋玉的《笛赋》与他的《九辩》等一同传世的话,他不可能没有看过类似的作品,如果看过,他也绝对不会说出"唯笛独无"的话来;其四,文中有"丧夫天,亡稚子"语,以夫为"天",似不应为先秦时的语言。其五,乱辞中有"绝郑之遗,离南楚兮"一句,赋的作者体现出他的音乐观,那就是:"奇曲雅乐,所以禁淫也","缛则泰过,是以檀卿刺郑声,周人伤北里"。这里的"离"与"绝"互文,"绝郑之遗,离南楚兮",就是抛弃郑声和南楚之淫曲,使乐曲归于雅正。这与宋玉的一贯思想不合,无论是在他的《招魂》,还是在《对楚王问》等作品中,宋玉对楚国之乐曲都是津津乐道、充分肯定的。所以由此可见,要弄清楚《笛赋》的作者问题,还有待于进一步论证。

(3)《舞赋》

南朝人萧统《文选》收有傅毅的《舞赋》一篇,共 933 字,唐人欧阳询所编《艺文类聚》卷 43 引后汉傅毅《舞赋》仅 263 字,今观《艺文类聚》所摘《舞赋》和《古文苑》中所收题名宋玉的《舞赋》基本相同。所以章樵注《古文苑·舞赋》说:"傅毅《舞赋》,《文选》已载全文,唐人欧阳询简节其词,编之《艺文类聚》,即此篇是也。后之好事者以前有襄王、宋玉相唯诺之词,遂指为玉所作,其实非也。"按章氏所见,《古文苑》中所载的宋玉赋当是《文选》所收东汉傅毅《舞赋》的节选,所以《舞赋》本非宋玉所作。于是这种结论就成了后世学者否定宋玉作《舞赋》的主要证据。但也有学者认为不是《古文苑》弄错了,而是《文选》弄错了,是《文选》把本属于宋玉的作品安到了傅毅头上了,或者是宋玉本有《舞赋》,傅毅就是据宋玉的《舞赋》而又敷写一篇。如方铭先生认为:

《古文苑》有宋玉《舞赋》一篇,此篇又见于《文选》卷十七,以及《艺文类聚》卷四十三,所不同是署名为傅毅,而《文选》中所载比《古文苑》所载铺张。《古文苑》以《舞赋》为宋玉之作,或者有所依据,而《古文苑》之宋玉《舞赋》,与宋玉其他辞赋颇有相似之处。或者宋玉原有《舞赋》传世,后来傅毅又代为铺张,后轶出宋玉原作;或者《舞赋》本为宋玉所作。[24]

对于《舞赋》,有《文选》定名在前,又有《艺文类聚》证之在后,均将著作权归于傅毅,在没有更有力的证据出现之前,我们很难将之归属于宋玉。

(4)《御赋》(或《唐勒赋》)

对于这篇赋,罗福颐先生认为是"唐勒赋",而李学勤、谭家健、朱碧莲、汤漳平等人经过考证,认定此残简当为"宋玉赋",且以《御赋》为名最为合适。

学者之所以认为这残简上的赋应是宋玉而非唐勒,主要是根据其体式与内容来断定的,从体式上,宋玉赋中凡是有唐勒、景差、宋玉等人出现的场合,大都是唐勒等人先说话,而宋玉后说,这与"唐勒赋残简"相同。其中台湾高秋凤女士所论最为精详:

> 其一,关于简背"唐勒"二字的问题:根据考古文物及载籍资料考查,"唐勒"二字不是作者姓名,只是藏书者或抄录者取篇首二字作标题而已。其二,论御残篇与宋玉作品的关系:就体制言,论御残篇与宋玉赋在篇首称名顺序与行文时发言顺序一致,文章构思布局大体相似,表现手法也有雷同地方。就内容言,以御术喻治国之术,与《九辩》同,与《钓赋》则有异曲同工之妙。再者,就论御层次与其他宋赋可见宋玉思想倾向儒家,而与唐勒倾向道家不同。因此本篇极可能是宋玉所撰。[25]

但是,这里有几个问题乃值得思考:从文献记载来看,宋玉并没有署名《御赋》的作品;学者从现存的宋玉赋的体式推测它当为宋玉赋而非唐勒赋,但我们没有见过唐勒赋作,焉知这篇赋不与唐勒赋相类呢? 说者以为宋玉思想倾向于儒家而唐勒倾向于道家,缺乏证据。所以,对银雀山出土的残赋的归属与定性还须进一步研究。

(5)《微咏赋》

从汉代到北宋时期,各类总籍、文选都不载《微咏赋》。从现存的文献来看,最早将《微咏赋》与宋玉联系到一起的是晚唐人陆龟蒙。陆龟蒙《笠泽丛书》卷一有《自遣诗》三十首,其中第十九首云:"月澹花间夜已深,宋家微咏有遗音。重思万古无人赏,露湿清香独满襟。"[26]至南宋时期,陈仁子编《文选补遗》,始收署名宋玉的《微咏赋》。其后,明人刘节编《广文选》、明无名氏辑《宋玉集》均收录了此赋,并且都承《文选补遗》之说,将其定为宋玉所作。

然至明代以来,学者对宋玉作《微咏赋》一说提出质疑,认为《文选补遗》和《广文选》中所收题名为宋玉的《微咏赋》原本是南朝宋人王微的《咏赋》。

明人杨慎《升庵集》卷四十七"《广文选》"条说:"宋王微《咏赋》,乃误'王'为'玉',而题云《微咏赋》,下书宋玉之名。不知王微乃南宋人,史具有姓名。"[27]

随后,胡应麟在其《诗薮·杂编·遗逸上》中进一步否定宋玉作《微咏赋》的真实性:"陈氏《文选补遗》,乃有《微咏赋》一篇,题宋玉撰。余骤睹其目,惊喜,亟阅之,怪其词迥不类。又'微咏'名义殊不通,细考乃知宋王微所作《咏赋》。微有传,见《宋书》及《南史》,不载此赋,盖见于他选中,首题'宋王微《咏赋》'。陈氏不熟其人,遂以意加点作玉,而以'微'字下属于'咏',谓为宋玉所撰,可笑也。弘、正间编《广文选》,亦以此赋为玉,杨用修大讥之,不知其误自是承藉前文。"[28]

清人纪昀等撰《文选补遗提要》也明确提出:"宋王微《咏赋》讹为宋玉《微咏赋》,则姓名、时代并讹。"[29]

当代台湾学者高秋凤在其《宋玉作品真伪考》中,分别从篇名、主旨、遣词造句、用韵以及文风等方面,证明此赋确实为王微的《咏赋》[30]。

当代学者刘刚先生通过对文本的反复研究,结合宋玉、王微的生平经历与创作,认为《微咏赋》确为宋玉所作:

> 由于《微咏赋》晚出,引起研究者的怀疑,明杨慎、胡应麟以为"宋玉《微咏赋》为宋王微《咏赋》之讹",然其所论是为臆说,不足为据。考《微咏赋》代巫山神女立言,实为借神女之咏叹,抒写作者沉沦、流离之情怀。以之与宋玉生平遭际和思想情绪相比较,甚是吻合。又考《微咏赋》韵例,符合上古语音的用韵规则,实非后世人所能为。因此,宋玉《微咏赋》绝非南朝宋王微《咏赋》之讹;宋玉确有作《微咏赋》之可能。[31]

明代以来,对《微咏赋》归属问题的考辨,各有所据,它不仅促进了学者对比较陌生的《微咏赋》(或《咏赋》)的研究,同时在某种程度上也是宋玉研究走向全面、深入的一种表现。但是,如果认为《微咏赋》为宋玉所作,同样须进一步思考以下几个问题:其一,唐人陆龟蒙所说的"宋家微咏"是否就可以理解为"宋玉作《微咏赋》"? 其二,从题目和内容来看,整个作品以抒发忧愁、感叹际遇、表达志向为核心,以"咏"、"吟"和"歌"贯穿全文,其题目当似乎当为《咏赋》。如果以《微咏赋》为题,不仅全文不见"微咏"二字,且与内容不相类;其三,从遣词、造句来看,赋中有"去矣! 回复参咤,荣身四修"之句,其中"四修"一词为佛教术语,据《俱舍论》卷27载,如来有三种圆德,其中因圆德又有四种,即无余修、长时修、无间修和尊重修。丁福保《佛学大词典》对"四修"解释如下:"一、无余修,谓福德与智慧二种之资粮具修而无遗也。二、长时修,谓经三大阿僧祇劫而不倦也。三、无间修,谓精勤勇猛,无刹那废修也。四、尊重修,谓恭敬所学,无所顾惜,修而不慢也。"[32]可见,本篇如果是宋玉作品,为何会出现东汉以后的佛家语?

对目前学术界存疑的宋玉赋的真伪问题仍需我们认真、细致地考究,有助于进一步推进宋玉研究的深入。然而,对学术界普遍认可或被大多数学者所认可的宋玉作品应当在文学史的编写过程中得到体现和反映。这不仅仅是恢复宋玉的著作权,同时也有助于我们客观地了解中国的赋体文学发展历程。

参考文献

[1]洪兴祖.楚辞补注[M].中华书局,1986:136.

[2]陈寿.三国志·魏书·任城陈萧王传[M].中华书局,1982:573.

[3][4]姚鼐.古文辞类纂[M].中国书店,1986:1121.

[5]刘永济.九辩通笺[J].国立武汉大学文哲季刊,1935(4).

[6]刘大白.宋玉赋辨伪[J].小说月报,1927(17).

[7]陆侃如.宋玉评传[J].努力周报,1923(17).

[8]刘大白.宋玉赋辨伪[J].小说月报,1927(17).

[9]袁梅.宋玉辞赋今读[M].齐鲁书社,1986:6—9.

[10]罗福颐.偻翁一得录[J].古文字研究,1985(11).

[11]李学勤.《唐勒》、《小言赋》和《易传》[J].齐鲁学刊,1990(4).

[12][16]谭家健.《唐勒》赋残篇考译及其他[J].文学遗产,1990(2).

[13]朱碧莲.唐勒残简作者考[J].中州学刊,1992(1).

[14]汤漳平.《古文苑》中宋玉作品真伪辨[J].江海学刊,1989(6).

[15]汤漳平.宋玉作品真伪辨[J].文学评论,1991(5).

[17]金荣权.宋玉辞赋笺评[M].中州古籍出版社,1991.

[18]金荣权.屈宋论考[M].中国文史出版社,2005:123－124.

[19]吴广平.宋玉著述真伪续辨[J].长江大学学报,2005(5):8－15.

[20]刘刚.宋玉辞赋考论[M].辽海出版社,2006.

[21]司马迁.史记[M].上海古籍出版社,1997:1914页.

[22]洪兴祖.楚辞补注[M].中华书局,1986:197.

[23]高秋凤.宋玉作品真伪考[M].文津出版有限公司,1999:444－445.

[24]方铭.战国文学史[M].武汉出版社,1996:417.

[25]高秋凤.宋玉作品真伪考[M].文津出版有限公司,1999:446.

[26][28]陆龟蒙.笠泽丛书(四库全书本)[M].上海古籍出版社,1987:235.

[27]杨慎.升庵集(四库全书)[M].上海古籍出版社,1987:376.

[29]文选补遗提要[M].上海古籍出版社,1987:2.

[30]高秋凤.宋玉作品真伪考[M].台湾文津出版社,1999:432－440.

[31]刘刚.宋玉《微咏赋》辨识[J].社会科学辑刊,2001(1):135.

[32]丁福保.佛学大词典[M].文物出版社,1984:391.

《笛赋》伪作性质的几点思考

尚永亮

（湖北大学　湖北武汉　430062）

关于《笛赋》，古来学者多谓为伪作，不信其出自宋玉手笔。然近年一些学者又有新论，欲推翻旧说，坐实此赋与宋玉的关联，由此引发了一些争议。对于其间的是非短长，笔者因素乏研究，且主要关注点亦不在此，故本无置喙余地。但因此一问题牵涉到笔者关注的另一研究对象，即传为西周时代尹吉甫之子伯奇的历史真实性，故便中对《笛赋》的相关线索稍作梳理，并参考昔贤观点，遂有了一点不成熟的意见。概而言之，从以下三个方面看，愚意以为这应是一篇伪作。

其一，《笛赋》有"宋意将送荆卿于易水之上"的话，而荆轲渡易水的时间在公元前227年（燕王喜二十八年），以宋玉生平论，当不会见及其事。

固然，依据现存史料，很难准确核定宋玉的生年，但宋玉稍晚于屈原，主要在襄王朝活动，其传世作品提及与楚襄王相关的事迹又几乎全是在郢都时事，亦即公元前278年郢都陷落、襄王迁陈前的活动，却是大体可以确定的。[①] 既然在迁陈之前，宋玉已多次陪侍楚襄王游于"兰台之宫"、"云梦之台"、"云梦之浦"、"云梦之野"，说明他已颇得襄王看重，其年龄当不会太过年轻。进一步看，在《新序·杂事》中，事楚王而不见察的宋玉被人称为"先生"，[②] 在《对楚王问》中，楚襄王问宋玉也有"先生其有遗行与"的话。[③] 如所熟知，"先生"在先秦时期主要含义有二，一为老师，一为有学问的年长者。据此而言，宋玉当时年龄以三十岁以上较为合适，因为一个二十出头的年轻后生，恐怕是当不起"先生"这一尊称的。

倘若可以确定宋玉在迁陈之前年届三十或以上，则至荆轲刺秦之时，他已是八十多岁甚或九十以上的耄耋老翁了。且不说他能否活到这个年龄，即使能够活到，要写出《笛赋》这样才气飞扬的赋作也是难以想象的。大概正是有见于此，所以自宋以来，质疑、否定者不绝如缕。如章樵注《笛赋》谓："楚襄王立三十六年卒，后又二十余年方

---

① 如《风赋》："楚襄王游于兰台之宫，宋玉、景差侍。"《大言赋》："楚襄王与唐勒、景差、宋玉游于阳云之台。"《小言赋》："楚襄王既登阳云之台，……贤人有能为《小言赋》者，赐之云梦之田。"《高唐赋》："昔者楚襄王与宋玉游于云梦之台，望高唐之观。"《神女赋》："楚襄王与宋玉游于云梦之浦，使玉赋高唐之事。"《高唐对》："楚襄王与宋玉游于云梦之野，将使宋玉赋高唐之事。"其中所涉"兰台之宫"、"阳云之台"、"云梦之台"、"云梦之浦"、"云梦之野"等，均为故郢都附近之宫、台名和地名。

② 《新序》卷五《杂事》，丛书集成初编，中华书局1985年版，第87页。

③ 据《新序·杂事》第一载，问宋玉的是楚威王。"威"当属误笔。

有荆卿刺秦之事,此赋果玉所作邪?"①明人胡应麟指出:"玉事楚襄王,去始皇年代尚远,而荆轲刺秦在六国垂亡之际,不应玉及见其事。"②清人严可均于《全上古三代文》所收《笛赋》下亦注谓:"此赋用宋意送荆卿事,非宋玉作。"③联系前述宋玉生平及相关史实可知,这些质疑不无道理。尽管近今一些学者欲翻旧案,想证明宋玉可以见及荆轲刺秦事,但在所举证据的可信度上却一间有隔,因而难以从根本上改变古代学者的上述看法。

其二,马融《长笛赋》有云:"融去京师逾年……追慕王子渊、枚乘、刘伯康、傅武仲等箫、琴、笙颂,唯笛独无。故聊复备数,作《长笛赋》。"这里所谓"颂",盖与赋通。④ 由这里的"唯笛独无"四字可知,《笛赋》不应出现在马融之前。

有学者说:马融这里是"就汉人汉赋而言的,并未追及汉人汉赋以前或以外的作家作品,所以用马融的话来否定宋玉作有《笛赋》,理由还不充分。"⑤这种理解恐怕不妥,因为从马融的话中看不出他有排除汉以外作家作品的意图。他在这里之所以提及王褒、枚乘、刘玄、傅毅等人的"箫、琴、笙颂",是因为这是此前已有的表现乐器的文学作品,他要借这些已有的作品与独无之"笛"作比照。换言之,这些已有的作品均产生于汉代,作者不可能舍之不顾而提及此前并不存在的"先秦的作家作品";至于笛,连马融之前的汉代作家都未接触过,先秦时代就更不会有了,故作者略去前人,只从当下说起。细详"唯笛独无,故聊复备数,作《长笛赋》"句意,盖谓此前因无人写过笛,故我创作此赋,以在众多描写乐器的赋作中为笛觅得一席之地,聊以充数而已。这既是自谦的说法,也是其首创笛赋的非常郑重的说法。

事实上,联系到《长笛赋》后幅所谓"况笛生乎大汉,而学者不识其可以裨助盛美,忽而不赞,悲夫"、"近世双笛从羌起,羌人伐竹未及已"的话,以及《风俗通义》及后代史书乐志关于笛为"武帝时丘仲之所作"⑥的记载,可以判定:包括马融在内的众多汉人及后人都认为笛是自汉代才出现的。虽然从今日之出土文物看,先秦时代已经有了笛类乐器,⑦但此种发现却不能改变因受数量和流传地域等限制,多数汉人并不知先秦

---

① 《古文苑》卷二,丛书集成初编,中华书局1985年版,第57页。
② 《诗薮·杂编》卷一《遗逸上·篇章》,上海古籍出版社1979年版,第246页。
③ 《全上古三代秦汉三国六朝文》(1),中华书局1958年版,第75页。
④ 李善注谓:"王子渊作《洞箫赋》。枚乘未详所作,以序言之,当为《笙赋》。《文章志》曰:'刘玄,字伯康,明帝时,官至中大夫,作《簧赋》。傅毅,字武仲,作《琴赋》'。"见《文选》卷十八,中华书局1977年版,第249页。
⑤ 刘刚《〈笛赋〉为宋玉所作说》,《沈阳师范学院学报》2002年第1期。
⑥ 《风俗通义》卷六《声音》,上海古籍出版社1990年版,第48页。此语亦见《隋书》卷一五《音乐下》、《旧唐书》卷二九《音乐二》。又,《宋书》卷一九《乐志一》谓:"笛,案马融《长笛赋》,此器起近世,出于羌中,京房备其五音。又称丘仲工其事,不言仲所造。《风俗通》则曰:'丘仲造笛,武帝时人。'其后更有羌笛尔。三说不同,未详孰实。"(中华书局1974年版,第558页)
⑦ 当代考古发现已证明早在先秦时期即已有了笛类乐器,据1979年第7期《文物》所载《湖北随县曾侯乙墓发掘简报》,有"横吹竹笛二件"的记述。但这不能说明当时即已有了"笛"之名,也不能说明笛已得到了广泛使用。从现存文献记载看,认为笛起于汉代或为"武帝时丘仲之所作",乃汉人的普遍认识。

有笛这一事实。细细分判,这里实际存在两个方面的问题:一方面,就多数汉人的闻见范围言,既然认为汉以前无笛,则先秦时代自然不会产生所谓的《笛赋》;另一方面,从马融"既博览典雅,精核数术,又性好音,能鼓琴吹笛"①的广博才学看,倘若汉以前真有署名宋玉的《笛赋》,他是不可能不知的;退一步讲,即便马融因闻见未广而偶有遗漏,也很难出现众多汉人都有遗漏的情况。就此而言,说那篇署名宋玉的《笛赋》为马融之后的仿制品,就不是妄断了。

其三,《笛赋》中幅"招伯奇于源阴,追申子于晋域"②两句话引起了我们的怀疑。作者将伯奇与因受骊姬之谗而被害的晋献公之子申生相提并论,注重的显然是伯奇孝而被弃之事。然而,细查先秦文献,我们发现,各类经、史、子类典籍皆无关于伯奇事的记载。特别值得注意的是,在《庄子》、《荀子》、《吕氏春秋》几部书中,都曾有涉及古之孝子不得于其亲而被谗被逐的整段话语,但所举例证亦无关于伯奇者。如:

> 外物不可必,故龙逢诛,比干戮,箕子狂,恶来死,桀纣亡。人主莫不欲其臣之忠,而忠未必信,故伍员流于江,苌弘死于蜀,藏其血三年,化而为碧。人亲莫不欲其子之孝,而孝未必爱,故孝己忧而曾参悲。③

> 虞舜、孝己孝而亲不爱,比干、子胥忠而君不用,仲尼、颜渊知而穷于世。④

> 天非私曾、骞、孝己而外众人也,然而曾、骞、孝己独厚于孝之实,而全于孝之名者,何也?⑤

与这里提到的龙逢、比干、箕子、伍员、苌弘、孝己、曾参、闵子骞等古之忠臣孝子相比,伯奇在后世的孝名绝不比他们差,但却不见踪影。再看《战国策》中的相关记载:

> 苏秦谓燕昭王曰:"今有人于此,孝如曾参、孝己,信如尾生高,廉如鲍焦、史鳅,兼此三行以事王,奚如?"⑥

> 王谓陈轸曰:"吾闻子欲去秦而之楚,信乎?"陈轸曰:"然。"王曰:"仪之言果信也。"曰:"非独仪知之也,行道之人皆知之。曰:'孝己爱其亲,天下欲以为子;子胥忠乎其君,天下欲以为臣。'"⑦

---

① 马融《长笛赋》,《文选》卷十八,中华书局 1977 年版,第 249 页。
② 《笛赋》,《全上古三代秦汉三国六朝文》(1),中华书局 1958 年版,第 75 页。
③ 《庄子集解》卷七《外物》,《诸子集成》本,上海书店 1986 年版,第 175—176 页。又《吕氏春秋·必己》亦有类似话语。
④ 《荀子集解》第十九卷《大略》,《诸子集成》本,第 340 页。
⑤ 《荀子集解》第十七卷《性恶》,《诸子集成》本,第 295 页。
⑥ 《战国策新校注》卷二九《燕一》,巴蜀书社 1987 年版,第 1059 页。
⑦ 《战国策新校注》卷三《秦一》,第 111 页。

从这里所记苏秦、陈轸的话可知,曾参、孝己之孝,是与尾生高之信、鲍焦史鰌之廉、伍子胥之忠相并列,广为人知的。然而,后世大名鼎鼎的伯奇依然没有出现。

那么,伯奇是什么时候开始出现在可以征信的文献中的呢?据笔者目力所及,西汉前期的《韩诗外传》是首部提及伯奇事的典籍,但其中也只记有"伯奇孝而弃于亲"①一句。此后,汉昭帝朝焦延寿所作《焦氏易林》开始有了这样的交代:"大有:尹氏伯奇,父子生离。无罪被辜,长舌所为。"②从其简略记载,我们只知道伯奇姓尹,其被逐缘于长舌之妇的进谗。由此见出这还只是伯奇故事的早期形态。再往后发展,到了汉末刘向的《说苑》、扬雄的《琴清英》等,伯奇故事才渐趋完整,并为后来传为蔡邕所作《琴操·履霜操》中伯奇故事之定型奠定了基础。

如上所述,伯奇故事既然在先秦诸文献中不见记载,而有记载者皆为汉以后文献,那么,被视为先秦作品的《笛赋》中突然出现一句"招伯奇于源阴"的话,不就很有些奇怪了吗?这种情形,可能的解释大概只有一个,即:这是一篇后人依据后出文献所作而托名宋玉的作品。

---

① 《韩诗外传》卷七,中华书局 1980 年版,第 257 页。
② 焦延寿《焦氏易林》卷一,文渊阁《四库全书》本。按:该书在谦、鼎、观、井等不同卦名下也有提及伯奇的文字,内容及句式均与此条类同。

从《白雪初唱集》看宋玉对后世的影响

颜家庆

(临澧县老干局　湖南临澧　415200)

【摘要】 清代同治年间所编诗文集《白雪初唱集》所辑诗文基本上都是关于宋玉的吟咏之作。《白雪初唱集》是艺术特色鲜明的斑斓画卷,是宋玉与临澧人民同乡情深的有力见证,是散发着宋玉文化独特魅力的精神财富。

【关键词】 宋玉;辞赋;临澧

《白雪初唱集》是一部编成于清代同治年间的诗文集。所辑诗文基本上都是关于宋玉的吟咏之作。宋玉在中国文学史上享有"赋圣"之誉,他于公元前222年仙逝,给后人留下多处遗迹。有他长期居住的宋玉城(又称楚城);有他长眠在道水河畔的宋玉墓;有他生前观花的山,名曰看花山;有他曾经放舟的湖,名曰放舟湖;还有后人祭拜他的宋玉庙,纪念他的九辩书院。清代版《白雪初唱集》虽已失传,但收载在当时《安福县志·艺文卷》中的《白雪初唱集》得以保存下来,成为我们了解和认识宋玉的重要文化遗产。其中共收编有27篇关于宋玉城遗踪的诗文,包括《吊宋玉墓》14首,《楚城夕照》5首,《看花芳岭》6首,《九辩书院记》1篇,七律《谒宋玉庙》1首。按体裁划分,有七律12首,五律1首,五绝10首,长诗2首,散文诗2首。

这27首诗文出自17位作者之手,注明了身份的有:刑部郎中李秉礼,湖南布政史曾燠,湖南督学李宗瀚,岳州知府陈遂,澧州牧张范,江苏无锡进士、安福邑侯薛湘,临湘县举人、邑教谕张琬。上述7位作者应是外地人。作者中也有在外地做官的本地人,如曾任陕西潼商兵备道、布政司史、凤邠盐法道的蒋征陶,曾在四川泸州、叙永、内江一带辗转为宦的蒋仲,四川补用道蒋定诏,候补道蒋征弼。还有邑副贡辛登岸。作者中也有平民或失意文人,如世居余市桥的清代知名诗人蒋世恩,他的《吊宋玉墓》写得深沉而又高迈:"望汨瞻罗泪洒巾,予生亦只哭灵均。秋坟古木啼山鬼,香草荒江配美人。寂寞东墙谁处子,飘零南国有词臣。萝衣手剪招魂纸,飒飒如来湘上神。"

《白雪初唱集》诗文作者的共同特点是:1.尽管他们的社会地位有别,但皆是饱学之士。2.他们都仰慕和推崇宋玉的人品及作品。如岳州知府陈遂,在当时舟车不便的情况下,不顾旅途劳顿,专程亲临宋玉城祭拜先贤,并在《吊宋玉墓》同一题目下作诗四首,且用格律要求严格的七律写成,实乃感人之举。《安福县志·艺文卷》在陈遂《吊宋玉墓》四首后有注云："案：此题名作如林，美不胜收。今仅录数首，余载在《白雪初唱集》，多可传者。"可见当时凭吊宋玉墓人数之众，吟咏诗篇之多。3.他们自己写的诗文，各有其独到之处，应是《白雪初唱集》中的佳作，所以被县志录存下来，我们应十分珍惜。

一、作品的艺术特色

《白雪初唱集》诗文的作者，对宋玉在文学上的成就给予了很高的评价。如陈遂赞宋玉"荆台凤擅才华艳"、"羁才南国雄犹昔"；蒋征弼赞宋玉"雄才自昔擅骚坛"，陈廷桂赞宋玉"九辩至今歌绝调"等。

那么，这27首诗文的艺术特色何在呢？我以为主要表现在以下三点：

1.情景交融。所有诗篇对宋玉都饱含深情。请看薛湘《楚城吊宋玉》：

古墓郁嵯峨，珠光腾地底。
前有庙貌新，钦崇遍澧水。
后代缅遗型，人人深仰止。
公乃大完人，德行俱粹美。
谏讽本精诚，微词关要旨。
爱国与忠君，出于不自己。
风义笃渊深，铭感入骨髓。
沆瀣一气传，无惭高弟子。
万丈玉虹霓，蟠胸长不死。
吐作五色花，篇篇何旖旎。
公魂不待招，招公须公比。
屈后幸有公，公后谁继轨。
即论好才华，岂易摩公垒。
可惜宣尼亡，删诗不见此。
未必骚人骚，不胜郑卫靡。
大雅难再得，元音渺正始。
我欲放悲歌，回首西风起。

这是一首五言长诗，长达34句，一气呵成。选用了相近的微部韵和齐部韵字作为韵脚，交替使用。奇句末字用平声字，偶句末字用仄声字，抑扬顿挫，回环往复。此诗前8句盛赞宋玉的人品："公乃大完人，德行俱粹美。"这是对宋玉人品的高度概括。第9至16句，从谏讽、微词、爱国、风义各个侧面进行渲染。第17至20句，盛赞宋玉的作品如虹霓耀眼，似花朵艳丽，"篇篇何旖旎"。第21句起为末段，感叹"公后谁继轨"、"大雅难再得"，结尾二句给人留下遐想的空间。诗人的感情热烈、深沉，读起来极其自然平和，而诗的韵律节奏却抑扬回旋。此诗是身为县官大人的作者，向民众推崇"人人深仰止"的宋玉的号召书。

再看张琬写的《楚城夕照》：

> 雉堞高原迥，繁华过眼空。
> 只今余夕照，振古烁荒丛。
> 暮霭兼天翠，残霞掠地红。
> 旷观评晚趣，一曲渺难穷。

此诗颈联最妙，对仗工整："暮霭"对"残霞"，"天翠"对"地红"，中间一个"掠"字，形象且有动感。作者可谓丹青妙手，轻轻地挥洒运笔，便点染出楚城夕照的特色。

2."悲秋"基调。众所周知，宋玉《九辩》的情感基调是"悲秋"，他将登山、临水、远行、送别等最易触动感情的活动，融入秋风萧索、秋鸟悲鸣的自然景象中，创造出极其浓厚的悲秋氛围，以此烘托作者失职困顿、羁旅孤独的哀伤，表现他"贫士失职而志不平"的主题。

《白雪初唱集》的作者，在《吊宋玉墓》的诗中，成功地运用了"悲秋"的基调，写出了许多感人肺腑的诗句，如：

> 荒烟黯淡锁长楸，草木空悲死后秋。（蒋征弼）
> 花残芳岭麋芜长，日落空城蟋蟀闻。（李宗瀚）
> 萧条我亦悲秋者，一读遗文泪数行。（李秉礼）
> 断肠我亦悲秋客，落日招魂为涕洟。（陈廷桂）

蒋健《游宋玉城》则于平淡中见神韵，诗曰：

> 泛月看花楚水东，大夫韵事散清风。
> 不堪吊古荒城外，衰柳寒鸦落照红。

此诗把有严格格律的律诗，写得如此平易浅近，难能可贵。特别是末句，连用"衰柳"、"寒鸦"、"落照"三个萧瑟的意象，表达悲戚的心境，感人至深。可惜作者蒋健（1844－1872）只活了28岁，未尽其才。

再如蒋仲的《宋玉墓怀古》：

> 大夫埋骨楚江边，字讹碑残不计年。
> 古岭萧条花寂寂，孤城零落草芊芊。
> 荒郊日暮啼山鬼，夜月林深哭杜鹃。
> 遗冢几经遭野火，断肠白雪续遗篇。

作者选用了"碑残"、"萧条"、"零落"、"荒郊"、"遗冢"、"断肠"等秋景愁语，使诗情愈转愈悲，不能自已。句中还嵌入"啼"字、"哭"字加重渲染，哀痛欲绝，令人不忍卒读。此诗被今人选取刻入常德诗墙，足见大家对此诗的珍爱。

蕴山五绝《楚城夕照》亦很有特色：

> 秋草没荒城，夕阳沉渡口。
> 行人吊遗踪，萧条见衰柳。

此诗韵律规范，感情真挚。每句中间一个动词，用得极好。肃杀的暮秋景象，凄清的落寞愁绪,使人戚戚然有寥落悲凉之感。

3.巧用意象。宋玉在他创作的《登徒子好色赋》中,采用夸张的手法,浓墨重彩地塑造了东家之女的美丽形象。作者的高明之处在于他先不作正面的勾勒,而是进行奇妙的烘托:"增之一分则太长,减之一分则太短。著粉则太白,施朱则太赤。"天生丽质和美妙的体态本来无法形诸笔墨,宋玉却用匪夷所思的表现方式,将它们活现出来。然后,写她的局部美,从正面加以点染,连用四个比喻分别写了她的眉、肌、腰、齿,描述她优美的形象。接着再写她的情态美,可谓回眸一笑百媚生。作者逐层深入地表现了东邻女子举世无双的美貌,以及对宋玉似海的深情,反衬出宋玉不为美色所动,固守礼义的品性。张范的《看花芳岭》借用了"东邻女"的意象,诗曰:

人去岭自芳,春来花可玩。

有如东邻女,频将宋玉看。

作者巧妙地把看花山这座芳岭,和岭上盛开的春花,比作东邻女,频频地看着宋玉,构思新奇,比喻十分精彩。东邻女相思宋玉,她趴在墙上偷看了宋玉三年,宋玉没有心动。看花山及其山花,深情地看望宋玉墓已有了两千余载,宋玉若在天有灵,当心动了吧?

陈遂的《吊宋玉墓》,借用了宋玉"巫山云雨"、"阳春白雪"等意象。诗曰:

珥笔曾陪侍从游,景差唐勒孰能俦。

高怀毕竟难偕俗,名士从来易感秋。

云雨荒台恣梦幻,江关词客怅淹留。

而今指点传疑处,下里都工白雪讴。

宋玉作为楚襄王的文学侍臣,德才兼备而又才貌双全,洁身自好而又超脱时俗。然而,才高见妒,德高毁来。宋玉的人品、才华,不断引来景差、唐勒的嫉妒,终于有一天告到了楚襄王那里。宋玉没有申辩,而是讲了一个故事给楚王听。"客有歌于郢中者,其始曰《下里》《巴人》,国中属而和者数千人;其为《阳阿》《薤露》,国中属而和者数百人;其为《阳春》《白雪》,国中属而和者不过数十人;引商刻羽,杂以流徵,国中属而和者不过数人而已。是其曲弥高,其和弥寡。"(《对楚王问》)宋玉这段话的用意是说,因为他的品格高超,所以一般人不了解他,同他合不来。他以"阳春白雪"喻其人格,以"曲高和寡"喻其处境,显示其自命不凡的孤高情怀。宋玉创作《高唐赋》《神女赋》两篇作品,本意是想通过巫山神女形象的塑造,达到讽谏的目的。《高唐赋》写神女主动委身于怀王,是因怀王曾有雄心壮志。宋玉劝勉襄王效仿怀王"思万方,忧国害",励精图治,以得到神女的偏爱,不要妄生荒淫之意,迷恋于云雨之情。陈遂的《吊宋玉墓》,借用了宋玉"巫山云雨"、"阳春白雪"等意象,既批判了楚襄王的荒淫,又赞颂了宋玉的高洁。

曾燠是清代湖南布政史,他的《吊楚大夫宋玉墓文》近500字,题为"文",事实上是一首骚体诗。全文如下:

何南士之萧瑟兮,气无时而不秋。山林杳以冥冥兮,郁终古之离忧。采芳馨于澧浦兮,使榛莽之一丘。与汨罗遥相望兮,魂上下而孰招。晞高唐之云气兮,神惝恍其难求。呜呼夫子兮,学于灵均。鸾皇铩羽兮,孤鹤叫群。桂直而伐兮,膏明而焚。玉固可折兮,兰茝为薰。昔仲尼之殂落兮,征言绝而有述。七十子之继亡兮,斯大义之乖失。夫子之于灵均兮,如唱和之应节。自歌停于郢中兮,世讵闻夫《白雪》?嗟重昏兮楚襄,曾不鉴兮前王。见六双之大鸟兮,弃宝弓而不张。若野麋之在泽兮,蒙虎皮而欲狂。彼齐侯之复仇兮,隔九世而义明。何阖庐之交越兮,杀尔父而可忘。日康娱以淫游兮,但媟嫚其笑语;侈大王之雄风兮,慕神女之灵雨。闻谟言而嗔兮,谀不工而亦拒。匿重痼而避医兮,虽俞缓其何处?唯夫于察其故兮,叹昌言之风微。批逆鳞其诚难兮,犯菹醢而奚裨?羌文王而谲谏兮,词多风以善人。驱鬼怪而夸丽兮,夫诚有所不恤。因大言以蒙赏兮,非夫子之怀也。或劝百而讽一兮,亦夫子之哀也。古既重此修辞兮,何所遭之多忌?相灵均已肇端兮,宜夫子之陨涕。

　　乱曰:有神物兮鲲鱼,朝发于昆墟兮,暮宿于孟诸。吾知尺泽之鲵兮,固未足于江湖。

作者视野开阔,描写了春秋战国时代的一些历史事件和人物,如仲尼(孔子)、灵均(屈原)、齐侯(齐桓公)、阖庐(吴王夫差)、文王(周文王)等。作者对楚襄王着墨较多,批评其荒于朝政,"闻谟言而嗔兮"、"匿重痼而避医兮"等,是个昏君。对宋玉则倍加赞许,把他比作鸾皇、孤鹤、桂树、玉石,说"夫子之于灵均兮,如唱和之应节",说明宋玉的作为与屈原精神相通。文中写道"唯夫子察其故兮,叹昌言之风微","批逆鳞其诚难兮,犯菹醢而奚裨?""因大言以蒙赏兮,非夫子之怀也"。作者在作了上述褒奖后,也指出宋玉的不足,如"或劝百而讽一兮,亦夫子之哀也"。我以为作者错怪了宋玉,其实责在昏王不纳忠言。

二、作品的深远影响

　　《白雪初唱集》是一宗宝贵的文学遗产,是一笔精神财富,是临澧人民与宋老夫子密切关系的一大佐证。如陈圭在《重修楚大夫宋玉墓诗》序写道:"墓在澧州安福县长乐乡,左畲水,右浴水,今称浴溪河,唐时碑文风雨剥蚀,玉旁缺点,人遂呼为宋王墓。今土人且庐其上。澧人评考志乘及李群玉诗,鸣于官,得修复,竖碑征诗,以纪其盛。"以上是序。接着是诗,诗共32句,其中写道:"登毡门兮清秋,目西极兮悠悠。浴之水兮畲之流,中骚人兮灵邸。灵何适兮故楚,魂焉化兮故土……"上述序诗,就是佐证之一。

　　自古以来,有识之士认真发挥宋玉城诗文的借鉴作用,扩展其对文学、教育、旅游方面的影响,取得了一定成果。

　　另外,在宋玉墓的认定上,《白雪初唱集》的作者都认同了晚唐诗人李群玉的说法。古时候,当地人对于宋玉坟,也有说宋王坟的。李群玉是有成就的诗人,他家住本县九里乡伏牛山,写有"伤心云梦泽,岁岁作桑田"等名句,并自称"居住沅湘,宗师屈宋"。他在宋玉坟前凭吊,仔细辨认尘封已久的碑文后,即兴赋诗,其中有两句道:"雨蚀碑文旁没点,至今误认宋王坟"。从此,后人的说法渐趋一致,因为他任过宰相裴休弘文馆之校书郎,曾经校勘典籍,学识渊博,所以辨认碑文错字,轻而易举,故士民亦深信不疑。到了清代,宋玉城诗文的作者们便写下了"断碣模糊误宋王"(李秉礼)、"断碣犹讹宋王字"、"错认宋王堪一笑"(李宗瀚)、"辨伪校书诗可证,却笑居人误宋王"(陈遂)等诗句。

1. 薪火相传桃李艳。宋玉生前住在宋玉城时,就进行劝学、讲学活动,不遗余力。他去世后,当地就坚持办起私塾,绵延不断。到清朝时期,将私塾发展为书院,本地副贡生辛登岸在《九辩书院记》详述了兴办"九辩书院"的始末。现将其文抄录如下:

> 书院何以九辩名也?邑东有宋大夫墓,相传为楚宋玉窆葬处,里人重其风雅,立庙祀之,而书院附焉。薛晓帆邑侯以大夫宋玉生平著作中有《九辩》一篇,名之,以此志古也。创修者谁?则蒋丹山先生善其始,而孙君述湘、欧君云程共赞厥事也。踵成者谁?则丹山之嗣君道溪昆仲,捐赀以成其美也。噫!荒城古刹,蓬颗徒存,断碣模糊,沉埋榛莽,之数君子者乃能追慕高踪,共成盛举,数千年荆棘之乡,一旦槐柳荫森,桃李秾郁,子夜诵读声与松风水韵杂遝于墨山道水间,猗欤盛矣。今夫名胜满天下,好事者每构寺观、结亭榭,以供人之游览凭吊。三五少年遂复联翩举袂,逐队翱翔,甚则载酒寻花,征歌选舞。昔贤托迹之区,竟为今日游冶之地。即有高人逸士,抚怀遗征,寄情吟咏,亦不过托诸空言,以致望古遥集之情,而求其有裨实效者卒鲜。我圣朝兴贤育士,如紫阳、白鹿、岳麓皆置书院,以教养群才。斯乡不敢比拟名区,肄业诸生苟能慕昔贤之遗风,相与效法古人,远绍骚雅,固亦命名者所厚望,创建者所深幸也。大夫有灵,当不以踵事增华见嗤矣。跂予望之。是为记。

此文长达400余字,立意鲜明,层次清晰,感情充沛,语言流畅如行云流水,读来除受教益之外,亦是一种享受。第一层介绍九辩书院命名的立意及创修功臣。百余字,连用三个问号,即问即答。第二层说明书院建成后的新貌和收效。篇幅虽短,但言简意赅。第三层二百余字,期望将九辩书院办成如紫阳书院(安徽)、白鹿书院(江西)、岳麓书院(长沙)一样的知名书院,达到兴贤育士之目的。篇中"噫"、"猗欤"、"盛矣"三个叹词用得极妙。

九辩书院在民国期间改名为将军乡第二国民小学,新中国成立后,改名为宋玉完全小学,原校舍因年久失修拆毁后,学校邻近原址另建,继续开办。特别是在20世纪90年代,在国家支持、地方政府资助和当地群众支持下,筹资近百万元,扩建三层教学大楼。至今仍拥有师生300余人,有周围6个村的孩子在此就读。多年来,从宋玉完小走出去的学生,许多人成长为建设祖国的有用之才。总之,这块重教兴教的宝地,虽历经沧桑,仍薪火相传。

2. 高吟白雪祝平安。从宋玉及他的传世佳作的问世,到六朝《黄花鱼儿歌》的出现,到晚唐澧州诗人李群玉在宋玉墓前凭吊、赋诗,到多则宋玉传说在民间的流传,到清代众多士宦文人在宋玉遗迹前的吟唱,证明宋玉村自古就是诗乡,应是名副其实吧。虽然古之《白雪初唱集》已经失传,看今朝《白雪续唱集》正在进行创作之中。随着改革开放大潮的兴起,城乡经济建设的日新月异,文化建设高潮的到来,临澧县道水诗社应运而生了。二十余年来《道水诗苑》编辑出版了 26 期,临澧县老年诗词协会和县诗词学会先后成立,出版了临澧县《历代诗词选》,将宋玉的作品全部刊印,诗词"五进"(即诗词进工厂、进农村、进学校、进机关、进社区)活动全县展开,并于 2008 年通过中华诗词学会验收,荣获全国诗词之乡的牌匾。

当今的诗人们在凭吊宋玉的诗词中,少了些悲秋的情调,多了些昂扬向上的新意,现摘录绝句三首,以飨读者。吴大谟七绝《吊宋玉》:"一论雌雄敢赋风,巧陈时弊见精忠。守高甘作处穷客,屈子薪传百代宗。"唐际鸣七绝《吊宋玉》:"满腹才华侍楚王,丹心耿耿受谗伤。文人放逐古今有,终老湖乡有锦章。"史开均七绝《楚城怀古》:"明媚春光访楚城,前朝遗迹荡无存。辞翁盖世浩然气,化作天罡照后昆。"

3. 将军打马去看花。宋玉城附近有座看花山,因宋玉生前常在山上看花赏景而得名。后来,民间有"将军打马去看花"的流行语。什么意思?见仁见智,各有其说。有人说是将军山、打马峪、看花山三个地名的联语,三地毗邻,景致优美,是一条旅游路线。有人说楚汉相争期间,汉将张良、陈平、纪信追击楚霸王项羽,曾扎营于将军山、营驻山、担粮山一带,到过看花山赏花。也有人说,明末统兵三万的大将吴三桂,与农民起义军领袖李自成鏖战之暇,也到过看花山看花。众说纷纭,亦无从考证。但古时候看花山的风景优美,却是有清人的诗为证:

　　看花人已矣,花落自成蹊。我来寻芳躅,春风送马蹄。(蒋定诏《看花芳岭》)
　　不见看花人,惟余看花岭。寻花得得来,马足踏秋影。(蕴山《看花芳岭》)
　　昔日归何处,岭上有余芳。我来花正发,踏遍马蹄香。(蒋健《看花芳岭》)

与看花山可比美的放舟湖,位于道水河畔,百多亩的水面,碧波荡漾,鱼游鹭翔,到了夏天,真有"接天莲叶无穷碧,映日荷花别样红"的美妙。我有位家住在湖畔的诗友张兴荣,儿时常光着屁股在湖中嬉戏,他在《昔日放舟湖》中写道:

　　十里莲塘绿掩红,芙蓉百亩倍葱茏。
　　婷婷玉立荷花艳,飒飒英姿藕叶风。
　　白鹭成行飞落急,鱼儿四处躲藏匆。
　　春哥柳岸晒鱼网,秋妹湖中采熟蓬。

21 世纪初,在临澧县委、县政府的支持下,《宋玉城楚风文化主题园区开发建设方案》出台了,临澧县宋玉学会成立了,搞研究,出期刊;临澧县政协组织写作班子,编辑出版《徜徉宋玉城》专集;正寻求有识之士筹资千万元兴建宋玉城旅游休闲中心,一个为民造福的开发热潮悄然兴起。

总之,《白雪初唱集》是艺术特色鲜明的斑斓画卷,是宋老夫子与临澧人民同乡情深的有力见证,是散发着宋玉文化独特魅力的精神财富。

《〈招魂〉"些"字的来源》商榷

熊人宽

【摘要】 汤炳正先生认为:"屈赋《招魂》的内容,显然是受到苗族古老招魂习俗的影响而创造出来的";"《招魂》的'些'字,实为'此此'二字之重文,跟苗族招魂咒尾'写写'的二音连读相当。"汤先生既没有证明《招魂》的内容与苗族巫师的招魂咒语相关。也没有提供"《招魂》的'些',实为'此此'之重文"的可信依据。假如把《招魂》的"些"改为"此此",更是破坏了原诗的高雅意境。可见汤先生的观点难以成立。

【关键词】 《招魂》;"些"字;此此;招魂咒语

前 言

汤炳正先生在《〈招魂〉"些"字的来源——〈屈赋新探〉之四》论文中,只凭现今"云南省大关县永明村苗族李姓巫师的招魂咒语,记音中有'写写'"的个例,就得出结论:"可以肯定地说,屈赋《招魂》的内容,显然是受到了上述少数民族中古老的招魂习俗的影响而创造出来的"。其论既没有文献可考,也不合乎情理。而且李姓巫师招魂咒语中的"写写",现今的发音与"些些"接近,与"此此"相差较大。汤先生之所以认定:"《招魂》的'些'字,实为'此此'二字之重文",是不是因为当代的这个特例,正与汤先生"此此"的"预设立场"相合,而左右了事实的选择呢?

汤先生既没有证明:"现今苗族李姓巫师的招魂咒语,乃是古老苗族招魂咒语"的遗存,也没有考证"《招魂》不是楚民族招魂习俗的反映",而与"古老苗族招魂咒语相关"。就认定:"《招魂》中间的'招曰'以下,全是摹拟苗族巫师招魂咒语的形式"。这样下结论是不是太轻率了? 更重要的是,假如把《招魂》的中的语气词"些",改为发声词"此此",就会破坏原诗的高雅意境。

今存苗族招魂咒语中的"写写",与《招魂》无关

汤先生说:"为了进一步彻底解决《招魂》'些'字的特殊用法,我首先把贵州大学杨

汉先同志在少数民族调查中所得到的一项材料照录于下：

"云南省大关县永明村苗族李姓巫师，在治疗精神昏迷病时，其招魂咒语为：

密等元老鸦诺亚活格格老，写写。

阿元能洛即洛各地洛阿。

洛阿者地洛即洛的来，写写。

即地须倒牛倒能洛的来。

上四句念三次，然后继曰：

期密鸦冒，阿，写写。

巫师每读至'写写'，其尾音高而长。

"要利用这项材料来解释《招魂》的'些'字，首先必须对下列几个问题作进一步的探讨：第一，苗族招魂的习俗与《楚辞·招魂》来源的关系，第二，苗族巫师的咒语与《楚辞·招魂》内容的关系，第三，苗族咒语的尾声'写写'与《楚辞·招魂》'些'字的关系。"

我们就来看看汤先生对这"三个关系"的论述。

1. 苗族招魂的习俗与《楚辞·招魂》来源的关系

汤先生说："屈原流放江南时，曾跟包括苗族在内的少数民族的生活习俗有所接触，这是确实可信的。正如历来文学史家所评定的那样，屈原的作品是采用民间文艺形式而加以创造和发展的。其中如歌谣体裁、神话传说、民族习俗、地方风物、方言土语等的广泛吸收，正是构成屈赋绚烂多彩、奇特瑰丽的艺术风格的最丰富的营养。而屈原的《招魂》，更集中地表现了这一特色。因为这正是他运用当时盛行于少数民族中巫师招魂咒语的形式，通过"巫阳"的口吻，而赋予了新的生命，达到了高度的艺术水平。"

根据《招魂》的乱辞："献岁发春兮，汩吾南征"，看来《招魂》是在去"江南"的途中所作，而不是"流放江南跟苗族等少数民族接触之后"的作品。何以见得《招魂》的内容不是"楚民族招魂习俗"的反映，而是"运用苗族古老招魂咒语的形式"呢？

汤先生论著中多次确认："屈原作《招魂》招楚怀王死魂。"假如是这样的话，那就成了"他运用苗族巫师招病人之魂的咒语"，去招楚怀王死魂。这显然说不过去。

《招魂》的作者（有屈、宋两说）一生中接触最多，影响最深的当是"信鬼神而嗜卜筮"的楚人，而不是偶尔接触的"苗族"。"屈原的作品，采用民间文艺形式而加以创造和发展"，当以楚人的习俗为主，"更多的是楚国民间传说和楚言楚语的运用"。

2. 苗族巫师的咒语与《楚辞·招魂》内容的关系

汤先生说："根据屈赋《招魂》的首段'帝告巫阳曰'及'巫阳焉乃下招曰'等语，则招魂必由巫师执行。这跟大关县由李姓巫师专掌招魂之职、咒语秘不告人的事实是相符合的；又《招魂》首段还有'有人在下，我欲辅之，魂魄离故，汝筮予之'等语，亦即王逸叙所谓'魂魄放佚，厥命将落，故作招魂；欲以复其精神，延其寿命'。这又跟大关县巫师招魂之术系施之于'精神昏迷'病的事实相符合。他们不是招死人之魂，而是招病人之魂。清陈本礼《屈辞精义》把'些'字解释为'挽歌声'，显然是误为招死人之魂的附会之谈。"

"至于大关县苗族巫师招魂咒语的内容虽不得而知,但另外一项有关苗族招魂的材料,可作为它的补充。凌纯声的《湘西苗族调查报告》一九一页,曾记录苗族招魂故事一则:苗族对病重昏迷者,认为因其魂为鬼物所得,因人魂魄于洞中,洞中的景象是'到了大门,只见许多大蛇与蜈蚣,来来往往,一见了人,就张口要咬';'进了第一栋屋,又有许多野兽在那里走来走去,一见了人,也邻张牙舞爪扑来'……而属赋《招魂》则说:'蝮蛇蓁蓁,封狐千里些;雄虺九首,往来倏忽,吞人以益其心些;归来兮,不可以久淫些。''虎豹九关,啄害下人些;一夫九首,拔木九千些;豺狼从目,往来侁侁些,……魂兮归未,恐危身些。''土伯九约,其角觺觺些;敦脄血拇,逐人驱驱些;参目虎首,其身若牛些,此皆甘人,归来归来,恐自遗灾些。'此其所述之险恶情景,跟湘西苗族招魂的传说,如出一辙。又据陆侃如同志的《西园读书记》说:弗拉惹的《金枝集》里记载缅甸加伦人的招魂习俗,录有歌词,先叙外界之危险,次叙屋内之舒适,与《招魂》相近。按这项资料虽然没有谈到歌词的语尾问题,但就其内容与结构来讲,是极有参考价值的。我们虽然还不能断定大关县巫师招魂咒语的内容也一定涉及这些情状,但我们可以肯定地说,屈赋《招魂》的内容,显然是受到了上述少数民族中古老的招魂习俗的影响而创造出来的。"

汤先生所列举的近现代种种"招魂术(记实)",都是迷信活动。它们与"言志之作"的《招魂》,在时间、地域、文化、渊源等各方面都难以机械地对比。帝告巫阳曰:"有人在下,我欲辅之。魂魄离散,汝筮予之。"与"苗族招魂"之"因其魂为鬼物所得,因人魂魄于洞中……"两者并不相同。

汤先生引用的"凌纯声的《湘西苗族调查报告》";陆侃如引用的"弗拉惹的《金枝集》里记载缅甸加伦人的招魂习俗"并没有所谓的"咒尾'写写'的二音连读"。常见的其他介绍"民间招魂"的事例,例如:罗义群《"招魂"研究观点辨析》(《中南民族学院学报》)介绍的"苗族招魂故事";莫道才的《汨罗民间招魂词》(《〈大招〉为战国时期楚地民间招魂词之原始记录》《云梦学刊》2001(05));秭归县端午节划龙船时唱的《招魂曲》(《屈原故里秭归》中国旅游出版社1982—05)……都没有"咒尾'写写'二音连读"之事。

汤先生认为:《招魂》的"招魂由巫师执行。这跟大关县由李姓巫师专掌招魂之职、咒语秘不告人的事实是相符合";《招魂》的"有人在下,我欲辅之,魂魄离故,汝筮予之"……"跟大关县巫师招魂之术系施之于'精神昏迷'病的事实相符合。"这是不是把现今"苗族巫师治病的招魂咒语",等同于"言志之作《招魂》"的"附会之谈"呢?

再有,汤先生为了证明"苗族巫师的咒语'写写',与《楚辞·招魂》的内容"相合,就认定:"他们不是招死人之魂,而是招病人之魂。清陈本礼《屈辞精义》把'些'字解释为'挽歌声',显然是误为招死人之魂的附会之谈。"

可是他在《〈九章〉时地管见》却说:"盖屈原东行,到达陵阳之后,适值顷襄王三年怀王客死于秦的消息传来,故作《招魂》以吊之。"在《楚辞今注》中也说:"屈子作《招魂》时怀王已死,则辞中所招当为死魂。"

汤先生为了不同的目的,其论述存在明显矛盾。假如屈原"运用苗族巫师招病人之魂的咒语,去招楚怀王死魂"怎么能说得通呢?可见,汤先生的"可以肯定地说,屈赋《招魂》的内容,显然是受到了上述少数民族中古老的招魂习俗的影响而创造出来的"。既与《招魂》的内容不符,又难以自圆其说。

3. 苗族咒语的尾声"写写"与《楚辞·招魂》"些"字的关系

汤先生说:"屈赋《招魂》,除首段的叙事及末段的'乱曰'外,中间的'招曰'以下,全是摹拟苗族巫师招魂咒语的形式;尤其是语尾用了极其殊的'些'字,正是从摹拟苗族咒语尾声的'写写'而来的。因此,《招魂》的'些'字,当时实为'此此'二字之重文,跟苗族咒尾'写写'的二音连读相当。后人由于对'此此'连用,在汉语中不习见,遂将'此'下的重文符号'二',跟'此'误并为一字,虽仍以'此'音读'些'形,却改叠音为单音。这从'此'音的古今转变规律来看,完全证实了这一点。"

汤先生既没有证明:"云南省大关县永明村苗族李姓巫师,其招魂咒语"是两千多年前"古老苗族巫师招魂咒语"的遗存,也没有证明《招魂》与"古老苗族咒语"相关。只是依据现代这个"内容不得而知"的招魂咒语中,有"尾音高而长的'写写'"之"特例",就断定两千多年前:《招魂》的'些'字,正是摹拟这个苗族咒语尾声的'写写'而来的"。似乎有"武断之嫌"。

而且李姓巫师招魂咒语中的"写写",现今的发音与"些些"接近,与"此此"相差较大。汤先生之所认定:"《招魂》的'些'字,当时实为'此此'二字之重文,跟苗族咒尾'写写'的二音连读相当。"是不是因为"写写"的这个"现代的特例",正与汤先生"此此"的"预设立场"相合,而左右了事实的选择呢?

改"些"为"此此",不如不改

汤先生认为:"《招魂》的'些',乃'此'字的重文复举。(P57—58)……由此使我们仿佛看到了先秦古本《招魂》的原始面貌。"

我们就以汤先生文中引用的《招魂》文字为例,看看改为"此此"与不改的对比:

原文:"蝮蛇蓁蓁,封狐千里些;雄虺九首,往来倏忽,吞人以益其心些;归来兮,不可以久淫些。""虎豹九关,啄害下人些;一夫九首,拔木九千些;豺狼从目,往来侁侁些;……魂兮归未,恐危身些。""土伯九约,其角觺觺些;敦脄血拇,逐人駓駓些;参目虎首,其身若牛些;此皆甘人,归来归来,恐自遗灾些。"

改为"此此":"蝮蛇蓁蓁,封狐千里,此此;雄虺九首,往来倏忽,吞人以益其心,此此;归来兮,不可以久淫,此此。""虎豹九关,啄害下人,此此;一夫九首,拔木九千,此此;豺狼从目,往来侁侁,此此;……魂兮归未,恐危身,此此。""土伯九约,其角觺觺,此此;敦脄血拇,逐人駓駓,此此;参目虎首,其身若牛,此此;此皆甘人,归来归来,恐自遗灾,此此。"

《招魂》是"言志"的文学作品,不是"少数民族中古老招魂辞"的记录。"从文学作品的角度看",把《招魂》中与文意相融,表达感叹、疑问或祈请的语气词"些",改为游离于文辞之外的,"汉语中不习见的、苗族招魂咒语中的发声词'此此'"后,就会破坏原诗的高雅意境。即使从文词结构、语句通顺等方面看,改也不如不改。可见汤先生的"此此重文"是"先秦古本《招魂》的原始面貌"之论,难以成立。

只要不抱主观偏见,不论从事物先后,还是从逻辑推理上看,说两千多年前的、记有大量与楚国相关内容的《招魂》,不是"楚民族招魂习俗"的反映,而是"摹拟(现今)苗族巫师招魂咒语的形式",显然缺乏依据,不合情理。更重要的是,假如把《招魂》的中的"些",改为"此此",就会破坏原诗的高雅意境,可见它不可能是"先秦古本《招魂》的原始面貌"。

附:"宋玉对民间习俗隔膜、缺乏创造性"的问题

汤先生说:"屈原作品的特点之一,就是采用民间文学形式和方言土语加以创造性的提炼和发展。而《招魂》……更是屈原向民间文艺学习最特出的标志。但是,自宋玉以下,则不过是继承屈赋的传统,虽然形式略有变化,并没有超出屈赋的范畴。如果说宋玉等的作品也有民间色彩,那只是从屈赋间接得来。缺乏应有的创造性。也许是因为宋玉身处都邑,对民间的生活习俗是隔膜的。他所欣赏的是'阳春白雪',而不是'下里巴人'。"

汤先生的品评,似乎有些片面、失实。因为这不是本文讨论的问题,现只举一例:《登徒子好色赋》有"其妻蓬头挛耳,龋唇历齿,旁行踽偻,又疥且痔。"宋玉用极其夸张的手法来刻画登徒子之妻的丑陋,不但与民间习俗一脉相承,而且富有创造性。刘勰《文心雕龙·谐隐》说:"谐之言皆也,辞浅会俗,皆悦笑也"。其评价就比较中肯。

《招魂》"些"字的解释

1. 古今学者对《招魂》尾句"些"字解释众多,其中或有可取之处

例如:宋沈括《梦溪笔谈》卷三云:"《楚辞·招魂》尾句皆曰些。今夔峡湖湘及南北江獠人,凡禁咒句尾皆称些。"

郭沫若在《屈原研究》里认为:《招魂》的"些"字,等于《诗经》里的"思"。

张崇深、杨世理说:"天水甘谷一带的方音也保留有古老的语气词'些'(甘谷人读如 suo),而且在甘谷方言的所有语气词中,'些'的使用频率最高。只要是表达祈请、疑问或感叹语气,往往在句末缀以'些'。如:天快要下雨了,快点走些!太累了,曹(我们)歇一会儿些!屋里暖和,进来坐些!……天水方音中所保留的古音'些'与《招魂》中的'些'当有一定的联系。"(有人说:甘谷天水一带的句末祈使语气词读"san",非"suo"。)

2.《招魂》的"些",可能是"此"之衍变

黄杰:"郭店楚简《忠信之道》简3—5云:'大久而不渝,忠之至也。而者□,信之至也。至忠亡讹,至信不背,夫此之谓此。大忠不说,大信不期。不说而足养者,地也。不期而可要者,天也。配天地也者,忠信之谓此。口惠而实弗从,……《忠信之道》中两个句末的'此'字与《招魂》的'些'用法相同、读音相近,应当是同一个词的不同书写形式。由于古文字、秦汉文字及《招魂》之外的先秦秦汉文献中罕见'些'字,'些'很可能是在传抄过程中由'此'衍变而来的形体。"

汤先生说:"'些'字,在先秦古籍中,只见于《楚辞·招魂》。……在先秦文字中,本无'些'字,《招魂》的'些'字,乃'此'字的重文复举。古人于'此'字下作'二'以为重文复举的符号,后人不察,误将'此''二'两形合而为一,才形成后来的'些'字。几千年来,遂以讹传讹,沿袭至今。"

汤先生又说:"从上述的情况看,后世'些'字的音读,也就是'此'字的音读,不过是改叠音为单音而已。"如果"后世'些'字的音读,也就是'此'字的音读",那么"些"就是从"此"得声,"些"与"此"可能就是同音假借关系,即"同一个词的不同书写形式",而不是"改叠音为单音"之讹。汤先生"以讹传讹"之论,似乎也难以自圆其说。

3.《招魂》的"些"与《大招》的"只"

汤先生说:"屈赋《招魂》的内容,显然是受到了上述少数民族中古老的招魂习俗的影响而创造出来的。"汤先生认为:《大招》"可能是景差摹拟《招魂》之作","作者一方面在在摹拟《招魂》,一方面又又不肯采用这一极其新颖的'此此'重文的'些'。所以只得间接根据《诗经》里常用的语尾'只'字以代替'些'。"

汤先生似乎有把《招魂》、《大招》与楚民族的密切联系割裂开来的倾向,这显然与事实不符。《招魂》与《大招》都有大量与楚国相关的描写,当是反映战国时代楚人招魂习俗的作品。

莫道才认为:"《招魂》的语助词一律用'些',而《大招》的语助词一律用'只',这显然是两个不同作者的表达习惯。""这些不同的语助词并非有特别的涵义,仅是由于地域、咏唱者的口音、及记录者的习惯不同而已。""《大招》是文人模仿楚地民间招魂曲而作,方言土语必然有更多的反映。'只',是楚地习用的语气词。""而《大招》的222句中有107句用'只'作语助词,……这只能说明《大招》有强烈的民间原创色彩和原始记录特征。"

莫先生之论或有可取之处。只不过他的《大招》是"民间招魂词"之说,似乎难以成立。假若《大招》是"民间招魂词",其招魂对象当是"庶民",这就与《大招》内容不合。《大招》中有"正始昆"、"赏罚当"、"尚贤士"、"禁苛暴"、"尚三王"等治国安邦的政治理想,似乎表明《大招魂》的对象是国君(或权臣)。倘若是为国君、权臣招魂,似乎不会用"民间招魂词"。

黄杰则认为:"《招魂》《大招》在内容和形式上都很相似,《招魂》'兮''些'分别与《大招》'乎''只'对应,实际上它们都是句末语气词。'兮'与'乎'声母均为匣母,二字

音近。这使我们怀疑,'些'与'只(也)'很可能也音近,'些'有可能与'兮'同属歌部。再结合后世楚人读'些'为苏个切的记载,'些'上古属歌部应当可以得到确认。另外,也可确定'些'是从'此'得声的。《诗·小雅·节南山》:'民言无嘉,憯莫惩嗟。'其中'嗟'也是句末语助词。上文引到从'此'声、'差'声的字相通用的例子,那么,'嗟'与'此''些'可以相通,三者应当是一个词。由于'嗟'在古汉语中是专职虚词,而'此'作句末语助词在'此'的系列用法中极罕见、不符合我们对'此'的一般认知,我们认为'此''些'都应当读为'嗟'。(jiē1)"

黄杰之论,或可备一说。只是单从"古音相近,音韵转换"等文字游戏式的推论,依据单薄,说服力较差。

结　论

1.《招魂》是抒发感情的言志之作。汤先生所列举的近现代种种"招魂术",都是迷信活动。它们与《招魂》在时间、地域、文化、渊源等各方面都难以机械地对比。帝告巫阳曰:"有人在下,我欲辅之。魂魄离散,汝筮予之。"与"苗族招魂"之"因其魂为鬼物所得,囚人魂魄于洞中……"两者并不相同。

2.《招魂》作者一生中接触最多,影响最深的当是"信鬼神而嗜卜筮"的楚人,从《招魂》的内容看,当是"楚民族招魂习俗"的反映,而不是"少数民族中古老招魂辞"的记录。

3.各民族关于灵魂的观念是发展变化的。汤先生既没有证明"云南省大关县永明村苗族李姓巫师,其招魂咒语"是两千多年前"古老苗族巫师招魂咒语"的遗存,也没有证明《招魂》与古老苗族招魂咒语相关。只凭现今这个招魂咒语中有"写写"的记音,就得出:"屈赋《招魂》的内容,显然是受到了上述少数民族中古老的招魂习俗的影响而创造出来的。"显然没有说服力。

4.汤先生既认为《招魂》"是招病人之魂"。还说:"'招曰'以下,全是摹拟苗族巫师招魂咒语的形式"。又确定:"屈原作《招魂》招楚怀王死魂。"实质上是要招魂者:"运用苗族巫师招病人之魂的咒语,去招楚怀王死魂。"这显然不合逻辑、不合情理。

5.汤先生既认为:"《招魂》的'些'字,乃'此'字的重文复举。古人于'此'字下作'二'以为重文复举的符号,后人不察,误将'此''二'两形合而为一,才形成后来的'些'字。几千年来,遂以讹传讹,沿袭至今。"又说:"后世'些'字的音读,也就是'此'字的音读",那么"些"与"此"就可能是同音假借关系,即"同一个词的不同书写形式",而不是"改叠音为单音"之讹。

6.假如把《招魂》的中的语气词"些",改为"汉语中不习见"的、苗族招魂咒语中的发声词"此此",则破坏了原诗的高雅意境。即使从文词结构、语句通顺等方面看,改也不如不改。

附注:2014年10月5日 吴广平先生告知:"'些'乃'此此'二字重文的说法,并非汤炳正先生的发明。……晚清王闿运《楚辞释》在注释《大招》'青春受谢,白日昭只'时说:'只,语已词也,《招魂》言"些"。些者,"此此"二字重文,其声清长,"只"声蹙短也。'由于《楚辞释》一书流传不广,又非在《招魂》中注释'些'字,以致当代许多楚辞学家误认为此说是汤先生首创。"感谢吴广平先生提供的重要信息。

第二编 文学研究

宋玉赋与倡优话语体系及赋的创始

赵 辉

(中南民族大学 湖北武汉 430000)

宋玉有骚体诗《九辩》,也有众多的赋作。自汉以来,不少的人视骚为赋,将其赋作与《九辩》比较,可以看出其赋和诗有着不同的审美价值取向,在内容、形式、言说方式方面,都有着很大的不同。这不同,是因为"文各有体",骚体诗与赋为不同的文体,承担着不同的功能。这不仅说骚体诗不是赋,也说明赋原本不是源自于赋。赋当始创于楚国,是宋玉等因文学侍臣这一身份,在先秦倡优话语体系的基础上,将倡优话语的要素与"语"这一文体的语篇结构形式、纵横家文章的铺张扬厉相融合,而始创的一种"文"学体裁。故赋原本源于倡优话语,其主要功能娱乐,具有滑稽诙谐的审美特征。

一、先秦倡优话语的性质与功能

倡优,也称之为俳优、俳倡,或单称为优、倡,诞生于先秦,而且在先秦就在各国宫廷就广泛存在。《左传》定公十年载:"齐人使优施舞于鲁君之幕下。"《史记·滑稽列传》曾载先秦著名的倡优多人,如齐威王之时的齐国的淳于髡,楚庄王时楚国的优孟,秦始皇时秦国的优旃。《国语·越语下》曾载吴王:"信谗喜优,憎辅远弼。"韦昭注:"优,谓俳优。"《晏子春秋·内篇问下》载晏子说:"今君左为倡,右为优,谗人在前,谀人在后,又焉可逮桓公之后者乎?"可见,先秦的倡优在各国宫廷非常活跃。

在先秦,倡优最主要活跃于宫廷。他有着一个独特的知识、话语体系。古人虽然没有对这一知识话语体系的专门论述,但倡优在中国的各个朝代都存在。如宋陈旸《乐书》卷一百八十七谓:"优倡之伎,自古有之。若齐奏宫中之乐,倡优侏儒戏于前。汉惠帝世安陵嗣之类,武帝时幸倡郭舍人,滑稽不穷。魏武好倡优,每至欢笑,头没杯案中。梁三朝乐有俳伎小儿读俳,寺子子遵安息孔雀、凤凰、文鹿、胡舞登连《上云乐》歌舞伎。魏邯郸淳诣曹植,必傅粉,科头拍袒,胡舞,诵俳优小说。"[①]此后各朝,倡优不绝。从各代典籍记载的倡优及不是倡优而近于倡优的言说的记载,可以看出,倡优话语体系主要是通过歌舞及说笑以娱乐君主。

对于倡优的职责,《说文解字》曾说:"倡优俳谐,共给戏笑者也。"《汉书》卷五二《田蚡传》师古注亦曰:"倡,乐人也。优,谐戏者也。"《乐记》说:"今夫新乐,进俯退俯,奸声

---

① 陈旸《乐书》卷一百八十七,文渊阁《四库全书》。

以滥，溺而不止。及优侏儒，獶杂子女，不知父子，乐终不可以语，不可以道古，此新乐之发。"所谓新乐，是指不符合雅、颂政治价值取向的歌乐，如郑卫之音。它具有极鲜明的娱乐特征和很强的娱乐性。所以，魏文侯说听"郑卫之音，则不知倦"。说倡优侏儒演唱新乐，可见，倡优话语的娱乐性。《子虚赋》亦谓："俳优侏儒，狄鞮之倡，所以娱耳目乐心意者，丽靡烂漫于前，靡曼美色于后。"徐乐《上武帝书言世务》批评汉武帝"金石丝竹之声，不绝于耳，帷帐之私，俳优侏儒之笑，不乏于前"。《文心雕龙·谐隐》将《史记·滑稽列传》的淳于髡、优旃、优孟、东方朔、枚皋的言说之辞都归入"谐"类，谓："谐之言皆也。辞浅会俗，皆悦笑也。"不出"诋嫚媟弄"。又认为"隐""盖意生于权谲，而事出于机急，与夫谐辞，可相表里"；也有"谬辞诋戏"的特点。① 《新唐书》载唐代玄宗"置内教坊于蓬莱宫侧，居新声、散乐、倡优之伎，有谐谑而赐金帛朱紫者"。② 《金史》卷一百二十九载："张仲轲，幼名牛儿，市井无赖。说传奇小说，杂以俳优诙谐语为业，海陵引之左右，以资戏笑。"③因而说，倡优的话语体系，是一个娱乐的话语体系。

但是，我们注意到，倡优虽然在于娱乐君主，但因亲近君主，故也有不少以谐、隐来进行政治的讽谏。《史记·滑稽列传》优孟，原本是乐人，却"多辩，常以谈笑讽谏"。如楚庄王的爱马病死，欲以棺椁大夫礼葬之，并下令："有敢以马谏者，罪至死！"优孟闻之，入殿门，仰天大哭。王惊而问其故。优孟曰：'马者王之所爱也，以楚国堂堂之大，何求不得，而以大夫礼葬之？薄，请以人君礼葬之。……臣请以雕玉为棺，文梓为椁，梗枫豫章为题凑，发甲卒为穿圹，老弱负土，齐赵陪位于前，韩魏翼卫其后，楚庄王时，未有赵、韩、魏三国。庙食太牢，奉以万户之邑。诸侯闻之，皆知大王贱人而贵马也。'"④使楚王赦免了养马者。秦国的优旃，见秦"始皇尝议欲大苑囿，东至函谷关，西至雍、陈仓"，劳民伤财，靡费国力，便对秦始皇曰："善。多纵禽兽于其中，寇从东方来，令麋鹿触之足矣。"使秦始皇因此而放弃了大兴苑囿打算。因而说，倡优话语体系虽然主要是一个娱乐话语体系，但并非完全不近政治，而是有时也承担着进谏的功能。

倡优的职责虽然娱乐君主贵族，但因娱乐的方式不同，而可以分两类。一类是以歌舞进行娱乐，一类是以语言进行娱乐，我们可以将这一类人称为"语言倡优"。语言娱乐话语体系发展到后来，就是笑话、相声和所谓"段子"之类，为一种语言艺术，在言说方式上具有具有非常鲜明的特征。这主要是采用隐语、正话反说、辞浅会俗的诙谐、滑稽、调谐话语，突破普遍的常态的言说逻辑，引人发笑，而产生一种不同其他话语的审美效果。

《史记·滑稽列传》记载的倡优的话语，充分表现着倡优话语的言说特点。所谓滑稽，据《史记》卷七一《樗里子列传》"滑稽多智"《索隐》所谓："以言俳优之人出口成章，

---

① 范文澜《文心雕龙注》。
② 《新唐书》卷二二《礼乐志》。
③ 《金史》卷一百二十九。
④ 《史记》卷一二六《滑稽列传》。

词不穷竭,如滑稽之吐酒不已也。"①姚察亦说:"滑稽,犹俳谐也。……以言谐语滑利,其知计疾出,故云滑稽也。"②因而,语言倡优具有非常突出的口才。但能说会道并非语言俳优的根本特征。师古注《汉书》卷五十一曰:"俳,杂戏也。倡,乐人也。""嫚,亵污也。""媟,狎也。""诋,毁也。娸,丑也。""骸骸,犹言屈曲也。"诋娸,用现在的话说,就是调谐。班固说枚皋类俳倡,最为重要的是因为为其言说能"曲随其事""颇诙笑"。东方朔因其话语诙谐、会俗而被认为有类倡优。《汉书·东方朔传》载有他这方面多段话语,如:

> 臣朔生亦言,死亦言。朱儒长三尺余,奉一囊粟,钱二百四十。臣朔长九尺余,亦奉一囊粟,钱二百四十。朱儒饱欲死,臣朔饥欲死,臣言可用,幸异其礼;不可用,罢之,无令但索长安米。

> 上曰:"先生起自责也。"朔再拜曰:"朔来!朔来!受赐不待诏,何无礼也!拔剑割肉,壹何壮也!割之不多,又何廉也!归遗细君,又何仁也!"上笑曰:"使生自责,乃反自誉!"复赐酒一石,肉百斤,归遗细君。

> 上复问朔:"方今公孙丞相、倪大夫、董仲舒、夏侯始昌、司马相如、吾丘寿王、主父偃、朱买臣、严助、汲黯、胶仓、终军、严安、徐乐、司马迁之伦,皆辩知闳达,溢于文辞,先生自视,何与比哉?"朔对曰:"臣观其舌齿牙,树颊胲,吐唇吻,擢项颐,结股脚,连脽尻,遗蛇其迹,行步偊旅,臣朔虽不肖,尚兼此数子者。"

第一段为东方朔为求提高待遇而言。按常理,求提高待遇当说自己的才华之高、能力之强、贡献之大来提高自己的爵禄。但他却从身材高大的自己与身材矮小的侏儒的待遇,侏儒饱欲死而自己则被饿死,来诉说自己受到不公平的待遇,理由极为滑稽。第二段有似于顺口溜,将自己不待诏而割肉为胆壮,将割肉不多说自己不贪,说自己割肉是给老婆吃为有仁爱,一反传统道德观念的内涵,似自誉而实调谐。第三段东方朔以自己外貌强于同时会写作的各家,以答武帝的文才之问,调谐他人形貌,也是调谐自己,低俗中含有幽默。这三段话都班固说东方朔"东方赡辞,诙谐倡优"③,《风俗通义》谓:"(东方)朔所以名过其实,以其恢诞多端,不名一行,应谐似优。"④可知,倡优话语体系,在言说方面具有诙谐、嘲谑、戏笑的特点。

此外,倡优话语也与隐语的运用有密切关系。而《史记·滑稽列传》所记淳于髡,便常用隐语进行言说。《汉书·东方朔传》载:"上令倡监榜郭舍人。舍人不胜痛,呼謈。朔笑之曰:'咄!口无毛,声謷謷,尻益高。'舍人恚曰:'朔擅诋欺天子从官,当弃

---

① 《史记》卷七一。
② 《史记》卷一二六《滑稽列传》"索引"引。
③ 《汉书》卷一百下,中华书局1962年版。
④ 《风俗通义·正失》。

市。'上问朔何故诋？之对曰：'臣非敢诋之，乃与为隐耳。'"刘勰《文心雕龙·谐隐》将《史记·滑稽列传》的淳于髡、优旃、优孟以及东方朔、枚皋的言说之辞都归入"谐"类，而认为隐与谐辞"可相表里"。可知，倡优话语对隐语的喜爱。

隐语，很多人认为就是谜语。谜语为隐语，但隐语并非就是谜语。刘勰谓："隐者，隐也；遁辞以隐意，谲譬以指事也。"认为隐语的关键在于"谲譬"，即借此事此物以言彼事彼物，如同修辞学的隐喻。《史记·滑稽列传》说淳于髡善于隐语，说齐威王"好为淫乐长夜之饮，沉湎不治，委政卿大夫。百官荒乱，诸侯并侵，国且危亡在于旦暮，左右莫敢谏。淳于髡说之以隐曰：'国中有大鸟，止王之庭，三年不蜚又不鸣。王知此鸟何也？'王曰：'此鸟不飞则已，一飞冲天；不鸣则已，一鸣惊人。'"这隐语，其实就是隐喻。可知，"遁辞以隐意，谲譬以指事"，也是倡优常用的一种言说方法。

二、宋玉赋与倡优话语

宋玉是先秦赋之大家，但史籍对宋玉生平没有多少记载。《史记·屈原列传》说："屈原既死之后，楚有宋玉、唐勒、景差之徒者，皆好辞而以赋见称，然皆祖屈原之从容辞令，终莫敢直谏。"只载宋玉的生活年代及其善于作赋。《新序·杂事》有关于宋玉的两条记载，一说"宋玉因其友以见于楚襄王，襄王待之无以异"。宋玉责怪朋友。此事亦载于《韩诗外传》卷七，只不过文字稍有不同。一载"宋玉事楚襄王而不见察，意气不得形于颜色"，遭到他人讥笑，宋玉以"处势不便"而作答。《九辩》中，他自己也说"贫士失职而志不平"。而王逸《楚辞章句》曾说宋玉为楚大夫，《九辩》不过为屈原明冤。但结合《新序》、《韩诗外传》有关宋玉的记载和宋玉的赋作看，宋玉虽很有文才，在楚为官，但地位不高，也不受重用，不曾得志于楚襄王。从他的赋作讲述他侍于襄王而说笑看，他不得志，或者就是因其近乎倡优的身份而造成；就如枚皋不受汉武帝重用。故宋玉虽也是楚国官员，但正如众多学者所说，他实际不过是一个文学侍臣。

《战国策·楚策四》曾载庄辛谓楚襄王曰："君王左州侯，右夏侯，辇从鄢陵君与寿陵君，专淫逸侈靡，不顾国政。"知楚襄王是一个很不贤明的君主。因而，宋玉赋所言襄王好色，喜游乐，都并非虚言。先秦以喜爱歌舞美色、游赏和倡优为淫逸之主要内涵。如《管子·四称》说："进其谀优，繁其钟鼓"，为"无道之君"。因而，楚襄王身边当活跃着一个话语倡优集团。《史记·屈原列传》说屈原死后，"楚有宋玉、唐勒、景差之徒者，皆好辞而以赋见称"。《风赋》说："楚襄王游于兰台之宫，宋玉、景差侍。"《大言赋》曾说"楚襄王与唐勒、景差、宋玉游于阳云之台"。《小言赋》谓楚襄王既登阳云之台，令诸大夫景差、唐勒、宋玉等并造《大言赋》。《登徒子好色赋》说"大夫登徒子侍于楚王"而"短宋玉"。《钓赋》说宋玉与登徒子在襄王面前谈钓。宋玉、唐勒、景差、登徒子等，极可能就是襄王身边这个倡优集团的主要成员。

过去，我们判断某一文体的渊源，多从文体形式着眼。文体形式，是文体要素的一个重要方面，但任何一种文体，并非是就文体形式就完全可以确定的。中国古代文体所说的"体",要素包括文体的的功能、内容、体裁、言说方式、风格等各个方面。因而,我们讨论宋玉赋与倡优话语的亲密关系,也应该从这些方面着眼:

其一,与倡优话语以娱乐为主,隐含讽喻的话语功能的一致

《汉书·艺文志》载有宋玉赋十六篇,具体作品不载。《文选》载《风赋》、《高唐赋》、《神女赋》、《登徒子好色赋》。《古文苑》载有《大言赋》、《小言赋》、《讽赋》、《钓赋》、《笛赋》等。刘勰亦谓《风赋》、《钓赋》为宋玉所作。这些赋,大都有着娱乐君主的性质,而《登徒子好色赋》、《大言赋》、《小言赋》、《讽赋》尤为突出,与《汉书·东方朔传》所载东方朔逞口才,以俳谐之话语引汉武帝的愉悦的行为性质如出一辙。《风赋》写雄风"飘举升降"。"抵华叶而振气,徘徊于桂椒之间,翱翔于激水之上。""然后徜徉中庭,北上玉堂,跻于罗幢,经于洞房,乃得为大王之风也。"雄风"直惨凄惏栗,清凉增欷。清清泠泠,愈病析酲,发明耳目,宁体便人。"明显有着调谐的味道。《大言赋》和《小言赋》写景差、唐勒、宋玉侍于襄王,襄王以能大言者上座、能小言者受赏的赏赐,让三人言至大与至小,互斗口才而完全不涉政事,目的显然在于娱乐。

而且,我们注意到,宋玉的赋中,有关男女之事的题材占有很大的比重。《高唐赋》、《神女赋》、《讽赋》及《登徒子好色赋》,都是以男女之事进行言笑。《讽赋》写唐勒在襄王面前说宋玉爱主人之女,宋玉以主人之女为宋玉大献殷勤,而宋玉"吾宁杀人之父,孤人之子,诚不忍爱主人之女"为自己辩解。《登徒子好色赋》亦是写宋玉因登徒子说其好色为自己辩解。先层层推进,极写东家女子之美,然后笔锋一转,说天下最美的这个女子"登墙窥臣三年",宋玉丝毫不为心动。接下极言登徒子之妻丑陋,而登徒子却与之生有五个孩子,调谐登徒子喜爱女人到了无以复加的地步。显然《讽赋》与《登徒子好色赋》同样产生于君臣的娱乐行为。《高唐赋》、《神女赋》虽然没有明显的滑稽、调谐性话语,但都为游赏场合之作,所谈依然是男女之事,不是严肃的话题,而且全篇调谐楚襄王好色,也是可以肯定的,故同样具有解颐的功能。

倡优话语体系,原本也具有着讽喻的因素。从《风赋》、《大言赋》、《小言赋》、《登徒子好色赋》、《讽赋》等载宋玉、唐勒、景差常侍于楚襄王之前为娱乐襄王而说笑看,他们可能不像倡优职掌娱乐君主,作赋的目的全在在于娱乐君主。宋玉既然是楚国官员,故赋作也不免讽喻,如刘勰《文心雕龙·谐隐》说"宋玉赋《好色》,意在微讽,有足观者"。《高唐赋》末尾的"思万方,忧国害,开贤圣,辅不逮",也暗寓讽喻。《风赋》写"雄风"与"雌风"的不同,暗寓帝王与贫民生活的天壤之别,言外之意即不能与民同乐。《钓赋》喻楚王"若建尧、舜之洪竿,摅禹、汤之修纶,投之于渎,视之于海,漫漫群生,孰非吾有?其为大王之钓,不亦乐乎"!《唐勒赋》虽为残篇,但结合《淮南子·览冥训》所引《唐勒赋》,可知其论造父与钳且、大丙御车之术与今人的不同,意在言说治国的道理,亦具有明显的讽喻之意。《屈原列传》说:"宋玉、唐勒、景差之徒者,皆好辞而以赋见称,然皆祖屈原之从容辞令,终莫敢直谏。"也在一定的程度上说明着宋玉、唐勒、景差之赋寓讽喻于俳谐之中的特征。

故可以说,宋玉赋虽然主要在于娱乐其内容多为男女之事,或逞口才咏物以斗乐。

但因其为君主身边的近臣,故也于娱乐话语中暗寓讽喻。

其二,与倡优话语体系在言说方式上有众多的相同之处

章太炎《检论》卷五曾谓:

> 纵横出自行人,"短长"诸策,实多口语。寻理本旨,无过数言,而务为纷葩,期于造次可听。溯其流别,实不歌而颂之赋也。秦、代、仪、轸之辞,所以异于《子虚》《大人》者,亦有韵无韵云尔。①

认为纵横家的文章,已和司马相如的赋相去不远,赋与纵横家的文章都着着"敷张而扬厉,而变其本而加恢奇","务为纷葩,期于造次可听"。《鬼谷子》是一部教人怎样游说君主的书。其中的《权篇》和《反应》教游说者必须"辞贵奇","言有象,事有比"。知恢奇、注重辞采和将抽象的东西形象化,是言词动听的关键要素,也是战国时期纵横游说之辞的重要特征。

宋玉是战国时人,对纵横家的话语耳濡目染。故毫无疑问,宋玉的赋吸收了纵横家文章言辞的华丽和铺张扬厉的表现手法。但宋玉毕竟不是纵横家,言说的目的不在于"腾说以取富贵",而是为着娱乐君主;而娱乐君主莫过于倡优的话语。宋玉赋的言说是臣子对君主的言说,自然不可能像东方朔调谐郭舍人和孙绰性调谐习凿齿那样去调谐楚襄王。但倡优话语的这些主要言说方式,应该说都在宋玉和唐勒的赋中大多得到了较为充分的体现。

从《新序·杂事》所载宋玉的话语看,宋玉所言,基本都是采用着隐语的言说方式。其一以齐之狡兔和良狗之事隐喻朋友没有在襄王面前全力推荐自己。其二借玄蝯能从容游戏于桂林"超腾往来,龙兴而鸟集",而在枳棘之中则只能"恐惧而掉栗,危视而迹行",隐喻自己不得志在于所处环境的不利。知宋玉对于先秦倡优话语的熟练。

宋玉的赋,大量运用着隐语、讽喻的言说主要方式。《风赋》看似在月说风为"雄风"和"雌风"的不同形态,说王者之风为"雄风",具有"愈病析醒,发明耳目,宁体便人"的功效;而百姓之风为"雌风",叫人"宜憯涸郁邑,殴温致湿,中心惨怛,生病造热。中唇为胗,得目为篾,啖齰嗽获,死生不卒"。《高唐赋》、《神女赋》表面上写高唐的山水和神女的容貌,而其关键在于楚王梦与神女相合以及神女离去后,楚王"颠倒失据,黯然而暝,忽不知处。情独私怀,谁者可语?惆怅垂涕,求之至曙",调谐楚王好色之极。但是,全篇只是就神女的美刺容貌和高唐的山水一路写去,全然不露讽刺。《钓赋》以"尧、舜、汤、禹之钓"远强于登徒子所谓的玄洲之调,劝说楚王"建尧、舜之洪竿,揭禹、汤之修纶,投之于渎,视之于海,漫漫群生,孰非吾有?其为大王之钓,不亦乐乎!"虽然言说劝谏不像《风赋》隐藏得那么深,但也不是正言直说,而是和众多的俳优话语一样,借物或者借事进行言说。其赋都可谓得《文心雕龙·谐隐》所谓的"谲辞饰说"和"尤巧辞述"之妙。

其三、语言形式与倡优话语有众多相同之处

---

① 章太炎《检论》。

虽然倡优话语主要表现于言说方式,并无一定的体裁;但是,倡优的君臣言说的行为方式与赋这种文体的产生有着非常密切的关系。

中国的文体原本产生于一定性质的行为,包括行为的方式。赋本为祭祀的行为主体向神灵陈说祭祀的物品及贡献的地点、参加祭祀的重要人物等。这种陈述本为"语",故后来记述人物话语的文体也称之为"语"。而倡优娱乐君主的方式,也主要是以话语在愉悦君主的同时讽喻君主,故其行为方式也当为"语"。

"语"体体裁的基本形式为主客问答形式。先秦的"语"体一般都和《尚书》中的许多诰、命一样,具有一个外在的叙事框架,使"语"带上了叙事的性质。如《郑语》记"桓公为司徒,甚得周众与东土之人,问于史伯曰:'王室多故,余惧及焉,其何所可以逃死?'史伯对曰……"以几句叙事的话语起篇,然后转入人物对话。宋玉和唐勒的赋也一样,如《风赋》:"楚襄王游于兰台之宫,宋玉、景差侍。有风飒然而至,王乃披襟而当之曰:'快哉此风!寡人所与庶人共者邪?'宋玉对曰……"《大言赋》:"楚襄王与唐勒、景差、宋玉游于阳云之台。王曰……"《唐勒赋》:"唐勒与宋玉言御襄王前。唐勒先称曰……"可见,宋玉和唐勒的赋在语篇的形式结构上,与"语"体完全一致。荀子的《赋篇》则没有这一叙事的框架。

宋玉和唐勒赋均采用以叙事的话语起篇而转入主客问答的语篇结构形式,应该与倡优和"语"体都是话语言说的行为性质有着内在的关联。倡优更多是以话语侍奉君主,少有其他的职掌,其言说为君臣之间的言说,言说的对象都为君主。他们侍奉君主的行为过程,就是一个为君主说笑的行为过程。虽然其言说的性质为娱乐行为,和《国语》、《论语》等记载的言说性质有不同,但却都是话语言说行为。有时他们的整个行为过程也有行为动作,但这一行为动作的目的在于引起君主的话语。如优孟讽庄王不应以大夫之礼葬马时,便在入殿门时故意仰天大哭,以这一特殊的行为引楚王"惊而问其故"。而君有问,臣必解答。故其行为过程多有君主之问和倡优之答。虽不能说宋玉、唐勒、景差就是倡优,但其赋作言说的行为身份毫无疑问具有倡优的性质。而且不管是宋玉、唐勒的赋还是荀子的赋,都为君臣之间的问答;而且都是"述客主以首引",以君臣的对话来结构全篇。因而,可以说,赋的原始体裁形式的"述客主以首引"和以君臣的对话来结构全篇,多因为倡优以话语娱乐君主的行为而具有"语"的性质,借用传统的"语"体而生成。所以,不管是宋玉的赋还是唐勒赋,虽然也与楚骚一样重视辞采,却具有明显的语体文特征。其体裁形式与骚体诗有着明显的差异,其源头也不在楚骚。

至于宋玉和唐勒赋的语言句式,也与倡优话语体系有着很大的关系。宋玉和唐勒赋的语言句式可分两类。一类与《国语》之语全基本用散体相同,韵语不多,具有散句的性质。《风赋》、《大言赋》、《小言赋》、《登徒子好色赋》、《讽赋》和《唐勒赋》都属于此类。另一类则为《高唐赋》、《神女赋》,主客首引部分采用散体,而赋辞部分一般采用四言韵文和骚体诗的句式,间以三言,整体上韵散结合。这种多种语言句式的杂用,不仅极大地增强了文章的表现力,而且更显得自由活泼。

在先秦，诗也为韵文，故不能说韵语便为倡优言说所用，而倡优的话语亦非都是韵语。但在倡优的话语体系中，用顺口溜之类韵语说笑却是古今常有的事。《左传》宣公二年载宋国华元战败逃归，人们调笑讥讽他："睅其目。皤其腹。弃甲而复。于思于思。弃甲复来。""牛则有皮。犀兕尚多。弃甲则那。""从其有皮。丹漆若何。"其韵目、腹、复押觉部，思、来押之部，皮、多、那、何押歌部，所用都为四言韵语。《汉书·东方朔传》说郭舍人"妄为谐语曰：'令壶龃，老柏涂，伊优亚，狋吽牙，何谓也？'朔曰：'令者，命也。壶者，所以盛也。龃者，齿不正也。老者，人所敬也。柏者，鬼之廷也。涂者，渐洳径也。伊优亚者，辞未定也。狋吽牙者，两犬争也。'"师古注谓："谐者，和韵之言也。"① 郭舍人的谐语和东方朔所答，都具有顺口溜的性质。明陆时雍曾编《谐语》："日中不彗是谓失时，操刀不割失利之期，执斧不伐贼人将来，涓涓不塞将为江河，荧荧不救炎炎奈何，两叶不去将用斧柯。"②亦为韵语。因而，顺口溜之类的韵语应当是倡优话语语言的特色之一。

宋玉赋作中的韵语虽然没有郭舍人和东方朔的谐语那么鄙俗，但如《神女赋》中写神女："近之既妖，远之有望，骨法多奇，应君之相。视之盈目，孰者克尚；私心独悦，乐之无量。交希恩疏，不可尽畅；他人莫睹，王览其状。"以韵语说神女"应君之相"，襄王对神女"私心独悦，乐之无量"，被神女的美貌弄得神魂颠倒，则颇有谐语的味道。这种具有调谐趣味的韵语，只是因为君臣关系的言说，言说的对象为君主，故显得庄雅一些，没有那些顺口溜之类的谐语低俗而已。因而，虽不能说《高唐赋》、《神女赋》中四言和骚体的韵语句式，完全来自于倡优的谐语，但受倡优话语的影响却是可能肯定的。

因而说，宋玉、唐勒赋在语篇结构和句式的韵散结合的、具有散文化的体裁形式的形成，既受与"语"体有着密切关系，也受四言和骚体的影响，但同时也不能忽视倡优行为性质和话语形式的作用。

其四，极具俳谐的审美风格

在宋玉的赋中，《风赋》、《高唐赋》、《神女赋》、《登徒子好色赋》、《讽赋》都具有俳语调谐的特征。其中的《风赋》、《高唐赋》、《神女赋》因都是臣下对君主的言说，作者的行为身份为小臣，故其言说都使用隐语，对楚王的调谐都很隐蔽。如《风赋》、《钓赋》借对风的不同形态的描述来调谐讽喻襄王不能与民同乐。《登徒子好色赋》先极言东邻女之美，转而以"然此女登墙窥臣三年，至今未许也"自夸，转而调谐登徒子好色不择美丑，与丑妻生有五个孩子。不仅有着东方朔对自己割肉自责式的自誉，而且也有着对郭舍人式的大胆调谐："登徒子则不然，其妻蓬头挛耳，龋唇历齿，旁行踽偻，又疥且痔，登徒子悦之，使有五子。"滑稽而诙谐。《讽赋》先说主人之女美，并极言其女有意与宋玉共枕；然后笔锋一转，说自己"吾宁杀人之父，孤人之子，诚不忍爱主人之女"。最后再以王曰："寡人于此时，亦何能已。"调谐楚王比自己好色。全篇通过自誉而自辩，与

---

① 《汉书》卷六五。
② 陆时雍《古诗镜》卷三十六。

东方朔的俳语可为伯仲。《神女赋》以四言韵语调谐襄王好色,也与宋人以四言韵语讥刺华元同为一辙。可见,娱乐行为性质在很大程度确定了赋这一话语体系对倡优话语言说方式的运用。

由上可以看出,宋玉不仅具有倡优身份的嫌疑,能说会道,而且其言说和众多的赋作,都具有明确的娱乐性质,而且充分表现着倡优话语滑稽、诙谐的审美价值取向,与倡优话语体系当有着非常密切的关系。

三、倡优话语与赋体的创始

最早的赋,古来研究者多认为为荀子的《赋篇》。而这种认识的依据,当更多建立在战国时代的楚国不可能出现宋玉赋这样高水平的作品,为汉以来人们伪作这一推断的基础之上。但从银雀山汉墓出土的《唐勒赋》(也有人认为为宋玉赋)来看,宋玉那个时代的楚国,赋已经确实达到了很高的艺术水准。因而,宋玉赋伪作说,也就当不攻而自破。既然宋玉确实能写出诸如《风赋》之类的作品,那以荀子《赋篇》为赋体的创始,也就有重新审视的必要了。

王齐洲等认为,荀子大概生于前313年,约晚屈原27年,早宋玉15年。荀子《赋篇》作于晚年。《史记·孟子荀卿列传》载其"年五十始来游学于齐",荀子来楚当是早在55岁之后,而荀子55岁时,宋玉当在40岁左右。从宋玉的赋看,基本都作于楚襄王之时。而楚襄王死于前263年。可知,宋玉、唐勒、景差等这一批赋家在前263年前已经有了众多成熟的作品。荀子的《赋篇》作于他晚年来楚之后,而此时,宋玉等楚赋家已经有不少的赋作,楚国的赋已经成熟。故荀子的《赋篇》当是受楚赋的影响而创作,是很有道理的。而从宋玉赋和出土的唐勒赋所取得的艺术成就看,楚国赋的创作当在宋玉之前已经比较成熟,至少有着一些文人在进行创作。因而,宋赋及唐勒赋当代表着赋创始,而荀赋则是楚赋的流变。

可以肯定,宋玉赋和唐勒赋都非最原始的赋,但同样也可以肯定,他们的赋忠实地表现着最早的赋在话语功能、语言形式和言说方式方面的特征。我们注意到,宋玉赋不仅话语功能、言说方式、语言形式和诙谐、滑稽的审美特征,都与倡优话语体系如同影响。故赋的始创与倡优话语体系有着密切关系。

说赋产生于倡优话语体系,也可以从荀子的《赋篇》得到证明。荀子曾在齐稷下学宫三为祭酒,曾与淳于髡共处。《史记·滑稽列传》载,淳于髡是著名的滑稽家,极善于以隐语和俳谐话语进谏君主。故司马迁将其和楚的优孟和秦国的朱儒优旃合传予以记载。荀子是一个严肃的政治理论家,《荀子》一书,其他的篇章都采用着"论"的这一文体来说明礼乐政治的道理。如果是荀子仅仅是为着说明某方面的礼乐政治的道理,他应该完全可以采用论述文的文体。《赋篇》的《礼》、《知》、《云》、《蚕》、《箴》,采用隐语中的谜语来说明治国的道理,不仅有着倡优话语之奇,虽然有些前部分采用四言诗,后以杂言而或以"邪"、"与"为韵,读之颇有些顺口溜之俗之嫌,与《诗经》中的四言和《赋篇》中的佹诗的雅正有着一定的区别。刘勰说,隐语本"与夫谐辞,可相表里"。师古注《汉书·东方朔传》谓:"谐者,和韵之言也。"① 因而,《赋篇》并非没有娱乐的意图,也并非没有俳谐的意味;只不过因为荀子是儒家政治理论家,进谏的性质更为明显一些罢了。

在汉代,不少的赋也与倡优话语有着密切关系。如枚皋的赋。《汉书》卷五十一载,(枚)皋"诙笑类俳倡,为赋颂好嫚戏",又言为赋乃俳,见视如倡,自悔类倡也。故其赋有诋娸东方朔,又自诋娸。其文骫骳,曲随其事,皆得其意,颇诙笑,不甚闲靡。凡可读者百二十篇,其尤嫚戏不可读者尚数十篇。② 正因枚皋认为赋原本由倡优娱乐君主的倡优话语体系发展而来,才认为"为赋乃俳",也才会"见视如倡"。而扬雄以为"赋劝而不止","颇似俳优淳于髡、优孟之徒,非法度所存,贤人君子诗赋之正也,于是辍不复为"③;不仅说明着汉代的赋,仍然保留倡优话语的血统,而且扬雄也认为赋与倡优话语有着密切的关系。

综上所言,宋玉的赋和荀子的《赋篇》以及汉代的一些赋,都与倡优话语体系有着血脉相联的关系。宋玉赋和荀子赋在行为的性质、目的、娱乐加讽喻的功能以及讽喻、隐语、体物的言说方式和以问答构篇、韵散配合的语篇结构和语言形式,都与倡优的话语体系有着基本的一致。而在荀子《赋篇》之前,楚国已经诞生了诸如宋玉赋这一成熟的赋作,故我们认为,赋原本是宋玉等在充分吸收先秦倡优话语体系的要素而形成的一种"文"学体裁。

---

① 《汉书》卷六五。
② 《汉书》卷五十一,中华书局1962年版,第2367页。
③ 《汉书》卷八七下,中华书局1962年版。

关于宋玉《高唐》、《神女》赋的两个问题

金荣权

(信阳师范学院 河南信阳 464000)

【摘要】 从宋赋内容来看,宋玉所赋的巫山在云梦泽中,高唐观则是楚人设在巫山中一个重要的祭祀之所。所以"高唐"不是山的名称而是宫观的名称。宋玉笔下的巫山是楚地众山的缩影,不可能在现实中来确认它的具体位置。巫山神女是宋玉对楚地神话传说的记忆,同时也进一步表现了楚文化中人与巫的关系,是对屈原《九歌》作品中人神相恋、神神相恋的诗化描写的继承;《神女赋》中所现的情怀与宋玉的生平际遇息息相关。

【关键词】 宋玉;高唐赋;神女赋

《高唐赋》、《神女赋》是宋玉赋作的代表作品,《高唐赋》首开中国古代山水赋的先河,《神女赋》则是中国古代首篇专门全方位描写女性形象的赋作。经过汉魏六朝的传播,高唐、巫山神女、巫山云雨等逐渐形成具有固定意义的文化意象,成为后代诗、词中经常歌咏的主题,并全在戏曲和小说中经常出现。后世学者对赋中的高唐地理位置、巫山神女的原型、赋作的思想内容、宋玉的创作意图等展开深入而全面的探讨,也得出不同的结论。宋玉的巫山融合了楚地山水的总体特征,加之文学的渲染,非某一具体的山可以对应的;巫山神女是宋玉对楚地神话传说的记忆,同时也进一步表现了楚文化中人与巫的关系,是对屈原《九歌》作品中人神相恋、神神相恋的诗化描写的继承;《神女赋》中所现的情怀与宋玉的生平际遇息息相关。

一、关于《高唐赋》中的高唐与巫山

《高唐赋》序说:

昔者楚襄王与宋玉游于云梦之台,望高唐之观,其上独有云气,崪兮直上,忽兮改容,须臾之间,变化无穷。王问玉曰:"此何气也?"玉对曰:"所谓朝云者也。"王曰:"何谓朝云?"玉曰:"昔者先王尝游高唐,怠而昼寝,梦见一妇人曰:'妾,巫山之女也。为高唐之客。闻君游高唐,愿荐枕席。'王因幸之。去而辞曰:'妾在巫山之阳,高丘之阻,旦为朝云,暮为行雨。朝朝暮暮,阳台

之下。'旦朝视之,如言。故为立庙,号曰朝云。"

序中出现了云梦、高唐、巫山之女等,而讲述的又是一个美艳的传说。因此,巫山神女、巫山云雨等随着《高唐赋》的流传,也成为中国古代文学中经常提到的话题,更是诗词中常常引用的典故。

那么,宋玉所赋的高唐又在什么地方呢?由于赋中出现了巫山神女,所以大多研读此赋的人都将高唐山与巫山联系起来,将其地理位置标注于今天重庆市巫山县境内的巫山。后世歌咏此典者也都自然而然地联想到三峡的巫山。即便有学者怀疑高唐到底是在云梦还是在三峡?高唐与巫山是什么关系?但也没有过于较真地去考论。

至20世纪30年代,钱穆和孙作云两位先生的争论才真正将关于巫山和高唐山地理位置的讨论提到学术界面前。1934年钱穆先生在《清华学报》第9卷第3期上发表《楚辞地名考》一文,认为宋玉赋中的巫山、高唐不在三峡而在南阳,巫山就是今天湖北省随县西南一百二十里的大洪山。其核心证据有二:其一,襄王既东迁,都于陈城,不会远道游夔州巫山;其二,赋言"游云梦之台,望高唐之观",云梦不在四川,故知高唐巫山决不近夔州。后来,钱先生一直坚持这种观点,在其《史记地名考》中重申:"晋建平,今巫山县,与云梦不涉。后人多以此处巫山说《楚辞》巫山,其实非也。《楚策》:'秦举鄢郢、巫、上蔡、陈之地'。又曰:'蔡圣侯南游乎高陂,北陵乎巫山,食湘波之鱼,驰骋高蔡之中'。高蔡即上蔡。巫山当在鄢郢与上蔡间,而当云梦之北,疑在今大洪山脉中。"①

1936年孙作云先生在《清华学报》第11卷第4期上发表《〈九歌·山鬼〉考》一文,针对钱先生观点进行辩驳。认为:襄王游高唐可能会在襄王二十一年迁陈城之前;大洪山在随国境,楚之先王不会跑到随国境内去立庙呢。

此后,越来越多的学者参与到巫山、高唐地理位置的争论,除三峡巫山说和随州大洪山说之外,主要观点还有:

1. 高唐在今江汉之间的长江北岸,古称南姑射山。今人赵逵夫先生在《屈原和他的时代》一书中说:先秦时代楚国人所说的巫山,并非今天长江三峡中的巫山。当时的楚王不会到三峡游玩,更不可能在那里建立朝云庙和高唐观。"先秦时楚国的巫山,即神话中的南姑射之山,地处汉水以南,长江北岸。"②

2. 高唐即湖北赤壁市蒲矶山。贾学鸿《〈高唐赋〉中高唐山的现实原型及山名由来》一文中说《高唐赋》所展示的高唐山是一个簸箕形,它的原型就是位于湖北赤壁市境内的长江东岸的蒲矶山。"蒲矶山是簸箕山的别称和俗读,是由山形如簸箕而来,与高唐山的总体样态相一致。"③

3. 高唐山即今武汉西部的仙女山。当代楚辞学者刘刚认为:"据宋赋巫山的语境,

---

① 钱穆:《史记地名考》,商务印书馆,2001年版,第566页。
② 赵逵夫:《屈原和他的时代》,人民文学出版社,2002年版,第323页。
③ 贾学鸿:《〈高唐赋〉中高唐山的现实原型及山名由来》,《江汉论坛》,2011年第1期,第108页

从巫山与宋赋神女之联系、巫山与楚怀王和楚襄王之联系、宋赋巫山与历史中巫山地形地貌的比对等三个层面所作的深入考辨显示,湖北武汉西之巫山是为宋赋所述古云梦中的巫山。此山后称阳台山,今称仙女山。"①

学术界的这五种关于巫山、高唐位置的主要观点大都有文献的、文本学的和实证的依据,而尤以巫县巫山说和随县大洪山说最具影响。然而,细读宋玉《高唐赋》,我们发现学术界对巫山、高唐之辨似乎都或多或少地误解了宋赋的原意。

1. 高唐非山名而是巫山中的宫观

从宋赋内容来看,宋玉所赋的巫山在云梦泽中,高唐观则是楚人设在巫山中一个重要的祭祀之所。李善在《文选·高唐赋》注中引《汉书》曰:"云梦中高唐之台。"所以"高唐"不是山的名称而是宫观的名称。山为巫山,高唐观所在之处的一片台地为高唐台。《高唐赋》正文开篇说"惟高唐之大体兮,殊无物类之可仪比。巫山赫其无畴兮,道互折而曾累",意思表明高唐观无伦与比,而高唐观所在的巫山更是高大无畴。接下来描写登巫山、游高唐的沿路所观之景观:高耸之山势、湍急的溪谷,惊骇的猛兽,飞扬的山禽、众多的水族,常青的草木,艳丽的百花。而远望那直插云霄的座座孤峰却只是在高大的巫山脚下。高唐观坐落在一片平坦的山地中,其中香气袭人,百鸟争鸣。香草有:秋兰、茝蕙、江离、青荃、射干、揭车,鸟类有:王雎、鹂黄、正冥、楚鸠、秭归、思妇、垂鸡。进入高唐之观,需要完成"进纯牺,祷琁室,醮诸神,礼太一"等一系列祭祀活动。正因为高唐是祭祀楚国的太一神和其他大神的地方,尽管位于巫山之中,却没有巫山神女的位置,因而巫山神女才说自己是"高唐之客"。最后因荐先王枕席而得以在高唐观附近有了一个朝云庙,这才使神女有了自己落脚处。对于这个朝云庙的称呼,《文选》卷31江淹《杂体诗》李善注引《宋玉集》、《渚宫旧事》卷3引《襄阳耆旧传》、《太平御览》卷399引《襄阳耆旧传》均作"朝云之馆"。

2. 宋玉笔下的巫山是楚地众山的缩影

研究者认为,宋玉赋中所表现的山势、气候、物产等与三峡的巫山相吻合;也有学者将它与地处古代云梦泽中的大山相比,发现赋中所写类似于今天的蒲矶山、仙女山等。实际上,我们不必过分地纠结于宋玉笔下的巫山到底在哪里。对于宋玉赋中所出现的诸多故事、所描写的很多物象并非现实生活中存在的,也不一定是宋玉所亲身经历过的。如《登徒子好色赋》中对宋玉示爱的东邻之子,《对楚王问》中的郢中歌手,《讽赋》中以色相诱的寂寞少女,这些未必实有其人;《大言赋》、《小言赋》中襄王赐云梦之田的故事,也未必真的发生过。我们完全可以将这些仿佛与宋玉有关故事视为来自生活而又大大高于生活的文学创作。

宋玉笔下的巫山也许有三峡之巫山的影子,但又不可能完全是对三峡巫山的描述。它不仅将巫山搬到了云梦大泽中,并融合了楚地众多大山的特点。通过此赋,展示了宋玉眼中、心中楚地山势的特点,楚国丰富的物产,四季鲜花盛开的景致。它是楚

---

① 刘刚:《巫山考—宋玉辞赋地名考之三》,《社会科学辑刊》,2007年第2期,第155页。

国秀美山川的缩影。

二、巫山神女的原型与文化意象

《文选》卷 31 江淹《杂体诗》李善注引已失传的《宋玉集》中的一段与今本《高唐赋》序类似的文字,其中所记情节有些出入:

> 楚襄王与宋玉游于云梦之野,望朝云之馆,有气焉,须臾之间,变化无穷,玉问:"是何气也？"玉对曰:"昔先王游于高唐,怠而昼寝,梦见一妇人,自云:'我帝之季女,名曰瑶姬,未行而亡,封于巫山之台。闻王来游,愿荐枕席。'王因幸之。……为之立馆,名曰朝云。"①

引文中出现了巫山之女的"帝之季女"的身份和"瑶姬"的名字,为我们提示了关于巫山神女更多的信息。从魏晋至明清一千多年里,在众多诗词曲赋中,巫山神女、瑶姬成为反复歌咏的对象,随着作品主题的不同,她或是令人可以亲近的妖艳绝伦的美女,或是可望不可即的仙圣之品,或是淫娃荡妇的代名词。要之,她是后代很多文人心目中的理想"情人",是某些不可言喻的情感的寄托,甚至也成为一部分人意淫的对象。

正因如此,20 世纪以来,很多学者在研究巫山神女的原型与文化意蕴的时候,多用民俗学理论来透视这位飘忽不定的神女,多将她与原始信仰中的高禖联系起来。

在 20 世纪前期,郭沫若先生在其《甲骨文字研究·释祖妣》中提出:"楚之云梦为楚社所在之地,其中有'阳台',有'高唐观',有巫山神女之'朝云庙',而为为云为雨之所。'高唐'者余谓既高禖或郊社之音变。"②那么,在高唐观中的巫山神女当然就是高禖的主角,巫山神女自荐枕席与楚王也是古老的性文化、性习俗的体现。闻一多同意郭沫若关于高唐与高禖之关系,但不同意"高唐"为"高禖"之音变之说。而认为"高唐"即"高阳"。认为高阳神是楚人的祖先,原本是个女性,"高阳在始祖的资格之下,虽变成了男性,但在神禖的资格之下,仍然不得不是个女子。"③"楚民族的高唐(阳)以先妣而兼禖神,与夏民族的涂山氏同类。……高禖这祀典确乎是十足地代表着那以生殖机能为宗教的原始时代的一种礼俗。文明的进步把羞耻心培植出来了虔诚一变而为淫欲,敬畏一变而为玩狎,于是那以先妣而兼高禖的高唐在宋玉的赋中便不能不堕落成一个奔女了。"④陈家梦先生也从此说:"巫山神女,乃私奔之淫女,其侍宿于梦王,实从高禖会合男女而起。"⑤

郭沫若、闻一多、陈家梦诸先生的观点对后世研究《高唐赋》、《神女赋》和巫山神女的学者产生很大影响,沿着这个路子,当代一些学者进一步剖析神女的身份,有人认为

---

① 萧统编、李善注:《文选》,中华书局,1977 年版,第 477 页。
② 郭沫若:《郭沫若全集》第一卷《甲骨文字研究·释祖妣》,科学出版社,1982 年版,第 63 页。
③ 闻一多:《神话与诗·高唐神女传说之分析》,古籍出版社,1957 年版,第 99 页。
④ 闻一多:《神话与诗·高唐神女传说之分析》,古籍出版社,1957 年版,第 100－106 页。
⑤ 陈家梦:《高禖郊社祖庙通考》,《清华大学学报》,1937 年第 3 期,第 446 页。

她本是楚国云梦神社中的一位尸女,这个传说的背后是古代社祭求子祈雨的宗教习俗。(杨琳:《巫山神女原型新探》56—62,《文艺研究》1983年4期,61)也有学者认为它是战国以降的冥婚习俗的反映,神女游荡至高唐,是为寻求适婚夫婿而来。①

这种以民俗学方法研究得出的结论无疑给我们很多启示,然而,巫山神女是否就是楚人的高禖我们却在古代文献中找不到一点相关的证据。闻一多认为因为在文明时代,将对高禖虔诚与敬畏变成了淫欲与玩狎,才使得宋玉的赋中的这位曾作为远古高禖身份的巫山神女堕落成了一个奔女。而远古时期的高禖崇拜存在于众多的不同民族,它也是先民们生殖崇拜的产物。高禖作为管理婚姻和生育之神,多数时候又是一个古老民族共同崇拜的女性祖先,她在一个民族集体心目中的地位是神圣而不可侵犯的。

如果要探寻巫山神女的真正身份,还需从其他文献中去找这位神女的来源。这位被后世称作瑶姬的巫山神女,在《山海经》中已有所记载,《山海经·中山经》载:"姑媱之山,帝女死焉,其名曰女尸,化为瑶草,其叶胥成,其华黄,其实如兔邱,服之媚于人。"②这位姑媱之山的女尸便是后来的瑶姬,那可以让人沉入爱河的瑶草则是瑶姬精灵的寄托。相传瑶姬是炎帝的后代,其神话传说也最早产生于中原地区,后来随着炎帝部族的南迁和炎帝神话的南移,瑶姬传说也随之被传播至三峡地区,而原本为姑媱之山的女尸也有了一个女性化十足且典雅别致的名字"瑶姬"。

在传说中,巫山神女身上所附加的神话传说因素越来越丰富,其帝女的身份、未嫁而亡的人生经历和能够媚人的美艳,足使人产生无穷的想象。宋玉采用巫山神女的故事,既反映出楚文化的特征,也折射出宋玉的人生际遇。

在楚文化中有着追求华丽、纤巧之美的倾向,而对女性的审美表现出偏爱体态轻盈、尚瘦秀之美、超俗之美的特点。由于巫文化的盛行,使先秦楚地存在"民神杂糅","家为巫史"的普遍现象,从而也形成了楚文化中"人神合一"独有的文化特色。于是,在屈原作品《九歌》中充分展示了神神相爱、人神相恋多情、缠绵的画卷。这《九歌》中,无论是大司、少司命、湘君、湘夫人、河伯、山鬼、东君、云中君等,都有着与普通人一样的柔情万种、多愁善感,也有着凡人的烦恼、忧愁、欲望和感伤,甚至是无奈。于是在屈原笔下,人、神之间的距离从来没有如此贴近过。而宋玉的《高唐赋》和《神女赋》所展现的神女与凡人的关系既是楚文化的传承,也是对屈原创作精神的发扬。所以,因为神与人的近距离,使楚王能有机会与神女交合;而神女终归是神,所以最后还是人神两隔。

宋玉赋中神女的形象也是宋玉人生际遇的体现,反映了宋玉内心深处的失落与惆怅。从相关文献记载来看,宋玉文思敏捷,才气过人,而一生只做过楚国的大夫,虽在楚王身边,但大多数只是以一个文学侍臣的身份存在。到晚年,甚至失职而流浪天涯。

---

① 鲁瑞菁:《高唐神女传说之再析——一个冥婚习俗观点的考察》,《云梦学刊》,2008年第2期,第38—47页

② 《山海经·中山经》(二十二子本),上海古籍出版社,1986年版。第1361页。

对于这样一种人生经历,对于宋玉来说常常有一种生不逢时之感、明珠投暗之叹。在现实生活中得不到楚王的重用,又多次遭同僚嫉妒、打击,只有在作品中渴望找回自己的自尊,所以才有《大言赋》、《小言赋》中得到云梦之田赏赐的自慰文字。同时又将自己目光乃至心灵转至丰富的女性世界,以《登徒子好色赋》、《讽赋》等呈现作为男人的超人魅力;以《神女赋》中以神女对他眷恋留情、惺惺相惜,展示自己的价值,然而,这对生活在现实中的宋玉而言只能是一种虚幻,神女飘然逝去时,作者也就从幻境中重生地跌落到现实,剩下的只是无限的失落与感伤。

文学与学术分离之终结

——论宋玉辞赋对先秦文学意象的重构

胡小林

（湖北文理学院文学院　襄阳湖北　441053）

【摘要】　宋玉辞赋意象是对先秦文学中含混多义的意象继承和改造的产物，主要可分为三类：政教意象、人格意象和情感意象。基于辞赋文体特质的要求和微言讽谏之所需，宋玉辞赋从内容和形式两方面对先秦文学意象加以改造，弱化了先秦文学意象的讽谏教化功能，突显其文学审美价值，是战国后期文学与学术分离的终结。以汉儒为代表的后世批评家有意忽略文学与学术的差异性，多以是否适合承载儒家学说来评判宋玉辞赋，自然批驳多于褒扬。但是，这些批驳从侧面证明，从汉代开始宋玉及其辞赋的政治地位得到逐步提升，影响范围也逐渐扩大。

【关键词】　宋玉；辞赋；先秦文学；意象

一、引言

历代批评家对于宋玉的批评，可分为批驳与褒扬两派，但以批驳居多。对宋玉辞赋的批驳，始于汉代，以扬雄和班固为代表。扬雄在《法言》中说："或问：'景差、唐勒、宋玉、枚乘之赋也，益乎？'曰：'必也淫。''淫则奈何？'曰：'诗人之赋丽以则，辞人之赋丽以淫。'"[①]班固的批驳承继扬雄而来，措辞更加尖锐："春秋之后，周道寖坏，聘问歌咏不行于列国，学《诗》之士逸在布衣，而贤人失志之赋作矣。大儒孙卿及楚臣屈原离谗忧国，皆作赋以风，咸有恻隐古诗之义。其后宋玉、唐勒，汉兴枚乘、司马相如，下及杨子云，竞为侈俪闳衍之词，没其风谕之义。"[②]从魏晋南北朝至明清，批评家对宋玉辞赋的批驳，大多基于扬雄和班固之论而进一步发挥，不再赘述。

那么，为什么历代批评家指责宋玉辞赋为"淫"文之首？"辞人之赋丽以淫"和"竞

---

① （汉）扬雄《法言》，卷二《吾子篇》，《丛书集成初编》，中华书局1985年版。
② （汉）班固《汉书》，卷三十《艺文志第十》，中华书局2005年版，第1383－1384页。

为侈丽宏衍之词,没其风谕之义"的批驳背后,隐藏着何种文学变迁?本文从宋玉辞赋对先秦文学意象的继承与改造入手,探讨这些问题的答案。需要指出的是,本文所研究的宋玉辞赋作品,以学界公认和确考为宋玉所作的辞赋作品为准,主要包括《九辩》、《高唐赋》、《神女赋》、《讽赋》、《登徒子好色赋》、《钓赋》、《御赋》、《风赋》、《笛赋》、《大言赋》、《小言赋》,共11篇。

二、宋玉辞赋意象的分类

关于"意象"一词的含义,学界有众多解释。袁行霈先生认为,意象是融入了主观情意的客观物象,或者是借助客观物象表现出来的主观情意。① 蒋寅先生则说:"意象是经作者情感和意识加工的由一个或多个语象组成、具有某种意义自足性的语象结构,是构成诗歌本文的组成部分。"② 无论是哪一种,"意象"都包含两个层面的意思,一是文学作品中的客观物象;二是作者使用客观物象所承载的主观情意。

宋玉辞赋作品中的意象,均是对先秦文学意象进行加工和改造的结果,以此来表达自己的治国理念、人格追求和情感变化。元人指出:"宋玉师事屈原,为楚大夫,作《九辩》,悲屈原也;作《神女》、《高唐》二赋,皆寓言托兴,有所讽也。"③ 清人亦说:"玉,楚人,屈原弟子,为楚大夫。闵其师放逐乃作《九辩》,述其志以悲之。又作《神女》、《高唐》二赋,皆寓言托兴,有所讽也。《对》,客有歌于郢中,为《阳春》、《白雪》之调,其曲弥高,其和弥寡。"④ 宋玉辞赋作品中的意象可分为三类:政教意象、人格意象和情感意象。

一、政教意象。政教意象,是宋玉表达其政治理想的客观物象,可分为两类:

(一)治国意象,包括"钓"、"御"和"风"。

1. "钓"意象,出自宋玉《钓赋》。钓,本指鱼钩或以钓具获取水生动物。《诗·卫风·竹竿》:"籊籊竹竿,以钓于淇。"《庄子·田子方》:"文王观于臧,见一丈夫钓,而其钓莫钓;非持其钓有钓者也,常钓也。"《淮南子·说林训》:"无饵之钓,不可以得鱼。"后喻指用手段谋取或治理国家,如《鬼谷子·反应》:"其张置网而取兽也,多张其会而司之,道合其事,彼自出之,此钓人之网也。"

2. "御"意象,出自宋玉《九辩》和《御赋》。《九辩》有曰:"却骐骥而不乘兮,策驽骀而取路。当世岂无骐骥兮?诚莫之能善御。见执辔者非其人兮,故駶跳而远去。"又说:"尧舜皆有所举任兮,故高枕而自适。谅无怨于天下兮,心焉取此怵惕?乘骐骥之浏浏兮,驭安用夫强策。"

"御",本指驾驭车马。周时为六艺之一。《周礼·地官·大司徒》:"三曰六艺,礼、

---

① 袁行霈,《中国诗歌艺术》,北京大学出版社1987年版,第63页。
② 蒋寅《语象·物象·意象·意境》,《文学评论》,2002年第3期,第74页。
③ (元)佚名《氏族大全》,卷十七《一送·九辩》,《四库全书》本。
④ (清)周鲁《类书纂要》,卷十五,江苏广陵古籍刻印社1990年版。

乐、射、御、书、数。"后泛指驾驭一切运行或飞行之物。《庄子·逍遥游》："夫列子御风而行，泠然善也。"后引申为治世或治民。《鬼谷子·忤合》："是以圣人居天地之间，立身御世，施教扬声，明名也。"

3."风"意象，出自宋玉《风赋》和《笛赋》。《笛赋》曰："美风洋洋而畅茂兮，嘉乐悠长俟贤士兮。"风，本指空气的流动，古人认为是因天地阴阳变化而生成。如《庄子·齐物论》："大块噫气，其名曰风。"后喻指良好的风化。"风，阳中之阴，物藉之以发生，亦由之以摧谢，故风之为言，亦多不同。宋玉《风赋》有大王、庶人之分，虽曰托物以见意，而所以名状乎风者抑至矣。人君之化所以谓风化，而诸侯之政，其是非得失形于诗歌者，亦谓之风。风之名虽同，而所以谓之风者则异，是亦取其有发生、摧谢之别尔。"①

（二）礼乐意象，是宋玉表达其礼乐文化理想所使用的意象，主要包括"美人"和"笛"。

1."美人"意象，出自宋玉《高唐赋》、《神女赋》、《讽赋》和《登徒子好色赋》。"美人"，本指容貌美丽之人，多指女子，后喻指君上或品德美好之人。如《楚辞·九章·抽思》："结微情以陈词兮，矫以遗夫美人。"《诗·邶风·简兮》："云谁之思，西方美人。"宋玉辞赋中的"美人"，多取其本义，即容貌美丽的女子。在此基础上，宋玉以"美人"的故事，表达其"发乎情，止乎礼义"的礼乐文化思想。如《神女赋》和《高唐赋》中的君王与美人之遇，《登徒子好色赋》中登墙而窥的"东家之子"。

2."笛"意象，出自《笛赋》。笛，亦称"篴"，本为管乐器名，最早出自《周礼·春官·笙师》："笙师掌教篴竽、埙、钥、箫、篪、篴、管、舂牍、应、雅。"宋玉《笛赋》是第一篇以笛为主题的文学作品，从制笛、吹笛、笛声引申至对礼乐文化以及个人恪守礼制的讨论："八音和调，成禀受兮。善善不衰，为世保兮。绝郑之遗，离南楚兮。美风洋洋，而畅茂兮；嘉乐悠长，俟贤士兮。鹿鸣萋萋，思我友兮；安心隐志，可长久兮。"

二、人格意象。人格意象，是宋玉标举其高洁人格的客观物象，最具代表性的就是凤和骐骥。

凤，本指传说中的神鸟，古代比喻有圣德的人或贤才。《诗·大雅·卷阿》："凤皇鸣矣，于彼高冈；梧桐生矣，于彼朝阳。"《论语·微子》："凤兮凤兮，何德之衰也。"骐骥，本指骏马，如屈原《离骚》："乘骐骥以驰骋兮，来吾道夫先路。"后亦喻指贤才。

宋玉辞赋往往将凤与骐骥相提并论，如《九辩》："凫雁皆喙夫梁藻兮，凤愈飘翔而高举。圆凿而方枘兮，吾固知其鉏铻而难入。众鸟皆有所登栖兮，凤独遑遑而无所集。愿衔枚而无言兮，尝被君之渥洽，太公九十乃显荣兮，诚未遇其匹合。谓骐骥兮安归？谓凤凰兮安栖？变古易俗兮世衰，今之相者兮举肥。骐骥伏匿而不见兮，凤凰高飞而不下；鸟兽犹知怀德兮，云何贤士之不处？骥不骤进而求服兮，凤亦不贪喂而妄食。君弃远而不察兮，虽愿忠其焉得。欲寂漠而绝端兮，窃不敢忘初之厚德。独悲愁其伤人兮，冯郁郁其何极！"凤和骐骥独立于浊世之外，保持自身品性的完美，不因俗利而违心

---

① （宋）吴箕《常谈》，《丛书集成初编》，中华书局1985年版。

屈志,象征作者不趋时媚俗,随波逐流。

三、情感意象。宋玉辞赋的情感意象,主要为"秋"。"秋",本指各种作物成熟或秋季时令,如《尚书·盘庚上》:"若农服田力穑,乃亦有秋。"《诗·卫风·氓》:"将子无怒,秋以为期。"古以五音配四时,商为秋,因又以秋指商声;又因秋主肃杀,古因称与律令刑狱有关之事为秋。如此,"秋"便成为宋玉辞赋作品中传达悲伤之情的典型情感意象。

三、宋玉辞赋处理先秦文学意象的策略

那么,先秦文学意象的特质是什么?宋玉辞赋是如何改造先秦文学意象的呢?先秦文学的意象往往由神话形象演化而来,以寓言的形式出现,表达作者对客观世界的认知,具有学术性和文学性共存的特质。面对先秦文学意象,宋玉辞赋是如何处理的呢?主要有两个策略:

(一)在意象的内涵方面,顺承的同时加以引申。

无论是政教类意象、人格类意象,还是情感类意象,宋玉辞赋作品基本上遵循了先秦文学意象的基本内涵,用以表达自己的情思。在此基础上,宋玉辞赋对其含义加以引申,具体方法有三:

1.政教类意象:宋玉赋予其治国理想与礼乐文化的内质。在宋玉之前的先秦文学中,"钓"、"御"、"风"、"美人"和"笛"等意象,基本维持其本质含义。但在宋玉的辞赋中,这些意象的含义得以引申,被赋予了治国之道和礼乐文化的内质。

例如,"御"这一意象,本指驾驭车马,周时为六艺之一。《周礼·地官·大司徒》:"三曰六艺:'礼、乐、射、御、书、数。'"后泛指驾驭一切运行或飞行之物。《庄子·逍遥游》:"夫列子御风而行,泠然善也。"后引申为治世或治民。如《韩非子·外储说右下》:"故国者,君之车也;势者,君之马也。无术以御之,身虽劳,犹不免乱。有术以御之,身处佚乐之地,又致帝王之功。"在此基础上,宋玉《九辩》和《御赋》将"御"的含义进一步引申和发挥。《九辩》强调人君要善御,即知人善任,不能使用"强策"。《御赋》则在《韩非子》"造父善御"典故的基础上,以御术发端,层层递进,专篇讲述御人和治国之道。

2.人格类意象:宋玉赋予其游离于入世与逃世之间的矛盾心态。在宋玉之前的先秦文学中,"凤"和"骐骥"的形象,仅是贤德之才的代名词。如《论语·微子》:"凤兮凤兮,何德之衰也。"《荀子·劝学》:"骐骥一跃,不能十步。"宋玉在其辞赋作品中,则将"凤"和"骐骥"意象置于楚国末年的乱世背景之中,象征具有贤德之才和济世之志,却因昏君佞臣当政而不被重用的失志之士。他们一方面渴望获得施展才智的机会,另一方面又因面对浊世而试图逃离,希望借此保持自身人格的独立与高洁。

3.情感类意象:宋玉赋予其贤士失志不遇的悲怆和无奈。在宋玉之前的先秦文学中,"秋"本指各种作物成熟或秋季时令,如《尚书·盘庚上》:"若农服田力穑,乃亦有秋。"因秋主肃杀,先秦文学作品便将秋天物候的变化与人之感情波动联系起来。如

《诗经·小雅·四月》："秋日凄凄，百卉具腓。乱离瘼矣，奚其适归？"又因古代以五音配四时，商为秋，因此以秋代指商声，多为悲音。在此基础上，宋玉将"秋"之意象的内涵进一步丰富化与现实，赋予楚国乱世失志贤士的悲伤之情，完成了"秋"意象之含义从纯粹的季节时令到悲时伤世的定型。

（二）在意象的表现形式方面，重新建构。在顺承先秦文学意象基本内涵的基础上，宋玉对其外在表现形式进行重构，具体方法有三：

1. 政教类意象故事化。在宋玉之前，先秦文学中的此类意象往往出现在诗歌或说理散文中，用以辅助说明哲学思想。如"东家"一词，出自《孟子·告子下》："逾东家墙而搂其处子，则得妻。"虽具有故事性，但过于简短。宋玉《登徒子好色赋》则借助东家之子的典故，又虚构楚襄王、宋玉、登徒子三个人物，加强了故事的复杂性和生动性，并进而引出"好色与否"的话题，探讨人之情欲与礼之大防之间的关系，最后得出君子当恪礼自守的结论。

宋玉对先秦文学意象进行加工，使其故事化，大致可分为三种方式：一是借用现实人物，围绕中心意象虚构故事。如《钓赋》虚构楚襄王、宋玉、登徒子三人论辩"钓道"；《风赋》虚构楚襄王、宋玉、景差三人，探讨"大王之风"与"庶人之风"的异同；《御赋》虚构楚襄王、宋玉、唐勒讨论"御理"。二是借用神话人物，对已有神话故事加以改造。如在《高唐赋》、《神女赋》中，宋玉借用"巫山神女"这一神话形象，对其神话故事进行改造，加入楚襄王这一角色，讨论"礼"与"色"的关系。三是以第一人称角度讲述故事。如《笛赋》，作者以"余"为观察者和讲述者，从竹子生长、伐竹、制笛、奏笛到笛声，讲述"笛"的故事。

2. 人格类意象具象化。在宋玉之前，先秦文学中的"凤"和"骐骥"意象，虽然意义非常明确，但形象却很笼统。如《诗·大雅·卷阿》："凤皇鸣矣，于彼高冈；梧桐生矣，于彼朝阳。"《荀子·劝学》："骐骥一跃，不能十步；驽马十驾，功在不舍。"

宋玉《九辩》在塑造"凤"和"骐骥"意象时，突显其在浊世的孤独与彷徨，带有强烈的情感特质："凫雁皆唼夫梁藻兮，凤愈飘翔而高举。圆凿而方枘兮，吾固知其鉏铻而难入。众鸟皆有所登栖兮，凤独遑遑而无所集。愿衔枚而无言兮，尝被君之渥洽，太公九十乃显荣兮，诚未遇其匹合。谓骐骥兮安归？谓凤凰兮安栖？变古易俗兮世衰，今之相者兮举肥。骐骥伏匿而不见兮，凤凰高飞而不下；鸟兽犹知怀德兮，云何贤士之不处？骥不骤进而求服兮，凤亦不贪喂而妄食。君弃远而不察兮，虽愿忠其焉得。欲寂漠而绝端兮，窃不敢忘初之厚德。独悲愁其伤人兮，冯郁郁其何极！"

3. 情感类意象精细化。此类意象，主要以《九辩》中"秋"为代表。在宋玉之前的先秦文学中，"秋"这一词汇屡有出现，但是，均未把"秋"景及由此引发的情思联系起来，进行细致入微的描写。如《诗经·小雅·四月》："秋日凄凄，百卉具腓。乱离瘼矣，奚其适归？"屈原《离骚》："日月忽其不淹兮，春与秋其代序；惟草木之零落兮，恐美人之迟暮。"

宋玉《九辩》将描写对象主要集中于"秋"景及以此引发的悲秋之情，从一系列动物、植物、山川、地理、天文等物象入手,赋予其因失志而哀伤的情感内涵。明代陆时雍说:"万物懔秋,人生苦愁,彼生不辰者,直百岁无阳日耳。屈原之于怀王,始非不遇,卒以忧死,君子哀之。宋玉作《九辩》衍述原意,兼悼来者,故语多商声。其云'贫士失职而志不平',所寄慨于千载者多矣!"①

可以看出,通过以上改造和重构,宋玉辞赋意象与先秦文学意象相比,弱化了其学术性的特点,强化了其文学性特点。这样做所造成的客观结果便是,宋玉辞赋意象的文学之价值超越了讽谕功能。

四、宋玉辞赋意象建构的文学史背景:文学与学术分离的终结

先秦时期,"文学"是指包括文学在内的一切学术。至战国晚期楚辞和楚赋出现,文学与学术逐渐走向分离,其肇始者为屈原,其终结者为宋玉。所以,宋玉辞赋意象的建构,是在文学与学术分离的文学史背景下完成的,具体表现在以下四个方面:

(一)作家。作为先秦文学创作主要群体的士,其社会地位和个人心态,在战国前期与后期有着天壤之别。战国前期,各国诸侯争为天下霸主,士因其成为他们争相礼聘重用的焦点,士人心态有为王者之师的自信。战国后期,士人随着自身政治地位的下降,其职责便转向为调笑娱乐的娱宾自伤,促使他们由学者型之士转向文人型之士。章学诚在《校雠通义·汉志诗赋》中指出战国后期文人之士与战国前期学者之士的渊源流变关系:"古之赋家者流,原本《诗》、《骚》,出入战国诸子。假设对问,《庄》、《列》寓言之遗也。恢廓声势,苏、张纵横之体也。排比谐隐,韩非《储说》之属也。征材聚事,《吕览》类辑之义也。"②司马迁在《史记·屈原贾生列传》中,指出屈原之后楚国之士在议政方面的尴尬局面:"然皆祖屈原之从容辞令,终莫敢直谏。"③从儒家学者孟子、荀子,降至屈原、宋玉,战国前、后期知识分子的社会地位逐渐下降,左右政局的可能性也被逐步削弱,这一变迁从他们的著述中可以很清楚地看到端倪。对此,吴广平认为:"从屈原的直谏发展到宋玉的曲谏,反映了楚国政治日趋黑暗的历史背景下君臣关系的变迁轨迹和文人话语方式的调适历程。而宋玉运用曲谏正是其地位卑微和生存艰难的体现。"④

(二)作品。战乱环境,导致文学作品教化功能的削弱,客观上促进了文学作品审美功能的加强,从而使文学脱离学术,由杂文学向纯文学转变。对此,刘勰在《文心雕龙·时序》中论述道:"春秋以后,角战英雄,《六经》泥蟠,百家飙骇。方是时也,韩魏力

---

① (明)陆时雍《楚辞疏》,卷八《九辩》,(台北)新文丰出版公司影印明末缉柳斋刊本1986年版。
② (清)章学诚著、叶瑛校注《文史通义校注·校雠通义》,卷三,中华书局1985年版,第1064页。
③ (汉)司马迁《史记》,中华书局,2006年重印版,第1940页。
④ 吴广平《论从屈原到宋玉的四大转型》,《内蒙古职大学报》,2005年第1期,第33页。

政,燕赵任权,五蠹六虱,严于秦令;唯齐、楚两国,颇有文学;齐开庄衢之第,楚广兰台之宫,孟柯宾馆,荀卿宰邑;故稷下扇其清风,兰陵郁其茂俗;邹子以谈天飞誉,驺奭以雕龙驰响;屈平联藻于日月,宋玉交彩于风云。观其艳说,则笼罩《雅》、《颂》。故知炜烨之奇意,出乎纵横之诡俗也。"①刘勰尤其注重宋玉辞赋在纯文学性方面的加强,在《文心雕龙·夸饰》进一步指出:"自宋玉、景差,夸饰始盛。"②在《文心雕龙·诠赋》中也说:"宋发巧谈,实始淫丽。"③而在《文心雕龙·谐隐》中则指出,由于宋玉所处时代与个人身份的双重原因,宋玉辞赋的诙谐娱乐功能,在客观上要大于其直言讽谏功能:"谐之言皆也。辞浅会俗,皆悦笑也。昔齐威酣乐,而淳于说甘酒;楚襄讌集,而宋玉赋《好色》,意在微讽,有足观者。"④

（三）文体。宋玉的辞赋创作,正处于辞体向赋体的嬗变时期。"辞",为诗人之赋,承载了诗教功能。"赋",为"辞人之赋",因丽而淫。宋玉在屈原之后别开生面,创立赋体文学,成为赋体文学的开山祖师,在楚辞、楚赋和汉赋之间具有承前启后的作用。司马迁《史记·屈原贾生列传》说:"屈原既死之后,楚有宋玉、唐勒、景差之徒者,皆好辞而以赋见称。"⑤刘勰《文心雕龙·诠赋》说:"观夫荀结隐语,事数自环;宋发巧谈,实始淫丽。枚乘《兔园》,举要以会新;相如《上林》,繁类以成艳;贾谊《鹏鸟》,致辨于情理;子渊《洞箫》,穷变于声貌;孟坚《两都》,明绚以雅赡;张衡《二京》,迅发以宏富;子云《甘泉》,构深玮之风;延寿《灵光》,含飞动之势。凡此十家,并辞赋之英杰也。"⑥明确把宋玉列为荀子之后,枚乘、贾谊、司马相如、扬雄、王褒、班固、张衡、王延寿等赋家之前的一位辞赋大家,可知宋玉在辞体向赋体演进过程中的重要作用。任昉《文章缘起》则直接把赋体的创始人归功于宋玉:"赋,楚大夫宋玉作。"⑦清人程廷祚在《骚赋论·上》中,与任昉的意见相同:"或曰:骚作于屈原矣,赋何始乎？曰:宋玉。"⑧清人何焯在张惠言《七十家赋钞引》中评宋玉赋时说:"铺张扬厉,已为赋家大畅宗风;词尚风华,义归讽谏。须知赋之本意,义本于诗,而体近于骚。故有屈之《离骚》,则有宋之赋。其时荀卿亦以赋著,而荀赋近质,宋赋多文,宜赋家之独宗宋也。"⑨不仅肯定了宋玉在赋体发展史中的重要地位,而且对荀赋与宋赋的风格差异进行辨析,明确指出荀赋尚朴质,宋赋尚文采,而后世赋家,多以宋玉为宗,强调宋玉对于赋体展的开创性功绩。

（四）文学思潮。战国中晚期,文学的自觉意识逐步提升,屈原、宋玉的辞赋作品即为明证。班固在《离骚序》中说:"然其（指屈原）文弘博丽雅,为辞赋宗,后世莫不斟酌

---

① （梁）刘勰《文心雕龙·时序》,人民文学出版社1958年版,第671—672页。
② （梁）刘勰《文心雕龙·夸饰》,第608页。
③ （梁）刘勰《文心雕龙·诠赋》,第135页。
④ （梁）刘勰《文心雕龙·谐隐》,第270页。
⑤ （汉）司马迁《史记》,中华书局,2006年重印版,第1940页。
⑥ （梁）刘勰《文心雕龙·诠赋》,第135页。
⑦ （梁）任昉《文章缘起》,《四库全书》本。
⑧ （清）程廷祚著、宋效永校点《青溪集》,卷三,黄山书社2004年版,第66页。
⑨ （清）张惠言《七十家赋钞》,卷首,清道光康绍镛刻本。

其英华,则象其从容。自宋玉、唐勒、景差之徒,汉兴,枚乘、司马相如、刘向、扬雄,骋极文辞,好而悲之,自谓不能及也。虽非明智之器,可谓妙才者也。"① 刘刚指出:"两汉学者的价值观是建立在儒学规范之上的,他们对文学虽有了初步的认识,但仍把文学看作经学的附庸,他们还不能以文学观的价值取向评论文学家及其作品。……因此,汉代文学批评中宋玉现象的发生是不可避免的。在这样的文学批评环境中,两汉的宋玉批评必然存在着先天的缺失。"李炳海指出:"辞赋的出现标志着中国古代纯文学阶段的开始和文人群体的生成,辞赋关于作家的创作又经历了从屈原到宋玉的转变。如果说屈原的作品还没有完全和现实政治脱钩,还处于半自觉状态,那么,宋玉等赋家已经把文学创作当成人生娱乐的重要方式,在作品中表现出明显的唯美倾向。"② 他又说:"从屈原到宋玉等人,从辞到赋,是由泛文学到纯文学的演变过程,只是到了宋玉那里,文学才真正以独立的形态出现,才出现纯粹的文本。"③

宋玉对先秦文学意象进行改造,一方面是辞赋文学自身的要求,另一方面是庙堂讽谏的需求。与前贤如屈原对国事的肆意批评相比,宋玉的涉政言论是极其不自由的,不得不借助于纡徐婉曲之笔以避灾远祸。对此,明代陈第论述极为详尽:"愚读《九辩》,其志悲,其托兴远,其言纡徐而婉曲,稍露其本质,即辄为盖藏,以此伤其抑郁愤怨之深,亦以此知楚王之终不悟,而党人接迹于世,故恐有不密,阶祸而波及于罪也,不亦悲乎? 夫原,介而不屈,忠而见逐,其设心本以死自誓,故其出词,直致而无复讳忌。……玉即殉其师以死,亦何益成败之数乎? 虽然北郭骚以头白托晏子,亦感其分粟养母已耳。师弟子之恩,故不止此。太史公曰:'楚有宋玉、唐勒、景差之徒,皆好辞而以赋见称,然皆祖屈原之从容辞令,终莫敢直谏。'愚谓宋玉诸赋,大抵婉雅之意多,劲奋之气少,律以北郭骚,难矣哉! 难矣哉!"④ 不仅道出宋玉辞赋创作的复杂政治背景,亦点出宋玉故意隐藏于其辞赋作品中的抑郁愤怨之情与婉言讽谏之意,更指出后世批评家对于宋玉及其辞赋的批驳的确有失公允。

五、总结

宋玉辞赋对先秦文学意象化用重构之后,形成具有审美价值的纯文学意象,完成了文学与学术的分离,但在客观上也弱化了辞赋的讽谏教化作用。历代批评家并非意识不到宋玉辞赋的文学之美,但是他们有意将宋玉定位为儒家学者,从而将宋玉辞赋纳入到儒学统序中加以考察和评价,从而得出宋玉辞赋"丽以淫"的负面结论,从而造

---

① (汉)王逸著、黄灵庚疏证《楚辞章句疏证》,中华书局2007年版。
② 李炳海《辞赋研究的视角转换》,《东北师大学报(哲学社会科学版)》2000年第4期,第58页。
③ 李炳海《辞赋研究的视角转换》,《东北师大学报(哲学社会科学版)》2000年第4期,第58页。
④ (明)陈第《屈宋古音义》卷三《题九辩》,《丛书集成初编》,中华书局1985年版。

成对宋玉辞赋的有意误读。当然,宋玉辞赋讽谏功能的实际效果,相对于儒家六经而言,的确是微不足道的。与此同时,以汉儒为代表的后世批评家对宋玉辞赋的批驳,不仅说明了自汉代开始,宋玉及其辞赋的政治地位得到逐步提升,影响范围也逐渐扩大,也意味着从汉初司马迁开始,辞赋已经不再囿于楚地文学和宫廷娱乐文学,而是被逐渐提升至与六经同等重要的位置,成为汉代学术领域中的显学。

论宋玉《风赋》及后人的拟作

詹杭伦　沈时蓉

（香港大学　香港　999077；北京化工大学　北京朝阳　100000）

【摘要】 宋玉在中国赋学发展史上具有承前启后的宗主地位。其《风赋》不仅具有讽喻的意涵，而且也是一篇表现审美心理的妙文。后代作家，包括朝鲜作家，对《风赋》有拟作，足见宋玉及其《风赋》的深远影响。

【关键词】 宋玉；《风赋》；审美心理；《风赋》的接受史

宋玉的辞赋作品，据《汉书·艺文志》所载，有十六篇。见于王逸《楚辞章句》的，有《九辩》、《招魂》两篇；见于萧统《文选》的，有《风赋》、《高唐赋》、《神女赋》、《登徒子好色赋》、《对楚王问》等五篇；见于章樵《古文苑》的，有《笛赋》、《大言赋》、《小言赋》、《讽赋》、《钓赋》、《舞赋》等六篇，见于明代刘节《广文选》的，有《高唐对》、《微咏赋》、《郢中对》等三篇。这些作品的真伪，在三十年以前，遭到许多学者质疑，有的文学史甚至认为，可信而无异议的只有《九辩》一篇[①]。好在近年以来，不少学者为宋玉辞赋正名，如汤漳平《宋玉作品真伪辨》[②]，程本兴、张发祥《不宜把〈九辩〉定为宋玉的唯一代表作》[③]等文，已经论定署名宋玉传世的大部分辞赋作品，仍然应当归属于宋玉名下。本文拟在前此学者论述基础上，先重新论定宋玉在辞赋发展史上的地位，再就《风赋》的审美心理和讽喻意涵加以说明，最后则观察后世以及域外作家对《风赋》的拟作，以展现《风赋》的深远影响。

一、宋玉在辞赋发展史上的宗主地位

刘勰在《文心雕龙·诠赋》篇中说：

"赋"也者，受命于诗人，拓宇于《楚辞》也。于是荀况《礼》、《智》，宋玉

[①] 刘大杰：《中国文学发展史》（北京：中华书局，1963），页125。游国恩等《中国文学史》（北京：人民文学出版社，1963），页106－107）。
[②] 汤漳平：《宋玉作品真伪辨》，《文学评论》1991年第5期。
[③] 程本兴、张发祥：《不宜把〈九辩〉定为宋玉的唯一代表作》，《江汉论坛》2011年第4期。

《风》、《钓》,爰锡名号,与"诗"画境;六义附庸,蔚成大国。遂客主以首引,极声貌以穷文。斯盖别"诗"之原始,命"赋"之厥初也。①

刘勰在这一段里主要讨论赋的起源,结合清人王芑孙《读赋卮言》的看法,可以更加清楚地认识赋学源流。王芑孙在《读赋卮言·导源》中论述道:

"荀况赋论言:'请陈佹诗。'班固言:'赋者,古诗之流。'曰'佹',旁出之辞;曰'流',每下之说。夫既与诗分体,则义兼比兴,用长箴颂矣。单行之始,椎轮晚周。别子为祖,荀况、屈平是也;继别为宗,宋玉是也;追其统系,《三百篇》其百世不迁之宗矣。下此则两家歧出:有由屈子分支者,有自荀卿别派者。昭明序《选》,所以云荀、宋表前,贾、马继后,而慨然于源流自兹也。相如之徒,敷典摛文,乃从荀法;贾傅以下,湛思妙虑,具有屈心。抑荀正而屈变,马愉而贾戚,虽云一毂,略已殊途。"②

刘勰和王芑孙所揭示的赋学源流,可以图示如下:

百世之宗	别子为祖	继别为宗	分支别派
	屈平		司马相如以下(从荀法)
《诗三百》		宋玉	
	荀况		贾谊以下(有屈心)

这一赋学源流图的意义可以从以下几个方面来观察:

1. 坚持"赋自《诗》出,分歧异派"的一元论

今之论者或以赋名之骚体、散体、诗体分别溯源,为其各有所自,不相统摄,但其弊正如周祖谟所说:"作为总名之赋体之渊源无所依归矣。"③程章灿认为:"赋者古诗之流说,若从某一特定方面看,自有其似非而是之处。刘熙载在《艺概·赋概》中指出:'赋起源于情事杂沓,诗不能驭,故为赋以铺陈之,斯于千态万状,层见迭出者,吐无不畅,畅无或竭。'是很精辟的。"④其实,王芑孙指出赋乃《诗》之"旁出之辞"、"每下之说",已在一定程度上对此有先见之明。今之论者批驳赋为古诗之流说,或谓诗六义说出现于赋体产生之后,不得视为赋体渊源;或谓赋有二义,一为修辞法门,实为动词,二为文体,实为名词,貌同心异;或谓赋体兼用比兴,与文义之赋专指铺陈不同。诸说虽辩,但王芑孙早已指出"赋既与诗分体,则义兼比兴",这说明赋出于《诗》,是一种文体脱胎于另一种文体,而不仅仅是继承了一种修辞手法;若就艺术手法而论,赋体则全盘继承诗体,以赋为主,比、兴兼而有之。因此,赋为古诗之流说是难以动摇的。

2. 荀况与屈平同居赋学始祖的地位

---

① 范文澜注:《文心雕龙注》(北京:人民文学出版社,1962),页134。
② 王芑孙:《读赋卮言》(北京图书馆出版社,),册3,页302—303。
③ 见周祖谟:《从〈汉书·艺文志·诗赋略〉所录早期作家之籍贯、身份推测赋体之来源》,载《新亚学术集刊》,第13期,页74。
④ 程章灿:《魏晋南北朝赋史》,页6。

《汉志·诗赋略》以荀卿赋、屈原赋、陆贾赋并列为三家。陆贾为汉人,可置而不论。荀况,屈平理所当然为辞赋之祖。今之论者,或仅以荀赋为诗体赋、四言赋之所出;或认为荀赋亦出自楚辞,始祖仅有屈赋一家。皆有意无意地贬低了荀赋的历史地位。王芑孙则从儒家的义理出发,认为虽然"飙流所始,同祖风骚",但"荀正而屈变",荀赋继承了纯正的风雅传统,"《礼》、《智》之篇,义征载道;《箴》、《蚕》之作,理在前民;附庸六义者也"。而屈骚则对《诗三百》的传统有所变异,"屈变"之说,出自刘勰,《文心雕龙·序志》篇即有"变乎骚"之论;《辨骚》篇更摘《离骚》"同乎风雅"者四事,"异乎经典者"四事,两相对照,以明其变之迹。当然,王芑孙对"屈变"也并不贬低,而是主张一正一变相辅而行,共同享有辞赋始祖的地位。

3. 宋玉赋是荀、屈赋与汉赋之间的中介,具有承前启后的宗主地位

今之论者,多以宋玉为屈原弟子,自以屈、宋连言,认为宋玉仅仅承袭了屈赋的传统。王芑孙则以荀、宋连言,认为宋玉继荀况之后继承了风雅传统,"《高唐》、《神女》,有孔子殷勤之意,犹之风诗"。这一观点也受到刘勰影响,《文心雕龙·诠赋》有云:"于是荀况《礼》《智》,宋玉《风》《钓》,爰赐名号,与诗划境,六义附庸,蔚成大国"。当然,以宋玉接荀况并不意味着不以宋玉接屈原,宋玉赋应视为继承荀、屈赋的合体,并向汉赋二体作出投射的一座承前启后的里程碑。

4. 汉赋二体与荀、屈之关系

王芑孙论及的汉赋二体,指以贾谊为代表的骚体赋和以司马相如为代表的散体文赋。今之论者有分汉赋为三体或五体者,分类标准不统一,似难据信。不少学者仍然支持二体的分法。如程千帆指出汉赋主要有两类,"一则畸于抒情,乃汉赋之别派;一则畸于写实,乃汉赋之正宗。作者或兼具二长,或专攻一体"①。周祖谟也指出,就现存的司马相如之前赋作考察,"概而论之,可分两类:一为楚辞体,纯抒情之作;一为散体,皆是体物之辞"②。

汉赋二体既明,需要进一步论证的是汉赋二体与荀、屈之关系。王芑孙指出"相如之徒,敷典摘文,乃从荀法;贾傅以下,湛思妙虑,具有屈心",是有其根据的。盖荀赋以体物为主,采用主客问答的格式,并具有"事树自环"的骋辞特色,这些都为汉代散体赋家所继承;而贾谊与屈原心心相通,情感合拍,更是不争之事实。难之者以为,屈原《橘颂》乃体物佳构,而《卜居》、《渔父》亦设主客问答,故当以汉代散体之源归之屈原。其实,屈原的代表作当数《离骚》,他对汉赋之影响亦主要在此而不在彼也。芑孙在指示"相如之徒,乃从荀法"时还特别指出,"马既腾声,扬旋飞躅;《子虚》《上林》《甘泉》《羽猎》,锵洋鸿丽,有《清庙》《噫嘻》之响,《般》《桓》《甫》《草》之音,抑亦雅颂之亚也"。可见他是从接轨《诗三百》正宗之角度来体认汉代散体赋与荀赋关系的。当然,指出相如从荀法,贾谊有屈心,并不意味着相如便不受屈原影响,也不意味着贾谊便不受荀况影

---

① 程千帆:《赋之隆盛与旁衍·汉赋流别》,载《闲堂文薮》(山东:齐鲁书社,1984),页142。
② 周祖谟:《从〈汉书·艺文志·诗赋略〉所录早期作家之籍贯、身份推测赋体之来源》,《新亚学术集刊》,第13期,页75。

响,实质上这只是一个主要次要,孰轻孰重的问题。因为相如、贾谊接受荀、屈影响之间还通过了宋玉的中介,所以这已是经历了综合基础之上的分歧,正如东西方人结合而产生的混血儿,尽管也有黄头发、黑头发的分别,实质上已有许多的共通之处,难以分辨得一清二楚。不从这个角度看问题,就难以理解《文心雕龙·辨骚》所谓"枚贾追风以入丽,马扬沿波而得奇"了。

综上所述,从刘勰到王芑孙所揭示的赋学源流关系,肯定了宋玉在赋学发展上的宗主地位,比较符合赋学发展的历史事实,具有一定的合理性,迄今为止,仍不失为在对赋学源流的探讨中值得重视的一家之言。

二、宋玉《风赋》的审美心理

从审美心理学的角度分析,人与物之间存在着审美主体、审美客体和审美关系,宋玉的《风赋》其实可看成是一篇表达人与物之间审美关系的妙文。

试读《风赋》首段:

> 楚襄王游于兰台之宫,宋玉、景差侍。有风飒然而至,王乃披襟而当之,曰:"快哉此风!寡人所与庶人共者邪?"宋玉对曰:"此独大王之风耳,庶人安得而共之!"王曰:"夫风者,天地之气,溥畅而至,不择贵贱高下而加焉。今子独以为寡人之风,岂有说乎?"宋玉对曰:"臣闻于师:'枳句来巢,空穴来风。'其所托者然,则风气殊焉。"

当风飒然而至,楚襄王以为他可以与庶民共享快感,但宋玉不以为然,认为风有大王与庶人之分。楚襄王觉得宋玉的说法很奇怪,根据他理解的常识,风只是天地自然之气,不择贵贱高下而加之于身,怎么会有大王、庶人之不同呢?宋玉回答道,由于枳树枝叶弯曲,所以吸引鸟儿来做巢;由于门缝有空隙,所以有风钻进来;由于风依托的对象不同,就产生了风气的差异。宋玉的回答,其实揭示了审美差异性产生的原因,风作为审美客体,作用在不同的审美主体(大王或庶人)身上,必然产生不同的审美感受;换言之,不同的人可能感受到不同性质的风。宋玉对襄王的反驳建立在一种美学原理基础上,襄王认为"快哉"是"风"的属性,宋玉认为不是,"快哉"只是人对风的感受。正如法国美学家狄德罗(D. Diderrot,1713－1734)所说:"不论关系是什么,我认为组成美的,就是关系。"[①]楚襄王所说的"快哉此风",是一种"与我有关的美",它只能产生在审美客体与审美主体交会的场域,是主客体构成审美关系的产物。

接下来,宋玉谈到,风在初起之时,"生于地,起于青萍之末",是没有什么差异的;但风发生"离散转移"的时候,也即风寻找不同依托对象的时候,差异性就产生了。

那清凉的雄风,升腾盘旋,跨越高高的城墙,进入深宫内宅。吹拂花木,传散清香,

---

① 北京大学哲学系美学教研室编:《西方美学家论美和美感》(北京:商务印书馆,1980),页131。

徘徊在桂树椒树之间,回旋在湍流急水之上。它拨动荷花,掠过蕙草,吹开秦衡,拂平辛夷,分开垂杨,悠闲自在地在庭院中漫游,经过宫中正殿,飘过丝织帐幔,进入深邃内室,依附在大王身上。当大王感受到雄风吹袭,清凉爽快,足以治愈疾病,解除醉态,使人耳聪目明,身体康宁,行动便捷,这就是所谓大王之雄风。

至于庶人之雌风,刮进闭塞不通的小巷,飞沙扬尘,穿孔入户,刮起沙砾,搅动污秽,散发臭味,作用在贫寒人身上。让人心烦意乱,气闷郁抑,沾染邪气,染上湿病;吹入内心,令人悲苦,生病发烧,口舌生疮,害眼生病,中风抽搐,嘴巴僵硬,死活不成。这就是所谓庶人之雌风。

明人陈第《题风赋》云:"夫风岂有雌雄?人自雌雄耳。以雌雄之人而当天风之飘飒,判乎其欣喜悲戚之不相侔也,则谓风有雌雄亦可。抑不特风雪月雨露,莫不皆然。喜心感者,抚景而兴怀;悲心感者,触处而擎涕。何者?情能变物而物不能以变情也。昔京都贵人聚而夜饮,袭貂衣围红炉,相与言曰:'冬已深矣,暖而不寒,气候之不正也。'其仆隶冻不能忍,抗声答曰:'堂上之气候不正,堂下之气候甚正。'闻者皆为之一噱。人君苟知此意,则加志穷民又乌能已,故宋玉此赋,大有裨于世教也。"①陈第说得很对,风本身并无雌雄,但人有雌雄,所谓风的的雌雄只是雌雄之人所感知的风的不同的审美属性。正如英国美学家休谟(D. Hume,1711—1776)所说:"美并不是事物本身里的一种性质,它只存在于观赏者的心里,每一个人心见出一种不同的美。"②喜心感触之风与悲心感触之风,自然是大不相同的。

由上可见,宋玉的《风赋》可视为一篇绝妙的审美心理学文本,从中可读出有关审美活动的三个要点:其一,审美客体具有客观的规定性,这里主要是指审美客体自身具有客观的质的规定性。"风"作为审美客体,本身只是天地自然之气,本无所谓雄、雌之别。其二,审美客体必须依附于审美主体,形成审美关系,审美活动才得以发生。当风"离散转移",分道扬镳,其审美性质也就随之而发生变化,依附于大王的,就变成大王之雄风;依附于庶人的,就变成庶人之雌风。其三,不同的审美主体有不同的审美感受,产生审美的差异性。大王感到清凉舒适,灵体便行;庶人感到心烦意乱,气闷郁抑。因此,不同社会地位的人,很难共同分享同一种风、同一种美。

三、宋玉《风赋》的讽喻意涵

宋玉的为人如何?他的《风赋》是否具有讽喻的意涵?这在文学史上曾经有过争议。民国年间,鲁迅在《集外集拾遗·诗歌之敌》中曾说:"豢养文士仿佛是赞助文艺似的,而其实也是敌。宋玉、司马相如之流,就受着这样的待遇,和后来的权门的'清客'

---

① 陈第:《屈宋古音义》(清文渊阁《四库全书》本)卷三。
② 北京大学哲学系美学教研室编:《西方美学家论美和美感》(北京:商务印书馆,1980),页108。

略同,都是位在声色狗马之间的玩物。"① 1955年,郭沫若在《新建设》发表《关于宋玉》的文章,进一步将宋玉定性为"没有骨气的文人",并且说宋玉传世的作品除了《笛赋》、《舞赋》、《招魂》之外(因其非宋玉所作可以排除),"其它各篇都是宋玉为人的很不利的供词。那些文字绝大部分是依阿取容的帮闲文字,特别是《风赋》和《对楚王问》那两篇,是很难忍受的"。② 这实际上是将《风赋》认定是谄媚之作,否定了《风赋》的讽喻意涵。鲁迅和郭沫若对宋玉的否定,主要都是依据司马迁《史记·屈原贾生列传》中的评述:"屈原既死之后,楚有宋玉、唐勒、景差之徒者,皆好辞而以赋见称。然皆祖屈原之从容辞令,终莫敢直谏。"③仔细研读可知,所谓"好辞而以赋见称",是说他们都喜好屈原创立的楚辞文体,并且将其发展成赋体,从而被世人所称道。所谓"皆祖屈原之从容辞令,终莫敢直谏",是说他们能够祖述屈原从容不迫铺叙文辞的创作手法,但在对待君王的态度上,不敢像屈原那样犯颜直谏。这说明宋玉等人在朝廷中的地位不如屈原,而且他们的性格也不如屈原刚强。不过,需要注意的是,"莫敢直谏"并非是说他们完全不谏,而是说他们为了不触怒君王,不是直接地、硬碰硬地上谏,而是往往采用委婉的方法上谏。这种方法就是所谓的"谲谏"。《诗·周南·关雎序》:"上以风化下,下以风刺上,主文而谲谏,言之者无罪,闻之者足以戒,故曰风。"郑玄笺:"谲谏,咏歌依违不直谏。"④《孔子家语·辩政》:"孔子曰:忠臣之谏君有五义焉:一曰谲谏(正其事以谲谏其君);二曰戆谏(戆谏,无文饰也);三曰降谏(卑降其体所以谏也);四曰直谏;五曰风谏。唯度主而行之。吾从其风谏乎(风谏,依违远罪避害者也)!"⑤在君主专制的社会,君王具有至高无上的权威,某些君主还具有刚愎自用的个性,大臣如果犯言直谏,往往触怒君王,不仅牺牲了自己,而且也达不到进谏的效果,所以,"谲谏"其实是一种更好的进谏方法。既然连孔子都说他采用可以"远罪避害"的"风谏"方法,那么,宋玉等人采用"谲谏"的方式,有什么错误呢?

从"谲谏"的角度来阅读《风赋》,其中的确有"讽喻"的意涵。楚襄王以为他可以与民同乐,共享清风吹拂的快意,而宋玉告知他,你享受的"雄风"与庶民遭受的"雌风"是完全不同的。这里蕴含的讽喻意味很明显,难道作为万民之主的君王在享受"雄风"带来快意的同时,不应该放下身段,体察一下庶民百姓遭受"雌风"的痛苦吗?

对《风赋》的讽谏意味,前人早有体认。唐人《六臣注文选》作《风赋》解题说:"宋玉,鄢人也,为楚大夫。时襄王骄奢,故宋玉作此赋以讽之。"⑥明确认定《风赋》是讽刺楚襄王骄奢的作品。宋人苏轼《补唐文宗柳公权联句》云:"宋玉对楚王:'此独大王之

---

① 鲁迅:《集外集拾遗》(上海:鲁迅全集出版社,1946),页79。
② 郭沫若:《关于宋玉》,载《新建设》(北京:新建设杂志社)1955年2月号。
③ 司马迁著、张守节正义:《史记正义》(文渊阁《四库全书》本)卷八十四,页7上。
④ 毛亨传、郑玄笺、孔颖达疏:《毛诗注疏》(清嘉庆刊《十三经注疏》本)卷一。
⑤ 王肃《孔子家语》(《四部丛刊》景明翻宋本)卷三。
⑥ 萧统编、六臣注:《六臣注文选》(《四部丛刊》景宋本)卷十三。

雄风也,庶人安得而共之?'讥楚王知己而不知人也。"①苏辙《黄州快哉亭记》:"宋玉曰:'此独大王之雄风耳,庶人安得共之。'玉之言,盖有讽焉。夫风无雌雄之异,而人有遇不遇之变,楚王之所以为乐,与庶人之所以为忧,此则人之变也,而风何与焉。"②宋人吕祖谦作姚铉《唐文粹序》注云:"屈原既死之后,楚有宋玉、唐勒之徒者,皆好辞而以赋见称,然皆祖屈原之从容辞令,终莫敢直谏。时襄王骄奢,故玉作《风赋》以讽之。"③明人陈第注《风赋》云:"风以雌雄分,其言使之然也。知其雄而不侈,知其雌而不忘,斯善矣。此所谓讽也。"④明人卓明卿《卓氏藻林》:"《风赋》,宋玉作,以讽楚襄王。"⑤

综上所述,尽管鲁迅、郭沫若局限于各自的时代背景,对宋玉为人及其《风赋》作出了负面的评价,他们的说法虽然自有其理据,但并不能视为定论。回归历史的真相,宋玉对楚襄王的"骄奢"有所讽谏,《风赋》也确实具有讽喻的意涵,这在后人对《风赋》的拟作中也可见到回应。

四、六朝作家对《风赋》的拟作

早在晋代,已有湛方生、陆冲、李元冲、王凝之以《风赋》为题的作品。到了南朝齐梁时期,沈约、谢朓、王融等人都有拟《风赋》之作。兹录谢朓奉司徒教作《拟宋玉风赋》如下:

> 起日域而摇落,集桂宫而送清。开翠帐之影蔼,响竹佩之轻鸣。扬淮南之妙舞,发齐后之妍声。下鸿池而莲散,上雀台而云生。至于新虹明岁,高月照秋。睟仪乃豫,冲想云浮。邹马之宾咸至,申穆之体已酬。朝役登楼之咏,夕引小山之讴。猒朱邸之沉邃,思轻举而远游。骖骊之马鱼跃,飘鉴车而水流。此乃宋玉之盛风也。若夫子云寂寞,叔夜高张。烟霞润色,苍莽结芳。出涧幽而泉冽,入山户而松凉。眇神王于丘壑,独超远于孤舻。斯则幽人之风也。⑥

这篇赋从体裁上看,是一篇骈赋。从结构上看,完全依照宋玉原赋的写法,先重写宋玉之盛风,次轻写幽人之风,形成出仕当道者与隐居寂寞者之对比。虽然不是讽谏君主的笔墨,但也具有讽世道不公的意味。

五、唐宋作家对《风赋》的关注

宋玉在唐代名气甚大,杜甫《咏怀古迹五首》第一首就是怀念宋玉的诗歌:"摇落深

---

① 苏轼:《苏文忠公全集·东坡续集》(明成化本)卷一。
② 苏辙:《栾城集》(《四部丛刊》景明本)卷二十四。
③ 吕祖谦:《观澜集注》(清嘉庆《宛委别藏》本)甲集卷十九。
④ 陈第:《屈宋古音义》(清文渊阁《四库全书》本)卷三。
⑤ 卓明卿:《卓氏藻林》(明万历八年刻本)卷四。
⑥ 谢朓:《谢宣城诗集》(明毛氏汲古阁刊本)卷一。

知宋玉悲,风流儒雅亦吾师。怅望千秋一洒泪,萧条异代不同时。江山故宅空文藻,云雨荒台岂梦思。最是楚宫俱泯灭,舟人指点到今疑。"①杜甫将风流儒雅的宋玉视为老师,其作诗也从宋玉《风赋》的讽喻手法吸取营养,如其著名的《赠花卿》诗云:"锦城丝管日纷纷,半入江风半入云。此曲只应天上有,人间能得几回闻。"②此诗表面上是夸奖花将军,其实暗含讽刺之意,如杨慎《升庵诗话》所说:"花卿在蜀颇僭用天子礼乐,子美作此讥之,而意在言外,最得诗人之旨。"③从讽喻手法来说,《赠花卿》与《风赋》有异曲同工之妙。李商隐也有专咏宋玉的诗:"何事荆台百万家,唯教宋玉擅才华。楚辞已不饶唐勒,风赋何曾让景差。落日渚宫供观阁,开年云梦送烟花。可怜庾信寻荒径,犹得三朝托后车。"④对宋玉的才华表达了无限崇敬之情。从赋作来看,唐人郑磻隐有一篇《风赋》,试录于下:

惟兹风之兴寂,独玄妙而无形。托万物以成象,随八卦而立名。大则宇宙普洽,小则纤毫必经。翕翕习习,清清泠泠。排春树而如动,带秋蓬而似轻。(此段押经、形:青韵;轻、名:清韵。按:《广韵》注:"青独用。"此赋乃清、青合用,与《广韵》不同。)

所以炎清顺夏,劲厉随冬。入金滕而彰圣道,通兰台而表雌雄。飘玉蕊于浓草,零圭叶于衰桐。候吴范于帷内,御列子于空中。(此段押冬:冬韵;雄、桐、中:东韵。《广韵》注:"东,独用。"此赋则东、冬通押。)

尔乃下振方舆,上飞圆盖。怀壮士之适秦,悦高皇之还沛。乍霹靡于众卉,时飔飗于丛籁。(此段押泰韵。)

若乃乘陵高迥,出入幽微。摇宝钗于云髻,动环佩于罗衣。飘游丝于阴映,舞轻雪以零飞。铜乌迎而回翼,胡马听而思归。(此段押微韵。)

乍来复往,有声无象。惊尘则白日昼昏,卷雾则珠星夜朗。萧瑟长松之下,嘹唳高楼之上。送夕鼓而传音,振晨钟而成响。出幽巷而摇拂,击草堂而清敞。(此段押象、上、响、敞:养韵;朗:荡韵,养、荡同用)

浸淫迁延,散漫联绵。送清声于琴上,落细粉于胸前。乍卷通天之雾,时飘覆水之烟。勃起则大木斯拔,暂息则洪波肃然。(此段押绵、前、烟:先韵;然:仙韵。先、仙二韵在《广韵》也未注明通用。)

或动或静,时来欻失。聆之分有闻,察之分无质。形乃虚无,体兼散逸。虽含毫而搁管,岂神仙之能述。⑤(此段质、术通押)

郑磻隐生平不详,《全唐文》存其两篇赋,一篇是律赋《富贵如浮云赋》,以"不义而

---

① 杨伦注:《杜诗镜诠》(清乾隆九柏山房刻本)卷十三。
② 杨伦注:《杜诗镜诠》(清乾隆九柏山房刻本)卷八。
③ 杨慎:《升庵集》(文渊阁《四库全书》),卷五十七"锦城丝管"条。
④ 李商隐:《李义山诗集》(《四部丛刊》影明本)卷之五。
⑤ 简宗梧等主编:《全唐赋》(台湾:里仁书局,2011),页5079—5080。

得,有若浮云"为韵。此篇《风赋》的体裁近于律赋,全篇七段,段段转韵;但从句法上看,主要是骈赋句法,没有律赋通常有的隔句对。此赋严格意义上不算是对宋玉《风赋》的拟作,但其肯定受到宋玉《风赋》的影响。这不仅体现在赋中出现"通兰台而表雌雄"的典故,而且体现在其对风的形态描写上,显然借鉴了宋玉写风的格局和方式。此赋虽然如律赋般段段转韵,但在临近韵部通押方面比较自由,超越了《广韵》同用、独用的限制,可见是个人自由创作,不受科举考场押韵规定的限制。

宋代苏轼写有《黄州快哉亭记》,并参与写作《快哉此风赋》,其序云:"时与吴彦律、舒尧文、郑彦能各赋两韵,子瞻作第一第五韵,占风字为韵,余皆不录。"

> 贤者之乐,快哉此风。虽庶民之不共,眷佳客以攸同。穆如其来,既偃小人之德;飒然而至,岂独大王之雄。
>
> 若夫鹢退宋都之上,云飞泗水之湄。寥寥南郭,怒号于万窍;飒飒东海,鼓舞于四维。固以陋晋人一呋之小,笑玉川两腋之卑。野马相吹,抟羽毛于汗漫;应龙所处,作鳞甲以参差。①

苏轼此赋只有两韵,是摘取他与朋友联句作《快哉此风赋》中的两联。苏轼与他的朋友以宋玉《风赋》中的词句命题,并且各选两韵,作好之后,再与朋友所作合并,这在辞赋创作史上是一种创造。仅就其本人所作的这两韵来看,苏轼很会做翻案文章,"虽庶民之不共,眷佳客以攸同",即将大王与庶民不能共享之风,转移到佳客共享上来。第二韵用了许多典故,妙在不说出"风"字而句句是写风。

六、清代赋家对《风赋》的翻新

清代赋家袁宝璜、包祖同、秦毓麒都著有《拟宋玉风赋》,包赋、秦赋皆有序,赋长不录,录赋序如下。

包祖同《拟宋玉风赋序》云:

> 夫人必蕴涵雅故,斯假物以言情;亦必富有才华,斯托词以见意。粤稽宋玉,实为郢人。学业渊源,本屈原之弟子。胸怀忠尽,与景差为友朋;性好文辞,托为讽谏。盖怨而不诽,譬诸美人香草之思;语重心长,犹有沅汜澧兰之意。可谓学有心得,不负师承矣。溯襄王秉政之初,正楚卿在位之日。游云梦而赋神女,既多匡救之辞;侍兰台而咏石尤,弥切箴规之意。迄今流传艺府,如披君子之胸襟;郑重词林,允作赋家之鼻祖。顾当时骚坛之独擅,犹为韵学之未开。只求怊怅以切情,奚必绳趋以尺步。仆窥研之暇,舞缀篇翰。听一曲之阳春,虽是曲高和寡;参四声于沈约,庶几协征应宫。②

包祖同,名晓村,丹徒(今江苏镇江)人,举明经,著有《荀子书后》。他的这篇赋序,

---

① 苏轼《:苏文忠公全集·东坡续集》(明成化刊本)卷三。
② 鸿宝斋主人编:《赋海大观》(北京图书馆出版社,2007),页284—285。

称赞宋玉胸怀既忠,文辞又美,本讽谏之旨,作成《风赋》,传播词林,成为赋家的鼻祖。但犹嫌当时韵学未开,其赋未能音韵铿锵,于是揣摩赋旨,更新声韵,写成一篇律赋,犹如对《风赋》作了格律化的处理和翻新。

秦毓麒《拟宋玉风赋序》云:

> 昔宋玉作《风赋》,以大王之风非庶民所共,期悟与民同乐之旨。论者谓得讽谏之体焉。予消夏小园,忽有风自西来,悚然听之,万籁迸作。因思太平之世,五日一风,其时阴阳和,庶征协,非徒侈霸主之雄风已也。爰仿其体,广其意,作为斯赋。

秦毓麒是同治十二年(1873)举人,上海嘉定人。不仅擅长作赋,而且书画兼工,光绪年间,曾出任陕西佛坪厅同知。著有《读庄穷年录》。他感慨清末时局动乱,思念太平盛世,于是模仿宋玉《风赋》之体,推论盛世衰世风气不同之意,写成一篇文赋体裁的赋作。

由上可知,清人拟作《风赋》,特别强调"讽谏"之旨,这与清代文坛的风气是分不开的。刘熙载《艺概》论赋云:"《史记·司马相如传》赞曰:'相如虽多虚辞滥说,然其要归引之节俭,此与《诗》之风谏何异?'《叙传》曰:'子虚之事,大人赋说,靡丽多秦毓麒夸,然其指风谏归于无为。'扬雄《甘泉赋序》曰:'奏《甘泉赋》以风。'《羽猎赋序》曰:'聊因校猎,赋以风之。'《长杨赋序》曰:'藉翰林以为主人,子墨为客卿以风。'赋之讽谏,可于斯取则矣。"①可见,清代赋家重视"讽谏",是一种对汉赋传统的回归。

七、朝鲜作家对《风赋》的效仿

宋玉的《风赋》传播到朝鲜。朝鲜王朝作家闵齐仁(1493—1549)也作有《风赋》,其词曰:

> 庚寅(1530)之秋七月之初,余以眼疾,避闹乎西山之弊庐。时则有风蓬然,逾旬愈怒。余甚恶之,深居闭户,犹且抵隙乘虚,靡所不至。呜呼!此岂徒病夫之所怕,其尽伤百谷而后已耶!何瞠阴凄冷暴发之如是耶?其始也起苹末,号谷口。侵淫乎溪涧,翔舞乎林莽。乍从近而及远,忽积高而成厚。至若掀沧溟,动寥廓。飘激腾骞,震荡倏霍。云霓之吹散,雷电之俱作。暴怒凭陵,且撼乎天地,何充斥我屋之足愕?

> 余乃考诸书,推诸理。夫风,天地之气也,气和则为庆为祥,气乖则为灾为异。其作之时与不时,亦莫非由气而已。况人与天地,气通为一。感应之妙,不爽毫发。故周公居东,大木斯拔。及其迎归,反风起禾。且夫三代之时,人淳物和。天无烈风,海不扬波。春秋以降,世渐浇漓。灾变之出,无岁无之。是知作威非天,召灾由人。人事之得失,而天理之相因。则不可不敬

---

① 刘熙载:《艺概》(清同治刻《古桐书屋六种》本)卷三。

者,天之威;不可不修者,人之事。惟我国家,列圣继理。虽不如三代之盛时,亦不至春秋之衰乱。然犹物不生殖,民多愁叹。灾沴连年,至此而极。夏以为旱,秋以不熟。伤物害人,为变莫测。

且此风之为害,其来久矣。宋玉为赋而讽之,韩愈作讼而刺之。虽然宋玉之赋,以楚王骄奢而作也;韩愈之讼,以权臣壅蔽而托也。今无彼数事,而有如此之灾。吾不知其因何失也,方将究致此之由,思救此之术。忽复噫以赑屃,势若拔屋而愈疾。余亦茫然而自惑,但觉心寒而股栗。①

闵齐仁,字希仲,号立岩,官至吏曹判书、左赞成。著有《立岩集》。闵齐仁是朝鲜中宗(1506—1544 年在位)、仁宗(1544—1545 年)、明宗(1545—1567 年在位)时期的三朝大臣。当时朝鲜王朝的政治局势非常险恶,闵齐仁也置身政治漩涡之中。柳根在《立岩集·序》中引述闵齐仁之孙闵斯文的话说:"乙巳(1545)狱成之后,人心危惧,莫敢出声。先祖辄对人显言,受罪者多,灾变不止。"这里所说的事件在朝鲜历史上被称为"乙巳士祸",发生在 1545 年(乙巳),当时在朝中支持王世子(仁宗)的一派与支持庆原大君(明宗)的一派,因为王位继承而引发明争暗斗。后来明宗继位,对立面大臣则被下狱、赐死或流放。

闵齐仁的这篇《风赋》作于"乙巳士祸"之前的 1530 年庚寅,其时闵齐仁在中宗朝担任史官,当时的政治局势虽然还未恶化,但已有风雨欲来的紧张气氛。全赋可分成三段,首段写因病避居西山,遭受恶风袭击。次段考察历史,本着天人合一的观点,考察历史,发现太平盛世,往往风调雨顺;浇漓乱世,每每灾异丛生。当今之世,虽非天平盛世,但也不至于衰乱浇漓,为何恶风吹袭不止?末段讲述宋玉曾因楚王骄奢而作赋,韩愈曾因权臣壅蔽而作讼(韩愈作有《讼风伯》一文),而自己面对社会乱象、自然恶风而苦无对策,不免心生恐惧。朝鲜作家的赋作紧密结合社会与自然现实,可说是对赋体文学的创造性运用,可供中国赋家借鉴。

结论

根据刘勰《文心雕龙·诠赋》篇和王芑孙《读赋卮言》的论述,可以认定,宋玉在中国赋学发展史上具有"宗主"(或称"鼻祖")的崇高地位。《风赋》作为宋玉赋的代表作之一,不仅具有"主文而谲谏"的讽喻意涵,而且是一篇表达人与物之间审美关系的妙文。后代六朝、唐宋、清代,乃至朝鲜王朝的赋家对《风赋》表示关注,并且采用各种赋体进行拟作,足见《风赋》产生了广泛而深远的影响。

---

① 闵齐仁:《立岩集》卷六,《韩国文集丛刊》,册 25,页 473。

宋赋三昧，主文而谲谏

——《对楚王问》、《风赋》、《登徒子好色赋》的曲谏之风

苏慧霜

（国立彰化师范大学　中国台湾彰化　50006）

【摘要】 司马迁《史记·屈原贾生列传》："好辞而以赋见称。然皆祖屈原之从容辞令，终莫敢直谏。"说明宋玉赋学的特色与旨趣，在于无碍的辩才与华赡的风格。《对楚王问》、《风赋》、《登徒子好色赋》以散文体对问的形式展开宋玉与楚王君臣对答，铺叙情、礼、欲三者之间的对立与平衡，犹如赋家三昧，在美丑，情色，礼欲的对比冲突中，为传统赋学写作开创了新的型态与创作典范。而这一切的创作动机都来自"曲谏"的政治意图。

【关键词】 对楚王问；风赋；登徒子好色赋；主文而谲谏；曲谏

宋玉作品以抒情为胜场，是"耀艳深华"[①]的楚辞美文之代续，司马迁《史记·屈原贾生列传》简明扼要地揭露宋玉在历史上的两点定位："好辞而以赋见称。然皆祖屈原之从容辞令，终莫敢直谏。"说明宋玉赋学的特色与旨趣，在于语妙绝伦的辩才与曲谏的特色。

宋玉本延续屈原的辞赋写作，却更以其不同的生命情调，独特的语言魅力，开创另一种抒情传统，《对楚王问》、《风赋》、《登徒子好色赋》环绕楚王为中心，以散文体对问的赋体形式展开宋玉与楚王之间的君臣对答，精彩的答辩，极尽讽谏之真谛。如果说"讽谏"也是一种政治修行，《对楚王问》、《风赋》、《登徒子好色赋》三篇作品以不同的主题阐述讽谏的真谛，其妙处正犹如诗家三昧，"三昧"本出自佛教语，原为梵语音译，指心定于一的修行境界，可通于善、恶之境，一般俗语形容妙处、极致、蕴奥、诀窍等之时，

[①] 周振甫注，刘勰《文心雕龙·辨骚》："《招魂》《招隐》（大招），耀艳而深华。"台北：里仁书局，1984年，页64。

皆以"三昧"称之,后来将之引申有"要义"、"精义"、"真谛"之意①。《对楚王问》以下里阳春为法音曲谏,《风赋》以凄怆怵惕为温柔情谏,《登徒子好色赋》以物色礼法为微讽礼谏,"曲谏"、"情谏"、"礼谏"三法犹如三昧,为传统赋学写作开创了新的意境与创作典范。

宋玉的赋情,是隐喻的情节结构里寄托君臣大义的讽谏义理,所以《风赋》、《钓赋》以寓言赋婉转写就,司马迁说他:"终莫敢直谏。"王逸与萧统也看到宋玉此一特质,王逸《楚辞章句·九辩序》指出:"辩者,变也,谓陈道德以变说君也。"②萧统《文选·风赋》云:"假设其事,风谏媱惑。"③都是直指宋玉作品里讽谏的本事。刘勰《文心雕龙·明诗》云:"诗者,持也,持人情性。"④宋玉三赋奉持《诗经》"主文而谲谏"⑤的精神修持,一方面拓展了诗歌一再强调的社会功用"诗可以兴,可以观,可以群,可以怨,迩之事父,远之事君"⑥,强化文学为政治服务的作用;另一方面,精彩的机辩,透过诗人的辨析,更清楚对政治是非的洞察,赋成为诗人表述情意理念的一种表达方法。宋玉以三种不同的谏议,借着高贵与俚俗、富贵与贫贱,情欲与礼法的对比,铺叙情、礼、法三者之间的对立与平衡,而这一切的创作动机都来自于"曲谏"的政治意图。

从赋作内容看来,《对楚王问》、《风赋》、《登徒子好色赋》是宋玉的讽谏之作,戏剧性的情节,出人意表的发展,鲜明对比的意象,层层出场,委婉映衬,《对楚王问》中以《下里》、《巴人》之民间俚曲对比《阳春》、《白雪》之高歌,曲高和寡的强烈对照,曲尽讽谏深意,既明显又突出,对平庸现实世界的愤激与鄙夷,对现世的不满足,进而理解宋玉心灵里的寂寞之音;《风赋》则借着大王之雄风与庶民之风对比,揭发贫富不均的社会残酷现实,雌、雄之喻,虽然俏皮有趣,重点却在侧面讽刺贵族豪门奢侈享乐的浮靡生活,这种缘于现实哀乐的激感,充分表现温柔敦厚之旨;至于《登徒子好色赋》以顷襄王、宋玉、登徒子、章华大夫、东家之子、登徒子妻六个人物罗列出场,君与臣,美与丑,情与色,礼与欲的具现,展现道德与礼法的旨趣。三篇赋在不同形式上运用对话情节的笔法,以瑰奇的情节,鲜明的人物,浪漫的情致,讽刺批评,含蓄委婉,精彩的曲谏深意,如七宝楼台,炫人眼目,煞是可观。

---

① "三昧"一词,乃梵文 Samādhi 之音译,又译为三摩地或三摩提,语出《大智度论》卷七:"何等为三昧?善心一处住不动,是名三昧。"慧远《念佛三昧诗集序》:"夫三昧者何?专思、寂想之谓也。"亦即三无漏(戒、定、慧)中之定境,臻乎此境者,则可杂念屏除,心不散乱,全神专注。世人借用此语,举凡事物之奥妙、诗文之极致、艺术之诀窍等等,均可以"三昧"名之,细绎诸家所谓"三昧",大抵重在诗境之空灵,更近于佛家之玄谛。借以为题。

② 王逸《楚辞章句·九辩》,台北:艺文印书馆,1974年4月,页245。

③ 萧统《文选·高唐赋并序》,北京:中华书局,1977年11月第1版,页264。

④ 周振甫注,刘勰《文心雕龙·明诗》,台北:里仁书局,1984年,页83。

⑤ 孔颖达《毛诗正义·国风·周南》一之一,"主文而谲谏,言之者无罪,闻之者足以戒"。台北:中华书局,1982年,页7。

⑥ 朱熹《四书集注》,台北:艺文印书馆,1974年4月,《论语集注》卷九,页4。

一、以下里阳春为法音曲谏：《对楚王问》

刘勰将《对楚王问》置于第十四"杂文"类之中，以为是"对问体"的发端。《文心雕龙·杂文第十四》云：

> 智术之子，博雅之人，藻溢于辞，辩盈乎气。范围文情，故日新殊致。宋玉含才，颇亦负俗，始造对问，以申其志，放怀寥廓，气实使文。①

所谓"藻溢于辞，辩盈乎气"是肯定宋玉才学与辩才，此种论点与司马迁的说法一致，更针对赋体结构提出"始造对问"之说，以宋玉赋为对问体形式的开端。今举宋玉《对楚王赋》一段如下：

> 楚襄王问于宋玉曰："先生其有遗行乎？何士民众庶不誉之甚也？"
>
> 宋玉对曰："唯，然，有之。愿大王宽其罪，使得毕其辞。客有歌于郢中者。其始曰《下里》、《巴人》，国中属而和者数千人；其为《阳阿》、《薤露》，国中属而和者数百人；其为《阳春》、《白雪》，国中属而和者不过数十人；引商刻羽，杂以流徵，国中属而和者，不过数人而已。是其曲弥高，其和弥寡。故鸟有凤而鱼有鲲。凤凰上击九千里，绝云霓，负苍天，翱翔乎杳冥之上，夫蕃篱之鷃，岂能与之料天地之高哉？鲲鱼朝发昆仑之墟，暴鬐于碣石，暮宿于孟诸，夫尺泽之鲵，岂能与之量江海之大哉？故非独鸟有凤而鱼有鲲也，士亦有之。夫圣人瑰意琦行，超然独处，夫世俗之民，又安知臣之所为哉？"

赋中以《下里》、《巴人》和《阳春》、《白雪》对比高贵与俚俗的异境。《下里》本为楚地通俗的俚曲，流行于里巷之间，刘向《说苑》曾称楚人孙叔敖为"下里之士"②，可知"下里"是对庶民百姓或穷巷间弄的称谓。至于楚地巴人自古能歌善乐，根据晋代常璩《华阳国志·巴志》记载：

> 禹会诸侯于会稽，执玉帛者万国，巴蜀往焉。周武王伐纣，实得巴蜀之师，著乎《尚书》。巴师勇锐，歌舞以凌殷人，殷人倒戈。故世称之曰"武王伐纣，前歌后舞"也。③

能以歌舞凌人，其歌之嘹亮奔放蛮强高亢可见一般。对照《左传·庄公十八年》曾记载巴人伐楚之事：

> 巴人叛楚而伐那处，取之，遂门于楚。阎敖游涌而逸。楚子杀之，其族为

---

① 周振甫注，刘勰《文心雕龙·杂文》，台北：里仁书局，1984年，页255。
② 汉刘向《说苑·至公》卷十四："臣窃选国俊下里之士，曰孙叔敖。"北京：中华书局，1985年，页141。
③ 东晋常璩《华阳国志·巴志》卷一，北京：中华书局，1985年，页3。

乱。冬,巴人因之以伐楚。①

巴国在地理上比邻于楚国西界,战国时期曾经被楚人所征服,巴人民歌或者因此在楚地流行,宋玉以下里和巴人为比,印证古巴国和楚国曾有的密切关系,而且从历史来看,被征服的巴人,其歌舞应是被视为俚俗歌舞之乐。

关于《阳阿》之曲,根据宋代罗愿《尔雅翼》卷六记载:"阳阿者,采菱之曲。"②可知《阳阿》与《采菱》一类的歌曲一样,同是流行于民间之歌谣。至于《阳春》、《白雪》,相传是春秋时期晋国乐师师旷或齐国刘涓子所作,《阳春》取万物知春,和风涤荡之意,《白雪》意味凛然清洁,白雪灿和之意,两曲之意境极高,自古为高士之乐。《对楚王问》中宋玉以《下里》、《巴人》和《阳阿》、《薤露》以及《阳春》、《白雪》三种不同曲风乐调为对比,不仅有雅俗之异,更意在强调境界与格调之不同。

除了以乡野之音与白雪雅乐对比雅俗意境之外,《对楚王问》又借助凌空凤凰与籓篱之鹦、大海鲲鱼与尺泽之鲵对比,进一步说明境界不同、大小异趣、志趣各殊的两种境地,其意义皆在强调境界意义的概念,此举不尽在赋诗言志基础上,建立文学的精神特质即是个人生命质性的观念,也扩充了传统文学"诗以言志"的内涵,进一步以"境界"论人,犹如修行有境界有层次一样,赋中以极其艺术对比的形象手法呼应开头:"楚襄王问于宋玉曰:先生其有遗行乎?何士民众庶不誉之甚也?"的质疑,最后结语:"夫圣人瑰意琦行,超然独处,夫世俗之民,又安知臣之所为哉?"则以世俗之民与圣人为比,强调不被见知,超然独处的苦楚。

《对楚王问》赋中以凤鸟、鲲鱼的昂扬壮志为喻,乍看虽有卓尔不群,自命清高之意想,但细细品读内文,更多的是怀才不遇、仕途失意的愤懑与满腹牢骚,此精神世界与屈原《渔父》篇"举世皆浊我独清"、"众人皆醉我独醒"的超绝孤独一脉相承,只是宋玉不像屈原那样勇敢刚直的直白,而是采取委婉含蓄的方式,凤鸟之高志对比鹦鹊之微渺,隐喻的情节,暗藏的符码,更符合辞赋"主文而谲谏"的曲谏精神。

《对楚王问》不但充分展现宋玉的辩才,面对楚襄王的探测与责难,宋玉没有立刻加以否认,他谦卑地在楚王面前连声称道:"唯,然,有之。"巧妙地迎合楚王的盘诘,继而顺应着楚襄王的问语而下,既不否认,也不急着辩白,只是接着不疾不徐地为襄王所质疑的"何士民众庶不誉之甚?"而展开精彩的对话辩白,他先认真地向襄王提出请求免责权:"愿大王宽其罪,使得毕其辞",有了护身符,或以为他要接着向楚襄王解释"不誉之遗行",可他又执拗地不正面替自己辩解,而是运用虚构情事编造了一个郢中客的人与故事:"客有歌于郢中者。"这"郢中客"的身份,亦虚亦实,亦实亦虚,透过"客"的引导,而导出宋玉对境界的批判,全赋展现惊人的说辞能力和善辩的技巧,生动而浅显的寓言情节穿插,文采斐然,引人入胜,不断反复陈诉对比,以寻常的俚俗之曲、野泥地里

---

① 《左传禹会诸庄公十八年》记载:"初,楚武王克权,使斗缗尹之。以叛,围而杀之。迁权于那处,使阎敖尹之。及文王即位,与巴人伐申而惊其师。巴人叛楚而伐那处,取之,遂门于楚。阎敖游泳而逸。楚子杀之,其族为乱。冬,巴人因之以伐楚。"
② 《尔雅翼》:"吴楚之风俗,当菱熟时,士女子相与采之,故有采菱之歌以相和。"

的鹦鲵和高不可一世的传说凤凰、神幻鲲鱼为对比,显示世人兴味之所在与生命欲求的层次,高下形象层层观照,全赋展现了宋玉说辞之功力,这种意象手法或可溯自屈原,王逸所谓"善鸟香草,以配忠贞;恶禽臭物,以比谗佞"①的形象譬喻,可又带有强烈庄子寓言的意味,于形、于理、于文,旁敲侧击,无不印证太史公"作辞以讽谏"的深意。

《对楚王问》中宋玉既以曲高和寡为喻,把不理解他的士民众庶比作不识高曲的普罗大众。接着,他更进一步以"神话凤凰与藩篱之鹦"和以"大海鲲鱼与尺泽之鲵"为对比,进一步说明"道不同则不相为谋"的道理,世间是是非非、毁誉参半,哪有一定的法则与标准,最后宋玉终于为自己辩解:"故非独鸟有凤而鱼有鲲也,士亦有之。"文章作后仍是以"士"的使命为依归,所以赋末强调:"夫圣人瑰意琦行,超然独处,夫世俗之民,又安知臣之所为哉?"希圣希贤,瑰意琦行的典范,终是士大夫理想与奉行的终身职志。清末王符对此赋推崇备至,以极大篇幅推介此赋,他说:

> 水无波澜曲折者,非大观也。山无层峦迭嶂者,非名胜也。文章无步骤层次者,非至文也。故文章之妙,在步骤;而步骤之妙,在陪衬。如此文,宋玉对楚王问,若出俗笔,只末"世俗之民安知臣之所为"一笔可了,此偏将客歌郢中陪起。客歌郢中,若出俗笔,只"曲高和寡"一笔可了,此偏将数千人、数百人、数十人陪出数人,便实说出天壤间德修谤兴、道高毁来一种道理来。却不肯竟说正意,更将凤凰、鲲鱼陪起。凤凰、鲲鱼亦一笔可了,此偏将凤凰、鲲鱼细细洗发一番,便实说出天壤间鸿翔寥廓、人视薮泽一种道理来。然后接入正意,不费辞说,自有水到渠成之妙矣。似此请陪客,方是善请陪客。然陪客请之甚易,遣之甚难。看此文,以客歌郢中陪起,便将曲高和寡一句结定;以凤凰、鲲鱼陪起,便将非独鸟有凤、鱼有鲲一句缴过,随手拈来,随手放倒。此之谓请得来,遣得去,无客疑于主之病。……主意说得醒,全在客意衬得起。故何等主人,须用何等客作伴。譬如良辰美景,嘉宾满座,主人之贤自见矣。②

宋玉以生花妙笔,深刻婉转,曲折周延地将"曲高和寡"一语敷衍出"天壤间德修谤兴、道高毁来一种道理来",所谓"陪衬","便实说出天壤间鸿翔寥廓、人视薮泽一种道理来",这功力非同小可,刘熙载《艺概》云:

> 用辞赋之骈丽以为文者,起于宋玉《对楚王问》。后此则邹阳、枚乘、相如是也。③

以宋玉为后世骈丽赋文开了新的法门,汉代以后,东方朔的《答客难》、扬雄的《解嘲》、枚乘《七发》,司马相如《子虚》、《上林》等赋,乃至后汉班固的《答宾戏》等赋,无论在形式和内容上,显然都受到宋玉骈丽为文的启发和对话的影响。

---

① 王逸《楚辞章句·离骚序》,台北:艺文印书馆,1974年4月,页21。
② 清王符曾辑评《古文小品咀华》,北京:书目文献出版社,1993年2月第二刷。
③ 刘熙载《艺概·文概》,台北:汉京文化事业有限公司,1985年9月,页14。

二、以凄怆怵惕为温柔情谏：《风赋》

"风"的意象书写自古即有，宋玉并非写风的第一人①，屈赋《九章·悲回风》："折若木以蔽光兮，随飘风之所仍。"王逸注：

> 言己愿折若木以蔽日，使之稽留，因随群小而游戏也。②

以"群小"释飘风，显然已注意到"风"作为一种艺术象征的意涵。"风"被赋予一种善恶力量的艺术意象，这种艺术构思影响了后来的楚辞作品，宋玉之后的拟楚辞作家不止一次写风，如刘向《九叹·逢纷》："徘徊于山阿兮，飘风来之汹汹。"③王逸《九思·逢尤》："飘风起兮扬尘埃。"④但以风为赋题，宋玉是第一人，所以刘勰《文心雕龙》云："宋玉《风》、《钓》，爰赐名号。"⑤说明宋玉《风赋》在赋体文学史上的重要性。

风从一种自然现象被赋予艺术化的象征，善恶的比拟，被借以表达诗人的忧思，《风赋》云："此独大王之风耳，庶人安得共者邪？"《史记·屈原贾生列传》解读："时襄王骄奢，宋玉作此赋以讽之。"言外之意，心系于国家的忧治败乱与君王治国之道，因此借着和楚王的对答，引出大王与庶人的境界，而有雄风与雌风之议。

宋玉赋大王雄风可以"愈病析酲"、"发明耳目"，庶人雌风所拂之处则"驱温致湿"、"生病造热"，而隐微曲谏的表现手法，对照司马迁《史记》所称宋玉"莫敢直谏"语，可知宋玉寄旨遥深的寄托，有着欲有为而不能的讽谏精神，而这种讽谏则衍为"劝百讽一"、"曲终奏雅"的赋体传统之精神。

《昭明文选》将《风赋》归入"物色"类，首段开始即以快风起兴，借题发挥，以雌雄之风来寄托对贫富不均现象的不满和讽谏，此篇虽名为赋，但韵散兼行，是一篇赋体杂文。从楚襄王在兰台之宫披襟当风开始，借题引出关于风的一段对话：

> 楚襄王游于兰台之宫，宋玉、景差侍。有风飒然而至，王乃披襟而当之，曰："快哉此风！寡人所与庶人共者邪？"宋玉对曰："此独大王之风耳，庶人安得而共之！"

楚襄王位尊处优，极奢华享受之能，所以能恣意享受凉风的吹拂，情欣之余，忘情脱口而出："快哉此风！寡人所与庶人共者耶？"言下之意不忘欲与天下苍生休戚与共的君王之心，但这一番心意却给了宋玉一个辩驳论辩的机会，如明陈第所指出：

> 夫风岂有雌雄哉？人自雌雄耳。以雌雄之人而当天风之飘飒，判乎其欣

---

① 李诚《楚辞文心管窥》指出："飘风一词在先秦并不仅存于《诗》"，《老子》："飘风不终朝，骤雨不终日。"又《庄子·齐物论》："泠风则小和，飘风则大和。"又《管子·小问》："飘风暴雨为民害，涸旱为民患。"引诸子散文以证。见李诚《楚辞文心管窥》，台北：文津出版社，1995 年 9 月，页 260。
② 王逸《楚辞章句·离骚序》，台北：艺文印书馆，1974 年 4 月，页 203。
③ 王逸《楚辞章句·离骚序》，台北：艺文印书馆，1974 年 4 月，页 415。
④ 王逸《楚辞章句·离骚序》，台北：艺文印书馆，1974 年 4 月，页 470。
⑤ 周振甫注，刘勰《文心雕龙·杂文》，台北：里仁书局，1984 年，页 137。

喜悲咸之不相侔也,则谓风有雌雄亦可。①

强风拂袭下的深阁宫廷,不谙民间疾苦,绒裘皮装的贵族丝毫不觉户外寒风之冷冽,"快哉此风"正是有感而发的豪语。而深受朔风所苦的清寒庶民,处于贫巷荒野,凄厉苦楚之冷风,冻肤裂趾,宋玉《九辩》曾写下"无衣裘以御冬兮,恐溘死不得见乎阳春"句,宋玉深体贫穷凄楚的寒民之苦,所以忧民之心正如《礼记·祭义》所强调的怵惕君子之心:

秋,霜露既降,君子履之,必有凄怆之心,非其寒之谓也;春,雨露既濡,君子履之,必有怵惕之心,如将见之。②

宋玉对生民怵惕而生之同情,展现绝对的爱民情怀,面对苍生黎民受寒时所抱持的关怀之心所引发的同情,遂以温柔讽谏,所以《文选》引吕向说法"时襄王骄奢,故宋玉作此赋以讽之",后来杜甫《茅屋为秋风所破歌》便借秋高风号起兴,淑世之心,是宋玉的传人:

八月秋高风怒号,卷我屋上三重茅。茅飞渡江洒江郊,高者挂罥长林梢,下者飘转沉塘坳。南村群童欺我老无力,忍能对面为盗贼。公然抱茅入竹去,唇焦口燥呼不得,归来倚杖自叹息。俄顷风定云墨色,秋天漠漠向昏黑。布衾多年冷似铁,骄儿恶卧踏里裂。床头屋漏无干处,雨脚如麻未断绝。自经丧乱少睡眠,长夜沾湿何由彻!安得广厦千万间,大庇天下寒士俱欢颜,风雨不动安如山!呜呼!何时眼前突兀见此屋,吾庐独破受冻死亦足!③

儒家论诗一向提倡"主文而谲谏",孔颖达《毛诗正义》疏云:

其作诗也,本心主意,使合于宫商相应之文,播之于乐。而依违谲谏,不直言君之过失,故言之者无罪,人君不怒其作主而罪戮之,闻之者足以自戒,人君自知其过而悔之。④

儒家传统思想下的文人士大夫一向以政治为一生唯一追求的目标,"仕而优则学,学而优则仕"⑤,从政是读书人最好的选择,但伴君犹伴虎,拥有绝对威权的君王又有几人能容忍臣下当面指斥责成,因此,以巧言妙喻或委婉讽喻给予君王诚挚的谏诤,便成为明智的政治手段,宫廷文学的辞赋因此特别重视"谲谏",而宋玉固守此法"不直言君之过失,故言之者无罪",《风赋》云"此独大王之雄风",是多么聪明讨喜的言语,曲尽恭维与奉承。吴乔《围炉诗话》就"赋"与"情"的表现方式与内容指出:"人有不可以已之情,而不可以直陈于笔舌。"⑥肯定批评的意义,宋玉在《风赋》所开创的秋风意象,有

---

① 陈第《屈宋古音义》卷三,北京:中华书局,1985年,页258。
② 《礼记·祭义》卷十四,台北:南岳出版社,1978年,页137。
③ 仇兆鳌《杜少陵集详注》卷五,北京:北京图书馆出版社(原书目文献出版社),1999年4月,页551。
④ 孔颖达《毛诗正义·国风·周南》一之一,中华书局,1982年,页7。
⑤ 《论语注疏·子张》收录于阮元撰《十三经注疏》,台北:艺文印书馆,1981年,页172。
⑥ 吴乔《围炉诗话》卷一第三十二则,见郭绍虞编,富寿荪点校《清诗话续编》,上册,台北:木铎出版社,1983年12月。

别于《九辩》的萧瑟悲愁,《风赋》以凄怆怵惕为温柔情谏,一方面拓展了文学意象的延伸,赋予政治寄托与道德伦常的内容与价值;另一方面,《风赋》的特色与旨趣亦在赋学中开创"主文而谲谏"的抒情典范,如叶庆炳针对文学的创作理念时指出的文学价值在于:"文学反映社会现实、讽谕朝廷,最后达成改善社会,造福民生的目的。"① 宋玉在政治社会环境中所激发的讽谏意图,除了创作形式的完美,更重要的是赋中自然流露的仁民爱物襟怀,以凄怆怵惕为温柔情谏,深切反映出传统赋学抒情与讽谏的成就。

三、以物色守礼为微讽礼谏:《登徒子好色赋》

《登徒子好色赋》是宋玉作品中非常独特的又一篇杰作,一连形塑六个不同人物形象:顷襄王、宋玉、登徒子、章华大夫、东家之子、登徒子妻依序登场,鲜明的形象,人情之激荡,宋玉于此赋中以隐喻的手法,写情、欲、礼的对立,萧统《文选》收入卷一九"赋·情"类,陈元龙《历代赋汇》则置于卷十六"讽喻"类,显示情与欲,美与丑,道德与礼法,在"情"与"讽谕"之间摆荡,游戏之笔,亦庄亦谐,充满对照的机智与兴味。

身处战国乱世的宋玉,在君权至上,君主喜怒莫名的政治环境下,无能力挽狂澜,便只能以隐喻的方式将其激情表出,《登徒子好色赋》里"口多微词"的人物正是宋玉的写照。刘勰于《文心雕龙·谐隐》云:"宋玉赋《好色》,意在微讽,有足观者。"② 并进一步强调所谓隐者,"遁辞以隐意,谲譬以指事也"③,以"遁辞以隐意"点出宋玉有意而隐微的说谏企图,正所谓"物色尽而情有余"④,是意在微讽的最佳诠释。

李善以抒情为主调的观察:"此赋假以为辞,讽于淫也。"⑤ 一方面肯定宋玉赋的抒情精神,看到士大夫在强大政治体系下的失意,另一方面则以"讽于淫"揭示宋玉的情色论述。正如简宗梧《赋与设辞问对之考察》一文中指出:

> 宫廷暇豫之赋,大多是朝廷口才·给的优者,暇豫侍君戏谑逗趣或迂回讽谕的对话记录,是真有其人的言语侍从与帝王的对话,其赋作即使经过整理修饰,仍保留对问体的形式,并以其为大宗。⑥

宋玉赋作的特色之一,几乎都是"宋玉对楚王问"之形式,以赋作为代言的媒介,这种君臣诘问情节的铺陈,在布局上,往往采用对话体的方式呈现,一来一往,针锋相对,强烈的对立形象,突显君臣间理念的冲突与对立,所以顷襄王的"淫逸侈靡"反成为劝诫讽谏之赋产生的首要动因。刘勰所谓"意在微讽"与李善所谓"讽于淫"完整概括宋

---

① 叶庆炳《文章合为时而著,歌诗合为事而作》,《中国古典文学论丛》(册二),台北:中外文学月刊社,1976年5月,页54。
② 周振甫注,刘勰《文心雕龙·谐隐》,台北:里仁书局,1984年,页275。
③ 周振甫注,刘勰《文心雕龙·谐隐》,台北:里仁书局,1984年,页275。
④ 周振甫注,刘勰《文心雕龙·物色》,台北:里仁书局,1984年。页846。
⑤ 梁萧统编,李善注《文选》卷十九,北京:中华书局,1977年11月第1版,页268。
⑥ 简宗梧《赋与设辞问对关系之考察》,《逢甲人文社会学报》第11期,2005年12月,页17—30。

玉"以物色守礼为微讽礼谏"的意图：

(一)意在微讽

君臣是儒家传统五伦之一,所谓君君、臣臣、父父、子子,自古君臣有义,君主与臣子之间有着礼义上的对应关系,臣事君以忠,君待臣以义,君与臣之间,不只在现实生活上有着职务上的政治情谊,主观情感上更有着伯乐赏识的知遇情感,君臣之间的相互信赖与理解,成就礼乐制度的政权和谐与安定。

相对于楚国历代名主,与称霸中原的楚成王,或一鸣惊人的楚威王等楚名君相形之下,顷襄王予人之印象,是一个自恃而纵欲的平凡之君,根据《战国策·中山策》卷三十三记载：

> 是时楚王恃其国大,不恤其政,而群臣相妒以功,谄谀用事,良臣斥疏,百姓心离,城池不修,既无良臣,又无守备。①

顷襄王阿谀用事,既无治理朝政的雄才大略,朝中群臣又时相争功相妒,历史记载顷襄王十九年(前280)时,秦国大肆举兵征伐楚,面对强秦来袭,楚军因为不敌而致节节大败,因此最后割让了上庸、汉北之地给予秦国,而秦国在获得土地之后不断食髓知味,后来的秦昭襄王以外交计谋诈亲,诓骗许嫁公主给顷襄王,贪色好美人的顷襄王竟丝毫不疑有诈,他亲自出关迎亲,此举使屈原大为忧心,屈原因此长跪勒马力谏,无效,秦军因此趁顷襄王开城迎亲之际,挥军长驱直攻入楚国郢都,顷襄王后来离开郢都迁都于陈②,楚国国势遂一蹶不振,失去了与秦抗举的力量。忧心交瘁的屈原于襄王朝遭逐,辗转流连,行吟洞庭湖畔、湘江之侧,忧愁幽思难解之余,以决绝展现态度,投汨罗自尽。宋玉居顷襄王朝,屈原的遭遇,他看在眼里,无能为力,只能以文学的笔作为抒发情志的寄托。《登徒子好色赋》就是透过一场君与臣的对话,在文学场域里宣扬礼的意义,进行人臣的"微讽"之义。

《论语·季氏》指出："天下有道,则礼乐征伐自天子出;天下无道,则礼乐征伐自诸侯出。"③在君权扩张的战国时代,君王的权威也代表着对礼乐秩序的制约力量,君与臣之间因礼制的存在而有着"对立"与"共事"的微妙关系。《登徒子好色赋》中,楚王以礼治道德之执行者对宋玉严厉询问："先生其有遗行与？何士民众庶不誉之甚也？"④对宋玉的人品质疑,是以好色与否来加以评断,另一方面,士既以参与政治为生命目标,宋玉的命运也因此无所选择,宋玉一生主要生活在顷襄王之世,虽然体貌闲丽,口才便捷⑤,能言善辩,有过人的才学,但由于位卑而势微,相对于屈原曾为怀王三闾大夫的职位而言,顷襄王用宋玉,只是以之为口才便给的言语侍从,以取悦君王为务。过人的才华、低下的地位,或许因此造成宋玉性格的软弱,优柔寡断,缺乏直谏的勇气。

---

① 《战国策·中山策三十三》台北：里仁书局,1990年9月,页1188。
② 《战国策·秦策四》台北：里仁书局,1990年9月,页99。
③ 《论语注疏·季氏》收录于阮元刻《十三经注疏》,台北：艺文印书馆,1981年,页147。
④ 梁萧统编,李善注《文选》卷四五,北京：中华书局,1977年11月第1版,页627。
⑤ 梁萧统编,李善注《文选》卷四五,北京：中华书局,1977年11月第1版,页269。

一方面，他仰慕圣人，向往"瑰意奇行，超然独处"的意境①，不想与世俗之人同流合污；另一方面，现实生活里的他又不得不依附于昏庸无道的顷襄王，作一个承颜欢笑的言语侍从之臣，不能摆脱的身份，使他选择以文学作为讽谏的媒介，如史公所指出"好辞而以赋见称"，辞赋便成为宋玉讽谏君王的管道了。在"礼"与"色"的激辩里，司马迁赞许宋玉的口才便捷有乃师屈原之风，且师承屈原："皆祖其从容辞令，终莫敢直谏。"文学是人性情志的表征，文学表现人生，在这一点上，司马迁强调宋玉作品的隐喻精神，肯定宋玉创作的重要课题。

(二)讽于淫

《登徒子好色赋》以一大段文字极写东家之子美丽：

> 增一分则太长，减一分则太短；著粉则太白，施朱则太赤；眉如翠羽，肌如白雪；腰如束素，齿如含贝；嫣然一笑，惑阳城，迷下蔡。

世间绝世之美，尽在此矣。可是，美丽之后，却接着写丑陋的登徒子之妻：

> 登徒子则不然：其妻蓬头挛耳，齞唇历齿，旁行踽偻，又疥且痔……

美丑强烈的对比，宋玉先以极尽渲染的笔墨描述了超尘绝世的美女容貌与自然天成之美，从东家之子仪态万千的容貌：眉如翠羽，肌如白雪；腰如束素，齿如含贝，艳丽的风采、嫣然一笑，风姿绰约，美丽的表象背后，赋予东家之子的是美丽之下对于"欲"的克制。

表面上看东家之子是色的欲望，"惑阳城，迷下蔡"，使人惑与迷的正是色欲作为一种原始本能的诱惑。美丽使人迷惑，然而宋玉于东家之子"登墙窥臣三年而不许"，显然更强调士子对礼法的谨守与自持。王夫之《诗广传》论诗一段提到"淫"的解释：

> 贞亦情也，淫亦情也……审乎情而知贞与淫之相背，如冰与蝇不同席也，辨之早矣，不奖其淫，贞者乃显。②

此说突破了常室中偏执地以"淫"为男女情爱"淫荡"的狭义解释，进而肯定"淫"为"情"之一种，"不奖其淫，贞者乃显"才是主要目的。同书卷三"小雅"又云：

> 淫者，非谓其志于燕媟之私也；情极于一往，泛荡而不能自戢也。

所谓"情极于一往"是深情的诗学传统，情之所钟，正在我辈，《登徒子好色赋》中，登徒子、宋玉、章华大夫三人的存在，突显了"情"、"欲"、"礼"对立的现象：登徒子之妻极丑，但登徒"悦之，使有五子"，显然是以登徒子为色欲的代表，最生活化的欲求；宋玉面对东家之子"登墙窥臣三年，至今未许也"。克制的行为是谨守于礼的代表。章华大夫则是礼的扬升："目欲其颜，心顾其义，扬诗守礼，终不过差。"是一段被升华的情感境界，反映宋玉对情的自觉与对情的执着。

章华大夫对于情的存在执以肯定："徒以微辞相感动，精神相依凭"，执着于精神的相知相属，虽然"目欲其颜"，于情感上有着极深的想望与思念，却能"心顾其义"，坚守

---

① 梁萧统编，李善注《文选》卷四五，北京：中华书局，1977年11月第1版，页627。
② 王夫之《诗广传》，台北：河洛图书公司点校本，1974年9月，页10。

礼教的约束,符应儒家"发乎情,止乎礼义"的道德礼数。《登徒子好色赋》中章华大夫在楚王身边,目睹登徒子上谗非议宋玉"体貌闲丽,口多微词,又性好色",同为大夫的他"自以为守德",因此挺身而出,为宋玉辩解,于是乎敷衍了一场惊天动地的美丽邂逅:

> ……出咸阳,熙邯郸,从容郑、卫、溱、洧之间。是时向春之末,迎夏之阳,鸧鹒喈喈,群女出桑。此郊之姝,华色含光,体美容冶,不待装饰。臣观其丽者,因称诗曰……①

流光岁月里,章华大夫与采桑女的相遇,是浮世里的应然,彼此心仪相许,却终究克制仅仅以诗传情,扬诗守礼,不逾越礼法规矩,最后一段:

> 因迁延而避辞,盖徒以微词相感动,精神相依凭,目欲其颜,心顾其义,扬诗守礼,终不过差。

曾经"目欲其颜,心顾其义"的喜悦相知与相惜,这份思念的动心与情的感动,是何等深刻,最后的选择,归于心安,寂静而欢喜。此赋中所传递的讯息不单是情欲的喜悦,更是情意的自持与礼法的坚守,陆机所以倡言"诗缘情而绮靡",正是强调人情兴感的融通,整段文字所预示的情感层层迭进,《登徒子好色赋》蕴含了作者宋玉的自白意义,不论是外在境遇的穷通所引起的冲突,抑或内在欲求所引起的郁结,宋玉无处不借机揭示表白自己的情志"遁辞以隐意",登徒子、宋玉、章华大夫,好色,止欲,扬礼,三层境界犹如《下里》《巴人》、《阳阿》《薤露》和《阳春》《白雪》的层层境界一样,不同的是,宋玉于此赋中改变了方式,以物色为喻进行礼谏,手法之奇崛不独是中国传统文学形式的奇葩,情与礼的升华,代天下有情人立言,用情之深更为一绝。王楙《野客丛书》卷十六说《登徒子好色赋》的影响:

> 自宋玉《好色赋》,相如拟之为《美人赋》,蔡邕又拟之为《协和赋》,曹植为《静思赋》,陈琳为《止欲赋》,王粲为《闲邪赋》,应玚为《正情赋》,张华为《永怀赋》,江淹为《丽色赋》,沈约为《丽人赋》,辗转规仿,以至于今。②

对于铺张扬厉的赋体文学而言,宋玉赋的侈丽是普遍的共同认知,但就"主文而谲谏"的抒情文学体系而言,宋玉无疑为传统赋学更创一深情之新局。

参考文献

[1] 周振甫注,刘勰《文心雕龙》,台北:里仁书局,1984年。

[2] 孔颖达《毛诗正义》,台北:中华书局,1982年。

[3] 朱熹《四书集注》,台北:艺文印书馆,1974年4月。

[4] 汉刘向《说苑》,北京:中华书局,1985年。

[5] 东晋常璩《华阳国志》,北京:中华书局,1985年。

---

① 宋玉《登徒子好色赋》,见清严可均《全上古三代秦汉三国六朝文》卷十,北京:中华书局,1999年6月,页78。

② 王楙《野客丛书》卷16,北京:中华书局,1985年,页156。

［6］王逸《楚辞章句》,台北:艺文印书馆,1974年4月。

［7］清王符曾辑评《古文小品咀华》,北京:书目文献出版社,1993年2月第二刷。

［8］刘熙载《艺概·文概》,台北:汉京文化事业有限公司,1985年9月。

［9］陈第《屈宋古音义》,北京:中华书局,1985年。

［10］《礼记》,台北:南岳出版社,1978年。

［11］仇兆鳌《杜少陵集详注》,北京:北京图书馆出版社(原书目文献出版社),1999年4月。

［12］孔颖达《毛诗正义》,北京:中华书局,1982年。

［13］阮元刻《十三经注疏》,台北:艺文印书馆,1981年。

［14］吴乔《围炉诗话》,郭绍虞编,富寿荪点校《清诗话续编》,上册,台北:木铎出版社,1983年。

［15］叶庆炳《中国古典文学论丛》(册二),台北:中外文学月刊社,1976年5月。

［16］梁萧统编,唐李善注《文选》,北京:中华书局,1977年11月第1版。

［17］简宗梧《赋与设辞问对关系之考察》,《逢甲人文社会学报》第11期,2005年12月。

［18］《战国策》,台北:里仁书局,1990年9月。

［19］王夫之《诗广传》,台北:河洛图书公司点校本,1974年9月。

［20］清严可均《全上古三代秦汉三国六朝文》,北京:中华书局,1999年6月。

古代宋玉文学批评的三种视点及其评析

胡吉星 白晶玉

(鞍山师范学院 辽宁鞍山 114007)

【摘要】 中国古代文学批评史上对宋玉文学的评价莫衷一是,涌现出诸多宋玉文学批评的视点,主要包括三种视点:其一经学的视点;其二美学的视点;其三考据的视点。这三种视点的形成不仅有批评家自身的原因,更有社会风气、哲学思潮等等时代原因。

【关键词】 宋玉文学批评;美学的视点;经学的视点;考据的视点

鲁迅先生曾在《批评家的批评家》一文中说道:"我们曾经在文艺批评史上见过没有一定圈子的批评家吗? 都有的,或者是美的圈,或者是真实的圈,或者是前进的圈。没有一定的圈子的批评家,那才是怪汉子呢。"鲁迅先生所谓的"圈子"即批评家所持的视点或者标准。而批评家的观点、标准的形成与其价值取向、研究兴趣、个性特征、生长环境等因素都有密切关联。宋玉是我国古代文学史上的杰出作家之一,刘勰在《文心雕龙·时序》和《辩骚》篇曰:"屈平联藻于日月,宋玉交彩于风云"、"屈宋逸步,莫之能追。"刘勰将屈原与宋玉并称,确立了宋玉的文学史地位。尽管刘勰肯定了宋玉的文学成就,然而中国古代文学批评史上对宋玉文学的批评却莫衷一是,涌现出诸多批评的视点,而这多种视点的形成不仅有批评家自身的原因,更有社会风气、哲学思潮等时代原因。

一、经学的视点

从经学的视点批评宋玉文学肇始于两汉,其后这种视点绵延不断,在宋玉文学批评史上发挥了重要影响。汉代的统治思想是儒家思想,由于对儒家思想的尊崇,儒家经学在汉代也达到了顶峰。先秦儒家典籍在汉代都被尊崇为"经",作为文学的《诗》也被列入"经"。在汉代经学学术背景中,汉儒将文学的伦理教化功能发挥到极致。而这种经学的视点则强调文学和现实、文艺和时代的关系,强调文学和政治教化的关系,强调文学的社会教育作用,却忽略了文学自身的特点和规律。这种经学视点突出表现在汉代扬雄、班固的宋玉文学批评中。扬雄《法言·吾子》中载:或问:景差、唐勒、宋玉、枚乘之赋也益乎? 曰:必也淫。淫则奈何? 曰:诗人之赋丽以则,辞人之赋丽以淫。

如孔氏之门用赋也,则贾谊升堂,相如入室矣;如其不用何?①扬雄虽然承认"丽"是赋的共同特点,但却以是否符合儒家法则为标准,将赋分为"丽以则"和"丽以淫"。在扬雄看来,宋玉等人的赋偏重于辞藻的堆砌,却没有遵循儒家伦理教化的法则,故将宋玉的赋划归为其不满意的"丽以淫"的"辞人之赋"中。其实,扬雄这种经学的视点与其文学思想是一致的。扬雄主张文学创作必须合乎儒家之道,必须有益于伦理教化。而宋玉"丽以淫"的作品徒有美丽之观,却不合乎世用。此外,东汉的班固同样也受儒家经学"成人伦,助教化"传统观念的影响,认为"大儒孙卿及楚臣屈原,离谗忧国,皆作赋以风,咸有恻隐古诗之义。其后,宋玉、唐勒、汉兴,枚乘、司马相如,下及扬子云,竞为侈丽弘衍之词,没其风讽之义"。②班固虽然也肯定赋的作用,但他坚持的还是经学视点。班固认为优秀的赋应该与周《诗》一样,具有讽谏的作用。他认为宋赋"竞为侈丽弘衍之词,没其风讽之义"。从而加以否定,这是与班固的经学的视点一致的。

自扬雄、班固后,历朝历代都有学者持经学的视点对宋玉文学进行批评。如晋代文人皇甫谧在《三都赋序》云:"至于战国,王道陵迟,风雅寝顿。于是,贤人失志,辞赋作焉,是以孙卿屈原之属,遗文炳然,辞义可观,存其所感,咸有古诗之意。皆因文以寄其心,托理以全其制,赋之首也。及宋玉之徒,淫文放发,言过于实,夸竞之兴,体失之渐,风雅之则于是乎乖。"③皇甫谧认为宋赋言过其实,徒有形式之美,不合乎儒家规范。唐代王勃在《上吏部裴侍郎启》中说:"自微言既绝,斯文不振。屈宋导浇源于前,枚马张淫风于后,谈人主者以宫室苑囿为雄,叙名流者以沉酗骄奢为达。故魏文用之而中国衰,宋武贵之而江东乱。虽沈谢争骛,适先兆齐梁之危;徐庾并驰,不能免周陈之祸。"这也是从儒家经学的视点批评宋玉文学,强调文学教化观。宋代司马光亦曰:"孔子曰:'辞达而已矣。明其足以通意斯止矣,无事于华藻宏辩也。必也以华藻宏辩为贤,则屈、宋……皆不在七十子之后也。"④宋代朱熹也从经学的视点指责宋玉的《高唐》《神女赋》为"礼法之罪人",他在《楚辞后语·目录叙》曰:"盖屈子者,穷而呼天,疾痛而呼父母之词也。故今所欲取而使继之者,必其出于幽忧穷蹙、怨慕凄凉之意,乃为得其余韵,而宏衍巨丽之观,欢愉快适之语,宜不得而与焉。……若《高唐》、《神女》、《李姬》、《洛神》之属,其词若不可废,而皆弃不录,则以义裁之,而断其为礼法之罪人也。《高唐》卒章虽有'思万方、忧国害、开圣贤、辅不逮'之云,亦屠儿之礼佛,倡家之读《礼》耳,几何其不为献笑之资,而何讽一之有哉?"⑤朱熹从经学的视点出发,强调文学"教化论",强调"文道合一",认为宋赋不符合儒家的伦理道德标准,给予宋赋空前严苛的批判。明清两代持这种视点的学者不少。如戴震在《屈原赋戴氏注·序》中曰:"汉《艺文志》,屈原赋二十五篇。自《离骚》迄《渔父》,屈原所著书是也。汉初,传其书

---

① (汉)扬雄:《法言·吾子》卷第二,《续修四库全书》1199 册,第 244 页。
② (汉)班固:《汉书》,北京:中华书局,1964 年,第 1115 页。
③ (清)严可均:《全晋文》,北京:商务印书馆,1999 年,第 757 页。
④ (宋)司马光.[M]温国文正司马公文集.四部丛刊本.卷六零。
⑤ (宋)朱熹.[M]《楚辞集注》,上海:上海古籍出版社,1979 年,第 9 页。

不名'楚辞',故《志》列之赋首,又称其作赋以风,有恻隐古诗之义。至如宋玉以下,则不免为辞人之赋,非诗人之赋矣。"这种经学的视点主张从社会政治和伦理道德角度认识宋玉文学,并要求宋玉文学能有利于维护和巩固统治者的天下,能"成人伦,助教化"。但这种研究的视点过分强调宋玉文学的政治伦理教化功能,从而遮蔽了宋玉文学的审美教育、情感熏陶的功能。

二、美学的视点

进入魏晋南北朝以来,由于儒家思想的衰落,以美学的视点审视宋玉文学批评开始凸显,其特征是开始探讨宋玉文学的内部规律,重视宋玉文学的自身特征。这种视点在南北朝时期突出表现在萧统的《文选》、刘勰的《文心雕龙》等人的著作中。

萧统的《文选》的批评标准是"事出于沈思,义归乎翰藻",可见《文选》编者对所选作品文采的高度重视。正因为宋玉作品符合《文选》编者的审美视点,《文选》收录了七篇宋玉的作品,约占其传世作品的一半。《文选》对宋玉作品的编选提升了宋玉的文学地位。

刘勰《文心雕龙》中涉及宋玉批评的篇章共十篇:《辨骚》、《诠赋》、《杂文》、《谐隐》、《比兴》、《夸饰》、《事类》、《时序》、《才略》、《知音》。其《诠赋篇》曰:"荀况《礼》《智》,宋玉《风》《钓》,爰锡名号,与《诗》画境,六义附庸,蔚成大国。述客主以首引,极声貌以穷文,斯盖别诗之原始,命赋之厥初也。"刘勰认为宋玉的赋与诗歌有别,大都以散体开篇,以叙述客人和主人的对话来开头,即"述客主以首引";中间部分为韵文,极力描写声音形貌来显示文采,铺张描写,即"极声貌以穷文";结尾又为散体,"发理辞旨,总撮其要"。刘勰是从语言艺术特色和结构特征的美学视点来剖析宋玉文学,从艺术上肯定了宋玉文学的成就。刘勰还宋玉文学的抒情特质。其《文心雕龙·辨骚》曰:"故《骚》经《九章》,朗丽以哀志;《九歌》《九辩》,绮靡以伤情;《远游》《天问》,瑰诡而慧巧;《招魂》《大招》,耀艳而深华;《卜居》标放言之致,《渔父》寄独往之才。"①刘勰评宋玉的《九辩》"绮靡以伤情"是对宋玉文学语言美和情感表现的肯定,是没有贬义的。刘勰还在《文心雕龙》诸多篇章肯定了宋玉的隽才。如《文心雕龙·时序》曰:"唯齐、楚两国,颇有文学。齐开庄衢之第,楚广兰台之宫……屈平联藻于日月,宋玉交彩于风云,观期艳说,则笼罩雅颂。"②

《杂文》中说:"宋玉含才,颇亦负俗,始造对问,以申其志,放怀寥廓,气实使之。"③刘勰还多处提到了宋玉文学的"巧谈"、"淫丽"等,并在《辨骚》中刘勰首次将屈宋并称,其曰"屈宋逸步,莫之能追",提升了宋玉文学的艺术地位,并得到了历代文人骚客的

---

① (南朝)刘勰著,范文澜注:《文心雕龙注》,北京:人民文学出版社,1978年,第13页。
② (南朝)刘勰著,范文澜注:《文心雕龙注》,北京:人民文学出版社,1978年,第55页。
③ (南朝)刘勰著,范文澜注:《文心雕龙注》,北京:人民文学出版社,1978年,第123页。

认同。①

南北朝之后,宋玉文学批评的美学视点一直延续着。唐李百药赞宋玉"文之所起,情发于中"。皇甫湜赞宋玉等人"其文皆奇,其传皆远"。宋代韩元吉认为宋玉之赋是"诗之余",认为"其托物引喻,愤惋激烈,有《风》、《雅》所未备,比兴所未及,而皆出于楚人之词"。陈造曰:"《九辩》《招魂》峻洁厉严,宋玉之文,盖不愧其师。至赋《神女》,则妍婷妖蛊之态,俨在人目。士游戏翰墨,情寓于辞,不主故常乃妙尔。"这些批评或分析其修辞手法,或分析其情感特征,都是用美学的视点来关注宋玉文学。沈约在《宋书·谢灵运传论》亦曰:"周室既衰,风流弥著。屈平、宋玉导清源于前,贾谊、相如振芳尘于后,英辞润金石,高义薄云天,自兹以降,情志弥广。"②"英辞润金石",即指出了宋玉文采的精美。明代陈第《屈宋古音义·自序》曰:"宋玉之作,纤丽而新,悲痛而婉,体制颇沿于其师,风谏有补于其国,亦屈原之流亚也。"张燮在《宋大夫集序》说:"公之《招魂》《九辩》悲悼填膺,如远刺心血洒作红雨喷人,迨《高唐》《好色》等篇,又若破涕成欢,排愁成媚,忽而矗目,忽而解颐,似乎彼此两截地界。"陆时雍曰:"《招魂》绚丽,千古绝色,正如天人珠披,霞烂星明,出银河而下九天者,非人世所曾得有。"总之,南北朝之后,诸多批评者从美学的视点探讨了宋玉文学作品的精妙,评估了宋玉文学的艺术价值。

三、考证的视点

考证的视点即关注宋玉赋的真伪以及对作品的主旨的探究。关于宋赋主旨的考证早在汉代就出现过,如汉代王逸《九辩序》就认为宋玉作《九辩》长诗是为哀悯其师屈原、以述其志所作,其《九辩序》曰:"宋玉者,屈原弟子也。闵其师忠而放逐,故作《九辩》以述其志。"王逸认为《招魂》是宋玉怜哀屈原忠而斥弃而作,其《招魂序》曰:"《招魂》者,宋玉之所作也。宋玉怜哀屈原,忠而斥弃,愁懑一作忧愁。山泽,魂放佚,厥命将落。故作《招魂》,欲以复其精神,延其年寿,外陈四方之恶,内崇楚国之美,以讽谏怀王,冀其觉悟而还之也。"其后关于宋玉作品主旨的考证一直延续着。如对宋玉的《高唐》与《神女》二赋的主旨考证,亦是众说纷纭。古代的说法大致有二。唐人李善认为此二赋的主旨是讽谏,《文选》卷十九《高唐赋》李善注说:"此赋盖假设其事,讽谏淫惑也。"认为其讽谏楚王欲幸遇神女之淫欲。二是宋人洪迈提出的托兴说。《容斋随笔》卷三说:"宋玉《高唐》《神女》二赋,其为寓言托兴甚明。"认为隐喻君臣遇合之难。③而对宋玉的《大言赋》《小言赋》,古代批评家基本上都认为是"游戏"之作。④如宋章樵在《古文苑》卷二《大言赋》注中说:"楚之诸臣,当君危削之际,不知戒惧,方且虚词以相

---

① 刘刚:《刘勰对宋玉的批评与宋玉文学史地位的确立》,《沈阳师范大学学报》2007年第6期
② (宋)沈约:《宋书》,北京:中华书局,2003年,第1778页。
③ 刘刚:《宋玉辞赋考论》,辽海出版社,2006年,第147页。
④ 刘刚:《宋玉辞赋考论》,辽海出版社,2006年,第159页。

角,恢谐以希赏,亦可悲矣。"明胡应麟在《诗薮·杂编》中曰:"大小言赋辞气滑稽,或当是一时戏笔。"当然,古代批评史上还有对宋赋其他篇章主旨的探究,在此就不一一赘述。

而考据宋玉赋真伪的视点则形成于宋代。较之前代,宋代理性思维得到发展,学术上注重思辨;再加上宋代印刷术较之前代有了飞跃,使文学作品的结集出版就简单多了,于是宋代不少学者开始关注宋赋的真伪版权和宋赋的主旨问题。葛立方在《韵语阳秋》中"《九辩》者,宋玉所作,非屈原也。今《楚辞》之目,虽以是篇并注屈、宋,然《九辩》之序,止称屈原弟子宋玉所作"。[①]而李君翁和许顗则对宋玉作《卜居》、《大言赋》、《小言赋》的说法存疑。《李君翁诗话》曰:《卜居》云:"宁诛锄茅草以力耕乎?"诗人皆以为宋玉事,岂《卜居》亦宋玉拟屈原作耶? 庾信《哀江南赋》云:"诛茅宋玉之宅",不知何据而言?[②]许顗《彦周诗话》曰:"乐府记大言小言诗,录昭明诗,而不书始于宋玉,何也? 岂误耶? 有说耶?"[③]宋人这种考据宋赋真伪的视点,影响颇深。明代亦有不少学者持这种考据的视点。如"陆时雍《楚辞疏》认为《九辩》《招魂》确是宋玉所作。贺贻孙《骚筏》、李陈玉《楚辞笺注》并且认为《楚辞章句》中所收的题为景差(或曰屈原)所作的《大招》亦系宋玉所作。胡应麟《诗薮·杂编卷一》亦对传世宋玉作品的真伪发表过系统的看法"。[④]

总之,古代宋玉文学批评是一个非常复杂的话题。对宋玉文学正面或者负面的评价受到儒家和道家价值标准、南北文化的视野以及经学和美学冲突等因素的制约,也受到批评家所处的时代文化的制约。近代王国维先生在《屈子文学之精神》中引入了原始思维等西方理论和视野来研究古代文学,使其文学批评超越了这三种传统的批评视点,体现出"中西贯通"的意识。对我们建构现代意义的宋玉文学批评无疑有启迪的作用。

---

① (宋)葛立方:《韵语阳秋》卷六,《历代诗话》,第532—533页。
② (宋)李君翁:《李君翁诗话》,《宋诗话辑佚(下册)》,第488页。
③ (宋)许顗:《彦周诗话》,《历代诗话》,第401页。
④ 吴阶平:《明代宋玉研究述评》,《淮阴师范学院学报》,2003年第1期。

中国文学史著作宋玉书写的新收获①

——读方铭主编《中国文学史》之《宋玉及战国赋体文学》

何新文　黄爱武

（湖北大学文学院　湖北武汉　430062）

【摘要】 20世纪后半叶以来，学术界逐渐重视对宋玉赋真伪及其文学成就的研究并且取得了重要成果，断代文学史如《先秦大文学史》《战国文学史》等亦列有专章论述，但是与屈原一样以专章书写宋玉的"通史"类中国文学史著作并没有出现。因此，新近出版的方铭主编四卷本《中国文学史》专列"宋玉及战国赋体文学"一章详加论述，可谓是中国文学史著作"宋玉书写"的新收获。该书以较大篇幅，在学术界已有研究的基础之上，总结考辨宋玉生平及其作品真伪的学术成果，具体论析宋玉辞赋的艺术成就特色，不仅反映了当代宋玉研究者对宋玉辞赋的热爱之情，也改变了长期以来宋玉在文学史上未受到应有重视的偏见，这对于实事求是地评价宋玉的文学贡献，以及今后中国文学史著作的宋玉抒写，均有积极意义。当然，该书关于宋玉的叙论仍有可讨论之处，尚待作者和广大研究者的进一步努力。

【关键词】 中国文学史；宋玉书写；文学史意义

　　方铭主编的四卷本《中国文学史》②，一经问世就颇获好评。这本文学史，作为"国家级高等学校特色专业建设教材"，针对目前国内高校《中国古代文学史》课程的设置情况，分全书为"先秦秦汉、魏晋南北朝隋唐五代、辽宋夏金元、明清"四卷；各卷又严格按照朝代的起讫，断代划分，比如将汉献帝"建安"时期的文学归入东汉文学史，而此前文学史著作大多将"建安"文学列入魏晋南北朝文学史的开头。凡所叙论，务求简洁明了，条理清晰，不作过度分析。故此书具有实用、好用的特点，受到许多高校中文专业师生的欢迎。

---

① 本文为湖北省教育厅人文社会科学研究项目"康达维与《文选》赋研究"成果之一。
② 方铭主编《中国文学史》（共四卷四册），长春出版社2013年12月第1版。其中《先秦秦汉卷》第一编之第七章《宋玉及战国赋体文学》，由湖北文理学院的刘刚教授撰写，载见第196－213页。

同时，该文学史也因其体现了本学科前沿研究成果等特点，而被称为一部用中国文学概念研究"中国"古代文学发展历史、立足中国观念、中国立场、中国视角的文学史著，而极具学术新意。比如，该书对古代存在过的区域政权或少数民族的文学也给予关注，故在《辽宋夏金元卷》叙论有"西夏文学"、"吐蕃文学"、"大理文学"等内容，填补了以往中国文学史著作较少注意的空白。

该书在"先秦编"内，专列"宋玉及战国赋体文学"一章（五节）详加论述，这在以往的中国文学通史著作中也是不曾有过的，可谓是中国文学史"宋玉书写"的新收获①，当然也是该书的亮点之一。笔者拜读以后，获益良多，以为具有很好的成绩和许多特点。现将这些粗浅的感受草拟成文，以就教于大家。

一、在文学通史中列"宋玉"专章的创新意义

这部历叙先秦至明清文学的《中国文学史》"通史"，在"先秦秦汉卷"内，分为"先秦"与"秦汉"二编。其中，第一编"先秦编"又析分为八章。这八章文字，除第一章《先秦时代的社会变迁及文人构成》与第八章《先秦的文学思想》，属于综论性的内容外，其余六章是主体部分。这六章，又大致依时代先后并按照传统文体诗、文、辞、赋的顺序排列为：

第二章　孔子与六经

第三章　《诗经》

第四章　战国叙事体文学

第五章　战国诸子体文学

第六章　屈原及战国骚体文学

第七章　宋玉及战国赋体文学

这样的结构思路与章节安排，将屈原与宋玉、"骚体"与"赋体"并驾齐驱、相对而论，已然突出了宋玉的文学地位。有如湖北文理学院教授、宜城宋玉研究会名誉会长程本兴先生所评："宋玉与屈原一样单独成章，恢复了宋玉在文学史上所应有的地位"，并且"第一次真正恢复并体现了屈宋并称"②。

宋玉是继屈原以后最重要的楚辞作者，同时也是一个卓有成就的赋家。在中国古代，"屈宋并称"③是很普遍的现象。虽然自汉至晋的批评家，大多承司马迁"莫敢直

---

① 张炯等《中华文学通史》（华艺出版社 1997 年）列有"宋玉及其他楚辞作家"一章，仍只有一节论宋玉；张炯主编《中华文学发展史》（长江文艺出版社 2003 年）列有"宋玉等人与赋文学"一章，并未详论宋玉赋真伪及其在文学史上的地位影响。对此，笔者另有专文论及。

② 余建东《重塑宋玉、屈宋并称：程本兴先生谈新编〈中国文学史〉》，载 2014 年 4 月 22 日《襄阳日报》数字报第 10 版。

③ 关于所谓"屈宋并称"，何新文《从洪迈、朱熹论宋玉赋看宋玉文学批评标准的把握》已有论述，载《宋玉及其辞赋研究》（2010 年襄樊宋玉辞赋国际学术研讨会论文集），学苑出版社 2010 年 10 月出版。

谏"及扬雄"辞人之赋"的批评而"是屈非宋",但南朝以降,宋玉辞采华美的辞赋却逐渐得到了正面的评价。如梁代沈约在《宋书·谢灵运传论》中提出"屈平、宋玉导清源于前",首开肯定性"屈宋"并称的先例。然后,更有刘勰既在《文心雕龙·时序》篇称"屈平联藻于日月,宋玉交彩于风云",更在《诠赋》篇充分肯定宋玉对古代赋史"爰锡名号、与诗画境"的开创之功。

但是在20世纪至今的中国文学史著作中,宋玉并没有取得与屈原并称齐名的书写地位①。如笔者据陈玉堂《中国文学史书目提要》查阅,在新中国成立以前出版的约130种(含日本学者所著10种)《中国文学史》通史著作中,大多以"楚辞"或"屈原"、"屈原与楚辞"等词语命名相关专章,而没有为宋玉列专章者;将"宋玉"的名字列入节标题的著作也只有寥寥几种,如赵景深《中国文学小史》有"屈原与宋玉"一节,郑宾于《中国文学流变史》有"宋玉景差唐勒"小节,张希之《中国文学流变史论》有"屈原与宋玉"一节,谭正璧(新编)《中国文学史》有"宋玉及其他"一节,刘大杰《中国文学发展史》有"宋玉"一节。但在游国恩所著断代史《先秦文学》(商务印书馆1934年版)的16章正文中,第十四、十五章则分别为《屈原》与《宋玉及其他作者》②,这有可能是最早将屈、宋并列为两章的断代文学史;此外,还有鲁迅1941年出版的《汉文学史纲要》,全书共10篇,第四篇为《屈原与宋玉》。

现当代的文学通史著作,如解放后多次重版重印的刘大杰《中国文学发展史》、中国社会科学院文研所编《中国文学史》和游国恩等主编《中国文学史》等三部"高等学校文科教材",作为"面向21世纪课程教材"的袁行霈主编《中国文学史》(高等教育出版社1999年第1版)等,均列有"屈原与楚辞"专章,而将"宋玉"作为其中的一节或一小节(后者如袁行霈主编本《中国文学史》)。

现当代的断代文学史著作,如徐北文著《先秦文学史》③,仍然是在《楚辞与屈原》章中列一节为《楚辞流派的变迁与宋玉》;而赵明主编的《先秦大文学史》,则是较早列专章论述并高度评价宋玉辞赋成就的文学史著。该书在第三编列入第五章"宋玉其人及其作品"(第三、第四章论屈原及其作品),由罗漫教授执笔,依次分五节论述"宋玉其人及其作品的真伪"、"《九辩》的新意"、"宋玉的其他作品"、"宋玉文学的独创性"及"宋玉的文学史地位"。罗漫教授总结宋玉文学的独创性,包括推出"悲秋"情结、奠定"云雨"意象、描绘神女丽人、展示三峡景观、开创娱乐文学、确立"微词讽谏"传统等六个方面,并认为宋玉在文学史上领导了赋体文学的"第一次浪潮",拓展了感伤与通俗文学领域,创造了有别于屈原作品的象征符号等,标志着先秦文学的终结与转型,对后世文

---

① 20世纪后半叶以来,学术界逐渐重视对宋玉辞赋成就及其作品真伪的研究,并取得了十分重要的成果。其中诸如湖南科技大学吴广平教授校注的《宋玉集》(岳麓书社2001年第1版)、撰著的《宋玉研究》(岳麓书社2004年第1版)、与史新林合作主编的《徜徉宋玉城》(湖南人民出版社2011年版)等等。

② 陈玉堂《中国文学史书目提要》,黄山书社1986年第1版,第135页。

③ 徐北文著《先秦文学史》,齐鲁书社1981年版,第214—224页。

人产生了深刻影响①；此外，还有方铭著《战国文学史》和《战国文学史论》②，皆清晰地将宋玉与屈原并列为两个专章。方铭教授的这两部战国文学史论著，均设为 7 章，其中专论作家及创作的主体内容都是如下四章：

  战国论说体文学

  战国叙事体文学

  屈原及战国抒情体文学

  宋玉及战国赋体文学

  很明显，方铭《战国文学史》的结构安排，对其新编的通史型《中国文学史·先秦编》的结构设计有直接的启示作用，后者大致沿袭了前者的设计思路。

  但这种直接的启示作用或沿袭，并不影响作为"通史型"新编《中国文学史》为"宋玉及战国赋体文学"立专章论述的创新意义。因为，断代文学史与文学通史的容量及具体作家在当代与在整个文学史上的地位，都是不可同日而语的。某个作者在其时代算得上有成绩，但在整个文学史上就可能不算突出，如秦代的李斯及其《谏逐客书》即是一例。再如，游国恩先生过去在断代文学史《先秦文学》中并列"屈原"与"宋玉及其他作者"两章，后来主编《中国文学史》时则合两章为一章，将"宋玉"附在《爱国诗人屈原和楚辞》章内用一节论述。这一变化，与文学史家对被叙述对象的认识发生了变化有关，但也与游先生认为宋玉在整个文学史上的地位不如屈原突出有关系。如该《中国文学史》认为："屈原是我国文学史上第一个伟大的爱国诗人，……对我国文学优秀传统的形成都产生了极大的影响，在我国文学的发展上有着崇高的地位"；又说"过去屈、宋并称，宋固不如屈，但宋玉是屈原艺术的优秀继承者，在文学史上宋玉应该占有一定的地位。"③可见编著者评价屈、宋在文学史的地位是大有区分的。

二、深入考辨了宋玉的生平及其作品真伪

  方铭主编在该书《前言》中提出："文学史的研究目的，首要的是复原文学的历史。这个复原，包括对文学观念的复原和文学活动的复原"；而"文学史的复原，应该建立在个体复原的基础上"。他还说"文学史研究，实际就是文学的考古工作"④。而宋玉这个"个体"的生平事迹及其作品的真伪，因缺乏足够的文献证明，历来都存在争议，当然也会影响到文学史家对他的评价和书写。因此，要突出所谓"屈宋并称"的文学史地位，"考证"并"复原"宋玉的文学活动与创作成果是必须的。而该书对宋玉专章的书

---

  ① 赵明主编《先秦大文学史》，吉林大学出版社 1993 年第 1 版。其中第三编第五章"宋玉其人及其作品"由罗漫教授撰写，载见该书第 492—539 页。

  ② 方铭著《战国文学史》，武汉出版社 1996 年版；方铭著《战国文学史论》，商务印书馆 2008 年版。

  ③ 游国恩等主编《中国文学史》，人民出版社 1963 年版第一册，第 91、95 页。

  ④ 方铭主编《中国文学史》，长春出版社 2013 年第 1 版《先秦秦汉卷》，第 4—5 页。

写,在这方面就作出了可喜的努力。

首先,是该书先立"战国赋体文学的产生及真伪问题"一节,以宋玉传世作品的真伪为重点,力图考辨清楚宋玉赋的产生及流传情况,并以此作为评论宋玉及战国赋文学成就的前提。此一设计,可谓是正本清源之举。

关于宋玉作品的载录,古代文献有两种情形:一是书目著录篇、卷数,如《汉书·艺文志》著录"宋玉赋十六篇"(班固自注谓"楚人,与唐勒并时,在屈原后也"),《隋书·经籍志》著录"楚大夫《宋玉集》三卷";二是文章总集收载署名"宋玉"的具体作品,如王逸《楚辞章句》收有《九辩》和《招魂》,萧统《文选》收有《风赋》《高唐赋》《神女赋》《登徒子好色赋》《对楚王问》,《古文苑》收有《笛赋》《大言赋》《小言赋》《讽赋》《钓赋》《舞赋》,《文选补遗》载有《微咏赋》。而古今学人对于书目著录宋玉作品的篇卷数,一般都信而不疑;对于总集所载宋玉辞赋,则见仁见智,或信或疑。怀疑者或因为不同文献关于辞赋的作者说法不一而生疑问,或因为这些总集的编成年代晚于楚汉而怀疑其作品来源。

该书概述古今学界关于宋玉作品真伪问题的争辩,认为肇始于南宋而延续于明清的是对于《古文苑》及《文选补遗》所收宋玉赋的质疑,至现代则在"古史辨派"疑古思潮影响下扩大到怀疑《文选》所收宋玉赋;再到 1972 年山东银雀山汉墓发现《唐勒赋》残简之后又"绝大多数学者已有了比较一致的认识",即认为《楚辞》所收 2 篇、《文选》所收 5 篇、《古文苑》所收 4 篇作品为宋玉所作,它们是:

《九辩》、《招魂》;

《风赋》、《高唐赋》、《神女赋》、《登徒子好色赋》、《对楚王问》;

《大言赋》、《小言赋》、《讽赋》、《钓赋》。

该书认可上述共计 11 篇辞赋为"宋玉所作",这是对于学术界长期以来关于宋玉作品真伪考辨成果的一次总结和综合。虽然这样的总结并不意味着这个问题的学术探讨的结束,但是,有这样一个清理和总结并且以文学史的形式发布出来是必要的。这对于如何评估宋玉的文学成就和文学史地位,对于"信兴楚而盛汉"的赋体文学研究的深入,均具有重要意义。

而在此之前,通行的文学史著作,如上文所提及的四种作为高校文科教材的《中国文学史》中,刘大杰本、游国恩本只认为《九辩》可信,袁行霈本只认同《九辩》及《文选》所载的 5 篇,文研所本只认可《九辩》《招魂》及《文选》所载的 4 赋。被认为可信的作品有限,文学史关于宋玉的书写当然用不着太多的篇幅,更遑论所谓"屈宋并称"了。

其次,是该书充分利用相关史料和已有研究成果,对宋玉的生平经历作了较详尽的介绍。

该书历引《史记》、《汉书》、《楚辞章句》、《韩诗外传》、《襄阳耆旧记》、《水经注》等古文献,以及现代学者游国恩、陆侃如等人的考证成果,叙论宋玉的生平经历,认为宋玉为"楚鄢郢(今湖北宜城)人","生活时代当在屈原逝世之后楚国由衰至亡的数十年之中",与唐勒、景差同时代,"于楚襄王后期入仕,后为大夫,常陪侍君王游宴,奉命作赋"。"为人耿介,具有爱国爱民情怀,是李白高调称颂的'立身本高洁'的正直文人"。如此等等,虽然并非是前人未见的新史料,但却是此前文学史著作较少叙述和评价肯定的文字。例如,或者是出于慎重,上述刘大杰、游国恩、文研所及袁行霈本四种《中国文学史》都没有交代过宋玉的籍贯。

作为一部面向大学生的高校专业建设教材,这样审慎的交代,也应该是有意义的,它可以引导学生将注意力集中于宋玉辞赋作品的理解阅读和艺术赏析,而不必过早地卷入无休止的作品真伪的理性考辨之中。

三、具体论析了宋玉辞赋的艺术特色及其文学成就

该书以认定的宋玉11篇辞赋作品为前提,将宋玉的文学成就全面概括为四个方面:(1)师范屈原,以卓越的辞赋创作成为屈原开创的楚辞文学的优秀继承者,赢得了与屈原并称的文学史地位;(2)创立了与《诗》画境,与屈原赋、荀子赋不同体制的散体赋,促使赋体文学真正独立于诗与文之外,成为了与诗、文并列的古代三大文体之一;(3)奠定了散体赋的文体特征与基本写作规范,即"问对"的结构,"韵散相间"的语言,"铺陈排比"的描写方法,"卒章见意"的表意方式;(4)创作了许多具有典型意义的文学形象,有些还成为历代文学家引起共鸣的创作主题。如《九辩》的悲秋描写,《高唐赋》的山水描摹,《神女赋》的神女刻画,《风赋》的雌雄之风比喻,《对楚王问》中"阳春、白雪"的音乐铺排等等,均能给读者耳目一新的审美愉悦。

上述概括,对宋玉的文学成就作了相当全面的总结与评价。在此基础上,该书再以第四节《宋玉的骚体赋写作》和第五节《宋玉的散体赋写作》,分别论析了宋玉骚体赋和散体赋的艺术特点及价值成就。

在第四节中,将《楚辞章句》所收的《九辩》《招魂》两篇作品,均称之为"宋玉的骚体赋"并加以论析。该书以"古人的认知"一语领起,从三个方面比较了屈原作品与宋玉的这两篇"骚体赋",以论宋玉对于屈原作品的"嬗变":(1)内容上的转变,屈原作品以抒写自家情志为主体,而《九辩》《招魂》是为悲悯屈原而作;(2)表现手法的转变,屈原《离骚》以浪漫的手法书写社会理想与人生追求,而《九辩》《招魂》的要害在于最大限度地夸说眼前现实的个人感受;(3)语言的转变,屈原作品的语言比较古奥,《九辩》《招魂》显得自然许多。然后,又比较宋玉的《九辩》与《招魂》,认为《九辩》借秋景写悲情更加值得关注。在征引《九辩》首段原文并具体分析后,指出其被欣赏者誉为"悲秋"的典范之作当之无愧。最后,引清王夫之《楚辞通释》为据,将《楚辞章句》或谓屈原、或曰景差而"疑不能明"的《大招》一篇的作者归为景差,应是为招楚威王之魂而作。

第五节论析宋玉的散体赋。先以《文选》所收的《风赋》为例,分析宋玉散体赋的文体特征是:以客主问答为叙述方式,以韵散相间为语言形式,以铺陈扬厉为表现手段,以体物写志为写作主旨。这里的归纳,与前述第三节所总结的宋玉散体赋文体特征主要表现的"四点",在文字表述乃至文意上稍有相异之处。然后,又依次较为具体地论

述了宋玉散体赋在"山水景物描写"(举《高唐赋》为例)、"女性人物描写"(举《神女赋》《登徒子好色赋》为例)与"情志抒写"(举《对楚王问》为例)方面的艺术成就,并说明宋玉散体赋在继承《诗经》和屈原赋的基础上又有所发展。

四、余论

该书在屈原之后专设一章,以 5 节、17 页、2 万字的较大篇幅,详论宋玉及战国赋体文学,不仅反映了对宋玉辞赋的热爱之情,也改变了长期以来宋玉在文学史上未受到应有重视的偏见,这对实事求是地评价宋玉的文学贡献,进一步深化宋玉辞赋以至楚汉赋文学发展演变的研究,均具有创新和启迪意义,而且必定会对今后的中国文学史研究和撰写产生积极的影响。

当然,依笔者浅见,该书关于宋玉的书写尚有可讨论之处。

首先,该书概述宋玉作品真伪问题的学术争辩过程,却较少归纳《文选》等总集所载宋玉赋可信的正面理由。比如,书中认为银雀山汉墓《唐勒赋》残简的发现可证散文赋在宋玉时代已经存在,但笔者以为这一点仍然不足以说明:《文选》所载宋玉诸赋在两汉魏晋五六百年间的各类文献中为何不见任何踪影?宋玉赋对汉代散体赋的影响,为何没有找到有说服力的内证?这当然是一个虽有趣却难解的问题,但作为一部面向学生的文学史教材,编著者似应在总结现有研究成果的基础上归纳出自己的看法。对此,笔者则有过这样的猜测:《汉志》著录"宋玉赋十六篇",说明这些赋在此前确已流传过。是否因为自司马迁谓其"莫敢直谏"、看低宋玉而不将其赋载在《史记》以后,再加上扬雄、刘向父子《诗赋略》、班固《汉书·艺文志》,一直至西晋皇甫谧、挚虞等人,皆以"没其讽喻之义"或"淫"、"侈丽"、"淫文"、"言过于实"、"淫浮之病"一类的语言贬斥宋玉赋,使宋玉赋在汉晋时代并没有获得主流舆论的认可,其影响负面,故作品流传未广;只是到了齐梁,由于沈约、任昉、刘勰、萧统等人的推赏,原来隐伏的宋玉赋才重见天日?当然,这个"猜测"也没有证明,这是后话。

其次,该书此章文字使用"楚辞"、"楚辞体"、"赋"、"骚"、"骚体"、"屈原赋"、"骚体赋"之类的概念较多,其间却有含混不清之处。如该书《先秦编》设第六章论"屈原及战国骚体文学",第七章论"宋玉及战国赋体文学",原本是想将屈原之"骚体"与宋玉之"赋体"有所区别。故第六章称屈原作品是"楚辞体"或"骚体";但第七章既称宋玉作品为赋体,却也屡称屈原作品为"屈原赋",还称《楚辞》所收《九辩》《招魂》等楚辞作品为"骚体赋"①;这样一来,就不仅将《楚辞》所收屈、宋楚辞都混称为"赋",造成称谓上的"辞、赋"不分,也削弱了第六、七两章区分屈原"骚体"与宋玉"赋体"的意义。

最后,是所谓"屈宋并称"。该书称述"在古代文学批评史中"宋玉"一向与屈原并

---

① 方铭在《战国文学史论》中称《九辩》、《招魂》为宋玉创作的"楚辞作品"或"似赋之楚辞"、"最后的楚辞作品"(第 477、496 页)。在此《中国文学史》之《屈原及战国骚体文学》专章中也因《楚辞》收有《九辩》、《招魂》而称宋玉在屈原之后丰富和发展了"楚辞"的创作(第 195 页)。

称",又说宋玉"赢得了与屈原并称的文学史地位"。其实,这样的判断,亦有可议之处:一是宋玉并非"一向与屈原并称"。事实上,自汉至晋的批评家如司马迁、扬雄、《七略·诗赋略》、班固、皇甫谧、挚虞等,大多持着否"讽谏"的批评标准是屈而非宋,远不是所谓"屈宋并称"①。只有到了南朝齐梁,偏重"讽谏"的文学观念有所削弱之时,辞采华美的宋玉辞赋得到了肯定,沈约、刘勰、萧统等批评家才有了肯定性的"屈宋并称"式评价。唐宋两代的屈宋评论,也有扬抑不同的声音。如唐初诗人王勃斥"屈、宋导浇源于前",柳冕责屈宋"皆亡国之音",李白、杜甫等则唱出了"窃攀屈宋宜方驾、恐与齐梁作后尘"的颂歌。至宋代,苏轼提出要"追古屈原、宋玉",朱熹则高度评价屈原"忠君爱国"而指斥宋玉为"礼法罪人"。可以说,在自司马迁至朱熹的大多数古人心目中,宋玉的文学地位,并不与"惊采绝艳、难与并能"的屈原等同。

当代学者对所谓"屈宋并称"的看法,既有本文前述游国恩等主编《中国文学史》"宋固不如屈"之说,姜书阁先生亦有相似论述。如姜先生认为"屈宋"并称"不一定正确",因为"无论就二人的立身行事,或就其文章辞赋而言,宋玉都不能与屈原并驾齐驱,故亦未可等量齐观"②。即使同是在方铭主编的该书第六章中的评屈原之语,诸如"屈原是我国历史上第一位伟大诗人","他的作品的伟大的艺术成就","《国风》好色而不淫,《小雅》怨诽而不乱,若《离骚》者,可谓兼之矣。其文约,其辞微,其志絜,其行廉,……推此志也,虽与日月争光可也";"《离骚》逸响伟辞,卓绝一世":如此无以复加的充满激情的崇敬赞美之辞,也很少见有人用来评价宋玉。诚如上述,则文学史著作以宋玉"赢得了与屈原并称的文学史地位"的书面用语作出评价,似有可斟酌之处。

因为,重视宋玉的文学史地位,并不必要借助"屈宋并称"的说法。作为屈原之后最重要的楚国辞赋作家,宋玉对楚辞和对汉赋的形成发展都有重要贡献。宋玉赋的艺术成就,他所创造的高唐"神女"、楚国"佳人"形象,宋玉"守身如玉"、"目欲其颜、心顾其义"的人伦理想,都对历代文学影响深巨,乃至于形成了文学史上见仁见智的"宋玉现象"。而且,所谓"并称"也不等于"并列",这是一个意义模糊、内涵不太确定的词语。在多数情况下,"屈宋"并称,与"史汉"、"李杜"、"韩柳"等将二者并列的称谓不同,而是如"荀、宋",或者"宋玉、唐勒、景差之徒"并提一样,只是一种时间上的连续表述或行文需要。如果我们注重从宋玉自身、从相异于屈原的角度深入,宋玉辞赋的艺术成就及其在文学史上的重要地位和影响,或许更能够得到更客观、科学的认识和评价。

---

① 参何新文等《论洪迈与朱熹〈高唐〉〈神女赋〉的评价差异:兼及宋玉辞赋批评标准与方法的把握》,载《中国韵文学刊》2011年第4期。
② 姜书阁著《先秦辞赋原论》,齐鲁书社1983年版,第109、110页

空间叙事:宋玉辞赋与汉代散体大赋关联的新角度
——兼论汉赋空间叙事的类型及其特征

彭安湘[①]

(湖北大学文学院　湖北武汉　430062)

【摘要】　宋玉在由楚辞到汉赋的文体转换过程中起到了重要的作用,尤其是其辞赋作品建构的立体空间坐标系,以及逐次相加的极度铺排、渲染所体现出的空间观念、"空间图式"成为与汉代散体大赋关联的新角度。汉赋作家综合古代空间意识及《诗经》、楚辞、战国散文等作品的创作经验进一步将空间叙事推向成熟。汉赋空间叙事大概有空间方位叙事、空间"连类"叙事和空间移位叙事三种主要类型,并具有空间叙事与时间叙事互为依存、征实与虚构互为补充以及表层结构与空间意义互为支撑等鲜明特征。

【关键词】　宋玉;散体大赋;空间叙事;方位叙事;"连类"叙事;移位叙事

宋玉以其瑰伟之才,既崛起于骚人之后,又成为"楚人理赋"[②]的翘楚。其《招魂》《高唐赋》《神女赋》《风赋》《登徒子好色赋》等作品"盖楚辞之变体,汉赋之权舆"[③],是承继屈原,又"以赋见称"[④]、以赋"显名"[⑤]的标识作品。在由楚赋到汉赋的发展历程中,宋玉的辞赋作品无疑具有重要的意义和地位。

一

清代刘熙载《艺概·赋概》称楚辞、汉赋的主要区别在于:"《楚辞》按之而逾深,汉

---

① [基金项目]湖北省 2014 年度教育厅人文社会科学研究一般项目《汉赋空间叙事研究》(2014Y005)研究成果。
② (梁)刘勰《文心雕龙·诠赋》,见范文澜《文心雕龙注》,人民文学出版社 1958 年版,第 135 页。
③ (明)陈弟著,康瑞宗点校《屈宋古音义·毛诗古音考》卷三《题高唐》,中华书局 2008 年版。
④ (汉)司马迁《史记》,中华书局 1975 年版,第 2491 页。
⑤ (汉)班固《汉书》,中华书局 1962 年版,第 1668 页。

赋恢之而弥广。"①即前者以情义深至、韵味悠长胜，后者以体制宏阔、事类繁艳胜。但《招魂》"尤多异彩"②，一方面其谋篇（包括结尾的"乱辞"）、其向六方"招魂"的神话内容，无疑是楚辞的体式和楚国巫觋文化的体现；另一方面，其"外陈四方之恶，内崇楚国之美"③的空间结构和"可怖"、"可喜"境域中的物象铺陈，又与汉代散体大赋的空间叙事非常接近。

《招魂》一诗以顷襄王口吻求告上帝复其失魂始，以巫阳招魂为继，以追述襄王射猎云梦的失魂之由为终。无疑，巫阳招魂辞所展示的"空间图式"，是存在于时间叙事中的（尽管其时间顺序已经打乱）。也就是说，它是被沿着一条时间线安排的。即使如此，招魂辞展示的"空间图式"，也依然具有纯粹、完整、自足的叙事意义而成为此诗极为精彩、奇幻的一部分。现将其"空间图式"勾勒如下：

魂兮归来！东方不可以托些！……
魂兮归来！南方不可以止些！……
魂兮归来！西方之害，流沙千里些！……
魂兮归来！北方不可以止些！……
魂兮归来！君无上天些。……
魂兮归来！君无下此幽都些。……
魂兮归来！入修门些。……

方位性是空间的基本内涵之一。在汉语系统中，方位词成为表示"空间系统"的核心，不仅代表着纯粹的方向场，而且具有凸现位置参照点空间特征的功能。在《招魂》中，作者依次叙述了东、南、西、北、上、下六个方位，形成了一个立体、三维空间。六个方位连同"修门"的不同景观和物象，使这一"空间图式"，呈现出一个由外而内的空间结构。主体所在的郢都"修门"被有意识地视为"天地四方"的中心：这里宫室华美、饮食精良、歌舞升平、娱戏繁多，是最安全、最温情、最繁华、最富庶、最具魅力的所在。这片区域不折不扣地构成了楚王魂灵回归的神圣区域，脱离了"天地四方，多贼奸些"的威胁性，并始终在空间上距离外部世界及其不稳定的活跃性颇为遥远。中心之外的外部世界为"他者世界"（other world）：那里环境恶劣、怪兽横行、荒凉不毛，是"不可托"、"不可以久淫"、"恐自遗贼"、"恐危身"、"恐遗灾"的可怖、可怕的所在。

《招魂》以"空间图式"告知楚王魂灵，外部世界不可驯服、难以控制、带来灾难，根本不适合生存。谁如果要奔赴于此，那就意味着把自己交给死亡。而且，这种空间方位的排列在展现至高、至险、至大、至广的视觉图景的同时，又反映出诗人对"天地四方"敬畏、臣服的深层心理图景。

---

① （清）刘熙载著、薛正兴点校《刘熙载文集》，江苏古籍出版2001年版社，第126页。
② （清）刘熙载著、薛正兴点校《刘熙载文集》，江苏古籍出版2001年版社，第124页。
③ （汉）王逸《楚辞章句》，见夏剑钦、吴广平校点《楚辞章注补注·楚辞集注》，岳麓书社2013年版，第195页。

宋玉《招魂》"耀艳而深华"①的艺术效果和"琐陈缕述,务穷其变态"②的空间方位铺写在《高唐赋》《神女赋》《风赋》中得到了进一步发展。下面,我们以《高唐赋》为例再作说明。

赋之正文全方位、多层次地描绘了"高唐"的奇丽壮观。作者循登山路径,利用空间地点的变换来推动整个叙事进程:

先写"登巉岩而下望"所俯视的景象:"濞汹汹其无声兮,溃淡淡而并入。滂洋洋而四施兮,蓊湛湛而弗止。长风至而波起兮,若丽山之孤亩。势薄岸而相击兮,隘交引而却会";"㴶㴶之㵦㵦兮,沫潼潼而高厉";"水澹澹而盘纡兮,洪波淫淫之溶㶅";"振鳞奋翼,蜲蜲蜿蜿",分别描绘了河流、巨石、河水以及虫兽的景象。次写"中阪遥望"所见玄木、磐石景观:"玄木冬荣,煌煌荧荧,夺人目精。烂兮若列星,曾不可殚形";"磐石险峻,倾崎崖颓。岩岖参差,纵横相追"。然后写"上至观侧"的峰顶芳草萋萋、鸟鸣嘤嘤的美景:那儿"芳草罗生"、"薄草靡靡"、"越香掩掩";"众雀嗷嗷"、"其鸣喈喈"、"更唱迭和"。

显然,作者设置了一个巧妙的场所(topos)——巫山。这是一个"具有清晰特性的空间":因楚襄王登陟云梦台之事及楚怀王梦遇神女的绮丽传说,这个场所因而成为一个具有事件、经历、历史甚至情感和思维的丰富综合体。其中,这个场所包含的诸类事物被安置在一起,随着空间地点的变换,而丰富、生动和有序地呈现。如在写到"地盖底平"的巫山之巅时,罗列的"芳草"有:兰茝、蕙、江蓠、荃、射干、揭车;罗列的"众雀"有:王雎、鹂黄、正冥、楚鸠、秭归、思妇、垂鸡;列举的"方士"有:羡门、高溪、上成,洋洋洒洒,极尽包罗之能事。这些多端殊态的物象有如潘啸龙评点《高唐赋》所说:"全成了神女现身前'空中荡漾'之笔,作者愈是在山水描摹中延宕,就愈增生人们对巫山神女的怀想。"③

尽管目前学界对于《文选》所收《高唐赋》在内的宋玉作品真伪仍有争议,但在未有确切证据之前,我们还是将其著作权归于宋玉。若据此立论,则宋玉辞赋作品建构的立体空间坐标系,以及逐次相加的极度铺排、渲染所体现出的空间观念、"空间图式"叙写就成为我们研究其与枚乘《七发》、司马相如《子虚赋》等汉代散体大赋关联的一个新角度。

《七发》历来被人们称为汉代散体大赋体制正式确立的标志,从空间视觉思维出发的空间叙事已经被其成功地运用到赋文创作之中可视作原因之一。

首先,《七发》赋文设置了两个级别的叙事写物层次。第一个叙事层次以"楚太子有疾,而吴客往问之"开端,包括探病情、析病因、描病症、开"药方"等事件构成线性时

---

① (梁)刘勰《文心雕龙·辨骚》,见范文澜《文心雕龙注》,人民文学出版社1958年版,第47页。
② (明)孙鑛《孙月峰先生评文选》,见宋志英辑《文选》研究文献辑刊(全六十册),国家图书馆出版社2013年版。
③ 潘啸龙评点《高唐赋》,见《文与画·古文二百篇》,上海辞书出版社1998年版。

间叙事。第二个叙述层次在开"药方"处引发开去,运用空间叙事,分叙龙门之桐,楚地之食,钟岱之牡、止至之车,景夷之台,云梦之猎,广陵之涛六个空间场景及物象而成为赋文的主体。而且,每次分叙完一个空间场景后吴客询问太子反应的情节,则将叙述主体展示的话语空间又重新切换至其所在的现实空间。这就使得第二个叙述层次始终包含在第一个叙述层次之中。或者说,这种线性时间叙事,被"空间化"的叙事常常打断,以至于使人觉得立体空间感优于线性时间感。

其次,六个空间场景因叙述中心的移动而构成不同的叙事形式。如"上有千仞之峰,下临百丈之谿"为立体直线型叙事形式;"前似飞鸟,后类距虚"、"荡取南山,北击北岸;覆亏丘陵,平夷西畔"为平面直线型叙事形式;"南望荆山,北望汝海;左江右湖,其乐无有"为平面四方叙事形式。

最后,六个空间场景属于平行关系,如同《招魂》中"天地四方"与"修门"形成"空间图式"的外与内、心理感受上的"可怖"与"可喜"的相对关系一样,《七发》也提供了"至悲"、"至美"、"至骏"、"至乐"、"至壮"、"至怪"、"至精"的多样性心理体验。正如有学者所指出的:"当空间和时间元素、人的行为和事件结合在一起的时候,空间变成了场所,体验的多样性是叙事空间的最为重要的特征。"①《七发》以一整组明晰的平形空间场景和心理图景的叠加,既使"戒膏梁之子"的主题突显了出来,又以"移步换形,处处足以回易耳目"②而重重渲染、层层推进,体现了空间叙事的张力。

司马相如的《子虚赋》,《史记》、《汉书》本传皆称是其游梁时作。该赋基本上奠定了汉大赋空间叙事的体式和格局。明清学人认为宋玉《高唐赋》或在"古雅清腴"③的风格、或在"形容迫切,宛肖丹青"④的表现、或在"丰蔚秾秀"⑤的辞藻、或在"终之以规谏"的立意上,为《子虚赋》"所祖"、"踵此而发挥畅大"⑥。这些认知和评说从不同的角度探讨了两者之间的关系,自当重视。但若从叙事学的角度来看,该赋实际上更多地综合借鉴了宋玉《招魂》和《高唐赋》的空间叙事方法。

《子虚赋》在时空两个系列中展开全文。开头"楚使子虚使于齐,王悉发车骑,与使者出畋。畋罢,子虚过姹乌有先生,亡是公在焉",将主要人物、事件背景在线性时间中交代清楚,然后在子虚先生的讲述中展开空间叙事,末尾以乌有先生的批评回归时间序列。这种布局安排在《西京杂记》引录的司马相如"答盛览问作赋"条中已作了很好的理论阐释。其文曰:

  合綦组以成文,列锦绣而为质。一经一纬,一宫一商,此赋之迹也。赋家

---

① [英]冯炜著、李开然译《透视前后的空间体验与建构》,东南大学出版社2009年版,第74页。
② (清)何焯著、崔高维点校《义门读书记》,中华书局1987年版,第947页。
③ (明)孙鑛《孙月峰先生评文选》,宋志英辑《文选》研究文献辑刊,国家图书馆出版社2013年版。
④ (明)陈弟著、康瑞宗点校《屈宋古音义·毛诗古音考》卷三《题高唐》,中华书局2008年版。
⑤ (明)杨慎《升庵全集》卷四十七,商务印书馆1937年版。
⑥ (明)陈弟著、康瑞宗点校《屈宋古音义·毛诗古音考》卷三《题高唐》,中华书局2008年版。

之心,苞括宇宙,总览人物,斯乃得之于内,不可得而传。①

司马相如认为"一经一纬,一宫一商"为"赋之迹"。其中,"经"可视作交代事件来龙去脉的线性时间叙事,"纬"即是重方位、多物类的空间叙事。时空交错、宫商相配为赋的外在形式,而万物罗列、繁艳竞彩、时空交错的立体画卷,更体现了汉人吞吐宇宙、傲视万物的"赋之心",即深层心理图景。

我们以《子虚赋》中"子虚"盛夸楚之"方九百里"阔大云梦部分为例,作进一步的说明:

> 其东则有蕙圃,衡兰芷若……其南则有平原广泽,……其高燥则生葳菥苞荔……其卑湿则生藏茛蒹葭……其西则有涌泉清池……其北则有阴林其树……其上则有赤猿蠷蝚……其下则有白虎玄豹,蟃蜒貙犴,咒象野犀,穷奇獌狿。

这里足见司马相如在处理空间时,非常用心地建构了一道井然有序,而又为大家所熟悉的骨架。在"东南西北"的平面圆形空间叙事中,又穿插"其高"、"其卑"、"其上"、"其下"的布置而构成立体、三维的空间。有了这个严整的立体骨架,即使容纳更多的景观、物象,也不致失其空间的严整、有序性。而且,在方位的骨架下,各类景物和物象按其性质、种属得到了最充分和尽乎穷尽的展示。这是将《高唐赋》中已然存现的"错杂""类聚"群物的铺排发挥到了极致。更为重要的是,这种空间叙事反映出作者"既面对外部世界,又吞容外部世界,将宇宙万物与人类历史均纳入心灵的意象之中"。这一个过程"实质上是作者创作的思维由心到宇宙的艺术想象过程,并由此使创作方法也形成由内向外扩展的模式"。②

由以上分析可知,以宋玉《招魂》、《高唐赋》为代表的楚国辞赋对汉代散体大赋空间叙事的形成起到了不可忽视的作用。这种前后源流的关系,在《汉书·艺文志·诗赋略》中也能得到印证。《诗赋略》载宋玉赋存十六篇,称孙卿、屈原之后,以宋玉为首,开"汉兴,枚乘、司马相如,下及扬子云"之"侈丽闳衍"赋风。20世纪以来,宋玉在辞赋史上的始创之功及对汉大赋的影响也得到了必要的论述和总结。然而,即使如此,从空间叙事角度探讨宋玉辞赋与汉散体大赋关联的成果却并不多见。这是因为赋体文学"铺采摛文,体物写志"的特征,似乎与叙事的关系甚为疏远。

二

在空间叙事理论看来,"空间艺术的同在性隐含了时间关系,时间艺术的连续性也暗含了空间关系……同时性的部分被作为信息单位表述出来时,它们必须接受某种时间安排。"③如此说来,铺陈描绘、罗列事类,具有空间序列特征、且切断情节而又推进

---

① (晋)葛洪著、周天游校注《西京杂记》卷二,三秦出版社2006年版,第93页。
② 许结《中国赋学历史与批评》,江苏教育出版社2001年版,第401—403页。
③ [以色列]卓拉·加百利文著、李森译《朝向空间的叙事理论》,《江西社会科学》2009年第5期。

线性时间发展的赋体文学,就带有叙事性质,就可以纳入到叙事学,尤其是空间叙事学的研究范围,这无疑赋予了赋体叙事研究更加宽广的视野。而且,饶有兴趣的是,古往今来,人们对赋的空间性认识也零星可见。

最早揭示赋体空间叙事技巧和特色的是汉代赋家枚乘。在《七发》中他以博辩之士登高作赋为例,说明了以空间联结关系组织赋文的思路和技巧,即所谓"原本山川,极命草木,比物属事,离辞连类"①。其后,司马相如提出"赋迹、赋心"说,其"一经一纬"、"苞括宇宙,总览人物"②的表述,进一步揭示出汉大赋建构空间序列的方式以及在纵横空间序列中铺陈、罗列事物的叙事特色。除赋家外,汉代经学家也多训"赋"为"铺",释为"敷布"、"铺陈"③,这在某种意义上也揭示了汉赋具有的空间视觉性叙事特征。

"赋"释为"铺",为魏晋南北朝人所继承并发展。除了直承式的"赋者,铺也"(刘勰《文心雕龙·诠赋》)外,像"敷演无方"(成公绥《天地赋序》)、"敷弘体理"(皇甫谧《三都赋序》)、"敷演洪烈"(邯郸淳《上受命述表》)、"赋贵披陈,未或加矣"(《南齐书》卷52《文学传论》)等表述,不仅与枚、马的认识相宛合,且进一步强调了赋铺陈、敷演事物的丰富性与无限性,举凡天地万物之盛、宇宙人间之理,无不可以纳入或实或虚的赋文空间中。

自后,唐至清代对赋体空间叙事特征的认识愈加明晰。如唐代释皎然称:"赋者,布也。匠事布文,以写情也。"又王昌龄曰:"赋者,错杂万物,谓之赋也。"④元代陈绎曾《赋谱》云:"汉赋制:铺叙,……物理为铺,事情为叙……引类,篇内泛览群物,各以类聚,此赋之敷衍也。"⑤祝尧《古赋辩体》说:"赋有铺叙之义,则邻于文之叙事者。"⑥清代刘熙载《艺概·赋概》称:"赋起于情事杂沓,诗不能驭,故为赋以铺陈之。"又说:"赋兼叙列二法:列者,一左一右,横义也;叙者,一先一后,竖义也。"⑦这足以表明:他们已意识到赋体具有叙事功能,并有时间和空间两种叙事模式,空间叙事既有"一左一右"示方位的"列"叙,又有"错杂""类聚"群物的"类"叙。

时至近代,对赋的空间性有精彩论析的是美学家朱光潜。他在其《诗论》中说:"一般抒情诗较近于音乐,赋则较近于图画,用时间上绵延的语言表现在空间上并存的物态。诗本是'时间的艺术',赋则有几分是'空间的艺术'"⑧。从文体对照的角度,指

---

① (汉)枚乘《七发》,费振刚等校释《全汉赋》,广东教育出版社2006年版,第26页。
② (晋)葛洪著、周天游校注《西京杂记》卷二,三秦出版社2006年版,第93页。
③ 如刘熙《释名·释书契》云:"赋,铺也,敷布其义谓之赋。"郑玄《周礼·春官·大师》注"六诗",也称"赋之言铺,直铺陈今之政教善恶"。
④ [日]遍照金刚著、周维德校点《文镜秘府论》东卷《六义》,人民文学出版社1980年版。
⑤ (元)陈绎曾《汉赋谱》,见王冠主编《赋话广聚》,北京图书馆出版社2006年版。
⑥ (元)祝尧《古赋辨体》,文渊阁四库全书(第1366册卷九),台湾商务印书馆1986年版,第386页。
⑦ (清)刘熙载著、薛正兴点校《艺概》,江苏古籍出版社2001年版,第131页。
⑧ 朱光潜《诗论》,三联书店1984年版,第203页。

出赋体是"近于图画"的、偏于视觉性的"空间艺术"。

以上这些成果,无疑是我们深入探讨汉赋空间叙事的前提。从兴起的源头来讲,汉赋空间叙事兴起的源头并不单一而是呈多元化。除受宋玉辞赋启示外,古代空间意识、《诗经》、屈辞、纵横家散文都给予了直接或间接的影响。创作主体运用空间方位与物象的特定心理体验,既是"无数同类经验的心理凝结物"[①],同时又化为遗传因子,在汉赋中派生出丰富的义项,促使汉赋空间叙事不断成熟。概括而言,汉赋空间叙事大概有以下三种类型:空间方位叙事、空间"连类"叙事和空间移位叙事。

(一)空间方位叙事

空间方位叙事在汉赋中运用得较为普遍。据统计,《全汉赋》收有汉赋作家82人,收录汉赋作品297篇,其中完整或相对完整的赋文大约在161篇。在上述161篇赋文中,大约有42篇作品在创作中运用了空间方位叙事方法,涉及汉赋作家23人,方位叙事句式91句。总体上看,从空间视觉思维出发运用方位叙事方法而进行赋文创作的赋家及涉及的赋篇均占总数的四分之一以上[②]。这种局面的形成,是经历了一个渐进发展的过程的。

《诗经》中已出现了相当丰富的方位词。不过,大都是单列的指物,诸如"凯风自南,吹彼棘心"(《邶风·凯风》)、"河水洋洋,北流活活"(《卫风·硕人》)类,一个方位对应一种物象。而且,《诗经》中的方位词还与物象融为一体,形成诸如南山、北山、东门、北门等方位物象。它们既显示空间地理特征,又凸现这些位置参照点的文学和审美意蕴。

楚辞对空间方位的调遣则表现出了与《诗经》相异的特色。除了单纯性的方位词外,多"指九天以为正"、"览相观于四极"(《离骚》)、"去君之恒干,何为四方"(《招魂》)诸如此类表示泛化空间的词语。这使得楚辞中的部分作品具有阔大恢宏的空间构架和恢诡谲怪的气息。

战国纵横家散文中也不乏频繁运用方位名词和地理物象进行空间叙写的现象。如"韩北有巩、洛、成皋之固,西有宜阳、常阪之塞,东有宛、穰、洧水,南有陉山,地方千里,带甲数十万"(《战国策·韩策》)。这类策士说辞,不仅初步展示出由北而西东南,或由南而东西北的可作变换的空间方位层次;还出现了与《山海经》相似的"某方位有某物,某物性状功能如何"的所谓空间"静态叙述"[③]模式。

以枚乘、司马相如为代表的汉代赋家,继承古代的空间方位意识和先秦的创作经验对空间方位叙事艺术作了更充分的展示。首先,出现了明确的叙事主体并形成了以叙事主体为中心或基点的规律性空间方位联结。叙述主体有的是以物为中心或基点,

---

① [瑞士]荣格《论分析心理学与诗的关系》,转引自叶舒宪选编《神话—原型批评》,陕西师范大学出版社1987年版,第100页。
② 费振刚等校释《全汉赋》,广东教育出版社2006年版。
③ 傅修延《先秦叙事研究》,东方出版社1999年版,第140页。

有的则是以人。像《子虚赋》中子虚先生复述对答齐王部分,即形成以楚之云梦这一叙事主体为基点的由南至北,由高至低的有序排列。而楚王游猎部分则以楚王为中心实现从"阴林"、"蕙圃",到"清池",最后到"阳云之台"的空间转换。

其次,空间方位叙事形式和类型更为多样化。在"可视阈"内其类型分为平面叙事和立体叙事两大类型。其中平面叙事包括:(一)平面直线型叙事,像"右夏服之劲箭,左乌号之雕弓"的左右式、"越女在前,齐姬在后"(《七发》)的前后式等均属于此类。这种形式的方位相向对列,在汉赋中使用频率最高。(二)平面四方型叙事,有"左欃枪而右玄冥兮,前熛阙而后应门"(《甘泉赋》)的前后左右式、"左苍梧,右西极,丹水更其南,紫渊径其北"(《上林赋》)的左右南北式,这是一种方位连贯的表述方式。(三)平面圆型叙事,即按东南西北的的逆时针顺序排列。立体叙事包括:立体直线型叙事和立体圆型叙事①。后者如扬雄《蜀都赋》中的描写:"上稽乾度……下按地纪……东有巴賨……其中则有……南则有……于近则有……于远则有……其旁则有……北则有岷山……"。

汉赋还有一种"超视阈"的空间方位叙事类型。此类型以泛化空间的语词作为方位坐标,如司马相如《大人赋》中的"中州"、"四荒"、"六合",张衡《思玄赋》中的"东方"、"南国"、"西天"、"太阴"等。这种空间方位叙事类型往往也运用平面叙事和立体叙事,像《大人赋》中自"互折窈窕以右转兮"以下,分东南西北四段写求仙的过程,并在其中列入诸种神仙灵怪。

最后,空间方位叙事的目的和功能有所变化。《诗经》、屈辞及先秦其他作品中的空间方位排列重表现、重抒情,注重的是人内心的情怀意绪,外部的空间只是其抒情传意的一种手段和媒介。汉赋空间方位叙事则重再现,重体物,其空间的有序联结和排列,是汉人观照外部世界的一种认知方式、一种征服占有外部世界及万物的深层心理图景的体现。

(二)空间"连类"叙事

汉赋家常在已构建的空间方位框架下,以"错杂"、"类聚"群物的方式铺排罗列具体的名物,形成空间"连类"叙事。它与空间方位叙事相依相存,具有同构性关系。

何谓"连类"?此词出自枚乘《七发》"原本山川,极命草木,比物属事,离辞连类"②,意思是用文辞连缀同类事物,进行排比归纳。其后,代有相近表述:如"赋者,言事类之所附也"③、"触类而长之"④、"赋者,错杂万物,谓之赋也"⑤、"篇内泛览群物,各以类聚,此赋之敷衍者也"⑥,等等。在从宋玉《招魂》,到枚乘《七发》,司马相如《子

---

① 李立《论汉赋与汉画空间方位叙事》,《文艺研究》2008年第2期。
② (汉)枚乘《七发》,费振刚等校释《全汉赋》,广东教育出版社2006年版,第26页。
③ (魏)曹丕《答卞兰教》,载(清)严可均辑《全三国文》,中华书局1958年版。
④ (晋)皇甫谧《三都赋序》,载(梁)萧统编《文选》卷四五,中华书局1977年版,第641页。
⑤ [日]遍照金刚著、周维德校点《文镜秘府论》东卷《六义》,人民文学出版社1980年版。
⑥ (元)陈绎曾《汉赋谱》,见王冠主编《赋话广聚》,北京图书馆出版社2006年版。

虚》《上林》,扬雄《蜀都》,再到班固《两都》,张衡《二京》,王延寿《鲁灵光殿》等作品中,"连类"叙事俯拾即是。故刘熙载《艺概·赋概》称:"赋欲纵横自在,系乎知类。"①

汉赋描写的内容包含丰富的类:山、水、土、石、草、木、虫、鱼;苑、囿、宫、馆、廊、台;田猎、车骑、饮食、音乐、美女、狗马、鸟兽、玩好、商市、民人、旌旗、神怪……描写的角度也多样,能在声音、形貌、质地、名称、宏观、微观、动态、静态等处多面展开,是一种"深于取象"、同构类推艺术思维的体现。这种空间方位与类别罗列紧密结合的方式,从人类自身的需要出发,将世间万物组成一个相对有序的资源系统。不仅使赋的空间叙事有更大包孕性,见出其清晰的层次性,还体现出声威赫赫的大汉帝国的辽阔疆土、繁富物类、人文大观,也能感受到那个时代特有的宏放强大、包容一切的胸襟与气魄。

(三)空间移位叙事

空间方位叙事和空间"连类"叙事常把线性时间叙事的进程打断,在文本的局部成为静态地表达、强化主题或观念的手段。空间移位叙事则与时间叙事相结合,非常自觉地利用空间地点的变换来表现时间,甚至利用空间来推动整个叙事的进程。如《子虚赋》中子虚先生夸耀楚王行猎片段,即是运用"于是……于是"的句式,将楚王行猎的时间进程与空间移位叙事巧妙地结合起来。白天与壮士格野兽于"阴林"、夜晚与郑女曼姬"燎于蕙圃"、怠而后发"游于清池"、最后"乃登阳云之台"。作者的所见所闻依托于空间地点的频繁变换及其描述而展开,线性时间进程也随之向前推进。

纪行赋是运用空间移位叙事最多的赋类,像刘歆《遂初赋》、班彪《北征赋》、班昭《东征赋》、蔡邕《述行赋》等即是成功的范例。这些赋作均以行程路线为线索,以所至地区的史迹或风光为基点,或寄情于景物风光,或托意于史实,而叙述的轨迹和进程因空间的变换而具有了时间的性质和意义。

如刘歆的《遂初赋》,作者为我们展示了一条深载历史底蕴和个人忧愤情绪的迁谪之路。从京都长安出发,沿两都驰道至洛阳,自洛阳过黄河,沿东北干线至河内郡,过泌水,经太行山南麓的轵道,进入并州境内。入天井关,北回高都,至长子,过下虒,至铜鞮,历晋阳,登句注山,过雁门郡,进入朔方云中郡,济临沃县,终于到达目的地五原郡。作者每至一个空间地点,便以晋国史实为念,且行且观且思。不仅增强了赋篇内蕴的历史感、强化了赋家情感表现的力度,有助于在历史和现实的交错对比中深化作者沉郁的情感,也推动了叙事进程由历史向现实延伸,"体现出历史叙事与空间叙事的有机统一"②。

概括起来,汉赋空间叙事主要有三个特征:

第一,空间叙事与时间叙事互为依存。如前引刘熙载的"赋兼叙列二法"③,"叙"指时间进程的流动,"列"指空间方位的转换,兼及了时间与空间两种叙事模式。杨义

---

① (清)刘熙载著、薛正兴点校《刘熙载文集》,江苏古籍出版社2001年版,第131页。
② 周兴泰《论唐赋的空间方位叙事》,《中国韵文学刊》2009年第1期。
③ (清)刘熙载著、薛正兴点校:《艺概》,江苏古籍出版社2001年版,第131页。

在《中国叙事学》中也说"由于在语义学上,叙与序、绪相通,这就赋予叙事之叙以丰富的内涵,不仅字面上有讲述的意思,而且暗示了时间、空间的顺序以及故事线索的头绪"①。赋文体的叙事性便兼具时间、空间、事件三个因素。汉赋在时间线性中或有意识地虚构情节、假设人物,以对话形式展开;或以赋序的形式设置情景,交代叙事内容,以揭示作赋动机和意图。作为"描绘外部世界艺术手段"的空间叙事显然是赋文中时间线性叙事中的一部分,但却是体现赋文体特征的重要部分。而且,其本身还推动了时间线性叙事的进程。在这个意义上来说,汉赋又是时空叙事(偏于空间)结合的艺术体。

第二,征实与虚构互相补充。汉赋尤其是汉大赋中"可视阈"的空间方位和地理风物等,基本上是处在大汉帝国现实的地理空间,铺排罗列于其中的诸多物类处在这样现实的空间结构中,才呈现出征实意味的事态与物态。汉赋的艺术张力便存在于这样的空间结构以及经其组合控制而塑造成的罗罗总总的事态与物态之中。然而,汉赋中也有一些"超视阈"的空间结构和牵涉神仙鬼怪的事态与物态,又使汉赋具有虚构性意味。如左思在《三都赋序》中批判:"然相如赋《上林》,而引'卢橘夏熟';杨雄赋《甘泉》,而陈'玉树青葱';班固赋《西都》,而叹以'出比目';张衡赋《西京》,而述以'游海若'"。本着强调"本实"的观念和逻辑,左思斥责马、扬、班、张诸赋记载失实和藻饰过甚的弊病,用一连串"假称珍怪"、"虚而无征"、"虽宝非用"、"虽丽非经"②的词语,对这些汉代大赋的虚构性给予了严厉的批评。汉赋征实与虚构并存的矛盾,空间叙事的艺术手段负有很大的责任。

第三,表层结构与空间意义互为支撑。汉赋再现外部世界,在空间结构中指涉的外部领域成了突出因素。它包括表示世界垂直结构和水平结构的地形位置的轮廓(内部与外部、远处与近处、中心与外围等),以及罗列充实于其中的物体种类。这些可称之为空间叙事所呈现的表层结构。它只是在视阈层面上起作用。汉赋空间叙事表层结构突显,但决不意味着"它仅仅只是这种对百物百事的杂陈又只是表现为外在的涂饰"。③ 实际上,汉赋家运用空间叙事艺术有其要体现的空间意义。那便是体现了以人为主体的,突显人主动性地对世间万物的整体观照和征服、占有的意愿。诚如有学者称:"它不再是关照世界的一面镜子,而是一张纷繁复杂的意义网……在这样的大网中,它确定了自己关照世界的方式。"④

综而论之,汉赋(尤其散体大赋)是一种"近于图画"⑤的、偏于视觉性的的空间艺术(虽离不开时间叙事)。其特点除了"问对"的结构、"韵散相间"的语言、"铺陈排比"的描写方法、"卒章见意"的表意方式外,最为突出的还是其结构的空间变换。"没有空

---

① 杨义《中国叙事学》,人民出版社 2000 年版,第 11 页。
② 左思《三都赋序》,载韩格平等校注《全魏晋赋校注》,吉林文史出版社 2008 年版,第 337 页。
③ 王钟陵《中国中古诗歌史》,江苏教育出版社 1988 年版,第 33 页。
④ [英]迈克克朗《文化地理学》,南京大学出版社 2005 年版,第 3 页。
⑤ 朱光潜《诗论》,三联书店 1984 年版,第 203 页。

间世界及其结构,便没有了汉赋,开展着的空间是汉赋一切表象形式的统率者"。① 也就是说,汉赋家们"控引天地,错综古今"②,在天地、古今的时空框架中,依据空间的方位性、范围性、参照性、容纳性及秩序、层级、关系以展示自然地理景观、罗列四方异域物产、营造或实或虚的赋文空间,书写出了大汉王朝"一往无前不可阻挡的气势、运动和力量",创造出了"宏伟巨大"③、"巨丽"的文体风格并传达出了汉人征服、占有宇宙万物的空间意识。

---

① 郑明璋《论汉赋的结构及其成因》,《许昌学院学报》,2009年第3期。
② (晋)葛洪著、周天游校注《西京杂记》卷二,三秦出版社2006年版,第93页。
③ 李泽厚《美的历程》,文物出版社1981年版,第79、80页。

取娱君主，非关微言：宋玉赋作主旨新探
——以《高唐赋》、《神女赋》为核心

马世年

（西北师范大学文学院，甘肃兰州 730070）

【摘要】 关于宋玉赋作主旨的问题，前人甚多分歧。不过总体看来，普遍有着求之过深的倾向。由文本入手，结合宋玉文学侍从的社会身份，可以看出，宋玉赋作中无论是以《高唐赋》、《神女赋》为代表的长篇之制，还是以《登徒子好色赋》、《大言赋》、《小言赋》为典型的短篇对问，都普遍有着娱悦君主、调笑取乐的创作倾向，体现出诙谐幽默的娱乐品质与游戏特色。我们将其概括为"娱君"。"娱君"对于后来赋作宫廷化、游戏化的道路有甚为显著的影响。

【关键词】 宋玉；《高唐赋》；《神女赋》；娱君

关于宋玉赋作主旨的问题，前人甚多分歧。不过总体看来，普遍有着求之过深的倾向。即以《高唐赋》、《神女赋》为例，其主旨有讽谏、寄寓、主淫、言情、心理疏导等诸多看法。其实，由文本入手，结合宋玉文学侍从的社会身份，不难看出：此二赋的主旨只是调笑游戏、取娱君主的，我们将其概括为"娱君"。至于后人多从中挖掘出的微讽之意，恐怕是求之过深、多加比附的结果，是研究者自己"读上去"的——这就反而将原本单纯的创作动机与作品倾向复杂化了。宋玉的赋作中，无论是以《高唐赋》、《神女赋》为代表的长篇之制，还是以《登徒子好色赋》、《大言赋》、《小言赋》为典型的短篇对问，都普遍有着娱悦君主、调笑取乐的创作倾向，体现出诙谐幽默的娱乐品质与游戏特色。这一点委实为宋玉赋作的精神本质。本文即对此问题予以探索。

一、《高唐赋》、《神女赋》题旨诸说平议

宋玉的《高唐赋》《神女赋》，在我国赋史发展过程中是有着重要意义的一组作品。二赋均以楚王"梦与神女遇"为题材，一写高唐雄浑奇丽之盛景，一写神女明妍娴淑之美态，前后衔接而又各有侧重，是互为支持的姊妹篇。清人何焯说："两赋当相次而看，乃见全旨，亦犹相如之《子虚》《上林》，杨雄之《羽猎》《长杨》，合二篇以见抑扬顿挫之妙。"（张惠言《七十家赋钞》引）将此二赋合而观之，以见其体例，及其下启汉赋的赋学

史意义,意见很是中肯。

关于此二赋的主旨,前人也作了较多的探索,概括起来,大体可以归为以下几个方面:

一是以唐人李善为代表的讽谏说。《文选》卷十九《高唐赋》李善注说:"此赋盖假设其事讽谏淫惑也。"认为此赋在于讽谏楚王想要幸遇神女的淫欲。明陈第在《屈宋古音义·题〈神女赋〉》中说到:"或问作者之意,曰:讽也。"《文选集评》引清人何焯之说"所以抑流荡之邪心",今人马积高先生在其《赋史》中将二赋主旨概括为"借以讽刺襄王的追求淫乐",皆是对李善说法的继承。刘刚先生更认为二赋讽谏的核心意思是要楚襄王"思万方,忧国害,开贤圣,辅不逮,从而复兴楚国"。

二是以宋人朱熹为代表的主淫说。朱熹在《楚辞集注·楚辞后语·序》里"断其为礼法之罪人",认为其所赋是男女淫乐之事。闻一多先生在其《高唐神女传说之分析》里所说神女"有着淫奔的嫌疑","堕落成一个奔女",其意也近乎此。

三是以宋人洪迈为代表的寄寓说。《容斋随笔》卷三云:"宋玉《高唐》《神女》二赋,其为寓言托兴甚明。"以为在赋中寄托了君臣遇合的理想,隐喻了作者的身世遭际。近人对此多有修正与引申,如邓元煊先生认为《高唐赋》"是要用怀王梦遇神女,曾经励精图治的一段历史来唤醒襄王",《神女赋》则要"把实现自己理想的希望寄托于神女";袁珂先生则说宋玉作赋的目的"无非是要引起楚襄王对神女所在地的措意、留心","因为这个地方不保,楚国也就危殆了";至于毕万忱等先生《中国历代赋选》中所说的"对美好事物的追求和向往",更是对寄寓说的进一步延伸。

四是以姜亮夫先生为代表的言情说。姜先生指出:"宋玉之文,则只在用超人的规模来写佚荡的情思……只是从人生娱乐出发",不应存有政治内容和讽谏深意。褚斌杰先生则认为二赋是"以神话为题材的写男女之情的作品","前篇《高唐赋》,主要写巫山地区大自然的景观,带有山水文学的性质;后篇《神女赋》则主要写传说中的女神,借神话写男女情思,具有爱情文学的性质";吴广平先生在肯定二赋是与"楚王与神女的恋爱的故事"的基础上另有创新,认为它们具有艳情文学和山水文学的性质,"是中国最早描写性梦的文学作品",颇有新意。

此外,随着近年来文化人类学、民俗学、宗教学、心理学等学科在文学研究中的日益渗透,学者们对于《高唐赋》和《神女赋》主旨的探究也更显多元。叶舒宪先生提出了爱神与美神论,并将高唐神女视为中国文学中美人幻梦原型的代表。杨义先生则独辟蹊径提出了"心理疏导说",认为赋作"把襄王的紊乱意识、朦胧梦象加以明晰化,对其间所隐藏的性爱原欲进行顺势的疏导和发散,不失为一种精神治疗的策略","使其焦虑的情绪在舒适怡悦之中得到消解"。台湾鲁瑞菁教授则上承闻一多先生的研究方法,在研究中纳入了冥婚习俗的观点,从民俗学与文化人类学的角度探究了高唐神女的神话原型,亦可参看。

总体看来,关于此问题的研究,学者们的意见分歧甚大。诸家之说尽管各有所本,但细究文本,又都有未洽之处,并不能对赋作主旨作出完满解释。主讽谏说者,认为楚王游高唐、盼神女皆为追慕游乐。楚王之游是淫乱邪心,宋玉为文则是欲擒故纵,所以他才会在文末指出"九窍通郁精神察,延年益寿千万岁"的方法,以示对楚王的劝诫。故而陈第说:"玉之辞诚婉,而其意诚规"。如按此说,则襄王想去高唐观本身就是"淫乱邪心"了,既然如此,那么当襄王问"寡人方今可以游乎"时,宋玉为什么并不反对、反而痛快地回答"可"?他继而用大量篇幅着力铺陈高唐之壮阔与神女之绝美,显然也并不是要传达什么劝诫、阻挡的含义。从作品看,宋玉对于楚王的企盼非但没有劝阻,简直是在引导。这种迎合的态度也很难说就是欲擒故纵。主淫乐说者,把神女"愿荐枕席"和楚王欲会神女视为"男女淫乐之事"。然而,据闻一多先生的考证,云梦乃是楚之高禖,巫山女神即楚之高禖女神,曾具有楚始祖的身份。则楚先王同高唐女神相会,虽神女"愿荐枕席,王因幸之",却不是什么淫乱之行。楚襄王游云梦,自是含有祭祀其始祖的宗教目的,他对楚之高禖女神的期盼也是时人眼里神圣的祭神之事,谈不上什么"淫乱邪心"。可见,我们也不可一味认定宋玉只是为我们讲述了一场"男女淫乐之事",简单地以男女情爱视之。寄寓说将宋玉赋与屈原作品对比,因为屈赋中"寄托比兴"无处不在,无不流露着君臣遇合的政治理想。因而认定此二赋中也寄托有微言大义。但《高唐》《神女》二赋着力铺写山川形状和神女容姿,这些大篇幅的描摹很难与君臣关系及作者自身的遭际相比附。若说《神女赋》里楚王求神女不得,寄寓了君臣遇合之难,那么《高唐赋》里记叙神女"愿荐枕席,王因幸之"的目的何在?它的主旨又是什么呢?若说《高唐赋》中大量摹写高唐之险峻壮阔是为了"引起楚襄王对神女所在地的措意、留心",则又何必用重墨极力刻画神女摇曳多姿的绝世之美呢?况且从襄王迫切想要宋玉为其"赋之"的情况来看,他对高唐的好奇、对神女的仰慕明显已溢于言表,似乎也用不着宋玉如此费心地吸引其"措意、留心"。由此我们不难看出,前人对于二赋中所寄寓的深意往往从各自对文本的主观理解出发,很多都难免加以比附,有的未免探求过深。主言情说者,更多立足于文本本身、不认为其中关涉政治内容与讽谏深意,更多回归到文学层面来探求其中蕴含的"人生情感",但却忽视了问题的另一方面:赋作产生的缘由,换言之,此二赋的创作动机与其实际功用到底如何?则此说依然有其局限。不过,姜亮夫先生"只是从人生娱乐出发"的说法对我们却有很大的启示。至于今人的"心理疏导"、"冥婚习俗"等看法,尽管新颖,却也难以完全概括二赋的主旨。因此,我们认为,此问题还应做进一步的研究。从赋作本身出发,结合宋玉所处的时代背景与其社会身份、社会角色,我们认为此二赋的主旨应当并无过多深意,只是宋玉在甚得襄王信任之时,侍从襄王出游,助其兴致的娱乐之文,其创作的根本目的只是为了取娱君主,这里将其概括为"娱君"。

二、调笑游戏与取娱君主:"娱君"说的文本解读

《高唐赋》与《神女赋》并见于萧统所编的《文选》第十九卷。从赋作文本看,其娱君的动机与倾向是很值得注意的。先来看《高唐赋》。

《高唐赋》全文由两部分内容组成,开篇乃是散体序文,属于叙事部分,扼要叙述了楚怀王梦遇巫山神女的轶事。赋的正文部分,则以韵文形式极力铺写巫山胜景。统观全文,赋序的篇幅尽管只占很少的比重,却透露出了赋作的创作缘起:在襄王与宋玉的问答中,宋玉向襄王讲说了楚先王与巫山神女相遇的故事,引起了襄王的极大兴趣,意欲前往一游,并令宋玉对高唐山川之情状做进一步的赋说。从这里我们不难看出:宋玉作为文学侍从陪侍,其身份颇为特殊。自然他说话就要符合其社会角色的要求,要配合他所处的特定场合,从所侍君王的喜好出发,揣摩君王的欣赏情趣,迎合他们的心理需求,使其所言能够契合君王游览时的轻松气氛与和谐场面,从而取悦于他们。因此,侍君游宴,作赋以应景娱乐正是本赋创作的初衷。楚高唐之壮阔雄浑能引发襄王作为一国之君的自豪感,而楚先王梦会神女的神奇故事比起劝谏说教无疑更能激起襄王的游兴。在宋玉简要却颇为精彩传神的介绍下,巫山云蒸霞蔚、气象万千的神奇景观更加令人心驰神往,襄王意欲亲自游览的热情也愈发高涨,遂令宋玉赋之,既而引出了一篇洋洋洒洒的高唐之赋。

《高唐赋》的正文部分,宋玉从各个角度极力摹写了高唐的胜景奇观,咏尽山中的飞禽走兽、林木芳草。从镂金错彩、铺张扬厉的铺排中可以看到,宋玉着力描摹云梦之胜景,为襄王全面展现了高唐之观的雄奇壮阔,使其在感官上获得了极大的享受。这无疑也是对序文里写作缘起的进一步展开。从这些大篇幅的景物摹写里,我们很难读出其间蕴含或隐喻了什么深意。问题在于该赋的最后一段:

  王将欲往见,必先斋戒。差时择日,简舆玄服。建云旆,霓为旌,翠为盖。

  风起雨止,千里而逝。盖发蒙,往自会。思万方,忧国害。开贤圣,辅不逮。

  九窍通郁,精神察滞,延年益寿,千万岁。

前文讲到,讽谏说者认为其中蕴含了诸多深意;也有人认为此段乃画蛇添足,反倒破坏了全文写景状物的酣畅淋漓之势。细味文章本身,宋玉在开篇就已向襄王描述了先王与高唐神女交会的故事,其后所有的赋说都因襄王由此产生的兴趣而发,并围绕神女所在的巫山展开。因此,文章的关注点最终也要回归到这个故事对襄王的吸引上来。宋玉在文末指出襄王欲会神女需做的各项准备,并非规劝之辞,不过是向襄王指出"欲会神女"这一梦想能够最终得以实现的办法;而这些办法的指出,也正好符合襄王在高唐胜地游乐时一并展开祭神活动的仪式要求,并没有劝谏襄王不要有"往会神女"的念想。前已提及,闻一多先生考证出高唐神女乃楚之高禖,认为高唐即楚民族祭祀祖先之圣地,高唐神女即楚之始祖。既然先王会神女本非荒淫之事,那宋玉还有什么必要偏去劝谏襄王不要往会神女呢?传说本身的浪漫奇异本易引发襄王的兴致,眼前真实壮阔的景致又更能激发襄王往会神女的愿望,宋玉对此并不回避,而是对襄王做出积极引导,谈不上什么规劝讽谏。叶舒宪先生认为这一番文字"为楚襄王设身处地构想出亲临一游的程序和仪节,让他能在整个白日梦的终结之前最后全身心投入,以期获得最大限度的欲望满足和幻想陶醉"。其说甚是。当然,仅从"思万方,忧国害。开贤圣,辅不逮"的字面意思来看,它们的确与延揽人才,搞好国事的政治要求有关,或多或少地流露着要求襄王勤于国事的意味。但这并不与"盖发蒙，往自会"的要求相抵触，两个方面的内容也并不互为前提，它们的意思完全可以一致，会神女与勤于国事也完全可以并行。宋玉并没有要求襄王做出取舍，只是配合襄王欲会神女的愿望，对游历的仪节作出了指导，因而也理应没有什么微言大义蕴含其中。可见，《高唐赋》始终以君王的感官需要为中心展开赋说，对高唐胜景的极力描摹也终归都是为了迎合襄王出游高唐的兴致。娱乐君王是宋玉的身份要求，也是他创作的主要立场，至于文末流露出的不同于前文应景娱乐的庄重格调，是始终包蕴在襄王祭神游乐的娱乐氛围中的，并不是宋玉为文所关注的重点。

《神女赋》前亦有一段说明作赋缘由的散体序文①。我们通过襄王的回忆可以看出，他在梦中所遇的神女虽具"瑰姿玮态"，但却因其处于"精神恍惚"、"目色仿佛"的迷蒙状态，使得神女之美充满了飘忽不定的奇幻之感。在这样朦胧迷离的梦境之中，襄王对神女的内美与惠质本就无法看得真切，更别说怎样感受切实的亲近了。所以他在欣然讲述神女入梦之时，也难免生出"雾里看花"的淡淡失落，其想要进一步了解神女的冲动并未得以满足，故而又命宋玉就此赋之。由此看来这场亦真亦幻的梦境给襄王带来的不仅有梦遇之喜，更多的还有看不真切的怅然若失和梦醒时分的意犹未尽。宋玉对神女的进一步刻画表面看来是应命而为，实则也是对襄王内心期盼的主动迎合。

其后在赋的正文里，宋玉铺采摛文，穷形尽相，将世间虚有的神女刻画得细腻入微、情韵婉转，极富艺术魅力。最终神女还是翩然而去，留下"徊肠伤气，颠倒失据"的男主人公"惆怅垂涕"，在对她的无尽追念中结束了这场浪漫传奇的邂逅。统观全文，宋玉作《神女赋》是应襄王要求而成，通篇都将笔墨集中在了对神女容姿意态的描摹上，并未见其花费只字片语言及其他。加之赋序中透露出的作赋缘由和前文所论襄王求神女的宗教合理性，则可以明确，此赋并不夹杂政治内容和讽喻之意，它同《高唐赋》一样，都以配合君王游兴为目的，从而为文助兴的。从赋文的铺写来看，襄王的神女梦是借宋玉之铺说得以完美重现并有所升华的。伴随着神女卓越风姿的逐一展现，梦境中男女主人公的情之所至、礼之所守体现出人神相恋的美好情愫，从而使得这场际遇在扑朔迷离的氛围中显得更加浪漫跌宕，真切可感。宋玉的铺说让神女动人心魄的美由梦幻走向了真实，襄王对神女意犹未尽的期待也因此有了相对切实的精神承载。可见，作为陪侍君游的宋玉应命而赋，重点不在于他对神女究竟有多了解，而在于如何能将具有梦幻色彩的神女讲述得更具吸引力，也更加真实可亲。只有这样才能够满足襄王对神女的好奇，安抚襄王的失落，其最终的目的还是在于要完成为文助兴的使命。

---

① 此段文字的问题在于："梦与神女遇"到底是襄王之梦还是宋玉之梦？自宋代沈括《梦溪笔谈·补笔谈》卷一《辩证》认为是"玉梦"后，姚宽《西溪丛语》、张凤翼《文选纂注》、陈第《屈宋古音义》、胡克家《文选考异》、朱珔《文选集释》，以及今人俞平伯、袁珂、朱碧莲、金荣权等承袭并引申之。与此相反，清人张惠言《七十家赋钞》则力主传统的"王梦"，马积高《赋史》、毕万忱等《中国历代赋选》"先秦两汉卷"、杨义《楚辞诗学》、吴广平《宋玉集》等赞同之。比较而言，"王梦"于文意要更为合理一些。本文取"王梦"说。

由此我们不难看出,《神女赋》的文本用精致传神的笔墨为我们描绘出一位美丽绝伦而又端庄典雅、含情脉脉而又举止有节的神女形象,而它所要构建的意义则是满足君王的审美要求,具有娱悦人主的功用。至于后人多从中挖掘出的微讽之意,恐怕是求之过深、多加比附的结果,反而将原本单纯的题旨复杂化了。

三、其他赋作中的"娱君"问题

如果我们将目光从《高唐》《神女》转向宋玉的其他赋作,则有关"娱君"的问题更值得关注。根据现代学者的研究结果,《文选》与《古文苑》所收宋玉的赋作基本上是可信的[①]。在这些赋作中,大部分都表现出了"娱君"的倾向。

《登徒子好色赋》收录于《文选》,是一篇诙谐调笑的滑稽之作。由登徒子的攻讦可以看到,此赋当大致作于其初侍襄王、尚不得信任之时。《文心雕龙·谐隐》言及本篇:"昔齐威酣乐,而淳于说《甘酒》;楚襄宴集,而宋玉赋《好色》,意在微讽,有足观者。"刘勰读出"微讽"之意,恐怕更多地是因为他意本宗经征圣,故而难免将这篇滑稽之文刻意扣上讽谏的帽子。从内容看,此赋无不体现出作者的争强好胜、逞才使气,在宋玉对登徒子的揭短之言中,登徒子的好色嘴脸跃然纸上,充满着喜剧色彩,读来令人忍俊不禁。而宋玉所赋登徒子之好色,直如俳优之表演,可以想见其喜剧效果是何等的显著,其目的无非是博取君主一笑而已。因此,滑稽可笑的喜剧效果是本赋的重要特色,娱乐君王则是创作的根本目的,至于是否有"微讽"在内,则是无关紧要的。然而前人却多拘于讽谏的传统,总是力图从中读出许多微言大义来。如《文选》李善注:"此赋假以为辞,讽于淫也";陈第称赞结尾数句曰:"美哉! 得其本也。是不可以枝叶而弃其灵根也"(《屈宋古音义》);近人王文濡更说:"发乎情,止乎礼义,乃一篇之正旨。……以扬诗守礼作结,欲以遏抑王之淫心。其辞微,其心苦矣。"(《古文辞类纂评注》)这些评论都将原本诙谐的文字严肃化了,因而不免胶柱鼓瑟。值得说明的是,《古文苑》另录《讽赋》一篇,也讲述了这场宋玉与登徒子的口舌之争。不但二赋开篇如出一辙,连宋玉后来为自己辩解的内容与方式也都一样。学者们对此文的真伪多有异议。对比此二赋的内容来看,我们认为《讽赋》应该是《好色赋》在流传过程中的不同传本,不必单列一篇。赋之早期,其传播方式更多是在口耳之间,因此,一篇赋作有不同的流传版本,也是很正常的。《登徒子好色赋》曾被鲁迅先生当作中国古代优秀的"幽默小品"推荐给日本读者,可见这篇游戏文章不过是以调侃的笔调嘲弄登徒子,滑稽言笑以博得君主一笑。

《文选》另收《对楚王问》一篇,其产生缘由也大体与《登徒子好色赋》相似,襄王的

[①] 此问题可参看谭家健《〈唐勒〉赋残篇考辨及其他》(刊《文学遗产》1990 年 2 期)、汤漳平《宋玉作品真伪辨》(刊《文学评论》1991 年 5 期)、朱碧莲《楚辞论稿》(上海三联书店 1993 年)、高秋凤《宋玉作品真伪考》(台湾文津出版社,1999 年)、吴广平《宋玉集》(岳麓书社 2001 年)、刘刚《宋玉辞赋考论》(辽海出版社 2006 年)等论著。

"先生其有遗行与？何士民众庶不誉之甚也？"大概也是就登徒子之流的攻讦宋玉而言。宋玉的自我辩解虽不同于《好色赋》中与对方的针锋相对,但其基本的出发点却是相类的。在君王对臣子的取笑戏弄与臣子聪慧机敏的对答中,娱君的效果客观上已经得以实现。

《大言赋》和《小言赋》同见于《古文苑》卷二,历来被看作是叙事相贯、内容相关的姊妹篇。南宋章樵《古文苑》注:"楚之诸臣,当君威国削之际,不知戒惧,方且虚词以相角,诙谐以希赏,亦可想矣。"虽为苛责,却也看到了赋的根本性质,即二赋都是游戏之作,是比赛说大话、吹牛皮的诙谐娱乐之作。明胡应麟《诗薮》亦评其为"辞气滑稽,或当时一时戏笔"。"大言"、"小言"就是"言大"、"言小",也即是《礼记·中庸》所说"语大,天下莫能载焉;语小,天下莫能破焉"之意。赋中诸人之"大言""小言",各极尽夸饰之能事,凭空虚设出世间所无之物,使他人莫能及。推求这种笔法的兴起,当与战国时期盛行想象"至大"、"至小"的风气相关——"大"与"小"的思辨在先秦诸子中屡屡可见。在这样的文化背景之下,宋玉作《大言赋》《小言赋》也理当受到诸子百家的影响与启发。然而,与诸子笔下的"大小"之辩不同的是,宋玉作赋虽运用了当时普遍盛行的夸说大小的文风,却并没有照搬先秦诸子在论及大小时所涉及的价值趋向与是非判断,他仅借助于极言物之大小的形式游戏成文。今人或以之为另有寓意,极力发掘其讽谏意味,亦不免求之过深矣。通观二赋的内容,文章不过记录了"游于阳云之台"的楚襄王在游览起兴时即兴提倡的一场夸说游戏,襄王的提议又恰好给了他身边这些陪游的侍臣"极尽夸说之能事"的表现机会,他们依次精妙设喻、努力夸说,不仅展现了他们善于辩说、文采斐然的文学侍臣本色,也谐和了游玩气氛,配合了襄王的审美情趣,达到了应景娱乐的效果。《大言赋》《小言赋》的这种创作体式,深深影响了后世的游戏文学。文人常择大小之物而极言之,一来比夸文思视野,一来调笑娱乐,可以看作是对此二赋创作精神的承袭。

当然,一篇文学作品所要表达的内容往往并不是单一的。我们说宋玉的赋作通常以取娱君主为创作动机,旨在通过游戏诙谐的文风迎合君王的审美需要,但并不是一味否定宋玉部分赋作里体现出的"微讽之意"及宋玉对世态的基本看法。相较而言,《风赋》中的讽谏意味则要浓厚一些。杨义先生曾指出:"在宋玉的散文赋中,《风赋》是最具有社会性的一篇。这种社会性,来自对作为自然现象的风进行社会化或人文化的审美处理。"可见其在审美功能上与其他赋作单纯"娱乐"的差异。不过,倘若因此而将其看作是宋玉的"正襟危坐"之作,则也不免失之严肃。此篇之缘起,依然是"襄王游"而"宋玉侍",作为文学侍臣的应时之作,其娱君的动机还是很显明的。该赋从叙述楚襄王在兰台之宫披襟当风开端,引出襄王与宋玉关于风的对话。风本来是一种自然现象,普天同享,这是常识,正如襄王所说,它是"不择贵贱高下而加焉"的,它理应一视同仁地吹拂到每个人身上。然而宋玉却偏要说风各有别,风会择人,这自然就引起了襄王的好奇心,于是君臣一问一答,宋玉假戏真做,绘声绘色绘形地展开了对风的产生以及所谓"大王雄风"与"庶人雌风"的描写。由"王曰:'快哉此风'"到宋玉的"此所谓大王之雄风也",不难看出其取悦君主、博其欢心的目的。文章在叙写完"雌风"之后戛然而止,没有再写楚襄王的反应。但作者通过风这一特殊的媒介把君王带到了两种迥然不同的社会生活中,我们不难想见,襄王应该是有所感悟的。表面看来,本文并不像《登徒子好色赋》《大言赋》《小言赋》那样生动幽默,然而作者在生动形象的描绘中却准确地把握了分寸,他说"雄风"之好,便将一切美好、赞誉之辞全加到它头上,襄王听了,自然高兴;而说"雌风"之恶,则将其写得卑劣、恶浊、可怕之极。这就收到了寓庄于谐的效果,也暗示出两种生活的迥若天壤。但是,并不能说《风赋》便纯为讽谏之作,从宋玉描写内容里体现出的褒贬来看,他的所言所写仍是顺应了君王的喜好的。赋作尽管给襄王留下了自省自察的空间,但其首要目的,还是要让君王闻之喜悦、心情舒畅。至于作者对战国末世动荡衰微、君王奢侈、百姓困苦的隐忧,则是蕴含在游戏娱乐背后的深层关怀——这却不是作赋的直接动机。因情造文、滑稽调侃自是宋玉赋的显著特点,也是宋玉身为文学侍臣的本职。收于《古文苑》的《钓赋》,其结构模式与《风赋》相似,也是因钓而生的一番对问,不过其蕴意更为鲜明罢了。而且,所谓的娱君,也不只是一味调笑打诨,有时候的高谈阔论、一本正经也会带来意想不到的喜剧效果。《风》《钓》二赋即是如此。

此外,另有《笛赋》《舞赋》,一则不是应制之作,再则前人所提的否定证据也很难完全反驳,故本文不作论述。但即使这样,宋玉赋作中的绝大部分也都有着鲜明的娱君成分,具有普遍意义。如此看来,《高唐》《神女》之娱君主旨也就不是一个偶然的特例了。

四、"娱君"倾向的历史成因

宋玉的很多赋作为什么都会体现出如此鲜明的、不同于以往的娱君倾向呢?清人魏源在《定庵文录叙》里曾指出:"自孔子七十子之徒,德行、言语、政事、文学已不能兼谊;其后分散为诸国,言语家者流为宋玉、唐勒、景差,益与道分裂。"认为以宋玉为代表的楚汉辞赋家,远离了屈原以来的道统理念,辞赋的内涵主旨逐渐游离于政治伦理教化之外,对耽情逸兴日益重视起来,使得赋体创作逐步"与诗画境"。我们不难发现,宋玉作品中已开始流露出与屈原思想及文风相异甚至相悖的内在倾向。宋玉虽与屈原所处的时代相去不远,但他的很多赋作却展现出与屈赋爱国激情、个人愤懑不相类的诙谐幽默、调笑取娱。这些变化都不是文学发展的偶然,也不是宋玉刻意为之,它们正是与宋玉所处的时代背景及其自身的社会地位、社会角色密切相关的。

在"天下一统"呼之欲出的前夕,南北文化与思想几经碰撞,相互渗透融合,已趋于合流。楚文学在这样的时代风潮之下也与时俱进、兼容并包。宋玉以其杰出的艺术才华,广泛借鉴了春秋战国谐隐和优语的模式风格,出入战国诸子汲取了历史散文的精华,浸染了骚辞的浪漫情调,最终创作出风貌独特的赋作。这正是战国时代文学自身的发展规律和时代风气酝酿而出的。早在春秋之际,便出现了以谐语和隐语向君主表达自己意图的风气,作者往往在不得已时,借用谐隐来引起君王的关注与兴趣。据《史记·滑稽列传》载,淳于髡善于说隐,而齐威王则喜隐,这一对君臣一善说一喜听,两美其合。宋玉赋在形式上便借鉴了谐隐的设隐、射隐的表现方式。现存宋玉赋作几乎全部都以主客对答形式展开,即用对话形式开文章之首,然后借以引出所要铺叙的正文,"述客主以首引"。与此同时,伴随着文学自身的发展演变,战国末期也开始出现一种媟弄文字、以游戏为主的辞赋作品。这些辞赋多源于优语传统,其特点是"辞浅会俗,皆悦笑也",具有很强的故事性和娱乐性,游戏娱乐成为它最主要的审美品质。曹明纲先生曾指出:"赋在最初阶段所显示出来的这种娱乐作用,与它由优语发展而成、继承了优语的调笑传统有关","流行于春秋战国时代宫廷中韵散兼备、微辞托讽的优语,是赋体产生的基础;而优语的突出作用,即在于以幽默的言辞博取帝王的欢心,在宫廷生活中调节气氛,排忧解难"。这一时期,文学创作主体多为封建君主的文学侍从,文学作品的接受对象则为王室上层,为文以助兴添乐的风气逐渐步入宫廷,体现出特定时期社会的共同审美趣味。创作出与这种趣味理想相符合的文学作品,也自然而然成为此时文学创作者的共同追求。宋玉生逢战国末期动荡衰飒之世,作为宫廷里的文学侍臣,宋玉唯有通过文字去接触君主,借以表达他内心的幽怨和对现实生活的思考与体验。相对于"与古诗同义"的劝谏功能,宫廷辞赋在帝王的接受过程中更倾向于"虞悦耳目"、"辨丽可喜"的娱乐功能。宋玉凭借其敏锐的观察力和驾驭文字的能力,在创作中突出了辞赋的娱乐功能,写出了很多此类作品。滑稽轻松的内容和新奇独特的形式满足了帝王的感官需要,起到了娱人作用。"而他对赋娱乐作用的提升,本身就是对文学审美的一种强化"。总体而言,此时的文学在时代的变换中迅速地蜕变,人们在文学创作过程中更多地关照到了文学自身的功用以及文学的审美意识,文学从诗骚的庄重严肃里向前迈步,呈现出更为丰富多样的表现形式。游戏文风的应运而生,自然而然地突显了文学的另一独特功能——愉悦它的接受者。宋玉辞赋"只在用超人的规模来写佚荡的情思……只是从人生娱乐出发",不得不说深受他所处时代的影响。

另一方面,此种风气与作者的社会地位、社会角色密切相关。宋玉在《九辩》中曾自谓是"失职之贫士",从《韩诗外传》《北堂书钞》等记载看,他是因其友而为楚王之"小臣"。"小臣"即是"言语侍从之臣"。作为宫廷文学侍从,他们的社会地位颇为卑微,也缺乏独立的个性精神。其身份与角色本身就决定了应制之作的特殊性质。他们总是力求满足帝王贵族的普遍欣赏情趣,无论是奉诏应制的狩猎郊祀,还是君臣参与的辩说游戏,他们的不变使命和终极目的只有一个,那便是调笑君王、应景娱乐。据习凿齿《襄阳耆旧记》卷一载:"玉识音而善文,襄王好乐而爱赋,既美其才,而憎其似屈原也。"不难看出,宋玉的文学艺术才华在当时的确受到过襄王的赏识:襄王"好乐"、"识音"的宋玉可与之奏雅;襄王"爱赋"、"善文"的宋玉可与之赋说。君臣二人可谓趣意相投。襄王出游云梦、聚臣辩说,都不忘宋玉,并且多次对宋玉褒奖有嘉。然而宋玉之所以始终都以"文学侍臣"的身份出现在襄王身边且不得重用,也恰因为襄王在"美其才"的同时"憎其似屈原"。我们知道,屈原身上始终体现着"虽九死而犹未悔"的勇往直前的精神,他不怕祸难危身敢于直谏,体现在他的作品里,则表现为一以贯之的爱国理想与抗争精神,他寄希望于君主,又反复嗟叹不能与君王同心同德。不难想见,"好乐爱赋"、云游四方的襄王对于满腔义愤的政治式的屈原是很反感的,对屈原式的爱国文风也是毫无兴趣的。因此,继屈原之后的宋玉侍从襄王,必然要察言观色,隐没胸中的苦闷,抛开心中的理想,以顺从襄王的喜好为己任。他的文学创作也不得不受到客观环境与自身角色的束缚,必然要改变前人的创作风貌,以取悦君主作为创作的基本思想,其作品也势必会打上作者社会角色的烙印。

正是以上因素使得宋玉的《高唐赋》《神女赋》展现出了不同于以往文学作品的独特风貌,在铺叙描摹的过程中充溢着调笑、娱乐的色彩,呈现出助兴添乐的娱君性质。此种倾向在宋玉其他赋作中也随处可见,因而具有普遍性,成为其创作的主要特征。可以说,宋玉的赋作从娱乐君主出发,以游戏的笔触肆意铺排叙写,给赋体文学的发展带来了新的风气,也使得赋迈向宫廷化、游戏化,在那个纷繁多变的转型时代成为了"楚辞之变体,汉赋之权舆"。

最后,我们还须提及类属骚体的《九辩》。在我们看来,这是宋玉创作中另具类型的作品,与前论诸赋分属不同的创作体系,完全属于文学家的个体创作,在悼屈与自伤中体现着作者浓郁的个体情感与生命体验,因而更具感人的力量。此外,赵逵夫先生另考证《悲回风》亦为宋玉之作。就体制与内容而言,《悲回风》与《九辩》确是相似的,不过,它们与"娱君"却并无关涉,此不赘述。

明代《招魂》研究述评

陈炜舜

(香港中文大学中国语言及文学系　中国香港)

【摘要】 明代中叶以后,《招魂》研究从独尊朱熹《集注》走向众说相竞的局面,取得了可喜的成果。明人对《招魂》的论述主要覆盖了以下几方面:(一)《招魂》的作者。(二)《招魂》所招何人。(三)《招魂》所招为生魂或死魂。(四)《招魂》的写作背景。(五)《招魂》的义理。(六)《招魂》的名物考据。(七)《招魂》的修辞。这些成果为清人《招魂》研究的深入奠下了基础。本文从历时性脉络,探讨明人的相关研究情况。

【关键词】 招魂;屈原;宋玉;楚辞;明代

一

有关《楚辞·招魂》篇的探讨,从两汉已经开始。司马迁《屈原传赞》云:

> 余读《离骚》、《天问》、《招魂》、《哀郢》,悲其志。①

将《招魂》与其他三篇屈原作品并称,《招魂》的著作权似乎也归在屈原名下。东汉王逸《楚辞章句·招魂序》则云:

> 《招魂》者,宋玉之作也。招者,召也。以手曰招,以言曰召。宋玉哀怜屈原,忠而见弃,愁懑山泽,魂魄放佚,厥命将落,故作《招魂》,欲以复其精神,延其年寿,外陈四方之恶,以讽谏怀王,冀其觉悟而还之也。②

以此篇为宋玉悲悯其师屈原而作。自此以后,《招魂》为谁所作、招谁之魂、所招为生魂或死魂,成为楚辞学史上聚讼不休的公案之一。梁代沈炯《归魂赋》:

> 古语称收魂升极,《周易》有收魂卦,屈原著《招魂》篇,故知魂之可归,其日已久。③

---

① (汉)司马迁:《史记》(北京:中华书局,1997),页 2503。
② (汉)王逸章句、(宋)洪兴祖补注:《楚辞补注》(北京:中华书局,1983),页 197。
③ (唐)欧阳询:《艺文类聚》(台北:商务印书馆影印文渊阁四库全书,1983)卷七十九。

仍以此篇为屈原所作。另一方面,与沈炯同时的刘勰则较早论述了《招魂》的艺术特色。《辨骚》云:"《招魂》《招隐》,艳耀而深华。"较早对于《招魂》篇的艺术风格作出了整体的状述。刘勰又云:"木夫九首,土伯三目,谲怪之谈也。……士女杂坐,乱而不分,指以为乐;娱酒不废,沉湎日夜,举以为欢,荒淫之意也。"①其所批评异乎儒家经典的四事,《招魂》篇就占了两样,这一定程度上影响了后世以儒为宗的学者看待《招魂》乃至《楚辞》的负面态度。南宋朱熹《楚辞集注》将作者与艺术特色结合而论之,认为《大招》为景差所作,但对《招魂》为宋玉所作则没有质疑:

> 《招魂》者,宋玉之所作也。古者人死,则使人以其上服升屋,履危北面而号曰:"皋! 某复。"遂以其衣三招之,乃下以覆尸。此礼所谓复。而说者以为招魂复魄,又以为尽爱之道而有祷祠之心者,盖犹冀其复生也。如是而不生,则不生矣,于是乃行死事。此制礼者之意也。而荆楚之俗,乃或以是施之生人,故宋玉哀闵屈原无罪放逐,恐其魂魄离散而不复还,遂因国俗,托帝命,假巫语以招之。以礼言之,固为鄙野,然其尽爱以致祷,则犹古人之遗意也。是以太史公读之而哀其志焉。若其谲怪之谈,荒淫之志,则昔人盖已讥其讥于屈原,今皆不复论也。②

朱熹认为招魂及《礼记》中的复礼。他对这种"怪力乱神"的习俗并不完全赞同,但于"尽爱以致祷"的遗意却是肯定的。朱熹认为此篇所招为屈原生魂,其《辩证》又论曰:

> 后世招魂之礼,有不专为死人者,如杜子美《彭衙行》云:"暖汤濯我足,剪纸招我魂。"盖当时关、陕间风俗,道路劳苦之余,则皆为此礼,以祓除而慰安之也。③

此说可谓创见。元代恢复科举后,独尊朱学,明代沿袭不替。影响所及,《楚辞集注》几乎成为明代前期唯一流行的《楚辞》注本。朱注被认为从儒家的角度规范了《楚辞》,因此拥有不可动摇的权威地位。正德十二年(1518),黄省曾重刊《楚辞章句》,邀耆宿王鏊作序,不仅改变了《楚辞集注》独大的局面,也令明代楚辞研究自此日益活跃。万历以后,有关《招魂》的新论逐渐出现,发展至明末清初,依然方兴未艾,为日后清人的《招魂》研究奠下了基础。整体而言,明人《招魂》研究滥觞于前期,自正德以后逐渐蓬勃,这与明代学术及楚辞学的整体发展趋势是一致的。

二

正德以前,屈原受到明代道学家和台阁文人的批判,导致了楚辞学的沉寂,有关《招魂》的论述极为罕见。正统年间的徐有贞是一个例外。他论《招魂》道:

---

① (梁)刘勰著、范文澜注:《文心雕龙注》(北京:人民文学出版社,1958),页46-47。
② (宋)朱熹:《楚辞集注》(台北:文津出版社,1987),页133。
③ 同前注,页204。

礼于始丧有复,复之流为招魂,其来尚矣。楚人乃以施之生者。而推其缘起,则行乎死者之事焉。夫惟行乎死者,故其为辞涉于神怪。自宋玉、景差之作,犹不免乎鄙野之讥,况其后者欤! 然则后之作者,盖必微其辞而约之礼可也。①

徐氏之论,有三方面是遵从朱熹的:一、复礼之流为招魂;二、招魂之礼不专为死人,也可施于生者;三、二《招》作者分别为宋玉、景差。针对二《招》内容涉于神怪的批评,徐有贞有所辩解:在他看来,既然招礼本是施于死者,故招辞涉于神怪,无可厚非。宋玉、景差施于生者(屈原),虽是承袭旧礼,但并未"微其辞而约之礼",故有可议之处,这却也是徐氏所承认的。进而言之,徐有贞为苏州人,学问博杂,四库馆臣称其"究心经济,于天官、地理、兵法、水利、阴阳、方术之书,无不博览","干略本长,见闻亦博,故其文奇气坌涌,而学问复足以济其辨",并批评他"学术之不醇,于是可见"。②这与其地域背景关联甚大。《明史·食货志》称太祖定天下官、民田赋时:"惟苏、松、嘉、湖,怒其为张士诚守,乃籍诸豪族及富民田以为官田,按私租簿为税额……时苏州一府……官粮岁额与浙江通省相埒,其重犹此。"③处于政治高压下的吴中文人们饱受摧抑,内心充满痛苦。于是逐渐发展出"博学"和"尚趣"的传统。徐有贞如此的学术内涵致使其文章有"奇气",与杨士奇等人雍容平整的风格也大不相同。纵然如此,他对《招魂》的论说仍不太敢标新立异,以求合乎台阁重臣的分寸。

三

正德之世,帝王荒政,宦官弄权,而以"文必秦汉、诗必盛唐"为主张的前七子也逐渐取代台阁诸老,成为文坛领袖。黄省曾学诗于李梦阳,故其刊印《楚辞章句》,显然符合师古说者的文学思想。有趣的是,黄省曾刊书前,邀请了苏州同乡、台阁大老兼文坛耆宿王鏊作序。王鏊认为,《楚辞集注》虽然阐明了《楚辞》大义,但不少旧说实际上都是因《章句》而参订折中的;而《章句》本身,也可能保留了不少刘安、班固、贾逵的旧说,具有不可取代的价值。他提到:

然予之憾也,若《天问》、《招魂》谲怪奇涩,读之多未晓析。及得是编,恍然若有开于余心。则逸也岂可谓无一日之长哉!④

王鏊指出,《天问》、《招魂》等篇引用了大量典故,如果不一一注明,文理根本读不通。故在批注这些篇章上,《章句》有一日之长。王鏊肯定《章句》的优点,自然也对《集

---

① (明)徐有贞:《招拙逸词序》,《武功集》(台北:商务印书馆影印文渊阁四库全书,1983),页148—149。
② 同前注,页148。
③ (清)张廷玉主编:《明史》(北京:中华书局,1997),页1896。
④ (明)王鏊:《重刊王逸注楚辞序》,《震泽集》(台北:商务印书馆影印文渊阁四库全书,1983),页280—281。

注》神化了的地位提出了质疑。这标志着明人的《招魂》及《楚辞》研究走出了朱注独尊的时代。

黄省曾也尝为此书作序,然不见于传世刊本,仅见于其文集。他对《集注》的一些问题作出了批评,并宣称"虽质之屈子,必以旧录(《章句》)为佳也",但并未详细论及《招魂》篇。① 不过,作为师古说先驱、活跃于弘治年间的常熟文人桑悦,却更早对此篇提出了个人的看法。桑悦一生遭遇坎坷,曾在失意时评点《楚辞》,这大概是明人最早的《楚辞》评本。此书未曾刊印,早已亡佚,然晚明《七十二家评楚辞》保留了二十余条评语,其中关于《招魂》者共有三条。这三条分别从不同角度讨论了《招魂》的特征。首先,他论《招魂》的体式:

> 《招魂》体极奇,辞极丽,亦玉之创格也。昔人云天不生屈原,不见《离骚》。予云天不生宋玉,不见《招魂》。②

可谓推崇备至。桑悦是否曾详言《招魂》之刱格,现已难知。唯《招魂》一篇始设以帝巫对话,继以招辞,终以乱辞,实下开后世大赋之体。故称之为刱格,庶几无愧。其次,桑悦论诗以运意为宗,因此他赞许《招魂》,除其有文体的开拓之功外,盖亦称赏宋玉眷慕其师之心。进而言之,桑氏推举同代的祝允明、罗玘,乃因他们的文章有奇气;此处又以一"奇"字来论断《招魂》的体式,这与他的文学取向是符合的。又《招魂》"砥石翠翘"诸句,桑批曰:"烂若披锦,无处不善。"③ 亦复强调其奇美。再者,对于二《招》的作者,桑悦也有新的见解:

> 《大招》体制不出《招魂》,而搞辞命意又与《招隐》相似,或者淮南八公之徒因宋玉已有《招魂》,复拟作《大招》《小招》,未可知也。况其词赋原以类从,或称大山,或称小山者乎!不然何所据而以玉之《招魂》加其名曰小也?《小招》疑别有一篇,恐逸不传。④

他通过对《大招》与《招隐士》气格的比较,来推断前者为汉人的拟作。这与朱熹推断《大招》作者的方式非常接近。但桑悦以淮南王刘安的幕僚中有大山、小山,来猜度《大招》《小招》之并存,可谓比属不类;继而云《小招》"别有一篇,恐逸不传",更是臆测之辞。不过,桑悦盖欲打破当时沉寂已久的学术闷局,以改变旧说陈陈相因之势,于是标新立异,其想法是不难理解的。嘉靖间,考据学兴起,其代表学者杨慎更从文学的角度对《招魂》篇提出了自己的看法:

> 《楚辞·招魂》一篇,宋玉所作,其辞丰蔚秾秀,先驱枚马,而走僵班扬,千古之希声也。《大招》一篇,景差所作,体制虽同,而寒俭促迫,力追而不及。

---

① (明)黄省曾:《汉校书郎王逸楚辞章句序》,《五岳山人集》(台南:庄严文化事业有限公司据南京图书馆藏嘉靖刻本影印,1997),页733。
② (明)蒋之翘:《七十二家评楚辞》(北京中国科学院藏忠雅堂天启六年(1626)刊本)卷七,页10b。
③ 同前注,页5b。
④ 同前注,页17b。

《昭明文选》独取《招魂》而遣《大招》,有见哉! 朱子谓《大招》平淡醇古,不为词人浮艳之态,而近于儒者穷理之学,盖取其尚三王、尚贤士之语,然辞赋不当如此。以《六经》言之,《诗》则正而葩,《春秋》则谨严。今责十五国之诗人曰:"焉用葩也? 何不为《春秋》之谨严?"则《诗经》可烧矣。止取穷理不取艳词,则今日五尺之童能写仁义礼智之字,便可以胜相如之赋;能抄道德性命之说,便可以胜李白之诗乎?①

鲜明地指出,"艳"就是诗赋的本色。以《大招》为例,朱熹以其为景差所作,又谓"差语皆平淡醇古,意亦深靖闲退,不为词人墨客浮夸艳逸之态";《大招》所言虽"有未免于神怪之惑、逸欲之娱者,然视《小招》则已远矣"。②故后世论者往往置《大招》于《招魂》之上。对于"止取穷理不取艳词"的批评,可知杨慎欲在词章和考据二者之间取得一个平衡点。杨慎不因义理而废词章,亦不因考据而害词章,无疑将词章之学提升到更高的地位。杨慎此论,显示明代中叶以后,人们对《招魂》的看法更为偏重文学性,而《楚辞》也逐渐走出了依傍儒学以为附庸的地位。

万历间心学大盛,著名学者李贽也从词章赏析入手,讨论《招魂》一篇:

> 朱子曰:"古者人死,则以其上服升屋履危,北面而号曰:'皋某复。'遂以其衣三招之而下以覆尸,此礼所谓复也。说者以为招魂复魂,有祷祠之道、尽爱之心,盖犹冀其复生耳。如是而不生,则不生矣,于是乃行死事。而荆楚之俗,乃或以施之生人,故宋玉哀闵屈原放逐,恐其魂魄离散,遂因国俗,托帝命,假巫语以招之。其尽爱致祷,犹古遗意,是以太史公读之而哀其志焉。"李生曰:上帝命巫阳占筮屈平所在,与之魂魄。巫阳谓屈原放逐江南,魂魄不复日久,不待占而后知,筮而后与也。但宜即差掌梦之官往招其魂,速之来归耳。夫返魂还魄,生死骨肉,天帝专之,乃使阳筮之、帝之不足为,明矣。故阳谓帝命难从,而自以己情来招引之也。天帝亦遂辞巫阳,而谢不能复用屈原焉。盖玉自比巫阳,而以上官、子兰等比掌梦之官,以怀襄比天帝,辞意隐矣。其招之辞只述上下四方不可久处,但道故国土地、饮食、宫室、声妓、宴游之乐、宗族之美,绝不言当日事,可谓至妙至妙。善哉招也! 痛哉招也! 乐哉招也!③

《招魂》篇的引言中,上帝与巫阳的对话一向是学者争论的焦点。朱熹甚至怀疑这段文字中有脱误,导致了理解上的困难。从李贽的论述中,我们可以见到他对于这篇文字的一些独到之见:其一,李贽指出返魂还魄、生死骨肉是上帝的司职,而对于屈原的离魂,上帝却要巫阳先筮后招,竟不知屈原流放江南日久,魂魄自是不复,不待占而后知,筮而后与。见其如此昏聩不足为,巫阳方才提出直接差掌梦之官往招其魂,速之来归便可;又谓帝命难从,欲自以己情来招引之。如此讲来,《招魂》之引言自可解释得

---

① (明)杨慎:《大招》条,《升庵集》(台北:商务印书馆影印文渊阁四库全书,1983),页376。
② (宋)朱熹:《楚辞集注》,页145。
③ (明)李贽:《招魂》,《焚书》(北京:燕山出版社,1998),页240。

畅达无碍。在疏通了字面的大意后，李贽又指出，宋玉作《招魂》，是欲自比巫阳，以上官、子兰等比掌梦之官，而以怀、襄比天帝。其论令人耳目一新。他又进一步从文义上推敲，以为招辞只述天地四方之险恶、故国土地、饮食、宫室、声妓、宴游之乐、宗族之美，而绝不言当时的时局，这正是不写之写。因此才可见到《招魂》一文之善、之痛、之乐。上帝、巫阳、掌梦等人物的身分与关系，由于上古神话的亡失残缺，已难以复知。而该文作者之归属、创作之时代等等因素皆是疑云重重。李贽此论并未对这些掌故作出任何的考证，只是从文字入手，作出如此的推断，这正体现了师心说者研究《楚辞》的方式。而天启间，陆时雍编著《楚辞疏》，可谓第一部师心说者的楚辞学专著。其论《招魂》云：

> 叔师之序《招魂》也，谓"宋玉怜屈原忠而斥弃，故作《招魂》以复其精神，延其年寿，以讽谏怀王，冀其觉悟而还之"，则于情事最为不合。晦翁"恐其魂魄离合，因国俗，托帝命，假巫咸（案：当为巫阳）以招之"，则实用以招矣。不知招魂者以文不以俗，以心不以事，招之于千世，而非招之于当时也。①

所谓"招之千世"，语最警绝，然是否合乎事实，不得而知。而陆时雍以为宋玉只是作了一篇招词，而并未真正进行招魂的仪式；创作目的无用多言，同样是矜悯屈原的遭遇。所谓"作者未必然、读者未必不然"，陆时雍这种分析的方式，与其说是着眼于真相的探求，毋宁说是出于读者的鉴赏角度。这种方式未必合乎作者的原意，对于读者的阅读却是很有帮助的。因此，在全书的疏文中，不少评语固然合于事实，有些则未必。但这些评语大都充满情致，足以引起读者的共鸣。

四

万历中叶以后，《楚辞》评本的面世如雨后春笋，源源不绝。其中年代较早者为陈深《诸子品节》的楚辞部分。《诸子品节》有两点值得注意。其一，此书为一套子书节选，卷帙甚巨。陈深将屈原、宋玉的作品编为《屈子》、《宋子》，与其他先秦诸子并列，其《凡例》曰："不佞于《老子》、《庄子》、屈宋骚辞及《孙子兵法》，一句为一义者，皆全录之，不遗一字，所以见畸人玮士构思落笔，学问之所自来。不如是，不足探其底也。"②其卷二十六、二十七的"外品"所收录的屈、宋作品，详细分卷情况如下：

卷次	细目	篇名
卷二十六	屈子一	《离骚经》、《九歌》
卷二十七	屈子二	《天问》、《九章》
	屈子三	《远游》、《卜居》、《渔父》
	宋子一	《九辩》、《招魂》、《大招》

---

① （明）陆时雍：《楚辞疏》（台北：新文丰出版有限公司影印明缉柳斋刊本，1986），页50—51。
② （明）陈深：《诸子品节》（台南：庄严文化事业有限公司据辽宁大学图书馆藏万历十九年（1591）刊本影印，1995），页250。

朱熹论《大招》一篇的作者云:"《大招》不知何人所作,或曰屈原,或曰景差,自王逸时已不能明矣。"①陈深亦于《大招》篇题下注云:"此篇闲靓简古,其为原作无疑。"②既然如此,竟将此篇纳入《宋子》之中,实属不伦。究其原因,盖仅为卷次及细目分配均匀之考虑而已。(按:其后天启六年(1626),陈仁锡编纂《诸子奇赏》,同样将屈作合称《屈子》,又附《九辩》、《招魂》二篇,合称《宋玉》。此即渊源陈深《诸子品节》之例。)其次,陈深于《招魂》题下批曰:

> 此篇深至让《骚》,凄婉让《章》,闲寂让《辩》,而宏丽则大过之。原盖设以招隐,亦寓言也。③

《招魂》竟亦篇归于屈原名下。此论虽能不苟同于古人,然未能提出具说服力的推论方法,故影响不大。无论如何,当今学界多认为司马迁以还,以《招魂》著作权归诸屈原者,黄文焕为第一人。读《诸子品节》可知,陈氏谓《招魂》一篇乃屈原"设以招隐,亦寓言也",更早于黄氏五十余年。黄文焕之论自陈深而来,亦未可知。

其后,天启间蒋之翘《七十二家评楚辞》对《招魂》亦有点评。蒋氏仍以此篇为宋玉所作,又论其风格云:

> 《招魂》文极奇艳,然较屈作气骨稍卑弱耳。深于《骚》者得之。④

正因其文奇艳,故流于冗繁纤丽,故自不如屈作之高古。然朱熹谓《大招》平淡醇古,蒋之翘亦不同意:

> 《大招》胜于《招魂》,此沿袭宋人浅见也……噫,重浊迂腐,骨力耶? 即陈说鬼怪惧之,荒淫动之,亦未知寓言之义者。⑤

此说自杨慎启之,⑥而蒋之翘深以为然,且进而以为四方鬼怪属于"寓言"。此虽未必恰当,对于后世却有影响。⑦抑有进者,蒋之翘还企图从文本中寻找内证,对有关屈原的争端、《楚辞》的悬疑作出推断。如其论《抽思》"魂识路之营营"句,眉批云:"有此'魂一夕而九逝'、'魂识路之营营'、'何灵魂之信直'三句,愈知宋玉招魂,果招于生,非招于死也。"⑧如前文所言,《招魂》之作者、所招之人、生招死招,历来都有争论。蒋氏虽不无断章取义之嫌,然能作出以《骚》解《骚》的尝试,甚为可贵。至于《招魂》中记载的习俗,蒋之翘亦偶有论述。如《招魂》:"雕题黑齿,得人肉以祀,以其骨为醢些",眉

---

① (宋)朱熹:《楚辞集注》,页145。
② (明)陈深:《诸子品节》,页681。
③ 同前注,页678。
④ (明)蒋之翘:《七十二家评楚辞》(天启刊本)卷五,页11a。
⑤ 同前注,卷七,页18a。
⑥ 见(明)杨慎:《大招》条,《升庵集》,页376。
⑦ 如(清)林云铭:《楚辞灯·凡例》(康熙挹奎楼刊本),页4a至4b:"读《楚辞》,止要得其大旨。若所引用典实,有涉神怪者,惟以《庄子》所谓寓言视之,省却许多葛藤。且天地之大,古今之远,何所不有? 夫子止是不语,亦未尝言其必无神无怪也。屈子生于秦火之先,安知前此记载非厄于灰烬而不传乎!"
⑧ (明)蒋之翘:《七十二家评楚辞》卷四,页12b。

批:"以骨为醢,今贵州以牛马骨渍之经年,候其柔脆如笋,其气迸于人鼻,为之上品。"①可见黔人渍骨,即上古黑齿之遗风。此外,晚明其余评本的《招魂》评点,亦有涉及名物考证者,如陈深子《周文归》评"实羽觞些"句云:"有以羽觞为项羽所制而得名,此可以证其误。"②即是。

五

明清易代之际,出现了大量楚辞学专著,现存者尚有六种,即黄文焕《楚辞听直》、李陈玉《楚词笺注》、王夫之《楚辞通释》、贺贻孙《骚筏》、钱澄之《屈诂》、周拱辰《离骚草木史》,其中唯《骚筏》为诗话体,其余皆为辑注体(《楚辞听直》之《听直余论》、《离骚草木史》之《楚辞拾细》亦为诗话体)。除《屈诂》外,其余五种皆含有关于《招魂》的论述。

黄文焕《楚辞听直》卷八收录《大招》、《招魂》,《听直余论》又殿以《听二招》。继陈深之后,黄文焕提出《招魂》为屈原所作:

> 太史公曰:读《离骚》、《招魂》,悲其志。似乎《招魂》亦并属原作,不专指为宋玉也。③

此其依据《史记》文意而推论之。进而言之,黄文焕试图以二《招》内文为本,证明二者皆为屈原所作。其主要论点有三:

一、《大招》终篇曰"尚三王",只有屈原才有如此大本领,超越三代而为二帝之治。

二、二《招》曰"青春受谢"、"献岁发春",恰在屈原于孟夏投水之前。概二篇乃屈原自招之词。

三、《离骚》、《远游》、《天问》、《卜居》、《渔父》、《九歌》、《九章》合计二十三篇(《九歌》无由折为十一),若合上二《招》,恰为屈赋二十五篇之数。④

黄氏所论,固然有一定依据。然正如其论《招魂》的作者"前之人未专决之,后之人何由坚定之",既然王逸、晁无咎、朱熹等人从未将二《招》归为一人所作,然黄氏却以二《招》皆为屈原所作,并持以互证,这未免有循环论证之嫌。注意屈宋诸篇的季节书写,尝试推断二《招》的创作时间,颇有新意。然如其引用《哀郢》"方仲春而东迁",谓"原之被放,实以春候,盖当出门之日,即为决死之期",则不无附会。且《哀郢》尚有"至今九年而不复"之语,则屈原流放江南,春秋数易,若以二《招》作于临死前的春天,却又与"出门之日,即为决死之期"之语不能尽合。至于《九歌》"无由折为十一",更是见仁见

---

① (明)蒋之翘:《七十二家评楚辞》卷七,页3a。

② (明)陈深子:《周文归》(台南:庄严文化事业有限公司据清华大学图书馆藏明崇祯刻本影印,1995)卷七,页7b—8a。

③ (明)黄文焕:《楚辞听直》(上海:上海古籍出版社据复旦大学藏明崇祯十六年(1643)清顺治十四年(1657)增修本影印,1995)《余论》,页80a。

④ 同前注,页80a—82a。

智之言,未足成为定论。不过,黄文焕重新《招魂》的作者问题,将之归于屈原名下,定为屈原自招而作,对于《招魂》研究依然有摧陷廓清之功,直接影响了清代林云铭、蒋骥等人。此外,黄文焕综合朱熹、杨慎之说,认为不必为二《招》强分优劣:

> 世之喜理胜者多从朱(熹),喜词工者多从杨(慎),然二《招》佳处实不在此。作者当别有暗藏之关窍,至庄之论,至艳之语,皆从至惨之中托根□叶,层迭以致其愈惨,意不在矜庄斗艳也。若谓《大招》词逊,《小招》理逊,古人岂不窃笑哉?①

如前文所论,杨慎未必不注重二《招》之义理,但站在文学的角度,不应重义理而轻辞章,故对朱熹有所批评。影响所及,世人遂以杨慎站在朱熹的对立面。黄文焕之说,与杨慎接近,颇有调和之意。且其强调义理、辞章皆发自"至惨之中",将二《招》置于言志、缘情的大传统而观照,因此意见较为中肯。至于《招魂》以大量篇幅描绘的生活享受,黄文焕则视为"旁词",乃是乱词"正论"的铺垫。此说固然有理,但黄氏以饮食声色、宫室园囿、花木禽鸟皆见于《离骚》、《九歌》、《九章》、《远游》诸篇,并一一勉力对应,②则难免附会之讥矣。

李陈玉《楚词笺注》卷四收录《九辩》、《招魂》、《大招》。李氏以《九辩》、二《招》皆宋玉之作:"宋玉为屈原弟子,怜师以忠直被祸,明拟《九辩》以配师《九歌》,今取而附之。《招魂》《大招》,则又宋玉拟配《天问》也。自出手眼,殆所谓青出于蓝,其可敬也夫。"③认为二《招》之恢诡怪奇,乃是宋玉模仿屈原《天问》而作。在这个基础上,李氏指出:

> 古有招魂之文,疑皆死后为之。若《楚词》所云,则生前忧郁,魂魄离散,固为文以招,即古人所云收召魂魄,复得为人之谓也。小说载唐马周落魄将死,有异人为之收召,决其百日之内必大遇主。其说虽幻,然自古相传,当有其理。宋玉为屈子招魂,或亦戏作,以相慰于寂寥之中耳。又今江楚之俗,凡有重病,辄令巫师迎所祀鬼神,载酒肉夜出,名曰收魂。盖亦招魂之遗俗也。安知屈子得罪后,忧郁所伤,不有病苦,其亲爱不有巫觋祷祀之事乎?宋子或遂为此,以代巫言,亦如屈子之为《九歌》,托意发愤,以写其不平也。然曰招魂,又曰《大招》者,巫觋之事有大小故也。小如求之一方鬼神,大如合四方上下之鬼神大索之。第《招魂》韵下用"些","些"楚人土音,所以相呼也。凡鬼神之事,阴阳本隔,多以声音感之。阳声相呼,绵绵不绝,阴神既感,自将隐隐随之。阳声先入为导,阴神后随自至,此《招魂》之"些"之所自来也。《大招》韵下用"只","只"本古韵,见于《毛诗》不一。大索于四方上下鬼神,楚之方言未可概通,必用中原古韵,此《大招》之"只"所自来也。旧有谓此为原作,盖设

---

① (明)黄文焕:《楚辞听直》,页 82b—83a。
② 同前注,页 83a—83b。
③ (明)李陈玉:《楚词笺注》(上海:上海古籍出版社据复旦大学藏清康熙十一年(1672)魏学渠刻本影印,1995)自叙,页 2a。

以招隐,亦寓言之类。细看文义,殆不其然。此所谓不得其说而别生枝节也。①

这段文字可归纳两个要点:

1. 根据唐代马周的传说和明代江楚之俗,自古就有在重病时进行"收召魂魄"的巫术。因此,无论是出于寄托性——戏作以相慰于寂寥,托意发愤,抒写不平,还是出于实用性——屈原在得罪后为忧郁所伤,至于病苦,宋玉都有为屈原招魂的可能。

2.《招魂》、《大招》名称不同,乃因巫觋之事有大小之故。小则求一方之鬼神,大则合四方上下鬼神而大索之。这从二《招》所用"些""只"二字可以看出:《招魂》用"些","些"为楚人土音,所以相呼者;《大招》用"只","只"本古韵,见于《毛诗》等先秦故籍。"凡鬼神之事,阴阳本隔,多以声音感之。阳声相呼,绵绵不绝,阴神既感,自将隐隐随之。阳声先入为导,阴神后随自至。"因此《招魂》用"些"。而《大招》则大索于四方上下鬼神,楚之方言未可概通,必用中原古韵,因此《大招》用"只"。

观第一点,李氏虽然能旁征博引、申述二《招》之创作动机,却也未必可否定屈原自招的可能性。至于第二点,李氏之说纵然颇涉不经,却能从文字声韵的角度来区别二《招》性质的差异,可谓慧眼独到。

贺贻孙《骚筏》全书不分卷,共评《楚辞》作品二十六篇,评《九辩》《招魂》《大招》共十六则。贺氏道:"《大招》云:'闲以静只'、'安以定只'、'心意安只',正为心烦意乱者对治。《大招》作于《招魂》之后,盖多方招之也,与《招魂》皆出宋子手,而比较郑重。或云景差作,非也。"②认为二《招》皆出于宋玉之手。其论证云:

> 凡从病沉痼之人,非刀圭所能疗。亲爱者每多方譬解,以庶几其一慰;沉忧之病,必广以乐事;声色之病,必进以谠论。医家所谓对治是也。如屈子一生以廉洁正直被困,其魂飘荡于愁城苦海之中,郁郁不乐,故宋玉广引声色、繁华、淫佚种种乐事,以陶写其烦冤,亦犹楚太子有声色之疾,而枚生《七发》历举孔、老、庄、孟方术,资略微言妙道以起之,以度之,太子霍然病已也。《大招》篇文举恤孤寡、举贤才、明天德、尚三王为词者。盖屈子以不能致君为尧舜三王自恨,致沉痼未已。宋子始以世俗之乐广之,不得,乃更历举屈子梦想中乐事,为生平所痴心希望而不必可得者以招之,以为屈子之魂或瞶瞶在此,庶几可瘳云尔。③

所谓"对治"之说,新而有据,且能引枚乘《七发》之文为左证,论述"沉忧之病,必广以乐事",故《招魂》专言声色之乐,动机在此。至对治之法无效,方"为生平所痴心希望而不必可得者以招之",即《大招》也。对于《招魂》用"些"、《大招》用"只",贺贻孙又解道:

> 《离骚》、《九辩》、《九歌》、《九章》之"兮"、"也",《招魂》之"些",《大招》之

---

① (明)李陈玉:《楚词笺注》,卷四,页9b—11a。
② (明)贺贻孙:《骚筏》,载吴文治主编:《明诗话全编》(南京:江苏古籍出版社,1997),页22。
③ 同前注,页21。

"只",虽无关于文,然文之轻重缓促,皆在于此,读者因此生哀焉,去之则索然不成调矣。"兮""也""只",皆中原音,而《招魂》之"些",独用楚中方语者,盖魂无不之,闻声则感,故招魂者,必使亲爱之人以方语俚词频频相呼,则魂魄来附,所以用"些"者,盖不欲以不习之语骇之也。若《大招》则多庄重之辞,故不用"些"而用"只"耳。①

关于"些"、"只"之用法、差别,历来学者皆有言及。然贺贻孙之独到处,在于指出招魂时"必使亲爱之人以方语俚词频频相呼"。若非对招魂之术有实际的考察、细微的认知,不能作为此论。贺氏之言,可与李陈玉之言参看。二人同为赣籍,且有交往,②在楚辞学上,相互当有影响。

周拱辰《离骚草木史》则呈现出辞章与考据结合的特色。四库馆臣谓陆时雍论诗"大旨以神韵为宗,情境为主",③周拱辰为陆时雍之友,两人文学理念接近,皆倾向于师心之说。然陆氏《楚辞疏》之《天问》疏乃周氏所为,可见其对考据之兴趣。入清之后,周氏方注全骚。此时考据学在顾炎武等学者的倡导下勃兴,与周氏可谓桴鼓相应。周拱辰注《招魂》篇,贯彻了考据辞章并重的风格。如其注"妖玩":

妖玩何物也?此非另有美人,亦非别有歌舞之谓也。凡宴饮豪盛者,歌舞小停,另行剧戏,如吞刀吐火、盘铃魌垒、鱼龙犆抵之类,各以其土之妖幻相竞,然后终场歌舞是也。④

又注"青骊":

春猎故驾青骊。《月令》:"孟春之月,天子居青阳左个,乘鸾辂,驾苍龙。"苍龙即青骊也。⑤

所言皆甚为合理。然周氏亦有好奇务博的倾向。如注"赤蚁":"明万历小西洋进贡,税官查贡物,有赤蚁一躯,以朱红匣藏之,长尺有三寸,口食朱砂二两,即此类也。"⑥周氏论《招魂》之辞章,则多以眉批及总评的形式出之,如总评曰:"《招魂》精丽刻画,几于自然,可谓绘人能语,画龙欲飞,人巧天工,两臻其至。""《招魂》如太真肌丰善舞,《大招》妍丽不如,而一种淡欲无言,番有天寒翠袖之致,优此劣彼,皆自论也。"⑦颇具感悟力,兹不一一。

王夫之《楚辞通释》以阐发义理为宗旨,对《招魂》的看法亦多承袭朱熹而发展之。如其赞同《招魂》为宋玉所作,然对创作动机则略有修正:

按原当怀王之世,虽忧国疾邪,而犹赋《远游》,从巫咸之告,故玉作《九

---

① (明)贺贻孙:《骚筏》,载吴文治主编:《明诗话全编》,页21—22。
② 贺氏《水田居文集》收有致李陈玉之书札。
③ (清)永瑢:《四库全书总目提要》(北京:中华书局影印清刊本,1965),页1723。
④ (明)周拱辰:《离骚草木史》(上海:上海古籍出版社据上海图书馆藏清初圣雨斋刻嘉庆八年(1803)印本影印,1995)卷九,页175b。
⑤ 同前注,卷九,页175b。
⑥ 同前注,卷九,页5a。
⑦ 同前注,卷九,页19b至20a。

辨》亦于其时,有"及君无恙"之想。及怀王客死,国雠不报,顷襄迁窜原于江南,原乃无声之气,魂魄离散,正在斯时。则此篇定作于顷襄,而王逸讽谏怀王之说,非其实矣。①

王逸"讽谏怀王"之说,确然不无先入为主的泛论之嫌,故朱熹《集注》不取。王夫之则进一步推论《招魂》篇作于顷襄之世,以见"讽谏怀王"之不可能。不过,他以宋玉《九辩》作为旁证,则有可议之处:盖此篇是否作于怀王之时,甚可斟酌也。王夫之且将《大招》看成广《招魂》而作:

> 今按此篇(《大招》)亦《招魂》之辞,略言魂而系之以大,盖因宋玉之作而广之。其意以《招魂》盛称服居游声色之美,而不及王伯之道,未足以慰贤士之心。故仍其旨而广之,则为绍玉之作,非屈子倡而玉和,明矣。②

王夫之此论,盖因当时有人以二《招》为屈宋唱和之作而辨之。以《大招》作于《招魂》之后,故其内容道及"王伯之道",以慰贤士之心,与《招魂》有所不同。王夫之之说盖承朱熹而来。不过,他并未如朱熹般站在理学的角度强分二《招》优劣,而是认为:"《大招》达其所志之道于篇终,《招魂》述其所秉之正于篇端。故虽华曼而不靡,其意寓于微言,一也。论者曲分优劣,过矣。"③所论与黄文焕接近,视朱熹更为持平。不过,王夫之与黄文焕、贺贻孙等人一样,也将二《招》的作者视为一人,也未免落入窠臼。

六

明人对《招魂》的论述主要覆盖了以下几方面:(一)《招魂》的作者:不少论者承袭王逸、朱熹之说,以《招魂》为宋玉所作。然陈深于万历间已提出《招魂》为屈原作品之说。此说在明末由黄文焕进一步发挥,影响清人甚巨。(二)《招魂》所招何人:王逸、朱熹皆以《招魂》为宋玉招屈原之作,而黄文焕则认为是屈原自招。(三)无论自招说、他招说,大体不出王、朱招生魂的旧说。(四)《招魂》的写作背景:多数学者认为作于屈原流放之后。黄文焕以为作于屈原投水那年的春天,王夫之则认为作于怀王死后。(五)《招魂》的义理:无论认为《招魂》为屈原或宋玉所作的学者,都肯定此篇的忠君爱国之思。李贽更提出文中上帝之昏瞆,恰是怀襄之写照。至于篇中有关生活享乐的书写,陆时雍认为是"鞠穷救湿"的不得已之举,蒋之翘视为"寓言",黄文焕视为"旁词",王夫之以为"待贤"的"像设之词",贺贻孙以"沉忧之病,必广以乐事"。整体而言,始终无法跳出"荒淫之志"的定见,而纷纷曲为之说。(六)《招魂》的名物考据:如蒋之翘论"以骨为醢"的习俗,陈㴱子论项羽制"羽觞"说之误,周拱辰论"青骊"、"赤蚁"等皆是。(七)《招魂》的修辞:宏观方面,如王鏊以《招魂》谲怪奇涩,杨慎以其丰蔚秾秀,周拱辰谓其精丽刻画、几于自然,不一而足。微观方面,如桑悦以"砥石翠翘"等句"烂如披

---

① (明)周拱辰:《离骚草木史》卷九,页 1a—1b。
② (明)王夫之:《楚辞通释》(上海:上海人民出版社,1976),页 140。
③ 同前注。

锦",陆时雍引张焕如评"工祝招君"诸句云"□难形之景,如在目前,留未尽之情,传之意外",如此皆是。

明代中叶以后,《招魂》研究从独尊朱熹《集注》走向众说相竞的局面,在义理、考据、辞章的论述上都取得了可喜的成果。然而关于作者及所招者的讨论,仍限于宋玉招屈原及屈原自招两种。至于屈原招怀王魂之说,要到晚清方有学者提出。[①]至于有关《招魂》文体的讨论,元代祝尧《古赋辨体》已经展开。如其以《招魂》"全是用比赋义",又将此篇置诸《后骚》卷首,以示别支之宗。明人《文章辨体》、《文体明辨》、《诗源辩体》诸书皆承祝书而作,而于《招魂》的体式鲜有进一步的论析,洵为憾事。此外,明人注骚的动机,或如黄文焕牢狱抑愤,或如周拱辰好奇务博,或如坊本集评炫富,如是不一。故黄说有新见而不脱傲睨恣肆之气,周书多征引而失之炫耀琐碎,至于坊本评语每每割裂剽窃,更不待言。当然,这与明代独特的政治背景、社会风气、学术好尚有着密不可分的关系。

参考书目

[1](汉)王逸章句、(宋)洪兴祖补注:《楚辞补注》,北京:中华书局,1983。

[2](汉)司马迁:《史记》,北京:中华书局,1997。

[3](梁)刘勰著、范文澜注:《文心雕龙注》,北京:人民文学出版社,1958。

[4](唐)欧阳询:《艺文类聚》,台北:商务印书馆影印文渊阁四库全书,1983。

[5](宋)朱熹:《楚辞集注》,台北:文津出版社,1987。

[6](明)徐有贞:《武功集》,台北:商务印书馆影印文渊阁四库全书,1983。

[7](明)王鏊:《震泽集》,台北:商务印书馆影印文渊阁四库全书,1983。

[8](明)黄省曾:《五岳山人集》,台南:庄严文化事业有限公司据南京图书馆藏嘉靖刻本影印,1997。

[9](明)杨慎:《升庵集》,台北:商务印书馆影印文渊阁四库全书,1983。

[10](明)陈深:《诸子品节》,台南:庄严文化事业有限公司据辽宁大学图书馆藏万历十九年(1591)刊本影印,1995。

[11](明)李贽:《焚书》,北京:燕山出版社,1998。

[12](明)陆时雍:《楚辞疏》,台北:新文丰出版有限公司影印明缉柳斋刊本,1986。

[13](明)蒋之翘:《七十二家评楚辞》,北京中国科学院藏忠雅堂天启六年(1626)刊本。

[14](明)陈溟子:《周文归》,台南:庄严文化事业有限公司据清华大学图书馆藏明崇祯刻本影印,1995。

---

① 按:晚清吴汝伦云:"怀王为秦房,魂亡魄失,屈子恋君而招之,盛言归来之乐。以深痛其在秦之苦也,时怀王未死,故曰'有人在下',魂魄离散盖入秦不返,惊惧忧郁而致然也。"张裕钊也说:"招魂,招怀王魂也。屈子盖深痛怀王之死,而顷襄王宴安淫乐,置君父仇耻于不问,其词至为深痛。"马其昶《屈赋微》引证其说以贯全文。

[15](明)黄文焕:《楚辞听直》,上海:上海古籍出版社据据复旦大学藏明崇祯十六年(1643)清顺治十四年(1657)增修本影印,1995。

[16](明)李陈玉:《楚词笺注》,上海:上海古籍出版社据据复旦大学藏清康熙十一年(1672)魏学渠刻本影印,1995。

[17](明)贺贻孙:《骚筏》,载吴文治主编:《明诗话全编》,南京:江苏古籍出版社,1997。

[18](明)周拱辰:《离骚草木史》,上海:上海古籍出版社据据上海图书馆藏清初圣雨斋刻嘉庆八年(1803)印本影印,1995。

[19](明)王夫之:《楚辞通释》,上海:上海人民出版社,1976。

[20](清)林云铭:《楚辞灯·凡例》,康熙挹奎楼刊本。

[21](清)张廷玉主编:《明史》,北京:中华书局,1997。

[22](清)永瑢:《四库全书总目提要》,北京:中华书局影印清刊本,1965。

宋玉赋与古代早期文学叙事[①]

阳 清[②]

(云南师范大学文学院 云南 昆明 650500)

【摘要】 滞后于史学叙事和哲学叙事,作为殿军的文学叙事大致孕育于战国晚期,并且呈现出不同于前二者的文化意识和主体思维。现存宋玉赋通过文学虚构、主客问答以及叙事诸元素的有意处理,借此成为展示早期文学叙事的重要文本,其真伪争议则印证了文学叙事产生的时代复杂性。宋玉赋一方面开启了以辞赋表现文学叙事的先河,另一方面影响着两汉以来的多种叙事形态,同时亦客观上彰显出赋者在战国文学史上的独特地位。

【关键词】 宋玉;辞赋;文学叙事

一、文学叙事的界域以及时代

中国文化博大精深,其根源可追溯至先秦时代。据《易经·贲卦》象辞:"文明以止,人文也","观乎人文,以化成天下"。孔颖达如此阐释:"用此文明之道,裁止于人,是人之文德之教,此贲卦之象","'观乎人文以化成天下'者,言圣人观察人文,则《诗》、《书》、《礼》、《乐》之谓,当法此教而'化成天下'也"。[③]自有文字以来,先秦文化就似乎以一种文、史、哲融汇与共的姿态表现于元典之中。值得一提的是,先秦文、史、哲虽不分家,但其表达精神和内涵的方式却各不相同,并且展示出不尽一致的人文主旨。对此,战国士人已察其端倪。《庄子·天下》即言:"《诗》以道志,《书》以道事,《礼》以道行,《乐》以道和,《易》以道阴阳,《春秋》以道名分。其数散于天下而设于中国者,百家

[①] 基金项目:2012年度国家社会科学基金项目"中国中世佛教僧传文学研究"(12XZW013)部分研究成果。云南省教育厅科学研究基金重点项目"唐宋类书小说文献学研究"(2014Z039)部分研究成果。

[②] 作者简介:阳清(1979—),男,湖南衡阳人,文学博士,云南师范大学文学院副教授,硕士生导师,主要研究中国叙事文学。

[③] (魏)王弼注、(唐)孔颖达疏:《周易正义》,中华书局1980年版,第25页。

之学时或称而道之。"① 即便是面对同一知识领域乃至同根同源的学术,思想家亦试图有意加以区分和研判。《韩非子·显学》云:"孔、墨之后,儒分为八,墨离为三,取舍相反不同,而皆自谓真孔、墨;孔、墨不可复生,将谁使定后世之学乎?孔子、墨子俱道尧、舜,而取舍不同,皆自谓真尧、舜;尧、舜不复生,将谁使定儒、墨之诚乎?"② 尽管这样,让先秦元典各自归属于比较清晰的学科门类,还有待于汉代以来学者们的积极努力。刘歆《七略》始将天下经籍分为六艺、诸子、诗赋、兵书、术数、方技等六种。魏荀勖《新簿》则以四部总括群书:"一曰甲部,纪六艺及小学等书;二曰乙部,有古诸子家、近世子家、兵书、兵家、术数;三曰丙部,有史记、旧事、皇览簿、杂事;四曰丁部,有诗赋、图赞、汲冢书。"③ 以目录学著作为依据,文、史、哲三足鼎立的学术体系及其各自较为明显的界域最终得以形成。

天下同归而殊途,一致而百虑。从混沌抑或兼容到一分为三,事实上证明了古人对于天下文献及其所谓道术的认识日渐清晰。而履霜之渐,绝非一朝一夕。回顾上述过程,其中难以回避一个易被世人忽视的命题:文、史、哲三者最初是同时孕生,抑或是有先有后?根据逻辑常识和前贤论证,我们不得不抛弃前一种观点。与此相关,倘若我们肯定后一种观点,那么文、史、哲究竟孰先孰后?程水金先生研究得出:"先秦散文在思维模式上也有一条明显的发展线索。从既无因果联系,又非相似联系的原始思维,到以时间为参照系的时间——因果思维,再到以时空结构作为参照系的时空——相似思维,遵循着人类思维从混沌到有序的发展规律。"④ 检读元典,程氏所言不无道理。毕竟,先秦散文可大致视为神话传说、历史散文以及哲理散文的前后逻辑序列。而《汉书·艺文志》指出:"春秋之后,周道寖坏,聘问歌咏不行于列国,学《诗》之士逸在布衣,而贤人失志之赋作矣。"⑤ 由此,笔者以为:先秦时代可前后大致划分为史学、哲学、文学等三种文化本位,在大多数情况下,后一种文化本位往往涵括并且利用前一种文化本位,由此呈现出一种继往开来的发展态势。考察先秦文化的时代嬗变,最先记载人类文明的书面材料,当是史学本位时代的记事,其文化意识在于如实地陈述社会历史,并且借此彰显出惩恶扬善的价值功能。史学本位时代稍后之际,正是以诸子百家为社会主体的哲学本位时代,期间造就了为数众多的说理性著作,其文化意识在于采用一切可能的手段去阐释哲学思想,甚至不乏运用寓言来伪托记事。文学即人学。史学本位时代的历史记事,哲学本位时代的诸子说理,均不是由个体意识主导所致的纯文学产品,直至战国末期,以屈宋辞赋作为开山之作,文学本位时代才终于到来。⑥

---

① (清)郭庆藩撰:《庄子集释》,中华书局2004年版,第1067页。
② (清)王先慎撰:《韩非子集解》,中华书局1998年版,第457页。
③ (唐)魏征等撰:《隋书》,中华书局1973年版,第906页。
④ 程水金著:《中国早期文化意识的嬗变——先秦散文发展线索探寻》(第一卷),导论,武汉大学出版社2003年版,第19页。
⑤ (汉)班固撰、(唐)颜师古注:《汉书》,中华书局1962年版,第1756页。
⑥ 阳清著:《〈论语〉文学研究》(导论),中华书局2012年版,第6—7页。

在主体思维逐步走向复杂和成熟的过程中，无论是处于史学、哲学还是文学本位阶段，不同元典都需要多种表达方式来彰显其自身的人文价值。这里，叙述、议论、抒情、描写等一切后世常用的表达方式，都曾在元典中发挥过积极作用。上古汉语及其修辞手法的普遍应用，从侧面印证了先秦典籍的语言张力。换句话说，"叙述"不过是元典的某些表达方式之一，某种文本写作特别是记叙文本创作的基本手法。从现实性讲，各类文本和文体都可以程度不同、轻重不等地使用"叙述"手法，即便是说理性文本，同样离不开它来交代背景、组合材料以及阐明内容等。而作为某种行为活动的"记叙"，意谓用书面文字把事情的前后经过记录下来，其基本特点表现为陈述"过程"，亦即人物活动的过程，事物发生、发展、变化的过程，也就是前因后果、来龙去脉等等，构成了"叙述"应该包括的内容。以具体人物及其事件而不是某种抽象的客观实在为内容，"叙事"遂成为"叙述"表达方式和"记叙"行为活动的综合体，故事性文本应运而生[①]，文、史、哲及其文化意识无不用之，尽管其使用程度不同、轻重不等。诚然，史学文本往往使用"叙事"最多，故事性比较突出，文学、哲学文本次之。而如前所述，因为史学从时代本位上早于哲学和文学，那么史学叙事亦当早于哲学叙事，文学叙事则更晚之。所谓文学叙事，应该是在个体意识主导之下，在个体纯文学创作时代来临之际，以语言文字为工具来形象地反映社会现实、表现作家情感和心灵世界的艺术性叙事。与史学追求"真"和哲学追求"善"不尽相同，文学叙事应该追求无功利性的"美"，社会性、形象性和情感性不失为展示其艺术价值的重要尺度。

文学叙事不可与叙事文学等同，尽管叙事文学作品中蕴含着丰富的文学叙事。因为从时代上看，文学叙事应早于叙事文学的诞生。从内涵上说，文学叙事往往是在文学本位时代来临之后，作为一种叙事内容表现于文学作品之中，叙事文学则除了具备上述特征，还在文学体裁方面呈现出鲜明的叙事模式。通观中国文学史，辞赋不失为文学叙事的最初形态。日本学者清水茂认为，赋体文学的人事、景物都带有些虚构部分，"在中国戏剧、小说还没发达之前，虚构文学是由辞赋担任的"[②]。这里所谓"虚构文学"，其内涵可与"文学叙事"相互参证，其远祖可追溯至屈宋辞赋。据笔者考察，滞后于史学叙事和哲学叙事，作为殿军的文学叙事大致孕育于战国晚期，并且呈现出不同于前二者的文化意识和主题思维，宋玉赋不失为现存古代早期文学叙事的重要载体。

二、宋玉赋及其文学叙事演绎

有关宋玉著述的真伪之辩，学界可谓异说纷纭。作为现存最古、最完整的史志目录，《汉书·艺文志》曾著录"宋玉赋十六篇"[③]。《隋书·经籍志》则著录"宋玉子一卷、

---

① 阳清著：《先唐志怪叙事研究》（前言），人民出版社2015年版，第1页。
② 清水茂：《辞赋的虚构》，《清水茂汉学论集》，中华书局2003年版，第245页。
③ （汉）班固撰、（唐）颜师古注：《汉书》，中华书局1962年版，第1747页。

录一卷,楚大夫宋玉撰"①。考察历代典籍,汉王逸注《楚辞章句》、南朝萧统编《文选》、唐人编《古文苑》、宋陈仁子编《文选补遗》、明人辑《宋玉集》、清严可均编《全上古三代秦汉三国六朝文》等,均收录署名为宋玉之作数量不等,足见其传世作品不止一种。尽管如此,许多学者只承认《九辩》为宋玉所作。经吴广平先生详细考证,现存宋玉作品应该有:"《楚辞章句》所收的《九辩》、《招魂》两篇,《文选》所收的《风赋》、《高唐赋》、《神女赋》、《登徒子好色赋》、《对楚王问》五篇,《古文苑》所收的《笛赋》、《大言赋》、《小言赋》、《讽赋》、《钓赋》五篇,《文选补遗》所收的《微咏赋》,加上银雀山出土的《御赋》,共十四篇。"②宋玉赋的真伪争议,从侧面印证了文学叙事产生的时代复杂性。

文学叙事产生于何时?不少学者认为应晚于两汉,或者可能是六朝,甚至是以传奇为文言小说成熟标志的唐代。如此种种,其共同点在于把文学叙事等同于以文言小说为形态的叙事文学。而事实上,当文言小说的萌芽、孕育乃至发生、发展尚未与中国史学叙事传统得以完全厘清之际,文学叙事本身最容易成为一笔糊涂账。现存宋玉十四篇赋作之所以难以得到某些学者的认同,其中一个隐性的因素,恐怕是这些作品客观上给人以不合时宜的感觉。换句话说,他们认为上述大部分赋作,不应与屈原处于同一时代,而是应该更晚。这种不合时宜的阅读错觉一旦产生,思维便会引导着人们去寻找相关的证据以辨其伪。事实是,以宋玉赋为典型案例,文学叙事一方面基于史学叙事和哲学叙事的文化意识及其经验积累,另一方面不失为个体文学创作大背景下的时代产物。这就是说:其一,作为"叙述"表达方式和"记叙"行为活动的综合,叙事亦即讲故事尤其得益于早期史学叙事传统譬如《左传》等,文学叙事从中汲取了天然营养。其二,同样是作为"叙述"表达方式和"记叙"行为活动的综合,叙事还得益于先秦诸子寓言传统譬如《庄子》等,文学叙事从中吸收了理性思辨及其伪托手法。其三,文学叙事既不是对史学实录及其惩恶扬善精神的摹写,亦不同于哲学阐释以及为此而虚构故事,而是以生动的感性的个人为主体,以社会和人生为观照对象,渊源于复杂的前赋文化却在很大程度上超越之,终成以言志和抒情为宗旨的故事性文本。缘此,晚于史学叙事和哲学叙事,文学叙事应产生于屈原及其个体文学时代的宏观效应。作为屈赋的继承者,宋玉赋以一种特殊的文学叙事群文本呈现于世,彰显出了不同于史学叙事和哲学叙事的时代魅力。

检读现存宋玉赋,其《风赋》记叙宋玉与景差共侍楚襄王游于兰台之宫,继而围绕着楚襄王与宋玉的四次问答来陈述风的发生过程和各种态势,通过对比王公贵族与黎民百姓的生活反差,讽谏楚王务戒骄奢,"命意造语,皆入神境"③,"古来绘风手,莫如宋玉雌雄之论"④。其《高唐赋》、《神女赋》都是以神话传说为题材的写景言情之作,文

---

① (唐)魏征等撰:《隋书》,中华书局1973年版,第1011页。
② 吴广平著:《宋玉研究》,岳麓书社2004年版,第102页。
③ (清)于光华编:《评注昭明文选》,扫叶山房1923年石印本。
④ (元)郭翼撰:《雪履斋笔记》,《文渊阁四库全书》第866册,台湾商务印书馆1986年版,第648页。

本分别通过记叙楚怀王、楚襄王游猎云梦而梦遇巫山高唐神女的故事,前者"始叙云气之婀娜,以至山水之嵌岩激薄,猛兽、麟虫、林木、诡怪;以至观侧之底平,芳草、飞禽、神仙、祷祠、讴歌、田猎,匪不毕陈;而终之以规谏。形容追似,宛肖丹青"①,后者亦"深婉而溜亮,说情态入微,真是神来之文,非雕饰者所能至"②,展示出不同于《九歌》气质的人神之恋。其《登徒子好色赋》记叙登徒子侍于楚王而短宋玉好色,继而宋玉针对这种无端诬陷进行巧妙辩解和有力反击,李善所谓"假以为辞,讽于淫"③,全赋不仅"情致滑稽,语言幽默,讽刺辛辣,谐趣横生",而且"成功地塑造了东家之子和登徒子两个人物形象"④,洋溢着文学的质感。其《对楚王问》记叙楚襄王责问宋玉"遗行"以及"不誉"之因,宋玉为此而进行解说,通过对比描写和隐喻手法,"意思峻绝,词法高简",作者孤高之意与愤懑之情溢于言表,实谓"古文之尤妙者"⑤。其《大言赋》、《小言赋》虽为游戏之作,但前者记叙楚襄王与唐勒、景差、宋玉比说大话,后者则记叙楚襄王命令景差、唐勒、宋玉比说小言,"大出无垠,小入无间,从横是非,淆乱真赝,极巨极微,如戏如幻"⑥,充满着娱乐文学的特质。其《讽赋》记叙宋玉"休归"、唐勒向楚襄王进谗言、宋玉以"尝出行"之事解释,通过一系列故事环节,表面上为自己好色而辩驳,实则劝谏楚襄王不要好色,呈现出讽谏文学的独特魅力。其《钓赋》记叙宋玉与登徒子同钓于玄渊,并见于楚襄王,又通过登徒子、宋玉与楚王的对话交流,"以钓鱼之术喻治国之道,构思奇妙,跌宕有致",作品"寓意深刻,主题鲜明,委纵收敛,精妙曲微"⑦,堪称佳构。此外,其《笛赋》一方面记叙作者游历衡山经历,另一方面设想师旷命严春、叔子吹笛,其中对吹笛人动作神态和笛声的描绘尤其动人;其《御赋》记叙唐勒和宋玉在襄王面前谈论驾驭马车,借此阐明治国之理。

不难看出,现存宋玉的绝大部分赋作,往往以记叙某事来引入全文,以伪托故事为背景和开端,以人物对话和交流为转折,由此构建起文本的主体框架,以某种寄寓和讽喻为宗旨,以语言、形象以及意志、情感等为艺术尺度,实与文学叙事不可须臾相离。这主要表现为三个层面:首先,宋玉赋的文学虚构和浪漫主义色彩非常明显。明人胡应麟指出:"夫庄、列者诡诞之宗,而屈、宋者玄虚之首也。"⑧清人陈维崧认为:"子虚、无是,讵常真有其人;暮雨朝云,要亦绝无之事。然而宋玉以寄其形容,相如以成其比兴,固知情难蹑实,事比镂尘,托隐谜以言愁,借嘲诙以写志。凡兹抹月披风之作,悉类

---

① (明)陈第著:《屈宋古音义》,中华书局2008年版,第246页。
② (清)于光华编:《评注昭明文选》,扫叶山房1923年石印本。
③ (梁)萧统编、(唐)李善等注:《六臣注文选》,中华书局1987年版,第352页。
④ 吴广平编注:《宋玉集》,岳麓书社2001年版,第79页。
⑤ (明)归有光辑:《诸子汇函》,《四库全书存目丛书》子部第126册,齐鲁书社1995年版,第351页。
⑥ (清)陈元龙编:《历代赋汇》,江苏古籍出版社1987年版,第745页。
⑦ 吴广平编注:《宋玉集》,岳麓书社2001年版,第121页。
⑧ (明)胡应麟著:《少室山房笔丛》,上海书店2009年版,第375页。

诅神骂鬼之章,达者喻之空花,愚夫求之楮叶。"①这里,人物之间毫无历史根据的游戏之言及其诙谐和夸饰特色,最能证明相关故事乃作者有意伪托。宋玉赋的文学虚构,不是为了彰显惩恶扬善的史学精神,反而与诸子寓言更为相似,其实质却不是旨在阐明哲理,而是表现出对国家、社会、民众以及自我的有情观照,其讽谏、言志以及抒情等文学功能昭昭于世,不仅深具文学内涵,而且关涉到儒家文学的本质特征,由此在早期叙事文本中别具一格。其次,宋玉赋以主客问答为主体内容,其寄寓手法及其讽喻意图非常明显。主客问答根源于诸子寓言,通常呈现出较强的故事性。胡应麟视宋玉为类似诸子的战国辩士:"大率战国著书者亡非辩士,九流中具有其人,孟、荀,儒之辩者也;庄、列,道之辩者也;鳌、翟,墨之辩者也;牟、施,名之辩者也;韩、邓,法之辩者也;仪、秦,纵横之辩者也;衍、奭,阴阳之辩者也;髡、孟,滑稽之辩者也;宋玉,词赋之辩者也。"②郭绍虞则强调:"小说与诗歌之间本有赋这一种东西,一方面为古诗之流","另一方面其述客主以首引,又本于庄、列寓言,实为小说之滥觞"③。宋玉赋习惯于伪托楚襄王、宋玉、登徒子、唐勒、景差等人物及其语言交流,借此驰骋才情,实践某种文学功能。这种主客问答更接近于诸子寓言,同时彰显出文学本质,其言辞幽默而意味深长,其故事体制异常分明,不仅直接影响着汉大赋,而且有利于文言小说的发展。再次,宋玉赋叙事诸元素比较完整并且经撰者有意处理。一般来说,作为某种行为活动的记叙,一般包括时间、地点、人物、事件、原因、结果等六个构成要素,并且与时间的关系最为密切。因为无论是陈述人物活动的过程,还是描述事物发生、发展、变化的过程,都应表现出一定的顺序性与持续性,亦即让这个"过程"在一定时间范围内前后进行。考察宋玉赋中的伪托故事,一方面表现出人物、事件、原因等诸要素,同时可见其事件过程和时间维度,结构上有条不紊;另一方面则故意忽略了具体时间、地点以及结果等,由此超越了传统的史学叙事,抑又试图规避哲学诠释,积极演绎个人情志以及文学技巧,由此让某种虚构性故事文本最大限度地表现出文学内涵和人文张力。这些做法特别值得汉人学习和仿效,因其恰到好处地凸显了文学叙事的精神实质。

三、宋玉赋之于战国文学

谈及宋玉的文学地位,刘勰虽有"屈宋"并称之说,实则尚未彰显其独立的文学史价值。清人程廷祚曾赞美宋玉诸赋:"观其《高唐》、《神女》、《风赋》等作,可谓穷造化之精神,尽万类之变态,瑰丽窈冥,无可端倪,其赋家之圣乎?后之视此,犹后夔之不能合六律而正五音,公输之不能捐规矩而成方圆矣。"④这里所谓"赋家圣手",虽不再依附于屈原而立论,却依然重在评述其文学技巧。而事实上,宋玉赋通过文学虚构、主客问

---

① (清)陈维崧撰:《陈检讨四六》,《文渊阁四库全书》第1322册,第140页。
② (明)胡应麟著:《少室山房笔丛》,中华书局1958年版,第357页。
③ 郭绍虞著:《照隅室古典文学论集》,上海古籍出版社1983年版,第87页。
④ (清)程廷祚撰:《青溪集》,乙卯蒋氏慎修书屋校印《金陵丛书》本。

答以及叙事诸元素的有意处理,表现出了种种与个体文学时代一致的叙事元素,并且成为了古代早期文学叙事的重要载体。考察文学叙事的界域以及发展态势,宋玉赋因其位处屈原赋和两汉辞赋之间的特殊位置,借此展示出了非同一般的文学史意义。

关于宋玉作品在战国文学史中的定位,这里有必要厘清四点:其一,屈宋作品与《诗经》中作为表现手法的"赋"直接相关。所谓"赋者,敷陈其事而直言之者也"①,宋玉赋亦客观表现出了敷陈其事的文本特点。其二,屈宋作品产生于《诗经》之后,上古的集体歌谣创作已过渡至个体文学时代。清人朱彝尊云:"周之诗,采诸国史,独南风不著于录,毋亦轺轩所未至与?迨王迹既熄,群雅不作,顾屈、宋、唐、景,骚人于焉代兴,诗虽亡,而骚实继之。"②宋玉赋由此具备个体文学创作的基本特征。其三,屈宋作品产生于先秦古史和某些诸子文本之后。宋人李翱言:"六经之后,百家之言兴,老聃、列御寇、庄周、田穰苴、孙武、屈原、宋玉","皆足以自成一家之文,学者之所师归也"③。这里,宋玉赋既然被视为百家之言,必然会受到诸子寓言的时代浸润。其四,宋玉继承屈原衣钵,与屈原、荀况同为辞赋之祖。《文心雕龙·诠赋》指出:"赋也者,受命于诗人,拓宇于楚辞也。于是荀况《礼》、《智》,宋玉《风》、《钓》,爰锡名号,与诗画境,六义附庸,蔚成大国。遂客主以首引,极声貌以穷文,斯盖别诗之原始,命赋之厥初也。"④要之,宋玉作品对前赋文化的综合和承载,致使其蕴藏了丰富的文学内涵,并且成为彰显其文学价值的基础。

与此相关,先秦文学处于与史学、哲学发展不平衡的时代地位。据《隋书·经籍志》总序,自有先圣"南面以君天下"以来,"咸有史官,以纪言行。言则左史书之,动则右史书之。故曰'君举必书',惩劝斯在","下逮殷、周,史官尤备,纪言书事,靡有阙遗"⑤。当春秋时代的贵族和士人正在分享历史文献学的功能及价值,继而表达出对社会建构的理性思考,文学依然缺乏个体意识。作为集体智慧的结晶,上古神话和《诗经》往往实践着记录过去社会事件抑或历史故事的功能。下至战国,"王道既微,诸侯力政,时君世主,好恶殊方,是以九家之术蜂出并作,各引一端,崇其所善,以此驰说,取合诸侯",作为"六经之支与流裔"⑥的诸子文献借此彬彬称盛之际,个体文学群体正处于孕育之中。不得不说,古代早期文学叙事往往滞后于史学叙事和哲学叙事,直至伴随着个体文学时代的到临而姗姗来迟。幸而有宋玉撰著《风赋》、《高唐赋》、《神女赋》、《登徒子好色赋》等诸多辞赋作品,从而让古代早期文学叙事得以初见端倪。

值得肯定的是,宋玉赋完全脱离了史学宗旨及其传统的书写模式,也不是为了构想某种合理的社会体系而解说和思辨,而是以讽谏、言志、缘情等为主要宗旨的个体文

---

① (宋)朱熹集注:《诗集传》,中华书局1958年版,第3页。
② (清)朱彝尊撰:《曝书亭集》,《文渊阁四库全书》第1318册,第80页。
③ (宋)李昉等编:《文苑英华》,中华书局1966年版,第3510页。
④ (晋)刘勰著、范文澜注:《文心雕龙注》,人民文学出版社1958年版,第134页。
⑤ (唐)魏征等撰:《隋书》,中华书局1973年版,第904页。
⑥ (汉)班固撰、(唐)颜师古注:《汉书》,中华书局1962年版,第1746页。

学作品。换句话说,在新的时代背景下,为了实践个体文学的本质和功能,宋玉赋以吸收前赋文化和叙事经验为基础,虽然在时间上滞后却在文化意识和主题思维方面有意超越了史学叙事和哲学叙事。考察其叙事元素、叙事手法、叙事宗旨等,宋玉赋无不堪称为古代早期文学叙事的重要载体。

作为古代早期文学叙事的重要载体,宋玉赋无疑开启了以辞赋表现文学叙事的先河。赋体文学的肇基之功,自然离不开屈原。辞赋与楚辞渊源颇深,而以赋名篇之创始,则归功于宋玉和荀子。值得辨析的是,荀子《赋篇》虽曾构设"臣"与"王"问答来展开行文,其全文体例却是"先敛藏起谜底,用隐语说出谜面,随后指出谜底;与'遁词以隐意,谲譬以指事'的'隐'或略同"①,其创作方法上形似谜语,其叙事元素严重缺乏,故而相比于宋玉赋的叙事成就,不可同日而语。抑又,元人祝尧指出:"赋之问答体,其源自《卜居》《渔父》来,厥后宋玉辈述之,至汉此体遂盛。"②洪迈《容斋随笔》亦言:"自屈原词赋假为渔父、日者问答之后,后人作者悉相规仿。"③平心而论,屈原作品必然启发着宋玉赋的文学叙事。从爱国情怀和批判精神角度看,宋玉亦不如屈原。但是,屈原并无以赋名篇之作,其叙事作品在数量上亦远少于宋玉。在古代早期文学叙事成长之际,宋玉赋一方面发扬了屈原作品的叙事手法和人文精神;另一方面,其大多数作品因为文学虚构、主客问答以及叙事诸元素的有意处理,丰富、深化乃至拓展了辞赋文体的叙事功能,由此大大超越了屈赋常见的文学体制,这同样具有开创之功。

屈宋辞赋无疑烛照汉代以来的骚体。叶梦得即认为:"尝怪两汉间所作骚文,未尝有新语,直是句句规模屈、宋,但换字不同耳。"④然而,从早期文学叙事这一角度看,宋玉赋无疑更大地影响着后代相关的辞赋叙事。这里,《文心雕龙·诠赋》曾指明宋玉赋在语言技巧方面对汉大赋的启发之功,所谓"宋发巧谈,实始淫丽","相如《上林》,繁类以成艳","孟坚《两都》,明绚以雅赡;张衡《二京》,迅发以宏富;子云《甘泉》,构深玮之风","并辞赋之英杰"⑤。而宋人王楙指出:"仆观相如《美人赋》又出于宋玉《好色赋》。自宋玉《好色赋》,相如拟之为《美人赋》,蔡邕又拟之为《协和赋》,曹植为《静思赋》,陈琳为《止欲赋》,王粲为《闲邪赋》,应玚为《正情赋》,张华为《永怀赋》,江淹为《丽色赋》,沈约为《丽人赋》,转转规仿,以至于今。"⑥客观地讲,汉大赋对宋玉赋创作经验的汲取,可谓直接继承和发展了赋体文学的叙事功能。除了"极声貌以穷文"之外,"述客主以首引"成为了汉代散体大赋最为重要的叙事模式,宋玉赋可谓功不可没。与宋玉赋相比,汉大赋的文学虚构更为突出,其叙事元素同样经过作者有意处理,其讽谏文学功能则转为淡薄,由此引起后学批评。但如论如何,在文言小说尚未成为中国叙事文学

---

① 梁启雄著:《荀子简释》,中华书局1983年版,第355页。
② (元)祝尧撰:《古赋辨体》,《文渊阁四库全书》第1366册,第749—750页。
③ (宋)洪迈撰:《容斋随笔》,中华书局2005年版,第912页。
④ (宋)叶梦得撰:《石林诗话》,《文渊阁四库全书》第1478册,第1007页。
⑤ (晋)刘勰著、范文澜注:《文心雕龙注》,人民文学出版社1958年版,第135页。
⑥ (宋)王楙撰:《野客丛书》,上海古籍出版社1991年版,第234—235页。

的主体之前,汉大赋因其继屈宋辞赋之后成为中古文学叙事的主动承担者,从而展示出了其一代之文学的人文价值。

作为古代早期文学叙事的重要载体,宋玉赋恰到好处地利用了时代给予的文学契机,成为走向文言小说叙事不可或缺的关键环节。文言小说在六朝的兴起和进一步发展,缘于多种因素所致的合力。不可否认,神话和诸子寓言促进了小说的酝酿,古史传统及其叙事经验对小说产生长远影响,以人物及其事件为中心的正史创作再一次催生小说从雏形走向成熟。在文言小说作为一种叙事群体展现于文学舞台之前,早期文学叙事的发展机制必然要充分发挥作用。宋玉赋及其影响所致的汉大赋不仅是文学叙事的承担者,而且凭借其文学内容、文学功能以及叙事成就,与历久而弥新的史学叙事一道,共同作用于文言小说的体制、内涵以及艺术技巧等,最终导致这种文学形态蓬勃发展。尽管如此,因为自身局限所致,宋玉赋及其影响所致的辞赋叙事,毕竟无法代替文言小说的叙事文学功能。董乃斌指出:"汉魏以来的赋作者们,在赋这一文体之内,已经努力尝试过发展它的叙事功能,并取得了难能可贵的成绩。然而实践证明,赋体文章对于进一步发展和完善叙事艺术,局限很大,前途不广。它的优长还是在于像诗那样言志抒情,宣泄怀抱。古代文人渐渐懂得,赋并不是充分发挥文学叙事性特征的合适文体,他们必须探索新路。这路无疑是存在的,那就是小说这种文学样式。"①与文言小说相比,辞赋文体演绎的文学叙事,其抒情性更为明显,更加突出,受到这种有关文体本质特征的先天性因素的制约,文学叙事有必要在史传文学的基础上寻求突破。无论如何,从古代早期文学叙事的经验积累,到文言小说的复杂孕生,宋玉赋表现出了非凡的文学史意义。

明人陆时雍曰:"倡楚者屈原,继其楚者宋玉一人而已。"②作为屈原的后继者,宋玉对早期文学叙事的贡献功不可没。人们往往关注屈宋对辞赋的巨大贡献,却未能看到辞赋这种文体在承担虚构文学功能的过程当中,宋玉赋及其后续之作对于早期文学叙事的时代意义。事实上,借助辞赋创作特别是文学叙事,宋玉开创了艳情文学、梦幻文学、山水文学,因其有意描绘美女和丑妇,宋玉同样造就了文学经典。更为重要的是,宋玉赋丰富了叙事元素、叙事手法、叙事宗旨等,为文言小说的产生和发展充分发挥作用,事实上亦发扬了先秦文学的讽谏、言志、抒情等优良传统。宋玉赋在战国文学史上的独特地位,不单表现为屈原的后继者和接班人,而应该是在辞赋创作特别是早期文学叙事方面的积极作为堪称无可替代。

---

① 董乃斌著:《中国古典小说的文体独立》,中国社会科学出版社1994年版,第138页。
② [明]陆时雍撰:《楚辞疏》,《续修四库全书》第1301册,上海古籍出版社2002年版,第371页。

融史与阙史——《离骚》《九辩》比较论

张德恒

(山西大学文学院 山西太原 030006)

【摘要】 世人每以屈宋并称齐论,司马迁将宋玉视作屈原的正脉嫡传;南朝刘勰亦云"屈宋逸步,莫之能追",实际上,屈宋有很大不同,本文试结合《离骚》、《九辩》两篇屈宋的代表作,具体考察、论证屈宋为人为文之异。

【关键词】 屈原;宋玉;《离骚》;《九辩》;史事

屈原《离骚》与宋玉《九辩》俱为楚辞之巨制,亦分别代表着屈宋二人最高的文学造诣。《离骚》以其九死不悔之精神、香草美人之比兴、幽荒诞幻之想象、铺采摛文之藻绘,开辟了中国文学的浪漫主义传统;《九辩》则以其刻骨的悲秋之思,成为中国文学史上感伤文学、感伤情怀的滥觞。就外表看,两诗在措辞构章方面似乎大体相类,即皆以华彩敷其表,感伤、悲情蕴其中,是以司马迁说:"屈原既死之后,楚有宋玉、唐勒、景差之徒者,皆好辞而以赋见称。然皆祖屈原之从容辞令,终莫敢直谏"。① 可见史迁将宋玉看做屈原的正脉嫡传。南朝刘勰亦云:"自《九怀》以下,遽蹑其迹,而屈宋逸步,莫之能追"②、"屈平联藻于日月,宋玉交彩于风云"③,亦将屈宋并置齐论,可见在刘彦和看来屈宋亦无绝大差异。史迁与刘勰之文,虽以论屈原、屈作为主,然亦兼有论宋玉、论宋作之文字,故其将屈宋并陈,观点正误暂置不论,文势承转尚不失严密。至其甚者,专论屈原、屈作,而绝口不提宋玉、宋作,却亦以宋附屈,如刘师培云:"屈平之文,音涉哀思,矢耿介,慕灵修,芳草美人,托词喻物,志洁行芳,符于二《南》之比兴。而叙事纪游,遗尘超物,荒唐谲怪,复与庄、列相同""(纵横之文)与庄、列、屈、宋之荒唐谲怪者,殆亦殊途同归乎"!④ 前无浮声,后有切响,可见屈宋并举,在刘氏看来是多么自然之事。此足见在刘氏看来屈宋亦无绝大差异,甚至屈径可概宋。

---

① 《史记》,点校本二十四史修订本,(汉)司马迁撰,(宋)裴骃集解,(唐)司马贞索隐,(唐)张守节正义,中华书局,2014年8月第1版,第3020页。
② 刘勰著,范文澜注,《文心雕龙注》,人民文学出版社,1962年4月版,第47页。
③ 刘勰著,范文澜注,《文心雕龙注》,人民文学出版社,1962年4月版,第672页。
④ 程千帆,《文论十笺》,武汉大学出版社,2008年3月第1版,第81页。

事实是这样吗？本文拟将《离骚》、《九辩》进行比较研读，着重从两诗中所熔铸、阐述史事的角度进行析论，借以发见、证论屈宋之异。不妥之处，诚期方家指正。

一、《离骚》：史事、今事交错并进

屈平正道直行而惨遭谗祸，终被放逐，《离骚》之作"上称帝喾，下道齐桓，中述汤武，以刺世事。明道德之广崇，治乱之条贯"，[①] 援天引圣，借以自证。从这个意义上说，《离骚》乃是古史与今事、古典与今典彼此交融、相互映发的一篇诗学杰作。

在《离骚》中，作者生平所经历之事，即所谓今事、今典，并不是一以贯之的线型排列，而是与古史、古典交错递进，螺旋式延伸。作者在现实中遇到的一切挫折、困惑，都设想通过古史、古典的取鉴来明辨是非，并以此获致内心的平衡。这是《离骚》贯穿始终的主体结构，亦是屈子最根本的谋篇布局之法。

古史、古典与今事、今典的交相为用、错综推进，使《离骚》具备了一种深厚充沛的史识力度、深刻沉痛的悲情韧度。正是这种历史与现实的反复求索、探问，最终构筑起屈子倚天彷徨的绝世形象。亦由此成就了《离骚》震烁古今的绝世文华。

以下，笔者将《离骚》划分为四段，具体论证之。

第一段，自"帝高阳之苗裔兮"至"夫唯灵修之故也"。这一部分，屈原自述出身之高贵，既负内美又重修能（态），惜时奋进，以国自任。当他在现实中遇到党人的谗害、摧陷，当楚王不察其中情、信谗齌怒的时候，屈子指天为誓、坚卓自守。此时也，支持他秉义守贞、九死不悔的精神力量便是古史、古事之殷鉴：三后纯粹，众芳辅弼；桀纣猖披，捷径窘步。唯任贤乃能强家国，唯修德可为民之主。屈平坚信此理念。他将古史、古事嵌入诗中，看似漫不经心，实则是他正道直行、许国不复为身谋的精神源泉。

第二段，自"初既与余成言兮"至"岂余心之可惩"。这一部分主要是对今事、今典的铺陈，由于楚王的"有言不信"，致使屈原欲施美政而不遂。值群小竞进、芜秽当道之际，廉直的屈子，上不能取信于怀王，下不能斩刈萧艾，所能为者，仅是洁身自好、隐逸自处。此部分除"愿依彭咸之遗则"一句外，基本未用古典、古事，而"依彭咸之遗则"亦是明显、明确地表示取鉴古贤，以古贤之精神自证、自持。

第三段，自"女媭之婵媛兮"至"霑余襟之浪浪"。与上一部分自明本志几乎不用古史、古典不同，这一部分借"女媭詈余"的导火索，集中而饱满地抒发了自己取鉴古史、古事用以自守自持的初衷。屈原"济沅湘以南征""就重华而陈辞"，将夏商两代兴亡盛衰的史事一一历数，以此证明并非自己行为有差误，实在是"朕时不当"（君昏臣直、生不逢时），徒唤奈何！

此一段与第二段紧密衔接，前段自述洁身退隐；这一段则叙述效彭咸之遗则后，女

[①] 《史记》，点校本二十四史修订本，（汉）司马迁撰，（宋）裴骃集解，（唐）司马贞索隐，（唐）张守节正义，中华书局，2014年8月第1版，第3010页。

嫛不能理解他的作为,严词怒骂,屈子无法自解,只能尽情历数夏商两代兴亡盛衰的史迹,一则证明己身实无过失;再则表明当时的楚国实已危如累卵。

第四段,自"跪敷衽以陈辞兮"至"吾将从彭咸之所居"。这一部分在《离骚》中占据比重较大,也最为奇幻瑰丽。然究其实质,其所以能够托瑰丽之辞铸奇幻之章亦无非是大量地融摄化用夏商周三代史事而已。只是在此部分,屈原对历史古典的化用,传说与信史杂陈,古人与今人叠映,上溯下延,于是便构成一种迷离惝恍的风貌,向所谓"浪漫主义"者,当主要指此。

综而言之,《离骚》以现实遭遇、个人生平经历为行文进路、谋篇线索,每遇顿挫、歧路、彷徨无从之际,必取则古人、鉴法前修,守正持身,九死不悔。这构成了《离骚》全文的一个内在行文机制。而在笔者以上所划分的四个段落中①,除第二部分仅"依彭咸之遗则"一句史事外,其余三段皆有上古历史的摄入、融合,尤其可述者,在第一、第三、第四段中,作者引史、用史、据史的内容不断增多,篇幅不断增大。最终在信史之外旁取传说(传说是历史的变格)融入文中,从而形成了奇幻瑰丽的文学风貌。史事内容的不断增多,实际正是屈子内心情感的剧烈程度不断加强、加深之结果②。于是,史事的逐渐增加与作者内心情感的震荡形成充溢在作品内部的强大张力,为作品树立起劲健的风骨。

刘勰在《文心雕龙》中赞美屈原并《离骚》道:"不有屈原,岂见离骚。惊才风逸,壮志烟高。山川无极,情理实劳。金相玉式,艳溢锱毫。"③对屈骚的内容、形式均大加肯定、妥切允当。要之,屈骚感于己身之遭遇,致意家国之兴衰,融化既往之古事,双线并进,纠绕缠绵,悱恻感伤,"其骨鲠所树,肌肤所附""取镕经意""自铸伟辞",实"雅颂之博徒,而词赋之英杰"。④ 因为屈原是"博闻强志,明于治乱,娴于辞令。入则与王图议国事,以出号令;出则接遇宾客,应对诸侯"⑤的真干才、真国士,故他能够将一己的遭遇之悲与楚国的前途命运紧密联系,他能够以史为鉴,精熟、顺畅地融史事入诗,并以古圣先贤为楷模、遗范。屈原之赋,乃诗人之赋,典丽有则,中蕴内美,它虽亦铺采摛文,但能融史入诗,遂使其深刻沉重,骨鲠坚挺,故屈作决不可仅仅以词人之赋视之。

二、《九辩》:寓情于景、史事缺席

宋玉《九辩》无愧千古悲秋之祖的称号。它与《离骚》尽管皆为楚辞之巨制,但迥然

---

① 德恒按:笔者将《离骚》划分为四段,乃是借鉴《楚辞今注》(汤炳正、李大明、李诚、熊良智注,上海古籍出版社,2012年9月第2版)对此诗的分段方法,特为注出,以示不敢略美。
② 德恒按:屈子的这种创作倾向至《天问》而达极致,然《天问》之驱遣史事、古典,主在发问,与《离骚》之援天引圣,以求自证又有不同。
③ 刘勰著,范文澜注,《文心雕龙注》,人民文学出版社,1962年4月版,第48页。
④ 刘勰著,范文澜注,《文心雕龙注》,人民文学出版社,1962年4月版,第47页。
⑤ 《史记》,点校本二十四史修订本,(汉)司马迁撰,(宋)裴骃集解,(唐)司马贞索隐,(唐)张守节正义,中华书局,2014年8月第1版,第3009页。

相异。如果说《离骚》的资古论今是将历史充分把握、借鉴、取则的话,那么《九辩》的寓情于景、情景交融,则是充分而切近地占据空间,借助空间、景物来抒泄一己之悲感。正因为两篇作品在内在理路上有如是之相异,故屈骚深沉,宋辩浅近;屈骚壮大,宋辩唯美。

现在,我们且将《离骚》与《九辩》中所涉古史古事对比排列如下①:

离　骚　　　　　　　　　　　　　　　九　辩

1. 昔三后之纯粹兮,固众芳之所在。
   杂申椒与菌桂兮,岂维纫夫蕙芷。
   彼尧舜之耿介兮,既遵道而得路。　　　尧舜之抗行兮,瞭冥冥而薄天。
   何桀纣之猖披兮,夫唯捷径以窘步。　　尧舜皆有所举任兮,故高枕而自适。

2. 愿依彭咸之遗则。

3. 鲧婞直以亡身兮,终然殀乎羽之野。
   就重华而陈词。
   启《九辩》与《九歌》兮,夏康娱以自纵。
   不顾难以图后兮,五子用失乎家巷。
   羿淫游以佚畋兮,又好射夫封狐。
   固乱流其鲜终兮,浞又贪夫厥家。
   浇身被服强圉兮,纵欲而不忍。
   日康娱而自忘兮,厥首用夫颠陨。
   夏桀之常违兮,乃遂焉而逢殃。
   后辛之菹醢兮,殷宗用而不长。
   汤禹俨而祗敬兮,周论道而莫差。
   举贤而授能兮,循绳墨而不颇。
   皇天无私阿兮,览民德焉错辅。
   夫维圣哲以茂行兮,苟得用此下土。

4. 汤禹严而求合兮,挚咎繇而能调。
   说操筑于傅岩兮,武丁用而不疑。
   吕望之鼓刀兮,遭周文而得举。　　　　太公九十乃显荣兮,诚未遇其匹合。
   宁戚之讴歌兮,齐桓闻以该辅。　　　　宁戚讴于车下兮,桓公闻而知之。
   吾将从彭咸之所居。　　　　　　　　　[窃美申包胥之气盛兮,恐时世之不固。]

由此可见,《九辩》之引述古史古事,其内容较《离骚》少得多,《九辩》中涉及的古史

---

① 德恒按:两篇诗歌之对比,其中《离骚》按照本文第一部分的论证顺序摘录史典,《九辩》则直接将与《离骚》用典相同者排列于《离骚》用典句右侧。再,[ ]中乃《九辩》运用史典溢出《离骚》者。又,本文引录《楚辞》原文皆据汤炳正、李大明、李诚、熊良智注《楚辞今注》,上海古籍出版社,2012年9月第2版。另,此处只列两诗述史、引史之内容,至若《离骚》中"求女"过程中将自身打并入古史,虽有古典之化用,但与"援天引圣,藉以自证"关系不大,不在本文论述范围之内,故不列入。

古典,《离骚》中大多备具,《九辩》溢出《离骚》的历史典故仅"申包胥"一例;而《离骚》中充溢的更多的古史古典,则为《九辩》所阙如。

更可言者,如前所述,《离骚》中,史事与现实交错并进、互为依托、古今映照、愈显沉痛;而《九辩》中,零零星星的古典史事只是散落在景物描写与悲情抒吐之间,譬犹散兵游勇,各自为战,不能成阵,而这便大大降低了《九辩》的思想性,降低了它感发的力度、悲情的韧度。《离骚》的化用古典,是以史为鉴,古圣先贤的往行遗烈化成了屈子内在精神的不竭泉源。而《九辩》中几则零星的史事化用,实际只起到"助悲"的作用,以史为鉴的作用极小。然而从另一方面来看,《九辩》不执着于对史事的述论,却也为它的景色描写、悲情抒发腾益了空间,使作者可以尽情地抒发情感,而不受到历史人事的拘牵。

《离骚》的悲情依托古今人事而发抒,《九辩》则寄情于景,借景起兴。在《九辩》中,写景所占的比重甚大,它是以悲景写悲情。"悲哉,秋之为气也!萧瑟兮,草木摇落而变衰"。这萧瑟泱莽的秋气,在外笼罩寰宇,在内使作者内心倍感凄楚、伤痛,全文便在萧条景物与蚀骨悲情的交错并行中展开、推进。情景交融,寓情于景,情景交错递进,这是《九辩》构思谋篇的根本大法。

《九辩》依托空间、借助时序,反复陈词,此种作法为汉赋导夫先路①,而它的悲秋主题则成为中国感伤文学之滥觞。"文变染乎世情,兴废系乎时序"②,屈《骚》受彼时家国情思影响较大,宋《辩》受空间、时序感发较多。屈《骚》援史引圣,借以自证,厚重有韧度,丽而有则;宋《辩》托景抒情,稍嫌纤弱,运用不好,容易滑向丽以多淫的深渊。

三、《离骚》《九辩》与屈宋形象

屈原的生平事迹及由此构筑起的自身形象集中保存在他的作品中,亦保存在司马迁《史记》中。屈原名平,字原,"楚之同姓""为楚怀王左徒",屈原"博闻强志,明于治乱,娴于辞令。入则与王图议国事,以出号令;出则接遇宾客,应对诸侯。王甚任之"。屈原是贵族、是大臣,是有着杰出政治远见的政治家。他敢于直谏,楚怀王十八年,张仪反复欺诈怀王而终被放归,屈原谏曰:"何不杀张仪?"怀王二十年,楚王欲入秦,屈原谏曰:"秦,虎狼之国,不可信,不如无行"。在屡进忠言、力批逆鳞之后,屈原惨遭流放,憔悴江潭,披发行吟,愤而作赋,自铸伟辞。他的形象、生平,充满着悲情、悲剧的色彩。无论是他的作品自身还是《史记·屈原列传》的记载,都一致地描绘出如上所述的屈原形貌。《离骚》是屈原生平、形貌的集中完整的描述,与屈原其他作品及《史记·屈原列传》对屈原生平、形貌的描述相符。概而言之,屈原的本质是国士,而绝不仅仅是诗人。

---

① 德恒按:此处是强调指出宋玉《九辩》中空间、时序的描写对汉赋之影响。并不是说屈原《离骚》对汉赋无影响。屈《骚》以及屈原其他赋作对汉赋之影响,可参见常森《屈原及其诗歌研究》,北京大学出版社,2012年3月第1版,第339—342页。

② 刘勰著,范文澜注,《文心雕龙注》,人民文学出版社,1962年4月版,第675页。

宋玉，生平不甚详细。其事迹散见《史记·屈原贾生列传》、《楚辞章句》、《水经注·江水注》、《襄阳耆旧记》等书中，就中以王逸《楚辞章句》所述较详。另外，宋玉的《高唐赋》、《神女赋》、《登徒子好色赋》中亦有与其生平相关的史料。从宋玉的三篇赋作中，我们可以觇窥到其形象，他是一个灵活机敏的善辩之士，而绝非负有政治远见的政治家。屈原对楚怀王的劝谏皆关系国事，直接影响到楚国的前途、命运，而宋玉与楚襄王的答问则无过于儿女情长、巫山云雨。笔者以为唯"博闻强志、明于治乱、娴于辞令"的屈原始能有若《离骚》这样援天引圣、借以自证的巨作，他在诗作中顺畅、娴熟、精切地融化古史、古典，正是他"博闻强志、明于治乱"的自然表现，而《离骚》辞藻的华美瑰奇，则正是他"娴于辞令"使然。宋玉在文学上自是有才华的，但他似与后世东方朔、司马相如、枚皋大为类似，他是纯粹的文人、赋家[①]。较之屈原，无论是他的诗，还是赋，都缺乏一种骨鲠的力度、哲思的深度、历史的韧度。王逸《九辩序》云"《九辩》者，楚大夫宋玉之所作也""宋玉者，屈原弟子也，闵惜其师忠而放逐，故作《九辩》以述其志"。[②]《九辩》"在古本《楚辞释文》中列《离骚》之后，位次第二。因此尊《离骚》为'经'，而以己作为'传'附其后者，大约自宋玉始"。[③] 如果这些记载、论述可信，那么可说，由于身世不同、知识结构不同，宋玉其实并没有能够发见屈原、《离骚》的真精神。这实际上暴露了屈宋为人之不同。司马迁说"屈原既死之后，楚有宋玉、唐勒、景差之徒者，皆好辞而以赋见称。然皆祖屈原之从容辞令，终莫敢直谏"，[④]"终莫敢直谏"，正体现出宋玉的软弱，而这与《九辩》中史事、古典的缺席也是一致的。《九辩》在骋辞上与宋玉的《高塘》、《神女》诸赋作相类，换言之，《九辩》中所透露出的作者形象，与其他史料中的宋玉形象，具有一致性。综而言之，宋玉的本质是文人、赋家，而与国士尚有一段距离。

我们在此，通过对屈《骚》、宋《辩》的深入解读，进而论及其人，绝不是为了扬屈抑宋，或者反之，而是为了更加真实地认识屈宋，避免屈宋并称所带来的负面影响。"尽管宋玉的人格、思想与文学成就远不能与屈原比肩，在文学上也受到屈原的明显影响，但宋玉其人其文，却代表了中国古代文人中一种具有相当广泛性的类型，一种在文学史上悠长的传统。屈原与宋玉，是两种不同类型的人物。屈原有理想、有操守、有伟大的人格。但后代文人中真正有他那种理想与品格的并不多。许多虽比较正直却不免软弱、出身寒微而遭遇不偶的文人往往与宋玉的精神气质更为合拍。宋玉的'悲秋'、

[①] 班固《汉书·艺文志》云："不歌而诵谓之赋""大儒孙卿及楚臣屈原离谗忧国，皆作赋以风，咸有恻隐古诗之义；其后宋玉、唐勒，汉兴枚乘司马相如下及扬子云，竞为侈丽闳衍之词，没其风喻之义。"（班固，《汉书》第六册，卷三十，艺文志第十，中华书局，1964年11月版，第1755—1756页）班固将屈宋分而论之，极有见地，值得参考。

[②] 刘勰著，范文澜注，《文心雕龙注》，人民文学出版社，1962年4月版，第47页。

[③] 汤炳正、李大明、李诚、熊良智，《楚辞今注》，上海古籍出版社，2012年9月第2版，第201页。

[④] 《史记》，点校本二十四史修订本，（汉）司马迁撰，（宋）裴骃集解，（唐）司马贞索隐，（唐）张守节正义，中华书局，2014年8月第1版，第3020页。

'伤春',他的'风流儒雅'与'多情'的气质(分别见杜甫《咏怀古迹五首》之二、韦庄《天仙子》词),也往往更易引起他们的共鸣,并引为同调。"①

因本文以比较论述《离骚》、《九辩》为职志,是以不得不对两篇作品的作者问题有所涉及。《离骚》的作者为屈原,虽然在晚近曾一度受到质疑、否定,但是认可、肯定的声音始终是主流,对此姚奠中先生曾作坚确论证。② 这里要稍作发挥的是,笔者怀疑遭到放逐之后,"屈原"或曾被政敌改易姓名。王逸《离骚经序》:"《离骚经》者,屈原之所作也。屈原与楚同姓,仕于怀王,为三闾大夫。三闾之职,掌王族三姓。曰昭屈景。屈原序其谱属,率其贤良,以厉国士"。③ 再,《离骚》云"名余曰正则兮,字余曰灵均",《史记·屈原列传》说"屈原名平,字原",可是平、原,与正则、灵均,彼此之间并无关系,极为可疑。依王逸《序》,既然"序其谱属"乃三闾大夫之事,那么在"屈原"被流放后,为了否定"屈原"的功绩,势必会有人重新编排王族三姓的谱属,尤其是,对于"屈原",他们极有可能会施以改窜名姓的手段,用以卑微其地位、毁损其声名、辱没其先人。若屈原或本为昭姓,昭为王族三姓之首,放逐后,被强行改为屈姓,屈居王族三姓之次,以此手段来打击政敌,其可能性决不可率尔否认。依此思路,则《离骚》中的"名余曰正则兮,字余曰灵均"很可能是"屈原"对当权者肆意改窜自己名姓的一种控诉,其中隐含着屈原力图向世人告白自己真实身世的苦衷。④

关于《九辩》,自王逸以来,皆以为宋玉闵师之作。曹植始引"国有骥而不知乘兮,焉皇皇而更索",以为系屈平之言。吴汝纶据此以为《九辩》为屈子之作。明焦竑则据《离骚》之"启九辩与九歌兮",谓《九辩》、《九歌》,皆屈子托古自铸之词。其后治丝益棼,论者增多,而强证、硬证无过上述两项。刘永济先生弥纶群言,益以己意,以为《九辩》与《抽丝》、《涉江》"三篇所赋,时序物色,大略相似"。"其抒情沥思之辞,与《离骚》、《九章》亦表里相宣,虽不能确定其孰先孰后,然观望君省悟、召己返国之情,较《九章》尤为缱绻,而无其决绝,其先于《九章》可知,殆与赋骚之时相近欤?"从而论定《九辩》为屈原之作。⑤ 以《九辩》为屈原作,此一观点虽未得到广泛的认同,亦未能广为流播,但仍有辩证之必要。

笔者以为《九辩》必非屈原所作。考论如下:

---

① 刘学锴,《李商隐传论》下册,安徽大学出版社,2002年6月第1版,第855—856页。
② 有关此问题的相关探讨、论证,可参阅《关于屈原的有无问题》、《屈原其人其赋》,俱载《姚奠中论文选集》,山西人民出版社,1988年7月第1版,第98—109页。
③ 刘勰著,范文澜注,《文心雕龙注》,人民文学出版社,1962年4月版,第54—55页。
④ 德恒按:《史记·楚世家》中的昭雎,与屈原政治倾向一致,皆主张联齐抗秦,而且,楚怀王三十年,在怀王决定是否入秦时,昭雎与屈原所持观点基本一致,《楚世家》载昭雎言:"王毋行,而发兵自守耳。秦虎狼,不可信,有并诸侯之心";《屈原列传》录屈原言:"秦,虎狼之国,不可信,不如无行"。又,昭雎之"雎"与灵均之"均"音近,或为一字之讹。颇疑昭雎即屈原。昭雎为放逐前的姓名,屈原为放逐后被政敌强行改易的姓名。不敢言必,聊备一说。
⑤ 刘永济先生评骘诸家之言及刘氏对此一问题之论证,见《刘永济集·屈赋通笺,笺屈余义》,中华书局,2007年10月第1版,第69—72页。

首先，从题目上看。王逸《九辩序》云："辩者变也，谓陈道德以变说君也。九者，数道之纲纪也。故天有九星以正机衡，地有九州以成万邦，人有九窍以通精明。屈原怀忠贞之性而被谗邪，伤君暗蔽，国将危亡，乃援天地之数，列地形之要，而作《九歌》《九章》之颂，以讽谏怀王，明己所言与天地合度，可履而行也。宋玉者，屈原弟子也，闵惜其师忠而放逐，故作《九辩》以述其志"。① 王逸释辩为变，甚确。刘永济先生云："古乐章一成为一变。《周礼·大司乐》'乐有六变、八变、九变'。郑玄注：'变，犹更也，乐成则更奏也。'是其证矣。曰变，曰辩，亦犹唐宋乐之称遍也。"②《六臣注文选》卷十九宋玉《高唐赋》："清浊相和，五变四会"，李善注："五变，五音皆变也。《礼记》曰：'声相应，故生变。变成方，谓之音。'"③由此观之，将九辩释为九变，即乐曲的九章，是切当的。由此，以《九歌》《九辩》当《离骚》"启九辩与九歌兮"之九歌、九辩，甚为不妥，因屈赋中自有《九章》，非要坐实"启九辩与九歌兮"中的九辩、九歌，自可以《九歌》、《九章》当之，不必取宋玉《九辩》以实之。何况《离骚》亦有"奏九歌与舞韶兮"，是否这里的"韶"也要坐实为《九韶》呢？④《九韶》亦有九章，若非要坐实，笔者依旧可以说，应以屈原《九章》当之！因此，笔者以为绝不必取《九辩》以生硬坐实"启九辩与九歌兮"中的九辩、九歌。若坚欲坐实，可取《九章》以当之。

其次，诗句比勘不足恃。《九辩》有云"国有骥而不知乘兮，焉皇皇而更索"，《离骚》有云"乘骐骥以驰骋兮，来吾导夫先路"。这两句诗在遣词上确有类似之处，但是是否在命意上也具有一致性，则见仁见智。汤炳正先生《楚辞今注》释《离骚》"乘骐骥"两句："骐骥：骏马，喻君王威势，多为战国时政治家所用。《韩非子·外储说·右上》两言'势者，君之马'，是其证。骋：《说文·马部》：'骋，直驰也。'来：助动词。道：《文选》作'导'，同引导之义。'来吾导夫先路'，乃屈赋特殊句式，以通常结构而言，为'吾来导夫先路'，'来道'连读。与下'来远（德恒按：当作"违"）弃而改求'句式相同。"⑤释《九辩》"国有骥"两句："皇皇：即'遑遑'，匆忙貌。更索：往别处寻求"。⑥ 若依此种解释，则《离骚》《九辩》中的这四句诗，其实并没有什么关系。当然，这里不能否认的是，汤先生对"乘骐骥以驰骋兮"两句的解释不甚妥切。《六臣注文选》解释此二句云："逸曰：骐骥，骏马也，以喻贤智，言乘骏一日可致千里，以言任贤智即可至于治也。言己如得任用将驱先行，愿来随我，遂为君导入圣王之道。向曰：骐骥，骏马，喻贤人，言君能任贤

---

① 刘勰著，范文澜注，《文心雕龙注》，人民文学出版社，1962年4月版，第56页。
② 刘永济，《刘永济集·屈赋通笺，笺屈余义》，中华书局，2007年10月第1版，第71页。
③ 《六臣注文选》，(梁)萧统编，(唐)李善、吕延济、刘良、张铣、吕向、李周翰注，中华书局，2012年5月第1版，第347页。
④ 关于《九韶》，可参考高亨，《上古乐曲的探索》，文载高亨，《文史述林》1980年12月第1版，第53—58页。
⑤ 汤炳正、李大明、李诚、熊良智，《楚辞今注》，上海古籍出版社，2012年9月第2版，第5—6页。
⑥ 汤炳正、李大明、李诚、熊良智，《楚辞今注》，上海古籍出版社，2012年9月第2版，第219页。

人,我得申展,则导引君入先王之道路。"①从这个意义上来说,则《离骚》《九辩》中的这四句诗,便确实有一定关系。但是这并不能成为《九辩》为屈原作的证据,因为《九辩》本即"闵屈"之作,其中融摄、化用,甚至直接借用了很多屈原作品的成句,无论在思想上还是内容上,都刻意与屈原之作靠拢,故而《九辩》中出现与《离骚》命意、遣词类似的句子实不足怪。《九辩》中亦有"乘骐骥之浏浏兮,驭安用夫强策"(页216)、"却骐骥而不乘兮,策驽骀而取路。当世岂无骐骥兮,诚莫之能善御"。(页209)这些诗句均可见《九辩》对《离骚》的效法、踵武,但这皆不足证成屈原为《九辩》作者的结论。

最后,《九辩》中亦有可以证明作者非屈原的内证。《九辩》云"坎壈兮,贫士失职而志不平"(页201)。屈原乃楚之贵族,即便遭到放逐,也不当自称"贫士"。《说文·贝部》:"贫,财分少也,从贝从分"。② 屈原向以国士自任,自称"贫士",与屈原作品中所表现出的一贯精神不符。自称"贫士",却与宋玉的身世切合,宋玉"事楚襄王而不见察"(刘向《新序》),又曾"求事楚友景差"(习凿齿,《襄阳耆旧记》),正所谓"贫士"也。《九辩》云"愿赐不肖之躯而别离兮,放游志乎云中"(页219)。屈原中蕴内美,外修嘉能,自视甚高,从未尝以"不肖之躯"自称,观此亦可知《九辩》必非屈子所作。

至于刘永济先生以《九辩》、《抽思》、《涉江》三篇所写时序物色大略相似,遂认《九辩》为屈子所作,此固仁智之论,然不可持此以为定说。

综上,可知以《九辩》为屈子所作,理据殊为单薄,不可信从。《汉书·艺文志》著录宋玉作品统十六篇③,余作或有争议,但以《九辩》属宋玉,应无问题。《九辩》之作,盖宋玉模拟屈平《离骚》,兼以致伤悼屈子并哀叹己身之意也。

四、结论

《离骚》与《九辩》,它们两者的行文取向、构思布局之差异,实际反映了屈宋两人一为国士一为诗人的内在不同。《离骚》取则古典古事,古今交通,悲愤沉痛;《九辩》依托空间时序,寓情于景,物我交融。两诗中所展现出的作者形象与屈宋本人具有一致性。《离骚》与《九辩》,一充分占据历史,一充分占据空间,两者实际上可以互补。屈宋有很大的不同,但是宋玉却是屈原的"柱国之臣",是他将屈原所开创的楚辞体拓展地步,宋玉注重空间、时序的写作特点直接为汉赋导源疏流。质疑屈原、宋玉分别为《离骚》、

---

① 《六臣注文选》,中华书局,2012年5月第1版,第605页。
② (汉)许慎撰,(宋)徐铉校定,《说文解字》,中华书局影印,2003年1月版,第131页上栏。
③ 班固,《汉书》第六册,卷三十,艺文志第十,中华书局,1964年11月版,第1747页。其文云:"宋玉赋十六篇。楚人,与唐勒并时,在屈原后也。"又,《汉书艺文志注释汇编》诗赋略(一)屈原赋之属:"宋玉赋十六篇。(存)楚人。与唐勒并时,在屈原后也。姚明煇《汉志注解》:今考《楚辞》载《九辩》九篇、《招魂》一篇。《文选》载《风赋》、《高唐赋》、《神女赋》、《登徒子好色赋》四篇。《古文苑》载《笛赋》、《大言赋》、《小言赋》、《讽赋》、《钓赋》五篇,凡十九篇。王逸曰,宋玉者,屈原弟子也。"(陈国庆编,《汉书艺文志注释汇编》,二十四史研究资料丛刊,中华书局,2012年12月版,第166—167页)德恒按:姚氏以《九辩》为九篇,不知所指。以"辩"作"辨",亦似笔误。

《九辩》作者的论断,理据不充,无说服力,不可信据。

附:《读〈离骚〉札记一则》、《吊宋玉文》

"巫咸将夕降兮,怀椒糈而要之"补证①

《离骚》有句云"巫咸将夕降兮,怀椒糈而要之",关于此二句诗,《六臣注文选》释曰:"逸曰:巫咸,古神巫也,当殷中宗之世。降,下也。椒,香物,所以降神。糈,精米,所以享神。言巫咸将夕从天上下来,愿怀椒糈要之,使筮吉凶。向曰:糈,米也,所以享神。言巫夕从天下来,我则怀椒米要而享之,以问吉凶也。"(《六臣注文选》卷三十二,页613)

今按:王逸、吕向注释此二句大谬。

常森先生曰:"《周礼·春官》云,司巫,'凡丧事,掌巫降之礼'。郑注云:'降,下也。巫下神之礼。'《离骚》巫咸之夕降正是一种'巫降',指咸作为巫来下神。"(常森,《屈原及其诗歌研究》,北京大学出版社,2012年3月第1版,第145页)

汤炳正先生《楚辞今注》释此二句云:"巫咸:《山海经·大荒西经》所载灵山十巫之一,《诅楚文》称'大神',王逸注谓'古神巫也'。此与以下百神皆祭祷对象。夕降:巫常在夜间降神,故云。(下略)"。(汤炳正等,《楚辞今注》,上海古籍出版社,2012年9月第2版,第34—35页)汤注虽较常论稍嫌含糊,但二者大意相同,皆谓作为巫的咸将在夜间降神。

兹录后世巫者降"神"事两则如下,或可补证常、汤二先生之论。

《史记·封禅书》:"齐人少翁以鬼神方见上。上有所幸王夫人,夫人卒,少翁以方盖夜致王夫人及灶鬼之貌云,天子自帷中望见焉"。(《史记》,点校本二十四史修订本,第四册,第1667—1668页)此是装神弄鬼的少翁于夜间降李夫人。

再,《史记·封禅书》:"文成死明年,天子病鼎湖甚,巫医无所不致,不愈。游水发根言上郡有巫,病而鬼神下之。上召置祠之甘泉。及病,使人问神君。神君言曰:'天子无忧病。病少愈,强与我会甘泉。'于是病愈,遂起,幸甘泉,病良已。"(页1668)此是上郡之巫能降神君以医人之病。

又,《搜神记》卷一八:"汉齐人梁文好道,其家有神祠,建室三四间,座上施皂帐,常在其中,积十数年。后因祀事,帐中忽有人语,自呼'高山君'。大能饮食,治病有验,文奉事甚肃。"此与巫降神事相类,梁文固非巫,然亦好鬼神之属。

这些记载均可证明,鬼神要从天而降,必须借助巫这一媒介,巫本身并不是神,也并非居住在天上,他(她)是神鬼与人的中介。后世的文献,能够有力地辅证《离骚》中"巫咸将夕降兮"乃是指巫咸将要在晚上降神,而绝非是说巫咸将要在晚上从天而降。

甲午年九月草于并

---

① 德恒按:此处主要补证第一句,为避免引文破碎、零散,附带第二句。

吊宋玉文

嗟先生之不遇兮,值孟秋而感伤。
叹骐骥之拳跼兮,哀大块之茫茫。
日月潜行,浩浩辉光;年来岁往,泣泪盈眶!
慨屈子之抗行兮,固难悟乎君王。
孰信美而必用兮,痛君心之难量。
自命修洁,芙蕖为裳。我心昭昭,君行披猖。
宁持正以沉江兮,忍濯足乎沧浪!
身察察而无疵兮,怨深深而志刚。
哀彼灵均,雄健华章。辞悬日月,万代永芳!

伟哉先生,志凌青霜。
踵正则之遗迹,慕鸾凤以高翔。
讽顷襄之好色,爰作赋于高唐。
骋幽思于《九辩》,心郁郁而未央。
严严秋霜,我马摧藏。
望帝阊而不见,独憔悴乎关梁。
岂不郁陶而思君兮,君弃我如秕糠。

驾彼八龙,适彼异乡。
暂游心乎万仞,聊浮游以相羊。
保厥美以他适,怀浩荡以凄怆。
西蹑羲和,东望扶桑。
瞻故国之乔木,肠九转而彷徨。
愿殒身乎桑梓,祷民生之乐康!

甲午年九月晚学张德恒拜撰

误读的传播与影响

——析郭沫若对宋玉形象的塑造

金 鑫

(鞍山师范学院 辽宁鞍山 114001)

　　作为中国现代文学史上著名的诗人、剧作家郭沫若,早在20世纪20年代以诗集《女神》奠定了他在中国新诗史上的地位,也奠定了他在文坛上的地位。但是,90多年过去了,现今的读者读《女神》时已经有了时代的隔膜,他们对郭沫若"绝端自由、绝端自主、无节制地喷发个人的主观情绪"的诗句不欣赏,也不感兴趣,所以曾激励"五四"一代人的郭沫若诗歌对现今的读者影响不大。

　　与郭沫若的诗歌相比,他的历史剧却极具艺术审美价值。虽然大部分历史剧是创作于40年代,其创作也是基于抗战的现实状况,有一定的历史因素,但他的历史剧却能够穿过时间的长河,得到现下读者的认可和喜爱,在当今读者中有着广泛的影响。而这就产生了一个令人感到争议的问题,郭沫若历史剧大多是基于历史人物而著,他笔下的历史人物如屈原、宋玉、楚怀王、信陵君、蔡文姬、曹操、王昭君、卓文君等形象经过郭沫若的塑造,又以话剧这样的一种较为大众化的艺术形式进行传播,便深深地影响了一代读者和观众。这其中,有的形象经过郭沫若的塑造更加深入人心,比如屈原、信陵君;也有像曹操这样历史上贬多赞少的人物,到了郭沫若的笔下完全被"翻案",得到了全新的阐释;另外,几个女性形象,如王昭君、卓文君、蔡文姬更是打破传统观念和意识,被塑造得熠熠生辉。唯有其笔下的宋玉与历史出入甚大,所以,多年来,如何看待郭沫若对宋玉的塑造引起了学界多次争议,1942年,郭沫若的历史剧《屈原》首演于重庆,整个演出轰动山城,同郭沫若其他几部历史剧相比,《屈原》无疑是最优秀的,也被称为代表作,可是《屈原》越是影响大,也就意味着宋玉这个形象留给大众印象越深。如果不是专业研究者,现下的普通观众和读者就完全将郭沫若笔下的宋玉当做了变节的无耻的文人来看了,这个形象就像犹大一样完全被符号化了,历史上的宋玉究竟是个什么样的人则完全被遮蔽了。郭沫若为什么会这样塑造宋玉,读者被误导的影响究竟有多大,在沉寂的历史表象的背后,还原历史真实尤显必要。

　　话剧《屈原》取材于战国时期楚国的历史,主要是写楚国三闾大夫、爱国诗人、政治家屈原由于力主联齐抗秦,而遭南后、上官大夫靳尚等贵族排挤、陷害,最后被流放沅、湘流域的曲折遭遇。历史上屈原曾创作《离骚》、《九章》、《九歌》等。他创造的"楚辞",与《诗经》并称"风骚"二体,对后世诗歌产生深远影响。在民间,屈原的名字也几乎是妇孺皆知,因为他的名字与民间端午节习俗密切相连。相传,公元前278年,秦国大将白起带兵南下,攻破了楚国国都,就在同年五月屈原怀恨投汨罗江自杀。老百姓听到噩耗很悲痛,争先恐后的来打捞他地尸体,结果一无所获。于是,有人用苇叶包了糯米饭,投进江中祭祀屈原,这种祭祀活动一年一年流传下来,渐渐成为一种风俗,民间也把农历五月初五定为端午节。所以,尽管屈原所在的年代距今甚远,但他的名字却一直流传在民间。

郭沫若在40年代把民众所熟知的屈原的故事搬上舞台,其目的还在于借古喻今,当时正值日本帝国主义疯狂侵略中国,国共两党需精诚合作才可以抵御外辱,所以,这时把屈原主张联齐抗秦而遭受打击陷害一事搬上舞台是有其政治意义的。无论从这出剧的政治影响还是艺术表现上都必须承认它是话剧的经典之作,然而,却正是由于它的传播广泛,它的经典地位,却造成了对这出剧中另一位历史人物的误读和不解,那就是剧中所塑造的另一位文人形象宋玉。

在话剧《屈原》中,宋玉同公子子兰和婵娟都是屈原的学生,话剧开始部分,我们可以看出在这三位学生中,子兰是楚怀王的儿子,他师从屈原不过是沽名钓誉罢了;婵娟是屈原的侍女,她对屈原更多的是敬仰和尊崇;三人中唯有宋玉不仅跟屈原真正学习写作,更多的是也把屈原当做自己崇拜的对象,他博学多才,在三人中最受屈原的喜爱。在话剧一开场,屈原作了一首《橘颂》,这首诗就是写给宋玉的。诗中写道"呵,年青的人,你与众不同。/你志趣坚定,竟与橘树同风。/你心胸开阔,气度那么从容!/你不随波逐流,也不固步自封。/你谨慎存心,决不胡思乱想。/你至诚一片,期于日月同光。"在此,屈原在诗的上半段歌颂橘树的高风亮节,借用来在下半段赞美宋玉,可见屈原对宋玉寄予深切期望。甚至表示愿意和宋玉永远做"忘年的朋友",作为学生的宋玉听后自然受宠若惊,不断地表示自己与先生天地之差,不仅在写作和做人上要学习先生,甚至连音容笑貌都要学习。在此,宋玉极尽恭维、恭敬之能事,表现出极其谦卑与好学的样子。而在第三幕里,公子子兰和宋玉的对话中,宋玉趋炎附势的性格却表露无遗,他谄媚地向子兰道出自己一心想攀龙附风的热切愿望,此时的他还不知道屈原遭到陷害,就对子兰说自己在文笔上很有把握,就连屈原的文章有好些他也不佩服,包括屈原为他写的《橘颂》也很老套,他的话就连公子子兰都表示不认同。而且,他当着子兰的面表示不会喜欢婵娟,因为婵娟出身卑贱,会成为自己前途的障碍。紧接着,在知道屈原遭难后,他马上把屈原送他的《橘颂》给了婵娟,离开屈原,跟着公子子兰到宫中去投奔陷害屈原最后还要置屈原于死地的南后。屈原被下狱后,他为了讨好于子兰,想尽办法诱劝婵娟服从子兰的淫威,甚至,拿屈原的性命威胁婵娟。在《屈原》这出剧中,宋玉不仅是一个没有骨气的文人,还是一个无耻的小人。在此,我们可以暂不去考察这个真实人物的本性,单就作品中塑造的文学人物来看,也不足以让人信服。首先,任何一个人物的性格形成都应该有一个过程,但在宋玉这个形象的塑造上,作者显然没有做好铺垫,他的前后变化太快,缺少渐变的过程,让人质疑的不仅是这个形象不可信,还让人质疑屈原的识人能力。其次,即便是一个无耻的人,也会想尽办法为自己遮掩,何况还是一位饱读诗书绝顶聪明的才子,怎么可能在外人(公子子兰)面前肆无忌惮地暴露自己的丑陋本性,以至于连子兰都揶揄他:"唉,你这个宝贝,原来比我还要势利,你一向装得来那样的清高!"所以,在宋玉这个形象在塑造上不符合人物性格逻辑。

　　郭沫若在创作历史剧上有他的理论原则,他主张"失事求似"。这里的"失事"是指在体现历史精神的前提下,允许作艺术的想象和虚构,即可以与历史事实有出入,不必为史实所束缚。正因为这一点,郭沫若在创作《屈原》时,里面所涉及的历史人物如南后郑袖、楚怀王、上官大夫靳尚、令尹子椒、宋玉,包括屈原本人都与真正的事实有些出入。毕竟,跨越的时间过长,很难还原于历史的真实,不少人物在史料上仅留下寥寥数语,作者必须用心揣摩这些历史人物,要填充大量的想象,才能将人物塑造出来,这样戏剧中的历史人物就极有可能与真实的历史有差距。不过,《屈原》一剧中所涉及的历史人物大多是在体现历史真实的情况下做了一些合理的想象和虚构,如南后郑袖,她在倾向张仪,间接使楚国和齐国断交导致楚国最后灭亡一事上却有其一定的责任,但把她写成为一己之私,置屈原于死地,成为祸国殃民、残害忠良的主犯就和史实有所出入了。但作为历史剧,像郑袖、楚怀王、上官大夫靳尚、令尹子椒等人物虽和史实有些出入,但都在合理想象的范围之内,况且,他们都只是历史人物,一般只有研究历史的学者会探究他们真正的历史过往。但剧中的宋玉却不一样,他不仅是楚国的一位历史人物,最重要的是他是继屈原之后第一大辞赋家,史上"屈宋"并称,可见宋玉在辞赋上的成就不容小觑。刘勰在《文心雕龙》中就多次指出:"战代任武,而文士不绝;诸子以道术取资,屈宋以辞赋发采","相如好书,师范屈宋","屈平联藻于日月,宋玉交彩于风云","屈宋逸步,莫之能追"。李白也在《赠王判官时余归隐居庐山屏风台》中说:"荆门倒屈宋,梁苑倾邹枚。苦笑我夸诞,知音安在哉?"将"屈宋"并称的还有杜甫,他在《戏为六绝句》中也明白地表示了他对"屈宋"的景仰:"不薄今人爱古人,清词丽句必为邻。窃攀屈宋宜方驾,恐与齐梁作后尘。"欧阳修甚至评论说:"宋玉比屈原,时有出蓝之色。"刘勰、李白、杜甫、欧阳修虽然评的是屈宋的文才,但倘若宋玉是无耻的、人品低下之徒,无论是民间还是这几位历史上著名的诗人、评论家绝不会把宋玉和屈原并提。所以,郭沫若对宋玉的塑造的确欠妥。况且,他的"失事求似"的创作原则中,"求似"有两方面含义:一方面要求历史剧尽量忠于史实,不能"戏说",不能随意"演义";另一方面是要把历史精神尽可能地准确把握与表现出来。按照他的标准,在宋玉这个形象的处理上就属于"戏说"和随意"演义"。这种处理方法不仅有违郭沫若自己的创作原则,也使宋玉这个曾和屈原相提并论的文学大家在人格上蒙受了不白之冤,其文学作品当然在向后世传播时也深受影响。话剧《屈原》越著名,传播越广,读者和观众对宋玉的误解就越深。

　　那么,为什么郭沫若会如此有违历史真实的原则去塑造这样的宋玉,笔者认为是和抗战前中国文化界的政治论争有一些关系。在抗战前,左翼文学内部掀起了关于"两个口号"的论争,当时周扬、郭沫若等人认为"国防文学"应该成为统一战线的口号,周扬发表《关于国防文学》一文,提出"国防的主题应当成为汉奸以外的一切作家的作品之最中心的主题",这个口号的提出与后来鲁迅、冯雪峰、胡风等提出"民族革命战争的大众文学"口号发生了激烈的争论。其实,在1928年,随着郭沫若《前茅》和《恢复》出版,他的诗风发生了很大的转变。他敏锐地感受到新的革命高潮逼近的时代气息,一面宣告与时代不相容的旧情感、旧追求决裂;一面关注工农命运与斗争。在抗战前夕,对当时中国想走第三条中间路线的所谓小资产阶级知识分子的典型代表,郭沫若等左翼作家认为应该予以批判。在这些思想上被打上深深阶级论烙印的左翼作家看来,现代中国的知识分子们,要么向左,要么向右,也就是要么投身于进步的革命中来,要么跟着反动派走,是不可能有其他出路的。不抗争就等于向黑暗势力妥协,而妥协就成了投降派,甚至可以算作帮凶,要一并毫不留情地予以残酷打击。正是因为有这样的激进心态,所以,他能赞成"国防文学"的口号,他能在塑造历史剧中宋玉这个形象时显得偏激,造成了历史的误读。

其实,郭沫若当初创作《屈原》时,并没有打算将宋玉加进来。可是,在创作第一幕时在预计之外却将宋玉拉上场,当初写他时也没有想把他写坏,结果却把他完全写成了反面形象。这样便引来一些古文学家和历史学家的质疑,对此,郭沫若解释说:"我把宋玉写成为一个没有骨气的文人,或许有人多少会生出异议吧。不过我这也并不是任意诬蔑。司马迁早就说过:'屈原既死之后,楚有宋玉、唐勒、景差之徒者,皆好辞而以赋见称。然皆祖屈原之从容辞令,终莫敢直谏。'再拿传世的宋玉作品来说,如像《神女赋》、《风赋》、《登徒子好色赋》、《大言赋》、《小言赋》等,所表现的面貌,实在只是一位帮闲文人。"①由此看来,郭沫若从史料的角度考察宋玉得出的是两个结论,一是他面对君主不敢直谏;二是认为他是一个帮闲文人。且不论郭沫若得出的结论是否完全属实,单是仅从这两点就将宋玉定性为寡廉鲜耻的文人,确实有失公允。而且,宋玉所作《九辩》是对他的老师屈原不幸遭遇的同情感怀之作,仅凭这一点,就和剧中宋玉背叛老师,甚至背后诋毁老师的行为大相径庭。郭沫若不仅是著名诗人和现代文学家,也是历史学家,作为诗人和文学家,他应该对像宋玉这样的继屈原之后第一人辞赋家有着更多的敬意和理解,即便不喜欢,也不应该将这样一位充满才情的文人写得如此不堪;作为历史学家,就更应该尊重历史,而不能因自己的随意将文学史上著名的辞赋家湮没在历史的尘埃之中。

话剧作为一门表演艺术,它的受众甚广。从《屈原》上演到现在70多年过去了,无数观众和读者记忆中的宋玉就是一个无耻文人的代表,尤其是这出剧上演后还出现了"一字之师"的典故。郭沫若在《屈原》一剧演出后不久与饰演婵娟的张瑞芳商量,剧中婵娟斥责宋玉的一句台词是:"宋玉,我特别恨你。你辜负了先生的教训,你是没有骨气的文人!"郭沫若认为这句话在台下听起来不够有力,想在"没有骨气的"下边再加上"无耻的"三个字。这时,饰演钓者的张逸生插口说:"'你是'不如改成'你这'。'你这没有骨气的文人!'那就够味了。"从此就留下了这"一字之师"的现代典故,现在只要在

---

① 郭沫若:《郭沫若论创作》,上海文艺出版社,1983年6月版,第385页。

网上搜寻"一字之师"一词就会出现这个故事,而且,中小学语文教学也常拿它作例证,使得即便是没看过话剧《屈原》的观众和读者也知道了宋玉。可悲的是这个宋玉并不是真正文学史上的宋玉,而众多读者因为被误导的宋玉形象,连带地对他留下的作品也失去了阅读的兴趣。现在有研究宋玉的学者提出《屈原》一剧,若不经修改,不宜再作为经典剧目继续公演,以免继续误导青年,也希望能创作新的有关屈原和宋玉的戏剧及其他文艺作品,恢复历史的本来面目,甚至提出应该在中学语文教材中选入宋玉的一些篇目,让后人真正了解宋玉,消除被误读的宋玉这个形象的负面影响,起码在宋玉的文学成就方面予以客观的评价。因为,误读的传播越久,影响越大,我们也就将离历史越远。

论宋玉作品中的自我形象[①]

刘渐娥

(湖南科技大学人文学院文学系 湖南湘潭 411201)

【摘要】 宋玉作品以其瑰伟绮丽的语言,奇幻大胆的想象,纷繁多变的修辞,铺张扬厉的文风,由浅入深,由表及里,由内到外,从多个角度勾勒了作者不同的自我形象。他才貌双全,尽显辩才之魅力和体貌之闲丽;他识音善文,尽展音乐之天赋和文采之惊艳;他忧国忧民,尽表士人之追求和臣之忠诚;他志高行洁,尽现鸿鹄之志向和君子之气节。这四个鲜明的个性特征,共同构成了宋玉独一无二的自我形象。

【关键词】 宋玉;辞赋;自我形象

宋玉,楚国人,战国时期著名的辞赋家,与屈原并称,被誉为"中国文学之祖"。他"好辞而以赋见称"(司马迁《史记·屈原贾生列传》)。《汉书·艺文志·诗赋略》载:"宋玉赋十六篇。"现存署名为宋玉的作品共十九篇,分别是《九辩》《招魂》《风赋》《高唐赋》《神女赋》《登徒子好色赋》《笛赋》《大言赋》《小言赋》《讽赋》《钓赋》《舞赋》《微咏赋》《对楚王问》《对友人问》《对或人问》《高唐对》《郢中对》《报友人书》。关于宋玉作品真伪,本人同意吴广平先生的考证结论,即认为传世的十九篇宋玉作品,《报友人书》《对友人问》《对或人问》三篇为伪作,《高唐对》《郢中对》两篇为《高唐赋》和《对楚王问》的异文,《舞赋》疑为东汉傅毅《舞赋》的摘录。而《楚辞章句》所收的《九辩》《招魂》两篇,《文选》所收的《风赋》《高唐赋》《神女赋》《登徒子好色赋》《对楚王问》五篇,《古文苑》所收的《笛赋》《大言赋》《小言赋》《讽赋》《钓赋》五篇,《文选补遗》所收的《微咏赋》,加上银雀山出土的《御赋》,共十四篇作品,则都确是宋玉所作[②]。在这十四篇赋中,他时而是演说家,时而是音乐家,时而是文学家,时而是政治家,既才貌双全,又识音善文,既忧国忧民,又志高行洁。多个角色的演绎,使其成为一个独立而完整的"人",跃然

[①] 基金项目:湖南省高等学校科学研究重点项目"骚体文学研究",课题编号:11A038。
[②] 参吴广平:《宋玉著述辨》,《文献》2003年第3期;吴广平:《宋玉著述真伪续辨》,《长江大学学报》2005年第5期;吴广平:《宋玉研究》第五章"著述的真伪",岳麓书社,2004年版,第86–103页。

纸上。

一、才貌双全

自古以来就有"貌如潘安,才比宋玉"、"颜如宋玉,貌比潘安"、"潘安之貌宋玉情"等说法,用来形容人外形俊美,才气不凡。刘勰在《文心雕龙·杂文》中称"宋玉含才","诗圣"杜甫有诗亦云:"风流儒雅亦吾师。""宋玉之为宋玉,从'才'上论……至少有两点是卓立于人才之林的,那便是:才气之冲天爆破,才情之细密流淌。"① 由此可见,宋玉的才貌双全为世人所公认和传颂。

宋玉之才情,在多个领域都有体现,在他的赋中,体现得最为集中,最为突出的当属其口才。他的雄辩之才,多体现在其自辩中。如他所创作的《对楚王问》,其思路之清晰,语言之雄浑,辩解之精妙,堪为一绝。面对楚襄王"先生其有遗行与?何士民众庶不誉之甚也"的怀疑,宋玉首先"认罪",以一句"愿大王宽其罪,使得毕其辞"赢得自辩机会。随后,他以《阳春》《白雪》、凤凰鲲鱼自比,言及《阳春》《白雪》之曲高,遂和寡,鹦生于藩篱,遂不能与"翱翔乎杳冥之上"的凤凰"料天地之高",鲲生于尺泽,遂不能与"朝发昆仑之墟,暴鬐于碣石之上,暮宿于孟诸"的鲲鱼"料江海之大",阐明自己不为世人所誉的缘由乃"非独鸟有凤而鱼有鲲也,士亦有之"。世俗之民,不知他之"瑰意琦行,超然独处"。全篇不着一"辩"字,侃侃而谈,娓娓道来,寓妙辩于不辩之中。再如《登徒子好色赋》中,登徒子在楚襄王前逸言宋玉"好色",宋玉以其为倾国倾城的东家之子窥墙三年,仍不为所动的事实,论述了自己的不好色。在自我辩护的同时,还例举了登徒子喜欢"蓬头挛耳,齞唇历齿,旁行踽偻,又疥且痔"的妻子,并"使有五子"的荒唐行为,给予了登徒子有力的回击,使登徒子好色放荡的浪子形象表露无遗。最后,宋玉还通过秦章华大夫所言"自以为守德,谓不如彼矣",从侧面烘托出了自己的不好色。

他口若悬河的才子形象不仅表现在自我辩护中,在他的进谏之辞中也多有体现。他善于揣测君王意图,以君王感兴趣的话题入手,循循善诱,因势利导,层层推进。如《钓赋》中,登徒子向楚王进言,善钓者玄渊,能以"三寻之竿,八丝之线,饵若蛆蚓,钩如细针","出三尺之鱼于数仞之水中"。宋玉却不以为然,以"今察玄渊之钓,未可谓能持竿也,又乌足为大王言乎?"的反问句式,既表明了自己的态度,又成功地激起了楚襄王的兴趣。他首先铺陈"善钓者,其竿非竹,其纶非丝,其钩非针,其饵非蚓也"的论调,随即亮出大王之钓的论点,紧承尧舜禹汤之钓成就"功成而不隳,名立而不改"的事实,并把玄渊之钓与之对比,得出"左携鱼瘤,右执槁竿,立乎潢污之涯,倚乎杨柳之间,睛不离乎鱼喙,思不出乎鲋鳊,形容枯槁,神色憔悴,乐不役勤,获不当费"的玄渊乃"水滨之役夫也已","不足为大王称"的结论。最后,在巧妙地将常人之钓与大王之钓进行了对

---

① 张晚林:《才子之所以为才子——吴广平先生〈宋玉研究〉读后》,《怀化学院学报》2005 年第 6 期。

比之后,他谏言"建尧舜之洪竿,摄禹汤之修纶,投之于渎,沉之于海",以造就天下大治的局面。

宋玉不但才华横溢,而且貌美如花,是世人公认的美男子。古语有云:"苏秦张仪之巧舌如簧,宋玉潘安之貌美似花。"以花之娇容来形容宋玉之美貌,可见,宋玉体貌之闲丽。江淹在其《灯赋》中更是直言:"屈原才华,宋玉英人。恨不得与之同时,结佩其绅。"迄今为止,虽未发现宋玉的画像或直接描写宋玉外形特征的史料,但是从他流传至今的赋中,亦不乏关于他英俊帅气外貌的正面和侧面描写。

在《登徒子好色赋》和《讽赋》这两篇赋中,登徒子和唐勒都曾向楚顷襄王说宋玉"体貌闲丽"、"身体容冶",宋玉也说自己"体貌闲丽,所受于天也"、"臣身体容冶,受之二亲",他们的言语都从正面体现了宋玉超凡脱俗的容貌和气质。再如"眉如翠羽,肌如白雪,腰如束素,齿如含贝"的绝世美女——东家之子,登墙窥视了他三年。若非宋玉体貌不凡,怎能让此等绝色美女为之倾心呢?又如"主人之女"为之精心打扮,悉心安排,甚至"以其翡翠之钗,挂臣冠缨"。试想宋玉若无风流倜傥之容貌,又怎能让一个弱女子做出此等大胆之行为呢?从登徒子、唐勒等人进谗言的行为中亦可看出,宋玉"为人身体容冶",《颜氏家训·文章》亦有记载:"宋玉体貌容冶。"登徒子、唐勒这两个人在楚襄王面前说宋玉的坏话,都不约而同地提到宋玉容貌美丽,可见,宋玉貌美是连他的对手与敌人都承认的,宋玉定是有玉树临风之貌的。

二、识音善文

《襄阳耆旧记》卷一载:"玉识音而善文。"在宋玉的十四篇作品中,他精通音律、长于写文的特点也时有体现。

宋玉撰写的"《笛赋》和《微咏赋》是中国文学史上最早描写音乐的文学作品"。[①]他既通俗曲,又晓雅乐。《对楚王问》中,就曾提及流行于楚地的通俗音乐《下里》《巴人》,对雅乐《阳春》《白雪》亦有描述。他所知的乐曲,曲风多变,来源广泛。如《招魂》中的《激楚》之声,跌宕起伏;《笛赋》中的《清商》《流徵》《伐檀》《孤子》之曲,悲怆苍凉。《招魂》中涉及的《涉江》《采菱》《扬荷》,均发源于楚地,《对楚王问》中所述的《下里》《巴人》是齐国和巴国的歌曲。宋玉在其作品中,融入了众多民间歌曲和楚地宫廷曲舞。如《招魂》中,巫阳为招楚襄王之魂,准备的声乐盛宴:

> 肴羞未通,女乐罗些。陈钟按鼓,造新歌些。《涉江》《采菱》,发《扬荷》些。美人既醉,朱颜酡些。嬉光眇视,目曾波些。被文服纤,丽而不奇些。长发曼鬋,艳陆离些。二八齐容,起郑舞些。衽若交竿,抚案下些。竽瑟狂会,搷鸣鼓些。宫庭震惊,发《激楚》些。吴歈蔡讴,奏大吕些。士女杂坐,乱而不

[①] 石峥嵘:《宋玉音乐美学思想钩沉》,《中国音乐》2004年第4期。

分些。放陈组缨,班其相纷些。郑卫妖玩,来杂陈些。《激楚》之结,独秀先些①。

宋玉不但通晓乐理,而且熟知乐理、乐器。他在《招魂》《笛赋》《对楚王问》等作品中,先后提及"大吕""八音和调""流徵"等乐理。他时常抚琴,在《讽赋》中曾以《幽兰》《白雪》《秋竹》《积雪》之曲表明心迹,拒绝邻家之女。"钟""鼓""竽""瑟""笛"等乐器,也常见于他的作品之中。他创作的《笛赋》写出了笛声幽怨舒缓、激越奔放、曲折缠绵、低回婉转的特点:

其为幽也,甚乎!怀永抱绝,丧夫天,亡稚子。纤悲微痛,毒离肌肠腠理,激叫入青云,慷慨切穷士。度曲羊肠坂,揆狭振奔逸。游洑志,列弦节,武毅发,沉忧结,呵鹰扬,叱太一,声淫淫以黯黮,气旁合而争出。歌壮士之必往,悲猛勇乎飘疾②。(译文:笛声幽怨之极,仿佛怀有无穷无尽的痛苦,有如死了丈夫,又有如亡了幼子。笛声舒缓,能表现细微的悲痛,好像痛苦分散在肌体的肠子和肌肤的纹理各处。笛声激越,高入云天,如壮士不得志,愤激不平。笛声曲折缠绵,有如那弯弯曲曲的羊肠小道。笛声奔放,又如那骏马脱缰奔跑。放纵的意念,被众多的弦乐器节制。勇敢果断得到表现,沉闷的忧愁得以了结。好像在呵斥威猛的将领,又如在怒吼尊贵的天神。笛声低回婉转,宛如慢慢流淌的河水,仿佛昏暗凄惨的天空。气息从四方会合,又争着往外流出。歌唱壮士荆轲必去刺秦王,悲伤勇猛之士行动多迅速。)③

宋玉长于写文,在中国文学发展史上留下了光辉的一页,"古代若无屈宋,则中国文学史决没有那样灿烂"④。作为楚辞的继承者和发展者,宋玉和屈原共同经历了泛文学向纯文学的演变过程,然而,"到了宋玉那里,文学才真正以独立的形态出现,才出现纯粹的文本。"⑤因而,吴广平教授评价"宋玉是中国文学独立和自觉的标志性作家,是中国文学史上第一位职业作家和纯文学作家"⑥是丝毫不为过的。

宋玉乃屈原之后学,他继承并发扬了屈原的骚体文学,首创赋体文学。关于赋体文学的首创者的归属问题,有部分学者认为是荀子和宋玉。刘勰《文心雕龙·诠赋》就说:"荀况《礼》《智》,宋玉《风》《钓》,爰赐名号,与《诗》画境,六义附庸,蔚成大国。述客主以首引,极声貌以穷文,斯盖别诗之原始,命赋之厥初也。"但清代何焯认为:"荀赋近质,宋赋多文,宜赋家之独宗宋也。"据此看来,宋玉才是名副其实的赋体文学首创者。从宋玉的作品来看,我们也不难发现,除了《九辩》《招魂》两篇为楚辞体,《对楚王问》为散文外,其他十一篇均为赋体。由此可见,宋玉被尊为赋体文学的"开山祖师"可谓实

---

① 吴广平译注:《楚辞》,岳麓书社,2011年版,第302—303页。
② 吴广平译注:《楚辞》,岳麓书社,2011年版,第366—367页。
③ 吴广平译注:《楚辞》,岳麓书社,2011年版,第371页。
④ 陆侃如:《屈原与宋玉》,《陆侃如古典文学论文集》,上海古籍出版社,1987年版,第413页。
⑤ 李炳海:《辞赋研究的视角转换》,《东北师大学报》(哲学社会科学版)2000年第4期。
⑥ 吴广平译注:《楚辞·前言》,岳麓书社,2011年版,第16页。

至名归。

"宋玉所撰各文,影响于后世者极大而且多,比屈原的影响于'文学'方面,还大得多。"①吴广平先生认为宋玉不仅是中国赋体文学的开创者和代表作家,而且是中国文学史上第一位全方位地描写女性形象的作家,是中国感伤主义文学、梦幻文学、艳情文学、山水文学、游戏文学的开山祖师②。

宋玉之善文,不仅表现在文体方面的创新,还表现在他发挥想象之大胆,运用修辞之娴熟,刻画人物之细腻等方面。他并未见过神女,根据楚襄王对于梦境的描述,全凭想象,写下了动人的赋篇《神女赋》,还原了"其状峨峨,何可极言。貌丰盈以庄姝兮,苞温润之玉颜。眸子炯其精朗兮,瞭多美而可观。眉联娟以蛾扬兮,朱唇的其若丹"的神女形象。在宋玉作品中,夸张、排比、隐喻等修辞手法随处可见。"自宋玉、景差,夸饰始盛。"(刘勰《文心雕龙·夸饰》)其中,《大言赋》《小言赋》中夸张手法的运用尤为广泛。如"方地为车,圆天为盖,长剑耿介,倚天之外。""并吞四夷,饮枯河海。跋越九州,无所容止。身大四塞,愁不可长。"其中夸张手法的运用,使得宋玉的豪情在字里行间展现得淋漓尽致。排比的大量使用,也造就了宋玉赋之磅礴气势。"昔殷汤以七十里,周文以百里,兴利除害,天下归之,其饵可谓芳矣。南面而掌天下,历载数百,到今不废,其纶可谓纫矣。群生浸其泽,民氓畏其罚,其钩可谓拘矣。功成而不隳,名立而不改,其竿可谓强矣。"(《钓赋》)四个结构相同句式的结合,创造出排山倒海的气势,起到了传情达意的作用。隐喻手法也是宋玉作品常用的修辞之一,如他常以"骐骥"、"凤凰"、"鲲鱼"自比,用"皓日"、"明月"来比喻君王。"屈平联藻于日月,宋玉交彩于风云。"(刘勰《文心雕龙》)宋玉喜言风状云,如:"何泛滥之浮云兮,猋壅蔽此明月?""愿皓日之显行兮,云蒙蒙而蔽之。"以暗指小人。宋玉笔下产生过众多美女形象,如"东家之子""主人之女""采桑女""神女"等。这些女性形象经过宋玉的雕琢,美得各有风韵,美而不同。如描写神女时,宋玉道:"其始来也,耀乎若白日初出照屋梁;其少进也,皎若明月舒其光。须臾之间,美貌横生。晔兮如华,温乎如莹。五色并驰,不可殚形。详而视之,夺人目睛。其盛饰也,则罗纨绮缋盛文章,极服妙采照万方。振绣衣,被袿裳,秾不短,纤不长,步裔裔兮曜殿堂。"从神女的服装、配饰、动作、神态等方面进行了细致的描绘,凸显了神女的风姿绰约。在描绘"东家之子"时,宋玉则以"增之一分则太长,减之一分则太短,著粉则太白,施朱则太赤"来勾画。总体概之,宋玉笔下的"神女雍容华贵、安详温柔;东邻女倾国倾城,痴心一片;采桑女容冶貌美、艳压群芳;主人之女知音解曲、热情似火。"③

---

① 姜亮夫:《宋玉简述》,见其《楚辞学论文集》,上海古籍出版社,1984年版,第465页。
② 吴广平:《宋玉研究·内容提要》,岳麓书社,2004年版,第2页。
③ 毛庆:《论宋玉辞赋的女性美及其创作心态》,《山西师大学报》(社会科学版)1992年第3期。

三、忧国忧民

"穷则独善其身,达则兼济天下。"此乃儒家提倡的处世之道,然宋玉无论"穷""达",始终心怀天下,忧国忧民。

宋玉出身卑微,在友人的推荐下,成为了楚襄王的"文学侍从"。楚襄王"待之无以异"(《新序·杂事五》),因而宋玉在政治上始终是不得意的。即便如此,他从未放弃"济世"之念。知"襄王好乐爱赋",宋玉创作了不少讽谏之作,如《风赋》《钓赋》《御赋》《高唐赋》《神女赋》等。他善于采用寓言的形式进谏,在《风赋》中,他将风分为"大王之雄风"和"庶人之雌风",大王之雄风"状直憹檩憭凄,清凉增欷。清清泠泠,愈病析酲。发明耳目,宁体便人";而庶人之风"状直憞溷郁邑,殴温致湿。中心惨怛,生病造热。中唇为胗,得目为蔑。啿齰嗽获,死生不卒"。风本无高低贵贱好坏之分,然而王公贵族享用的清凉之风吹在黎民百姓的身上引来的却是灾害祸患。强烈对比之下,突出了底层人民生活之痛苦,也暗含了宋玉对劳动人民的同情之意,对君王体恤百姓的规劝之情。"不知者以为谄也,知之者以为讽也。"(苏轼《书柳公权联句》)"时襄王骄奢,故宋玉作此赋以讽之",由此看来,《风赋》的确并非一篇简单的咏物赋,同时也是一篇经典的寓言赋。宋玉忧国忧民的情怀在《钓赋》《御赋》两篇中也多有体现,他以小见大,以"钓术""御术"喻"治国之术",劝谏楚襄王"以贤圣为竿,道德为纶,仁义为钩,禄利为饵,四海为池,万民为鱼"。以夏桀、商纣为戒,"建尧舜之洪竿,揭禹汤之修纶",承"尧舜禹汤之御"。《高唐赋》《神女赋》《登徒子好色赋》等名篇,虽多描摹女性之词,甚至有情爱之说,但诚如宋朝的洪迈所言:"宋玉《高唐》、《神女》二赋,其为寓言托兴甚明,予尝即其词而味其旨,盖所谓发乎情,止乎礼义,真得诗人风化之本。"对于《登徒子好色赋》主题之解析唐朝李善也曾说:"此赋假以为辞,讽于淫也。"这三篇赋塑造了高贵大气的神女、明眸皓齿的东家之子、花容月貌的采桑女形象,谈论了宋玉"目欲其颜,心顾其义,扬诗守礼"的高尚行为,旁敲侧击地劝楚襄王戒色,当明君。《高唐赋》结尾云:"王将欲往见,必先斋戒。差时择日,简舆玄服。建云旆,霓为旌,翠为盖。风起雨止,千里而逝。盖发蒙,往自会。思万方,忧国害。开贤圣,辅不逮。"把楚襄王对高唐神女的爱慕之情转移到自身修为和江山社稷上,引导楚襄王成为一代圣贤之君。

《九辩》创作之时,宋玉已处于"贫士失职而志不平"的境地,但宋玉对国家和人民的忠心却始终不改,正如著名学者程本兴先生所言,"宋玉在被赶出宫廷之后的岁月里,处江湖之远仍忧其君,于饥寒之中仍忧其民"。[①] 对宋玉,楚襄王"既美其才,而憎其似屈原",加之小人的妒忌和谗言,最终宋玉"悯其师忠而放逐,故作《九辩》以述其志"。

面对"时俗之工巧兮,背绳墨而改错"、"却骐骥而不乘兮,策驽骀而取路"、"君弃远而不察兮"的政治局面,宋玉虽欲"衔枚而无言""寂漠而绝端",却常念"君之渥洽"和

---

① 程本兴:《宋玉及其作品的和谐思想》,《湖北社会科学》2007年第11期。

"初之厚德"。在他"无衣裘以御冬"时,还在担忧"农夫辍耕而容与兮,恐田野之芜秽"。真正做到了"先天下之忧而忧,后天下之乐而乐"。"事绵绵而多私兮,窃悼后之危败。世雷同而炫曜兮,何毁誉之昧昧!"两句更是直接揭露了官场的腐败黑暗,真诚地表达了对国将衰微局面的担忧。他郁郁不得志,心系百姓却无力帮助百姓摆脱沉重的现实。他愿效忠国家,却遭遇"妒被离而障之"。即便如此,他不改其志,坦言"愿赐不肖之躯而别离兮,放游志乎云中。乘精气之抟抟兮,骛诸神之湛湛。骖白霓之习习兮,历群灵之丰丰"。末尾两句"计专专之不可化兮,愿遂推而为臧",直抒胸臆,表现了他爱国爱民之心的坚定。

四、志高行洁

宋玉虽是一个小小的文学侍臣,但其志向之远大,品行之高洁,向来为人称道。李白有诗云:"宋玉事楚王,立身本高洁。"

《对楚王问》中宋玉就曾自比《阳春》《白雪》,鸟之凤,鱼之鲲,以圣人自居。《九辩》中他也曾自比凤凰、骐骥。这些意象或曲高和寡,或翱翔九天,或遨游孟诸,或驰骋千里,寄寓了作者远大的政治抱负和人生理想。"凤凰上击九千里,绝云霓,负苍天。"这是何等辽远而壮阔的情景。又如《大言赋》中,他写下了"方地为车,圆天为盖,长剑耿介,倚天之外"的豪情壮语。若非有高远的志向,怎能写出如此豪气的话语呢?再如《高唐赋》所言:

> 惟高唐之大体兮,殊无物类之可仪比。巫山赫其无畴兮,道互折而曾累。登巘岩而下望兮,临大阺之稸水。遇天雨之新霁兮,观百谷之俱集。濞汹汹其无声兮,溃淡淡而并入。滂洋洋而四施兮,蓊湛湛而弗止。长风至而波起兮,若丽山之孤亩。势薄岸而相击兮,隘交引而却会。崪中怒而特高兮,若浮海而望碣。砾磥磥而相摩兮,巆震天之磕磕。巨石溺溺之瀺灂兮,沫潼潼而高厉。水澹澹而盘纡兮,洪波淫淫之溶滴。奔扬踊而相击兮,云兴声之霈霈。猛兽惊而跳骇兮,妄奔走而驰迈。虎豹豺兕,失气恐喙;雕鹗鹰鹃,飞扬伏窜。股战胁息,安敢妄挚?于是水虫尽暴,乘渚之阳,鼋鼍鳣鲔,交积纵横。振鳞奋翼,蜲蜲蜿蜿①。

洋洋洒洒几百字,从正面和侧面写尽了山川河流的宏伟壮观。他笔下的江水,流动着喷薄的爆发力和生命力。它有时拍打峭壁,有时撞击巨石,形成了如雪如银的浪花。震耳欲聋的波涛声,使老虎、豹子之类的猛兽惊悚,让苍鹰、鱼鹰一类的飞禽战栗。他冲天的豪气、高远的志向,都寓托在这浩浩荡荡的江水中,大有横扫天下的气势。宋玉选择江水这一宏大的意象来表达心志,以江水的湍急,波浪的迅猛,涛声的澎湃,言说他满腔的热血和豪情,其志向之远大可见一斑。

---

① 吴广平译注:《楚辞》,岳麓书社,2011年版,第326页。

宋玉的品格也是端正高洁的,这一点在多方面都有例证。宋玉在他的作品中,常使用"蕙兰"、"兰草"这些意象。如"窃悲夫蕙华之曾敷兮"、"以为君独服此蕙兮"、"光风转蕙,泛崇兰些"、"兰薄户树,琼木篱些"、"猎蕙草",而兰草自古以来就被看作品行高洁、不改气节的象征。宋玉广泛使用兰草这个意象与其高雅之追求、高洁之志趣不谋而合。

宋玉对礼义的坚守也体现了他品格的高洁。《登徒子好色赋》中貌若天仙的东家之子,对他芳心暗许,甚至登墙窥视了他三年,他却能"目欲其颜,心顾其义,扬诗守礼",始终不为所动。《讽赋》中的主人之女,"曀承日之华,披翠云之裘,更被白縠之单衫,垂珠步摇",又为宋玉"炊彫胡之饭,烹露葵之羹","以其翡翠之钗"挂于宋玉之冠缨,甚至为之歌曰:"内怵惕兮徂玉床,横自陈兮君之傍。君不御兮妾谁怨?日将至兮下黄泉。"连楚襄王都感叹道:"若是我在这种时候,怎么会放弃这样的机会呢?"但是,宋玉面对这赤裸裸的女色诱惑,选择的是奏《幽兰》《白雪》《秋竹》《积雪》之曲,并表示"宁杀人之父,孤人之子,诚不忍爱主人之女"。其对礼义的恪守,可见一斑。他崇尚仁义道德,提倡仁政的举动也反映出了他品行的高尚。"彼以国家为车,贤圣为马,道德为策,仁义为辔,天下为路,万民为货。御术微矣,非圣人其孰能察之!此义御也。义御者,大王之御也。"《御赋》之言,既是宋玉对楚王的忠心进谏之言,又是宋玉追求仁义的表现。

宋玉高洁品格的保有还在于他对自我的坚持。"独耿介而不随兮,愿慕先圣之遗教。处浊世而显荣兮,非余心之所乐。与其无义而有名兮,宁穷处而守高。食不媮而为饱兮,衣不苟而为温。窃慕诗人之遗风兮,愿托志乎素餐。"短短几十个字,显示的却是他士大夫"不为五斗米折腰"的本色。他曾"数遭患祸,身困极也;亡财遗物,逢寇贼也;丧妃失偶,块独立也;远客寄居,孤单特也。"(王逸《楚辞章句·〈九辩〉注》)但从未改其节。他的身边环绕着登徒子、唐勒之徒,他们皆以谄媚侍主,好进谗言,然则宋玉不与他们为伍,如同出淤泥而不染的荷花,独立于政坛之上。虽数次被短于楚襄王前,他从没进行过"以牙还牙"式的报复,而是自守阵地,坚持他的政治理想。

"一千个读者就有一千个哈姆雷特。"千百年来,宋玉被人们誉为"庶民的歌手;谏王的贤臣;执简咏赋的才子;招魂祭祀的工祝;被美女追逐好色不淫的翩翩少年;悲哉秋之为气也的千古老人;善钓的圣手、驾车的神御;人群中的笑话大王;园林里的审美雅士;抚琴横笛的知音;楚曲郑舞的高手;品尝佳肴琼浆的美食家;游历山水邑乡的旅游者"。① 每个角色都是宋玉,却又都不是完整的宋玉。细细品读其作品,他才貌双全、识音善文、忧国忧民、志高行洁的形象特点都蕴含在这些角色之中。"文如其人",他的十四篇作品既是宝贵的文学财富,更是他人格特征和自我形象的最好写照。

---

① 杨绪穆:《赋圣宋玉研究三题》,见吴广平、史新林主编《徜徉宋玉城》,湖南人民出版社,2011年版,第98—99页。

"咽咽学楚吟"而"得《骚》之骨"

——李贺的屈宋接受

祁国宏

（北方民族大学　宁夏银川　750021）

【摘要】 李贺是唐人中学习并接受屈宋辞赋作品最自觉的，其创作实绩也最为突出。具体可由三个层面得以佐证：唐人的楚骚评论最多最集中的是李贺；同时代及后人对唐人接受楚骚的批评意见争议最多最集中的是李贺；唐人创作中称引屈宋并化用楚骚命辞及句法甚为密集，且其诗歌整体文学精神与楚骚最为相通的亦是李贺。

【关键词】 李贺；楚辞；接受

李贺是中唐诗坛一位全力从事诗歌创作的专业诗人。据《新唐书》载："（贺）每旦日出，骑弱马，从小奚奴，背古锦囊，遇所得，书投囊中。未始先立题然后为诗，如他人牵合程课者。及暮归，足成之。非大醉、吊丧日率如此。过亦不甚省。母使婢探囊中，见所书多，即怒曰：'是儿要呕出心乃已耳。'"也许只有通过诗歌创作，他才能体验到精神的愉悦，才能确证自我存在的意义。以此，李贺的诗歌堪称精工细雕，语词奇崛且色味艳异，意境凄迷而泣鬼惊神。古今的诗评家多注意到了李贺诗歌与楚骚之间的密切关系，发表过不少灼见，从李贺与屈原的身世、思想及其作品的意旨神理等方面作过深入的探讨。而笔者以为李贺之所以倾心楚骚而着力学习其命意、造境和辞彩，至为关键的一点即是他迷醉沉浸于诗歌世界的这种精神状态，与楚骚反复致意而迷离惝恍的幻化诗境极为契合，尤其与屈原创作《离骚》《惜诵》《远游》等篇章时思飞天外的巫士式思维极为接近。因此，楚骚在李贺看来就是一座辉煌神秘的文学殿堂，充满着现实世界中所没有的奇丽景象，飞动着诗人轻灵而自由的灵魂，喷发出绵绵不尽的哀怨、愤恨和不平。这种种气息都非常合于李贺的气质，闻起来简直是沁人心脾，既入于脏腑又渗透血骨。从此意义上说，唐代学习接受楚骚的诗人中李贺是最为自觉的一个，其诗歌也是最能够体现出楚骚奇思万端而惊采绝艳总体风貌的一个。明人陆钿说"李长吉得《骚》之骨"，诚哉斯言。

一、李贺的楚骚评论

唐代是一个激情飞扬的时代，唐人渴望建功立业的热情和理想远甚于其学术兴味。以是唐代的楚辞研究也便处于一个低谷状态,几乎没有留下什么像样的研究成果。但唐人对楚辞作品其实是非常熟习也非常重视的,这从他们的诗文作品屡屡称引屈宋及大量化用其辞赋语词即可窥一斑。惜乎唐人或是不屑于或是无暇于从事故纸堆中的楚辞研究,像李白、杜甫、韩愈这样的诗文大家对屈宋楚骚亦仅有片言只语的评说,而且这些评说往往都是在他们表达自己某种诗文主张时因涉及楚骚而发表的意见,并非专门之论。后人能够看到的唐代楚辞研究成果,除了依托《文选》一书而留存的部分唐人注解外,其他评论性资料大多以零星的即兴评说形式存在于唐人的诗文作品之中。相较之下,李贺应算是一个特例,因为从其留存至今的楚辞评论来看,其形式内容与同时代其他诗人的楚辞评论判然有别。以下试详说之。

①《离骚》感慨沉痛,读之有不歔欷欲泣者,其为人臣可知矣!

②《天问》语甚奇崛,于《楚辞》中可推第一,即开辟来亦可推第一。贺极意好之。时居南园,读数过,忽得"文章何处哭秋风"之句。

③《九章》其意悽怆,其辞瑰,其气激烈。虽使间有重复,然临死时求为感动庸主,自不觉言之不足,故重言之,要自不为冗也。

④《远游》篇仅铺叙畅达,托志高远,取其意可也,若以文论,尚不尽屈氏所长。

⑤《卜居》为《骚》之变体,辞复宏放,而法甚奇崛。其宏放可及也,其奇崛不可及也。

⑥读此(指《渔父》)一过,居然觉山月窥人,江云罩笠,光景宛宛在目。

⑦宋玉赋当以《招魂》为最幽秀奇古,体格较《骚》一变。予有诗云"愿书汉载招书鬼,休令恨骨埋蒿里",亦本之。以上七条针对楚骚的评述见于明蒋之翘《七十二家评楚辞》。蒋之翘将自司马迁以下至明时计七十余家评论楚骚的意见进行了搜罗编辑,分载于其校定本《楚辞集注》各篇之中。此即所谓《七十二家评楚辞》,堪称明以前楚辞评论资料之总汇。笔者所引出自《楚辞评论资料选》一书。据这些李贺对楚骚的评论来看,他确乎是唐代着意研究过屈宋作品的诗人。蒋之翘《七十二家评楚辞》的资料来源今虽难考知,但相信他定有所本。就其中所收唐人的楚骚评论而言,除另有贾岛的一段评说外[①],就只有李贺这七条了。由此亦足见李贺对楚骚抱有非同寻常的态度,或许其实际的评骚言论当不止蒋之翘所搜辑之数。仅观留存于今的这些评说,显然与多数唐人一般性的抑扬毁誉有所不同。

其一,李贺对楚骚所发表的意见表现为一种较专门的评论形式,是他用心研读楚骚作品后所得情感感染和审美感受之真实表达,更倾向于较纯粹的文学批评。这与此前王勃、李白、杜甫、李华、萧颖士等人针对楚骚发表看法有较大不同。因为后者往往只是在一些阐述表达其文学主张的诗文中或推崇或贬抑屈宋辞赋,他们的主要目的不是为了阐述对屈宋楚骚的理解,而是借抑扬屈宋楚骚来表明各自的文学立场及其对待

---

① 收于《七十二家评楚辞》之贾岛评骚意见,蒋之翘应是本之于《二南密旨》,张伯伟《全唐五代诗格校考》中有论。

文学遗产的态度。换言之,李贺的楚骚评论带有较浓厚的学术色彩,从而与同时代多数诗文作者片言只语地附带性谈及楚骚作品相区别开来。

其二,李贺对屈宋骚辞的论评涉及范围较广而且具体。现存的七条评说分别针对《离骚》《天问》《九章》《远游》《卜居》《渔父》《招魂》等而发,基本涵括了屈宋的主要作品。合理的推测是李贺既然对这些作品发表过意见,当然也就十分精熟屈宋的全部作品了,同时也应会针对屈宋的其他作品有所评论,只可惜未能留存下来。这也与唐代其他涉及楚骚的评说不同。据笔者统计,唐人诗文中多数情况下都是以"楚辞""离骚"或"屈宋"来指代楚骚作品,常将屈宋的全部作品当作一个整体来概括其风貌特色,像李贺这样针对屈宋作品具体篇目进行评说的几近于无。可以说李贺的楚骚评论是剖析一个个明确的对象,表达自己对某篇具体作品的阅读感受;而同时代人的楚骚评论则往往是就与"风雅"传统相对应的"楚骚"进行大体的笼统言说。

其三,李贺的楚骚评论涉及作品语辞特色、结构章法、体貌风格及思想情感等诸方面。如"《天问》语甚奇崛,于《楚辞》中可推第一,即开辟来亦可推第一""《九章》)其辞瓌瑰""(《卜居》)辞复宏放"等,即是评说楚骚语辞特色的。这里的"奇崛""瓌瑰"和"宏放",颇类于刘勰所言之"瑰诡慧巧""耀艳深华"及"标放言之致"之意①。如"(《九章》)虽使间有重复,然临死时求为感动庸主,自不觉言之不足,故重言之,要自不为冗也""《远游》篇仅铺叙畅达",前句指出《九章》各篇具有回环往复的结构特点,并说明这是作者强烈情感的自然表达,并非赘辞拖沓。李贺的意见同于司马迁所言"一篇之中三致志焉"的看法;后句认为《远游》篇铺叙畅达,同样是概括其结构章法特点。如"(《卜居》)法甚奇崛。其宏放可及也,其奇崛不可及也""宋玉赋当以《招魂》为最幽秀奇古,体格较《骚》一变"两句,分别强调了《卜居》的"奇崛"和《招魂》的"幽秀奇古",表明李贺注意到了楚骚此种别具一格的体貌风味。再如说《离骚》"感慨沉痛,读之有不歔欷欲泣者,其为人臣可知矣",说《九章》"其意悽怆"而"其气激烈",则主要揭示了楚骚作品蕴含的思想情感,指出屈子眷恋故国而刚直忠贞的高尚人格及其"发愤以抒情"而表达出的无限悲凉激烈之气。

其四,由李贺的楚骚评论,可见他最为称赏楚骚"奇崛"之气,并着意学习汲取此种"奇崛"之气。在李贺的七条楚骚评论中,两次用到"奇崛",它们是"《天问》语甚奇崛,于《楚辞》中可推第一,即开辟来亦可推第一。贺极意好之。时居南园,读数过,忽得'文章何处哭秋风'之句",和"(《卜居》)法甚奇崛……其奇崛不可及也"。前句用"奇崛"形容《天问》篇的语言特色并极力推扬,称自己诵读之际灵感突发而得佳句。可见李贺完全为《天问》瓌诡奇异的语言形式所征服,整个身心都沉浸于诗句所渲染的特别氛围之中,以此才会触发自己的创作冲动。后句以"奇崛"说明《卜居》篇的体貌风格,进而称这种层层叠进而让愤恨情绪恣肆流泻的手法令人惊异,达到了一个很难仿效的

---

① 刘勰《文心雕龙·辨骚》云:"《远游》《天问》,瑰诡而慧巧,《招魂》《招隐》,耀艳而深华;《卜居》标放言之致……"此当为李贺所本。

高度。还有一次用到"幽秀奇古",即"宋玉赋当以《招魂》为最幽秀奇古,体格较《骚》一变。予有诗云'愿书汉载招书鬼,休令恨骨埋蒿里',亦本之。"此句又是概括《招魂》篇的风貌,所用"奇古"一词当与"奇崛"相近,皆是指楚骚作品所独具的惊采绝艳与浓厚楚风之特色。而且李贺这次又交代出一句自己本于《招魂》而创作的诗歌,可见研习楚骚已成为他获取创作资源的一种方式了。所有这些都表明楚骚的"奇崛"之气对李贺吸引力最大,对其诗歌创作的影响也最为明显。

二、"《骚》之苗裔"的同异之辩

接受美学理论认为所有接受活动都须具备接受主体、接受对象及接受关系三种要素。而接受活动的主体应当为接受活动的发动者,接受对象即是主体所指向的目标,接受主体与接受对象互动形成的联系纽带就形成了二者之间的接受关系。据此,李贺因其对屈宋楚骚的钟情而具有了指向楚骚而发起接受活动的强烈内驱力,其具体的接受关系除了前文已述及的楚骚评论,即通过对屈宋作品进行阐释而达到理解接受之目的而外,更重要的应当是通过其具体的诗歌创作来学习、仿效并汲取屈宋作品的语辞风采和神理气味。对此,同时代人杜牧在李贺辞世十五载后为其诗集作序时概括道:

> 云烟绵联,不足为其态也;水之迢迢,不足为其情也;春之盎盎,不足为其和也;秋之明洁,不足为其格也;风樯阵马,不足为其勇也;瓦棺篆鼎,不足为其古也;时花美女,不足为其色也;荒国陊殿,梗莽邱垅,不足为其恨怨悲愁也;鲸吸鳌掷,牛鬼蛇神,不足为其虚荒诞幻也。盖《骚》之苗裔,理虽不及,辞或过之。《骚》有感怨刺怼,言及君臣理乱,时有以激发人意。乃贺所为,无得有是?贺复能探寻前事,所以深叹恨古今未尝经道者,如《金铜仙人辞汉歌》、《补梁庾肩吾宫体谣》,求取情状,离绝远去,笔墨畦迳间,亦殊不能知之。贺生二十七年死矣,世皆曰:"使贺且未死,少加以理,奴仆命《骚》可也。"

自杜牧此言一出,后人凡评李贺诗者无不随声附和,"《骚》之苗裔"亦几成通识定见。这足以表明李贺诗歌创作确实深受屈宋楚骚影响而带有较鲜明的楚骚气味。然而围绕杜牧对"《骚》之苗裔"所作的具体阐发,后世却见仁见智而看法不一。争论的焦点在于李贺诗歌是否内涵楚骚之理,李贺诗歌的意蕴与体貌究竟当如何理解等,总体上对杜牧的意见多有从不同角度出发而有所驳议。

先是宋刘辰翁《笺注评点李长吉歌诗》云:"旧看长吉诗,固喜其才,亦厌其涩,落笔细读,方知作者用心。料他人观不到此也,是千年长吉犹无知己也。以杜牧之郑重,为《叙》直取二三歌诗而止,始知牧亦未尝读也,即读亦未知也。微一二歌诗,将无道长吉者矣。谓其理不及《骚》,未也,亦未必知《骚》也;《骚》之荒忽,则过之矣。更欲仆《骚》,亦非也。千年长吉,余甫知之耳。诗之难读如此,而作者常呕心何也?"又云:"樊川反复称道,形容非不极致,独惜理不及《骚》,不知贺所长正在理外,如惠施'坚白',特以不近人情,而听者惑焉,是为辩。若眼前语,众人意,则不待长吉能之,此长吉所以自成一家欤!"刘氏以李贺知音的口气感叹千年以来无人读懂长吉诗,只有自己才真正理解李贺。他认为杜牧评价贺诗理不及《骚》是不对的,"奴仆命《骚》"亦不尽恰当。言外之意似杜牧既未完全理解李贺歌诗,也未真正理解楚骚,所以才会作出此种不合适的简单比附。刘氏自己的看法是李贺诗歌创作学《骚》非学其理,因为"贺所长正在理外"。其诗歌创作亦是特意舍弃习见常用之语辞物景而代之以奇诡惊骇之意象,以此才达到了超越"《骚》之荒忽"的艺术境界,才成就了李贺诗歌自成一家的地位。

明代李维桢《昌谷诗解序》则持更大的反对意见,他说:"杜樊川《序》谓《骚》之苗裔,令未死,且加以理,可奴仆命《骚》,未为不知长吉,亦未为深知长吉。诗有别才,不必尽出于理……《骚》诣绝穷微,极命庶物,力夺天工,浑成无迹。长吉则锋颖太露,蹊径易见,调高而不能下,气峻而不能平,是于《骚》特长拟议,未臻变化,安得奴仆《骚》也?"李氏认为李贺诗歌有学《骚》之处,亦堪称独自成家,但较之于《骚》仍有很大距离。一是琢磨太过而不如楚骚之浑然天成,二是一味高峻而不如楚骚之低昂多变。以此,杜牧以"理不及《骚》"评李贺歌诗既已不当,而谓其"少加以理可奴仆命《骚》"便尤为荒谬。

明清之际的贺贻孙《诗筏》又云:"杜牧之作李长吉序……谓长吉诗为'《骚》之苗裔'一语甚当。盖长吉诗多从风、雅及《楚辞》中来,但入诗歌中,进成创体耳。又谓'理虽不及,辞或过之,使加以理,奴仆命《骚》可也'数语,吾有疑焉。夫唐诗所以绝千古者,以其绝不言理耳……楚骚虽忠爱恻怛,然其妙在荒唐无理,而长吉诗歌所以得为《骚》苗裔者,正当于无理中求之,奈何反欲加以理耶? 理袭辞鄙,而理亦付之陈言矣,岂复有长吉诗歌? 又岂复有《骚》哉?"在贺贻孙看来,楚骚之妙即在荒唐无理,李贺诗歌正可谓得其无理,所以才可称之为"《骚》之苗裔"。与他持相同观点者还有稍后的舒梦兰,其《古南余话》卷三云:"(长吉)善学《楚辞》,试将《招魂》、《大招》中'些''只'语助一一点去,以七字断句,不全似长吉乐府之声乎! 樊川谓其少理,盖不能读《骚》。《骚》正越理撼情,贵声情而略词理者。有娀之女可求乎? 鸠叫为媒乎? 鱼可媵乎? 犬可冲乎? 水中可筑室而芙蓉可为裳乎? 其理安在?"其实,从刘辰翁和李维桢反驳杜牧的言论中已隐隐流露出对楚骚之理该作何解的疑问,认为从"理"的角度比照楚骚与贺诗是不适当的。而到了贺贻孙和舒梦兰这里,他们反驳杜牧而明确声称楚骚与贺诗最大的相同点正在于"贵声情而略词理"。也正是从此意义出发,可将贺诗看作是学习接受楚骚的成功典范。然而人们的意见总是难于一致起来,宋琬在《昌谷注叙》中又提出李贺歌诗学《骚》的主要体现即是以一颗屈原式的孤忠之心而抒其哀愤忧国之情,其理正同于楚骚。然而世人皆不深察,以为李贺诗歌是"呕心作诡谲之辞"、"神鬼悠谬不可知",实在是对李贺的巨大误解和谗毁。杜牧"可谓爱贺矣,然犹以为理所未及,虽爱亦谗也"。宋氏的看法可谓是对此前众家评说的一大反拨,回到了杜牧的思路上但并不认同杜牧"理不及《骚》"的说法。

综括以上论争,笔者以为各家都有自己的道理,并不能简单地认定孰是孰非。这样的争论亦有助于我们更好地理解李贺诗歌与楚骚之间复杂的接受关系。因为围绕此命题之所以会出现如许之多的不同看法，这本身即表明楚骚作用于李贺诗歌创作的影响力不局限于某一个方面，而是从辞采形式到思想内容皆有浸染，是一种整体体格上的学习和接受。由于以上各家评说的角度和侧重点有所不同，从而在理解李贺诗歌与楚骚间的关系时产生一些歧见也就在所难免了。不管杜牧对"《骚》之苗裔"的阐述有无偏差，也不管后世围绕此命题展开的讨论有无对错，我们认为所有的意见都是有价值的。因为这些意见可启发人们从多方面去探析李贺诗歌，更好地读懂李贺诗歌。诚如清人姚文燮在《昌谷诗注自序》所说："杜牧之言贺理不及《骚》而为《骚》之苗裔也，是不必以《骚》抑贺也；又谓少加以理可奴仆命《骚》也，是又不必以贺抑《骚》也。《骚》理何必皆贺，贺理何必皆《骚》也？"以此，关乎"《骚》之苗裔"的同异之辩可视为一条前人于无意中挖掘而成的通道，它可指示我们更方便准确地进入李贺的诗歌世界。

三、李贺诗歌的屈宋接受表现

李贺钟爱楚骚而其创作亦深得楚骚之赐，对此不仅前人多有评说，李贺自己在诗歌中也屡屡言及。如"《楞伽》堆案前，《楚辞》系肘后"（《赠陈商》）、"斫取青光写《楚辞》，腻香春粉黑离离"（《昌谷北园新笋四首》其二）、"咽咽学楚吟，病骨伤幽素"（《伤心行》）、"坐泛楚奏吟《招魂》"（《南园》）等，夸张地表现了他对楚骚须臾不离的痴迷程度，同时还将自己的诗歌创作径直称为"楚辞"。李贺诗歌到底体现出了对屈宋楚骚怎样的继承和接受呢？前人所谓"《骚》之苗裔"的具体根由是什么呢？这些皆须从李贺的诗歌作品中去求得解答，而且只有从具体作品中寻绎到的接受关系才最为真实可靠。

其一，奇诡浓丽而又哀婉寒峭的辞彩。李贺诗歌用语新奇独特，带有韩孟一派的苦吟作风。李贺的诗歌创作态度由《新唐书》载其母称"是儿要呕出心乃已耳"可以想见一二。李贺的苦吟一旦与其对楚骚的爱赏结合起来，很自然地就形成了奇诡浓丽而又哀婉寒峭的辞彩。如《苏小小墓》一诗：幽兰露，如啼眼。无物结同心，烟花不堪剪。草如茵，松如盖。风为裳，水为珮。油壁车，夕相待。冷翠烛，劳光彩。西陵下，风吹雨。全诗传达出一种幽幽冷气，让人心生寒意。然而这种寒意并不是作者刻意渲染的，而是在描写幽兰、烟花、绿草、青松、翠烛等一系列色彩鲜明的物象时不经意间从字里行间渗漏出来的。换言之，该诗最为成功之处即是其辞彩。全诗的意境氛围之所以揪心冷峭，主要是因为作者选取了一些在他看来蕴意指向一致的语词，并将它们巧妙地搭配组织起来，从而使诗句凝成一个整体，产生了强烈的审美冲击力。李贺此诗的作法，显然就是对屈子《九歌》，尤其是《山鬼》篇的一种学习。相类的诗例在李贺诗集中随处可见，如其乐府诗《十二月乐辞·三月》："东方风来满眼春，花城柳暗愁几人。复宫深殿竹风起，新翠舞襟静如水。光风转蕙百馀里，暖雾驱云扑天地。军装宫妓扫蛾浅，摇摇锦旗夹城暖。曲水飘香去不归，梨花落尽成秋苑。"诗中写春色满眼、花城柳暗、竹摇深宫、暖雾驱云、曲水飘香、梨花落尽等等，辞彩绚烂堂皇，令人目不暇接。但同样表现的却不是欢情而是哀愁，字面的热闹背后深藏着冷寂。此种堆积繁盛艳丽语词而实质上是为写凄凉无奈的笔法当是源于《招魂》,该诗中"光风转蕙百馀里"即本于《招魂》"风光转蕙,泛崇兰些"一句,此亦可看作李贺诗歌辞彩受楚骚影响的注脚。再如《雁门太守行》一诗中的"黑云压城"、"甲光向日"、"燕脂夜紫"等,色彩皆极为刺目,是作者苦心锻炼出的句子。而这层层光影散射出的苍凉和悲壮,又能给读者以深刻感动。叶葱奇评此诗云:"很像屈原《九歌》中的《国殇》。杜牧说贺诗是'《骚》之苗裔',所见甚确,集中像这一类的诗实在都是胎息《楚辞》,而很能得其神理的。"

奇诡浓丽而又哀婉寒峭的辞彩是李贺诗歌学习并接受楚骚而表现出来的基本特征,因此我们读李贺诗歌首先也便会感受到它们在辞彩方面与楚骚的相近相通,往往在五彩斑斓的奇丽语词外衣下窥到诗人内心世界的寂寞伤感。如"羲和敲日玻璃声,劫灰飞尽古今平"(《秦王饮酒》)、"衰兰送客咸阳道,天若有情天亦老"(《金铜仙人辞汉歌》)、"南风吹山作平地,帝遣天吴移海水。王母桃花千遍红,彭祖巫咸几回死"(《浩歌》)、"星依云渚冷,露滴盘中圆。好花生木末,衰蕙愁空园。夜天如玉砌,池叶极青钱"(《河南府试十二月乐词·七月》)等。李贺诗歌中喜用的意象有蕙、兰、露、竹、月等,这与楚骚多写草木霜露或烘托气氛或寄寓比附有一致之处。特别是当用到"蕙兰""杜若""木叶""兰风"等语词时,结合整首诗的意蕴来看,它们显然是李贺从楚骚中借用而来。从一定意义上说,这些诗歌即因为此类借用而沾染上了楚骚惊采绝艳的凄迷色彩。沈德潜《说诗晬语》云:"李长吉诗,每近《天问》《招魂》,楚《骚》之苗裔也;特语语求工,而波澜堂庑又窄,所以有山节藻棁之诮。"施补华《岘佣说诗》又云:"李长吉七古,虽幽僻多鬼气,其源实自《离骚》来,哀艳荒怪之语,殊不可废,惜成章者少耳。"他们都注意到了李贺诗学《骚》语而成其新异哀艳之辞彩特色的一面,同时也指出其因"语语求工"而不如楚骚之浑整天然的不足。

其二,出人意表的构思和奇崛险幻的意境。李贺被称为"鬼才",一个原因是其笔下多荒怪幽冷之气,另一个原因是其诗歌构思往往能独辟蹊径而出人意表,从而营造出幻化莫测而恣肆奇崛的诗歌意境,引领读者精骛八极而神游万仞。这与楚骚中描写乘风腾云而上天入地等幻思游历的手法类似,都会使读者在称奇之余感受到作者内心涌动着的巨浪狂涛。先让我们来看一篇李贺的《李凭箜篌引》:吴丝蜀桐张高秋,空白凝云颓不流。江娥啼竹素女愁,李凭中国弹箜篌。昆山玉碎凤凰叫,芙蓉泣露香兰笑。十二门前融冷光,二十三丝动紫皇。女娲炼石补天处,石破天惊逗秋雨。梦入神山教神妪,老鱼跳波瘦蛟舞。吴质不眠倚桂树,露脚斜飞湿寒兔。这首诗是《李贺诗集》之首篇,也是能够很好地体现其新颖构思和奇崛诗境的一篇。诗篇起首描绘出一幅开阔辽远又凄凉清冷的图景,给人以壮美之感。你看那秋天高远的长空之下,李凭如痴如醉地弹拨箜篌,声震林越而响遏行云,连江娥素女听了也一下便愁绪满怀而泪洒竹枝。"昆山玉碎凤凰叫,芙蓉泣露香兰笑",这句的拟人手法即表现出李贺想象力之丰富惊人,极精准灵妙地形容出音乐之幽美清越,给人以强烈的审美感受。同时,从此句始,诗人的思绪不知不觉间进入到了幻想世界,笔下所出现的人物景象全都来自神话传说,与现实有着明显的距离。诗中先后写到天门前冷光消融,紫皇亦为乐声感动,女娲炼石补天而石破天惊,极其夸张地表现李凭弹奏箜篌的饱满高昂和激烈有力。接着诗人又以"梦入"两字转入到另一层想象空间,在那里似乎看到不是李凭而是神仙在弹奏,鱼蛟随着音乐的节奏翩翩起舞;夜已深沉露湿寒兔,然而月宫中的吴质却为音乐所陶醉而斜倚桂树不能入眠。这样就将李凭的音乐才能刻写得出神入化而无以复加。从整体上来读这首诗,一方面我们可看到李贺创作构思的奇异和诗境的奇崛,那些繁复的幻化景象也只有楚骚可与之相比;另一方面我们也能够感受到诗句字行间渗出的一股愤激之意,诗人为什么要写乐声使"江娥啼竹素女愁"呢?为什么要用"芙蓉泣露""石破天惊"和"老鱼瘦蛟"这样一类骇人耳目的语汇呢?这其实即当是诗人黯然心境的无意流露。

李贺诗集中类似于《李凭箜篌引》的诗作甚众。沈德潜说:"长吉诗依约楚《骚》,而意取幽奥,辞取瓌奇。"所谓"意取幽奥",主要当指新颖别致的构思和奇崛险幻的意境。诗人往往能以超绝的想象将现实、传说和神话融铸到一首诗当中,使之成为一个独立自足的审美对象。以此,在李贺诗歌中我们常能读到出其不意的幻怪之语,如"东指羲和能走马,海尘新生石山下"(《天上谣》),写仙人从上天俯视人间须臾千年的巨大变化,想象十分奇特。李贺另有"遥望齐州九点烟,一泓海水杯中泻"(《梦天》,同上),其构思亦同于此。再如"思牵今夜肠应直,雨冷香魂吊书客。秋坟鬼唱鲍家诗,恨血千年土中碧"(《秋来》)、"秦王骑虎游八极,剑光照空天自碧"(《秦王饮酒》)、"空将汉月出宫门,忆君清泪如铅水"(《金铜仙人辞汉歌》)等,诗思的新奇夸张皆富于独创性,确有李贺式的"幽奥"之色。若从李贺诗中抽出一篇最能代表其心裁独出之构思的,笔者以为莫过于《罗浮山父与葛篇》了。此诗题材无甚特别之处,不过是写一块葛布而已。但诗人却从织布时的江雨与和暖的兰台风写起,表明葛布的不凡来历;次写洞中老仙送布于人而织布的鬼工吝惜啼哭,极言葛布的不同寻常;接着以蛇喘湿洞与鱼立不食形容天气酷热,此时用这样素洁如天的葛布剪裁为衣当是何等的美妙呵。全诗纯粹出于诗人的丰富想象之中,将江雨细风、老仙鬼工、蛇毒湿洞、江鱼衔沙和箱中一尺天等奇幻意象,以拟人、夸张、比喻等手法围绕葛布组织成为一个整体。作者创作此诗之精妙构思一如纺织葛布之巧夺天工,可谓煞费苦心而周折不少。而若从李贺诗中抽出一篇最能代表其意境奇崛险幻的,又莫过于《苦昼短》一篇了。此诗从长短不一而多四字句和问句的形式,以及强烈的怀疑精神等来看,应当是受屈原作品尤其是《天问》的不少沾溉。诗人以邀劝太阳跟自己一同畅饮美酒写起,使诗作染上一层浓重的浪漫色彩。诗人激烈地宣称自己不知天高地厚,只知寒暑易节人寿不永,不管贵贱贫富都将终老死去,哪里有什么神君和太一的保佑呢?更惊人的想象是诗人要斩杀驾日之龙而食其肉,从而使长昼亘古,再也没有黑夜和生老病死之困。根本用不着去服食什么黄金白玉,刘彻嬴政不都枉然死于求仙问道吗?诗人以腾挪险幻之思构造出了一个奇崛非常的诗境,使人心生惊悸和震撼。有论者以为此诗是讽刺宪宗好神仙的,而笔者倒更愿意视其为诗人抒发人生苦短而莫可奈何的生命之痛的,是诗人对生命存在本质的一种形而上的追问。

其三,幽怆寂寥的悲愤情感。李贺诗歌创作宗师屈宋而仰范楚骚,以奇诡寒峭的语辞、丰富奇异的想象和新颖的构思,创设出一种奇崛华美而又变幻莫测的艺术境界。然笔者以为除了这些形式特点外,李贺诗歌之所以被公认为"《骚》之苗裔",还在于其对楚骚文学精神的接受,即抒发作者幽怆寂寥的悲愤情感。李贺诗云"天荒地老无人识",此约略可概其诗歌多幽怨愤慨之根由。清张澍《李长吉诗跋》曰:"余读长吉之诗,窃以为似杨雄之文也,其幽思诘屈,奇采陆离,寄兴无端,《离骚》与伍。世之论者,辄议其险怪难解,有心雕缋,则惑之甚。夫以昌谷之才,髫龄惊众,而媢忌者沮其进用,使之陷塞不伸,情菀志溹,发为歌诗,舒写郁抱,宜其龙腾虎攫,波谲云诡也。"这正可看作是对"天荒地老无人识"的解说。李贺自称是唐宗室郑王后裔,此与屈子为楚王同宗类似,这一点让他们自己心中会产生较常人更多一些的社稷忧患感;然而李贺生年潦倒穷困,没有取得过什么像样的政治地位,此与屈子遭谗被逐亦有近似之处,但笔者以为实则更类同于宋玉的"贫士失职而志不平"之情形。以李贺之诗才和甚高的自我期许,对照其落拓的现实境遇,自然会有满腔的怨愤从笔端喷涌而出了。

李贺多次在诗中强调自己"唐诸王孙"的出身地位,明显带有以此为荣的自豪和自命不凡之意。其《南园十三首》其五云:"男儿何不带吴钩? 收取关山五十州。请君暂上凌烟阁,若个书生万户侯。"《马诗二十三首》其五云:"大漠沙如雪,燕山月似钩。何当金络脑,快走踏清秋。"皆表露了诗人昂扬向上的精神风貌,渴望建功立业而一展抱负。但早已败落的家境和因讳父名而不得参加进士考试,使李贺的热情和理想遭遇到了寒流,诗人的敏感便一下将他推入了精神的苦闷深渊。试看这些诗句:"我有迷魂招不得,雄鸡一声天下白。少年心事当拏云,谁念幽寒坐呜呃?"(《致酒行》)"园中莫种树,种树四时愁。独睡南床月,今秋似去秋。"(《莫种树》)"落莫谁家子,来感长安秋。壮年抱羁恨,梦泣生白头。"(《崇义里滞雨》)"秋风吹地百草干,华容碧影生晚寒。我当二十不得意,一心愁谢如枯兰。"(《开愁歌》)"驱马出门意,牢落长安心。两事谁向道? 自作秋风吟。"(《京城》)细细读来,相信我们会被李贺的愤恨不平之气和落寞寂寥之意所淹没的。若要更深地理解李贺在抒写幽怆悲愤情感方面接受了楚骚的影响,最好来读读他的《公无出门》一诗:

天迷迷,地密密。熊虺食人魂,雪霜断人骨。

嗾犬狺狺相索索,舐掌偏宜佩兰客。帝遣乘轩灾自息,玉星点剑黄金轭。

我虽跨马不得还,历阳湖波大如山。毒虬相视振金环,狻猊猰㺟吐馋涎。

鲍焦一世披草眠,颜回廿九鬓毛斑。颜回非血衰,鲍焦不违天。

天畏遭衔啮,所以致之然。分明犹惧公不信,公看呵壁书《问天》!

此诗开首即描绘了一幅极恐怖的场景:天上飘飞着断人肌骨的霜雪而昏昏沉沉,地上爬行着食人魂魄的恶兽而密密麻麻,猛犬被啸嗾纵使着扑向一个个善良无辜的人。接着诗人写自己跨马他方,所见更是百倍地险绝艰难。人们幻想着也许能够得到天帝的护佑而免除灾殃,但天帝原来却也是欺软怕硬之辈,他非但不帮助善良弱小,相反竟与毒虫怪兽们一起来折磨天下百姓。颜回安贫乐道而困顿早夭,鲍焦与世无争而穷苦潦倒，这其实都是上天故意所为！最后诗人以极度愤激的语调喊出："分明犹惧公不信，公看呵壁书《问天》！"表现出对上天不公的强烈抗议和指斥。

　　李贺此诗在很多方面体现了对楚骚的接受，语汇方面如"熊虺食人魂"化自《招魂》"雄虺九首，往来倏忽，吞人以益其心些"；"嗾犬狺狺"化自《九辩》"猛犬狺狺而迎吠"；"佩兰客"化自《离骚》"纫秋兰以为佩"等。构思方面如极言天地四方之恶显然系借鉴《招魂》之法；跨马巡游的情形又当受屈骚多写游历景象的启发。当然，最主要的还应是对楚骚"发愤以抒情"文学精神的接受。诗人将胸中的孤愤与绝望、压抑与窒息、抗争与呐喊，以楚骚式的超现实手法，出之以荒怪而又凄厉的意象，营造出惊心动魄的诗境，表现出一种极其强烈的反庸俗反现实的冲击力量。"公看呵壁书《问天》"一句，即流露出李贺对屈原悲剧的深切同情和对楚骚精神的完全认同。

　　北宋道潜有诗称扬李贺曰："少年肯事事，苦学志独强。《风》《骚》拟屈宋，妙处相颉颃。"李贺的匆迫一生却取得了不凡亦不朽的诗名，实在是因为他胸中郁积了太多的幽忧、头脑中充满了太多的幻梦使然。这同时也使他异乎寻常地偏好楚骚，在自己的诗歌创作中学习、仿效并融合楚骚的手法和意趣。对此，明王文禄《诗的》说："李长吉鬼才，非也，仙之奇才也。法楚《骚》，多惊人句，无烟火气，在太白之上。"语虽太过，但却不无道理。清张谦宜《絸斋诗谈》亦云："骚学不深者，莫惹昌谷派，恐学他一片墨晕耳。"同样是强调李贺诗歌深染楚骚气息。

参考文献：

　　欧阳修.新唐书[M].中华书局,1975.
　　陈治国.李贺研究资料[M].北京师范大学出版社,1983.
　　刘辰翁.须溪集[M].影印文渊阁《四库全书》本.
　　钱钟书.谈艺录[M].中华书局,1984
　　叶葱奇.李贺诗集[M].人民文学出版社,1980.
　　丁福保.清诗话[M].中华书局,1963.
　　沈德潜.唐诗别裁集[M].中华书局,1975.
　　张澍.养素堂文集[M].《续修四库全书》本.
　　道潜.观明发画李贺高轩过图.[M]《参寥子诗集》.卷十,《四部丛刊》三编.
　　张谦宜.絸斋诗谈[M].《续修四库全书》本.

论李杜对宋玉辞赋的接受

唐 婷

(山西大学文学院 山西太原 030006)

【摘要】 作为唐代诗坛的代表诗人李白与杜甫,二者在引用宋玉辞赋方面,李白多引《高唐赋》,钟情于宋玉事襄王时的得意自信;杜甫则多引《九辩》,侧重于宋玉失职后的郁闷哀怨,二者对宋玉辞赋的接受大不同,由此也反映出李、杜在价值取向、诗歌格调等方面的差异。

【关键词】 李杜;宋玉辞赋;接受

宋玉的辞赋,据《汉书·艺文志》载共有十六篇,后世对此颇有争议,或认为《九辩》、《招魂》确为宋玉所作[①];或认为《九辩》、《招魂》与《文选》中的五篇为宋玉所作,而《古文苑》中的六篇纯属伪托[②];随着出土材料的涌现,又有观点认为除《舞赋》外,《古文苑》中的其余五篇也都是宋玉的作品[③],至此,关于宋玉辞赋的辨伪工作仍然没有画上圆满的句号。可见,判定宋玉辞赋的真假一直是宋玉研究最热门的话题,而关于文学创作对宋玉辞赋的接受则少有人问津。刘勰在《文心雕龙》中提到宋玉对后世文学创作的影响,如"宋玉含才,颇亦负俗。始造对问,以申其志"、"自宋玉、景差,夸饰始盛"[④]等,在辞赋、对问体、以及夸饰等方面,宋玉都起到了重要的引导作用。这是从文学创作的技巧与形式上来谈对宋玉辞赋的接受,若细化到各个历史阶段、不同的诗人及作品,则有待更多、更具体的研究。关于宋玉的历史记载寥若晨星,那么对宋玉的研究,除了鉴别他留下来的作品是真是假外,窃以为还应将目光投射在文学历史对宋玉及其辞赋的接受上,通过这一视角才能较确切地展现宋玉的历史价值及对文学发展的意义。以唐代为例,这是古典诗歌成就最高的时期,李白和杜甫作为代表,在二者的作品中就出现了不少引用宋玉辞赋的情况,并且各具特色,这就说明宋玉对文学创作的

---

① 陆侃如、冯沅君两位先生认为宋玉的作品中,"可信的只有《九辩》与《招魂》"。(《中国诗史》第88页,山东大学出版社,2009.4)
② 胡应麟,《诗薮·杂编》卷一,上海古籍出版社,1979.11
③ 见汤漳平《"古文苑"中宋玉赋真伪辨》(《江海学刊》,1989年第6期)及《宋玉作品真伪辨》(《文学评论》,1991年第5期)。
④ 引文分别见《文心雕龙》卷二"诠赋"、卷三"杂文"、卷八"夸饰",人民文学出版社,2008.4

影响并不局限在方法论上,更是作为一种代表价值取向的典故参与到诗歌内在精神的建构中。同时,李、杜对宋玉辞赋的选择性接受,也反映出李、杜在价值观念、诗歌风格等方面的不同。

一、李白对宋玉及《高唐赋》的解读

李白共有十三首诗提到宋玉及其辞赋,其中有四首都直接涉及宋玉事襄王一事,此事史书无载,《韩诗外传》云:"宋玉因其友见襄王,襄王待之无以异,乃让其友。"①刘向《新序·杂事第五》所载与此大同②,晋人习凿齿著《襄阳耆旧传》云:"(宋玉)始事屈原,原既放逐,求事楚(王于)友景差。景差惧其胜己,言之于王,王以为小臣。"③如此说来宋玉只是一介小臣,而王逸注《九辩》谓之"楚大夫"④,宋玉的身份很难确认,但宋玉事襄王是肯定的。后世提及此事也都言之凿凿,曹植《洛神赋》云:"感宋玉对楚王说神女之事,遂作斯赋。"⑤刘勰《文心雕龙》云:"楚襄燕集,而宋玉赋《好色》,意在微讽,有足观者。"李白也是如此,《寄上吴王三首(其三)》云:

> 英明庐江守,声誉广平籍。洒扫黄金台,招邀青云客。客曾与天通,出入清禁中。襄王怜宋玉,愿入兰台宫。⑥

这首诗写于天宝七载⑦,李白已离开朝廷开始浮游四方,此时正行至庐江郡,拜谒太守吴王祗。诗云"客曾与天通,出入清禁中",是表白自己曾担任翰林待诏,能出入宫禁之中,很受君王的器重。又云"襄王怜宋玉,愿入兰台宫",此典出自宋玉的《风赋》:"楚襄王游于兰台之宫,宋玉、景差侍。"⑧"怜"字正是从襄王与宋玉同游兰台说来,此句表面上是说宋玉受襄王礼遇,实际上是在吐露自己想得到吴王赏识的心声。对怀有青云之志的李白来说,离开朝廷只是"自知不为亲近所容"⑨的无奈之举,心中的政治抱负并没有因此湮灭,所以拜谒吴王时,李白坦言若能得吴王赏识即"愿入兰台宫"。在李白很多诗中,都体现了这种"投珠冀有报,按剑恐相拒"的情怀,这皆是因为他始终怀着济苍生、定九州、辅君王的远大抱负,之所以多次提到"宋玉事襄王",也正是出于这个原因。

李白提及宋玉事襄王的诗,还有《赠溧阳宋少府陟》、《安州应城玉女汤作》、及《感遇四首(其四)》。所引用的辞赋,除上文的《风赋》外,出现最多的便是《高唐赋》。如

---

① 屈守元笺疏,《韩诗外传笺疏》卷七第639页,巴蜀书社,1996.3
② 《新序》卷五,《诸子集成补编》,四川人民出版社,1997.
③ 《襄阳耆旧传》,《续修四库全书》本。
④ 黄灵庚,《楚辞章句疏证》卷二,中华书局,2007.9
⑤ (梁)萧统编 (唐)李善注,《文选》卷十九第896页,上海古籍出版社,1986.8
⑥ (清)王琦注,《李太白全集》卷十四第702页,中华书局,1981.2
⑦ 詹锳 编著,《李白诗文系年》第72页,人民文学出版社,1984.4
⑧ 《文选》卷十三第581页。
⑨ 《新唐书》卷二百二第5736页

《赠溧阳宋少府陟》,云:

> 李斯未相秦,且逐东门兔。宋玉事襄王,能为《高唐赋》。①

这首诗作于天宝十五载,安史之乱爆发后②。前两句用李斯逐兔之典,据《史记》载,李斯被腰斩于咸阳之前,顾其中子曰:"吾欲与若复牵黄犬俱出上蔡东门逐狡兔,岂可得乎?"③李白以此形容自己离开朝廷后,即如李斯作秦相之前,每日无事,且逐狡兔,是感慨宝剑在匣,无用武之地。后两句用宋玉事襄王之典,形容宋少府仕途顺利,正如宋玉事襄王,能为襄王赋朝云、高唐之事,文才卓绝,以致倍受恩宠。从两处用典来看,一则李白自比为李斯,其心气之高、抱负之大已可想见;二则"宋玉事襄王"是李白心中最理想的君臣关系,宋玉因文章而被重用,可以实现辅佐君王的政治抱负,这正符合李白欲求仕进的路数。诗后文又云:"早怀经济策,特受龙颜顾。白玉栖青蝇,君臣忽行路。人生感分义,贵欲呈丹素。何日清中原,相期廓天步",同样是在表白自己的政治理想,所谓"何日清中原,相期廓天步",是自比于祖逖④,要清扫胡虏,拓大唐之幅员。这份志气高远,即如《塞下曲》云"愿将腰下剑,直为斩楼兰";《赠张相镐二首(其二)》云:"誓欲斩鲸鲵,澄清洛阳水",《送张秀才从军》云:"长策扫河、洛,宁亲归汝坟",等。李白有建功立业的强烈愿望,这使得他很自然地会倾慕受到襄王赏识的宋玉,除此,宋玉高洁的人格也是李白追求的典范。

李白作《感遇四首(其四)》,云:

> 宋玉事楚王,立身本高洁。巫山赋彩云,郢路歌白雪。举国莫能和,巴人皆卷舌。一惑登徒言,恩情遂中绝。⑤

这首诗李白借宋玉抒怀,表达了被谗言构陷的无奈与郁闷。诗中强调宋玉"立身本高洁",但下句"巫山赋彩云",在文学历史的理解中却并不是关涉"高洁"的内容,宋玉作《高唐赋》云:

> 昔者楚襄王与宋玉游于云梦之台,望高唐之观。其上独有云气,崒兮直上,忽兮改容,须臾之间,变化无穷。王问玉曰:"此何气也?"玉对曰:"所谓朝云者也。"王曰:"何为朝云?"玉曰:"昔者先王尝游高唐,怠而昼寝,梦见一妇人曰:'妾巫山之女也,为高唐之客。闻君游高唐,愿荐枕席。'王因幸之。去而辞曰:'妾在巫山之阳,高丘之阻。旦为朝云,暮为行雨。朝朝暮暮,阳台之下。'旦朝视之,如言。故立为庙,号曰朝云。"⑥

"巫山赋彩云"就是指《高唐赋》中这段描绘楚怀王遇神女的情节,这段内容被认为

---

① 《李太白全集》卷十第 540 页。
② 《李白诗文系年》第 109 页。
③ 司马迁,《史记·李斯列传》卷八十七第 2562 页,中华书局,1972.5
④ 《晋书·祖逖传》载:"逖以社稷倾覆,常怀振复之志。……帝乃以逖为奋威将军、豫州刺史,……(逖)中流击楫而誓曰:'祖逖不能清中原而复济者,有如大江!'辞色壮烈,众皆慨叹。"李白有"清中原"之志,乃自比祖逖。(卷六十二 1693 页,中华书局,1974.11)
⑤ 《李太白全集》卷二十四第 1111 页。
⑥ 《文选》卷十九第 875 页。

是文学作品中描写性梦的先河①,后世诗文中提及这段内容,也关系到男女之事,如孟浩然云:"婵娟流入楚王梦,倏忽还随零雨分"②,元稹云:"襄王忽妖梦,宋玉复淫词"③,李商隐云:"别馆觉来云雨梦,后门归去蕙兰丛"④,等。李白却与众人的理解大不同,且看"郢路歌白雪",此出自宋玉的《对楚王问》:

> 客有歌于郢中者,其始曰《下里》《巴人》,国中属而和者数千人;其为《阳阿》《薤露》,国中属而和者数百人;其为《阳春》《白雪》,国中属而和者,不过数十人。⑤

"阳春白雪"是指高雅的趣味,并非俗世所能及。则"郢路歌白雪"是赞叹宋玉文采奇特,曲高而和寡;那么"巫山赋彩云",自然也是在称赞宋玉的辞采,与男女幽情无关。更重要的是,李白认为宋玉的曲高和寡、遗世独立正是高洁人格的体现,这也是李白自比为宋玉的重要原因。又如《赠易秀才》,云:

> 少年解长剑,投赠即分离。何不断犀象?精光暗往时。蹉跎君自惜,窜逐我因谁?地远虞翻老,秋深宋玉悲。空摧芳桂色,不屈古松姿。感激平生意,劳歌寄此辞。⑥

《唐宋诗醇》谓此"气骨清苍,自成高调"⑦,所言甚是。"宋玉悲秋"是文人怀才不遇时常引用的典故,往往是哀怨无奈、悲凉凄冷的调子,而李白以"空摧芳桂色,不屈古松姿"来诠释宋玉这份对独立人格的坚持,便将这首诗的整个格调带向了清苍高古。李白追求如宋玉这般的高洁人格,也频繁地体现在他其余作品中,如《古风五十九首(其四十)》云:"凤饥不啄粟,所食唯琅玕",《赠韦侍御黄裳二首》云:"太华生长松,亭亭凌霜雪",《赠宣城宇文太守兼呈崔侍御》云:"受气有本性,不为外物迁",等。

以上,从"襄王怜宋玉"到"立身本高洁",体现了李白引用宋玉及其辞赋的两个侧重点,一是宋玉效力于君王;二是宋玉有高洁的人格,李白对宋玉的选择性接受也反映出,他自身始终怀有远大的政治抱负,及对君子人格的不舍追求,正是如此,所以他笔下的宋玉多是自信的、得意的,诗歌也多是爽朗洒脱的调子。但对唐代另一位代表诗人来说,宋玉却并非如此。

二、杜甫引宋玉及怀才不遇的主题

杜甫不同于李白,他钟情于引"宋玉悲秋"的典故,在杜诗中涉及宋玉的作品共十

---

① 叶舒宪,《高唐神女与维纳斯——中西文学中的爱与美主题》第379页,陕西人民出版社,2005.
② 《送王七尉松滋(得阳台云)》,《孟浩然诗集笺注》卷下第345页,上海古籍出版社,2013.10
③ 《楚歌十首》,《元稹集》卷四第45页,中华书局,1982.8
④ 《少年》,《玉谿生诗集笺注》卷三第552页,上海古籍出版社,1979.10
⑤ 《文选》卷四十五第1999页。
⑥ 《赠易秀才》,《李太白全集》卷十一第567页。
⑦ 《唐宋诗醇》卷五,《文渊阁四库全书》本。

二首,其中就有四首提及"宋玉悲秋",此典出自《九辩》:

  悲哉,秋之为气也!萧瑟兮草木摇落而变衰。憭慄兮若在远行,登山临水兮送将归。泬寥兮天高而气清,寂寥兮收潦而水清。憯凄增欷兮薄寒之中人,怆怳懭悢兮去故而就新,坎廪兮贫士失职而志不平,廓落兮羁旅而无友生,惆怅兮而私自怜。①

  《九辩》的"悲秋"在文学史上有重要意义,林庚先生认为,宋玉的《九辩》继承和发展了屈原将中国文学诗化的步骤,"而集中全力从秋风这一诗化的突破口扩大战果。荆轲的《易水歌》,刘邦的《大风歌》,直到常超的'秋风萧瑟,洪波涌起',像一条引线把楚辞与建安诗坛联结在一起。宋玉悲秋因此乃传为千古佳话。古人谁不悲秋呢?而宋玉却是第一个诗人有意识而非偶然地把它揭示出来,它是属于整个诗坛的,也是属于宋玉个人的"。② 文学创作中"悲秋"的传统就是从宋玉此处发展而来,林庚先生说宋玉"为诗坛创造了最有诗意的词汇",其实这个词本身只是对自然景象的写照,关键在于"悲"字承载着多数文人怀才不遇的惨淡遭遇,凝聚了他们的愁绪与哀怨,所以"它是属于整个诗坛的"。杜甫谈及宋玉,也多是从个人遭际这一角度,如:

  垂白冯唐老,清秋宋玉悲。江喧长少睡,楼回独移时。多难身何补,无家病不辞。甘从千日醉,未许《七哀》诗。③

  据朱鹤龄注,此诗作于大历元年,杜甫居于夔州西阁时。前一年四月,剑南节度使严武去逝,之后杜甫便辗转各地,最终在夔州西阁暂时落脚。杜甫结庐浣花溪畔,就一直靠严武接济度日,这众所周知。失去资助后,杜甫的"悲秋"意识就更加强烈。所谓"垂白冯唐老",正如王勃叹"冯唐易老,李广难封",是表达年华易逝,有才之士终被埋没的惆怅。"清秋宋玉悲",指宋玉作《九辩》叹秋气悲凉,杜甫借此抒发自己不得志的郁闷,整首诗都笼罩在化不开的愁云之下,那"多难身何补""甘从千日醉"更是心灰意冷的语气。又如:

  摇落深知宋玉悲,风流儒雅亦吾师。怅望千秋一洒泪,萧条异代不同时。江山故宅空文藻,云雨荒台岂梦思? 最是楚宫俱泯灭,舟人指点到今疑。④

  这首诗也作于大历元年,杜甫在夔州,他并没有亲身到宋玉故宅,只是借咏故宅抒怀。诗云在一片肃杀凄冷的氛围中,见草木摇落,就更深刻地懂得宋玉那句"悲哉秋之为气也"所蕴含的无奈。杜甫尊宋玉为师,赞叹其文章辞采,又笔锋一转叹江山异代,只今唯有故宅和文章留下来。这份"空文藻"的悲哀,正是杜甫对怀才不遇的表达。在杜诗中曾多次提到宋玉的故宅,如:

  悲秋宋玉宅,失路武陵源。⑤(《奉汉中王手札》)

---

① 《楚辞章句疏证·九辩》卷二第570—584页。
② 林庚,《唐诗综论·屈原与宋玉》第184页,清华大学出版社,2007.9。
③ 《垂白》,《杜诗详注》卷十七第1462页,中华书局,1999.9。
④ 《咏怀古迹五首(其二)》,《杜诗详注》卷十七第1501页。
⑤ 《杜诗详注》卷十五第1334页。

> 宋玉归州宅,云通白帝城。① (《入宅三首(其三)》)
> 曾问宋玉宅,每欲到荆州。② (《送李功曹之荆州充郑侍御判官重赠》)

"失路武陵源"取《桃花源记》之典,两句诗意为怀才不遇则不若归隐而去;第二首,归州在今秭归县归州镇,杜甫言归州有宋玉故宅,云气与白帝城相通,后文云"吾人淹老病,旅食岂才名",《杜臆》解释曰:"公欲北归,必过归州。云通白帝,见相去不远。淹老病,久留白帝。岂才名,不如宋玉。"这也是抒发自己不得志的抑郁;第三首,据仇兆鳌注,也是言"公欲往荆州而悲,悲在于淹留"。与第二首义同。可见,提及宋玉,杜甫总不免想到失意后的悲戚。杜甫曾在受玄宗赏识时,云:

> 若令执先臣故事,拔泥途之久辱,则臣之述作虽不足鼓吹《六经》,至沉郁顿挫,随时敏给,扬雄、枚皋可企及也。有臣如此,陛下其忍弃之?③

自言其文章是以弘扬《六经》为最高追求,《六经》是儒家所构建的、承载我国礼乐文明的一个价值系统。由此可知,杜甫的文学观念应该是以儒家传统的文以载道、诗以教化为核心,故又云"至沉郁顿挫,随时敏给,杨雄、枚皋可企及也",杨雄以辞赋著称,后期则提倡赋要以讽劝为主④;枚皋乃枚乘之子,作赋神速,也善于切言直谏,所以,杜甫强调的是文章于社会政治的作用,这也是杜甫政治理想的体现。最后杜甫则言"有臣如此,陛下其忍弃之?"竟成了后来郁郁不得志的谶语。

杜甫一生失意,所以在宋玉的辞赋中,他唯独标举《九辩》;对于宋玉跌宕起伏的仕途经历,他也只将目光投向了失职之后。杜甫笔下的宋玉是悲愁的、凄切的,诗歌总是包裹在沉重的语调下,他延续了宋玉悲秋的传统,把不得志的愁苦与郁闷都交融在肃杀的秋风中,这是悲伤文学的一脉。杜甫言"窃攀屈宋宜方驾,恐与齐梁作后尘"⑤,这不仅是在文学创作上尊为先导,其实也是对其人格精神的崇尚。屈宋皆耿介之士,谏忠言而不被时俗所容,吟出了文学历史上关于怀才不遇的最强音调,杜甫紧随其后,自言文章"沉郁顿挫、随时敏给",强调文学作品讽谏君王的社会政治意义。所以,杜甫对宋玉也不单是不得志的忧伤。

三、结　语

综上,李、杜对宋玉辞赋的接受大不同,李白重视《高唐赋》,杜甫则强调《九辩》;同时,李白笔下的宋玉是得意自信之状,杜甫笔下的宋玉则是满怀郁闷哀怨之情。这份对宋玉辞赋的不同接受,反映出李、杜有不同的侧重点,李白重在抒发自己的政治抱负;杜甫则重在表达自己不得志的忧伤。再者,史书中有关宋玉的记载很少,从后世对

---

① 《杜诗详注》卷十八第 1608 页。
② 《杜诗详注》卷十八第 1594 页。
③ 《新唐书》卷二百一第 5736—5737 页。
④ 《法言义疏》卷三第 45 页,《新编诸子集成》,中华书局,1997.10
⑤ 《戏为六绝句(其五)》,《杜诗详注》卷十一第 900 页。

宋玉及其辞赋的接受来充实宋玉在文学历史上的意义,这是很必要的做法。《史记》云:"屈原既死之后,楚有宋玉、唐勒、景差之徒者,皆好辞而以赋见称。然皆祖屈原之从容辞令,终莫敢直谏。"① 但从李白的解读中,我们看到的是宋玉敢于讽谏襄王的一面;虽说"屈原是第一个诗人,第一个把艺术才能分外的集中到个人身上(的诗人)"②,而从杜诗里,我们了解到宋玉那凄冷的"秋风"却是"属于整个诗坛的",因此,借林庚先生的话:"我们当然最需要屈原,却也因此不能就忘了宋玉。"③

---

① 《史记·屈原贾生列传》卷八十四第 2491 页。
② 《唐诗综论·屈原与宋玉》第 188 页。
③ 同上。

探索宋玉生平

熊人宽

【摘要】《钓赋》记叙：宋玉在志于学时，拜环渊为师，学业一结束就去见楚襄王。《登徒子好色赋》中的宋玉，是个体貌娴丽的未婚青年。《赋》中的秦章华大夫称"东家之子"为"南楚穷巷之妾"。宋玉的家乡一般认为在鄢南，只有"楚都迁陈"后其乡里才可称为"南楚"。可见写《好色赋》，是在前278年楚都迁陈之后，由此推断宋玉当生于楚襄王元年前后。

【关键词】 宋玉；登徒子；《钓赋》；王逸

前言

宋玉作品所反映的宋玉生平和楚国的历史地理，其权威性不容置疑。从《钓赋》的记叙可知，宋玉"志于学"时师从环渊，学业一结束就去见楚襄王。《登徒子好色赋》中的宋玉，是个体貌娴丽的未婚青年。文中所说的"楚国之丽者莫若臣里"的"东家之子"，被"秦章华大夫"称为"南楚穷巷之妾"。宋玉的乡里在鄢南（现宜城附近），既然被称为"南楚穷巷"，只有楚都迁陈（今河南淮阳）之后，位于"陈"之西南的"鄢"才可称为"南楚"，可见宋玉初侍楚襄王时，楚都已经"迁陈"。由此推断，宋玉大约生于楚顷襄王元年（前298）前后。王逸《楚辞章句》的："宋玉者 ，屈原弟子也"；"《招魂》者，宋玉之所作也……"等，皆与宋玉《赋》所反映的生平抵触。似乎难以采信。

《钓赋》

《钓赋》："宋玉与登徒子偕受钓于元渊，止而并见于楚襄王。"

宋玉可能在"志于学"时，拜"稷下精英"环渊为师。他与登徒子同为"元（环）渊"的弟子，学业一结束就一起去见楚襄王。

《钓赋》可能是现存宋玉作品中最早的一篇（约写于前277—前274年间）。

关于环（元）渊。《史记·田敬仲完世家》云："宣王喜文学游说之士。自如驺衍、淳于髡、田骈、接子、慎到、环渊之徒七十六人，皆赐列第，为上大夫，不治而议论。"环（元）

渊游学稷下,当在前319年齐宣王即位之后。齐愍王当政(前301—前284)时,"诸儒谏不从,各分散,慎到、捷子亡去"。作为稷下精英的环渊,楚襄王时也回到了楚国,少年宋玉慕名前去拜师。名曰"受钓",实际是学其治国之策。

青年宋玉天真地"以'钓'喻政,力谏楚襄王以贤圣为竿、道德为纶、仁义为钩、禄利为饵,四海为池,万民为鱼。行'大王之钓'治理楚国"。没想到楚襄王对此并不赏识。

《登徒子好色赋》

《钓赋》中,宋玉以"大王之钓"冷落了登徒子的"环渊之钓",登徒子就在襄王面前短宋玉"性好色"。楚襄王对宋玉的"治国之策"并不赏识,加上登徒子的挑拨,就呵斥宋玉:"有说则止,无说则退……"假如宋玉讲不出道理,就要炒他的鱿鱼。说明楚襄王与宋玉接触不久,对他不了解,同时显示宋玉乃是地位低下的小臣,随时可能"去职"。宋玉的善辩赢得了楚襄王的好感"于是楚王称善,宋玉遂不退"。宋玉有文学家的高才、而无政治家的素质,在这里也显露无遗。虽未被楚王斥退,但也未能得到重用(采杨义说)。

(一)《好色赋》的"秦章华大夫"

李善《文选》注《登徒子好色赋》(秦章华大夫):"章华,地名。大夫,楚人入仕于秦,时使襄王。一云食邑章华,因以为号。"

李善的"食邑章华,因以为号"可取;其"楚人入仕于秦"则缺乏依据。然而不少学者往往不加分析地采信后者。如杨义《楚辞诗学》:"这位大夫是楚人而入仕于秦者,他游历过九州之土、五方之都……"

"宋玉网"也说:"秦章华大夫:赋中虚拟的人物。意为此人楚章华人,入仕于秦为大夫,时出使楚国,故在襄王侧。章华:即章华台,春秋时楚地名,在今湖北沙市市东南。"

我们从《赋》文看:"臣少曾远游……出咸阳,熙邯郸,从容郑、卫、溱、洧之间","秦章华大夫"少时的游历,始于秦都咸阳,所到之处均在北方,可见"秦章华大夫"当为秦人,而不是"楚人入仕于秦"。

古代像"秦章华大夫"这类"地名(秦章华)+官名(大夫)"的称呼,其"地"多为"当官处(食邑)"的地名,而非此人的"乡里"名。例如:"商君"、"鄂君"、"郢之登徒"等。若称某人之乡里,多称:"宛人范蠡";"燕人张翼德"等。

《好色赋》中的"秦章华大夫",当是封于"原楚章华台之地"、现为"秦章华"的大夫。

"章华台"成为秦国领土,是"楚都东迁"以后的事。这表明《好色赋》所说之事,发生在"楚都东迁"以后。

(二)"南楚穷巷之妾"

"宋玉网"说:"南楚:古楚国地区名,包括今湖南衡阳、长沙以东,江西南昌、九江及安徽南部一带。《史记·货殖传》:'衡山、九江、江南、豫章、长沙,是南楚也。'

此论似可商榷。《好色赋》中,秦章华大夫所说的:"南楚穷巷之妾",即宋玉乡里的"东家之子"。"南楚穷巷",乃特指即宋玉的乡里。

"宋玉网"把宋玉的"东邻之女","发配"到"衡山、九江、江南、豫章、长沙"如此广阔的"南楚"之地,似乎与"南楚穷巷之妾",距离远了一点。

宋玉的家乡一般认为在郢都之北的鄢南(宜城附近)。只有"楚都迁陈(今河南淮阳)"后,其乡里才可称为"南楚"。再者,文中之"嫣然一笑,惑阳城,迷下蔡"可与《包山120简》所载阳城(今安徽宿州南或河南省商水县西南?)与下蔡(故州来,今安徽凤台县或寿县)的记载相印证。它们皆位于陈郢之南,若宋玉居住在其附近,亦可称之为"南楚"。

由"秦章华大夫"与"南楚穷巷之妾"可推断,青年宋玉写《好色赋》是在前278年楚都迁陈之后,进一步可推断,宋玉当生于楚襄王元年前后。这正与吴广平先生考证相合。(吴广平先生考证:宋玉《笛赋》写了"宋意将送荆卿于易水之上",此事发生在公元前227年。由此推测,宋玉大约生在楚顷襄王元年(前298)前后。)

(三)宋玉是"奔楚而受封的宋元王"吗?

彭德先生说:宋玉是"奔楚而受封的宋元王";"前327年出生于徐州的宋太子;前299—295年宋王偃立宋玉(28—33岁)为宋元王。写《登徒子好色赋》时35岁,《赋》所写的是宋玉奔楚后第三年的事"。说:宋玉"同楚顷襄王一道云游高唐,足见其地位的显赫。从齐桓公七公子奔楚而受封为上大夫的记载推论,宋玉也当为上大夫。"

彭德先生说:"大约在公元前299—前295年间,宋王偃以'禅让'的方式,立太子为王,自己退居幕后。""公元前301年,齐宣王卒,稷下学派解散,稷下先生们各寻其主,儿说弟子在此之后仕宋,正值宋元王(宋玉)在位。"

彭德先生说:"宋太子出走的时间在何年何月呢?我以为就在公元前295年秋。《登徒子好色赋》写的是宋玉奔楚后第三年的事,当时秦国大大夫在场。这个故事只有发生在前292年,楚王、宋玉、秦大夫等代表三个国家的人物凑在一处才有可能。"

彭先生又说:"少年宋玉在宜城郊腊树园勤学辞文、音律。虽然'体貌闲丽'为美女追慕而不分心。《登徒子好色赋》:'东家之子……登墙窥臣三年,至今未许也。'"

《好色赋》中地位低下、随时可能"去职"的小臣。被彭先生说成是"地位显赫的上大夫"。差距何其大也!彭先生之说,不但时间、地点、情节都与宋玉《赋》文本不符,而且自相矛盾。既然确认:"少年宋玉'体貌闲丽'写《登徒子好色赋》:'东家之子……登墙窥臣三年,至今未许也。'"那么,宋玉就不是:"奔楚而受封的宋元王"。如果宋玉是楚国北方的"宋太子、宋元王",决不能说其乡里为"南楚穷巷"。如果写《登徒子好色赋》时宋玉35岁,还说他"少年宋玉、体貌闲丽",显然不合情理。

再有,彭氏说"宋玉写《登徒子好色赋》在前292年",即楚襄王七年,其时楚都尚在郢都。与《好色赋》所说,楚都在北方不合。面对这些矛盾,不知彭先生何以自圆其说?

(四)《登徒子好色赋》是考烈王时期的作品吗?

1. 缺乏"宋玉在考烈王朝为官"的证据

刘刚先生说："在《钓赋》中，宋玉否定了登徒子'夫玄洲，天下之善钓者也'的说法，这才招致登徒子短宋玉。然而问题的关键，是《讽赋》中唐勒谗宋玉是明言在楚襄王时，而《登徒子好色赋》中登徒子短宋玉只言'楚王'，未明言是哪位楚王。我们认为登徒子短宋玉是在考烈王即位之初，因为在襄王时唐勒已谗宋玉'好色'，经宋玉辩解，襄王业已清楚了事情的原委，并且站到了宋玉的立场上，如果登徒子仍用同一种谗言，向同一个君王说短，岂不自讨没趣！所以登徒子言钓，被宋玉言钓压倒，尽管在襄王面前丢了脸，也只好等机会再报复了。……通过上面的分析，《登徒子好色赋》当是楚考烈王初年的作品，以文中'宋玉遂不退'之语判断，此时宋玉当在朝为官。"

《钓赋》中"宋玉与登徒子偕受钓于元洲（渊），止而并见于楚襄王"。是年青的宋玉结束学业后初见"楚襄王"。《登徒子好色赋》所记正是紧接《钓赋》，前后相连之事。正如刘刚先生所说："在《钓赋》中，宋玉否定了登徒子'夫玄洲，天下之善钓者也'的说法，这才招致[《登徒子好色赋》中]登徒子短宋玉。"若等到十几年之后的"考烈王初年"，为了这一点小事，登徒子再去新王面前"短宋玉"，不但不合情理，而且有损自己的形象。再说《好色赋》中："王曰：'子不好色，亦有说乎？有说则止，无说则退。'"分明是楚襄王对年轻小臣（宋玉）的态度，哪里是"考烈王即位之初"新王对待前朝老臣说话的口气？刘氏此论 既缺乏根据，更与《登徒子好色赋》之记不合。

2.宋玉与登徒子是同龄人吗？

刘先生说："从《登徒子好色赋》对宋玉与登徒子的描写看，二人应当是同龄人。赋文中说登徒子已有五子，以其20岁成婚算，其婚后生了五个子女，年龄当在30岁以上。至于宋玉，依游国恩先生的推测大约生于公元前296年，以此计算，到考烈王元年（前262），宋玉34岁。因此，从年龄的角度讲，宋玉在考烈王之初作此赋以自辩，也是符合事实的。"

刘先生此说，似乎没有依据，也不合情理。

其一，《登徒子好色赋》中"体貌闲丽"、"东家之子……登墙窥臣三年，至今未许"的未婚青年宋玉，显然与刘先生所说的：作《好色赋》时他"34岁"不符合。如果"宋玉34岁"尚未成家，既不合"情"，又不合"礼"；假若"宋玉34岁"、已经妻儿成群，再说他"体貌闲丽……至今未许"更不合时宜。

其二，"宋玉与登徒子"虽然是同门师兄弟，但不必是"同龄人"。孔子弟子中，冉求比子路小二十岁，两人关系不错；曾晳、曾参父子都曾追随孔子。何以见得"宋玉与登徒子，应当是同龄人"？至于《好色赋》中同时提及两人，更不能作为他们"应当是同龄人"的依据。从人物和情节上看"登徒子"短宋玉，是空洞的"性好色"，而《讽赋》中"楚襄王时，宋玉休归"。则说明宋玉侍楚襄王已经有较长的一段时间，才让他"休归"（回家探亲）。"唐勒谗之于王"，说宋玉"出爱主人之女"，也是事出有因，有令人生疑的地方。从时间上看，《登徒子好色赋》在先，《讽赋》在后。不存在"登徒子仍用同一种谗言，向同一个君王说短"的问题。更不能以"唐勒已谗宋玉'好色'"为由，判定《登徒子好色赋》是考烈王时期的作品"。

①以"前身为宋玉"自居的李商隐,《席上作》曰:"淡云轻雨拂高唐,玉殿秋来夜正长。料得也应怜宋玉,一生惟事楚襄王。"说宋玉"一生惟事楚襄王"或许更符合事实。

刘先生既没有找到宋玉在考烈王朝为官的资料,更没有登徒子在考烈王时期出现的信息;其论断与宋玉《赋》的描写不符,故难以令人信服。

(五)宋玉《赋》中的"登徒"是官称吗?

汤炳正先生说:"'登徒子',这个'子'字或系后人不理解'登徒'的本义者所增加。……《文选》李善注把作为官称的'登徒'误为人的名称"。此乃"夫子自道"。

"登徒子"是人名,为古今所公认,不当为官称。

《钓赋》:"宋玉与登徒子偕受钓于元渊",宋玉与登徒子并列,同为"元(环)渊"的弟子,自当为人名。如果说:"宋玉与登徒(之官)偕受钓于元渊",显然与《钓赋》的文意不符。再看《登徒子好色赋》。如果按汤先生之意把它改为《登徒(之官)好色赋》不但文理不通,而且与正文内容不符。《好色赋》有:"登徒子则不然。其妻蓬头挛耳,龃唇历齿,旁行踽偻,又疥且痔。"假若"登徒"是官称,难道"登徒之官"的妻子,全都这样丑陋吗?可见两《赋》中的"登徒子"是"特称"、是人名。决非"官之通称"。

(六)《赋》中的虚与实

用文学作品考证史实要分清虚与实。

《钓赋》:"宋玉与登徒子偕受钓于元渊,止而并见于楚襄王。"交代场景,其"事"不用虚夸。《赋》中的"玄洲钓也……"和对"玄渊之钓"的评论,则有虚夸和深层意蕴。假如"玄渊之钓,获不当费",宋玉为何"受钓于元渊"?其实质是说,登徒子只看到表象,学了些皮毛,宋玉则得其治国之策的精粹。

《登徒子好色赋》中,宋玉是"体貌娴丽"的未婚青年,其乡里在"南楚"当是写实。而"东家之子"的美,和"登徒子妻"的丑,都有夸张的成分。

《好色赋》的登徒子或是调侃、戏言。作为大夫,似乎不会娶如此丑陋的老婆。除了《钓赋》和《登徒子好色赋》外,其他古籍中未见其人,登徒子多半是宋玉虚构的人物。也没有在考烈王时期出现。

王逸"宋玉论"的粗陋

(一)"宋玉者,屈原弟子也。"难以成立。

王逸《九辩序》说:"宋玉者,屈原弟子也。闵其师忠而放逐,故作《九辩》以述其志。"

王逸的"屈原弟子论"难以成立。

1. 司马迁、刘向、班固都没有"宋玉是屈原弟子"的说法。司马迁、班固皆说 宋玉

---

① 汤炳正《屈赋新探》济南齐鲁书社 1984,(页52)

"在屈原后"。

《屈原列传》:"屈原既死之后,楚有宋玉、唐勒、景差之徒者,皆祖屈原之从容辞令……"宋玉"以赋见称"当在"屈原既死之后"。

班固《离骚序》:"然其文弘博丽雅,为辞赋宗。后世莫不斟酌其英华,则象其从容。自宋玉、唐勒、景差之徒;汉兴,枚乘、司马相如、刘向、扬雄,骋极文辞,好而悲之,自谓不能及也。"

班固《汉书·艺文志》:"宋玉赋十六篇。楚人,与唐勒并时,在屈原后也。"(班固之论,可能源自刘向、刘歆父子。)

王逸之"宋玉者,屈原弟子也"与《屈原列传》、班固《离骚序》之记载不符;与宋玉《赋》反映的宋玉生平抵触。

2. 宋玉《赋》涉及"师"者有三处。《钓赋》"宋玉与登徒子偕受钓于元渊";《登徒子好色赋》"口多微辞,所学于师也";《风赋》"臣闻于师,枳句来巢,空穴来风。"《钓赋》明确记载其师为环渊。有无其他师承,不得而知。

屈原自顷襄王四年被"迁",至自投汨罗渊,一直放流在外,放流期间的屈原没有弟子跟随。宋玉约生于楚襄王元年前后,假如宋玉要师从屈原,就要在顷襄王四年屈原放流之前。可那时的宋玉还是个幼童,不可能成为屈原弟子。可见王逸的"宋玉者,屈原弟子也"难以成立。

有学者认为:古人使用"弟子"一词,并非专指传道授业的师生关系,有时只是表明对先哲或时贤尊奉慕习之意,即使未曾谋面,也可对某人自称为"私淑弟子",而尊称对方为"师"。或许王逸说的就是这层意思。

① 楚襄王"既美其才",又"憎其似屈原"的宋玉,只能是精神上追随屈原的人。

晋 习凿齿《襄阳耆旧传》:"宋玉者,楚之鄢人也,故宜城有宋玉冢。始事屈原,屈原放逐,求事楚友景差。景差惧其胜己,言之于王,王以为小臣。"

《隋书·经籍志》曰:"《楚辞》屈原之所作也。……弟子宋玉痛惜其师,伤而和之。"

王逸之后的"宋玉为屈原弟子"说,可能皆源自王逸的误传。

屈原曾经有很多弟子:"余既滋兰之九畹兮,又树蕙之百亩。畦留夷与揭车兮,杂杜衡与芳芷。冀枝叶之峻茂兮,愿俟时乎吾将刈。虽萎绝其亦何伤兮,哀众芳之芜秽。"在屈原失势后"众芳"皆"芜秽"离去。剩下"余独好修以为常"的屈原。

(二)王逸"《招魂》者,宋玉之所作也"的疑点

王逸《招魂序》曰:"《招魂》者,宋玉之所作也。宋玉怜哀屈原,忠而斥弃,愁懑山泽,魂魄放佚,厥命将落。故作《招魂》,欲以复其精神,延其年寿,外陈四方之恶,内崇楚国之美,以讽谏怀王,冀其觉悟而还之也"。这些论说大多经不起推敲。

1. 王逸之"以讽谏怀王,冀其觉悟而还之也。"是将宋玉"好辞而以赋见称"提前到怀王期;把屈原"魂魄放佚,厥命将落"的状态,定在怀王时代。这些都与屈原、宋玉的

---

① 金式武《关于〈招魂〉作者之考辨》《上海师范大学学报》1992 01(页92)

生平不符。与司马迁、班固说的"宋玉在屈原后世"不符。说"宋玉作《招魂》,欲以复其精神,延其年寿",也与司马迁所说的"言志之作"相抵。

2.从金式武先生引以为证的"王逸注"看:"魂兮归来,入修门些;工祝昭君,背行先些。王逸注:'修门,郢城门也。宋玉设呼屈原之魂归楚都,入郢门,欲以感激怀王,使还之也。'"

此"注"其"事"、其"理"、其"文"皆有不当。首先,与"事"不符。怀王之时宋玉或未出生、或尚年幼,不可能写《招魂》"设呼屈原之魂归楚都"。其次,使魂"还之也"的是"招魂者",不是怀王。王逸说"感激怀王"是找错了对象,与"理"不通。最后,"在游魂尚未归位之时",是谁"欲以感激怀王"呢?是"代原为辞"的宋玉?是失魂的屈原?还是"入修门"的屈原之"魂"呢?其"文"皆说不通。可见王逸注《招魂》很粗陋。

3.宋玉大约生在楚顷襄王元年(前298)前后。在屈原活着的时候宋玉尚年幼,未与屈原交往,宋玉作品中也没有提过屈原,当屈原流放"沅湘之地"时,他似乎正"受钓于元渊"不可能去屈原所在的"沅湘",为屈原招魂"以复其精神,延其年寿"。

(三)王逸并未顾及司马迁之论。

金式武先生说:"王逸认为《招魂》是'宋玉之所作',……都顾及了司马迁的话,就是说,司马迁跟王逸没有矛盾。"

潘啸龙先生则责问:"如果今存《招魂》在汉代也有屈原所作的传说(请提供证据),并经司马迁《屈原列传》所称述,王逸又怎么能够连'或曰屈原'的异说也不并存,而断然记为'宋玉之所作也'?"

两位先生的论说经不起推敲。

若按照他们的推理:司马迁说"屈原为楚怀王左徒。"王逸最低限度也该说"或曰左徒"。若王逸"顾及了司马迁的话",却断然记为:屈原"仕于怀王,为三闾大夫",并无只言片语提及"左徒"。那么,司马迁的"屈原为楚怀王左徒"岂不是也可怀疑了?可见,王逸并没有顾及司马迁的"屈原为楚怀王左徒论"。

王逸"不顾及司马迁之论"的地方还有。

1.司马迁曰:"离骚者,犹离忧也。夫天者,人之始也;父母者,人之本也。人穷则反本,故劳苦倦极,未尝不呼天也;疾痛惨怛,未尝不呼父母也。屈平正道直行,竭忠尽智以事其君,谗人间之,可谓穷矣。信而见疑,忠而被谤,能无怨乎?屈平之作《离骚》,盖自怨生也。"王逸则说:"《离骚经》。离,别也。骚,愁也。经,径也。言己放逐离别,中心愁思,犹依道径,以风谏君也。"两者明显不同。

2.王逸曰:"《招魂》者,宋玉之所作也。"对"太史公曰:余读《离骚》、《天问》、《招魂》、《哀郢》,悲其志"。提也不提。

3.王逸《天问后叙》云:"昔屈原所作,凡二十五篇,世相教传,而莫能说《天问》,以其文义不次,又多奇怪之事。自太史公口论道之,多所不逮。至于刘向、扬雄,援引传记以解说之,亦不能详悉。所阙者众,日无闻焉。既有解□□□词,乃复多连蹇其文,蒙溷其说,故厥义不昭,微指不晢,自游览者,靡不苦之,而不能照也。今则稽之旧章,合之经传,以相发明,为之符验,章决句断,事事可晓,俾后学者永无疑焉。"王逸对太史公、刘向等人的"论道"、"解说"皆不以为然,其《楚辞章句》的"章决句断"自成系统。

(四)王逸严谨吗?

有人认为,王逸说《大招》作者"疑不能明",反映了王逸的严谨,"甚重存疑而非'勇断'"。其实不然。

第一,王逸既说《大招》作者"疑不能明",又说:"屈原放流九年,忧思烦乱,精神越散……故愤然大招其魂……达己之志也。"如此自相矛盾,岂可称"严谨"?

第二,王逸《天问》后叙既然肯定:"屈原所作,凡二十五篇"。如果按《楚辞补注》云:"屈原赋二十五篇,《渔父》以上是也。"从《离骚》到《渔父》已经二十五篇了,那就不该再有"《大招》者,屈原之所作也"的问题了。

第三,若《大招》乃景差所作,岂不又成了景差"大招"自己之魂的作品了么,与屈原又有什么相干? 更重要的是,《大招》明言所招对象"接径千里,出若云只"、"名声若日,照四海只。德誉配天,万民理只"、"发政献行,禁苛暴只"、"魂乎归来,尚三王只",显现的是一位君临"万民"、位比"三王"的君王形象。王逸却处处附会到屈原自招上去。

王逸对《大招》的解说,不仅不严谨,而且存在严重的附会失实。

(五)《楚辞章句》的粗陋很多

熊任望说:"王逸对屈原和宋玉的生平没有认真考查过,叙述比较随便。例如,他在《离骚》和《九章》的题解中,说《九章》是屈原于顷襄王时被放到江南之野所作,目的是'自明';而他在《九辩》的题解中,又说屈原'作《九歌》、《九章》之颂,以讽谏怀王',作时和目的前后不一。 他认为《招魂》是宋玉作以招屈原,抱有'讽谏怀王,冀其觉悟而还之'的目的,把宋玉的活动提前到怀王时期,与《史记》、《汉书》所述差得更远。"

再看王逸的《九章》序列:"惜诵、涉江、哀郢、抽思、怀沙、思美人、惜往日、橘颂、悲回风。"把作品的时序"颠倒错乱、肆逞臆断"。

《楚辞章句》中,序注之间、前后之间的矛盾不知凡几,皆可证王逸之"疏"。

《汉书·古今人表》透露的宋玉年龄

《汉书·古今人表》中,王孙贾与宋玉、燕惠王排在一起。

《战国策·齐策六》:"王孙贾年十五,事闵王。王出走,失王之处。其母曰:'女朝出而晚来,则吾倚门而望;女暮而不还,则吾倚闾而望。女今事王,王出走,女不知其处,女尚何归?'王孙贾乃入市中,曰:'淖齿乱齐国,杀闵王,欲与我诛者,袒右!'市人从者四百人,与之诛淖齿,刺而杀之。"这是前284年之事。燕昭王二十八年乐毅伐齐,攻占齐都临淄,齐湣王仓皇逃走。其时王孙贾年十五,他当生于前298年。

《汉书·古今人表》把王孙贾与宋玉排在一起,表明他们年龄差不多。这正与前文所说"宋玉大约生在楚顷襄王元年(前298)前后"相符合。

燕惠王于前279—272前年在位,也与宋玉初仕楚襄王时间一致。

结 论

1.《钓赋》记叙:宋玉在"志于学"时,拜"稷下精英"环渊为师。学业一结束就去见楚襄王。可见他不是"屈原弟子"。

2.《登徒子好色赋》显示:宋玉初仕楚襄王时,是地位低下的小臣。其时他还是个体貌娴丽的未婚青年。

3.《好色赋》中的"秦章华大夫",是封于"原楚章华台之地"的"秦国大夫"。说明"章华"已是秦国的领土,这是"楚都东迁"以后的事。

4.《好色赋》中秦章华大夫所说的:"南楚穷巷之妾",即宋玉乡里的"东家之子"。宋玉的家乡在鄢南(宜城附近)。只有"楚都迁陈(今河南淮阳)"后,其乡里才可称为"南楚"。再者,文中之"嫣然一笑,惑阳城,迷下蔡"。阳城、下蔡皆位于陈郢之南,若宋玉居住在其附近,亦可称之为"南楚"。

由以上各点可推断:未婚青年宋玉写《好色赋》是在前278年楚都迁陈之后;宋玉约生于楚襄王元年前后。

5.《战国策》记载:前284年,乐毅攻占齐国都城临淄。齐湣王仓皇逃走,其时王孙贾年十五,可见他生于前298年。《汉书·古今人表》把王孙贾与宋玉排在一起。表明他们年龄差不多。这可作"宋玉大约生在楚顷襄王元年(前298)前后"的旁证。

6.顷襄王三年怀王客死于秦,其后顷襄王东迁,直至自投汨罗渊,屈原都放流在外。假如"宋玉要师从屈原",就要在屈原放流之前。可那时的宋玉还是个幼童,不可能成为屈原弟子。可见王逸的"宋玉者,屈原弟子也"难以成立。

7.屈原放流时宋玉还小,两人多半互不相识。宋玉不可能去屈原的流放地为屈原招魂"以复其精神,延其年寿"。

8.王逸《楚辞章句》的"章决句断"自成系统,并未顾及司马迁、刘向等人的论说。《楚辞章句》对历史事件的审定不及《史记》。其"《招魂》者,宋玉之所作也"缺乏依据,与宋玉《赋》反映的宋玉生平不符。

浅谈宋玉对中国文学的影响

余建东

（宜城电视台　湖北宜城　441400）

【摘　要】 宋玉学习屈原又力求在某些方面超越屈原，其作品对后世的影响极大。宋玉定型的赋体文学，是古代的也是现代的；宋玉创造的经典意象，是精英的也是大众的；宋玉的学术研究，是中国的也是世界的；宋玉文化的传播，是传统的也是时尚的。

【关键词】 宋玉；影响；现代；大众；时尚；世界

宋玉对中国文学的影响，是其接受史研究的重要内容，本文就此谈点浅见。

一、宋玉定型的赋体文学，是古代的也是现代的

中国古代第一部文学理论名著、刘勰《文心雕龙》说："宋发夸谈，实始淫丽"；"荀况《礼》《智》，宋玉《风》《钓》，爰锡名号……"[1]南朝任昉《文章缘起》说："赋，楚大夫宋玉作。"明人谢榛《四溟诗话》说："屈宋为词赋之祖。"清人何义门说："其时荀卿亦以赋著，而荀赋近质，宋赋多文，宜赋家之独宗宋也。"清人程廷祚《骚赋论》："或曰：骚作于屈原矣，赋何始乎？曰：宋玉。"[2]

几位古人的话归纳起来是，宋玉为赋之始、之宗、之祖；虽然荀况《礼》《智》等较早以赋命篇，但其赋质朴而无文彩，只有宋玉的赋多夸饰，是文彩艳丽的开始。

宋玉创立或定型的大赋体制，在楚辞与汉赋之间承上启下，推动了汉赋的空前发展，不仅丰富了中国古代的文学样式，成为贯穿于古代诗（包括辞）、文、赋三大文体之一；而且以其千古旺盛的活力，具有现代价值。且举数例——

2005年1月中华辞赋网创建，其辞赋论坛的文章已达2.7万篇，访问量已达940万次。在其前后成立的中华辞赋家联合会会员和创作突飞猛进，其中300余人设置有独立辞赋专集。

北京赋、南京赋、西安赋、杭州赋……文史厚重；天津赋、广州赋、深圳赋……开放时尚。《光明日报》的"百城赋"不仅激活得千城斗艳，而且带动了名校赋、名企赋、名景赋等方兴未艾，万紫千红。

"念兹奥运大会，起舞傞傞。幸圣火之所至，得万邦之谐和。悟人天之契合，历兆

世而不磨。日昊昊以丽景,月穆穆而金波。颂京华之星象,接天际之银河。乃诗乃赋,以讴以歌。镌刻斯文,碑碣巍峨。"

这是北京奥运会期间广为流传的九十盲人周汝昌《奥运赋》的结尾。还有世博赋、园博园赋、国庆六十周年的大中华赋等应运而兴,竞奇争彩。

"酒之友者,色、财、气;酒之敌者,懦、昏、急。色与酒相伴而生,财与酒相谈而立,气与酒相舞而起。懦者饮则肝火旺,昏者饮则混沌迷,急者饮则生命弃。为官者酒财通达为庶者祈愿发迹;为吏者色胆包天,为民者发奋努力。"这是网上诸多版本之一的伏牛狼先生酒赋片段。还有千山赋、万水赋、法官赋、教师赋、护士赋……还有品茶赋、美女赋、小吃赋、养生赋、麻将赋、太极赋等,大众精英,雅俗共赏……

2013年7月25日至10月30日,为提升南漳历史文化品位和扩大南漳对外美誉度,南漳县史志办公室联合襄阳市楚国历史文化学会,举办了面向全国有奖征集《南漳赋》活动。本次活动共收到来自山东、四川、新疆、广东、贵州、江苏、江西、河南、吉林、河北、北京、山西、湖南、上海、安徽等16个省作者的作品68篇。经过评审专家小组无记名评审,共评选出一等奖1名,二等奖2名,三等奖7名。一等奖奖3000元;二等奖奖1500元;三等奖奖500元。

2011年,潞安举办《中国潞安赋》大型碑刻揭幕仪式,有200人朗诵《中国潞安赋》。其中有著名表演艺术家、曾在大型史诗剧《复兴之路》担任主要演员,在电视剧《黄飞鸿》中扮演无为大师的王和平先生;在《辘轳·女人和井》中扮演狗剩儿媳妇,国家一级演员,CCTV第一届全国朗诵艺术大赛银奖获得者杜宁林女士;有首届全国大学生朗诵大赛最高奖,CCTV第一届全国朗诵艺术大赛铜奖获得者阿木古郎先生……

二、宋玉创造的经典意象,是精英的也是大众的

宋玉的作品创造了一批经典意象,两千多年来,这些意象融进了国人的生活。人们谈山水会浮现高唐险奇,讲传说常神往巫山神女,议美女会品味东家之子,写性梦爱用典朝云暮雨,风云会际,信手拈来空穴来风、大王雄风……特别是文人骚客,如司马相如、贾谊、曹植、阮籍、李白、杜甫、白居易、苏东坡、柳永、陆游、辛弃疾、张养浩、金圣叹、纪昀……均大量地、反复地叹吟宋玉,或引用、化用其典。

我们以唐朝为例。唐朝是一个诗的王国,诗中直接、间接提到宋玉或化用宋玉赋,以为典故者,至少有上千个例子。其中杜甫诗中,正面提到宋玉的有九首,屈原、宋玉并举者有五首,化用宋玉赋以为典实者,有二十六首,计四十首,间接和明确表达对宋玉之向往、崇敬,甚至以为师者之情。如果奇思妙想,我们可以在诗星灿烂的唐代看到一幕"颂宋联咏"的活剧。那也许是一个中秋或重阳的夜晚,诗仙、诗圣、诗隐、诗痴、诗鬼相聚。李白举杯,对月高歌:"宋玉事楚王,立身本高洁。"杜甫严谨恭敬地咏道:"摇落深知宋玉悲,风流儒雅亦吾师。"白居易作《赋赋》:"赋者,古诗之流也。始创于荀、宋,渐恢张于贾、马。"诗痴李商隐痴痴而叹:"何事荆台百万家,惟教宋玉擅才华。"李贺

则鬼鬼祟祟地道:"宋玉赋当以《招魂》最为幽秀奇古,体格较骚一变。予有诗云:'愿书汉戟招书鬼,休令恨骨埋蒿里'。"[3]

再如,宋玉悲秋已成为中国文学上的主题和熟语。诗人兼学者的林庚教授说:"描写秋天肃杀悲凉的景象,来抒发缠绵悱恻、痛苦忧伤的思想感情,事实上从屈原已经开端。但是人们谈到悲秋,往往想到的还是宋玉,而不是屈原。宋玉悲秋成为中国历代文人的共鸣知音和心底之痛"。[4]

湖北文理学院宋玉研究所副教授高志明描摹了一幅颇有意味的画面。时间:秋天傍晚/地点:某一地域的至高点(或高楼,或高台,或高丘,或高崚)/人物:抱负之士、有志之士、豪杰之士/环境:雾霭沉沉,秋风萧瑟,凉意嗖嗖/心情背景:失志不遇,或遭打击或受排挤或被贬谪;或将离别故人好友,或羁旅罹愁等。[5]

啊,从画面中走来的还有隋炀帝杨广,他作《悲秋诗》吟:"故年秋始去,今年秋复来。露浓山气冷,风急蝉声哀。鸟击初移树,鱼塞欲隐雷。断雾时通日,残云尚作雷。"[6]杨广确实可悲,一方面他重儒学,首创科举;修运河,沟通南北;伐陈国,完成统一;另一方面,他又被骂为荒淫无道君一千四百年! 杨广是否也像宋玉蒙受着千古奇冤?

宋玉与前贤相比具有世俗情怀,其创造的经典意象,既是精英的更是大众的。比如,僧人寒山子《寒山诗》曰:"大有好笑事,略陈三五个。张公富奢华,孟子贫撼轲。只求侏儒饱,不怜方朔弱。巴歌唱得多,白雪无人和。"大和尚齐己词吟:"巫山高,齐女妖。雨为暮兮云为朝,楚王憔悴魂欲销……"女道士鱼玄机写《赠邻女》送一村姑:"羞日遮罗袖,愁春懒起妆。易求无价宝,难得有情郎。枕上潜垂泪,花间暗断肠。自能窥宋玉,何必恨王昌?"[7]

下面这首诗更有意思,某尚书让歌妓莲花去侍候陈陶处士,陈陶不近女色,莲花妓离去时写诗《献陈陶处士》:"莲花为号玉为腮,珍重尚书遣妾来。处士不生巫峡梦,虚劳神女下阳台。"[8]意思是我以莲花为号,如花似玉,尚书大人看重我,让我侍候你,既然你没有做巫山梦的念头,岂不叫我神女白跑一趟?

由此可见,宋玉及其辞赋影响之大、传播之广。地势坤,君子以厚德载物。宋玉紧贴地气,不仅使自己的作品雅俗共赏,而且给中国文学乃至中华文明增添了活力。连毛泽东《在延安座谈会上讲话》,也风趣地用其典:"任何一种东西,必须能使人民群众得到真实的利益,才是好的东西。就算你的是阳春白雪吧,这暂时既然是少数人享用的东西,群众还是在那里唱下里巴人,那末,你不去提高它,只顾骂人,那就怎样骂也是空的。现在是阳春白雪和下里巴人统一的问题,是提高和普及统一的问题。"

三、宋玉的学术研究,是中国的也是世界的

英国学者韦理自1918年开始,连续将《风赋》《高唐赋》《登徒子好色赋》翻译成英文;其同胞爱吉士著《宋玉的〈九辩〉》[9],真不晓该国有多少人读宋玉,也不知这本书

在该国卖给谁。

苏联波兹德涅娃著《宋玉》,编入莫斯科出版社的《东方古代文学》丛书。法国驻中国上海总领事郁白著《悲秋——中国古典诗学研究》,全书18万字,受中国钱钟书、美国斯蒂芬·欧文等影响,将史学、文献学、哲学、诗学和比较文学融为一炉。2000年10月定名《悲秋》在法国出版。还有德国、波兰、意大利等国学者也研究宋玉。

值得称道的是,宋玉作品的西文译著从1918年英国韦理译《风赋》《登徒子好色赋》始,到德国何可思,法国马古烈,再到国人翻译,至2001年已将高唐、对问、九辩、招魂、神女等宋玉的主要作品频频输出,到海外与西方文化交流。

日本学者稻田耕一郎、浅野通友、藤野岩友、藤原尚、竹治贞夫等先生,对宋玉研究非常热心且富有成果。2010年10月,中国屈原学会、湖北荆楚文化研究会、襄樊学院(湖北文理学院前身)和宜城市人民政府主办"2010年襄樊宋玉国际学术研讨会"。稻田耕一郎先生因事未能赴会,他提交了论文《[宋玉集]佚存钩沉》。该文是从中国古代类书和古书的注释中辑录大量资料,进行比较研究而成。文中说:"我认为从六朝后期到唐代,宋玉评价之高的原因之一,出于昭明《文选》的巨大影响。《文选》在宋玉名下收录了《风赋》、《高唐赋》、《神女赋》、《登徒子好色赋》、《九辩》(五首)、《招魂》、《对楚王问》等七篇作品(其中是否含有伪作,且当别论),这一事实本身就充分证明了当时对宋玉文学的高度评价。"[10]

在这次首届宋玉国际研讨会上,马来西亚郑良树教授提交论文《论[宋玉集]》,韩国朴永焕教授宣讲了《徐居正的宋玉情怀》。朴教授介绍了宋玉的域外影响,他说早在15世纪,朝鲜的著名诗人、文学评论家徐居正就研究并向国人推荐屈宋,特别喜欢"高唐、神女",形成了浓烈的宋玉情怀。

该会形成的论文集《宋玉及其辞赋研究》,收有吴广平的《孙大雨先生英译宋玉〈高唐赋〉〈神女赋〉指瑕》、王慧的《许渊冲、卓振英英译〈九辩〉比较研究》。吴广平《宋玉研究》《宋玉集》曾介绍了日本、英国、德国、法国、波兰、意大利、苏联等"洋学者"研究和传播宋玉文化的概况。上述论文则说明,国内学者向外宣传宋玉,已由重视数量转向关注质量。

洋学者青睐宋玉说明了什么?说明宋玉是中国的也是世界的,说明宋玉文学是中国文学的重要内容,研究中国文学的入口之一是宋玉文学。中国屈原学会会长方铭教授在"2010年襄樊宋玉国际学术研讨会"闭幕式致辞说:"宋玉更是赋的主要创始人……赋又是中国文学体系中一种最独特的文学样式,是中国独有的文学形式。赋文学的存在,充分证明中国文学是对人类文明做出了独立贡献的。"[11]

四、宋玉文化的传播,是传统的也是时尚的

中国屈原学会宋玉研究中心常务副主任程本兴《宋玉文化的传播与影响》称,宋玉文化是指"宋玉及其作品,两千多年来在社会传播中所形成并积累下来的物质的、特别

是精神的财富"。由于宋玉风流儒雅,多才多艺,世俗情怀,宋玉文化融入到传统戏剧、小说、音乐、美术乃至民俗之中。

先看戏剧,名家王实甫、马致远、关汉卿、吴昌龄、高明等都提及宋玉或引、化用其典。王实甫《西厢记》一折:"小娘子将简帖儿去了,不是小生说口,则是一道会亲的符录。他明日回话,必有个次第。且放下心,须索好音来也。且将宋玉风流策,寄与蒲东娘。"关汉卿《温太真玉镜台》一折:"我这里端祥他那模样:花也腮庞,花不成妆;玉比肌肪,玉不生光。宋玉襄王,想象高唐,止不过魂梦悠扬,朝朝暮暮阳台上"[12]。

到了明清,三国、水浒、西游、金瓶梅、《三言二拍》都青睐宋玉之典。比如《水浒传》有一段写林冲回到房中,端的是心内好闷!有《临江仙词》云:"闷似蛟龙离海岛,愁如猛虎困荒田,悲秋宋玉泪涟涟。江淹初去笔,霸王恨无船。高祖荥阳遭困厄,昭关伍相受忧煎。曹公赤壁火连天,李陵台上望,苏武陷居延。"还有《红楼梦》,用宋玉"巫山""云雨"之典竟有八处。如贾宝玉梦游太虚幻境,警幻仙姑密授云雨之事,让其与可卿有那巫峡阳台之会;而宋玉在《高唐赋》、《神女赋》中叙写"巫山梦",主旨正是为了"假设其事,讽谏淫惑"。

再如民俗之一的楹联。有个戏楼的楹联是:"一曲阳春唤醒古今梦,两缕云雨滋尽儿女情。"有个裁缝店的楹联是:"服毕由使王蔷美,装罢能为宋玉惊。"清代光绪年间重建高唐观,留下个楹联:"仙鬟枕峡水三千,休变宋赋;古刹迎巫峰十二,可访唐碑。"

宋玉文化是传统的也是时尚的。重庆市巫山县2007年9月开工,历时9个月建成了有名的神女大道,大道上、下段连成一体,总落差达到200米。纵眼观之,壮观的台阶由江边拾级而上,照壁般的道标上书有"神女大道",右壁刻《高唐赋》,左壁刻《神女赋》。两侧拾级上,雕刻有反映巴楚文化的精美图纹和浮雕,沿江边置有屈原、宋玉、李白、杜甫、刘禹锡、李商隐等塑像,每尊塑像旁均有咏宋玉和巫山、神女的诗词。2012年12月3日,市民和游客在神女大道突然惊叫起来,眼前突然出现一个大坑……啊,原来是一组3D立体绘画,绘画主题为风景、神女和动物,现代时尚简直令人目不暇接。

"阳春高山兮……山高高;白云绿水兮……水滔滔;山高高,水滔滔,万物知春兮,和风飘;水滔滔,山高高,清香翠滴兮,发兰椒……"2008年11月8日,钟祥市长寿文化旅游节开幕式文艺演出,一曲《阳春白雪》被美丽飘逸的姑娘用二胡演奏得似天籁之音——时而在荆山之上,夜听水涛,晨流清泉。兔跃山间,空谷鸟鸣;时而在千里汉江,九曲婉转,两岸稻香,鸥歌鹤舞,渔舟晚唱……时间倒转,香港各界纪念回归十周年文艺晚会,一支500人的琵琶团队,同样演奏这首《阳春白雪》,观众欢呼,掌声如潮,轰动了海内外华夏同胞及国际友人,成为晚会的一大亮点。

由北大、清华、人大、南开、复旦、武大等十三所高校的相关教授新编《中国文学史》(大学教材),恢复了自古以来的"屈宋并称"。该书"先秦文学"第六章是"屈原及战国骚体文学",紧接着"第七章·宋玉及战国赋体文学"。其"先秦秦汉卷"中,能够占到单独一章的地位和篇幅的国家级的大师有4位,依次是:孔子、屈原、宋玉、司马迁。[13]

宋玉站在巨人的肩上,既学习屈原又力求在某些方面超越屈原。欧阳修曰:"宋玉比之屈原,时有出蓝之色"。陆侃如先生说:"谁是中国文学之祖?我毫不迟疑地说:屈原与宋玉。他们不但给予民族文学的永久的生命,并且奠定了中国文学的稳固的基础。""古代若无屈宋,则文学史决没有那样灿烂;而楚民族若无屈宋,则楚文学也决占不到重要的地位。所以,凡研究中国文学的人——尤其是研究古代文学的人——都不可不从屈宋下手。"[14]姜亮夫先生则说:"从战国以后的文学发展来分理细译一番,我们发现宋玉所撰各文,影响于后世者极大而且多,比屈原的影响于'文学'方面还大得多。"[15]

参考书目

[1]《文心雕龙全译》刘勰著,龙必锟译注,贵州人民出版社1992年3月第1版

[2]见吴广平《宋玉集》,岳麓书社2001年8月第1版

[3]见金光定《景宋诗钞》

[4]林庚《屈原与宋玉》北京中华书局编《中华艺术论文集》1981年11月第1版

[5]10.参见《宋玉及其辞赋研究——2010年襄樊宋玉国际学术研讨会论文集》,学苑出版社2010年10月北京第1版

[6][7][8][12]见刘刚《宋玉研究资料类编》

[9]见吴广平《宋玉研究》岳麓书社2004年9月第1版

[11]包头《职大学报》2011年第1期

[13]《中国文学史》吉林人民出版社2013年12月第1版第1次印刷

[14]见陆侃如《屈原与宋玉》

[15]见姜亮夫《宋玉简述》

宋玉的高洁人品和文学贡献

杨斌庆

（湖北省荆楚文化研究会　湖北武汉　710000）

【摘要】 宋玉不是"多情的公子"，而是"立身本高洁"的文人；不是谄谀献媚、逢迎拍马之徒，而是忠君义民、骨气不凡的君子。宋玉是中国赋体文学、感伤主义文学、山水文学、艳情文学的开山祖师。宋玉开创的"伤春"、"悲秋"、"登高心瘁"、"贫士失职而志不平"等主题成为了中国文学恒久的主题。宋玉描写的"阳春白雪"、"下里巴人"、"曲高和寡"等现象成为后代经常运用的成语典故。宋玉与屈原并称为"中国文学之祖"。

【关键词】 宋玉；人品；辞赋；文学成就

退休十多年来，我有幸参与了荆楚文化的学习和研究活动。其间，陆续拜读了吴广平、王齐洲、刘刚等先生研究宋玉的大作，颇受启发，逐步加深了对宋玉的高洁人品和文学贡献的认识。

宋玉是两千两百多年前与屈原并称的一颗璀璨的明星，宋玉和屈原都是中国文学之祖。魏晋南北朝时期我国第一部划时代的文学理论和文艺批评巨著——刘勰的《文心雕龙》说："屈原联藻于日月，宋玉交彩于风云。""屈宋逸步，莫之能追。"但历史上对宋玉的评价大起大落，"扬屈抑宋，重屈轻宋"的状况持续时间较长，直到 20 世纪 80 年代开始，随着思想的解放、学术环境的宽松自由，学者独立思考意识增强，加上宋玉佚赋在山东临沂银雀山汉墓出土面世，使宋玉研究出现了崭新局面。

一

首先，宋玉的人品得到肯定：不是"多情的公子"，而是"立身本高洁"的文人；不是谄谀献媚、逢迎拍马之徒，而是忠君义民、骨气不凡的君子。

宋玉所处的历史背景是楚国逐步走向衰落，统治集团昏庸腐败，屈原等贤达远离朝廷，朝野上下万马齐喑。

出身寒门、职小位卑的宋玉在这种政治环境下，没有苟合取容、同流合污，也没有缄口噤声、撒手不管，而是继承屈原遗志，运用其文学侍从的身份和高超的文学手段，巧妙地讽谏楚王,具有微辞谲谏、婉而多讽的特色和效果。比如,宋玉在《风赋》中对"大王之雄风"和"庶民之雌风"的对比描写,反映了王公贵族生活的豪奢和黎民百姓生活的悲惨,表现了宋玉对前者的不满和对后者的同情,同时也希望楚王戒除侈靡,关心民间疾苦。宋代大文豪苏轼认为,宋玉的《风赋》"不知者以为谄也,知之者以为讽也"。宋玉《高唐赋》写楚王梦中艳遇神女的故事,"盖假设其事,讽谏淫惑也"(李善《文选注》)。宋玉《登徒子好色赋》也是为讽谏楚襄王不要沉溺于女色而不顾国政而创作的。刘勰说:"楚襄宴集,而宋玉赋《好色》,意在微讽,有足观者。"宋玉在《对楚王问》中,以鸟类中的凤、鱼类中的鲲自比,表现自己品性高雅、志向远大、行为超群,立身高洁,不随俗从流,不苟容于世,因而是孤独而痛苦的,同时也暗讽世无明君,不辨贤愚。李白在《感遇四首》其四中写道:"宋玉事楚王,立身本高洁。巫山赋彩云,郢路歌白雪。举国莫能和,巴人皆卷舌。一惑登徒言,恩情遂中绝。"极力推崇了宋玉高洁的人格。

总之,宋玉虽然没有像屈原那样犯颜直谏,但一直坚持曲谏,也充分体现了宋玉忧国忧民、品行高洁,有强烈的社会责任感,也反映了楚国政治日趋黑暗,宋玉地位卑微,生存艰难的现状;还反映了宋玉在旁敲侧击、隐晦批评之中的聪明智慧和文学功力。虽然宋玉的讽谏含蓄而隐蔽,仍然得到了人们的理解和同情。

二

宋玉为什么能与屈原并称为中国文学之祖?他有什么贡献?

宋玉在屈原创立骚体文学"楚辞"之后,别开生面,创立了赋体文学,是赋体文学的开山祖师,在楚辞与汉赋之间起到了承前启后的作用。

宋玉创立赋体文学时间最早。"第一次以赋名篇的当推宋玉的《风赋》《高唐》《神女》等赋。"[①] 荀子作赋不但时间比宋玉晚,质量也比宋玉差,创作方法上带有谜语色彩。

宋玉之赋,铺采摘文,大肆渲染,巧比夸饰,极尽其能,确立了铺张扬厉的大赋体制。这种赋采用客主问答、铺张扬厉、亦骈亦散、亦诗亦文的形式,既便于描摹事物,又便于抒发情感,为文人开辟了一片抒发内在情感、显示艺术才华的新天地。因此,赋体文学作为中国文学史上最重要的文体之一,对后世产生了极大的影响。

首先,宋玉赋成为了汉赋之祖:宋玉赋所始创的极尽铺叙描摹而意主劝诫的文体风格,在汉代发展成为代表汉代文学成就的汉大赋。有关学者通过对宋玉赋与汉赋的对比分析,认为:汉赋采用宋玉赋"问对结构"的作品占有相当的比重;宋玉赋"韵散相间"的语言形式成为汉赋作家的范示;汉赋的铺排手法的运用也没有跳出宋玉赋的藩篱;宋玉赋"卒章见义"(文章结尾处点明作家创作主旨)的表意方式也被汉赋普遍运用。就连宋玉赋开头为散体、中间为韵文、结尾又为散体的写作格式也成为汉赋的基

---

① 叶幼明:《辞赋通论》,湖南教育出版社,1991年版,第68页。

本结构形式。

宋玉赋的风格虽然辞藻华丽,以精美艳丽著称,但仍然自然清新、生动活泼。吴广平先生说宋玉赋"就像一个贵族少妇,典雅华贵、高洁矜持、气派非凡,尽管服饰打扮是那样的浓艳富丽,但给人的印象又是那样天然妥帖"[①]。

宋玉的文学成就对后世的影响还在于:宋玉开创的"伤春"、"悲秋"、"登高心瘁"、"贫士失职而志不平"等主题成为了中国文学恒久的主题。宋玉描写的"阳春白雪"、"下里巴人"、"曲高和寡"等现象成为后代经常运用的成语典故。宋玉是中国感伤主义文学的奠基人,山水文学的鼻祖、艳情文学的开山祖师。

我作为中国山水画的爱好者,欣赏宋玉在《高唐赋》中对巫山、巫峡的描写特别感慨。第一,宋玉全方位、多角度的描写,使人感受到巫山巫峡的神奇和瑰丽、险峻和秀美。第二,作品描写神女托美梦、君王驾龙车、术士聚餐、士兵打猎等,使人领略到古人"天人合一"的思维模式,既有深邃的哲理,又有深厚的感情。第三,作品将巫山云雨作为极富诗意的自然景观,那云蒸霞蔚、翻云覆雨、神妙莫测、气象万千的神奇景象,使人进入到一个迷离神秘的虚幻世界。这些创造性的山水文学之作,为后人创作诗文、书画时描写山水树立了榜样。

欧阳修说:"宋玉比屈原,时有出蓝之色。"林庚在《屈原与宋玉》一文中说:"屈原的崇高伟大永远令人为之景仰,而宋玉却只是那么平易近人。我们当然最需要屈原,却也因此不能忘记了宋玉。"正如陆侃如先生所言:"谁是中国文学之祖?我毫不迟疑地说:屈原与宋玉。他们不但给予楚民族文学以永久的生命,并且奠定了中国文学的稳固基础"。"古代若无屈宋,则文学史决没有那样灿烂;而楚民族若无屈宋,则楚文学也决占不到重要的地位。所以,凡研究中国文学的人——尤其研究古代文学的人——都不可不从屈、宋下手。"

---

① 吴广平:《宋玉研究》,岳麓书社,2004年版,第191页。

宋玉"情"赋及其影响略论

龙文玲

(广西大学　广西桂林　541000)

【摘要】《文选》"情"类赋收录四篇作品,其中三篇为宋玉所作,由此足见其赋对后世影响之大。这几篇赋均涉及男女情感,均塑造了美艳动人的美女形象,但各有侧重。《高唐赋》中楚王与神女遇合的描写只是一个诱人的引子,其重点在于引导楚王努力思考如何修德治国;《神女赋》则是以表达人神道殊,恋情无着落为书写重点;《登徒子好色赋》则以逞才斗智的四人对话形式,表现作者对男女之情的态度。这几篇赋的故事情节结撰、佳人形象塑造、语言表现技巧,都对司马相如、曹植等赋家的同类赋作产生了巨大影响。而《文选》对这几篇赋的收录,亦显示出宋玉赋的表"情"艺术在南朝时期具有典范意义。

【关键词】《文选》;"情"赋;宋玉;曹植

陆机《文赋》云:"诗缘情而绮靡,赋体物而浏亮。"似乎赋就当以体物为主要特征。然而,萧统《文选》卷十九收入四篇作品——宋玉《高唐赋》《神女赋》《登徒子好色赋》、曹植《洛神赋》,却以"情"名类,这显然是一个有趣的现象①。对于这四篇赋,学术界既有单个研究,也不乏整体关注。因此,笔者仅就个人读书所见,就宋玉三篇"情"赋作一粗略探讨。

一、宋玉"情"赋的基本内容及其影响

《文选》"情"赋四篇,三篇为宋玉所作,一篇为曹植所作。其中,宋玉《高唐赋》《神女赋》均述及楚怀王、楚襄王与巫山神女邂逅的故事,但各有侧重。《高唐赋》里,宋玉追述楚怀王梦中与神女遇合、触发楚襄王对游高唐的向往只是一个引子,整篇赋其实重在铺写往见高唐巫山神女路途的艰险,其中还言及方士祭祀、乐舞娱乐及畋猎之事,

---

① 傅刚《〈昭明文选〉研究》:"在《文选》所列十五类赋目中,'情'类的设置是一个很有意义的文学事件。"

最终落实到君王修德治国之上：

  王将欲往见，必先斋戒，差时择日。简舆玄服，建云旆，蜺为旌，翠为盖。风起雨止，千里而逝。盖发蒙，往自会。思万方，忧国害。开贤圣，辅不逮。九窍通郁，精神察滞。延年益寿千万岁。①

将往见神女与以戒惧之心思考治国安邦、选贤用能联系起来，可谓曲终奏雅之先声。尽管《高唐赋》中描写楚怀王与神女的艳遇给后人留下深刻印象，但就全篇而言，男女情事并非本篇表现的重点。

《神女赋》通过楚襄王与宋玉的对话，托出一位"性和适。宜侍旁"的绝色神女，重点借宋玉为楚襄王"赋之"，描写了一段神女与君王均有情、邂逅而终不能亲附，最终神女离去，留下君王"惆怅垂涕，求之至曙"的凄美故事。此篇，则是以表达人神道殊，恋情无着落为书写重点了。

《登徒子好色赋》则以逗才斗智的四人对话形式，展现作者对男女之情的态度。登徒子谗毁宋玉"好色"为引子，其中，宋玉对东邻女的描写，给人留下了一个倾城的绝色女子形象和一个对男女之情高度克制的男性形象；章台大夫对采桑女的歆慕，则表达了对男女之情发乎情止乎礼义的折中观念。

宋玉这三篇赋尽管侧重点不同，构筑的故事情节不同，但对司马相如、曹植的同类赋影响深远。

司马相如《美人赋》虚构了司马相如、邹阳、梁王三人的对话，演绎了《登徒子好色赋》的故事。但情节有细微变化，即去除了《登徒子好色赋》中章台大夫这第四人的参与，而添加了拒绝上宫美女引诱的情节。

曹植《洛神赋》则在宋玉三篇赋内容取舍基础上，加上个人感悟而结撰成篇。撷取了《高唐赋》《神女赋》的人神邂逅相恋的故事，舍去了《高唐赋》着力铺写路途艰险、曲终奏雅的内容，以及这两篇赋对床笫之欢的渴慕；撷取了《登徒子好色赋》对佳人形象描写的高超技巧，而舍去了其中斗智取乐的娱人成分。本质上说，《洛神赋》表现的仍然是男女情感，但通过曹植的取舍，构筑出一个单一纯粹而又高雅别致、申礼自持的人神相恋故事。而赋最终给出的人神道殊，神女无奈别离、君王顾望盘桓的结局，更把发乎情止乎礼义的男女之情表现得哀婉缠绵，引人回味无穷。

二、宋玉"情"赋的语言艺术对后世赋家的启迪

宋玉"情"赋的语言表现力已经达到相当高的艺术水平，对后世文学影响深远。其中，直接影响了司马相如与曹植的语言艺术。而在由宋玉赋走向司马相如和曹植赋的历程中，曹植赋对宋玉赋语言书写的传承，更加强了这类赋语言艺术的影响力。具体表现：

---

① 萧统编、李善注《文选》卷十九，中华书局，1977年版。下引《文选》不另注者均出此本。

其一,通过容貌美描写表现女性美。如:

《神女赋》:

> 袂不短,纤不长。

《登徒子好色赋》:

> 东家之子,增之一分则太长,减之一分则太短,著粉则太白,施朱则太赤。
> 眉如翠羽,肌如白雪。

《洛神赋》:

> 袂纤得衷,修短合度。……芳泽无加,铅华弗御。

这是描写美女身材合度之美,不施朱粉的自然天成之美。

《登徒子好色赋》:

> 腰如束素。

《洛神赋》:

> 肩若削成,腰如约素。

这是描写美女腰部纤细圆润之美。

其二,通过行动美描写表现女性美。如:

《高唐赋》:

> 其始出也,晰兮若松榯。其少进也,晰兮若姣姬。

《神女赋》:

> 其始来也,耀乎若白日初出照屋梁。其少进也,皎若明月舒其光。

这是由始来、少进的渐近描写,表现女神非同寻常的丰盈光明皎洁之美。

《神女赋》:

> 婉若游龙乘云翔。翩翩然若鸿雁之惊,婉婉然如游龙之升。

《洛神赋》:

> 其形也,翩若惊鸿,婉若游龙。

这是形容神女行进中的轻盈飘忽之美。

《神女赋》:

> 瑰姿玮态,不可胜赞。……素质干之酡实兮,志解泰而体闲。

《洛神赋》:

> 瑰姿艳逸,仪静体闲。

这是形容女性闲雅的仪态美。

其三,通过远近观感表现女性美。如:

《神女赋》:

> 近之既妖,远之有望。

《洛神赋》:

> 远而望之,皎若太阳升朝霞;迫而察之,灼若芙蕖出渌波。

通过这些例句的撷取对比,不难发现,宋玉"情"赋善于从不同角度表现女性美,语言运用相当灵活。而这些语言技巧,均被曹植所继承、发展,形成了美女书写的一些模式。

三、宋玉"情"赋的女性形象及其在后世文学的演化

宋玉三篇"情"赋,每篇都有女性形象的展现。而这些女性形象有一共性:都是绝色女子。

但也有不同。《高唐赋》中的神女,《登徒子好色赋》中的东邻女,都大胆热烈,敢于追寻。相对而言,《登徒子好色赋》中的采桑女,只是展现出女性群像("群女出桑"),尽管美艳,但并不鲜明。

《神女赋》中的神女,心中也怀热烈之情,"褰余幬而请御兮,愿尽心之惓惓",最终却是"怀贞亮之絜清兮,卒与我兮相难",甚至"颓薄怒以自持兮,曾不可乎犯干"。前热后冷,可谓变化无常。

司马相如《美人赋》中的东邻女和上宫女,直接继承了《登徒子好色赋》中东邻女的形象:大胆、热情。

曹植《洛神赋》中的洛神则是吸取了以宋玉为主的前代同类赋作的创作经验而塑造出来的唯美形象。在曹植笔下,洛神习礼而明诗,对情感是始终如一。面对男主人公的"托微波而通辞"、"解玉佩以要之",积极响应:"指潜渊而为期"。此时,不敢再进一步的不是洛神,而是"惧斯灵之我欺"的男主人公。面对人神道殊的结局,洛神的悲哀绝不亚于主人公:"抗罗袂以掩涕兮,泪流襟之浪浪。"虽然《洛神赋序》称作此赋是"感宋玉对楚王神女之事",但曹植笔下的洛神形象却更加鲜活生动,更加深情可感。

由宋玉《高唐赋》神女、《神女赋》中的神女、《登徒子好色赋》中的东邻女,到司马相如的《美人赋》,再到曹植《洛神赋》中的洛神,不仅可以看到随着时代发展,礼的规范在"情"赋作品中对男女情感的约束,更可以看到魏晋时期尽管也受礼的约束,但男女之间对彼此容貌美、性情美的追寻却更加明晰而执着。可以说,《洛神赋》的书写,已经由宋玉赋的讽喻、逞才、取悦君王走向了抒写个人性灵。

四、宋玉表"情"艺术的典范意义

《文选》"情"赋只收宋玉与曹植赋,而弃司马相如《美人赋》这类作品不录。这恐怕与《美人赋》的写作上基本沿袭《登徒子好色赋》有关,也可能与《美人赋》在描写美女引诱过于露骨有关系。从中可看出《文选》编者对《美人赋》这类写"情"作品并不认可。由《文选》的收录,足见宋玉赋的表"情"艺术在南朝时期具有典范性意义。

第三编 文化研究

高唐神女传说的炎帝部族文化属性

李炳海 刘 洋

（中国人民大学文学院 北京海淀 100872）

【摘要】 炎帝部族文化的一个基本属性，就是人神杂糅、天地相通。除《尚书》、《国语》的相关记载之外，《山海经》对于炎帝发祥地域的叙事，多处提到天帝在下界的活动场所。由此而来，高唐神女有时被说成是天帝之女，有时又说成是炎帝之女。炎帝部族先民认为人死之后变形转生的载体是花草，高唐神女传说体现的就是这种观念。高唐神女传说系统作为变形转生载体而出现的花草，都具有优美的形态。有的妩媚可爱，产生诱人的魅力；还有的显示出旺盛的生命力。

【关键词】 高唐神女；炎帝部族文化；变形转生；花草形态

高唐神女的传说，是20世纪辞赋研究的热点，相继推出一系列产生很大影响的论著。时至今日，这方面的研究依旧保持旺盛的势头，但是，如何把高唐神女传说置于先秦部族文化的背景之下加以审视，却显得较为薄弱，未能引起足够的重视。炎帝和黄帝两大部族，是华夏文化的主要源头。然而，无论传世文献还是出土文物，有关黄帝部族的资料甚为丰富，而炎帝部族文化的信息则相对匮乏。有的传世文献把高唐神女说成是出自炎帝部族，系炎帝之女。这就为该领域研究提供了一个切入点，就是探讨高唐神女传说与炎帝部族文化是否存在关联。如果存在关联，高唐神女传说从哪些方面体现出炎帝部族文化的属性。对这些问题的解答，都要通过实证的方式进行操作。

一、炎帝部族的人神杂糅、天地相通与高唐神女的血统

高唐神女传说首先要解决的悬案，是这位神女的身份问题。她究竟是天帝之女，还是赤帝、即炎帝之女？对此，传世的早期文献所作的记载就给后人留下了疑点。今本《文选》收录的宋玉《高唐赋》，没有对高唐神女的血缘关系加以标明，只是假托这位神女之口称："妾，巫山之女也，为高唐之客。"李善注引《襄阳耆旧传》如下记载：

　　赤帝女曰瑶姬，未行而卒，葬于巫山之阳，故曰巫山之女。楚怀王游于高

唐，昼寝，梦见与神遇，自称是巫山之女，因幸之。①

照此说法，高唐神女是赤帝之女，也就是炎帝之女。《太平御览》卷三九九《应梦》栏目亦引《襄阳耆旧记》的相关记载：

> 我帝之季女也，名曰瑶姬，未行而亡，封巫山之台。精魂依草，寔为茎之，媚而服焉，则与梦期。所谓巫山之女，高唐之姬。②

古人所说的帝，如果不加前冠和后缀，通常指的是天帝、上帝，这是早期行文的基本规则。按照这条记载推断，高唐神女是上帝之女。李善引的《襄阳耆旧传》与《太平御览》引的《襄阳耆旧记》，指的是同一部地方志，由于所据版本不同，对高唐神女血缘关系的记载出现差异。

《文选》收录了江淹所拟潘岳的《述哀诗》，其中有"尔无帝女灵"之语，李善注引《宋玉集》所述高唐神女如下话语：

> 我帝之季女，名曰瑶姬。未行而亡，封于巫山之台。③

这段话不见于今本《宋玉集》及《文选·高唐赋》，而与《太平御览》所录《襄阳耆旧记》的相关文字大体一致，高唐神女自称是天帝之女。据此推断，古本《宋玉集》是把高唐神女说成是天帝之女，有神灵血统。

高唐神女究竟是炎帝之女、还是上帝之女？单凭上述文献无法作出明确的判断，同一部《襄阳耆旧传》就因为版本不同而说法各异，确实令人无所适从。高唐神女是神话传说，涉及炎帝和天帝，因此，需要从炎帝与天帝相关联的神话系统中加以考察，对高唐神女的由来作出认定。

炎帝系统的神话传说有一个显著的特点，就是祖先神与天神往往混淆在一起，而不是截然分开。《诗经·大雅·崧高》首章写道："崧高维岳，峻极于天。维岳降神，生甫及申。维周之翰，四国于蕃，四方于宣。"对此，高亨先生作了如下解释：

> 甫，读为吕，国名，故城在今河南南阳县西三十里，国君姜姓。申，国名，故城在今河南南阳县北二十里，国君也姜姓。此二句言嵩山有神下降，生吕侯和申侯。④

高亨先生对"维岳降神，生甫及申"所作的解释是正确的。申和甫均为姜姓，出自炎帝系统。这两个诸侯国的君主本是炎帝的后裔。可是，诗中却把他们说成是嵩山降神所生，是神灵的儿子。那么，嵩山降下的是什么神灵呢？这从"崧高维岳，峻极于天"两句诗中可以得到答案。嵩山高耸入天，那里降下的神灵只能是天神、天帝。在这几句诗中，炎帝系统的祖先神和天神是混在一起的。天帝既是天神，又是炎帝系统的祖先神。姜姓成员既是炎帝的后裔，又是天帝的子孙。

《诗经·大雅·生民》开头写道："厥初生民，时维姜嫄。"对于姜嫄，高亨先生写道：

---

① 萧统编、李善注：《文选》卷十九，清光绪乙酉(1885)上海同文书局仿汲古阁版石印本。
② 李昉等编：《太平御览》(二)，中华书局，1985年影印本，第1844页。
③ 萧统编、李善注：《文选》卷三十一，清光绪乙酉(1885)上海同文书局仿汲古阁版石印本。
④ 高亨：《诗经今注》，上海古籍出版社，1980年版，第452页。

"她可能是原始时代母系社会一个氏族的女酋长,生下后稷。自后稷以后便进入父系社会了。"①这是学界比较普遍的看法。姜嫄,姜姓,出自炎帝系统。相传姜嫄因踩天帝的脚印而生后稷,这则神话传说反映的还是炎帝系统的文化属性,即祖先神与天帝的合二而一,天帝一身而二任。

炎帝系统的神话传说,祖先神和天帝往往混淆在一起。造成这种状况的一个重要原因,就是在炎帝发祥地一带的神话传说中,天帝和下界先民并不是隔绝的,而是往往彼此混杂,居住在同一地域。上天和下界也并非闭塞不通,而是可以彼此往来。

《国语·鲁语上》称:"昔烈山氏之有天下也,其子曰柱,能殖百谷百蔬。"关于烈山氏,韦昭注:"烈山氏,炎帝之号也,起于烈山。《礼·祭法》以烈山为厉山也。"徐元诰写道:

《路史·禅通纪》:"炎帝神农氏,生于列山之石室。"注云:"列山,即烈山,厉山,《水经》作赖山,今江夏随县北界厉乡村南重山也。"②

炎帝发祥于今湖北随县,这是许多古代文献都加以记载的历史事实。《括地志》写道:

厉山在随州随县北百里,山东有石穴,或曰神农生于此,所谓厉山氏也。春秋时为厉国。③

相传炎帝出生的石穴在随县以北百里处,把炎帝发祥的地域标示得更加具体。从《山海经》的记载考察,炎帝发祥的随县一带,属于《中次十一经》收录的范围。

《中次十一经》首个条目有如下记载:"荆山之首,曰翼望之山。湍水出焉,东流注于济,贶水出焉,东流注于汉。"郭璞注:"今湍水迳南阳穰县而入济水。"④湍水发源于今河南伏牛山,在今湖北襄阳北汇入济水。文中提到的贶水也是发源于翼望之山、亦即伏牛山,向东流入汉水。由这两条线索进行判断,它指的是白河。

《中次十一经》第二个条目写道:"又东北一百五十里,朝歌之山,潕水出焉,东南流注于荥。"对于朝歌之山,毕沅写道:

山在今泌阳县西北,俗称十八盘山。《水经》云:"潕水出潕阴县西北扶予山。"注云:"《山海经》云朝歌之山。"⑤

朝歌之山,《水经》称为扶予山,俗称十八盘山。具体地点在汉代潕阴县西北,即今河南南阳北部古代方城山一带,又称衡山。

《中次十一经》第三个条目写道:"又东南二百里,曰帝囷之山。……帝囷之水出于其上,潜于其下。"帝囷之山在朝歌之山、亦即方城山的东南二百里处,照此推算,它应是位于桐柏山以南、随县以北的今湖北境内。山名而冠以帝字,暗示这座山与天帝的

---

① 高亨:《诗经今注》,上海古籍出版社,1980年版,第402页。
② 徐元诰:《国语集解》,中华书局,2002年版,第155页。
③ 李泰等著、贺次君辑校:《括地志辑校》,中华书局,1980年版,第190页。
④ 郭璞注、毕沅校:《山海经》,上海古籍出版社,1995年版,第72页。
⑤ 郭璞注、毕沅校:《山海经》,上海古籍出版社,1995年版,第72页。

关联。《说文解字·口部》:"囷,廪之圆者,从禾在口中。圆谓之囷,方谓之京。"朱骏声引《释名·释宫室》:"囷,绻也,藏物缱绻束缚之也。"①囷,本指圆形粮仓。囷具有储备粮食的功能,由此而来,可以引申出容纳、居留之义。帝囷之山,指的应是天帝藏身之山。这种推测在《中次十一经》中可以找到内证。该板块结尾写道:"禾山,帝也。其祠太牢之具,羞瘗倒毛。"郝懿行写道:"上文无禾山,或云帝囷之山脱文,或云求山之误文。"②郝氏列举两种说法,第一种可取。禾山,应是囷山的脱文。因为囷山是天帝的栖息之处,故称"帝也"。而《中次十一经》的求山,与天帝没有关联。因为帝囷之山是天帝的栖息之处,所以祭祀的规格很高,用"太牢之具",祭品有牛、羊、豕,是最丰盛的祭品。对于"羞瘗倒毛",郭璞注:"荐羞反倒牲埋之也。"毕沅称:"倒当为到,古不从人。"③郭璞未注毛字,显得含混。毕沅说可取,倒毛、本当作到毛。毛,指祭祀所用牛、羊、豕的毛。到,这里用它的特殊含义。《庄子·外物》篇写道:"春雨日时,草木怒生,铫鎒于是乎始修,草木之到植者过半而不知其然。"《释文》引司马彪注:"锄拔之更生者曰到植。"④从这则注解可以看出,与锄拔对应的是到字,与更生对应的是植字。到,在这里指的是铲除、去掉。到,字形从至、从刀。至,本指射出的箭落地,刀有宰割功能,因此,到字有除掉之义。所谓的倒毛,指的是把用于祭祀的牛、羊、豕去掉毛,以表示对天地的尊崇。这种祭祀方式有力地证明,《中次十一经》的帝囷之山,是先民想象中的天帝在下界的栖息之地,位于桐柏山一带的湖北随县附近,与炎帝的发祥地相邻。

《中次十一经》排在帝囷之山后面的条目是视山:"又东南五十里,曰视山。其上多韭,有井焉,名曰天井。夏有水,冬竭。"视山与传说的帝囷之山相邻,位于帝囷之山东南,当在今湖北随县一带,那里是炎帝的发祥地。《中次十一经》对于视山所作的记载,关注的是山上的井,它夏有水而冬竭,称为天井。无独有偶,炎帝发祥的湖北随县,也以井泉闻名于世。《水经注》卷三十一郦道元叙述溠水流经地域时写道:"其水又南与义井水合,水出随城东南,井泉尝涌溢而津注,冬夏不异,相承谓之义井,下流合溠。"⑤《中次十一经》所载的帝囷之山,"水出于其上,潜于其下"。与帝囷之山相邻的视山有天井,而炎帝发祥的随县则有义井,三处都以水的奇特著称。由此可以证明,《中次十一经》记载的帝囷之山、视山,是以炎帝的发祥地为原型和背景,井泉奇异的线索贯穿其中。传说中的视山与帝囷之山相邻,暗示炎帝集团所在的方位就是天帝在下界的栖居之处,体现的是人神杂糅的理念,把天帝与炎帝的距离拉得极近。

炎帝发祥地所处的区域在《中次十一经》这个板块之内。在帝囷之山和视山的条目之后,还有些条目也与天帝存在关联。"高前之山,其上有水焉,甚寒而清,帝台之浆也,饮之者不心痛。"所谓帝台,指名称为台的一方天帝,已见于《中次七经》的休与之

---

① 朱骏声:《说文通训定声》,中华书局,2011年版,第796页。
② 郝懿行:《山海经笺疏》,四川人民出版社,1998年版《诸子集成补编》(十),第501页。
③ 郭璞注、毕沅校:《山海经》,上海古籍出版社,1995年版,第77页。
④ 郭庆藩:《庄子集释》,中华书局,1978年版,第943页。
⑤ 郦道元:《水经注》,岳麓书社,1996年版,第472页。

山、鼓钟之山。高前之山的水是一方天帝所用的饮料,此山是天帝的后勤保障基地之一。"毕山,帝苑之水出焉。"帝苑之水,顾名思义,就是天帝苑囿之水。苑囿通常用于游乐,狩猎是最重要的活动。帝苑之水发源于毕山。毕,本指狩猎用的长柄网。山名和水名,二者之间存在密切的意义关联。除此之外,还有倚帝之山,也就是依托天帝之山。帝台之浆、帝苑之水、倚帝之山,与帝囷之山及炎帝发祥所在区域的视山,同置于《中次十一经》。这个板块仿佛是天帝在下界的行宫和游乐场,不时可以见到与天帝相关的标志。炎帝的发祥地同在这个板块之内,因此,在神话传说中把天帝和炎帝相混淆,是很容易出现的趋向。

《中次十一经》有如下记载:

> 宣山,沦水出焉,东南注流于视水,其中多蛟。其上有桑焉,大五十尺,其枝叶四衢,其叶大尺馀,赤理黄华青柎,名曰帝女之桑。

对于帝女之桑,郭璞注:"围五丈也,言枝交互四出。妇女主蚕,故以名桑。"①树名帝女之桑,意谓天帝之女采此树的桑叶以供养蚕之用。帝女,指的是天帝之女。巨大的桑树"其枝四衢",树枝交织在一起,形成四通八达的通道,暗示天帝之女由树枝构成的通道出入天地之间。

《太平御览》卷二九一引《广异记》对于帝女之桑的由来给出另一种说法:

> 南方赤帝女学道得仙,居南阳愕山桑树上。正月一日衔柴作巢穴,至十五日成。或作白鹊,或女人。赤帝见之,悲恸诱之。不得,以火焚之。女即升天,因名帝女桑。②

这是后来出现的传说,与《中次十一经》有关帝女之桑的记载已经相去甚远。其中很重要的一个差异,就是把《中次十一经》所说的帝女、亦即天帝之女,置换成南方赤帝之女。高唐神女或称天帝之女,或称赤帝之女,这种情况与帝女桑不同的解说版本相似。

对于高唐神女身份的认定,必须把这个学术悬案置于炎帝文化系统中加以考察,才有可能作出合理的解释。炎帝部族文化的一个重要特点,就是人神杂糅,天地相通,祖先神与天帝往往合二而一。正因为如此,古代文献有的把高唐神女说成炎帝之女,有时又说她是天帝之女,这种混淆是炎帝部族文化属性造成的,有其必然性。

《尚书·吕刑》记载,由于苗民滥用刑罚,导致许多人向上帝申诉,于是天帝采取措施,"乃命重、黎绝地天通,罔有降格"。③ 这个事件向人们透露出如下信息:三苗部族人神杂糅、天地相通。《国语·楚语下》对于绝地天通举措的由来,也有类似的叙述:"及少皞之衰也,九黎乱德,民神杂糅,不可方物。"韦昭注:"九黎,黎氏九人,蚩尤之徒也。"④处于天地相通、人神杂糅状态的是苗民、蚩尤集团,这两个集团均属于炎帝部

---

① 郭璞注、毕沅校:《山海经》,上海古籍出版社,1995年版,第75页。
② 李昉等编:《太平御览》(四),中华书局,1985年影印本,第4086页。
③ 孙星衍:《尚书今古文注疏》,中华书局,1986年版,第523页。
④ 徐元诰:《国语集解》,中华书局,2002年版,第514页。

族。《后汉书·西羌列传》写道:"西羌之本出自三苗,姜姓之别也,其国近南岳。"对于"南岳",李贤注:"衡山也。"①这里所说衡山指楚国的方城山一带,属于伏牛山脉,炎帝的发祥地在衡山以南。蚩尤所代表的九黎,亦属炎帝部族。《山海经·大荒东经》称:"应龙处南极,杀蚩尤与夸父。"袁珂先生写道:"盖夸父与蚩尤同为炎帝之裔。"②这个判断是正确的,炎帝、蚩尤集团都以牛、羊为图腾对象,明显属于同一部族。《尚书·吕刑》、《国语·楚语下》所描述的苗民、九黎的天地相通、人神杂糅的状态,其实是炎帝部族文化的体现。在神话传说中,炎帝的后裔确实能够出入天地之间。《山海经·大荒西经》写道:"有互人之国。炎帝之孙名曰灵恝,灵恝生互人,是能上下于天。"袁珂先生写道:"经文互人之国,王念孙校改互为氐,是也。"③王念孙改互为氐,是因为《海内南经》有氐人国条目。其实,经文称互人是有暗示意义在其中,没有改字作解的必要。《说文解字·竹部》:"筁,可以收绳者也,从竹,象形,中象人手所推握也。互,筁或省。"朱骏声写道:

> 按:省竹者古文,小篆加竹。……《周礼·司会》:"以参互考日成。"《汉书·刘向传》:"宗族盘互。"注:"字或作牙,谓若犬牙相交入之意也。"④

互有交错之义。互人能上下于天地之间,有登天本领,取的正是交错、进入之义。互人是炎帝之孙灵恝所生,灵,神奇、灵异之义。恝,字形从㓞、从心。《说文解字》:"㓞,……疑即栔字之古文。"⑤这种推断是可信的。对于栔字,段玉裁注:"古经多作契,假借字也。《大雅》:'爰契我龟。'毛传:'契,开也。'"⑥段玉裁所引《大雅》诗句见于《绵》。恝字构形从㓞、从心,心灵开启之义。灵恝,意谓神奇而心灵开启,因此,其后裔互人能出入天地之间。灵恝、互人,这两个名称都具有暗示性。

综上所述,炎帝部族文化的特点是人神杂糅、天地相通。反映在《山海经》中,是炎帝发祥地一带出现一系列与天帝相关的山水名称,炎帝的后裔能出入于天地之间。反映在高唐神女故事中,就是天帝和炎帝相混淆,祖先神和天帝无法截然分开。

二、炎帝部族的变形转生观念与萯草、瑶姬

《太平御览》卷三九九《应梦》栏目引《襄阳耆旧记》,其中有高唐神女如下自述:

> 我帝之季女也,名曰瑶姬,未行而亡,封于巫山之台。精魂依草,寔为茎之,媚而服焉,则与梦期。所谓巫山之女,高唐之姬。⑦

---

① 范晔撰、李贤等注:《后汉书》,中华书局,1995年版,第2869页。
② 袁珂:《山海经校注》,上海古籍出版社,1980年版,第361页。
③ 袁珂:《山海经校注》,上海古籍出版社,1980年版,第415页。
④ 朱骏声:《说文通训定声》,中华书局,2011年版,第404页。
⑤ 朱骏声:《说文通训定声》,中华书局,2011年版,第667页。
⑥ 段玉裁:《说文解字注》,上海古籍出版社,1981年版,第183页。
⑦ 李昉等编:《太平御览》(二),中华书局,1985年影印本,第1844页。

这段话对于高唐神女的由来交代得比较明确。她是天帝的小女,死后精魂化为草。这是一则变形转生的传说,类似记载还见于《山海经·中次七经》:"姑瑶之山,帝女死焉,化为䔄草。其叶胥成,其华黄,其实如菟丘,服之媚于人。"对此,毕沅写道:

> 李善注《文选》云,宋玉《高唐赋》曰:"我帝之季女,名曰瑶姬,未行而亡,封于巫山之台。精神为草,实曰灵芝。"①

毕沅所引《高唐赋》的文字,出自《文选》江淹《别赋》李善注,与《襄阳耆旧记》所载大同小异,而帝女死后化为䔄草一段文字是今本《高唐赋》所见不到的。毕沅把《中次七经》帝女死后化为䔄草的记载,与高唐神女传说加以贯通,认为二者属于同一系列。袁珂先生在此基础上则进一步指出:"知瑶姬神话乃䔄草神话之演变也。"②这个判断是有道理的,《中次七经》所记载的瑶姬,与传说的高唐神女同名,二者确实存在密切关联。需要进一步加以探讨的是,这两则神话与炎帝部族文化存在什么样的关联。

瑶姬、高唐神女传说反映的是人在死后。变形转生的观念,这在古代早期是普遍存在的。只是由于部族不同、想象世界的转生方式也存在明显的差异。西北古族认为人死灵魂升天,东夷族认为人死灵魂归山,楚族、夏族则认为人死之后变形为水族动物。③高唐神女传说依托于炎帝,那么,这种死后变形为草的转生观念,是否出自炎帝系统呢?所得出的结论是肯定性的。

姑䔄之山的䔄草神话收录在《中次七经》,这个板块内的条目还有少室之山、泰室之山,指的是位于今河南境内的中岳嵩山。炎帝集团发祥于今湖北随县一带,后来的活动范围却是以嵩山为中心。因此,《诗经·大雅·崧高》开篇写道:"嵩高维岳,峻极于天。维岳降神,生甫及申。"出自炎帝系统部族的吕、申皆姜姓,把嵩山作为祖先圣地看待。《中次七经》所涉地域是炎帝文化的中心地带,姑䔄之山的䔄姬传说,反映的是炎帝集团的变形转生观念,认为人死之后变为草,以这种形式延续生命。

虞舜出自炎帝部族。炎帝以牛羊等为图腾对象,据《史记·五帝本纪》记载,舜之父瞽叟,"瞽叟之父曰桥牛"。舜的同父异母弟是以象为名。这两个名称保留的是家畜图腾的痕迹。

《尚书·尧典》记载,向尧推荐舜为接班人的是四岳,而四岳出自炎帝部族。舜代尧执政之后,第一个重要的举措是巡狩祭祀东南西北四岳,这在尧执政期间是不曾有过的。四岳是炎帝的故地,舜所祭祀的是炎帝部族的神灵。"归,格于艺祖。"祭祀四岳之后再祭祀自己的祖庙,舜把四岳之神作为自己的祖先神加以祭祀。

炎帝发祥于今湖北随县一带。《水经注》卷三十一对随地的溠水、义井水有如下记载:"其水又南与义井水合,水出随城东南,井泉尝涌溢而津注,冬夏不异,相承谓之义井,下流合溠。"对此,熊会贞先生写道:"有《汉舜子巷义井碑》,见《隶释》。《舆地纪胜》

---

① 郭璞注、毕沅校:《山海经》,上海古籍出版社,1995年版,第63页。
② 袁珂:《山海经校注》,上海古籍出版社,1980年版,第143页。
③ 李炳海:《部族文化与先秦文学》,高等教育出版社,1995年版,第159—216页。

载舜子井。《隋志》,舜子井在州治东南一里,亦名义井。"①炎帝发祥地的义井,又名舜子井,并把那里称为舜子巷。这种名称向人们透露出舜出自炎帝发祥地的信息。《墨子·尚贤中》称:"古者,舜耕历山,陶河濒,渔雷泽。"关于历山的具体地域,存在多种说法,有山西安邑说、山西永济说、山东济南说、浙江余姚说等②。这些说法皆出自汉代以后,不见于先秦文献。如前所述,《国语·鲁语上》提到烈山氏,也就是炎帝,其发祥地亦称为烈山、厉山。舜所耕作的历山,指的应是炎帝故地,在今湖北随县一带。

多方面的证据表明,舜属于炎帝部族成员,而且是重要的成员,舜的名称也体现出炎帝部族的变形转生观念。尧、舜、禹是先民为死者所加的称号,这三个名称来源于三个不同部族的转生观念。尧出自黄帝部族,这个部族认为人死之后灵魂升天,故尧表示高远之义。禹是夏族成员,夏族认为人死之后变形为水族动物,禹字确实指虫类。尧、禹这两个称号,表达的是期待死者转生之义。"炎帝系统的先民认为人死之后变为植物,以这种方式转生。……舜的本义是开花的草,显然,这是认为死者将变形为花草,实现转生。用舜作为死者的称号,反映的是炎帝系统的文化属性。"③

人死之后不可能变形转生,这是客观存在的事实。尽管如此,炎帝部族把死者的生命力寄托于花草的思维方式,却在炎帝后裔那里依旧作为历史的惯性发挥作用。陈国的君主是虞舜的后裔,血脉出自炎帝部族。《诗经·陈风·防有鹊巢》是产生于陈地的诗歌,全诗如下:

> 防有鹊巢,邛有旨苕。谁侜予美,心焉忉忉。
> 中唐有甓,邛有旨鹝。谁侜予美,心焉惕惕。

对于其中防、邛、苕,毛传:"防,邑也。邛,丘也。苕,草也。"④马瑞辰对毛传作了修正:"此章防与邛对言,犹下章中唐与邛对言。邛为丘名,则防宜读隄防之防,不得以为邑名。"⑤马瑞辰的辨析是有道理的,防指隄防,邛指高出地面的土丘。《说文解字·人部》:"侜,有壅蔽也。从人,舟声。《诗》曰:'谁侜予美。'"⑥许慎释侜为壅蔽,并且援引《防有鹊巢》的诗句为例,结论是可信的。诗中两次出现"谁侜予美"的句子,高亨先生写道:

> 谁侜予美。予美是说我的美人,即作者指他的妻子。《唐风·葛生》:"予美亡此,谁予?独处。""予美亡此,谁予?独息。""予美亡此,谁予?独旦。"那是一首悼亡诗;"予美亡此"是我的美人死在此地。可证此诗的"予美"也是此意。⑦

---

① 郦道元注,杨守敬、熊会贞疏:《水经注疏》,江苏古籍出版社,2001年版,第2641—2642页。
② 孙诒让:《墨子间诂》,中华书局,1996年版《诸子集成》(四),第34页。
③ 李炳海:《尧、舜、禹之称的部族文化及基因和文学效应》,《民族文学研究》,2010年第1期,第68页。
④ 王先谦:《诗三家义集疏》,中华书局,1987年版,第473页。
⑤ 马瑞辰:《毛诗传笺通释》,中华书局,1998年版《清人注疏十三经》(一),第135页。
⑥ 段玉裁:《说文解字注》,上海古籍出版社,1981年版,第378页。
⑦ 高亨:《诗经今注》,上海古籍出版社,1980年版,第183页。

作品中的予美,确实指诗人的妻子,并且是亡妻,这是一首悼亡诗。诗人由隄防树上的鹊巢,引发对亡妻的悼念。"邛有旨苕"、"邛有旨鹝",是说亡妻的坟墓上已经长生草类。"谁侜予美",是诗人无可奈何的追问,鹝是谁让我的爱妻长眠于坟墓,与自己生死悬隔。诗中所提到的旨苕、旨鹝,前面都冠以"旨"字,形态美好之义。苕,又见于《诗经·小雅·苕之华》:"苕之华,芸其黄矣。"毛传:"苕,陵苕也,将落则黄。"郑玄笺:"陵苕之华,紫赤而繁。"王先谦写道:

《释草》:"苕,陵苕。"又云:"黄华蔈,白华茇。"舍人注:"别华色之异名也。"《史记·赵世家》:"颜若苕之华。"《集解》引綦母邃曰:"陵苕之华,其色紫。"①

苕,又名陵苕,花紫色而繁茂。因其美丽可观,《史记·赵世家》用来比喻美女。苕,又名紫云英。

鹝,借为䌽,草名。对于它的具体形态,陈子展先生写道:

鹝,绶草,今名盘龙参。兰科,多年生草本。茎高尺许,叶狭长形。夏开淡红小花,穗状花序盘旋而上,似绶,又似盘龙,故名。②

《防有鹊巢》的作者一方面称亡妻为"予美",另一方面又着意点出坟墓上生长的美丽的花草,可谓两美相映。这首诗渗透的是生命一体化的理念,通过叙事抒情进行暗示:因为亡妻美丽动人,所以坟丘生出的花朵也楚楚可爱,是墓主生命力所滋润培育。同是悼亡诗,《诗经·唐风·葛生》写道:"葛生蒙楚,蔹蔓于野。予美亡此,谁予?独处。"这首诗渲染墓地的荒凉,葛和蔹都是蔓草,用它们的茂盛反衬墓主的孤独无依,诗中出现的植物与墓主的生命力没有直接关联。《防有鹊巢》出自陈地,是炎帝后裔居住的区域。炎帝部族以花草为依托的变形转生理念,在这首诗中演变为死者生命力与花草相通的意象。因为死者的美丽,坟墓生出的花草也妩媚动人。

高唐神女、瑶姬神话体现的是炎帝部族的变形转生理念,认为人死之后变为花草,以这种方式延续生命。炎帝部族的这种理念,是由多种原因生成的。花草以多年生植物为主,具有很强的再生能力,正如白居易《赋得古原草送别》所言:"离离原上草,一岁一枯荣。野火烧不尽,春风吹又生。"花草的这种属性,使得它有可能成为古代先民变形转生理念的依托和载体。炎帝部族以牛羊为图腾对象,姜姓传达的就是这种信息。牛羊以草为食,以草为依托,正如《敕勒歌》所言:"天苍苍,野茫茫,风吹草低见牛羊。"炎帝部族以牛羊为图腾对象,从而使得这个部族的先民对花草有一种特殊的感情,把它与人的生命相沟通。炎帝又称神农氏,以农耕为本,又有神农尝百草的传说,这也使得炎帝部族先民和花草的关系特别亲近。在以上诸种因素的共同作用下,炎帝部族先民把花草视为变形转生的媒介,产生出一系列这方面的神话传说。

但是,炎帝部族的变形转生神话传说,也有例外的情况。《山海经·北次三经》有

---

① 王先谦:《诗三家义集疏》,中华书局,1987年版,第819—820页。
② 陈子展:《诗经直解》,复旦大学出版社,1985年版,第439页。

如下记载:

> 发鸠之山,其上多柘木。有鸟焉,其状如乌,文首白喙赤足,名曰精卫,其鸣自詨。是炎帝之少女,名曰女娃。女娃游于东海,溺而不返,故为精卫。常衔西山之木石,以堙于东海。

这则神话传说明确标示,精卫鸟是炎帝的小女死后所变。女娃是炎帝之女,但是,她死后不是变形为花草,而变形为鸟,与高唐神女传说大相径庭。如何解释这种差异呢?这需要把精卫填海神话放到整部山海经中加以考察。

《山海经》一书中,人或精灵死后变形为鸟的传说共有三例,除精卫神话之外,其馀两例见于《西次三经》:

> 钟山,其子曰鼓,其状如人面而龙身。是与钦䲹杀葆江于昆仑之阳,帝乃戮之钟山之东曰瑶崖。钦䲹化为大鹗,其状如雕,而黑文白首,赤喙而虎爪,其音如晨鹄,见则有大兵。鼓亦化为鹓鸟,其状如鸱,赤足而直喙。黄文而白首,其音如鹄,见则其邑大旱。

鼓是钟山之神的儿子,他与钦䲹合伙杀死葆江。因此之故,两人均被天帝处死。鼓和钦䲹死后都变形为鹗、鹓一类猛禽。女娃、鼓、钦䲹均属于凶死,死后又都变形为鸟进行复仇。由此可见,凶死者变形为复仇鸟,是《山海经》的通例,精卫神话反映的是这种共性。而高唐神女传说体现的则是炎帝部族文化的特殊属性。

炎帝部族文化的基本属性之一是人神杂糅,天地相通,《山海经·中次十一经》记载的炎帝发祥地,就与天帝在下界的栖息区域相邻。与炎帝密切相关的瑶姬、精卫神话,尽管两位女性变形转生的方式不同,但是,《山海经》对两则神话所作的记载,依然渗透人神杂糅、天地相通的理念。

《中次七经》排在姑瑶之山前面的条目如下:"鼓钟之山,帝台之觞百神也。"再往前的条目写道:"休与之山,其上有棋焉,名曰帝台之棋。五色而文,其状如鹑卵。帝台之石,所以祷百神者也,服之不蛊。"郭璞注:"帝台,神人名。"①袁珂先生称:"则帝台者,盖治理一方之小天帝。"②姑瑶之山记载帝女化为䔄草的传说,排在这则传说前面的两个条目,叙述的都是帝台与百神交往的具体方式,帝女与帝台及百神相邻。

《中次十一经》与炎帝发祥地视山相邻的是帝囷之山,也就是天帝在下界的栖息场所。帝囷之山在前,视山在后,二者前后相次。《北次三经》排在精卫填海神话前面的条目写道:"神囷之山其上有文石,其下有白蛇,有飞虫。"神囷之山,指的是神灵栖息之山。白蛇、飞虫是这座神山的守护者。白蛇很罕见,飞虫指腾蛇,即能腾飞的蛇,二者都是怪异之物,所以充当神山的守护者。炎帝之女变形转生之后所处的发鸠之山,也与神山相邻,与瑶姬所在的姑瑶之山相似,反映出炎帝部族文化人神杂糅、天地相通的属性。

---

① 郭璞注、毕沅校:《山海经》,上海古籍出版社,1995年版,第63页。
② 袁珂:《山海经校注》,上海古籍出版社,1980年版,第168页。

神话传说中,炎帝的女儿在死后变形转生。自然死亡的瑶姬化为䔄草,溺水而死的女娃化为精卫鸟进行复仇。这两则神话传说成为重要的艺术原型,并且在古代文学作品中有机地整合在一起。《古诗为焦仲卿妻作》叙述刘兰芝、焦仲卿夫妇自杀的婚姻悲剧,结尾部分有如下诗句:

> 两家求合葬,合葬华山旁。东西植松柏,左右植梧桐。枝枝相覆盖,叶叶相交通。中有双飞鸟,自名为鸳鸯。仰头相向鸣,夜夜达五更。

这首诗的序言称焦仲卿是"庐江府小吏",因此,吴兆宜对"合葬华山旁"作了如下解释:"考西岳华山相去庐江甚远,合葬事当从《古今乐录》南徐华山畿为是。"①庐江在长江北岸今安徽境内,南徐州是南朝所设,在长江以南今江苏镇江一带。焦仲卿夫妇死于庐江,合葬于南徐州的华山畿要渡过长江,也不存在这种可能,因此,诗中的华山是借用已有的五岳山名,不必据实求之。正像鸳鸯不可能栖息在树上一样,均属虚拟之辞。诗中枝叶相覆盖、交织在一起的树木,相向长鸣的双鸳鸯,都是焦仲卿、刘兰芝的化身,是他们的变形转生。其中鸳鸯的夜夜长鸣到五更,表达的是对这场婚姻悲剧的幽怨之情。

《搜神记》卷十一所载韩凭夫妇的故事,与焦仲卿、刘兰芝婚姻悲剧相似。韩凭为反抗宋康王夺去其妻何氏而自杀,何氏随之亦自杀。两人被埋葬之后,出现如下奇异事象:

> 宿昔之间,便有大梓木生于二冢之端,旬日而大盈抱,屈体相就,根交于下,枝错于上。又有鸳鸯,雌雄各一,恒栖树上,晨夕不去,交颈悲鸣,音声感人。宋人哀之,遂号其木曰"相思树"。相思之名,起于此也。南人谓此禽即韩凭夫妇之精魂。今睢阳有韩凭城,其歌谣至今犹存。

汪绍楹先生校注:"'南人谓此禽即韩凭夫妇之精魂'——余嘉锡谓:'此唐人刘恂《岭南录异》语,后人录入时掺入。'此说是。"②是否如余氏所说,尚待进一步证明。和焦仲卿夫妇故事相比,这则传说更具有奇异色彩。坟间的树木是无人栽植而一夜间自然生出,并且在一天之内达到盈抱合围,成为巨树。两坟间的巨树从根到枝都交错在一起,变为一体。这则传说中的巨树、鸳鸯同样是韩凭夫妇的化身,并且用鸳鸯的交颈悲鸣,把怨恨之情表达得更加充分。炎帝之女转生为复仇鸟的神话,在这两则故事中演变为悲剧夫妇转生变形为冤禽;炎帝之女变形为䔄草的艺术原型,则演变为悲剧夫妇以相偎相依的树木形态出现。焦仲卿夫妇的婚姻悲剧发生在庐江,炎帝发祥地今湖北随县,在庐江西北三百公里处。韩凭夫妇故事提到睢阳有韩凭城,睢阳指的是今河南商丘,那里西距炎帝部族的中心嵩山不过二百馀公里。这两则转生变形为树木、鸳鸯的婚姻悲剧故事,均处于炎帝部族文化圈内,历史文化的积淀潜在地发挥着作用。至于后来的梁祝化蝶故事,则是在这两则婚姻悲剧传说基础上的进一步演变,已经不

---

① 徐陵编、吴兆宜注、程琰删补:《玉台新咏笺注》卷一,吉林人民出版社,1999年版,第49页。
② 干宝撰、汪绍楹校注:《搜神记》,中华书局,1985年版,第142页。

再与炎帝部族文化存在直接关联。

三、炎帝部族变形转生载体的优美形态

高唐神女名曰瑶姬，这本来是一个美称，可是，近代以来，对这个名称的解释却走入误区，需要予以辨析，进行历史还原。首先对瑶姬之称作出新解的是陈梦家先生，他写道：

> 瑶姬者，佚女也。古䍃姚音同。《说文》引《史篇》"姚，易也"，故姚亦转为佚，帝䘏之二佚女，即少唐之二姚，姚嬥（淫）瑶佚皆一音之转，瑶女亦即姚女滛女游女也。是巫山神女，乃私奔之滛（淫）女，其侍宿于楚王，实从高禖会合男女而起。①

陈氏采用的是通假法，把瑶、佚、姚、淫视为同义词。经过递相通假，把瑶姬说成是淫女。闻一多先生同样采用通假的方式释瑶，并且较之陈氏走得更远。他在《古典新义·释骚》中写道："瑶之为言嬥也，言以淫行诱人也。今呼妓女为嬥子，是其义。"②陈氏、闻氏的说法影响较大，当代学人亦有响应者，释瑶姬为淫姬、蓄草为淫草。

高唐神女传说属于神话，因此，有必要把瑶字置于古代神话总集《山海经》中加以考察，用以确定它在神话文献中的本来含义。

《山海经》提到瑶者见于《大荒北经》：

> 东北海之外，大荒之中，河水之间，附禺之山，帝颛顼与九嫔葬焉。爰有鸱久、文贝、离俞、鸾鸟、皇鸟、大物、小物。有青鸟、琅鸟、玄鸟、黄鸟、虎、豹、熊、罴、黄蛇、视肉、璿、瑰、瑶、碧，皆出卫于山。

这里叙述神话传说中颛顼墓地的景物。其中猛兽、黄蛇是墓地的守护者，其馀则全是吉祥或珍奇之物。璿、瑰、瑶、碧属于一类，指的是玉，作为珍宝出现，属于吉祥之物。

《山海经》往往瑶、碧连言，指的均是美玉。《大荒西经》写道：

> 沃之野，凤鸟之卵是食，甘露是饮。凡其所欲，其味尽存。爰有甘华、甘柤、白柳、视肉、三骓、璇瑰、瑶碧、白木、琅轩、白丹、青丹、多银铁。鸾鸟自歌，凤鸟自舞，爰有百兽，相群是处，是谓沃之野。

沃之野是传说中的世外桃源，人间天堂，那里物产丰富，生态极佳。瑶碧是沃之野的重要物产之一，作为珍奇之物出现。

在《山海经》中，瑶无论是单独专指，还是瑶碧连言，都是作为吉祥、美好的对象出现，指的是玉类，而见不到它有负面意义。瑶字的这种表达正面意义的内涵，与它的构形相关。瑶，字形从玉从䍃，而䍃的构形从缶。《说文解字·缶部》："缶，瓦器，所以盛酒

---

① 陈梦家：《高禖郊社祖庙通考——释〈高唐赋〉》，《清华学报》第12卷4期（1937年6月），第446页。
② 闻一多：《古典新义》，上海古籍出版社，2013年版，第365页。

浆。象形。秦人鼓之以节歌。"① 缶的基本功能是用于盛酒,有时也充当乐器,击缶以节歌,对此,《史记》的《廉颇蔺相如列传》、《李斯列传》、《汉书·杨恽传》均有记载。缶的功能是满足人的饮酒和娱乐需求,而这两种需求都是令人愉悦的,由此而来,构形从缶的字,多用于表示正面意义,瑶字是这样,其他系列相关的文字也是如此。还是先以《山海经》作为考察对象。《西次山经》称:"槐江之山,……实为帝王之平圃。"所谓帝王之平圃,指的是天帝治理的园地,平,谓治理。"西望大泽,后稷所潜也,其中多玉,其阴多㼆木之有若。"在槐江之山西望,是后稷潜入转生的大泽,带有神秘性。大泽南边多"㼆木之有若",郭璞注:"㼆木,大木也。言其上复生若木,大木之奇灵者为若,见《尸子》。"② 㼆木能生出奇灵的若木,㼆木也是神奇之树,有诱人的魅力。《大荒西经》有如下记载:

  有芒山,有桂山,有㼆山。其上有人,号曰太子长琴。颛顼生老童,老童
生祝融,祝融生太子长琴,是处㼆山,始作乐风。

传说太子长琴是乐曲的最早创制者,他是在㼆山从事这一创制,由此看来,㼆山是音乐的摇篮,是一个充满诗情画意的美称。

《西次三经》记载,鼓与钦䲹合伙杀死葆江,"帝乃戮之钟山之东曰瑶崖",天帝在瑶崖将鼓和钦䲹处死。钟山之东为什么称为瑶崖,这从《西次三经》本身可以找到答案。排在钟山前面的条目是峚山,峚山在钟山的东南。《西次三经》写道:"自峚山至于钟山,四百六十里。其间尽泽也,是多奇鸟怪兽奇鱼,皆异物焉。"钟山之东到峚山之间都是湿地,那里有许多奇异的鸟兽和鱼类,是令人神往的地方。称为瑶崖,指的是景物美好的水边。瑶,取其美好奇异之义。

通过以上梳理可以看出,《山海经》中构形从缶的瑶、㼆,无论作为单音词出现,还是与其他词语搭配而组成复合词,所表达的都是正面意义,指代的是美好的物象,而见不到负面意义。除《山海经》之外,先秦许多文献出现的构形从缶者,也往往表示正面意义,取其美好之义。《尚书·禹贡》:"厥草维繇。"繇,谓丰茂。《诗经·魏风·园有桃》:"我歌且谣。"谣,谓徒歌,不用乐器伴奏。《诗经·卫风·木瓜》:"赠我以木桃,报之以琼瑶。"琼瑶连言,指的是美玉。

《中次七经》的蓇草神话,其中的媱、䍃,也是用于表达正面意义,用以刻画秀美的事象:

  姑媱之山,帝女死焉,其名曰女尸,化为蓇草。其叶胥成,其华黄,其实如
兔丘,服之媚于人。

山名姑媱,姑,指代女性。《吕氏春秋·先识》:"商王大乱,沉于酒德,辟远箕子,爱近姑与息。"姑,指女性。媱,构形从女、从䍃。䍃的构形从缶,有美好之义。媱,女性美好之义。姑媱之山,就是美好的女性之山。帝女死后变形为蓇草,亦即美丽的花草。

---

① 段玉裁:《说文解字注》,上海古籍出版社,1981年版,第224页。
② 段玉裁:《说文解字注》,上海古籍出版社,1981年版,第224页。

对于䔄草的美丽形态，文中作了具体描写。"其叶胥成"，郭璞注："言叶相重也。"①䔄草生命力旺盛，故叶片相重叠。䔄草开黄花，"其实如菟丘"，菟丘，又名菟丝、女罗。《诗经·小雅·颊弁》称："茑与女萝，施于松柏。"孔颖达疏证引陆玑之说："今菟丝蔓连草上生，黄赤如金。今合药菟丝子是也。"②菟丘也是金黄色，与䔄草相似。菟丘果实可入药，䔄草果实也有药物功能。"服之媚于人"，服用䔄草果实为人所喜爱，具有吸引人的魅力。这则神话秉持的是生命一体化的理念。帝女是美女，变形化为䔄草，亦是美丽的植物。䔄草枝叶茂盛，花朵金黄色，果实有药物功能，可以使人具有魅力。䔄草体现的是妩媚，是秀美、优美。

《中次七经》的䔄草神话，是高唐神女传说的原型。传说中的高唐神女称为瑶姬，这个名称本身就是既美好，又高雅之义。瑶，美好之义，与《山海经》对瑶字赋予的内涵一致。姬，谓出身高贵的女性。《左传·成公九年》："虽有姬姜，无弃蕉萃。"周王室姬姓，周王朝及其同姓嫁到其他诸侯国的女子都称姬，因此，姬成为贵族女性的美称。高唐神女或称是天帝之女，或称是炎帝之女，故自称为瑶姬。姬，表示血统高贵。瑶，意谓体态美好。高唐神女传说对于变形转生载体所作的叙述，或明或暗地表现帝女所变成花草的美丽可爱。

《文选》卷十六江淹《别赋》李善注引宋玉《高唐赋》："我帝之季女，名曰瑶姬。未行而亡，封于巫山之台。精魂为草，实为灵芝。"《水经注》卷三十四《江水》条目引宋玉赋，亦称瑶姬"精魂为草，实为灵芝"。根据这个版本系《高唐赋》的文字叙述，瑶姬变形转生的载体是灵芝。灵芝，又简称芝。《楚辞·九歌·山鬼》有"采三秀于山间"之语，王逸注："三秀，谓芝草也。"③《尔雅·释草》有"茵芝"，郭璞注："芝一岁三华，瑞草。"④瑶姬死后变形为灵芝，这种植物每年开三次花，故又称三秀。作为瑶姬化身的灵芝，显示的是灵秀之美。

瑶姬变形转生神话还有另一种版本流传。《太平御览》卷三九九《应梦》栏目称瑶姬死后，"精魂依草，寔为茎之。"对于其中的"茎之"二字，通常认为是"灵芝"二字的讹传，故以灵芝释之。从上下文的意义考察，不必改字别释，亦可以顺畅相贯。茎，这里取其特殊含义，指的是挺拔。张衡《西京赋》写道："通天訬以竦峙，径百常而茎擢。"李善注："通天，台名。……径，度也。倍寻曰常。茎，特也。擢，独出貌也。"⑤李善以特释茎，特，谓特立、挺拔。瑶姬精魂所依托的草"寔为茎之"，意谓实在是挺拔，生命力旺盛之象。作为瑶姬变形转生载体的是草，就其本身的体积而言，属于优美范畴的观照对象。但是，这种优美形态不是像䔄草、灵芝那样妩媚俊秀，而是表现出旺盛的生命力，是另一种优美形态。

---

① 郭璞注、毕沅校：《山海经》，上海古籍出版社，1995年版，第63页。
② 孔颖达：《毛诗正义》，中华书局，1980年影印《十三经注疏》本，第481页。
③ 洪兴祖：《楚辞补注》，中华书局，1983年版，第80页。
④ 郝懿行：《尔雅义疏》，中华书局，1998年版《清人注疏十三经》（五），第154页。
⑤ 萧统编、李善注：《文选》卷二，清光绪乙酉（1885）上海同文书局仿汲古阁石印本。

炎帝部族把人正常的变形转生载体设定为草，同时，所选择的草类又都是形态优美，这种趋向从舜的称号中也得到充分的体现。《说文解字·舜部》："舜，草也。楚谓之葍，秦谓之藑。蔓地生而连华，象形。"① 舜是一种蔓生的花草，花朵连在一起。舜又称为葍蕾，《尔雅·释草》"葍蕾"条目郭璞注："大叶白华，根如指，正白可食。"郝懿行写道：

  今登、莱田间多有之，俗名葍子苗。……其叶如牵牛叶而微长，华色浅红，如牵牛华而差小，即鼓子花也。亦有白华者，然不多见也。②

舜草如牵牛花，或赤或白，花朵密集相连，美丽可观。先民想象舜在死后变形转生成为这种植物，是以优美的形态延续生命。

《山海经·北次三经》记载的精卫鸟，是炎帝少女溺水而死之后的变形转生，这种鸟"文首、白喙、赤足"，色彩斑斓，是一只美丽鸟。与此形成对照的是《西次三经》所载鼓和钦䲹被杀后的变形，一者化为大鹗，"其状如雕，黑文白首，赤喙而虎爪"；一者化为鵕鸟，"其状如鸱，赤足而直喙，黄文而白首"。这两只鸱鹗类的鸟都是猛禽，显得凶残而怪异。由此看来，在炎帝部族先民的想象中，本部族成员无论是自然死亡，还是凶死；无论是变形转生为植物，还是变为飞鸟，都以美好的形态延续生命，这是炎帝部族文化的一个重要属性。把瑶姬释为淫佚的女性，在文字学、文献学方面找不到根据，与高唐神女传说的本来意蕴也相去甚远。

---

① 段玉裁：《说文解字注》，上海古籍出版社，1981年版，第234页。
② 郝懿行：《尔雅义疏》，中华书局，1998年版《清人注疏十三经》（五），第155页。

《庄子》的思想资源与宋玉的文学接力

罗 漫

(中南民族大学 湖北武汉 430000)

一、宋玉之"师"是庄子后学与"云梦之田"的宋玉乡里

宋玉早年是否"屈原弟子"或"始事屈原",如果资料条件和辨识能力允许,这是一个不可回避也不可模糊处理的问题。屈原弟子之说,首倡于王逸,此前韩婴、司马迁、刘向、班固等人一概没有如此表述。但是,王逸之说乃是凭据宋玉作品而来:宋玉《登徒子好色赋》中宋玉自言"体貌闲丽,所受于天也。口多微词,所学于师也。至于好色,臣无有也"、《风赋》云"臣闻于师"、《讽赋》云"臣身体容冶,受之二亲;口多微词,闻之圣人。出爱主人之女,臣无有也"。于是,"宋玉之师"就被学者们顺理成章地归之于楚辞之父屈原了。问题也恰恰出在这里:屈原作品曾经提到楚王、太卜郑詹尹、渔父等现实人物,就是丝毫没有提到曾有宋玉这么一位才华四溢的弟子,宋玉也从未明言屈原就是自己的老师,司马迁、班固身为史学家,也没有为宋玉添上"屈原弟子"的荣誉头衔。可是,宋玉自述学问来源于老师,这又是绝对不可否认的,那么,这位"师"具体属于哪一位神秘高人呢?原来宋玉的"所学于师"、"臣闻于师"并非屈原,而是庄周及其学派的作品。宋玉《风赋》原文云:

> 宋玉对(楚襄王)曰:"臣闻于师,枳句(gōu)来巢,空穴来风。其所托者然,则风气殊焉。"

这里出现著名成语"空穴来风"。唐高宗时的李善注引《庄子》作"空阅来风,桐乳致巢","阅"是"门",故李善又引西晋史学家司马彪(曾为晋本52篇《庄子》作注,早于郭象33篇《庄子》注本)曰:"门户孔空,风善从之。"玄宗时的李周翰曰:"空穴谓门户之穴"。① 早在唐代开国初年,唐高祖李渊下令由欧阳询等人编撰的《艺文类聚》卷88木部上"桐",已有:"《庄子》曰:'空门未(来)风,桐乳致巢。'"② 宋初李昉等编撰的《太平御览》卷956引作:"空门来风,桐乳致巢。"所引司马彪注作:"门户空,风喜投之。"③

---

① 《六臣注文选》卷13,中华书局2012年影印版,第246页。按:《文选》李善注本引及司马彪曰,文字全同。见中华书局1977年影印版,第191页。
② (唐)欧阳询撰:《艺文类聚》,上海古籍出版社1999年新2版,下册,第1527页。
③ (宋)李昉等撰:《太平御览》卷956,上海古籍出版社影印版,第九册,第901—483页。

《庄子》喜以鸟巢为喻,如《太平御览》卷 956 木部上"榆",引:"《庄子》曰:'鹊上高城之垝(guì),而巢于高榆之颠。城坏巢折,凌风而起。故君子之居世也,得时则义行,失时则鹊起。'"①"鹊起",比喻识时务而避祸。又:根据《周礼·冬官·考工记》的"橘逾淮而北为枳"、《晏子春秋·内篇杂下》的"橘,生于淮北则为枳"的先秦常识,《庄子》、宋玉所说的"枳",属于北方植物。南方的屈原作《橘颂》,偏北方的庄子学派及早年师从庄子学派的宋玉,语言喻象出现"枳",这是不容忽视的事实。况且宋玉作品中大量存在模仿《庄子》一书的艺术构思和话语的痕迹,如"闻之于师",《庄子·天地》就有"圃者忿然作色而笑曰:'吾闻之吾师:有机械者必有机事,有机事者必有机心。'"此外,宋玉又多喜引《诗经》、《易经》、《老子》。根据以上考证,所谓宋玉之师确实不是屈原,王逸以下的学者们的误会,纯粹是限于所见资料,没有追踪溯源,不小心误读宋玉作品所致。

除了宋玉之"师"可以确定为庄子后学之外,《讽赋》所谓"臣身体容冶,受之二亲",同样来源于《庄子》的《盗跖》:孔子非常自信地自荐去见盗跖,对盗跖说:"丘闻之,凡天下有三德:生而长大,美好无双,少长贵贱见而皆说之,此上德也。"盗跖大怒曰:"丘来前!……今长大美好,人见而悦之者,此吾父母之遗德也。丘虽不吾誉,吾独不自知邪?"宋玉"受之二亲"与盗跖"此吾父母之遗德也",不是如出一辙吗?

又刘向《新序·杂事第五·宋玉事楚襄王章》有一则文字记录宋玉轶事:

> 宋玉事楚襄王而不察,意气不得,形于颜色。或谓曰:"先生何谈说之不扬,计画之疑(犹疑,吞吞吐吐,不敢直谏)也?"宋玉曰:"不然。子独不见夫玄蝯(猿)乎?……"

往下文字,基本抄自《庄子·山木》。宋玉怎么会对《庄子》文章如此熟悉并如此熟练地加以利用呢?只能有一个原因,那就是庄子、宋玉都是宋国人。《列御寇》说:

> 宋人有曹商者,为宋王使秦。其往也,得车数乘。(秦)王说之,益车百乘。反于宋,见庄子。

"反于宋,见庄子。"这就是宋玉"近水楼台先得月"的根本原因。现在,学术界公认庄子生卒年为"约前369—约前286",即约卒于齐灭宋之年,与孟子(约前372—约前289)、惠施(约前370—约前310)、宋钘(约前382—约前300)同时。以上足以证明:宋玉就在故国之地以庄子或庄子后学为师,事实俱在,语言痕迹斑斑可考。

至此,宋玉为屈原弟子之说,需要慎之又慎地对待了。

宋玉身份,一般认为是湖北宜城人,现在完全可以肯定是一位"楚籍宋人",亦即早年是宋国贵族,公元前 286 年(楚襄王十三年)宋亡之后,进入楚国国都谋求生存和寻觅政治发展的多才多艺的宋国高层士人。《史记·魏世家》载"齐灭宋",宋王死于魏国温地。此次灭宋,一说是齐、魏、楚联合行动,最后三分其地。《史记·宋世家》说"齐湣王与魏、楚伐宋,杀王偃,遂灭宋而三分其地"、《汉书·地理志》也说宋"为齐、楚、魏所灭,参(三)分其地"。杨宽《战国史》虽然认为《史》《汉》有误,但也确认后来合纵攻齐

---

① (宋)李昉等撰:《太平御览》卷956,上海古籍出版社 2008 年影印版,第九册,第481页。

时,魏得亡宋之睢阳、楚得沛。① 有证据表明:宋国政治势力分裂之后,一些宋人外逃他国,反过来希望秦国攻宋。《魏策二》载:"齐令宋郭之秦,请合而以伐宋,秦王许之。"宋玉大概就是在这样的政治背景下选择楚国作为流亡目的地的。据《战国策·赵策四·齐将攻宋章》记载:宋亡起于内乱,宋王偃即宋康王"置太子以为王",但宋王的亲信抗拒而"太子走(出逃)",国内的太子党羽"皆有死心"拥护太子。齐国攻宋,内乱,国亡而"太子在外"。宋玉虽然不一定是逃至楚地的宋国太子,但和宋郭在齐一样,属于宋亡前后投奔楚国的宋国贵族。"宋玉"之名表明他比"宋郭"之类更具王室亲缘,毫无疑义不是一般平民。《楚策二·楚襄王为太子之时章》载,楚国最高军事长官上柱国子良与楚贵族景鲤,分别对楚襄王说"王身出玉声",楚襄王时代楚人对"玉"的高度尊贵感由此可以管中窥豹。宋玉早年不是楚人,可以作为佐证的是:王逸自称"南郡王逸"(见洪兴祖《楚辞补注》卷第十七题注),在《九思·序》中又自我介绍"逸,南郡人。……逸与屈原同土共国"。王逸喜以屈原专家自许,故与屈原攀结乡里,但充其量只能算个大同乡。相形之下,王逸对宋玉就缺少类似介绍,而王逸本人正是南郡宜城人。如果宋玉真是原籍宜城,王逸会对宋玉的宜城籍贯一字不提吗?宋玉随着故国国土的一部分划归楚国,以及在楚国有"楚友景差"而入楚求职,此后亦以楚国为国并有封地,有田宅,最后老死并埋葬于楚国。宋玉自己也在《登徒子好色赋》中承认自己的故里家园在楚国,因为他的故国国土的一部分已经归属楚国了:"天下之佳人莫如楚国,楚之佳人莫如臣里。"这个"臣里",就是《小言赋》所载宋玉等人"并造《大言赋》,赋毕而宋玉受赏","王曰:'善!赐以云梦之田'"的地方。《讽赋》也有"楚襄王时,宋玉休归"、"玉休还,王谓玉曰"之类涉及宋玉还乡和归朝的话。后世宜城有大量宋玉遗迹尤其是宋玉墓,可以证明宜城就是宋玉的终老之地。故以"国籍"论之,宋玉完全可以称为楚国宜城人。他的所有文学作品,也全部属于楚国文学作品,因为没有发现任何一篇创作于入楚之前。宋玉入楚之初,面临一个逐渐被楚国高层群体以及国都民众理解和接受的难题。宋玉姓"宋"名"玉",以宋国国名为姓,以先秦时期贵族成员方可使用的"玉"字为名,加上各方面的优秀素质,应该和屈原一样,都具有或近或远的贵族血统和王室教育背景。②

明确宋玉具备宋国末代的高层士人的身份,这对理解宋玉作品是一个崭新角度。《襄阳耆旧记》有一段记载也可说明宋玉只是移居楚境的外国人而已:

玉识音而善文,襄王好乐而爱赋,既美其才,而憎之似屈原也。曰:"子盍(何不)从楚之俗,使楚人贵子之德乎?"对曰:"昔楚有善歌者,王其闻欤?"始

---

① 杨宽:《战国史》,上海人民出版社2003年版,第389页注②。

② 学术史上首先指出宋玉具有宋国文化背景的是彭德的《宋玉考》(首届宋玉学术研讨会论文,1992年5月,湖北襄阳),尽管文中推测宋玉为宋国末代君王(太子)之逃于楚者值得进一步探讨,但全文独具慧眼之处特多。其次为罗漫在彭德之说的基础上指出楚襄王视宋玉为外来"先生"、以及宋玉作品与《庄子》一书的多处思想关联与细节关联。(见赵明主编《先秦大文学史》第五章《宋玉其人及其作品》,罗漫执笔。吉林大学出版社1993年1月第1版,第429—439页)

而曰下里巴人,国中属而和之者数万人;中而曰……"①

假如宋玉是正宗楚人,楚王就不会劝他"子盍从楚之俗,使楚人贵子之德"了,他本人也不会"求事楚友景差"了。我们注意到:《文选》中的宋玉作品凡提到襄王或王时必加"楚"字②,这个特点在屈原作品中是完全没有的。曾有人怀疑"楚"字是后人所加,以区别于其他时代与国度的"襄王",但理由并不充足,因"秦章华大夫"的"秦"确为原文所有。此外,宋玉在楚王面前也是很自负的。如《对楚王问》云:

> 凤凰上击九千里,绝云霓,负苍天,翱翔乎杳冥之上。夫藩篱之鷃,岂能与之料天地之高哉! 鲲鱼朝发昆仑之墟……夫尺泽之鲵,岂能与之量江海之大哉! 故非独鸟有凤而鱼有鲸也,士亦有之。夫圣人瑰意奇行,超然独处。世俗之民,又安知臣之所为哉!

宋玉自比凤鸟(大鹏鸟)、鲲鱼(鲸鱼)、圣人,其非平民之辈隐约可见,而思想资源和话语风格,出之于《庄子·逍遥游》及《秋水》的"南方有鸟,其名为鹓雏(凤凰的一种),子知之乎? 夫鹓雏发于南海而飞于北海,非梧桐不止,非练实不食,非醴泉不饮",更是一目了然。庄子爱以"南方之鸟"自命,故庄子应是楚庄王之后某一支系的后裔,故以庄为姓,在《徐无鬼》中,庄子曾自比外来的匠石而为"郢人"(喻惠施)斫鼻:

> 郢人垩慢其鼻端,若蝇翼,使匠人斫之。匠石运斤成风,听而斫之,尽垩而鼻不伤,郢人立不失容。

再看宋玉《对楚王问》的"客有歌于郢中者",两者均以"郢人"说事,当然不是出于偶然。

考传为宋玉所作各赋,对宋玉不满者有唐勒、登徒子、秦章华大夫三人,未见景差与宋玉有言语冲突之事。加上楚贵族除王室外尚有景、昭、屈三家,故宋玉与景差为友之说比较可信。

一、《九辩》及宋玉楚赋与《庄子》的精神联系

《九辩》是一首具有独特风格的长篇旅途抒情诗,共 255 句,是宋玉的代表作。文中大量留下了屈原《离骚》、《九章》及一些《庄子》影响的痕迹。令人惊异的是,全文并未出现一个楚地名。整个思想倾向、艺术风格较之屈原作品,都有明显的发展变化,尤其是发展了《九章》中《涉江》的纪行特点。《九辩》的作意,王逸认为是宋玉"悯惜其师"而作,全文是宋玉代屈原发言,此说与事实出入太大,今人多不从。也有人认为宋玉在悯惜屈原之时融入了他自己的身世感受,此说让人分不清文中何处是说屈原,何处是说宋玉,也不可从。宋玉作为一个在文学史上被李白、杜甫等公认与屈原并列的大家,即使他借用了屈原诗句,但他所抒发的衷情只能属于他自己。宋玉的身世遭遇之所以

---

① 此段文字各本不同,此处依黄惠贤《校补襄阳耆旧记》,中州古籍出版社 1987 年第 1 版,第 2 页。

② 见《文选》中的《高唐赋》、《神女赋》、《登徒子好色赋》、《风赋》、《对楚王问》5 篇。

被人混同于屈原,那是因为屈原曾经受到楚王信任,宋玉也可能曾在宋国一度受到重视。屈原忠而被逐,宋玉也被迫出逃于楚。《九辩》篇首有"廓落兮羁旅而无友生",王逸注"廓落"为"丧妃失耦,块独立也",按照王逸的理解:宋玉出逃时只身一人,无家无室,无妻无友。但在宋国却是有"妃"有"耦"。假如王逸的解说可信,宋玉至少是一种王子身份。后文又有"时亹亹(微微)而过中兮,蹇淹留而无成"、"去乡离家兮来远客"、"今修饰而窥镜兮,后尚可以窜藏",从羁旅、淹留、远客尤其是窜藏诸行为整体来看,完全符合一个流亡人士在国外谋求政治避难的情景。屈原虽被弃逐,却无须"窜藏",因为窜藏意味着担心被人发现与抓获。——虽然《天问》的结语也提到"薄暮雷电……伏匿穴处",那是在路途中的石洞里躲避突然降临的风雨雷电,与宋玉的"窜藏"完全不同。又"修饰而窥镜",明显来源于《战国策·齐策一·邹忌修八尺有馀章》的邹忌"窥镜"故事:"邹忌修八尺有馀,形貌昳丽,朝服衣冠,窥镜","窥镜而自视"。这一著名故事发生在齐威王(前356—前321在位)时代,邹忌为威王大臣、威王之子宣王的相国。屈原从未言及"窥镜"之事,所以宋玉只能是自比"修八尺有馀,形貌昳丽"的邹忌,不可能是为屈原代言。种种迹象表明,《九辩》正是一个与屈原一样"形貌昳丽"又极为"好美"的失位贵族的悲怨之歌。在中国历史上,有文艺天赋而无政治手腕的君主或贵族成员,往往正是失位或亡国的君臣,这或许也可作宋玉即末代宋国王族的佐证之一。

《九辩》结尾18句仿《离骚》末章的"远游":

> 乱曰:愿赐不肖之躯而别离兮,放游志乎云中。乘精气之抟抟兮,骛诸神之湛湛。骖白霓之习习兮,历群灵之丰丰。左朱雀之茇茇兮,右苍龙之躣躣。属雷师之阗阗兮,通飞廉之衙衙。前轻辌之锵锵兮,后辎乘之从从。载云旗之委蛇兮,扈屯骑之容容。计专专之不可化兮,愿遂推而为臧。赖皇天之厚德兮,还及君之无恙。

一反全文的写实笔法,从地面到天空,乘云气,骛神灵,雀飞龙舞,风卷雷鸣,云旗委蛇,车卫从容,逍遥快乐。忽又思君念国,希望返回地面之时君国无恙。既照应二章的"专思君兮不可化",又铺展八章的"后尚可以窜藏"。其寓意当是已至楚都,因而浮想联翩,憧憬美好未来,甚至遥想归国。文中连用"之抟抟"、"之湛湛"、"之习习"、"之丰丰"等12组叠字,音韵铿锵,富于音乐美,又使"放游志乎云中"的场面热烈而有序。叠字的使用方式,与屈原《山鬼》"云容容兮而在下"等的方式明显不同,但和《庄子·齐物论》的两处文字极为相类:"夫大块噫气,其名为风。……而独不闻之翏翏乎?……而独不见之调调之刀刀乎?"也和《悲回风》中零散出现的"曾歔欷之嗟嗟"、"终长夜之曼曼"、"路眇眇之默默"、"漱凝霜之雰雰"、"听波声之汹汹"句式相同。特别是"悲哉秋之为气也"和"乘精气之抟抟兮",也是承接《庄子》"夫春气发而百草生"(《庚桑楚》)、"四时殊气(《则阳》)、"噫气为风"等的说法,以及《逍遥游》"抟扶摇而上者九万里"的乘风升空方式。我们说宋玉既熟悉屈原,更熟悉《庄子》,确实是有充分依据的。

《九辩》是在屈原作品的直接影响下产生的。应该是诗人入楚之后,在熟读屈原作品尤其是熟读《悲回风》的条件之下,根据回忆进行创作的。全诗有两大特点,一是综合性,二是独特性。既综合庄周思想与屈原精神,又综合屈原的《离骚》句式与《九歌》句式,还综合了散文句式与诗歌句式。学《庄子》除"气"的精神而外,"憭栗兮若在远行,登山临水兮送将归",令人想起《庄子·山木》望人远行的"送"与"归":"君其涉于江而浮于海,望之而不见其崖,愈往而不知其所穷。送君者,皆自崖而反,君自此远矣!"独特性主要体现在《九辩》不再袭用屈原作品的植物象征体系(偶尔也用了"蕙华"和"田野之芜秽"),只将众多植物动物展现在秋日旅程的广阔视野之中,成为人物活动的特殊背景和心灵感受的特殊氛围,使"悲秋"主题获得广阔而细致的展示。

宋玉作品,《汉书·艺文志》说有赋 16 篇。宋玉之赋,本文称之为"楚赋":既区别于"楚辞",也区别于汉代形成的"汉赋"。主要强调宋玉的文体创造之功。

日本藤原尚认为《文选》与《古文苑》所载宋玉作品,除《笛赋》外(原文未提《舞赋》)均可信,理由是这些作品中存在"与屈原创作意图不同的东西",那就是"'气'这种精神"①:

> 宋玉的作品受着屈原的影响,而根本的相异点,就是宋玉重视"自然"(包括人在内的"自然")。用《易》、老、庄等的观点去观察事物,注目于充满事物内部的生命活动,极力想从那里发现美。②

以"气"作为宋玉作品特色并指出其与《易》、老、庄的密切关系,应该说是独具慧眼的,这与我们从其他角度得出的结论相一致。《钓赋》不仅提及"登徒子",而且反对登徒子关于"钓"的见解。此赋前人多指出其与战国策士的文风相近,未知此文乃如《对楚王问》一样,都是深受宋国大文豪庄子及其学派的影响。《对楚王问》的命意出于《庄子·逍遥游》。《钓赋》劝说楚王仿效前王"以贤王为竿,道德为纶,仁义为钩,禄利为饵,四海为池,万民为鱼",以期"天下归之"和"南面而掌天下"。这种"建尧舜之洪竿,揠禹汤之修纶"的"大王之钓"亦即天子之钓,语气、行文和《庄子·说剑》中的"天子之剑"几无二致。后文"投之于渎,视之于海"的气度,又和《庄子·外物》中"任公子为大钩巨缁……蹲乎会稽,投竿东海"如出一辙。正因为宋玉本是宋国人,才深得产生于宋国文化之中的庄周及其学派的思想神韵。如此看来,《钓赋》也是在《庄子》影响下产生的宋玉作品。

《高唐赋》序文云:

> 昔者楚襄王与宋玉游于云梦之台,望高唐之观。其上独有云气,崒(崪)兮直上,忽兮改容。须臾之间,变化无穷。王问玉曰:"此何气也?"玉对曰:"所谓朝云者也。"玉曰:"何谓朝云?"玉曰:"昔者先王尝游高唐,怠而昼寝,梦见一妇人曰:'妾,巫山之女也。为高唐之客。闻君游高唐,愿荐枕席。'王因幸之。去而辞曰:'妾在巫山之阳,高丘之阻,旦为朝云,暮为行雨。朝朝暮

---

① [日本]藤原尚:《骚赋与辞赋的分歧点——关于宋玉的赋》,徐公持译,载《楚辞资料海外编》,湖北人民出版社 1986 年版,第 229 页。

② [日本]藤原尚:《骚赋与辞赋的分歧点——关于宋玉的赋》,徐公持译,载《楚辞资料海外编》,湖北人民出版社 1986 年版,第 294 页。

暮,阳台之下。'旦朝视之,如言。故为立庙,号曰朝云。"

宋玉笔下的这个"云梦之台"的云梦,应该不是"云梦泽"的云梦,而是指"旦为朝云,暮为行雨",其形如梦、其神入梦的"云梦"。关于"云梦"的研究,极为复杂。本书著者根据现有研究成果抽象为如下表达:但凡水汽迷漫、云气飘飞之处,均可称为"云梦"。《辞海》2010年版"云梦"条第1义项综合古今之说云:

> 云梦。古泽薮名。《国语》、《左传》或单称"云",或单称"梦"。《楚辞》或称"梦",或称"云梦"。《国策》、《周礼·夏官·职方氏》、《尔雅·释地》、《吕氏春秋》、《淮南子》等皆作"云梦"。《书·禹贡》一本作"云梦土作乂",一本作"云土梦作乂"。后世说法不一:一说本二泽,一名"云"或"云土",一名"梦",全称则为"云梦";一说本一泽,省文则单称"云"或"梦",全称则为"云梦";一说楚人名"泽"为"梦","云梦"就是"云泽";一说江北为"云",江南为"梦";一说江南江北随处都可以叫作"云"或"梦"。据《汉书·地理志》等汉、魏人记载,云梦泽在南郡华容县(今湖北潜江市西南)南,范围并不很大。晋以后的经学家将古之云梦泽越说越大,一般都把洞庭湖包括在内,与汉以前记载不符。①

本书认同江南江北随处都可以叫作"云"或"梦"之说,但前提是水汽迷蒙、云气充沛之地,方可成为"云梦"。只要符合"云气如梦"的条件,随处皆可叫作"云梦",而在具备此种地理条件的地方修建的观赏性的高台,都可以称为"云梦之台"。我们认为:《高唐赋》的"云梦之台"不在江汉平原,而在三峡之间的长江北岸。郦道元《水经注》说:

> 袁山松言:"江北多连山,登之望江南诸山,数十百重,莫识其名。高者千仞,多奇形异势,自非烟褰雨霁,不辨见此远山矣。余尝往返十许过,正可再见远峰耳。"②

"江南诸山"即"巫山之阳",从江北观察,正见对岸山峰的南面。又由于朝阳照耀,山南的云彩比较绚丽,所以"旦朝视之,如言。故为立庙,号曰朝云"。其实万宋玉的描述,就已经非常完美地表现了"云气如梦"的情态:"忽兮改容。须臾之间,变化无穷。""'妾在巫山之阳,高丘之阻,旦为朝云,暮为行雨。朝朝暮暮,阳台之下。'……湫兮如风,凄兮如雨。风止雨霁,云无处所。"描述的就是云起云消、如梦如幻的情景。《庄子·逍遥游》曾说藐姑射女神"乘云气,御飞龙,而游乎四海之外",宋玉则说"高唐之观,其上独有云气",《神女赋》又说"婉若游龙乘云翔"。在云气、游龙、神女三点上,庄周、宋玉是保持一致的。《高唐赋》说"风止雨霁"、"遇天雨之新霁",也正与四川盆地尤其是巴山、江峡一带白昼多云、夜晚多雨的特殊气象相吻合。唐代诗人元稹《离思》说:"除却巫山不是云"。李商隐的《夜雨寄北》说:"巴山夜雨涨秋池。""朝云暮雨"的神女传说便是这种奇特环境中美妙想象的产物。

---

① 《辞海》,上海辞书出版社2010年版,缩印本第2357页。
② 陈桥驿:《水经注校证》,中华书局2007年版,第794页。

宋玉梦神女的写法乃是仿效《庄子》写梦。试比较：

  楚襄王与宋玉游于云梦之浦，使玉赋高唐之事。其夜玉寝，果梦与神女遇。（宋玉《高唐赋》）

  匠石之齐，至于曲辕，见栎社树。……匠石……曰："已矣，勿言之矣！散木也。……"匠石归，栎树见梦曰……匠石觉而诊（分析）其梦。弟子曰……（《庄子·人间世》）

  庄子之楚，见空骷髅……撽（敲）以马捶（鞭），因而问之，曰……。于是语卒，援骷髅，枕而卧。夜半，骷髅见梦曰……（《庄子·至乐》）

这三个故事说的都是"日有所思，夜有所梦"的心理与梦境现象。因为宋玉白天曾大谈神女之事，其夜果然梦见神女，但他只是与神女进行一番"陈嘉辞而云对兮，吐芬芳其若兰"、"含然诺其不分兮，喟扬音而哀叹"的对话而已。这和庄子白天议论栎树与骷髅，其夜便梦见与栎树和骷髅对话如出一辙。

《风赋》与《庄子》写风具有明显的传承关系：《齐物论》认为风是大自然吐气的表现，所发音响则有天籁、地籁、人籁之分。《风赋》也认为风是"天地之气"，并把风分为"大王之雄风"和"庶人之雌风"。风有雄雌，大概与《庄子·天下》引《老子》28章"知其雄，守其雌，为天下谿"的思想有关。老、庄的本意是深知雄强而坚守雌弱，作为天下的溪谷，收受"天下之垢"，从而达到"常德不离"的境界①。《风赋》说庶人之风"塕然起于穷巷之间……一吹死灰，骇溷浊，扬腐馀"，其风中人，使人产生各种疾病，以至"死生不卒"。宋玉显然是要襄王关心生活在污垢环境中"不死不活"的下层人民，收纳他们，保护他们，使自己不失德，使人民不离心。可惜用意过于隐晦曲折，襄王未必就能领悟。就文学而言，《风赋》是一篇自由活泼的赋，时韵时散，雄辩恣肆有如《庄子》议论，取譬讽喻又如策士游说。全文写风生、风衰、风入深宫、风起穷巷、风吹楚王为清凉雄风、风吹庶民则为温、湿、病、热之雌风。描写时见精妙，议论颇为出奇，历来传为名篇。宋玉关于"风气殊焉"的细致观察与准确描写，不仅上承《九辩》的"悲哉！风之为气也"，而且将人世间不同居所、不同阶级之人的不同感受、不同后果融入风的吹荡之中。与《庄子·齐物论》的纯粹描写自然之风相比，有着巨大的进步。

宋玉《大言赋》、《小言赋》也与《庄子》极为相似。《庄子·逍遥游》说："吾闻言于接舆，大而无当，往而不返。吾惊怖其言，犹河汉无极也。大有径庭，不近人情焉。"《齐物论》又说"大言炎炎，小言詹詹"。其书言大有《逍遥游》的鲲鹏、《说剑》的天子之剑等等；言小有《则阳》的左右两个蜗角之国伏尸数万的扩张战争等等。又如《庄子·秋水》："夫物，量无穷，时无止……由此观之，又何以知毫末之足以定其至细之倪，又何以知天地之足以穷至大之域！"宋玉的《大言赋》、《小言赋》正是这种在战国文化影响下产生的游戏之作：

---

  ① 《老子》二十八章："知其雄，守其雌，为天下谿。为天下谿，常德不离……"《庄子·天下》："老子曰：'知其雄，守其雌，为天下谿。为天下谿，常德不离……'人皆取先，己独取后，曰受天下之垢。"

楚襄王与唐勒、景差、宋玉游于阳云之台。王曰："能为寡人大言者上座。"王因唏曰："操是太阿戮一世，流血冲天，车不可以厉。"至唐勒曰："壮士愤兮绝天维，北斗戾兮太山夷。"至景差曰："……吐舌万里唾一世。"至宋玉曰："方地为车，圆天为盖。长剑耿耿倚天外。"王曰："未也！"玉曰："并吞四夷，饮枯河海。跋越九州，无所容止。身大四塞，愁不可长。据地盼天，迫不得仰。"（《大言赋》）

楚襄王既登阳云之台，令诸大夫景差、唐勒、宋玉并造大言赋，赋毕而宋玉受赏。王曰："……人有能为小言赋者，赐之云梦之田。"景差曰："载氛埃兮乘剽尘，体轻蚊翼，形微蚤鳞。……经由针孔，出入罗巾。飘妙翩舞，乍见乍泯。"唐勒曰："析飞糠以为舆，剖舭糟以为舟。泛然投乎杯水中，淡若巨海之洪流。凭蚋营以顾盼，附蠛蠓而邀游。……"又曰："馆于蝇须，毫于毫端。烹蟊胫，切虮肝，会九族而同啧（吃），犹委馀而不殚。"宋玉曰："无内之中，微物潜生。比之无象，言之无名。蒙蒙灭影，昧昧遗形。……纤于蠛末之蒇，陋于茸毛之方生。视之则眇眇，望之则冥冥。……二子之言，磊磊皆不小，何如此之为精？"王曰："善！"赐以云梦之田。（《小言赋》）

《大言赋》中的"绝天维"即弄断系天大绳，"北斗戾"即扭转北斗，"太山夷"即夷平泰山，形容"壮士"力的巨大。"吐舌万里唾一世"，形容"校（斗）士"巨大无比，其形象令人联想楚墓中出土的吐舌怪兽。"吐舌"可能指闪电，"唾"可能指雨水。1982年，本书著者曾在湖北来凤县调查巴人后裔土家族语言，得知当时只有极少数老辈人称露水为"早晨的眼泪"、闪电为"天伸舌头"。这和"吐舌万里唾一世"颇有取喻相近之处。"长剑耿耿倚天外"，借长剑衬托士的巨大、力的无穷。成为后世常用的典故，其原型也有可能取自长空闪电。"并吞四夷，饮枯河海，跋越九州，无所容止"，带有邹衍大九州理论的影响，刺激楚王统一天下的意图则更为明显。《小言赋》想象极小的空间、极小的生物颇为出奇。空间的极大与极小本是一对哲学范畴，如《庄子·知北游》所言"六合为巨，未离其内。秋毫为小，待之成体"、屈原《远游》的"其小无内兮，其大无垠"，所说大、小就比较抽象。宋玉小言已近于现代细菌等微生物，可惜略嫌抽象。唐勒、景差赋予小言以生动的情节和生动的形象，显示出文学逐渐脱离哲学描述而独立发展的某些征兆。不过唐勒小言明显模仿《庄子·列御寇》"泛若不系之舟"，以及《外物》从浙江到苍梧之人饱食一条巨鱼的写法。两赋相比，大言影响更为广泛和深远。

宋玉作品涉及大言的，尚有《钓赋》、《对楚王问》。如《对楚王问》云：

楚襄王问于宋玉曰："先生其有遗行与？何士民众庶不誉之甚也！"

宋玉对曰："唯，然，有之！愿大王宽其罪，使得毕其辞。客有歌于郢中者，其始曰《下里》、《巴人》，国中属而和者数千人。其为《阳阿》、《薤露》，国中属而和者数百人。其为《阳春》、《白雪》，国中有属而和者，不过数十人。引商刻羽，杂以流徵，国中属而和者，不过数人而已。是其曲弥高，其和弥寡。

故鸟有凤而鱼有鲲，凤皇上击九千里，绝云霓，负苍天。足乱浮云，翱翔乎杳冥之上。夫藩篱之䴗,岂能与之料天地之高哉?鲲鱼朝发昆仑之墟,暴鬐于碣石,暮宿于孟渚。夫尺泽之鲵,岂能与之量江海之大哉?故非独鸟有凤而鱼有鲲,士亦有之。夫圣人瑰意琦行,超然独处,世俗之民,又安知臣之所为哉?"

这些极度夸饰之言,在宋玉作品中比比皆是。无论是夸饰东家之女的天下之美,还是夸饰自己如鲲如凤,抑或在《大言赋》《小言赋》中置自己于胜利者的地位,宋玉都极像庄子。庄子为了表现自己的胜利与不凡,总爱拿老朋友惠施开玩笑。就连宋玉反说登徒子好色,故意丑化其妻"又疥且痔",也与《庄子·列御寇》讥讽宋人曹商使秦致贵为"舐痔"之医相近。庄子那种喜欢狡辩同时又有点强词夺理,行文时又描写自己辩无不胜的作风,在宋玉作品中同样可以见到。

《御赋》是出土文献,文字缺失较多,但部分片段尚属完整。主要论点是将驾驭车马(隐喻治理国家)分为四个等次:俗御、良御、神御、义御。其中"俗御不足道",故只论述良、神、义三御,义御属于"大王之御"。希望楚襄王能够"以国家为车,贤圣为马,道德为策,仁义为䇇,天下为路,万民为货",实现以义御民,天下归之:

宋玉之前,《庄子·达生》也有"东野稷以御见庄公"之语。《御赋》构思与《钓赋》极为相似。"大王之御"也和《钓赋》的"大王之钓"、《风赋》的"大王之风"、"大王之雄风"措辞一致。开篇的"人谓造父登车揽辔"一语,极像南朝宋刘义庆编《世说新语》的首篇首句:"陈仲举……登车揽辔,有澄清天下之志。"试想:如果《御赋》不是出土文献而是传世文献,带着疑古眼光的学者,会认为它真属先秦作品吗?这个例子,提醒我们要尽可能慎重对待一些归名于屈原、宋玉的传世作品。

鲜明的今文经学特色

——论王闿运对宋玉《高唐赋》的阐释①

肖友芳 吴广平

（湖南科技大学人文学院文学系 湖南湘潭 411201）

【摘要】 王闿运是晚清今文经学的代表人物，治经以《公羊》为中心，欲穷究群经的微言大义。王闿运诠释《高唐赋》就具有鲜明的今文经学特色，既呈现出强烈的现实关怀倾向，也不可避免地存在牵强附会的缺陷与局限。在王闿运的眼里，宋玉《高唐赋》并非是一篇山水赋，而是一篇政治、军事赋，其中描写的巫山神女以及自然山水、飞禽走兽都是有政治、军事象征含义的。他以《高唐赋》为载体，借注释《高唐赋》之机，引申发挥，暗中表明了自己在政治、军事、外交上对时局的看法。

【关键词】 宋玉；《高唐赋》；王闿运；《楚辞释》；今文经学

"经典是时空的产物，是在时间和空间中被反复考验、被反复选择和确认的产物。"②所以在阅读经典时才有梁旭东所说的"经典更像是一种精神，一种体验，一种生命的感悟"③。战国时楚国著名辞赋作家宋玉的《高唐赋》，经过时间的洗礼，已成为辞赋的经典名篇。历代学者在笺注《高唐赋》时，往往糅入自身的人生遭际、个性气质、学术思想等，使《高唐赋》的笺注蒙上了时代、个人的色彩，以至于《高唐赋》的主旨就像赋中描写的巫山云雨，是那样迷离缥缈、不可捉摸。据马世年、李诚瑶两位学者统计，历代学者关于此赋的主旨有讽谏说、寄寓说、主淫说、山水说、言情说、娱君说、心理疏导说等七说④。事实上，关于《高唐赋》的主旨清代王闿运还提出了奇特的"申屈子之奇谋"说，这在《高唐赋》的研究接受史上是值得我们关注与思考的。

王闿运（1833—1916），湖南湘潭县七都（今湖南省湘潭县云湖桥镇）人，是近代著

---

① 基金项目：湖南省高等学校科学研究重点项目"骚体文学研究"，课题编号：11A038。
② 王中江：《经典的条件：以早期儒家经典的形成为例》，见刘小枫、陈少明主编《经典与解释的张力》，上海三联书店，2003年版，第26页。
③ 梁旭东：《边缘情境与西方文学经典》，《宁波广播电视大学学报》2004年第6期。
④ 参见马世年、李诚瑶：《〈高唐〉〈神女〉主旨新探——兼论宋玉赋作中的"娱君"问题》，《甘肃社会科学》2010年第5期。

名的国学大师、文学家、教育家。他一生崇拜屈宋,酷爱《楚辞》。其组诗《秋兴十九首》其十三云:"荒哉楚宋生,翩翩赋高唐。"①即将自己创作诗赋比作宋玉创作《高唐赋》。光绪九年(1883),王闿运完成《楚辞释》一书的写作。清光绪十二年(1886)仲秋,由其弟子成都方守道整理,交由成都尊经书院刊印。王闿运《楚辞释》,凡十一卷。卷一至卷十所收的屈原、宋玉作品是《楚辞章句》原有的,而卷十一收入的宋玉《高唐赋》则是从萧统《文选》中选入的,王闿运是将《高唐赋》作为附录收入的。

王闿运《楚辞释》一书之特色,姜亮夫《楚辞书目五种》概括为"奇邃"②,即奇特幽深。他注释《高唐赋》,亦具有此鲜明的特征。他在为《高唐赋》所作的解题中说:

  《高唐赋》者,宋玉之所作也。旧以高唐为云梦之台。今案高唐邑在齐右,云梦泽在南郢,巫山在夔,三地相去五千馀里,合而一之,文意淆乱,由不知赋意故也。古今文人,设词众矣。至于昼幸妇人,公荐枕席,于文不足以增词彩,于理徒以为秽乱,虚作此言,果何为哉?盖尝登巫山,望秭归,临夔门,泛夏水,深求秦楚强弱之故。读《离骚》《回风》(引者按:即《悲回风》之省)之篇,得屈子之忠谋奇计,在据夔巫以遏巴蜀,使秦舟师不下,而后夷陵可官,五渚不被暴兵。东结强齐,争衡中原,分秦兵力,楚乃得以其暇,招故民,收旧地,扼长江,专峡险。良媒不遂,顷襄弃国,秦师并下,贞臣走死。弟子宋玉之徒,崎岖从迁,假息燕幕,畜同俳优,不与国谋。然坐见危亡,追思远谋,虽势无可为,而别无奇策,乃后叹息窃泣,哀楚之自亡也。情不能已,因遂作赋。首陈齐楚婚姻之交,中述巴蜀出峡之危,末陈还都夔巫之本。计言不显则意不见,故直以幸女立庙,明当婚齐,申屈子之奇谋,从彭咸之故宇。后有知者,明楚之所以削,秦之所以霸,然后服达士之远见,申沉湘之孤愤矣。③

王闿运认为《高唐赋》中的"高唐"不在楚之云梦,而是属于齐国的地名,即高唐邑;他进而认为宋玉创作《高唐赋》的目的是"直以幸女立庙,明当婚齐,申屈子之奇谋,从彭咸之故宇",主张《高唐赋》是宋玉中述屈原的忠谋奇计,主张齐、楚联婚,复兴楚国,共同对抗西边的强秦。因此,王闿运将宋玉《高唐赋》看作是一篇"哀楚之自亡"的具有浓厚政治隐喻色彩的辞赋。这样一种理解与认识,在以往的宋玉《高唐赋》接受史上是没有过的。王闿运之所以将不属楚辞体的《高唐赋》作为附录收入《楚辞释》,原因就在于,在他看来,《高唐赋》的主旨与屈原辞作的主旨是相通的、一致的。

将王闿运《楚辞释》对《高唐赋》的阐释与他的《湘绮楼日记》和《湘绮楼诗文集》综合起来进行考察分析,我们认为王闿运对宋玉《高唐赋》的阐释主要有如下观点:

首先,王闿运认为宋玉《高唐赋》所描写的内容是与屈原作品的主旨一脉相承的。

---

  ① 王闿运撰,马积高主编:《湘绮楼诗文集》第三册,"湖湘文库"丛书本,岳麓书社,2008年版,第49页。

  ② 姜亮夫:《楚辞书目五种》,上海古籍出版社,1993年版,第247页。

  ③ (清)王闿运撰,吴广平点校:《楚辞释》,"湖湘文库"丛书本,岳麓书社,2013年版,第174—175页。

王闿运《楚辞释》认为屈原所有作品的主旨都是表现其谋返怀王、复兴楚国的忠谋奇计（所谓谋返怀王，即屈原设法将被扣留在秦国的楚怀王营救回国）。《离骚》述说了为返怀王、谋废新王的密谋；《九歌》《九章》述说了谋返怀王之计，表明己死之心；《九辩》《高唐赋》为宋玉追思屈原的安国之谋，申屈原之志。王闿运《楚辞释》卷十一笺注宋玉《高唐赋》，先引唐代李善《文选注》卷十九《高唐赋》的注释，后列王闿运自己之注释。王闿运不认同李善的"讽谏之说"。在王闿运看来，《高唐赋》"首陈齐楚婚姻之交，中述巴蜀出峡之危，末陈还都夔巫之本"。正是基于这样的看法，王闿运诠释《高唐赋》，时常将其中描写的神话故事、自然山水当做政治、军事寓言。我们且看王闿运对《高唐赋》某些句子或段落的诠释：

"闻君游高唐，愿荐枕席。"王闿运解释为："进枕席者，女御之职，言齐楚复通，当结婚姻。"①

"王因幸之。去而辞曰：'妾在巫山之阳，高丘之岨。……'"王闿运解释为："正妃匹之名也。辞，犹谏也。去，去齐也。结齐所以强，楚当还国谋长计，既得齐欢，当进居故都从先君旧封。祖宗陵墓皆在夔巫，故妃后亦当在巫阳。倚高丘之阻以自固，言地险可拒秦也。"②

"湫兮如风，凄兮如雨。风止雨霁，云无处所。"王闿运解释为："湫、凄，寒惨之貌，喻国危也。止、霁，喻罢兵也。朝云无安处之所，言夔巫皆入秦也。"③

"势薄岸而相击兮，隘交引而却会。"王闿运解释为："水军登岸，兵交相击，则被迫于隘而致死，必能却我会合之师。"④

"猛兽惊而跳骇兮，妄奔走而驰迈。虎豹豺兕，失气恐喙；雕鹗鹰鹞，飞扬伏窜。股战胁息，安敢妄挚？"王闿运解释为："此皆喻秦兵之暴、楚败之状。喙，息也。"⑤

"王乃乘玉舆，驷苍螭，垂旒旌，旆合谐。紬大弦而雅声流，冽风过而增悲哀。于是调讴，令人惏悷憯凄，胁息增欷。"王闿运解释为："旆者，将行旆旗也。合谐者，上下同心，还都巫也。大丝，喻君也。楚虽可存，屈原已死，非其谋之不用，故终返于悲惧。"⑥

"思万方，忧国害。开贤圣，辅不逮。九窍通郁精神察，延年益寿千万岁。"王闿运解释为："终显正意，以切谏王也。万方虽广，国害至近。不能通郁察滞，九窍精神且犹无用。岂贤圣之能辅乎？国见亡，而不知所由，叹息于年寿也。"⑦

由上可以看出，在王闿运看来，宋玉《高唐赋》的内容就是企望返都夔巫、与齐联婚、复兴楚国、抵抗强秦。王闿运认为《高唐赋》的开头是说楚当与东邻齐国结为婚姻

---

① （清）王闿运撰，吴广平点校：《楚辞释》，"湖湘文库"丛书本，岳麓书社，2013年版，第176页。
② （清）王闿运撰，吴广平点校：《楚辞释》，"湖湘文库"丛书本，岳麓书社，2013年版，第176页。
③ （清）王闿运撰，吴广平点校：《楚辞释》，"湖湘文库"丛书本，岳麓书社，2013年版，第177页。
④ （清）王闿运撰，吴广平点校：《楚辞释》，"湖湘文库"丛书本，岳麓书社，2013年版，第178页。
⑤ （清）王闿运撰，吴广平点校：《楚辞释》，"湖湘文库"丛书本，岳麓书社，2013年版，第179页。
⑥ （清）王闿运撰，吴广平点校：《楚辞释》，"湖湘文库"丛书本，岳麓书社，2013年版，第184页。
⑦ （清）王闿运撰，吴广平点校：《楚辞释》，"湖湘文库"丛书本，岳麓书社，2013年版，第185页。

之国,并以此为依托,削弱秦国,壮大楚国。其中云雨之变,委婉地指责了楚国君主的无信行为,欲与齐结盟却又与秦交好,见欺于秦后,便谋与齐联姻。赋的正文描写山水地理之貌,在王闿运看来都是有隐喻象征含义的。其自然山水描写是象征若用屈原之计,可据夔、巫,阻止南下的秦兵;其飞禽走兽的描写是象征秦楚交战的惨烈,写了秦兵之暴,楚兵之败的原因。王闿运认为《高唐赋》的结尾讽谏了楚国君王亡了国却不知亡国的原因,哀叹了屈原之奇谋不能得到重用。王闿运解说《高唐赋》,完全是把宋玉《高唐赋》看作是屈原系列作品思想的延续,是追思屈原谋返怀王、复兴楚国的忠谋奇计的反映。

其次,王闿运对"巫山神女"的身份提出了不同看法。关于"巫山神女"的原型与来源,据彭安湘博士统计,学术界主要有以下九种观点:先妣兼高禖说、巫儿(尸女)说、灵芝说、帝女或尧女说、云雨说、美神和爱神说、山鬼说、盐水女神说、复合型神祇说[①]。然而,在王闿运看来,宋玉《高唐赋》中"巫山神女"的起源另有由来。他在《巫山神女祠碑》中说:

> 《礼记·祀典》:"祠出云雨之山,天子秩之,诸侯望焉。"巫山自夏世孟涂以来,传祀帝女瑶姬,帝不知当何代也。有楚贞臣屈平,始亟言巫咸,其弟子宋玉乃言巫山。山之名巫,盖咸所典祀。殷人重巫,周人贵易。《记》曰:"示不敢专,以尊天也。"巫、易于后世,当谏官谋政之职,天子有事必进断焉,非夫禳祝奉祠之流。楚之先为文王师,与隗同祖,隗即夔也。芈、熊传巫咸之德言,故文王奉以为师,三代之道于是乎在。帝女主山,又在其先。稽古之神仕,在古曰巫。周礼始有男巫,然则,帝女乃圣神通灵,非仙人羽化者也已。巫之必取女者,岂不以妃后深居,尤好祷祀,设官专典,然后巫蛊之祸无由而作。古圣职微防嫌,噫其远与。左氏、庄生言圣人主山川者具有典记。自秦以来,乃不复传。而宋玉之赋巫山,有高唐朝云之事,其曰"先王幸之",故为立庙,托神女以况先后也。讥楚后王弃先君之宗庙,徙夔、巫故都,而乐郢、陈。将不保妻子,故曰巫山之女,为高唐客。寄客如云,《诗》所谓"有女如云"者也。其后《神女赋》,则又以女喻贤人,如屈子之徒,故其词不及山川,比兴意显,各有实指。而后小儒不通天人,罔识神女主山之由,莫察人托喻之心,苟见其异,肆其咳嘲。[②]

由此可见,王闿运认为巫山自夏朝孟涂以来都传说是祭祀帝女瑶姬的;巫山之所以名叫巫山,是因为巫乃巫咸所主持祭祀的对象。他认为宋玉《高唐赋》中的巫山神

---

① 彭安湘:《从原型研究到综合研究——七十年来高唐神女研究》,《文化中国》(加拿大)2007年第1期;彭安湘:《高唐神女原型研究综述》,《湖南科技学院学报》2007年第2期。
② (清)王闿运撰,马积高主编:《湘绮楼日记》,岳麓书社,1997年版,第894页;又见王闿运撰,马积高主编:《湘绮楼诗文集》第一册,"湖湘文库"丛书本,岳麓书社,2008年版,第188页。按:《湘绮楼日记》本所录《巫山神女祠碑》,《湘绮楼诗文集》本题作《巫山神女庙碑》,正文文字亦有较大出入。本文引文以《湘绮楼日记》本为准。

女是象征"先后",即象征楚国先王的后妃,亦即象征楚怀王的后妃;而宋玉《神女赋》中的巫山神女是象征"贤人"。王闿运认为宋玉《高唐赋》中写到楚先王为巫山神女立庙,是讥讽楚国后来的君王抛弃先王的宗庙,将楚国故都从夔、巫迁到郢、陈,这是十分愚蠢的做法,将会连自己的妻子、儿女都保护不了;《高唐赋》中巫山神女所说的"妾巫山之女也,为高唐之客",就是象征楚国故都从夔、巫迁到郢、陈以后,楚国后妃随之迁徙,她们有"独在异乡为异客"之感。王闿运《巫山神女祠碑》这篇文章,有助于我们进一步认识他对宋玉《高唐赋》的理解。在他的眼里,《高唐赋》中的巫山神女表面上虽然是一个神话人物,但骨子里却是楚国先王后妃的化身,而且寄托了对楚国迁都的讥讽。这样就把《高唐赋》中的神话叙述当作了一种政治书写与历史记录。从文学研究的角度来说,这当然是一种十分牵强的解释,也存在"过度诠释"之嫌。但是,我们认为王闿运在这里并非是追寻文本的原意,而是借诠释宋玉《高唐赋》来借古讽今。

最后,王闿运欲借注释宋玉《高唐赋》来陈述屈原之军事才干,表达自己的军事新见。他从地理战略位置出发,探讨了楚国复兴之路。从我们前文所引用的王闿运对《高唐赋》的题解可以看出,他反对前人将高唐视为云梦之台的观点。在他看来,高唐即高唐邑,在齐国的右边;云梦泽在楚国郢都的南边;巫山在楚国故都夔的所在地;高唐邑、云梦泽、巫山三地相隔五千余里,将三地绞在一起,会使《高唐赋》的内容混乱。王闿运认为,高唐的地理位置颇为重要,它与巫山、南郢相隔不远,远游云梦,就可望高唐,楚国可近距离地向齐求救。"其务于东而失之于西,得于齐而失之于秦。"①楚国可就近以齐国为靠山抗击秦国,但秦国也可借此打开楚国的缺口,所以宋玉的《高唐赋》有非凡的意蕴。王闿运认为宋玉写此赋的目的在于追叙屈原的安国大计,探究楚弱秦强之因,肯定屈原的军事才华。王闿运进而认为,楚之弱在于君命的反反复复,"欲结齐之好不终,乃改而入秦,又求好于齐"②,失去最佳结盟的机会;后党人进谗,楚襄王听信谗言又力战秦国,导致楚国逐渐削弱乃至灭亡。为复兴楚国,力避秦国入侵,王闿运认为必须启用屈原的奇谋:首先,据楚之故都夔、巫,遏制秦军。王闿运在《巫山神女祠碑》中说:"宋玉之赋巫山……讥诮后王弃先君之宗庙,徙夔、巫故都,而乐郢、陈。将不保妻子,故曰巫山之女,为高唐客。"③他认为失掉夔、巫,楚国就失去了最后的屏障;强楚的首要条件是还都夔、巫。夔、巫连接巴蜀,西疆毗邻秦国,东接齐国高唐。夔、巫磐石险峻,倾崎崖隙,地理位置险要。其次,管理夷陵,可使"五渚不被暴兵"。夷陵是仅次于夔、巫的军事要地。秦国削弱楚国,其目的在于占据巴蜀,夺取夔、巫,挺进夷陵。夷陵当蜀江之口,扼三峡之险,如果楚国能够很好地利用夷陵的地理环境,楚军就能依靠夷陵,休养生息。最后,与强齐结交,分秦兵力,楚国才能招揽故民,收复旧地,依靠险峡,扼住长江,恢复元气。若以险陈兵,据巫自固,则秦国不足畏惧。若据此计,楚国就可联合其他国家破秦国的连横之策,甚至可再次兴盛,问鼎中原。在王闿运的

---

① (清)王闿运撰,马积高主编:《湘绮楼日记》,岳麓书社,1997年版,第894页。
② (清)王闿运撰,吴广平点校:《楚辞释》,"湖湘文库"丛书本,岳麓书社,2013年版,第175页。
③ (清)王闿运撰,马积高主编:《湘绮楼日记》,岳麓书社,1997年版,第894页。

眼里,《高唐赋》简直是一篇寓意深远的政治、军事赋。

王闿运在《高唐赋》题解中,说他注释《高唐赋》的目的是为了"深求秦楚强弱之故"①。他凭借注释宋玉《高唐赋》,深入探讨秦国强大、楚国弱小的原因,洋洋洒洒地大谈屈原的忠谋奇计,都是借注释宋玉《高唐赋》之机来阐述自己对清末时局的政治、军事乃至外交上的策略。王闿运历经道光、咸丰、同治、光绪、宣统、民国六个时期,见证了清末民初的衰败与动荡。他一直想以其帝王纵横之学,辅佐非常之人,试图改变清末的政局,匡世济民。虽有鸿鹄之志,却是曲高和寡。早期的王闿运以才学闻名,不循程、朱理学的旧辙,"不事性理空谈,强调躬行实践,期于致用"②。从青年、中年到老年都在寻求幕府,以期被幕主重用,从而实现其匡世济民的抱负。但因性格狷介,有跅驰之风,又好纵横之计,虽有献策,却未被任用。"唯有家兼国,终身所共忧"③,最后只好学魏源、龚自珍等人"循汉学的门径,由东汉的古文经学而上溯西汉的今文经学,以研究《春秋》公羊学为阶梯,提倡通经致用"④。熊希龄曾为王闿运下盖棺定论:"读《湘绮全书》,直接汨罗大夫、船山遗老。"⑤认为其人格、气格继承了以屈原、王夫之为代表的忠君爱国、上下求索的湖湘之风。王闿运自己也曾表达此类观点,在《巫山天岫峰诗序》说:"余楚人也,国君糜熊,亲为文师,先正屈原,自夔迁湘。今湘、蜀舟行之路,江湖阻深,芳菲灵异,遗言闳义,具在《楚辞》。"⑥我们认为王闿运其人所体现出来的屈原遗风,除了受屈原及其作品魅力的吸引,更多是一种悲剧性人物的心理认同感。相似的生命旅程、类似的生命张力,使王闿运对屈原表现出的不是一种心理上的同情,而是一种心灵上的认同与寄托,为此他时常感叹:"既恨屈原不见我,又恨我不见屈原!"⑦光绪八年(1882),英、俄窥视中国西藏,中国西南边疆局势危急。王闿运的亲家、四川总督丁宝桢对此十分忧虑,与王闿运商量并请其代拟疏稿一份陈述天下之大计,"欲经营西藏,通印度,取缅甸,以遏英、法、俄之窥伺,且自请出使以觇夷情"⑧。纵观王闿运游幕一生,"从大小战役的对策到重大战略的规划,从求贤之道的应用到具体人事的安排,从反侵略战争的应对措施到改朝换代的精心谋划"⑨,他无不参与谋划。工闿运

---

① (清)王闿运撰,吴广平点校:《楚辞释》,"湖湘文库"丛书本,岳麓书社,2013年版,第174页。
② 马积高:《前言》,见王闿运撰,马积高主编:《湘绮楼诗文集》第一册,"湖湘文库"丛书本,岳麓书社,2008年版,第2页。
③ (唐)刘长卿:《湖南使还留辞辛大夫》,见陈贻焮主编:《增订注释全唐诗》第一册,文化艺术出版社,2001年版,第1142页。
④ 马积高:《前言》,见王闿运撰,马积高主编:《湘绮楼诗文集》第一册,"湖湘文库"丛书本,岳麓书社,2008年版,第2页。
⑤ 萧艾:《王湘绮评传》,岳麓书社,1997年版,第237页。
⑥ 王闿运撰,马积高主编:《湘绮楼诗文集》第一册,"湖湘文库"丛书本,岳麓书社,2008年版,第75页。
⑦ (清)王闿运撰,马积高主编:《湘绮楼日记》,岳麓书社,1997年版,第1314页。
⑧ 王代功述:《清王湘绮闿运先生年谱》,见王云五主编《新编中国名人年谱集成》第6辑,台湾商务印书馆股份有限公司,1978年版,第114页。
⑨ 周柳燕:《王闿运的生平与创作》,湖南大学出版社,2010年版,第83页。

暮年曾自题挽联:"春秋表未成,幸有佳儿述诗礼;纵横计不就,空余高咏满江山。"①萧艾先生所撰《王湘绮评传》亦云:"综闿运一生,欲做鲁仲连、陈汤而不可得,最后只好隐居讲学如申屠蟠。无怪乎他在晚年时常叩念着王摩诘的两句诗:'一生几许伤心事,不向空门何处消!'"②他的志趣就是要做纵横家,因而他撰写的《楚辞释》,亦时时可见其纵横家的思想。

在王闿运的眼中,战国晚期东边的弱楚就好比清末的中国,西边的强秦就好比西方的列强,忠贞忧国的屈原就好比他自己。王闿运在注释《高唐赋》中阐述的屈原"弱秦强楚之策",就间接地表达了他自己的"弱夷强华之策"。光绪八年(1882)二月八日,王闿运"读《楚辞》、评释《九歌》,尤伤心于《山鬼》",在他的日记里记下了他如此一大段感慨:

> 楚弃夔、巫而弱亡,屈子独欲复夔以通巴蜀,宋玉传其说。此自古智士秘计其谋,至余乃始发之。虽或谓屈、宋所不到,而此策自是弱秦复楚立奇未经人道者也。余今日亦有弱夷强华之策,无由陈于朝廷,用事大臣闻者尚不及子兰能大怒,其情悲于屈原,而遇则亨矣。古之伤心人别有怀抱,渔父、詹尹岂能笑之乎?③

其中"复夔以通巴蜀"即是王闿运在《高唐赋》解题中所言他发现的屈原"忠谋奇计"的重要组成部分,也与他光绪八年(1882)代四川总督丁宝桢所拟奏疏中建言清末应"经营西藏,通印度,取缅甸,以遏英、法、俄之窥伺"的军事策略完全一致。此外,王闿运的《陈夷务疏》《御夷论一》《御夷论二》等皆为弱夷强华之策论,可惜李鸿章、左宗棠、曾国藩等权贵皆视王闿运为一介书生,对其政治、军事策论都不屑一顾。"余今日亦有弱夷强华之策,无由陈于朝廷",道出了王闿运的苦衷,所以欲借注释屈宋作品寄托自己对清末政治、军事、外交的主张与见解。他在《楚辞释》中注释《高唐赋》具有同样的特征。

通读王闿运注释的宋玉《高唐赋》,结合王闿运的人生经历,我们还可发现王闿运在《楚辞释》一书中附录《高唐赋》还有更深层的目的。《高唐赋》最后六句为:"思万方,忧国害。开圣贤,辅不逮。九窍通郁精神察,延年益寿千万岁。"王闿运注曰:"终显正意,以切谏王也。万方虽广,国害至进。不能通郁察滞,九窍精神且犹无用。岂贤圣之能辅乎? 国见亡,而不知所由,叹息于年寿也。"④在他看来,整个《高唐赋》除探讨了楚弱秦强的原因、追思了屈原弱秦强楚的忠谋奇计外,赋的结尾还借古讽今、点明主旨,讥讽了楚国君主不知国家即将灭亡,更不知国家即将灭亡的缘由。

总之,王闿运是晚清今文经学的代表人物,治经以《公羊》为中心,欲穷究群经的微

---

① 王闿运撰,马积高主编:《湘绮楼诗文集》第五册,"湖湘文库"丛书本,岳麓书社,2008年版,第75页。
② 萧艾:《王湘绮评传》,岳麓书社,1997年版,第129页。
③ (清)王闿运撰,马积高主编:《湘绮楼日记》,岳麓书社,1997年版,第1078—1079页。
④ (清)王闿运撰,吴广平点校:《楚辞释》,"湖湘文库"丛书本,岳麓书社,2013年版,第185页。

言大义。王闿运诠释《高唐赋》就具有鲜明的今文经学特色,既呈现出强烈的现实关怀倾向,也不可避免地存在牵强附会的缺陷与局限。在王闿运的眼里,宋玉《高唐赋》并非是一篇山水赋,而是一篇政治、军事赋,其中描写的巫山神女以及自然山水、飞禽走兽都是有政治、军事象征含义的。他以《高唐赋》为载体,借注释《高唐赋》之机,引申发挥,暗中表明了自己在政治、军事、外交上对时局的看法。他的这种新奇的解说方式也影响到现当代某些楚辞学家。如蒋天枢、孙作云、路百占、冀凡等人都认为屈原许多作品反映了他组织兵力、反秦救国的经历①;孙常叙和龚维英等人认为屈原的《九歌》是战歌②;张中一认为屈赋是"屈原南征反秦复郢斗争的史诗"③。可见,王闿运的楚辞研究仍有余绪。

---

① 参见蒋天枢:《楚辞论文集》,陕西人民出版社,1982年版;孙作云:《屈原的放逐问题》,《开封师院学报》1961年第1期;路百占:《庄蹻历史考辨——兼论屈原诗作和庄蹻的关系》,《许昌师专学报》1982年创刊号和1982年第2期;路百占:《襄初屈原迁地为江南说质疑》,《许昌师专学报》1984年第1期;冀凡口述,广南整理:《以史论世,旧学新构》,见黄中模、王雍刚主编:《楚辞研究成功之路——海内外楚辞专家自述》,重庆出版社,2000年版。
② 参见孙常叙:《〈楚辞·九歌〉十一章的整体关系》,《社会科学战线》1978年第1期;龚维英:《〈九歌·国殇〉祭祀战神蚩尤说》,《文学遗产》1985年第4期;龚维英:《东皇太一和战神蚩尤——兼说〈楚辞·九歌〉系战歌》,《南充师院学报》1986年第2期。
③ 参见张中一:《屈赋——屈原南征反秦复郢斗争史诗》,台湾文津出版社,1998年版。

清代经学与宋玉研究

毛 庆

(四川师范大学 四川重庆 610000)

在进入正文前,首先说明一下,对明末清初一些著名学者,如顾炎武、王夫之、黄宗羲、钱澄之等,笔者一向将其划入明代。原因是他们的政治活动都在明代,其后抗清失败,隐居著述,坚不出仕,表现出高尚的民族气节。船山并著《自题墓石》文,称自己为"明遗臣"。故如此划分,既说明他们学术仍为明之序属,亦尊重其遗愿。而时代大致相同之学者,如毛奇龄、李光地等,因其出仕清朝,著述必受清廷影响,故将他们划于清代。如此阵营分明,则便于研究、论述。

毫无疑问,清代是我国独有之学术——经学的大兴期,其中"汉学"、"今文经学"更是获得了难得的复兴。然而,不幸的是,"物极必反",许多学者认为,清代也是经学的终结期[①]——颇有点回光返照的意味。另一方面,清代也是楚辞学的辉煌期,是由古典楚辞学向现代楚辞学转型的重要时期,多角度、全方位的楚辞研究不是从现代而是从清代开始的[②]。那么,这"大兴期"的经学与"辉煌期"的楚辞学有无关系呢?当然有,而且还很大,这仅从外部现象就可以看得很清楚。

即以湖北教育出版社出版的大型楚辞学丛书《楚辞学文库》为例[③],其中第三卷《楚辞著作提要》,收录了清代四十四本楚辞学著作。这四十四本楚辞著作的作者,可考有经学专著的就有三十二位,人数之多,所占比例之大,均非以前各朝所能及。而剩下的十二位,有的也可能有经学著作,只是未能考实而不能计入而已。有经学专著的三十二位中,相当一部分为经学名家。如毛奇龄、李光地、方苞、戴震、王念孙、朱骏声、王闿运、俞樾、马其昶等。而非经学名家者,往往也有经学力作,如徐焕龙之《大易象解》和《诗经辩补》、贺贻孙之《诗筏》、刘梦鹏之《春秋义解》、陈本礼之《焦氏易林考证》、王树枬之《尚书商谊》等。从前代楚辞研究史看,经学家们注解、阐释楚辞,往往自觉或

---

① 如:汤志均认为:"'经'的地位动摇了,它不是讲古代历史的唯一'经典'了,二千年来在思想界占统治地位的经学终结了。"《近代经学与政治》,北京,中华书局,2000年,第350页。也可见刘再华:《近代经学与文学》之《结语:经学的终结与文学的转型》,北京,东方出版社,2004年。按:笔者对经学本质的看法与他们有所不同,认为只是衰落(现在有再兴之势),而不是终结。此处不作讨论。

② 可参见拙文《由历史看未来——近三百年楚辞研究史的启示》,《深圳大学学报》,1998年4期。此前,几乎所有学者都认为,多角度、全方位的楚辞研究是从"五四"以后开始的。

③ 该卷由笔者与潘啸龙主编,笔者负责古代和海外部分。按这四十四部著作,已占清代楚辞著作的大多数。

不自觉地将经学研究方法运用于其中,从而形成自己的特色,清代当然也不例外。而清代由于今文经学的复兴而重燃"今、古文"战火,加之不同学派或崇"汉学"或宗"宋学"又起"汉宋"之争,这些学者一旦涉足楚辞,又都自觉或不自觉地将"战火"烧到了楚辞学中,从而对楚辞研究产生新的影响。虽然,这影响主要体现于屈骚的研究中,但派别之争及由此形成的学术倾向也对宋玉研究产生了相当影响,以下便沿此脉络进行考察和论述。

清代古文经学的复兴,起源应追溯到明末清初的顾炎武。面对明朝灭亡的残酷现实,顾氏痛感王学末流空言心性、"游谈无根"、不营世务、逃避现实,于国家民族危难之时,茫然而不能出一策……于是提倡通经致用的"实学",并提出"古之理学,经学也"的命题①,从而复兴古文经学。针对王学末流"束书不观",空谈"明心见性"之恶习,顾炎武提出学者须读书抄书,而要能读懂古书,首先必须识文字、懂音韵、通训诂。故而,清代朴学实由顾氏肇其端。其后继承顾氏之学的,有以惠栋为代表的吴派和以戴震为代表的皖派。惠栋以钩沉辑佚为主,其派故又称"钩沉派",当然注楚辞者很少。而戴震继承发扬了顾炎武《音学五书》和《日知录》的治学方法,为以后形成"订误派"打下基础,故这一派有楚辞著作者较多。戴震自己便有《屈原赋注》。不过,此派楚辞著作虽多,却基本集中于屈原和屈骚。戴震自不必说,朱骏声更只著有《离骚补注》,其他如江有诰《楚辞韵读》、王念孙《毛诗群经楚辞古韵谱》等,主要是从音韵对屈骚进行研究,涉及宋玉的只有《九辩》②。

所以出现此状况,可从戴震《屈原赋注·自序》寻其端倪:

> 《汉·艺文志》:"屈原赋二十五篇"。自《离骚》迄《渔父》,屈原所著是也。汉初传其书,不名《楚辞》。故志列之赋首。又称其作赋以讽,有恻隐古诗之义。至于宋玉以下,则不免为辞人之赋,非诗人之赋矣。予读屈子书久,乃得其梗概。私以谓其心至纯,其学至纯,其立言指要归于至纯。二十五篇之书,盖经之亚。说楚辞者,既碎义逃难,未能考识精核,且弥失其所以著书之指。今取屈子书注之。触事广类,俾与遗经雅记合致同趣。然后瞻涉之士,讽诵乎章句,可明其学。睹其心,不受人皮傅,用相眩疑。书既蒇就,名曰屈原赋,从《汉志》也。③

这自序中开头的一段话,与我们论题有关的有两点:

一是论定屈原的作品为赋体。如此宋玉的作品也均为赋体,也就是说,《九辩》与《高唐赋》、《神女赋》、《风赋》等在文体上没有区别。这样一来,宋玉的作品就全都是屈骚之遗绪,独创成分几无。而且,《自序》暗引扬雄的"诗人之赋丽以则,辞人之赋丽以淫",言"宋玉以下,则不免为辞人之赋,非诗人之赋矣",这宋玉是否包括其中,仅就此

---

① 见顾炎武《与施愚山书》:"古之所谓理学,经学也……今之所谓理学,禅学也。"《亭林文集》卷三,《四部丛刊》本。
② 按江、王二氏均按王逸《楚辞章句》将《招魂》划归宋玉,而笔者认为《招魂》为屈原所作。
③ 《屈原赋注》,清光绪十七年(1891)《广雅书局丛刊》本。

还真不好说。而如果联系第二点,戴震的意思庶几能明。

二是《自序》提出了"三至纯"之说——屈原其心、其学、其立言指要均"至纯",并定"二十五篇之书,盖经之亚"。这"三至纯",衡量标准当然是"经"之思想、旨要、意趣,此处不论这标准是否有偏差,而是说如此一来,宋玉及作品就完全不能与屈原相比了。由是观之,宋玉很可能被戴震划入"辞人"之列。

戴震治学门径,是以声音文字以求训诂,由训诂以求义理,义理不可空凭己意臆测,必求之古训古经。这一治经方法明显是对顾炎武的继承发展,戴震亦以它来治楚辞,也取得相当的成就。他定屈骚为赋体,明言是以《汉书·艺文志》为据,且班固《两都赋序》亦曰:"赋者古诗之流也",戴震之言不可说无据。而《文心雕龙》有《辨骚》与《诠赋》两篇,表面看是将骚与赋分开,其实《辨骚》属于总体论,主要论屈骚的总体价值、文学地位及对后世影响;《诠赋》属文体论,主要论赋之文体源流、特点和作家作品之得失。《诠赋》曰:"及灵均唱骚,始广声貌。然赋也者,受命于诗人,拓宇于楚辞也。于是荀况《礼》《智》,宋玉'风钓',爰锡名号,与诗画境,六艺附庸,蔚成大国。"[①]刘勰定骚为赋之源,并将荀子、宋玉的赋都归为一类,由此看来,戴震之说不仅有据,而且其据有力。

真正将骚与赋明确分开的,是南朝梁的萧统,他在《文选》中把骚单列一类,含屈原作品和宋玉《九辩》(还有《招魂》),而赋更作一大类,宋玉的《风赋》、《高唐赋》、《神女赋》、《登徒子好色赋》归于此[②]。萧统不愧为杰出的文学理论家和选家,他将骚与赋分为两类,不仅眼光独到,更重要的是因这一观点而为我们保留了宋玉极为宝贵的四篇赋作。笔者未能对骚与赋之文体区别作深入探究,然长期的楚辞艺术研究和对赋的赏阅,使自己总觉得将骚与赋划作两类文体为好:骚是诗,赋为文;骚起于屈原,赋源于荀子;骚既是屈原所创同时又已达艺术顶峰,赋至宋玉方以瑰丽典范作品为其奠定了基础……这些此处不可能深论。不过就文学史及楚辞研究史而言,骚、赋同类观点一直占据上风。即如清代,由于上述原因,古文经学派当然尊其师戴震而从之,又由于乾嘉学派(古文经派人员与此大致相当)的杰出成就和巨大影响,有清一代"骚赋一体"说基本占据主流地位。

下面再看今文经学派的宋玉研究。

清代今文经学的复兴,为经学史上最后一件大事。它起于康乾时的庄存舆和乾嘉时庄存与的外孙刘逢禄,他们推崇《春秋》的"公羊学",主张探求儒家经典之微言大义。被称为"常州学派"。后来龚自珍、魏源大力推崇并发展之,今文经学便得到复兴。庄、刘、龚、魏并没有楚辞著作,不过只要学派发展,便一定会有治经者研究楚辞,其后王闿运就写了《楚辞释》。

王闿运,湖南人,跨晚清、民国两代,著名经学家。关于他的学派,以前多认为属今

---

① 可见范文澜《文心雕龙注·诠赋》,北京,人民文学出版社,1978年。
② 可见《文选》,北京,中华书局,1977年。萧统还将"辞"独作一类,收有汉武帝《秋风辞》、陶渊明《归去来兮辞》。

文经学派,近来有学者判定他是古今兼综派①,在两次学术会议上,也有学者向笔者提出这类问题,还有学者主张王闿运应划归为文人,不应属经学家。这一问题与此文关系很大,故此处需多花点笔墨加以辩明。笔者认为,王闿运仍应属今文经学派。中国经学史上从未有古今兼综各占一半的,他必有一主要倾向,王氏主要倾向还是今文经学,其理由有四:

1. 王闿运有的观点虽也接近古文经学(如《礼》崇《周官》),但他一生主攻的,影响最大的还是《春秋》公羊学,其学术路数也是承常州学派而来。他曾主讲成都尊经书院、长沙校经书院、衡州船山书院,所教学生中有成就一点的,也属今文学派,如廖季平(廖平)等。

2. 王闿运虽推崇汉学而贬斥宋学,然他推尊的汉学包括东汉古文和西汉今文,不像古文经派实际只宗东汉古文经。

3. 前人的意见值得尊重,尤其是梁启超的。梁启超学问渊博,亲历晚清学术纷争,对清代学术有精深研究。况且他是从今文营垒里出来的人,老师康有为为有清一代今文大师(康氏学说还受过廖氏影响),他之判王闿运为今文学派,应该不会看错②。

4. 从其《楚辞释》内容、观点来看,也是典型的今文学派。

王闿运之《楚辞释》,可谓中国楚辞学史上最大胆之作,立论之新之怪为历代楚辞学所罕见,这里只引他对《高唐赋》之题解③:

> 《高唐赋》者,宋玉之所作也。旧以高唐为云梦之台,今按高唐邑在齐右。云梦泽在南郢,巫山在夔,三地相去五千馀里,合而一之,文意淆乱,由不知赋意故也。古今文人,设词众矣。至于昼幸妇人,公荐枕席,于文不足以增词采,于理徒以为秽乱,虚作此言果何为哉?盖尝登巫山,望秭归,临夔门,泛夏水,深求秦楚强弱之故。读《离骚》、《回风》(《悲回风》)之篇,得屈子之忠谋奇计,在据夔巫以遏巴蜀,使秦舟师不下而后夷陵可官,五渚不被暴兵。东结强齐,争衡中原,分秦兵力,楚乃得以其暇。招故民,收旧地,扼长江,专峡险。良媒不遂,倾襄弃国,秦师并下,贞臣走死。弟子宋玉之徒,崎岖从迁假息燕幕,蓄同俳优,不与图谋。然坐见危亡,追思远谋,虽势无可为,而别无奇策,乃后叹息窃泣,哀楚之自亡也。情不能已,因遂作赋。④

所以引出这一大段,其意在于"借一斑以窥全豹",看出王闿运治楚辞(包括宋玉赋)之风格。什么先王会神女,什么神女自荐枕席,全是后人会错了宋玉的意思!宋玉

---

① 如:刘再华:《近代经学与文学·古今兼综派经学家的文论》。还有支伟成也持如此观点,见其《清代朴学大师列传·湖南派古今兼采经学家》,长沙,岳麓书社,1998年。

② 梁启超在《清代学术概论》和《中国近三百年学术史》等著作中,对王闿运经学评价并不高。不过均将王氏判入今文营垒。如《清代学术概论》中言:"(廖)平受其学,注《四益馆经学丛书》十数种,知守今文家法。"北京,中国书籍出版社,2006年,第126页。

③ 笔者另有论文《清代经学与楚辞研究》,阐述王闿运《楚辞释》的相关观点,此文将发表。王氏也有一些在当时有影响的作品,自可算为文人,但这与他的今文经学家身份并不矛盾。

④ 王闿运《楚辞释》,清光绪二十七年(1901)辛丑衡阳刊《湘绮楼全书》本。

是通过读《离骚》、《悲回风》,得了屈原的忠谋奇计:扼守夔、巫,联齐抗秦。顷襄王不理会宋玉进谏,宋玉没办法只好以《高唐赋》的形式写出。"首陈齐楚婚姻之交,中述巴楚出峡之危,末陈还都夔巫之本,计言不显则意不见。故直以幸女立庙,明当婚齐,申屈子之奇谋,从彭咸之故宇。①"支持这怪论的,全仗提要开头所言地理位置不类和道德伦理不合,然而这两点也都站不住脚。

王闿运之所以发如此怪论,固然与今文学派主张经世致用,不泥于经典字句,专求"微言大义"有关,而更主要的则是他以楚辞和宋玉赋为酒杯,浇自己心中之块垒。《楚辞释》完成于光绪九年(1883),时值晚清末世,国衰民贫,王闿运自认胸怀治世强国之忠谋奇计,却无路可陈,郁闷心中,于是借解得《高唐赋》"弱秦强楚"之奇策,将其发泄出来。

王闿运为清末著名经学家,治楚辞、治《春秋》均对后来今文经学产生很大影响。他的学生廖季平不仅怪论甚多,而且多变。如刚在《楚辞新解》中论屈原不是作诗而是传诗,其学属于天学,读者还没回过神来,不久又在《楚辞讲义》中将楚辞归于秦博士所作,而且是九人所作。又将《大言赋》、《小言赋》归于楚辞,并言它们是秦博士对《中庸》"大天下莫能载焉,小天下莫能破焉"之解文②。诚如钱穆所嗤评:"不幸而季平享高寿,说乃屡变无已。既为《五变记》,又复有六变。及其死,而生平之所持说,亦为秋风候鸟,时过则已。使读其书者,回皇炫惑,迁转流变,渺不得真是之所在。③"

王氏、廖氏为清今文经学派研究屈骚及宋玉赋的突出代表,他们将今文经学求"微言大义"之治学路数引入楚辞研究,方法本来没错。然而"真理再向前跨进一步,便成了谬误"。他们曲解实证材料,将本不搭界的材料扯上关系,以支持他们刻意的穿凿和天马行空似的想象。他们将本需极其谨慎使用的方法拿来随意挥舞,当然容易出"新"出奇,可也当然地因缺乏合理性而得不到学界的认可。

可是,我们决不能因此而轻视他们的研究,对其学说只能"扬弃"而不应抛弃,王、廖等毕竟是有学识的学者,有精深的经学造诣,他们那些"新"、奇、怪论尽管荒谬,但可以说是一种"有学识的谬见",有的还闪烁着思辨的光芒。我们只要接受得当,就可能吹去秕糠,得到精米。康有为当年受廖季平的启发,最终形成维新变法思想,就是成功的一例。正如梁启超所言:"康先生(有为)从廖氏一转手而归于醇正,著有《春秋董氏学》、《孔子改制考》等书,于新思想之发生,间接有力焉。④"即如王闿运对《高唐赋》及《九辩》释解为例,就有数端值得肯定。

第一,作为一位著名学者,坚持"通经致用"之原则,始终关怀国家和民族的命运,

---

① 王闿运《楚辞释》,清光绪二十七年(1901)辛丑衡于阳刊《湘绮楼全书》本。
② 《楚辞新解》光绪三十二年(1906)完成,民国二十三年(1934)年雕版印刷,今有上海图书馆藏本。《楚辞讲义》见四川存古书局《六译馆丛书》,中华民国十年(1921)。按《中庸》此二句应为:"故君子语大,天下莫能载焉;语小,天下莫能破焉。"
③ 见钱穆:《中国近三百年学术史(二)》,北京,九州出版社,2011年,第725页。
④ 梁启超:《中国近三百年学术史》,太原,三晋出版社,2011年,第184页。

力图为其效绵薄之力,这种思想和精神,不单值得肯定,还应该学习。

第二,王闿运定《九辩》为屈原所作,结论虽不正确,但引用的证据仍值得认真研究。《楚辞释·九辩》题解曰:

> 此作于《离骚》、《卜居》之后,《九歌》、《渔父》之前。原被召,再放送之而作也。《九章》多采其言,是其证矣。《天问》曰:"启棘宾商,《九辩》《九歌》。"商为秋,故以秋发端,亦记时也。

这里没有明说的证据是,洪兴祖《楚辞补注·目录》录古本《楚辞释文》,《离骚》第一,《九辩》第二,《九歌》第三,《天问》第四,《九章》第五,《远游》第六,《卜居》第七,《渔父》第八,《招隐士》第九,《招魂》第十……且王逸《楚辞章句·哀郢》"美超远而逾迈"句下注曰:"此皆解于《九辩》之中。"故明陈第曰:"儒者因是谓《九辩》亦屈原所作"(《屈宋古音义·九辩》题解),他虽以"不知古本依次,不依作者之先后,故置《招隐士》于《招魂》之前,又置王褒《九怀》于东方朔《七谏》之前,而置《大招》于最后",予以反驳,但其说终不能圆通释疑。所以梁启超后来仍引古本《楚辞释文》为据,言"故吾窃疑《九辩》实刘向所编屈赋之一篇,虽无确证,要不失为有讨论价值之一问题也"。① 确实,古本《楚辞释文》为何如此编次? 王逸为何如此引注? 还需进一步研究释疑,王闿运认定《九辩》为屈原作,多少有提出"有讨论价值之一问题"的意义。

第三,王闿运将《高唐赋》纳入楚辞范畴研究,这也是以前少有的,他的学生廖季平亦有《高唐赋新释》②,承其师亦发怪论,此处不必置论。然而这也反映了今文学派对《高唐赋》之重视。此前,王逸《楚辞章句》一篇宋玉赋也没选;宋晁补之《重编楚辞》的"新录"部分,有《续楚辞》和《变离骚》两种(今已亡佚),据当代学者周禾考证其中应收有宋玉赋③;朱熹《楚辞集注》的《楚辞后语》中,自叙"以晁氏所集录'续'、'变'二书刊补定著,凡五十二篇"。然将晁氏所录宋玉赋全部删掉,其原因是"若'高唐'、'神女'、'李姬'、'洛神'之属,其词若不可废,而皆弃不录,则以义裁之,而断其为礼法之罪人也"。④ 而王闿运对《高唐赋》详作题解注释,不论其动机与结论如何,客观上都是对王、朱的反驳。

清代经学领域,除今、古文之争外,尚有汉、宋之争。要全面观察其时经学对宋玉研究的影响,不可不对汉、宋之争有一基本了解。

所谓汉学,即推崇汉儒治经方法的流派;而所谓宋学,则是宗程、朱、陆、王宋代理学的流派。清朝初年,理学因有利于专制帝制的统治,受到统治者的青睐,科举考试必以朱子《四书》为本,成为官方主流意识形态,宋学便高踞于庙堂。乾隆年间,这种情况发生了变化。由于"文字狱"大行,不甘寂寞的学者们要做学问,只能专注于文字、音

---

① 见《要籍解题及其读法·楚辞》,《梁启超国学讲录二种》P76,北京,中国社会科学出版社,1997年。
② 见《六译馆丛书》51册《四益馆杂著》。
③ 可见《楚辞学文库·楚辞著作提要·重编楚辞》,P17,武汉,湖北教育出版社,2002年。
④ 《楚辞集注》P9,上海,上海古籍出版社,1979年。

韵、训诂,大多不愿也不敢涉及思想理论方面,统治者发现将知识分子引入"虫鱼"天地,对他们也是十分有利,于是汉学便渐渐盛行。四库馆臣大多是汉学派,便是这一情况的反映。本来,这两派应互相取长补短,共同推进学术发展前进。可不妙的是,这两派互相排斥,形同水火:崇汉学者必鄙理学,宗宋学者必攻汉儒。集桐城古文之大成者姚鼐,曾一度厕身《四库全书》编纂者之列,四库馆中汉学占统治地位,馆臣们经常当面"搒击讪笑"宋学之空疏,姚鼐反复左右辩驳,显得十分孤立,不到两年便愤而引退。由此可见两派对立情绪之一斑。

好在到了清代后期,随着社会和政治危机的深化,同时也随着学术发展的需要,经学出现了兼宗一类。如曾国藩、陈澧兼宗汉、宋,王先谦兼宗古、今。这种兼宗当然不会是两派绝对平衡、半斤八两,而往往是主要倾向一派,兼采另一派之长,决不像以前两派形同水火,视对方为仇敌,鄙对方学问为粪土。不过,兼宗一派虽明朗化于清末,而从屈学和宋玉研究角度观察,这倾向早就潜在运行,可能清初就开始了。

例如毛奇龄。他原是明诸生,明亡后窜身山野,读书土室。然康熙中应召试鸿博,受翰林院检讨,撰修明史。他是著名经学家,表面看推宗汉学。梁启超说:"他对宋儒猛烈攻击,有《大学知本图》、《中庸说》、《论语稽求编》等。但常有轻薄谩骂语,不是学者态度。还有一部《四书改错》,骂朱子骂得最厉害,后来听见清圣祖要把朱子升祀大成殿,赶紧把版毁了。"①然而在《天问补注》中,毛奇龄对朱熹倒还尊重:"予思朱子何所不学,且过于减损,似乎《山海》、'岳渎'诸书未尝一见。即见之,亦且宁弃勿取,其必以为其说之后起,而无所与于商周之旧文也。"②(见该书《总论》)《总论》如此言,似乎主旨是想补朱熹所注之不详和未注者,其实细读全书,他纠正、补注王逸的也不少,而王逸明显是汉学章句之法。毛奇龄能赞朱熹"何所不学",可能有梁启超所说的原因,但毕竟与他作《古文尚书冤词》完全不同③,还算公允。故毛氏是以汉学为主要倾向,兼采宋学,可算非典型之兼综派。

毛奇龄《峡流词序》曰:

予读盛弘之《荆州记》云:"自峡七百里中,春冬之时,素湍渌潭,回清倒影,备极婍妮。"而宋玉赋"高唐",更有"姣姬扬袂"之喻,比较之词,其温柔绮丽俱在也。④

南朝刘宋盛弘之《荆州记》中关于巫山巫峡的一段,原来并不著名,后北魏郦道元引入自己的《水经注》,只略作了几处修改,便成了千古雄文。盛弘之《荆州记》最晚宋

---

① 梁启超:《中国近三百年学术史》,第164页。
② 见康熙庚子(1720)《西河文集》。
③ 正如钱穆于《中国近三百年学术史》(第266页)所言:"西河好胜,仗其才辨,不欲人之得美名以去,而求以出其上,于是乎有《古文尚书冤词》。'古文'之伪,已成不净。西河辨之虽力,皆费话也。"故毛奇龄作《古文尚书冤词》,动机不纯,所得结论也站不住。不过他在书中指出了阎若璩等辨误者的某些错误,资料上仍有参考价值。
④ 《西河集》卷二十九,文渊阁《四库全书》本。

时就已亡佚,亏了《水经注》,这段雄文才保留至今——郦道元功不可没!故毛奇龄根本不可能看到盛弘之《荆州记》,最多只能是后人辑佚的,他看的就是《水经注》中的"巫山巫峡"一段。然何以不直言,无非是逞博而已。因尽管《艺文类聚》、《太平御览》均早已指出这段是盛弘之《荆州记》中的,但大约当时知之者甚少(至今中学课本还说是郦道元作的),毛氏治学就有此特点。所以花点笔墨加以说明,在于下面《高唐赋》要比较的对象,正是这段千古雄文。

毛奇龄说《高唐赋》"更有'姣姬扬袂'之喻,是因宋玉有巫山神女的描绘。其实《高唐赋》后面描写巫山巫峡,山势雄峻,物产丰饶,动物多样,可谓气势磅礴、酣畅淋漓。毛奇龄将二者相提并论,显示了他不凡的艺术眼光。确实,《高唐赋》的这段绝不亚于盛弘之的那段!之所以不及盛弘之那段出名,可能是这段时代更久远,文字也相对艰涩一些。再可能是人们的注意力多集中于前段和神女身上——人之常情嘛,可以理解。

另一个要提出的人物,则是章学诚。章学诚生当汉学隆兴时代,但治学不愿趋时跟风,反而重意旨、重义理、重深会领悟。因而《文史通义》撰成后并不为时人所重,反而遭到鄙视和反对。章氏死后,他的"六经皆史说",他的"辨章学术,考镜源流"等才渐渐有人注意。直至近百年,西学东渐,人们发现其学术目的、治学思想、研究方法等等,有许多章氏的主张早已与之近似或暗合,再加之外国学者的推崇,章氏便声名鹊起,《文史通义》成了经典学术著作。由是观之,章学诚治学路数接近宋学,但他对朱熹多有批评,而且作为杰出方志学家,极重材料之考证甄别,这又是汉学的特点,所以应当说他是主宋学而兼有汉学方法的兼综者。这位兼综者也有关于宋玉作品的评价:

> 必泥其辞,而为其人之质言,则《鸱鸮》实鸟之哀音。何怪鲋鱼忿消于庄周,"苤楚"乐草之无家,何怪雌风慨叹于宋玉哉?夫诗人之旨,温柔而敦厚,主文而谲谏,言之者无罪,闻之者足戒,书其所愤懑,而有裨于风教之万一焉,宁其志也。①

宋玉《风赋》,应是其赋作中讽谏意义最强的了,不过宋儒们却不太看好。朱熹不选入《楚辞后语》,连苏轼也带点调侃的语气揶揄他:"堪笑兰台公子,未解庄生天籁,刚道有雌雄。"(《水调歌头·黄州快哉亭寄张偓佺》)章学诚此语,虽未点朱熹之名,但明显是针对他的。能肯定《风赋》之"雌风"也"有裨于风教",这对于史学家兼经学家的章氏来说,确实不容易。

兼综派最典型的例子,大概要算吴世尚了。他是清康、乾间人,其经学主张,可从他在该书《自序》对六经的排列分析出。吴世尚主张六经以《诗经》为首,这是今文经学派的观点(古文经学派主张六经以《易》为首)。然吴世尚"以诗为首"理论依据,却又与今文经学派相悖,反与古文经学派暗合②。吴氏对文字训诂既遵汉儒法则,又对朱熹

---

① 见《文史通义校注·内篇二·公言上》,叶瑛校注,北京,中华书局,2004年。
② 具体分析,可参见拙作《清代经学与楚辞研究》。

极为推崇。《楚辞疏》的研究思想和文意训诂①，遵从古文经学派"言必有据"、"据实为训"的传统，常以单字对训，准确简捷，颇有汉儒古风。义理词章方面则多从宋学，不囿于成说，不拘于常规，敢于创发新见。由此可知吴世尚既兼今、古文，又兼汉、宋。清代今文经之兴起，由庄存与始，吴世尚早于庄存与，因而很难说他的思想是受了清代今文经学派的影响。

吴世尚《楚辞疏》创获甚多，他善于对屈原作创作心理分析，其中最大贡献，是发现了文学创作中的"白日梦"状态，并对这种现象从理论上作了较系统、较完整的论述。《楚辞疏》出版于1727年，早于弗洛伊德180多年。而直至目前，全世界的学者都认为，"白日梦"这种创作现象、状态是由弗洛伊德1908年在论文《创作家与白日梦》中首先指出的。其实，"白日梦"的发现权及与之相应的整套心理分析首创权，应属于我国清代学者吴世尚，而不是弗洛伊德②。

吴世尚亦将此理论、方法，用于对《九辩》的研究，取得突出成就。他认定《九辩》是宋玉哀悯其师屈原而作，《楚辞疏·凡例》曰："《九辩》比兴居多，最得风人之致。其于世道衰微，灵均坎壈，止以一秋字尽之，何其言简而意括也！"在抓住了《九辩》核心的艺术特色后，吴世尚再于正文中围绕此核心展开细致具体阐述。如：

第一辩注曰："此篇总止写一'秋'字，而以原之情事掩映其中，虽不明言原，而句句是秋，已句句是原矣。"

第二辩注曰："此篇总止写一屈原，更无一语及秋，然而句句是原，句句是秋也。"

第三辩注曰："此篇乃合秋与屈原而言之，而前两节先句句言秋，惟各节末句乃及于原，后一节先句句言原，惟末二句乃及于秋，则交映之妙也。"

仅引"三辩"之注即可看出，吴世尚分析准确中的，宋玉确实用的是"交映"之法，而且用得极其高妙。惜因篇幅限制，不便把"九辩"之注全部引出加以评述，读者若有兴趣，自可查阅《楚辞疏》而欣赏之。

以上将清代经学各派研究宋玉代表学者及成就状况作了简略介绍，由此可大致了解其对宋玉研究之关系及影响，总的来说，其影响还是很大的。而当我们把眼光从清代后移，进而观察由清至今宋玉研究发展轨迹时，却发现了一些令人深思的现象，而且——直率地说——这深思还是有点沉重的。

经学三派之中，无疑兼综派宋玉研究成就最大，其中很有一些值得今天学界肯定、坚持、学习的东西。然而遗憾的是，该派影响最小。三派中对后世宋玉研究影响最大的，应该是今文派。后期今文派大致发展线索为：王闿运→廖季平→康有为→梁启超→……康、梁再加他们的学生，可谓实力雄厚，影响巨大是自然的。前已叙及，对该派之宋玉研究，我们应该"扬弃"而不是抛弃，而"扬弃"应是在认真总结分析其不足和

---

① 吴世尚：《楚辞疏》，尚友堂刊本，清雍正五年（1727）。
② 关于这方面的详细论述，可参见拙著《屈原与中华文化和民族精神》，第三章第六节《两朵奇葩——吴世尚、弗洛依德两"白日梦"理论之比较》，成都，四川大学出版社，2008年。

错误的基础上,然后吸取其中可以借鉴继承的东西。可惜后来学界并未做到这点,倒是许多关于宋玉的怪论、奇论,都可以在今文派中找到它们的影子。再加之 20 世纪初疑古思潮盛行,宋玉作品一个一个被剥离,到后来只剩了《九辩》,而《九辩》也似乎快保不住了,若不是银雀山汉墓"御赋"等考古材料出来,宋玉的文学史地位岌岌可危。

再者,在义理方面,不论经学那一派,都是以经学正宗的思想、观点、理论来要求宋玉,这种要求对屈原是可以的(也有些不合适之处),对宋玉就基本不合适。古文经派所以漠视宋玉,这也是主要原因之一,恰恰古文经派学术成就巨大且实力强大,他们的这种漠视故也对宋玉研究造成不利影响。而古文经派的屈学研究则成绩斐然,他们对以后屈学施以很大影响,该影响基本是正面的、积极的(当然也有需完善或不足之处),这也恰与宋玉研究相反。因此,在义理方面,不能用研究屈原的方法、路数照套用以研究宋玉。

总结一下,以上历史回顾给我们的启示是:

应更深入分析古文经派漠视宋玉及作品的原因,尽力消除不利影响。应对今文经派的宋玉研究进行扬弃,剔除糟粕,取其精华。应重视兼综派的宋玉研究,发现更多对今天研究有用的东西。总之,应以批判的眼光看待宋玉的经学研究路径,而且今后恐怕不能以这条路为主。

另一方面,必须大力加强宋玉作品的艺术研究,发掘"屈宋"并称的新的意义内涵;必须在文学史、艺术史、美学史上重新确立宋玉的地位;在肯定宋玉杰出楚辞作家的基础上,确立宋玉"赋祖"的地位;在肯定宋玉继承前代文学成就的基础上,发掘其创新的价值和意义;在肯定宋玉拓展前代文学题材的基础上,研究其开拓新题材、新领域的贡献和影响。

谨以此一得之虑,就教于方家们。

道家道术派与兰台作家

徐文武

(长江大学荆楚文化研究中心　湖北荆州　434023)

【摘要】 春秋战国时期,道家分化出了道隐派、道德派、道法派和道术派四派,其中道术派主张以"道术"来指导处世和治国,从而达到保性全身和天下大治的目的,并形成了"以术论治"的学派特征。楚国的兰台作家以辞赋创作讽喻君王,以术论治,具有道术派的学派特征,其思想较多接受了楚国黄老道家的影响。

【关键词】 楚国;道术派;兰台作家

一、道家的分化与道术派的形成

春秋战国时期,儒、墨两大显学都曾出现了分化的局面。孔子死后,儒分为八,出现了子张之儒、子思之儒、颜氏之儒、孟氏之儒、漆雕氏之儒、仲良氏之儒、孙氏之儒、乐正氏之儒(《韩非子·显学》)。墨子死后,墨分为三,出现了相里氏之墨、相夫氏之墨、邓陵氏之墨。可见,诸子学派在其创始人离世后,由于失去了主心骨而发生分化,这似乎是一种规律性的现象。那么道家在老子身后,是否也发生过类似的分化现象呢?答案是肯定的。老子之后,道家一分为四,分化出了道隐派、道德派、道法派、道术派。

道隐派,也可称为隐逸派。隐逸派以回归自然为指归,远离尘俗,归隐山林。因为对现实的不满,他们以批评的眼光审视社会,抨击时政;他们秉持重生轻物,保性全身的人生理念,不为名利诱惑,拒绝入仕。在道家的理论体系中,强调以道为最高行为准则。而道的特性是"道隐无名"的,道家认为,道成就万物而隐于万物,是幽隐而无名的。既然如此,学道者理当"隐而无名",这是道家学者选择隐士生活的理论基础。关尹、老莱子、接舆是早期道隐派的代表人物。

道德派继承老子的尊道贵德的思想体系,主张以德治国。在道家的理论体系中,道是指宇宙的本体或本源,德指的是道的属性,或者是说使道之所以成为道的内在的本性。道具有哪些属性呢?《老子》第十章说:"生而不有,为而不恃,长而不宰,是谓玄德。"道生成了万物而决不据万物为己有;道养育了万物,而决不自恃有功,道是万物之长,但决不主宰万物,这就是道所具有的使万物有所"得"的属性,这种属性便是道之

"德"。道德派的代表人物是老子的弟子文子及其后学。

道法派是道家与法家结合的产物。这一派道家学者受法家思想影响,主张以道为本位,援法入道,对法家思想进行改造,形成了道法结合的思想体系,为执政者提供治世的新的手段。道法派强调法律对判断是非和治理国家的重要性。《黄帝四经·经法·名理》说:"是非有分,以法为断。静虚谨听,以法为符",法律是处理是非纷争的标准,因此要求统治者予以高度重视,要求做到"生法而弗敢犯(也),法立而弗敢废(也)"。①

道术派是道家学者中掌握了某种特殊法术、技能、技巧的人,将道家思想与法术、技术结合起来形成的一个道家支系。道术派继承老子的"执古之道以御今之有"的思想,强调将自古以来的道术运用于现实以解决现实中遇到的各种问题,使道家学说具有可操作性,用道家的修炼方法"道术"来指导处世和治国,从而达到保性全身和天下大治的目的。

战国时期,随着手工业的发展,各种工艺与技术也臻于成熟。道术派对技和道的关系进行了深入的研究。道术派认为,技是对某种工艺的把握,而道是统摄一切的总规律。关于道与技的关系,《庄子》借庖丁之口说:"臣之所好者,道也,进乎技也。"这里的"进"是进入、寓于之意。所谓"道进乎技",是说不只停留在技术的层面,而是让道进入技、寓于技,使技达到道的高度。他们认为,从"技"上升到"道",并不是简单的重复练习,技术纯熟就可以实现的,而是与对义理的把握、与品德修养有着密切的关系的。《庄子·天地》说:"能有所艺者,技也;技兼于事,事兼于义、义兼于德,德兼于道,道兼于天。"这里是说,技只有符合了义与德的要求,才能达到道的高度。"道进乎技"理论的成熟,引导一批道家学者通过实践经由某种技术的学习去体验修道的快乐。他们通过掌握一种或几种工艺或技术,从中体会在日常生活中所体验不到的那种道的境界,再将悟道的过程总结出种种人生哲学和治国经验,用于指导现实人生或干预政治。

詹何又称"瞻子"或"詹子",是战国时期道家道术派的代表性人物。《庄子·让王》记载有詹何与公子牟的对话,由此可见,詹何的生活年代应与中山公子牟大致同时。中山公子牟即魏公子牟。《吕氏春秋·审为》高诱注说:"魏公子也,作书四篇。魏伐中山,得之,以封公子牟,因曰中山公子牟也。"据钱穆《先秦诸子系年考辨》考证,詹何与子牟问答"应在赵惠文王、楚顷襄王世"。赵惠文王在位时间为公元前298年至前266年,其时楚已东迁陈郢,属战国晚期。

在与中山公子牟的对话中,詹何针对中山公子牟"身在江海之上,心居乎魏阙之下"的状态,提出了"重生轻利"的修养原则,这是典型的道家思想,由此可见,詹何应归属于道家。据传詹何具有"前识"功能,即具有预测能力,属道家的道术家一派。《韩非子》中记载有一个"詹何度牛"的故事:詹何曾与弟子端坐屋内,猜测屋外一头牛的特征,其弟子猜测说此牛是"黑牛而白在其题(额头)",而詹何则说"是黑牛也,而白在其

---

① 《黄帝四经·经法·名理》。

角"，经过察看，屋外的牛果真是黑色的牛，而以白色的布裹其角。韩非子认为，詹何的道术不过是"无缘而妄意度"，即毫无根据的胡乱猜测，是"道之华也，愚之首也"。①

詹何曾应召入宫与楚王论治国之道。《吕氏春秋·执一》记载，詹何与楚王论道，但不明是哪一位楚王。而《淮南子·原道训》《列子·说符》则记载，与詹何论道的人是"楚庄王"。然詹何是战国晚期人，不可能与春秋中期的楚庄王一同论道。对此，钱穆在《先秦诸子系年考辨》中曾撰《楚顷襄王又称庄王考》考证，指出与詹何论道的实即楚顷襄王，其说可从。楚顷襄王向詹何问为国之道，詹何回答说："何明于治身，而不明于治国"，詹何并非不知道如何治国，他其实强调的是"治身"与"治国"的道理是一样的，明白了"治身"的道理，也就明白了"治国"的道理。詹何"以善钓闻于国"②，时有"詹公之钓，千岁之鲤不能避"之说③，顷襄王曾召见詹何进宫问垂钓之道，詹何回答说，垂钓时只有做到"用心专，动手均"，才能达到"以弱制强，以轻致重"的目的，表面上是在论垂钓之道，但实质上仍是在论治国之道。詹何最后对楚王说："大王治国诚能若此，则天下可运于一握，将亦奚事哉？"明确表达了他的治国思想。詹何以垂钓之道以喻治国之道，正体现了道家道术派"以术论治"的学派特征。

二、楚国的兰台与兰台作家

稷下学宫是齐国设立的著书论辩、传道授业机构，大约创建于齐桓公田午时期，至齐王建时衰微，历时140余年，繁盛时达"数百千人"④。来自各地的学者如孟子、荀子、宋钘、尹文、慎到、环渊、邹衍、田骈、彭蒙、淳于髡、接子、鲁仲连、田巴、貌说等，他们在稷下学宫著书讲学，切磋驳难，形成了百家争鸣的局面。郭沫若评价说："这稷下之学的设置，在中国文化史上实在是有划时代的意义。"⑤

稷下学宫在齐湣王时一度严重衰败，其根本原因在于齐湣王急功近利，专断横行，而又不听劝谏，齐威、宣时代所形成的尊士纳谏风气荡然无存，使得一批稷下学者愤而出走。《盐铁论·论儒》记：齐湣王时，"矜功不休，百姓不堪。诸儒谏不从，各分散，慎到、捷子亡去，田骈如薛，而孙卿适楚。"在分散到各国去的稷下学者中，荀子（孙卿）、慎到、环渊等人来到了楚国，为楚国带来了新的思想与学术气象。

齐国稷下学宫作为战国时期积聚人才的一种成功模式，为楚国所效仿。战国中期，楚国建有"兰台之宫"，广纳文学之士。"兰台之宫"见于楚国诗人宋玉《风赋》"序"记载："楚襄王游于兰台之宫，宋玉、景差侍。"宋玉、景差是楚国的大夫，都以善写辞赋

---

① 《韩非子·解老》。
② 《列子·汤问》张湛注。
③ 《淮南子·说山训》。
④ 《史记·田敬仲完世家》。
⑤ 郭沫若：《十批判书》第153页，科学出版社，1956年。

著称,是楚襄王时兰台之宫的座上客,后世学者据此推测,楚国的兰台之宫可能与稷下学宫一样,是"招致贤人而尊宠之"的场所①。南朝刘勰《文心雕龙·时序》即将"兰台之宫"与齐国的"稷下之宫"相提并论,他说:"春秋以后,角战英雄,《六经》泥蟠,百家飙骇。方是时也,韩魏力政,燕赵任权,五蠹六虱,严于秦令,唯齐、楚两国,颇有文学。齐开庄衢之第,楚广兰台之宫,孟轲宾馆,荀卿宰邑,故稷下扇其清风,兰陵郁其茂俗,邹子以谈天飞誉,驺奭以雕龙驰响,屈平联藻于日月,宋玉交彩于风云。""齐开庄衢之第"是指齐国设置的集询议、教育、学术等功能于一体的稷下学宫。"楚广兰台之宫"则是说彼时楚国亦有"兰台学宫",足与齐之稷下学宫并列。兰台在楚国故郢都纪南城,至唐代仍存,唐相张九龄被贬荆州时登临兰台故址,并作《登古阳云台》诗云:"楚国兹故都,兰台有余址。"

楚国的兰台之宫最早设置于何时,其职能和性质是什么,先秦文献并没有明确的记载。汉朝在文化上实行的是"汉承楚制"的政策,通过对汉代兰台的了解,或可让我们得以窥见楚国兰台之一斑。西汉将收藏典籍图书之处称为"兰台",《汉书·王莽传》颜师古注云:"兰台,掌图籍之所。"西汉时还设"中丞"一职,"在殿中兰台,掌图籍秘书"②。对汉代"兰台"职能比较完整的表述见于南宋郑樵《通志》:"汉之兰台,及后汉东观,皆藏书之室,亦著述之所,文学之士,使雠校于其中。"③由此可见,汉代的"兰台"有三项最基本的职能,一是皇家"藏书之室",二是学士"著述之所",三是学者"雠校"之处。"雠校"指典籍的校勘整理。兰台的这一职能也见于汉王充《论衡·对作》记载:"汉立兰台之官,校审其书,以考其言。"又《别通》篇亦谓:"兰台令史,职校书定字"。可见,汉代的兰台不只是皇家藏书之所,也是学者从事学术研究、著书立说,整理古籍的机构。东汉时班固曾为"兰台令史",受诏撰史,故而后世又称史官为"兰台"。至唐中宗时,还曾一度改"秘书省"为"兰台"。

楚王好筑宫观,修筑的高台宫观极多,有数十处之多,若数名气之大者,楚成王时建有渚宫,楚灵王筑有章华台,为何汉代要保留"兰台"之名作为"藏书""著述"的机构之名呢?这显然与西汉建国后实行的"汉承楚制"的文化政策有关。西汉建国后,直接将楚国"兰台"的性质与功用复制过来,建兰台之所,设兰台之官,于是有了汉代的"兰台"。当然,这只是一个反向的推测,楚国的兰台,是否如汉代的兰台具有明确的藏书、研究、著述的职能,还是一个有待深入探讨的问题。

关于楚国兰台之宫的性质,赵逵夫说:"从《文心雕龙》所说来看,应同齐之稷下一样,是聚集文人学士讲学论艺,读书作赋的地方。"④两相比较,楚兰台之宫与齐稷下之宫还是有所不同的,前者重文学之士,以论艺作赋为主业,后者重"游说之士",以"不治

---

① 《中论·亡国篇》。
② 《汉书·百官公卿表上》。
③ 郑樵:《通志·职官略·秘书校书郎》。
④ 赵逵夫:《屈原与他的时代》第125页,人民文学出版社,2002年10月。

而议论"、"著书言治乱之事"为职事。

楚怀、襄两朝,楚国兰台作家主要有屈原、宋玉、唐勒、景差等人。楚兰台作家虽然多以诗赋存世,不见思想与学术巨著流传,但他们的诗赋作品中包蕴着丰富的思想,也是研究楚国思想与学术的重要资料。

三、兰台作家"以术论治"的道家特色

战国中后期,楚国兰台作家多好"以术论治",即通过讨论剑术、弋术、钓术、御术等各种技艺来表达治国思想,如宋玉《钓赋》、唐勒《御赋》、庄辛《说剑》等,都体现了这一特点。从这些兰台作家的思想倾向和"以术论治"的写作手法来看,他们应归入道家的道术一派。

宋玉是兰台作家的代表人物,为屈原之后楚国著名辞赋家。宋玉《钓赋》篇题最早见于南朝刘勰《文心雕龙·诠赋》:"于是荀况《礼》、《智》,宋玉《风》、《钓》,爰锡名号,与诗画境。"全文载于宋代问世的《古文苑》。《钓赋》是"以术论治"的代表作,以"钓术"喻治国之道,指出尧舜禹汤的治国方法是"以贤圣为竿,道德为纶,仁义为钩,禄利为饵,四海为池,万民为鱼",力谏楚襄王"建尧舜之洪竿,摅禹汤之修纶",行"大王之钓",广钓万民,从而拥有"漫漫群生"。以"贤圣、道德、仁义"为治,是儒家的治国思想;以"禄利"为治,则是法家的治国方略。由此可见,宋玉在思想上受儒、法两家的影响。这一时期,道家黄老学派在楚国盛行,他们以"合儒墨,兼名法"为其主要特征。宋玉思想中杂合有儒、法思想,显然是受黄老道家思想的影响而使然。

与宋玉同时的兰台作家唐勒,也是"好辞而以赋见称"的辞赋家。《汉书·艺文志》载有唐勒赋四篇,但均亡佚。1972年在山东临沂银雀山一号汉墓出土的汉简中有《御赋》,其首简背面上端题有"唐革(勒)"二字,研究者通常以为该篇作品为唐勒佚作。《御赋》与《钓赋》一样,是一篇"以术论治"的作品,只不过其所论之术不是"钓术",而是"御术"。《御赋》所推崇的御术是"去衔辔,撤笠策,马[莫使而]自驾,车莫[动而自举]","不叱"、"不啫"、"不挠"的"义御",宣扬的是黄老道家无为而治的治国思想。

《庄子·杂篇》载有《说剑》一篇,北宋孙鑛说该篇作品"事与辞俱非庄派,只是战国时策士游谈,正与《说弋》及《谏楚襄王》相似",①但今人钱穆考证其为庄辛的作品。庄辛是战国时楚封君,曾劝诫傲慢自大的襄成君,促使其改正不能以礼待人的毛病,又曾面责楚王,斥责其"专淫逸侈靡,不顾国政"。《说剑》和《御赋》、《钓赋》同属"以术论治"的作品。《说剑》篇将剑分三种,其一为"匡诸侯,天下服"的"天子之剑",其二是可使"四封之内,无不宾服"的"诸侯之剑",其三是"无所用于国事"的"庶人之剑"。用"天子之剑"的方法是"制以五行,论以刑德;开以阴阳,持以春夏,行以秋冬";用"诸侯之剑"的方法则是"上法圆天以顺三光,下法方地以顺四时,中知民意以安四乡"。以阴阳五

---

① 宣颖:《南华经解》引孙鑛语。

行、效天法地作为治国方略,是典型的战国时期黄老道家的思想。

　　兰台作家以辞赋创作讽喻君王,以术论治,曲折地表达自己的政治思想与主张。而"以术论治"正是道家道术派的学派特征。从他们作品的字里行间还透露出一个重要信息,这就是兰台作家颇受当时楚国盛行的黄老道家思想的影响。

论宋玉《登徒子好色赋》与《高唐、神女赋》中的情欲问题

鲁瑞菁

（静宜大学中国文学系 中国台北 10001）

【摘要】 本文从"讽淫论述"与"情欲论述"的角度，探讨《登徒子好色赋》与《高唐、神女赋》中情欲展示的主题，指出《登徒子好色赋》不是以好色与否来讽淫；而是用赞扬"发乎情，止乎礼义"的行为规范来讽淫。至于《高唐、神女赋》，则具有"讽淫"与"情欲"两者的辩证关系，前者强调男性情欲自然的发动，必须顾守公领域"礼义"的主流秩序价值；后者则强调男性身体与情欲体验永远不能若合符节，私领域情欲的独特性、独立性使得情欲心理体验永远不能满足、永远无法以"礼义"来安顿。本文的过程是一次"解构"阅读的历程；然而，"解构"历程会一直持续进行下去，这样才能保持警觉，不为语言建构的现实所欺瞒。

【关键词】 《登徒子好色赋》；《高唐、神女赋》；情欲；讽淫；解构阅读

一、前言

本文题为《论宋玉〈登徒子好色赋〉与〈高唐、神女赋〉中的情欲问题》，《昭明文选》列宋玉这三篇赋[①]在"赋"类的最末一目——"情"目之下，由《昭明文选》"赋"类"情"目所收的四篇赋作（"情"目底下还收有曹植的《洛神赋》）来看，其中对于理想女性型范从身材、体态、眼睛、眉毛、嘴唇、肌肤、腰肢、骨象，到服装、首饰、鞋履、容貌、举止、性情等

[①] 本文认为《高唐赋》与《神女赋》分则为各自独立的两篇，合则为前后相衔的一篇，故俟论述时的需要，有时单称《高唐赋》或《神女赋》，有时合称《高唐、神女赋》。

的描写,巨细靡遗,充分展现、并满足了男性的偷窥欲念及情色欲求①。从这个角度来说,《昭明文选》"情"目之"情"的意思,指的就是男性对理想女性型范的情欲心理本能。这一类主题除了在汉代至魏晋的"神女论述"②系列辞赋中,被继承、发扬外,在后世中国古典文章中,是较少被作家正面触碰的禁区。

即便如此,但在以宋玉、曹植作品为代表的"神女论述"中,传统的看法还是认为,它们不是作为正面宣扬男性对女性的情欲心理本能而创作并流传的;相反的,它们是作为禁绝男性肉欲本能放纵的教材——即讽淫目的——而制造并传述的,此点由《昭明文选》李善的注解中即可见出。李善认为《高唐赋》的主旨在"假设其事,风谏淫惑",而《登徒子好色赋》的主旨在"假以为辞,讽于淫也"③,对于《神女赋》及《洛神赋》二篇的主旨则无说。可以相信,李善应是将《高唐、神女赋》看成前后相衔的一篇,所以其对《高唐赋》主旨的评价,亦可移至《神女赋》上。至于《洛神赋》,曹植在文本序言中,已明指自己此篇是"感宋玉对楚王神女之事,遂作斯赋",依李善对《高唐、神女赋》的看法,《洛神赋》也应不脱讽淫的色彩④。

《登徒子好色赋》及《高唐、神女赋》的情欲主题表现,炽热而大胆,却被李善指为有

---

① 《诗经·卫风·硕人》描写庄姜的一段——"手如柔荑,肤如凝脂,领如蝤蛴,齿如瓠犀,螓首蛾眉,巧笑倩兮,美目盼兮"——实开此描绘风气的先声;而《登徒子好色赋》形容东家之子说"增之一分则太长,减之一分则太短,著粉则太白,施朱则太赤。眉如翠羽,肌如白雪,腰如束素,齿如含贝。嫣然一笑,惑阳城,迷下蔡";又《神女赋》勾勒巫山神女肖像云"貌丰盈以庄姝兮,苞温润之玉颜;眸子炯其精朗兮,瞭多美而可观。眉联娟以蛾扬兮,朱唇的其若丹;素质干之酡实兮,志解泰而体闲"(《高唐赋》中虽未对巫山神女外貌有正面的描绘,但其被认作序言的部分,描写了神女愿荐枕席——与楚怀王一段巫山云雨情的过程,也充分具有男性对女性的"情欲"、"色欲"的幻想特征);至于《洛神赋》对宓妃形貌的刻画,更形铺排,"秾纤得衷,修短合度。肩若削成,腰如约素。延颈秀项,皓质呈露。芳泽无加,铅华弗御。云髻峨峨,修眉联娟。丹唇外朗,皓齿内鲜。明眸善睐,靥辅承权。瑰姿艳逸,仪静体闲。柔情绰态,媚于言语。奇服旷世,骨象应图。披罗衣之璀璨兮,珥瑶碧之华琚。戴金翠之首饰,缀明珠以耀躯。践远游之文履,曳雾绡之轻裾。微幽兰之芳蔼兮,步踟蹰于山隅"。以上对女性全身上下细腻、贴近、放大的检视(在《登徒子好色赋》一文中,虽然好称顾义守礼的章华大夫,起初的行为是观乎郊之姝其"丽"者而加以搭讪,这也是受到本能情欲的蛊惑),正是男性潜意识中"情欲"、"色欲"的一种替代与转换;我们在中国文学作品中,则几乎不曾见到对男性的身体、外貌作出如此整体而细致的描绘。

② "神女论述"这个词汇是借用郑毓瑜的用法,郑氏云:"这里将屈原、宋玉利用书写神女形象、情色经历来寓含君臣、群己、道势等多元的权力对话关系,称为'神女论述'。'论述'既非客观陈述,亦非主观想象,而是让文本处于一个人我往来、彼此拉锯的真实情境中,它可能自觉地,也可能被迫地去服从某种社会权力制约,也可能呈现某种矛盾的对应方式,或是某种坚持不悔的态度;'论述'文本中永远有着此起彼落、或隐或显的语音,也因为不同历史情境而有变调新声。"参郑毓瑜《美丽的周旋——魏晋"神女论述"的模拟与转化》,南京大学中文系主编《辞赋文学论集》(南京:江苏教育出版社,1999年)页309。

③ 刘勰《文心雕龙·谐隐》已首先指出了此点:"宋玉赋《好色》,意在微讽。"

④ 郑毓瑜则指出,曹植在《洛神赋》中运用不同于建安诸神女赋作的书写模式,寄寓其政治的论述。参郑毓瑜《美丽的周旋——魏晋"神女论述"的模拟与转化》,南京大学中文系主编《辞赋文学论集》(南京:江苏教育出版社,1999年)页321—327。

讽淫目的，或许这里的情欲主题是内含在宋玉具讽淫的意识形态之中，若是如此，则似乎就有了主题内容与创作目的不协调、甚至互为矛盾的现象①。换句话说，一方面，宋玉在《登徒子好色赋》、《高唐、神女赋》中运用修辞技巧所要强调者，是合乎统治集团在公共领域中，压抑情欲本能的统御意识形态；但另一方面，读者却深刻地感受到在文本叙述、修辞的底层，有一股属于私人领域的、强大的男性情欲暗流在血脉贲张、情绪亢奋着，这样的阅读矛盾感受正是本文的写作动机。

本文尝试运用德里达"解构"阅读的方法，来阅读宋玉的《登徒子好色赋》与《高唐、神女赋》等三篇赋作。所谓"解构"阅读就是要透过分析而显露出在"文本"里——所谓"文本"包括语言作品与非语言的文化建构物——显露、暴露在"文本"里隐藏着的价值观与其建构动机，指出其建构时所隐藏的内在矛盾，看出它扶持、提倡哪些价值而压制了对立的价值或假设②。德里达认为，之所以需要"解构"阅读的方法，那是相对于常识或正常的语用或阅读方法的缺陷而来。在常识或正常的语用或阅读方法中，只是我们把习以为常的预设、假定当为唯一的"现实"，以为并非透过修辞的中介塑造，而自然就是这样。这种习以为常、习以为然、常识性的"现实"观，常常是根深蒂固，而且因为习以为然，我们也就不会感觉到现实的建构性。我们用来建构现实与建构自己的假定、预设，常常在有意无意间与现有秩序或某种意识形态——尤其是主导的意识形态——认同，而这些意识形态又是各有偏私，具有价值色彩的，常是为统治集团或其他利益集团暗中护法的。而让建构出来的现实与建构的语言得到协调统一，看起来与自然完全吻合，进而被接受当为"自然"，是有常识的人都应该接受的"现实"③。

而宋玉《登徒子好色赋》、《高唐、神女赋》即在以修辞语言建构现实，以建构的现实认同、宣扬统治集团所主导的意识形态——即在公共领域中，压制好色、讽谏淫乱，其目的在杜止私欲的流窜、泛滥。但从"解构"阅读的方法来看，又可见出其修辞语言运用——亦即"文本"——里所反映的、或隐含的意识，这个意识是与其所建构的现实及主流意识形态矛盾冲突的，那即是在私人领域中，人性、人情的自然需求与情感、欲望的正常流动，以及情欲具有不可扼制、禁绝之独立自主性。

二、《登徒子好色赋》中三种情欲表现型态

在《登徒子好色赋》中可以见出有三种男性情欲的表现型态，一是宋玉的"无欲无色"型，二是登徒子的"纵欲好色"型，三是章华大夫的"以礼自防"型。

---

① 这种情况在汉代散体大赋中更形明显，即所谓的"不讽反劝"。
② 德里达主张，这种解构结构分析的目的，并非要寻找某些固定的真理，也不是要以新的价值代替被拆解掉的价值，若是这样子的话，又掉回、陷落到本质论、基础论里去了。德里达认为，解构必须持续进行，这样我们才能保持警觉，不为建构的现实所欺瞒。以上论述德里达"解构"阅读的方法的文字，是参考了高辛勇《修辞学与文学阅读》（北京：北京大学出版社，1997年）页13。
③ 高辛勇《修辞学与文学阅读》（北京：北京大学出版社，1997年）页13—14。

首先是宋玉的"无欲无色"型。"无欲无色"型又可称为"压抑—升华"型，因为没有人天生是无欲无色的。之所以能够无欲无色，当是由于某种理由——最常见的是因为宗教上的目的，压抑并超越了人的本能、本性，即如苦行僧、修道者由宗教信仰的驱使、修行法门的指引，始由压抑，终于升华，历尽艰难的精神与肉体的试炼，而达至的俗念尽脱、欲望全无之超凡入圣的境界，此非意志不坚的常人所愿、所能作到，有理由相信宋玉并非这一类苦行、修道之人。若是宋玉不是由于身体、生理有问题，或者牵涉到伦理、法律等问题的话，那么他正是在运用修辞技巧，营造出一种不正常的情欲洁癖倾向，以逃脱常出入后宫、接触嫔妃罪名的指责；或者，也可能是宋玉原本即具有情欲洁癖的倾向，那么他就是在运用修辞技巧，试图强化自己这方面的情结。

从"解构"阅读的方法来说，必须尽可能挖掘出宋玉的话语中，被修辞技巧所型塑、或掩盖的深层意识——亦即其修辞行为所建构、或强化的意识形态。从宋玉对东家之子——理想美女细腻而深入、贴近而放大的刻画来看，其中"肉欲"、"情欲"、"色欲"的蛊惑气氛与能量，始终在潜动着；可以相信，当他被修辞技巧（及其所建构或强化的情欲洁癖）暂时抑制的情欲，累积到一定能量时，必然开始反扑，其势将沛然难以抗御，那时必须以比其更强大的修辞技巧（及其所建构或强化的情欲洁癖）加以压抑，两股拉力就这样呈螺旋式的上升；若他始终无法突破转折点，将压抑转化成升华，像修道者所为的那样，那么其心理及行为的偏执将愈来愈严重。因此，从"解构"阅读的角度来看，宋玉（有意建构或强化）的不正常情欲洁癖，不断透过他所擅长的修辞技巧，进行压抑他原始本能欲念的强制程序；换句话说，宋玉确实是以修辞技巧、语言策略营造、强化一个不合常态人情、"无欲无色"的人间奇男子，他其实并不是真正属于出世的宗教式、圣徒式"压抑—升华"型，而只是"压抑"型[①]。

其次是登徒子的"纵欲好色"型。登徒子的纵欲好色是在宋玉主观的语言策略及想当然尔的推论逻辑之下成立的，宋玉主观的推论逻辑是，登徒子连家里那么丑的妻子都能使有五子，那么对于外面美丽的女子岂不更大纵其欲，所以登徒子是"纵欲好色"型，而我宋玉连倾城倾国的东家美女都不青睐，所以我是"无欲无色"型。宋玉的观点可从以下三点来反驳：一、美丑是主观的，不存在有绝对的标准，所谓"情人眼中出西施"，登徒子所爱者或许是他妻子的内在美也说不定。二、登徒子使他的丑妻育有五子，并不构成好色的罪证，反而可以证明登徒子是一个善尽责任、不在外拈花惹草的好丈夫、好父亲、好男人。三、在古代社会多子多孙的传统观念下，使妻子育有五子，并不构成纵欲好色的罪证，因此，宋玉的诡辞，从表面看似乎凿凿成理，但却经不起严格检验。从"解构"阅读的角度来说，宋玉由修辞行为所建构、或强化的意识形态（情欲洁癖），使他无视于夫妻间正常的情欲关系，而必须再度调动夸张的修辞技巧，将其扭曲变形为"好色"的情欲表现，而这正曲折地反射出宋玉内在已经扭曲变形的情欲洁癖，以及他费尽心力所亟欲压抑的"美女—纵欲"情结（亦即他对自身情欲流动的恐慌、惧

[①] 世间许多男子对待"情欲"、"色欲"的态度是属于这一类型的，只是其原因各异。

怕之情)。值得玩味的是,在这里宋玉用修辞术所建构、或强化的自身("无欲无色")及所幻化、映照出的登徒子("纵欲好色"),这两种相反的情欲型态,如镜子与其映照物般,在镜面的临界面上(亦即深层的意识形态中),竟奇妙地成为相成的一体两面,换言之,极端的无欲与极端的纵欲竟在情欲洁癖这个镜面上,非常吊诡地吻合(相反相成)起来了。

再者,若从"解构"阅读应时时保持高度警觉的态度来说,如果我们相信宋玉所言为"真实"的,那么登徒子的丑妻——蓬头、挛耳、龇唇、历齿、旁行、踽偻、又疥、又痔——实在也丑得太不合乎常态了,而更不合乎人性常态(若不是有什么难言隐情的话)的是大夫登徒子竟娶其为妻、并育有五子。若是想用这种颇不合乎常情、常态的现象为例,寄寓讽谏淫惑的普世教训与价值,恐怕其欲达到的劝世效果,与其高度成就的修辞技巧之间,将形成极大的矛盾、紧张与不安。而这种文本修辞自己组织形成的效能与原作者本欲达成的目的之间的破裂与张力,正是"解构"阅读得以施力的所在。

最后是章华大夫的"以礼自防"型。在这一段章华大夫搭讪采桑女的描写中,章华大夫说自己"从容郑卫溱洧之间",这是充分运用了《诗经·郑风·溱洧》诗篇作为互文的修辞技巧①,《溱洧》一篇的诗旨,据马国翰辑《薛君韩诗章句》云:

> 诗人言溱与洧,方盛流洹洹然,谓三月桃花水下之时,士与女方盛流秉蕳兮。秉,执也;蕳,兰也。当此盛流之时,众姓与众女,方执兰而拂除。郑国之俗,三月上巳之日,此两水之上,招魂续魄,拂除不祥,故诗人愿与说者俱往观也。

是《溱洧》诗所描写的原是一幅与三月上巳节有关的民情风俗画,在这幅民情风俗画中自然穿插着男女的情歌对唱、互答、赠花等恋情活动、习俗②。但自《毛诗序》以降,就已从"男女淫乱"的角度误读了这首诗,如:

> 《毛诗序》:男女相弃,淫风大行,莫之能救焉。
>
> 《郑笺》:男女相弃各无匹偶,感春气并出,托采芬芳之草,而为淫泆之行。
>
> 《孔疏》:郑国淫风大行,述其为淫之事。……男女当以礼相配,今淫泆如是,故陈之以刺乱。
>
> 朱熹《诗集传》:此诗淫奔者自叙之词。

既是"淫风大行",则必须正之以礼,《孔疏》"男女当以礼相配"一句,当是《登徒子好色赋》这一段描写运用《溱洧》篇作为互文,最主要的用意所在。章华大夫搭讪采桑女时曾断章取义称引诗(《诗经·郑风·遵大路》)曰"遵大路兮揽子祛",意谓要求采桑女与其同归。这种要求热情而大胆,依上引《毛诗序》至朱熹的说法,确是"淫风大行"了。不过,其行止虽不合乎古代礼教规范,却是发乎人情之自然。而采桑女虽也"意密

---

① 当然还有卫地所谓的"桑间、濮上"之音,"桑间、濮上"在古代是卫地男女的幽会之所,《汉书·地理志》载:"卫地……有桑间、濮上之阻,男女亦亟聚会,声色生焉,故俗称郑卫之音。"

② 参孙作云《诗经恋歌发微》,《诗经与周代社会研究》(北京:中华书局,1966年)页295——320。

体疏,俯仰异观。含喜微笑,窃视流眄",表现出少女欲推还就的娇羞与矜持;但仍答辞云"絜斋俟兮惠音声",意谓我乃矜庄守礼之女,必须等待媒妁之言、父母之命,之后采桑女就"迁延而辞避"。更重要的是章华大夫得到采桑女答辞后的反应是"盖徒以微辞相感动,精神相依凭。目欲其颜,心顾其义,扬诗守礼,终不过差",此段叙述就在章华大夫顾义、守礼的行为规范中结束,颇得"温柔敦厚"、"发乎情、止乎礼义"的诗人之旨。

章华大夫这段叙述所要强调的是"目欲其颜,心顾其义"、"以礼自防"的精神与行为规范。但从"解构"阅读的角度说,章华大夫开始搭讪采桑女,并邀其同归,其行为即已逾越礼法的范界,这与其后态度有一百八十度转变的顾义、守礼行止,形成了矛盾的现象,其中转折有些突兀而不真实;倒是采桑女始则表现其少女怀春、欲迎还拒的娇羞情感,终则必待媒妁之言、以礼自持,确是十分自然而真切,所以这段叙述中,真正"发乎情、止乎礼义"的应是采桑女,而非章华大夫。不过,与前两段叙述中,宋玉、登徒子极端禁欲、极端纵欲、不近人情的怪诞行为比较起来,章华大夫的表现算是较合乎常态、人情的。

颇可怪者是,在听完了章华大夫最后的描述后,"楚王称善,宋玉遂不退",楚王称善,是称宋玉善、还是章华大夫善? 宋玉及章华大夫面对女色(与自我"情欲")的态度俨然有别——前者无欲无色、后者有欲而守礼义,因此楚王总不会是对两人都称善、赞成。在楚王称善后,接着是"宋玉遂不退",似乎楚王赞成宋玉的说法。不过,仔细推究起来,又不尽然如此:一则,"于是楚王称善"的叙述,是接着章华大夫的语尾而来,依照文本叙述的文法程序,这应是对章华大夫所言称善才是,否则,原文应作"于是楚王称宋玉善",然后"宋玉遂不退"。二则,如前所述,宋玉所言是一种压抑人之本能、本性的行为,颇不合常情、常理;而章华大夫"目欲其颜,心顾其义"之言,既合乎义理、人情,又合于诗人之教,更是本篇赋文的主旨所在,楚王称善自是称章华大夫善,而不可能称宋玉诡怪奇行为善了(除非楚王昏庸不察宋玉的微辞)。三则,当章华大夫一出场时,说"今夫宋玉盛称邻之女,以为美色,愚乱之邪臣,自以为守德,谓不如彼也",表面似是赞赏宋玉之言,却又暗藏着反讽的语调——宋玉只是不正常的禁欲、无欲,又有何德可守呢? 是谁不如谁呢? 唯我章华大夫与采桑女才是让正当情欲流动,并持之以礼("发乎情、止乎礼义")者,此既合乎圣人之教,又合乎统治者的施政理想,毕竟天子、国君治国,不是让天下人皆禁欲、无欲,而是让欲求在合礼法的规范中,自然流畅,所以在二者相较下,楚王不可能称宋玉而屈章华大夫的。四则,依宋玉赋作体裁之例,都是由不同几个人物所说的内容互相诘比,而由最后说者胜出,如《大、小言赋》(《古文苑》载)、《唐勒赋》(或称为《御赋》,山东临沂银雀山出土残简)等即是如此[①],而《登徒子好色赋》也不应例外。

但若是依上述讨论,楚王称章华大夫善,而非称宋玉善,那么为什么文章接着又说

---

① 参李学勤《唐勒、小言赋和易传》,《齐鲁学刊》1990 年第 4 期页 111。

"宋玉遂不退",前后语意岂不又产生矛盾①?关于此点,笔者有一推测,即章华大夫所言一段,是后来由某位好深思者所加,或者《登徒子好色赋》原文应至宋玉述完"王孰察之,谁为好色者矣"后,接着以"于是楚王称善,宋玉遂不退"结束——与前文楚王对宋玉说"子不好色,亦有说乎?有说则止,无说则退"之文前后呼应。若是如此,一则既合乎文本文法的叙述程序——即楚王听完宋玉比较自己与登徒子对待女色两种强烈不同的对比后,一时间为宋玉的微妙言辞所惑,而不察其间的真实性如何②,便认同、赞赏了宋玉之说;二则又符合宋玉赋作总以后言者得胜的惯例。而后来某位好深思者(或许即是汉儒),发现宋玉修辞技巧的夸饰漏洞,以"解构"阅读的态度读出宋玉与登徒子二者的行为皆超出人性、人情之常,不可为训、亦不可为教;于是就再增补章华大夫自叙一段,将"以礼自防"的"讽淫"观念加入好色的讨论中,使文章具有劝世、教化的道德色彩,而非徒逞口舌之能的赋篇而已,于是《登徒子好色赋》就成为现在所见的样子。

三、《高唐、神女赋》由"情欲"的挑逗、转移,到"情欲"经验的分享

宋玉《高唐赋》开头所谓序文中,记载了宋玉与襄王共游云梦之台,襄王无意间见到高唐观上变化无穷的云气,故问宋玉"此何气也",这才引出宋玉说出一段巫山云雨的传说典故,不料宋玉用华丽的修辞描绘美丽的神女,竟挑逗起襄王炽烈的欲火,襄王问宋玉曰"寡人方今可以游乎",乃意在言外,表面上是欲游高唐观,深层语意是,襄王意欲效法乃父,希冀发生神女来游、以荐枕席的情事。这个要求一方面要求宋玉为登山向导,追寻神女;另一方面又要求宋玉用文字语言的力量(写赋)召唤神女现身,若当遇合神女这首要目的不能达成时,至少有如同现实发生的赋作来意淫一番,也能满足

---

① 如若这句作"宋玉遂亦不退",或者可通,意谓楚王称章华大夫善后,因心情高兴(或者觉得登徒子比较好色)而连带使宋玉不退。《文选》李善《注》也看出这里有问题,李善云:"宋玉虽不逮大夫之顾义,而不同登徒之好色,故不退。"认为楚王称章华大夫善,而宋玉不比登徒之好色,故不退。不过,这里若加入一个"亦"字,文义当更妥帖,不会有模糊产生。

② 高辛勇指出,修辞包含有两个主要因素:一是以"可能性"为基础;另一是以"说服"为目的。由于修辞是以"可能性"为基础,以"说服"为目的,于是这种技巧在诡辩士的手里常常成为颠倒是非、混乱真假的手段,甚至指鹿为马、以黑为白。因此柏拉图在他的《共和国》一书里,对修辞持了反对的看法,给予负面的评价,认为它有碍对真理的追求(见高辛勇《修辞学与文学阅读》页6,7)。是口头修辞术以说服性及可能性为目的,非以真假为目的,《登徒子好色赋》开头楚王数落宋玉的三大罪状之一即是"口多微辞",李善注"微辞"为"微妙之辞",是宋玉初或即以如簧巧舌(另《对楚王问》一文,宋玉也先要楚王"宽其罪,使得毕其辞",此皆与上古倡优的文传统有关)与生花妙笔而为楚王嬾媢侍从之臣者,最后宋玉也以此等技能维护登徒子指责他好色的罪状,保持他在楚王跟前"不退"的得宠姿态;至于他是否真的好色,仍是不解的谜。换句话说,他是否如登徒子数落他的"口多微辞"呢?由《登徒子好色赋》中,他回答楚王的一段话——即其"微辞"来看,事实是极其明显的了;至于好色与否,读毕全文仍不得而知矣。

自己偷窥臣属情欲的欲望①。因此,宋玉在无意间说出的神话传说故事,竟一方面撩拨起襄王蠢蠢欲动的情欲,另一方面对宋玉而言,也是自身情欲赤裸裸的展现及被窥视的危机;面对此一情欲危机,宋玉应该怎么办呢? 他是面对? 还是逃避?

宋玉终于调动起其所擅长的语言修辞策略,选择了逃避一途。那即是以他铺陈神女初来时同样细腻的手法,铺排登山涉水时的细致山景——山道、山岩、山雨、山洪、山兽、山禽、山虫、山鱼、山树、山草、山花、山音等情状,如在目前,栩栩如生——借以转移襄王的注意力。他用艰涩奇字描写堆垒、陡峭山岩的奇状,并以"若生于鬼,若出于神"的文字气氛,营造山中精怪异物等,更将大自然宏伟的景色摄入"谲诡奇伟,不可究陈"的笔阵梦幻之中,使得其中展现的情绪与登山时四周的山景般,富有层次的变化,而基本主线是由急促、跳跃、动态的惊骇情感,转折至舒缓、悲哀、静态的平静情感,在相当程度上,转移、疏缓了襄王火焚的情欲发动,及自身情欲赤裸的展现。换言之,宋玉以他纯熟的语言修辞技巧调动原始自然山水景物,来化解他无意间引动的一场情欲"展现—窥视"危机②。

但为什么宋玉要选择逃避一途,其理由或如前文所说,是由他自身建构或强化的情欲洁癖情结使然;或者,他认为即使作为君王跟前的言语侍从之臣,也没有义务要将自己的情欲赤裸裸展现在襄王面前,供其窥视、意淫,这已超出他作为言语侍从职责之外了,他必须维持他仅剩不多的人格尊严。不过,宋玉调动其纯熟的语言修辞技巧转移、掩饰情欲,以化解情欲"展现—窥视"危机的做法,只能获得暂时的效果,也就是说情欲只是被暂时转移、掩饰,而从未消失,如前所述,宋玉终将面对襄王及自身情欲的再一次高涨、反扑。换言之,在《高唐赋》中被挑起,又被转移、掩饰的情欲,虽然暂时潜伏、栖藏至潜意识中,但它终将侯时经由做梦的方式,释出能量、表现自身——这就是《神女赋》开头所述的梦境。

《神女赋》开头云襄王"使玉赋高唐之事"后,"其夜王寝,梦与神女遇,其状甚丽,王异之,明日,以白玉",即是襄王诱过梦调神女的梦境释出其被掩抑的焦躁情欲能量。下文云:"玉曰:'其梦若何?'王对曰:'……'王曰:'状何如也?'玉曰:'……'王曰:'若此之盛矣! 试为寡人赋之。'玉曰:'唯唯。'"这是宋玉引导襄王说出他绮丽的"梦境/情欲",以反转先前在《高唐赋》中,情欲"展现—窥视"的主(襄王)从(宋玉)关系;当襄王向宋玉述说自己的梦境之后,就要求宋玉运用他所擅长的微妙言语替他增添、润饰一

---

① 郑毓瑜指出,与襄王对话臣属的话语,都是为了争相满足君王对臣属情色经验的偷窥与掌控。参郑毓瑜《美丽的周旋——魏晋"神女论述"的模拟与转化》,南京大学中文系主编《辞赋文学论集》(南京:江苏教育出版社,1999年)页317。

② 《高唐赋》中除所谓序文外,这一整篇赋作全力极中在登山涉水的描写,即由"望高唐之观"而"临望远矣"、而"登巘岩而下望"、而"中阪遥望"、而"登高远望"、而"仰视山巅"、而"上至观侧",在极富层次性的结构安排中,穿插了祭祀、打猎、祝祷等场面。笔者曾从[英]弗雷泽《金枝》中"圣餐及圣婚"角度予以详细说明(参笔者著《〈高唐赋〉的民俗神话底蕴研究》,国立台湾大学中文研究所博士学位论文,1996年6月,自印)。在这里想更补充一点是,在登山涉水的极力铺陈中,更有英雄历险、追寻神女的主题、原型在内。

番（这是宋玉身为言语侍从之臣的职责所在，也是宋玉的当行本色）。但如此尚不能满足襄王炽烈渴求的情欲，于是更进一步要求宋玉调动其优美的文辞再替他美化、夸饰一番①，这里不仅再一次翻转情欲"展现—窥视"的主（宋玉）从（襄王）关系（即主控权又回到襄王身上）；更可以看成是由襄王说出其梦境内容，再由宋玉的舌灿莲花、生花妙笔加以夸张、润饰，两人同体共谋，完成一个情欲"展现—窥视"的经验流动、分享过程，这是相对于《高唐赋》中，两个男性的情欲被修辞技巧、自然景物所挑逗、转移、掩饰而言的——即潜伏、蕴酿、集结于梦中的焦躁、紊乱情欲能量，俟机进行的更强大反扑。在上述这样一往一来的权力较量中，也可以见出一个言语侍从之臣要在君王面前保持其人格尊严，有多么不容易；不过，宋玉也因为其所擅长的言语、文字技能，让襄王得以把内在私密的情欲经验全盘告知，使一场本由宋玉陈述、襄王窥视的情欲独白危机（《高唐赋》），转变成如同心理咨商般，共筑彼此情欲经验分享、互窥、对话、治疗的流动过程（《神女赋》）。

有趣的一点是，关于《神女赋》中，究竟是谁梦见神女，本来是很清楚的，但是到了南宋时代，就被提出来成为一个争论的问题，（南宋）沈括《补笔谈》卷一云：

> 自古言"楚襄王梦与神女遇"，以《楚辞》考之，似未然。……以文考之，所云"茂矣"至"不可胜赞"云云，皆王之言也，宋玉称叹之可也，不当却云"王曰'若此盛，试为寡人赋之'"，又曰"明日以白玉"，人君与其臣语，不当称"白"。……以此考之，则"其夜王寝，梦与神女遇"者，"王"字乃"玉"字耳。"明日以白玉"者，"以白王"也，"王"与"玉"字，误书之耳。前日梦神女者，怀王也；其夜梦神女者，宋玉也，襄王无预焉，从来枉受其名耳。②

又（南宋）姚宽《西溪丛语》卷上也说：

> 昔楚襄王与宋玉游高唐之上，见云气之异，问宋玉。玉曰："昔先王梦游高唐，与神女遇，玉为《高唐》之赋"，先王谓怀王也。宋玉是夜梦见神女，寤而白王，王令玉言其状，使为《神女赋》，后人遂云襄王梦神女，非也。古乐府诗有之："本自巫山来，无人睹容色。惟有楚怀王，曾言梦相似。"李义山亦云："襄王枕上元无梦，莫枉阳台一片云。"今《文选》本"玉"、"王"字差误。③

是南宋学者沈括与姚宽都认为《神女赋》中梦见神女的是宋玉，而非襄王，这个说法也可以从日本所传古抄无注三十卷本《文选》残帙上得到支持——《文选·李善注》尤刻本《神女赋》序文中"其夜王寝"、"王异之"、"王对曰脯夕之后"、及正文中"王览其状"等四处的"王"字，古抄本都写作"玉"字；又尤刻本《神女赋》序文中"明日以白玉"、"玉曰其梦若何"等两个地方的"玉"字，古抄本都作"王"字，而这个古抄本出于李善未

---

① 襄王要求宋玉运用他所擅长的优美文辞增饰自己的情欲梦境，就犹如用照相机、录像机将物像存相、记录般，以便永久保存，随时能拿出来记忆、回味。
② 见（南宋）沈括著，（民国）胡道静校证《梦溪笔谈校证》（上海：上海古籍出版社，1987年）页901。
③ （南宋）姚宽原著、（民国）孔礼凡点校《西溪丛语》（北京：中华书局，1993年）页26。

注之前的三十卷本,似无可怀疑①;此外,又另有学者还推测,《神女赋》"王"、"玉"二字互易有可能出现在六朝末至唐初文人传抄之误②。不过,以上各家诸说,只能说明有比《文选·李善注》尤刻本更早的本子,其中《神女赋》里的"王"、"玉"二字有互易的现象,但并不能确定、证明尤刻本《神女赋》中的"王"、"玉"二字就是传抄之误,因为尚可以作出另一种可能的推测,即较早之时原来就有两种不同《神女赋》本子在民间流传,其中的差别在于"王"、"玉"二字有互易的现象。换言之,谁都不能明确证明,当初宋玉写下《神女赋》原作时,"王"、"玉"二字的确切情况;也就是说,谁都没有十分把握指出一定是宋玉还是襄王梦见神女。

或者这原本是一个二人同梦的故事也未定③,因为,如果是襄王梦见神女,那么本来是襄王自己在做梦、说梦,却忽然问他的臣子宋玉"状何如也",这一问真是问得有些奇怪,而本来对于这种妙问应该是仓皇失措、不知所对的宋玉,却从容不迫地对了一大篇,什么"茂矣美矣,诸好备矣",从神女初来时的姿势、体态,到她服饰、举止,都详尽无遗地描绘了一番,好像他倒比身临其境的楚襄王还更清楚似的④。但如果是宋玉梦见神女,那么襄王既有欲见神女的意愿,却又梦而未真,此时若是宋玉夸夸其谈地讲述自己梦见神女,只会刺激襄王妒嫉的心理,获大不敬之罪;而且襄王对宋玉的遗行与好色,不无成见,宋玉若在这方面,不自知节制地自夸,只能招致斥退的份儿⑤。所以只有如前文所述,君臣两个男性在《高唐赋》中,一同被修辞技巧、自然景物所转移、掩饰的焦躁、紊乱情欲能量,酝酿、集结于梦中,所进行的更强大反扑。若吾人能够跳出版本上"王"、"玉"二字互易的是是非非,从"王"、"玉"二字能够互易的现象上看,或许在文本形成之初,就同时存在一种创造性的模糊与误读空间——即"王"、"玉"二字的流通性、互摄性、不确定性,这种不确定性正好为《神女赋》乃由"王"、"玉"二人经由相同的绮丽春梦,共筑彼此情欲经验分享、互窥、对话、治疗的流动过程,作了最好的脚注。

---

① 参屈守元《文选导读》(成都:巴蜀书社,1993年)页122—128。另外,《太平御览》卷883《鬼神部》"神"下引《神女赋》,其中"王"、"玉"二字也与《文选·李善注》尤刻本互易,或许《太平御览》的编纂者看过古抄无注本。

② 参见谢聪辉《瑶姬神话传说与人神之恋》,《国立编译馆馆刊》第23卷第1期页14—17,民国83年(1994)6月。

③ 这种奇异现象见诸古代记载者,如《搜神记》卷五载的"蒋山庙神戏婚"条:"咸宁中,太常卿韩伯子某、会稽内史王蕴子某、光禄大夫刘耽子某,同游蒋山庙。庙有数妇人像,甚端正。某等醉,各指像以戏,自相配匹。即以其夕,三人同梦蒋侯遣传教相闻,曰:'家女子并丑陋,而猥垂荣顾。辄刻某日,悉往奉迎。'某等以其梦指适异常,试往相问,而果各得此梦,符协如一。于是大惧,备三牲,诣庙谢罪乞哀。又俱梦蒋侯亲来降己曰:'君等既已顾之,实贪会时。克期垂及,岂容方更中悔?'经少时,并亡。"(干宝原著、黄涤明译著《搜神记全译》(贵阳:贵州人民出版社,1994年)页36)即属于一则三人同梦的故事。

④ 参见袁珂《宋玉神女赋的订讹和高唐神女故事的寓意》,氏著《神话论文集》(台北:汉京文化事业,1987年)页148—149。

⑤ 参见杨义《楚辞诗学》(北京:人民出版社,1998年)页694。

四、讽淫论述与情欲论述

如果说《高唐赋》表现的是"情欲"的挑逗与转移,那么《神女赋》表现的则是"情欲"的张扬与失落。《高唐赋》着重在追踪神女的跋山涉水过程,所描绘的场域是巫山("高矣显矣,临望远矣;广矣普矣,万物祖矣。上属于天,下见于渊,珍怪奇伟,不可称论")自然、宏观的山林景色,借此广阔空间转移情欲焦点的注意力量;《神女赋》则着重在神女来临时丰姿仪态的刻画,所描绘的焦点集中在神女("茂矣美矣,诸好备矣;盛矣丽矣,难测究矣。上古既无,世所未见。瑰姿玮态,不可胜赞")的身体、衣饰、精神上——至多是随着神女跚跚徐步,登堂入室,来到帷幕床第之间,借此张扬情欲本能的强大力量。

或许是宋玉决心不再逃避、掩饰、压抑情欲本能;或许是他得到了襄王——他的情欲同谋的认可、背书,于是宋玉施展开其修辞技术,对女性的面貌、身体作直接、贴近、细腻的观察,"貌丰盈以庄姝兮,苞温润之玉颜;眸子炯其精朗兮,瞭多美而可观;眉联娟以蛾扬兮,朱唇的其若丹;素质干之酿实兮,志解泰而体闲;既姽婳于幽静兮,又婆娑乎人间;宜高殿以广意兮,翼放纵而绰宽;动雾縠以徐步兮,拂墀声之珊珊",在这一段出色的"神女图"描绘中,不仅是贴近女体面部,作局部放大的观察(详而视之),而且是从一种男性肉欲的眼光出发,所作的色情审视①,这同时也说明了,女性的面貌、身体,永远是男性情欲的焦点对象。

在男性肉欲的色情眼神审视下,神女徐踱到男子睡床帷帐之前,她"望余帷而延视兮,若流波之将澜。奋长袖以正衽兮,立踯躅而不安"、"意似近而既远兮,若将来而复旋",这欲迎还拒、欲推还就、极富暗示性的女体举止,大大鼓涨起了男性的情欲渴望,终于这绝世尤物"褰余幬而请御兮,愿尽心之惓惓",这简直就是《高唐赋》序文神女"愿荐枕席"的翻版,勾逗起男性的无限情欲,使之达到前戏的最高潮,也难怪后人对此描写,有乱伦聚麀之丑、为礼法之罪人等的讥评②。不过,这时神女态度忽然间产生一百八十度的转变,"怀贞亮之洁清兮,卒与我兮相难;陈嘉辞而云对兮,吐芬芳其若兰;精交接以来往兮,心凯康以乐欢;神独亨而未结兮,魂茕茕以无端;含然诺其不分兮,喟扬音而哀叹;颜薄怒以自持兮,曾不可乎犯干",义正词严一番后,她整理衣饰仪容、顾请女师、命唤太傅("于是摇佩饰、鸣玉鸾、整衣服、敛容颜、顾女师、命太傅");男性高涨的情欲渴望在代表礼义规范的女师、太傅面前,陡然迅速落到谷底,神女"欢情未接,将辞而去;迁延引身,不可亲附",虽然男性肉欲的眼神依旧,却也无可奈何;当神女离去时,她却又展现了临去的秋波,"似逝未行,中若相首;目若微眄,精彩相授;志态横出,不可

---

① 杨义指出神女是天生尤物与仙风道骨的结合体(《楚辞诗学》696),此天生尤物的一面即是来自男性肉欲的色情审视。

② 见洪迈《容斋随笔·三笔·卷三》(郑州:中州古籍出版社,1993年);又朱熹《楚辞集注·楚辞后语·目录》(扬州:江苏广陵古籍刻印社,1990年)页286—287。

胜记",当男性还莫名其妙,不知神女在玩什么花样时,神女已经杳去不返("意离未绝,神心怖覆;礼不遑讫,辞不及究;愿假须臾,神女称遽"),于是男性"徊肠伤气,颠倒失据",还想再四下追寻,却"暗然而瞑,忽不知处",只留下"情独私怀,谁者可语"可怜复可悲的男性,"惆怅垂涕,求之至曙"。以上《神女赋》中所展示的君臣二人同谋之情欲绮梦,吊足了宋玉、襄王、甚至读者的胃口。

神女在挑逗的最后关头,态度忽然急遽转变——敛容微怒、自为矜持的行为,颇费人猜疑,许多学者认为这是《神女赋》讽淫的主旨所在,问题是,《神女赋》是如何达成讽淫目的的?其背后深层的意识又是什么?因为,在《神女赋》中,挑逗起男性情欲的是美丽的尤物,而最后谨守礼义规范的仍是神女(尽管其由"发乎情"到"止乎礼义"之间的过渡有些突兀)①,襄王与宋玉始终是处于被动的一方①,难道《神女赋》认为社会淫乱的责任全在女性的美艳——那使男性沉沦的罪恶渊薮?如是,则《神女赋》主要就在讽刺女性的美丽与淫荡,而男性的意淫只是衍生的,不是原生的;因此,救赎男性淫乱、使社会恢复秩序的责任,就仍要由谨守礼治的女性来完成。男性在情欲主题的面前,是彻底地被边缘化了。再者,当神女离开后,襄王与宋玉的表现是"徊肠伤气,颠倒失据。暗然而瞑,忽不知处。情独私怀,谁者可语。惆怅垂涕,求之至曙",这是情欲不得满足、失魂落魄的传神写照,难道《神女赋》是以男性情欲必然失落、永不能满足的本质特征,来讽谏男性的淫乱?若是如此,则其说服力不但非常薄弱,甚至效果将适得其反,不讽反劝。

从心理学的潜意识角度说,善变的神女其实象征的是男性心灵中的情欲心理本能——即来去无常、捉摸不定的情欲原型;在《神女赋》中,谨守礼义行为规范的是神女,这意谓着,即使在深层的潜意识心理中,男性的情欲心理本能还是摆脱不了礼治的约束,这是因为,礼治规范早已在历史长河的进程中,透过种种修身的程序,逐渐积淀、内化成为集体心灵结构的一部分;因此男性私领域的情欲心理本能无法超脱公领域的礼治、修身之外,具有完全独立的自主性。所以如果说《神女赋》的主旨在讽淫,那么它就是经由强化礼治、修身与情欲心理结合一体的内化程序而达成的。

再从另一个角度看,在《神女赋》中,男性对神女的情欲由大张旗鼓到春梦无痕,这个过程与神女的倏来忽去始终相表里,若神女象征的是男性心灵中的情欲心理本能,那么,《神女赋》就成为两个男人透过梦境省视自身内在情欲本质,所吟唱出的一曲情

---

① 与《登徒子好色赋》中,章华大夫的"目欲其颜,心顾其义,扬诗守礼,终不过差"相较,襄王与宋玉可以自由展示其情欲的样态,这是否意味着大夫臣子的情欲必须在礼治控管之列,只有国君情欲的发动,可以不必受礼治的规范?吊诡的是,不论男性情欲是否受礼治的规范,其结果都是一样的,因男性情欲渴望与自我身体之间的灰色地带始终存在,两者永远不能结为一体,使得男性情欲将永不能完全满足——尤其是愈追求纵欲者,其不满足的胃口将愈大,失落将愈深,这是《神女赋》透过两个男人的潜意识所述说的春梦悲歌(详下)。不过,同样吊诡的是,个人情欲愈不受礼法约束、主导(即愈有机会纵欲者,如国君、帝王),则其将比受礼法约束、主导情欲的凡夫俗子,愈有可能认识到情欲与身体对立的独特性,即情欲的自我觉醒,或自我觉醒的情欲,在纵欲者身上较容易发生,但接下来还是如何安顿此独立自主情欲的问题。

欲悲歌，它诉说的是"人神道殊"的无可奈何。也即是男性自我身体（男人、身体、生理机能）无法确切地把握情欲体验（女神、情欲、心理欲求），并与之合为完整一体的状态[①]。吾之大患在吾有身，有身体则情欲体验永远都在流动，确定的身体机能与模糊的情欲渴求二者之间，永远不能吻合如一，永远处在一种紧张、流动的关系中——不论贵为帝王、国君，还是贱如弄臣、凡夫；是情欲展示者，还是情欲窥视者，其血肉之躯终将同样迷失、漂泊在茫茫的情欲渴求之中，惆怅垂涕，求之至曙。所以，从这个方面说，《神女赋》诉说的是，情欲心理本能（以神女作为象征）有其自主独立性，它始终在奋力挣脱身体行为与礼法规范（以襄王、宋玉为代表）的约束；而隐藏在文本叙述之后的男性身体，对此自主独立的情欲心理本能，却又始终充满着焦虑、恐惧的复杂情绪。

综上所述，《神女赋》的深层意含，就在于公领域的礼治规范（修身）与私领域的情欲心理本能（欲求），二者辩证、紧张与拉锯的关系，前者要结合、内化彼此，成为一个整体的心灵结构；而后者则极力要摆脱束缚，保持其独立自主性。说《神女赋》讽淫，是就前一方面说的；而其实质则是深切地体认到后一方面——即男性情欲心理本能的强大力量。

五、结语

讨论至此，可以比较《登徒子好色赋》与《高唐、神女赋》中情欲展示的主题，如前所述，在《登徒子好色赋》中可以见出有三种男性情欲的表现型态，一是宋玉的"无欲无色"型，二是登徒子的"纵欲好色"型，三是章华大夫的"以礼自防"型。从人性、人情与礼治的角度说，宋玉的"无欲无色"型，不合人性、人情，与礼治则无关；而登徒子的"纵欲好色"型，不合人性、人情，但夫妻行为乃合于礼治者；至于章华大夫的"以礼自防"型，其中章华大夫与采桑女二人皆合于人性、人情，又谨守礼治，即所谓"发乎情，止乎礼义"，这是《登徒子好色赋》全文的重心所在。所以，与其说《登徒子好色赋》主旨在比较宋玉与登徒子谁比较好色；毋宁说它在标扬章华大夫与采桑女二人情欲的表现，既自然流动，又顾义守礼，足以作为人们情欲行为的典范、表率。以这种典范、表率行为来讽淫[②]，也符合统治者统御的主流价值思想。

至于《高唐、神女赋》的主旨虽被李善认为是"假设其事，风谏淫惑"，而（宋）洪迈也指出，《高唐、神女》二赋其为寓言托兴甚明，其主旨"盖所谓发乎情，止乎礼义，真得诗人风化之本"[③]，这种看法是为统治集团所认可、具有价值色彩的意识形态主导下的产物，它被建构的同时，也偏私地为利益集团暗中护法。从"解构"阅读的方法说，《神女

[①] 至于《高唐赋》序中，神女愿荐枕席于怀王，是为了立庙的目的，其内在的民俗神话底蕴与冥婚习俗有关（参笔者著《〈高唐赋〉的民俗神话底蕴研究》页210—215，国立台湾大学中文研究所博士学位论文，1996年6月，自印），与《神女赋》男性潜意识的心理反映是两个问题。

[②] 刘勰《文心雕龙·谐隐》已首先指出了此点："宋玉赋《好色》，意在微讽。"

[③] 见洪迈《容斋随笔·三笔·卷三》（郑州：中州古籍出版社，1993年）。

赋》暴露出襄王与宋玉情欲经验分享、互窥的潜意识过程中，一方面，礼治、讽淫主流意识形态欲同化情欲心理本能，成为一个整体心灵结构的意图；另一方面，情欲心理本能亟欲挣脱身体、礼治的束缚，还原其最初的独立自主性。换言之，若从"讽淫论述"的角度来看《神女赋》，适足反映出读者阅读时，受到的主流价值意识形态的影响；又若从"情欲论述"的角度来看《神女赋》，则适足反映出读者阅读时，其内在情欲呼吁独立自主性的焦虑情境。

　　修辞行为构造本身就像举行一场仪式，既是袭用意义的仪式，也是揭示意义的仪式，它具有互通交流的作用。修辞行为构造既反映了构造者本身的意图，也引导了阅读他者的意念。作为一个尽职的阅读他者，则必须奋力挣扎，摆脱成为被引导的他者的命运，而变成为一个自在意义的追寻者、制造者。以修辞学大师宋玉的《高唐、神女赋》、《登徒子好色赋》为例，传统的看法认为《登徒子好色赋》的主旨在"假以为辞，讽于淫也"[①]，而《高唐、神女赋》的主旨在"假设其事，风谏淫惑"，这是摆脱阅读他者，寻求意义的第一步。现代有的学者则跳出礼治、讽淫的意识形态，看出《神女赋》中，用男女关系隐喻君臣关系，但在君臣不平衡的权势角力下，女性（臣）终究成为男性（君）狎玩、摆布的玩偶[②]，则是一种值得肯定的"解构"阅读。而本文的分析则指出，《登徒子好色赋》不是以好色与否来讽淫；而是用赞扬"发乎情，止乎礼义"的行为规范来讽淫。至于《高唐、神女赋》中，具有"讽淫论述"与"情欲论述"两者辩证、紧张、拉锯的关系，前者强调，男性情欲的自然发动，必须合乎"顾义守礼"的主流秩序价值——这是着重在政治、社会学（风谏淫惑）角度的观点；而后者则强调，男性身体与情欲体验永远不能若合符节，情欲的独特性、独立性始终要挣脱礼治的束缚，这使得情欲心理体验永不能满足、永无法安顿——这是着重在男性生理、心理学（春梦无痕）角度的观点[③]，以上的分析是再一次摆脱作为阅读他者，寻求自我意义的"解构"阅读。然而，就阅读《登徒子好色赋》、《高唐、神女赋》及本文的读者（包括笔者）而言，"解构"必须持续进行下去，这样我们才能保持警觉，不会为修辞所建构的现实（意义）所欺瞒。

---

①　《登徒子好色赋》主旨在章华大夫所说的一段话，而这段话又以《溱洧》诗为互文，而方玉润《诗经原始》云："《溱洧》，刺淫也。"

②　参郑毓瑜《性别与家国——汉晋辞赋的楚骚论述》（台北：里仁书局，2000年）页27。

③　至于女子的情欲，并不在关心及论述之列，不过，从情欲与礼治的角度，我们可以作以下的区分：a. 东家之子，理想美女，不守礼；b. 采桑女，世俗女子，守礼；c. 神女，理想美女，守礼（颓薄怒以自持兮，曾不可乎犯干）——不守礼（愿荐枕席）；d. 登徒子妻，理想丑女，守礼。又《洛神赋》怕受欺骗，其他神女论述，男方"顾义守礼"，其中意识形态的转变，政治主流秩序价值观念主导、凌驾一切，已很少从男性生理心理学角度的观点来观察此一问题。

看花人去矣,花落自成蹊[①]

——湖南临澧宋玉传说的文化意蕴管窥

何桂芬

(湖南科技大学人文学院文学系,湖南 湘潭 411201)

【摘要】 湖南临澧是宋玉被贬后生活多年并终老的地方,这里流传着大量有关宋玉的传说。这些传说糅合了对宋玉的历史记录与民间重塑,向世人展示了广大民众心目中作为文化英雄的宋玉,为深入探讨宋玉被贬后的生命价值追寻展开了一个新的维度。临澧宋玉传说积淀着临澧人民深厚的历史情感,它既传达了临澧人民对宋玉这位高洁文人不幸命运的同情与悲悯,另一方面也传达了民众情感表白的需求。临澧宋玉传说以一种草根的视角彰显独特的民族文化,以一种朴素而浪漫的方式传达地域风情,蕴藏着深厚的文化意蕴,成为观照民众集体价值与地域精神的重要窗口。

【关键词】 宋玉传说;文化英雄;生命价值;草根视角;精神慰藉;文化信仰;地域精神

宋玉作为赋体文学的开山祖师,与屈原一同被奉为"中国文学之祖"。然而,虽为辞赋宗师并获得与屈原并称的美誉,但有关宋玉的史料记载却是少之又少。最早有关宋玉的记载是司马迁的《史记·屈原贾生列传》:"屈原既死之后,楚有宋玉、唐勒、景差之徒者,皆好辞而以赋见称。然皆祖屈原之从容辞令,终莫敢直谏。"而班固《汉书·艺文志》所记"宋玉赋十六篇"以及班固自注"楚人,与唐勒并时,在屈原后也"也是寥寥数语,一笔带过。如此,如何更加深入地解读宋玉以及更加真实而全面地还原宋玉形象成为宋玉研究者苦心思考的问题。宋玉于楚考烈王至楚王负刍时期,被贬谪到其赐地今湖南省常德市临澧县望城乡,宋玉在这里生活了数十年,与当地百姓融为一体,是名副其实的临澧籍宜城人。临澧地区千百年来广泛流传着大量的有关宋玉的传说,这无疑在一定程度上弥补了史料稀缺的遗憾,为世人进一步解读宋玉提供了一种更为通俗更为直接的方式。

[①] 基金项目:湖南省高等学校科学研究重点项目"骚体文学研究",课题编号:11A038。"看花人去矣,花落自成蹊。"引自清蒋定诏《看花芳岭》诗,见同治《安福县志》卷三十三《艺文志》。

民间传说以客观事实为基点展开叙述,其自身相对稳定的变异机制与变异规律锁定了一定的原始信息与历史资料,它摒弃了民间故事的任意虚构性与变异的不可控性,具有一定的历史真实性与相对可信性。民间传说是广大民众集体创作的,"与一定历史人物、历史事件和地方古迹、自然风物、社会习俗有关的故事"。①"从某种意义上说,传说是民间无字的百科全书。"②民间传说与特定的自然环境、社会背景关系密切,是一个集人物活动、地方民情、自然地理等为一体的复杂的文化现象,有着深厚的历史文化底蕴和浓郁的地域色彩。

宋玉在临澧生活了数十年,这里广泛流传的宋玉传说勾勒出一幅幅宋玉生活的图景,是其人格体系、价值取向、人生态度以及个性色彩的全面反映,对还原出一个更真实、更完整、更具生活气息的宋玉有着重要的作用。临澧宋玉传说独立于贵族视野之外,是草根阶层在普遍历史情感下以其心目中的理想尺度对宋玉进行的集体重塑,这成为研究宋玉的新材料。民间传说以历史事实为基点,扎根于民族精神文化结构与独特的地域心理,积淀了深厚的历史情感,凝聚了巨大的文化价值,这成为本文写作的契机。

一、文化英雄与生命价值的侧面书写

临澧宋玉传说与宋玉作品联系紧密,很多传说中都提到了宋玉创作辞赋的场景。然而,民间性的主导特质使得临澧宋玉传说自身特殊的结构逐渐演化为一个相对独立且完整的体系,这种相对独立性摆脱了宋玉在文学地位与历史地位上与屈原的长期比对,这个完整的体系更是真实而生动地诠释了被贬后的宋玉以及宋玉在民众心目中的形象与地位。从大量的临澧宋玉传说可以看出,宋玉是临澧民众心目中一位不折不扣的文化英雄。临澧民众对宋玉的这种高度崇敬与赞赏之情在持续强化中直接导致了对宋玉的神化。

宋玉在临澧广大民众心目中的非凡地位以及民间传说本身的故事性与趣味性等特质使得临澧宋玉传说从表面上看来,更多的是向世人传达宋玉非凡的才智和熨帖的情感,与历史上数遭灾祸、远客寄居的孤独形象以及宋玉作品传达的心智愁苦、老而无成的文人形象产生一定隔离。然而,这并不是一种真正意义上的断裂,而是另一种艺术化的表达与呈现。临澧宋玉传说是对宋玉的艺术化开掘与生活化展示,有助于真实了解宋玉失职后的生活态度与生命动向。临澧宋玉传说为庙堂失意的宋玉平添了一种乐观主义精神,为内心悲戚的宋玉选择一种积极的生活态度,为苦于无为的宋玉确立了另一种生命价值追求。这是宋玉在现实的困窘中寻求合理出路以获得独立于文学世界之外的精神世界的富足与自由,这是宋玉精神情感寄存的另一种形态,也是宋

---

① 钟敬文主编:《民间文学概论》,上海文艺出版社,1982年版,第183页。
② 程蔷:《中国民间传说》,浙江教育出版社,1996年版,第96页。

玉生命价值存在的另一种方式。临澧宋玉传说糅合了对宋玉的历史记录与民间重塑，向世人展示了一个具有生气与活力的宋玉，对宋玉形象的完整性与丰满性做出了巨大的贡献，同时为深入探寻宋玉的生命价值追寻展开了一个新的维度。

清同治时重修《安福县志》卷三十《外纪·流寓》："周宋玉，归州人，屈原弟子，悯其师忠而放逐，作《九辩》五首以述其志。又怜师命将落，作《招魂》以复其精神，延其寿命。辞藻艳丽有《离骚》之遗音。与景差、唐勒并称词客。仕楚为大夫，尝居于邑，有'城'与'庙'，及'看花山'、'放舟湖'诸迹。后殁，葬邑之浴溪河南岸。"安福县也就是今天的临澧县，宋玉有关看花山与放舟湖等遗迹的故事在澧水流域流传千年。

关于临澧看花山名称的来源，有这样一则关于宋玉的传说：

> 宋玉喜欢看花，每在讲学之余，他总是要到自己居所前面的山上观赏花卉。一年四季，每晴必到。他爱看花卉的艳丽姿态，看花卉的芬芳气质，以此轻松缓解一天授课的劳累。周围百姓男女老少也都愿到此地观花赏果，与宋玉促膝谈心，流连忘返。说来也怪，连百鸟也迁来卯山栖息。年长月久，人们把宋玉植花看花的卯山称为"看花山"。①

看花山本是一座没有参天古木，没有绝世景观的小山冈，但在宋玉的精心耕耘下花卉遍野、芳香扑鼻。同治《安福县志》卷二十八《古景》记载："看花芳岭，岭在县东。相传楚大夫宋玉尝看花于此。迄今人往风微，而山上野卉争妍，清芳扑鼻。行人游客来往寻芳，摘翠披红，不胜香草美人之慕。"宋玉在闲暇之时来到看花山欣赏美景，与百姓促膝长谈，这不仅是对心中愁思的一种排解，更是一位文人雅趣的表现，难得的是这位文人还如此亲民。林庚在《屈原与宋玉》中谈到："屈原的崇高伟大，永远令人为之景仰；而宋玉却只是那么平易近人。我们当然最需要屈原，却也因此不能忘了宋玉。"②被贬临澧的宋玉固然忧思难耐，但他在悲慨之余不忘以一种积极的态度面对生活，看花山因他植花、看花而得名，更因他的文人雅气而美名远扬。

关于临澧泛舟湖，有一则"泛舟湖里酒飘香"的传说：

> 月宫的嫦娥听说宋玉喝酒之后写了很多的好诗好赋，就把宋玉写的诗赋一口气全部读完，读后泪流满面，非常感动，于是，就在有一年的八月初七晚上，悄悄从月宫下来，给宋玉送来一坛天宫的桂花酒。宋玉对此酒十分珍爱。一次春暖花开之际，宋玉带领学生荡舟湖上，船上放了很多他喜爱的书籍竹简，同时把嫦娥送给他的那坛桂花酒也带在了船上。宋玉坐在船上，一边欣赏湖光美景，一边喝酒吟诗，不知不觉荡了很远很远。正当大家心旷神怡、尽兴吟诗作赋之时，天色突变，乌云滚滚，一阵很大的狂风暴雨把船掀翻了，书简和桂花酒全部掉进了湖里。学生们赶紧把宋玉救上岸来，问老师怎么办？宋玉说："赶快把书简捞上来，尤其是风后写的《握奇经》《六韬》两卷书，要一

---

① 张方才主编：《临澧文化盘点·景观卷》，湖南人民出版社，2013年版，第360页。
② 林庚：《屈原与宋玉》，见中华书局编《中华学术论集》，中华书局，1981年版，第434页。

简不差地捞上来,酒就泼在湖里,船就放在湖中。只要书,不要船。"放舟湖"的称呼,也由此产生。后来人们发现,用放舟湖里的水洗手,疮毒全部消除;洗眼,目明眼亮;洗澡,全身清爽,神若仙鹤。①

世人皆知宋玉之才,刘勰《文心雕龙·时序》曰:"屈平联藻于日月,宋玉交彩于风云。"月宫嫦娥慕宋玉之才并感其诗赋而赠酒,颇具神话色彩,这则"泛舟湖里酒飘香"的传说无疑将宋玉之才推向了另一个高度。荡舟湖中,持酒吟诗,欣赏美景之余是诗人才思的飘飞,突如其来的变故也只为展示一代文学大师的文人本色。宋玉飞扬诗性与闲情逸致结合所迸发的惊天文采不仅让月宫仙人动容,也让那留有他足迹的湖水也沾上了仙气。这无疑是民间百姓最先想到的惊叹宋玉之才最直接最有力的方式。宋玉心怀恩师,以为楷模,著述述志,以传后人,传播文化,弘扬楚风,临澧一直流传着宋玉泛舟湖旁编《楚辞》的故事。虽报国无门,虽事君无望,但宋玉找到了生命价值的延续与另一种表达,忧闷繁杂的心绪得到了一定的排解。

"宋玉自失宠失职,便被贬放到当初楚王赐地,即后人称之为'宋玉城'的城邑,生活已很贫困。'家无隔夜米','穿无身外衣',居住简陋,食宿艰难。夏天就在浴溪河里洗澡。冬天就在堰塘洗脸。即使在这样艰苦的环境下,宋玉还是儒雅之气不改。为了传播楚文化,他以赐田所得,设坛讲学,在当地办起一所学馆,把附近几十里内的贫困子弟300多人收聚一起,免费传道授业。学生自带食物,自带被盖,自己捡柴煮饭,全部集中在校食宿。办学前后历经二十几年,其所授业的学生,学业成绩、品德思想最优秀者有九十几人,后来被国家所重用的学生、志士有三十几人,直接在朝廷供职的文臣武将谋士有九人。最著名的有宋玉的得意弟子、学识渊博、品行优良的朱义、马力、周策三人。"②宋玉以自己的才学与远见办学讲学,为贫困学子免费传道授业,他心系百姓,扬善抑恶,移风易俗,已然成为当地的文化领袖与道德楷模。设坛授业、致力办学,众多优秀的弟子是宋玉才情与志向的有力延续,是他报效国家的另一种方式。在漫长的被贬生涯中,宋玉开始了精神世界的二次定位与人格体系的重建,为自己确立了另一种生命价值追求。

宋玉死后,葬于临澧浴溪河畔。关于临澧宋玉墓前的碑文,当地民间有这样一种说法:

> 百姓和学子们在宋玉的坟前立碑,传说请了一个很有才华、很有名气的石匠雕刻碑文。这个石匠考虑到宋玉是一个品德高尚的文化名人,在百姓心目中的地位和在社会上的名誉,应与君王等同,因此把"宋玉墓"三个遒劲大字雕刻十分精美完整,只是"玉"字的一"点",却只轻轻地刻了一下,似见非见,时隐时现。当时有人问石匠,才知是石匠故意为之。石匠说:"玉不见点误宋王,让后人作宋王朝拜吧。"

---

① 张方才主编:《临澧文化盘点·景观卷》,湖南人民出版社,2013年版,第359页。
② 张方才主编:《临澧文化盘点·景观卷》,湖南人民出版社,2013年版,第353页。

宋玉逝世后,前来顶礼膜拜的达官贵人、文士骚客,代代承接不断,其香火延绵持续,经久不息。宋玉墓地原为宋玉后人守护,亦有很多百姓也自愿迁来此地守墓。以致后来,在宋玉墓地周围竟然形成了一个相当大的村庄。①

在阶级社会,老百姓虽无权书写历史,但他们往往能站在一个鲜明的立场上表达对历史人物的看法,是恶是善,是褒是贬,老百姓有着自己的评判标准与价值尺度。宋玉虽失意于朝廷,但他以自己的精神品格与行为方式赢得了百姓的肯定与尊崇。临澧宋玉传说是一种自觉且富有激情的创作,它是对宋玉形象的艺术开掘与诗意表达,蕴含着深厚的历史情感。

民间传说往往形象鲜明突出,故事生动曲折,表达通俗有趣,其独立于贵族视野之外的内在特质决定民间传说是广大草根阶层按照自己心目中的理想尺度来塑造人物形象的。有时为了表达效果,不自觉地会进行善意的附会。正如段宝林在《中国民间文学概要》中所说的:"传说一般是以真实的历史人物或事件做'原型'基础,经过长期集中、丰富的典型化过程而逐渐定型的。一般是先为新闻传说,以真人真事为主,后来常常把历史上与该人物相似的事件都附会在主人公身上。不仅故事情节日益丰富曲折,而且人物性格也更加鲜明突出,使美者益美,勇者益勇,成为'箭垛式的人物'。"②当然,这些传说也颇具历史纵深感,从中可以探寻历史人物、历史事件的某些真实内涵。

看花山下著《九辩》、放舟湖中编《楚辞》、杏坛施教惠千秋、情深意切思楚王,宋玉生命价值的高度决定了他在临澧百姓心目中的地位。将宋玉作"宋王"朝拜是民众对宋玉精神品格的高度赞扬,对其生命价值的由衷肯定。宋玉忧国忧民、忠心事主、正义仁爱、善心善行,居于临澧期间传播文化,宣扬伦理道德,其一生虽未能与楚王共谋国运,但他却成为了百姓心中的文化英雄。

临澧宋玉传说所塑造的宋玉形象已经不再是孤独而找不到栖身之处的凤凰,他与民同乐,在政治生涯结束之后开启了另一段生命旅程,成就了另一番生命价值。在这个精神的二次定位与人格重塑过程中,宋玉的价值取向、人生态度与个性色彩得到全面释放,于朝野与文学殿堂之外达到了另一个人生的制高点,成为临澧民众心目中的文化英雄。宋玉以漫长的贬谪生涯真实验证了生命严肃性与生命活力的深层结合,命运悲剧与生命价值的另类演绎。从某种意义上来说,这些流传千年的宋玉民间传说比正史的书写更真实和生动。

二、文人命运与民众心态的双向抚慰

贬谪文化作为中国古代士文化的重要组成部分,是传统知识分子的特殊存在形

---

① 张方才主编:《临澧文化盘点·景观卷》,湖南人民出版社,2013年版,第357页。
② 段宝林:《中国民间文学概要》(第四版),北京大学出版社,2009年版,第64页。

态。在中国的传统文化大背景中,贬谪仿佛是中国士人完整人生不可或缺的一环。而士不遇的命运悲剧则似乎成为封建士人文化精神提升的必要条件,人格体系趋于完整统一的悲情动力。宋玉则是封建制度成型前期贬谪士人的典型代表之一。然而,临澧宋玉传说更多的是传达对宋玉的憧憬、赞赏与怜悯,是质朴民情对文人悲剧的温情抚慰。或许这种来自民间的抚慰是一种无意识的体现,但那种同情与崇敬交织的情感却是自觉而强烈的。

宋玉在临澧生活的数十年里和当地人民联系紧密,其忠君爱国、心系民众、造福百姓的高洁人格与可贵品格赢得了临澧人民的喜爱和历代文人的崇敬。被贬的宋玉与忧国忧民的宋玉使临澧人民内心产生一种强烈的情感冲动,这种无法平息的情感冲动决定了他们必须为这份郁结的情感找到宣泄的孔道。而区别于文人政客的直线条式的思维方式,民间百姓质朴憨实的情感系统,又决定了以历史为横轴、通俗为纵轴的民间传说体制成为草根阶层不约而同的选择。临澧人民通过对宋玉传说的自觉创作与传播,表达对宋玉的肯定与赞扬、同情与怜悯,事实上也就是以传说的方式表露民众自己的是非评判准则,使失衡的民众心理重新恢复平衡,在这个心理链条中现实的矛盾在理想幻化中得到圆满的解决。这种以潜在心理为原动力的隐性方式恰恰是民间传说生命力与原始性价值之所在。通俗地说,是来自民间的一种补偿,补偿他们崇敬的宋大夫,也补偿民众自己。临澧宋玉传说积淀着临澧人民深厚的历史情感,它既传达了临澧人民对宋玉这位高洁文人不幸运命运的同情与悲悯,另一方面也传达了民众自身历史情感表达的需要。这构成了民众精神生活的重要环节。从某种意义上来说,这是一种文化精神的慰藉,一种民族生活的原动力。

忠君爱国是宋玉被贬之前政治文学一体化的生命结构的内核,而君王就是这个生命体系的中心纽带。虽然被贬后的宋玉进行了精神世界的二次定位与人格体系的重建,逐渐摆脱了单向度的人生价值追寻,但君国情怀仍然是这位坚贞文人的永恒持守。

荡舟游湖,闲来赏花,著书立说,与民同乐,宋玉企图以各种方式转移对君王的注意力,求得一定的心灵解脱与情感寄存,然而,正如李白所言:"宋玉事楚王,立身本高洁。"师承屈原而来的深重君主情怀注定宋玉对楚王有着不可割舍的情感,而忧国忧民的炽热之心也注定这种解脱是低限度的。

"悲哉,秋之为气也!萧瑟兮草木摇落而变衰。憭栗兮若在远行,登山临水兮送将归。泬寥兮天高而气清,寂寥兮收潦而水清。憯凄增欷兮薄寒之中人。怆怳懭悢兮去故而就新,坎廪兮贫士失职而志不平。廓落兮羁旅而无友生,惆怅兮而私自怜。燕翩翩其辞归兮,蝉寂寞而无声。雁廱廱而南游兮,鹍鸡啁哳而悲鸣。独申旦而不寐兮,哀蟋蟀之宵征。时亹亹而过中兮,蹇淹留而无成。"(《九辩》)据说,宋玉是在一个深秋的夜晚登看花山之巅,有感秋风萧瑟、草木凋零而作《九辩》,这就是所谓"看花山麓著《九辩》"的故事①。思君之痛、失意之苦在这等凄凉萧索的情境中得到全面的爆发,郁结

---

① 张方才主编:《临澧文化盘点·景观卷》,湖南人民出版社,2013年版,第361页。

的情感化为滔滔的才思,宋玉奋笔疾书,写下政治人生最悲切、最深刻的感悟。"窃悲夫蕙华之曾敷兮,纷旖旎乎都房。何曾华之无实兮,从风雨而飞飏?以为君独服此蕙兮,羌无以异于众芳?闵奇思之不通兮,将去君而高翔。心闵怜之惨凄兮,愿一见而有明。重无怨而生离兮,中结轸而增伤。岂不郁陶而思君兮?君之门以九重。猛犬狺狺而迎吠兮,关梁闭而不通。皇天淫溢而秋霖兮,后土何时而得漧?块独守此无泽兮,仰浮云而永叹。"(《九辩》)王逸《楚辞章句·〈招魂〉序》说:"《招魂》者,宋玉之所作也。……宋玉怜哀屈原,忠而斥弃,愁懑山泽,魂魄放佚,厥命将落,故作《招魂》,欲以复其精神,延其年寿,外陈四方之恶,内崇楚国之美,以讽谏怀王,冀其觉悟而还之也。"① 王夫之《楚辞通释·〈九辩〉解题》也说:"九者,乐章之数。凡乐之数,至九而盈。……而宋玉感时物以闵忠贞,亦仍其制。辩,犹遍也。一阕谓之一遍。盖亦效夏启《九辩》之名,绍古体为新裁,可以被之管弦。其词激宕淋漓,异于《风》《雅》,盖楚声也。后世赋体之兴,皆祖于此。玉虽俯仰昏廷,而深达其师之志,悲悯一于君国,非徒以陁穷为怨尤。故嗣三闾之音者,唯玉一人而已。"② 虽远离朝堂,但无论行至何方,情牵君国的心亘古不变。

宋玉虽被贬临澧,但临澧宋玉传说中却时时能捕捉到楚王的身影,以及宋玉与楚王的君臣互动。临澧宋玉传说隐透的君主情结例证了思君、慕君依然是宋玉价值体系不可割舍的部分,也从侧面传达了临澧乡民对宋大夫的深入了解与温情抚慰。

关于临澧放舟湖的由来,还有这样一种说法:

很早以前,道水从宋玉村旁流过,旁边有个大荒滩,中间有个小湖泊,人们叫它荒洲湖。当时,居住在这里的人们喜欢放养牲猪,故此湖又名放猪湖。

无论叫荒洲湖也好,叫放猪湖也罢,此湖风景怡人,景色优美,满湖荷莲,如翠薇,似繁星,真是"此景只应天上有,人间能得几回见?"只是周边的放猪,给玉帛点上了垢斑。

宋玉在此经常交友作赋,谈经论道,访贫问苦,与百姓融为一体。宋玉曾劝说百姓圈养牲猪,以治理湖泊的周边环境。百姓纷纷响应。经过几番努力,荒洲湖便成了远近闻名的仙境。周边的老百姓和闻名而来的达官贵人纷至沓来,观光旅游,放舟尝景,品莲茶,尝莲藕,食鲜鱼。楚王听奏后,专程来此一游,对宋玉大加赞赏,说:"这荒洲湖,当名放舟湖也。"从此,放舟湖美名便日渐远扬了。③

关于临澧龙家桥,有这样的传说:

龙家桥位于宋玉庙东约一华里处,现属临澧县望城乡看花村管辖。

---

① (宋)洪兴祖:《楚辞补注》,中华书局,1983年版,第197页。
② (明)王夫之著,船山全书编辑委员会编校:《船山全书》第14册,岳麓书社,1996年版,第374页。
③ 丁家明:《宋玉轶事三则》,见吴广平、史新林主编《徜徉宋玉城》,湖南人民出版社,2011年版,第309页。

相传宋玉贬谪临澧后,修建了宋玉城,治理了放舟湖,还将卯山(在今看花村境内)变成了花山(现名为看花山)。一次,楚襄王君臣游览放舟湖后,又返转去游看花山。

楚襄王一行来到一座小木桥边,看见一条蟒蛇爬行在小桥上,蟒蛇因见众多行人,便溜进草丛不见了。楚王问宋玉:"此桥甚名?"宋玉答:"此乃蛇家桥是也。"楚王道:"寡人经此桥,遇此蟒蛇落荒而逃,此桥当名为龙家桥也。"宋玉说:"然也。"

从此,蛇家桥更名为龙家桥。后宋玉又将龙家桥修为石桥。清朝末年,龙家桥被大水冲毁,便由民间绅士捐款修成木桥。现改修成水泥桥。龙家桥的名字仍一直沿用至今。①

"心闵怜之惨凄兮,愿一见而有明。""岂不郁陶而思君兮?君之门以九重。"(《九辩》)宋玉思君、慕君而怨君,他渴望能再见到君王。宋玉与临澧民众水乳交融,乡民当然能察觉到这位文化英雄隐露眉间的愁色。于是他们在传说中为宋玉与楚王安排见面的机会。楚王游湖甚乐,赐名放舟湖;楚王过桥遇蛇,赐名龙家桥。临澧乡民不仅为宋玉安排了见面的机会,更是让楚王看到宋玉于文学以外的杰出才能,临澧百姓真可谓用心良苦。

民间文学是民众自觉的产物,是一种艺术化制作,不注重理性的逻辑推理,相反有着浓郁的生活气息及情感指向。当理性与感性矛盾碰撞时,普遍的民众心理决定理性对感性的让位。君臣游湖观花,山水之景醉人,乡民之情暖人,在美的传递中流露出临澧人民对宋玉的由衷抚慰,也传达出民众阶层的普遍情感与精神需求:对乐观、和美的追求。忧国忧民、文才惊世的宋玉得到楚王的赞赏,君臣同游也成为美谈,这是与民众愿望接轨的。茶余饭后,街头巷尾,三五成群,交传甚欢。民间传说所具有的普遍意义的群体感情折射出草根阶层的情感价值指向与共同文化心理。

宋玉传说最具传奇色彩的要数《天葬宋玉》:

宋玉被贬谪临澧,生活了四十多年,在云梦泽之地,他以超凡的学识和胆略,在劝学、著述、整肃乡风等方面建立了不可磨灭的功勋,他关心和体恤百姓,与老百姓建立了水乳交融的关系。

一天清晨,年迈多病的宋玉召来亲朋好友,交代后事。病榻上虚弱的宋玉对大家说:"吾虽有志救民于水火,扶朝政于危难,然地不如意,天勿随愿。今春意盎然,吾将追随恩师去也,望众位善自保重……"话未说完,魂魄飘然而去。一世英名,给人们留下了无限的怀念和遐想。

宋玉的去世,引得天怜地悯。出殡那天,乡邻弟子人如潮涌。上午,晴空万里,风和日丽。出殡队伍到达下葬地时,突然乌云密布,电闪雷鸣,伸手不

---

① 丁家明:《宋玉轶事三则》,见吴广平、史新林主编《徜徉宋玉城》,湖南人民出版社,2011年版,第309—310页。

见五指,大雨倾盆如注,抬棺者和送殡者慌乱停柩四散避雨。时过三刻,天气忽又云散日出,宋玉灵柩落棺的地方,竟然耸起一座高高的坟丘。据说,宋玉去世,惊动了洞庭湖龙王。是夜,龙王派一种名叫黄花鱼的水族,前来拜祭宋玉。从此以后,就一直没有停止过这项祭拜活动。六朝时代,有人作《黄花鱼儿歌》曰:"年年四月菜花黄,黄花鱼儿朝宋王。花开鱼儿来,花谢鱼儿去。只道朝宋王,谁知朝宋玉?"后历朝历代,达官文人来此修葺祭拜的络绎不绝。①

宋玉去世,天怜地悯,龙王动容,鱼儿朝拜,《天葬宋玉》这则故事是宋玉传说中最具神秘主义色彩,也是最能体现临澧人民对宋玉崇敬与悲悯之情的。情感力度与倾向力度在集体创作中持续强化,神化倾向自然不足为奇。从另一方面来看,面对现实的残酷,质朴的民众只能借助自然的力量来传达心中的爱恨,来实现这个庞大群体的普遍感情表达与是非标准评判。天葬宋玉的结局与民众的愿望接轨,苍天神明对忠贞灵魂的认可与安抚满足了民众心理由衷的愿望,这不可谓不是圆满的结局。善有善终是广大淳朴百姓最质朴的情感表白,最明晰的价值尺度,从中自有一股对评估失衡的愤懑之气,对和谐体系的追求之心。《天葬宋玉》寄托着临澧人民对宋大夫的崇拜、祝福与怜悯,是一种自觉而广泛的祈祷,同时传达了质朴民情对文人悲剧的抚慰。并且,这种抚慰是双向的,它既深刻体现了临澧人民对宋玉这位高洁文人不幸命运的同情与悲悯,另一方面也传达民众自身精神情感的需求。

民间传说属于社会意识形态范畴,是对社会生活的能动反映。在这种反映中,创作主体的主观看法和心理力量成为异常活跃的因素。"在民间传说中,尽管按照实际生活的逻辑难以构成光明美好的境界,但民众往往通过幻想的方式按照人们所希望的和可能存在的样子来反映生活,无论故事情节怎样曲折和人物命运怎样艰难,一般都给予'大团圆'的结局。大团圆结局是'好事多磨'这一日常经验的形象化表述,是善恶必报文化心理的反映。""给民众失衡的心态以某种抚慰,满足了他们暂时的浅层或深层的精神需要的作用。"②在道德和责任的实现过程中,成就民众心目中理想精神与情感诉求的化身,最后以灵魂与肉体双双寻得归宿而终结,独具中国民族特色,这也是中国民间传说与世界其他民族传说在文化意蕴上的显著差异之一。"民间传说这种'大团圆'的结局蕴藏我们中华民族传统文化的某种特质,一方面,它是民众渴求幸福美满生活,及对前途乐观自信的主观精神的反映;另一方面,它表示了民间朴素的'扬善惩恶'的伦理信仰。'天道无亲,常与善人。'这是中国古人的伦理信仰,认为善良是一种超自然的力量——'天道'的支持。"③而这种超自然的力量往往会在一定机遇下给出公正的评判与理想的补偿。

《天葬宋玉》这则传说是来自民间的自发性补偿。"自然规律和现实存在总是无情

---

① 丁家明:《宋玉轶事三则》,见吴广平、史新林主编《徜徉宋玉城》,湖南人民出版社,2011年版,第310页。
② 黄永林:《民间传说文化意蕴的二重性》,《文化遗产》2007年第1期。
③ 黄永林:《民间传说文化意蕴的二重性》,《文化遗产》2007年第1期。

地碾碎人们的信念,这就给社会和人生造成种种缺憾。现实的改变总要比理想的升腾缓慢得多,因而理想与现实的冲突所带来的心灵苦闷与缺憾,长久地困扰着每一个民族。尤其是生活在社会底层的劳动大众,他们往往连最起码的生存条件都难以满足,心理缺憾感自然更纷纭强烈。当他们暂时确无能力改变自然与现实生活时,只能在想象幻想所编织的'白日梦'中补偿缺憾,只能在至善至美的故事王国里驶抵尽如己愿的彼岸。……在欣赏的共鸣中,民众在自己所期待的人物、情节、环境等构成的故事'完型'中,补偿现实的精神欲求,心灵得到某种完善,并产生深思、反省、感奋与觉悟。"① 民间传说作为精神产品,它的特有属性在于对社会人生的潜在能动作用。民间传说集体创作的基因使其代表着最广大人民的思想倾向和情感倾向,也是在现实规律中对不圆满的一种补偿。这种非实际补偿恰恰是一种文化精神的慰藉与心灵情感的安抚,它构成民族生活原动力之一,为前进中的人民带来生活的希望与生命的勇气。

临澧宋玉传说在怜悯之余燃起了民众对生活的希望与勇气,他们以朴素而神秘、浪漫而悲情的方式补偿他们崇敬的宋大夫,也补偿自己。临澧宋玉传说积淀着临澧人民深厚的历史情感,它既传达了临澧人民对宋玉这位高洁文人不幸命运的同情与悲悯,另一方面也传达了自身历史情感的需要,满足了民众自我认识、自我实现的心理诉求。

三、文化信仰与地域精神的高度强化

文化作为精神的载体,是一种深层的历史积淀。文化与信仰这两个不同的概念毫无意外地在人类文明进程中融合于具体民族的精神血液,成为附着民族精神的重要外在形式。信仰本身就是一种文化,而文化在某种具体情况下就是一种信仰。华夏文明几千年的历史进程孕育了中国传统文化的基本精神,这种沉淀千年的精神在民族心理上播下世代遗传的基因。而对某种主流文化的依托是华夏民族信仰的独特表现方式。如此,文化信仰成为民族精神与生命意义的重要寄托,成为一定价值追寻的潜在心理导航。

临澧宋玉传说重塑了一位文化英雄形象,传达了对宋玉精神品格的膜拜。这种膜拜之情在临澧民众心中持续升温,逐渐演化为对宋玉的全方位信仰,可以说,宋玉信仰是临澧乡民对其无限崇拜与敬奉之情的高度概括。宋玉,作为楚文化的杰出代表与强力传播者,在临澧百姓心目中就是文化知识、人伦道德的最高代表。如此,宋玉信仰又发展为对文化信仰某一具体方面的凸显与进一步强化。而文化信仰的强化在某种程度上来说是临澧人民对中国传统精神的弘扬,这种自觉的弘扬进而又表现为以宋玉信仰为突破口的对临澧地域精神的高度张扬。

临澧宋玉传说是以一种草根的视角彰显独特的民族文化,以一种朴素而浪漫的方

---

① 杨太:《论我国民间故事中的民族文化意蕴》,《民间文学论坛》1995年第3期。

式传递地域精神。临澧宋玉传说是一种民间情感的通俗表达,是一个观照民众集体价值追求的有力窗口,它承载着丰富的文化信息,是民族地域心理的外化,一种历史情感的积淀。

姜一焕收集的《宋玉的传说二则》足见宋玉信仰对临澧人民生活各个方面的影响。第一则《宋玉托梦劝学,农夫庙中教子》内容如下:

> 宋玉被楚襄王贬谪云梦泽地(今临澧县望城乡宋玉村)后,仍致力于传播他的兴教思想,致使这一带兴读书之风、立报国之志的乡风甚浓。
>
> 宋玉死后,乡民们为感其恩德,在当地修了宋玉庙,善男信女顶礼膜拜,四季香火不断。凡是启蒙的娃儿,不分男女,先由父母将其带到宋玉庙里,跪在宋玉像前祭拜,祈求宋夫子保佑娃儿读书有成,然后送孩子入学。
>
> 有一年天大旱,眼看遍地庄稼将颗粒无收,农夫们心急如焚,有几个农夫便把自家娃儿从学校里拉出来,说:"肚儿也糊不圆实,还读个屁书,回去给老子挑水浇禾!"
>
> 那日晚,孩子们从家里结伴逃跑,为免遭爹娘的打骂,他们躲进宋玉庙里,不敢回家。
>
> 第二天一早,几个农夫跑到宋玉庙里,跪在宋玉像前说:"昨天晚上我梦见宋大夫了。宋大夫说:'娃儿还这么小,你就不让他读书了,这不是造孽么?养儿不读书,好比喂头猪。'"另几个农夫也齐声道:"宋夫子在梦里对我也是这么说的呀!"说完,农夫们在庙里找到自己的娃儿,齐齐跪在宋玉像前说:"孩子,今后你要好好读书,以谢宋大夫的报梦之恩!"
>
> 从此,"养儿不读书,好比喂头猪"的俗语流传开来。①

第二则传说《穷书生募捐修书院,宋玉显灵助"八樵"》是这样的:

> 传说清道光年间,从华容来了两位穷书生,在宋玉城里教书。时间一长,他俩便与当地另几位读书人结成好友,号称"楚城八樵"。
>
> 因宋玉城一带大兴倡教助学之风,儿童入学读书十分踊跃,原来学校的几间破房子根本容纳不了日益增多的学生,"八樵"便发起了修一所以宋玉代表作《九辩》命名的九辩书院。
>
> 八樵日夜穿行于乡里,挨家挨户募捐,经过一年多的努力,终于筹齐了建院经费,但建书院还差八根三丈长的松木立柱,八位教书先生分头寻觅,不久都无功而返。
>
> 一日晚,天上雷雨交加,一阵大风将宋玉庙揭去天盖,庙中八根松木大柱齐齐码在庙里,一根大柱上还赫然写着两行字:"教子责任重,供我有何用?你要建书院,送你八根松!"

---

① 姜一焕:《宋玉的传说二则》,见吴广平、史新林主编《徜徉宋玉城》,湖南人民出版社,2011年版,第311—312页。

八书生知是宋玉显灵相助,一齐跪倒叩拜。不久九辩书院建成。自此,乡里助学之风更甚,只要学校里有什么困难,乡民们都慷慨相助。①

在这两则宋玉传说故事中,宋玉演化为一种超自然的力量对乡民进行劝导,对从事善举的人给予帮助,其情节已然走向与现实生活本质因素脱离的层面,但这并不是一种纯粹的夸张与简单的虚构,这两则颇具神话色彩的传说,在某种意义上来说更能抵达信仰自身暗藏的本质,此时民间文学特质与信仰的某些本质通过传说有了微妙的链接。宋玉的梦中教导开启了普通百姓对自我的观照,他们开始脱离简单的生存层面来思考生命的意义与价值。"养儿不读书,好比喂头猪"是乡民自我审视的通俗表达,代表了乡民在精神层面开始了一定的自觉追求。宋玉显灵相助则进一步折射出中国古人持守千年的伦理信仰。

文化是精神的载体,中华民族的信仰更多地体现为对主流文化的依托。尊重知识,崇拜知识,积极进取,建功立业,以知识技能与精神品质为经纬的自我价值体系的构建成为中华民族独具特色的文化现象。生当封侯,死当庙食,忧国忧民,保国安民,是古人生命价值制高点的具体定位,也是其不懈追求的人生信念,俨然成为信仰。临澧宋玉传说传达的文化信仰突出地表现为对知识的重视,对报国立业的追求。宋玉信仰折射出当地乡民古朴的伦理道德观念与文化知识诉求。

如果说黄花鱼儿的朝拜是临澧人民朝拜宋玉的另类表达,如果说,"宋玉托梦劝学"与"宋玉显灵助'八樵'"是宋玉信仰在文化功能方面的集中表现,那么临澧地区给宋老夫子上启蒙香以求聪明健康的旧俗已然将宋玉传说的文化功能扩展到生存功能层面,这无疑使宋玉信仰达到了一个顶峰,此时,宋玉已经不止是作为一个理想的文化英雄而存在,他已经被高度神化,成为主司道德教化、文化传播与生存问题的一方神圣。

宋玉被贬临澧直至生命终结前的几十年间致力教学,大力弘扬楚文化,自此,临澧倡教助学之风日盛,遂有"山野穷觅无顽童,农舍尽闻吟书生"的美谈。

关于宋玉设坛施教,有一则《九辩书院鸡声宏》的传说:

一天晚上,朱义为首,召集九十几名学习成绩较好的学生开会,把自己要怎样刻苦学习,今后才能为国出力的想法告诉了大家。他说:"别人都是白天读书,晚上睡觉,读一年只有一年。富家子弟不读书,不吃苦。我们都是贫困学生,要想国家、想黎民、想到我们现在的贫困处境,为何不发奋读书呢?豁出去了!干脆一天读两天的书。从现在起,咱们读6年就等于读12年书。只有增长学识,身怀技能,今后才可以为国效力。"朱义的倡议立即得到同学们的赞同,当时没有钟也没有表,便确定夜读到鸡叫头遍睡觉。可问题是学馆里的鸡每晚只叫一遍,而且鸣声小,往往听不到,先生又有鸡叫起床晨读的规

---

① 姜一焕:《宋玉的传说二则》,见吴广平、史新林主编《徜徉宋玉城》,湖南人民出版社,2011年版,第312页。

矩,不讲夜读会让先生起床撞见,就是长期坚持也难做到。如果能让学馆里的鸡大声鸣叫三遍就好了。聪明的朱义又想出了一个办法:他在家里听到父母祖辈说,用蜂蜜加铁煮水后灌给雄鸡喝,鸡鸣之声就可变大。于是,在朱义的带领下,大家都为夜读积极准备。马力和一帮同学寻找蜂蜜蜡烛。周策和一帮同学寻找铁煮水,然后灌给鸡喝。果然,第二天拂晓前,雄鸡拍翅起舞,前爪立地,后爪成弓,昂首挺胸,威武雄壮地发出鸣叫,并且连叫三遍。朱义和学生们打心里高兴,夜读也从此开始。①

这批读书激情高昂的学子留下了"九辩书院鸡声宏"的典故。宋夫子殷勤教导,学生斗志昂扬,这种优良传统一直延续千年,临澧学风从此长盛不衰。在这批学子身上我们感受到了他们对知识的渴望,对现实人生价值的奋力出击,这正是临澧地域精神最显著的方面,也是临澧人民追求知识文化、努力实现人生价值的地域精神的重要历史渊源。

下面这则《看花山上要看书》的传说则颇为有趣:

看花山附近的百姓都很爱戴宋玉的为人,非常尊崇他的学识才华,佩服他为民济苦的思想品德。他们看到宋玉很爱栽花看花,都想为宋玉尽一份爱戴之心,表达他们对宋玉感情的真诚情义,于是也参与到上山植花的行列。云梦之地出美女。当时有百姓出身的四个良家美女寒江月、江南雪、程金、程银,主动承担了这个任务。她们身负黎民百姓的希望,为了把看花山栽植成花的海洋,美的世界,让宋玉和社会上所有的人们都能欣赏鲜花,在情感精神上得到美的享受,四个美女花了三年时间,踏遍了武陵山脉、云梦地区的所有山山水水,寻找收聚了九百多种奇花异草栽在山上,使看花山百卉争艳,绚丽灿烂,十分壮观,成为江南一带名噪一时的景点,不少游人到此寻芳摘翠,披红不胜。前来观花的农人多,慕名而来的雅士官贵也越来越多。时间一长,人们便发现一个怪现象,凡来看花山看花的人,走不了多远就有昏昏欲睡的感觉。怎么办?聪明细心的四个美女想,为什么宋玉每次看花都那么高兴轻松,没有晕闷的现象?她们请教宋玉。宋玉就将手中的竹简拿了出来,给她们讲了这个秘密。原来,九百多种花卉栽在一起,芳香弥漫,香气浓烈,也会令人晕眩晕闷。战国时期没有纸,读书人看书看竹简,而竹简里面恰好含有一种解晕解闷的清香气味,能刺激人的大脑神经,使人神清气爽。宋玉恰好每次看花都带有竹简做的书,边看花,边看书,所以不晕不闷。四个美女立即把这个重大发现告诉了看花的人们。从此,凡是上看花山看花的人,都会带一本书。②

"看花山上要看书",这既是对临澧读书风气甚浓的历史渊源的追溯,也是临澧人

---

① 张方才主编:《临澧文化盘点·景观卷》,湖南人民出版社,2013年版,第353—354页。
② 张方才主编:《临澧文化盘点·景观卷》,湖南人民出版社,2013年版,第361页。

民对这一令人自豪的地域风气的创造性表达。书简里散发的清香不仅拂去了看花山游人的晕眩,也掀起了临澧乡民在日常点滴中提升自我文化素养的帷幕。从这则传说来看,临澧读书的雅风是受到宋玉的直接影响而形成的。宋玉落居楚城后,不仅时常到看花山看花,而且经常来石墨山观景。相传宋玉就是偶见山间露出不少像墨一样的黑石,猛然忆起恩师屈原说过的"石墨飘香"的话,突生灵感而起下"石墨山"的雅名,并发出"石墨山是一座孕育人才的宝山"的感言[①]。此后,石墨山的美名不仅像看花山一样四处传扬开来,宋玉当日的感言也成一种哲人式的预言,几百年后便出现了车胤囊萤的故事。

> 车胤(约333—约401),字武子,东晋南平郡澧州新城车家溪(今常德津市市新洲镇车渚村)人。相传,车胤幼年丧父,母子相依为命,生活拮据。母慈,教子严而有方;子孝,奉亲尊而必从。车胤少有大志,勤奋好学。四书五经,无所不览,尤耽爱《诗经》《楚辞》。一日,读宋玉《九辩》至"食不偷而为饱兮,衣不苟而为温。窃慕诗人之遗风兮,愿托志乎素餐"等句时,一股强烈的心灵感应使他顿觉眼前一亮,仿佛见到一位风流儒雅、忧国忧民的伟大诗人飘然而至,在和他娓娓交谈,激励他奋发上进。于是,"穷且益坚"的精神力量,坚定了他矢志不移、刻苦攻读的信念;"学而时习之"的为学准则,增强了他持之以恒、勤学苦练的意志。而因家贫,无钱买油点灯夜读、无钱购墨习文练字、更无钱拜"传道授业解惑"的名师指点等诸多困难,使他感到无比苦恼,但"慕诗人之遗风"的决心毫未动摇。于是,他说服了母亲,从澧州新城迁至安福石墨山中,结草为庐,专心致学。日往九辩书院临窗旁听,夜用纱囊聚萤借光照明读书,并常以黑石研汁习文练字。寒来暑往,日复一日,这一介寒生终于印证了"十年寒窗无人问,一举成名天下知"的千古名言。大比年中,车胤因学识超群,才华过人,文章入式,便荣膺鹗荐,题名雁塔,并登科入仕。晋永和六年,选为荆州知事、主簿,不久晋征西长史,显于朝野。宁康初年,擢升中书侍郎、关内侯,直至吏部尚书,享誉古今。[②]

宋玉在临澧这片土地上留下了丰富的历史文化痕迹,他忧国忧民、尽忠爱国、立志高远、积极进取的精神品质不仅构成了他自身赖以光照千秋的道德人伦之光,而且深深影响了历代临澧人民,对深铸临澧地区的精神之魂起到了极大的作用。车胤就是受到宋玉遗风的感染,受到临澧地域精神的鼓舞而迁至石墨山结庐苦读。车胤囊萤夜读之后是范仲淹夏日空腹提神、冬日冷水浸面苦读的励志故事。宋玉已不仅仅是临澧当地人民膜拜的对象,他的精神品格影响了后代无数仁人志士,而临澧精神也不仅仅是一种孤立的存在,它也是湖湘精神的一个缩影。

---

① 王季成:《车胤与宋玉、石墨山的传说》,见吴广平、史新林主编《徜徉宋玉城》,湖南人民出版社,2011年版,第314页。

② 王季成:《车胤与宋玉、石墨山的传说》,见吴广平、史新林主编《徜徉宋玉城》,湖南人民出版社,2011年版,第314—315页。

临澧宋玉传说本身存在一种明显的向心性结构，它在漫长的历史积淀中形成一种形式复杂而主题鲜明的精神文化体系。这种特殊的结构是在相同的民族意识与地方心理的基础上形成的，是民间传说最能挖掘出底蕴的地方。而宋玉信仰则是这种向心力的强力显示，成为一种不可低估的内驱力，这种内驱力推动了临澧文化信仰的进一步强化、传播与延续，促使临澧地域精神品格的不断凸显与临澧地域精神风貌内核的不断深化。宋玉以自身的精神人格体系激起了一股强大的地域热流，在普通百姓中，人们树立起勤奋苦读、建功立业、保国安民的志向，传达底层人民的文化参与意识，显示草根阶层自我价值体系的初步构建，在仁人志士中则激起一股强大的社会责任感与国家使命感，这也是临澧宋玉信仰的本质所在。临澧人民继承和发展宋玉遗风，弘扬临澧地域精神，在这种精神的激励和鞭策下，临澧大地人才辈出，造就了一批积极进取，努力追求，为国家建功立业的仁人志士群体。

贬谪生涯开启了宋玉新的人生旅程，让他于朝野与文学殿堂之外抵达了人生的另一个制高点。临澧民众通过传说的方式表达他们对宋玉发自内心的崇敬与怜悯，以他们自己的评判标准与价值尺度来重塑宋玉。临澧宋玉传说向世人展示的作为文化英雄的宋玉，为人们进一步解读宋玉的人格体系、价值取向、人生态度以及个性色彩提供了重要的民间文本。临澧人民在宋玉遗风的影响下，进一步弘扬临澧地域文化，大力彰显临澧地域精神，或许这对宋玉来说是一种更大的抚慰。

宋玉作品与文士主体性的成长

陈詠红

(广州大学人文学院　广东广州　510000)

【摘要】 春秋战国时期,新兴文士群体形成的标志是文士主体性的形成,其主体性形成的标志则是诸子、屈原、宋玉等关于文士主体性表达的作品的出现。在文士主体性研究的视域下,宋玉作品的价值主要有三:一是宋玉作品为文士思想探索的表达模式——答问体的建立奠定基础;二是宋玉作品肇始了中国文人悲剧意识的特征——时间焦虑;三是宋玉作品奠定了文人山水田园生活方式的发展方向。

【关键词】 宋玉;文士;主体性

春秋战国时期,士阶层分化,新兴士群体形成,其形成的标志是文士主体性的形成。所谓文士的主体性,是文士作为主体所特有的属性,指文士在追求理想、与外界相互作用中所表现的自主性、能动性和创造性。①宋玉(约前298—约前222)作品是新兴文士主体性形成的标志之一。

此处的"文士",泛指那些掌握了较高文化知识并对内试图寻求"官本位"意识之外新的人生价值标准、对外代表一定社会道义的人文知识阶层的成员。"文士"不是一个静止的概念,它有两条发展线索:一是与做"事"有关。早期的文士是士(职事官)之一种。汉许慎《说文》云:"士,事也。"因为"士"是指各类办理公务的人员,其中一定会有担任文职的人;而"文"则泛指文字,②所以"文士"自然是"士"的一部分。作为职事官的"士"在商、西周、春秋为贵族阶层,多在王室、诸侯公室和卿大夫的采邑中担任各种职事官。

而商"士"和周"士"掌握一定知识,在管理机构任职,拥有食田。《大戴礼记·虞戴

---

① 商、西周时期,宗法分封制保证了士等级的稳定,但严格的等级制度又使士的知识和技能无法充分施展,缺乏知识主体的自主性。他们不是独立的知识群体,其知识还没有形成理论学说,没有达到以知识为资本与社会进行交换的程度。在春秋战国,士摆脱了宗教等级的束缚,获得了较多的人身自由。参:孙立群《中国古代的士人生活》,商务印书馆2003年版,第2页。

② (汉)许慎《说文》:"文,错画也。象交文。今字作纹。"许慎意为,"文"指独体字;"字"指合体字。"文"可泛指"文字"。

德》载:"昔商老彭及仲傀,政之教大夫,官之教士,技之教庶人。"老彭和仲傀皆是商初贤臣,他们教授"士"行政知识。而周初统治者让殷士保有他们原先拥有的土地,"尔乃尚有尔土"①,让殷多士"宅尔宅,畋尔田"②。当时人分十等:王、公、大夫、士、皂、舆、隶、僚、仆、台③,"士"居中层,是下级贵族。二是与"文德"有关。周初统治者明确要求"士"有"德"。周公阐述了他留用殷士的标准:"予一人惟听用德。"④可知周代用"士"以德为先。

最终,"有较高文化水平"和"代表社会道义"两条线索于春秋末年合而为一。春秋末年以后,"士"渐成新兴知识阶层的统称。由于当政者大力提倡学文,"学士则多赏"⑤,故文士数量日渐增多,"士竞于教"⑥。文士主体性有两个具体表现:

一是文人(士)开始重新定义自己的身份,"志于道"者方可称得上士。孔子《论语·里仁》云:"士志于道,而耻恶衣恶食者,未足与议也。"⑦后来《说苑·修文》亦云"辨然否,通古今之道,谓之士"。⑧

二是文人以知识(立言)与社会交换爵禄。以前,立言是属于国家机构中专司文字管理与记载的官员的职责。春秋晚期,"立言"与"立德"、"立功"被相提并论,被定为文人人生价值追求之一,并被赋予了永恒性。如襄公二十四年《左传》云:"太上有立德,其次有立功,其次有立言。"⑨唐代孔颖达疏"立言"云:

> 立言,谓言得其要,理足可传……其身既没,其言尚存。……老、庄、荀、孟、管、晏、杨、墨、孙、吴之徒,制作子书;屈原、宋玉、贾逵、扬雄、马迁、班固以

---

① (唐)孔颖达疏,(清)阮元校勘:《十三经注疏(附校勘记)》(尚书正义卷16多士),北京:中华书局,1980年,第220页。

② (唐)孔颖达疏,(清)阮元校勘:《十三经注疏(附校勘记)》(尚书正义卷17多方),北京:中华书局,1980年,第229页。

③ "天有十日,人有十等,下所以事上,上所以共神也。故王臣公,公臣大夫,大夫臣士,士臣皂,皂臣舆,舆臣隶,隶臣僚,僚臣仆,仆臣台。"((唐)孔颖达疏,(清)阮元校勘:《十三经注疏(附校勘记)》(春秋左传正义卷44),北京:中华书局,1980年,第2048页)。《左传·襄公十四年》:"是故天子有公,诸侯有卿,卿置侧室,大夫有贰宗,士有朋友,庶人、工、商、皂、隶、牧、圉,皆有亲昵,以相辅佐也。"((唐)孔颖达疏,(清)阮元校勘:《十三经注疏(附校勘记)》(春秋左传正义卷32),北京:中华书局,1980年,第1958页)

④ (唐)孔颖达疏,(清)阮元校勘:《十三经注疏(附校勘记)》(尚书正义卷16多士),北京:中华书局,1980年,第220页。

⑤ (周)韩非撰、(清)王先慎集解、钟哲点校:《韩非子集解》(卷19显学第五十),北京:中华书局,1998年,第459页。

⑥ (唐)孔颖达疏,(清)阮元校勘:《十三经注疏(附校勘记)》(春秋左传正义卷30襄公9年),北京:中华书局,1980年,第1942页。

⑦ (唐)孔颖达疏,(清)阮元校勘:《十三经注疏(附校勘记)》(论语注疏卷4里仁第四),北京:中华书局,1980年,第2471页。

⑧ (汉)刘向撰,向宗鲁校证:《说苑校证》卷19修文,北京:中华书局,1987年,第479页。

⑨ (唐)孔颖达疏,(清)阮元校勘:《十三经注疏(附校勘记)》(春秋左传正义卷35),北京:中华书局,1980年,第1979页。

后,撰集史传,及制作文章,使后世学习,皆是立言者也。

孔《疏》认为,屈原之前,所立之言主要指子书。屈原以后,宋玉等文士的立言涉及范围渐广,不仅包含子书、史传,而且还包含文章。不少新兴士阶层成员认为,以知识(立言)和行政能力与统治者或社会进行交换以获得爵禄(出仕)是士的人生正途。《墨子·尚贤上》说:"士者,所以为辅相承嗣也"。《孟子·滕文公下》也载:"士之失位也,犹诸侯之失国家也。……士之仕也,犹农夫之耕也。"文人(士)的"立言"既是文士主体性的表现之一,又是其谋生手段,"犹农夫之耕也"。①

至春秋末年和战国时期,掀起了立言之高潮。既然"文士"自觉本阶层的"志于道"和以知识与社会交换的属性,那么,文士自然就有了一定的主体性,主体性的拥有标志着新兴文人阶层的产生。在众多新兴文士群体成员之中,宋玉是新兴文士群体"立言"事业的开创性人物之一。《论衡·超奇》云,"唐勒、宋玉,亦楚文人也"。② 在文士主体性研究的视域下,宋玉作品的价值主要有三:

一是宋玉作品为文士思想探索的表达模式——答问体的建立奠定基础。宋玉《对问》③建立了答问体这样一种文人思想探索的表达模式。嗣后,东方朔《答客难》等赋作陆续出现。如,东方朔设客问难,把德才兼备却"官不过侍郎,位不过执戟"的文士人生遭遇作为议题,借诘客之难而表达自我的思想矛盾。答问体成为汉赋重要体式之一,带有作者强烈的主观情绪。刘勰认为:"自《对问》以后,东方朔效而广之,名为《客难》,托古慰志。……原兹文之设,乃发愤以表志,身挫凭乎道胜,时屯寄于情泰……"(《文心雕龙·杂文篇》)刘勰认为"答难"式赋体源自宋玉的《对问》,也指出了其"托古慰志"的内容特征。

二是宋玉作品肇始了中国文人悲剧意识的特征——时间焦虑。宋玉的"贫士失职"的不平之气,到汉初转化为文士悲叹"时命"消逝的主题。《离骚》的"哀朕时之不当"只哀叹不遇于时,未着重哀叹个体生命时间的消逝。《九辩》则明确表示焦虑生命的消逝:"岁忽忽而遒尽兮,恐余寿之弗将";"岁忽忽而遒尽兮,老冉冉而愈驰。"据《汉书》、《新序》与《襄阳耆旧传》等书载,宋玉"无衣裘以御冬",出身贫寒卑微而才华秀逸,楚襄王时曾为"小臣",后因"不见察"与同僚妒嫉失职。《九辩》"悲哉秋之气也"把肃杀悲凉的秋景和肝肠寸断的心态表现得回肠荡气。与出身贵族的屈原那种强烈的正面抗争意识相背离,出身寒门的宋玉以那种怀才不遇、叹老嗟卑的常人心理传达出关于生命的悲叹。而嗣后贾谊《惜誓》亦云:"惜余年老而日衰兮,岁忽忽而不反";东方朔《七谏》哀叹:"哀时命之不合兮,伤楚国之多忧";"年滔滔而自远兮,寿冉冉而愈衰";刘向、严忌高吟:"欲容与以竢时兮,惧年岁之既晏"(《九叹》);"白日晼其将入兮,哀余寿

---

① 此处的"文士"即后世的"文人"。参:陈詠红:《"文人"概念起源考释》,《广州大学学报》,2014年第5期,第81—84页。
② (汉)王充撰,黄晖校释:《论衡校释(附刘盼遂集解)》(卷13超奇第三十九),北京:中华书局,1990年,第614—615页。
③ 宋玉《对问》指宋玉《对楚王问》,载《文选》卷45。

之弗将";"哀时命之不及古人兮。夫何予生之不遭时。往者不可扳援兮,来者不可与期"(《哀时命》)。

由此,宋玉奠定了中国文人的悲剧意识,即时间意识或时间焦虑。对绝大多数文人来说,时间焦虑传达了文人对生命价值无法实现的痛苦。追根溯源,可从儒家主流思想对文士的人生价值的界定上进行说明。儒家文化在对个人是否实现人生价值上拟定了三个标准,分别是"立德"、"立功"、"立言"。也即是说,个人价值是否实现很大程度上要取决于统治者是否给予"立功"的机会及"立功"是否令统治者满意。对于壮志难酬的失路文人,得不到"立功"的机会就意味着个人价值实现不了,而青春和生命是易逝的。当文人把时间意识融进自己的生命时,这类时间意象传达出的便是一份更深层的精神无所归依的悲凉。这种季节意识的来源是文人对年华易逝、人生苦短而形成的时间悲剧意识,其本质实为文人的生命意识,由生命易逝的伤感而引发对生命的珍惜和重视。

三是宋玉奠定了文人山水田园生活方式的发展方向。《离骚》言及归隐之念:"何离心(贤愚异志)之可同兮,吾将远逝以自疏。""悔(恨)相(视)道之未察兮,延伫乎吾将反,回朕车以复路兮,及行迷之未远。"但是,屈原没有指出文人的生活方式的发展路径。在《九辩》中,宋玉则借用物候变迁的自然现象表达文人生命不断消逝的焦虑心理,并流露出不贪恋仕途、寻求新的生活方式之意:"愿沈滞而不见兮,尚欲布名乎天下。"他表示甘于"穷处""守高":"处浊世而显荣兮,非余心之所乐;与其无义而有名兮,宁穷处而守高。"(王逸注:思从(伯)夷、(叔)齐于首阳也)

东汉中期,张衡《归田赋》云"与世事乎长辞",流露出与时不合、归田隐居的念头,但仍未有寻找疏离生活方式的具体想法;在汉末专制主义政治制度渐趋成熟、土地兼并严重的情况下,仲长统(180—220)顺应时代经济条件的变化,设计、描绘出疏离文人庄园生活方式的蓝图,在疏离文人探索高扬主体性的生活方式的征途上迈出了第一步。

仲长统《乐志论》将庄园经济与老庄思想结合起来,设计出疏离文人生活方式理想的蓝图:"常以为凡游帝王者,欲以立身扬名耳,而名不常存,人生易灭,优游偃仰可以自娱,欲卜居清旷,以乐其志,论之曰:'使居有良田广宅,背山临流,……蹰躇畦苑,游戏平林,濯清水,追凉风,钓游鲤,弋高鸿。讽于舞雩之下,咏归高堂之上。安神闺房,思老氏之玄虚;呼吸精和,求至人之仿佛。与达者数子,论道讲书,俯仰二仪,错综人物。弹《南风》之雅操,发清商之妙曲。逍遥一世之上,睥睨天地之间。不受当时之责,永保性命之期。如是,则可以陵霄汉,出宇宙之外。岂羡夫入帝王之门哉!'"①代表着士(文)人普遍心态的仲长统的闲适逍遥的庄园生活理想和高雅旷达的性情志趣,源于庄园经济这个社会现实,远接老庄无为、逍遥的人生哲学,成了疏离文人向往的生活目

---

① 《后汉书·仲长统》,中华书局1965年版,第6册,第1643页。

标,"体现了士人与政权的疏离、国家意识的淡薄和个人意识的强化"。①

夏商西周时期土地公有,其主要土地制度井田制是我国奴隶社会实行的一种农业、行政与军事组织形式合一的土地国有制度。② 在土地私有制度产生之前,人们对社会的疏离方式只能是"个体隐逸山林"。春秋战国时期,政治权力和经济利益的重新分配。原来的多层所有制关系向国家所有制和土地的私人所有制转变。随着战国纷争局面的结束,秦始皇三十一年(前 216),政府颁布"令黔首自实田"的法令,土地私有得到法律的承认与保障。西汉时期沿用秦制。自前 140 年汉武帝即位起,土地私有化导致的土地兼并现象日趋严重。庄园经济的强化,使得西汉末年朝廷权力严重削弱,土地兼并之风越演越烈,强宗大族的大型庄园开始出现。自西汉后期开始,士(文)人与家族和大土地所有制密切结合,成了某一家族代表人物。至东汉,庄园实际上发展成一个以士人为族长,以宗族为纽带,包容贫贱富贵、士农工商等各个阶层的大型庄园。如东汉后期崔寔《四民月令》就说明东汉后期庄园经济实际上已发展成一个包括士农工商等阶层的小社会。③ 可以说,历史的机遇决定了疏离文人生活方式的未来走向:既然土地制度、社会经济的发展产生了庄园,那么疏离文人自然会利用庄园作为疏离生活的基地。仲氏主体性的张扬体现了魏晋个体意识强化的先声。

因此,钱钟书《管锥编》说:"《全后汉文》卷六七荀爽《贻李膺书》:'知以直道不容于时,悦山乐水,家于阳城';参之仲长欲卜居山崖水畔,颇征山水方滋,当在汉季。"钱氏意为,从仲长统《乐志论》可见山水意识和山水文学的滋生并不在刘勰《文心雕龙·明诗篇》所说的宋初,而是在汉末。其实,宋玉已流露出寻找可以观察"物候变迁的自然现象"和"穷处""守高"的生活方式的意向了。

综之,宋玉作品为中国文学提供了不少母题和经典的文学意象,是中国文人生命的栖息之所和精神家园之一。

---

① 章培恒、骆玉明《中国文学史》,复旦大学出版社,1996 年版,第 264 页。
② 于琨奇《论春秋战国时期土地所有制关系的变化》,《北京师范大学学报(人文社科版)》2001年第 5 期。
③ (汉)崔寔撰、缪启愉辑释、万国鼎审订《四民月令辑释》,农业出版社 1981 年版,第 1、2、94、37 页。

宋玉对中华文化基因的贡献

江 柳

（湖北大学 湖北武汉 430062）

【摘要】 文化基因、中华文化基因，是这十来年新起的文化学术，它对继承优秀的文化传统、塑造当代中国人的精神结构，有着重大价值，因为它才是不朽的。

文化基因，不同于人类生物细胞中的DNA，但在某些方面有类似之处。它不是自然淘汰中生成，而是民族在成千上万年的生存发展的社会实践中积淀的文化遗传信息、有积极性和正价值的遗传信息，它散乱地、良莠不分地深藏在浩如烟海的文化现象和符号中。后人可通过学习领悟而问之，并作用于社会行为。

楚人是较中原华夏氏族有悠久历史的文化基因的创造者。历时万年之久。楚国末期，屈原宋玉辞赋中有丰富的文化基因，宋玉所完善的赋体和他对自然美、女性美、民间文艺美的歌咏，已内化为楚文化的、中华文化的基因，被一代又一代人所继存，并仿效、复制为大量经典作品。它对当今塑造中国人的精神，有重大价值。

一、基因·文化基因

基因（DNA），是生物学概念，它是一切生命构成的密码，是细胞内具有自体复制能力的遗传信息单位，基因长分子包含一个双螺旋形状的结构，很像一座旋转楼梯。梯子每一边都是交替的糖和磷酸组成的链。每一级梯子则是一对碱基，数以十万百万计的碱基。分为AGCT四种。A与T配对，G与C配对，形成互补关系，天衣无缝地结合在一起。那些碱基的化学物质，不断复制，使遗传信息一代一代延续下去，例如，从曹操墓中提取了DNA，这是不是曹操的呢？不知道。如果我们将嫡系曹性后人的DNA与之比较，就能确定是与不是，可见生理上的基因是十分稳定的，除非产生变异。

文化基因，当然是借喻，借生物基因比喻一个悠久历史的民族文化精萃，像基因一样镶嵌在潜意识中，不知不觉支配人们的社会行为，所以文化基因不是修辞问题，而是民族心理学，民族文化学问题，一旦形成后，它相对稳定。除非外来不可抗拒的文化干扰破坏中断了传统的遗传。文化人类学家林河就提出了"中华文化基因"的概念，并在

《中国巫傩史》这部巨著中,专章论述。他认为中华文化有创新型基因、和合型基因、开放型基因、民主型基本、歌舞戏剧基因、文学艺术基因,言之有理,持之有据,这部著作是2001年出版的,现在已开始为大众接受。

林河认为,正如袁隆平院士培育的水稻是用野生水稻基因杂交的一样,中华文化基因也存在于野性文化,即原生态的巫傩文化中,例如屈原的《九歌》,应是源于"傩坛戏"。林河之论不无道理,但仅限于巫傩文化,忽视了先秦的经验理性文化,如《尚书》、孔孟、墨翟、屈宋、《易传》等文化精萃地建筑了中华文化基因,就未免以偏概全了。

不错,从文化发生学来看,巫傩宗教在数千年的社会实践中,创造了汉字、诗歌、乐曲、乐器、歌曲、舞蹈、戏曲、特技、青铜器、医药、天文(星象)、地理、神鬼、祭祀、礼仪、节日、建筑、图腾、神话、神人和谐观念、议事制度、年事组织等等物质文化与精神文化现象,这些文化现象在几千年上万年的重复实践中,经过过滤,沉淀为真理性的认识,内化为潜意识、集体无意识,即我们说的中华文化基因。如果从"物质文化"文化角度看,和合、和谐的文化基因,显然源起于一万多年来水稻生产的人际关系。水稻生产不论是象耕鸟耘时期,刀耕火种时期,还是牛拉犁耙时期,抢种抢收,防洪排涝,驱起鸟兽等,都是需要定居下来,团结互助,和睦相处的。于是,团结、睦邻观念就形成了中国人的文化基因。马背上的民族,居无定所以劫掠为生的民族,只重内部,对外则是掠夺、战争、消灭异己,不共戴天。由此可见,与邻为善的中华文化基因,不是出于巫术,而是出于经济;不是出于神鬼意者,而是出于民族意识,不应将基因之源一元化。事实上,自殷代到战国,黄河长江流域都创造了母体文化。那些无形(神鬼)和有形的、非理性和理性的、经验和哲学的文化,在数千年的实践过程中,没有普遍真理性,没有传承道德性,没有积极审美性的文化,都自然淘汰了,积淀下来历代被人传颂的东西,都是基因的本源和本根,只不过最有生命的基因奠基了三代而已。例如"自强不息"、"厚德载物"这两句激励人生的名言,出自《周易·象传》,它塑造了中华民族的精神,成为文化基因,千秋万代的人在不断复制这种过程,使它成为历史的动力。《象传》是春秋战国时人们对乾坤二卦中所含人生哲理的解读,而乾坤二卦则是《周易》这部巫书的基本卦。乾为天,坤为地,天是刚健地昼夜运行不息的,地是厚实地负载了万物的。所以君子要效法天地,自强不息、厚德载物。担当起社会责任。《象传》的这两句名言,源于卦象的内涵,卦象又源于远古人类巫术信仰卜筮的经验。这就是林河先生谈基因之源在巫傩文化,但是,春秋战国时,除楚国外,巫傩文化处于衰颓、消亡状态,它对文化基因的奉献基本结束了,而老子、孔子、孟子、荀子等的学说影响强烈而深远。这也是原生态的理性文化,它对建构中华文化基因起着决定性的作用,所以,我将中华基因生成的决定时期断定在先秦。屈原宋玉文化当然包括在内,楚国的文化是影响中华文化基因构成的最强大的力量。这不仅因为她历史悠久、地域辽阔、人口众多,还在于它的文化创造者不仅包括黄帝等华夏族,还包括巴濮、扬越、三苗、荆蛮等氏族,这些民族一万多年前就在这里生产生活,创造了和合文化基因,并将这种文化向北推移,越长江、过淮河、渡黄河、将水稻文化的团结、互助、和移、安定、拼博、创造等基因播种于中原,他们没有留下一本经典著作,却哺育了北方的圣人和贤人。这是我们在研究时不可忽视的,本文不研究楚文化,所以就此打住。

宋玉,是楚文化中最后和最亮的一颗明星,他与贵族出身的大巫师兼左徒高官的屈原太不相同,他基本上属于寒门子弟。他代表平民文化,以辞赋的杰出成就而影响后代,在中华文化中增添了若干基因。正是这些基因的遗传密码,使秦汉、魏晋文学绽开了满目繁花。

二、宋玉对基因的贡献

宋玉与屈原史上虽然并称"屈宋",但近代以来代表楚辞文化的只有屈原。屈原是爱国诗人而居高位,宋玉在政治上的评价很低,认为是个御用文人,等同优伶,是位艳情文学的始祖。这个评价是极不公允的。如果在这种评价基础上向宋玉贡献了什么文化基因,只能回答是"艳情",广而言之,《玉台新泳》中的艳情诗和后代言情小说,鸳鸯蝴蝶派是其基因遗传信息的复制。

按照我以生命美学的观点去解码,宋玉是古来第一位山水美、女性美、郑卫之声美的放歌者。如果按文化人类学的观点去解码,拯救楚国江山的真正爱国主义者、较屈原的"忠君爱国"更胜一筹。

"艳情"说,只是抓住宋玉楚赋的若干表象如楚玉与神女之爱、东家之子对宋玉的爱慕、店家女对宋玉的挑逗来评价,显然是皮毛的认识。实际上宋玉是在赞美女性生命力之美,自由择偶行为之美和歌舞艺术创造之美(《舞赋》)。这就是本质,是基因的特色与功能。

我归纳宋玉在楚文化——中华文化基因中库中提供的基因有五个:

一是,赋体文学体裁的基因

二是,热爱自然山水美的基因

三是,欣赏女性生命活力的基因

四是,赞赏民间艺术美的基因

五是,抗争生命价值毁灭的基因

(一)赋体文学体裁的基因

赋体不是宋玉提出的,而是荀子(况)。他作了《成相篇》和《赋》。不过它不是文学形式而是借物寓意来谈论礼和智理论文字。这种赋即使使用了形象的比喻,甚至有节奏有押韵,即只是增加了理论文的色彩,只是使文章生动的手段。宋玉吸收了荀子语言形式的优点所创造的赋,不论是散文式的还是韵文式的,都是以意象创造为核心,通过描述状物,以铺采摛文的节律来抒情言志,将读者带入审美境界,《钓赋》、《笛赋》、《御赋》是达理之作,但宋玉《钓赋》首先是描写了玄渊的钓鱼之技,《笛赋》先写了竹林之美,次写吹笛之技高,笛声的美妙动人;《御赋》描写钳且,大丙驾车宛若神话,其幻想空间之广阔与星月之瑰丽,十分感人。其比喻之生动贴切与抒情色彩的浓厚是荀赋不可企及的,所以它属于文学范畴。《大言赋》《小言赋》应属游戏文章一类,虽以赋名却没有艺术形象。这是赋体在发展初期探索时产生的不符合艺术规律的现象,我们不应责怪。

自从宋玉创造了赋体文学样式,它本身就是审美基因。它有诗的构思、诗的节奏与韵律,其语言比回言自由、长短不拘、写物及情不拘一格,故可铺陈排比,一演胸中的郁积,可雕琢其词,极尽技巧之能事。总之,它是诗与散文杂交的品种。所以古人绕它最"古诗之流",刘勰在《文心雕龙·诠赋》中说:"赋自《诗》出,分歧异派,写物图貌,蔚似雕画,抑滞必扬,言旷无隘。风归丽则,辞剪荑?"至于"述客主以首引"和结章以诗,并非固定格式,所以有人因袭,有人弃用。

宋玉完善的这种文体,具有强烈的生命力。它在楚亡后,一度不见踪影,似乎像电光石火一闪即逝,但由于它已形成了文化基因,潜伏于楚人的心灵深处,有了适宜的气候与环境,它的密码就会被人解读,从而是开始了创作,秦代的赋很少,那个国度的人没有接受楚赋的遗传信息,加上当时是"秦王统一六合"的战争环境,文学要发展是困难的。刘邦执政以后,情况彻底改变。他本人是楚人,也受楚文化和作《大风歌》,朝廷大臣和百姓都是楚文化的继承者,因之汉代作楚赋,朗诵楚赋之风日炽。在这种审美文艺需要的形势下,作者如林,名家辈出。而且还有一些善于诵楚辞的名人。一直到隋代,还有朗诵楚声的专家。刘勰在《文心雕龙·诠赋》中对赋的源流、特征、作家、作品、风格作了全面的论述。他说:"汉初词人,顺流而作,陆贾扣其端,贾谊振其绪,枚马播其风,王扬聘其势,皋朔已下,品物毕图。"意思是说:汉代初期的词赋家,顺着秦代的杂赋之流的创作。陆贾是最早的汉赋作家,贾谊加以发展(写了《吊屈原赋》);枚乘和司马相如,扩大了他们的影响(作了《七发》《长门赋》),王褒扬雄发展这种趋热(作了《词箫赋》《酒箴》),枚乘东方朔以后,各种事物都用赋体现实性了。刘勰说,从汉宣帝到汉成帝的四十年间,校阅后送到皇帝看的作品就有一千多篇。

赋体基因促使四百年间的作品形成一代文风,这是中国文学史上奇特的现象。自汉以至今天,赋体依然有生命力。没有宋玉种下的基因,能产生这种文化现象吗?

(二)热爱自然山水美的基因

文化基因都是以原生态首创的优秀作品而嵌入基因序列的。宋玉以《高唐赋》而开创作山水美的先河。

热爱自然界的山山水水、花草树木、飞禽走兽、鱼虾蟹鳖,是中国人从农耕狩猎经济时代就具有的自然崇拜审美心理或图腾崇拜心理。慢慢地人们的口头描述它,在岩石上刻画它,直到用文学表述它,在文学上留下痕迹的是《诗经》,如"桃之夭夭,灼灼其华"、"昔我往矣,杨柳依依"等比兴形象。孔子的山水比德之论,也有人认为是山水美学的源泉。此外,写出记水的文字只有《山海经》了。

真正将自然界事物作审美对象描绘其生命力之美的。有人认为是屈原的《桔颂》。不过,我认为这也是比德之作,是借某一自然事物的特征,来象征真善美的人格,正如以香草美人比喻君王一样。严格地说,比拟的自然形象只不过是手段,并非纯粹的赞美客观对象。

宋玉才是山水美的第一位赞歌者。他的代表作就是《高唐赋》。还有《笛赋》、《九辩》中的景物描画文字。

我在《宋玉辞赋中的美学解读》一书中,有整整一个章节作了分析,兹不重复。这里要补充的是:为什么历来文学史家都认为山水文学出现于魏晋以后？刘勰说:"老庄告退,而山水方滋。"意思是说,东汉儒家衰退,老庄的哲学兴起了一些人的醉心于《易经》、《老子》、《庄子》,晋代玄学流行。到刘宋初,玄学才消退,山水文化才兴盛起来。但这不等于说山水美在南北朝时被发现,才有山水诗。山水诗成为文学家的审美对象从宋玉起一直未断,如司马相如的《上林赋》、郭璞的《江赋》,只不过以山水为咏赞的作品少而已。我认为这与汉武帝推行儒家学说有关。董仲舒执政时,禁止各家学说,老庄崇尚自然的哲学自不例外。董仲舒在《春秋繁露》中,也有一篇《山川颂》,篇幅不长。他全是以山之崇高,水之不竭来比喻君子之德。这是孔子的遗教。比德,当然是以山水花木之特性来喻君子之德,儒家道家都有如此修辞手法,蓬间雀本是一种在特殊灌木丛中活泼机灵的审美对象,一旦比喻人就成没有大志的安于卑贱的小丑,人格低下了。小鸟也随之成为丑类,不能与大鹏之美相比了,这就是比德之失。

世间一切生命,不论动物、植物、小草攀藤、蚯蚓昆虫,如果不以对人有益有害,是善是恶为标准,即不以道德尺寸来衡量,其生命力旺盛时期都是美的,只是人们由于比德思维的束缚,受圣贤经典语言,以道德标准来检验美丑的束缚,大自然风物之美,一草一虫,一叶一枝之美,以及宏观高山深谷、瀑布深潭、小溪游鱼、藤萝杂花、野草昆虫、曲折小径、茅棚土屋、木桥小舟等自然生成或自然人化之美都被忽视了。人们的审美感官变化也迟钝起来。但是,喜爱自然山水美的文化基因,由对宋玉《高唐赋》诵读而嵌镶入心理深处的爱山水基因还是潜在着。一到庄子的自然哲学流行,当人们个性化解放,并走向山林,他们不仅会长啸,而且要吟咏了。东晋王羲之的《兰亭诗序》和一群墨客的吟咏,就将山水文学推向一个高峰,当然,还有山水画也是这时兴起的。

历史上没有将山水文艺的起源归于宋玉,与宋玉的作品题名《高唐赋》有关,而《高唐赋》又与该序文有关,其实,序与文是生硬的拼接,而题与文只不过说明此文是背景文章而已,我猜想宋玉不会不觉察这种拼接、起文不符的矛盾关系,由于他没有由头作山水赋——顷襄王没有给他出此题,而他又有满腹热爱山水的材料与情感要发之于赋,就不得借题发挥了。

《高唐赋》——山水赋,是嵌入中华文化基因的重要遗传信息,使中国的山水诗画至今仍是宣扬天人合一,人与自然和谐相处的艺术手段,是中国人最喜爱的题材。

(三)欣赏女性生命活力的基因

爱美女,或许是文明社会以来的审美现象,野蛮社会的女人,只能是系列的性爱对象,到后来,文化发展了,大脑中的审美意识发生了,才有对女性美丑的判断。丰乳肥臀是会生育的标志,青春时期和盛年时期,则是最有繁殖能力的人生阶段,所以这时的女人会认为是最善最美的。到生产力发展了,一些女人不必受狩猎、耕作、日晒、雨淋之苦后,她的皮肤一代代地细嫩起来,面目姣好起来和眉目能传情时,美女感就出现了。我猜想最早的美女一定是女巫。因为只有身材好、相貌美、善歌舞的女巫才能获得鬼神的喜欢(实际是获得酋长一类人的喜欢。)后来,阶级出现了,上层富裕阶级的优越生活条件、文化条件、使得小姐们生得更美起来,爱美人、爱少女美的风气就慢慢形成了,甚至成为人的本能,于是"手如柔荑,肤如凝脂,领如蝤蛴,齿如瓠犀。螓首蛾眉,巧笑倩兮"(《诗经·硕人》)的诗出现了。这是古代唯一咏叹美女的名句。《硕人》是卫国的民歌,也就是"郑卫之声"吧! 郑卫地区在巫术宗教消解处,大量善于歌舞的女巫转化为民间艺人,并带来了浪漫的情爱风俗。在这种文化环境中,出现咏美女的诗歌是很自然的。从《诗经》载此诗后,数百年间不见有诗文传世。如果说有,那就是从宋玉开始。

宋玉的赋中关注最多的是美人,如巫山神女,东邻的美女、客栈店主的女儿,秦章华大夫所描述的桑间濮上的一群美女,还有《舞赋》中善楚舞的一群美女。《招魂》中的宫女就不计入了,那只是符号性的存在。

对这样的众多的充满青春活力的美女,宋玉采取什么审美态度,运用什么标准,达到什么目的呢?

第一是,尊重美女的人格,不歧视不贬低;

第二是,制定外貌美与内在美的审美准则;

第三是,采取非功利的审美态度。

这三个方面反映于一个作品中,无疑是《神女赋》。所谓神女,实际是梦中美人、理想中的世间美人而已,正如希腊的爱神与美神阿佛洛狄忒(维纳斯)一样。

楚襄王听说他的父亲怀王梦游巫山高唐观时有神女来自荐枕席,别后化为朝云暮雨,邪念顿生,也想去会见,即占有这位梦中美人。宋玉当然不敢反对,但也不愿襄王去玷污她,于是编了一套规矩来阻止。他说:"大王若想去见神女,必须斋戒沐浴,选个吉日良辰,选好车马穿着黑色庄严的服装。树起拂云宽的旗帜,以翠鸟的羽毛做车盖。刮风时起程,下雨时停下,千里奔赴⋯⋯"这哪里是去幽会,简直是朝拜。这一段在《高唐赋》中的话,透露了宋玉对神女的高贵人格的尊重。不是将神女看作荡妇、神妓,而是当作天神,当作帝王也不能随意侵犯的女神。(在《讽赋》)中,对店家之女放荡地要求与他上床,宋玉也未轻蔑地对待,只是发誓赌咒地婉拒,这不也是一种对女性的尊重吗?)这是第一点。

第二点是宋玉心中的审美标准,对待美女历来只讲容貌体态之美,所谓沉鱼落雁之容,闭月羞花之貌,所谓一笑倾城倾国,楚襄王在叙述梦中神女时,也只形容外貌之美如什么什么,总之是"美貌横生",宋玉在夸赞一番之后,则转下实写:"她气质庄严而高贵,怎么用言语描述先? 她体态丰满,端庄贤淑;肤色洁白,湿润如玉;眼睛明亮,炯炯有神,一双美丽的大眼睛特别好看! 她的眉毛弯弯的,就好像蚕蛾的触须;她的嘴唇红红的,就如同鲜艳的丹砂。"接着宋玉就写其内在美:"她本性朴素纯正而又温厚诚实,心情懈怠安适,体能幽静闲雅。"还说她:"无拘无束,自由放纵"等(注),这内在的文化素养,道德情操,精神境界,性格特征的真善美,是从来没有人写过的,将外在美与内在美结合起来评价美人,自宋玉始。

第三点是以非功利观点审美。

宋玉是以非功利的审美观来对女性的,即使暗恋窥视他三年之久的邻女,或者大胆性放纵的店家之女,宋玉都采取非功利的态度,即欣赏其美而不去占有其人。须知,在战国时代的楚国,女性是择偶自由的,对桑间濮上那些浪漫的事是采取开放态度的。没有儒家那一套性楚锢的道德法规。这样一来,人们在性与美之间就可以自由选择,赏其美不必占其人。好像我们今天在大街上欣赏美女,不是为了占有、玩弄猥亵一样。何况楚国继承的是殷商文化。殷商文化中,妇女的地位是很高的,有母系氏族社会的遗风。楚人也是如此。《讽赋》可见一斑。

《讽赋》写宋玉休假回家,在路上人饥马饿,走到一个旅店,店门大开,店里的老主人——夫妇二人外出了,只有一个女儿在家,这位小姐看到美貌的宋玉是文化人,就安排他住在芝兰之室。这个房中有琴,宋玉拿来弹了一《幽兰》、《白雪》两段曲子,看来呈现自己的高洁情操。这时房东的女儿抱着一束色彩鲜艳的花进来。她身披着翠羽香花的裘衣。外罩一袭前时的白衫,头上戴着重珠的步摇。走进房门问客人饿了没有,接着送来了饭菜,她乘宋玉吃饭时,将头上戴的翡翠钗子,挂在他的帽带上,这明显是一种爱情的表示,宋玉连头也不敢抬起来看她。于是又拿起琴,弹了《秋竹》、《积雪》两首曲子。暗示自己胸中空无情,心中积雪般寒冷。店家女儿看到宋玉不动心,干脆躺在客人的床上唱道:"恐惧不安上玉床/玉体横向陈在身旁。/君不御兮妾谁怨/暮赴黄泉幽魂香。"这位店家女疯狂追求宋玉,是因为宋玉是官吏呢,还是因为他就是美男子,又文化素质高超,从宋玉的拒绝来说,表明了他对美女的非功利态度。从弹琴言志,到厉言拒婚、轻浮、又没有责她举止失礼。对女性的尊重还表现在《登徒子好色赋》中,和《讽赋》一样,开头都是有人在楚王面前毁谤宋玉。

"宋玉的体态容貌长得英俊漂亮,还喜欢微词讽谏,又好女色,请大王不要让他到后宫走动。"

襄王于是询问宋玉有没有这种好色之事。宋玉当然否认。襄王说:你说你不好色,有什么证据,宋玉就说了这段名言。

"天下之佳人莫若楚国,楚国之丽者莫若臣里,臣里之美者莫若东家之子。东家之子,增之一分则太长,减之一分则太短,著粉则太白,施朱而太赤。眉如翠羽,肌如白雪,腰如束素,齿如含贝,嫣然一笑,惑阳城,迷下蔡,然此女登墙窥臣三年,至今未许也。"

宋玉是朝廷的官员,又是美男人,他具备世俗之人去占有美人的条件,也具备情感心理状态,对这位他认为的天下第一美人却"至今未许也",没有许诺她的爱意,当然是对婚姻大事的郑重,对美人人格和爱情价值的珍重。难怪楚襄王听后称善了。

总之,宋玉对追求他的美女也好,对与他无关的神女也好,都是采取"目欲其颜,心顾其义"的审美态度,这就给古代楚民族输入了只欣赏女性生命活力之美而不侵犯的文化基因。汉代以后所有文学作品,很少是色情的。《乐府》诗、《玉台新咏》都是如此,不能说与宋玉遗传的审美文化基因没有关系。

(四)欣赏民间艺术美的基因

"郑卫之音"是泛指春秋战国时期黄河中下游,即北起安阳、濮阳、南至商丘、新郑这个地区的民间歌舞。"郑卫之音"的原生态是巫歌巫舞,那是野性文化。远古时代,人们在对自然不可抗拒的力量面前,总以为有神鬼在操纵着人的命运,只有祈求他们,才能获得生存与发展。于是,巫术产生了,巫师出现了。为了祈祷成功,必须供祭品,致祷词,唱巫歌、跳巫舞以娱神、媚神,隆重的祭祀还要献全裸的"尸女"。到了春秋时代,人们对自然规律有一定认识,不再那么迷信巫术宗教了。"河伯娶妇"的故事就是一例。这样一来,女巫就失去应用价值。于是,从娱神走向娱人,这种歌舞娱人的文化,不仅女巫参加,一般人都可参与演出。所以,过去巫风炽热的殷商文化故土,郑卫之声大盛,这些民间歌舞的内容,有的很煽情,很粗俗不避男女间挑逗的色情成分。所以孔子说"郑声淫",淫有色情与过度两重含义。孔子指的是前者,所以要"放郑声",即放弃,抛弃郑卫之声。

楚国与郑国邻近,又盛行过巫术的文化,所以很容易接受郑卫之音,后来加以改选,成了《激楚》、《结风》、《阳阿》这些楚歌楚舞,从《楚赋》的描写来看,色情的成分一点都没有了,或许这是宋玉的文饰吧,不然楚襄王为什么对演出产生疑虑呢。

宋玉当然知道儒家对郑卫之音持否定态度,但他认为文艺有双层功能,一是教育功能,寓教于娱;二是单纯的娱乐功能,不涉及教化,是纯审美的。这种认识使他对民间歌舞采取肯定的态度。阳春白雪、下里巴人、各有所爱,这种艺术观在两千三百年前产生,实在令人惊讶,他比儒家的诗教说高明得多,科学得多,也比我们奉"政治第一,艺术第二"为金科玉律的人睿智得多!

就在这种艺术观支持下,宋玉创造了《舞赋》。(关于《舞赋》为宋玉所作,我已写了一文专门论证。请参阅拙著《宋玉辞赋中的美学解读》一书,兹不赘述。)

宋玉在《登徒子好色赋》中,引秦章华大夫说他看到,郑卫溱洧间,"群女出桑"的情节,正是郑卫一带寻找心上人的时候。(今天少数民族的三月三踏青,对歌择偶,就是古代遗风)宋玉借秦章华大夫之口表明自己只爱美人,爱郑卫之音的审美趣味,审美对象。

上述一切表明,宋玉不仅热爱民间歌舞,作赋传播郑卫歌舞之美,他的行为实质上是捍卫和强化殷商巫傩文化基因,使之成为遗传信息密码,这个遗传信息在汉代得以复制,使郑卫之音,楚歌楚舞成为风尚。岳庆平《中国秦汉艺术史》说:有浓重教化意义的尔雅乐歌舞虽然重新在汉初出现,人们已不感兴趣了。而"民间俗乐俗舞却受到了汉代统治阶级广泛欢迎。战国时南方楚国的韵舞蹈——楚声楚舞在汉代的宫廷乐舞中占有重要的地位,并成为时代风尚……这些民间乐舞在当时称为'郑声'或'郑卫之声',至隋始称为俗乐"。还说:"汉代民间乐舞和宫廷(乐舞)相融合,诞生了汉代大典——相和歌,相和歌是在民歌基础上,继承周代的'国风'和战国的'楚声'传统发展而来的。"从这段史话中,我们不得不佩服宋玉的艺术眼光。如果不是宋玉在行为上说服楚王去欣赏郑卫歌舞,不是宋玉通过秦章华大夫赞美郑卫"群女出桑"的美女,不是宋玉作《舞赋》将楚舞楚声的文化基因传诸后代,大家都按照孔子"放郑声"的教导去扑灭民间歌舞艺术,哪还有什么汉代大曲相和歌,还有什么乐府诗?

由巫傩文化中巫歌巫舞衍生的郑卫之声,楚声楚舞,是原生态的时间艺术,它恐怕有好几千年的历史了,时过境迁,特别是在政治打压下它的歌声舞影都会消失殆尽,它的艺术生命或许会淡入云烟。肯定郑卫之音,描述郑卫歌舞就是保护原生态的生存与发展,由于宋玉的赋作才使民间歌舞的文化基因嵌镶入楚人心中,使它在楚之后得到复制的机遇,并在以后的历史上一再滋润着雅文化的发展,宋玉功莫大焉。

(五)抗争生命价值毁灭的基因

对生命、生命价值、中国人自古都是肯定的。从来也没有悲观厌世、求解脱的文化传统,悲观厌世思想是汉末佛教传来后才有了一定市场。重视生活,重视生命价值,在《易经》以前就有了,换句话说,在巫术宗教统治的时代,巫术文化就教人"生生不已","自强不息"!这种人生哲学,生命美学的洪流数千年来抵住外来"宿命论"宗教的侵蚀,连势力最强的印度佛教到唐代由六祖惠能改造为禅宗佛教了。如禅宗反对西天有极乐世界,认为极乐在东方人间,过激派甚至呵祖骂佛。这也说明,中华文化基因重生命,重生命价值的不可抗拒的能量。

说句老实话,中国人是一个没有严格宗教信仰的民族,不相信天堂地狱、十殿阎王、灵山鹫岭、海外仙人。个别执迷不悟者只是文化基因的变异,一代而终。

但是,热爱生命,追求生命价值只是一种自然基因和文化基因的属性,只是一种欲望,而不是必然能够实现的。特别是有了私有制和阶级以后,生命没有保障、生命价值不能实现的哀歌就开唱了。

屈原的《离骚》是其大巫师的生命价值,左徒的政治生命价值,被怀王疏远,又被顷襄王毁灭放逐而作。他的"忠君爱国"精神,被人诬诟而贬谪的命运,会千秋万代失意的文人同情,悲其怀石沉沙而自毁生命。但在我看来,屈原是由于大巫师不被怀王重用而疏远的。

他的生命价值在怀王中晚期不贬价了,一度十分迷信,用巫术治军,用巫术当合纵长的怀王,在几次军事失败后,对神鬼帮助他抗秦的认识清醒了一点,因此不再信任屈原改革政治的空话。至于令尹子兰也就是养士三千的春申君,重视的是治国人才,根本不再信巫术,所以将屈原贬谪了。他的巫师的生命价值,三闾大夫的生命价值已不能满足社会发展需要了,放逐有什么值得同情的呢?可是屈原不服气,他认为自己是上帝太阳神的儿子,是天生的巫师。我想帮助你推行尧舜之道,你却不重用我,因此牢骚满腹,要到天上去告状,结果守门的不理他,在神巫的指点下,他去向神女宓妃等等求婚,想通过神女帮助来实现巫术,治理理想,结果众神女别有所恋。无可奈何,他也想到外国去实现理想,驾龙车奔驰于太空,在经过赤水时,忽然看到了故国,他不想走了,而马也不想奔驰了。这时,屈原对人间彻底失望了,于是下定决定回到水府天国去,和巫咸一起游历。这就是汨罗沉沙的结局。

屈原的生命和生命价值是否值得高度肯定,我是怀疑的!至于宋玉就不同了。

宋玉的所有辞赋,都是肯定生命的,他不爱楚国四面八方、天上地下的鬼神(《招魂》)只爱大自然生气勃勃的生命现象:急流飞瀑、鱼鳖虾蟹;他欣赏所有充满生命力的美女,宫娥佳丽、千里江南……这一切审美现象他都用创新的赋体来描画,雕琢共词,表其爱憎。这不然就是宋玉的积极生命观和价值观的反映吗?不是他人生观、世界观的呈现吗?

遗憾的是,他没有陪同考烈王走到最后,在他进入暮年的时候,被谗言所诬,终于走出宫廷了。这时他或许是最有才华显示的时候,丰富的宫廷生活,楚国由盛到衰的阅历,文学创作技巧的成熟,颠沛流离的经历等等,都因失职而不能实现了。这时他感到生命如落后,一般凄凉。所以作《九辩》以寄托悲情!

悲哉

秋之为气也!

萧瑟兮,草木摇落而变衰

憭栗兮,若在远行,

登山临山兮,送将归!

这是对自然生命力衰微变丑而兴的哀叹,也是对自己生命力由美男子转化为"泊莽莽与野草"同死的悲歌!他已感到"无衣裘以御冬兮/恐溘死而不得见乎阳春!"宋玉用了大量笔墨来控诉奸佞对他的迫害,来幻想楚王是伯乐再起用他。宋玉有点过高估计自己的政治才能,过高估计楚王对他的价值评价,其实,楚襄王,考烈王不过将他当弄臣而已。当时谁能认识他在艺术上光照千秋的价值?恐怕他自己也不相信他是辉耀天际的一颗星!所以,他只能在凛冽的秋风中,在黄叶纷飞、野草枯黄的时节,唱一首长长的生命哀歌,叹息人生价值的毁灭。

宋玉万万没有想到,这首哀歌竟拨动了千秋万代士大夫的心弦,成为民族文化的基因,嵌镶在中华民族文化的双螺旋结构里!

对中华民族文化基因的探讨,是一个崭新的课题,它需要古代文化艺术家、哲学家、政治家、军事学家、宗教家,以及文化人类学家广泛深入地探讨,以最大公约数找出中华民族精神文化结构中,那是有永恒生命力,能不自觉地驱动我们民族向真善美境界不屈不挠地前进的基因。我提出宋玉五个方面的贡献是否准确,请专家们质疑,指正。

2014 年 9 月 10 日

注:译文摘自吴广平《楚辞》,岳麓书社,2011 年版,P349

宋玉其人考

蔡崇友

(钟祥历史文化研究会　湖北钟祥　431900)

【摘要】 宋玉是战国末期楚辞文学家。研究古人,要有正确的方法,正确的观念,还要有全局的胸怀。宋玉出生地为钟祥,宋玉在钟祥兰台的政治活动,阳春白雪之典故,宋玉井和宋玉宅的遗迹。

【关键词】 宋玉;籍贯;郢中;兰台;阳春白雪;碑刻

研究古人,一要有正确的方法,做到以史为镜,以文物为佐证,根据史书记载,典籍评述,古迹碑刻以及在自己作品中的表露等四个方面进行综合研究,方能得出科学的定论;二要有正确的观念、研究、考察的目的,是为了纪念古人、传承和发扬因他们而产生的优秀文化,为今天建设有中国特色的社会主义精神文明和经济建设服务;三要胸怀全局、放眼未来,文化是民族的,也是世界人类共有的精神财富。

一、宋玉的出生地

宋玉是楚辞文学家,战国后期人,生于公元前约300年,卒于公元前222年,享年七十有余。其籍贯,历史上的记载并不具体,我们推测,他应该是钟祥郢中人。郢中,战国时称郊郢,西汉时为郢县,东汉至两晋时为"宜城县南",刘宋至隋间为长寿,唐代时为郢州,宋元时为长寿,明清时为承天府、安陆府钟祥县,今日为钟祥市郢中镇。

由于宋玉是楚辞大文学家,楚国幅员辽阔纵横数千里,其足迹所涉之处是很多的,留下的古迹也就绝非一处。

据《史记·屈原贾生列传》肯定宋玉为楚国人:"屈原既死之后,楚有宋玉、唐勒、景差之徒者,皆好辞而以赋见称。"《后汉书·艺文志》也称宋玉为"楚人",与唐勒并时,在屈原后也。

宋玉具体是楚国哪个地方的人,又怎样断定宋玉就是楚国之陪都——郢中人呢?据钟祥市已故作家、钟祥市作家协会主席冯道信先生多年的研究,除《史记》、《汉书》之外,查阅了西汉刘向的《新序》、东汉王逸的《楚辞章句》、西晋陆机的《文赋》、梁朝刘勰的《文心雕龙》等典籍。

《新序》载:宋玉"事楚襄王而不见察,意气不得,形于颜色"。又载:"宋玉对楚襄王问曰:"客有歌于郢中者,其始曰下里巴人,国中属而和者数千人;其为(阳陵采薇)阳阿薤露,国中属而和者数百人;其为阳春白雪,国中属而和者数十人而已;引商刻(角)羽,杂以流徵,国中属而和者不过数人。是以曲弥高,其和弥寡"(转引自《乐府诗集·阳春曲》条括弧内为《新序》原文)。

据《文选》校改《楚辞章句》说:"《九辩》者,楚大夫宋玉所作也。"

《文赋》说:"缀下里于白雪,吾亦济夫所伟。"

《文心雕龙》对宋玉的评述有14条之多,如《时序》中说:"惟齐、楚两国,颇有文学。齐开庄衢之第,楚广兰台之宫……屈平联藻于日月,宋玉交彩于风云。观其艳说,则笼罩雅颂。"

《杂文》中说:"宋玉含才,颇亦负俗,始造对问,以申其志,放怀寥廓,气实使之。"

《知音》中说:"然而俗监之谜者,深废浅售,此庄周所以笑《折杨》,宋玉之所以伤《白雪》也。"

《诠赋》中说:"荀况《礼》、《智》,宋玉《风》、《钓》,爰锡名号,与诗画境。""宋发巧谈,实始淫丽。"所言《风》、《钓》即为宋玉所作的《风赋》、《钓赋》。在《风赋》卷首说:"楚襄王游于兰台之宫,宋玉、景差侍。"

以上,足以说明宋玉为楚人,并在楚从事政治活动和文学创作;宋玉在楚襄王其政治活动中心的兰台之宫;宋玉成才扬名于兰台;从此,宋玉与"兰台"、"阳春"、"白雪"结下了不解之缘,并齐名于天下。宋玉自喻为"阳春白雪"之客,歌则和者而寡。"阳春白雪"典故出自于宋玉的故乡,位于楚别邑(楚国陪都之兰台)郊郢。现今钟祥市博物馆存藏有一块巨型石碑匾,这是全国唯一之实物,"阳春白雪"之佐证。

古《乐府》有吟兰台泮水和宋玉井泗泉水"冉冉水上云,曾听屈宋鸣;涓涓水中月,曾照莫愁行"的诗句,不难证明,宋玉确为楚国别邑郊郢人,今湖北省钟祥市郢中镇人。

据《楚世家》记载:"十八年,楚人有好以弱弓微缴加归雁之上者。顷襄王闻,召而问之。对曰:'……王何不以圣人为弓,以勇士为缴,时张射之……王䌹缴兰台,饮马西河,定魏大梁,此一发之乐也……今楚地方五千里,带甲百万,犹足以踊跃中野也,而坐受田,臣窃为大王不取也。"太史公在《顷襄》中用了675字写他,文字采用对问体,篇幅之长,析其内容、见解透彻、文采横溢、逻辑严密、丝丝入扣。当时,屈原已被楚王疏远,对问为宋玉首创,故而有《文心雕龙》的"宋发巧谈","始造对问","自对问以后,东方朔效而广之"的说法。我们推断《顷襄》对问非宋玉莫属也。

二、宋玉的生平

宋玉的生平事迹,从其作品中可以知晓。宋玉自称是"南楚"人氏,这就告诉我们,他本是楚之南邑人,而楚别邑郊郢当时又称为"南郊"。他的《九辩》中,也对自己的身世进行了表述,清楚地显露出他与郢中的关系。游国恩先生在其《楚辞概论》中考证,玉"至楚幽王时,年逾六十,因秋感触,追忆往事而作《九辩》寄意"。

史载：楚幽王登位于公元前236年，为楚襄王迁都陈郢后43年，宋玉此时已六十有余，他称自己为"去乡离家远客"。说明他的政治活动和文学创作活动可分前后二期，即前期为迁都前，后期为迁都后，他把后期活动的地方称"去乡离家"，那么他前期活动的地方，就是他的家乡了。

三、宋玉与宋玉井

诗云："兰台东侧一口井，此井就在宋玉家，清泉孕育文学娃，屈原宋玉莫愁花。"

钟祥市内郢中城区石城大道东端处有宋玉故宅，还有宋玉井，又名楚贤井，距今2300多年。井口0.5米，井壁1—1.5米，井深约10米，砖石砌成，井沿为整块汉白石雕琢而成，环石浑厚、光滑，井口盈尺有余、固不可移，冬季井口雾气腾腾，夏天饮之甘冽清凉，沁人心脾。

兰台楚宫，建在兰台山上，位于城区中央，遗址尚存。清乾隆年间，在其址上建书院，名曰"兰台书院"（今为"兰台中学"）。其东侧的宋玉宅、宋玉井与兰台仅一路相隔。

宋玉井曾经淤废，唐朝著名诗人杜牧为此作《废井文》，于明朝初年重修此井。清顺治初荆西道若凤台略为修葺，清顺治十年（1653）李棠馥文记："郢学宫为楚大夫宋玉故第，去洋水数步，有泉冷然，相传为宋玉井云。"10年后井亭属郡守娄镇远始重建，六柱飞檐，雕梁画栋，琉璃碧瓦，阳光照射，光芒耀眼。井亭旁有一冬青树，高大挺拔，四季常青，郁郁葱葱，是人们游览、纳凉的好去处。

2012年，钟祥郢中城区搞市政建设，拉通至东城的石城大道时，挖掘出高1.6米、宽1.45米的地下道，灰砖拱形砌成，紧隔宋玉井数步，出入口皆有灰砖台阶，可并行两人，整个地道完整向北至实验小学校园内，因有学校楼房建筑故而无法继续挖掘。石城大道东端拉通之后，钟祥市人民政府拨款重修了井亭，保持原貌建筑风格，为确保学生和行人安全，在井口加盖有玻璃，从玻璃可看井口、井沿、井壁、井水。随着气温的变化，玻璃下方可看见晶莹的小水珠，缓缓滚动煞是有趣极了。井亭之北竖有两块文物保护碑。

四、宋玉对中国文化的贡献

抚今追昔，睹物生情，让人遐思联想宋玉其人。宋玉虽出身低微，但他从小天资聪颖，怀有抱负，长大后师承屈原，才华出众，善于巧辩，精通音律，具有正义感和爱国情操。他是古代继屈原之后的第二大诗人，是中国先秦时期的重要作家，对辞赋和散文的发展，都起到了里程碑的作用。在中国文学史上，享有屈宋并称的美誉。

宋玉是屈原艺术的优秀继承者，他的作品对后世的文学曾发生不少的影响。如《汉书·艺术志》著录十六篇，现尚存有《九辩》、《招魂》、《讽赋》、《高唐赋》、《神女赋》、《登徒子好色赋》、《笛赋》、《大言赋》、《小言赋》、《风赋》、《钓赋》、《舞赋》、《对楚王问》等十三篇。

《九辩》是宋玉的代表作,也是中国文学史上的悲秋文学,以其独特的艺术手法——比对、夸饰、双声、叠韵等影响后世。尤其突出的是宋玉在楚宫兰台,事楚襄王时,他深得顷襄王的信赖和器重,并为后人留下"阳春白雪"、"下里巴人"、"曲高寡和"、"雅曲难和"、"郢声"、"郢人"、"郢客"、"郢路"等脍炙人口的众多典故。由于宋玉年老、遭人诋毁,逐渐王疏远,悲愤满腔,抑郁而亡。宋玉之英名与"兰台"、"阳春"、"白雪"典故齐名于天下,光照日月,永世传颂。

《高唐赋》和《神女赋》的女神形象

马 婷

(鞍山师范学院文学院 辽宁鞍山 114000)

  宋玉是文学史上的重要文学家,与屈原并称"屈宋",司马迁《史记·屈原贾生列传》云:"屈原既死之后,楚有宋玉、唐勒、景差之徒者,皆好辞而以赋见称。"他的辞赋对汉代赋体影响很大。《文心雕龙·诠赋》论宋玉赋"述客主以首引,极声貌以穷文"。汉赋铺采文、铺张夸饰的体貌风格,在宋玉这里已初露端倪,并显示出巨大的魅力。他的《高唐赋》和《神女赋》历来也多被看作"娱君"之作,其中的神女形象历来为学者们所关注,对神女形象的看法也各不相同。

  《高唐赋》有言:"昔者楚襄王与宋玉游于云梦之台,望高唐之观,其上独有云气,崒兮直上,忽兮改容,须臾之间,变化无穷。王问玉曰:'此何气也?'玉对曰:'所谓朝云者也。'王曰:'何谓朝云?'玉曰:'昔者先王尝游高唐,怠而昼寝,梦见一妇人曰:"妾,巫山之女也。为高唐之客。闻君游高唐,愿荐枕席。"王因幸之。去而辞曰:"妾在巫山之阳,高丘之阻,旦为朝云,暮为行雨。朝朝暮暮,阳台之下。"旦朝视之,如言。故为立庙,号曰"朝云"。'"

  闻一多《高唐神女传说之分析》指出,高唐神女是楚国的先妣高阳,兼神禖。而神女为何会成为自荐枕席的放弃自身神性,自愿迎合男性的普通女人呢?闻一多先生认为:"这些事实可以证明高禖这祀典,确乎是十足的代表着那以生殖机能为宗教的原始时代的一种礼俗,文明的进步把羞耻心培植出来了。虔诚一变而为淫欲,敬畏一变而为玩狎,于是那以先妣兼高禖的高唐,在宋玉的赋中,便不能不堕落成一个奔女了。"[①]《神女赋》是《高唐赋》的姐妹篇,然而,既然堕落为奔女,神女在襄王梦中并未真的投怀送抱,怀王所"神遇"的神女也只是梦中所遇而已。神女为何主动相见却又离去呢?刘刚先生认为,神女不满"神女对于其辅佑对象的要求不仅仅是对自己的虔诚,而更重要的是他是否是一个有道之君。遗憾的是,事实上楚襄王并不是符合神女要求的明君,宋玉描写了襄王'寐而梦之,寤不自识'未被神女接纳的'罔兮不乐,怅尔失志',并以此为前提,在大篇幅铺写神女的美貌之后,突出了神女的两种态度:一、'望余帷而延视兮,若流波之将澜。奋长袖以正衽兮,立踯躅而不安。澹清静其音兮,性沉详而不烦。时容与以微动兮,志未可乎得原。意似近而既远兮,若将来而复旋。'这是一种若即若离的态度,这种态度表现了神女既眷顾楚国,又不满于楚王,其原因很清楚,就是'志未

---

① 闻一多:《闻一多全集》第 1 册,北京:北京三联书店,1982 年,第 107 页。

可乎得原',所谓'原'即愿意、本意,也就是神女对求见者的要求,这就是说,前来求见的楚王并未完全达到神女的要求"。①"楚王若不达到其要求,神女决不会'愿荐枕席'。这两种态度对于理解神女非常重要,它表现了神女的内心世界,即她的辅佑原则。更近一步说,她对于辅佑对象的要求,实际上反映的是她关注楚国命运、关爱楚族生息的神之情怀。其实,宋玉对神女的描写有神性和人性两个层面,借其神性规劝楚襄王,这是描写的创意所在"。②

然而,无论怀王还是襄王所见的神女都只是在梦中,是虚构的人物,无论是否有神话人物作为基础,是否是神话人物的化身都不重要,重要的是她们只是男性心目中理想的女性形象。高唐赋中的神女是典型的男性欲望的体现,是天使一般的女性。她们既要崇拜、迎合男性,又要自持守礼。同为女神,早期的女娲、西王母都没有神女这样美貌,甚至面目可憎,如西王母是"虎首、蛇身",也就没有哪个男子会愿意梦到这样的女神了。神女离去不见得一定是神女不满襄王,不愿保佑,更可能是以襄王为代表的男性审美观投射出来的理想的女性形象,欲迎还拒,若即若离,主动迎合又止于礼,保持适当距离的神秘感。因为神女是"梦"来的,不是怀王或襄王真正见到的女性形象,所以她恰恰反映了当时人们心目中理想的女性形象,恰恰是当时真实的审美理想的体现。弗洛伊德认为,人是理性的,也是非理性的,其思想行为不但受理性和意识支配,也受非理性和无意识支配。而且,意识不过是冰山一角,无意识广大而深邃,原始冲动、本能、被压抑的欲望沸腾着。无意识是人的根,包括生本能、死本能,因不能容于风俗,首先,法律,被意识压抑到阈限之下,但并未被消灭,还在持续活动,只不过在无意识领域,成了"情结"。所以"神女"可能是某个神话人物的化身,也很有可能是男性对于理想女性的一种投射,构成了念念不忘耿耿于怀的记忆和愿望。无意识的升华是那些乖戾的、被强烈压抑着的欲望、本能和情结在想象中的具体实现。艺术家在艺术品中表现了其无意识,欣赏者则通过欣赏宣泄了无意识,二者都得到升华。艺术创作的动力是人未满足的欲望,无外乎两类,野心和性愿望。有学者指出:"宋玉为人长于言谈,善为文而通音律。生于南楚,长于南楚,深受楚文化薰染,尤其受前辈诗人屈原的影响,爱好楚辞创作,尤以擅长赋体而闻名于世。通过友人的引荐得以入仕襄王之朝。襄王爱其才艺,常使他伴随左右,以供娱乐,并没有重用他。所以宋玉十分不得志,常常把这种失意与不满情绪形诸色,表露于言谈之中。"③宋玉在赋中谈襄王梦遇神女未尝不曾投射了自己对于权位和美女的神往。现实生活中的宋玉不得志,其欲望未能实现,在文学作品表露也属人之常情。而且,不仅创作内容是无意识的体现,而且创作过程本身也是无意识的。宋玉这样卓越的文人懂得怎样把他的白日梦加以精心描述,从而使之失去那种本能的刺耳音调,变成旁人也可欣赏的对象。同时,他也懂得怎样把那些欲望加以改造,以致来自禁域的根源不容易被人觉察到。当他这么做的时候,他

---

① 刘刚:《论宋玉的女性观》,《鞍山师范学院学报》2008年5期,第32—33页。
② 刘刚:《论宋玉的女性观》,《鞍山师范学院学报》2008年5期,第33页。
③ 金荣权:《百年宋玉研究综论》,见《江汉论坛》2009年第2期,第93页。

也就给旁人提供了一条回到自己舒服而又安适的、快乐的、无意识中的路,并从艺术中得到满足。宋玉在《高唐赋》大量笔墨渲染神女之妙和巫山风景,如鲁迅在《汉文学史纲要》中认为宋玉"掇其(屈原)哀愁,猎其华艳";"其文华靡,长于敷陈","后人作赋,颇学其夸";"即事兴情,因而成赋,然文辞繁缛填委";"其辞甚繁,殆如游说之士所谈辩"。鲁迅认为"不得志"的宋玉及其创作失却了屈原的"九死不悔"之概,① 只剩下了"华靡"、"敷陈"。然而,宋玉的文风不过是靠艺术的化妆方式和形式法则,强化自己对于女性美的想象和山河江山的想象,在文中来满足自己对于理想人生的想象。

在男性意识形态中,还有一类天使的反面:魔鬼女性。宋玉的《登徒子好色赋》中的邻家女美貌至极:"天下之佳人莫若楚国,楚国之丽者莫若臣里,臣里之美者莫若臣东家之子。东家之子,增之一分则太长,减之一分则太短;著粉则太白,施朱则太赤;眉如翠羽,肌如白雪;腰如束素,齿如含贝;嫣然一笑,惑阳城,迷下蔡。"但因为对赋中的"宋玉"爱慕有加且主动示爱:"登墙窥臣三年",却至今未得到宋玉的许可,其原因多半是因为她德行不够高洁,配不上守礼的宋玉的高尚情操。这里的东家之子美貌又主动,却得不到宋玉的认可,同样也是男性欲望的体现,只不过是天使的反面:女巫或者魔鬼。宋玉的拒绝或是因为东家子德行有亏,或者是因为她的身上有一种更为原始的力量,是宋玉为代表的男性所恐惧的或难以驾驭的,因而被他们拒斥。大体而言,他们还是喜欢守规、守礼的人。章华大夫也"回忆"起遇到"南楚穷巷之妾"的情形,最后怅然若失,"精神相依凭;目欲其颜,心顾其义,扬《诗》守礼,终不过差,故足称也"。赤裸裸的欲望通过化妆呈现在文学艺术中,也软化了幻想中的自我厌恶、自我责备和羞愧感。宋玉的《讽赋》中的"主人之女"言语行为大胆直露,为文学宋玉所厌恶,也表明不守"女德"的女性并非男性理想的女性形象。

《高唐赋》和《神女赋》都是宋玉陪楚王出游时听命而作的,都是为了闲暇之时的"娱君",投君主所好,在这种情形下,神女无论如何美或如何守德,都只是男性欲望的体现,也算顺理成章了。

---

① 王吉鹏:《历史语境下的文化选择——鲁迅与宋玉关系研究》,《扬州大学学报》2006 年第 7 期,第 54 页。

宋玉《登徒子好色赋》"东邻女"意象研究

唐旭东

(周口师范学院文学院　河南周口　466001)

【摘要】 宋玉《登徒子好色赋》中的"东邻之女"是文学史上倍受关注的艺术形象。作者借这一形象寄寓了作者对谗慝小人的愤懑之情,这是宋玉独特表达方式的体现。这一至美的艺术形象受到后世文人的广泛关注并对他们的文学创作产生了深远影响,甚至直接影响到今天人的文化生活。

【关键词】 宋玉;《登徒子好色赋》;东邻女;意象

宋玉的名篇《登徒子好色赋》塑造了"东邻之女"这一光彩照人的艺术形象,为中国古典文学的美女画廊增添了一道亮丽耀眼的风景。但是关于这一艺术形象研究者往往注重这一艺术形象的审美鉴赏,即关注其形象之美及作者塑造这一美好形象的艺术手法要素,而对这一艺术形象作为一个文学意象的内在含义及这一艺术形象对后世文学创作与文化生活的影响较少关注。兹不揣冒昧,撰此短文以期抛砖引玉。

一、宋玉《登徒子好色赋》"东邻女"意象的内在寄意

1. 宋玉《登徒子好色赋》创造"东邻女"意象的背景。就文中的背景来看,是说大夫登徒子向楚王说宋玉的坏话,说宋玉"体貌闲丽"而且"好色"。楚王责问宋玉,并威胁他"无言则退"。宋玉杜撰出了这样一个美女,并说此女登墙窥视自己三年了,自己都没有答应她,以此表明自己并不好色。又用登徒子之妻之丑而登徒子与之生有五子作为对比,反证登徒子才是好色之徒。教这篇文章讲到这里以及我自己读这篇赋读到这一段的时候,学生和我都忍俊不禁地笑了,既嘲笑登徒子,也为宋玉高超的辩说艺术而笑。应该说,宋玉达到了他的目的,不但使楚王认识到了"谁为好色",而且也使读者为之折服,一则为其表现艺术,亦即其描写人物的高超手法,一则为其口才和辩说艺术。总的来说,宋玉创造东邻女意象的文中背景是遭谗。

2. 东邻女形象寄寓的基本情感。意象是作者在创作中将内在之意寓于外在之象进行表达的产物。外在之象只是表象,外在之象的运用在于使读者观想而知意,即所谓"立象以尽意"。东邻女形象是否有其原型不得而知,说她是一个经过艺术的想象和

夸张杜撰的形象应该不会有很多人反对。作为文人,往往有一个才子佳人的梦,"窈窕淑女,君子好逑",这个梦或许并不始于宋玉,尽管宋玉自己嘴上说此女登墙窥视自己三年了,自己都没有答应她,以此表明自己并不好色,但宋玉把这个朦朦胧胧的千古美女塑造得让很多人梦萦魂牵,说明他在塑造这一形象的时候固然有对比表达的需要,但也确实是带着对这一形象的满腔喜爱和美好的感情的。

3. 东邻女形象的深层情感寄托。不仅东邻女形象是虚拟的,整个这篇赋的故事都是虚构的。作者此文意在讽谏楚王之好色,希望他能"扬《诗经》而守礼"。其中登徒子向楚王进谗言说宋玉坏话的故事或许包含了作者自己遭受宵小谗言的感受,司马迁在《史记·屈原贾生列传》中记载并论及楚怀王、顷襄王的昏庸荒淫和他们的时代奸佞满朝的事实。另外,宋玉通过这一虚拟故事寄寓的可能还有对屈原的同情,屈原在《离骚》中也确实有"众女嫉余之娥眉兮,谣诼谓余以善淫"这样的话语,如果不是为屈原而申冤的婉曲表达,就是他们时代共同面临这样的时代危机和在文学创作中表达的共同主题。作者通过这一艺术形象的塑造和这一故事的虚构表达对谗慝小人的愤恨与憎恶应该是可以肯定的。

4. 宋玉《登徒子好色赋》"东邻之子"意象的文化与文学来源。早在宋玉之前《孟子》中已有东邻女意象之雏形。《孟子·告子下》:"逾东家墙而搂其处子则得妻,不搂则不得妻,则将搂之乎?"可见宋玉笔下的"东邻之子"可能是对孟子笔下东邻处子的形象发挥。正如网友止庵所言:"大概《登徒子好色赋》作者也是用典,不过孟子只说'处子',未提相貌如何;被他好生渲染,成了绝代佳人。"这样说并非抹杀宋玉的功劳,虽然《孟子》中已经出现了东家处子的意象,但他笔下的这位隔着东家墙的处子并未引起文学界的注意,恰是经过宋玉的发挥才使她成了一位贯穿于此后中国文学史的顶级的永恒佳人。宋玉对东邻之子的形象塑造及其深远影响力的功劳首屈一指。至于为什么早期文献中说到类似的登墙、逾墙之事皆为东邻而非其他方位,金国永《司马相如集校注》注《美人赋》云:"东邻,古时房屋一般皆坐北朝南,故邻居皆在东西向,而东方之日为朝阳,东来之风为春风,故古籍言及爱慕之邻居美女,多称东邻或东家。"说法确切与否不得而知。但传统观念中春季斗柄指向东方,故东方为春季之方位,八卦震位,惊蛰之后,万物开始复苏,草木萌发,动物蛰尾,所以观念上东方为青春与生命之象征,在礼俗上古代春季为婚嫁之节,文学作品中春季多与爱情、相思、婚姻等主题相关,而且传统礼俗上也有与男女之情相关的活动,如三月三等,可以说金国永的说法还是有一定道理的。

二、宋玉东邻女意象对后世文学创作与文化生活的影响

宋玉创造的东邻女意象对后世文学创作影响深远。后世作家不断运用这一典故进行表达。主要表现在如下方面:

(一)文学影响

1. 创作接受

(1)完全继承宋玉借东邻女意象表达规劝淫逸主题。如司马相如《美人赋》:"臣之东邻,有一女子,云发丰艳,蛾眉皓齿,颜盛色茂,景曜光起,恒翘翘而西顾,欲留臣而共止。登垣而望臣,三年于兹矣,臣弃而不许。"司马相如笔下的东邻女形象跟宋玉《登徒子好色赋》中的东邻女形象及作品表达的主题毫无二致,可以明显看到宋玉《登徒子好色赋》创造的东邻女意象及主题表达对司马相如《美人赋》创作的直接影响。徐陵《玉台新咏序》:"阅诗敦礼非直东邻之自媒,婉约风流无异西施之被教。"吴兆宜笺注:"宋玉《登徒子好色赋》:'臣东家之子,嫣然一笑,惑阳城,迷下蔡,然此女登墙窥臣三年,至今未许也。'"吴注准确点明了徐氏此句对宋玉《登徒子好色赋》东邻女形象及表达的阅诗敦礼主题的继承和借鉴。

(2)在作品中以东邻女作为美女的代名词,继承了宋玉《登徒子好色赋》中"美"女意象的表达,而不再具有讽喻好色的主题。徐陵《玉台新咏序》:"且如东邻巧笑,来侍寝于更衣;西子微颦,将横陈于甲帐。"王勃《春思赋》:"罗衣乘北渚,锦袖出东邻。江边小妇无形迹,特怨狂夫事行役。"骆宾王《咏美人在天津桥》:"美女出东邻,容与上天津。动衣香满路,移步袜生尘。水下看妆影,眉头画月新。寄言曹子建,个是洛川神。"李白《白纻辞三首》其一:"扬清歌①,发皓齿,北方佳人东邻子。且吟白纻停绿水,长袖拂面为君起。寒云夜卷霜海空,胡风吹天飘塞鸿。玉颜满堂乐未终,馆娃日落歌吹蒙。"李白《效古二首》其二:"自古有秀色,西施与东邻。蛾眉不可妒,况乃效其颦。所以尹婕好,羞见邢夫人。低头不出气,塞默少精神。寄语无盐子,如君何足珍?"唐鲍溶《东邻女》:"双飞鹧鸪春影斜,美人盘金衣上花。身为父母几时客,一生知向何人家。""东邻"皆用以指代美女,可以视为对宋玉笔下"东邻之子"的用典。白居易《感情》:"中庭晒服玩,忽见故乡履。昔赠我者谁,东邻婵娟子。因思赠时语,时用结终始。永愿如履綦,双行复双止。自吾谪江郡,漂荡三千里。为感长情人,提携同到此。今朝一惆怅,反复看未已。人只履犹双,何曾得相侣。可嗟复可惜,锦表绣为里。况经梅雨来,色黯花草死。"他笔下的"东邻婵娟子"不仅寄寓了自己的美好感情,而且很可能实有其人,确为作者亲身有过的一段感情经历。罗隐《桃花》:"数枝艳拂文君酒,半里红欹宋玉墙。"《粉》:"郎若姓何应解傅,女能窥宋不劳施。"杨忆《宋玉》:"三年送目愁邻媛,七泽迷魂怨楚辞。"苏轼《台头寺送宋希元》:"三年不顾东邻女,二顷方求负郭田。"贺铸《群玉轩》:"□□□复旧东邻,风月夜,怜取眼前人。"《花心动》:"醉眼渐迷,花拂墙低,误认宋邻偷顾。"《清平乐》之二:"宋邻东畔,明月关深院。"等等。上述作品笔下的东邻女意象都在男性视角之下带着男性作者爱慕甚至可以说是倾慕的色彩,与宋玉对他笔下的东邻之子的感情色彩是一致的。晏殊《破阵子》:"燕子来时新社,梨花落后清明。池上碧苔三四点,叶底黄鹂一两声,日长飞絮轻。巧笑东邻女伴,采桑径里逢迎。疑怪昨宵春梦好,原是今朝斗草赢,笑从双脸生。"其笔下的"东邻女伴"意象似乎更加客观,不难看出这个词语所表达的"美女"之意和喜爱之情,却难以看出情色爱慕的成分。这些作品

---

① 一作音。

中"东邻"一词作为"美女"的代名词,都直接表现出宋玉《登徒子好色赋》中"东邻之子"意象的巨大影响。

即如释皎然《七言恨意联句》:"同心同县不相见,犹采蘼芜咏团扇。莫听东邻捣霜练,远意征人泪如霰。长信空阶荒草遍,明妃初别昭阳殿。"以东邻指少妇,而非未嫁之少女,但其笔下的少妇在宋玉东邻女意象的影响下,也还是很容易被想象成美少妇,仍可看出宋玉东邻女意象的影响。唐郑谷《贫女吟》:"尘压鸳鸯废锦机,满头空插丽春枝。东邻舞妓多金翠,笑剪灯花学画眉。"徐铉《正初答钟郎中见招》:"高斋迟景雪初晴,风拂乔枝待早莺。南省郎官名籍籍,东邻伎女字英英。流年倏忽成陈事,春物依稀有旧情。新岁相思自过访,不烦虚左远相迎。"以"东邻"指伎女——当然也是美女,宋玉《登徒子好色赋》的影响也是显然的。

甚至如王禹偁《杏花》:"桃红梨白莫争春,素态妖姿两未匀。日暮墙头试回首,不施朱粉是东邻。"宋文同《薄命女》:"夭夭东邻姝,艳色如春柔。去嫁不得偶,罗衣空自羞。轻埃掩菱花,不分铅华休。回首视庸奴,寂寞还卷收。"宋徐积《双头芍药》:"共鉴匀妆脸,偷霞点绛肤。东邻与西子,谢女共罗敷。"以"东邻"比喻花,花与美女在中国文学中本来就是二位一体的,仍可以看到宋玉创造的东邻女意象对后世文学创作的深远影响。

(3)早期的"东邻之女"或"东家之子""东邻"一般是直接继承宋玉的《登徒子好色赋》,或作为美女的代名词,兼以表达讽喻好色之意,或作为美女的代名词。自唐代中期开始,"东邻"一词除了作为"美女"的代名词直接使用之外,还用于直接指住处东面的邻居,且多为男性。如王维《山中示弟等》:"山林吾丧我,冠带尔成人。莫学嵇康懒,且安原宪贫。山阴多北户,泉水在东邻。缘合妄相有,性空无所亲。安知广成子,不是老夫身。"高适《行路难二首》其一:"君不见富家翁,旧时贫贱谁比数。一朝金多结豪贵,百事胜人健如虎。子孙成行①满眼前,妻能管弦妾歌舞。自矜一身忽如此,却笑傍人独愁苦。东邻少年安所如,席门穷巷出无车。有才不肯学干谒,何用年年空读书?"《送别》:"昨夜离心正郁陶,三更白露西风高。萤飞木落何淅沥,此时梦见西归客。曙钟寥亮三四声,东邻嘶马使人惊。揽衣出户一相送,唯见归云纵复横。"元结《漫问相里黄州》:"东邻有渔父,西邻有山僧。各问其情性,变之俱不能。公为二千石,我为山海客。志业岂不同,今已殊名迹。相里不相类,相友且相异。何况天下人,而欲同其意。人意苟不同,分寸不相容。漫问轩裳客,何如耕钓翁?"柳宗元《茅檐下始栽竹》:"瘴茅葺为宇,溽暑常侵肌。适有重腿疾,蒸郁宁所宜。东邻幸导我,树竹邀凉飔。欣然惬吾志,荷锸西岩垂。楚壤多怪石,垦凿力已疲。江风忽云暮,舆曳还相追。萧瑟过极浦,旖旎附幽墀。贞根期永固,贻尔寒泉滋。夜窗遂不掩,羽扇宁复持。清冷集浓露,枕簟凄已知。网虫依密叶,晓禽栖迥枝。岂伊纷嚣间,重以心虑怡。嘉尔亭亭质,自远弃幽期。不见野蔓草,蓊蔚有华姿。谅无凌寒色,岂与青山辞。"刘禹锡《柳絮》:"飘扬南陌

---

① 一作长。

起东邻,漠漠蒙蒙暗度春。花巷暖随轻舞蝶,玉楼晴拂艳妆人。萦回谢女题诗笔,点缀陶公漉酒巾。何处好风偏似雪,隋河堤上古江津。"孟郊《答陆长源》:"好丹与素通不同,失意得途事皆别。东邻少年乐未央,南客思归肠欲绝。千里长河冰复冰,云鸿冥冥楚山雪。"

至于释皎然《五言劳劳山居寄呈吴处士》:"山事繇来别,只应中老身。寒园扫绽栗,秋浪①拾干薪。领鹤闲书竹,夸云笑向人。俗家相去远,野水作东邻。"以"野水"为"东邻",离宋玉的东邻美女意象更远了。

当然,宋玉笔下的东邻之子意象的影响不仅仅表现在诗歌领域,在小说领域也可以看到其影响。如《聊斋志异·红玉》,其中有番描写,颇为传神:"一夜,相如坐月下,忽见东邻女自墙上来窥。视之,美。近之,微笑。招以手,不来亦不去。固请之,乃梯而过,遂共寝处。问其姓名,曰:'妾邻女红玉也。'"网友止庵如是评说:"清代笔记小说,《聊斋》本属繁笔一路,此处繁中求简,却恰到好处,寥寥几笔,美人活灵活现。然而一日我忽然觉得,怎么所写那么眼熟。好像还有哪位也遇见过隔壁女子,而且也是东邻,也曾窥墙。想起来了,乃是宋玉。其《登徒子好色赋》有云……原来蒲松龄所写虽为小说,却是用了典故。典故不过一个字面,内里实有特定含意。当初我很佩服蒲公笔法,不想乃被他引到《登徒子好色赋》的语境之中,盖此处冯相如所逢者,正是宋玉早已遇见过的那一位也。前人已极尽描绘,故无须多费笔墨,说'视之,美',便是'增之一分则太长,减之一分则太短,著粉则太白,施朱则太赤。眉如翠羽,肌如白雪,腰如束素,齿如含贝';说'近之,微笑',便是'嫣然一笑,惑阳城,迷下蔡'。不过当年邻女窥墙,久久不得回应,未免令天下读者扫兴;聊斋特来成全他们这桩好事罢了。蒲松龄写《红玉》,用典本不足奇,但是颇为巧妙,特别值得一提。至于出处究竟何在,一时不敢断言,或许他将《登徒子好色赋》与《美人赋》一并用之罢。"

(4)当代创作接受。宋玉的东邻女意象不但对古代的文学创作具有很大影响,对今天的文学创作甚至是草根作家的文学创作也有深远的影响。如网友心地农夫的诗《东邻女》:"东邻有美女,年方十七八。柔若清秋露,娇似阳春花。语惹黄莺啼,笑可落云霞。常入少年梦,魂牵千万家。不于人前站,惧尘污秀发。多少潘安子,望影悲泪落。前日闻消息,许于权贵家。彩礼三十万,住房是大厦。家里有保姆,出门坐宝马。父母同去住,再不回乡下。昨日来迎娶,花炮震山崖。五里花铺道,十里清水洒。喜糖撒一道,烟发大中华。豪车十六辆,司乐摄影家。山人难知名,都是洋家伙。城里大酒店,包下十五家。见人就邀请,请帖满街撒。乡人摇头叹,争传耳边话。回家快养女,有女还愁啥!"作者对宋玉笔下的东邻女形象做了再加工,但突出了对现在一些婚姻现象进行讽刺的意义。网友冰雪日记的词《南乡子·东邻女》:"水秀风清,东君万里展花屏。怎比东邻明媚女,颜如玉,陌上吟吟飞笑语。"网友 shichi_dou 的博客载有这样两首诗:《东邻女》:"丽质天生俏模样,雾鬟云鬓靸一旁。百花争艳春风里,最是美人慵态

---

① 楚人呼养柴为秋浪。

妆。""邻女窥墙望西郎,不须胭脂掩天香。情痴三年红牡丹,恨煞才子是色盲。"前一首是对东邻女容体态的再创造,而后一首则是直接化用《登徒子好色赋》,又是对《登徒子好色赋》表达的对宋玉对东邻之子"窥墙三年,至今未许"的遗憾和批评。

特别值得一提的是萧耀庭的新作:新编历史剧《宋玉与东邻女》。该剧将《登徒子好色赋》中宋玉与东邻女的故事搬上了舞台,而且一改宋玉《登徒子好色赋》中宋玉对东邻女三年未许的结局,让宋玉与东邻女喜结连理,满足了两千多年来读者的心理愿望,弥补了他们的遗憾。这是在宋玉原作基础上的再创造,体现了中国人的传统文化期待以及盛世之音。

2. 鉴赏接受

涉及东邻女意象的作品往往也成为文学鉴赏活动的对象。这类作品之所以经常成为鉴赏活动的对象,一则跟东邻女的美好形象有关,二则跟宋玉作为这个形象的原始创造者的巨大名气和魅力有关。如网友止庵《谈邻女窥墙》,聪明的苏拉的博客《东邻女》对杨维桢《续奁集二十咏》中"平时诡语难为信,醉后微言却是真。昨夜寄将双豆蔻,始知的的为东邻"一诗的赏析[①]等。

(二)文化影响

1. 以东邻女称呼日本女子

如网文《今日东邻女》[②],是一篇关于日本女子文化观念的研究的文章。《东邻女感知中国》[③]也认"东邻女"代称日本女子。

2. 作为网名或昵称。像QQ昵称"东邻"、"东邻女伴";微博名,如"巧笑东邻女伴"的微博,店铺名,如东邻女伴女装店;网络昵称,东邻女伴的图片,东邻女伴设计图;作为一个专有名词进入互动百科:东邻女、邻女窥墙等。

3. 成为网络小说人物。如网络小说《曲尽天下》第八十三章"十里桃花东邻女"[④]。

4. 相关文化活动。如网络雅趣游戏对句:出句联:清歌巧笑东邻女。

有理由相信,随着高等教育的普及和网络传媒的日益发达,非中文专业的学生和广大老百姓都有了直接接触了解和鉴赏中国传统文学作品的机会,对宋玉创造的这一文学审美意象大家还会进行更深入的解读和鉴赏,对接受这一意象影响而创作的相关作品的解读也将继续拓展和深入,受这一意象影响的文化活动也将更为广泛和深入。抓住这一契机,开发和打造跟宋玉相关的文化产业项目,使之成为拉动地方经济发展有力链条之一,具有重要的现实意义和刻不容缓的紧迫性。

[①] 聪明的苏拉的博客:http://blog.sina.com.cn/s/blog_7e6b7c7701018czq.html 对涉及东邻女意象作品的鉴赏的成果很多,各类鉴赏辞典中收录很多,兹仅列举大家可能忽视的网文。

[②] 中国网2005年4月12日:http://www.china.com.cn/chinese/RS/836364.htm

[③] 摘自[日]新井一二三.樱花寓言[M].南昌:江西教育出版社,2007.

[④] http://www.binhuo.com/html/78/78026/15366859.html

高唐梦非白日梦

——关于昼寝、昼梦与白日梦文化解读的思考

程地宇

(重庆三峡学院三峡文化研究所　重庆万州　404000)

【摘要】 20世纪末,学术界流行一种将高唐梦释为"白日梦"的观点,这是对弗洛伊德"白日梦"之说的误读和误用。并非白日做梦都是"白日梦";梦与白日梦的区别关键在于是否处于睡眠状态,是否有视觉幻象构成的经验。以此辨之,楚先王"昼寝"而"梦见"神女是梦而非白日梦。古代文献中的"昼梦"是"昼寝而梦"或"昼寝,梦……"之省,因而将"昼梦"释为"白日梦"或将"白日梦"译作"昼梦"均属失当。古人对"昼寝"有着不同的价值取向,表现出不同的人生态度;而"昼梦"在古代精神文化现象中则具有特殊意义:它是异兆呈现的形式,是一种比夜梦更为神秘的心灵感应和神灵启示。高唐梦是楚国命运的象征意象,在绮丽的性梦背后隐藏着深邃的历史文化内容。

【关键词】 昼寝;昼梦;白日梦;高唐梦;弗洛伊德

宋玉《高唐赋·序》云:"昔者先王尝游高唐,怠而昼寝,梦见一妇人曰:'妾巫山之女也……'"楚先王"昼寝"而"梦见"神女,留下一个千古奇梦。千百年来,人们对高唐梦奥秘的探究从未停止过,出现了许多释梦之说。20世纪末,在席卷中国大陆的"弗洛伊德热"中,高唐梦被有的论者说成了"楚怀王的一个白日梦",是宋玉投楚襄王之所好"创作出"的"一个先王的白日梦"。这种观点在20世纪80—90年代"喧哗与骚动"的文化语境中,几乎没有受到诘问就被一些学人接纳并予以援用。而今,当弗洛伊德泛性论的强刺激已经消退,人们更注重对其理论的系统消化、全面理解和深入辨析之时,就不能不提出质疑:高唐梦究竟是不是一场"白日梦"?

昼寝之梦与白日梦

《高唐赋》中楚先王"昼寝"之梦之所以被说成"白日梦",大抵因为"昼"与"白日"同义,遂望文生义,从而误释;在这一误释的基础上,又"以弗洛伊德的《作家与白日梦》为

参照分析宋玉的白日梦文学",有意无意地将作家创作心态的"白日梦"效应,与《高唐赋》文本中作为既定情节的楚先王"昼寝"之梦这两个层面的问题,在性质上混淆了起来。于是,在这种对弗氏学说囫囵吞枣式的接受和匆匆忙忙的应用,以及似是而非的循环阐释中,高唐梦被认定为"白日梦"。

高唐梦究竟是不是"白日梦",这涉及"梦"与"白日梦"的基本概念及其特征的界定,两者虽然都称"梦",但其实不同。弗洛伊德本人就将"梦"与"白日梦"区分得清清楚楚,他指出:"一切梦的共同特性第一就是睡眠。梦显然是睡眠中的心理生活";梦的第二个共同特性是"梦中大部分的经历为视象;虽然也混有感情、思想及他种感觉,但总以视象为主要成分"。而"所谓'白日梦'(day-dreams)……是幻想的产物";"这些幻想没有梦的共同特性","白日梦既和睡眠不发生关系,就(梦的)第二个共同特性而言,又缺乏经验或幻觉,只是一些想象而已;白日梦者自己也承认其为幻想,目无所见,而心有所思。"①由此可知,梦与白日梦是两种具有不同特征的心理现象,不可将其混同。弗洛伊德还特别提醒道:"我们以为名同则实同,也许是完全错误的。"②根据弗氏的论述,"白日梦"的基本特征是:(1)白日梦是幻想的产物;(2)白日梦和睡眠不发生关系;(3)白日梦缺乏经验或幻觉,目无所见,而心有所思。

弗洛伊德曾借"白日梦"现象来说明梦的功能,认为"'白日梦'确实是满足愿望,满足野心或情欲",在这一点上它的作用与梦是相同的;然而"为睡眠所特有而为醒时所不能有的那一属性则完全缺乏。"③他举了一个典型的白日梦例:

有这么一个孤儿,他得到了你开给他的某个老板的地址,在那儿他可能会找到工作。在去那个地点的路上,他一边走一边做着白日梦。……他所幻想的可能是这样:他被录用了,很讨老板的喜欢,并且使自己成了老板的事业所不可缺少的人;他被领到老板的家中,同主人可爱的女儿结了婚;然后,他参与了经营业务,先是一名帮手,后来成了岳父的继承人。

这个例子很容易使人联想到在中国古今流传的"黄粱梦"和"南柯梦",但二者之间却存在着明显的区别。其一,弗洛伊德所举的"谋职孤儿"是在去拜访老板的路上"一边走一边做着白日梦",即在觉醒状况下的一种幻想;而"黄粱梦"中的卢生和"南柯梦"里的淳于梦则是在睡眠状态下进入梦境,尽管卢生是道士吕翁授予青瓷枕、施以神仙术而入睡的,淳于梦是在醉酒中入睡的,但这都不过是入睡的诱因,其本质是二者皆处于睡眠状态。其二,弗洛伊德所举"谋职孤儿"的白日梦只有想象而无幻觉,缺乏经验实感和行为细节;而"黄粱梦"和"南柯梦"则梦者身临其境,犹如现实一般具体生动,不但有世态人情的氛围,而且有生活细节的呈现;由幻觉所构成的生活经验,是"黄粱"、"南柯"之梦的显著特征。其三,"谋职孤儿"的白日梦与"黄粱"、"南柯"之梦所表达的

---

① 着重号系引者所加。译者将原文中的 day-dreams 译成"昼梦",是不准确的。笔者在引用时,将译文里的"昼梦"改作"白日梦"(下同),本文将就此问题展开讨论。

② 着重号系引者所加。

③ 着重号系引者所加。

都是落拓失意者企盼飞黄腾达、升官发财、封妻荫子的心愿。然而"黄粱"、"南柯"之梦"为睡眠所特有而为醒时所不能有的那一属性","谋职孤儿"的白日梦"则完全缺乏"①，其中最明显的是缺乏"梦的工作"，而"梦的工作所要完成的事显然是将隐念变成知觉的形式，尤其是视觉的影象"，即"将思想变为视象（visual images）"。

如同"黄粱"、"南柯"二梦里的枕中日月、蚁穴春秋是"为睡眠所特有而为醒时所不能有的"那种经验一样，高唐梦也是"睡眠中的心理生活"。楚先王"昼寝"之"寝"，《文选·高唐赋》李善注云："郑玄曰：'寝，卧息也。'"《诗经·小雅·斯干》："乃寝乃兴，乃占我梦。"唐孔颖达疏曰："乃于其中寝寐焉，至晨乃兴起焉。于寐时有梦，乃占我所梦之事。"（《毛诗正义》卷十一）宋戴侗《六书故》（卷二十五）："寝，夜所寝处也。……寤寐与梦皆因寝而有者也。"《诗经·周南·关雎》毛传曰："寤，觉；寐，寝也。"（《毛诗注疏》卷一）毛亨释"寝"、"寐"为同义字，但其间有细微差别；段玉裁《说文解字注》云："寐，俗所谓睡着也。"可见"寝"为（躺着）"睡觉"这一行为，"寐"为"睡着"（熟睡）这种状态；而戴侗所谓"寤寐与梦皆因寝而有者也"，即是说醒来、睡着与做梦都是因"寝"而有的心理现象，其间的过程当是由寝而寐，寐时有梦，梦醒而寤。总之，楚先王昼寝之梦，当即白天睡觉所做之梦。如同"梦的工作"将卢生和淳于梦的内在欲望变成"知觉形式"，使梦主在真性幻觉中着实过了一把瘾一样，楚先王之梦，亦是"梦的工作"将其"自我的古老的支配权和性生活的原始冲动"所构成的"隐念"变成"视象"，使楚先王在幻觉经验中亲历了一番云雨瑗碢的缠绵和刻骨铭心的情爱，从而留下了一个风流千古的美艳梦境。由此可见，并非白日做梦就一定是"白日梦"；高唐梦具备了梦的两个基本特征，即睡眠状态和视觉幻象，因此是梦而不是"白日梦"。

翻译界有人将"白日梦"译作"昼梦"（参见注释①），这一译名所造成的混乱也是误释高唐梦的重要原因。从文献学和语言学的角度来看，"昼梦"不过是"昼寝而梦"或"昼寝，梦……"之省，而非弗氏所谓"白日梦"。这类例证颇多，今举数则以明之：

（1）《列子·黄帝》（卷二）"昼寝而梦游于华胥氏之国"；《太平御览·叙梦·吉梦》引述为"昼梦游于华胥氏之国"。

（2）《晋书·帝纪第六·明帝》（卷六）："（王）敦正昼寝，梦日环其城，惊起曰：'此必黄须鲜卑奴来也。'"；宋苏辙《栾城集》（卷十）《湖阴曲》用此典云："帐中昼梦日绕璧，惊起知是黄须儿"。

（3）《御制律吕正义后编》（卷九十六）录《唐逸史》曰："玄宗在东都，昼寝，梦一女子容艳异常……梦中为鼓胡琴，倚歌为《凌波池》之曲"；明彭大翼《山堂肆考》（卷二十四）引《太真外传》云："唐玄宗在东郡，昼梦一女容貌艳异……于梦中为鼓胡琴，采新旧之

---

① 应予指出的是"黄粱梦"、"南柯梦"并非真实梦境的原始记录，而是文学创作，但就作品文本而论，二梦作为情节的构成要素又的确是梦。弗氏所言作家创作心态的"白日梦"与作品文本所描写的梦或白日梦在性质上是不同的；如果认为一切文艺作品都是作家的"白日梦"，而不管作品所实际描写的是梦、非梦、还是白日梦，一概视之为"白日梦"，则取消了文本的阐释空间，同时也消解了作品的本体性，从而也消解了文艺学。

曲为《凌波曲》。"

（4）《陕西通志·拾遗三》（卷一百）录《述异志》云："明皇昼寝，梦一小鬼盗玉笛，上叱之。忽有大鬼破帽蓝袍角带，捉小鬼刳其目，擘而啖之。上问，对曰：'臣终南进士钟馗，不第而死……'"宋祝穆《古今事文类聚前集·梦钟馗》（卷六）云："（明皇）昼梦一小鬼……盗太真绣香囊及上玉笛，……俄见一大鬼……径捉小鬼，先刳其目，然后擘而啖之。上问大者：'尔何人也？'奏曰：'臣终南山进士钟馗也。'"

（5）《新唐书·列传第一百二十九·方技》（卷二百四）云："王远智系本琅邪后，为扬州人。父昙选为陈扬州刺史。母昼寝，梦凤集其身，因有娠"；宋叶廷珪《海录碎事·神仙宗伯》（卷七下）云："王昙选母昼梦凤集其身，因而有孕。"

（6）明吴与弼《康斋集》（卷七）《昼寝梦小儿鸣琴》："胜游欲罢动归心，昼梦时听骥子琴。……"此诗题作"昼寝梦……"而诗文则作"昼梦"。

以上数例，凡云"昼寝而梦"或"昼寝，梦……"处，均可以"昼梦"代之。

又，古人言"昼梦"，往往随即云"悟"、"寤"、"惊"、"觉"、"醒"等等，诸如：

（1）唐张鷟《朝野佥载》（卷一）："襄州人杨元亮年二十余，于虔州汶山观佣力。昼梦见天尊云：'我堂舍破坏，汝为我修造，遣汝能医一切病。'悟而说之，试疗无不愈者。"

（2）《旧五代史·周书第三·太祖纪》（卷一百十二）："初，帝以五月十三日至兖州，贼尚拒守。至十七日，昼梦道士一人进书，卷首云：'车驾来月，二日还京。'其下文字绝多，不能尽记。既寤，以梦告宰臣。"

（3）宋潘自牧《记纂渊海·香药部》（卷九十一）引《拾遗记》："周昭王昼梦羽人，以指画王心，应手而裂。王乃惊悟，因患心疾。"

（4）宋蔡襄《端明集·梦游洛中十首序》（卷五）："九月朔，予病在告，昼梦游洛中，见嵩阳居士留诗屋壁。及寤，犹记两句，因成一篇。思念中来，续为十首。"

（5）宋黄庶《伐檀集》卷上《食鲙》："秋风莼鱼肥，栖置馋涎落。溪友入昼梦，但苦青衫缚。落日渡河水，食指相悟觉。宿夕治鲙具，共作泛舟约。……"

（6）宋邵雍《击壤集》（卷十三）《昼梦》："梦里到乡关，乡关二十年。依稀新国土，隐约旧山川。身已烟霞外，人家道路边。觉来犹在日，一饷但萧然。"

（7）元辛文房《唐才子传》（卷五）："（曹唐）忽一日，昼梦仙女，鸾佩花冠，衣如烟雾，倚树吟咏唐《天台刘阮》诗，若欲相招而出者。唐惊觉颇怪之，明日暴病卒，亦感忆之所致也。"

（8）明徐祯卿《迪功集》（卷三）《送王诞敷之官长沙》："昼梦衡峰半空紫，觉来失却巴陵湖……"

（9）清查慎行《敬业堂诗集》（卷二十二）诗题：《阻风小孤山北昼梦家园牡丹盛开醒而闻鹧鸪声戏成一绝》。

此类例证，俯拾皆是。"昼梦"之后即言"悟"、"寤"、"惊"、"觉"、"醒"等等，可知"昼梦"亦即昼寝而梦或"昼寝，梦……"是入睡而梦，并非处于觉醒状态而想入非非的"白日梦"。在古词语中，《周礼·春官》所云"寤梦"与"白日梦"庶几相近，而把"昼梦"

释为"白日梦",或者把"白日梦"(day-dreams)译作"昼梦"不仅与弗氏之说的基本概念不符,而且也与中国古典文献中的语词本义相悖,实为误释或误译。

价值取向与人生态度

在当代人看来,白天睡觉,小事一桩,不足道哉,但在古代,在儒家眼里,"昼寝"却大逆不道。《论语·公冶长》云:"宰予昼寝。子曰:'朽木不可雕也,粪土之墙不可圬也;于予与何诛?'"孔子对宰予昼寝的行为痛加斥责,认为"非礼",这大抵因为"昼寝"违反"日出而作,日入而息"的生活常规和传统习俗。人类如同所有生物一样,都有以24小时左右为周期的生理变化,称为"昼夜节律"(circadian rhythm),它是进化工程中机体与环境长期联系逐渐形成的物种遗传特性。一般来说,人类的生命力以午夜最低,所以午夜睡眠对人的身体健康最为重要。"昼寝"是一种违反"昼夜节律"的不正常现象,孔子反对宰予"昼寝"有一定的道理,但他把自然—生理规律伦理化、礼法化,从而大张挞伐,未免过于苛刻。汉王充在《论衡·问孔篇》(卷九)中就曾对此提出质疑:

> 昼寝之恶也,小恶也;朽木粪土,败毁不可复成之物,大恶也。责小过以大恶,安能服人?使宰我性不善,如朽木粪土,不宜得入孔子之门,序在四科之列。使性善,孔子恶之,恶之太甚,过也;人之不仁,疾之已甚,乱也。孔子疾宰予,可谓甚矣。……孔子作《春秋》,不贬小以大。其非宰予也,以大恶细,文语相违,服人如何?……人之昼寝,安足以毁行?毁行之人,昼夜不卧,安足以成善?以昼寝而观人善恶,能得其实乎?

唐李翱亦云:"吾谓仲尼虽以宰予高闲昼寝,于宰予之才,何责之有?下文云于宰予言行,虽昼寝,未为太过,使改之,不昼亦可矣。"(《论语笔解》卷上)但不少儒学者起而为孔子辩护,宋叶梦得《春秋考》卷九云:"盖聚敛虽贪,其余犹可与为善,乃昼寝则凡为善之道皆废矣。此孔子于《春秋》轻重予夺之辨也。"宋刘敞《公是七经小传》(卷下)则云:"宰予昼寝,子曰:'朽木不可雕也。'学者多疑宰予之过轻,而仲尼贬之重,此弗深考之蔽也。古者君子不昼夜居于内,昼居于内,则问其疾,所以异男女之节,厉人伦也。如使宰予废法纵欲,昼夜居于内,所谓乱男女之节,俾昼作夜,《大雅》之刺幽厉是也,仲尼安得不深贬之?"这又无端地将"昼寝"之事扯上了"男女人伦"。唯宋朱熹《论语精义》(卷三·上)之言似乎更符合孔子本意:"宰予昼寝,自弃孰甚焉?故夫子深责之'朽木'、'粪墙',言其质不美,不足以有成也。宰予以言见取于圣人,自其昼寝而夫子始不信其言,以其华而无实,不足以有行也。虽圣人不以一人而待天下以不勤,盖因宰我以诲也。"即是说孔子之言,在于责自弃而丧志,诲勤勉以励行。

又有以"昼(晝)寝"为"画(畫)寝"之说。唐韩愈云:"'昼'当为'画'字之误也。"(《论语笔解》卷上)唐李匡义《资暇集》卷上则云"画寝"之说始于梁武帝。清郑方坤《经稗》(卷十一)云:"'画寝'者,画其寝庙也。诸侯画寝,大夫以丹土,庶以白垩。春秋僭乱成风,宰予习焉而画其寝,过斯甚矣。"于是宰予之过又由自弃丧志变为僭乱礼制了。

但历代注家和学者多不取"画寝"之说,而以"昼寝"为是。

大白天睡觉,圣人或有之,莫非亦为"朽木粪土"？黄帝曾"昼寝"而梦"华胥之国"（详下）；孔子本人也曾"昼寝",《吕氏春秋·审分览·任数》（卷十七）云："孔子穷乎陈、蔡之间,藜羹不斟,七日不尝粒,昼寝。"孔子"昼寝"固然是出于无奈,饥寒交迫,自然也顾不得礼义了。所以王充说："倦极昼寝,是精神索也。精神索至于死亡,岂徒寝哉？"（《问孔篇》）"昼寝"固然有违"昼夜节律",但人的"生物钟"亦具有调节功能。例如上面说的"倦极昼寝"、"绝粒昼寝",就是对生理机能的一种保护性调剂,以避免能量的过分耗散。在不同的季节和不同的气候地带,人类的生活习惯也不尽相同,明杨慎《丹铅摘录》说："楚地炎酷,昼寝而使人挥扇。"（卷十二）可见在气候炎热的南方,"昼寝"不过是一种生活习俗,根本谈不上什么德行、礼义。至于今日,暑天午休而"昼寝"者,几遍于国中矣。孔子痛斥"昼寝"既有反对怠惰丧志、倡导正常生活方式的合理因素,同时也体现了维护儒家道德规范和礼义秩序的价值取向。

同样是一种价值取向,"昼寝"却成了某些追求人格独立的逸人高士的一种生活方式,并以此作为傲世嫉俗,反抗社会黑暗的一种手段。号称"坡仙"的苏轼就特好"昼寝",《东坡志林》（卷七）云："吾昔在钱塘,一日昼寝宝山僧舍,起题其壁云：'七尺顽躯走世尘,十围便腹贮天真。此中空洞浑无物,何止容君数百人。'"正是这种豁朗潇洒的人生态度,赋予他直面现实,不畏坎坷的浩然之气。宋何薳《春渚纪闻》（卷六）云："舒亶之徒力诋上前,必欲置之死地。而裕陵初无深罪之意,密遣小黄门至狱中视某起居状,适某昼寝,鼻息如雷,即驰以闻。裕陵顾谓左右曰：'朕知苏轼胸中无事者。'于是即有黄州之命。"坡翁酣然"昼寝",竟得免死罪,真可谓：吉人自有天佑之,鼾声犹可辩沉冤。

宋周密曾经写过一篇《昼寝》（《齐东野语》卷十八）,对文人"昼寝"的心态情趣作了生动而真切的描述：

"饱食缓行初睡觉,一瓯新茗侍儿煎。脱巾斜倚绳床坐,风送水声来枕边。"丁崖州诗也。"细书妨老读,长簟惬昏眠。取簟且一息,抛书还少年。"半山翁诗也。"相对蒲团睡味长,主人与客两相忘。须臾客去主人觉,一半西窗无夕阳。"放翁诗也。"读书已觉眉棱重,就枕方欣骨节和。睡起不知天早晚,西窗残日已无多。"吴僧有规诗也。"老读文书兴易阑,须知养病不如闲。竹床瓦枕虚堂上,卧看江南雨后山。"吕荥阳诗也。"纸屏瓦枕竹方床,手倦抛书午梦长。睡起莞然成独笑,数声渔笛在沧浪。"蔡持正诗也。余习懒成癖,每遇暑昼,必须偃息。客有嘲余先者,我必以此自解。然每苦枕热,展转数四,后见前辈言：荆公嗜睡,夏月常用方枕。或问"何意"？公云："睡气蒸枕热,则转一方冷处",此非真知睡味,未易语此也。杜牧有睡癖,夏侯隐号"睡仙",其亦知此乎？虽然宰予昼寝,夫子有"朽木"、"粪土"之语,尝见侯白所注《论语》,谓"昼"字当作"画"字,盖夫子恶其"画寝"之侈,是以有"朽木"、"粪墙"之语。然侯白隋人,善滑稽,尝著《启颜录》,意必戏语也。及观昌黎《语解》,亦云"昼寝"当作"画寝",字之误也。宰予四科十哲,安得有"昼寝"之责？假或偃息,亦未至深诛,若然,则吾知免矣。

此篇写得意趣深长,先引各家之诗,既玩味其情致,复以"嗜睡"为名人通病自解;后又探究荆公方枕诀窍,别出心裁地从放翁诗中拈出"睡味"一词,用以诠释"方枕"之妙,从而把"昼寝"提升到一种人生乐趣和生命体验的层面来予以品味和鉴赏;特别逗趣的是,周密巧妙地引出侯白"昼"当为"画"之说,却又说他善滑稽,必戏言,故作存疑游离之态;继而抬出昌黎"画寝"论,似乎在谈训诂释辞,但却意在釜底抽薪,名正言顺地为宰予辩白,心安理得地为自己和名士们开脱,以逃遁世俗之人借圣人之名的责难,以表明"昼寝"之无可指摘。其散淡悠闲,天真率性,诙谐诡谲,情态种种,溢于言表,我们似乎可以把这篇奇文称为"昼寝者宣言"。

有论者把对"昼寝"的不同态度标举为"儒道分野",此言大致不差,虽然其分野未必以此为标志,但这种迥异的态度的确植根于儒道之间维护礼义伦理与推崇人性自然的深刻矛盾之中。魏晋时代,玄学与名教的尖锐冲突造就了一批名士清流,培育出所谓魏晋士风,推动了思想自由和个性解放的潮流,其流风所及,远播后世。而后世文人"昼寝"之习,犹如魏晋名士"褰衣以接人","裸袒而箕踞"(《抱朴子·疾谬》),不过是睥睨凡俗,张扬个性的表现形式。上引苏轼昼寝宝山僧舍起题其壁之诗,即典出南朝宋刘义庆《世说新语·排调》:"王丞相枕周伯仁郗(膝),指其腹曰:'卿此中何所有?'答曰:'此中空洞无物,然容卿辈数百人。'"这就清楚地表明苏轼"昼寝"的思想动机乃是对魏晋士风的追慕和发扬。但是这种在"昼寝"价值取向上的"儒道分野",似乎并非华胥梦和高唐梦的主旨,此二梦对人们的启示并不在对"昼寝"行为的价值判断,而在于昼寝之梦中呈现的异象所具有的文化内涵,以及昼梦在古代精神生活史中的特殊作用和意义。

心灵感应与异象呈现

在古代"梦史"中,黄帝昼寝而梦华胥,楚先王昼寝而梦神女是两个典型的梦例,虽然梦境迥异,一为"乌托邦"之梦,一为"人神恋"之梦,但都是借"昼寝"而显现异象奇迹的大梦。

《列子·黄帝第二》(卷二):

> 黄帝即位十有五年,喜天下戴己。……又十有五年,忧天下之不治,……于是放万机,舍宫寝,去直侍,彻钟悬,减厨膳,退而间(闲)居大庭之馆,斋心服形,三月不亲政事。昼寝而梦游于华胥氏之国。……其国无帅长,自然而已;其民无嗜欲,自然而已;不知乐生,不知恶死,故无夭殇;不知亲己,不知疏物,故无爱憎;不知背逆,不知向顺,故无利害。都无所爱惜,都无所畏忌。……黄帝既寤,怡然自得。召天老、力牧、太山稽,告之曰:"朕闲居三月,斋心服形,思有以养身治物之道,弗获其术。疲而睡,所梦若此。今知至道不可以情求矣。朕知之矣!朕得之矣!而不能以告若矣。"又二十有八年,天下

大治,几若华胥氏之国,而帝登假(遐),百姓号之,二百余年不辍。

黄帝正是在昼寝而梦中神游华胥,寻觅到了他心仪的理想王国,并以此为"样板",经过二十八年的经营而"天下大治",成就了万民景仰的太平盛世;楚先王亦是在昼寝而梦中御幸神女,借山川之灵与云雨之象预示了楚民族的历史命运。正因为"昼寝"有违"昼夜节律",属反常行为,所以其显现异象的功能就更加鲜明突出,昼寝而梦比夜寝而梦更具有神秘性。即是说,异常的行为必然产生异常的效果,这是原始思维相似律的表现,亦即顺势巫术原理的应用。因而在古典文献中俯拾皆是的昼梦,绝大部分都是虚荒诞幻、光怪陆离的异梦、奇梦。除"华胥梦"和"高唐梦"外,这样是梦例实在太多①,本文前引各例均有不同程度的异象显现,兹再录 8 例,以见昼梦之奇谲怪异:

(1)《晋书·列传第六十五·佛图澄》(卷九十五):"季龙尝昼寝,梦见群羊负鱼从东北来。寤以访澄,澄曰:'不祥也。鲜卑其有中原乎?'后亦皆验。"

(2)《梁书·列传第八·任昉》(卷十四):"任昉字彦升,乐安博昌人,汉御史大夫敖之后也。父遥,齐中散大夫。遥妻裴氏尝昼寝,梦有彩旗盖,四角悬铃,自天而坠,既而有娠。生昉,身长七尺五寸。幼好学,早知名。"

(3)《旧唐书·列传第一百八·郑絪(孙郑颢)》(卷一百五十):"去年寿昌节赴麟德殿上寿,回憩于长兴里第,昏然昼寝,梦与十数人纳凉于别馆,馆宇萧洒,相与联句,予为数联,同游甚称赏。既寤,不全记诸联,唯省十字云:'石门雾露白玉殿莓苔青',乃书于楹,私怪语不祥,不敢言于人。不数日,宣宗不豫废朝,会及公车上仙,方悟其事。"

(4)《旧五代史·晋书第二十二·列传十一》(卷九十六):"李郁,字文纬,唐之宗属也。少历宗寺官天成长,兴中累迁为宗正卿。性平允,所历无爱憎毁誉。高祖登极,授光禄卿。一日昼寝,梦食巨枣,觉而有疾。谓其亲友曰:'尝闻枣字重来,呼魂之象也。余神气逼抑,将不免乎!'天福五年夏卒,赠太子太保。"

(5)《宋史·列传第二十一·李涛》(卷二百六十二):"涛昼寝阁中,梦严饰厅事,群吏趋走,云:'迎新宰相诸司使。'既寤,心异之。数日涛罢,以邠为相兼枢密使。"

(6)《明史纪事本末》卷十八:"上昼寝,梦(景)清仗剑追绕御座。觉曰:'清犹为厉耶?'命赤其族。"

(7)元张铉《至大金陵新志》(卷十四):"卢绛寓居翔鸾坊,遘热病弥日。昼寝,梦一妇人被真珠衣,持蔗一本,令绛尽食,歌《菩萨蛮》一曲送之,食毕而寤,病亦瘳矣。其词曰:'玉京人去秋萧索。画帘鹊起梧桐落。欹枕悄无言。月临残梦圆。 孤衾成暗泣。睡起罗衣湿。眉黛远山攒。芭蕉生暮寒。'"

(8)明田汝成《西湖游览志余·香奁艳语》(卷十六):"宋时司马槱才仲初在洛下,昼寝梦一美姝,牵帷而歌曰:'妾本钱唐江上住,花落花开,不管流年度。燕子衔将春色

---

① 据上海人民出版社出版的电子版《文渊阁四库全书》检索"昼寝",达 870 卷,1034 个匹配,其中虽有不少是展转引录,但除去重复的条目和文字,亦有数百条之多。

去,纱窗几阵黄梅雨。'才仲爱其词,因询曲名,云是《黄金缕》。"

　　昼寝而梦的虚荒诞幻的性质是梦的"倒退作用"的表现——原始意象的视觉幻象呈现。当然,不同时代人们的昼寝之梦又被打上了不同文化的印记,巫术思维、神仙方技、谶纬神学、佛道意识……都对人们的昼寝之梦产生了影响,而昼梦中呈现的内容亦纷繁杂驳,既有关涉天下治乱、国运兴衰、政局变幻、战争胜负……种种重大事件之神启天兆,也有人性原欲、生死宿命、惊艳奇缘、诗心灵感等等人生百态之寓象显示。这些不同文化内涵的图像语汇,无论是神秘预兆抑或是心灵感应,其实都是原始意象的化装表演。这些表演在昼梦中的呈现比在夜梦中更能震慑人心,因为昼夜的倒错模糊了梦境的虚幻性,弱化了梦的自我意识(自觉为梦),常常令人产生梦醒难分、真幻莫辨的感觉,从而难以释怀——这就是昼梦对人的精神影响之心理根源。

高唐梦与文化意象

　　历代昼寝之梦内容虽然繁复,但都在不同程度上受到"华胥梦"和"高唐梦"的影响。在叙事层面上,二者始创的"昼寝而梦"或"昼寝,梦……"的话语范型,成了后世此类文本的共同模式;在内容层面上,二者奠定的"社会治乱"和"情欲人性"两大类型,也构成后世此类文本的基本框图。尤其是"高唐梦"对文人心态的影响更是深远,它植根于人类灵肉深处的原始欲望,激活了生命潜能;同时"高唐梦"也以其瑰丽的梦境和浪漫的情调,召引着人们去追寻一种超越凡俗、卸下了"人格面具"的人之本真生活。但是也应指出,高唐梦的性爱表象只是梦的显意,其背后还隐含着某种更为深广的人文喻义。

　　高唐梦所陈述的巫山神女神话,虽然经过了宋玉的文学整合,但这一神话的原型却由来已久,并非宋玉的创作。高唐梦亦非寻常的艳梦,楚先王在梦后郑重其事地立"朝云庙",神女遂成为楚人祀奉的神祇,由是可知梦中所呈现的乃是一种象征性意象:神女是巫山的山神,她代表的是楚国这片雄奇壮丽的国土;《襄阳耆旧传》云,神女曰:"将抚君苗裔,藩于江汉之间";"王曰:'愿子赋之,以为楚志'",足见其关乎楚王室兴旺及国家命运的重大历史意义。梦中神女"愿荐枕席"和"王因幸之"所表述的也绝非通常意义上的性欲之释放和满足,而是楚民族的巫文化信仰、楚国与巫山的历史渊源等象征性话语;巫山神女神话的山神崇拜内涵是楚国民俗文化的重要组成部分;楚先王对神女的性占有则是楚国对巫山地区领土权的表征[①]。这一神话在楚襄王时代的失落,恰恰表明楚国的国运已日渐衰微;宋玉《高唐赋》之作与其说是为了使楚襄王的"好色"欲望得以宣泄而进行的一次心理治疗,还不如说是为了找回遗忘的先王之梦,从山川灵气中吸取精神力量,以重振楚国雄风。所谓"盖发蒙,往自会。思万方,忧国害。

---

① 参见拙文《巫山神女:巴楚民族历史文化融合的结晶》,《中央民族大学学报》(哲学社会科学版)2004年第3期。

开贤圣,辅不逮。九窍通郁精神察,延年益寿千万年",正是宋玉良苦用心所在。

高唐之梦,在缥缈的云雨深处隐藏着宏富的文化内涵,在艳丽的情爱深层蕴蓄着凝重的历史内容。王者之梦是民族命运的象征启示,昼寝而梦则赋予这种启示以神秘的意象形式。

第四编 其他研究

宋玉遗迹传说田野调查报告
——宋玉所赋"巫山"之地望调查报告

刘刚　王梦　关杰

（湖北文理学院宋玉研究中心　湖北襄阳　441053）

　　宋玉所赋之巫山位于何地？是为何山？从古至今，历来说法不一。一、北朝魏郦道元《水经注》言，巫峡之巫山者，帝女居焉，宋玉所赋即此。[①]此说影响最大，古今宋玉研究者多以为宋玉所赋是地处巫峡的巫山。二、唐裴敬力主宋玉所赋为今湖北汉川市之仙女山，近代著名学者闻一多、当代宋玉研究者刘刚等从此说。[②]三、近代著名学者钱穆据《战国策·楚策》以为，巫山当在鄢郢与上蔡之间，而当云梦之北，疑在今大洪山脉中。[③]此说也得到了当代程本兴等一些研究者的响应。为此，湖北文理学院宋玉研究中心宋玉遗迹传说田野调查小组于 2013 年 10 月 5 日、7 日、25 日、26 日分别实地调查了湖北随州市大洪山、汉川市仙女山和重庆市巫山县的阳台遗址，并在实地调查的基础上，结合文献资料进行了深入研究，兹报告如下。

一、随州大洪山、巫山县阳台、汉川仙女山调查印象

（一）随州市大洪山调查印象

　　大洪山脉位于湖北省随州、京山、钟祥、宜城四市县交汇地带，（图一）古志称"盘基百余里"。主峰宝珠峰在随州境内，坐落于随州市西南长岗镇，距市区约 65 公里。在长岗镇街上遥望宝珠峰堪称壮伟，其山呈若大之锥形，隆起于冈峦丘阜之中，据称宝珠峰海拔 1055 米，要高出周围山体五百米之多，颇有庄重独尊之势。由于长岗镇通向宝珠峰的道路正在扩建中，我们在公交司机的指点下，是从山之东南土门村登上峰顶的。宝珠峰峰顶今称金顶，（图二）因峰顶恢复重建慈恩寺中的主体建筑通体采用铜包结构，因而峨眉、武当对巅峰之称谓命名为金顶，于是这一慈恩寺的标志性庙宇名称便成了人们对宝珠峰的新称谓。慈恩寺主体建筑——金顶单体高 15.9 米，立于高约 6 米、面积达 759 平米的汉白玉筑起观光平台之上，重檐飞扬，金碧辉煌，蔚为壮观。而其他辅助性建筑尚在建造之中，其中尚在修建中的喷水池，（图三）建在文献记载的古寺景

---

①　北魏郦道元《水经注》，商务印书馆 1958 年版。
②　闻一多《高唐神女传说分析》，《清华学报》第 10 卷第 4 期。
③　钱穆《史记地名考》，商务印书馆 2001 年版。

观黄龙池之上。据引领我们登山的土门村村民讲,黄龙池原本在岩洞中,今因重建需要,洞顶被掀去,所以才能俯视直观池水。池约2米见方,虽在喷水池底部建筑石板所遮挡的暗处,亦可见清幽本色,而喷水池建成后黄龙将被掩盖于新建筑之下,不知这一景观将来建成后是何种景象。据文献记载,宝珠峰顶原本陡峭,唐代慈忍初建庙宇时"堂殿楼阁依山制形,前后不伦,向背靡序";宋代革律重建时于"镜崖垒石间,铲巇补坳,嵯峨万仞,化为平顶",然峰顶尚存西之鼓楼台、南之钟楼台、北之舍身岩三峰,还依稀可见峰顶当年之险峻之势。而今恢复重建,所剩三峰也被夷平,名副其实地"化为平顶"了。(图四)我们登顶之时,风和日丽,天高云淡,非常有利于对大洪山主峰形貌及四围环境的观察。于金顶凭栏远眺,环峰之众山皆小,或纵或横,连绵起伏,一望无际。在从随州市来大洪山景区路上和登山途中,我们曾见到一些小型的堰塘与几条溪流,而《大洪山志》载:"洪山雄峙汉东,盘踞安、襄、德三郡之境,其水四注:……涢水与均水、支水,发源于山之北;漳水发源于山之东;富水、溾水发源于山之南,敖水、枝水发源于山之西南,皆承众壑以为流,而涢、均与富,则山顶之水亦分注焉,此其大较也。"然源头之水有如滥觞,溪流涓涓于山谷沟壑之中,又加之林木掩映,在宝珠峰金顶之上,则均不可见,唯金顶西之悬钩峰与斋公崖下富水之源白龙池海拔840米与宝珠峰接近,尚可见清波一泓。(图五)想来即使在雨季,立于大洪山金顶之上,也绝无宋玉在巫山之巅那种"登巉岩而下望,临大阺之稽水","潺湲湲其无声兮,溃淡淡而并入。旁洋洋而四施兮,蓊湛湛而弗止"的观感。

(二)巫山县阳台调查印象

重庆市巫山县与宋玉赋所涉的阳台,今有两处:一在旧县城北门外,新县城城内西部;一在巫峡中十二峰之一飞凤峰的山半腰。

巫山县新城在已淹的旧城北,依然建在江北大山的南麓之上。新城内的阳台,位于东西走向的沿江大道北,广东中路南,南北走向的神女大道西,(图六和图七)其高唐观古建筑所在地的门牌编号是巫山县巫峡镇神女街道办高唐街56号。高唐观所在地旧称阳台山,其实并不是一座独立的山峰,而是江北大山南麓上的一个向南伸展微微凸起的丘阜,原来此丘阜之东西两侧都是深沟,若从南向北望去,便会觉得此处颇具山峰的样态。试想如果在长江葛洲坝未蓄水之前,于江边眺望,山势尚可称峻伟,而如今在三峡大坝蓄水后,于新城沿江大道上观察,不过百米左右,丘阜顶部东、南、西三面为防止滑坡,修筑有方格状的水泥护坡,而北面为缓坡与江北大山南麓连为一体。(图八)高唐观就坐落于丘阜之最高处。现存的高唐观是一个坐北朝南的二层阁楼式建筑,长约20米,宽约14米,檐高约13米,脊高约15米,正面东、西山墙之间树有等距离的通檐方形雕花石柱,石柱间有木板墙相连,每段板墙下层与上层均有亮格,漆色紫红,而东、西、北三面砖墙粉刷为白色,加之青色瓦顶,颇显古朴庄重。(见图九和图十)正面中间两方石柱刻有对联,上联为"金阙向南陵九天阊阖开宫殿",下联是"琼楼依北斗万国衣冠拜冕旒",上款为"光绪十一年春乙酉岁良旦",下款是"文生任显甲敬书"。以此知,现存之高唐观建于光绪十一年(1885)。据巫山县博物馆副馆长裴健介绍,高唐观古建筑是刚刚维修过的，观内应有设施尚未陈列，所以没有对外开放。隔着窗棂窥望，观内有两排雕花石柱，每排四柱，东西与正面墙柱对应，南北距离相等，其每排中间两方石柱亦刻有对联，但由于距离较远，光线较暗，看不清上面的字迹。观内木制阁楼楼板已铺设完成，在东北角和西北角各有一架木制楼梯通向阁楼。西山墙偏南下方有一方用玻璃罩面的、重修时保留的青砖墙体，说明此观原墙体为青砖砌筑。观前是边长约三十六七米的一方平台，加上高唐观的占地，可能就是原高唐观院落的占地面积。高唐观南临长江，然四周皆有高低不等的民房阻隔，已难以凭高览胜。不过，站在高唐观西北 400 米左右的、在原观西大沟最上方修筑的高唐广场上，仰望南陵大山横亘天际，俯瞰峡头大江水面宽阔，水映山影，山蒙水气，分外壮观，或许可以使人体会登临高唐观览胜之景象。

飞凤峰山腰的阳台，位于巫峡十二峰水域的长江南岸，北临长江，东临神女溪，相传是巫山神女云华夫人传授夏禹符书的地方，古称"神禹受符坛"，又因宋玉《高唐》《神女》二赋，称之为"古阳台"。《光绪巫山县志》描述"神禹受符坛"时说："凝真观后山半有石坛平旷，传云夏禹见神女、授符书于此。"以此知台为自然岩体而其上平旷。台下山麓缓坡上为唐代始建的神女庙遗址（图十一），宋代改称凝真观，《雍正巫山县志》称"云华夫人祠"，而《光绪巫山县志》亦称"神女庙"。唐宋文人墨客所游之神女庙，即为此地。据《雍正巫山县志》记载："云华夫人祠，昔在飞凤峰，万历年间始移建于治东象山之上。"（图十二）象山，因山脚有石，状若象鼻而得名。其位于巫山县巫峡镇江东嘴村，其庙即在今大宁湖（大宁河入江口）东岸象山伸向长江最远、最凸出的小山梁上，今已被三峡大坝蓄水后上涨的江水淹没。（图十三）位于飞凤峰的阳台，由于其地陆路不通，只有乘船抵达，而长途游轮在此无停靠码头，巫山县的小游船在十月末的旅游淡季也只通江北岸的神女峰，（图十四）而不去南岸的飞凤峰，因而未能如愿前往，只是在快艇上远远眺望，故难以从直观的角度进行细致的描述。

(三)汉川市仙女山调查印象

仙女山位于湖北汉川市市区西南，北麓为西湖大道，南麓与东麓为由东西向转而为南北向的仙女大道，西麓南北走向连接西湖大道与仙女大道的一条水泥路叫做子文路，因传说古楚令尹子文墓在此而名。据悉，仙女山海拔 99.1 米，虽难以称为高山，但是此地视域所及仅有此一山独耸于广袤的平原之上，孤高特立，也颇显巍峨之势。如今仙女山山麓均被城市建筑所包围，仅就铺设于山麓的西湖大道、仙女大道临山一侧的建筑而言，高者四、五层，低者二、三层，站在两条大道上已无法仰望仙女山全貌。今仙女山公园有南与北两座山门，若在两门的位置仰视仙女山，则山高不过四五十米。据古县志载，神女寺本在山顶，而今处在子文路路旁，可见现代城市建设给仙女山留下的空间仅仅是原来山顶的部位。我们由西麓登山，步过子文路就是神女庙。庙正在重建中，其朝向为座坐朝北，北有一亭，亭中有一铜钟，据铭文乃 20 世纪 90 年代所铸；中为一座二层殿堂，尚在修建；南是一不大的院落，可见朱红院墙与院中屋顶，当是神女庙旧址，在施工中被临时当作工人们的休息场所，禁止入内，因而未能一睹庙内情形以及据悉收藏于庙中的女郎石。沿庙西水泥阶梯上攀是烈士纪念碑,现辟为爱国主义教育基地。由此再登百米左右的山路,即是仙女山山顶,山顶为无线通信发射塔,四周隔有2米多高的围墙,并标有公安部门的警示标志,极煞风景,幸有林树掩映,遮羞一二。围墙内约有两个篮球场大小,地势平坦,与文献所记"山形如台"吻合。顶既不可登,亦无缘览胜,而于墙外四望,视线又被山麓楼宇阻断,唯有望洋兴叹而已。由山顶东下,经胡公墓碑,又有一凸起丘阜,其上亦有围栏阻隔,其中疑是电视发射塔。围栏西南角有一亭,游人相告为望江亭。据说于亭上原本东南可眺汉江古渡阳台渡,(图十五)西南可眺汈汊湖入汉江河口,然今悉为城市建筑遮蔽,所见唯栉比楼顶、宽敞路面,眼前一派现代城市景象,怀古之雅兴陡然成吊古之遐思。缘亭东下,再沿山路西转即抵仙女山北门——公园正门。(图十六)门内较为开阔,对门为神女雕像,(图十七)像做吹笛状,当以传说中仙女杜媪教汉川乡民乐舞为原型,而非宋玉所赋之神女;右侧为登山阶路,路两侧立有三对方形石柱,柱之前后均刻有联语,路边又有几方石碑,亦镌刻联语,其联均为今人所撰;路转处叠摞三石,上刻"采芝山"三个大字,此乃仙女山之别名,据汉川志记载,名因传说仙女杜媪曾采此山灵芝救济百姓而得;路尽头接近山顶处有一阁楼,楼顶及部分墙体有塑料彩条布遮盖,似亦在修缮,暴露的廊柱内可见排列的石碑,所镌刻者仍是联语。后来细读《仙女山对联园碑》方知,公园北门一带被辟为展示汉川特色文化的"对联园"。入门碑廊雅致,登山顿觉荒芜,是乃人文景观营建可许,而自然景观保护可叹。出北门,沿北门前西北与子文路相接、东南与仙女大道相通的无名水泥路,环仙女山东麓,东行南转再西走百余米,可至仙女山南门(图十八)。门前坡路陡直,门楼叠檐翠瓦虽显残破但也颇为壮观,门上林木簇拥者即望江亭,望之犹如画卷,而门前坡路两侧各有多排四层老旧之住宅楼翼然环山,又使风景减色。呜呼!此山乃古之游览胜地,叠秀耸锦,自不待言;其所承载之汉川文化,亦多可表:地葬胡公乃一姓之远祖,缘接云梦为古楚之名区,楚王梦神女何其浪漫,仙女惠民济民何其感人,山崖曾遍生灵芝何其神异,邑令立碑保护山体何其有远见卓识!故而古时汉江上往来之文人墨客到此,皆难禁激赏之情。而今如之何?难言之甚。

二、随州大洪山、巫山县阳台、汉川仙女山之文献记载与情景描述

在上面关于三山的调查印象中,可以看出,三山的样貌,在今天,或因庙宇修建,或因水利工程,或因城市建设,都产生了不小的改变。然而我们讨论的问题需要了解的是尽可能接近宋玉时代的情形,因而我们还必须尽可能地从文献中探知三山的旧貌。

(一)随州市大洪山的文献记载与情景描述

清陈诗《湖北旧闻录》卷二十七《名胜三》援引文献对大洪山的记载最为详尽:

大洪山,在随州西南一百二十里。接安陆府京山县界,一名涢山。(《大清一统志》)

大洪山,在随郡之西南,竟陵之东北。盘基所跨,广圆百余里。峰曰悬钩,处平原

众阜之中,为诸岭之秀。山下有石门,夹障层峻,岩高皆数百仞。入石门,又得钟乳穴。穴上素岩壁立,非人迹所及。穴中多钟乳,凝膏下垂,望齐冰雪,微津细液,滴沥不断。幽穴潜远,行者不极深,以穴内常有风势,无能经久故也。溳水出于其阴,时人以溳水所道,故亦谓之溳山矣。(《水经注》)

山四面陡绝,顶有大湖,神龙所居。后龙斗开崖,湖水南落,名龙门。西有仙女洞,又有奇峰、鹳子峰、佛儿岭、断足崖、明圣泉、硫磺池,皆山之胜。(《舆地纪胜》)

大洪山,唐慈忍禅师善信道场。(《州志》)

善信,豫章人。从马祖游五台山,归随州大洪山。宝历二年,随州旱。州人将祷于湖神,善信以杀生止之,曰:"吾为尔曹雩。"独坐三日,果大雨。太和元年五月,谓湖神曰:"昔吾尝辍尔血食,今偿尔。"引刃截两膝未殊,白液涌出,遂涅槃。张氏二子侍侧,立化。山南东道上其事,后称慈忍卢尊者。(《大清一统志》)

(唐)文宗朝赐名幽济禅院,晋天福中赐奇峰寺额,宋元丰初又赐灵峰寺额,绍圣元年改名十方禅院,张商英有记。(《州志》)

张商英《随州大洪山灵峰禅寺记》:元祐二年秋九月,诏随州大洪山灵峰寺革律为禅。绍圣元年,外台始请移洛阳少林寺长老报恩住持。崇宁改元年正月,使来,求十方禅院记,乃书曰:大洪山在随州西南,盘基百余里,峰顶俯视汉东,汉东诸国林峦丘岭犹平川也。以耆旧所闻考之:"洪"或曰"胡",或曰"湖",未详所谓。今以地理考之,四山之间,昔为大湖,神龙所居,洪波洋溢,莫测涯涘。其后二龙斗,搦开层崖,湖水南落,故今负山之乡谓之落湖管,此大洪山所以得名也。唐元和中,洪州开元寺僧善信,即山之慈忍灵济大师也,师从马祖,密传心要,北游五台山礼文殊师利,瞻睹殊胜,自庆于菩萨有缘,发愿为众僧执炊爨三年。寺僧却之,师流涕嗟戚。有父老曰:"子缘不在是,往矣行焉,逢随即止,遇湖即住。"师即南迈,以宝历二年秋七月抵随州,远望高峰,问乡人曰:"何山也?"乡人曰:"大湖山也。"师默契前语,寻山转麓,至于湖侧。属岁亢旱,乡民张武陵具羊豕,将用之以祈湖龙。师见而悲之,谓武陵曰:"雨旸不时,本因人心累业所感,害命济命,重增乃罪。可且勿杀,少须三日,吾为尔祈。"武陵亦异人也,闻师之言,敬信之。师则披榛扪石,得山北之崖穴,泊然晏坐,运诚冥祷,雷雨大作。霁后数日,武陵即而求之,师方在定,蛛丝幂面。武陵附耳而号,栓体而告,久之乃觉。武陵即施山为师兴建精舍,以二子给侍左右,学徒依向,遂成法席。太和元年五月二十九日,师密语龙神曰:"吾前以身代牲,辍汝血食。今舍身偿汝,汝可享吾肉。"即引利刀截右膝,复截左膝,门人奔持其刃,膝不克断,白液流出,俨然入灭。张氏二子立观而化。山南东道奏上其状,唐文宗嘉之,赐所居为幽济禅院。晋天福中,改为奇峰寺。本朝元丰元年,又改为灵峰寺。皆以祷祈获应也。自师灭至今,三五百年,而汉东、汝渍之间暨汝州之民,尊严奉事如在。汉东束金帛粟米,相尾于道,赟强法弱,僧范乃革。前此山峰高峻,堂殿楼阁依山制形,后前不伦,向背靡序。恩老至此,熟阅形胜,辟途南入,以正宾主。镵崖垒石间,铲巇补坳,嵯峨万仞,化为平顶,三门堂殿,翼舒绳直,通廊大庑,疏户四达,净侣云集,蔼为丛林。峨嵋之宝灯瑞相,清凉之金桥圆光,他方诡观异境同现,方其废故而兴新也,律之徒怀土而呶呶。会余谪为郡守,合禅律而诃之曰:"律以甲乙,禅以十方。而所谓甲乙者,甲从何来?乙从何立?而必曰我慈忍之子孙也。今取人于十方,则慈忍之后绝矣。且夫乙在子孙,则甲在慈忍;乙在慈忍,则甲在马祖;乙在马祖,则甲在南岳;乙在南岳,则甲在曹溪;推而上之,甲乙乃在乎菩提达摩,西天四七。所谓甲乙者,果安在哉!又而所谓十方者,十从何生?方从何起?世间之法,以一生二,一二为三,二三为六,三三为九,九者究也,复归于一。一九为十,十义乃成,不应突然无一有十。而所谓方者,上为方耶?下为方耶?东为方耶?西为方耶?南为方耶?北为方耶?以上为方,则诸天所居非而境界;以下为方,则风轮所持非而居止;以东为方,则昆提诃人面如半月;以北为方,则郁单越人寿命久长;以西为方,则瞿耶尼洲沧波浩渺;以南为方,则阎浮提洲象马殊国。然则甲乙为定,十方无依,兢律兢禅,奚是奚非?"律之徒曰:"世尊尝居给孤独竹林精舍,必如太守言,世尊非邪?"余曰:"汝岂不闻以大圆觉为我伽蓝,身心安居,平等性智。此非我说,乃是佛说。"于是律之徒默然而去。禅者曰:"方外之士,一瓶一钵,涉世无求,如鸟飞空,遇枝则休,如龟浮海,值水则浮。来如聚梗,去如灭沤。不识使君将甲乙之乎?十方之乎?"余曰:"善哉!佛子不住内,不住外,不住中间,不住四维,上虚空应,无所住,而住持是真十方住持矣。尚何言哉!尚何言哉!"崇宁元年上元日记。

《湖北旧闻录》之记述盖有五端,一、讲述了大洪山的地理位置与主峰的体貌;二、讲述了大洪山名称与别称的由来;三、讲述了古时大洪山中的景观;四、讲述了大洪山作为慈忍道场的缘起与慈忍的相关传说;五、讲述了唐慈忍"依山制形"与宋革律"铲蟥补坳"先后兴建禅寺的情况。据此可知,大洪山与宋玉所赋巫山及神女没有丝毫联系,宋代以前山顶之陡峭山势也与宋玉所赋"上至观侧,地盖底平"决然不同。在我们掌握的资料中,还有一本专为大洪山撰写的专志,即清郝谦、高福滂的《大洪山志》。调查小组详细地阅读了这本专志,其中也没有与宋赋巫山及宋赋神女相联系的信息。

虽然,大洪山为众水发源之区,若清郝谦、高福滂《大洪山志》卷三《山水志·水源辨误》所记,"洪山雄峙汉东,盘踞安、襄、德三郡之境,其水四注:……涢水与均水、支水,发源于山之北;漳水发源于山之东;富水、溾水发源于山之南,敖水、枝水发源于山之西南,皆承众壑以为流,而涢、均与富,则山顶之水亦分注焉,此其大较也。"但是,其源仅为滥觞细流,与宋玉所赋"登巉岩而下望,临大坻之稽水","潾涢涢其无声兮,溃淡淡而并入。滂洋洋而四施兮,蓊湛湛而弗止"的景象实有差异。《大洪山志》卷三《山水志·山》又言:"山高寒,多大风,盛夏之时有如暮春,余雪常三四月未尽。天微阴,云气嘘屋壁间,扑人眉宇,衣襟沾湿。顶上花木不生,而空中时闻异香,杳不知其所自来者。当夫时雨初霁,天朗气清,登而四望,襄、邓、郧、郢间山川皆可指数。日落照耀汉江,在天际如匹练。俯瞰峰阜错叠,螺翠鬟青,烟村迷离,隐隐如在画里。阴晴朝暮,景皆可爱,须游者自得之,类非拟议所能尽也。"这是《大洪山志》作者登顶主峰,唯见四围皆山、而不见众水的真实感受。况且其"顶上花木不生",与宋玉所赋"箕踵曼衍,芳草罗生:秋兰茝蕙,江蓠载菁;青荃射干,揭车苞并;薄草靡靡,联延夭夭"的山顶香花芳草丛生繁茂的景象,大相径庭。

(二)巫山县阳台的文献记载与情景描述

巫山县的两处阳台,在文献特别是地志中,均被指认为与宋玉所赋相关。

北魏郦道元《水经注》卷三十四《江水》载,郭景纯云:丹山在丹阳,属巴。丹山西即巫山者也。又帝女居焉。宋玉所谓"天帝之季女,名曰瑶姬,未行而亡,封于巫山之阳,精魂为草,实为灵芝。所谓巫山之女,高唐之阻,旦为行云,暮为行雨,朝朝暮暮,阳台之下。旦早视之,果如其言,故为立庙,号朝云焉"。

宋乐史《太平寰宇记》卷一百四十八《夔州》载,阳云台:高一百二十丈,南枕长江。楚宋玉赋云:"游阳云之台,望高唐之观",即此。

宋祝穆《方舆览胜》卷五十七《夔州》载,阳云台:在巫山县西北五十步。《寰宇记》:南枕大江。宋玉赋:"楚王游于阳云之台,望高唐之观",即此。

明陈耀文《天中记》卷十五《台》载,阳台:襄王与唐勒、景差、宋玉游于阳云之台,玉作《大言赋》。(《古文苑》)《子虚赋》:"楚王乃登阳云之台。"孟康云:云梦中高唐之台,宋玉所赋者。言其高出云之阳也。(《汉书》)《文选》作"昭阳"。时所谓阳台者。

明曹学佺《蜀中广记》卷二十二《夔州府·巫山县》载,(巫城)西北五十步有阳云台,高一百二十丈,南枕长江。楚宋玉赋云:游阳云之台,望高唐之观。晋孟康注曰:言其高出云之阳也。

清穆彰阿、潘锡恩等《大清一统志》卷三百三《夔州府·古迹》载,阳云台:在巫山县西北。《寰宇记》:台高一百二十丈,南枕长江。宋玉赋云:"游阳云之台,望高唐之观",即此也。《方舆览胜》:在县西北五十步。又高唐观在县西北二百五十步。《吴船录》:所谓阳台、高唐观,今在巫山来鹤峰上。旧志按:司马相如《子虚赋》,前言楚王猎于云梦,后言登阳云之台。孟康注云:云梦中高唐之台。据此当在今荆州及汉阳境。然宋赋言:神女在巫山之阳,高丘之阻,朝朝暮暮,阳台之下。则阳台之巫山,理亦有之;若高唐则实在云梦,不在巫山也。

清佚名《雍正巫山县志·山川》载,阳台山:按古阳台山在治西里许最高处,常有云气,而北城内亦名阳台山,俱有阳台旧址存焉。又《古迹》载,阳台在北城内。按:《旧志》复载,有古阳台,在城西里许高山之上,南枕大江,每阴雨,云雾先起。即宋玉所谓楚王游于云阳之台也。

清连山、白曾熙等《光绪巫山县志》卷首《十二峰诗》载,阳台暮雨:城西北半里许,山名高都,为阳台故址。旧有古高唐观,殿宇苍凉,松桷七檐,绿竹苍松,四围环绕,日暮则烟霏雾结,落雨数点,真奇景也。

又《光绪巫山县志》卷六《山川》载,阳台山:城内北隅有山名阳台,旧址存焉。按:城北倚山为城,雉堞环列,林木葱茏,台踞其上,足资眺望。今垦为田,土阜今存,旧址并废。又《旧志》,古阳台在县西里许,最高之处,常有云气,居民以为雨验。《李白诗文注》,阳台在县西北,高丘山亦在其间。《类书》,南枕大江。宋玉赋"朝朝暮暮,阳台之下",杜甫诗"神女峰娟妙",即此处也。《志》卷三十《古迹》又载,阳云台:在县西北,一云在北城内。《寰宇记》，台高一百二十丈，南枕大江，每阴雨，云雾先起。即宋玉赋所谓楚王游于阳云之台也。《方舆览胜》，在县西北五十步。又高唐观，在县西北二百五十步。《吴船录》，阳台、高唐，今在巫山来鹤峰上。

又《光绪巫山县志》卷三十《古迹》载，高唐观石刻：高唐观在县城外西山顶，宋玉赋高唐即此。王渔洋《蜀道驿程记》，高唐观在城西，上山三里许。自乾隆乙亥年重建，殿宇三层。山有明人缪宗周石刻诗碑。

又《光绪巫山县志》卷三十一《寺观》载，神女庙：即凝真观，在县东四十里十二峰南飞凤峰之麓。《元统志》唐仪凤元年置，宋宣和四年改曰凝真观，绍兴二十年封妙用真人。又此条下引李一鳌《记》，余舫而东也，偕马君、曹君，历数巘障，千峭竞秀，径抵飞凤，攀跻直上，有坪兀突。土人指点，原峰飞凤，此古阳台也。又卷三十《古迹》，神禹受符坛：祝史云，每八月十五夜月出时，有丝竹之音往来集仙峰顶上，猿鸣达旦方止。凝真观后山半有石坛平旷，传云夏禹见神女授符书于此。坛上观十二峰，宛如屏障。

清王士祯《带经堂诗话》卷十三《遗迹类》，巫山县在江北，缘山为埔，正面巫山，吴之建平郡也，山形绝肖"巫"字。泊舟即骑登高唐观，观在城西，上山三里许，荒凉特甚，朝云之庙，略无仿佛，其东即阳云台，在县治西北五十步，高一百二十丈，二山皆土阜，殊乏秀色，而古今艳称之，讵不以楚大夫词赋重耶！

郦道元首倡宋玉所赋乃今重庆之巫山，然而并没有交代具体的地点。而《水经注》之资料以外，其他的资料，又交代得过琐碎，让人觉得眼花缭乱，一则阳云台、阳台、阳台山、高唐观、神女庙、高都山等名称，混淆了这里当注意的中心——阳台；二则或言在北，或言在西，方位似乎有些难以确定；三则或言庙宇形貌，或言遗迹无存，沿革断裂，一时难以接续；四则范成大《吴船录》提到的"来鹤峰"在流传至今的巫山十二峰名称中，不能对号入座。其实，阳云台亦即阳台。明董说《七国考》说："《古文苑》：'襄王与唐勒、景差、宋玉游于阳云之台，玉作《大言赋》。'《文选》作'云阳'，时所谓'阳台'者。"① 而阳台山即为阳台所在之地，高唐观、神女庙、高都山则可以看做定位阳台的标志性建筑或山体。抓住"阳台"细读，纲举自然目张。对于"或言在北，或言在西"的问题，实是清代两部志书作者均未能厘清。考巫山县治，唐贞观以前在清县治东，《光绪巫山县志》载，"巫县故城在县东，即汉南郡巫子城。"又"故东阳府，在县东一里。《唐志》夔州有府，一曰东阳。《元统志》隋置，唐贞观三年废"。以汉巫子城或唐东阳府之治所言之，阳台山在城西；以唐贞观三年后西迁之治所，亦即清县治言之，阳台山自然在城北。据此，旧地志所言"治西里许"之阳台山与迁址后地志所言"北城内"之阳台山当为一山。清《雍正巫山县志》及《光绪巫山县志》均未能辨此迁移，故转抄《旧志》时未能就清代县治改写其方位，或加以说明。对于"或言庙宇形貌，或言遗迹无存"，也有案可查，如《元统志》言飞凤峰之神女庙"唐仪凤元年置，宋宣和四年改曰凝真观，绍兴二十年封妙用真人"。《雍正巫山县志》载："云华夫人祠：昔在飞凤峰，万历年间始移建于

---

① 明董说《七国考》卷四《楚宫室》，中华书局1956年版。

治东里许象山之上。一名神女庙。"这即是飞凤峰神女庙迁移的线索。而这一线索也启发了我们对阳台由飞凤峰移至巫山县治城北的思考,阳台的移迁可能与宋代诋毁宋赋之神女、力主助禹治水之神女有关,飞凤峰的阳台既被指认为"神禹受符坛",此处阳台就不得不让位了。而明末清初又时尊宋赋之神女,时奉助禹治水之神女,抑或有时对二者一并认可,共同尊奉,于是在历史的记忆中,二者也就不可避免地并存下来。(详见下文)至于范成大《吴船录》所言"来鹤峰",今传十二峰中无此名,清俞樾《茶香室丛钞》卷十二《巫山十二峰名》所记十二峰之异名亦无此,①疑"来鹤峰"为飞凤峰之别名或俗称,因为范成大本人坦言是从当地乡民口中听来的这一名称。《光绪巫山县志》称飞凤峰得名时说:"曰飞凤,形如凤翔。"即能将此峰视为"凤翔",即凤凰飞翔的形态,也可视为"来鹤",即仙鹤飞来的形态,总之峰形近鸟,凤与鹤形体接近,故有异称。注意! 且不可理解为"聚鹤"之误,因为:一、"聚鹤"之得名是,"峰多松杉,夜有鹤聚。"二、"来"与"聚"也不会因形近音近而讹。三、要之除范成大外,古之文献均言庙之所在为飞凤峰。排除了干扰,阳台一在飞凤峰、一在城北阳台山而两存的现象也就清楚了。不过,从时间的角度说,飞凤峰山腰为阳台之说法较古,唐初仪凤元年已于此置神女庙,并有《集古录》载唐碑为证,明曹学佺《蜀中广记》卷二十二《名胜记·巫山县》引《集古录》云:"神女庙:唐李吉甫诗一首,以贞元十四年刻;邱元素一首,无刻石年月;李贻孙二首,会昌五年刻;敬骞一首,元和五年刻,沈幼真书,其他皆无书人名氏。可摸拓。"县治城北为阳台之说法较晚,始见于宋代《寰宇记》等文献的记载。而宋之文人若陆游、范成大者仍言庙在飞凤峰,至于明清好古者亦常探访飞凤峰之阳台。本文研究探讨的是宋赋之神女、巫山与阳台,按照学理,则一定要关注较古的飞凤峰上的阳台。下面来看古文献中关于巫山县飞凤峰山腰古阳台的情景描写:

清连山、白曾熙等《光绪巫山县志》卷三十《古迹》引明李一鳌《记》:

余舫而东也,偕马君、曹君,历数巇障,千峭竞秀,径抵飞凤,攀跻直上,有坪兀突。土人指点,原峰飞凤,此古阳台也。后枕翠屏,面拱集仙,左揖朝云,右睨松峦。六峰连袂于江东,三峰聚首于水北,共得九焉,更隐三峰,隔山之表,深崟难探,称十二峰。夫亦地映北斗,星照荧镇,故奇异兽形,巧绘耸出耳。旧之古庙,草封鸟集,易神女为龙王,风雨不庇,厦将就倾,古迹奇踪,付之荒莽矣。余同马君捐赀,曹君独主其事,辟基芟翦,鸠工创立,神殿三楹,献殿三楹。宁止栖神,亦供舒览。说者谓宋玉赋云雨,祀神女也;又谓治水有功,祀云华夫人。余谓蜀楚门户,翼轸分野,两岸雄峙,锦江中横,叠翠层峦,云气出没,惊涛澎湃,喧豗訇訇,散为彩云,聚为灵颖,归舸行艓,上下呵护,当属何物,夫非神之庇欤! 幻之则神女,昭之则云华也。总山灵江精,融结变幻而不可穷诘,神禹凿通以后,水妖震荡,云华定功,亦不在禹下。水,阴精也。神女、夫人,阴属也,江水之灵也。故祠以祀其佑此雄关险峡,俾舫舻安澜者,不必辨为神女为夫人也。庙成,游人亦有栖止,俾览者盼奇峰之耸峙,壮若铁马千群,击银涛之东下,湛为天堑一

---

① 清俞樾《茶香室丛钞》卷十二《巫山十二峰名》,《学术笔记丛刊》本中华书局1995年版。

派,洵是天地巨灵,屹然百二关锁,古者英雄必据之区。我明朝汤、廖并力,颖国、阶文共成一捷,护此关门,亦谓势扼楚蜀之交,宁独大奇大异,峰列十二,天开锦图欤哉! 余观而返,挽舟彻夜抵旦,相与曹、马二君共啸于驱熊之巅,而时已告午矣。

就此篇写景而言,是作者亲临飞凤峰古阳台下神女庙望中景象。作者写山,前后左右十二峰得见其九,这说明阳台,甚或其所依托的飞凤峰,是在群峰之中,而阳台又处于飞凤峰山腰,即便以飞凤峰为言,也不能说它高出其他巫峰一筹。这与宋玉赋所描写的"巫山赫其无畴",就有了相当大的出入了。退一步说,以巫峡十二峰整体为言,在三峡中也未必"赫其无畴",《水经注》描写三峡山势说,"自三峡七百里中,两岸连山,略无缺处,重岩叠嶂,隐天蔽日,自非停午夜分,不见曦月。"我们调查小组在去屈原故里乐平里时,曾经过西陵峡口的一座主峰叫仰天洼的大山,其海拔1700余米,这要比巫峡十二峰高得多得多。作者写水,唯写大江,虽"惊涛澎湃,喧豗訇訇"之水势,与宋玉赋描写相同,但却没有宋玉赋"观百谷之俱集"之场面,据我们调查,阳台所在的飞凤峰东只有神女溪一支水流,而《水经注》所写的"绝巘多生怪柏,悬泉瀑布,飞漱其间",才是三峡"天雨之新霁"时的景象。

(三)汉川市仙女山的文献记载与情景描述

汉川市仙女山称巫山,当见于汉司马相如的《子虚赋》,其赋曰:云梦其南"缘以大江,限以巫山";而被认为是宋赋之巫山,缘起于中唐后期的该县县令裴敬。此后,宋、元、明三代的地理类文献赞同者多而怀疑者少,而清代的地志类文献否认者多而赞同者少。

宋乐史《太平寰宇记》卷一百三十二《淮南道十·安州》载,阳台庙,在县南二十五里。有阳台山,山在汉水之阳,山形如台。按:宋玉《高唐赋》,楚襄王游云梦之泽,梦神女曰:"妾在巫山之阳,高丘之阻,朝朝暮暮阳台之下。"遂有庙焉。今误传在巫峡中,县令裴敬为碑以正其由。

宋祝穆《方舆胜览》卷二十七《汉阳军·汉川》载,阳台山:在汉川县南三十五里。或言宋玉作《高唐赋》处,有裴敬碑载其事,当考。

明李贤等《明一统志》卷五十九《汉阳府》载,阳台山:在汉川县南三十里。宋范致虚诗:伤心独立阳台望,暮雨凄凉宋玉情。极目草深云梦泽,连天水阔汉阳城。当年楚国山犹在,千古襄王梦不成。往事悠悠魂已断,高唐今日有虚名。

明秦聚奎等《万历汉阳府志》卷二《疆域志·汉川县·山》载,阳台山:在县治南一里,上有神女祠。宋玉《高唐赋》即此,唐人裴敬作记,碑毁,无考。刘禹锡、范致虚皆有诗。巫、汉川皆古楚地,或谓神女会于巫山者,以赋有"妾在巫山之阳"之语。李白《南迁过巫山》诗有云:"我到巫山渚,寻古登阳台。荒淫竟沦没,樵牧徒悲哀。"李白虽以荒淫责王,而意实以巫山为是。然则赋所"游于云梦之台"者,似为不通矣。窃据范致虚诗有"极目草深云梦泽,连天水阔汉阳城"一联,则阳台之在汉川何疑焉! 一说巫山亦有云梦台,地名之讹,在在有之,然李、范相去不甚远,范诗岂无据耶! 虽神女变幻莫测,实无定处,窃据范诗,则阳台为汉川者近是。

清陶士偰等《乾隆汉阳府志》卷九《地舆·汉川县·山》载，其西南阳台一山，相传为楚襄王梦神女处。又载，阳台山，旧名羊蹄山，在县南一里，俗呼为仙女山。上有女郎石、神女祠，旧有唐裴敬碑，今毁。《北周书·裴宽传》，宽为沔州刺史，州城埤狭，宽恐秋水暴长，陈人得乘其便。即白襄州总管，请戍兵，并请移城于羊蹄山，以避水。胡三省《通鉴》注，汉川有阳台山，土人谓之羊蹄山。《陈志》谓宋玉赋《高唐》即此，未免附会。按：羊蹄山形如羊蹄，阳台之名盖由羊蹄而为，宋玉之赋固当属诸夔州之巫山。

《大清一统志》卷二百六十一《汉阳府·山川》载，阳台山：在汉川县南。《隋书·地理志》甑山县有阳台山。《寰宇记》阳台庙在汉川县南二十五里，有阳台山在汉水之阳，山形如台。按：宋玉《高唐赋》云，楚襄王游云梦之泽，梦神女曰："妾在巫山之阳，高丘之阻，朝朝暮暮阳台之下。"遂有庙焉。今误传在巫峡之中。县令裴敬为碑以正其由。《府志》，阳台山在县之南一里，一名仙女山，上有神女祠。或曰周将裴宽请建州于羊蹄山，即此。山上又有女郎石。

清德廉、尹洪熙等《同治汉川县志》卷七《山川志·山》载，阳台山：旧名羊蹄山，俗呼仙女山。山在县治西南一里。周与陈既交恶，周沔州刺史裴宽，白襄州总管请益戍兵，并迁城于羊蹄山以避水，即此。（《南史》）康熙己未五色芝满崖谷，徐方伯惺易名采芝。（《白茅堂集》）

又《同治汉川县志》卷七《山川志·山》附，邑人周镛曰：羊蹄山见于《南史》，名为最古，山形圆，故以羊蹄取象。神女阳台之说，本属不经，《前志》谓羊蹄为俗名者，误。楚之季年，逼于强秦，怀留襄嗣，正卧薪尝胆之秋，而远离国都，君臣荒宴，即使事可征信，亦当削而不书，以符《地志》体例，况十九皆寓言乎！乃误于《寰宇记》裴敬作碑一语，辗转附会，致令飞来肆诬，山灵蒙垢。俗语不实，流为丹青，考古者当有定论矣。

又《同治汉川县志》卷二十二《杂记》引《林志稿》云：胡三省《通鉴》注，汉川有阳台山。按《湖广通志》不载此山，而高唐神女之事，《一统志》收入夔州。唐宋以来文人题咏者，或以为巫山，或以为阳台，迄无定论。考楚都鄢郢，在江陵、宜都之间，西距夔，层峦叠嶂，水陆错杂，于楚为邻国，去国都仅（近）半千里。或言《高唐赋》云，襄王与宋玉游云梦之台；《神女赋》则云，游云梦之浦。又赋言："登巉岩而下望，临大阺之稸水。遇天雨之新霁，观百谷之俱集。"与今巫峡相去甚远。必谓阳台在巫山，虽百喙群起，不能并其山形水势而移之。况《水经》《舆图》未有不言云梦在大江南北者。今汉川西南，北距云梦止数十里，陂泽相连，止有仙女三峰起如蓬岛之在海中，似与宋赋"洪波淫淫，倾岸洋洋"之语相合。不知当日梦泽九百里，所包者广，不仅指今云梦县。且独不闻"妾在巫山"一言乎！既曰"妾巫山之女，高唐之客"。其非汉川此山，可知。不得以词赋之荒唐，而虽听其讹传，失实也。阳台山，《旧志》主羊蹄一解，力辨阳台为附会。兹检万历时所修《老志》，援据《高唐》《神女》二赋，层层驳诘，几令必以夔州巫山为信者无从置喙。总之，不能移云梦为巫山一语，足以定此山之所在也。顺治中，邑令冀应熊题曰"飞来峰"石刻山顶。

汉川市之阳台山，又有仙女山、羊蹄山、采芝山等三名。采芝山之名晚出，在清康熙间方因此山生出灵芝而命名。而仙女山、羊蹄山实为古时阳台山之俗名。《同治汉川县志》附邑人周镛曰:"羊蹄山见于《南史》,名为最古,山形圆,故以羊蹄取象。""《前志》谓羊蹄为俗名者,误。"周镛所言,当见于《周书·裴宽传》,而以为"名为最古",乃为正名,实不合学理。《传》之记述之名,未必一定是正名。而正史"地理志"所记之本名,才可认为是正名。《隋书·地理下》:"甑山……有阳台山。"《资治通鉴》宋胡三省注云:"五代志:沔阳郡甑山县,梁置梁安郡,西魏改曰魏安郡,置江州,废帝三年改曰沔州。甑山有阳台山,在汉川之南三十五里。土俗讹为羊蹄山。"汉川阳台山,是否是宋赋记述之山?迄至清代争讼方起。《乾隆汉阳府志》以为事"未免附会",《大清一统志》以为"传在巫峡之中"则误,《同治汉川县志》在阳台山条下,附邑人周镛之否定说,表明其持有与《乾隆汉阳府志》相同的态度,而在《杂记》中又收有《林志稿》之辩驳,则并非认同《大清一统志》的观点,只不过是以"存疑"的方式,以志备考。对于这个问题我们留待下文讨论,于此还是按标题的限定来谈汉川市仙女山的情景描述。

明秦聚奎等《万历汉阳府志》卷六《艺文志》收明曾朝节《题仙女山》诗:何处窥圆象,当空一柱孤。天涯连旷野,地轴尽平芜。宅胜来仙女,登高属大夫。襄王与宋玉,今古说江湖。

清德廉、尹洪熙等《同治汉川县志》卷首《山川图图说》言:汉川东据山,南近沔,西接汉水,北临应城、孝感、云梦。……其川则有汉水、富水、臼水、涢水、郧水,汇诸湖泽而东趋。其湖则有横湖、洪湖、安汉湖、松湖、清水湖、瓜子湖、汈汊湖、慈湖、曹湖、四挡湖,富水北来注之;又有彭公湖、观湖、蓼湖、鲤鱼湖、中洲湖、南湖、沉下湖、黄金湖、蓬项湖、司里湖、留良、茫洞、三台诸湖,汇潖水、郧水入涢达汉;县治南则有道观湖、泽涣湖、龙车湖、桐木湖、朱龙湖、打雁湖、段庄湖、上零残湖、白石湖、却月湖、赤野湖,赤野会臼水一由汉阳沌口入江,一由汉阳蔡甸入汉。

又《同治汉川县志》卷首《采芝山图图说》言:县境之山,多在东南,兀峙西郊者,惟采芝稍高。山距城阙不二里,南临道观湖,北临松湖,东接伏龙,西连姚公山。姚公山之高半之,伏龙山又半之。旧产芝草,因以命名。

采芝山,古之羊蹄。俯临汉水,耸拔平原,四境之高下险易,一览可得。东瞩甑山,楚子常、晋王廙之所用武也;南望南河,非曹摄军指挥之地乎?长城乡尽东北为涢口,汉流交汇几为沮洳,向使地非扼要,晋之郑攀、马隽辈何以屯兵于此?渡松湖而北三十里,为刘家塥,商舶辐辏,吭扼雍梁,《志》称关隘,其在是与?西北一带,重湖浩淼,田庐提防,国赋民生,攸关勤抚,绥图补救者,经济皆于是乎在。山麓有令尹子文墓,后世因而祠之。登者景仰前徽,亦益可以奋然兴矣!

又《同治汉川县志》卷七《山川志·山》载,知县卓振清《禁采芝山凿石碑文》曰:邑以汉川名,明乎其地处洼下,滨汉之皋,环湖之内,古所谓泽国也。泽国而得以长存,厥赖有境内一二高山维系,奠安之。若采芝山者,兀峙西郊,城垣坛宇,实依其麓,尤为地脉所钟焉。

又《同治汉川县志》卷八《寺观》附明邑人林若企《记略》曰:邑之阳台山,传自巫峡,说者疑之。遡其故,山旧有仙女祠,附之杜媼。兹神女之说攸肇,而盘礴云梦之野,宋玉作赋,又若有所指也。余读其赋,辞隐而意寓,事已茫如,而竟索之真,何哉？第是山也,突焉耸翠,冈阜迂回,势若飞翔,襄郢而下,舟行率数十里,环视如削,实吾邑之阴也。

又《同治汉川县志》卷二十一《艺文志下·赋》收清徐志《游采芝山赋》:若夫地控襄沔,邑著江州;作沌阳之左,距汉水之上。游縣亘于伏龙岭畔,凭临于绣方关头;挺孤标以特出,峙胜概而长留。原夫幽谷盘旋,灵峦磅礴;势矗矗以凌虚,致亭亭而如削;绾螺髻以光浮,拥鸦鬟而秀濯;磴歙出以还平,石危悬而欲落;俨鬼斧于谁裁,恍神工其畴凿。因思山如挟至,峰自飞来;朱岩窈窕,丹嶂崔嵬;霪将冥而雨过,洞初晓而云回;哂襄王之梦寐,杳神女之妆台。岂因赋词之幻境,启地志之疑胎;孰漫标新而制赋,独能绝艳而矜才。……

仙女山之高,仅海拔99.1米,实算不得高山,然而在上述的资料中,为何被描写为"挺孤标以特出""突焉耸翠""兀峙西郊""耸拔平原""当空一柱孤"呢？这与仙女山所处的地理环境有关,一、"邑以汉川名,明乎其地处洼下,滨汉之皋,环湖之内,古所谓泽国也。"即地势低洼;二、"南临道观湖,北临松湖,东接伏龙,西连姚公山。姚公山之高半之,伏龙山又半之。"近处丘阜无有与之可比者;三、"第是山也,突焉耸翠,冈阜迂回,势若飞翔,襄郢而下,舟行率数十里,环视如削,实吾邑之阴也。"本身之山势挺拔。因而相对而言,自然会产生"特出""耸翠""兀峙""耸拔""当空一柱"的视觉印象。仙女山与宋玉《高唐赋》巫山描写最为接近,无论地理位置、文化承载、山势感觉,还是山下水情、山上石态、山顶样貌,甚或田猎空间,无一不切合或近似。这些情况,在下文的比较中会更加突出地显现出来。

三、随州大洪山、巫山县阳台、汉川仙女山与宋赋描写之比较

为了具体而直观地反映比较内容,本报告特列表分项进行表述:

表一

右比较对象: 下比较事项:	宋玉所赋	随州市大洪山	巫山县阳台	汉川市仙女山
山之方位描写	游于云梦之台;游于云梦之浦;	位于古云梦田猎区北部山区;与宋赋描写接近。	远离古云梦田猎区与古云梦泽;与宋赋描写不合。	位于古云梦泽东部边缘;符合宋赋描写。①

---

① 云梦泽、云梦田猎区的概念是谭麒襄先生提出的,以之辨析古云梦最为贴切。见谭麒襄《云梦与云梦泽》,《复旦学报》1980年8期。

续表

右比较对象： 下比较事项：	宋玉所赋	随州市大洪山	巫山县阳台	汉川市仙女山
山体状貌与比较描写	上属于天，下见于渊；高唐之大体，无物类之可仪比；巫山赫其无畴；	海拔千米左右；呈巨大之锥形；高于周围山体五百米有余；特出冈峦丘阜之中；符合宋赋"赫其无畴"。	海拔千米左右；山势陡峭，合十二峰并立，巫山山脉高峰数不胜数，难如宋赋称其"无畴"。若换成山峻峰奇的角度来说，则可称"无畴"；	海拔近百米，并不高大，然周围为平原广泽，相对比排，可称特立"无畴"。以宋赋称"巫山"为"高丘"论，似更为相似。
山之承载文化	楚高禖巫山神女	唐代僧人慈忍传说；龙与湖之传说；与宋赋无关。	楚高禖巫山神女；助禹治水之云华夫人传说；有符合宋赋因素。	楚高禖巫山神女；仙女杜媪传说；有符合宋赋因素。
山下水情描写	登巘岩而下望兮，临大坻之稸水；遇天雨之新霁兮，观百谷之俱集；	多条水流发源于此，然仅为滥觞细流；多有堰塘，面积均小；与宋赋描写差异较大。	北临长江，东临神女溪；古无湖，今称湖者，因三峡大坝蓄水，支流水面扩大而命名；与宋赋有异。	南临汉水，且有众多颇具规模的水流经过，并于四围形成众多湖泊；符合宋赋描写。
山上岩石描写	盘岸巑岏，㟆陈硙硙；磐石险峻，倾崎崖陠；岩岖参差，从横相追；交加累积，重叠增益；状若砥柱，在巫山下；	涢水、富水虽发源此山，然滥觞细流，虽偶有奇石，难称"盘岸巑岏"、"从横相追"、"交加累积、重叠增益"；与宋赋不合。	奇异兽形，巧绘笋出；奇峰之笋峙，壮若铁马千群，击银涛之东下；凝真观后山半，有石坛平旷；有宋赋之势。	磴歇出以还平，石危悬而欲落；俨鬼斧于谁裁，恍神工其畴凿；何处窥圆象，当空一柱孤；接近宋赋之描写。
山顶地势描写	上至观侧，地盖底平；箕踵曼衍，芳草罗生；	山峰高峻，堂殿楼阁依山制形，后前不伦，向背靡序；与宋赋不合。	山半有石坛平旷，为古阳台；峰曰飞凤，形如凤翔；与宋赋不合。	山在汉水之阳，山形如台；与宋赋"地盖底平"描写接近。
山顶植物描写	秋兰茝蕙，江蓠载菁；青茎射干，揭车苞并；薄草靡靡，联延夭夭；	顶上花木不生，而空中时闻异香，杳不知其所自来者；与宋赋不合。	石坛虽平旷，但坛乃岩体，不具有生长花草的条件；与宋赋不合。	山形如台，顶为土阜，具有生长宋赋提及之花草的条件。

续表

右比较对象： 下比较事项：	宋玉所赋	随州市大洪山	巫山县阳台	汉川市仙女山
山区田猎描写	乃纵猎者，基趾如星；传言羽猎，衔枚无声；涉漭漭，驰苹苹；举功先得，获车已实；	四围冈峦起伏，虽可以进行大规模田猎，但不能符合"涉漭漭，驰苹苹"的战车逐猎描写。	处于崇山峻岭之中，峰峦壑深，几不见平阜，不具备大规模以战车狩猎的条件。	周围为平原草泽，适于大规模田猎；地貌情况符合"涉漭漭，驰苹苹"的宋赋描写。

对于大洪山、巫山县阳台、仙女山与宋玉赋描写的比较，我们在《高唐赋》中提取了8个具有可比性的描写，作为比较事项。比较的结果是：大洪山与宋赋描写，仅在"山之方位描写""山体状貌与比较描写"两个事项上相符或相近。巫山县阳台与宋赋描写，也仅在"山之承载文化""山上岩石描写"两个事项上相符合；而"山体状貌与比较描写"一项，只有变换理解角度，才能与宋赋描写接近；至于"山下水情描写"一项，仅在水势方面与宋赋描写接近，可以勉强看做部分接近。而仙女山与宋赋描写，有"山之方位描写""山之承载文化""山下水情描写""山区田猎描写"四项完全符合；有"山上岩石描写""山顶地势描写"两项非常接近；而"山体状貌与比较描写"一项，在特定视觉效果条件下，可以认为与宋赋描写接近；"山顶植物描写"一项，在逻辑推理中可以达到宋赋描写之要件。根据这一结果，我们有理由认为，湖北汉川市仙女山才与宋玉《高唐赋》《神女赋》所描写的"巫山"相契合。而巫山县阳台与宋赋描写的契合率，满打满算，才可接近百分之五十。至于随州市大洪山既没有宋赋神女的文化承载，也缺乏与宋赋描写相符合的多项支撑，则可排除于下文的进一步讨论之外。

四、巫山文化对宋赋神女的扬弃与重新接受

自郦道元《水经注》将重庆巫山与宋赋神女联系起来，在南北朝与有唐一代，在吟咏巫峡山水与文化时，大多要融入楚襄王和宋玉的文化因素。翻开《全唐诗》或《乐府诗集》，这类的诗非常之多，恕不举例。然而情况在北宋发生了变化，在当时的巫山文化中，先是于太平兴国年间，《太平广记》将宋赋神女转换为助大禹治水的云华夫人，于此便敲响了扬弃宋赋神女的先声。宋李昉等《太平广记》卷五十六《女仙一·云华夫人》引五代杜光庭《墉城集仙录》曰：

云华夫人，王母第二十三女，太真王夫人之妹也，名瑶姬，受回风混合万景炼神飞化之道。当东海游还，过江上，有巫山焉，峰岩挺拔，林壑幽丽，巨石如坛，流连久之。时大禹理水，驻山下，大风卒至，崖振谷陨，不可制，因与夫人相值，拜而求助。即敕侍女授禹策召鬼神之书，因命其神狂章、虞余、黄魔、大翳、庚辰、童律等助禹，斫石疏波，决塞导阨，以循其流，禹拜而谢焉。禹尝诣之崇巘之巅，顾盼之际，化而为石，或攸然飞腾，散为轻云，油然而止，聚为夕雨；或化游龙；或为翔鹤；千态万状，不可亲也。禹疑其狡狯怪诞，非真仙也。问童律，律曰："天地之本者，道也；运道之用者，圣也；圣之品次，

真人仙人也；其有禀气成真，不修而得道者，木公金母是也。盖二气之祖，宗阴阳之原，本仙真之主宰，造化之元光。云华夫人，金母之女也。昔师三元道君，受上清宝经，受书于紫霄阙下，为云华上宫夫人，主领教童真之士，理在玉英之台，隐见变化，盖其常也。亦由凝气成贞，与道合体，非寓胎禀化之形，是西华少阴之气也。且气之弥纶天地，经营动植，大包造化，细入毫发，在人为人，在物为物，岂止云雨、龙鹤、飞鸿、腾凤哉！"禹然之，后往诣焉。忽见云楼、玉台、瑶宫、琼阙森然，既灵官侍卫，不可名识，狮子抱关，天马启途，毒龙电兽，八威备轩，夫人宴坐于瑶台之上。禹稽首问道，召禹使坐，而言曰："夫圣匠肇兴，剖大混之一朴，发为亿万之体，发大蕴之一苞，散为无穷之物。故步三光而立乎曩景；封九域而制乎邦国；刻漏以分昼夜寒暑，以成岁纪；兑离以正方位山川，以分阴阳；城郭以聚民，器械以卫众，舆服以表贵贱，禾黍以备凶歉。凡此之制，上禀乎星辰，而取法乎神真，以养有形之物也，故日月有幽明，生杀有寒暑，雷震有出入之期，风雨有动静之常。清气浮乎上，而浊众散乎下，兴废之数，治乱之运，贤愚之质，善恶之性，刚柔之气，寿夭之命，贵贱之位，尊卑之叙，吉凶之感，穷达之期，此皆禀之于道，悬之于天，而圣人为纪也。性发乎天而命成乎人，立之者天，行之者道。道存则有道，去则无道。非物不可存也，非修不可致也。玄老有言，致虚极，守静笃，万物将自复，复谓归于道，而常存也。道之用也，变化万端，而不足其一，天参玄玄，地参混黄，人参道德。去此之外，非道也哉！长久之要者，天保其玄，地守其物，人养其气，所以全也，则我命在我，非天地杀之，鬼神害之，失道而自逝也。至乎哉，勤乎哉，子之功及于物矣，勤逮于民矣，善格于天矣，而未闻至道之要也。吾昔于紫清之阙，受书宝而勤之，我师三元道君曰上真，内经天真所宝，封之金台，佩入太微，则云轮上往，神武抱关，振衣瑶房，遨宴希林，左招仙公，右栖白山，而下眄太空，汎乎天津，则乘云骋龙，游此名山，则真人诣房，万人奉卫，山精伺迎，动有八景玉轮，静则宴处金堂，亦谓之太上。玉佩金珰之妙，文也。汝将欲越巨海，而无飙轮；渡飞沙，而无云轩；陟厄途，而无所攀；涉泥波，而无所乘；陆则困于远绝，水则惧于漂沦。将欲以导百谷而濬万川也，危乎悠哉！太上愍汝之至，尔将授以灵宝真文，陆策虎豹，水制蛟龙，断馘千邪，检驭群凶，以成汝之功也，其在乎阳明之天也。吾所授宝书，亦可以出入水火，啸呼幽冥，收束虎豹，呼召六丁，隐沦八地，颠倒五星，久视存身，与天相倾也。"因命侍女陵容华，出丹玉之笈，开上清宝文以授。禹拜受而去，又得庚辰、虞余之助，遂能导波决川，以成其功。奠五岳，别九州，而天锡玄珪以为紫庭真人。其后楚大夫宋玉，以其事言于襄王，王不能访道，要以求长生，筑台于高唐之馆，作阳台之宫以祀之。宋玉作《神仙赋》，以寓情荒淫秽芜，高真上仙岂可诬而降之也。有祠在山下，世谓之大仙。隔岸有神女之石，即所化也。复有石天尊。神女坛侧有竹，垂之若箒，有樕叶飞物着坛上者，竹则因风扫之，终莹洁不为所污。楚人世祀焉。

《太平广记》对巫山神女庙主神的转换，就巫山区域文化而言是个极具影响的事件，它引起了北宋朝廷的注意，据记载，宋英宗治平中下诏修葺庙宇，宋神宗元丰中敕庙主神女号游真，宋徽宗宣和四年又将神女庙改名为凝真观，于是宋赋神女便在朝廷的旨意下被巫山文化所扬弃。时至南宋，绍兴年间马永卿作《神女庙记》，主张传世的《高唐》《神女》二赋非宋玉所作，楚襄王与宋玉按理从未到过三峡巫山，从而彻底否定了宋赋神女的可信性和享住巫山的主神地位,进一步强化了巫山神女庙主神乃是云华夫人的说法,并刻碑立于庙前,昭示天下。明周复俊《全蜀艺文志》卷三十七录有其文:

永卿自少时读《文选·高唐》等三赋,辄痛愤不平曰:"宁有是哉!且高真去人远矣,清浊净秽万万不侔,必亡是理。"思有以辟之,病未能也。后得二异书参较之,然后详其本末。今按:《禹穴纪异》及杜先生《墉城集仙录》载,禹导岷江,至于瞿塘,实为上古鬼神龙莽之宅,及禹之至,护惜巢穴,作为妖怪,风沙昼暝,迷失道路。禹乃仰空而叹,俄见神人,状类天女,授禹《太上先天呼召万灵玉篆》之书,且使其臣狂章、虞余、黄魔、大医、庚辰、童律,为禹之助。禹于是能呼吸风雷,役使鬼神,开山疏水,无不如志。禹询于童律,对曰:"西王母之女也,受回风混合万景炼形飞化之道,馆治巫山。"禹至山下,躬往谒谢,亲见神人,倏忽之间,变化不测,或为轻云,或为霏雨,或为游龙,或为翔鹤,既化为石,又化为人,千状葱葱,不可殚述。禹疑之而问,童律对曰:"上圣凝气为真,与道合体,非寓胎禀化之形,乃西华少阴之气也。且气之为用,弥纶天地,经营动植,大满天地,细入毫发,在人为人,在物为物,不独化为云雨。"王母之女者,则有合于坤为母,兑为少女之说,所谓变化不测者,则有合于阴阳不测妙万物之义,岂不灼灼明甚哉。《易》之为书,与《庄子》多有合。《易》者阴阳之书,以九六为数。而《南华》开卷已有南鹏北鲲九万六月之说,概可见矣。又《庄子》所载藐姑射之神人,大似今之神女,是其言曰"肌肤若冰雪",则有合乎金行之色;"绰约若处子",则有合乎少阴之气;"游乎四海之外",则可见乎神之无方;"使物不疵疠而年谷熟",则又见乎秋之成物。故郭象注云:"夫神人者,即今所谓圣人也。"斯得之矣。仆因悟《易》之少女,《庄子》之神人,郭象之圣人,今之神女,其实一也。仆然后知,神女者有其名而无其形,有其形而无其质,不堕于数,不囿于形,无男女相,出生灭法,故能出有入无,乍隐乍显。举要言之,乃西方皓灵七气之中少阴之灵耳,岂世俗所可窥哉。且《楚辞》者,文章之大渊薮也,而屈宋为之冠,故《离骚》独谓之经,此盖风雅之再变者,宋虽小儒,然亦其流亚,自两汉以下未有能继之者。今观《文选》二赋,比之《楚辞》陋矣。试并读之,若奏桑濮于清庙之侧,非玉所作决矣。故王逸袠类《楚辞》甚详,顾独无此二赋。自后历代博雅之士,益广《楚辞》,其稍有瓜葛者皆附属籍,惟此屡经前辈之目,每弃不录,益知其赝矣。此盖两晋之后,肤浅鲰生戏弄笔研,剽闻云雨之一语,妄谓神女行是云雨于阳台之下,殊不知云雨即神女也,乃于云雨之外,别求所谓神女者,其文疎谬可笑,大率如此。仆今更以信史质之,怀、襄屡主也,与强秦为邻,是时大为所困,破汉中,轵上庸,猎巫黔,拔郢都,烧夷陵,势益骎骎不已,于是襄王乃东徙于陈,其去巫峡远甚,此亦可以为验也。且《文选》杂伪多矣,昔齐梁小儿有伪为西汉文者,东坡先生止用数语破之,何况战国之文章杰然出西汉之上,岂可伪为哉!噫,峡之为江,其异矣乎!远在中州之外,而行于两山之间,其流湍驶而幽深,故无灌溉之利。若求之古人,是盖远遁深居之士,介然自守,利不交物,若鲍焦务光之徒。今吾侪小人,洒敢浮家泛宅,没世穷年,播弃秽浊,日夜喧哄,其罪大矣。神不汝杀,亦云幸也。且峡既介洁清闶,如此乃陆海之三神山也,是宜阆苑,真仙指以为离官别馆,诞降尔众之厚福,故凡往来者,既济矣,当于此致谢,未济矣,当于此致祷,以无忘神之大德云。绍兴十有七年二月,永卿赴官期,道出祠下,既以祗谒,若有神物以郁发仆之夙心者,因备述之,以大阐扬神之威命明辟,且为迎飨送神之诗,

用相祀事,系之碑末曰:(诗略)

马永卿《神女庙记》在绍兴十七年刻碑立于庙前而后,仅过三年,绍兴二十年,宋高宗又敕封庙主云华夫人为妙用真人。于是,宋赋神女被云华夫人替换的朝廷意识得到了最大限度的推广普及。南宋亲身游历过巫峡的著名诗人陆游的《入蜀记》与范成大的《吴船录》都实录了这一事实。在宋代出现这种诋毁宋赋神女的现象并非偶然,这与程朱理学逐渐发展成为意识形态领域中的主导思想有直接关系,众所周知,理学的核心理论是"存天理,灭人欲",在这种思想支配下,"愿荐枕席"的宋赋神女当然成为了一定要被批判的"人欲"之大者,赋作者宋玉也当然罪不可赦,宋范晞文《对床夜语》就曾批判说:"神女初幸于怀,再幸于襄,其诬蔑亦甚矣,流传未泯,凡此山之片云滴雨皆受可疑之谤。"①朱熹则更在《楚辞后语·叙录》中将《高唐赋》说成"屠儿之礼佛,倡家之读《礼》耳"。②元、明两代,延续着宋代以云华夫人取代宋赋神女的既成事实。元盛如梓《庶斋老学丛谈》卷一言:"巫山神女庙两庑碑文,皆言神助禹开峡有功,是以庙而祀之,极诋宋玉云雨之妄。余谓与扬州后土韦郎事相似。"③明范守道《神女考》说:"世传神女事,止据宋玉《高唐赋》为言,谓其为云为雨,见梦襄王,后人遂以为此山之神姬,若武都山精之流,莫不思一遇之,词语淫亵,有污仙真,且未知神女助禹治水,大有功于斯世,而巫峡之民受赐尤多,自当庙祀以报其功者。何以假宋玉赋而比之淫祠之列也。"甚至出现了毁庙复建庙的闹剧,清董含《三冈识略》卷七《神女辩》所引明张应登的《巫山神女庙碑》就记述一桩这类的事件:④

庙在县东三十里许,十二峰南,飞凤峰之麓。阶下断碑,有"地平天成,权舆于此,功被我民"之句,旧字如南岳禹碑,汉晋人以今文书之者。是禹以成功而始祀神女,其来已远。宋治平中,诏葺庙宇。元丰中,敕号游真。土人疾病则祷,天旱则祷,祷则应。嘉靖十九年,中丞李公毁之,毁玉言之神女也。后制宪王公乔龄复之,复禹祀之神女也。一神女耳,知玉不知禹则毁,信禹不信玉则复。

然而,尽管宋赋神女在文化接受中受到了前所未有的歧视与惨遭扬弃的境遇,但宋玉《高唐赋》《神女赋》以其文学的魅力,并借助其传播载体《文选》的社会影响,始终流传于世,因而出于某种主观的扬弃,实难压制住其客观的存在与影响。在明末学界开始反思程朱理学的时候,人们对于宋赋神女也开始了重新的审视。明末李一鳌在其《神女庙记》中说:

余同马君捐赀,曹君独主其事,辟基斐蕚,鸠工创立,神殿三楹,献殿三楹,宁止栖神,亦供舒览。说者谓宋玉赋云雨,祀神女也;又谓治水有功,祀云华夫人。余谓蜀楚门户,翼轸分野,两岩雄峙,锦江中横,叠翠层峦,云气出没,惊涛澎湃,喧豗訇訇,散为彩云,聚为灵颖,归舸行艓,上下呵护,当属何物,夫非神之庇欤?幻之则神女也,昭之则云华也。总山灵江精,融结变幻而不可穷诘。神禹凿通以后,水妖震荡,云华定功,

---

① 宋范晞文《对床夜语》,《文渊阁四库全书》第1481册(台湾)商务印书馆1986年版。
② 宋朱熹《楚辞后语·叙录》,见《楚辞集注·附楚辞后语》中华书局1963年版。
③ 元盛如梓《庶斋老学丛谈》,《丛书集成初编》第328册中华书局1983年版。
④ 清董含《三冈识略》,辽宁教育出版社2000年版。

亦不在禹下。水,阴精也;神女、云华,阴属也,江水之灵也。故祠以祀其佑此雄关险峡,俾舫舻安澜者,不必辨为神女为夫人也。

这是一种变通的态度,将宋赋神女与云华夫人合二为一,在变通中对宋赋神女予以巧妙地接受,既避免了与宋以来力主云华者的直接冲突,也达到了接受宋赋神女的真正目的。到了清代,虽持云华夫人说者仍不乏其人,但也有人敢于直言。清余廷勋《神女记》明言:

邑东峡内小磨地方,旧有神女庙。考《襄阳耆旧传》,赤帝女瑶姬,未行而卒,葬于巫山之阳,为神女,建庙以祀。是神女系瑶姬,并非云华夫人,因唐(宋)人《太平广记》所载错误,以致讹以传讹。予特揭榜悬于庙侧,以解后人之惑。是为记。

就这样,宋赋神女在经历了宋、元、明三代的沉寂而后,又恢复了神女庙主神的身份,虽然没有取云华夫人而代替之,但至少赢得了与云华夫人并列的神坛地位。在清代县志记载中,云华夫人祠是专门祭祀云华夫人的庙宇,仅有一座;而称作高唐观、神女庙的专门奉祀宋赋神女的庙宇,则有三处之多。看来在清代以来的巫山文化遗存中,宋赋神女的影响,要远远地胜过那位曾经独尊一时的云华夫人。

如今,因长江水利工程而新建的巫山县新城,更将巫峡与宋赋神女融入了城市文化,仅就宋赋神女而言,在临江的沿江大道上的雕塑一条街中,塑有第一位宣扬神女者宋玉的雕像;在从南至北中贯城区的宏伟壮观的石阶大路神女大道的起点,于巨大高台上巨大题字"神女大道"两侧的巨大墙体上,分别刻有宋玉的"高唐赋序"和"神女赋序",从而形成了巫山新城的地标式建筑;在城市街区命名中,有"高唐街""神女街道办""高唐广场"等命名;同时,对于有关宋赋神女的历史文物也加大了保护力度,重新修缮了清代建筑——高唐观,对已被淹没的神女庙进行了于原址向北上移式重建。其选址仍在江东嘴村象山山岗上,据村民说这里是云华夫人祠的旧址,也是传说中楚王宫、楚王池的遗址。选址中还存有20世纪90年代修建的瑶池牌坊月亮门和云华夫人授予大禹符策的塑像。在我们调查中所见的重建现场,除对旧庙宇整体移建外,还扩建了许多辅助性庙堂,于现有建筑后山岗上还有一大片挖平待建的场地,占地面积远远超过了神女庙旧址。这一切无疑是特意将宋赋神女突出为壮丽巫山、美丽巫峡的历史文化脊梁,这便将宋赋神女的接受推向了有史以来的极致。

五、汉川文化对宋赋神女的承载、接受与渐趋边缘化

今湖北汉川市仙女山古称阳台山,其山名被史书记载,于正史中最早见于《隋书·地理下》,其记曰:"甑山……有阳台山。"其得名,可能是因其地缘地貌,宋乐史《寰宇记》说:"阳台庙,在县南二十五里。有阳台山,山在汉水之阳,山形如台。"(此处的距离说明,与明《万历汉阳府志》及清《乾隆汉阳府志》《同治汉川县志》所载"阳台山:在县治南一里"不合,这是因为宋代而后县治治所发生了变化,清陈诗《湖北旧闻录》卷一《郡县一·汉川县》载:"旧县城在县北三十里刘家隔,元至正二十三年移于今治。")阳台山的得名,也可能受到宋玉《高唐赋》的影响,《寰宇记》之按语说:"宋玉《高唐赋》,楚襄王游云梦之泽,梦神女曰:'妾在巫山之阳,高丘之阻,朝朝暮暮阳台之下。'遂有庙焉。今

误传在巫峡中,县令裴敬为碑以正其由。"对于阳台山的得名,按学理判断,宋赋所记之得名,更有理由让人相信。退一步思考,如唐裴敬所"正其由"可以征信,则阳台山之得名与阳台庙之修筑当早于唐仪凤间巫山县神女庙的修筑。然而,由于巫峡巫山以其山之奇、水之壮"名满天下",庙以峡显,因此巫峡神女庙广为世人所知,而汉川之阳台山与神女庙自然会为这种"舆论强势"所淹没。又由于唐裴敬碑于明万历前早已毁迹,其文字亦未流传,要证明汉川阳台山与宋赋神女有关,不免失去了一个最有力的佐证。不过,在宋、元、明三代,在巫山文化扬弃宋赋神女之际,汉川阳台山还是在地志类文献中得到了客观的记述,在汉川区域文化中得到了历代相沿的继承与不改初衷的认同,尤其在明代,《明一统志》《万历汉阳府志》更以举出北宋范致虚《题阳台山》诗与宋玉《高唐》《神女》文本为证(范诗见上文所引),力证"阳台之在汉川何疑焉"!明代的文人墨客也籍汉川阳台山咏怀宋赋神女及其传说,一时间声浪颇高。且举一二为例:

韩阳《题仙女山》:巫山神女在冥冥,岂似尘凡有欲情。汉水近通江夏郡,阳台遥对复州城。邪思漫自襄王起,异事皆因宋玉成。暮雨朝云人不见,往来犹说旧时名。

赵弼《阳台渡》:赋就高唐万古留,君臣此处乐绸缪。阳台寄寓成虚事,渡口烟波空自流。

冯时雍《阳台庙二首》(其一):偶步阳台上,当年意若何?江阑荐晚佩,文駞丽云坡。(其二):梳晓芬脂黛,留春倩女萝。驾言结永好,天地与山河。

朱衣《题仙女山》:长夜襄王梦,浮云宋玉才。渔樵墟楚野,豺虎窟阳台。八骏悲何及?三句去不回。岂应追覆辙,江汉至今哀。

陈所学《题仙女山二首》(其二):仄径盘纡蹑屐通,登临直欲挽天风。仙人口节竟何在?玉女箫声恨未逢。坐久昙花云里坠,望来烟景江南空。凭君莫话阳台事,作赋那如宋玉工。

曾朝节《题仙女山二首》(其一):何处窥圆象,当空一柱孤。天涯连旷野,地轴尽平芜。老胜来仙女,登高属大夫。襄土与宋土,今古说江湖。(其二):阳台自朝暮,六雨意如何?今年春雨细,入夏火云多。古迹留川渚,幽祠护薜萝。仙灵应可叩,吾欲挽天河。

黄巩《题仙女山》:宋玉阳台赋,分明假乱真。如何千载下,说梦与痴人。

邑人尹宾商诗:一突青螺压大湖,登临偶与酒人俱。朝朝暮暮谁曾见,为雨为云未可呼。树挟风声掀麦浪,山衔霁景落平芜。数椽小筑今相近,日日钩帘览画图。

这些诗歌说明汉川文化对宋赋神女的继承与接受,并没有受到两宋以来理学思潮的太多影响,甚或有些诗歌还似乎表现出古楚腹地人们对古楚传统风俗——"祠祀高禖女神"的了解与传承。① 时至明末清初,伴随文化思潮的新变,巫山文化又改变了宋元之际的理学思维心理,又开始了对宋赋神女的重新接受,并以其宋赋神女文化历史遗存的巨大优势,冲击着汉川阳台山承载的宋赋神女传说。于是汉川宋赋神女的文化传播便在挤压中开始扭曲变形,以至于被排斥于区域主流文化之外。在清代早期,阳

---

① 刘刚《巫山考》(宋玉辞赋地名考之三),《宋玉辞赋考论》辽海出版社2006年版。

台山曾被三次更改名称,在三次更名事件中,反映了汉川宋赋神女逐渐被边缘化的嬗变过程。

(一)顺治中,更名为"飞来峰"。《同治汉川县志》卷二十二《杂记》引《林志稿》云:"顺治中,邑令冀应熊题曰'飞来峰',石刻山顶。"这次更名,显然是迫于巫山文化重新接受宋赋神女的压力,而采取了一种既承认巫山宋赋神女之主体地位、又试图回护汉川宋赋神女合理存在的做法。这种做法显然是模仿杭州灵隐寺的飞来峰,将汉川阳台山也神话成是从巫峡巫山"飞来"的。然而,这种做法看似聪明,实而笨拙,因为汉川阳台山既没有杭州灵隐寺那种佛教文化的氛围,也缺乏相信其新说法的信众,尽管明代邑人林若企《记略》记有"邑之阳台山,传自巫峡"的传闻,也不足以夯实"飞来峰"飞来说法的文化基础,所以到头来反而给不同意见者带来了批驳的口实。有熊兰者作诗曰:"高唐梦本虚,兹更幻中幻。宋玉一寓言,千秋成实案。神女来何方?雨云亦汗漫。巫峰远在川,胡传自江汉。"由此可证,将阳台山更名为"飞来峰",是汉川文化中宋赋神女被边缘化的开始。

(二)康熙中,更名为"采芝山"。《同治汉川县志》卷二十二《杂记》引《林志稿》云:"阳台山,旧产芝草。康熙乙未,芝草遍野,徐方伯惺以阳台附会不经,改名采芝。一时名人俱有诗纪其事。"这一行径,反映了汉川主流文化对宋赋神女的放弃态度,徐氏认为"阳台附会不经",大概是"飞来峰"题碑带来的难以自圆其说的负面影响,让汉川阳台山的怀疑者抓住了把柄;于是便"改名采芝",以迎合了祥瑞景气,所以得到了"名人"的响应。施闰章在诗中赞道:"鸣呼南楚地,烽火久摧残。杀气缠野草,战骨高屹巉。嘉祥何蒸蔚,林麓回欢颜。达贤倾睹记,嘉名锡兹山。"这次更名,理由正当,一方面以吉祥说事,可顺人心;另一方面达到了排斥阳台山负载宋赋神女传说的目的。如此误导的后果,便将宋赋神女在汉川文化中推向了边缘化的境地。

(三)乾隆中,更古称"阳台山"为"羊蹄山"。《乾隆汉阳府志》卷九《地舆·汉川县·山》载:"阳台山,旧名羊蹄山,在县南一里,俗呼为仙女山。上有女郎石、神女祠,旧有唐裴敬碑,今毁。《北周书·裴宽传》,宽为沔州刺史,州城坪狭,宽恐秋水暴长,陈人得乘其便。即白襄州总管,请戍兵,并请移城于羊蹄山,以避水。胡三省《通鉴》注,汉川有阳台山,土人谓之羊蹄山。《陈志》谓宋玉赋《高唐》即此,未免附会。按:羊蹄山形如羊蹄,阳台之名盖由羊蹄而为,宋玉之赋固当属诸夔州之巫山。"《乾隆汉阳府志》的"附会"说,论据难以成立,因而《大清一统志》并未采信其说而仍袭旧说,将宋赋属夔州(指今巫山县)说与属汉川说两说并存。然而,后来修撰的《同治汉川县志》在记述"阳台山"时,却采信《乾隆汉阳府志》"附会"说,以"羊蹄山"取缔了阳台山。同时,"羊蹄山"的称谓,亦得到了一些人的认可。且举顾景星诗句证之:"羊蹄一峰秀,百里瞻孱颜。何人强解事,唤作阳台山。山灵不受诬,精气吐烟鬟。现出三花瑞,高下崖峦间。逍遥起霞绮,俯掇矜媌嫺。润色待巨笔,遂有嘉名颁。"在这首诗歌的表述中,让人看到了,曾经在巫山文化扬弃宋赋神女时出现过的理学思想的浮泛。这第三次更名,是在变更了此山之今名而后,又进一步更改其古名。在更改者的思维里,阳台山之名的出现原本就是一个错误,因为此山古本称"羊蹄山","阳台"是由于与"羊蹄"音近而讹,故而此山与宋赋神女毫无瓜葛。于是宋赋神女在汉川主流文化中被彻底地边缘化了。

然而,宋赋神女在汉川文化中并没有因此而被杜绝。且不说比《府志》更权威的《大清一统志》并不认同《府志》的说法,仅就汉川区域而言,宋赋神女仍在汉川境内流传,只不过借助于佛教的道场来传播罢了。《同治汉川县志》卷八《寺观》载:"广福寺在县治东北,俗名阳台寺丛林也。唐代建,元末修,明洪武年重建,康熙初年重修,咸丰四年贼毁二栋,寺东为武圣庙。"此条下附有天门邹枚《广福寺新建准提阁记》,其文有曰:"吾向谓汉上多女神,如汉阳之桃花夫人,汉川之阳台神女,皆旅祭之,而人获福。彼二神者,皆有功德,而生于周末,于佛法非所闻,今使尽准提,乐其宽以趋于严而入于虚,则汉上之神人尽作佛事,诸君子盖先具准提之宿慧者哉。……"你看,宋赋神女虽然被汉川主流文化边缘化了,却被汉川佛教文化接纳为菩萨供人祀奉。这证明了宋赋神女在汉川边缘文化中仍继续传播的事实。

如今,汉川文化仍然将宋赋神女置于边缘之境地。那山的名字既不叫阳台山,也不叫羊蹄山了,而起用了以往的俗称叫仙女山。而仙女山所指的仙女,则不是宋赋神女,而是凡名叫做杜媪的天帝之女儿。传说,这位仙女偷偷地下凡,采山上的灵芝为乡民治病,教乡民歌舞,还与山下的一位青年相爱了;被天帝发现后,对她的惩罚就是压在这座山的山底。因为这位仙女的突出事迹是采芝救治乡民,所以仙女山又有了以采芝山命名的另一种说法。现今公园正门内山路边叠摞的三块大石上还刻有"采芝山"三字。公园之所以在仙女山中还保留着"采芝山"的名字,不是因为康熙年间此山"芝草遍野"祥瑞一方,而是因为杜仙女采此山之灵芝救治一方百姓。此间回避了《县志》所载的采芝山得名的本事,为的是凸显杜仙女的文化地位,然而正是传说中"采芝"的细节,说明这个传说产生得很晚,应当与阳台山更名为采芝山大致同时,即在清初之际。《同治汉川县志》载,"仙女庙在采芝山,明初建。俗传供奉仙女杜氏,祈子者每于春间祷之。"依此载,杜仙女的传说也不过始流传于明初。说起来,远远不如宋赋神女那样厚重、久远、富有审美内涵。

六、巫山文化与汉川文化接受宋赋神女情况之比较

我们概述"巫山文化对宋赋神女的扬弃与重新接受"与"汉川文化对宋赋神女的承载、接受与渐趋边缘化"两个问题,目的在于,通过对两地宋赋神女接受情况的梳理进行具体的比较,进而来判断宋赋所描写之巫山的地理位置。具体比较情况请看下表:

表二

右比较对象与比较分析下比较事项	重庆巫山县阳台	湖北汉川市仙女山	比较分析
文化承载之线索	巫山——除文本外,首见于《战国策》,然地望待考;能确定地望者,当首见于《汉书》。	阳台山——除文本及汉《子虚赋》外,首见于《隋书》。	皆可与宋玉文本相印证。然汉川阳台山合于文本"云梦之浦"的描述,而三峡巫山与之不合。

续表

文化承载之首倡者	北魏郦道元将巫峡巫山与宋赋神女联系起来叙述，但未言及阳台与其具体地望。	唐裴敬力主汉川阳台山为宋玉作赋处，作记立碑"以正其由"。	巫峡巫山承载神女文化早于汉川阳台山，然先秦文献提及巫山者，据注，有在重庆、山东、浙江、安徽、湖北等说，地望不同，后皆改称他名，汉时名称未变者仅为巫峡巫山，郦氏据汉之巫山联系宋赋，且未指出阳台地望，实可商榷。①
文化承载之标志	飞凤峰神女庙——始建于唐仪凤三年。	阳台山神女庙——《寰宇记》认为，楚王梦神女后，"遂有庙焉"。似建于楚怀王时。	《寰宇记》说阳台山神女庙兴建时间属于《高唐赋》的推测语，故汉川神女庙始建年代有待详考。
文化扬弃之时段	自宋至明，宋赋神女被扬弃。明末清初又重新接受。	清初至今，被边缘化。然宋赋神女仍被民间所奉祀。	巫山文化之承载有长时间的断裂，而汉川文化虽将宋赋神女边缘化，但仍在延续。
文化扬弃之原因	民间文化评议，得到朝廷君王的认同。	民间文化评议，得到府县志的认同，但《清一统志》未采纳其说法。	巫山文化之扬弃，是从民间到朝廷的一致行为；而汉川文化之边缘化只是地方行为，且在地方研讨中尚存争议。
文化扬弃之理据	理学依据——有伤风化；文本考证——襄王未能接受宋文的规劝，或以宋赋为伪托；历史佐证——襄王与宋玉不可能去巫峡之巫山。	理学依据——有伤风化；文本考证——"附会""不经"；山名考证——因"阳台山"为"羊蹄山"音近讹传，故当为"附会"。	二者之理学依据无须评论；而文本考证、山名考证，均难成立。巫山文化之历史佐证颇有道理，对宋玉所赋非巫峡巫山有一定的说服力。

---

① 刘刚《巫山考》（宋玉辞赋地名考之三），《宋玉辞赋考论》辽海出版社2006年版。

续表

取代宋赋神女者	云华夫人——传说为夏禹时代之神,然传说之载体《墉城集仙录》之成书,远远晚于宋玉赋之创作。	杜媪——传说未明确神人时代,据"采芝"事推测,当为清初方流传的民间传说。	云华夫人从所处时代说,似可替代宋赋神女,而事实上云华夫人与杜仙女传说均为晚出,皆不能替代宋赋神女。
取代后宋赋神女之情况	原庙宇被更改庙名;原庙主被更改神名;宋赋神女被扬弃,无庙宇奉祀。	移至广福寺(亦称阳台寺丛林)奉祀,保留宋赋神女称谓,仍称"阳台神女"。	在巫山文化中被扬弃的宋赋神女被彻底否定,而被汉川文化边缘化的宋赋神女仍在非主流文化中被奉祀。
恢复后宋赋神女之情况	与云华夫人并祠,《志》载,云华有专祠一;宋赋神女有专祠高唐观二、神女庙一。	至今尚未恢复庙主地位。	在巫山文化中恢复后的宋赋神女,取得了高于云华夫人的地位;汉川文化中的宋赋神女仍处于边缘化中。
文化承载之态势	1. 为多数训诂者认同;2. 为文人吟咏;3. 为地志记载。	1. 为个别研究者认同;2. 为文人吟咏;3. 为地志记载。	宋赋巫山在巫峡,为学界普遍认同;而在汉川说,认同者较少。

通过比较分析,我们看到,巫山文化在"文化承载之态势""恢复后宋赋神女之情况"两个方面优胜,汉川文化在"文化承载之线索"与"传承的连续性"两个方面优胜;而在此外六个方面,除巫山文化在"文化承载之首倡者"一个方面似乎略胜于汉川文化外,而在其他五个方面,理性的天平都偏重于汉川文化一侧。况且在巫山文化扬弃宋赋神女时,宋人马永卿在"更以信史质之"中提出的楚襄王不可能去巫峡巫山的论据,理据坚实,极有说服力。再结合表一的比较结果,我们最终的结论是,宋玉赋所描写的巫山、阳台当是今湖北省汉川市之仙女山。

七、宋赋巫山误为巫峡之巫山说溯源

宋玉《高唐》《神女》二赋,都有关于巫山的描写。关于巫山的方位,《高唐赋》说:"昔者楚襄王与宋玉游于云梦之台,望高唐之观。"《神女赋》说:"楚襄王与宋玉游于云梦之浦,使宋玉赋高唐之事。"高唐即在巫山之上,显而易见,宋赋巫山在云梦泽附近。汉司马相如《子虚赋》说:云梦者"其南则有平原广泽;登降陁靡,案衍坛曼,缘以大江,限以巫山"。证明云梦附近的确曾名巫山者,位置南近长江,大致坐落于云梦泽南部毗邻大江的边缘地区。然而,在南北朝期间情况发生了变化,当时的人普遍认为宋赋

巫山位于长江巫峡之中,从而导致唐代的注释家,如李善者流,皆以为宋赋巫山在今重庆市巫山县。考其误识误注的原因大致有三:

一、在先秦两汉,名为巫山的山体本有多处:1.《左传·襄公十八年》"齐侯登巫山以望晋师",据晋杜预注,此巫山在今山东济南西南。2.《战国策·秦一》"南有巫山、黔中之限",据宋鲍彪注,此巫山在今重庆巫山县长江北岸。3.《战国策·楚四》"南游乎高陂,北陵乎巫山",据近人钱穆推测当在今湖北北部大洪山脉中。4.《史记·司马相如列传》"缘以大江,限以巫山",据今人谭麒襄考证在今湖北段长江北岸,古云梦泽南部边缘地带。5.《宋书·乐志四》"巫山高曲",据今人闻一多推测,在今安徽凤阳县境。6.《越绝书·越绝外传记地传》"巫山者,越鬼(左鬼右扁)神巫之宫也,死葬其上。去县十三里许",据考,此山在今江苏绍兴境。然而值得注意的是,在两《汉书》中,山东、湖北、安徽、江苏等巫山均不见记载,所记者只有重庆之巫山。东汉以及其后,其他巫山尽数失载,巫峡之巫山成了史书记载中的唯一。至于《汉书》等史书对其他巫山为何失载,已无从考索。据巫峡之巫山地名流传情况推测:其山在历史地理中地域标志功能最为突出,早在先秦,长江流经巫山段就称之为巫峡,巫山所在区域也以之为地名,沿袭不改;加之巫山地区在军事地理上的重要性与在地理名胜中的独特性,更是闻名遐迩;面对巫峡之巫山的盛名,其他巫山则真可谓"小巫见大巫"了,从而不得不更改称谓,如山东巫山改称孝堂山、云梦附近巫山改称仙女山,于是这些山的旧称"巫山"便在历史的地名沿革中被新名称所替代,以至于被史家所淡忘。因而我们有理由认为,汉代以来,巫峡之巫山于史独载、于世独称,是东汉及其以后人们认为宋赋巫山为巫峡之巫山的最主要的原因。

二、至北魏郦道元起,由于史载巫山仅为巫峡之巫山,从而指认宋赋巫山即为巫峡之巫山。郦道元《水经注·江水》说:"丹山西即巫山者也。又帝女居焉。宋玉所谓:'天帝之季女,名曰瑶姬,未行而亡,封于巫山之阳,精魂为草,实为灵芝。'所谓:'巫山之女,高唐之阻,旦为行云,暮为行雨,朝朝暮暮,阳台之下。旦早视之,果如其言。故为立庙,号朝云焉。'其间首尾百六十里,谓之巫峡,盖因山为名也。"①《水经注》引"宋玉所谓"有两段,第一段不见于《文选》所收之《高唐赋》,但《文选》卷十六江淹《别赋》"惜瑶草之徒劳"句李善注:"宋玉《高唐赋》曰:我帝之季女,名曰瑶姬,未行而亡,封于巫山之台,精魂为草,实曰灵芝。"与《水经注》所引基本相同。据此,郦道元《水经注》所引两段都出自宋玉《高唐赋》,而其所据可能与《文选》所据存在版本的不同。然而,郦道元以宋玉《高唐赋》之描写证明"帝女居焉",全然不顾《高唐赋》"游于云梦之台"和《神女赋》"游于云梦之浦"的巫山方位的描述,这便让人感到其注巫山"帝女居焉"存有偏差,因为《水经注·夏水》说:"(华容)县土卑下,泽多陂池,西南自州陵东界迳于云杜沌阳,为云梦之薮矣。"②这就是说,在《水经注》中云梦泽与巫山相距甚远,作为地理专家的郦道元对此是非常清楚的。有鉴于此,就存在一个选择问题,如果以宋玉赋为据,那么宋赋巫山便不可能是巫峡之巫山,如果以汉以来史书所载巫山为据,那么宋赋巫

---

① 宋郭茂倩《乐府诗集》,中华书局1979年版。
② 宋郭茂倩《乐府诗集》,中华书局1979年版。

山只能附丽于巫峡之巫山,然郦道元不顾宋玉文本,不去考查先秦秦汉的文献记述,只注重汉以来史书的载记,选择了后者。这种主观的选择显然是违悖学理的,显然是导致南北朝时人认为宋赋巫山是巫峡之巫山的直接原因。

三、南朝文人关于乐府诗《巫山高》的创作扩大了《水经注》宋赋巫山为巫峡巫山说的影响。《巫山高》本为汉乐府铙歌十八曲之一,原本抒写东归之人,面对淮水无舟桥以渡,回乡受阻的不尽感慨。诗中的"巫山"与淮水并提,既不是宋赋所言的云梦附近之巫山,也不是《水经注》记述的巫峡之巫山,而是地处今安徽凤阳县境内的一座山,然而在南朝间拟作《巫山高》者却突破了古题本旨,转而抒写巫峡巫山,并采信了《水经注》的说法将其与宋玉所赋巫山神女联系起来,以丰富歌咏内容。宋郭茂倩《乐府诗集》卷十六《鼓吹曲辞·巫山高》解题说:"《乐府解题》曰:古词言,江淮水深,无梁可渡,临水远望,思归而已。若齐王融'想象巫山高',梁范云'巫山高不极',杂以阳台神女之事,无复远望思归之意也。"考南朝拟作《巫山高》者有:齐虞羲、王融、刘绘,梁元帝、范云、费昶、王泰、陈后主、萧诠,[①]这些作者或为君王,或为重臣,且皆有文名,而他们的歌诗皆以巫峡之巫山为描写对象,皆取宋玉《高唐赋》《神女赋》中神女事为典故,如此不仅接受了郦道元《水经注》的宋赋巫山为巫峡之巫山说,而且促成了这种说法的广泛传播,大有将宋赋巫山为巫峡之巫山说坐实之势,致使后世皆受其误导,传讹至今。

参考书目

1. 清陈诗《湖北旧闻录》,《湖北地方古籍文献丛书》本湖北人民出版社1999年版。
2. 清郝谦、高福滂《大洪山志》,随州市地方志办公室、随州市档案局2006年翻印。
3. 清佚名《雍正巫山县志》,中国书店1963年影抄本。
4. 清连山、白曾熙等《光绪巫山县志》,《中国地方志集成》本四川辑巴蜀书社1992年版。
5. 明秦聚奎等《万历汉阳府志》,武汉出版社2007年版。
6. 清陶士偰等《乾隆汉阳府志》,《中国地方志集成》本湖北辑江苏古籍出版社1991年版。
7. 清德廉、尹洪熙等《同治汉川县志》,《中国地方志集成》本湖北辑江苏古籍出版社1991年版。
8. 宋乐史《太平寰宇记》,《宋本太平寰宇记》中华书局2000年版。
9. 宋祝穆《方舆览胜》,《中国古代地理总志丛刊》本中华书局2003年版。
10. 明李贤等《明一统志》,《文渊阁四库全书》第472—473册(台湾)商务印书馆1986年版。
11. 明陈耀文《天中记》,广陵书社2007年版。
12. 明曹学佺《蜀中广记》,《山川风情丛书》本上海古籍出版社1993年版。
13. 清穆彰阿、潘锡恩等《大清一统志》,《文渊阁四库全书》第474—483册(台湾)

---

① 宋郭茂倩《乐府诗集》,中华书局1979年版。

商务印书馆 1986 年版。

附录:宋玉遗迹及传说田野调查纪实图片

图一

图二

图三

图四

图五

图六

图七

图八

图九

图十

图十一

图十二

图十三

图十四

图十五

图十六

图十七

图十八

宋玉作品入选语文教材的可行性分析

姚守亮　程本兴

（湖北文理学院宋玉研究中心　湖北襄阳　441053）

【摘要】 宋玉作品未入选中学语文教材是一种缺憾。秦汉以来其辞赋一直广为流传；而今终于重新全面恢复了"屈宋"并称的文学史地位。宋玉部分优秀作品具有篇幅短小、难易适度、手法繁富、内容健康等特点，与《课程标准》和时代要求相吻合，可作为精读或略读课文编入必修教材或选修教材。

【关键词】 宋玉作品；语文教材；可行性

在中国文学发展的历史长河中，屈原是楚辞体文学的创始人和主要作者，是中华民族历史上第一位伟大的爱国诗人；宋玉则是楚辞的殿军，赋体文学的开山祖师，享有"赋圣"之誉，因而这两位天才作家在文学史上一向是"屈宋"并称。他们的作品无疑都是中华优秀传统文化的重要组成部分。据笔者所了解的初、高中语文教材（含选修教材）中，选编屈原及其作品的篇目大致有《屈原列传》（节选）、《离骚》（节选）、《国殇》、《涉江》、《湘夫人》、《渔父》、《橘颂》、《山鬼》等至少8篇，并在初、高中历史教材中都有专门介绍；而选编宋玉作品的，似乎仅有高中语文教材第三册中《风赋》1篇，且为略读篇目，宋玉其人其文却在历史教材中只字未提。这种状况与"屈宋"并称的文学史实相背离，不能不说是教材编写中的一个缺憾。那么，《风赋》而外，其他的宋玉作品入选语文教材是否可行呢？笔者试分析如下。

一、宋玉作品广为流传

从西汉到明清时期，宋玉辞赋一直广泛流布，经久不衰。有关记载、收录、传播或评述宋玉作品的古代文献，大致有：西汉司马迁《史记》载：宋玉"好辞而以赋见称"。东汉班固《汉书·艺文志》载：宋玉赋十六篇。王逸《楚辞章句》收录了《九辩》和《招魂》。南朝刘勰《文心雕龙·辨骚》称："屈宋逸步，莫之能追。""衣被词人，非一代也。"揭示了宋玉文学创作的成就，确立了宋玉与屈原并称的文学史地位。萧统《文选》收录了《风赋》、《对楚王问》等5篇作品。《隋书·经籍志》载：楚大夫《宋玉集》三卷。唐《古文苑》收录了《钓赋》等6篇作品。《旧唐书·艺文考》载：楚《宋玉集》二卷。南宋郑樵《通志·艺文略》载：楚大夫《宋玉集》二卷。元马端临《文献通考·经籍门》载：《宋玉集》一卷。明陈第《屈宋古音义》选录了《九辩》等六篇辞赋。清严可均《全上古三代文》(卷十)选录了宋玉十三篇辞赋作品。

在20世纪上半叶,由于疑古思潮的消极影响,宋玉的人品、人格及其作品的真实性、著作权等,均受到了彻底的贬损。即使在这种学术背景下,宋玉的作品客观上仍在继续传播。如1929年,陆侃如编著《宋玉》一书,书中就选编了《九辩》等十四篇辞赋作品。而尤为可喜的是,1972年山东临沂银雀山汉墓出土了宋玉赋竹简佚篇《御赋》[1],无可辩驳地证明了赋体文学于战国末期的存在,从而有力地支撑了宋玉辞赋的著作权。

20世纪80年代以后,研究者们大力开展宋玉作品的整理,先后有袁梅的《宋玉辞赋今读》(选编十三篇作品)、朱碧莲的《宋玉辞赋译解》(选编十二篇作品)、金荣权的《宋玉辞赋笺评》(选编十四篇作品,篇目与陆侃如《宋玉》同)、吴广平的《宋玉集》及《楚辞全解》(其中选编宋玉辞赋及署名宋玉的轶文共20篇)、程本兴的《走近宋玉》(选编十六篇作品)、曹文心的《宋玉辞赋》(选编20篇,其篇目与《楚辞全解》同)等专门的注译本面世。其间还有陆续出版的《中国历代赋选》、《中国历代名赋大观》、《历代赋评注》等大中型辞赋选集,也分别选编了4至10篇宋玉作品。

此外,千百年来,文人墨客吟诗填词、写文作赋,经常援引、化用宋玉辞赋的词句,学习、借鉴、模仿其作品,描述、品评其本人的例子不胜枚举,形成了一系列成语、典故及其变体形式,仅《中国典故大辞典》、《常用典故词典》就收录了117个。其中"宋玉悲秋"、"巫山云雨"、"曲高和寡"、"倚天长剑"、"哀江南"、"空穴来风"、"嫣然一笑"、"邻女窥墙"、"圆凿方枘"等等,更成为历久弥新的经典。

二、文学地位得以重新全面恢复

20世纪以来,经过几代学者的反复争论与深入探讨,宋玉绝大多数作品的真实性和著作权得以确认,宋玉具有爱国爱民的思想和立身高洁的人品得到学界广泛认同,宋玉作品的文学价值和宋玉的文学地位得到充分肯定。更可贺的是,2013年12月,由方铭教授任总主编,北大、清华、人大、复旦、南开、武大等著名高校的相关教授,集体新编的大学《中国文学史》教材正式出版、使用,该书第一卷以单独一章、约2万字的篇幅,重点评介宋玉,成为恢复宋玉文学史地位的一个历史时代的文学史文本标志。宋玉的文学成就主要有以下四个方面[2]:

(一)追慕屈原,师范屈原,以其卓越的辞赋创作成为屈原开创的楚辞文学的最优秀的继承者,赢得了与屈原并称的文学史地位。

(二)创立了与《诗》画境,与屈原赋、荀子赋不同体制的散体赋。与屈、荀赋相比,宋玉散体赋在文体发展史中产生了最为重要的影响,促使赋体文学在真正意义上独立于诗与文之外,成为了与诗、文并列的古代三大文体之一。

(三)奠定了散体赋的文体特征与基本写作规范。宋玉散体赋"问对"的结构、"韵散相间"的语言、"铺陈排比"的描写方法和"卒章见意"的表意方式等四个文体特征,在两汉散体赋创作中,被赋体文学作家普遍接受,竞相模仿,形成了散体赋的创作规范,进而成为人们认知散体赋的标志性特征。

（四）创作了许多具有典型意义的文学形象，有些还成为历代文学家引起共鸣的创作主题。在宋玉的赋体文学创作中有许多为人激赏的文学形象，诸如《九辩》中因景生情的悲秋描写，《高唐赋》中波澜壮阔山水描摹，《神女赋》中风神摇曳的神女刻画，《风赋》中雌雄之风的奇特比喻，《对楚王问》中《阳春》《白雪》的音乐铺排，这许许多多的文学形象不仅给予读者耳目一新的审美愉悦，而且滋生成古代文学家热衷创作的题材或主题。

其他著述，如赵明教授主编的《先秦大文学史》、蔡靖泉教授的专著《楚文学史》、吴广平教授的专著《宋玉研究》、刘刚教授的专著《宋玉辞赋考论》、方铭教授的专著《战国文学史论》、程本兴教授等主编的论文集《宋玉及其辞赋研究》等，尽管详略不同，角度各异，但均有与之大致近似的论述，因而全面恢复了宋玉在中国文学史上应有的地位。

三、部分篇目的文本特点

（一）篇幅短小，师生喜闻乐见

在宋玉的作品中，有相当一部分篇目——特别是赋体文学作品，其篇幅较为短小。据笔者统计，《大言赋》164字，《对楚王问》243字，《舞赋》265字，《讽赋》342字，《小言赋》351字，《微咏赋》399字，《风赋》455字，《笛赋》460字，《钓赋》499字，《登徒子好色赋》515字。一般而言，文言文教学是要通过课堂的形式，由教师传导给学生。如果选文篇幅冗长，师生花费的课时、精力自然会多，尤其对学生并没有多大的吸引力，而实际的教学效果也未必就好，有时甚至还会适得其反。因此，文言文的选编就应该综合考虑教师的精力、学生的心理特点、认知水平和接受能力以及课时的限制等因素。在具体的教学实践中，篇幅短小的文言文往往更易为师生所接受，尤其深受学生的欢迎。如，初中课文《曹刿论战》224字，一般需2课时；课文《邹忌讽齐王纳谏》343字，一般需3课时。这可给比较适宜教学的《大言赋》和《对楚王问》作大致参照，如果用作略读课文的话，其所占课时就更少。高中课文《赤壁赋》537字，一般需2至3课时，则《钓赋》当是一个不错的参考选项；选修课文《阿房宫赋》517字，则《风赋》、《笛赋》及《登徒子好色赋》可供备选。

（二）文字浅近，难易程度适中

在上面列举的宋玉作品中，有不少篇目文字比较浅易，知识点分布合理，难度适中，非常便于中学生朗诵、阅读和理解。如《大言赋》，除了"跂分"字属于生僻字外，全文语言晓畅，气韵堪比《唐雎不辱使命》，学生理解起来基本没有什么障碍。又如《对楚王问》，除了"引商刻羽，杂以流徵"属于古代音乐知识，理解有一定难度外，其他内容对于初中生来说都比较容易理解。

我们不妨做个比较。如《钓赋》，一般选注本[3]有40条注释，而高中必修课文《寡人之于国也》350字，有41条注释，《劝学》仅291字，则有40条注释。又如《九辩》（第一章）19句，有15条注释，而必修课文《离骚》（节选）52句，有28条注释（其中有21条是每二句合为一条注释)。再如《风赋》和《登徒子好色赋》,分别有 47 条、57 条注释,而高中选修课文《阿房宫赋》517 字,有 46 条注释,也大致相当。选文注释的多寡如果与选文本身的难易程度及知识点分布成正比的话,那么,宋玉的这些作品放到高中阶段学习,其难易程度就比较适中,有的难度还要小。

以上各篇所涉及的有关古今字、古音通假、词汇(包括常用实词和虚词)、语法(包括词类活用与特殊句式)、修辞(包括比喻、拟人、排比、对比、对偶等)、用典、篇章结构及古代文化等方面的知识点,都可在现行中学语文教材中找到其内在联系,有的甚至就直接呈现在课文中。如《对楚王问》中"士民众庶不誉之甚也",与《愚公移山》中"甚矣,汝之不惠",其"甚"字的用法是相同的,只是后者将其提前加以强调而已。再如宋玉《钓赋》通篇以喻证法讲治国的道理,与孟子《寡人之于国也》及荀子《劝学》对喻证法的巧妙运用,又何其相似乃尔。

(三)手法繁富,充满审美情趣

宋玉作品题材广泛,骚赋兼备,文学底蕴丰厚,且艺术表现手法繁富,充满了审美情趣。据笔者对宋玉辞赋的粗略释读,初步梳理出宋玉作品中的情志美、理想美、女性美、景色美、乐舞美、哲理美等六大类、十六小类的审美范型。另有学者则从宋玉作品中归纳了"人格之美"等十二种审美范型[1]。如《对楚王问》,全文综合运用了排比、对比、迭进、夸张、反问等多种修辞手法,先喻之以歌(俗曲和雅曲),再喻之以物(凤和鷃、鲲和鲵),后喻之以人(圣人和俗民),前启后续,过渡自然,层层推进,丝丝入扣,妙语答问,重在说理,有一气呵成之势,淋漓尽致地表达了杰出人才曲高和寡而洁身自持的孤独感、高傲感和悲愤感,既彰显了孤高负俗的尚贤之美,又突出了志存高远的情志之美。

又如《钓赋》,本篇以钓术喻治国,形象生动,其中"昔尧舜禹汤之钓,以贤圣为竿,道德为纶,仁义为钩,禄利为饵,四海为池,万民为鱼"一段,就使儒家的仁政思想这一抽象的命题非常形象化了。文中还通过对比手法,进一步阐明儒家的治国之道,彰显的是礼法并重的德政之美,也使文章跌宕有致,摇曳生辉。虽然通篇散体,但很讲究语言的节奏感,如大量使用排偶句(如"其竿非竹,其纶非丝,其钩非针,其饵非蚓";"群生寡其泽,民氓畏其罚";"睛不离乎鱼喙,思不出乎鲋鳊"等等),由此表现出抑扬顿挫之美。散文赋不同于散文,恰在于它有诗美。

(四)内容健康,契合时代要求

首先,宋玉作品具有爱国、爱民情怀。如《九辩》,以秋天的衰败景象起兴,暗含着对楚国政治昏暗、气数将尽的忧心,有力地揭露了奸佞误国的黑暗现实,抒发了自己忠君、爱国、忧民之情。又如《风赋》,有意将风分成了"大王之雄风"和"庶民之雌风"。在讲述雄风经过的地域时,专门刻画了王公贵族生活的豪奢;在讲述雌风经过的地域时,乘机反映了普通百姓生活的悲惨,前后形成鲜明对比。作者借雌雄之风,提醒楚王要体察庶民的疾苦,体现了可贵的平民意识。

其次,宋玉作品倡导德政、尚贤意识。如在《九辩》中,诗人仰慕"尧舜皆有所举任兮,故高枕而自适",巧妙地讲明了举贤任能对治国安邦、社会稳定的特殊重要性;诗中还表达了祈盼和平、远离战争的美好心愿而疾呼:"谅城郭之不足恃兮,虽重介之何益?"又如《御赋》,以御术喻治国之道,劝谏楚王采用"以国家为车,贤圣为马,道德为策,仁义为辔,天下为路,万民为货"的"义御"。再如《高唐赋》,劝谏楚王要"思万方,忧国害。开贤圣,辅不逮"。

最后,宋玉作品蕴含和合、包容理念。为了尽到爱国之心,引导君王奋发图强或改过纠错,宋玉总是利用各种场合和机会,选取讲故事、打比方、谈寓言、说笑话等方式,设置对方感兴趣的悬念,营造融洽的进谏氛围,进而委婉、迂回、巧妙地进行劝谏,如《大言赋》《小言赋》《御赋》《钓赋》《风赋》和《高唐赋》等即是。

在处理同僚关系的态度和方式上,宋玉也能做到礼让和包容。每当楚襄王向群臣发问时,总是唐勒、景差、登徒子等人抢着先说,而宋玉直到最后才发言,并且一旦发言,即能一语破的,令人折服。即使遭到同僚的嫉妒、诬告,宋玉也不立即以牙还牙,而是以大局为重,坚持以智胜人,以理服人,讲求诚信友善,以和为贵,做到"和而不同",让事实说话,驳得对方理屈词穷,如《登徒子好色赋》《讽赋》《对楚王问》等即是。

今年3月,教育部印发了《完善中华优秀传统文化教育指导纲要》[5],其中明确指出:"要坚持历史唯物主义和辩证唯物主义的立场、观点和方法,深入挖掘和阐发中华优秀传统文化讲仁爱、重民本、守诚信、崇正义、尚和合、求大同的时代价值。"两相对照,宋玉作品及其所包含的诸多思想因子,与现代社会的价值取向和时代要求是大致吻合的,是一笔珍贵的历史文化遗产,值得我们维护继承,发扬光大,直到永远。

四、政策理论的有力支撑

(一)2013年12月,中共中央办公厅印发《关于培育和践行社会主义核心价值观的意见》[6]。《意见》指出,要"加强对优秀传统文化思想价值的挖掘,梳理和萃取中华文化中的思想精华,作出通俗易懂的当代表达,赋予新的时代内涵,使之与中国特色社会主义相适应,让优秀传统文化在新的时代条件下不断发扬光大";同时要求"增加国民教育中优秀传统文化课程内容,分阶段有序推进学校优秀传统文化教育"。

(二)教育部《完善中华优秀传统文化教育指导纲要》:"在中小学德育、语文、历史、艺术、体育等课程标准修订中,增加中华优秀传统文化内容比重。"

(三)教育部《普通高中语文课程标准(实验)》:"教科书选文要具有时代性和典范性,富于文化内涵,文质兼美,丰富多彩,难易适度,能激发学生的学习兴趣,开阔学生的眼界。"

(四)《义务教育语文课程标准(2011年版)》:"教材要注重继承与弘扬中华民族优秀文化和革命传统,有助于增强学生的民族自尊心和爱国主义感情";"教材应符合学生的身心发展特点,适应学生的认知水平,密切联系学生的经验世界和想象世界,有助于激发学生的学习兴趣和创新精神";"教材选文要文质兼美,具有典范性,富有文化内涵和时代气息,题材、体裁、风格丰富多样,各种类别配置适当,难易适度,适合学生学习。要重视开发高质量的新课文。"

既然宋玉的文学史地位得以重新全面恢复,其作品是中华优秀传统文化的重要组成部分之一,其中为数不少的精品也完全符合《语文课程标准》"教材编写建议"中所列举的"文质兼美"、"难易适度"、"具有典范性"、"富有文化内涵"以及"适应学生的认知水平"等多项要求,而且,西方发达国家的中小学母语教材,也无一不是将代表本民族最高文学水准的名家力作纳入其中,以供青少年学习、鉴赏;那么,我们采用文史研究的最新成果,采取与国际接轨的方式,与时俱进地将宋玉的部分优秀作品编入语文教材也就顺理成章、势在必行了。

五、编入教材的具体构想

(一)小学阶段:①中低年级可将六朝无名氏《黄花鱼儿歌》(歌曰:"年年四月菜花黄,黄花鱼儿朝宋王。花开鱼儿来,花谢鱼儿去。只道朝宋王,谁知朝宋玉。")作为选修内容编入语文教材。②中高年级可将杜甫《咏怀古迹》(之二,诗曰:"摇落深知宋玉悲,风流儒雅亦吾师。怅望千秋一洒泪,萧条异代不同时。江山故宅空文藻,云雨荒台岂梦思。最是楚宫俱泯灭,舟人指点到今疑。")作为必修课文编入语文教材,将李白《感遇》(之四,诗曰:"宋玉事楚王,立身本高洁。巫山赋彩云,郢路歌白雪。举国莫能和,巴人皆卷舌。一惑登徒子,思情遂中绝。")作为选修内容编入语文教材。

(二)初中阶段:可将《对楚王问》作为必修课文,《大言赋》作为选修内容编入语文教材。而历史教材战国史部分可扼要介绍宋玉。

(三)高中阶段:可将《九辩》(节选其第一章)、《钓赋》作为必修课文,《风赋》、《登徒子好色赋》等作为选修内容编入语文教材。而中国古代史教材亦可简要介绍宋玉及其成就。

参考文献:

[1]银雀山汉墓竹简整理小组.银雀山汉墓竹简(壹)[M].北京:文物出版社,1983.6.

[2]方铭,等.中国文学史[M].长春:长春出版社,2013:204—205.

[3]朱碧莲.宋玉辞赋译解[M].北京:中国社会科学出版社,1987.另,庆阳市教育局.中华经典古诗文读本(七年级)[M].兰州:甘肃教育出版社,2009.

[4]张法祥,程本兴.宋玉的审美理想与艺术创造[J].中国诗歌研究(第九辑),2013.(09):131—152.

[5]教育部.完善中华优秀传统文化教育指导纲要(教社科[2014]3号)[N].中国教育报,2014—04—02(03).

[6]中共中央办公厅.关于培育和践行社会主义核心价值观的意见(中办发[2013]24号)[N].人民日报,2013—12—24(01).

姜嫄与后稷文化的碑刻民俗志

——以岐山县周公庙的碑刻文献为研究对象

王志清　陈　曲

（重庆三峡学院文学院重庆　万州　404120）

【摘要】 碑刻民俗志在当下民俗志写作中处于重要但尚未被重视的现状，梳理民俗学史就会发现碑刻民俗志属于民俗志书写范式的重要类型之一。从民俗学研究的视角出发，陕西省岐山县周公庙中载录有姜嫄、后稷相关内容的明清及民国时期碑刻文献可以视为碑刻民俗志。碑文记录了姜嫄被当时民众作为生育神崇拜的历史信息以及多次修葺姜嫄殿、后稷殿的历史事件，历史上的立碑事件与碑刻的承担者都是民俗文化的产物。周公庙的碑刻民俗志为学术界理解历史上当地民俗社会运行机制提供了一个实证个案，亦丰富了当下的民俗志写法。

【关键词】 碑刻民俗志；姜嫄崇拜；后稷文化；周公庙；民俗生活相

一、引言："碑刻民俗志"概念的知识生产

"民俗志"一词最早由中国民俗学科创始人钟敬文先生提出，亦称"记录民俗学"，它的研究主旨是"保存大量社会文化史料"[1]40-42。它不仅指民俗资料本身，也指搜集、整理和撰写民俗资料的原则和方法，还包括从资料中提取的民众知识。总体而言，民俗志理论在搜集民俗资料的基础上，涉及资料的民俗研究及建立学术资料系统两个范畴。近年来，青年学者鞠熙在董晓萍教授指导下提出了"碑刻民俗志"这一概念，并依据田野调查提出了"北京内城寺庙碑刻与北京城市民俗存在四种关系，分别是碑文记载民俗、碑刻隐含民俗、碑刻的背景民俗和碑刻传承民俗"[2]394，其在专著中还进一步提出了"从碑刻民俗的内容看，它不仅指碑刻记载民俗，还包括碑刻隐含民俗、碑刻背景民俗和碑刻传承民俗。它的研究范围，不仅是碑刻文字本身，更是碑刻在文字之外与民俗文化产生联系的深层脉络"[2]66的论点。鞠熙还结合文献民俗志和田野民俗志两方面的研究成果，提出了使用碑刻资料的基本原则，"首先是打通使用碑刻资料和其他资料，尤其是档案资料和田野调查资料，并坚持对各种资料都保持距离，通过建立田野调查个案研究碑刻与民俗的深层关系。其次是以民俗学研究出来的属性要素为核

心,对各类资料的文化内涵进行著录,以寺庙数据为中介,链接碑刻数据和其他相关数据,部分恢复碑刻所在地民俗志环境的地方社会整体原貌"。[2]394 并根据个人田野作业实践提出了具体的研究路径,"对碑刻资料的研究可以从三方面进行,从社会史角度发现碑刻刻立时的社会状况、从民俗传承角度发现碑刻民俗传承变异的深层脉络、从民俗文化遗产角度发现与碑刻有关的民俗社会运行机制"。[2]394

青年学者鞠熙在碑刻民俗志研究方面取得丰硕成果的一个重要原因是历代民俗学家为其提供了必要学术成果积累,顾颉刚、钟敬文、董晓萍等民俗学家关于碑刻资料的民俗学研究成果构筑成了巨人的肩头。纵观民俗学史,民俗学家主要集中在民间故事类型、民间社会组织和物质民俗研究三个领域使用碑刻资料研究民俗文化。钟敬文是利用碑刻资料研究民间故事类型的代表人物,早在20世纪30年代,钟敬文就已经从碑文中发现故事类型角度,提出了"某些碑文是传说"的命题。例如在《中国的水灾传说》一文中,钟敬文用故事类型学的方法分析前人在笔记中转引的碑文资料,认为古钵山庙碑的记载属于中国水灾传说的一种主要类型,和"口碑"中的水灾传说比较起来,"显然的可见得是由一个'母题'演化出来的"。[3]171-172 钟敬文利用碑刻资料进行民俗志研究,主要是对碑文中故事类型的发现。顾颉刚则是利用碑刻资料研究当地历史上的民间社会组织,从而完成对民间社会组织的考证。1929年,顾颉刚等人在对"北京妙峰山庙会"[4]11-130 作调查时,利用碑刻资料研究了妙峰山香会组织和庙会兴起时间两方面的情况。顾颉刚利用碑刻资料研究民间社会组织的方法,成为以后民俗学者研究圣地祭祀活动的一个重要传统。民俗学界第一次将碑刻文献作为重点资料进行民俗研究的是当代民俗学家董晓萍。她在研究山西四社五村地区民间用水民俗的过程中大量使用民间水利碑刻资料,涉及用水物质民俗和民间水利组织两方面的研究。通过这一研究,董晓萍总结出民俗学研究碑刻资料的两条原则。"第一,碑刻研究必须与田野调查相结合。碑刻作为'民间文献'的一种,它的民俗意义不仅存在于形制和文字之间,更存在于使用它们的地方社会中。第二,碑刻研究需要从不同角度总结碑刻与民俗的关系。"[2]15-16

碑刻民俗志兼具历史文献、历史文本、历史文物和历史行为四种性质,它在记载民俗事象的同时,也在文本之外与民俗社会产生联系。一系列民俗学研究成果表明,碑刻民俗志对于发现地方民俗社会的内部结构和运行机制有重要作用。董晓萍、鞠熙等人倡导的碑刻民俗志属于民俗志书写范式的一个重要类型,补充和丰富了当下百家争鸣的民俗志写法。当然,在目前民俗学界的田野作业中,碑刻民俗志还没有得到应有的重视,无论是学者还是当地文化持有者,还习惯性地将碑刻当做文物而不是当做文献来看待,所以继鞠熙的《数字碑刻民族志》这一开山之作之后,民俗学界还少有相关研究成果问世。笔者不揣浅陋,以陕西省岐山县周公庙关于姜嫄、后稷信仰的碑刻民俗志为研究对象,在一个相对完整的民俗空间——周公庙范围内,比较全面地搜集碑刻资料,综合使用物质民俗、精神民俗、社会组织民俗等多种理论视角,通过从整体到个案的分析方式,努力还原并呈现当地历史上姜嫄、后稷崇拜的"民俗生活相"[5]220,期望为民俗学界贡献一份具有抛砖引玉效用的碑刻民俗志研究个案。

二、载录姜嫄、后稷事迹的碑刻文献

周公庙位于岐山县城西北六公里处的凤凰山南麓,三面环山,在《诗经》中被描述为"有卷者阿,飘风自南。"故称"卷阿"。唐武德元年(618),为纪念西周政治家、曾助武王灭商理国、辅成王平叛安邦的周公姬旦,在相传其制礼作乐的"卷阿"创建周公祠。北宋时,周公被封为文宪王,周公祠亦变为周公庙。在宋代,还在周公殿左右分别修建了召公、太公殿,以配祀周公,称三公祠,在凤凰山麓还建筑有凤凰楼。元世祖至元二十七年(1290),凤翔府道门提点方志正重修周公庙,改称文宪宫,并在三殿后增建了姜嫄祠,以祭祀姜嫄。在周公殿前修建了乐楼,用于在祭祀时演奏乐舞。明代宣德、正统年间(1426—1449),周公庙先后有两次维修。嘉靖七年(1528),知县赵进重修并增建文宪书院。嘉靖十七年(1538年),凤翔知府王江在召公、太公殿基础上,创建了召公、太公庙,与周公一起祭祀。嘉靖三十八年(1559),增建姜嫄献殿。此外,在明朝时期还在周公庙增建了后稷祠,崇祯十六年(1643),参政邑人梁建廷在后稷殿东北修建了郊禖祠。经过宋、元、明、清历代修葺和扩建,周公庙形成了以周公、召公、太公殿为主,姜嫄殿、后稷殿为辅,亭台楼阁等30多座古建筑点缀辉映的古建筑群。整个建筑群相地就势,对称布局,殿宇雄伟,厅阁玲珑。庙内现存历代碑碣30余方,汉唐古树多株。唐宣宗李忱赐名"润德泉"水清如镜,味甘如醴,为"宝鸡八景"之一。2006年,周公庙被国务院公布为第六批全国重点文物保护单位。拥有30余方历代碑碣的周公庙构成了碑刻民俗的展示平台,在周公庙的碑刻文本中,关于"后稷"的记录最早见于宋代王严在元祐六年(1091)所撰的《重修周公庙赋并序》,在赋的开篇语中有"粤惟有周,肇自履帝。后稷、不窋,忧勤积累"字样。关于"姜嫄"的记录最早见于元代王利用所撰的《□□□周公庙记》,在碑文间载有"文宪王正寝、圣母、太公二殿,凡一十三楹,官厅精舍,坛室泉亭,计百余础,经营之功迄□□辍,贞珉既磨,丐君之文以识其岁月云尔。"①在周公庙30余方碑碣中涉及姜嫄、后稷内容的共有7处,笔者根据其全文是否涉及姜嫄、后稷内容而分为两类,一类为专题性碑刻,一类为附着性碑刻。周公庙有2处碑碣全文涉及姜嫄,属于专题性碑刻,可参见王文德与张应午的碑记。另外在王讳、宋金鑑、薛成兑等人的碑记中,姜嫄、后稷等内容在整体性评述周公庙的篇章中占据一定篇幅,可归纳为在附着性碑刻。

比较两者的载录内容,姜嫄所占比重较大,后稷仅见零星记载。综合碑刻文本内容来看,民俗事象的物质、社会、精神、语言四大范畴都有所涉及,其中精神民俗与社会

---

① 注释说明:本文所引用碑文内容均出自刘宏斌:《周公与周公庙》一书的"周公庙碑记"部分。参见刘宏斌.周公与周公庙[M],西安:三秦出版社,2005:155—176.笔者于2010年9月在周公庙田野作业期间拍摄大量周公庙的碑刻照片,碑刻因年代久远,碑文内容多有斑驳不清之处,将二者对比核实,刘宏斌的点校本碑文更为清晰,所以引用于本文。当地人关于碑刻文献的理解现状:笔者通过访谈了解,当地庙宇管委会工作人员与导游以及游客都从文化遗产角度理解碑刻文献,将碑碣视为文物,而无任何人视其为历史文献。

民俗占有较大的比例,并且周公庙是碑刻与民俗发生关系的核心空间,碑刻与周公庙这一特定空间有着多层关系:碑刻记载的历史事件都是重新修缮庙宇等重大事件,立碑记事这一仪式本身就是民俗事件;碑刻传达的姜嫄圣母崇拜等意识形态即精神民俗内容,与周公庙的主流信仰方式一致;碑刻的落款,反映了碑刻承担者的阶层与身份地位。总之,周公庙构成了碑刻民俗的物质空间和文化空间。

专题性碑刻的文本内容转录如下:

(一)清王文德《姜嫄圣母感应记》

圣人感应之际微矣哉,而其理不过曰诚而已。愿人以诚感天,以诚应此理之常,无足异者。若夫以诚感天而天无不感,以诚应人而人无不应,其惟赫赫姜嫄乎。粤稽周世本纪,姜嫄,帝喾元妃,克禋郊禖,以弗无子,履巨人迹,载震载育,非诚足感天,能若是欤?而后世遂奉之以祈嗣,此亦如弃能播谷,后遂代农为稷云。岐之卷阿旧有姜嫄圣母庙,由来已久,列于祀典,享以少牢。每逢暮春报赛,远近祈嗣者肩摩踵接,求无不得,香火之资数百千计,此岂人故媚神欤?亦以诚足应人,而人乐于输诚尔。盖尚论之,天地之大德曰生,姜嫄既得天地之德以化生,又推天地之德以施生,是以大其生,广其生,生生不穷,以溥天地之好生,而天地之所以生物不测者,亦惟为物不贰而已。不贰者,诚也,生物者,诚之通成,物者诚之复。谦溪曰诚应,故妙妙也者,灵也,灵也者诚也,人惟竭其诚,神斯显其灵。灵者诚之应也,神既显其灵,人益竭其诚。诚者灵之感也,感应之际,微之显也,诚之不可掩如此夫。然则姜嫄之德,其亦至诚无息者欤!

例授文林郎吏部候铨知县壬午科举人王树堂薰沐检阅。

邑郡儒学廪膳生员王文德薰沐撰文。

邑儒学廪膳生员李作舟薰沐书丹。

邑儒生员祝登观薰沐篆额。

道光十三年岁次癸巳瓜月谷旦。

(二)清《张应午重修姜嫄圣母正殿碑记》

粤稽姜嫄圣母,帝喾元妃,周之始祖母也。履迹叶吉,育一门圣子神孙;有邰发祥,培万世奇男异女。启螽斯之振振,开瓜瓞之绵绵,千古而下犹赫赫在人耳目之间焉。邑城西北古卷阿旧有姜嫄圣母庙,由来已久,创见无稽,太姜、太姒配于左,太任、邑姜居其右。每值季春中旬,咸深祈嗣,虔祷无感不灵,生男早兆熊梦,有求即应宗子,预卜象贤,暇迩之感戴暨故庙宇亦巍焕常昭也。讵意同治元年,凤郡逆回叛乱,扰害无遗,蹂躏偏至。红羊力劫,焚玉石于昆岗;朱鹤罹凶,慨瓦屋为灰烬。庙毁兮焦土,目击兮心伤。爰议重修之谋,不胜时艰之虑,乃询谋佥同,乐输不吝,构其木而庀其材,栋宇则云连霞举,染以丹而黝以垩,金碧则川媚山辉,赖群力之共济,历周岁而观成。虽曰民乐趋公,实圣母之灵有以感之也。由是瞻拜者重托宇下,祝祷者咸沐神庥,时平岁稔,凤再鸣于高岗,水秀山灵,桐复生于盛地,则美哉仑焉,美哉奂焉!不诚可与后稷三公诸庙前后辉映,并垂不朽哉!至姜嫄之盛德遗徽,记载于经传诗章者,炳若日星,又何俟区区者之管窥也?功竣后董事等嘱余为文以记之,时余读书卷阿,不获以不斐辞也,第即重修之由,聊书大略于贞珉,以劝将来云尔。

例授文林郎吏部候铨知县癸酉科举人邑人张应午薰沐撰文。

郡儒学生员邑人冯辅汉薰沐书丹。

同治十三年岁次甲戌季秋月谷旦。

附着性碑刻的文本内容如下：

(一)明王讳《谒周公庙记》①

洪武辛亥春，余还自西陲，以闰月二十五日戊寅至岐山县，明日，谒周公庙。庙去县十五里，出城循涧水西北行，至山下，乃折入山之腹，而庙在焉。至是，四面皆绝壑峭壁，其间平地东西仅五六十步，南北如之二稍修，形势殊幽阻。庙东北十数步，有灵泉出岩石间，即涧水所从出也。庙之建，莫详其所自始。按碑记："唐大中二年，凤翔府岐山县凤栖乡周公庙出灵泉。"则庙祠在唐之前已有之。金兴定元年，有道士市其庙作道宫，县令李守杰正其罪，凤翔府录事判官游淑记之甚悉。元初，庙尽废。至元十七年李忠宣公德辉行台陕西，欲起其废，而有司力不逮。乃请终南重阳宫李天乐真人重建，既成，其徒就守之，今庙是也。厥后，陕西部史者宇鲁翀言："周公先圣，在唐与孔子同庙祀天下。今乃令道家者流主祠事，非所以崇圣道，昭典礼。若立书院，俾儒者主其祠为宜。"元统二年，命下，如所言，赐额曰"岐阳书院"。始置学官弟子员，春秋致祭，礼如祀孔子。元末天下乱，儒者皆解散，书院毁于兵，庙幸独存，而今守祠者仍为道士矣。庙始末事，概见者如此。此庙中为正殿，奉周公；东西二小殿，以奉太公、召公；东北别有小殿，奉姜嫄。凡庙之仪与冠冕服之制，皆粗鄙不合礼。又正殿前有戏台，为巫觋、优伶之所集，而殿中列以俗神野鬼之像，尤极淫怪。余因叹曰："周公制礼作乐，以宪万世。其殁实祀以天子之礼乐。今其庙制奈如此，世人不知礼一至是乎。"

(二)中华民国薛成兑《重修卷阿碑记》

尧舜禹汤文武之道孰承之，周公承之也。孔子之道孰传之，周公传之也。往古来今，人人心中有周公，故人人皆知敬周公。邑卷阿有周公庙盖因之采邑在此，故庙亦在此，祀周公旦。追祀周公之先，故姜嫄后稷之庙亦在此。前代每岁春秋，地方官以三猪三羊致祀，国之公祭也。每岁三月十五日为会期，演戏致祭，民之祭也。庙中朔望香火及修葺庙宇，皆仁圣里八村经理，历有年所。清咸丰六年，抚宪曾阅巡过境，因仁圣里经理元圣禋祀，免供流民。民国九年，城内驻匪拘押会道冯景梅、王水水等，勒索庙款，肆刑拷比。冯九畴无法筹措，在里中派银二百余两，输匪赎人。嘉、道、咸、同间，数修庙宇，皆有碑记，惟自光绪十年至民国十五年，重修召公献殿暨姜嫄殿西厢楼房七间、西庵楼房十三间、周公殿前亭子、大门外水磨、上庵大成殿三间、周公庙两侧厢房二十四间，皆为冯葆光、刘瑞荣、董怀江、冯九畴、杨生荣、张发荣、张笃敬等督修，共用钱两万余缗。自民国十七年，兵燹频仍，旱灾连年，倾圮破坏，功程浩大，于二十二年秋后至二十五年，重修周邸桥，补修姜嫄殿，重修大门、将军门及两侧门、钟楼，掏治大水眼，修上庵石坡中亭子、大成殿、关帝庙并戏楼及西庵复踩楼十三间，补修后稷正殿、献殿暨东庵祈子会、姜嫄正殿，并重修献殿，立"甘棠重荫"及此次碑碣两面。皆董岐周、祝升

---

① 《谒周公庙记》一文篇幅较长，本文仅引用评述姜嫄信仰的部分。

平等督修,共用银洋壹千六百余圆,前后五十年间,未立碑记事,及今不记,恐重修事迹久而就湮,爰志始末,俾后人有所考镜云。

清敕授文林郎候铨知县光绪癸卯科举人岐山薛成兑薰沐撰文

岐山县仁圣乡联保主任董岐周薰沐书丹。

中华民国二十五年岁次丙子清和月谷旦。

三、还原历史:碑刻民俗志呈现的民俗生活相

历代碑刻构成了一个有时间序列的碑刻民俗志集合,当地民众在明清及民国时期关于姜嫄崇拜等民俗活动痕迹投射在碑刻文本之中。求子祭祀等民俗活动属于日常生活范畴:"日常生活的最根本宗旨是维持个体的直接生存和再生产,无论是日常消费活动、生殖活动,还是日常交往活动与观念活动,都是围绕着这一功利的活实用的目标。"[6]48 由此可见,刻碑记事等行为具有浓郁的日常经验色彩。

碑刻民俗志中有关姜嫄内容所占比例较大,例如明代王讳的《谒周公庙记》是以谴责之文抨击周公庙遭遇兵荒、庙宇衰败、礼崩乐坏的现状,姜嫄塑像如农妇般的粗糙造型也在其抨击之列,该碑文所负载的历史信息不容忽视,通过碑刻形式记载了兵荒马乱之际,当地姜嫄信仰活动仍旧顽强地传承的事实。并且其蕴含的审美价值亦不容忽视,姜嫄塑像恰恰体现了民众从主位的审美视角建构信仰对象形象的类型化特点,与此类似的还有敦化县流传的《姜嫄河》[7]227传说,其中的姜嫄亦是以农妇形象出现。当地民众自发建构的姜嫄形象虽然遭到了士大夫文人的批评,而民间的审美标准历来与士大夫文人有所不同,农妇形象的姜嫄塑像恰恰是当地民众追求朴素、平和等审美趣味的映射。

清代王文德的《姜嫄圣母感应记》是全文宣扬姜嫄灵验的颂文,在碑文中提及了周公庙会期间,远近各地求子者云集周公庙会祭祀姜嫄的盛况。清代张应午的《重修姜嫄圣母正殿碑记》讲述了姜嫄圣母祈祷子灵验的事迹。"灵验"是中国民间信仰的核心概念,被作为生育神而崇拜的姜嫄是否灵验,灵验程度如何等问题并不属于民俗学研究所能回答的范畴,民俗学研究重点关注当地文化主体如何理解姜嫄圣母"灵验"这一问题。从历时弥久的碑碣来看,"灵验"作为一种抽象的神圣力量却具体体现于现实社会关系当中。周公庙被信众作为姜嫄这一生育神在俗世的居住地,成为建构"灵验"的重要场所,当地名人撰写的碑碣就构成了某种具有影响力的"文字行为",斧凿石刻的碑刻文本持续性地传播着姜嫄崇拜的"灵验"效应,营造着周公庙的神圣氛围。

碑刻中载录的后稷相关内容所占比例较小,后稷感生神话多见于碑文的开篇语阶段,碑文开篇语的作用一般都是强调寻根溯源,为正文提供合法性的佐证。宋代王严的《重修周公庙赋并序》提到了"履帝";清代张应午的《重修姜嫄圣母正殿碑记》提到"履迹叶吉";保留了神圣含义的后稷感生神话在两则碑文中以非常简要的字样呈现。在中华民国时期薛成兑撰写的的《重修卷阿碑记》中,交代后稷殿存在于周公庙的缘由是"追祀周公之先"。上古时期作为周人英雄祖先与农神的后稷,进入明清近代以来,后稷的历史特征不太符合当地民众民俗生活的实际诉求,于是理所当然地没有能够列

入当地民间信仰神祇的序列,不具备传颂的动力,从而在碑刻民俗志中处于边缘化的位置。

社会民俗主要体现在碑刻承担者方面,《重修姜嫄圣母正殿碑记》《续修郊禖殿记》《重修卷阿碑记》《姜嫄圣母感应记》等一系列碑名可以说明,修缮庙宇后立碑纪念是历史上类型化、长期传承的行为模式,矗立于周公庙的碑碣就是当年刻碑事件的见证。立碑事件与碑刻的承担者等都是民俗关系的产物,碑碣一旦落成,就以实际形态参与到姜嫄信仰活动的实际运作过程中。碑刻的署名情况透视出立碑时期的组织机构、人群关系,以及刻碑缘由如何呈现等等。从碑刻的落款来看,碑刻的承担者由立碑人、撰碑人、书写人、捐赠人等多人合力构成,立碑人与撰碑人都是官员身份,例如宋代西蜀川道提刑按察史王利用、清代吏部候铨知县张应午、候铨知县薛成兑等人名列其中。立碑是权力的象征,碑刻内容又因为官员撰写,在民众视野中自然被认为是大传统即正统文化的象征,从而促进了姜嫄信仰活动的进一步繁荣,例如清代王文德的《姜嫄圣母感应记》,主题就是论证信徒心诚与姜嫄圣母感应的因果关系。在历代的官民二元关系中,为官一任的地方官员迎合民众精神诉求继续修缮庙宇,撰写相关碑文扩大个人的社会影响力,历代官员持续撰写,层累地形成历代的姜嫄、后稷碑刻。综合以上碑刻文本的相关内容及碑刻与民俗生活的关系,剖析立碑时期的历史情境,勾勒出姜嫄、后稷两位上古人物在宋元明清及民国时期,以周公庙为中心点、以岐山地区为面的区域传承脉络,形成一份与文字文献记录同样具有史料价值与学术研究意义的碑刻民俗志,周公庙的碑刻民俗志不仅作为实证史料在一定程度上弥补了当地地方志中姜嫄、后稷相关事迹记载不足的缺憾,而且为学术界进行姜嫄、后稷文化的研究提供了颇有整体性眼光的民俗学视角。

[基金项目]2013年度重庆市社会科学规划培育项目"三峡文学的民族志研究"(2013PYZW12)。

参考文献

[1]钟敬文.关于民俗学结构体系的设想.钟敬文文集(民俗学卷)[M].合肥:安徽教育出版社,1999.

[2]鞠熙.数字碑刻民俗志[M].北京:北京师范大学出版社,2009:66.

[3]钟敬文.中国的水灾传说.钟敬文民间文学论集(下)[M].上海:上海文艺出版社,1995.

[4]顾颉刚.妙峰山[M].上海:上海科学文献出版社,2014.

[5]陈勤建. 文艺民俗学[M].上海:上海文艺出版社,1991.

[6]衣俊卿.现代化与日常生活批判[M].北京:人民出版社,2005.

[7]中国民间故事集成·陕西卷[Z].中国民间故事集成全国编辑委员会中国民间文学集成陕西卷编辑委员会中国ISBN中心出版,1996.

宋玉形象考

彭 德

（西安美术学院　陕西西安　710000）

宋玉是战国晚期宋国的太子,投奔楚国之前是宋国的国君。①宋国基祖名叫宋微子,商纣王的兄长②。宋玉的血统跨越两个王族,本文由此考证宋玉的形象。

宋玉的身高

宋玉身高约170厘米。

古尺有四套系统:量地尺、营造尺、裁衣尺和律尺。其中,衡量身高采用律尺。从黄帝和大禹起,律尺以身为度:帝王中指一节为一寸,手长为一尺,身高为一丈。这便是大丈夫的来历③。宋玉是商朝后裔,身份是宋王,尺度应当采用商朝律尺。商朝一丈,有311厘米、183厘米、169.5厘米等多个记录④。比照考古发现,第三个为律尺一丈比较合理。商代甲骨卜辞,人祭卜辞记载人牲多为羌人,也就是夏朝俘虏。其中有完整的人骨出土,比如KBM10的墓主,身高约163厘米,其他可测量的骨架都在它之下。⑤古代文献是历史人物的放大器,历史地位使其身材变得高大,人们宁可信其高而不愿信其矮。

战国初期曾国的国君曾侯乙,葬俗与中原相同。中年病故的曾侯乙,遗骨高约162厘米;随葬的14名成年女性,身高161厘米的有1人,其余的都在155厘米以下,

---

① 彭德:《宋玉生平考》,《东南文化》1992年第6期第190－202页,要见前三节。本文网上可搜索。

② (西汉)司马迁《史记·宋微子世家》:"微子开者,殷帝乙之首子而帝纣之庶兄也。"(唐)司马贞《索隐》:"《吕氏春秋》云生微子时母犹为妾,及为妃而生纣。故微子为纣同母庶兄。"中华书局1978年点校本,第1607－1671页。

③ 《史记·夏本纪》:"禹,声为律,身为度,称以出。"(西汉)刘安《淮南子·天文训》:"人修八尺,寻自倍,故八尺为寻。四丈为匹,匹者,中人之度也。"后世也有帝王以身为度的记录,(南宋)赵卫彦《云麓漫抄》卷三:"《三晟乐》用徽宗君指,三节为三寸。"(元)脱脱《宋史》卷一百二十八《乐志三》:"禹效黄帝之法,以声为律,以身为度。用左手中指三节三寸,谓之君指,裁为宫声之管。……黄钟定,余律从而生矣。"

④ 参吴承洛:《中国度量衡史》上编第三章,上海书店,1937年版复印本第64页。朱勇年:《古尺考》上卷《商玉尺》,上海古籍出版社,2008年第1版第八页下。

⑤ 中国社科院考古研究所:《殷墟发掘报告》,文物出版社,1987年版,第203－211页。

低于150厘米的有9人。①很难设想,宫廷男女都这么矮,怎么可能生出长人?战国晚期,成年男子的身高号称"七尺之躯"②。按周尺计算为163.1厘米,同考古发掘的众多战国时期成年男子骨架的长度接近。荆门包山2号楚墓的墓主,楚昭王的后裔,官职左尹,相当于副相。他下葬的时间在公元前316年,比宋玉年长20岁左右,死亡年龄在35—40岁之间,身长为170.5厘米③,可作宋玉身高的旁证。宋玉《登徒子好色赋》所说的"增之一分则太长,减之一分则太短",形容的是邻家女子,也可以说是自我标榜。宋玉作为国君,以身为度,长一丈,多一分嫌长,少一分嫌短。

宋玉的体格

宋玉在宋国时魁梧,投奔楚国后日渐瘦削。

宋玉是宋国的太子,父亲宋王偃活了八十多岁,好战,好酒,好色④。子承其父,宋玉年轻时应当很健康,身材高大,而且才貌双全,否则他的父亲不会在活着的时候让位给他。宋玉因宫廷政变投奔楚国⑤,绝望之下,作《招魂》自招其魂。当《招魂》的作者身为国王时,自招其魂才符合逻辑。《招魂》一诗,表明宋玉恋旧,也表明宋玉对在楚国的遭遇表示不满。两个因素叠加,会影响他的体格。

先秦人士爱用"春秋"指代一年四季。宋玉到了楚国,既伤春,又悲秋,从年头到年尾都浸淫在悲伤之中。宋玉作《九辩》,陈述自己的情绪怆悦、忾恨、坎壈、廓落、惆怅、悲忧,声称自己的状况穷蹙、独处、蓄怨、积思、心烦、忘食、伤悲,以致申旦不寐,也就是失眠。这样低落焦虑的心态与处境,通常会使得身体和脸型消瘦,眉头不展,眼神游移,嘴角下垂,法令线内敛、筋骨暴露。由于身体变得虚弱,以致秋天刚刚凉下来,就感到冷得受不了,声称"薄寒之中人"。中人就是伤人。

---

① 湖北省博物馆:《曾侯乙墓》,文物出版社,1989年版,第601页。本书考证曾侯乙下葬时间在公元前433—前400年之际。有人考证曾侯乙卒于公元前433年。见钟守华《曾侯乙墓漆箱岁星纹符和年代考》,《考古与文物》2005年第6期。

② (战国赵)荀况:《荀子·劝学》。《管子·地员篇》:"其施七尺。"维遹按:"《说文》:'仞,伸臂一寻七尺。'古之寸、尺、咫、寻、常、仞诸度量,皆以人之礼为法,而施亦然。周尺小,故曰'其施七尺'。今齐东俗语以人伸两臂度物谓之施,其音如他。"德按:江南以人伸两臂度物,谓之庹,其音如托。一庹等于身长。

③ 湖北省荆沙铁路考古队:《荆门包山楚墓发掘简报》,《文物》1988年第5期。

④ 《史记·宋微子世家》:"君偃十一年,自立为王。盛血以韦囊,县(悬)而射之,名曰射天。淫于酒、妇人。群臣谏者辄射之。于是诸侯皆曰桀宋。"

⑤ 《战国策·赵四》:"齐将攻宋,而秦楚禁之。李兑乃谓齐王曰:'臣之所以坚三晋以攻秦者,非以为齐得利秦之毁也。今欲以使攻宋也。而宋置太子以为王,下亲其上而守坚,臣是以欲足下之速归休士民也。今太子走,诸善太子者,皆有死心。若复攻之,其国必有乱,而太子在外,此亦举宋之时也。'"鲍彪注:"太子为王及走,《史》不书。太子为王矣,而走,必王之党逐之,故太子之人,以死报之。"德按:宋玉受禅为王的时间为公元前295年,详见彭德:《宋玉生平考》,《东南文化》1992年第6期第193页。"举宋",攻占宋国也。宋玉奔楚,如复辟则有利于楚国,故楚"禁"齐国进攻宋国。

楚国的审美标准，崇尚苗条，连宫廷朝臣也同王宫嫔妃一样，以细腰为美①。宋玉170厘米的身高，腰围70厘米左右才能算纤细，体重65公斤左右才算匀称，才会引起邻家女子的爱慕和窥视。

宋玉的容貌

宋玉文雅俊秀，有女人味。

与孔子同时的一位宋国公子，名叫宋朝，风流女子南子的堂兄。兄妹二人从小私通，南子长大成人当了卫国国君的夫人，仍旧念念不忘并招宋朝进宫厮混，可见宋国公族出美男。从宋朝生活的春秋中期到战国中晚期，经过二百多年的优生，宋玉应当比宋朝更加俊美动人，使得后世有"貌似潘安，美如宋玉"的成语。

公元前295年，宋玉奔楚②，年龄约为32岁。到公元前278年秦军拔郢，宋玉约49岁。宋玉《登徒子好色赋》，写于公元前292年。当时，他住在楚国的新宅，被邻居家的美女爱慕并窥视了三年。这一年，宋玉约35岁，从国君降格为政治避难者，从避难者变为楚王身边的闲客。本文描绘宋玉的容貌正在此时，它是男子潇洒而又成熟的时间段。

《登徒子好色赋》借登徒子之口指责宋玉："体貌闲丽，口多微辞，又性好色。"意思是说宋玉为人闲散，爱附丽，说话隐晦暧昧，话中有话，秉性又迷恋女色。其中，闲的本字是閒，古文闲丽写作嫺丽、娴丽。嫺与娴均从女，多用于描述贵族女性。③

图1 楚人笔下的秀美女像，湖南仰天湖楚墓彩绘俑面部图。

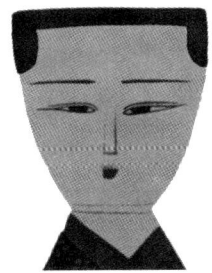

古代的美男子，大都洁白如玉。宋玉名玉，大抵缘于他出生时肌肤如玉。从商代到战国，出土的上等玉器，都是和田白玉，洁白而无贼光，细腻而又透亮，形同羊脂，别名羊脂玉。

---

① （战国宋）墨翟《墨子·兼爱》："昔者楚灵王好细腰，故灵王之臣皆以一饭为节。胁息然后带，扶墙然后起。"（西汉）刘向辑《战国策》楚一《威王问于莫敖子华》："昔者先君灵王好小要（腰），楚士约食，冯而能立，式而能起。"

② 详见彭德：《宋玉生平考》，《东南文化》1992年第6期第四节。

③ 《说文解字·女部》："娴，娴雅也，从女，闲声。"（清）段玉裁注："《相如传》'雍容娴雅'，娴雅，今所谓娴习也。娴，古多借闲为之。"宋玉《神女赋》："素质干之醉实兮，志解泰而体闲。"（三国魏）曹植《美女篇》："美女妖且闲，采桑歧路间。"[东汉]王充《论衡·定贤》："或骨体娴丽，面色称媚。"[三国魏]曹植《静思赋》："夫何美女之娴妖，红颜晔而流光。"

宋玉《招魂》描述美女的眉形,可作宋玉眉形的参照。个人审美的标准常常以自我形象为标准,以致画家画古人的正面形象,常常画成了自己;很多文学家不是把自己写成小说的主角,就是把小说的主角写成自己。宋玉在《招魂》中描写的眉形,只有一种,即"娥眉"。①娥眉不是蛾眉,它指细长的眉毛。娥字从女,其形状应当具有女性味,同宋玉的眉形类似。长沙子弹库楚墓帛画中的男子眉毛,形同娥眉。

图2　男子娥眉图,长沙子弹库楚墓帛画局部描摹图。

宋玉的鼻形,应当笔挺端庄,不像秦始皇似的蜂鼻长眼,为人狠毒②。宋玉如果狠毒,他就不会轻易被父王的党羽撵走。

男人好色可作相反的解释,即女人们都喜爱这个男人,首先是外表。宋玉俊美,健谈,是吸引女子的天然优势。又由于身份高贵,服饰别致,落落寡欢,矜持,更能引发女子的好奇心。宋玉能言善辩,按相书的一贯说法,这样的人嘴唇不会厚。

宋玉身为王族,王族多食肉,成年食肉者体毛多。古人认为身体肤发,受之父母,不得有所毁伤,③因而宋玉至少在嘴唇上方会有些胡须。

图3　楚国图像中的眼形与胡须图,长沙楚墓木俑。

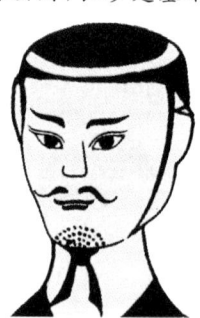

宋玉与商朝王族同宗,发源地在东夷。东夷的一支西迁,成为秦国的王族。宋玉的长相,可以参照秦始皇陵兵马俑中的将军俑。商人经商,按经商的习性,商朝人爱流

---

① 《诗经·卫风·硕人》:"螓首娥眉。"许慎《说文》:"娥者,美好轻扬之义。"扬雄《方言》:"娥,好也。"

② 《史记·秦始皇本纪》:"秦王为人,蜂准,长目,鸷鸟膺,豺声,少恩而虎狼心。"(南朝宋)裴骃《史记集解》:"徐广曰:蜂,一作隆。"(唐)张守节《史记正义》:"蜂虿也,高鼻也。鸷鸟,鹘,膺突向前,其性悍勇。"(东汉)王充:《论衡·诘术》"蜂准"为"隆准"。

③ 《孝经·开宗明义》。

动,因而其王族的血统不一定纯正。根据考古发掘,商朝的势力范围抵达长江流域,其血统应当带有南亚人种的某些因素。因而宋玉的长相,大抵介于南北之间而更接近北方人:身材魁梧,四肢修长,皮肤白皙,脸形稍瘦,颧骨微露,眉头微蹙,眉毛细长,暗双眼皮,眼神平和,鼻梁直挺,非鹰勾鼻,嘴唇不厚,唇上有须,头发细密。

宋玉的气质

宋玉性格温和,谈笑风生,有亲和力而又自矜。

宋玉生于徐州,徐州属于北方,带有北方人直率豪放的一面。宋玉被父王的党羽排挤而出奔,表明他缺乏雄才大略,显得文弱。《九辩》一诗,都是自怨自艾地发牢骚,缺乏王者的气度。历代帝王作风,其父尚武,其子则尚文,所谓文武之道,一张一弛。

传为宋玉的诗篇和文章,主要体现为两种格调,一是《九辩》、《招魂》、《登徒子好色赋》之类,以自我为中心,有国君的派头和情怀。一是《高唐赋》、《神女赋》、《大言赋》、《小言赋》之类,或倾诉男女情感,或热衷文字游戏,气局不大。两者都带有没落贵族的痕迹。

宋玉"体貌闲丽"。闲的古体字,写作閒,本义指门的缝隙。古代贵族建筑设门,以一扇为阳,二扇为阴。朝东的门为一扇,叫做户;朝西开的门为二扇,叫做门。东边的门缝进来的是日光,形成间隙;西边的门缝是月光,形成閒隙。[①]东边对应男子,西边对应女子。古代贵族男子住在宫廷的东边,女子住在宫廷的西边。古文先有閒和闲,后有嫺和娴,字异而义同。嫺字从女,表示嫺和閒是女子的习性。閒也写作闲,嫺写作娴,闲丽也写作娴丽。娴丽可作两解,正解为优雅和漂亮,别解为散漫和附丽。宋玉申辩用正解,登徒子进谗用别解。登徒子作为私下告状的角色,他说宋玉体貌闲丽,显然带有贬义。因为宋玉诗文透露的言行,往往是无关朝廷和民众痛痒的琐事,其所作所为全然是为楚王消磨时光的清客。负面地理解,闲即娴,女子无所事事诉说闲言碎语的样子;丽指附丽,带有寄人篱下而表示攀附的意味。[②]

宋玉的服饰

宋玉的常规服饰:束发,有髻,戴远游冠,系缨,或无冠,扎腰带,用带钩,右侧佩玉,左侧佩剑。

---

① 《说文解字·门部》:"閒,隙也,从门月。"(清)段玉裁注:"语之小止曰言閒。閒者,稍暇也,故曰閒暇。会意也,门开而月入。门有缝而月光可入。閒者,隙之可寻者也,故曰閒隔、曰閒谍。凡自其单出言之曰閒。"

② 《说文解字·鹿部》:"麗,旅行也。鹿之性,见食急则必旅行。从鹿丽。"〔清〕段玉裁注:"其字本作丽,后乃加鹿耳。两相附则为丽,日月丽乎天,百谷草木丽乎土,是其义也。丽则有耦可观。两而介其间亦曰丽,离卦之一阴丽二阳是也。"

图4 （传）顾恺之《女史箴图》绘汉元帝像，冠为通天冠，与远游冠同制。

图5 秦始皇陵兵马俑男子束发图1—5。

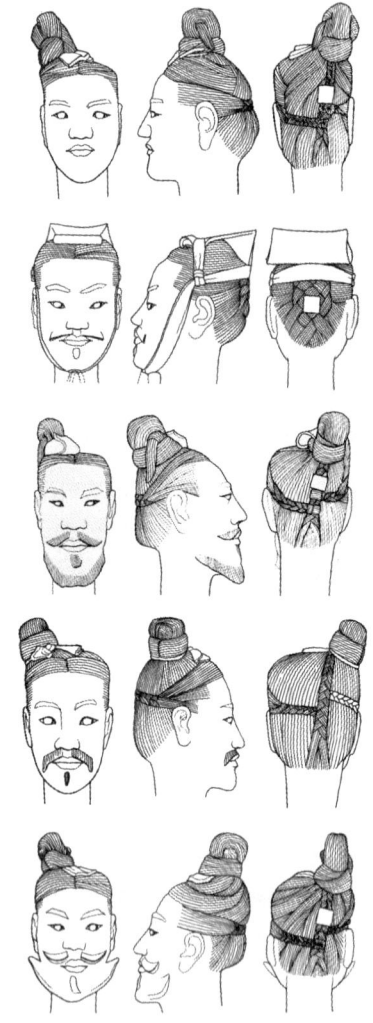

宋玉服装的款式，直接参照有长沙子弹库楚墓出土的《人物驭龙帛画》中的男子服装。衣服的图案，当以凤鸟为主。凤鸟的原型，商代是燕，周代是雉。按《招魂》篇末的出行仪仗推测，宋玉投奔楚国时，有可能带着或身穿王者的衮服：上衣绘画日、月、星、山、龙、华虫（雉），下裳刺绣宗彝（蜼彝，一对画有猴子的尊）、藻（水草）、火焰、粉米、黼、黻，色彩用青、赤、黄、白、黑五色。战国衮服，不见于出土文物。宋玉在楚国穿的衣服，应当朴素，不必有纹样。战国时期，宋国都城徐州和楚国都城荆州都是丝绸的重要产地①,荆州马山 1 号楚墓出土的丝织品,有的薄如蝉翼,当今技术都无法复制。因而,宋玉衣裳的面料理应细腻轻柔,款式飘逸,如同行云流水。

图 6 《人物驭龙帛画》(白描),湖南省博物馆藏。

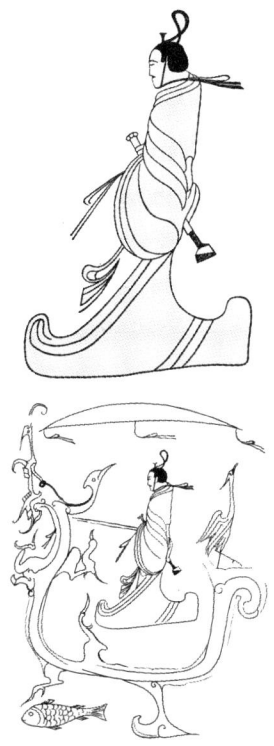

图 7 (宋)李唐《晋文公复国图》(白描局部),纽约大都会博物馆藏。

宋玉投奔楚国,为了行走方便,也可能会穿胡服。胡服在汉文化圈的推行,始于赵武灵王。赵武灵王是改革家,他将王位让给了儿子。宋王偃立即加以仿效,把王位也让给了宋玉,因而宋国效仿赵武灵王采用胡服,顺理成章。胡服紧身,不拖泥带水。

---

① 见《古文尚书·虞夏书·禹贡》。

图 8　战国燕下都出土铜人像腰带与带钩。

按照周代礼仪，贵族通行佩玉。①佩玉的数量通常遵循五行学的原理。② 周朝五行属火，吉数为七。周代人佩玉，全佩一组 7 枚。不过在宋玉出生之前，东周已经灭亡，北方诸侯为了取代周朝，一律以水德自居，数字崇尚六。宋玉佩玉，基本组合大抵如此。宋玉的佩玉，大抵有珩、璧、璜、二冲牙，珩下中部可能悬挂玉燕。燕是商朝王族的族徽。宋玉写《九辩》，提到了 12 种动物，排在第一位的是燕，燕是凤鸟的祖形。

图 9　西周和田白玉籽料玉燕，民间收藏。

图 10　信阳楚墓彩绘佩玉俑。

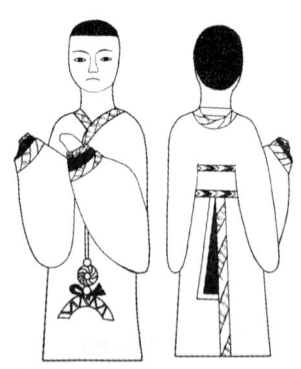

---

①　《礼记·玉藻》："古之君子必佩玉。""凡带，必有佩玉，唯丧否。""君子在车，则闻鸾和之声，行则鸣玉佩。"《大戴礼记·保傅》："下车以佩玉为度。"

②　五行对应"五数"：一、六为水，二、七为火，三、八为木，四、九为金，五、十为土。其中，一二三四五称为生数，生育的生；六七八九十称为成数，成就的成。按邹衍"五德终始"的理论，每个王朝都有一个天授的命运，分别对应五行中的一行，形成木德、金德、火德、水德、土德五种循环相克周而复始的天命，号称"五德终始"。夏为木德，商为金德，周为火德，秦为水德，西汉土德。五朝的生克关系，即土克水（汉克秦），水克火（秦克周），火克金（周克商），金克木（商克夏），木克土（夏克舜）。

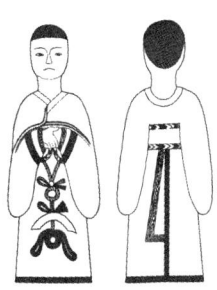

图 11　湖北荆州武昌义地楚墓彩绘俑佩玉样式及娥眉图。

国家大事,一是祭祀,二是打仗。祭祀佩玉,打仗佩剑。战国时期,有身份的男子都佩剑。宋玉本是国君,佩剑有三类。一是显示身份的玉具剑,用玉料制作,薄而短。这种没有致命杀伤力的剑,只是佩带者的身份证。曾侯乙是战国早期曾国的君主,他的玉具剑长 33.6 厘米、宽 5.1 厘米、厚 0.5 厘米[①]。二是阅兵的礼仪剑,长而华丽。三是实战用剑,比如出土的越王勾践剑,长 55.7 厘米、宽 4.6 厘米、柄长 8.4 厘米。[②]宋玉名玉,佩带玉剑,名副其实。宋玉作为屈原在辞学上的学生,平素也可能会模仿老师,佩戴长铗[③],以示尊崇。

图 12　剑与鞘。左边为南越王墓玉具剑。

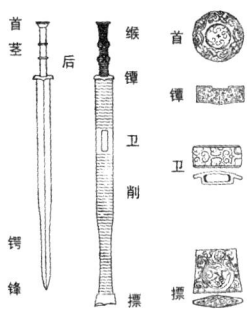

---

①　湖北省博物馆:《曾侯乙墓》上,文物出版社,1989 年版,第 419—421 页。
②　越王勾践剑,1965 年出土于湖北江陵望山 1 号楚墓,湖北省博物馆藏。
③　(战国楚)屈原《涉江》:"带长铗之陆离兮,冠切云之崔嵬。"(东汉)王逸注:"长铗,剑名也。其所握长剑,楚人名曰长铗也。"《汉书》注云:"楚长剑有长丈者。"

图 13　山东嘉祥东汉武梁祠石刻齐王像佩剑图。

图 14　四川汉画像石春秋齐桓公像、管仲佩刀像。

图 15　战国曾侯乙墓钟架佩剑铜人。

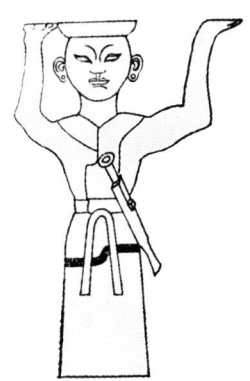

图 16　汉代剑钩、汉代砖画持长铗图。

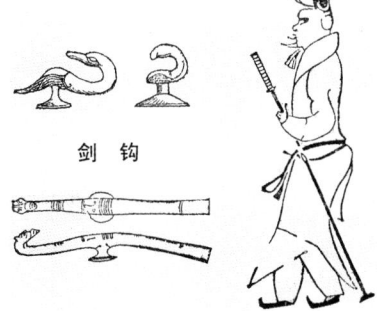

图 17　宋玉想象画草图　彭德

2014.7.20—10.1 写于西安

不宜把《九辩》定为宋玉的唯一代表作

程本兴　张法祥

（宜城宋玉研究会　湖北宜城　441400）

【摘要】 现行的《中国文学史》将宋玉的楚辞《九辩》当成唯一的代表作,是承袭了早已过时的"疑古"思潮的影响、否定了宋玉对其楚赋著作权的结果。其违背历史真实的负面作用十分严重。作家的代表作,应是最能体现其创作特点、技巧、风格、水平和成就且具时代性的名篇佳作;同一作家,可以有一篇以上的代表作。目前,学界日益普遍认同的宋玉楚赋作品已有上十篇。宋玉好楚辞而以赋见称。应当在《九辩》之外,从《高唐赋》《神女赋》《登徒子好色赋》《风赋》等宋赋中研定一、两篇,一并作为宋玉的代表作,以切实恢复宋玉在文学上固有的历史原貌。

【关键词】 宋玉;代表作;《九辩》;《高唐赋》;《神女赋》;《登徒子好色赋》;《风赋》

　　学界一直视《九辩》为宋玉的唯一代表作,这个文学史上的误会,是对除《九辩》以外署名宋玉的其他作品的真伪有歧见所造成的。

　　《史记·屈原列传》载:"屈原既死之后,楚有宋玉、唐勒、景差之徒者,皆好辞而以赋见称。然皆祖屈原之从容辞令,终莫敢直谏。"《汉书·地理志》载:"始楚贤臣屈原被谗放流,作《离骚》诸赋以自伤悼。后有宋玉、唐勒之属慕而述之,皆以显名。汉兴,高祖王兄子濞于吴,招致天下之娱游子弟,枚乘、邹阳、严夫子之徒兴于文、景之际。而淮南王安亦都寿春,招宾客著书。而吴有严助、朱买臣,贵显汉朝,文辞并发,故世传《楚辞》。"两部最早且确切的史书先后呼应,梳理出屈与宋的师承关系,十分清楚地肯定了宋玉在文学史上的独特贡献和重要地位。《汉书·艺文志》还著录"宋玉赋十六篇",这表明宋玉辞赋甚多,在汉世广为流传了。随后,东汉王逸《楚辞章句》收录宋玉辞赋两篇,即《九辩》、《招魂》。南朝梁萧统《昭明文选》收录宋玉辞赋七篇,即《风赋》、《高唐赋》、《神女赋》、《登徒子好色赋》、《九辩》、《招魂》、《对楚王问》。刘勰《文心雕龙》论及宋玉辞赋七篇,即《风赋》、《钓赋》、《对楚王问》、《登徒子好色赋》、《神女赋》、《高唐赋》、《笛赋》。隋唐之际《隋书·经籍志》著录《楚大夫宋玉集》三卷。唐朝李善《文选注》征引宋玉辞赋七篇,即《九辩》、《高唐赋》、《风赋》、《登徒子好色赋》、《对楚王问》、《笛赋》、《大言赋》。北宋李昉《太平御览》征引宋玉辞赋八篇,即《九辩》、《风赋》、《高唐赋》、《神女赋》、《登徒子好色赋》、《对楚王问》、《小言赋》、《钓赋》。传为唐人旧藏本《古文苑》（北宋孙洙得自佛寺经龛）征引宋玉辞赋六篇，即《笛赋》、《大言赋》、《小言赋》、《讽赋》、《钓赋》、《舞赋》。由上述可知，自两汉至于北宋，宋玉辞赋流传于世者，有《九辩》、《招魂》、《风赋》、《高唐赋》、《神女赋》、《登徒子好色赋》、《对楚王问》、《钓赋》、《笛赋》、《大言赋》、《小言赋》、《讽赋》、《舞赋》等，不少于十三篇。

然而到了南宋，隋志所记述的《宋玉集》佚失，同时也就失去了与各种相关宋玉研究的古籍相互比对的依据。当章樵为《古文苑》作注时，他凭主观臆断，对其六篇中的《笛赋》、《舞赋》提出质疑。他说："按史，楚襄王立三十六年卒，后又二十余年方有荆卿刺秦之事。此赋果玉所作耶？""傅毅《舞赋》，《文选》已载全文，唐人欧阳询简节其词，编之《艺文类聚》，此篇是也。后人好事者，以前有楚襄、宋玉相唯诺之词，遂指为玉所作，其实非也。"章樵说兴，明清学者风起响应，于是宋玉作品真伪之辨薪火不断。胡应麟《诗薮·杂篇》卷一《遗逸上·篇章》将《笛赋》、《舞赋》、《讽赋》、《钓赋》一并攻击，说"诸篇皆当汉魏间浅陋者拟作，唐人误收"。张惠言《七十家赋钞》也指斥《讽赋》、《笛赋》、《钓赋》、《大言赋》、《小言赋》五篇，"皆五代宋人托为之"。至此，《古文苑》六篇宋玉作品，悉数否定。自司马迁说"余读《离骚》、《天问》、《招魂》、《哀郢》，悲其志"之后，人们据之认为《招魂》已归屈原所作，就不再理会刘向《楚辞》、王逸《楚辞章句》划归宋玉所作之说了。至于《九辩》，汉王逸《楚辞章句》、晋潘岳《秋兴赋》都认定为宋玉作，但根据曹植《陈审举表》曾以屈原之名引用《九辩》，又或为南唐王勉所撰《楚辞释文》列《九辩》于《离骚》之下，便有焦竑、吴汝纶等疑为屈原作。疑古集大成者崔述说："周庾信为《枯树赋》，称殷仲文为东阳太守，其篇末云：'桓大司马闻而叹曰'云云。仲文为东阳太守时，桓温之死久矣。然则是作赋者托古人以自畅其言，固不计其年世之符否也。谢惠连之赋雪也，托之相如，谢庄之赋月也，托之曹植，是知假托成文，乃词人之常事。然则《卜居》《渔父》亦非屈原之所自作，《神女》《登徒》亦必非宋玉之自作，明矣！但惠连、庄、信其世近，其作者之名传，则人皆知之。《卜居》《神女》之赋，其世远，其作者之名不传，则遂以为屈原、宋玉之所为耳。"（《考古续说》卷一《观书余论》）这又把《神女赋》、《登徒子好色赋》给否定了。民国之初，刘大白辈再续宋人疑古之风，对古代文学史实有更多诘难，影响所及，宋玉的著作权丧失殆尽。

长期以来，甚为流行的文学史和高校文学教科书不断推出，其中堪称佳品且重要者有：刘大杰《中国文学发展史》（简称"刘本"）、游国恩《中国文学史》（简称"游本"）、中国社会科学院文学研究所《中国文学史》（简称"科本"）、褚斌杰《中国文学史纲要》（简称"褚本"）、章培恒《中国文学史》（简称"章本"）、郭预衡《中国文学史》（简称"郭本"）、袁行霈《中国文学史》（简称"袁本"）和朱东润《中国历代文学作品选》（简称"朱本"）等。刘、游、科、褚、章、郭、袁、朱各本，其出版面世，最早者在20世纪40年代或50年代，最晚者在21世纪之初，时间跨度于今七十有年了。但是在怀疑宋玉作品真实性这一观点上，却和宋人疑古一脉相承，而有现代特色。

刘大杰《中国文学发展史》说：

《古文苑》成书最晚，其真实性本不可靠。《文选》所载各篇，其中叙事行文，也多有可疑之处，最重要的是那种散文赋体，宋玉的时代尚难产生。《九辩》以外的那些赋篇，大都叙述宋玉与楚王的问答之辞,观其文气,显然是出于第三者的口吻。

宋玉的作品,最可信的是《九辩》。①

游国恩、王起等主编《中国文学史》说:

> 《招魂》也是一篇奇文,是屈原放于江南时根据民间招魂词的写法而创作的。现在应该根据《史记》屈原传赞来纠正王逸以来认为宋玉所作的错误看法。②

> 《招魂》非宋玉所作,已详前节。其余十二篇,除《九辩》外,都是后人所依托,决不可信。《古文苑》中六篇,前人指为伪托,已成定论。……我们认为《文选》中所谓宋玉赋的体制、风格和语言都与楚辞迥异,倒和汉赋相近,这从辞赋的发展过程来看,在宋玉的时代是很难出现的。而且这五篇赋都作第三者叙述口气,又直称"襄王"、"楚襄王",明为后人假托之词,不是宋玉自作。综上所述,宋玉作品流传下来的只有《九辩》一篇,但这并不影响他在文学史上应有的地位。③

中国社会科学院文学研究所中国文学史编写组编《中国文学史》说:

> 宋玉又从屈原所创造的骚体变化出赋的体裁,写出了《风赋》、《高唐赋》、《神女赋》、《登徒子好色赋》等几篇作品。④

褚斌杰《中国文学史纲要》说:

> 但现署名宋玉的作品,多数是后人的伪托之作,较公认而可信的只有《九辩》一篇长诗。⑤

章培恒、骆玉明主编《中国文学史》说:

> 《招魂》已基本断定为屈原作品;《文选》中另五篇都是文学史上的名作,但究竟是否宋玉所作,尚有争议,而且持否定意见者居多,所以我们也存而不论。因此可以具体评述的,又只有《九辩》一篇。⑥

郭预衡主编《中国文学史》说:

> 但《招魂》应是屈原的作品,而《文选》及《古文苑》所载诸篇风格、体制不似先秦之作,叙事行文也多有可疑之处,学者多认为出于后人伪托。真正可信为宋玉所作者,只有《九辩》一篇。⑦

袁行霈主编《中国文学史》说:

---

① 刘大杰著《中国文学发展史》,中华书局上海编辑所1963年版,第125页。
② 游国恩、王起、萧涤非、季镇淮、费振刚主编:《中国文学史》(一),人民文学出版社1963年版,第101页。
③ 游国恩、王起、萧涤非、季镇淮、费振刚主编:《中国文学史》(一),人民文学出版社1963年版,第106—107页。
④ 中国社会科学院文学研究所中国文学史编写组编《中国文学史》,人民文学出版社1964年版,第101页。
⑤ 褚斌杰著《中国文学史纲要》,北京大学出版社1986年版,第238页。
⑥ 章培恒、骆玉明主编《中国文学史》,复旦大学出版社1997年版,第159页。
⑦ 郭预衡主编《中国文学史》,上海古籍出版社1998年版,第158页。

现在可以基本认定为宋玉所作的,有收入《楚辞》中的《九辩》,收入《昭明文选》中的《风赋》、《高唐赋》、《神女赋》、《登徒子好色赋》、《对楚王问》等。

后世署名宋玉所作的还有《楚辞》中的《招魂》、《古文苑》中的《笛赋》、《大言赋》、《小言赋》、《讽赋》、《钓赋》、《舞赋》等,可以基本判定为伪作。[①]

朱东润主编《中国历代文学作品选》说:

宋玉的作品收入《楚辞》、《文选》的有《九辩》、《招魂》、《高唐赋》、《神女赋》、《风赋》、《登徒子好色赋》、《对楚王问》等,其中除《九辩》一篇被一致认为是宋玉的手笔外,其余各篇后人颇多怀疑不是宋玉所作。此外,《古文苑》所载《笛赋》等六篇,其真伪更为可疑。[②]

综上所述,我们所举八本教科书,除科本、袁本在肯定《九辩》、《风赋》、《高唐赋》、《神女赋》、《登徒子好色赋》、《对楚王问》几篇为宋玉作上大体一致外,余者六本则只以《九辩》为宋玉作,这大概和崔述那个"战国以下,不可尽信"的原则相符合。改革开放以至今日,普遍通行的高校文学教科书,仍把《楚辞章句》、《昭明文选》、《文心雕龙》、《古文苑》等古籍所指认的宋玉作品,除《九辩》一篇外,一概说成"都是后人所依托,决不可信"[③]。文学史家举出的理由,可以归纳如下:

一、一经《史记》确认为屈原作品者,就不能再改成宋玉作。

二、凡收录宋玉赋或研究宋玉赋者成书时间早者可信度大,愈晚愈不可信。

三、前人已指为伪托作品者,已成定论,不可移易。

四、持否定意见居多者,不宜推翻。

五、凡借用问答体,作第三者叙述口气,又直称"襄王"、"楚襄王"的作品,则明为后人假托之词。

六、散文赋体在先秦很难产生,宋玉只有楚辞作,不可能有楚赋作。

七、现已确定的伪作,其体制、风格、语言,均与楚辞迥异,而接近汉赋,以辞赋的发展过程论之,当定为非宋玉所作。

八、宋玉作品流传下来仅有《九辩》一篇,并不影响他在文学史上的地位。

前四条理由否定了历代研究宋玉的相关资料的真实性,五、六、七三条理由则从赋体产生的历史条件和宋玉的创造能力两方面,把流传下来的宋玉楚赋之作,完全彻底地否定了。和宋明清朝疑古派相比,当今怀疑宋玉作品真实性的议论,走向了完整化、系统化和理论化,少了先前的先验唯心和武断判决的弊端,表现出了现代文学史论的权威意味。这只重拳一击,将宋玉打压下去而挺不起身来,只能仰仗楚辞宗师屈原的庇佑。

"宋玉作品流传下来只有《九辩》一篇,但这并不影响他在文学史上应有的地位。"果真是这样吗?

---

① 袁行霈主编《中国文学史》,高等教育出版社2005年版,第121页。
② 朱东润《中国历代文学作品选》上编第一册,上海古籍出版社1979年版,第264页。
③ 游国恩、王起、萧涤非、季镇淮、费振刚主编:《中国文学史》(一),人民文学出版社1963年版,第106页。

我们的文学教科书虽然恢复了宋玉的《九辩》著作权,同时又否定了宋玉的其他作品的著作权。这就意味着:宋玉仅是师从屈原写过楚辞,但他从来没有、也不可能创造出楚赋来。而他写过的楚辞,现存"只有《九辩》一篇",历史上曾被王夫之《楚辞通释》誉为"千古绝唱"。当今文学史家又论证其在艺术上有"独创性"[①],"实为紧承屈骚之后的又一篇长篇抒情诗的杰作"[②],于是可以得出结论:"《九辩》是宋玉的代表作"[③]。这当然又是唯一的代表作!如此一番严密的逻辑推论,在褒扬《九辩》的背后,隐藏着对宋玉在文学史上的独特贡献和重要地位的极度贬低。由此说来,要不要把《九辩》定为宋玉的唯一代表作,这并非《九辩》一篇作品的命运问题,而是关系到如何重新认识和正确评价宋玉及其作品的问题。

其实,宋玉所处的战国时期已经具备了足以产生散文赋体文学的充分条件,现已为出土文物所证实。1972年4月出土的山东临沂银雀山西汉初年墓葬竹简中,可以见到以"唐勒"标题的宋玉《御赋》之残篇。罗福颐《临沂汉简所见古籍概略》最先论及之,吴九龙《银雀山汉简释文》又行整理说明。新近《古籍新书报》报道,马承源《上海博物馆藏战国楚竹书》第八辑出版,此著载有楚竹书赋作四篇,即:《有皇将起》、《兰赋》、《李颂》、《鹠鹞》。上博简是公元前300年左右的遗存,比"唐勒"残简早一百多年,更可作散文赋在宋玉时已臻成熟而趋于兴盛的实物之证。李学勤、谭家健、汤漳平、朱碧莲、郑良树、赵逵夫、廖明春等学者,最早将"唐勒"残简与宋玉赋进行比较,尔后有高秋凤、罗漫、吴广平、刘刚、金荣权等学者对传世的宋玉赋的真伪进行系统而充分的论证。三十年来,众多学者在文化学、考古学、音韵学、历史地理学、古代民俗学等领域,爬梳钩稽,求取内外实证,全面批驳了疑古思潮对宋玉人格、宋玉文学的错误认识和论断。楚学界现已形成相当一致的意见是:先秦时代产生宋玉赋作的条件充足,已为不断出土的文物所证实。传世的宋玉作品是真实可信的,《九辩》、《招魂》、《风赋》、《高唐赋》、《神女赋》、《登徒子好色赋》、《对楚王问》、《大言赋》、《小言赋》、《讽赋》、《钓赋》、《御赋》为宋玉所作;《笛赋》、《舞赋》、《微咏赋》可据古人题名暂定为存疑的宋玉之作品。如是,北宋以前史家记载、学者著述关于宋玉作品及其流传情况的认知和研究,便和银雀山西汉早年古墓发掘以来出土文物的研究成果,两者在宋玉作品的篇目及篇数上几乎吻合了。

我国古代社会由封建领主经济向地主经济转化的全面性社会大变革,自春秋开始,到战国晚期宣告完成。在生产力迅猛发展、经济基础剧烈变化的同时,学术文化也空前繁荣起来,而诸子蜂起、百家争鸣,又带动了各类散文的勃兴。众多的历史散文、诸子散文,采用了大量形象化的表现手法,用以表现其内容,因而具有文学价值。但它们毕竟属历史、哲学、政治、社会伦理著作,不能满足丰富多彩的社会生活的需要。当时诗体沉寂,于是冲破历史散文、诸子散文的局限,以纯文学的体裁艺术反映社会生活

---

① 游国恩、王起、萧涤非、季镇淮、费振刚主编:《中国文学史》(一),人民文学出版社1963年版,第107页。
② 褚斌杰著《中国文学史纲要》,北京大学出版社1986年第1版,第241页。
③ 朱东润《中国历代文学作品选》上编第一册,上海古籍出版社1979年版,第264页。

的历史使命,自然地由辞赋来承担了,但辞与赋又是两种截然不同的文学体裁,辞是诗,为屈原所首创;赋是非诗非文亦诗亦文的"两栖"类文体,为宋玉所首创。区别辞与赋的体裁艺术及其创造始祖,可以明显地看出屈原与宋玉在文学史上有各自独到的贡献。依司马迁之论,宋玉效法屈原"从容辞令"、"好辞而以赋见称"(《史记·屈原列传》),则其辞与赋作自会硕果累累,但唯赋最优而丰。扬雄还看出了屈原之辞与宋玉之赋在艺术风貌上的差异,故作出"诗人之赋丽以则,辞人之赋丽以淫"(扬雄《法言·吾子》)的论断,是把屈原之作视为诗、宋玉之作视为赋了。刘向辑《楚辞》,收宋玉作品仅《九辩》、《招魂》两篇,则置《风赋》于集外,也是将辞、赋分家了。西汉学者为辞、赋同源不同体奠定理论基础,后世评论之著即以之为根据,论证屈、宋的师承渊源和各有所长的建树。"屈原联藻于日月,宋玉交彩于风云。"(《文心雕龙·时序》)这是刘勰赞屈原辞所抒伟志,因感于天地泣于鬼神,"虽与日月争光可也"(司马迁《史记·屈原列传》引刘安语);颂宋玉赋所写神女,因变幻高唐风云与雨,"珍怪奇伟,不可称论"(宋玉《神女赋》)。屈原主辞之功,以骚见长而领衔于楚辞宗师;宋玉主赋之业,且有成熟赋体之勋,故而以赋著称而成为了楚赋鼻祖。辞、赋联名,屈、宋并称,各领风骚,师范于后人。但比较屈、宋,欧阳修有独到见解:"屈原《离骚》,读之使人头闷,然摘一二句反复咏之,与《风》无异。宋玉比屈原时有出蓝之色。"(《欧阳修集》补遗诗部)诚然,宋玉在政治、思想上不及屈原伟大,而超现实的浪漫主义艺术手法也由屈原首创并趋向成熟,但宋玉新创赋体文学使他的艺术视野放飞于广阔的天地,从社会、人生、大自然,从物质的和精神的领域,去捕捉典型事件、典型人物,以描写普遍人性的丰富细微,为人们打开了一个又一个新的世界,他奉献的美无不闪动着感性的光芒和蕴含着情感的温润与芬芳。从艺术形式上看,《诗经》重在抒情,屈原辞也是以塑造"情意化"的抒情形象为主,至于荀卿赋则意在说理,唯宋玉赋开始转入"铺采摛文,体物写志"。这是宋玉赋区别于《诗经》、屈骚、荀赋的最根本的艺术特征,也是宋玉赋胜过《诗经》、屈骚、荀赋的最具艺术魅力之所在。重文采,用夸说,铺张扬厉,错彩镂金,是为了叙事状物和讲故事,这在宋玉《风赋》、《高唐赋》、《神女赋》、《登徒子好色赋》、《钓赋》等篇中,表现得极为鲜明有力。所谓"自宋玉、景差,夸饰始盛"(《文心雕龙·夸饰》)。"宋发夸谈,实始淫丽。"(《文心雕龙·诠赋》)宋玉正是以夸饰、淫丽艺术的运用,将赋体文学推向了崇尚丽辞、讲求声律、注重韵味的发展道路,从而受到历代读者的挚爱。"屈宋逸步,莫之能追"(《文心雕龙·辨骚》),诚非虚言。宋玉若不是凭着他奠定了楚赋的光辉成就,何来资格与屈原并名同称?支撑宋玉而和屈原以同等的辉煌彪炳于文学史册的,首先是其赋作,其次才是其辞作。所以,最能体现宋玉创作特点、技巧、风格、水平和成就及时代性的佳作,首先应当在其赋作里寻找,确认佳丽,以之冠冕,这才堪称宋玉的代表作。

我们给"作家的代表作"下了一个"最能体现作者创作特点、技巧、风格、水平和成就及时代性的佳作"的定义,但理解和处置这一定义,又会遇到社会的历史性、阶段性等方面的难题,也有认知作家不同的创作时期其风格发生变异的麻烦。某个历史时期会以作家的此篇当成其代表作,另一历史阶段又会以其彼篇作为代表作,或因评论者的立场观点不同而有相异取舍。诗人、小说家、戏剧家各有不同的领域、不同的创作业绩,有偏才还有兼才,可能会有诗人、小说家、戏剧家兼于一身者,作家每人都会经历社会的各个不同的历史时期,都有自己的不同的发展阶段;不同的作家又会有不同的艺术风格,同一个作家或许也会有风格迥异的作品。所以决定作家的代表作,不可能就是一篇而已。例如屈原,《橘颂》是他年轻时的咏物之作,是楚赋的先声;《离骚》则是他再次放逐江南时的抒愤长篇,足见其晚年艺术功力达至顶峰,为楚辞名作。李白有像《梦游天姥吟留别》之类的浪漫主义风格的珍品,也有像《丁都护歌》这样写实主义的佳篇。杜甫在青年时期有《望岳》快唱,表达对前途的乐观自信;当他困守长安时期,有《自京赴奉先县咏怀五百字》,这是他现实主义艺术的成熟之作;至于《新安吏》、《石壕吏》、《潼关吏》、《新婚别》、《垂老别》、《无家别》,这"三吏"、"三别"组诗,则是安史之乱的纪实,成为现实主义的辉煌大作;杜甫晚年又以《茅屋为秋风所破歌》、《闻官军收河南河北》、《秋兴》等名篇,作为自己生活的真实写照。苏东坡是宋词豪放派开山巨手,他有"须用丈二将军铜琵琶、铁绰板",奔放激昂地高唱:"大江东去,浪淘尽千古风流人物";又以"却看十七女郎",悱恻缠绵地吟咏:"似花还似非花,也无人惜从教坠"。我国现代作家丁玲,早年以《莎菲女士的日记》惊骇文坛,到了延安革命时期,则以长篇巨制《太阳照在桑干河上》饮誉世界。赵树理在太行山抗日根据地,创作出脍炙人口的短篇小说《小二黑结婚》;解放后发表的长篇小说《三里湾》,更是他为群众喜闻乐见的艺术杰作。再看法国作家雨果,《巴黎圣母院》是他前期的浪漫主义巨著,《悲惨世界》则是他后期的现实主义大作。以上所举古今中外最知名的作家在不同时期各有代表之作,又因艺术风格发生变化而有多个代表之作。这个带规律性的不止一篇代表作品的事实,在宋玉的创作中也同样存在,他正是一个情况复杂而非仅有《九辩》一篇代表作的作家。从宋玉作品的结构看,宋玉弱于辞而强于赋,宋玉"长项"在于制赋而不是辞,所制赋多于又优于所制辞,文学教科书不在宋赋里确定宋玉代表作,而把宋辞《九辩》当作宋玉的唯一代表作,这是以偏概全,以短代长,只见树木不见森林了。

我们知道,《九辩》是一篇抒情诗,全诗凡二百五十五句,只为树立抒情主人公的形象服务。它是仅次于屈原《离骚》而属楚辞中最成功的作品,对于抒情诗的艺术手法确有很大开拓,那"悲哉秋之为气也"的感性图画生动感人,以情景交融的方式,宣泄出"坎廪兮贫士失职而志不平"的愤懑。这正是屈原辞所领唱的政治抒愤的典型风格和写法,和宋玉赋以叙事状物为主的艺术要求有很大差距。再者,《九辩》在形式上受屈原作品影响很深,有明显的模仿痕迹,又颇多袭用屈原作品的词句,作为楚辞之属,比之屈原代表作《离骚》,实则逊色,其原创性,以及艺术成熟性,都难得相提并论。故而拿《九辩》当作宋玉的唯一代表作,忘却以至埋没了惊采绝艳、美不胜收的宋玉赋品,则会让宋玉永远蜷缩在屈原光环背后,偷取剩暇,沾溉余辉,宋玉创造赋体文学而为鼻祖的高大形象何以出现!

屈原辞充满了阳刚之气,宋玉赋洋溢着阴柔之美,宋玉、屈原,一阴一阳,一柔一刚,阴阳互补,刚柔相济,相辅相成,各放异彩。这恰是我国民族文化多元化的生动体现,亦为和谐文化包容共赢的应有之义。假如把实际上是宋玉"短项"的楚辞放在第一位,而把宋玉"长项"的楚赋放在第二位,譬如视辞作《九辩》为宋玉的唯一代表作,并以之与屈原的"长项"楚骚相比较,而没有看到宋玉在学习屈原辞的同时,又有创造楚赋的重大贡献,那么既会"贬低宋玉",又会"割裂屈宋",最终也将因失去了赋家鼻祖宋玉的伴陪,而使辞体宗师屈原孤立起来。如是,又将有违屈、宋双美的历史,损害辞、赋同源异体的和谐关系了。

令人欣喜的是,2010年10月,"宋玉国际学术研讨会"隆重举行,海内外众多知名的宋玉研究专家学者,聚首古城襄阳,首次以宋玉为专题进行高端探讨,就宋玉的生平、作品真伪、文品人格、宋玉的文学及其在文学史上的地位等问题,深入地交换意见,切磋成果,表现出了十分明显的趋同性,达成了普遍一致的认识。如今,重新认定传世的宋玉作品的真实性和充分肯定宋玉在文学史上不可取代的地位和作用,已经具备了广泛、扎实而良好的基础,在如此宏阔的学术背景下,我们的文学史和文科教科书,如若仍不吸纳改革开放至今三十年来海内外相关专家学者研究宋玉的新的科学成果,不纠正疑古思潮关于宋玉其人品和文品的相关记载和评价,就有背于实事求是的学术研究原则和与时俱进的革新精神了。

总之,我们认为,宋玉的代表作,除其楚辞《九辩》之外,更应从其楚赋《高唐赋》、《神女赋》、《登徒子好色赋》、《风赋》、《对楚王问》等流传千古、影响深广、师范后人的最能体现其创作特点、技巧、风格、水平和成就及时代性的赋作名篇中科学地研究确定。

浅析宋玉辞赋修辞手法的妙用

姚守亮

(宜城市宋玉研究会　湖北宜城　441400)

【摘要】 宋玉辞赋运用了大量修辞手法,其中象征与暗示生发了由此及彼的联想美,示现则蕴含着身临其境的想象美;移就通过情感的巧妙移用来彰显难以名状的痛切美,而移觉手法则通过感觉转移来表现亦真亦幻的意境美;衬托带给人们烘云托月的画面美,而顶针手法突出的则是上递下接的回环美、流畅美。

【关键词】 宋玉辞赋;修辞手法;运用

宋玉,战国末期楚国著名的辞赋家,是楚辞的殿军,赋体文学的开山祖师,享有"赋圣"之誉,在古代文学批评史中一向与屈原并称。而作为一名文学侍臣,无论是参加游戏比赛,还是应对奸佞进谗、楚王责难而为己辩诬,抑或是日常生活中一般性的君臣酬答赋说,宋玉往往通过缜密、巧妙、超乎寻常的构思,伴之以新颖、独特、恰如其分的修辞,再辅之以沉着、精彩、丝丝入扣的应答,层层推进,步步为营,最终能够驳倒群小,理服同僚,警醒君王。他的辩驳和赋说,既在情理之中,又在意料之外,其中修辞艺术运用之妙,亦可见一斑。笔者对宋玉十五篇作品中的修辞手法进行了粗略的梳理,约计二十余种辞格之多,现择其要举例简析如下。

(一)象征

象征,就是不直接描绘事物,而根据事物间的相互联系,借助于联想作用,虽然只说乙,但可以使人联想到甲。如:

(1)秋既先戒以白露兮,冬又申之以严霜。(《九辩》第三章)

(2)去白日之昭昭兮,袭长夜之悠悠。(《九辩》第三章)

例(1),上句,王逸注:"君不弘德,而严令也。"下句,王逸注:"刑罚刻峻,而重深也。"五臣注:"喻暴虐相济为害也。"对于草木而言,"白露"和"严霜"有很大的杀伤力,"残酷"是其显著特点,而这也正是由乙事物联想到甲事物的"联系点"。所以初看起来,作者是在描述自然界的"白露"和"严霜",实则以此象征楚国统治阶级的严刑峻法和暴虐无道,而广大百姓灾难深重。

例(2),下句,王逸注:"永处冥冥,而覆蔽也。"五臣注:"袭长夜,谓因受覆蔽也。悠悠,无穷也。"洪补:"袭,因也,入也。"诗人以"长夜之悠悠"象征"此世之佂攘",读者也会从无穷无尽的黑夜状态联想到楚国当时社会黑暗的现实。

此外,《招魂》中对"四方之恶"的涂绘,如东方炎热——"十日并出,流金铄石",西方流沙——"旋入雷渊,麇散而不可止",北方寒冷——"增冰峨峨,飞雪千里",地下魔王——"敦脄血拇,逐人驱驱"等等,无不怪诞离奇,阴森恐怖。而所有这些凶险景象的描述,其实就是楚国现实社会黑暗、欺凌、颓败、权奸倾轧且残暴的象征。

(二)暗示

暗示这种修辞格也是联想所产生的结果。暗示与象征的区别在于:象征所指的范围窄一些,一般只指用具体的东西表示抽象的意义;暗示所指的范围较宽,凡是以乙示甲的说法都可以称作暗示[1]。如:

(3)女欲置臣,堂上太高,堂下太卑,乃更于兰房之室,止臣其中,中有鸣琴焉,臣援而鼓之,为《幽兰》、《白雪》之曲。(《讽赋》)

(4)楚襄王既游云梦,将置酒宴饮。谓宋玉曰:"寡人欲觞群臣,何以娱之?"玉曰:"臣闻《激楚》《结风》《阳阿》之舞,材人之穷观,天下之至妙。噫可以进乎?"(《舞赋》)

(5)陈钟按鼓,造新歌些。《涉江》《采菱》,发《扬荷》些。(《招魂》)

(6)宫廷震惊,发《激楚》些。(《招魂》)

(7)《激楚》之结,独秀先些。(《招魂》)

(8)昔者先王尝游高唐,怠而昼寝,梦见一妇人曰:"妾,巫山之女也。为高唐之客。闻君游高唐,愿荐枕席。"王因幸之。(《高唐赋》)

例(3),故事的男主人公在"兰房之室"弹奏《幽兰》《白雪》这样的乐曲,暗示自己就像幽兰和白雪一样芬芳、洁白。

例(4)(5)(6)(7),所暗示的意义大致相近。正如刘刚教授所分析的那样,在战国晚期,在楚国"巫音"盛行、国势衰败的景况下,宋玉赋说《舞赋》,向楚襄王推荐《激楚》、《结风》、《阳阿》之舞,反映了两层意思,一是继踵屈原对巫术乐舞的改革,向楚襄王推荐《激楚》等新乐,希望改变"巫音"、"巫舞"一统楚宫舞坛的局面,二是在赋写中突现《激楚》等乐舞的"激越"、"美和"的艺术境界,希望楚国君臣能在乐舞的启发下,振作精神,精诚团结,重兴国家[2]。

例(8),巫山神女主动向"先王"提出"愿荐枕席",暗示她自愿与先王亲昵于枕席之上,以尽人间的欢娱。

(三)示现

在写文章的时候,往往由于作者的激动,或者为了有意让读者对某一事物或某种场面获得强烈的感受,便冲破时间和空间的限制,把自己脑海中浮现的画面活灵活现地描绘出来,使读者身临其境。这种辞格就是示现。如:

(9)献岁发春兮汨吾南征,菉蘋齐叶兮白芷生。路贯庐江兮左长薄,倚沼畦瀛兮遥望博。青骊结驷兮齐千乘,悬火延起兮玄颜烝。步及骤处兮诱骋先,抑骛若通兮引车右还。与王趋梦兮课后先,君王亲发兮惮青兕。(《招魂》)

(10)夫玄渊钓也,以三寻之竿,八丝之线,饵若蛆蚓,钩如细针,以出三尺之鱼于数仞之水中,岂可谓无术乎? 夫玄渊,芳水饵,挂缴钩,其意不可得,退而牵行,下触清泥,上则波扬。玄渊因水势而施之,颉之颃之,委纵收敛,与鱼沉浮。及其解弛,因而获之。(《钓赋》)

(11)愿赐不肖之躯而别离兮,放游志乎云中。乘精气之抟抟兮,骛诸神之湛湛。骖白霓之习习兮,历群灵之丰丰。左朱雀之茇茇兮,右苍龙之躣躣。属雷师之阗阗兮,通飞廉之衔衔。前轻辌之锵锵兮,后辎乘之从从。载云旗之委蛇兮,扈屯骑之容容。(《九辩》第九章)

例(9),写完招魂辞之后,作者笔锋一转,重新回到现实,自叙南行过江,西望云梦,以前与楚考烈王围猎的宏大场面又浮现在眼前:青骊结驷,千车齐进;篝火熊熊,夜空通明,将士争先,左右驰骋;与君赴"梦"(指云梦田猎之地),考评输赢;君王刚勇,射杀青兕而受惊……诗人通过追述示现的手法,点明失魂之由,与全诗开头所述"离殃"遥相呼应,其中,"昔"上溯其时,"梦"追勘其地,用的是"追述示现"之法。

例(10),受钓归来,登徒子赶紧向楚襄王讲述玄渊钓鱼之术:竿美、丝韧、饵香、钩细,行动从容,举止潇洒,且收获颇丰。

例(11),与前二例不同的是,作者凭自己的丰富想象,把不可能发生或纯属虚构的事情,说得好像真的出现在眼前一样:远离尘世乐逍遥,放情游志云霄间。驾乘精气一团团,众神伴我游九天。朱雀苍龙左右随,雷师风神听使唤。轻车辎车铃声脆,护卫簇拥好威严……以上场景纯属虚构,而这种修辞手法可称之为"悬想示现"。

(四)移就

所谓移就,是一种将描写甲事物性状的词语移来描写乙事物性状的修辞格。说写者运用移就手法时,就给他所要描述的事物涂上一层他自己的深厚的感情色彩。从字面上看,这些主要用来描写人的情感的性状词语是属于这些事物的;进一步去想,就会明白这实质上是说写者的情感的巧妙移用:不直说自己的情感如何如何,而让这些事物也能获得人的感情,从而曲折地表达了人的真情实感。如:

(12)纤条悲鸣,声似竽籁。(《高唐赋》)

(13)雌雄相失,哀鸣相号。(《高唐赋》)

(14)绅大弦而雅声流,冽风过而增悲哀。(《高唐赋》)

(15)鹍鸡啁哳而悲鸣。(《九辩》第一章)

(16)欢鸟翱飞兮山光开,长霞流布兮林气哀。(《微咏赋》)

例(12),树木的纤细枝条在风中发出响声,本无所谓悲喜,但因下文有"孤子寡妇,寒心酸鼻;长吏隳官,贤士失志。愁思无已,叹息垂泪"之句,所以作者在"鸣"字前着一"悲"字,看似在写枝条之"悲",实则曲折地表达了诗人的"悲切"之情。这份由风摇树枝而引起的感伤情绪,有可能就是作者失意后的推己及人,很容易让人联想到《九辩》中所抒写的"贫士失职而志不平"。

例(13),雌鸟和雄鸟失散后,本能地发出叫声以相互呼唤,本无所谓哀伤;加之此节文字所写,与山下诡怪奇伟不同,呈现出芳草浓密、鸟语花香的诱人画面,照常理亦无凄怆的氛围。可是,作者偏偏又在"鸣"字前着一"哀"字,看似在写鸟鸣之"哀",实则间接地透露出作者的一丝隐忧和"凄凉"之感:高唐山水诚然可爱,但郢都沦陷,楚国已失半壁江山,高唐所在的巫山(今湖北随州大洪山)正处于楚秦交锋的前线[3],眼前这大好河山会不会落入敌手呢?

例(14),"增悲哀"当紧承上句而来,指拨动琴弦,发出典雅纯正之声,寒风过后平添一层悲哀;而且,下文接叙"于是调讴,令人惏悷憯凄,胁息增欷",更是渲染这种凄楚的氛围。看似在写乐之悲,其实是写人之哀。明明是在叙写先王出猎,照常理应该表现场面的宏大、竞争的激烈以及出猎的欢乐,却偏以"悲哀"点缀其间,其中弓弩不发,鸟兽未及逃走便蹄足洒血,满载而归,多少带点出乎常理的神秘感,还有今非昔比的凄凉感。

例(15),鹍鸡发出繁杂而细碎的叫声,本无所谓悲或喜,只是诗人以自己惆怅、凄凉的心境去观照自然景物罢了。

例(16),"欢鸟"表明鸟儿是欢快的,"林气哀"表明山林之气是凄凉的,看似写鸟,写林气,其实透露出的则是此时此境人的感受,即以"鸟"之欢快反衬"林气"之凄凉,更显"人"之哀伤。

(五)移觉

移觉,也叫通感,就是人们在描述客观事物时,用形象的语言使感觉转移,把人们某个感官上的感觉移植到另一个感官上,凭借感受相通,相互映照,以收到启发读者联想、体味余韵,用来渲染并深化诗文意境的积极修辞方式[4]。如:

(17)声淫淫以黯黮,气旁合而争出。(《笛赋》)

(18)忽兮改容……湫兮如风,凄兮如雨。(《高唐赋》)

例(17),"淫淫",本指水缓缓流动,渐渐远去的样子,要靠视觉去观察;"声"是靠听觉去感知,却以"淫淫"来形容,显系"移觉"或通感的修辞手法。全句大意是说,笛声低回婉转,宛如慢慢流淌的河水,使人心情暗淡,感到凄凉,而内心郁闷之气乱生,争相涌出。

例(18),"湫",清凉的样子;"凄",寒冷之意。本段文字描绘的是晨间云霞变化万千的情景,当以视觉感知为主。而"湫"和"凄"要靠皮肤去感知,用以表现不断变幻的"朝云",用的是移觉的修辞手法。至于"如风"、"如雨"用于句中,则突出了清凉、惬意的感受,在修辞上属于比喻和移觉两种辞格的兼用。

(六)衬托

为了突出某一事物,故意运用类似的或反面的、有差别的事物来陪衬,这种"烘云托月"的修辞手法就叫"衬托"。所谓"烘云托月",实际上是一种侧面描写。在知觉上,如果知觉对象(如"月")与知觉背景(如"云")差别越大,我们就容易把对象从背景中区分出来。如:

(19)方地为车,圆天为盖,长剑耿介,倚天之外。……并吞四夷,饮枯河海。跋越九州,无所容止。身大四塞,愁不可长。蹈地跅天,迫不得仰。(《大言赋》)

(20)雁廱廱而南游兮,鹍鸡啁哳而悲鸣。独申旦而不寐兮,哀蟋蟀之宵

(21)皇天淫溢而秋霖兮,后土何时而得漧? 块独守此无泽兮,仰浮云而永叹。(《九辩》第四章)

(22)观者称丽,莫不怡悦。(《舞赋》)

例(19),乘坐的车子好比方形的大地,撑起的车盖犹如圆圆的天空;手持着长长的宝剑亮光闪闪,屹然挺立在云天之外。作者没有直接描写剑士,而只写了他的车乘和倚天之剑,借此衬托剑士的高大身躯和无穷力量。同时,为后面的进一步赋说作了很好的铺垫。

例(20),大雁"南游"点明了时节,鹍鸡"悲鸣"渲染了气氛,蟋蟀"宵征"(即彻夜跳鸣)衬托了诗人的孤独,且更添一份幽情。诗人写大雁、写鹍鸡、写蟋蟀,其实是借以突显自己孤苦伶仃、彻夜难眠的哀伤和无奈。

例(21),秋雨连绵不断,大地积涝成灾,沼泽荒芜一片,浮云密布空中:这就是"贫士失职"后所处的环境和生存空间;而块然独守、长声哀叹则是"有美一人"理想破灭后的无奈选择。诗中以景色之惨淡、环境之恶劣来衬托这孤独之人心情之幽愤、命途之多舛及人生之迷茫。

例(22),通过"观者"的赞叹和个个心情欢悦,来衬托"舞者"舞姿的美妙,简洁明了,并照应了开头。

(七)顶针

把前一句结尾的词语用作后一句的开头,使相邻的两个句子首尾蝉联,上递下接,这样的修辞手法就是顶针。运用顶针的手法,不但使句子结构整齐,语气贯通,气势顺畅,读起来富有节奏感和流畅美,而且能突出事物之间环环相扣的有机联系。如:

(23)天下之佳人莫若楚国,楚国之丽者莫若臣里,臣里之美者莫若臣东家之子,东家之子增之一分则太长……(《登徒子好色赋》)

(24)女欲置臣,堂上太高,堂下太卑,乃更于兰房之室,止臣其中,中有鸣琴焉……(《讽赋》)

例(23),从"天下之佳人"到"楚国之丽者",再到"臣里之美者",直至"东家之子","此类句法如拾级增高"[5],范围越来越小,层级却越来越高,最后就数"东家之子"为天下第一大美人了。从形式上看,上句句末与下句句首有共同的词语互相递接,从而产生一种缠绵纠结的情趣,使人有应接不暇之感,体现了一种整齐的美;从内容上看,有逐阶上升或逐阶下降的意蕴,也就同时具有了"层递"辞格的特点。

例(24),从原文要表达的意思来看,这里似乎也隐含着一个顶针的句式,试拟如下:"女欲置臣(堂上),堂上太高,(太高则置堂下),堂下太卑,(太卑)乃更于兰房之室,止臣其中,(其)中有鸣琴焉……"从中可以看出主人之女待客热情、细心,考虑问题周全,同时也为下文故事的发展埋下伏笔。

余论

要之,宋玉辞赋中象征与暗示手法的运用,生发了由此及彼的联想美,而示现手法则蕴含着身临其境的想象美;移就手法通过情感的巧妙移用,来彰显难以名状的痛切美,而移觉手法则通过感觉转移来表现亦真亦幻的意境美;衬托手法带给人们烘云托月的画面美,而顶针手法突出的则是上递下接的回环美、流畅美。

参考文献:

[1]王希杰,《汉语修辞学》,北京出版社,1983年版,第304页。
[2]刘刚,《宋玉辞赋考论》,辽海出版社,2006年版,第199页。
[3]姚守亮、程本兴,《宋赋巫山地理补证》,《湖北社会科学》2012年第1期。
[4]张寿康、杨绍长,《关于"移觉"修辞格》,《中学语文教学》1980年第3期。
[5]钱钟书,《管锥编》,生活·读书·新知三联书店,2007年版,第1403页。

宋玉的审美理想与艺术创造

张法祥　程本兴

（湖北文理学院　湖北襄阳　441053）

【摘要】 宋玉是楚赋文学的创造鼻祖，其精美的赋作带有鲜明的独创性的审美理想。"造新歌些"和"独秀先些"，是宋玉用以创造新的艺术形式和新美的美学命题。他创造出来的审美意象，较于《诗经》《离骚》更具完美的艺术形式和理想化的审美境界。他从自然界、社会生活和文学艺术中概括出来的各种类型的美，饱含着他丰富的审美经验，带有概念性的含义，被后世以为范型，当作抽象化审美观赏的标准、艺术创作的借鉴。

【关键词】 宋玉赋；艺术创造；审美意象；审美范型

宋玉是楚赋文学的创造鼻祖，他精美的赋作带有鲜明的独创性的美学思想。宋玉在他的作品中对各种美的描写，对后世的中国文学产生了巨大的影响。本文试图对此做出概略的分析。

一、宋玉作品中审美形象创造的基本方式

宋玉爱美，他为美的生存、传播而创作，他观照美的过程，就是他创造美的过程。生产美与消费美，创造美与欣赏美，是相互依存的关系，这在宋玉的艺术里有着完美的体现。宋玉创造的美，其实并不存在于他那"惊采绝艳"的辞赋的诞生过程，而是存在于他观赏对象美的经验积累中的作品本身。他猎取到的自然界的和社会生活中的各色各样、各个方面的美，通过性质的和关系的组合，形成了丰富而新颖的形式，产生了新的美、新的魅力。在宋玉作为艺术家的创造美学的旗帜上，赫然书写着两个口号："造新歌些"和"独秀先些"。新歌，乃指不同于《诗经》偏向政教风化，也有异于屈骚热衷政治抒愤，而是着力描绘情景交融的审美意象，将丰富多彩的感性形式美凸显出来。"造新歌"三字，含有明确的发展概念，表明了宋玉赋创造新的艺术形式的使命感。"独秀先"三字，则赞美宋玉赋在艺术表现上具有茂、异、华、美的特色。由上述可知，将宋玉这两个口号结合起来，即成为一个呼吁创造新美的美学命题。事实证明，宋玉有追求美的强烈意识，一直走着"按照美的规律"进行创造的路子。其主要表现方式是：

第一，赋予审美对象以美、奇、怪、伟的特征。如高唐之大体："高矣显矣，临望远

矣。广矣普矣,万物祖矣。上属于天,下见于渊。珍怪奇伟,不可称论。"高唐之大体的美、奇、怪、伟的品质,竟使其"殊无物类之可仪比"。从来女人尚媲美,所以东家之子赛过天下之佳人、楚国之丽者、臣里之美者,郑卫之处子降服东家之子,但巫山神女才有顶极美,所谓上古今世无双无极。其"瞭多美而可观",令人叹为观止。宋玉描绘的女性一个比一个美,这含有象征意味,表明他不断地树立美的新目标,追寻美的新境界,直至达到目的。又如治国理政诉诸儒道两家的钓术、御术,其过程美、成效美也是儒家超过道家。总之,宋玉创造的现实美、艺术美,在"美"字上做尽了文章。诗人生动、深刻地反映社会现象、自然现象,揭示其审美属性和审美意义,并通过对它们的评价,确定自己的审美情趣。

第二,在描绘生活现象的基础上创造审美的艺术形象。宋玉有崇高的社会理想,有高尚的人格情怀,对现实生活有深入的观察和认识。他塑造出一个个具体可感的艺术形式、艺术形象,把自己对客观世界的审美关系体现出来。例如《九辩》中申述的治国思想,《对楚王问》、《钓》、《御》、《小言》、《大言》各赋讲论的政治及伦理理念,尽管类似屈原、荀子,却不是从古今政治家那里租赁过来的社会意识形态的原型。他也不依靠譬喻的堆积,而是把自己的观点和评价,全部编织进艺术的审美效用中,通过生活本身的形象,活生生地再现现实。在悲秋、凤凰、钓御和道的无形无象等的精细描绘中,可以感知到正义与非正义、善与恶、美与丑、崇高与卑下的鲜明对比。宋玉对生活现象摹声绘形,极尽功力地刻画,只是为了把审美形象创造得更加生动、完满。

第三,超现实想象的扩大。在《诗经》发端之后,庄子、屈原即大量运用自觉的超现实想象,庄子用于说明治国理念与人生哲理,屈原用于对现实世界的艺术化、情感化的认识。庄子的想象只取哲学的寓言化描述意义,而屈原把审美理想寄托在超现实的想象里去了。但屈原的创新是起步,有待从粗朴发展到精致,这个任务由其弟子宋玉完成了。善鸟香草、恶禽臭物等屡见于屈骚宋赋中,在屈骚里大体是自然物单个形象原型意义的借用,宋玉则在其超现实意义上予以扩大,把它们从各自与周围世界的结构关系的约束中拯救出来,为创作主体的审美意愿所驱使。扩大的关键在于变形:大山的风交往于贵贱高下的人,不是致福就是酿灾,蜕变成了社会的成员;神女从天国跑到人间,尝试情爱的欢乐,具有了普通的人性欲望;竹为笛,而能"发久转,舒积郁";舞姿婆娑,可以娱神养心;高唐茂林为之歌唱,"纤条悲鸣,声似竽籁。清浊相和,五变四会。"想象的素材经变形而获得情感生命的品质,且扩大了活动的境界,从原先封闭的原型状态解放出来,具有了新的审美意义。最具典型意义的是《招魂》里神话运用,做了重大变形。东方"长人千仞,惟魂是索","十日代出,流金铄石"。南方"雕题黑齿,得人肉以祀","蝮蛇蓁蓁,封狐千里","雄虺九首,往来倏忽"。西方"流沙千里","旋入雷渊","赤蚁若象,玄蜂若壶"。北方"增冰峨峨,飞雪千里"。上方"一夫九首,拔木九千","悬人以嬉,投之深渊"。下方"土伯九约,其角觺觺","敦脄血拇,逐人駓駓"。这些神话材料,是原始人对世界的认识,在于夸说四方上下的凶险。但它们一经与故土的建筑居室、歌舞游乐、饮食肴馔之美对照组合,其原先的涵义便淡化削弱,成了宋玉对光明与黑暗两种社会的评判,那凶险情景的涂绘只是社会欺压、腐败及党人凶残的象征。这是宋玉对楚国美好和光明的未来怀有向往、热爱的期许,当然也可以解读为对人间幸福生活的留恋深情。超现实想象的不断扩大，不仅使感性形式美的特性更趋显著、圆满，也充实着主体的情感内容，承载着他对现实的憧憬、热爱和乐观主义态度。主体把自己对周围世界的情感客观化，尔后沉潜往复，尽情玩味，以满足心理需要和精神享受，这就是宋玉从超现实想象的审美活动中所得到的乐趣。

二、宋玉的审美意象追求与理想境界

宋玉不及屈原思想之伟大、情感之深邃，而超现实想象的艺术表现也由屈原首创并趋向成熟，但宋玉在开辟审美理想新天地上却有胜于屈原。刘勰以"智术"、"博雅"和"含才"、"负俗"的赞辞评宋玉，宋玉也以"凤凰鲲鹏"自诩。出类拔萃的才气，超凡脱俗的灵性，为宋玉培养出"放怀寥廓，气实使文"的审美情感和艺术创造的心态。他的审美视野放飞于广阔的天地，从社会、人生、大自然，从物质的和精神的领域，去捕捉各类审美对象，既咏叹悲愤，也欣赏欢乐，而繁复多样的美又绝非悲、喜二字可以总括以尽。宋玉打开了一个又一个新的世界，他奉献的美无不闪动着感性的光芒和蕴蓄着情感的温润与芬芳。宋玉创造的审美意象，较之《诗经》和屈骚有更完满的形式来承载其审美理想。这是宋玉美学最大的成果。

1. 以神女意象为例

屈原《离骚》是"明己遭忧作辞也"，班固此说正合作者初衷。他立志美政而不能达于君、用于世，又屡遭挫折，受尽谗害，以致被楚怀王疏远。他上下求索，幻想上迈天门去见重华，以申其志，却为阍者所拒；又请丰隆、蹇修、鸩鸟、凤凰做媒，想通情于宓妃、简狄、二姚，与她们结成兰蕙之友，但又都宣告失败。得不到虞舜支持和贤美之神女帮助，诗人更加孤独苦闷。叩阍、求女是超现实的幻想，这种意象形式是屈原伦理道德和政治理想的载体，它是以主体的悲愤情感为审美对象的。

宋玉自其师接过神女意象，将它的内容与形式作了全新的打造，由人、神之间的政治结盟，蜕变成人、神之间的合欢情爱。宋玉《高唐》、《神女》二赋中名曰"朝云"的神女，先与楚怀王，后又几乎与楚顷襄王发生男女暧昧关系。她自述身世道："妾巫山之女也，为高唐之客。""妾在巫山之阳，高丘之阻。旦为朝云，暮为行雨。朝朝暮暮，阳台之下。"这与《离骚》之"忽反顾以流涕兮，哀高丘之无女"的涵义或有承袭关系，屈宋二人所指高丘神女实即为一。萧统《文选》之李善注，引据《宋玉集》说："宋玉《高唐赋》曰：我，帝之季女，名曰瑶姬，未行而亡，封于巫山之台，精魂为草，是曰灵芝。"据此，有论者又将"帝女"视为传说中的赤帝之幼女，给这一神话传说平添了更多诡秘浪漫的色彩。神女"朝云"向楚怀王主动求爱，以"愿荐枕席"而由王"幸之"。临别之时，又赠言何地何时何以再聚，其情真意切，溢于言表。顷襄王携宋玉游云梦之浦，也梦与神女邂逅，但好梦未能成真。探其原因，可能是：顷襄王未曾采纳宋玉往见神女先行祭祀和安民理国的建议，他贪色性急，犯了神女戒条，此其一；神女有"怀贞亮之洁清兮"的思虑，背上了伦理道德的包袱，此其二。尽管神女"寒余帏而请御兮，愿尽心之惓惓"，但"意似近而既远兮，若将来而复旋"，这叫做"含然诺其不分兮"、"神独享而未结兮"。如此尴尬成了局,顷襄王只能"佪肠伤气,颠倒失据"。宋玉未走政治抒情的老路,他独出机杼,对人、神恋情做普遍人性的解读。和楚王梦魂交会的神女鲜活灵动,亲切感人,其体貌、姿色、言语、举止、服饰、爱好、情意、礼节,哪有不与世间人相类的?神女本是人的异化,宋玉也致力于宗教崇拜仪式的铺排,但他突现的并非人的异化,而是通过异化,表现出神女也向往"作人的幸福",像世间人一样热衷情爱,这就把人的东西、人的意义推向了主导的位置。不过楚王与神女"朝云"上演的是伟大的爱,关乎世间人之长寿和繁衍,感天动地,绝非凡响。神女或为宋玉视作炎黄始祖辈。"其象无双,其美无极","上古既无,世所未见",这是超自然现实的力量所成就的美善。所以极辞赞叹之:"惟高唐之大体兮,殊无物类之可仪比"。而高唐山水及其动植万品,无不"谲诡奇伟",唯其如此,方可与巫山幻化无端、变化莫测的云情雨意相匹配,与神女"含阴阳之渥饰"的美善相适应。再者,"进纯牺,祷璇室,醮诸神,礼太一",有方之士如此庄严隆重地为楚王幽会神女先行祭祀;"王将欲往见,必先斋戒。差时择日,简舆玄服。建云旆,霓为旌,翠为盖。风起雨止,千里而逝。盖发蒙,往自会。思万方,忧国害。开贤圣,辅不逮。"对楚王还有宗教洁身、祭祀礼仪以及礼义治国业绩的要求,岂可以"世俗偷情"亵渎之?宋玉在赞颂楚王幽会神女时,引进超自然现实的崇拜和宗教幻境,并不是为了把不尽如人意的婚恋导致的烦扰,沉入神的活动所具有的永恒寂静之中,而是通过这个带有神秘感的人、神合欢情爱故事,来表明凡天上人间的婚恋应当是庄严的、神圣的和自由幸福的。这里,宗教的体验只是为审美的体验服务,二者的统一,确证了人类主体的自由和它的创造可能性。

2. 以凤凰意象为例

《诗经·大雅·卷阿》以"凤凰"咏贤士多能当为王用,诗之后四章反复申述用贤、求贤之意,诗人赞赏凤凰振翅翱翔、和悦鸣唱、集栖梧桐、归心太阳,这象征贤士为王所求所用的快乐。屈骚约有三十余处写及鸟、凤凰。"鸷鸟凤凰日已远兮,燕雀乌鹊巢堂坛兮。""凤凰仳傺兮,鸡鹜翔舞。""有鸟自南兮,来集汉北,好姱佳丽兮,牉独处此异域。"这都是屈原以善鸟、凤凰自况,象征自己被疏远、流放和独处的苦闷。有时又自比凤凰翱翔长空:"凤凰翼其承旗兮,高翱翔之翼翼。"鸟、凤凰还是神灵,为屈原充任乘骑、使者、良媒和保护者:"驷玉虬以乘鹥兮,溘埃风乘上征。""鸾皇为余先戒兮,雷师告余以未具。吾令凤鸟飞腾兮,继之以日夜。""玄鸟致贻,女何喜?""投之于冰上,鸟何燠之?"可以看出,若以鸟、凤凰为屈原自况,则象征美善、正义和积极进取;若以鸟、凤凰助于人,则象征它有人一样的美善品德,以友与人处,同人相与谋,深受人的信赖。《诗经·大雅·卷阿》的凤凰意象还仅限于贤士本身的象征意义,而屈骚则赋予凤凰以人格化的生命,形成了超现实的想象,寄托着屈原的悲愤和愿望,楚民族祖先的图腾崇拜意识可谓过滤、汰洗殆尽,变成了屈原主观情感的艺术表现了。但屈原在同一篇辞作中又会用别的鸟作象征物:"鸷鸟之不群兮,自前世而固然。"甚至加之以花草如江离、芷、兰、芰荷、芙蓉等,来象征美善、正义。动物、植物众多的象征物,属于情感诉求相同的系列,只为同一个意义的表达服务,细究凤凰与雄鹰其抒情目的有什么不同,江离与芙蓉其寓言意蕴有多少差别,就不甚明确了。屈骚用象征是从《诗经》的比兴转型而来,虽则强化了暗示性,却仍旧带着"六义"思维缺失个性化表现的痕迹。

宋玉希音雅曲,崇论闳议,不幸淹没未行,"被以不慈之伪名","士民众庶不誉之甚"。《对楚王问》、《九辩》里都用凤凰作宋玉的人格化意象,宋玉的思想、情感、性格,他的志向、兴趣、爱好,面对打击时他所持的气节和为人处世的态度,都付之于对凤凰的静观直感。"凤凰上击九千里,绝云霓,负苍天,翱翔乎杳冥之上",意在"料天地之高";"鲲鹏朝发昆仑之墟,暴鬐于碣石,暮宿于孟渚",意在"量江海之大"。"藩篱之鷃"、"尺泽之鲵"对"圣人瑰意琦行,超然独处"的大志不以为然,对宋玉追慕"先圣之遗教"、"诗人之遗风"的作为横加指责。时俗"灭规矩而改错",邪恶势力将宋玉打败,但他"与其无义而有名兮,宁穷处而守高"的主心骨从未动摇。凤凰有极为坚定的表现:"凫雁皆唼夫梁藻兮,凤愈飘翔而高举。""众鸟皆有所登栖兮,凤独遑遑而无所集。""骐骥伏匿而不见兮,凤凰高飞而不下。""骐不骤进而求服兮,凤亦不贪喂而妄食。"凤凰不移志、不变节而块然独处的精神,是审美主体为之咏唱不已的主题。凤凰人格化的审美意象源自《诗经》、屈骚,但宋玉没有停留在单纯的比喻、象征手法的运用上,也不是以凤凰象征某一阶段的人生经历、某一方面的人格品质,而是将凤凰完全人格化,是自我的化身和寓言,你竟分辨不出孰为凤凰孰为宋玉,已经合二为一,不再解体。两千年来,人们观赏这个具有人的情感和生命的意象形式,感受"瑰意琦行,超然独处"所深藏的"特立独行"的美,在获取诗意的哲理的认识之余,还享受着充实、慰藉和愉悦。这是宋玉高度个性化的凤凰意象带来的审美效果。

3.以风的意象为例

再看《诗经》咏"飘风"。《小雅》之《何人斯》:"彼何人斯?其为飘风。胡不自北?胡不自南?胡逝我梁?祗搅我心。"又《大雅》之《卷阿》:"有卷者阿,飘风自南。岂弟君子,来游来歌,以矢其言。"前者涂绘"飘风"之乖戾,喻其反复无常;后者赞美"飘风"之意善,喻其养民之德。孔颖达对一恶一善疏曰:"兴取一象,不得皆同"。① 这是肯定《诗经》用"飘风"并不止于比兴、象征手法的运用,也以人格品质赋予自然景物,造成艺术意象了。屈骚继承《诗经》使用意象这一艺术思维,并有长足发展。《离骚》中的"飘风",和"玉虬"、"鹥"、"羲和"、"扶桑"、"若木"、"望舒"、"飞廉"、"鸾皇"、"雷师"、"凤鸟"、"云霓"等一样,都是天神或神物,为诗人所爱所任。在"路漫漫其修远兮,吾将上下而求索"的过程中,众天神和神物为诗人通向天帝之门各尽所能,而"飘风"、"云霓"更是喜出望外,盛装迎驾:"飘风屯其相离兮,斑陆离其上下。"大司命即伏羲,小司命即女娲,二人是兄妹兼夫妻,前者主人类长寿,后者主人类子嗣。故《大司命》"令飘风兮先驱,使冻雨兮洒尘"句,说大司命降于人间请回风为之先行开路,遣雨师纵暴雨洒尘;《小司命》"入不言兮出不辞,乘回风兮载云旗"句,说她以"不言不辞"的回风之教,传授人间男女。屈骚中的"飘风"意象,取天象之形似,寓诗人之深情,表明为追寻真善美,各路天神及神物,都和屈原休戚与共,结成朋友、兄弟和同志。

"飘风"是自然现象,在道德上是中立的,然而屈骚以之为善美,汉赋却以之为恶

---

① 孔颖达《毛诗正义》。

丑,这又是两种截然相反的道德判断和审美判断。如刘向《九叹·逢纷》:"徐徘徊于山阿兮,飘风来之汹汹。"王逸《九思逢尤》:"云雾会兮日冥晦,飘风起兮扬尘埃。"这些"飘风"是邪恶势力的象征,与屈骚认其为友恰好相反。要么善美,要么恶丑,这是取单维思维的结果,依此塑造出来的意象难免简单朴拙。到了宋玉笔下,风的人格化意义居然发生了裂变,分出雄性和雌性两种不同的风,前者为大王所用,后者为庶人所用。风的自然性没有变化,而社会性出现了复杂情况,对于一些人和社会集团来说,风是善美的;对于另一些人和社会集团来说,风则是恶丑的。风何时何地为善美,何时何地为恶丑,不是由它自在的自然性来决定,而在于"其所托者",即风与人、与社会的结构关系。风在大王和庶人各自的生活中实际地、客观地占据着特殊的地位,这就决定了风对于大王和庶人有不同的审美意义和作用。风这种现象或对象,在不同的个体或集团的实践中,会形成对人的客观关系,当人主观地、审美地感知它时,就取决于这种关系的性质。所以,大王有"宁体便人"的感知,庶人有"生死不卒"的感知,是不以人的主观意识和意志为转移的必然的结果。宋玉将屈原两极对立的观照方式拿来用于风的内部,说明一切自然现象都有两重性,人对之也会有双重态度。"天地之气,溥畅而至",是风"本身的样子";"其所托者然,则风气殊焉",即际遇贵贱高下各色人,交于强者以雄性之风效劳之,交于弱者以雌性之风损害之,则是风"使人想起的东西"。当风在人的社会实践中形成了客观联系和相互关系之后,它会发生自我分裂、自我矛盾。审美主体将风"本身的样子"与"使人想起的东西"纵横交错,又将风于大王之利与庶人之害而相对照,便折射出阶级社会的极度不平等。于是风的意象变成综合性系统,具有了普遍的道德伦理意义和审美评价意义。主体的自由个性也随之趋于积极主动,观照幅度更加宽广,可以同时感受风的自然性与社会性交汇融合,领略因由人的意义而有风之善恶美丑的品质。大王得意扬扬,直呼"快哉此风!"庶人"死生不卒",发出被压迫生灵的叹息和对现实苦难的抗议,加之以审美主体亦悲亦喜、悲喜莫辨的深沉叹惋,三者合一,一幅绝妙的赋风图绘就而成。

综上述,宋玉创造的凤凰、大王雄风、庶人雌风、巫山神女等意象,是诗人直观到的感性物质的形式,和移情于物、借物抒情这种客观化自我享受式的审美观照不同,它们更能充分发挥审美主体的创造力。它们已经从其与之相联系的周围世界之中相对地独立出来,原有的本身形象也在某个凝固了的几何体图形中消失了,经过剥离、抽象、净化,超脱了原有的内容与形式的羁绊,从而获取一般概括的意义。例如,凤凰、风和巫山神女等变成了在自然形态上不同于其原来所是的东西,审美主体也淡化了这些事物之何时、何地以及为何如此,而专注于它们具有的新的含目的性的存在。观赏者只要在自己的生活处境或其他自然景物里,发现了与宋玉塑造的凤凰、大风、神女等意象构图是同型的或等同的,就会产生宋玉式的冲动、欣喜。宋玉辞赋里众多感性形式完美、情感意味深长的意象,都会引起人们深层次心理的需求的满足,这是一种高级的审美享受。当受众的心灵为宋玉笔下的审美意象所渗透而陶醉不已时,如楚王"称善"、"赐田",众人"同心赋些",主、客体两体默契,这就叫做理想化的审美境界。

三、宋玉对各种类型的美及其范型的探索

宋玉在社会、自然和人的精神领域里,直接诉诸感官的各种因素,去把握美的丰富多样的感性特征,以及它们与情感的联系。他着意揭示美的各种形态,但不止于经验现象的感受性描绘,而是在注重感觉的同时,又以知性的体悟来观照美的内质。在取材、结构、意境诸方面,他都立足于新的生活感受,极力显示自己与《诗经》和屈骚颇有差异的艺术家的美学理念,表现他对人的自由创造能力的审美性赞赏。他从社会生活和自然界中揭示出美的类型及其范型,可举其大者有:

1. 为政之美

宋玉《九辩》、《钓赋》、《御赋》、《大言赋》、《小言赋》、《高唐赋》等篇,有关治国理政的记述不少。

> 昔尧舜禹汤之钓也,以贤圣为竿,道德为纶,仁义为钩,禄利为饵,四海为池,万民为鱼。钓道微矣,非圣人其孰察之!(《钓赋》)

> 彼以国家为车,贤圣为马,道德为策,天下为路,万民为货。御术微矣,非圣人孰能察之!此义御也。义御者,大王之御也。上好义,则民莫敢不服。以义御民,天下归之。(《御赋》)

> 尧舜皆有所举任兮,故高枕而自适,谅无怨于天下兮,心焉取此怵惕!乘骐骥之浏浏兮,驭安用夫强策,谅城郭之不足恃兮,虽重介之何益!(《九辩》)

> 思万方,忧国害。开贤圣,辅不逮。九窍通郁精神察,延年益寿千万岁。(《高唐赋》)

宋玉从美学的角度来审视儒道法的政治哲学和执政的思想,总结出一套以儒为本的治国方略。他批评道家专注清静无为,批评法家崇尚严刑峻法,而对儒家的社会管理和国家治理大加赞赏,认为极富为政之美。

在宋玉看来,以儒为本、礼法兼用,是具有理想价值的治国之策。在儒家为本的前提下,对道、法两家的思想精粹予以吸收利用,由此制定出来的治国方略,比单纯的儒、道、法施政要切实可行而有效。孔孟向往的上古圣人之治,是以礼义修身养性、完善人格为终极目的,以文德教化约束民众而达致天下太平。但宋玉则将仁、义、礼、德,以及贤圣、万民、四海、国家、禄利、刑罚,全然赋予了实践性、实用性的意义,变成了人君"南面而掌天下"的工具,只为他的统治和权威服务,说这是最高目标。礼义对于宋玉来说,已经从孔孟的神坛走下来,为策、为辔、为纶、为钩,去货取天下、渔获民众。但宋玉依然强调礼义在国家和社会中居于主导地位,无论贤圣、万民、四海、国家、禄利、刑罚,都要受礼义的约束,在这个原则之下,去推行举贤任能、赏罚严明、兴利除害、成功立名的制度。"无为而治",如果离开了礼义的主导,会变得消极散漫;"以法治国",如果离开了礼义的主导,会走向崇尚暴力。而尧舜圣人之道,则以礼义举贤任能,以礼义规范法度,以礼义追求清静太平。礼义的主导地位巩固了,作用全面发挥了,又畅行礼、法并治,即可以"无为"的境界安国惠民,达到"群生寖其泽"、"民莫敢不服"的目的。这就

是儒道法兼备,而以儒为本、礼法并重的治国方略,它能收到以"有为"尽"无为"的卓越成效。宋玉把礼法并治灌注到屈原倡导的"美政"之中,他认为如此,一可以避免法家迷信"强策"、"城郭"、"重介",给人民带来紧张压抑的弊端;二可以消除道家虽有"乐"、"获",却"乐不役勤,获不当费"的消极无为的遗憾;三可以弥补传统儒家重文德教化而轻视实际的不足。宋玉对"美政"的内涵做出了补充和阐述,使概念具有了明确的规定性。

"高枕而自适,谅无怨于天下兮,心焉取此怵惕兮?""不亦乐乎!"这是宋玉给"美政"赋予的人文意蕴,说明它因仁而爱、因法而治、因礼而和,执政者和人民都因和谐安定的社会得以实现而欢乐。乐在施政中,乐在民心中,乐贯穿于为政的全过程,唯乐才使政美,是"美政"诗意化的境界。宋玉把审美引入政治制度及其实践过程,其意在于告诫统治者:为民执政,不仅仅是政治的、伦理的,也是艺术的、审美的,可以从对人民的终极关怀中得到心灵享受。

2. 大道之美

《庄子·知北游》以"圣人者,原天地之美,而达万物之理"为论道主旨,宋玉据此造大、小言赋,设定大、小两个切面,可以看到大道有宏伟和精微两个方面的美。宋玉说"方地为车,圆天为盖,长剑耿介,倚天之外",是渲染天地之大,这成为一个美学典故,毛泽东《念奴娇·昆仑》即化用过"倚天宝剑"之说。但这仍在有限之内说道之大,还没有把握到道不受时空形式囿限的特点。宋玉厌倦天地有限,他迈入无限的宇宙,"跂越九州,无所容止",又"据地跊天,迫不得仰",这才明白了道具有不可凭感官直接感知的道理。宋玉又借用"蒙蒙灭景,昧昧遗形","视之则眇眇,望之则冥冥",还有"离朱为之叹闷,神明不能察其情"等道家的语言,来说明道的深藏不露、玄妙莫测的变化,他把这种只能靠主体去体味的特性,称为道小,或曰道之精微。宋玉认为,"道之所贵",即道之美,有三个方面,一曰"小大备",二曰"兼通",三曰"妙工",是靠高下之尊卑、阴阳之静复、粗细之伟微来完成的。据宋玉之见,单说道之大、小,仅限于无限性、深藏性,还不足以把握道的全体。因为道美的真面目、道的整体美,是多方面的,不能只说大、小,若不顾及其兼通、妙工,会损害道的整体性、统一性的美。

3. 人格之美

唐勒、登徒子在楚王面前进谗言,给宋玉罗列罪名,一"身体容冶"、"体貌闲丽",二"口多微辞",三"又性好色"、"出爱主人之女"。楚王听了也马上戒备起来,担心宋玉"入事寡人,不亦薄乎?"这些所谓"遗行",全面否定了宋玉的政治人格和道德人格。宋玉撰《对楚王问》、《讽赋》、《登徒子好色赋》、《招魂》等,对党人的诽谤予以有力反驳。其中,宋玉概括出他的人格具有洁、雅、独、仁四种品质的美。

先说洁美。

《招魂》开头说:"朕幼清以廉洁兮,身服义而未沫。主此盛德兮,牵于俗而芜秽。上无所考此盛德兮,长离殃而愁苦。"这是为"魂魄离散"者请求招其生魂所说的一番话,其实是宋玉借"朕"之口,表明对人格之美的看法。所谓"盛德",即美德。"身服义而未沫"是基础,是内核;"清以廉洁兮"是枝干,是形式。换言之,行"义"是前因,"清、廉、洁"是后果,离开了"义"这个坚实的基础,就不可能有"清、廉、洁"毫无微晦的光艳。如向时俗投降,受时俗拖累,丧失了"义",也就丧失了"清、廉、洁",必将变为"芜秽"。这里隐含着正反两个因果判断,说明人格之美的关键在于保持其纯洁无瑕。如前述,宋玉破除了衣食、思君、功名、方圆、生死诸多方面的人生困惑,将威逼利诱踩在脚下,不为"骤进而求服",不为"贪喂而妄食",及至用政治生命来保护其人格的义、清、廉、洁。李白以"宋玉事楚王,立身本高洁"(《感遇四首》)的赞语,肯定宋玉的人格具有高洁之美,因而受后人景仰。

次说雅美。

战国末期,世道"侄攘",党人"何时俗之工巧兮",士人"牵于俗而芜秽"。然而宋玉慕尧舜"瑰意琦行",效庄王"飞必冲天"、"鸣必惊人",为拯救楚国而献出礼法兼治的御术钓道,表现出志高趣雅。虽则"国中属而和者,不过数人而已",由于"曲高和寡"而未被采纳,但他依然远离"芜秽"、"时俗",决不损害其人格的高雅。

宋玉曾遭遇情感的纠纷、美色的诱惑,却能坚持理性,雅风以对。《讽赋》、《登徒子好色赋》里说:东家之子"登墙窥臣三年",她如此大胆、深情地爱恋宋玉,但宋玉"至今未许也";又,主人之女先是以"横自陈兮君之傍"的方式奉献美色,进而又拿"日将至兮下黄泉"的话语相逼,而宋玉再三弹奏《幽兰》、《白雪》、《秋竹》、《积雪》等琴曲,表示自己坚贞纯洁,不为她的轻佻举动所俘虏。宋玉用"扬诗守礼,终不过差"二句,来概括自己循礼行雅的君子风范。对宋玉的这种高雅的行事风格,杜甫也以"风流儒雅亦吾师"(《咏怀古迹五首》)的诗句表达他的向往之情。

再说独美。

宋玉人格孤独,却能自矜自重。有学者说他"孤芳自赏",把他归入落拓文人思想感情狭隘一类,这是低估了宋玉人格的价值。我们认为,宋玉确为"有上勇者","天下知之,则欲与同苦乐之;天下不知之,则傀然独立天地之间而不畏。"他以"独耿介而不随兮"、"块独守此无泽兮"、"宁穷处而守高",作为自己的人格箴言,与荀子相唱和。这里面蕴含的思想是:尽管天下人不理解自己的特立独行,以"不誉之甚"解读自己,也依然要走正道,敢于推行自己的意志。要"上不循于乱世之君,下不俗于乱世之民"。"曲高和寡"并不可怕,重要的是坚持自己"块独""守高"的人格,展现孤独自重的美的价值。

最后说仁美。

《论语·宪问》记载孔子的话说:"克、伐、怨、欲不行焉,可以为仁矣。"又说:"以直报怨,以德报德。"宋玉能够宽容对自己"默点而污之"的人,其思想基础即在于孔子的怨德之论。以"后土得漉"为己任的宋玉,可谓至公而无私,他对于曾经"厚德""渥洽"于自己的楚王,当然会以德报答之。至于与楚王及其党人之间所结之怨,则产生于国事的"多端而胶加",大多不是私怨私仇,所以宋玉为维护国家利益,就取"以直报怨"的态度,化解了这些矛盾。宋玉实践了孔子不行克、伐、怨、欲而为仁者的教诲,把以德报怨、不报无道和以德报德统一起来,铸成了具有仁美的人格境界,其灿烂光辉,不可磨灭。

4. 山川禽木之美

孔子说"智者乐山，仁者乐水"，意即从自然山水的美，联想到了君子的人格美，美是善的附庸。刘向把孔子的这种审美称作"比德"。屈原已经给山川自然的美以一席之地，对其感性显现有过赞叹，但他更多的是将山川自然美的感性形式的存在，归于了抒愤，很难与政治情感剥离开来。真正视山川、花木、禽兽为独立的审美对象而予以赞颂抒写的，是宋玉，也只有宋玉才是独立观赏山水自然美的第一人。

宋玉陪楚顷襄王浏览高唐，其视点前后多次变换，是观察方位和角度的调整选择。他把玩于高低远近，观赏于正反横侧，认为这是领略大自然美的方法。所谓"登巘岩而下望兮"、"中阪遥望"、"登高远望"、"仰视山巅"、"俯视峥嵘"、"上至观侧"等等，就是观赏的方法的具体运用。后世诗词歌赋对自然山水的文学描写，都从宋玉这里得到启发。

宋玉笔下的山川、花木、禽兽等自然景物，其纯然客观的再现，也是文学描写的典范。仅举《高唐赋》一段为例，可窥其全豹：

> 惟高唐之大体兮，殊无物类之可仪比。巫山赫其无畴兮，道互折而层累。登巘岩而下望兮，临大阪之稸水。遇天雨之新霁兮，观百谷之俱集。濞汹汹其无声兮，溃淡淳而并入。滂洋洋而四施兮，蓊湛湛而弗止。长风至而波起兮，若丽山之孤亩。势薄岸而相击兮，隘交引而却会。崪中怒而特高兮，若浮海而望碣石。砾磈磈而相摩兮，嶵震天之磕磕。巨石溺溺之瀺灂兮，沫潼潼而高厉。水澹澹而盘纡兮，洪波淫淫之溶㳅。奔扬踊而相击兮，云兴声之霈霈。猛兽惊而跳骇兮，妄奔走而驰迈。虎豹豺兕，失声恐喙；雕鹗鹰鹞，飞扬伏窜。股战胁息，安敢妄挚？

这是大自然"谲怪奇伟"的一面，还有"猗狔丰沛"的一面，同样为宋玉惟妙惟肖地描绘出来，兹不赘述。宋玉所表现的大自然的美，一是动植万品"不可殚形"、"不可究陈"的美，如何"夺人目精"，即吸人眼球；二是动植万品的勃勃生机，生生不息的奥妙；三是动植万品的和合状态，"谲怪奇伟"与"猗狔丰沛"两种美的和谐统一；四是动植万品的感性形式，可以从伦理道德和道之形上思辨的笼罩下分立出来，供人独立观赏，让负荷沉重的身心得以解放，转移到另一个世界，享受大自然的清新奇幻。

5. 俊男靓女之美

宋玉对俊男靓女之美，做过很多精彩的描述和评论。大致有下列内容：

第一，两种性质的体貌美。

先说天生的体貌美。宋玉说巫山神女的姣丽，"含阴阳之渥饰"，是天地造就的。至于世间美男美女，以宋玉为例证："臣身体容冶，受之二亲。"即父母遗传起了作用。又："体貌闲丽，所受于天也。"这是上天的作用，既包括父母生养之外，还有人所处的水土等自然环境的因素。再以郑卫的桑间濮上所见美女证之："此郊之姝，华色含光，体美容冶，不待饰装。"这说明，美在天成，美在自然，饰装不会生成美人。这是宋玉关于俊男靓女的生成原因的基本认识。

再说人为的体貌美。宋玉认为美人可以包装，饰装可以为美人平添华光彩色。所以他又主张自然美与人为美或饰装美可以融合统一在体貌美上,且不说诱惑宋玉的主人之女有艳装,即如巫山神女也是盛饰、文章,可以收诱人观赏之效。

第二,女性美的构成。

宋玉以"弱颜固植,謇其有意些"二句总评女性之美,是为其基本特色。意谓:女性容态柔桡嫚嫚,身骨娇健轻婕,而情意缠绵深沉。

宋玉认为女性的体貌美当完美无缺。他说,"增之一分则太长"、"著粉则太白"、"施朱则太赤",均是"过";"减之一分则太短",又是"不及",只有分寸不增减,脸庞不著粉施朱,才恰到好处。而"眉如翠羽,肌如白雪,腰如束素,齿如含贝",也最好不过。宋玉追求的是"中庸之美",即今人所谓"黄金比美",或曰"数学和谐美",这是均衡的美,是美之范型,具有理想化的价值,世人无不追求。

宋玉所说的理想化的女性美,具体表现在五个方面:

一容貌美。眉、眼、唇、齿、面、颜、发、肌、腰、骨等之柔美不可少。所谓眉之翠羽美、眸之精朗美、唇之若丹美、齿之含贝美、面之明月美、颜之温润美、发之曼鬋美、肌之白雪美、腰之束素美、骨之多奇美,均可从巫山神女、东家之子身上得以证之。

二窈窕美。要数"腰如束素"的楚国美女最惹人怜爱了。瘦美人首选而已,而肥美者也许夺冠,如巫山神女"貌丰盈以庄姝",弄得楚顷襄王不是"颠倒失据"了吗!但美女无论肥瘦,"体如游龙"才是关键,郑卫舞女的"纤形赴远,灌似催折",巫山神女的"步裔裔兮曜殿堂。忽兮改容,婉若游龙乘云翔。""宜高殿以广意兮,翼放纵而绰宽。动雾縠以徐步兮,拂墀声之珊珊。"这些,都是动曲美感,性美感。

三服饰美。对于美女来说,这是文质关系。"被文服纤,丽而不奇些",说的是服饰要丰富多样、美观大方,不以怪取胜。如郑女"姣服极丽,姁媮致态","珠翠灼白乐而照耀兮,华袿飞髾而杂纤罗。"主人之女有"翡翠之钗",又"垂珠步摇",还"翳承日之华,披翠云之裘,更被白縠之单衫",她绫罗花衣着玉体、金银珠玉饰周身,艳丽而富于性感。巫山神女"其盛饰也,则罗纨绮馈盛文章,极服妙采照万方",且以车代步,"摇珮饰,鸣玉鸾"。宋玉把服饰美视为女性美重要的组成部分,认为可使女性姿态婀娜娇媚、精神高贵典雅。

四才艺美。郑卫歌伎是职业艺人,都是歌舞大家,这自不待说技艺高超,只看主人之女、郑卫处子这民间痴女,善用歌诗援琴的方式讲爱情,是很有才艺的了。

五情意美。宋玉举郑卫处子"怳若有望而不来,忽若有来而不见。意密体疏,俯仰异观。含喜微笑,窃视流眄";又举巫山神女"澹清静其愔嫕兮,性沉详而不烦。时容与以微动兮,志未可乎得原。意似近而既远兮,若将来而复旋。"这是指女性的情意美在含蓄、深沉、缠绵和耐以琢磨。女子情感往往深藏不露,蓄而不发,发而不竭和发而有节,有时竟是"无声之乐",费了想象猜测,才会理解,而答案又不一致。这是宋玉对女性情意美的观赏和评论,趣味良多。

6.情爱之美

宋玉以情爱为审美对象,作《高唐赋》、《神女赋》、《登徒子好色赋》、《讽赋》以为咏叹。他描写情爱,无疑表现出了男女之间的情感的优美,但他大量涉及男女双方对异

性肉体的爱,并取审美欣赏的态度,对此后世学界褒贬不一。他的性爱描写内容如下:

巫山神女"闻君游高唐,愿荐枕席",而楚王"因幸之"。临别献辞曰:"妾在巫山之阳,高丘之阻。旦为朝云,暮为行雨,朝朝暮暮,阳台之下。"这是性爱交欢的直接描写。临别献辞含有殷勤之意,盼望楚王到阳台再行云雨,以尽欢乐。此次性爱交欢明朗、快乐、惬意,他俩的审美性愉悦,溢于言外。

巫山神女出现在楚顷襄王面前,"望余帷而延视兮,若流波之将澜。奋长袖以正衽兮,立踯躅而不安",以至于"寨余襦而请御兮,愿尽心之倦倦。"主人之女,将宋玉"止其兰芳之室",而她"曀承日之华,披翠云之裘,更被白縠之单衫,垂珠步摇,来排臣户",竟至于"以其翡翠之钗,挂臣冠缨,臣不忍视。"她歌曰:"岁将暮兮日已寒,中心乱兮勿多言","内怵惕兮徂玉床,横自陈兮君之傍。群不御兮妾谁怨?日将至兮下黄泉。"巫山神女、主人之女都成了主动请求性爱交欢者,其渴望的心情、焦灼的情绪,以及放浪性感的诱惑,从其慌乱的、失态的言语举动中表现出来。

东家之子"登墙窥臣三年",宋玉"至今未许也",给痴情美女泼了冷水。主人之女徂床横陈于宋玉身旁,又说"日将至兮下黄泉",以危言相逼,宋玉回答"宁杀人之父,孤人之子,诚不忍爱",谢绝了美女的求欢。楚顷襄王请媾巫山神女,结果是:"愿假须臾,神女称遽。徊肠伤气,颠倒失据。闇然而暝,忽不知处。情独私怀,谁者可语。惆怅垂涕,求之至曙。"这是邀爱求欢的男女因失败而至于丢魂失魄、死去活来的窘相,他们深沉的痛苦,无可言状。

《诗经》里也有大量男女恋歌各言其情,例如《周南·关雎》写对河滨淑女的爱慕,"求之不得,寤寐思服。悠哉悠哉!辗转反侧。"虽则有不胜相思之苦,却全然想象之词。《卫风·氓》写男子求爱:"氓之蚩蚩,抱布贸丝。匪来贸丝,来即我谋。"借物物交易的机会倾吐爱恋之心,并不出格越规。《小雅·采绿》写思妇搅乱了的心曲:"终朝采绿,不盈一匊。"情词凄切,也止于怀念而已。总之,《诗经》恋歌对于人的爱情这种崇高而神秘的感情形式,只作了内心意念的概念化表达,仅接触到其表层特征。而宋玉大胆地谈论性爱,直露地描述人体内部对异性的生物性渴求的欲望,这就抓住了人的爱情深层次特征。宋玉通过人的性欲欢爱的描写,闯入男女之间亲昵情感的神秘迷宫。诚然,离开了性欲、性爱,就无法找到人的爱情的本质。在宋玉笔下,无论天上的神仙,还是世间的凡人,他们永恒的爱情都存在着肉体的基础,是精神与肉体相互整合的产物。恩格斯认为,性爱是人类的"自然的、必需的和非常惬意的事情",凡人都可以公开地议论性爱,而诗人在作品中"表现自然的、健康的肉感和肉欲",则应予称道①。宋玉谈性爱,你竟看不出他有被道学家斥为"淫声"的顾忌,也不带一丝禁欲主义的虚伪,只觉得是十分自然的事情。

值得注意的是,宋玉写性爱,不光看到它是男女双方交往的生理享受,他还看到了这种复杂情爱活动具有高尚的精神,看到了情爱的社会性。我们立论的根据在于以下两点:

---

① 《马克思恩格斯全集》第21卷第6,9页。

（一）巫山神女为何拒绝楚顷襄王的求爱？

"望余帷而延视兮,若流波之将澜。""褰余帱而请御兮,愿尽心之惓惓。"这说明,巫山神女已经打算同楚顷襄王做爱了。但事情不妙,神女有了新的考量和决定,她"含然诺其不分兮,喟扬音而哀叹。颛薄怒以自持兮,曾不可乎犯干。"她的然诺收回,并表现出凛然不可侵犯的神态,这原因何在？襄王的解释是："怀贞亮之洁清兮,卒与我相难。"是顷襄王求欢性急,没有做到"思万方,忧国害。开贤圣,辅不逮",把楚国治理好？还有,是忘了"王将欲往见,必先斋戒"的叮嘱,没有醮神祭祖,太轻狂无礼吗？抑或,是神女要避免同御怀、襄父子的嫌疑？而神女"贞亮"、"洁清",顾及"道德评价",防止不良后果,则是毋庸置疑的。

（二）宋玉谢绝东家之子邀爱、主人之女求欢,章华大夫谢绝郑卫处子野合,原因何在？

或在僻处或处密室,宋玉答应东家之子、主人之女的邀爱求欢,这一可能性完全存在,他却以谋人性命与享用美女的比较,毅然选择前者舍弃后者。章华大夫幸与溱洧的清明游园,可行男女戏谑甚而夫妇之事,且此在郑国风俗之中,他居然谢绝扮演露水夫妻春梦,而止于戏谑愉悦。若问个中原因,他们解释说："盖徒以微辞相感动,精神相依凭,目欲其颜,心顾其义,扬诗守礼,终不过差。"这正如《礼记·中庸》所说："莫见乎隐,莫见乎微,君子慎其独也。"章华、宋玉在并无环境干扰、旁观监禁的情况下,践行儒家的"慎独"理念,而以礼义窒息了楚郑美女的性事欲望。

讨论了以上两个问题,可以说宋玉所理解的爱情,是指周公兴礼教之后的社会结构中的人追求异性亲昵的爱。这种两性关系的建立,以人的性欲本能及其生理享受为物质性基础,也以人的伦理道德的实践与体验为精神性支撑。宋玉将礼义与道德带进人的情爱,意在启示人们：观察情爱得从礼义道德对情爱的约束作用入手。假如只有礼义道德,而没有性爱及其生理享受,那么男女之间的情爱,就因失去其物质性基础而不复存在。情爱解体了,男女之间的情感会异化为一般的、普通的关系。相反,假如没有礼义道德,而只存在性欲本能及其生理享受,那么男女之间的性爱就不具有合理性和正当的目的性。正是考虑到情爱中应当有礼义规范与道德约束,宋玉才将巫山神女与楚王的梦魂交会这一神话传说加以现实化的润饰,又对他本人和章华大夫经历的婚外恋情做了理想化的提升,目的在于制作一个情爱示范性版本,要回答的问题是：什么是真正美的爱情？如何处理"好色"与"好德"的矛盾？情爱与道德二者之间有怎样的关系？

巫山神女与楚怀王一见钟情,他们两情相悦,以"愿荐枕席"与"因幸之"而成交欢,但对待顷襄王的求爱,巫山神女却大为犹疑："含然诺其不分兮,喟扬音而哀叹。"以至于断然拒绝："颛薄怒以自持兮,曾不可乎犯干",最终靠道德的力量战胜了与顷襄王有瑕疵的暧昧纠葛。宋玉借巫山神女的传奇故事,要告诉人们：性爱天经地义,性爱圣洁无瑕,当受礼义道德的约束而取慎重态度。巫山神女追求真正美的爱情,她将爱情与礼义道德完美地结合起来,她是个唯美主义的爱神。这是宋玉塑造的忠贞纯洁的爱的典范。

但是,现实生活中的情爱却纷纭复杂得多。在先秦时期,士大夫谁都会避"好色"

之嫌,而乐受"好德"之誉。孔子私会有淫行的卫灵公夫人南子,他怕背不合乎礼不由其道的污名,连忙向子路发誓说:"天厌之！天厌之！"宋玉在楚王面前极力证明:"好色者"是登徒子而非他宋玉。孔子曾感叹说:"吾未见好德如好色者也。"宋玉不厌其烦地讲述他和章华大夫谢绝婚外女子求欢示爱的故事,意在说明他们即是以好色之诚而好德的榜样了。不过,宋玉更强调的是,他们和孔子毕竟不同。孔子以"好色"为"非礼",在"勿视"、"勿听"、"勿言"、"勿动"的禁忌之内。而宋玉却不否定"好色",还给婚外恋情以若干的生存空间。他们提出与孔子相对应的命题,以"目欲其颜,心顾其义,扬诗守礼,终不过差"的箴言,告诉人们:只要不违背礼义,不越规淫乱,何须闭目塞耳,尽可以观赏异性的美的容颜姿色、品味异性的优美情意。婚外床第之欢不可触碰,终归要守住礼义,不能犯错误,但在言语上与精神上,却可以与钟情者相互唱和、赞赏、安慰、依恋。"微词相感动,精神相依凭"的原则,既认同了两性之间婚外的情爱交往及其在心理上、精神上的审美享受,又给热衷者以道德禁令,使情爱遵循着礼义的规范有序地生存与发展。

当爱情面临冲突之时,孔子只以礼义道德为唯一至上的旨趣而加以维护,但宋玉却另有选择,他把礼义道德与性爱情恋同时视为人的感性自然的欲求,当作内心深处玩味的对象,从而获取相互不可替代的审美愉悦。而这,正是主体的情的自由意志和个性化的体现。

宋玉在正常的婚恋之外,又讨论非正常的婚外恋;在忠贞纯洁的情爱之外,又研究带瑕疵的情爱。他放开视野,全面深入地观察性爱、情爱与礼义道德之间的关系,他试图在人的这一特殊的、神秘的生理、精神、社会的领域发现平衡和谐。他以艺术论证的方式探讨情爱具有丰富深刻的本质,认为是性欲本能的生理享受与心理享受的结合,是肉体的爱与精神的爱的结合,是感性自然的诗意激情与理性体验的统一。情爱会给人们带来欢乐,也会造成痛苦;情爱会因感情膨胀、扩大而让人在言语、举止、精神、心理上表现异常,也会因理性的控制而回归冷静和道德检验。宋玉揭示的情爱所具有的各方面的内在本质及其审美特征,以及他开了以性爱为基础的情爱描写的先河,这些都表现出宋玉追求人性解放和个性自由的强烈意识、自觉精神,在美学史、文学史上是重大的贡献。

7.歌舞之美

宋玉将歌舞列为审美对象,对它的绚丽之美进行观赏。他所说的歌舞之美,可大致归纳如下:

首先,歌伎舞女精心扮相。

> 姣服极丽,姁媮致态。貌嫽妙以妖冶,红颜晔其阳华。眉连娟以增绕,目流睇而横波。珠翠灼砾而照耀兮,华袿飞髾而杂纤罗。顾形影,自整装。顺微风,挥若芳。动朱唇,纡清扬。

这里说,歌舞者先须"自整装",目的是"顾形影",即扮出一个美的形象出现在观众面前。服装则"华袿飞髾而杂纤罗",佩饰则"珠翠灼砾",全身还得杜若挥香,再有发长曼鬋、眉娟增绕、目泛秋波、唇朱微启,就完成了"姣服极丽,姁媮致态"的精心扮相。服饰有艳丽之美,情态有和悦之美,即可激起观众赏美的欲望。由此可以说,宋玉是艺术表演的化装美学奠基人。

其次,歌舞者眉目传情,与观者心灵沟通。

宋玉举郑卫舞女"眉连娟以增绕,目流睇而横波";又举九侯淑女"蛾眉曼睩,目腾光些。靡颜赋理,遗世鹂些",再举楚之女乐"美人既醉,朱颜酡些。嬉光眇视,目曾波些。"宋玉认为人的眼睛最能传神,故极尽其闪光生辉、脉脉含情、用无声语言说话之妙,这是强调歌舞者须与观赏者做心灵沟通,表达台上台下同乐欢度的心情,且可展示美色与艺术的魅力。东晋画家顾恺之说:"四体妍蚩本无关妙处,传神写照正在阿堵中。"宋玉以眼神增添审美效应的思想,对顾恺之提出"传神写照"美学命题,无疑产生了直接的影响。

又次,歌舞者的动作、造型及旋律节奏有青春活力。

宋玉在歌伎舞女体态柔美、仪容高雅、服饰娇艳之外,又要求歌舞表演应具有整齐、对称、节奏、旋律的美。歌舞者俯仰来往、飞散合并、案次递进、横出谣起、回身急节、赴远催折等舞姿和造型的表演,能以缓急有致、刚柔相融、腾挪迭宕、变幻灵活的旋律,收到"观者称丽,莫不怡悦"的审美效果。宋玉赞叹"纤縠蛾飞,缤焱若绝,体如游龙,袖如素蜺"的艺术意象,因为它洋溢着情和艺的美,释放着饱含美的内在青春和情感生命的活力、张力和爆发力,显现了人的自由精神在高扬。

再次,以"造新歌些"而改革音乐。

古代舞蹈与音乐密不可分,手之舞之、足之蹈之的同时,会有歌咏伴唱。宋玉讲了舞蹈的改革,又提出"陈钟按鼓,造新歌些"的主张,进行新音乐的创造。

先说歌诗的创造。从"绝郑之遗离南楚兮,美风洋洋而畅茂兮。嘉乐悠长俟贤士兮,鹿鸣萋萋思我友兮"数句,得知宋玉将"美风""嘉乐"之誉,赠与南楚之音。其"书楚语,作楚声,纪楚地,名楚物"①的语言形式,荆楚人众耳熟能详、喜闻乐见,故可广为传唱。宋玉又明确提出"结撰至思,兰芳假些"的命题,要求新声的歌辞,当如散发出芬芳的花草一样艳丽。在屈宋的倡导下,文艺创作一反《诗经》与礼乐语言质朴而变为屈骚宋赋的华美。这个美学倾向性的转变,引导诗词歌赋的文风自此趋奇,其意义巨大。

后说歌乐的创造。宋玉关于声乐革新也有独到见解。中国古代讲求宫、商、角、徵、羽五声的相互配合,而不用七声音阶中两个不稳定音,否则会失去稳重。雅乐重齐奏、故其曲调单一,节拍缓慢,但可保持严整方正。然而宋玉喜爱新声的音乐之美,推崇它的表现形式。"引商刻角,杂以流徵",还有"吟清商,追流徵",都是对五声的音阶调式做某种调整、修饰,变成新的调式。《笛赋》提及的荆轲之易水壮歌,他先唱"变徵之声",后"复为羽声",是采用了七声音阶中不稳定调式。舞乐之始"抗音高歌",笛声鸣叫"激叫入青天",这无疑要用高音。而"变曲羊肠坂,揆狭振奔逸",则是随着至情的宣泄,发生了窄单、低音与宽单、高音的相互转化。音调、音程、音色等的丰富多样和适时变化,造就了新声优美和富于情趣的音乐风格。宋玉推崇这种歌乐的革新,是要把

---

① 黄伯思《翼骚序》。

孔子"哀而不伤,乐而不淫"①的清规戒律抛在一边,以赢得大众的欢迎。

最后,楚国新乐"独秀先些"。

对楚国宫廷的艺术表演,《招魂》说:"二八齐容,起郑舞些","吴歙蔡讴,奏大吕些","郑卫妖玩,来杂陈些",而最令人叫座的则是"宫廷震惊,发《激楚》些"、"《激楚》之结,独秀先些"。《舞赋》说:"臣闻《激楚》、《结风》、《阳阿》之舞,材人之穷观,天下之至妙。"这里,宋玉表明了两个重要观点,一是楚国新乐是在楚国歌舞乐的基础上,吸纳了赵代之讴、郑卫之风、吴越之音等众多新声的精华,经楚文化与中原文化交融而形成的南国综合艺术。二是宋玉以"震惊"、"独秀"、"穷观"、"至妙"等赞辞,对楚国新乐的艺术水平和审美价值做出高度评价,认为它"一枝独秀"并"先声"于文坛,优于雅乐,也优于其他新乐,代表了艺术发展的方向。宋玉否定儒家传统成见,把孔子冠以"淫声"、"邪僻之音"污名的新声,竟然视为天下至美,其胆识卓越,更有意凸显两种截然相反的伦理道德美学与艺术美学的对立,以期引起人们的重新思考与选择。

8.游戏之美

宋玉重视人的精神娱乐,他讲述了三种娱乐活动:

顷襄王令唐勒、景差、宋玉论道的大、小,是以游戏为包装的,此即后人俗语所称"摆龙门阵",或曰"吹牛"。顷襄王以极言大、小为目标,比赛输赢,大言者赐"上座",小言者赐"云梦之田"。这是知识、智力和想象力的拼比,结果由"智术"、"博雅"者宋玉夺魁。顷襄王觉得这次"吹牛"有趣好玩,自任裁判,又当运动员,"唏"地一笑,率先与赛。虽然自己也输了,还是兑现了自立的奖项。

玩六簿、呼五白,是象牙棋博弈,很有刺激性。两人对局,先投筹后走棋。"成枭而牟,呼五白些",经过对垒、僵持、格斗、厮杀,决出胜负。"分曹并进,遒相迫些",参赛者全神贯注,体验克敌制胜的乐趣,为之雀跃异常。

先秦时期,人们的夜生活也很有意思。"铿钟摇簴,揳梓瑟些。娱酒不废,沉日夜些。"大家玩乐器、饮美酒,同时"结撰至思"、"同心赋些",用赋诗吟唱的形式,来表达欢乐的心情。

宋玉重视人的精神娱乐,提倡高雅健康而富于趣味的游戏,以放松人过于紧张的身心,使之得到宽解。他认为,游戏最大的作用,是以"乐"让人"尽欢"。

9.建筑室居之美

宋玉赞赏的建筑和室居之美,所达到的文明程度,即如今人也会惊叹。"像设君室,静闲安些",这是人建居所的目的。有了清静、闲适、平安的屋舍,人的身心健康才有保障。宋玉立足于"君室"之"静闲安",来展现建筑室居各方面的美。

环境风水美。楼阁"临高山些",是依山而建;又"川谷径复,流潺湲些",是傍水而立。因风水好、环境美,居者全身心可得到大自然的光、风、曲池、琼木、花草的滋润养护。只要"坐堂伏槛",流潺、曲池,还有蕙兰、芙蓉、芰荷、紫茎等各种花木,绘成美丽图画,则尽收眼底,而使人怡悦。豹饰者守护于"陂陁",步骑者侍卫于"户树",显得威严

---

① 《论语·八佾》。

而不可侵犯,生命财产也有了保证。

建制格局美。"高堂"带着"邃宇",又附"累榭",主副兼备,有匹配之美。"堂"作外厅,"奥"充内室,其中又设置"洞房",各有所用;而且"冬有突厦,夏室寒些",即冬暖夏凉。总之,建制格局既有美的形制,又舒适方便。

家居修饰美。"网户朱缀,刻方连些",即朱红色大门呈雕空网状花格子。高堂内"翡帷翠帐",栋梁上如"玄玉"泛光,板壁用"朱砂"涂绘,屋椽则画"龙蛇"图像。奥室以朱红竹席装饰顶棚,墙壁磨得光洁明亮,翠羽挥子挂在玉钩上。色似翡翠的绵被缀满珍珠,细绢罩在墙壁,绫罗做成床帐,五彩丝带饰以玉璜挂帐旁。战国时期的室居作如此富丽堂皇的装修文饰,其美豪华侈靡,反映出当时贵族有较高的审美水平,工匠的创造能力也不平凡。但这种豪华侈靡之美,只为贵族所用,所谓九侯淑女"姱容修态,絙洞房些",即是证明。

10. 饮食肴馔之美

且看楚国宗族祭礼"食多方些":口粮,有稻、粢、稷、麦、黄粱;肉食,有肥牛腱、鳖、羔、鹄、凫、鸿、鸧、鸡、蠵;汤,有羹;点心,有粔籹、蜜饵、锽、铒;饮品,有瑶浆、挫糟、蜜和冻饮。这是美食品种丰富多样。次说烹艺高超巧妙:臑,即炖煮;炮,即裹而烧之;煎,即置油而烤;露,即卤制;臄,即红烧。再说美味:酸、苦、咸、辛、甘五者俱全。先秦时期,烹饪讲求"中和",如烧吴羹时要"和酸若苦",炖鳖炮羔时要用"柘浆"调味。肥牛腱要"臑若芳些",卤鸡红烧龟肉要"厉而不爽些",挫糟饮要"酎清凉些"。无论哪类食品,何种烹制方法,都有特殊的美味要求。还有颜色:"瑶浆"、"琼浆",形容美酒颜色如玉;至于"露鸡臄蠵",必有适度的红色:"鹄酸臇凫",鹄因醋烹而呈浅紫,凫汤当浓而色质重。宋玉懂得,美食文化是以谷、荤、酒养人口腹身体,同时还要给人以精神愉悦,所以他讲的先秦美食,特别注重烹饪艺术的观赏性和食物形、色、香、味的享受。

11. 田猎之美

云梦泽草丰水美,楚怀、顷襄两代君主都爱入此畋猎。满载而归,并致人与自然和谐统一,成为双美,是君主畋猎的最高目标。楚怀王延请众多方士,为他祭天神、地神和动物神,"传祝已具,言辞已毕",礼仪一丝不苟。娱神在前,纵猎在后,必可得神灵保佑,而"举功先得,获车已实"。然而,楚顷襄王冒天下大不韪,竟亲自射杀神兽兕,使灵魂受惊,卧病郢都。他破坏了人与自然的和谐共存,故受到上天的惩罚。所以,君主畋猎的收获多寡,仅为次美,首美是人兽相和、天人相和。

君主也爱畋猎场面的壮美。楚怀王"乃乘玉舆,驷苍螭,垂旒旌,旆合谐。䌷大弦而雅声,洌风过而增悲哀。于是调讴,令人㤭忱憯凄,胁息增欷。于是乃纵猎者,基趾如星。"楚顷襄王"青骊结驷兮,齐千乘,悬火延起兮,玄颜烝。"人马簇拥,旒旌招展,猎火冲天,洌风劲吹,合成宏大壮观的场面。加以大弦雅音、㤭忱调讴,响彻于云天,最可鼓舞人心,使猎者斗志昂扬。

还有猎技的精湛美,是君主所好。向导"诱骋"于车马"骤处",迈步间或"抑骛",左右自如,为君主侦察猎物,选取目标。当目标锁定,千钧一发之时,"传言羽猎,衔枚无声。弓弩不发,罘不倾",这是围猎的要诀。瞬间的寂静、僵持过后,千军万马,从天而降,"涉漭漭,驰苹苹。飞鸟未及起,走兽未及发。弥节奄忽,蹄足洒血。"诱骋的机警,羽猎的果决,主力的迅雷不及掩耳,君主的指挥若定,几者合美,即将猎物把玩于掌握之中。

12. 巫鬼之美

《招魂》、《高唐赋》、《神女赋》保存了氏族巫术文化的精华,那神话传说至今震撼着人们的心灵。其中具有鲜明个性的人和鬼神形象,体现出古典理想的美。为"魂魄离散"的楚王招生魂的上帝与巫阳,不停地嘱咐人类:"天地四方,多贼奸些","不可以托些","不可以久淫些","恐自遗贼些","不可以久些","往恐危身些"。他们用超自然力的智谋和力量,来拯救苦难的人类,是何等的诚挚、热忱和善良!巫山神女叮咛处于危难中的楚君:"思万方,忧国害。开贤圣,辅不逮。"又温情款款地"愿荐枕席"于楚王。她关怀楚国的命运和人民的繁衍生息,表现得何其庄严完善!诸如此类的巫鬼神灵,他们兼具神性与人性,并不在礼法专制的社会中生活,不受伦理和律法的约束,有完整充分的自由,随来随去,或为或息,展现出伟大的主体精神。黑格尔评论普罗米修斯的艺术形象时说:"人的东西构成真正美和艺术的中心和内容。"[①]拿这话来看宋玉笔下的巫鬼神灵,他们对人类施以人道式的帮助,他们活动的内容,表现出的精神和贯彻终极的目的,完全是人文主义的版本,是属于"人的东西"。因此可以说,宋玉的巫鬼艺术堪称真正美的艺术。宋玉借神话传说、巫术文化形式,表现出的巫鬼之美的内蕴,是多么丰富和深邃啊!

以上所述的十二种美,是从宋玉的审美经验中概括出来的,带有概念性的涵义。《神女赋》在夸赞巫山神女具有"无双""无极"的美时说:"毛嫱障袂,不足程式;西施掩面,比之无色。"所谓"程式",即美所具有的普遍性、规律性的特征。宋玉无论观赏美还是创造美,都力求把握各种美的"程式",他要为各种美提供一个客观的标准,成为范式,便于对审美对象进行抽象化的观赏。宋玉追求美所表现出来的自觉意识和清醒认识,对后人启发很大,后人谈论美观赏美,往往渊源于宋玉的范式,或者是对宋玉范式的生发而已。

[①] 黑格尔《美学》,北京,1979年,第2卷,第163页。

位卑未敢忘忧国

江从镐

(临澧县一中 湖南临澧 415200)

【摘要】 宋玉处在楚国危亡之秋,不过是一个卑微的小臣,有时抓住时机,托物以讽,借物寄情,用讽谏的手法表达对国事的见解,对楚王进谏。宋玉充分利用这个机会,位卑未敢忘忧国,主动承担起复兴楚国的重任。尽管没有一篇记述其生平思想的历史资料,但我们通过其作品可以见证他为复兴楚国而奋斗的一生。

【关键词】 宋玉;辞赋;托物以讽;位卑忧国;复兴楚国

宋玉和屈原一样是一位伟大的爱国主义者,只是因为社会地位不同,表现形式才略有区别。屈原处在楚国由强转弱的关键时期,身居"左徒(仅次于令尹)"之职,"入则与王图议国事,以出号令;出则接遇宾,应对诸侯。"他与旧贵族集团展开了不屈不挠的斗争,直至流放,自沉汨罗,以身殉国。其一言一行,均载之于史册,传之于后世。宋玉处在楚国危亡之秋,不过是一个卑微的小臣,有时抓住时机,托物以讽,借物寄情,用讽谏的手法表达对国事的见解,对楚王进谏。宋玉充分利用这个机会,位卑未敢忘忧国,主动承担起复兴楚国的重任。尽管没有一篇记述其生平思想的历史资料,但我们通过其作品可以见证他为复兴楚国而奋斗的一生。

《九辩》是宋玉晚年所作,王逸《楚辞章句·九辩序》:"宋玉者,屈原弟子也。闵惜其师,忠而放逐,故作《九辩》以述其志。"王逸没有提出任何根据,凭什么作出这样的判断? 也许他认为宋玉不配有这样高远、专一、执着的"志",只有屈原才有这样的"志",而作品的主人公是第一人称,所以说是宋玉代屈原而作,述的是屈原之"志"。其实作品不是哀悼屈原而作,述的不是屈原"其志",这基本已成为人们的共识。作品表达的是宋玉自"述其志"。《九辩》是宋玉晚年回忆他为复兴楚国而奋斗一生的回忆录。作者对这段历史这样回忆:"窃悲夫蕙华(同花)之曾敷(开放)兮,纷旖旎(繁盛的样子)乎都房(花房)。何曾(通'层')华(累累的花朵)之无实兮,从风雨而飞飏(通'扬')?"原"以为君独服此蕙兮",所以把蕙花曾经开放,在花房里茂盛地生长比喻楚襄王时期他复兴楚国的理想得到最好的发挥,取得辉煌的业绩。但终未结果,随着风雨到处飞扬。才知道君王对待这蕙花与一般花草没有两样,因此"暗自悲伤",痛惜自己超群出众的思想不能通达于君。这段自我评价比较中肯,他的作品基本上都是围绕复兴楚国而作。《大言赋》、《小言赋》是姊妹篇。有人说"大言"是"言大","语大","说大话","夸说大的事物","吹牛皮",是"以文为戏",是"游戏文字之作"。其实"大"在指体积、面积、力量、强度等时,指"超过一般",与"小"相对。在指性质、意义等时,指"重要"。大言:重要的言论或谋议。文章开头楚襄王宣布"大言"的中心内容:"操是太阿戮一世,流血冲天,车不可以厉(涉水为'厉')",固然有点夸张,但却是战国时期,诸侯争霸,战争频繁,杀人如麻,流血冲天的现实的真实反映。作为一国之主的君王,却"笑"着要进行一场说大话的比赛,宋玉、唐勒、景差也视人命如儿戏,在君危国削之际玩一场"吹牛皮"的游戏,岂不都是一群毫无人性之徒。所以这里的"唏",不是"笑",而是无可奈何的"叹息",希望各位大夫提出最有价值的谋略和对策。这正反映了在争霸战争中处于劣势地位的君王的心理活动。唐勒说的"壮士",景差说的"斗士"都只能攻城略地,解决不了襄王心中的困惑。宋玉推崇的"尧舜禹汤"都是一统天下的"圣君","彼以国家为车",宋玉的主意就是进谏楚襄王树立远大的思想,做一个复兴楚国后一统天下的"圣君","以国家为车。""长剑耿介,倚天之外"正是"圣君"身份的象征。楚襄王听了宋玉的"大言",深受鼓舞,但如何做一个一统天下的"圣君",实现"以国家为车",认为宋玉的话还没说完,所以迫不及待地说:"未也",催促宋玉快点说下去。直说到"并吞四夷","跋越九州",襄王才满意,"赋毕而宋玉受赏"。《小言赋》开篇,襄王对"大言赋"进行了评价,认为它极其巨大宏伟,但当时楚国正处于弱小屈辱的地位,如何才能"并吞四夷",一统天下?认为还不够完备。这时楚国丧师失地,呈现"剥蚀脱落"之象,要求体现"道"所推崇的事物的自然规律,"一阴一阳","小往大来",呈现"来复之象",只有符合这个要求,《大言赋》才算完备。所以要求各位贤士赋《小言赋》。景差、唐勒都只说明"小",没有说明"一阴一阳","小往大来",更没有说出如何使《大言赋》更加完备。宋玉曰:"无内之中,微物潜生。"比景差、唐勒说的更加精微,而且在没有任何空隙的中间暗暗长大,体现了万物生存"一阴一阳"的规律,符合"小往大来"由衰到盛的变化。尤其与《大言赋》配合更加完备。《大言赋》是进谏楚襄王树立远大理想,做一个楚国复兴后驾驭"以国家为车"的"圣君"。《小言赋》说的是楚国处于弱小屈辱地位的现状,要有广阔的胸怀,在夹缝中求生存,暗暗由小到大,最后统一天下,实现复兴楚国的理想。二者结合起来,是一篇复兴楚国的宣言。楚襄王高兴得几乎拍手称"善!"迫不及待地说:"赏赐你云梦之田!"

治国理政是古今无数政治家、思想家研究的一篇大文章,两千多年前的宋玉继承儒家以德治国的理论,在他的文学作品中通过比喻、夸张或历史故事、神话传说深入浅出地揭示了其中的精髓,特别是《钓赋》、《御赋》可以看作是宋玉治国理政的理论纲领。其基本观点可以概括为:"圣君"是治国的前提,贤能是治国的关键,万民是治国的根本,利禄、仁义、道德是治国的重要举措。要做个"圣君"除了要有远大的理想,宽广的胸怀之外,还要通晓治国之术。商汤王、周文王通晓治国之术,"南面而掌天下,历载数百,至今不废"。夏桀、商纣不通晓治国之术,"波涌鱼失",社会动荡,失去民心。再次劝谏襄王"君丽(施加)义民",国君对百姓施加仁义,天下老百姓就会来归附。宋玉特别强调"举贤授能",认为这是治国理政的关键。在《九辩》中他总结了人才在复兴楚国中的重要作用,他认为在诸侯争霸的战争中不是靠层层城郭的牢固,重兵的把守也没有什么好处,关键在于人才,只要像唐尧、虞舜那样举贤授能,就能高枕无忧。"人才兴国"是宋玉从历史的经验教训中总结出的真知灼见,"宁戚讴于车下兮,桓公闻而知之。"车载而归,拜为公卿,齐桓公终于成为春秋时霸主之一。他认为不是楚国没有人才,只是没有伯乐那样善于识别人才的人,就是发现了人才也不会重用。所以作者一直呼唤着重用人才,就是在楚国灭亡前夕,在其绝笔《笛赋》中还在呼唤着志同道合的好友,愿意长久等待复兴楚国的贤士。宋玉治国理政的核心就是以民为本,在《钓赋》中说:"昔尧舜禹汤之钓也",其所作所为都是以"万民为鱼"。在《御赋》中就是以"万民为货",目的都是为了"万民"。正是这一指导思想,他在《风赋》中当着楚襄王的面,以鲜明的对比反映了几千年阶级社会中贫富不均的问题,描写了所谓雌风带给人民的苦难,实质上是宋玉关注民生的呼吁。早在两千多年前,宋玉把眼光投向社会生活的底层,力图最深刻地揭示出广大人民群众的实际生活面貌,无疑是一种进步的思想。宋玉非常重视利禄、仁义、道德在治国理政中的作用。他把"禄利"比喻成"钓饵",就是要"兴利除害,天下归之";把"仁义"比喻成"钓钩",就是一方面对老百姓实行仁义,使他们得到恩惠的滋润,一方面"民氓畏其罚",使违法者畏惧刑法的惩罚;把"道德"比喻成"纶(钓线)",就是用礼仪来统一思想,形成道德规范,就能长治久安。概括起来,用我们今天的话来说,一方面关注民生,加强物质文明建设,一方面进行仁义道德的教育,加强精神文明建设,这些都是治国的重要举措。只要做到这些,"漫漫(形容众多)群生,孰非吾有?"天下的老百姓,哪一个不成为我的臣民?

好色是君王的通病,因好色而身败名裂,家破国亡者屡见不鲜。夏桀宠妹喜、商纣王宠妲己、周幽王宠褒姒,都招致国破身亡。楚襄王也是一个好色之徒,因此戒色在宋玉作品中占了很大的比重。他善于抓住一切机会,因势利导。在《登徒子好色赋》中巧妙地用自己的道德行为谏君王戒色,还借秦章华大夫的口劝诫襄王用道德规范自己的行为:"目欲其颜,心顾其义,扬诗守礼,终不过差。"眼睛贪恋她漂亮的容貌,心里考虑礼义道德规范,口里朗诵诗歌,以礼自守,始终没有越轨的行为。在《讽赋》中宋玉面对房东女儿的挑逗,甚至以死威胁,宋玉却说"吾宁杀人之父,孤人之子,诚不忍爱主人之女。"楚襄王没等宋玉说完,忙说:"止,止,寡人于此时,亦何能已(放弃)也!"二赋都达到了戒色的目的。但作者并未明写出君王好色,不是直言劝告,而是旁敲侧击,委婉曲折地规谏,也就是我们所说的"讽谏"。但《高唐赋》、《神女赋》直接牵涉到君王贪色的问题,回答不好就有性命之忧。既要直言相告,又要委婉动听。所以当襄王问"何谓朝云?"他既要将高唐神女的传说如实相告,而谈到先王与神女做爱时,只用"愿荐枕席"、"幸"几个字一笔带过,以免刺激襄王好色的欲望。但仍免不了襄王的纠缠,"寡人方今可以游乎?"宋玉巧妙避开高唐神女,顾左右而言他,全方位细致描绘高唐的自然景色,最后又直言相告:"……盖发蒙,往自会,思万方,忧国害。开贤圣,辅不逮……"只要打消与神女梦交等愚昧想法,自然可以与神女相会。时时思念天下百姓,忧虑国家祸患,进用贤才,弥补自己的不足。以人民、国事为重,劝襄王戒色。襄王仍不甘心,当天夜里梦遇神女。神女的漂亮、艳丽,令他神魂颠倒。还是要求宋玉为他描绘一番。宋玉没办法,既要描绘神女美艳的形象,又要断绝襄王的荒淫之念。他把神女写得不即不离,扑朔迷离,好似有意,又不可捉摸;好似要向君王表达拳拳诚意,但又怀着贤贞、纯洁清白的节操离别而去,以女子的贞洁打消襄王的私欲。尽管襄王思念不已,心中怅悯,但也无可奈何。司马迁说宋玉"终不可直谏",宋玉不可能像屈原一样,对重大国事据理力争,能对君王贪色这样敏感的问题敢冒天下之大不韪,转弯抹角直言相谏,也表现了宋玉对复兴楚国一片赤诚。

宋玉为复兴楚国而奋斗,得到楚襄王的赏识,也必然遭到守旧贵族集团的攻击。过去有人说这是宋玉因宫廷文人之间妒忌其文才遭小人谗言与诽谤,这是没有看到问题的实质。首先从攻击宋玉的是些什么人分析,宋玉作品中提到攻击宋玉的有登徒子、唐勒、"士民众庶",看来不是一个人,而是一股势力。《九辩》:"何泛滥之浮云兮,猋(biāo,狗奔跑的样子,这里形容浮云飘动)壅蔽此明月。""浮云"比喻腐朽的旧贵族势力,"泛滥"比喻已掌握楚国的大权,"壅蔽此明月",比喻蒙蔽君王。"士众"不是一般的士子与百姓,而是蒙蔽君王的"小人"。攻击的内容除捏造所谓"好色"外,就是容貌英俊,善于言辞,口径是那样一致,找不到材料时,就笼统说"遗行"(不好的行为)。攻击的目的也一致,都是气势汹汹要把宋玉赶出朝廷。"愿王勿与出入后宫","愿王疏之"。宋玉针锋相对,并抓住这个机会以自己高尚的道德修养劝谏襄王戒色,反而受到襄王称赞。《登徒子好色赋》中反击登徒子好色固然有些偏颇,但与守旧贵族势不两立的精神却是可贵的。特别是《对楚王问》可以视为宋玉反击守旧贵族集团的一纸檄文。文章开头以通俗的民歌与高雅乐曲相比,证明"曲高和寡",并推论到篱笆间的小鹍雀不能与凤凰测量天地的高度;尺把深的水塘中的小鱼不能与鲲鱼一起测量江海的宽广。结论是:"夫圣人瑰意(奇特的理想)琦行(美好的行为),超然(超乎世俗之外)独处(独一无二,不随流俗),夫世俗之民(凡夫俗子)又安知臣之所为哉?"指斥这群守旧的贵族不过是篱笆间的鹍雀,浅水中的小鱼,一群守旧的凡夫俗子,不可能理解他复兴楚国的远大理想及所作所为。同时也劝谏楚王要做翱翔九霄的凤凰,畅游江海的鲲鱼,做一个"瑰意琦行,超然独处"的"圣人"。

此外,楚襄王摆酒设宴招待各位大臣,要宋玉进献歌舞助兴,为了帮助襄王团结人心,他就从妙绝天下的《激楚》、《结风》、《阳阿》之类的歌舞中挑选一曲描绘一番,"观者称丽,莫不怡悦",也使襄王非常满意。《战国策·楚策四·庄辛谓楚襄王》记载:楚襄王是一个耽于游乐,"不以天下国家为事"的君王,为什么对宋玉的每次进谏都给予肯定,甚至给予重奖呢?其父被秦扣押而最后客死于秦;公元前279年秦破鄢(今湖北宜城)开渠引水灌鄢淹死无辜民众数十万;公元前278年,秦将白起攻破楚国都城(今湖北江陵),楚被迫迁都陈城(今河南淮阳),太子完、太傅黄歇又送入咸阳为秦质;而他自己又做了秦王的女婿,未免不是一种胯下之辱。集国仇家恨,宋玉有关复兴楚国的讽谏,也许正中下怀,而宋玉误"以为君王独服此蕙"(专佩用此蕙花),其实复兴楚国的理想并未通达于君,所以只能是昙花一现,终未结果。从现存宋玉作品看,没有看到一篇与其他楚王应对的作品,可能襄王死后宋玉就"失职"了。《九辩》从回忆他"失职"写起。我们说《九辩》是宋玉为复兴楚国而奋斗一生的回忆录,主要是根据《九辩》各章都围绕宋玉"失职"后矢志不渝为楚国复兴而奋斗展开。第一章,始终不能忘怀的是时过中年,久留他乡而事业一无所成,这个事业就是他复兴楚国的事业。第二章,初到云梦悲伤忧愁,一心一意思念君王,希望一见君王申述他复兴楚国的心志。第三章,岁月匆匆,遗憾错过实现理想最好的际遇而烦恼忧伤。第四章,回忆他复兴楚国的理想如蕙花曾经繁盛开放,但只开花不结果,认识到了他那复兴楚国的理想不能通达于君,仰望着浮云蔽日长声哀叹。第五章,认识到理想不能通达于君的原因,根源在于没有知人善任,关于相马的人。第六章,不幸命运即将来临,在国家危难重重时,欲学习春秋楚大夫申包胥借师异邦那种壮盛的爱国气概,而这时楚国已日薄西山,此路也不通。但自己宁处困境决不白食俸禄。第七章,感叹年华易逝,仍希图进身报国。第八章,揭露朝政腐败,自己无能为力,只有希望君王窥镜自视,刷新政治,楚国也许有复兴的希望。想托流星代为传话,又难遇见这样的人。第九章,本想有一番作为,但嫉妒的小人纷纷阻断报国之路,在万般无奈的情况下,希望君王让其神游云天之中,但最后还是回到现实中来,表达了自己临终前的遗愿:"计专专之不可化兮,愿遂推而为臧(善,美好)。赖皇天之厚德兮,还及君之无恙。"我复兴楚国的理想专一而不可改变,希望最终推广为众人共同美好的理想,仰仗皇天的大恩大德,保佑君无病,国无灾。临终之前,把希望寄托在更多人的觉醒上,这是复兴楚国理想的进一步升华。联系他的绝笔《笛赋》就会有更深的理解。《笛赋》铺叙不同笛声所表达的不同感情,歌颂了猛勇、慓悍必刺秦王的壮士荆轲,对商纣王沉溺于《北鄙》之音而身死国亡,所以周人伤《北里》(即《北鄙》)发出了深深的感慨。最后揭示全篇要旨:"嘉乐悠长,俟贤士兮;鹿鸣萋萋,思我友兮。安心隐志,可长久兮。"美妙的乐曲悠长,是为了等待贤士;好像鹿儿叫着呼唤同伴一起来吃萋萋芳草,我思念我志同道合的好友;我已安下心来,把"志"埋藏在心里,可长久等待这样的志士和好友。他坚信楚国一定有一批像荆轲一样的反秦志士,仍然呼唤着和他一样志同道合的朋友安心把"志"藏在心底,等待着这样的贤者志士实现复兴楚国的理想,这是宋玉临终前的遗愿。果然,宋玉死后十三年,公元前209年陈涉、吴广揭竿而起,以"大楚"为号召,建立了"张楚"(张大楚国)政权;与世世为楚将的项羽等一批贤士最终推翻了秦王朝的统治。宋玉没有等到这一天,但历史却使宋玉复兴楚国美梦成真。

人间万事皆可变 唯独里居难更变

陈子成

（宜城农商银行 湖北宜城 441400）

【摘要】 关于宋玉里居，当代专家说宋玉是宜城人；宋玉祠堂、墓地和乡间民谣，印证宋玉是宜城人；志士名人来宋玉故居、墓地凭吊抒怀，佐证宋玉是宜城人；言之凿凿的历史文献，记载宋玉是宜城人。宋玉故里在今宜城：宋玉宅，坐落在宜城南郑集镇春秋时期楚故都古城遗址内南部；宋玉墓，在楚故都古城遗址北，今宜城市南郊3里腊树村。

【关键词】 宋玉；里居；湖北宜城

我来自宋玉故里。作为湖北宜城人，我们在程本兴会长的带领下，以各种方式为蒙冤受辱的中国文学祖师宋玉正名奋斗了10余年。正如刘刚教授在他的《宋玉遗迹传说田野调查报告——湖北宜城调查报告》第12页中所说："宜城是宋玉的故里，宜城人对于宋玉研究与以宋玉为题材的文学创作，有着特殊的热情。"刘教授一行在宜期间只征集到洋洋可观的部分作品，还有一些作品他未征集到。宜城排演的大型花鼓戏《宋玉传奇》在武汉、襄阳及周边县市展演多次；政府出面的宋玉国际国内大型学术研讨会议先后召开了3次；宜城文化人在各级报刊上发表了70篇有关楚文化、宋玉文化的文章。10余年辛苦非寻常，终于迎来了2013年岁末宋玉与屈原并列进入方铭教授主编的大学《中国文学史》教材第一卷的喜讯。

随着改革开放的不断深入，各地迫切需要打历史文化名人牌来发展经济。宋玉作为宜城人已进入中国文学史，成为不争的事实。但形势发展告诉我们，必须进一步开展宋玉研究考证工作，从多方面印证宋玉是宜城人。下面从四个不同侧面阐明宋玉的里居归属问题。

一、当代专家说宋玉是宜城人

方铭主编的大学《中国文学史》教材第一卷上编第七章宋玉及战国赋体文学是刘刚教授执笔编写的。刘刚在书中第204页中谈及宋玉籍贯时，明确写道："宋玉，楚鄢郢（今湖北宜城）人。"

刘刚先生是湖北文理学院宋玉研究中心教授，几十年来执着于宋玉研究，是个很有成果的著名教授。2013年5月7日至9日带着"宋玉遗迹传说"调查组一行7人,对宜城地区进行了为期3天的深入调查,有许多新的发现,考证出一些新观点。他在《宋玉遗迹传说田野调查报告——湖北宜城调查报告》第11页中表述:"宋玉故里在今宜城,宋玉宅坐落在宜城东南郑集镇南的春秋时期之楚故都——楚皇城古城遗址内的南部区域,而宋玉墓在楚皇城古城遗址北,今宜城市南郊腊树园村。"

对楚辞学研究很有成就的著名教授、湖南科技大学吴广平先生在《宋玉研究》第三章故宅与坟墓第30页中说:"关于宋玉的故里有钟祥、江陵、秭归、宜城四说。根据历史文献记载,结合实地调查,可以断定宋玉是楚国鄢郢人,其故里在今湖北省宜城市鄢城办事处腊树村。"他在书中用强有力的证据推翻了其他三说。

二、宋玉祠堂、墓地和乡间民谣,印证宋玉是宜城人

我是个跟楚鄢郢有紧密联系,跟宋玉和宋姓后人有瓜葛的人。我的故居在楚皇城古城遗址正南5里路的地方,当年沿途都是高低不等的墓葬群遗址,最高的墓堆有屋脊顶那么高。高小在楚皇城城西郑集小学读书,常去高高的古城墙和古练兵场上玩耍。1960年开始在县城读中学,数年从腊树村边宋玉墓地旁经过,有时候爬到两三人高的宋玉墓堆上去观察周围的景色。留下的少年记忆是:墓冢占地亩余许,周围有几棵高大的柳、桑、楝树和遍地荒蒿。墓前不远处有一些排列不齐的石碑,上边都刻印着有关宋玉的文字。据说墓旁原先建有祠堂,我却未见踪迹。后来,为了写小说,2000年我先后几次到腊树村实地勘查,找老年人调查,皆言因生产队修仓库无钱买砖,60年代中期四队挖墓砖建仓库,把宋玉墓破坏了。随后有的老百姓陆续在里边挖砖一年多。墓葬里挖出过一只鹿角。后来逐渐平整成耕地。当地百姓流传着一首说法不一、内容稍别的民谣:"腊树园,城南角,古有宋玉墓和宅。宋玉本是楚大夫,《九辩》文章绝调歌,生养死葬在楚国。"又云:"宜城县,东南角,宋玉墓在那里落。宋玉本是楚大夫,《九辩》千古绝调歌,生养死葬在楚国。"

宜城是"楚国故都、宋玉故里"。这是儿童时代从有小学毕业文化程度、爱谈故事的父亲口中得知的。旧社会,父亲过继给在县城做生意的独身四爷当儿子,在洋人办的观音堂读正规小学。后来晚奶奶进门,父亲进襄阳五中读书的梦破灭。晚奶奶的前任丈夫和儿女姓宋。据说是宋玉大夫的后人。

因为父亲跟姓宋的有恩怨情仇,他告诉我那位姓宋的伯伯家住县城南20华里的宋家岗。我长大后也未究究他们是不是宋玉的后人。见到刘刚教授据《水经注》卷二十八《沔水篇》的记载推断"宋玉宅坐落在宜城东南郑集镇南的春秋时期之楚故都——楚皇城古城遗址内的南部区域"论述后,勾起了我儿时的记忆。

我很赞成刘刚教授说的:"宋玉故里在今宜城,宋玉宅坐落在宜城东南郑集镇南的春秋时期之楚故都——楚皇城古城遗址内的南部区域,而宋玉墓在楚皇城古城遗址北,今宜城市南郊腊树园村"的论断。应当补充说明的是:楚皇城古城遗址正西3里有个小宋家岗,正西4里有个大宋家岗,里边的住户绝大部分姓宋,两个自然村加起来有100多户人家。宋玉宅是否在宋家岗一带,值得考证。

2004年我的长篇历史小说《宋玉》出版,我把宋玉当作楚籍宋人来写的。是参考了著名教授彭德先生的《宋玉生平考》和著名教授罗漫先生的研究文章而创作的。宋玉作为宋国太子,继位后的宋元王,被其父带兵追杀,逃奔至楚,成为楚国大夫。因为这种奇特的身世,更符合小说的故事情节创作和人物形象塑造的需要,使小说更具神秘色彩,更加热闹曲折生动好看。但那是文学艺术,允许虚构,不必考证落实。

三、志士名人来宋玉故居、墓地凭吊抒怀,佐证宋玉是宜城人

宋玉墓原三冢。最早始于明正德年间,后于嘉靖年间建祠立碑。清嘉庆年间修围墙,并置守冢者。可见当时规模相当可观。旧《宜城县志》云:"今宅已废,墓大及亩,或合冢并一耶?"明正德中,县令朱崇学立碑识之。嘉靖年间都御史路迎建祠堂于墓前,自为记勒于碑。祠堂已圮。60年代墓地改作耕地,今仅存清人陈廷桂《修宋玉墓垣》诗刻碑一块,存宜城市博物馆内。

明清时期,许多志士名人来宋玉故居、宋玉墓地祠堂凭吊,题诗抒怀,建祠刻碑,传下佳篇,赞颂宋玉人品文品,表达对宋玉的仰慕怀念之情。十几个碑记、诗文,可以证明宋玉的生葬地在宜城。现摘录其中几首:

《宜城县志》卷九《艺文志下》:(明)徐学谟《宋玉墓》

岭度千盘下鄢都,孤坟寥落古城隅。阳台神女无消息,残碣犹书楚大夫。

《宜城县志》卷九《艺文志下》:(明)王世贞《宋玉墓》

此地真埋玉,何人为续招。秋风吊师罢,墓雨逐王骄。

万事才情损,千秋意气消。仍闻封禅草,遗恨右文朝。

《宜城县志》卷九《艺文志下》:(清)徐夔生《修宋玉墓垣》

孤坟楚国大夫尊,久阕离骚读墓门。凭吊汨罗哀已尽,长眠巫峡梦无痕。

一生口过微词在,三载心香古道存。封树今烦贤令尹,更胜九地乱招魂。

《宜城县志》卷九《艺文志下》:(清)苏士甲《宋玉宅怀古》(二首)

招魂曾拟续新词,楚国先贤撮系思。一赋荒唐神女梦,千秋儒雅少陵师。

白杨风撼凄危垅,碧苏霜侵读断碑。此日云霓翔凤杳,何来雒(yùn)笑藩篱。

四、言之凿凿的历史文献,记载宋玉是宜城人

现摘录其中几段内容:

晋代习凿齿《襄阳耆旧记》卷一言:"宋玉者,楚之鄢人也。故宜城有宋玉冢。"

北魏郦道元《水经注》卷二十八"沔水"经文:"又南过宜城县东,夷水出自房陵,东流注之。"注曰:"城,故鄢郢之旧都,秦以为县,汉惠帝三年,改曰宜城。……城南有宋玉宅。玉,邑人,隽才辩给,善属文而识音也。"

宋代祝穆《方舆胜览》卷三十二《京西路·襄阳府·人物》说:"宋玉,宜城人,有宅

在城南。"

宋代王象之《舆地纪胜》卷八十二《襄阳记》云:"江汉间,州以十数而襄阳为大,江陵以汉水为北津。襄阳,旧楚北津。宋玉、王逸、张悌、习凿齿之徒实生此土,故民尚文。"又言"汉宜城故城"有"宋玉宅"。

清代甘鹏云《楚师儒传》卷一《楚大夫宋玉》说:"宋玉,宜城人,楚大夫屈原之弟子也。隽才辩给,好辞,而以赋见称。"

清代同治年间修《宜城县志》卷七《耆旧志·列传》说:"宋玉,楚鄢人也,屈原弟子。隽才辩给,善属文,为楚大夫,闵其师屈原忠而被逐,乃作《九辩》以述志。唐勒谗之于襄王,复著赋以自见,后世修辞者称之。"

《嘉庆重修一统志》卷三百四十七《襄阳府·古迹》:"宋玉宅,在宜城县南三十里(按:当作'三里')。《水经注》:'宜城县南有宋玉宅。'按宋玉宅有三,此其里居也。一在归州,从屈原游学时所居。一在江陵,则服官郢都时居之。""里居"就是故乡,就是老家的居住地。宋玉就是宜城人。

宋玉生年初探

李伶甫

（宜城一中　湖北宜城　441400）

一、学者专家对宋玉生年的五种推断

由于宋玉生年没有文献资料可查，所以不少学者专家在研究宋玉的过程中对宋玉的生年进行了各种推断，从而得出五种不同的结论，现列表如下：

学者专家姓名	宋玉出生时间（公元）	楚纪
陆侃如	公元前290年	顷襄王九年
游国恩	公元前296年	顷襄王三年
吴广平	公元前298年	顷襄王元年
姜书阁、褚斌杰	公元前319年	楚怀王十年
彭德	公元前327年	楚怀王二年

从上表看，陆侃如、游国恩、吴广平均认为宋玉出生于顷襄王时代，但具体时间却不一致，分别为顷襄王元年、三年和九年，最早为元年，最晚为九年，中间相差不超过十年。

而姜书阁、褚斌杰、彭德则认为宋玉出生于楚怀王时代，从怀王二年到怀王十年，时间也在十年之内。

从楚怀王二年到顷襄王九年（公元前327年—公元前290年）相差也不过三十八年。三十八年看起来虽然短暂，但在那风云际变的年代，我们对宋玉生年的推断，一定要十分准确，因为只有准确把握时代的脉搏，对研究宋玉以及与之有关的人和事才能更准确，否则，很可能"失之毫厘，谬之千里"。

二、屈原出仕怀王，宋玉出仕顷襄王这是不容置疑的历史事实

怀王在位的三十年是屈原大起大落，也是楚秦之争两强势力消长变化的三十年。结果是楚国由胜而衰，秦国最后统一全国。

怀王执政之初，重用屈原为左徒，楚国在外交和内政方面都取得了重大胜利。由于联合齐国坚持统一战线共同抗秦，怀王十一年被推为纵约长（公元前318年），从此

声威大振,屈原在国内制定宪令进行改革,如果坚持下去,形势就会发生巨大变化。然而在关键时刻怀王听信谗言将屈原免职,怀王二十四年又将屈原放逐江汉。怀王末年,虽然他意识到自己上当受骗,召回了屈原,但楚国大势已去。不久,怀王客死于秦,顷襄王即位。屈原再次流放江南,直到郢都陷落,屈原殉国。

顷襄王在位三十五年可划分为两个阶段。第一阶段从即位后到郢都陷落共二十一年,顷襄王以流放屈原为条件在顷襄王六年(公元前293年)与秦恢复交往,赢得了暂时的和平,第二阶段从郢都陷落到顷襄王末年共十四年,这时楚国处于战乱之中,人民迁徙流离,国势每况愈下。

宋玉事屈原及任顷襄王侍从的事见于习凿齿的《襄阳耆旧记》卷一《人物·宋玉》:"宋玉者,楚之鄢人也,故宜城有宋玉冢。始事屈原,屈原放逐,求事楚友景差。景差惧其胜己,言之于王,王以为小臣。"

三、屈原是宋玉的老师是言之有据的

最早提出宋玉是屈原弟子的根据见于东汉王逸的《楚辞章句·九辩》:"宋玉者,屈原弟子也,悯其师忠而放逐,故作《九辩》,以述其志。"《隋书·经籍志》亦有记载:"楚辞,屈原之所作也,……弟子宋玉痛惜其师,伤而和之。"宋·欧阳修也同意这种说法,所以他在评价宋玉时说:"宋玉比屈原,时有出蓝之色。"

宋玉与屈原是师生关系还可以从以下两方面进行考证。

(一)在治国兴邦的理念上,他们都"坚持仁政、先王之道,选贤举能,对内改革,对外抗秦"他们都忧国忧民,为振兴楚国而献身。

(二)他们同为辞宗,在艺术风格上也基本相同,他们吸收多元文化的精髓,立足创新,可以说是"相辅相成,相得益彰"。

屈原宋玉齐名,承前启后,同声相应,同气相求,心息相通,一说明他们有着深厚的师生之情,二说明他们有着相似的经历。

四、宋玉师从屈原应在什么时间

宋玉师从屈原的年龄应该是求学读书的年龄,这个阶段正是长身体长知识的时期,精力旺盛,求知欲强烈,在屈原言传身教长期培养下,宋玉逐步成长为出类拔萃的人才。师从屈原的求学经历为宋玉一生奠定了基础。

宋玉师从屈原到底需要多长时间,一般说法为"十年寒窗苦",即宋玉从十几岁到二十来岁风华正茂的时期。

那么,屈原招收宋玉为弟子之时,屈原在其人生当中的哪个阶段呢?

从怀王之初到怀王十七年是屈原宏图大展的盛年,虽然日理万机,但他精力充沛,心情舒畅,也希望后继有人,得天下英才而育之。因此,屈原收宋玉为弟子之时当在屈原被怀王重用之时。

如果宋玉出生于怀王十年,当宋玉长大时,屈原已被放逐江汉。若宋玉出生于怀王二年,宋玉长大以后屈原也已被免职。这个时候屈原会不会招收宋玉作为自己的弟子呢?这种可能性不大。

五、宋玉仕顷襄王的时间

宋玉仕顷襄王的时间在顷襄王即位之后到郢都陷落之时。

漂流在外、风餐露宿的楚国王子,一旦当了国王,大权在握,想的是什么呢?他想的是纵情娱乐,贪图享受。他不仅不考虑治国安邦的大计,而且根本听不进理朝执政的忠告。追求管弦丝竹之盛、云游山水之乐、奔走骑射之激情,迷恋女色,追逐与神女狂欢,喜爱读诗论辞的风雅,这一切就成为他人生的快事。

顷襄王在任命宋玉为文学侍从之后二者之间的关系是怎样的呢?晋习凿齿在《襄阳耆老记》卷一记载:"玉识音而善文,襄王好乐而爱赋,既美其才,而憎其似屈原也。"这说明顷襄王与宋玉由于在音乐和文学方面的共同爱好,所以关系十分密切,宋玉的许多作品都是随顷襄王云游时即兴而作,在这方面他们是心息相通的知音。然而,在政治观点上却存在着严重的分歧。宋玉认为秦国虎视眈眈,楚国危机四伏,政治上腐败无能,人民生活极度贫困,如果不进行改革,国将不国,因而宋玉苦口婆心,采取各种办法劝谏顷襄王改弦更张,勤政爱民,改革时弊实行仁政,但宋玉的种种努力却适得其反,引起顷襄王的无比愤怒,当郢都陷落国难当头,顷襄王将宋玉罢官,宋玉成为和屈原同命运的悲剧人物。

六、宋玉和顷襄王在年龄上相差不大,基本上是同龄人

宋玉仕顷襄王的时间在顷襄王即位之初到郢都陷落,计十五年。

宋玉作为文学侍从、专业作家,他的主要任务是写出词藻华丽、韵律和谐、曲调高雅的诗词歌赋,编排出赏心悦目、委婉动听的歌曲舞蹈。

宋玉器宇不凡,风流儒雅,深得顷襄王的赏识。在交谈当中,宋玉不卑不亢,从容辞令,才气过人,也确实使顷襄王心领神会,心生敬意。正因为如此,宋玉的文学天赋更得以充分发挥,从而取得了巨大成就。

宋玉和顷襄王都在三十岁左右,均年富力强,这从他们的生理状况和心理状况都足以说明。如游山玩水,即兴作赋,游兰台之宫而作《风赋》,游云梦之台而作《高唐赋》,游云梦之浦而作《神女赋》,这种长途跋涉,即兴写赋,共同赏析,一要有雅兴,二要身体强健,精力充沛。

顷襄王骄奢淫逸,贪恋女色,不理朝政,这是宋玉非常担心的。为此宋玉运用各种方式劝谏顷襄王,要以礼仪约束自己,不可贪恋女色,凡此种种,一般都发生在同龄人之间,而且都处于年青时代。

七、郢都陷落顷襄王昔日的欢乐已变成今日的凄清

顷襄王二十一年(公元前278年)郢都陷落,楚国昔日的繁华如梦般消失,风花雪月的诗情画意已不复存在。国穷民困,流离失所,满目疮痍,残垣断壁的景象使人怆然泪下。这时的顷襄王已是凄凄惶惶,岁无宁日,逐步走向他鬓发苍苍的暮年。在仅仅十四年的过程中,楚国如秋风扫落叶般凋零,顷襄王已是夕阳西下朝不保夕了,而风流倜傥、惠于中而秀于外的宋玉在被迫去职之后,也开始他飘泊流浪的生涯,成为行踪不定的垂暮老人。

人生易老,岁月无情,顷襄王执政的三十五年,以郢都陷落为分界线,前后形成极大的反差。当他年轻力壮时,骄奢淫逸忘乎所以,一旦"落花流水春去也",到了日暮穷途万木萧萧之时,也就成为一丘黄土。

而宋玉则因其有忧国忧民的情怀、振兴楚国的壮志,并且写下了可歌可泣的壮丽诗篇而与日月同光,与天地共存。

八、谨请学者专家赐教

我学疏才浅,所以不揣冒昧,提出一些不同的看法,目的在于求得学者专家及有识之士的释疑解惑。

我提出宋玉生年为公元前330年(楚威王十年),是根据"宋玉是屈原的弟子"及"宋玉为顷襄王文学侍从"等文献资料和重大历史事件进行推断的。

我寻思一个伟大人物的诞生不是偶然的,是时代的孕育和客观时势造成的。伟大人物总是引领时代潮流并推动历史向前发展,所以他们总是和时代风云、重大历史事件密切相关的。

如果宋玉生于怀王二年或怀王十年,当宋玉长大,到了读书求学的年龄,屈原已被怀王免职接着又遭放逐江汉,就将"宋玉是屈原弟子"这一史实给予轻易地否定了。宋玉虽然天资聪慧,但若无名师指导,他的道德文章、知识素养不可能达到炉火纯青的地步。

如果宋玉生于顷襄王元年,宋玉则为二十一岁,郢都已经陷落,顷襄王流离奔徙,不可能任用宋玉为文学侍从为他消遣取乐。

如果宋玉生于顷襄王三年,郢都陷落时他才十八岁,无论生理年龄和心理年龄都和顷襄王有很大的差距,社会经历以及对人生的感受也很不相同,怎么可能在情趣上发生共鸣呢?如果宋玉出生在顷襄王九年,顷襄王去世时他才二十六岁,年龄差距这么大,怎么可能一同出游,顷襄王年迈,也经不起车马劳顿之苦。特别是讲到男女情爱,劝谏顷襄王戒女色的话题,那就更格格不入了。宋玉事顷襄王时,无论写文章、交谈都十分得体,遣词造句,精心推敲,谈论治国安邦之道更是井井有条。尽管顷襄王对宋玉的政治主张非常反感,但对其文学艺术是十分欣赏的。正因为二人情趣相投,心

息相通,宋玉的诗赋创作才有了极大发展。这一切都是符合历史事实和文献资料的。

九、《笛赋》创作于荆轲刺秦王之前

不少学者专家认为宋玉《笛赋》中所写"宋意将送荆轲于易水之上""歌壮士之必经,悲勇猛乎飘疾",就理解为宋玉参与了送荆轲于易水之上的行动了。

从表面上看,荆轲刺秦王似乎起于太子丹与秦王嬴政的个人恩怨,而实质上是反映被侵略者反抗侵略者的正义斗争。

太子丹刺杀秦王蓄谋已久,具体时间在公元前232年,太子丹由秦逃回燕国,这时读书击剑行侠仗义的荆轲也在燕国,两人见面之后即策划刺杀秦王之事,而且进行了长期的准备。与此同时,秦兵大举侵犯各诸侯国,人民反抗秦国的情绪日益高涨,知识分子当中报仇雪恨的怒焰也愈燃愈烈,虽然荆轲刺秦王之事在秘密中进行,但"山雨欲来风满楼",不免为人民所传闻,宋玉很可能在这样的背景下,感受到这一事件必然会发生,易水是由燕入秦的必经之路,满怀爱国之情的宋玉,虽已年迈,但仍然关心天下大事,遂有"宋意将送荆轲于易水之上",并想象到那种"歌壮士之必经,悲勇猛乎飘疾"的壮烈场面。宋玉虽然向往那种送行的壮举,但实际并没有参加公元前227年为荆轲的送行。

我想,不少学者专家提出宋玉生年的五种推断,是否和宋玉《笛赋》中所写"宋意将送荆轲于易水之上"有关,是否认为宋玉不可能那么长寿。

人的长寿,需要具有健康的身心。宋玉经受许多磨难,具有坚强的意志力和超强的承受力,他受道教回归自然、修炼身心、延年益寿的思想影响,活到九十、上百岁也并非不可能。

十、宋玉能否活到百岁

宋玉能否活到百岁,晚年能否进行《笛赋》的创作,这不仅是学术界争论的焦点,而且也是历史上的一桩悬案。一般来说人活百岁又身心健康,而且能从事写作实属凤毛麟角,但是能不能因为这种情况太少就从根本上予以否定呢?

宋玉作《笛赋》应在荆轲刺秦王之前,完成《笛赋》则在公元前232年之后,时宋玉也已九十八岁,这件事确实使一些学者困惑。

难道古代就没有活到一百岁的人吗?隋唐之际的医学家孙思邈(581—682年)就活了101岁,而且他的著名医书《备急千金要方》和《千金翼方》等都是在晚年时完成的。隋唐著名的书法家智永勤习书法,写千字文八百多本,书法使他身心健康,据历史记载他"年百岁而终"。

那么深居山林潜心修炼,被道教经典改塑的道教徒的宋玉就不能活到一百岁吗?就不能在晚年进行《笛赋》的创作吗?我认为这种可能性不是没有。

宋玉作品中的美女形象来龙去脉

张端彬

（福建长乐　350200）

宋玉在作品里塑造了一系列美女的形象，有的是"群像"，有的是"个像"。在《登徒子好色赋》、《招魂》、《高唐赋》、《神女赋》等作品中，都可以见到。《登徒子好色赋》出现了一个"东家之子"的美丽妇女形象。这是个像。她生得千娇百媚，是一个凡间美人，是凡间美女的化身。她的身上具有浓厚的人气，却没有妖气、鬼气。在文学史上竖起了凡间美女的形象。《高唐赋》、《神女赋》又出现另一种类型的神女的形象，飘飘冉冉，可望不可即。这个美女不是凡间美女是天上仙女，身上人气少了，仙气多了起来。在文学史又竖起另一个美女的典型形象。一个人毕生能够塑造一个美女形象已属不易，而宋玉却塑造好几个美女形象，更是难能可贵。不是非凡的天才，岂能妙笔生花，绘出惊人的美女形象呢？这几个美女同中有异，异中有同。所谓同，都是生得美，使用的艺术手法，也有相同或相似的地方。所谓异，指的美得各有特色，使用的艺术手法各有千秋，自然也表现在仙气与人气同异了。在"东家之子"身上明显地看出继承古人的痕迹，而在"巫山神女"却更多看出宋玉天才的闪光。

先说"东家之子"吧，这个美女显见受到《诗经·卫风·硕人》的影响，通过直接、间接的描绘，通过幻想、想象、比较、排比、比喻等艺术手法描绘出一位非凡美丽的妇女形象。宋玉可算一位擅长描绘美女的画家了。假若说"眉如翠羽，肌如白雪，腰如束素，齿如含贝"这种描绘，直接从《硕人》学来的，与《硕人》里的"手如柔荑，肤如凝脂，领如蝤蛴，齿如瓠犀"雷同，可是"天下之佳人莫若楚国，楚国之丽者，莫若臣里，臣里之美者，莫若臣东家之子"。这种倒层递进连续比较，加以夸张、想象进行铺陈描绘，却不是来自《诗经》的。至于"增之一分则太长，减之一分则太短，著粉则太白，施朱则太赤"这种描绘美女的身姿、肤色，也不是师法《硕人》的，可见宋玉不仅继承而且发展了《诗经》描绘美女的传统。

宋玉描绘美女也着意"画人点睛"。因为眼睛是心灵的门窗，通过门窗可以窥见此人的心理状态，无论是做到形似、神似都离不开描绘那一对会传情达意的眼睛。中国文人画家善于运用眼睛描绘人，如"秋波盈盈"、"脉脉含情"、"情人眼里出西施"、"眉目传情"、"眉开眼笑"等等，自然也包含描绘美女的笑容。在《诗经·硕人》里，就刻意从眼睛、笑容着笔描绘的。"蝤首娥眉，巧笑倩兮，美目盼兮"，把硕人笑时腮边忽隐忽现的笑容勾出来，又把她美丽闪光的眼睛勾出来，写出这个美女的美姿了。宋玉写"东家之子"之时，写道："嫣然一笑，惑阳城，迷下蔡"，更进一步写出美女笑容所产生的魅力。在描写郑国的美女"含喜微笑，窃视流眄"，也是从眼睛笑容下笔的，她们目光像流水那样流动。《招魂》也描绘美女的眼睛,笑貌"蛾眉曼睩,目腾光些",描出美女转动的眼睛射出火一样的光亮,攫住了人。描绘醉美人更弄得人入迷。"嬉光眇视,目层波些",两眼水汪汪,好似有两股清泉从眼睛中流了下来。在《神女赋》里,写巫山神女"眸子炯其精朗兮,瞭多美而可观",也是写目光与笑容的美妙,似这种描绘美女的眼光、笑容,都产生了强烈的艺术力量。宋玉还调动了一切艺术手法,写美女的娇媚。宋玉把东家之子的美与登徒子之妻的极丑进行强烈对比,也像东施效颦那样与西施强烈对比,都能够动漾人心。至于宋玉的从容词令,从描绘美女中也可以窥见一斑。更难能可贵的是宋玉继"东家之子"之后,又创造了一个巫山神女的美女形象,更是发展了《硕人》的形象。宋玉塑造的两个美女形象远超过《硕人》。宋玉在描绘东家之子时,主要吸收《诗经》的现实主义,但他描绘巫山神女,主要是用浪漫主义笔调。在巫山神女身上聚集着宋玉天才的心血,那巫山神女飘逸俊洒,满身仙风道骨。不难看出宋玉从楚国民歌,特别从《九歌》之中学习来的。《九歌》出现了两个美女的形象,仙女的形象。如,湘夫人,勾划了湘夫人飘飘到来的美丽形象——"帝子降兮北渚,目眇眇兮愁予,嫋嫋兮秋风,洞庭波兮木叶下。"寥寥几笔,如此传神,从风声波流中看见了她的身影,如闻其声,如见其人。还有"山鬼"中的山鬼形象,也是一位美丽的女神,"若有人兮山之阿,被薜荔兮带女萝。既含睇兮又宜笑,子慕予兮善窈窕,乘赤豹兮从文狸,辛夷车兮结桂旗……"细致描绘山鬼特殊装饰,写目光与笑态。这两个女神的形象自然给宋玉创造巫山神女以影响。同时,在一些作品中,描绘其他美女,也进行了尝试。宋玉常常从面容、神态、声音、笑貌、色彩多方面描绘美女,已经看出他擅长描绘美女了,那么在巫山神女身上可以算集大成了。把现实主义与浪漫主义结合起来,发展了浪漫主义,调动了一切艺术手法,塑造神女的形象。如"褍不短,纤不长,步裔裔兮曜殿堂。忽兮改客,婉若游龙乘云翔……沐兰泽,含若芳……"不仅眼观其色,耳听其声,心领其神,而且鼻子闻到她身上溢发出来的香泽。"其象无双,其美无极,毛嫱鄣袂,不足程式,西施掩面,比之无色",正面描写结合侧面描写,愈益见到她的美丽。"眸子炯其精朗兮,瞭多美而可观。眉联娟以蛾扬兮,朱唇的其若丹,素质幹之 实兮……"从眼部到笑态,从眉毛到嘴唇都描绘出来,把《诗经》、《九歌》里描绘美女的手法,把《登徒子好色赋》、《招魂》里描绘美女的手法都运用到巫山神女的身上,有所继承,有所发展,有血有肉,出现了一位美丽的仙女形象,前无古人,从某种意义上说,也可算后无来者。

宋玉是怎样继承并发展了《诗经》、《九歌》美女的传统并对后代描绘美女而产生影响了呢?我们从《汉乐府·陌上桑》里的秦罗敷身上可以寻到。如"行者见罗敷,下担捋髭须。少年见罗敷,脱帽著帩头。耕者忘其犁,锄者忘其锄。来归相怨怒,但坐观罗敷。""使君从南来,五马立踟蹰",用的间接衬托,从别人的神情动态窥见秦罗敷的美态。也可以从三国曹植的"洛神赋"中描绘宓妃这位洛神的形象上见到的。如"其形也,翩若惊鸿,婉若游龙。荣耀秋菊,华茂春松。髣髴兮如轻云之蔽月,飘飘兮若流风之迥雪。远而望之,皎若太阳升朝霞,迫而察之,灼若芙蕖出绿波。褍纤得衷,修短合度,肩若削成,腰如约素……",从曹植洛神身上,不是也瞧到宋玉的"东家之子",特别是巫山神女的影子。

到了中唐,大诗人白居易在长诗《长恨歌》之中塑造了杨玉环的形象,由人而变成神,把现实主义与浪漫主义紧密结合起来,也仍然看到宋玉"东家之子"、"巫山神女"的音容笑貌。如"回眸一笑百媚生,六宫粉黛无颜色","云鬓花颜金步摇,芙蓉帐暖度春宵","承欢侍宴无闲暇,春从春游夜专夜。后宫佳丽三千人,三千宠爱在一身","姊妹兄弟皆列土,可怜光彩生门户。遂令天下父母心,不重生男重生女","风吹仙袂飘飘举,犹似霓裳羽衣舞,玉容寂寞泪阑干,梨花一枝春带雨……"

此外,我们还可以作两种比较看出宋玉是怎样继承并发展《诗经》、《九歌》描绘美女的传统而且对后代描绘美女的影响。

"巧笑倩兮,美目盼兮"(《诗经·硕人》)

——描绘美女的笑态,笑时笑窝浮映出来,又加以美丽的眼睛顾盼有神,令人爱怜。

"目眇眇兮愁予。"(《九歌·湘夫人》)

——那含情的眼波望得人心里发愁。

"既含睇兮又宜笑。"(《九歌·山鬼》)

——秋波盈盈生情,笑容使人可亲,惹人动心呵!

"嫣然一笑,惑阳城,迷下蔡。"(宋玉《登徒子好色赋》)

——笑态动人,使所有男人如醉如痴。艺术效果震撼人心。

"含喜微笑,窃视流眄。"(宋玉《登徒子好色赋》)

——目光流动,笑态可掬,如像见到其人。

"蛾眉曼睩,目腾光些。"(宋玉《招魂》)

——眼睛转动射出的光芒如火烧燎人心。

"嬉光眇视,目层波些。"(宋玉《招魂》)

——两眼水汪汪,似清泉从眼眶中喷射出来,使人销魂。

"眸子炯其精朗兮,瞭多美而可观。"(宋玉《神女赋》)

——眼珠黑白分明,目光闪闪,使人走不去,离不开。由爱生慕,由慕生情。

"明眸善睐,靥辅承权。"(曹植《洛神赋》)

"转眄流精。"

——把目光写活了,把人写活了,那笑窝生动极了,美丽极了。

《陌上桑》没有直接写出秦罗敷的眼睛、笑态,但从人们与马对她的神态之中仍然见到她一颦一笑的魅力。白居易的《长恨歌》中,那种"回眸一笑百媚生"使得六宫美女毫无颜色,那种"含情凝睇",默默无言只有情,不会说话的眼睛流出话来了。我们从这些例句比较中,不是见到宋玉继承发展《诗经》《九歌》,并对后人以影响吗?

我们再从曹植的《洛神赋》里所描绘美女的句子与宋玉描绘"东家之子""巫山神女"等句子进行比较,更分明看出曹植的洛神深深受到宋玉笔下美女的影响,也许正是曹植有意的学习和继承。

曹植《洛神赋》:"其形也,翩若惊鸿,婉若游龙"这句子有一句直接来自宋玉《神女赋》"婉若游龙乘云翔",曹植又加上惊鸿而已。

曹植《洛神赋》:"髣髴兮若轻云之蔽月,飘飘兮若流风之迴雪。远而望之,皎若太阳升朝霞,迫而察之,灼若芙蕖出绿波"这些句子也是师承宋玉《神女赋》中的:"其始来也,耀乎若白日初出照屋梁,其少进也,皎若明月舒其光。"

曹植的《洛神赋》:"秾纤得衷,修短合度"也能从宋玉的《神女赋》:"秾不短,纤不长",《登徒子好色赋》:"增之一分则太长,减之一分则太短"找见来龙去脉。

曹植的《洛神赋》:"肩若削成,腰如约素"从宋玉《登徒子好色赋》:"腰如束素"取来的。

曹植的《洛神赋》:"修眉联娟",从宋玉《神女赋》:"眉联娟以蛾扬兮",《招魂》:"娥眉曼睩"找见根据的。

曹植的《洛神赋》:"明眸善睐",也离不开宋玉《登徒子好色赋》:"含喜微笑",《招魂》:"嫮光眇视,目层波些"的影响。

曹植的《洛神赋》:"瑰姿艳逸,仪静体闲"是受到宋玉《神女赋》:"瑰姿玮态""志解泰而体闲"的影响。

曹植的《洛神赋》:"奇服旷世,骨象应图"中见到宋玉《神女赋》骨法多奇痕迹。

曹植的《洛神赋》:"披罗衣之璀粲兮"是仿效宋玉《登徒子好色赋》:"体美容冶,不待饰装。"《招魂》:"被文服纤。"《神女赋》:"其盛饰也,则罗纨绮缋盛文章"等句子的。

曹植的《洛神赋》:"曳雾绡之轻裾"与宋玉的《神女赋》:"动雾縠以徐步"如出一人之手,足见曹植模仿、学习宋玉的。

曹植的《洛神赋》:"转眄流精,光润玉颜"与宋玉《登徒子好色赋》:"窃视流眄。"《神女赋》:"苞温润之玉颜"也有相似之处。

曹植的《洛神赋》:"含辞未吐,气若幽兰","微幽兰之芳蔼兮"与宋玉《神女赋》:"吐芬芳其若兰","沐兰泽,含若芳"都有相同之处。

当然,相同相似的句子不限这些,还多得很,但我们只从这些相同、相似的句子比较看来,宋玉对曹植的影响很大,无须我们多费笔墨了。宋玉所塑造的美女,特别"东家之子"、"巫山神女",上有来源,来自《诗经》《九歌》,下有去脉,对后代写美女特别曹植笔下的洛神,白居易笔下的杨玉环影响深远。

略议宋玉及其与辞和赋的关系

于 试

(湖南常德市屈原学会 湖南常德 415000)

【摘要】 楚国第二大诗人宋玉,一生辞赋贡献卓著。什么环境使成?他的身世是一个谜,文章重点进行了研究,掀开了大起大落的原因。

【关键词】 宋玉;赋;辞

宋玉是继屈原之后,中国史上最早的又一座文学高山。战国诗人除屈原外就是宋玉。宋玉承先启后成为楚辞的殿军、汉赋的始祖。

因此,要弄清宋玉,必须弄清楚辞与赋的辩证关系。

一、关于辞

楚辞,又名辞,楚国流行之辞,源起于楚国。楚辞从民间诗词养料引发,一枝独秀,屈原以情入诗,一唱三叹,波回云转,吟兮不止,从而,标新立异为一种纯文学样式,具有划时代意义。

楚辞是南方的。南方当时的民间诗词养料便是巫觋文化。大自然的变化,很多东西人们无法解释也无法抗拒,俯仰变幻莫测的天地,便想象出许多天神地怪来,祈求通过祭拜、唱颂、供礼而解决,巫觋便应运而生,念念有辞,载歌载舞,作法使灵。上至帝王,下至草民,无不信以为真,以卜国家命运、人世死生。这种种宗教活动深深浸润了楚辞;楚辞里面刻画的不少场景,以及行事语词,都有巫术活动的闪烁;同时巫觋活动的唱词也是押韵的,有带"兮"的,有四字句、六字句、七字句。它打破了《诗经》四字格贯体。屈原包括在内的当时人,都信风水,敬鬼神,择吉日,做道场。以巫术为底色,以诗词为载体,抒发政治情怀,嗟叹个人命运,《离骚》《天问》《九歌》等作品无一例外。

由屈原带头形成的固定的文学样式,踵继者如宋玉、唐勒、景差之流的楚国诗人发扬光大,此世之作,皆称楚辞。楚辞的集大成者是屈原,代表作是屈原的《离骚》。楚辞专称的首次出现是《史记·酷吏列传》中所提"买臣以楚辞与助俱幸"。成为书名是刘向编辑的《楚辞》。王逸在西汉人刘向编辑基础上作《楚辞章句》,以真正独立文体的称谓立下来。历史上以辞命名的有汉武帝的《秋风辞》,陶渊明的《归去来辞》。

为什么说辞又谓"骚"?因为萧统所编《文选》中专立骚类,王逸的《楚辞章句》、刘勰的《文心雕龙》都把《离骚》放在第一位置。由此,声名显赫,移而以骚代辞,辞即骚。也就是说,辞如没有骚的特点,便不成为辞。那么辞骚有哪些要素?一是铺排抒情,文采绚丽;二是有诗的节奏,有韵;三是骚体化句式结构,如:××××××兮×××××,×××兮×××,××××××兮、××××兮×××等;四是比兴象征手法,语义委婉含蓄,借喻寄托;五是不以"赋"命名,以赋命名便不称之为辞。

宋玉写楚辞的"拿手戏"是《九辩》和《招魂》。这两篇辞是紧承屈原《离骚》风格的圭臬。

《校定楚辞序》(宋黄伯思)有言:"盖屈宋诸骚,皆书楚语,作楚声,纪楚地,名楚物,故可谓之楚辞。"

二、关于赋

我们说诗辞歌赋。诗指诗经。《诗经》是古代的诗,是一切韵文之源。北诗南辞。南方主要盛行辞,以屈原为代表,先秦为界。诗辞发展开来,于是歌赋迭出,能唱为歌,能诵为赋。

正式以赋大诵于世的时代是汉朝。为什么呢?这与汉高祖刘邦分不开。他是楚人,《大风歌》便是其杰作。家乡情使得汉赋风靡天下。文人相习作赋,可将司马相如为代表。从离骚体分拨而为赋体文学体式。

汉代,辞赋几乎混为一谈,又用骚体又称赋。怎么断开呢?凡用骚体而不以赋命名者,概谓后继之楚辞。凡用骚体而以赋命名者,概谓骚体赋。

赋之分类为:以骚体写的赋叫骚体赋,以问答体写的赋叫文体赋,以古诗体写的赋叫诗体赋。

赋有三个基本特点:一是直言铺陈,就是不隐讳而放言,并且大胆修饰夸张;二是体物写志,即极力刻画物体之形态,充分抒发个人情感;三是不配乐,但讲究气势节奏与抑扬顿挫,便于吟诵。

钟嵘在《诗品》中说,诗六义:赋、比、兴、风、雅、颂。赋比兴为"诗之所用",风雅颂为"诗之成形"。赋原是诗中的表现手法,到汉代发展成为文体之一了。但赋的本质表达手段,依然如此:赋承楚辞而来、因此,赋的铺陈扬厉手法如辞,且冠以"赋"名。

前面已讲到辞即骚,它是不可以赋来命名的。如果以赋命名,又用骚体的写法,我们叫它什么?叫骚体赋。如汉代贾谊所写《吊屈原赋》。

当代史学家蔡靖泉在《楚辞学史》中鉴封道:"从文体着眼,屈原作品宜称为'骚'而不宜称为'赋',因为'骚'可特指屈原创新的楚辞体诗歌,而'赋'则是宋玉、唐勒等人在屈骚及前人文学创作的基础上奠基式而由汉人成其制的一种韵散结合的体裁,严格说来,属于文而不同于诗。"

三、赋之文体赋

先讲文体赋。文体赋具有什么特征?就是注重文采,注重韵律,有问有答的一种散文化的文学体裁。这种散文化的赋的结构一般为三段式：起问（缘起）——答问（中心、主体）——结论（结局）。起问段是散文化的句子，答问段是韵文化的句子，结论段是散文化的句子，形成"散一韵一散"的句法规律。当然，也有两段式的。所有大赋和宋代新文赋，都包括在内。

文体赋又称文赋、散体赋：它是从何而来？又为何兴起？

来源有三：春秋到战国，群雄纷起，百家争鸣，纵横家游说各国，论道说理成为时髦风尚。如孔子、老子、墨子、孟子、庄子、荀子等所论所著皆议论问答式，有疑而问，有问而发，而发则振聋发聩，有气势，令人敬畏，意欲治国安邦。此其一。其二，中国民间诗歌、巫傩歌舞的滋润，三百零五首的民歌集《诗经》，都能说明它渲染的力量，曾有一定的影响，南北文人不能不学。《诗经》常多四言句式，楚辞从诗中变革。三是楚辞的分蘖延伸，潜移默化。文体赋中段的句式，是从楚辞所特有的"兮"字句而演变成为文体赋的两种句型，即六言句和四言句。因此，我们说，赋是取三者所长，兼而有之，累经千代而不衰。时至今日，赋作亦行，多为纪念史实，把玩闲情罢了。

宋玉的赋实谓文体赋。

文体赋之所以兴起，还与作者创作目的有关。因为要适合官场的需要，歌功颂德、以为晋身阶梯；因为要借物言志，摹状讽喻，催生社会政治效果；因为要借机张扬自己的才学，造势扩大声誉；因为同声相应，同气相求，会遇知音，交流感慨。

一经流传，于是乎，从战国到汉代、宋朝，飞黄腾达不已。

四、宋玉的赋

在宋玉以前，正式以赋命名者，尚未见经传，是宋玉给古老的历史文学贴上了一个新的标签。他创立的三段论式，开辟了大赋的先河，冲破了楚辞、诗经所原来有的韵文形式，也打破了先秦诸子说词的干涩隐晦，即形成了又韵又散，又问又答的全新模式的文体赋。三段式：起始段提问（散句）——中间段是主体段，答问（韵句）——结尾段（散句）。

这种体式，能把一种陈述变成对话，能把一种假设表现得真实可触，能增加动态感，随着空间、人物转换，激活思维的多向发展，使道理软化在生动描写中，给读者美的享受，以致精神愉悦、气血通达。

宋玉的赋，风格多样化。有微谏即曲谏。设喻劝谏，曲线救国，与屈原的直谏净言有别。司马迁在《屈原列传》中曰："屈原既死之后，楚有宋玉、唐勒、景差之徒者，皆好辞而以赋见称。然皆祖屈原之从容辞令，终莫敢直谏。"这段话有几点值得注意：屈原后学中，宋玉排在第一，说明他的成就最高，是继承屈学的最得意弟子。再者，叙所作之赋大受嘉奖，文采斐然。还有一点就是，多讽谏（曲谏）不直谏。所谓"莫敢"，是地位、资历使然，宋玉不过"一介寒士"。古往今来，莫不如此。话儿说得委婉一点，说得形象一点，这也是做官的诀窍，为人的一般准则。比如他的《风赋》《钓赋》《讽赋》《御赋》《笛赋》，洋洋洒洒，由此而及彼。运用类比移用手法，用大量篇幅写此，让听者沉入此中，然而作者笔锋一转，画龙点睛说彼，听者才醒悟，才首肯。原来不是浅显的是深层次的东西呵!

如果说吹牛也是一种艺术,当然并不排除,宋玉是善于吹牛的祖师爷。他打开了游戏文学的序幕。其《大言赋》《小言赋》谁能与之比肩?这也叫逗乐子。宋玉是为君王乐,发展到今天,搞笑段子是为老百姓乐。不妨劝一劝,相声、小品、商人、政客、"快乐大本营"、"杂烩汤"之类,应该到宋玉庙里去烧一烧香呵!

细微之处见精神。屈原追求美政,宋玉追求美学。他的《高唐赋》《神女赋》《舞赋》《登徒子好色赋》都是中国早期文学的不刊之作。对美景的描写、对两性的描写、对美的看法,皆抒发得惟妙惟肖,淋漓尽致,令人陶醉,为后人的小说、诗歌、理论的美学延读,加足了底气。写得腻一点,写得狂一点,也没关系的。

宋玉的作品,目前讨论追认的,有辞《九辩》《招魂》两篇;有赋《风赋》《高唐赋》《神女赋》《登徒子好色赋》《对楚王问》《讽赋》《御赋》《钓赋》《笛赋》《大言赋》《小言赋》《舞赋》《高唐对》等13篇。除此而外,《隋书·经籍志·小说类》在"《燕丹子》一卷"条目下的附记里说:"又《宋玉子》一卷、录一卷,楚大夫宋玉撰"。明朝归有光也搞了个宋玉选集,叫《鹿溪子》。

由于宋玉的承先启后,楚赋发展到汉朝,大有成"灾"之势,文人竞相模仿,热闹窜上顶峰。回根问祖,崇拜宋玉,就是不忘文学的源头。

五、宋玉的出身

宋玉的出身又如何呢?

宋玉原本并不姓宋。从姓名学训诂。"宋"姓来源于地名宋国,宋国在何处?河南商丘一带。杜预《春秋释地》云:"宋、商、商丘,三名一地。"当时人以地名为国号,后来发展到以国为姓氏。"宋"字是商字的别写,宋字宝盖头,表示房屋、洞顶;下面"木"字指桑,读如"桑"音。《列子》"越之东有辄木之国",注音"木"字为又康反切。木字古有桑音,种桑之家。宋字从木得声,桑与商,上古音相近。《诗经》中之"采桑"者即于宋地,也就是商地。

宋玉本姓子,以宋为氏。《通志·氏族略二》曰:"宋氏,子姓,商之裔也。"即殷商的后代,出身贵族。《元和姓纂》卷八:"宋、子姓,殷王帝乙长子微子启,周武王封于宋,传国三十六世,至君偃为楚所灭,子孙以国为氏。楚有宋玉、宋义、宋昌。"据《史记·殷本纪》和《宋微子世家》记载,公元前1039年,周成王把商朝旧都商丘一带的地方封给了微子启,建立宋国,国都商丘,微子启因而也称为宋微子。公元前286年宋国被齐国、楚国所灭,其地被齐、楚、魏三国分占。宋国灭亡后,宋国公族子孙便以国名为氏,称为宋氏。宋微子是殷王的后代,宋玉是宋微子的后代,可以叫宋玉子,或子宋玉。公族子孙用以表示不忘来历,不过,公族以外的诸人是没有资格以国为姓的。

"玉"者何来?远古祖先崇玉,认为玉精美高贵,是道德的表征,玉又通巫,成为祭祀鬼神的礼器。所以,用"玉"命名,一则表示其人不凡,性灵,二则表示其人之美,脱俗。这个名,是父母为他取的,还是他自己取的,抑或君王命之?是个谜。

宋玉取字没有?先秦两汉未有记载,但明朝有个大学问家叫归有光的却说有字。

他钟爱宋玉的作品,编辑了一个选集,书名唤《鹿溪子》,并在书前小序中说鹿溪子:"姓宋,名玉,字子渊,楚大夫屈原弟子也。"子者,姓也;渊者,深也。渊是对玉的诠释,喻道德深厚,非一般所及。"鹿溪子"是号。字和号是父母取的,还是自己取的?

如是说,宋玉,姓宋,名玉,字子渊,号鹿溪子。号,一般中、晚年才出现,当为自取。

从宋玉名字上,我们去分析,宋玉的根必定在宋国,更重要的是,他不是君王之后,也是达官显贵之后。其父母当是很有礼教水平的,很有文化涵养的,也是很有财富的。不然,这个名字取不出来,草民百姓不会想这么深。

从宋玉学问上,我们去分析,他写了那么多空前绝后的赋,其文化含量之博大,堪称伯仲者有几?从他辞赋中,自比凤,自比鲲,超然独处,瞧不起凡夫俗子的性格,也不是在一般环境下养成的。如此学问,焉有不学之理?学而焉能无钱?自古贫穷读书难,盲盲奔走者、夥矣!

为什么又说"宋玉是楚籍宋人"?据史料推算,有专家认为,宋玉大约生于楚顷襄王元年(公元前298年)。(也有说前309年,不可否定。)那就是说,宋玉出生12年以后宋国才灭亡。当然,宋国亦为楚国版土。宋玉随着家人逃难到了楚国郢都,还是早在宋国灭亡前,其父看到势头不对,便提前来到楚国呢?如提前,则是在楚国出生。我认为,在楚国郢都出生的可能性大些。第一,父母为孩子取名,颇通巫学。巫学乃楚地特产,说明父母在楚地时间长。第二,宋玉本人楚文化功底深厚,没有充裕的时间熏陶,没有楚师的培育是不可能一蹴而就,写出彪炳史册的辞赋的。第三,那时候,都相信荐举,接受者和荐举者关系很不一般,接受者对荐举者所荐之人是值得放心的。西汉司马迁云:"屈原既死之后,楚有宋玉、唐勒、景差之徒者,皆好辞而以赋见称。"晋代习凿齿云宋玉:"始事屈原,原既放逐,求事楚友景差。"如非老友知己,怎能举荐?既然举荐,绝非贸然之为;既然称"徒"称"友",必然相处很久。从三岁到十二岁,九年读书时间,不可忽视呵。十二岁到二十岁出仕,是苦读、博学、交游的黄金阶段呵。第四,世传屈原和宋玉是师徒关系,宋对屈顶礼膜拜,步屈之后尘;屈原死后,并编楚辞合集。即使不是师徒关系,也是在屈子故都自幼儿受其影响,耳濡目染,日久生情,不会空穴来风。

六、宋玉的出仕

他什么时候出仕?当的什么官?当了多久?亦无确切记载。

按司马迁所说,屈原死后,宋玉出仕,他的赋作才飞起来。如果屈原是前283年沉江的,那宋玉只有十六岁。少年得志。然而,前278年(顷襄王二十一年)秦将白起攻破楚都鄢郢,顷襄王的安逸日子随即消失,便带领群臣迁都,偏安陈地,企图振国,忧不可终,后又从陈迁巨阳,迁寿春,此后再未回故都,直至前263年死去。宋玉事襄王以后,才有机会扬才露己,写出御用赋作。襄王最有闲情逸致的时期是前298年到前278年这20年。而宋玉在郢都事襄王仅五年时间。其后至襄王死去的十五年时间,宋玉随侍没有或多久?据《九辩》曰:"坎廪兮贫士失职而志而平",大概是事实。游国恩先生在《楚辞概论》中推测"至幽王时,年逾六十,因秋感触,追忆往事,作《九辩》以寄意"。

再从赋作中反映的地点来看,有值得推敲的。《高唐赋》《神女赋》中讲的"巫山"在东,在今重庆市境内,与湖北郢故都近;陈(河南)在北,与巫山远,陈地无巫山。又《大言赋》《小言赋》所言阳云台,即高唐台、高唐观,亦在巫山。

以此观之,其主要赋作应该在湖北鄢郢写就的,正是黄金时代。

少年出英雄。首先他以作品造影响,交朋友,《风赋》发其端,加上人才又漂亮,名气竞相走焉!顷襄王爱才,学友景差投其所好,举荐宋玉,于是宋玉当上了小臣。因为宋玉琴棋书画、歌舞美艺样样在行,学问渊博,能言善辩,便如鱼得水,伴襄王侍从,观山玩水,出入宫肆,又晋升大夫。并且,因大、小言赋而受封赏,得赐云梦之地——湖南澧水畔之宋玉城。《小言赋》曰:"楚襄王既登阳云之台、令诸大夫景差、唐勒、宋玉并造大言赋,赋毕而宋玉受赏。"一时成了襄王宠臣。明朝史家张燮认为其沉重时,如远刺心血,洒作红雨喷人;轻松时,若破涕成欢……慷慨热肠,风流冷眼,一身饶兼之。上世奇人,岂得傲以先鸣之道术哉?

景差是什么人物?出身贵族,楚国公族三大姓之一,为顷襄王大夫,辞赋家,和襄王关系很铁。唐勒,任登徒之职,司外交,位尊大夫。宋玉经常和这些人并驾齐驱,有时候还和襄王两人游玩,和这些显贵人员问对时,宋玉总是要拔头筹。你想想、该是多么出风头呵!景差荐他,唐勒忌他,可从不同侧面,说明他了不得!楚国朝野都知道有个才貌双全的宋玉子。《九辩》说"一介寒士",那是后来的事。

有人说,他在前272年才入仕,时值26岁,倒是符合人情,但有矛盾之处,早在前278年郢都就被秦白起攻占,楚急迁都于陈,内忧外患,安乐环境全被破坏,宋玉哪有条件写赋呢?退一步说,陈郢远距高唐(巫山),非鄢郢如邻,襄王去来不便,且迁都以后,再未南归。也许,是楚纳秦妇以后,"好了疮疤忘了痛",旧地重游?那么,从前283年到前278年止,宋玉做官也就是15年。如果从前283年算起到前263年顷襄王卒,是20年;如到考烈王前246年,就是37年。

假设宋玉在前309年出生成立,他在前283年出仕,亦正好27岁,当是青春得意,才华横溢。无论写赋的功力,或则与屈原师生关系,都说得过去。

彭德先生说他就是宋元王。我以为不是宋元王,也是宋国贵族,隐身他托。

他徙陈没有?应该是去了,至少十年。襄王病,写《招魂》。《招魂》是一篇回忆录。玉后受黄歇排挤出局。

宋玉为什么爬不上去?他有哪些不足处?先看史料——

《登徒子好色赋》:大夫登徒子侍于楚王,短宋玉曰:"玉为人体貌娴丽,口多微词,又性好色,愿王忽与出入后宫。"王以登徒子之言问宋玉。……于是楚王称善,宋玉遂不退。

《讽赋》:楚襄王时,宋玉休归。唐勒谗之于王曰:"玉为人身体容冶,口多微词,出爱主人之女。入事大王,愿王疏之。"王谓玉曰:"为人身体容冶,口多微词,出爱主人之女,入事寡人,不亦薄乎?"

《宋玉传》:玉识音而善文,襄王好乐而爱赋,既美其才,而憎其似屈原也。乃谓之曰:"子盍从楚之俗,使楚人贵子之德乎?"

《对楚王问》：楚襄王问于宋玉曰："先生其有遗行与？何士民众庶不誉之甚也？"

《楚大夫宋玉》：宋玉身丁战国，有特立之操，不肯与俗浮沉，故其言曰："独耿介而不随，慕先圣之遗教。处浊世之显荣，非予心之所乐。"

我们从以上不妨推测：一、宋玉行为有失检点，说话也不太注意，又喜欢和女人打交道，女人也爱他的漂亮，想和他接近。后宫不是随便逛的，他自认为品行端正，无可挑剔，要知道，木秀于林，风必摧之。襄王不疑也要疑呵。二、宋玉才华横溢，但似屈原一般固执，长了傲骨，干预朝政，不会处世。襄王认为，宋玉并没有治国的才能，只配文学侍臣，远不如黄歇、庄辛、荀况。三、宋玉不随楚俗，缅怀宋习，一个人一个样子，上上下下的人都合他不来，也是襄王不能容忍的。四、贬斥朋友，抬高自己，使处境尴尬。如《登徒子好色赋》中，为批登徒子好色，却对登徒子之妻极端丑化，意谓登徒子简直是畜生，只要是个女的就来事！作为是士是大夫是左登徒的人，会娶不到一个好老婆吗？只能是戏说。但他会深深地刺伤了登徒子的自尊心。况且登徒子未具名，则不是唐勒，便是景差之类的同僚，互为颉颃的说得上话的人，古传文人相轻，恐自此开始。而且他还对举荐他当官的景差表示不满，认为举荐不力。他不但得罪了朋友，也似乎得罪了襄王，每每自比于鲲于凤于圣人，睥睨当世。

景差、唐勒这些政客虽然佩服宋玉才华，甘拜下风，但觉得宋玉靠不住，今后会被压得喘不过气来，便找岔子，从品行上诋毁他。所以宋玉的官也当得很累，不像后来的司马相如那么幸世。

七、宋玉的归宿

迁都陈郢后，黄歇主权，权倾朝野。黄歇尚理性思维，研究治国安邦；宋玉尚感性思维，挥洒诗辞歌赋。他们不是一路人。同时黄歇也嫉妒宋玉接近襄王，也会在襄王面前告他的状，说他对抵抗外侮、巩固内政并无什么好主意，领不得兵，出不得国，当前最需要的是治国人才。此人不过是一介狂生而已。黄歇大概和襄王取得共识，他们用了外来的庄辛、荀况。

庄辛竟敢当面指责楚襄王使用佞臣，吃喝玩乐，忘了父仇国耻，把祖宗留下的家业都败了。这如一瓢冷水，又如当头棒喝，令襄王羞愧！警醒！襄王为何不发怒反而一请再请庄辛出马呢？国难当头呵！庄辛指点江山，收拾残局，为夺回江南十五邑起了巨大作用。荀况受黄歇之请，任兰陵令，治理一方边陲，政绩显著。

问题不是宋玉无才补天，而是没有机会，只是当混混官而已。顷襄王一死，好景不再。大约考烈王后期，宋玉被革职了。这以后的日子才不好过了。秦兵纵横，战乱不止，这把老骨头丢到哪里是好呢？往河南商丘陈地吧，回老祖宗宋国归根落叶吧？树倒猢狲散，眷属四处无寻，瓦舍不存，秦旗飘飘，已无栖身之处。往湖北郢都住处吧，秦兵捉住是要杀头的。如投靠秦王，又是心里极不愿意的，宁愿守穷也要保持高风亮节。我是楚士，我是屈大夫学子，我要像先生一样忠于楚国，但是我不学先生跳江，我还肩负着历史的重任呵！于是，他想到了襄王赐给他的封地——过汉水，过云梦泽，涉澧水,到达浴溪河畔。这里当时还是荆楚大后方,三苗重地,秦人还未占领。

然而命运乖舛。有史料称,他半途妻子因病磨难,撒手西去,以致床冷灯孤。更有甚者,儿子在战乱中也被打死了。至于后继有人没有,历史难查。按道理侥幸推测,宋玉毕竟不是一般老百姓,不至于孤独到死,不至于一个儿子或者一个女儿也没有。除了遭受战争的创伤,就是盗贼土匪抢掠,不止一次,而是多次。也是饥寒起盗心吧。他的名气、他几十年的积累,都是让人揣摩的眼红的。可能有心的早就踩了点,当然一往二来就把他搞穷了。花儿红,有人逢;花儿落,有人拨。什么朋友呵,也没有了。《九辩》里发了很多感叹:"悲哉,秋之为气也","贫士失职而志不平","廓落兮羁旅而无友生","独申旦而不寐兮","无衣裘以御冬兮,恐溘死不得见阳春"等等,有可能是真实写照。前半辈子享福,后半辈子作孽。值得称道的就是,他不畏温饱艰难,一心悲愤"专思君兮不可化","重无怨而生离兮,中结轸而增伤","谓骐骥兮安归?谓凤凰兮安栖?"总是希望楚国复兴,本人复用,以身报国。

他在宋玉城安顿下来,按易经指线,有先人保佑,环山抱水,东邻远古建都的城头山,西有春秋楚将封地申鸣城,澧水通汉水,澧州通荆州,水陆两便。《九辩》中,我们看到他老先生有时坐车:"车既驾兮竭而归";有时又坐船:"登山临水兮送将归";有时却神游:"放游志乎云中。"

宋玉在赐田宋玉城(今之临澧县)做了些什么?不少学者认为其老死在临澧,宋玉初墓居此。因此笔者推论,他应该做了如下事情:第一,养病养老,恢复精神,续弦教子,办学行艺,吟写辞赋。此处遗存尚有看花山、放舟湖、学馆、艺馆、宗庙。第二,踏歌屈原遗踪,无外乎云梦泽沅澧一带,寻找精神寄托,观望世局变化。第三,定心编纂楚辞。在世局险恶的情况下,人们焦虑生计,富人关注家业,官人把脉权势,哪有心思管那些没用的东西?谁还管屈原的事?这时候,只有宋玉是最佳人选!他成了无事人,又不是无田土的人。论忠敬屈原,论挚爱楚辞,论渊博能力,论环境条件,论远大抱负,非玉莫属!我们看到的最早的第一个汇编楚辞,只有《离骚》和《九辩》。历史若无宋玉,便会失去传本。保存楚辞以及传播中原,泱泱文化继起,当首推宋大夫了。唯楚有才,于斯为盛。宋代王象之《舆地纪胜》卷八十二《襄阳记》说,宋玉、王逸、张悌、习凿齿等文学大家都相继出生在襄阳,影响大,所以这块土地上蔚然成风。南楚亦是,文人墨客,竞相摇曳。

宋玉死后,临澧有宋玉墓。为什么有河南、湖北、湖南三处坟墓?为什么宋玉故里有宜城、钟祥、江陵、秭归四处之争?而遗迹则更多。区区一介文人,比不上楚襄王,比不上春申君,比不上秦将白起,然而这些人死后,都远不及宋玉的风光!秦朝暂歇,从汉至今,吊唁、研究宋玉者络绎不绝。究其原因,愚以为存在三个方面:秦收六国,始皇专政,横征暴敛,焚书坑儒。秦始皇是北方人,从不喜欢楚辞,当然楚辞没有市场。到汉文帝时,因统治需要,废黜百家,独尊儒术,封闭了一个时期,但没有封锁住。和平盛世多才学呵!楚辞出土了。这是一。第二方面,楚辞与巫傩是孪生姊妹。汉是楚汉天下,不管居庙堂之高,还是处江湖之远,信巫傩,就必咏楚辞,屈宋辞赋乃不胫而走。第三方面,自古打江山重武,守江山重文;守的时间相对长些,那么重文的时间就长些。歌舞盛世,汉赋兴旺,统治者重视,也是这个道理。第四方面,文章千古事,刀砍火烧都是毁灭不了的!金钱留不下来,财产传不下来,权力留不下来,天下至理!人以文名。有宋玉就有文化,有宋玉才有灵气。代代读宋玉,几处争名人,从学而起始,引以为荣。试问鲁庄公能比孔子有名吗?李白就比唐明皇的影响大。

2011 年 3 月 16 日

参考文献:

[1]吴广平:《楚辞全解》,岳麓书社,2008 年版。

[2]郭建勋:《楚赋文体研究》,中华书局,2007 年版。

[3]彭德:《宋玉生平考》,《东南文化》1992 年第 6 期。

[4]金荣权:《百年宋玉研究综论》,《江汉论坛》2009 年第 2 期。

[5]姜书阁:《宋玉及其辞赋考辩》,《先秦辞赋原论》,齐鲁书社,1983 年版。

为宋玉故里"钟祥说"的编纂者说两句话

——兼谈我们对宋玉研究的治学态度

刘永贵

(钟祥中等专业学校　湖北钟祥　431900)

【摘要】 宋玉故里"钟祥说"的编纂者有被人误解为"借重名贤"、"别有用心"、"篡改相关材料",甚至有被挖苦、被嘲讽的嫌疑,论文认为:学术讨论不应采用"扣帽子"的做法,主张从实际出发,让事实说话。论文主要谈了三个问题:1."钟祥说"的编纂者遵从异说并存的原则,没有"篡"改相关史料,更没有"别有用心"。2.秦国"拔郢"之后,"将竟陵(钟祥)纳入了秦的版图"之论断无史实根据。3.楚襄王二十三年收复"江旁十五邑"包括"鄢郢",楚襄王、宋玉有到钟祥兰台赋风的可能。

【关键词】 宋玉；籍贯；宋玉井；宋玉宅

1990年版的《钟祥县志·附录》中有一篇关于宋玉生平的文章《宋玉生平考》,其中关于宋玉的籍贯,根据《汉书·艺文志》、《襄阳耆旧记》、《太平寰宇记》不尽相同的记载(分别为楚人、鄢人、郢人),按照《水经注》指示的方向,结合宜城县给宋玉修墓、树碑的时间(墓筑于明正德年间、碑树于清嘉庆年间)以及《太平寰宇记》中宋玉墓的另一记载(在河南唐河东北泌阳县)等史实进行推断,认为宋玉的籍贯应该是钟祥(可以简称为"宋玉故里钟祥说")。当然,在引用《水经注》的原文时,沿袭民国《县志》,将《注》中的"宜城南"误成了"宜城县南",给一些专门的研究家们提供了驳斥的依据。

我不是先秦历史的专家,更没有对宋玉的生平进行专题研究,对宋玉具体出生在什么地方总是不甚关心,认为不可能也没有必要把它搞得一清二楚,因而对"宋玉故里钟祥说"至今仍有保留意见而不愿赞同。但我读了一些专家学者关于宋玉遗迹的调查报告之后,却有了"宋玉故里钟祥说"被挖苦、嘲讽的感觉,因而觉得应该本着平等商讨的原则,站出来为那些文史工作者说几句公道话了。

首先,《宋玉生平考》这篇文章刊发在《钟祥县志》的《附录》之中,不在正文之列,这是摆在大家面前的事实。

编过志书的人都知道,一般来说,在处理有争议或容易引发争议的素材时,编纂者往往会采用一种变通措施,即将其编在书末的《附录》之中,这是每一个编纂人员都会遵从的一般原则。《钟祥县志》的编纂者将《宋玉生平考》放在《附录》之中,说明编纂者认为,《宋玉生平考》有一定的参考价值但论据又有一些不充分,不能令人心悦诚服,容易引发争议。收进县志吧,有可能贻误后人;不收进县志吧,又可能对不起先贤,只能存疑,作为参考材料附载于书末。这种处理方式,正好体现了编纂者求真务实的科学态度,本来无可厚非,却没有想到会激起一些专家学者的愠怒,给《钟祥县志》的编纂者扣上了"借重名贤"、"别有用心"、"不顾学术规范与诚信,篡改相关资料"的帽子,"宋玉故里钟祥说"也就此被打入另册,束之高阁,此后便再也没有人敢站出来说三道四了。

其次,民国二十六年(1937年)之前的《钟祥县志》,有记载说,晚唐的女诗人鱼玄机有《过郢州》诗,其中有"折碑岭下三间墓"的句子,写的是女诗人在汉江舟中望见之景物。于是有人在续编《县志》时结合传说"汉江岸旧有屈原废祠"进行推断,认为"有祠必有墓",建议将钟祥"有屈原墓"写进《县志》,其主编者考虑再三,认为其说终不可信而没有采入。对旧有县志中所列的古迹,涉及宋玉的,是"独备载之";而涉及屈原的,却"不取曲从"。

这种处理方式耐人寻味,既然是要"借重名贤",屈原宋玉,二者孰名孰贤,为什么不"曲从"前者而偏要"备载"后者呢? 而且,民国版的《钟祥县志》认为:仅仅根据《舆地纪胜》和《郢州风土考古记》的记述"有井有石"来探讨宋玉的出生地,是"不能确定"其所在的,即使加上"宜城县南"这个依据,也仅仅是"人较为可据",而没有十分的把握。

这种说法属不属于强辩,请看原文吧。民国版《县志·古迹》的原文说,"于兹观宋建郢州学,当时指为宋玉故宅,宅内有井,有石。王之望《舆地记胜》,石才儒《郢州风土考古记》,皆详著于篇。由斯以论玉所生地,虽不敢确定所在,《水经注》以为宜城县南,人较为可据。"

这节文字,充其量只能给人以宋玉故里在"当时的宜城县南境"之印象,而并没有证明宋玉故里就在"钟祥城内"。和苏东坡《赤壁怀古》"人道是三国周郎赤壁"一样,人们读后并不认为黄州就是当年的赤壁战场。民国版《钟祥县志》虽然比《赤壁怀古》的肯定口气要硬一些,但它用了"指为"一词,为宋玉故里的研究提供了一条线索,并没有得出宋玉的出生地"就在"钟祥(郢中)的结论。退一万步讲,即使得出了一个"在钟祥"的结论,这个结论也只能是或然性的,没有如临大敌的必要,为什么一定要采用讽刺、挖苦的手段呢?

我不知道给别人送帽子的做法是否符合学术研究的规则,但我总觉得这种送帽子的做法似乎有一些不对。纵观这些送帽子的文章,人们会发现,总体上是,以全盘否定的态势对待"钟祥说",而以部分肯定的态度对待"其他县市说",这怎么能不让人感到不可思议呢?

我认为,民国《县志》的处理方式,还是符合志书的编纂原则的,其目的无非是想让更多的人感受宋玉,学习并承袭其"遗韵流风",以"兴百世之感",并且编纂者是本着"非吾县所得而私"的态度来"备载"的,不是"借重名贤",更没有"别有用心"之意。当然,如果硬要说是"别有用心",那也只能去找古人,去找那些初"建郢州学"的时候、甚或更早一些"指为宋玉故宅"的那些"世俗人",是他们的"浅陋和无知"才导致了今天的众说纷纭啊。

我觉得,就目前我们所能见到或能依据的材料来探究,硬说宋玉是钟祥郢中人或宜城城区人，都还缺乏十分的把握，得出的结论都带有一定的或然性。宋玉的故里是现在的宜城城区还是宜城的老城区，我们的专门研究家们同样应该拿出令人诚服的史料依据，因为，按照我们专门研究家自己的方法来研究他们自己提供的史料，似乎也可能让人如堕五里雾中啊。

楚国鄢都被秦占领之后，宋玉到未到过钟祥，确实是一个关键问题。为了论证这个问题，我们的专门研究家们找到了一个法宝，一个突破口，这就是计算年龄。他们得出的结论是，鄢都被占领之时，宋玉只是"一个不满18岁甚或不满12岁的孩子"，他是不可能被楚襄王称为"先生"并为"市民众庶""不誉之甚"的，而在此之后他也是没有可能到钟祥的。

此说确实有很强的说服力。但是，如果此说成立，那么，屈原和宋玉"共事楚襄王"的说法，也就难以成立了。试想，楚国鄢都被秦占领发生在楚襄王二十一年，这一年或下一年屈原就投江自杀了，这时的宋玉尚未成年，还没有成为侍臣，那他们又怎么能"共事楚襄王"的呢？如果"共事楚襄王"是在宋玉成为襄王侍臣之后，那么，襄王二十三年"收东部兵"，"复西取秦所拔我江旁十五邑"，国家出现中兴的迹象，楚国有了再度兴旺的希望之后，屈原为什么还要投江自杀呢？

今天，"一个不满18岁甚或不满12岁的孩子"是决不可能进入政坛的，古时候就不一样了，特别是战国时代，"一个不满18岁甚或不满12岁的孩子"能不能入宫为官，也不能一刀切。那个时代，少年天子、"襁褓国君"屡见不鲜，大臣之中也不全是成年人和老头子啊，秦国的甘罗十二岁代表国家出使赵国就是一个典型的例子，我们又怎么能以今况古呢？

……

总之，关于宋玉，确实还存在许多未解之谜，需要我们去解开，需要我们去研究。

其实，宋玉的出生地是不是现在的钟祥城区或辖区，对钟祥来讲并不重要。说它是，钟祥就可以得到多少好处，说它不是，钟祥也不会蒙受多大损失嘛！

我们认为，宋玉能与屈原并称，其辞赋被尊为骚坛之祖，其成就是特别巨大的，而且其成就也是属于中华民族、属于全世界的，而不应该成为某一县市"所得而私"的私有财产。能不能把宋玉的生平事迹研究得更清晰一些，更接近历史的真实一些，是我们当代宋玉研究工作者肩上应该担负的责任，我们的出发点和落脚点必须落实到这个责任上来。

我觉得目前就有几个紧紧围绕宋玉的问题值得探讨研究。

首先是宋玉出生的时间。关于宋玉出生的时间，目前我们所能见到的、听到的就有好几种，没有统一。游国恩先生推测为公元前296年（楚襄王三年），《中国诗史》判定为楚襄王九年（公元前290年），陆侃如先生又推测为公元前292年（楚襄王七年）。

游国恩先生在《楚辞概论》中说，玉"至楚幽王时（楚幽王在位十年），年逾六十"。楚幽王实际上是楚国春申君黄歇的儿子，于公元前237年即位，时年大约为三岁。楚考烈王驾崩之时，楚幽王的舅舅李固，伏兵弑杀了春申君，之后才扶楚幽王即位。这个"楚幽王时"，是幽王元年还是幽王十年，大家可以讨论，我个人认为当以幽王元年为佳。这样宋玉的出生时间就可以定在楚怀王二十九年（公元前300年）之前。

另外，从屈原自沉的时间来推测，宋玉的出生时间也当在公元前 300 年之前。屈原自沉的时间虽有一些不同，但相差不大，比较统一：陆侃如先生推测为公元前 278 年，即楚襄王二十一年；游国恩先生推测为前 277 年，即秦军占领郢都的第二年。两说都依据屈原作品的内容断定屈原自沉是在郢都被占之后。那时不像现在，没有先进的通信工具，郢都被占的消息传到屈原的耳中是要时间的，因而比较赞同游先生的观点，定为公元前 286 年。如果宋玉确实出生在公元前 296 年或更晚一些，则屈原被流放之时，宋玉年甫十龄，"从屈原游学"的可能性是非常小的。而定在楚怀王二十九年之前则比较有说服力。

其次，郢都沦陷，钟祥是否纳入了秦国的版图。

我们先看一看《史记》的记载。

（秦）昭王十五年，攻楚，取宛；十六年，左更错取轵及邓；二十一年，泾阳君封宛；二十二年，与楚王会宛；二十三年，与楚王会鄢，又会穰；二十八年，大良造白起攻楚，取鄢、邓；二十九年，攻楚，取郢为南郡。（《秦本纪》）

（楚）襄王十九年，秦伐楚，楚军败，割上庸、汉北地予秦；二十年，秦将白起拔我西陵；二十一年，秦将白起遂拔我郢，烧先王墓夷陵。楚襄王兵散，遂不复战，东北保于陈城；二十二年，秦拔我巫、黔中郡。（《楚世家》）

（秦昭王二十九年，白起）攻楚，拔郢，烧夷陵，遂东至竟陵。（《白起王翦列传》）

大家知道，司马迁用字是很有讲究的，用字不同，其涵义也会有很大的差别。"取"，就是没有遇到什么抵抗而"打下并占有"，甚或是"不战而下"；"拔"，就是经过艰苦的血战，"终于打下并占有"；"至"，就是"抵达、推进到"，并没有"打下"或"占有"的意思。从上面列举的史料中，我们可以看到，白起"拔郢"之后，部队向东推进，仅仅到达过竟陵地界而已，可能是北人不习水战而郢都以东港汊太多而没有将竟陵纳入秦国的版图。

再者，《辞海》说，当时的竟陵治所设在现在的潜江，不在现在的天门。而根据《水经注·沔水篇》、《中国古今地名大辞典·各县异名表》和《后汉书》，现在的钟祥在战国时期是分属好几个郡县所有的。比如"（曰）水"、"云杜"、"枝水"、"敖水"、"蓝口聚"的记载等。根据这些记载，我们可以断定，现在钟祥的南部平原为古竟陵的北境，东部山区为云杜（京山）的西境，北部山区属鄀（宜城）县，西部山区属编（荆门）县；而且直到汉末，还以汉水为界，东属竟陵，西属南郡。这些史实也应该引起大家的注意。

其三，《白起王翦列传》中有一段文字值得我们注意，秦王嬴政派兵灭楚，王翦要兵六十万，李信认为只要二十万就行了。嬴政以王翦"老而怯"，没有派王翦前往。李信攻楚，一开始进军非常顺利，在平与"大破荆军"，又"攻鄢、郢，破之"，从而更加轻敌。与他一起攻楚的蒙恬拿下寝丘之后，约李信一起会兵城父（河南省中部偏西一带），楚军抓住李信的轻敌弱点，紧紧尾随李信军，"三日三夜不顿舍"，终于"大破李信军，入两壁，杀七都尉"，让秦军吃了大败仗。

《白起王翦列传》中明明记载说，秦昭王二十八年白起攻楚，曾"拔"鄢邓等五城，五十多年后，李信又"攻鄢郢"，说明鄢郢为楚国的国土，与上文不一致，这是什么原因呢？

查史籍,楚襄王二十三年,即秦昭王三十一年,楚襄王曾"收东部兵","西取秦拔我江旁十五邑以为郡踞秦"(《楚世家》),《秦本纪》上也说这一年"楚人反我江南"。这被楚收回的十五邑具体所指,史无明载,但自这一年之后,秦楚之间五十多年没有发生过大的战事,史书上更未出现楚国在战争中失地的记载。

依据上述材料,我认为,秦白起"拔郢"之时或之后,以汉水为界,汉水以东属楚,汉水以西属秦。竟陵之辖地(现在的钟祥城区)没有归秦所有,没有纳入秦国的版图,钟祥兰台仍然有楚王的行宫,而且,楚襄王能在都城失陷两年后,一举收复"江旁十五邑",与强秦对峙,也算得上是一种成功,体现出楚襄王的大王之风,也就有了士庶歌颂和彰显的必要。

总之,我认为宋玉故里没有"深入探究、必欲落实"的必要,在学术讨论中也不应该采用给人"扣帽子"的做法。我们要的是从实际出发,让事实说话,要以理服人而不要用帽子压人,希望我们的研究能端正方向,实事求是,以取得更加丰硕的成果。

2014 年 9 月于纯德山麓

从《高唐赋》中巫山地望探析宋玉辞赋创作地

史新林　杨绪穆

（临澧县图书馆　湖南临澧　415200；
临澧县老干局　湖南临澧　415200）

【摘要】 宋玉和楚襄王游猎的云梦之台、云梦之泽、云梦之浦、云梦之野就在临澧，临澧是宋玉辞赋创作地。

【关键词】 宋玉；辞赋；创作地；临澧

2008年，我们曾撰文就临澧是楚襄王郢都所在地和宋玉辞赋创作地的问题进行了多方面探析。江陵郢都被秦国攻破后，楚国郢都和宋玉辞赋创作地在临澧。理由有五条：1.江陵郢都失陷是在公元前278年，宋玉事楚襄王是在秦将白起攻破江陵郢都以后的第三年即公元前275年；2.用新发现的澧阳特大楚城（又名申鸣城）和九里特大楚墓群佐证，江陵郢都失陷后，楚襄王的迁都之地应是湖南临澧的澧阳，不是河南南阳或城阳；3.江陵郢都失陷时，已成一片废墟，楚国从此再没有收回；4.依据《水经注》记载的云梦水系，河南非云梦之地，只有湖南的澧、沅二水位于云梦泽的核心地带；5.宋玉辞赋多在云梦之台、云梦之泽、云梦之浦写成，河南非云梦，而江陵及巫山一带又被秦国占领，据此推论：湖南临澧便是宋玉辞赋创作地。撰文时因篇幅受限未能深入展开，有些历史歧义未作细致分析，因而论述不足。近日，笔者又查阅了大量历史资料，并在刘刚教授《宋玉辞赋地理考》和程地宇教授《关于〈高唐赋〉中巫山地望的再探讨》两篇论文中得到启示。复撰此文，予以补证。

一、分析历史文献，证明楚国在危难中以临澧的澧阳特大楚城为政治军事中心

《战国策·楚策四》："秦果举鄢、郢、巫、上蔡、陈之地，襄王流掩于城阳。"

《新序·杂事第二》："于是不出十月，王果亡巫山、江、汉、鄢、郢之地。……乃封庄辛为成陵君而用计鄢。"

《史记·楚世家》："（楚襄王）十九年（前280年），秦伐楚，楚军败，割上庸、汉北地予秦。二十年（前279年）秦将白起拔我西陵。二十一年（前278年），秦将白起遂拔我郢（江陵郢都，江陵在长江以北，又荆州以北），烧先王墓夷陵。楚襄王兵散，遂不复战。二十二年（前277年）秦复拔我巫（巫峡一带）、黔中郡。"

《史记·白起传》:"后七年,白起攻楚,拔鄢、邓五城。其明年,攻楚、拔郢,烧夷陵,遂东至竟陵。楚王亡去郢,东走徙陈。……白起迁为武安君。武安君因取楚,定巫、黔中郡。"

《史记·春申君列传》:"当是之时秦之前使白起攻楚,取巫、黔中郡,拔鄢郢、东至竟陵。"

《史记·秦本纪》:"(秦昭襄王)二十七年(公元前280年,相当于楚襄王十九年,以下类推),错攻楚,赦罪人迁之南阳。……又使司马错发陇西,因蜀攻楚黔中,拔之。二十八年,大良造白起攻楚,楚王走。……王与楚王会襄陵。……三十年,蜀守若伐楚取巫郡,及江南为黔中郡。三十一年,……楚人反我江南。"

《史记·秦始皇本纪》:"荆王献青阳以西,已而叛约,击我南郡。"

通过上述历史文献记载,我们得出这样的结论:"楚襄王十九年(前280年),秦国占领了楚国的汉北(汉水以北地区)与上庸(今湖北房县一带)地区,同年又占领了南阳(今河南南阳市一带),二十年(前279年),秦将白起又攻占了楚国的鄢(今湖北宜城一带)、邓(今湖北襄樊一带)等五城,又向西南攻占了西陵(今湖北宜昌一带)。二十一年(前278年),秦将白起又攻占了郢(即江陵郢都,今湖北荆州市以北),在夷陵(今湖北宜昌市)烧楚先王的陵墓,又向东攻取了竟陵(今湖北潜江市西北)、安陆(今湖北安陆市),又向南攻取洞庭北面(今湖北境内)五渚。同年,驻扎在河南南阳的秦军也趁机向东攻取了上蔡(今河南上蔡县一带)与陈城(今河南淮阳县一带)。楚襄王则流亡于城阳(今河南信阳市北)。二十二年(前277年),白起又与蜀守若从北和西两面夹攻,占领了巫(今重庆市巫山县三峡一带)、黔中(今湖南大庸一带)。至此,楚国从湖南大庸至重庆巫山、洞庭湖北面及长江以北今湖北全境,河南上蔡、陈城(淮阳)一带已被秦国占领。情况万分危急,楚襄王不得已与秦王会于襄陵,割让青阳(今湖南长沙市)以西(今湖南湘西)的大片国土,以求自保。

值得特别注意的是,楚襄王只将青阳(长沙)以西割让给秦王,没有将以北、以东割让,我们完全有理由相信:今湘北、资、沅、澧(大庸以下)中下游至岳阳、江西修水一带,尚牢牢控制在楚国版图之中。这就为收复大庸、湘西一带的江南十五邑,留下伏笔。公元前276年,楚襄王起用庄辛,以澧阳平原特大楚城为大本营,号令东部兵力十余万,收复江南十五邑,从此,复将江南广大国土牢牢掌控在楚国,并以此开创了将近40年的安定期。

二、考证不羹城,阅读宋玉原著,证明临澧是宋玉作品创作地

1. 从楚国设置的不羹城,探析澧阳特大楚城的历史地位

据考证,在武丁伐荆楚时,虽然楚的先祖失去了苗蛮大片地盘,但楚人却坚守着不羁的精神。后来,楚人以助周伐纣之功,裂地封爵于丹阳。自此,他们注重边陲之城(即不羹城)的建设,他们的战略思想是:内地之城保土安民,边陲之城为军事堡垒,以

便越境称霸。约在公元前8世纪,楚国在今河南建有两座不羹城,东面的叫东不羹城,西面的叫西不羹城。不羹城大而坚固,战时为军事大本营,平时为经济中心。危难之时,为楚王及贵族避难处,并可为临时郢都。

楚文王时迁都江郢,于是申息既灭,汉南靖定,江北大部分地区已尽纳入囊中,继而转弦向南。楚庄王时,风头出尽:北线,跃马中原,周定王元年,楚庄王率兵马攻打陆浑戎,到达京城洛阳的洛水旁,在那里进行军事演习。周定王派使者王孙满慰劳楚庄王,楚庄王遂问王孙满周鼎的大小轻重,"遂欲专制朝廷,有问鼎之心";南线,横扫南越,实现了夹江而治的梦想。这时的楚国北依方城,东接淮泗,南包沅湘,将澧水流域牢牢掌控在版图之中。据专家分析,澧阳平原新发现的特大楚城,可能是楚国向南疆扩张时修建的南不羹城(澧阳特大楚城又名申鸣城,于2004年被国家考古专家发现,面积20平方公里,比江陵郢都大一倍多。从2005年起连续5年发掘、出土大量楚文物。2013年国务院下发13号文件公布为全国重点文物保护单位,与之相印证的约10万余座楚墓的"楚国八宝山"——九里楚墓群,也一并公布为全国重点文物保护单位)。楚以这座南不羹城为大本营,保土安民,越境称霸数百年。在楚襄王处于危难之时,楚国以此为军事堡垒,并以此为郢都,号令东部兵力收复江南十五邑,是完全有可能的。

2.《高唐赋》中云梦之台与巫山地望高唐观

20世纪30年代,钱穆先生发表在《清华学报》第9卷第3期上的《楚辞地名考》一文提出:宋玉《高唐赋》中的巫山、高唐在南阳,不在夔州,巫山乃是大洪山。理由是宋玉在写《高唐赋》时,三峡巫山、高唐已被秦国占领多年,宋玉和楚襄王不可能到那里去游猎。只有大洪山靠近今河南南阳。为此,引出很多学者争论,半个多世纪以后,赵逵夫先生在其《屈原和他的时代》一书中又重新提出"宋赋巫山不在三峡"的看法,从而把巫山地望的争论带入了21世纪。

宋赋究竟是在哪里创作,至今诸多学者争论不休。坚持在河南南阳或城阳创作的一方,认为三峡巫山已被秦国占领,宋玉、楚襄王不可能到如狼似虎的秦国占领区去游猎,更谈不上创作辞赋。坚持在三峡巫山创作的一方认为宋玉在《高唐赋》中明白无误地告诉我们是游云梦之台,望高唐之观,河南非云梦之地,宋玉、楚襄王从河南出发要走数百公里的路去巫山游猎,因此,宋赋不可能是在河南创作的。现在,又有第三方学者提出从河南南阳有一条400多公里的陈郢至云梦之路,因此,宋赋是在云梦之野所创作。

笔者对三方观点存而不议,以"江南十五邑"为依据,以澧阳平原考古新发现为铁证,有充分理由再一次推断:临澧为宋玉辞赋创作地。据此,宋玉《高唐赋》中望高唐之观的云梦之台的巫山地望就在临澧。请看宋赋原文:

> 昔者,楚襄王与宋玉游于云梦之台,望高唐之观。其上独有云气,崒兮直上,忽兮改容,须臾之间,变化无穷。王问玉曰:"此何气也?"玉对曰:"所谓朝云者也。"王曰:"何谓朝云?"玉曰:"昔者先王尝游高唐,怠而昼寝,梦见一妇人曰:'妾巫山之女也,为高唐之客。闻君游高唐,愿荐枕席。'王因幸之。去而辞曰:'妾在巫山之阳,高丘之阻。旦为朝云,暮为行雨。朝朝暮暮,阳台之

下.'旦朝视之,如言。故为立庙,号曰'朝云'。"

凡有阅读能力的人,读《高唐赋》开头几句就知道,宋玉和楚襄王此时不在高唐观,更不在巫山,而是在云梦之台游猎。游猎时宋玉给楚襄王讲巫山神女的故事。其实,对于《高唐赋》巫山地望和云梦之台,闻一多先生有一段非常精辟的论述:"世皆谓楚襄游高唐,梦遇神女,相沿千载无异词,不知此读宋赋未谛之误说也。游高唐者先王非襄王。襄王,则仅至云梦,未尝至高唐,高唐与云梦非一地也。后人误以为高唐在云梦中,遂谓襄王亦至高唐,不思之甚矣。"闻一多先生实乃一代大家,抓住了问题之要害,把故事中的角色"楚先王"和"楚襄王"明确加以区分,同时,对宋赋中涉及的两个地区"高唐"与"云梦"清楚地予以分辨。

关于云梦之台和高唐,吴广平先生编注《宋玉集》第51页是这样注解的:"云梦,即云梦泽,春秋战国时期楚国的大泽,跨长江南北,为楚王游猎之地。台:用土筑成的高而平的四方形建筑物。高唐:即高阳,高阳是帝颛顼的姓氏,为楚之先祖。观:即台。高唐之观是楚人在云梦泽中建筑的祭祀先祖高阳的高台。"由此可见,云梦之台和高唐之观不是巫山才有,凡属楚国的云梦之地都有此建筑物。

3. 宋玉赋中"劝百讽一"的"讳君"意识,足以说明其梦云之地在临澧

楚国从楚襄王十九年(前280年)起就丢城失地,到二十二年(前277年),从长沙及长沙以西、湘西自治州、张家界及其以上地区、巫山、长江以北的湖北全境、河南的上蔡、南阳均被秦国占领。二十三年(前276年),楚襄王起用庄辛,楚以湘北澧阳特大楚城为大本营,号令东部兵力,收复"江南十五邑"。秦始皇曾说:"已而叛约,击我江南。"指的就是这一事件。从这时起楚国复又将长江以南广大地区牢牢掌控。但是,巫山及长江以北广大地区尚被秦国占领。从这时起,楚与秦在军事上相持了4年,公元前273年楚襄王用春申君计(春申君即黄歇,传为常德人,曾任楚相20多年,常德有春申君墓)"复与秦平",又在公元前272年"入太子为质于秦",秦国遂将军事重心转向攻打魏、赵,楚国才得以有几十年的生息休养。

在收复"江南十五邑"之后不久,宋玉当上了楚襄王的文学侍从。楚襄王荒淫无度,只过了几年太平日子,就总是想去到巫山和神女幽会。怎奈,巫山一带已被秦国占领,他只好在处于云梦腹地的澧水流域云梦之台西眺巫山,要宋玉给他讲高唐观的壮观,解释神会巫山神女之梦。宋玉不仅是一位伟大的文学家,还是一位具有新儒家思想的儒学大家和复兴楚国的有识之士。他既有"瑰丽琦行、超然独处"的修身追求,又有忠君惜民、为国为民的爱国思想。同时他的"美和"寓涵的和谐理念和他为"制欲"、"守德"、"守礼"的崇高品德无时不在。面对荒淫的君王,他只好运用战国时期文人策士共同遵守的"为君者讳",来为君王释疑解惑,并借机"曲谏"。

所谓"为君者讳",《荀子·非相》说:"凡说之难:以至高遇至卑,以至治接至乱。未可直至也,远举则病缪,近世则病佣。善者于是间也,亦必远举而不缪,近世而不佣,与时迁徙,与世偃仰,缓急嬴绌,府然若渠堰隐栝之于己也,曲得所谓焉,然而不折伤。"文中所谓"曲",就是委曲、婉转地说,所谓"不折伤"就是不中伤对方。这也是大圣人孔子提倡的"讽谏"和"曲谏"。如此看来,古代儒学大家劝谏君王就势必"为君者讳"了。

打开宋玉的辞赋，乍一看，《九辩》《招魂》是"悲秋""伤春"主题的文学作品，其他赋作大部分是为讨好楚襄王的游戏之作。仔细拜读，你会发现他的14篇作品，篇篇皆为"谏书"，有的还"直谏"。这一篇篇谏书不仅是宋玉思想和政治主张的真谛所在，从中我们还可端倪其历史大背景和其辞赋创作地。由于篇幅所限，笔者不重复前文已述内容，还是用《高唐赋》加以再探析吧。

《高唐赋》写的是楚襄王的父亲楚怀王梦中艳遇巫山高唐神女的故事。全文六个自然段，其主要内容是铺叙巫山地区大自然景观。《高唐赋》既是一篇描写山川景物的美文，更是宋玉"劝百谏一""讳君"的经典"谏书"。请看最后一段原文："王将欲往见，必先斋戒。差时择日，简舆玄服。建云斾，霓为旌，翠为盖。风起雨止，千里而逝。盖发蒙，往自会。思万方，忧国害。开贤圣，辅不逮。九窍通郁精神察，延年益寿千万岁。"意为："大王想要去朝云庙，必须提前斋戒三天，选择吉日佳时，准备好车骑随从，穿上庄严的黑色衣服，树起四周绘有云彩的旌旗，以天上的彩虹作为旌旗的图案，以翠鸟的羽毛作为猎车的车盖。像风一样骤然刮起，像雨一样骤然停止，忽然之间，猎车已飞驰千里。大王去与神女幽会，就能发蒙解惑。但如果大王时时想到全体人民的安乐，为国家的祸患而忧虑，重用贤人，弥补不足，那么就能九窍通畅，神清气爽，延年益寿，万寿无疆。"

通过宋玉的原著我们感悟到三大要点：

第一，"王将欲往见"的引申要义。宋玉和楚襄王游历和讲故事的地方，不在巫山高唐一带，而在"千里"（不是实指）之外的云梦之台。

"王将欲往见"——这说明，楚襄王和宋玉当时没有在巫山自然风景区。如果在巫山一带，以楚襄王的性格，定会想尽千方百计去到高唐观与巫山神女幽会了。那么，当时他们两人到底隔高唐之观尚有多远呢？

请看："差时择日，简舆玄服……，风起雨止，千里而逝"——这说明他们两人当时所处的云梦之台，离巫山高唐观是比较远的。不然宋玉不会要楚襄王选择时日、轻车简从。也只有这样，才能车行千里，到达高唐巫山。

第二，"为君者讳"的表现艺术。不中伤刺痛楚襄王，不揭楚襄王的伤疤。

楚国自公元前9世纪起，经过数代"筚路蓝缕，以启山林"的艰苦奋斗，将中原地区及江南大部尽纳版图。至楚庄王时已成泱泱大国，为列国霸主之一。然而自楚怀王起遂积贫积弱、江河日下，到楚襄王已然国不像国，大片国土被秦国占领。丢城失地是国之大耻，而国之大耻首先心头流血者就是君王。尽管楚襄王荒淫无道，但是他的越境称霸、保土安民的思想还是无时不在的。他要收复河山、重振当年祖辈霸主雄威的雄心壮志也还是无时不在。当他站在澧水流域的云梦之台，望高唐之观时，一股复国热潮腾腾而起。宋玉抓住这一有利时机，不中伤、不揭楚襄王伤疤，循序渐进，因势利导，给楚襄王讲道理：

"王将欲往见，必先斋戒。"——大王您如果要亲临一游，首先必须沐浴更衣，戒除嗜欲，洗心革面，以国家利益为重，"兴利除害"。

"盖发蒙，往自会。"——大王您只要戒除嗜欲，以国家人民为重，启蒙昧，解不惑，就一定能和神女相会。

第三,"劝百讽一"的高妙之笔。前文已述,宋玉是一位儒学大家。他的每一篇辞赋都是一篇"劝谏"之书。在封建君主社会,君王就是"天",臣子的一切治国主张都要通过"天"来实现。

"宋玉事楚王,立身本高洁。"(李白《感遇四首》其四)楚襄王昏庸无道,加之奸佞误国,宋玉急在心里,一有机会就将他的治国主张发于笔端。《高唐赋》共1085个字,有1032个字给楚襄王讲高唐神女的故事,描绘高唐的山水壮丽、自然风光。只用53个字劝谏襄王。这53个字,可谓字字千金、切中要害,达到了"劝百讽一"的最高境界。

"思万方,忧国害。开贤圣,辅不逮。九窍通郁精神察,延年益寿千万岁。"——大王您如果能思念天下人,增强国家祸患忧郁意识,引进重用贤才,以弥补自己的不足,那么,您就能九窍通畅、神清气爽、延年益寿、万寿无疆啊!

三、结　语

宋玉是在楚襄王二十三年(前276年)当上楚襄王文学侍从的。这一时期刚刚经过几次大的变故,楚国国力衰败,长江以北的江陵及巫山一带的云梦之地已被秦国占领。河南又与云梦不涉,只有澧水位于云梦核心地带。这里有新发现的澧阳平原20平方公里的特大楚城;这里有百余平方公里的特大楚墓群;这里有历史名城宋玉城;这里在《水经注》中有"澧水又东,茹水注之。水出龙茹山,水色清澈,漏石分沙。庄辛说楚襄王所谓饮茹溪之水流者也。茹水东注澧水"的记载;这里离高唐、巫山一带仅一百多公里。作家的眼力具有极强的穿透力和想象力,宋玉站在澧阳鄀都的龙凤山,或是太浮山第一峰遥望巫山为楚襄王"发蒙",希望楚襄王"思万方,忧国害。开贤圣,辅不逮"是情理中之事。由此,我们有理由相信:宋玉和楚襄王游猎的云梦之台、云梦之泽、云梦之浦、云梦之野就在临澧,因此,临澧是宋玉辞赋创作地。由此,可以进一步推断:澧阳平原新发现的20平方公里的特大楚城(申鸣城),应是楚国南不羹城,曾为楚襄王鄀都;邻近澧阳鄀都仅4公里的面积大、规格高的特大楚墓群,应该就是楚国王室贵族陵园。

楚辞新议

——兼论《惜往日》《悲回风》的归属问题

覃柏林

（湖南省临澧县电影公司　湖南临澧　415200）

【摘要】"楚辞"的几部大部头作品，均与"九"这个数字密切相关，每部都可以分为九个部分。《九歌》《九章》《九辩》已经注明。《离骚》《天问》《招魂》暗藏着"九"数，只是没有注明而已。值得惊愕的是《离骚》《天问》《九章》，除了结构分九个部分相同外，每部作品均为373句。《九歌》和《九辩》句数相同，均为255句，《招魂》273句。《九章》中的《惜往日》和《悲回风》不是屈原的作品，而是宋玉的作品，是宋玉怀念、悲悼屈原的哀歌。

【关键词】屈原；宋玉；楚辞；九

青少年时代，业师授我《楚辞章句》，深感隐晦幽深、艰辛难懂。但《楚辞》乃国学精粹，又是每个献身于文学的探索者无法绕道回避的难关。我因大半生忙于谋生之需，一直未能认真地学习它。

待到壮年时，由于习作电视文学剧本《宋玉悲秋》的需要，只得集中时间，较为系统地研读了30多部有关"楚辞"的代表性作品。

通过十年锲而不舍地探幽寻微，渐渐地望文生义，诸多往日食古不化的篇章，慢慢地变得明朗、清晰起来。

"楚辞"是战国时代，我国南方楚地出现的一种崭新的诗体。同时，也泛指以屈原和宋玉为代表及其稍后时期辞赋家们用此种诗体所创作的作品。

从司马迁《史记》和班固的《汉书》等书中，都先后提及"楚辞"这个名称，直到东汉王逸编辑《楚辞章句》中才第一次将屈原、宋玉、贾谊、王褒等人所作的楚辞作品辑成专集，书中首先提出以屈宋并称，奠定了他们二人在楚辞中双子星座的地位。故有"盖屈宋诸骚，皆书楚语、作楚声、记楚地、名楚物，故可谓之楚词之说"（宋·黄伯思《翼骚序》）。

"楚辞"产生于民间，是楚地原始祭神歌舞文本上的延续发展。在古代湘楚沅澧之间，先民好信鬼神而祭祀之，每逢国家兴衰大典和氏族逢年过节生养死葬的悲欢之际，当时的文人们必作激昂淋漓歌词，伴以南风管弦，且载歌载舞以祭八方神祇。

随着时间的流逝，历史长河大浪淘沙，那些低级的、粗糙的、平庸的楚辞作品逐渐被一一淘汰,经过自然流光的严峻筛选,留下的大都可称为精品力作。

但二千多年的时间的沉积,致使在楚辞这个根柢深沉的文学体系中,存在着某些作品的归属不明的问题。

几经痛苦思索,后学愿冒天下之大不韪,以自己草萤微火,期望引燃太阳辉煌的光芒。

下面,笔者不揣浅陋地站在一种与历代学者不同的角度,姑妄来解读"楚辞"重点作品,并对其中某些作品的归属问题,谈一些本人的学习心得,以求教于海内外方家。如果本文的某些提法存在亵渎历代先贤不刊之论处,则说明我求学不慎、治学不严,敬请读者诸君不吝慷慨教正。

本文以东汉王逸《楚辞章句》(十七卷光绪乙未仲春昭陵经畲主人刊)为例,试论之:

我认为:"楚辞"的几部大部头作品,均与"九"这个数字密切相关,每部都可以分为九个部分。《九歌》《九章》《九辩》已经注明。《离骚》《天问》《招魂》暗藏着"九"数,只是没有注明而已。值得惊愕的是《离骚》《天问》《九章》,除了结构分九个部分相同外,每部作品均为373句。《九歌》和《九辩》句数相同,均为255句,《招魂》273句。

历代有学者称:"辩者,变也"《周礼·大司乐》郑玄注:"变,犹更也,乐成则更奏也。《通释》";"辩、犹遍也,一阙谓之一遍。""九是指数多,不是实指。《九辩》纯属是巧合"。我认为这种说法似乎有待商酌,除本文上述所提及的六部重要作品外,题目标明"九"字者,尚有《九怀》(王褒)、《九叹》(刘向)、《九思》(王逸)等数十部佳作流传于世。

"九",天地之至数,始于一,终于九,喻其极多。国粹先贤们为什么多用"九"来构架作品,我想这绝不是历史巧合,而是他们鬼斧神工的匠心独运、刻意为之,其中玄机我暂时无法破译。

为理清本文脉络,笔者不厌其烦地分列叙述如下:

一、《离骚》

《离骚》是屈原代表作品。

"离骚者,犹离忧也",亦指别愁。

近现代文坛称《离骚》是我国古典文学中较长的政治抒情诗。它的主题内容是表现屈原对崇高理想的追求和对邪恶势力永不言败的斗争精神。

中国古代因韦编竹简相连,《离骚》长卷未分段落,说它是一部长诗,当然是正确无误的。我以为与其说它是一部抒情长诗,倒不如说它是一部大型九幕浪漫主义歌剧更为合适、恰当。

主体分为九个部分,即为九幕(不包括序幕和尾声),共373句。

现按戏剧形式可分为:

时间:公元前313年前后

地点:郢都(楚国管辖地区)

人物:屈原、楚王、佞臣、女嬃、宓妃、灵氛、巫咸、美女等等。

序幕(第1—8句):自报家世出身,生辰名字。

第一幕(第9—48句):叙述理想、品德、才能、愿望,颂扬观点、立场、倾诉痛苦和悲愤。

第二幕(第49—76句):申述自己忠心耿耿为国家培养人才,但佞臣当道,群芳凋零,常怀以身殉国之心。

第三幕(第77—128句):指责楚王昏聩,佞臣谗毁,理想落空,处世孤独,决心努力,永不言败。

第四幕(第129—180句):听从女媭劝戒、重新陈述政见、效法前贤榜样。

第五幕(第181—212句):可怜任重道远,上下求索。

第六幕(第213—256句):处境进退维谷、失败惨状。

第七幕(第257—276句):去留不决,问卜灵氛,出路无望。

第八幕(第277—332句):听信巫咸,思绪万千。

第九幕(第333—368句):接受巫咸劝告,但不忍离国远游,迷离中寄托幻想。

尾声(第369—373句):理想破灭、矛盾凸显、舍生赴死。

《离骚》以高度的政治激情,尖锐地抨击楚国权贵的投机取巧、苟且偷安;热烈地渴望正义与光明,表达了作者对祖国、对人民的无限忠诚。屈原用浪漫主义创作手法,运用比兴手段,写出了具有显著时代特色、又有浓厚地方色彩的《离骚》。正如《史记·屈原列传》称:"其文约,其辞微,其志洁,其行廉,其称文小而其指极大,举类迩而见义远。"

《离骚》代表了我国春秋战国时代楚文化、也就是汉文化的最高成就,它给予中国的文学艺术极大的影响。

多次读《离骚》后,我脑中呈现出一幕幕古典浪漫主义歌剧的场面,从事件的缘起至情节的发展,矛盾的纠结到高潮的形成,自序幕至尾声,场次连贯,脉落清晰,环环相扣,一气呵成。

剧终落幕,有如雷霆后的静寂,令人震撼,令人沉思。

二、《天问》

《天问》是屈原的作品。

天问本应问天,因天尊不可问,故曰天问。

这是诗人在被放逐后,愤世嫉俗的长歌当哭,是我国古典文学中一部重要政治长诗。与《离骚》一样,共分九个章节,也是373句。

诗人站在历史长河的源头,用浪漫主义的呐喊,呼天呼地、问天、问地、问历史,折射现实生活。

其范畴囊括宇宙万物、神话传说、政治哲学、道德伦理,表达诗人博大精深的情怀和追求探索真理不屈不挠的精神。

读《天问》,我仿佛听到了盲诗人荷马《伊里亚特》和《奥德赛》慷慨激昂的弹唱,和莎士比亚《王子复仇记》中震古烁今的长篇独白。

掩卷思之,《天问》则更像是一部东方艺术光辉灿烂的传世名画长卷。在我眼前似乎滚动过《洛神赋图》与《清明上河图》那运思精微、诡异灵动、气势恢宏的巨型画幅。

画面的内容可以分九大段落。

第一段画面(1—25句):问天体怎样构建。

第二段画面(26—44句):问日月星辰如何运行。

第三段画面(45—68句):问鲧禹治水自然奇景。

第四段画面(69—121句):问大地神话传说如何形成。

第五段画面(122—176句):问夏朝历史演变,启益斗狠。

第六段画面(177—252句):问商朝兴亡交替。

第七段画面(253—324句):问周朝历史烟云。

第八段画面(325—356句):问春秋战国之争。

第九段画面(357—373句):问楚国兴衰命运。

《楚辞全译》的作者说,诗人共提出了176个疑问,我则认为应该是180个,遗失的四个疑问,可能在第九段范围内。因为楚国的命运应该是诗人最关心的问题,原文中此段相对地写得较弱。另一方面也可能是出土错简或者是读简有误的原因,此答案是个谜团,只得留待后来者仔细推敲破解之。

《天问》这卷浪漫主义著名画卷的主题,充分地反映远古时期政治变革的时代特色。九大段落紧密相连,纵览浑然一体,细观则各自独立,通卷具有浓厚的楚国地方色彩,保留着原生态南方古老传统,充满着巫术、宗教、奇异想象神话传说的光辉,给人们难以磨灭的印象。

屈原以美妙的词赋为画笔,浓墨重彩地描绘了从远古到楚国这段时光中大千世界的形形色色,把自然现象、神话传说、历史人物、社会变革有机地溶汇在一起,烘托出一个神鬼杂处、人妖相间的世界。在这里既有寥廊八荒、流沙赤水、美人香草、神魔鬼魅、八部天龙、珍禽异兽的波谲云诡;又有望舒飞廉、尧舜桀纣、巫咸夕降、羲和弥节、骐骥驰骋、鸤鸠交鸣的扑朔迷离。

其画面光怪陆离,其色彩艳丽浓烈,其形象奇特雄伟。完全打破时空限制,串连起时光隧道,将巫术意念,神秘象征,高深喻意,完美和谐、水乳交融地统一在画幅中,令人触目惊心,异想天开。

记得在读《楚辞章句·离骚后叙》时,看到了王逸给《天问》作的序文"……屈原放逐,彷徨山泽,见楚国先王之庙及公卿祠堂画着天地山川和古代各种传说,因书其壁而问之……"这也说明《天问》是壁画的解说词,从这个意义上说,正与后学的见解不谋而合。

三、《九章》

《九章》是以屈原为主,宋玉为辅共同创作的作品。

《九章》顾名思义,指九篇风格相近歌词,也就是说是九个短章汇集在一起。好像一台类似当今中央电视台春晚类型的综合节目晚会。

它的主题近于离骚,大都是抨击楚王室黑暗的政治内幕,倾诉忠良贤臣、仁人志士被疏远流放的苦闷悲愤的心理。

正如朱熹《楚辞集注》所说:"后人辑之,得其九章,合为一卷,非必出于一时之言也。"

笔者认为,整部《九章》是屈原后人——弟子宋玉根据其师遗作,加上自己的两篇作品选辑而成,整个布局按《离骚》《九歌》不变,一律是每部九大章节,句数相同为373句,内容虽然大体相近,但还是稍为显得芜杂一点。如《橘颂》夹在其中,似有游离主题之感。

现按串台场次分析如下:

第一场:《惜诵》(88句):演绎屈原痛苦回忆昔日的悲欢。

第二场:《涉江》(58句):排遣屈原被放逐渡江南行的苦闷。

第三场:《哀郢》(66句):抒发屈原对郢都沦陷后人民痛楚伤感。

第四场:《抽思》(59句):歌颂屈原内心的爱国思绪。

第五场:《怀沙》(80句):赞叹屈原投江报国的决心。

第六场:《思美人》(66句):倾诉屈原思念楚怀王的情怀。

第七场:《惜往日》(76句):宋玉怀念屈原的哀歌。

第八场:《橘颂》(36句):屈原以橘之品质赞誉宋玉。

第九场:《悲回风》(110句):宋玉悲悼屈原之死,悲情难却。

值得提出的是:

《九章》中的《惜往日》与《悲回风》,我认为是宋玉的作品,其理由如下:

(一)文意相背。

检点此二章内容,写的是屈原临死前后的情形,这是屈原自己当时无法写出来的。思想感情与前后各章大相径庭。

如:

  临沅湘玄渊兮(到沅水湘水的深渊也。)
  遂自忍而沈流(就忍受痛苦投江。)
  卒没身而绝名兮(虽已死而名声断绝。)
  恬死亡而不聊(安然死亡不愿偷生。)
  不毕辞而赴渊兮(话未说完就投水而死)

——以上摘自《惜往日》

  凌大波而流风兮(乘波逐流随风而去。)
  托彭咸之所居(走向彭咸死亡地方。)
  漂翻翻其上下兮(漂上漂下流动翻卷。)
  翼遥遥其左右(忽左忽右扔摆晃晃。)
  浮江淮而入海兮(浮尸顺长江漂流至海。)
  任重石之何益(背负重石沉江有何益处。)

——以上摘自《悲回风》

以上译文为笔者注释,可见其文与屈原诸作基本意思南辕北辙,语气判若两人,似有恋生后悔之意,语句亦有重复之嫌。

(二)人称变化

此二章行文风格一改前后各章人称上变化,在两章原文共186句中,难得找出诸如(吾)、(余)、(我)等含义的第一人称口吻的字句。

在我国古典文学遗产中,有的作品归属往往不可避免地存在张冠李戴的状况。就《惜往日》和《悲回风》而言,历代学人大都认定是屈原的作品,但在清朝时便有学者提出异议。近代,闻一多、郭沫若等大师也提出这方面质疑,到底是谁的作品?大师们也未曾指名道姓,大都泛指可能是熟悉屈原生活的楚人所为,笔者见识有限,至今尚未见到有专文论及此事。

就以上两章而言,屈原不需要作伪,宋玉也绝不会作伪。在那个讲究诚信的时代,也还没有刻意作伪之说,之所以出现这种现象存在的真正的原因有二:

其一,师与徒关系:屈宋师徒的文章,内容相近,文风相似,手法相同,写作时间前后一致,一般很难分割得清清楚楚。

其二,官本位思想:宋玉出身低微,客居邑地,人微言轻,惊闻屈原噩耗后,写出几篇哀悼恩师的辞赋也在情理之中。

屈原官居大夫,文名远播。后世的诗文编选者往往很自然地把地位较低人的作品列入权势力者的名下的现象,不足为奇,中国自古以来就有官本位思想作祟,至今亦然。

屈宋并称大家,文风一脉,但仍然可以找出其中一些微妙差异来。屈原侧重政治,宋玉则侧重艺术。《九章》毕竟出自屈宋大家之手,其强烈的爱国主义精神和浓厚的抒情成分相结合特色异常突出,内容震慑力、语言表现力都非同凡响。

总的看来:《九章》多直抒胸臆。感情不及《离骚》;浪漫不及《九歌》;文笔不及《九辩》。

四、《九歌》

《九歌》是屈原根据民间歌谣改编加工后的作品。

这是一组用九个歌舞组成用以祭祀神鬼所用的乐歌。

如果说《离骚》可以看成为一部大型歌剧的话,那么《九歌》则可看成为一部大型歌舞剧。主体分为九个部分,即为九幕。加上序曲和尾声共十一幕(全文255句)。

它是屈原塑造的一系列美丽的神鬼形象,用原始巫术宗教的形式,反映天、地、人三者之间生命的喜怒哀乐、描述他们的劳动和爱情、歌舞他们神秘与和谐的故事。

歌声浪漫而古朴,舞姿美艳而妖冶。

时间、地点、人物、场景,因场次和剧情的需要而变幻。

序曲:东皇太一(15句):这是迎神序曲,是一首祭祀伏羲的颂歌。

第一幕:云中君(14句):是祭祀云神丰隆之歌。

第二幕:湘君(38 句):是祭祀湘水之神的歌。

第三幕:湘夫人(40 句):是祭祀湘水女神的歌。

第四幕:大司命(28 句):是祭祀人类生命之神的歌。

第五幕:少司命(26 句):是祭祀掌握少年命运的歌。

第六幕:东君(24 句):是祭祀太阳神的歌。

第七幕:河伯(18 句):是祭祀(江河)水神的歌。

第八幕:山鬼(27 句):是祭祀山中之神的歌。

第九幕:国殇(18 句):是祭祀为国阵亡壮士的歌。

尾声:礼魂(7 句,包括重复二句):送神尾曲,总结全剧。示意祭祀千秋万古不绝。

这是一台祭祀神鬼的歌舞剧,以舞为主体,领舞者是个大巫师或主巫,他(她)以神鬼代表的身份,以神鬼的化身载歌载舞,伴唱和伴舞的巫者作为衬托,演绎出天神、地祇、山鬼、人鬼之间的迎神、送神、颂神、娱神等节目。

纵观《九歌》每幕歌舞,大都充满了浪漫主义气息,想象优美,情调质朴自然,保留着民间原生态的清新,给人一种奇异诡秘的氛围,令人回味无穷。

五、《九辩》

《九辩》是宋玉的作品。

《九辩》原本是远古时代留传下来的乐曲名。本篇是宋玉借古乐曲名为题,抒写自己的感慨和愁思,是一篇长篇的抒情诗。全篇可分为九章,共 255 句。

宋玉写这篇自传式长诗之时,正是楚国灭亡的前夜。他以生花妙笔抒发"贫士失职而志不平"的悲愁,揭露楚国统治者的黑暗腐朽,叹息战乱给人民的苦难,表现了诗人的忧国忧民之情怀。

《九辩》以直抒胸臆的激情感染读者,通过对自然景物的描写来抒发自己内心的情愫,达到了天人合一的境界。

《九辩》既然是属古典曲名,在宋玉时代,应该是可以按曲吟唱的,从这个角度上看,不妨可把它看成是由宋玉召开一场独唱音乐会。

这场独唱音乐会由九首歌曲组成。只是因为时光邈远,那些可唱的调子已经失传了。但主旋律仍在,那就是肃杀悲秋之气韵。

现按宋玉独唱音乐会形式分析如下:

第一首歌(第 1—19 句):秋气起兴,秋思悲凉,客居坎坷,一事无成。

第二首歌(第 20—37 句):叙唱自己的不幸与落寞。

第三首歌(第 38—69 句):秋木为喻,直抒生不逢世的沮丧。

第四首歌(第 70—89 句):自喻蕙花,无缘楚王,处境恶劣,心中彷徨。

第五首歌(第 90—123 句):叹世道昏暗,明主难遇,贤士冷落,退隐避世。

第六首歌(第 124—155 句):哀吟处境穷困,楚国命运倾危,出路渺茫,自持操守。

第七首歌(第 156—173 句):时光流逝,老而无成。

第八首歌(第 174—209 句):痛斥小人,楚王昏庸,为国担忧。

第九首歌(第 210—255 句):政治主张失败,幻想超脱现实,神游太空,摆脱痛苦。

《九辩》这场独唱会,基本上是宋玉用歌唱来夫子自道:他用远古的乐曲,抒发了这个楚王小臣"事楚襄王而不见察"的处境,在他诉说仕途郁郁寡欢和个人失意的悲愁中,也交织着对楚国命运的关心牵挂。他的才智和遭遇,引起后代二千余年来落寞文人的无限敬仰和深深同情,宋玉是屈原的继承者,后人自古就以"屈宋"并称,他对中国文化的贡献是不可磨灭的。

宋玉,我只得又一次为你感到悲哀了。

六、《招魂》

《招魂》是宋玉的作品。

《招魂》的归属问题历来有两种说法:司马迁说是屈原的作品。而东汉的王逸却在《楚辞章句》中说:"《招魂》者,宋玉之所作也……宋玉怜哀屈原忠而斥弃,愁懑山泽,魂魄放佚,厥命将落,故作《招魂》欲以复其精神,延其年寿。外陈四方之恶,内崇楚国之美,以讽刺怀王,冀其觉悟而还之也……"见《安福县志》(清·同治七年版)。

司马迁未说屈原招谁的魂,而王逸却明确地指出是宋玉招屈原的魂,并不厌其烦地说明宋玉写《招魂》时的心态和目的。前者是史学大家,后者为楚辞大家,本文站在《安福县志》立场,从王说。

王逸,字叔师,南郡宜城(今湖北省宜城县)人,东汉安帝时为校书郎,与宋玉是同乡,王逸既生长于楚地,时代又去楚不远,加上他精通楚地的方言土语,故他的说法是可信的。

《招魂》共 273 句,同样可以分为九段(包括序幕和尾声)。

在我看来,《招魂》好像是一部九集朦胧派风光电视片。

现按电视镜头切割如下:

第一组镜头(第 1—17 句):序幕幻想巫阳招魂起因。

第二组镜头(第 18—63 句):扫描东、南、西、北四方险恶。

第三组镜头(第 64—95 句):遥瞰上天入地恐怖。

第四组镜头(第 96—123 句):渐显庭院安乐之妙。

第五组镜头(第 124—143 句):特写宫中美色诱惑。

第六组镜头(第 144—163 句):淡出居室环境的舒适。

第七组镜头(第 164—189 句):叠印故乡饮食肴馔之盛。

第八组镜头(第 190—243 句):闪过女乐游戏,伴以音乐和弦,诗酒唱和。

第九组镜头(第 244—273 句):尾声回放与怀王打猎盛况,以魂兮归来结尾。

从这九组复杂的镜头组成的整个画面看来,这种仪式似乎不是宋玉的个人行为,而是他在记录某氏族在春天里举行的一场规模宏大、仪式隆重的招魂大典。

从第一组至第八组镜头都是以巫阳之心而幻设出来的,全部为尾声末句"魂兮归来,哀江南"的中心主旨服务。

《招魂》在楚辞中是颇具特色的。首先它用浪漫主义形式叙述招魂的原因,接着用神话传说极写东、南、西、北、天上地下的险恶,使人好像看到《山海经》中的奇禽怪兽在眼前闪烁,令人胆战心惊。再诱以故乡的居室、饮食、女色、音乐、娱乐之美等来招唤流浪的灵魂返回故土。使人心有所动,灵魂渴望回归。全文用大胆夸张和铺叙手法展开,将全篇笼罩在一层悲哀虚幻的气氛中,最后在篇末点明"魂兮归来,哀江南"的主旨时,戛然而止。

全篇结构有序,语言生动,行文笔触细腻,感情丰厚,哀婉动人。对后来"汉赋"体的产生起着直接的影响。

(说明:我为什么要把《离骚》《天问》《九章》《九歌》《九辩》《招魂》分别看成为九幕歌剧、巨画、春晚节目、歌舞剧、独唱音乐会、电视片等形式,主要是想便于当今的一般读者在阅读这些隐讳幽深辞赋时,少吃点苦头,并非是故弄玄虚,标新立异。)

2000 年第一稿

2010 年 6 月第二稿

参考文献:

[1] 朱熹《楚辞集注》,上海古籍出版社 1979 年版。

[2] 王夫之《楚辞通释》,中华书局 1959 年版。

[3] 王闿运《楚辞释》,光绪丙戌仲秋成都尊经书院刊本。

[4] 郭沫若《屈原赋今译》,人民文学出版社 1981 年版。

[5] 文怀沙《九章今译》,人民文学出版社 1953 年版。

[6] 陆侃如《楚辞选》,上海古典文学出版社 1957 年版。

[7] 游国恩《离骚纂义》,中华书局 1980 年版。

[8] 钱钟书《管锥编》,中华书局 1979 年版。

[9] 林云铭《楚辞灯》,康熙丁丑年序刊本。

[10] 蒋骥《山带阁注楚辞》,中华书局 1958 年版。

[11] 中国社会科学院文学研究所编《中国文学史》,人民文学出版社 1962 年版。

[12]《安福县志》,清同治五年版。

用通俗弘扬宋玉文化

何志汉

(湖北省宜城市文艺创作室 湖北宜城 441400)

【摘要】 宋玉文化因受疑古思潮和错误评价的耽搁,以及文言文的障碍,传播率相当低。应当效仿宣传其他有关历史文化名人的做法,重视运用通俗手段,弘扬宋玉文化。

【关键词】 通俗;弘扬;宋玉文化

随着对疑古思潮影响的消除,随着对宋玉评价的拨乱反正,随着将宋玉和孔子、屈原、司马迁这些文化巨匠一样单设重点篇章进行评介的新的《中国文学史》的出版,宋玉的本真面目得到恢复,宋玉文化应有的地位得到学术界的公认,这是中华文化的一件值得庆贺之事。但在庆贺之际,笔者还要迫切而诚恳地提出这样一个问题,就是"要用通俗弘扬宋玉文化"。

一、提出问题的背景

何以提出用通俗弘扬宋玉文化?这是有历史和现实的背景作为依据的。

虽然历史上早已"屈宋"并称,虽然宋玉的十几篇作品历经千百年辗转终于流传下来,但其流传的范围却是十分有限。在整个漫长的封建社会,生产力都十分低下,绝大多数民众都不得不为生计所迫而劳碌,读得起书的人是少之又少;这少之又少的读书人,其所被规定读习的又是四书五经之类,对宋玉作品有研读的,更是只有极少数的人了。多亏了李白、杜甫、欧阳修、刘勰、鲁迅、钱钟书等这些博览群书的大家,都对宋玉的作品推崇备至,赞赏有加,才使宋玉文化的辉煌,不至被岁月湮灭。

新中国成立后一个相当长的时段,受疑古思潮和极左思潮影响,国学渊源遭受冷落,宋玉文化更是处于一个冷寂期。新时期以来,宋玉虽然渐受注目,渐被公正对待,以至被重修的文学史彪炳,然而,知宋玉者,仍然只有很少数的人,和孔子、屈原、司马迁比较起来,宋玉还是陌生得多,模糊得多。说到宋玉,许许多多的国人并不了解,或者就只知道他是一个美男子,至于那个爱国、忧民、勤奋、自强、博学、多才、风趣、幽默、机智、善辩、文章美、身高洁的宋玉,则基本还是"养在深闺人未识"。时隔两千多年,我们仍在自觉或不自觉地享受宋玉创造的文化成果,比如"悲秋"、"空穴来风"、"雄风"、"雌风"、"风起于青萍之末"、"巫山神女"、"巫山云雨"、"朝朝暮暮"、"东女窥墙"、"登徒子好色"、"阳春白雪"、"下里巴人"、"曲高和寡"、"大王之钓"等等,这些中国人用了几千年的名典,都是来自宋玉,可是又有多少人知道这些名典的作者是谁? 又有多少人知道这些名典是如何产生的、从而激励我们现今的文化创造热情? 如果我们用典仅仅是简单地把典当作现成的词语、不求甚解地急急拿来为我的文章服务,这是不是太过于急功近利? 我们现今文化总成果的一个很大部分,都是春秋战国诸子百家创造的,现今的缺乏创造,是否就和这种急功近利有关? ——要回答诸如此类的问题,恐怕只有一个走向,就是多了解一些传统文化。

优秀的传统文化,是中华民族的根,是中华民族的魂。习近平同志曾经指出:"中华优秀传统文化是中华民族的突出优势,是我们最深厚的文化软实力。"[①]宋玉文化,就是这种"突出优势"的一部分,"软实力"的一部分,宋玉养在深闺人未识的冷寂,是对这部分优势和软实力的忽视和放弃,而重视和弘扬宋玉文化,方是扩充我们民族优势和软实力的明智之举。诚然,有一部分热爱宋玉文化的专家学者,用多年甚至一生之力,皓首穷经地研究和评论宋玉文化,也是一种不可或缺的重视和弘扬,但如果我们永远只有这样一种经院式的、少数人的重视和弘扬的方式,其作用就永远有限,宋玉文化的冷寂处境就很难改变。要思改变,就得寻求改变的途径。这个途径还是很好寻找的,"他山之石,可以攻玉",其他有关文化名人被重视和弘扬的方法和经验,已经早早地摆在那里,只等我们去借鉴。这方法就是笔者迫切而诚恳地呼吁用之的:用通俗弘扬宋玉文化!

二、如何用通俗弘扬宋玉文化

这个问题须从两个方面阐述。

(一)"他山之石"是如何利用通俗的

在封闭、保守、小农经济占主导地位、生产力低下、读书人少、传播媒介极其单调的昔日社会,文化成果的影响力难以做大,还是一件正常之事;可是在科技快速发展、各种传播媒介空前发达的今天,真正有价值的文化成果得不到弘扬,就不正常了。有价值的孔子,借助现今媒体的翅膀,翱翔于五湖四海,飞越到世界各地,就是明显的例证。诚然,孔子作为中国最伟大的历史文化名人,其在旧中国的文化影响力,也是首屈一指的;但是一个不可否认的事实是,由于当代的电影、电视剧、戏剧、电视讲座、孔子文化节、动漫制品、互联网、阅读文学等通俗传播媒介和方式的纷纷介入,才使得孔子文化空前的热闹起来,其影响力也得到不断的提升。和宋玉并称、知名度几乎达到家喻户晓的屈原,不仅靠着当代的电视剧、电视片、文化节等诸多通俗化的传媒扩大了影响,就是在漫长的封建社会,屈原也主要是靠通俗走进千家万户的。比如那个"端午节纪念屈原",可算是最通俗的民俗了,可这种通俗千年不衰,不仅不衰,还日益彰显出其巨大作用,还引来韩国与中国竞争通俗,引来联合国将此通俗定性为世界非物质文化

---

① 习近平同志2013年8月在全国思想工作会议上的讲话。

遗产——可见通俗的功能之强大！还有司马迁、苏武、李白、杜甫、苏东坡、张居正、海瑞、唐伯虎、纪晓岚等这些历史文化名人，之所以被现今的人们记忆不忘，甚至还能成为某一时段国人的热门话题，通俗媒体的参与传播是重要原因。在用文言文写作的时代，那些文化大家们的作品以及记载他们事迹的文字，大都用文言写成，其受众本来就少；随着时代的发展，简约晦涩、佶屈聱牙的文言文，与人们实际生活的距离越拉越大，其知音也就越来越少。发展到现今的社会，基本上就是一个通俗盛行的社会了，如果我们不善于利用通俗来弘扬传统文化，则传统文化的弘扬，就很难落实。这方面，众多的"他山之石"，已提供了很好的、现成的经验。

宋玉的十几篇作品，虽然全部字数加起来，也才一万多字，可也都是用文言写成，而宋玉文化的传播途径，至今还基本与各种通俗媒体无缘，是借"他山之石"来"攻玉"的时候了。

(二)对用通俗弘扬宋玉文化的设想和建议

在用通俗弘扬宋玉文化方面，我们也不是一张白纸，如不少专家、学者对宋玉作品的翻译注解，将文言文译成通俗的白话文，在帮助人们理解宋玉原著方面功不可没。但这种译解文字，是作为原著的附属部分存在的，基本上是提供给研究、阅读原著的人使用的，虽然其意义也十分重要和必要，但毕竟受众偏窄。要真正做到"弘扬"，就要扩大受众，而扩大受众的一个重要方面，就是要扩大文体，用多种多样的现代文体，来适应各样人的需求，满足各样人的欣赏愉悦，这样做了，我们就会离弘扬越来越近。为此，抛砖引玉地提几条建议：

1. 编印图文并茂的通俗读物。只要往书店里走走，就能发现，许多典籍都是有通俗读本的，甚至连本就是通俗读物的四大名著，也有更通俗的读本——简编本、绘画本、少儿本等等。这些已足以启迪我们如何对待宋玉文化的弘扬问题。建议组织精干力量，围绕宋玉的作品，编印出图文并茂的、成套的通俗读物。最值得取用的，就是以连环画的形式——通俗的文字，加上直观的画面，文增画美，画补文意，相辅相成，多手段地增添接受者的愉悦。比如那个《登徒子好色赋》，表现东家之女如何美貌，用文加图来表现，画出最美的美女，这样文也好，图也好，让人们在美文、美图间流连忘返，其审美效果必然会大增的。

2. 利用各种文艺作品来"八仙过海"。文艺作品，历来是人们最喜爱的文体之一，可以说它的受众最广大、最全面(男女老少皆有)、最具有互传性。诸如小说、故事、电影、电视剧、动漫制品、戏剧、曲艺、文艺专题片等体裁，都可以用来作为弘扬宋玉文化的工具。这样做了，其意义绝不仅仅是体裁和形式的扩充、转换，而是一个(或多个)新生命的诞生。在文艺界流传着这样一句名言："小说是活着的历史。"小说用鲜明的人物性格、生动的细节、个性化的语言、逼真的环境、典型化的手法等要素，将某一段历史"起死回生"，使其得到还原和复活，变成可触、可感、有血、有肉、有温度、有情感、能激发我们的喜怒哀乐、能引人共鸣的活生生的生活，这就大大有别于那种主要是客观地记人、记事、记物的难免不枯燥乏味的史书了。小说有这种功能，其他艺术门类也有这种功能。一切艺术都是共通的，都注重于形象思维。文艺作品复活历史，都是靠形象思维来做到的。而从某种意义上说,这种用文艺作品复活的历史,要比历史书记载的历史更丰富、更全面,也更真实。恩格斯在评价巴尔扎克的小说《人间喜剧》时说:"他汇集了法国社会的全部历史,我从这里,甚至在经济细节方面……所学到的东西,也要比从当时所有职业的历史学家、经济学家和统计学家那里学到的全部东西还要多。"① 恩格斯在这里不仅是表达了他对巴尔扎克的小说《人间喜剧》的赞赏,也是对好的文艺作品的功用,作了高度评价。

3.丰富宋玉网站,支持重点创作。宋玉网站的建立,使飘泊了两千余年的宋玉,第一次有了一个安身的家;网站开通仅有短短一年左右时间,却成绩斐然,积累了大量的研究成果,使宋玉之家的"家业"日益雄厚。实在可喜可贺!在弘扬宋玉文化的整体战役中,学术研究是打前战的,没有研究成果作基础,一切弘扬便无从谈起。通过繁苦研究得出的结论和证实的史实,也为文艺创作提供了方便条件。于此,笔者建议宋玉网再将门窗开大一些,设置文艺作品门类,将已经发表的有关宋玉的文艺作品收入囊中,以供各方面之需。建议注意保护作品版权,防止盗用。亦可设置浏览门坎,对上网的作品收费阅看。

对待前景看好的重点文艺作品,要利用网站及有关渠道,进行重点宣传和推介,并在出版、上演和转化成影视成果方面,尽力予以支持和促成。

弘扬宋玉文化,是个长期工程;万事开头难,开好头至关重要。令人欣喜的是学术界的一批有识之士,已经以自己过硬的学术成果,把这个头开得有声有色。衷心希望有更多的有识之士,加入到弘扬宋玉文化的队伍中来,让"旧时王谢堂前燕,飞入寻常百姓家",在更多的领域,用更多的中国老百姓喜闻乐见的通俗形式,弘扬宋玉文化,真正让宋玉不再"养在深闺",而成为百姓家的常客和挚友。

——就在笔者写出上面一段结束语时,又一个令人欣喜的消息传来,习近平主席于2014年10月15日(即昨日)在北京主持召开了文艺工作座谈会,并在座谈会上指出:"中华优秀传统文化是中华民族的精神命脉,是涵养社会主义核心价值观的重要源泉,也是我们在世界文化激荡中站稳脚跟的坚实根基。要结合新的时代条件传承和弘扬中华优秀传统文化,传承和弘扬中华美学精神。"看来,传承和弘扬的历史使命,已经责无旁贷地落在了我们这一代人身上,只有老年人更加老骥伏枥、中年人更加中气十足、青年人更富青春活力地做好我们民族优秀传统文化的弘扬工作,才不负于时代的呼唤。

——2014年10月16日完稿于武汉藏龙岛

---

① 恩格斯《致玛·哈克奈斯的信》。

扬雄之宋玉批评语境探微

陈丽平

(辽宁大学 辽宁沈阳 110036)

【摘要】 扬雄是西汉后期最重要的赋家,因赋而成名、获官位,而其对赋的评价对时人有极大影响,起到"风向标"作用。他晚年对前期赋作是极端否定的,对赋体的文体价值、对宋玉以来赋家赋作的价值也是全盘否定的。其中,他对宋玉开"丽以淫"赋风之先的定位,对宋玉的文学接受产生了关键性的负面影响。然而,扬雄晚年的赋学评价,是在特殊的心态下完成的。正文分为以下四部分展开论述。

【关键词】 扬雄;宋玉批评;语境

第一部分重在论述"扬雄对宋玉'辞人之赋'评论"。

扬雄把宋玉与枚乘、司马相如分为一类赋家。评价这类赋家为"辞人之赋丽以淫",那么如何看待赋的"丽以淫","书恶淫辞之淈法度也。"认为文字的富丽混乱了法度,是于儒学"无用"甚至有害的文章。将宋玉以来大赋价值全盘否定,是极为失当的,而这一不符合实际的评价是扬雄特殊心态转变下发生的。

第二部分讨论了"扬雄辞赋大家身份确立与强化"。

扬雄四十岁前后,凭借辞赋创作的才能与名誉,游历京师求取功名。大司马车骑将军王音"奇其文雅"。不久,被推荐给汉成帝待诏承明庭,亦因"雄文似相如",可见,扬雄在未给汉成帝做四大赋之前,擅长辞赋文名已然很盛。汉成帝元延二年、三年,四大赋对扬雄最重要影响与意义在于奠定了当时辞赋创作第一的地位,使辞赋大家的身份声名远播。

扬雄有漫长、细致的对于辞赋创作的琢磨、练习。他曾惊叹"长卿赋不似从人间来,其神化所至邪"。透露出对司马相如赋作的欣赏与仰慕。而他赋坛扬名之后,更吸引了如桓谭这样后学仰慕,桓谭《新论·道赋篇》文字表明:扬雄与这些追慕者有亲密的交流,讲述了自己作赋的经历、作赋的经验。可以得出结论:扬雄在四十岁前后来游京师的汉成帝时期,对于辞赋创作依然热衷,同时与后学者交流了作赋的方法。

第三部分分析了扬雄在确立赋坛领袖之后,特殊的心路转变:"辞赋大家身份主动扬弃与贤人君子身份的刻意建立"。

汉成帝元延三年扬雄完成《校猎赋》后,依然笔耕不辍,但再没有赋体作品的创作。

从《解嘲》、《法言》中，可以明显读出扬雄心态的转折性变化。《解嘲》流露出强烈的欲有所作为、留名于后世的愿望。《汉书·扬雄传》中反映了扬雄此时对赋体及赋家有深刻反思：在创作方法上，"将以风也，……赋劝而不止，明矣"；在赋家身份地位上，"又颇似俳优淳于髡、优孟之徒，非法度所存，贤人君子诗赋之正也，于是辍不复为。"于是，我们在《法言》中看到的反映了扬雄欲摆脱"辞赋家"的身份，建立"贤人君子"身份的努力。

扬雄心态改变之前并不排斥赋之"丽"，之后对赋的否定原因是立场变了，不是将赋作为消闲的创作，进行消遣、欣赏。而是将其视作政客的谏书。这种心态转变，是导致扬雄辞赋批评大变的本质因素。

第四部分讨论扬雄心态变化引发的连锁反应，包括对宋玉批评的偏激。同时论及了扬雄的宋玉评价的消极影响。

扬雄在任为黄门郎之后，急切而主动进行身份转换："摧毁"已经确立的大赋家身份，建立贤人君子的新身份。扬雄采取的方式有二：一是停止赋的创作，对之前自己的赋作进行反思、批判，并展开对赋体创作特色、审美、价值批评。二是朝向"贤人君子"的身份转型，"立言"，著书立说。这样的目的、心态，导致扬雄的赋学批评是失当的，他的赋学批评具有"颠覆性否定"的特点。这体现在以下三点：对自身以往赋作否定；对赋体价值否定；对赋家价值否定。"文丽用寡，长卿也。""或问：景差、唐勒、宋玉、枚乘之赋也益乎？曰：必也淫。"（《法言》）扬雄未能把赋作为不同于经学的独立文体进行关照。宋玉对赋体发展重要作用，反而被视为开"丽以淫"首作恶者，这对宋玉等赋家的评价是不符合赋史实际的。

然而，在政治环境恶化、奢靡之风盛行的西汉后期，扬雄赋评，与今文经学家们批判奢靡思潮暗合，这一评价得到刘歆等人高度认可，几乎全盘被接受到《七略》中，并产生大影响，当时大赋创作锐减。而刘歆作赋也努力向着"丽以则"方向努力。但不幸的是，对宋玉评价，极大贬损了宋玉赋体作品的价值。

总体上，宋玉在赋学史上的地位没有得到公允的评价，扬雄对其否定起了关键作用。而认识扬雄特殊心态变化导致扭曲的宋玉评价，值得思考一些问题：中国古代，文学很难脱离政治自由发展，因为文学创作主体——士大夫在进行文学创作、评价时，被隐形的、强有力的政治价值观制约着。

愿见君而不得的阻隔感之抒写
——《九辩》的抒情结构略探

侯文学

(吉林大学　吉林长春　130000)

　　结构,是文学作品不可或缺的重要元素。所谓结构,亦即通过安排材料,使文学作品成为有机整体的基本框架。结构可以体现为叙事脉络,或抒情线索。结构可以分为表层结构与深层结构,表层结构体现为叙事情节、韵等形式的变化,深层结构体现为思想、情绪的变化。比如《离骚》的表层结构体现为情节画面的变化,情感的抑扬起伏则是其深层结构。

　　《九辩》作为先秦仅次于《离骚》的抒情长诗,其引发后人学习探索的艺术魅力亦来源于其结构的复杂性。前人关注点多在其表层结构上,但仅凭对表层结构的关注还不足以解决《九辩》文本的全部问题。本文则试图从深层结构入手,探索《九辩》各种情绪、情节描写的内在关联。本文认为,愿见君而不得的阻隔感,是《九辩》的深层结构,也是作品的主旋律。作品以此为主线,牵出老大无成、生不逢时、孤独失路、刺谗守志、怨君远举等复杂的情绪,秋景的描写则附丽于各种次生情感与情绪。《九辩》用16个"愿"字来抒写诗人内心的意愿。16"愿"中,有12处呈现为"愿……而不得"的表达模式。它们前后相承,是诗人情绪变迁的重要节点。连接起来,则构成一个紧密衔接的情感链条。这些"愿",具体可以分为两类:一类是对君主趋近、尽忠的意愿,此类意愿的表达占多数;一类是欲静默不言、轻身远举的意愿,此类意愿乃是上一个意愿受阻之后而产生,但此类意愿刚一产生,便被君主往昔的厚恩相待与布名天下的价值追求阻断。因之,愿见君而不得,是作品的主线,这令主人公忧思愁苦,进退失据。因之,当其神游太空之际,仍然心系君王,希望"赖皇天之厚德兮,还及君之无恙"。

　　《九辩》16愿中,"愿……"而不得的表达模式计12次,可见诗人对此模式的运用是有一种表达上的自觉的。但这种表达模式并非宋玉的自创,而是对屈原《九章》表达模式的承继。其中,"忠昭昭而愿见兮,然阴曀而莫达"、"愿寄言夫流星兮,羌倏忽而难当"诸句更是对屈原的"忠湛湛而愿进兮,妒被离而鄣之"(《哀郢》)、"愿寄言于浮云兮,遇丰隆而不将"(《思美人》)等句式的模仿。"愿"而不得的表达方式上承《九章》,下启张衡《定情赋》、蔡邕《静情赋》、陶渊明《闲情赋》。

宋玉生平事迹发微(摘要)

罗运环

(武汉大学历史学院 湖北武汉 430000)

宋玉是中国文学史上与屈原齐名的大家,屈原以楚辞著称,宋玉效法屈辞而以楚赋见长,获得"屈宋"并称的文学地位。① 自古人们就喜欢宋玉的作品,有《宋玉集》流传后世,一些作品还被古人文集、文选类书籍所选录。宋代以降,《宋玉集》佚失,否定其人其作品的声音不断。1972年4月山东临沂银雀山汉墓《唐勒赋》(或称《御赋》)出土,给宋玉赋伪作论提出了反证,从而激活了宋玉及宋玉赋的研究,使宋玉学研究成为热点。40余年来,在宋玉赋认定方面成绩显著;在宋玉生平研究方面,由于资料缺乏,尽管学者们付出了较大的努力,取得了一些成果,但仍然仁者见仁,智者见智,意见分歧较大,尚须进一步研究。本文打算从楚国历史背景、宋玉赋及《史记》等相关记载三方面入手进一步探讨宋玉生平,不企盼问题的彻底解决,只求对相关问题有所推进,使之更加趋向共识。

---

① 罗运环:《楚文化在中华文化发展过程中的地位和影响》,《光明日报》2000年6月2日。

唐勒和宋玉论御残简新论①

吴广平

(湖南科技大学人文学院文学系　湖南湘潭　411201)

【摘要】 1972年4月,考古工作者在山东临沂银雀山一号汉墓(属武帝时期)发掘出土了一批竹简,其中有二十余枚残简,内容为唐勒、宋玉论御。谭家健、廖名春等先生认为其文体是"赋",又根据首简背面之上端所署"唐革(勒)"二字,认为其作者是唐勒,遂称其为"《唐勒》赋残简"。李学勤、朱碧莲、汤漳平等先生则认为其文体是"赋",其篇题应题作《御赋》,其作者是宋玉,而称其为"宋玉赋佚篇《御赋》"。饶宗颐、赵逵夫等先生则认为其文体是"文",其作者是唐勒,赵逵夫先生还认为其篇题应题作《论义御》。我过去所撰写的《宋玉集》《宋玉研究》《楚辞全解》均赞同文体是"赋"、作者是宋玉的观点。后来我读了香港黄耀堃先生的《音韵学与简帛文献研究》一文,他认为:"《唐勒》出土以来,一直相信是战国的作品,但按所押的韵部来看,接近西汉幽冀方言的特征。""在短短的《唐勒》残篇之中出现三次'鱼之通押',只说明《唐勒》可能不会是战国晚期的作品,更可能不是楚地的作品。"我开始反思唐勒、宋玉论御残简的文体性质。我认为黄耀堃先生之所以将唐勒、宋玉论御残篇断定为西汉时期的作品,是因为他将其当作"赋"这种韵文来看待,因而根据其用韵特点断定其时代。我现在觉得唐勒、宋玉论御残篇本身并非韵文,不是"赋",而是饶宗颐、赵逵夫等先生所说的"文",其篇题不能题为《御赋》,而应如赵逵夫先生所说的题为《论义御》,因此,不能根据其是否具有战国晚期楚地的押韵特征来断定其是否是战国晚期楚地的作品。不过,饶宗颐、赵逵夫先生将其作者断定为唐勒的观点我却不认同,我认为其作者是宋玉。另外,《论义御》的思想,赵逵夫先生认为是道家思想,我认为应是儒家思想。《论义御》的思想内容、写作手法和文章格式与宋玉的《钓赋》几乎如出一辙,只是文体不同而已。尽管《论义御》是"文"而不是"赋",但其作品语言、写作格式与思想内容与宋玉的《钓赋》《大言赋》《小言赋》等散体赋存在惊人的一致,因此,它的出土仍然为我们考证宋玉赋的真伪提供了重要的参照。

【关键词】 唐勒；宋玉；残简

---

① 基金项目:湖南省高等学校科学研究重点项目"骚体文学研究",课题编号:11A038。

后　　记

  2010年10月,由中国屈原学会、湖北省荆楚文化研究会、襄樊学院和宜城市人民政府联合主办,襄樊学院宋玉研究所和宜城市宋玉研究会共同承办的首届宋玉国际学术研讨会在湖北襄阳古隆中胜利召开;会议前夕,学苑出版社出版了程本兴、高志明、秦军荣主编的《宋玉及其辞赋研究——2010年襄樊宋玉国际学术研讨会论文集》。自那以后的4年来,我们进一步依靠中国屈原学会和襄樊学院(后更名为"湖北文理学院"),积极争取广大专家教授和有关领导同志的帮助与支持,继续奋发努力,在开展宋玉活动研究中不断地有了新收获。例如——

  稳步形成了新机构。2011年10月26日,成立了中国屈原学会宋玉研究中心。刘刚为主任,罗漫为副主任,程本兴为常务副主任,吴广平、金荣权为成员;此5位教授组成学术委员会,刘刚为召集人;办公地点设在襄樊学院。后来,进一步形成了中国屈原学会湖北文理学院宋玉研究中心,从而使宋玉学术研究机构获得了稳定的基地和一定的经费。

  适时举办了高峰会。2012年3月,宋玉研究中心在湖北文理学院举办了中国宋玉学术研讨峰会。北大、清华、人大、中国传媒大、北京语言大、华中师大、四川师大、中南民族大、信阳师院以及中国社科院、光明日报社等10多家的专家教授就今后宋玉研究的重要问题展开了深入研讨,形成了学术认同。会后,《文学遗产》(电子版)发表了胡小林博士对这次峰会的综述,光明日报国学网、全国高校网等媒体也相继作了报道。

  不断发表了新论述。宋玉研究中心学术委员会的5位同仁已陆续在重要学术期刊带头发表了研究宋玉的论文24篇,出版了研究宋玉的编著3部,在具体研究宋玉作品的真伪、注释、传播、接受与影响等方面展示了新成果。

  先后获准了省立项。刘刚教授主持的《宋玉研究资料类编》课题和湖北文理学院宋玉研究中心客座研究员姚守亮主持的《宋玉语法修辞研究》课题,分别于2013年、2014年获准湖北省社会科学基金项目立项,填补了宋玉研究课题在省(部)级社科基金立项中的空白。

  推动改写了文学史。经过不懈努力,方铭主编的大学《中国文学史》教材终于在2013年12月由长春出版社正式出版。其第一卷(先秦文学和秦汉文学),在"第六章　屈原及战国骚体文学"之后,紧接着是"第七章　宋玉及战国赋体文学"——全面而具体地改写了文学史对宋玉的评介,第一次旗帜鲜明地体现了宋玉在文学上与屈原并称的地位和影响。此后,长江文艺出版社出版的湖北省作家协会组编的《湖北文学通史》也与前几年出版的方铭编著的《战国文学史》一样,以整整一章的地位和篇幅重新评介了宋玉。这样,无论是文学的通史还是区域史、断代史,都全面地恢复了宋玉的历史原貌,科学地固化了宋玉在我国古代文学中应有的重要地位。

建立开通了宋玉网。2014年9月,湖北文理学院建立的宋玉网,经试运行后已正式向社会开通。目前正进一步提档升级,使之成为集有多块大屏幕的声光电俱全的现代化的"宋玉资源库",为海内外热爱和研究宋玉的人士提供更加便捷有效的大平台。

同时,民间基层研究宋玉的人士如湖北宜城、钟祥和湖南临澧的宋玉研究会的学者,近年来,也不断地在地方媒体发表了许多普及宣传宋玉的文章,并创作了一些活化宋玉的文艺作品。这样,高等院校的宋玉研究接通了地气,在社会上日益呈现出良好的影响。

在这种情况下,为了更好地推进宋玉研究向纵深发展,2014年7月,中国屈原学会和湖北文理学院商定,于当年11月中旬在湖北文理学院宋玉研究中心联合主办第二届宋玉国际学术研讨会。在将近4个月的筹备过程中,美国、日本、韩国、新加坡、马来西亚等国和我国港、澳、台地区及内陆18个省(市、自治区)的近百位专家教授表现出了研究宋玉的极大热情,至研讨会开幕前夕,我们已收到研讨论文63篇。论文的作者,既有几位年逾八旬的资深专家,更有大批年富力强的中年教授,还有不少朝气蓬勃的青年硕士、博士;既有来自大专院校、科研机构的,又有来自基层社会群众组织的,还有来自民间文化人士的。论文的内容,涉及宋玉的生平经历、作品真伪、辞赋分析、文学地位、现代价值等方面;既有基础理论研究的新成果,又有应用理论研究的新收获,还有通俗普及宣传的新佳作。经过研讨会上的大会发言、小组讨论,作者们互相交流、相互切磋,增进了认知、深化了思索;研讨会后,不少作者对自己的论文进行了修改、充实、加工、润色,表现出了严谨务实的学术态度,为确保这本论文集的质量奠定了基础。

在编辑此书的过程中,我们得到了在研讨会期间当选的中国屈原学会宋玉研究会顾问谭家健、赵逵夫、李炳海、毛庆、汤漳平、李儒寿、李定清先生和会长方铭以及副会长刘刚、罗漫、吴广平、金荣权等先生的高度重视、积极支持、切实指导;同时得到了学苑出版社编辑部主任战葆红的可贵帮助。在此,谨表诚挚的感谢!

由于编者学养不够,思虑不周,本书难免出现讹误与不足,敬祈海内外专家、学者不吝赐教,以备来日修定再版。

程本兴
2015年7月7日